大坪利絹　校注

新古今増抄　㈦

中世の文学
三弥井書店刊

新古今増抄㈦　目次

凡　例

一、本書は、寛文三癸卯年八月吉日　二條通仁王門町　村上平楽寺開板『新古今増抄』（二十一冊本）を底本として翻刻し、その翻刻本文に、頭注を新しく施したものである。

一、翻刻に当っては、次の方針に従った。

(1) 底本の表記を、でき得る限り、読み易く理解し易いようにするため、かな書きの部分を適宜漢字に改め、送りがなを補足し、読みづらい漢字には新しく振りがなをし、又、カギ（「　」《カギかっこ》）を施して理解を助け、なお、他資料と比較して相違しているのではないかと思われる箇所や、脱字・衍字・重複・誤刻等のために、どうしても意が通じにくい箇所には、［ママ］《角カッコにママ》を傍記することによって、利用者の注意を喚起することにつとめた。

(2) 翻刻本文は、底本通りに改丁・改行を行わず翻刻した。又、底本の改丁・改行を示す表示は一切施していない。

(3) 翻刻本文は、右の(1)・(2)の方針の為に、底本とはかなり変貌してしまったが、底本本文に還元させ得るよう、次のような工夫をこゝろみた。但し改丁・改行には工夫が及んでいない。

Ⓐ かな書きを漢字に改めるに際して、底本のかなは、漢字の振りがなとして残した。読みづらい漢字につけた振りがなには、これと区別するために、（　）《丸カッコ》をつけておいた。又、底本には、漢字に原からつけられていた片カナの振りガナもあるが、これとも区別するために、原からあった片カナの振りガナには〈　〉《山カッコ》をつけておいた。

Ⓑ 送りがなを補足するに際しては、補足したかなの右に・《黒点》を付して、補足であることを示した。

Ⓒ 漢字一字で表記できるにもかかわらず、底本では、漢字とかなとで示した箇所もあるが（例。巌→岩ほ）、

このような場合は、その箇所の傍に（　）をつけて、その漢字を示した。

（4）底本には、細字で、二行割書きにしてある箇所もあるが、翻刻に当っては、一行書きにしてその部分に（（　））《二重かっこ》をつけて示した。

（5）底本は、句点も読点も、すべて「。」《まる》であり、また句読点が施されていない箇所も多い。そこで、翻刻に当っては、適宜、「、」《てん》・「。」《まる》・「・」《中ぐろ》を施して読み易くしたが、これらはすべて恣意によるものである。又、句読点を施す代りに、一字分空白にして句読点にかえた所もある。これらを一々断っておれば、繁雑になり過ぎて却って読みづらくなるから、一切無断にした。従って句読点に関しては、底本に原から存在するもの、存在しなくて恣意によって施したもの、との両様のある事を、特にお断わりしておく。

（6）底本には、濁点の表示は一切ない。翻刻に当って、清濁は、恣意によって示した。

（7）翻刻者には、判読ができず、或は、辛うじて判読はしたが、意味の汲み取り難い箇所が、底本に若干存在しているが、その箇所には〔不明〕の表示をなし、□□《空白》の印で示した。

三、翻刻に使用した漢字は、原則として正字体を基本としたが、底本でも、正字・略字・俗字・異体字が混用されており、特に一定基準に従っての使用とは到底認められないので、翻刻でも、随時、略字・俗字を使用した事をお断わりしておく。

四、新古今歌の歌句本文の下に示した番号は、（〔…一〕等）、旧国歌大観の番号である。

五、本書頭注の、文献引用は、なるべく原典のままにしたかったのであるが、スペースの関係もあって、原典のかな表記を漢字表記に変える等、恣意によって変えたものもある。又、引用文献は、これまでに活字翻刻されたものや影印本があれば、多くそれに拠ることにした。又、引用文献の略称も統一に欠けているので、次に主なものだけでも掲げて御宥恕をお願いする。
○無刊記本『新古今和歌集聞書』（外題『新古今和歌集抄』・奥題『新古今集註』・所謂、四巻抄）
△略称→板本聞書・板本
○『新古今略注』
△略称→略注
○黒田家本『新古今集聞書』
△略称→黒田家本・黒田家本聞書
○愛知県立女子大学、「説林」翻刻『新古今集聞書』（仮称、前抄）
△略称→前抄・聞書前抄・説林翻刻聞書前抄・説林聞書前抄・説林前抄
○愛知県立女子大学、「説林」翻刻『新古今集聞書』（仮称、後抄）
△略称→新古今聞書後抄・後抄・聞書後抄・愛知県立大後抄・愛知県立大本（正シクハ、後藤重郎氏蔵本）
説林翻刻後抄・説林後抄
○『新古今秘歌抄　上』
△略称→秘歌抄・秘歌抄上
○牧野文庫本『新古今集聞書』
△略称→牧野本・牧野文庫本聞書・牧野文庫本
○高松宮本『新古今和歌集註』
△略称→高松宮本・高松宮本新古今集註・高松宮本註

○内閣文庫本『九代抄〈付注本〉』
　△略称→九代抄・九代抄付注本
○赤木文庫旧蔵『九代集抄』
　△略称→九代集抄
○「新古今私抄」
　△略称→私抄
○京大図書館清家文庫『新古今注』
　△略称→新古今注

六、本書頭注で使用した引用文献は、特別な書物以外は、次の叢書に収められたものを多く利用した。

A漢籍類

(1)先哲遺著　漢籍国字解全書（早稲田大学出版部蔵版）……活字
(2)有朋堂文庫漢文編……活字
(3)和刻本正史（汲古書院）……影印
(4)和刻本経書集成（汲古書院）……影印
(5)和刻本漢籍随筆集（汲古書院）……影印
(6)和刻本類書集成（汲古書院）……影印
(7)和刻本辞書字典集成（汲古書院）……影印
(8)和刻古今事文類聚（ゆまに書房）……影印

B国文類

(1)日本古典文学大系（岩波書店）……………………………………………………活字

(2)天理図書館善本叢書（八木書店）………………………………………………写真

(3)古典文庫（吉田幸一氏刊行会）…………………………………………………活字

(4)日本歌学大系（風間書房）………………………………………………………活字

(5)新旧国歌大観（角川書店）………………………………………………………活字

(6)中世の文学（三弥井書店）………………………………………………………活字

(7)国語学大系（白帝社）……………………………………………………………活字

右の他、各種叢書所収写真、影印本も或程度照合した。

なお、参考に資した新古今集古注釈の版元並びに印刷術は、次の通りである。

『新古今和歌集聞書（四巻抄）』（無刊記板本）

永青文庫蔵『新古今略注』（笠間書院・影印本）

黒田家本『新古今集聞書』（九州大学出版会写真・活字本）

『新古今和歌集聞書〈前抄〉上下』（愛知県立女子大学「説林」第三輯第四輯所収・活字本。愛知県立女子大学蔵）

『新古今和歌集聞書〈後抄〉上下』（愛知県立女子大学「説林」第七輯所収・活字本。後藤重郎氏蔵）

『新古今秘歌抄　上』（宮田正信氏蔵写本）

内閣文庫本『新古今私抄』（清文堂復刻未刊国文古註釈大系所収、活字本）

北村季吟『八代集抄』（国学院蔵版活字本・有精堂「八代集全註」活字本）
『自讃歌注』（桜楓社「自讃歌古注十種集成」所収、活字本）
島原松平文庫蔵『新古今抜書抄』（広島大学中世文芸叢書　活字本）
『宗長秘歌抄（新古今抜書）』（碧沖洞叢書孔版〈臨川書店復刻〉・三省堂国語国文学研究史大成7「古今集新古今集」活字本）
『新古今七十二首秘歌口訣』（碧沖洞叢書孔版）
内閣文庫本『九代抄〈付注本〉』（小山工業高等専門学校研究紀要四号、活字本・古典文庫活字本）
赤木文庫旧蔵『九代集抄』（古典文庫活字本）
高松宮本『新古今和歌集註』（古典文庫活字本）
牧野文庫蔵『新古今集聞書』（古典文庫活字本）
京都大学付属図書館蔵清原宣賢自筆『新古今注』（広島大学中世文芸叢書活字本）
『九六古新註』（ノートルダム清心女子大学古典叢書影印本）

七、凡例六に列挙した参考文献以外にも、若干の文献はあるが、それは頭注にできる限り示しておいた。これら参考文献を利用させていただいた事に、厚く御礼申上げる。

八、頭注は、場合によって、本文上部の頭注用スペースに収めきれない量になった箇所も多く、その場合本文の頁と、同じ頁に示し得ない。従ってその収めきれない部分のみを、本巻末の「注継続」欄に廻す事にした。利用上、御不便をおかけする事をお詫びする。

新古今増抄　恋二（外箋）

新古今和哥集巻第十二

一恋哥　二

一五十首哥[一]奉《たてまつ》りしに、寄雲恋《（くもによするこひ）》

一皇太后宮大夫俊成女[二]

○[三]一下萌《（したもえ）》に思ひ消《き》えなむ煙《（けぶり）》だに跡無《な》き雲の果《はて》ぞ悲《（かな）》しき〔一〇八一〕

古抄に云く。[四]

[五]下燃《したも》えとハ、柏木の衛門督が思《おも》ひの心《こゝろ》なり。[六]その煙《けぶり》ハ、思《おも》ふ甲斐《かひ》も有《あ》りしなり。[七]我《わ》が思火《おもひ》消《き》えなむ煙《けぶり》ハ、何《（なに）》の跡《あと》も無《な》く、空《むな》しき雲とこそなり侍らめ、と悲《かな》しびたる哥也。[八]下燃《も》えとハ、言《い》ひ出《（いづ）》る事も無《な》く心の中《うち》に思《おも》ひ消《き》ゆるといふ心なり

引　[九]立ち添《そ》ひて消《（きえ）》やしなまし逢ふ事を思ひ焦《こが》るゝ煙競《けぶりくら》べに　柏木

〔一〇八一〕当歌頭注ハ注継続（一四一頁）ニアリ

引　一〇　行衛《(ゆくゑ)》なき空の煙《けぶり》となりぬとも君が辺《あた》りを立ちは離《はな》れじ　女三宮

増抄・・・。［ママ］二心の中《うち》の思《おも》ひに燃《も》ゆる煙《けぶり》が雲《くも》となりて、その色《いろ》と徴《しるし》だにありて、君故《ゆへ》と君に知《し》らるゝハ、煙と身《み》を成《な》しても慰《なぐ》さむ事《こと》もあれど、生きてゐる時徴《しるし》の無《な》きが如《ごと》く、死にて後の雲さへ跡無《あとな》くなるが、悲《かな》しきとなり、とぞ。

頭書

三生《い》ける日の為《ため》こそ、人は見《み》まく欲《ほ》しけれと詠《よ》ミて、死にては効無《かひな》き事なれバ、何とあらんもまゝなれど、誰《た》が死にたる煙《けぶり》のなりたる雲《くも》と見《み》えバ嬉《うれ》しからんに、それさへしるしあるまじきと悲《かな》しむ也。

一摂政大［ママ］政大臣家百首哥合に

二藤原定家朝臣

〔一〇八二〕

一　摂政大政大臣家百首哥合に　摂政太政大臣は藤原良経。その邸宅で行われた百首歌合で、世に六百番歌合と称する。当時は左大将家百首歌合と呼ばれ、百題六百番から成る。『拾遺愚草』に「建久四年秋。三年給題」とあるから、建久三年歌題が出され、四年秋に作品が良経の許に寄せられ、判が加えられ、建久五年に完了した模様。母の服喪中の作。定家は建久四年秋は三十二歳。作者は、左が、良経・季経・兼宗・有家・定家・顕昭。右が家房・経家・隆信・家隆・慈円（源信定）・寂蓮の合計十二名。四季と恋の部よりなり歌題は更に細分されている。作者十二名は百題百首計千二百首を詠じ、左右に番えられたので六百番となる。左右それぞれに意見を述べ、俊成が判を下した歌合。管見新古今二十四伝本は、すべて「摂政太政大臣家百首哥合に」の詞書で、歌題は無記。『六百番歌合』（恋部上）・『拾遺愚草』（上巻恋部、歌合百首、恋）では「初恋」の歌題。『定家卿百番自歌合』（五十一番、左）では「恋」。『練玉和歌抄』（巻七、恋上）では無題。

二　藤原定家朝臣

管見新古今二十四伝本、すべてこの位署の通り。即ち、氏姓・名・敬称（姓《かばね》ノ変化）が揃い、無氏姓や無敬称の書式の本は無い。「朝臣」という敬称は、三位以上の者には氏姓の直下につけ、四位は名の直下につけるのが通例である。定家は正二位権中納言が極位極官であるが、正二位は安貞元年、権中納言は貞永元年に叙任されている。新古今成立の元久二年は正四位下であったから、この位署で問題はない。『六百番歌合』では「定家朝臣」、『二四代集・二四代和歌集・八代知顕抄』では「参議定家」、『練玉和歌抄』では「定家」。勅撰集と私撰集とでは斯の如く異なる。なお定家の経歴は、三八番・九三四番歌頭注に既述。「参議定家」の位署のある『二四代集』・『八代知顕抄』は、奥書に「参議侍従兼伊豫権守藤原朝臣在判」、『二四代和歌集』は「参議従三位侍従兼伊予権守藤原朝臣

○[三]一靡《なび》かじな蜑《(あま)》の藻塩《もしほ》火焚《た》き初《(そめ)》て煙《けぶり》ハ空に熏《くゆ》り侘《わ》ぶ共《(とも)》［一〇八二］

[四]古抄・〔ママ〕・・。[五]「煙は空《そら》に熏《くゆ》り」とハ、鬱《むすぼ》〔ママ〕られたる事也。[六]我《わ》が思《おも》ひ〔ママ〕の空《そら》に満《み》つる由《よし》也。[七]此の恋の煙《けぶり》の空に満《み》つるを、わが思ふ人は見《み》るとも、靡《なび》かじと云へる也。[八]此の哥、六百番衆議判に、「くゆるとこそ言《い》ひ習《なら》ハし侍れ、くゆりハいかゞ」と難ぜられけり。「随分の人数なれども哥学届《とゞ》かぬ所も有也」と、俊成卿ヒ(被)申《(まうされ)》たるとなり。其の故は、[九]恵慶法師哥に、

引　草枕いくたび夢をむすぶらん雲《(くも)》でを寒ミ〔ママ〕わたるかり鴈金〔ママ〕。これもくもぢ也。[一〇]雲でとハ雲ぢ也。「ち」と「て」と五音相通なり。「くゆる」「くもり《ゆ》」同前也。

増抄・〔ママ〕・・[一一]五文字に返《かへ》してみる歌《うた》なり。[一二]上句、恋の始《はじ》めより胸《むね》に火を焚《た》きたる由《(よし)》也。下句、程経《へ》ても猶思《おも》ひ結《むす》ぼゝられても、人の靡《なび》かぬ由《よし》なり。[一三]君が心の強《つよ》さにてハ、如何《いか》にして靡《なび》くまじきが、如何《いか》にしたら

バよからんと・（の）義［ママ］也

頭書

[一四]「空にくゆり」とハ、煙《けぶり》がすら〳〵と立《た》ち、やがて空に舞《ま》ふてある体なり。何方《いづかた》へも靡《なび》かぬなり。その如《ごと》く君ハ靡《なび》かじな、となり。

一百首哥[一]奉《たてまつ》りし時《とき》　恋哥

一摂政[二]大［ママ］政太［ママ］臣

一[三]こひをのミすまの浦人藻塩《もしお》垂《た》れ乾《ほ》しあへぬ袖の果《はて》を知《し》らばや　［一〇八三］

増抄・（に）云・（く）。[四]わが袖の濡《ぬ》るゝを見《ミ》て、さてこのはて［刷りかすれ］ハ如何《いか》ならん。須磨《すま》の浦《うら》人ハ昔《むかし》より一生の間袖を濡《ぬ》らすが定《さだ》めで、果《はて》ハ如何《いか》になるものぞと知《し》らん程《ほど》に、尋《たづ》ねて知《し》りたきとなり。

在判」、とあるから、定家が従三位となったのが建暦元年、参議を拝し侍従も「如旧」が建保二年、翌三年兼任伊予権守となっているから、建保三年の頃の成立と考えられ、「参議定家」の作者位署形式と奥書とは、照応していて問題はないであろう。

以下注継続（一四五頁）ニアリ

〔一〇八三〕

一　百首哥奉りし時、恋哥
管見二十四本の題詞は、異形は無い。「百首哥」とは後鳥羽院の『正治二年院御百首』（初度）の事である。内題に「正治二年百首和歌　上」とあり、この良経歌は「秋日詠百首応　製和歌。左大臣正二位臣藤原良経上」の中の「恋」の十首の最初の配列歌。

二　摂政大（ママ）政太（ママ）臣
『増抄』は右の表記であるが他は「太政大臣」の表記が圧倒的多数。藤原良経の役職名。管見二十四伝本すべてこの書式で異形はない。良経経歴は、九三六番歌頭注二に既述。

以下注継続（一四九頁）ニアリ

一恋[一]の哥［ママ］とてよめる　二條[二]・［ママ］讃岐

一海松布[三]《みるめ》こそ入りぬる磯の草ならめ袖さへ波の下に朽ちぬる　［一〇八四］

増抄・・・［ママ］。人丸哥[四]に、潮満《しほみ》てバ入りぬる磯《いそ》の草《くさ》ならめ［ママ］見《み》らく少《すくな》く恋《こ》ふらくの多《おほ》き。これ本哥なるべし。海松布[五]《みるめ》こそ入りぬる磯《いそ》の潮《しほ》に隠《かく》れて見《み》えずとも、袖が涙《なみだ》に朽《く》ちず残《のこ》れバよき也。それさへ朽《く》ちて跡なくなりたるなり。「さへ」[六]字心《こゝろ》を付《つ》くべし。人を見《み》るも絶《た》え果《は》て、わが身も朽《く》ちて跡無《あとな》くなるべきとなり。

一年[一]を経《へ》たる恋といへる心を詠《よ》み侍りける

一俊[二]頼朝臣

一君[三]恋《こ》ふと鳴海《なるみ》の浦《うら》の浜《はま（ひさぎ）》 楸《（ひさき）》 しほれてのミも年を経《ふ》るかな

〔一〇八四〕

一　恋の哥とてよめる　管見新古今二十四伝本では、為氏筆本のみ「恋のうたとて」で「よめる」の三字無し。なお、「恋の哥」を「恋歌」と二字表記の伝本も多いが、同じと考えておいた。当歌は出典未詳歌で家集の『二條院讃岐集』（新校群書類従所収）・『讃岐集』（書陵部蔵五一一・二一架番）等にも未所収。『私家集大成』の森本元子氏の解題によれば、伝本十数本を数えるが、同一系統本で、加茂重保勧進の所謂寿永百首家集として成立したものと考えられ、当時推定年齢四十二歳。彼女の歌壇活動はさらに三十五年程続くとある。当歌はおそらくこの三十五年の詠作の故に、『讃岐集』に見えないのではないか。題詞は「恋の歌として詠んでみた歌」の意で、実情の下での詠ではない。が、豊富な歌歴上、当事者の身となって詠むのは、容易であっただろう。『二四代集・二四代和歌集・八代知顕抄』では「百首哥奉ける時」。『二八要抄』は「恋歌とてよめる」。以下注継続（一五〇頁）ニアリ

〔一〇八五〕

一　年を経たる恋といへる心を詠み侍りける　管見新古今二十四伝本では、家集『散木奇歌集』や『中古六歌仙』の題「経年恋」の訓み方によって、題詞が異なっている。「としへたるこひといふこゝろをよみ侍ける（烏丸光栄所伝本）」・「年へたる恋といへる心をよみ侍りける（烏丸光栄書写本）」・「年をふる恋といへる心をよみ侍ける（公夏筆本）」・「年をへたる恋といへる心をよめる（東大国文学研究室本）」。他の二十本は『増抄』のこの詞

書に同じ。「経年恋」とは「経ㇾ年恋。幾年をへて恋るなり。久しき恋と同しかるへし（和歌麓の塵・初学和歌式）／久恋。逢すして年月ふる心を多くよめり（同上）」・「忍久恋・忍経年恋。忍ぶほどの久しきなり。経年はとしをこえて忍ぶよし也（今古和歌うひまなび）」・「久恋。おもひ初てより久しくなりしなり。経年恋といふに同し（和歌独習自在）」というが如き意。『二四代集・二四代和歌集・八代知顕抄』の題詞は、「恋の歌とてよミ侍ける」。『歌枕名寄』では「浜楸」。『散木奇歌集』や『中古六歌仙』ではただ「経年恋」とあるのみ。

以下注継続（一五二頁）ニアリ

〔一〇八六〕当歌頭注八注継続（一五五頁）ニアリ

［一〇八五］

増抄・・・［ママ］。[四]君を恋《こ》ふるはつ［ママ］《(はず)》に、今生《(こんじやう)》に生《むま》れ出《い》でたる身《ミ》と言《い》ひ掛《か》けたり。[五]如何《いかん》となれバ、楸の如《ごと》くしほれ《(萎)》てのミ年を経《ふ》りて逢《あ》ふ事ハ無《な》き程《ほど》にとなり。

頭書

[六]君恋《こ》ふとは、君を此方背《こちせ》と云ふが如《ごと》く生まれたるなり。余事無《な》く君に懸《か》ゝりてあると也。

[七]八雲御抄。鳴海《なるミ》の浦《うら》、紀伊歟、尾張歟。万。増基法師哥。

一[一]忍　恋《(しのぶるこひ)》《(しのぶこひ)》の　心《こゝろ》を　　前[二]太政太［ママ］臣

一[三]知るらめや木《(こ)》の葉《は》降《ふ》り敷く谷水の岩間《ま》に洩《も》らす下の　心《こゝろ》を［一〇八六］

増抄に云く。[四]五文字に返《かへ》りて見《み》る歌《うた》也。[五]上《うへ》は木の葉《は》に埋れたる谷水の雫《(しずく)》の如《ごと》く言《い》ひ洩《もら》す心《こゝろ》ハ知《し》るらめやとなり。心明《あきら》かなり。

一左大将に侍《はべ》りける時、家に百首哥合し侍りけるに、・・・・・［ママ］(忍恋の心を)

一摂政太政太［ママ］臣

一もらすなよ雲ゐる嶺の初時雨木《(こ)》の葉ゝ《ハ(は)》下に色かハるとも［一〇八七］

増抄に云く。四これも五文字に返《かへ》る哥なり。五時雨《しぐれ》にてハ、木《(こ)》の葉ゝ《(は)》色変《かハ》るものなり。うへ［ママ］ゝハ(葉は)雲《くも》にて見《み》えぬなり。その如《ごと》く心にハ色《いろ》に成《(なる)》とも、上《うへ》にハ見《み》えるな。となり。六初時雨とある事ハ恋の初《はじ》めの義也。

一恋の哥あまたよみ侍りけるに

一後徳大寺左太［ママ］臣

〔一〇八七〕

一　左大将に侍りける時、家に百首歌合し侍りけるに、・・・・・［ママ］

管見新古今伝本二十四本は、すべて題詞の〔ママ〕の個所に「忍恋の心を」という文言がある。『増抄』は一〇八六番歌題詞がそのまま、この部分にも掛かるとみて省略したか、或は誤って脱落させたか、のどちらかである。「百首歌合」は柳瀬本には「百首の歌あはせ」の表記。又、東大国文学研究室本は「……し侍りけるに」の「に」が無い。他本はすべて同題詞。「左大将に侍りける時」とは作者良経が、左近衛大将であった時期〈文治五年十二月卅日ヨリ建久九年正月十九日マデ〉で、更に特定すれば当歌を載せた六百番歌合〈題詞ノ百首歌合〉催行の建久四年から、俊成判詞完成の建久五年迄で、詠作時はおそらく建久四年頃であろう。他出書での「歌題」については、頭注三で触れる。

以下注継続（一五六頁）ニアリ

〔一〇八八〕

一　恋の哥あまたよみ侍りけるに

管見伝本では、柳瀬本が「恋の歌」と「の」字があるが、「恋哥」と「の」字が無い伝本が多い。が「こひのうた」と訓むのであろう（烏丸光栄所伝本・同書写本・為氏筆本・為相筆本・小宮本・冷泉家文永本・前田家本・鷹司本・宗鑑筆本・春日博士蔵二十一代集本・公夏筆本・江戸期板本等）。「よみ侍りけるに」は、為氏筆本は「読《侍》・けるに」と「侍」を右傍書。当歌は、後徳大寺左大臣藤原実定の家集『林下集』には未載歌であるが、佐々木弘綱・信綱の『標註本』（博文館、日本歌学全書第八編所収）には、仲田顕忠の校合本を用いてあり、「拾遺」の中に見えて詞書・歌句共に新古今に同じ。（因みに、標註として「磐瀬山ハ大和国平群郡也。さて思ふ心をいはすしてといひかけたる也」とある）。

二　後徳大寺左〔ママ〕太臣
管見二十四伝本すべてこの通りの位署。藤原実定である。実定については、三五番歌で磐斎はは既述。又、七〇三番頭注二・七六五番頭注一・七八六番頭注二などに既註。

以下**注継続**（一六〇頁）ニアリ

〔一〇八九〕当歌頭注ハ**注継続**（一六一頁）ニアリ

一[三]斯《か》くとだに思ふ心をいはせ山下《（した）》行く水の草がくれつゝ　〔一〇八八〕

頭書

[四]岩瀬山。大和国。

増抄に云く。[五]斯《か》くの如《ごと》く思《おも》ふと云《い》ふ事《こと》を、君に言《い》ひ度《たき》なり、と也。[六]岩瀬《いはせ》山の下行く水の、草に隠《かく》れつゝ、人に知《し》られぬ様《やう》にして、わが忍《しの》ぶ心《こゝろ》を人に言《い》ひたきとなり。

頭書

[七]草隠《がく》れつゝ、言《い》はで胸《むね》に騒《さハ》ぎてある程《ほど》に、と也。「[八]斯《か》くとだに」とハ、逢《あ》ひたきと迄《まで》ハなくとも、斯《か》く思《おも》ふ体《（てい）》バかりをだに、と也。

一[一]殷富門院大輔

一[二]洩《も》らさバや思ふ心を然《さ》てのミや得《え》ぞ山城の井手の柵《しがら》ミ　〔一〇八九〕

〔一〇九〇〕当歌頭注八注継続（一六三頁）ニアリ

増抄・・・。［ママ］[三]「洩《も》らさばや」とハ、忍《しの》びても忍《しの》び果《は》てられまじき程に、洩《も》らさばやなり。[四]「思《おも》ふ心を然《さ》て而已《のミ》や」とハ、胸《むね》に余《あま》る思《おも》ひを忍《しの》びて而已《のミ》や、也。[五]「えぞ山城」とハ、得已《えや》むまじきと也。[六]「井出の柵《しがら》ミ」とハ、[七]井出ハ里也。[八]井で、とハ田へ水を堰《せ》き入るゝを云ふ也。[九]しがらミハ、水を堰《せ》き入るゝ故也。井溝《みぞ》に取《と》りなして、水の、柵《しがらミ》より洩《も》る如《ごと》くに思《おも》ふ事の、心に余《あま》るを、洩《も》らし知《し》らせばや、となり。

[一]忍ぶ恋の心を　　[二]近衛院御哥

[三]恋しとも言《い》はゞ心のゆくべきに苦《くる》しや人目包《つゝ》む思ひは　［一〇九〇］

増抄・・・。［ママ］[四]君に逢《あ》ふ事こそなくとも、恋しと一言いひても、心の晴《は》るゝ事《こと》のあるべきに、苦《くる》しく胸《むね》に堰《せ》き敢《あ》へず有る事《こと》ハ、人目《め》を包《つゝ》む故《ゆへ》に、恋《こひ》しきとも、大方《かた》にも得言《えい》はぬなり。人が咎《とが》めむかとする故、となり。

頭書

[五]恋《こひ》しきとだに言《い》ひて、慰《なぐ》さみたきとある事《こと》ハ、実《まこと》に心細《こゝろぼそ》き恋《こひ》成《（なる）》べし。

一[一]見れど逢《あ》ハぬといふ心をよミ侍りける

一[二]花園左大臣

一[三]人しれぬ恋に我《（わが）》身《ミ》は沈《しづ》め共《（ども）》みるめにうくハ涙《なミだ》なりけり

［一〇九一］

増抄・・・〔ママ〕。[四]沈《しづ》むものと浮《う》くものと、取《と》り合せて哥を仕立《した》てたり。[五]恋路《ぢ》にハ、身を沈《しづ》むれバ、何事も然様《さやう》にあるべきに、涙《なミだ》ハ人を見《み》る目《め》に、やがて浮《う》かびぬる、となり。

〔一〇九一〕当歌頭注ハ注継続（一六五頁）ニアリ

〔一〇九二〕当歌頭注八注継続（一六六頁）ニアリ

頭書

君を見《み》[六]るにつけて、涙《なみだ》の落つる由《よし》なり。

一題[一]しらず　　　神祇伯顕仲[二]

一物思[三]ふといはぬ斗《（ばかり）》ハ忍ぶ共《（とも）》いかゞハすべき袖の雫《（しづく）》を〔一〇九二〕

増抄に云く。君故《ゆへ》[四]に、物思《ものおも》ふといふ事ハ、忍《しの》びて言《い》ふまじけれども、袖に落つる涙《なみだ》の雫ハ、如何《いかゞ》隠《かく》すべきぞ、となり。

一忍恋[一]の心を　　　清輔朝臣[二]

一人[三]しれず苦しき物ハ忍《（しのぶ）》山下《（した）》這《は》ふ葛《（くず）》の恨《（うらみなり）》也けり〔一〇九三〕

頭書

八雲[四]御抄。しのぶ山、陸奥。伊勢物語

〔一〇九三〕
一　忍恋の心を
管見二十四伝本はすべてこの題詞であるが、「忍恋」については「しのぶこひ（小宮本）」・「忍ァ恋（為相筆本・親元筆本）」・「忍ブル恋（宗鑑筆本・公夏筆本）」・「忍ブル恋（柳瀬本）」と訓読が異なっている。他本は「忍恋」であり、読者の意志に訓みをまかせてある。『清輔朝臣集』（書陵部蔵五〇一／四三架番）には「忍恋」。又新古今よりも稍早い成立（養和二年から文治四年頃まで）の『中古六歌仙』（俊頼・清輔・基俊・俊恵・登蓮・待賢門院堀河ノ撰歌集。編者未詳。薫集歌抄

トモ呼バレル〉には、「恋」題。他出では『練玉和歌抄』の（恋上）の巻〈巻七〉。『歌枕名寄』（巻廿七。東山部六・陸奥上・信夫）の「山」題中の「葛」。『二八要抄』は「忍恋の心を」。「忍恋」題は、『和歌初学式』に説明がある（一〇八六番歌頭注一に既述）。
以下注継続（一六七頁）ニアリ

増抄・・・[ママ]。[五]上《うへ》ハ苦《くる》しきとハ見《み》えねども、心の内の恨ハ詮方《せんかた》なきとなり。[六]くるといふも、葛蔓《くずかづら》、繰《く》り寄《よ》する縁《えん》の詞なり。「[七]下這《したハ》ふ」とハ、草木の下《した》なり。忍《しの》ぶに寄《よ》せたり。

頭書
[八]心の内《うち》に恨《うら》みのある体《てい》也。

〔一〇九四〕
当歌頭注ハ注継続（一七〇頁）ニアリ

一和哥所哥合[一]に、忍ぶ恋《こひ》の心を
一雅経[二]
一消[三]えねたゞ忍ぶの山の嶺の雲懸《くもか》ゝる心の跡も無《な》きまで　［一〇九四］
増抄・・・[ママ]。「[四]消えねたゞ」ハ、忍《しの》ぶハ苦《くる》しき程《ほど》に、身も消えねたゞと也。かゝるハ君に懸《か》くる心也。[五]或説。「心《こゝろ》の跡《あと》も無《な》きまで」とハ、身ハ消えても心法といふものハ、消えぬものなり、身ハ消えて、此《こ》の世《よ》にハ知《し》られぬ事も有るべけれども、心法が残《のこ》りてあらバ、生〻未来際《(さい)》、君と縁を結《むす》びて、いづれの生にか顕《あら》ハれん程《ほど》に、心法も滅《めつ》して君を思《おも》ふ跡《あと》も無《な》き迄《まで》、と希《ねが》ふなり。

頭書

六 君を思《おも》ふ心《こゝろ》が残《のこ》りてハ、何時迄《いつまで》物思《おも》ふ程なれバ、その種《たね》も消《き》えねとなり。

一 千五百番哥合 一・[ママ]　　左衛門督通光 二

一 限り 三・あれバ忍《(しのぶ)》の山の麓にも落葉《ば》が上の露ぞ色づく　［一〇九五］

頭書

四「ふもと」「落葉」とハ、忍《しの》ぶ由《よし》なり。

〔一〇九五〕

一　千五百番哥合・。管見二十四伝本では、すべて「千五百番哥合に」と最後に「に」字がつく。増抄の誤脱である。ところでこの通光歌は、現存の『千五百番歌合』では見当らない。『千五百番歌合校本と研究』の著者有吉保氏が、岸上慎二・橋本不美男氏と共編された『校訂新古今和歌集』（武蔵野書院刊）の当歌頭注に「千五百番歌合にはみえない。通光の歌は千五百番歌合の中で、異同の多いものであるから、或本にはあったのか」とあるが、そういう或本も、現在未だ報告されていない。次の一〇九六番二条院讃岐歌が千五百番歌合歌であるから、その詞書が編纂の時点で紛れたのかも知古抄・。［ママ］六忍ぶと云ふ名を持ちたる山なれバ、色づく事も有るまじき事なれども、此《この》山の麓《ふもと》にも限《かぎ》りあれバ、色付く露の有るよとなり。我《わが》しのぶ事の色に出づるも理《ことわ》りぞと云ふ也。「七露ぞ色づく」とハ、涙の事也。何事にも限《かぎ》りのあるものなれバ、如何《いか》に包《つゝ》むとも、一度ハ色に出づべしと也。

増抄・・・。［ママ］八しのぶ山も限《かぎ》りありて、斯《か》く色に出づれバ、わが恋も忍《しの》び果《は》てられまじきと也。

一二條院讃岐

二打《うち》ハへて苦《くる》しき物ハ人目《め》のミ忍ぶの浦《うら》の蜑《あま》の栲縄《たくなわ》　［一〇九六］

頭書

三しのぶのうら。みちつく（の）［ママ］なり。

れない。なお一一〇六番頭注一も参照のこと。『歌枕名寄』では「麓落葉」という題が付けられている。

以下注継続（一七二頁）ニアリ

〔一〇九六〕

一　二條院讃岐　管見新古今二十四伝本すべて「二條院讃岐」。『千五百番歌合』（恋一、千百九十三番）では「讃岐」とのみ。彼女の略歴は一〇八四番頭注二で既述。『百人一首』に採歌されて著名な「わが袖は汐干に見えぬ沖の石の人こそ知らね乾く間も無し（千載集恋二）」は、讃岐歌ではあるが先行の「我が袖は水の下なる石なれや人に知られで乾く間もなし（和泉式部集）」に酷似している。併し磐斎が『三部抄増註』で「此歌をよみしより沖の石のさぬきといはれし人なり」と述べて以後、「沖の石の讃岐」の異名で喧伝されるようになった。又『百人一首一夕話』には、「また女にて十三経をも読みたる人の由もいひ伝へたり」と述べられている。紫式部が「日本紀の御局」と異名された事（紫式部日記）も思い合わされて面白い。

以下注継続（一七四頁）ニアリ

〔一〇九七〕

当歌頭注ハ注継続（一七六頁）ニアリ

増抄に云く。四「打ちハへて」とハ、常住の義也。五「苦《くる》しき」ハ、苦しむ也。縄《なハ》の縁《えん》の詞也。六蜑《あま》の栲縄《たくなわ》を出だしぬる事《こと》は、上に苦《くる》しきといはん為《ため》也。

頭書

七栲縄《たくなわ》とハ、焼《（たく）》に非《あら》ず、手繰《たぐ》る也。網《あみ》を置《お》くに、縄《なわ》を延《は》へて、それを手にて繰《く》り取《と》る也。

一和哥所哥合に、依忍増恋《（しのぶによりてますこひ）》増《（まさる）》と云ふことを

二春宮権太〔ママ〕夫公継

三忍《しの》ばじよ石間《（いしま）》づたひの谷川《（がは）》も瀬《せ》を堰《せ》くにこそ水増《まさ》りけれ〔一〇九七〕

増抄・・・。〔ママ〕四谷川を見《み》れバ、堰《せ》くに依《よ》りて水が増《まさ》りて深《ふか》くなる也。五〔ママ〕「岩間伝《づた》ひ」と置《お》く事、心を付《つ》くべし。六岩間を落つる水が、音《をと》をさせ

じとて、堰《せ》けば、水が増《まさ》りて、猶音高《をとたか》くなる也。七これを見《ミ》て、わが恋《こひ》も忍《しの》びて人に聞《き》かれまじきとするならバ、却《かへ》りて音高《おとたか》くならん程《ほど》に、そのまゝ置《を》かんにやと、余《あま》りの事《こと》に、兎角《とかく》思案をする躰也。

一題しらず　　　　二信濃

三作者部類に云く。日吉祢宜允仲女。後ニハ、号二後鳥羽院下野一ト。

四一人もまだふミえ［ママ］ぬ山の岩がくれなかるゝ水を袖にせくかな　［一〇九八］

頭書

五大江山幾野《いくの》ゝ道《みち》の遠けれバまだふミも見《み》ぬ天の橋立。

増抄・・・［ママ］。六人もまだ行《ゆ》かぬ深《ふか》き山といひて、しのぶ義を云。七又ハ文を得ぬと云ひ掛けたり。八岩隠《がく》れの水の如《ごと》くに、袖に涙《なみだ》が落つとな

〔一〇九八〕
一　題しらず
管見二十四伝本すべて「題しらず」で異同はない。
二　信濃
管見二十四伝本すべて「信濃」で異同なし。
三　作者部類に云く
『勅撰作者部類』に「後鳥羽院下野。日吉祢宜元（ママ）仲女」とある〈五六三番歌頭注一参看〉。元仲は允《まさ》仲が正しい。『源家長日記』には「政仲」の用字。新古今では「信濃」の作者名であるが以後の勅撰集〈続後撰・続古今・続拾遺・新後撰・玉葉・続千載・続後拾遺・風雅・新千載・新拾遺・新後拾遺・新続古今〉では、「後鳥羽下野」の作者名。〈新勅撰〉だけは「下野」。磐斎が「後ニハ、号二後鳥羽院下野一ト」と記しているのは、新勅撰をも含めたものと理解しておく。ただし「下野」の作者名は、〈後撰〉の「下野守源正澄〔ィ正隆〕女」と〈後拾遺・金葉・玉葉・風雅・新続古今〉の「下野守源正隆女」で「四條太皇太后宮下野」がいるので注意したい。契沖の『書入』本には信濃に、「後鳥羽院下野也」と朱書してある。参考、「常光院〈＝堯孝〉、典厩、智蘊入道など会合の席に、昔の歌仙の中に誰が歌か詠みたきといふ沙汰有りしかば、面々書きて出せる〈中略〉。典厩〈細川持賢《もちかた》〉は下野が、わすられぬ昔は遠く

り。ふミえぬ、踏得《(ふみえ)》ぬハ、表《おもて》。文得《(ふみえ)》ぬハ、裏《うら》の心也。

頭書

[九]岩がくれの水のごとくに、袖に落《お》つる水を洩《も》らさじと、袖《そで》に堰《せ》くとなり。

一　西行法師[一]

一　はるか成《(なる)》[二]岩のはざまに独りゐて人目《め》思《おも》ハで物おもはバや［一〇九九］

頭書

[三]はるか成《(なる)》ハ、人家に遠きと也。

増抄・・・《［ママ］》。[四]人の中にてハ色にや見《み》えんと忍ぶに苦《くる》しきが、さて如何《いか》にせんと案《あん》じて、人家へ遥《ハる》かに遠《とを》き山の岩の間《(はざま)》に独《ひと》り居《い》て、人目《め》を憚《ハヾか》らず物思《おも》ハばやと也。

成り果て、今年も冬は時雨来にけり、の歌を出し侍りし。これほどの歌なしと云々。此哥を詠ずるたびに落涙せらる、由、語り侍りき（清巌茶話）」・「又問云、万葉になづめる人の歌の悪しきさま、猶くはしく是をきかむ。答云、〈中略〉又、後鳥羽院下野が拾へる、はつせのやゆづきがしたに我隠せるつま　あかねさしてれる月夜に人見けんかも。此こがねは、時移りたれば、用ひがたしとや思ひけん。鋳直しけるこそ賢こけれ。続後、初瀬山弓月が下もあらはれて今宵の月の名こそかくれね〈下略〉（ふるの中道）」。

以下注継続（一七八頁）ニアリ

〔一〇九九〕

一　西行法師

管見新古今二十四伝本はすべて「西行法師」で異同はない。西行の略伝は、八三一番・九七八番の頭注に既述。

以下注継続（一七九頁）ニアリ

〔一一〇〇〕当歌頭注ハ注継続（一八一頁）ニアリ

〔一一〇一〕当歌頭注ハ注継続（一八三頁）ニアリ

一数ならぬ心の咎《とが》になし果《は》てじ知《し》らせてこそハ身《み》をも恨《うら》ミめ　［一一〇〇］

増抄・・・《［ママ］》。《ニ》数《かず》ならぬ身を顧《かへり》ミて、かゝる身にてハ君に言《い》ひたりとも、叶《かな》ふべきに非《（あら）》ずと、身の咎《とが》を思《おも》ひ知《し》られて、言《い》はであれども、頻《しき》りに苦《くる》しき故《ゆへ》に、一先《（ひとまづ）》言《い》ひてミん、あまり遠慮も却《かへ》りて悪《あ》しき事《こと》もあるべし、君が合点《がてん》する事もあるべしと、言《い》ひて後に合点《がてん》せずバ、うらミぬべきにこそあらめ。と也。

頭書

能《よ》く〳〵問《と》ひ定《さだ》めて、人の咎《とが》にして、それによりてうと《［ママ］（ら）》ミ果《は》てばやと也。

一水無瀬の、恋の十五首哥合に、夏恋を

一[二]摂政太政　太［ママ］臣

一[三]草深き夏野《の》分け行く小男鹿《（さをしか）》の音　・［ママ］こそたてね露ぞこぼるゝ

［一一〇一］

頭書
[四]小男鹿の如《ごと》くに、音《をと》こそたてね露ぞこぼるゝと也。

[五]古抄・［ママ］。[六]夏の間《あひだ》ハ、鹿ハ啼《な》かぬも・［ママ］也。されども妻をバ恋《こ》ふる物なり。[七]狩人の照射《ともし》を差《さ》して、夏も鹿《しか》を獲《（の）と》る也。加茂重保哥に、引、[八]照《とも》射《し》する火串《ほぐし》を妻《つま》と思《おも》へばや逢《あ》ひ見《ミ》て鹿《しか》の身をバこ《か歟》ふらん。[九]・・・〈脱落部〉

頭書
[一〇]草の中ハ、分け行け共《（ども）》、音がせぬもの也。露、草の中にハ、ある故《ゆへ》なり。

〔一一〇二〕当歌頭注ハ注継続（一八六頁）ニアリ

〔一一〇三〕当歌頭注ハ注継続（一八八頁）ニアリ

増抄・・・。〔ママ〕[一]忍《しの》ぶ心なり。音《をと》をたてねど、草の露のこぼる丶如《ごさ》く、涙の露がこぼる丶となり。人丸。[三]夏野ゆく男鹿の角《つの》、束《つか》の間《ま》も、とよめり。

一[一]入道前関白右太(ママ)(大)臣に侍りけるとき、百首哥、人々によませ侍りけるに、忍ぶ恋のこ丶ろを　　[二](ママ)大(太)宰大貳重家

一[三]後のよをなげく涙といひなしてしぼりやせまし墨染の袖　［一一〇二］

増抄・・・。〔ママ〕[四]忍《しの》び侘《わ》びて斯《か》く見立《みた》てたり。[五]大方《かた》の事ハ人が推量《すいりやう》すべき程《ほど》に、後世を歎《なげ》く涙《なみだ》と云《い》ひたらバ、人が心を付《つ》けまじきにや、となり。[六]詮方尽《せんかたつ》きて斯《か》く言《い》ふなり、と見《み》るべし。

一[一]大納言成通、文遣《つか》ハしけれど、つれなかりける女を後の世まで恨み残《のこ》るべき由《よし》、申しければ　　[二]よみ人しらず

一三玉章《（たまづさ）》の通《かよ》ふバかりになぐさめて後の世《よ》までの恨《うら》ミ残《のこ》すな［一一〇三］

頭書

四この「バかり」は、「のミ」といふ心《こゝろ》に見《み》るべし。

五増抄・・・［ママ］。よく聞《きこ》えたる哥なり。玉章《たまづさ》を通《かよ》ハするさへ、成《な》り難《がた》きを、責《せ》めて為《す》る事《こと》なる程に、これに慰《なぐ》さめて、後世まで恨《うら》ミを残《のこ》すなとなり。

一一前大納言隆房、二中将に侍りける時、三右近の馬場の引折《ひをり》の日、四罷《まか》れりけるに、五物見《ものみ》侍りける女、車《くるま》より遣《つか》はしける

一六例《ためし》あれバ眺《なが》めハそれと知りながら覚束《おぼつか》なきハ心なりけり［一一〇四］

頭書

〔一一〇四〕当歌頭注ハ注継続（一九〇頁）ニアリ

[七]昔《むかし》の例《ためし》を思《おも》へバ逢《あ》ふべきか[八]然様《さやう》にあらんか、[九]如何《いか》ならん。[一〇]人の心《こゝろ》が覚束《おぼつか》なきと也。

[一一]古抄・。［ママ］「前大納言隆房、中将に侍りける時《とき》、右近の馬場の引折《ひをり》の日、罷《まか》れりけるに、物見《ミ》侍りける女、車《くるま》より遣《つか》ハしける」詞《ことば》書にあり。右近の馬場の引折《ひをり》の日と云ふ事、[一二]古今・伊勢物語等に有り。定家卿の[一三]僻案抄に委《くハ》しく見《み》えたり。昔、業平、此所にて

引　[一四]見《ミ》ずもあらず見《ミ》もせぬ人の恋しくハあやなく今日《けふ》や詠《なが》め暮《く》らさん

返し

[一五]知《し》る知《し》らぬ何《なに》かあやなく分《わ》きて言《い》はん思《おも》ひのミこそ導《しる》べなりけれ

と詠《よ》ミ、又、大和物語《やまとものがたり》に書きたる返哥ハ、

引　[一六]見《ミ》も見《み》ずも誰《たれ》と知《し》りてか恋《こ》ひらるゝおぼつかなミの今日《けふ》のながめや。

これ等を取合はせて詠《よ》める成《(なる)》べし。[一七]例《ためし》あればとハ、其時の例と云ふ心《こゝろ》なり。

増抄に云く。業平[一八]の例の如《ごと》くハある程《ほど》に、後《のち》に逢《あ》ハん事《こと》なるか、見たる所の違《ちが》ハぬ様《やう》に、心《こゝろ》も古《いにし》への人の様《やう》にありて逢《あ》ひ給ハんか、それが知《し》られぬとなり。

一 返し[一]　　前大納言隆房[二]

言《い》[三]はぬより心や行きて導《しる》べする眺《なが》むる方を人の問《と》ふまで［一一〇五］

増抄・・・［ママ］。其方《そなた》[四]より言《い》はぬ先から、わが心《こゝろ》が行《ゆ》きて導《しる》べする。如何《いかゞ》しるべするぞ・［ママ］（と）なれバ、わが眺《なが》むる方をそれと人が知《し》りて問《と》ふ程《ほど》にと也。わが言《い》[五]はぬよりとも言《い》へり。業平《なりひら》[六]ハ男《おとこ》の方《かた》より遣《や》りたり。これハ女の方《かた》よりなり。されど問《と》ひかくる例は同じ事也。源氏物語[七]にある源内侍が、源氏の君に言《い》ひかけたるも、例となるべきにや。思《おも》ひ合《あわ》すべし。

一 千五百番哥合に[一]　　左衛門督通光[二]

〔一一〇五〕
一 返し　鷹司本は「返り事」とある
以下注継続（二〇三頁）ニアリ

〔一一〇六〕
一 千五百番哥合に

管見二十五伝本すべて「千五百番哥合に」である。ただ冷泉家文永本は「千五百哥合に」と誤記し、百の右横に番を書き加えてある。ところで通光の当歌は、千五百番哥合には見出せない。新古今題詞では、千五百番哥合が出典とされる通光歌で、現存千五百番歌合では見出し得ぬ歌は、四三四・一〇九五・当哥・一二七五の四首がある〈四三四番歌は、柳瀬本は作者を「右《左イ》衛門督通具《光イ》」とするが、他伝本は通光〉。但し四三四番歌は千五百番歌合三一五番右歌として二首並べられてあり〈さらに又歌ト、たちかふる衣にこそは思しれけふより春はよそになるともノ二首〉、石田氏『全註解』に「この歌千五百番歌合に見えない」とあるのには一考を要する。拙蔵板本〈無刊記本デアルガ、矯々館一鷗居士〈今村一鷗、広島ノ人、小児科医〉ガ明和庚寅（一七七〇）ニ女《ムスメ》のぶニ与エタ自筆奥書ガアリ、又「天保壬辰」（一八三二）ナル朱印ガ数ケ所ニ捺印サレテアル〉には「たちかふる」歌一首のみ。この三一五番右歌二首に関しては、有吉氏『千五百番歌合校本とその研究』の解題五頁に「改作の跡がみられることである」とあり、一〇九五・一一〇六・一二七五番歌は言及されていないが、新古今掲出歌が、改作或は取替以前の千五百番歌合の第何番目かの通光歌の初形であった事も考えられるのではなかろうか。併し判明は期し難い事ではある。他出書の詞書は、『二四代集・二四代和歌集・八代知顕抄』にも「千五百番歌合に」とあり、定家も千五百番歌合の歌であることを認めていたが如くである。

二　左衛門督通光
通光はミチテル・ミチミツと訓まれている。一〇九五番歌頭注二参照。管見新古今二十五伝本でも、この作者位置である。他出では、

一[三]詠《なが》め佗《わ》びぬ［ママ］それとハなしに物ぞ思ふ雲のはたての夕暮の空　［一一〇六］

[四]古抄に云く。[五]譬《たと》へバ、夕のもの悲《かな》しく哀れなる時分、誰を頼《たの》むとハなけれども、な（が）・［ママ］めやるに、それならぬ雲も目《め》に立ちて見《み》ゆるものなり。[六]夕の感情をよく詠《よ》める也。[七]頼《たの》めぬさへ夕ハ憂《う》きものなり。況《いは》むや頼《たの》めて待つ心の内いかゞ侍らんと云ふ心《こゝろ》を含《ふく》みて詠《よ》みたる哥《うた》也。[八]「雲のはたて」とハ、群《む》ら〳〵立ちたる雲、旗《はた》を広《ひろ》げたる様《やう》に、と云ふ事也。

本歌　[九]夕暮ハ雲のはたてに物ぞ思《おも》ふ天《あま》つ空なる人を恋《こ》ふとて

増抄・・・。［ママ］[一〇]「それとハなし」とハ、心の一方《かた》ならず乱《みだ》るゝ由《よし》也。何《なに》と取《と》り占《し》めたる事《こと》ハなく、全躰思《おも》ひの種《たね》となる、となり。[二]わが思《おも》ひの様《やう》に乱《みだ》れたる雲の立《た》ちぬる夕《ゆふべ》を眺《なが》め佗《わ》びぬとなり。

「後久我前太政大臣源通光（相国三十六人撰）」・「後久我前太政大臣通光〈源ナシ〉（新三十六人撰正元二年〈内題新続歌仙〉）」・「権中納言通光（自讃歌・二四代集）」・「権大納言通光（二四代和歌集・八代知顕抄）」の如くである。

以下注継続（二〇四頁）ニアリ

〔一一〇七〕

一　雨の降る日、女に遣ハしける　管見二十五本による詞書校異。「雨の降る日」が「雨ふりける日（東大国文学研究室本）・雨ふりたる日（鷹司本）・雨降る日（為相筆本・為氏筆本・公夏筆本・前田家本・烏丸光栄所伝本・同書写本・高野山伝来本・春日博士蔵二十一代集本）・雨ふる《のイ》日（柳瀬本。右側ニのイノ校合アリ）」。他の十四伝本は「雨の降る」。歌句本文からこの雨は、春雨。参考、「春雨は音なく、ふるともわかぬよしをいひ、幾日もはれやらでさびしき心、相応也。音さハがしく風あらき心なとは不相応也。花をもよほし草葉をめぐむよしなどをいひ、よもの木のめももえまさる心をいふ也。〈中略〉よせの詞、ふる、をやまぬ、霞よりふる、くるゝもわかぬ、軒の玉水、つれ〴〵と降くらす、音なくふる、降ともわかぬ、しのふの露、花をはぐくむ、くさきをめぐむなど也（初学和歌式）」。出典題詞は、「はるころ、しのぶる〈続国歌大観本、忍ぶ〉ある女のもとにつかはしける」（長秋詠藻。書陵部蔵五〇一・一七二架番）。出典題詞から「女」は忍ぶ恋の相手である。従って題詞の意は、「音もなく静かにしと〳〵と春

頭書

[一二]「な・[ママ]めわびぬ」とは、見ずにあれよきに見ずにもゐられぬと也。[一三]心《こゝろ》も心《こゝろ》(が)のまゝにならぬ故《ゆへ》に、詠め侘びぬとなり。侘《わ》ぶるとハ、詮方《せんかた》なき心也。

[一]雨《あめ》[ママ]の降《ふ》る日、女に遣《つか》ハしける

[二]皇太后宮大夫俊成

[三]思ひあまりそなたの空をながむれバ霞を分けて春雨ぞ降《ふ》る　[一一〇七]

増抄・・・。[ママ][四]五文字、心深《こゝろふか》きものなり。[五]兎《と》や角《かく》やと、心の乱《みだ》るゝを堪忍《かんにん》すれども、思《おも》ひ余《あま》りて詮方無《せんかたな》さに、君が辺《あた》りをなりともとて、眺《なが》むると也。眺《なが》めやれバ霞《かす》ミて明《あき》らかにも見《み》えず。しかも春雨が降《ふ》ると也。これにも心《こゝろ》が慰《なぐ》さまぬ由《よし》なり。[六]伊勢物語、君があたり見《み》つゝ

を〻《(居)》らん伊駒山雲な隠《かく》しそ雨《あめ》は降《ふ》るとも。春雨に涙の心《こゝろ》もあるべし。

頭書
[七]思《おも》ひ余《あま》り妹《いも》がり行《ゆ》けば冬の夜《よ》の河風寒《さむ》ミ千鳥《どり》鳴く・也
[八]「思《おも》ひ余《あま》り」とハ、行きて・逢《あ》わんも、来《こ》よと言《い》はんも、ならぬまゝに、斯《か》くてだに《［ママ］》《(こふ)》とて、其方《そなた》の方《かた》を眺《なが》むるとなり。大方《かた》にて置《お》きたる五文字にて非《あら》ず。

一水[一]無瀬恋十五首哥合に

一摂[二]政太政太《［ママ］》臣

一山[三]賎《(がつ)》の麻《あさ》の狭《さ》衣おさをあらミあはで月日や杉葺《ふ》ける庵　［一一〇八］

古[四]抄に云・く・。引　[五]須《す》磨《ま》の蜑《あま》の塩焼《しほや》き衣おさを荒ミまどをにあれや君が来《き》まさぬ。引　[六]杉板もて葺《ふ》ける板間《ま》の合《あ》ハざらバいかにせんとか我《われ》

雨の降る日、忍ぶ恋の相手に思いあまって送った歌」の如き意。
二　皇太后宮大夫俊成
鷹司本は、單に「俊成」とのみ。他伝本はすべてこの位署と同じ。他出書では、『練玉和歌抄』（巻七恋歌上）に「俊成」。『私玉抄』の「長秋抄」として掲出部に「俊成卿」。俊成の経歴は、『増抄』では五番歌頭注二で既述。俊成が皇太后宮大夫になったのは承安二年二月十五日五十九歳。皇太后は忻子。
以下注継続（二〇八頁）ニアリ

〔一一〇八〕
一　水無瀬恋十五首哥合に
新古今一一〇一番での題詞表記に、「水無瀬の恋の十五首哥合」とあるので、ここもの字が無くてものを入れて訓むのがよい。即ち「水無瀬の恋の十五首の哥合に」がよいと思うが伝本書写者のその時々のよみぐせで、いずれかの「の」を抜いて書写されていたのではなかろうか。よく分らない。管見伝本二十五本では、春日博士蔵二十一代集本は「水無瀬の恋十五首歌合に」と表記されているが他はすべての字は書かれていない。『秋篠月清集』（恋部）では、教家本に「水無瀬殿九月十三夜・十五首哥合」の歌群中に、「山家恋《(恋)》」の題で掲出され、定家本でも「水無瀬殿にて、九月十三夜恋の十五首の哥合に」の歌群の中に「山家恋」題で見える。『水無瀬恋十五首歌合』の歌題の十五題中の「山家恋」

寝初《ねそ》めけむ。七間遠《まどを》ハ、筬《おさ》の間《ま》の遠《とを》きをいふ。人の、問《と》ハぬ間《ま》の遠《とを》きを、麻《あさ》の衣《ころも》筬《おさ》に寄《よ》せて詠《よ》ませ給へり。「八山賤《(がつ)》」と置《を》きて「麻《あさ》の狭衣《さごろも》」「杉葺《ふ》ける庵」など、よく取《と》り合せ・たる哥也。

増抄に・云く・。九山賤《がつ》と置《を》く事ハ、山賤《がつ》の衣《ころも》ハ、荒《あ》ら〳〵しき也。又ハ、杉葺《すぎふ》け［ママ］・庵と言《い》はむ為《ため》なり。一〇杉葉《すぎは》にて葺《ふ》きたる庵ハ、荒《あ》ら〳〵しくて、山賤《がつ》（る）の家なり。扨《さて》も逢《あ》ハで月日を過《す》ぐす［ママ］・（こ）とかな。かくてもあられけるものにやとの心《こゝろ》なり。

一欲　言　出　恋《(ことにいでんとほつするこひ)》といへる心《こゝろ》を　　　　二藤原忠定

三作者部類に・云く・。藤忠定。大納言兼宗男。

一四思へ共《(ども)》いハで月日はすぎの門《(かど)》さすがにいかゞしのびはつべき

［一一〇九］

題で詠まれた歌であるから、一一〇一番題詞にならえば、「水無瀬の恋の十五首の歌合に山家恋を」の如くであるのを省略して書かれたのであろう。「水無瀬恋十五首歌合」は、後鳥羽院が水無瀬離宮で主催され、明月記にも記載がある（建仁二年八月廿九日・同九月十三日條）。又この歌合の歌を撰んで合わせた『若宮撰歌合』（建仁二年九月廿六日）や、『水無瀬殿桜宮十五番歌合』（建仁二年九月廿九日〈端作リニヨル〉）にも「山家恋」題で見えている。

以下注継続（二〇九頁）ニアリ

〔一一〇九〕当歌頭注ハ注継続（二一二頁）ニアリ

頭書

「欲言出・」〔ママ〕とハ、忍《しの》び果《は》てられず苦《くる》しき程《ほど》に、言《い》はんとおもへどき〔ママ〕（も）、の心《こゝろ》なり。いまだ言《い》ひハせぬ也。

増抄に云く。[六]言《い》はぬとて、君を思《おも》ハぬと、・〔ママ〕（な）思《おぼ》し召《め》しそ、忍《しの》ぶ故《ゆへ》に、思《おも》へども言《い》はぬ事也。然《しか》れども言《い》はでハあられ〔ママ〕（る）べきにあらず、云はんかとなり。[七]月日を過《す》ぐる、さす、が縁《えん》の言葉《こと》にて、一首を仕立《した》てたり。

一[一]百首哥たてまつりしとき

一[二]皇太后宮大夫俊成

一[三]逢ふ事ハかた野の里《さと》のさゝの庵《（いほ）》しのに露散《ち》る夜半《よハ》の床《（とこ）》かな　〔一一一〇〕

〔二一〇〕当歌頭注ハ注継続（二一四頁）ニアリ

増抄に云く。逢[四]ふ事ハ成《な》り難《がた》きと也。[五]笹《さゝ》の庵ハ、篠《しの》と言《い》はん為《ため》なり。篠《しの》竹といふがある故也。こゝ[六]ハ繁《しげ》くと言《い》はん為《ため》なり。君[七]に逢《あ》ふ事の難《かた》き故に、繁《しげ》く露が夜半《は》の床に散《ち》るとなり。なミだをかけて云へり。

［一一一］

一[一]入道前関白右太[ママ]臣に侍りける時《とき》、百首の中に、忍恋《（しのぶるこひ）》

一[二]散《ち》らすなよしのゝはぐさのかりにても露かゝるべき袖のうへかハ

[三]古抄・[ママ]。「[四]散《ち》らすなよ」とハ、洩《も》らすなと云ふ詞なり。「[五]かりにても」とハ、かりそめにてもと云ふ義也。[六]斯《か》く忍ぶさへ稍《やゝ》もすれバ色《いろ》に出づべきに、況《（いはんや）》、洩《も》れてハ袖の乾《ひ》る間《ま》もあらじといへる哥なり。[七]恋ハ、顕《あら》ハるゝを悲《かな》しび、逢《あ》はぬを歎《なげ》き、つれなきを慕《した》ふ、を本意とす。[八]忍ぶ恋といふ題ハ、心ありて詠《よ》むべき事也。「[九]しのゝはぐさ」の事、俊成卿に、或人尋ね侍りけれバ、返答に、たゞ優《やさ》しき名なればよみ侍りし、と申されたるとなり。

〔一一一〕

一　入道前関白右太[ママ]臣に侍りける時、百首の中に、忍恋

この詞書は伝本により小異がある。「入道前関白」は藤原兼実である。公夏筆本は「入道前関白太政大臣」・春日博士蔵二十一代集本は前字がなく「入道関白」とある。「右太臣に」は公夏筆本「左大臣に」・鷹司本はに字を脱し「右大臣」。兼実が右大臣であったのは、永万二年十一月十一日より（十八歳）、文治二年三月十六日に左大臣になる迄の間、摂政並氏長者にはその四日前の三月十二日に任ぜられている（三十八歳）。実に二十年間にわたる。百首歌が『長秋詠藻』によれば「右大臣家百首。治承二年五月晦比、給題、七月追詠進」とあるので、治承二年七月、兼実三十歳の時の俊成詠進歌である。「百首の中に」は多くの伝本（小宮本、その他）には「百首歌の中《なか》に」とあるが、「百首の中に」と歌字のないのは為氏筆本。「百首の歌の中に」とするのが烏丸光栄所伝本・延宝二年板本〈文化元年補刻本モ〉。「百首歌中に」とするのが亀山院本。「忍恋」を公夏筆本は「忍恋の心を」とある。「忍恋」は「しのふるこひ」と仮名書が小宮本・為相筆本・冷泉家文永本。「忍ふる恋《恋（朱）》」とするのが柳瀬本。「しの

増抄・・・。〔ママ〕一〇忍《しの》べども袖に露あるを見《ミ》て、扨《(さて)》も斯《か》く露を袖に置《を》きて人に見《み》すべき事《こと》かハ、忍《しの》びぬるに、と也。二一「散《ち》らすなよしの」とは、忍《しの》べとの心あり。かりそめにも斯《か》く顕《あら》はるゝ様《やう》にあるべき事ならず、となり。

頭書

二顕《あら》ハれバ、大事のことなる程《ほど》に、かりそめにも、袖に露をかくべきかハ、となり。

一一題しらず　　二藤原元真

三甲斐守清邦男。丹波介。五位

四一白玉か露かと問はむ人もがな物おもふ袖をさして答《こた》へん〔一一一二〕

ふ恋」が宗鑑筆本。「しのふこひ」が前田家本。「忍ふ恋」が延宝二年板本〈文化元年補刻本モ〉。親元筆本は「忍ブ恋」（新潮集成翻刻ニヨル）。参考「龍吟秘抄云、忍ぶるといふ、るの字、眼なり。たゞ忍ぶといふよりは情ふかし云々（百人一首龍吟明訣抄、式子内親王歌注）」。忍恋については新古今一〇三四番歌頭注一も参看せられたい。他出書の詞書は、「後法性寺入道前関白太政大臣家百首歌よみける時、忍恋」と『二四代集』・『二四代和歌集』にあり、『八代知顕抄』では「後法性寺入道前関白家百首哥よみ侍ける時、忍恋」と小異している。

以下注継続（二一六頁）ニアリ

〔一一二〕

一　題しらず
管見新古今伝本二十六本はすべて「題しらず」。西本願寺蔵三十六人集の『もとさね』では、「また、ひとに」題七首中の一首。

二　藤原元真
磐斎は『増抄』では最初掲出の一八八番作者で施注せず、三三七番歌に施注するが、『勅撰作者部類』の誤り（父ノ名ヲ清雅《(ママ)》トスル）を踏襲し、新古今採入歌数も八首を七首と誤算（勅撰作者部類ハ八首デ正シイ）している。但し、新古今伝本によっては「七首」の伝本が存在したかも知れないが大坪には不明。又、父の名は当該一一一二番の磐斎施注では清邦に訂正されている。
以下 注継続（二三〇頁）ニアリ

〔一一一三〕
当歌頭注ハ 注継続（二三二頁）ニアリ

頭書
五本哥に、「露と答《こた》へて消えむ」とある如《ごと》くに、露とこた［ママ］（へ）てそのまゝ死んで見《み》せん、となり。

増抄［ママ］・・・。六伊勢物語、七白《しら》玉か何ぞと人の問《と》ひし時露と答《こた》へて消（け）なましものを。八この段にて心得《こゝろへ》ぬべし。二条の后のやうに問《と》ハん人もがな、物思《おも》ふ時の袖の如《ごと》くなり、と指《さ》して答《こた》へんとなり。九その時《とき》の草の上《うへ》の露ハ、わが袖の如《ごと》しと言《い》はんと也。

一女につかハしける　二藤原義孝

三何時迄《いつまで》の命も知《し》らぬ世の中につらき歎《なげ》きの已《や》まずも有るかな　［一一一三］

増抄に云く。四何時迄《いつまで》と久しくあらんとも定《さだ》まらず、今日《けふ》の夕暮《ゆふぐれ》も知《し》らぬに、心の慰《なぐ》さむ事《こと》も無《な》く、辛《つら》き事《こと》の已《や》まずして死なんかと歎《なげ》く由《よし》なり。

頭書

[五]在《あ》り果《は》てぬ命《いのち》待《ま》つ間《ま》の程《ほど》バかり憂《う》き事繁《しげ》く歎《なげ》かずもがな

〔一一一四〕当歌頭注ハ注継続（一一三頁）ニアリ

一[一]崇徳院に百首哥たてまつりける時

一[二]大炊御門右［ママ］太臣

一[三]我恋《わがこひ》ハ千木《ちぎ》の片削《かたそ》ぎ難《かた》くのミ行き合《あ》ハで年の積《つも》りぬるかな　［一一一四］

頭書

[四]神代ハ、久しき事《こと》に言《い》ふ故に、年の積《つも》りぬるかな、と言《い》へり。

[五]古抄・・・［ママ］。[六]本哥、夜や寒き衣や薄《うす》き片削《かたそ》ぎの行きあひの間《ま》より霜や

置《を》くらん。この哥を引《ひ》きて詠《よ》めり。[七]千木とハ、神殿の棟に、打ち交《か》へたる木を云ふなり。[八]先《さき》を片削《かたそ》ぎにすれば、かたそぎと云ふ也。打ち交《か》へたれバ、行き会《あ》ひすと詠《よ》めり。

増抄に云く。[九]かたそぎの如《ごと》く、年を経《へ》ても会《あ》ハぬ義なり。[一〇]「難《かた》くのミ」とハ、何《なに》と心《こころ》を摧《くだ》きてミても、成《な》らぬ由《よし》也。

一[一]入道前関白家に、百首哥よミ侍りける時、あはぬ恋といふ心《こころ》を

一[二]藤原基輔朝臣

一[三]いつとなく塩焼(や)く蜑《あま》の苫《とま》びさし久しく成(なり)ぬあはぬ思ひハ［一一一五］

増抄・・・［ママ］。「[四]いつとなく」とハ、常住といふ言葉《ことば》なり。いつとなくといへば、たま〳〵［判読不明］［はる〳〵？］の義なり。いつといふ事なく、常《つね》にと也。[五]胸《むね》の煙にたとふる也。[六]久しくなる思《おも》ひハいつとなくと返《かへ》るなり。[七]波間《ま》より

〔一一一五〕当歌頭注ハ注継続（二二五頁）ニアリ

見《み》ゆる小嶋の浜《はま》びさし・・・［ママ］（ひさし）くなりぬ君にあひミで。

一[一]夕恋といふ事をよみ侍りける　　[二]藤原秀能

一[三]藻《も》塩《しほ》焼《や》く蜑《あま》の苫屋の夕煙立つ名《な》も苦《くる》し思ひたえなで　［一一一六］

増抄・・・［ママ］。[四]とま屋のけぶりに、思火《おもひ》の煙《けぶり》を譬《たと》へたる歌《うた》なり。「[五]立《た》つ名《な》も」とハ、煙の如《ごと》く燃《も》ゆるさへあるに、煙の如《ごと》く名の立《た》つも、となり。

一[一]海辺恋と云ふ事をよめる　　[二]定家朝臣

一[三]須磨の蜑《あま》の袖に吹き越《こ》す塩風の馴《な》るとハすれど手《て》にもたまらず　［一一一七］

古[四]抄・・・［ママ］。引　[五]馴《な》れゆけバうき世《よ》なればや須磨《すま》の蜑《あま》の塩焼《しほやき》衣までを

〔二二六〕　当歌頭注ハ注継続（二二八頁）ニアリ

〔二二七〕
一　海辺恋と云ふ事をよめる　管見二十六伝本校異。「海ノ辺ノ恋といふことを（公夏筆本。よめるノ三字ナシ）・海辺恋といふこをよみる（鷹司本。みハめノ誤写歟）」。又、「海辺恋」の表記は、「海辺の恋（冷泉家文永本）・海辺ノ恋（小宮本・為相本・親元筆本。コレハ翻刻者ノ仮ニ付セラレタ訓点デアロウ）」。「海辺恋」の訓み方は「かいへんのこひ・うみへのこひ・うみのへのこひ・うみへたのこひ・うみのあたりのこひ・うみのほとりのこひ」等が考えられるので翻刻者による付訓は無い方がよく、示すと

なるらん。[六]「袖に吹き越《こ》す塩風」を、徒人《あだ》に寄《よ》せてよめり。潮風《しほかぜ》ハ、吹くとも袖に溜《たま》らぬ也。徒人《あだ》も馴《な》るゝとハすれども、確《しか》とわが手に溜《たま》らぬ由《よし》なり。

増抄・・・「ママ」。[七]「袖に吹《ふ》き越《こ》す」とハ、とゞまらぬ由《よし》也。「なる」とハ、風の音《おと》ハすれどゝ《（と）》言《い》ふを、人の馴《な》るゝと言《い》はん為《ため》なり。

一[一]摂政太政大臣家哥合によみ侍りける

一[二]寂連法師

一[三]有《（あり）》とても逢《あ》ハぬためしの名取河朽ちだに果《は》てね瀬々《せゞ》の埋木《（むもれぎ）》

［一一一八］

増抄・・・「ママ」。[四]恋ひ死なずに有りとても、逢《あ》ハぬ例《ためし》になれば甲斐《かひ》も無《な》き程《ほど》に、朽ちて亡《な》くなれ、となり。

すれば括弧など記号付《つき》がよい歟。〈「うみへた」ノ訓ミハ古今集六六九番歌ニ見ユ〉。他伝本はすべて『増抄』と同文題詞である。参考、「恋ノ地儀。これも恋の心を山・河・瀧・野・里・池などによせてよめり。名所をもよむべし。名所〈大坪注、多クノ名所ヲ掲出シタ中ニ、須磨ノ浦、モアル〉（和歌麓の塵）」・「恋地儀。恋の心を海川野山など国出の事によせてよむなり（今古和歌宇比万那飛）」。なお、他出書『二四代集・二四代和歌集・八代知顕抄』では「題しらず」の前書である。

以下注継続（二三〇頁）ニアリ

〔一一一八〕

一　摂政太政大臣家哥合によみ侍りける　管見二十六伝本間の校異。烏丸光栄書写本と寛政十一年板本は「摂政太政大臣家の哥合によみ侍ける」と、平仮名「の」字を表記。親元筆本は「摂政太政大臣家に哥合によみ侍ける」と「に」字を入れた表記で、下接も「哥合に」とあり。亀山院本（愛媛大学古典叢刊ニ写真版所収）は「摂政太政大臣家哥合によミ侍る」。他伝本には異同はない。出典の『六百番歌合』では「寄川恋」題。『寂蓮集』も「寄河恋」。『二四代集・二四代和歌集・八代知顕抄』では「後京極摂政家哥合に」。『二八要抄』には「摂政太政大臣家哥合に」。「後京極摂政家哥合」も「摂政太政大臣家哥合」も共に六百番歌合のことで、藤原良経の主催である。

以下注継続（二三三頁）ニアリ

頭書

[五]これも死ぬるハ望ならねど、有りてハ死にたるより劣《おと》りたる事なれバ、となり。

[一]千五百番哥合に　　[二]摂政太政大臣

[三]歎《なげ》かずよ今ハたおなじ名取河せゞの埋木朽ちはてぬとも　［一一一九］

増抄［ママ］・・・。[四]侘《わ》びぬれバ今ハた同じ難波《なには》なる身《ミ》を尽《つ》くしても逢《あ》ハんとぞ思ふ。[五]反《かへ》りてみる歌《うた》なり。[六]瀬々《せゞ》の埋木の如《ごと》くに、朽《く》ちて果《は》つるとも、歎《なげ》かずよ、となり。とても名に立《た》ちたる事なれバ、今《いま》から止《や》ミても同じ事なれバ、となり。

頭書

〔一一一九〕当歌頭注ハ注継続（一三三五頁）ニアリ

〔一一三〇〕当歌頭注ハ注継続（二三七頁）ニアリ

〔一一三一〕当歌頭注ハ注継続（二三九頁）ニアリ

七たとひ死にて朽《く》つるとも、とても立《た》ちたる名なれバ、已《や》まじとなり。

一百首哥たてまつりし時　二條院讃岐

一涙川たぎつ心のはやき瀬を柵《しがら》ミかけて堰《せ》く袖ぞなき　［一一二〇］

増抄・・・。［ママ］四心、詞、聞《き》こへたる哥なり。忍《しの》び得《え》ぬ由《よし》なり。五「たぎつ心」とハ、強《つよ》き瀧《たき》の、滾《たぎ》り落《お》つる如《ごと》くなる心を、抑《おさ》へん様《やう》なしと也。

頭書

六随分《ずいぶん》、塞《せ》きてミての上《うへ》にて詠《よ》めるなり。堰《せ》く袖ぞなき、こハ如何《いか》にせんとなり。

一摂政太政大臣、百首哥よませ侍りけるに

一高松院右衛門佐

一三よそながらあやしとだにも思《おも》へかし恋せぬ人の袖の色かハ　［一一一二］

増抄・・・。［ママ］四近《ちか》く寄《よ》りて咎《とが》め給ハヾ、嬉《うれ》しかるべし。然《さ》ハなくて、その人の袖ハ不思議《ふしぎ》なる色《いろ》かなと、咎《とが》めよかし、となり。五わが袖を、われと見《ミ》て、扨もこの色《いろ》ハ、恋をせでハ斯《か》ゝるものか・《（と）》［ママ］人の咎《とが》めてくれぬ事《こと》よ、とて、独《ひと》り言《ごと》に言《い》ふ由《よし》なり。

頭書　六「よそながら」とハ、わが際《きハ》へ来《き》て、我《われ》に問《と》ハずとも、余所《よそ》ながらともなり。

一一恋哥とてよめる　　読人しらず

一二忍び余《あま》り落《（おつ）》る涙を堰《せ》きかへし抑《をさ》ふる袖よ憂《う》き名《な》洩《もら》すな　［一一一三］

〔一一一三〕
一　恋哥とてよめる
管見二十六伝本異同なし。但し「恋哥」の表記は「恋のうた（柳瀬本・寛政六年板本）」・「恋の歌（承応三年板本・延宝二年板本〈文化元年補刻本モ〉・正徳三年板本・寛政十一年板本・刊年不明板本・刊年不明牡丹花在判本・八代集抄本・小宮本・烏丸光栄書写本・公夏筆本）」との字を挿む本もあるので「こひのうた」と訓む事にした。「とて」は連語で、『土佐日記』冒頭の「男もすなる日記といふものを女もして見むとてするなり」の「とて」と同じく、「……と思って。……しようとして」の意。当歌の出典と他出は未見の故、題詞も比較できない。

以下注継続（二四一頁）ニアリ

〔一一一三〕

当歌頭注ハ注継続（二四二頁）ニアリ

増抄に云く。[三]随分忍《ずいぶんしの》べども、忍《しの》び余《あま》りて落つる涙《なミだ》を、塞《せ》き止《と》めて、後《あと》へ反《かへ》してくれよと、袖に言《い》ひ懸《か》けたり。[四]塞《せ》き返《かへ》して憂《う》き名の洩《も》れぬやうにせむ、となり。[五]わが油断《ゆだん》にて落とすに非《あら》ず、余《あま》りての事《こと》にてある程《ほど》に、となり。

頭書

「[六]憂《う》き名洩《もら》すな」とハ、涙《なミだ》を顕《あら》はせバ、名が洩《も》るゝ程に、名を負《お》ハゞ、涙《なミだ》を洩《もら》すな、と也。

一[一]入道前関白太政大臣家哥合に

一[二]道因法師《し》

一[三]紅に涙の色《いろ》のなりゆくを幾入《いくしほ》までと君に問《と》ハゞや　［一一一三］

増抄に云く。さて[四]、袖《そで》の濃《こ》くなりぬる事《こと》かな。これハ、幾入《いくしほ》染《そ》めたれバ斯《か》くなるものぞ、知《し》り給ふかと、君に問《と》ひたくあるなり。[ママ]君が知《し》れバよし、定《さだ》めて余所《よそ》にするは、知《し》るまじき程《ほど》に、千入《ちしほ》にも余《あま》らねバ、斯《か》くハ紅にハならぬものぞ、と知《し》らせたし、となり。

一百首哥中に[一]　式子内親王[二]

一夢[三]にても見《み》ゆらん物を歎きつゝ打ち寝《ぬ》る宵《よひ》の袖のけしきハ　［一一二四］

古抄[四]・・・[ママ]。この哥「歎《なげ》きつゝ」より、下の句へ続《つゞ》けて見て、又はじめの五文字へ、みる哥なり。

頭書

「にても」[五]とハ、心を付《つ》けば著《しる》き有様《ありさま》なれど、然《さ》ハあるまじけれバ、夢にうかるゝ玉しゐハ見《み》ゆらん、と也。

〔一一二四〕
一　百首哥中に　管見伝本では、冷泉家文永本と柳瀬本に「百首哥の中に」と、の字が加えられている。他はの字は無い。「百首歌」は定数歌を云うテクニカルタームと思うがこれもの字を入れて「百首《ひやくしゆ》の歌《うた》」とよむのか、入れずに「百首《ひやくしゆ》歌《うた》」と読むのか、定まらない。の字の有無にかかわらずの字を入れて読むのが読みぐせなのか否か、橋本不美男氏『原典をめざして』（一二三頁）は「表記の相違はあっても表現意識の相違はないといえる」とされる。〈明治書院『和歌大辞典』はのを入れずに読み、小学館『日本古典文学全集』は入れている〉。さてここの百首歌とは、『正治二年後鳥羽院初度御百首』を指し、その恋題十首の中での一首である。『萱斎院御集』（書陵部蔵五〇一／三二架番）でも「恋」題。他出書では『二八要抄』（恋二）に、「百首歌中に」と新古今題詞に同じ。『練玉和歌抄』（巻七、恋歌上）に見える。なお他出は、頭注三を参看の事。
二　式子内親王　萱斎院・大炊御門斎院・小斎院とも申し上げる。新古今三・六六二・九四七・一〇七四番等に略歴既述。式子内親王の生年を久安五年とすれば、当歌は、五十二歳での詠進。
以下注継続（二四三頁）ニアリ

〔一一二五〕
当歌頭注ハ注継続（二四七頁）ニアリ

増抄・・・〔ママ〕。六君がつれなき事を歎《なげ》くを告げずとも、わが玉しゐが夢に行《ゆ》きて、君に見《み》えぬ事《こと》ハ有るまじきに、扨もつれなきことかな、物を思《おも》ふかとも問《と》ハぬなりと、歎《なげ》く由《よし》。七斯《か》くの如《ごと》く、種〴〵《いろ》に思《おも》ひて、或は歎《なげ》き或《ある》ひは慰《なぐ》さむる恋路《こひぢ》の有様《ありさま》也。

一語《かた》らひ侍りける女の、夢に見えて侍りければよミける

二後徳太〔ママ〕寺左太〔ママ〕臣

三覚めて後夢なりけりと思ふにも逢ふハ名残のおしくやハあらぬ

［一一二五］

増抄・・・〔ママ〕。四夢と知《し》らバ、然《さ》のミ名残《なご》りハあるまじき事《こと》なるに、夢と知りても名残《なご》りハ惜《お》しきとなり。五「にも」と云ふ手尓乎波《てにをは》心を付《つ》くべし。

〔一一二六〕
当歌頭注ハ注継続（二四九頁）ニアリ

〔一一二七〕
一　題不知
管見新古今二十六伝本すべて同じ。但し、表記は「題しらず・だいしらず」とある伝本も

一[一]千五百番哥合に　　摂[二]政大［ママ］政太［ママ］臣

一身[三]に添《そ》へるその面影も消《(きえ)》なゝん夢なりけりと忘《わす》るバかりに

［一一二六］

増抄・・・［ママ］　君[四]が逢《あ》ひ見し面影《おもかげ》も消《き》えよかし、跡《あと》も無《な》き夢と思《おも》ひてあらん、となり。見[五]し面影がある故《ゆへ》に、何《なに》としても忘《わす》られず悲《かな》しきと也。[六]厭《いと》ひて消《き》えよと言《い》ふにハ非《あら》ず、思ひの切なる故《ゆへ》に忘《わす》れたきとなり。[七]「なゝむ」とハ、下知の言葉《ことば》なり。

頭書

そのとハ、逢《あ》ひてなさけありし面影《おもかげ》なり。

一題[一]不知　　大[二]納言実宗

ある。

以下［注継続］（二五〇頁）ニアリ

〔一一二八〕
当歌頭注ハ［注継続］（二五二頁）ニアリ

一[三]夢の内に逢《あ》ふと見《み》えつる寝覚《ね》こそつれなきよりも袖ハ濡《ぬ》れけれ　［一一二七］

増抄・・・［ママ］。夢の[四]儚《ハかな》きものなれども、逢《あ》ふと見《み》つるハ、現《うつゝ》につれなきよりも袖濡《ぬ》るゝと也。[五]烏羽《むば》玉の闇《やミ》の現《うつゝ》ハ定《さだ》かなる夢にいくらも勝《まさ》らざりけり。

一[一]五十首哥たてまつりし時

一[二]前大納言忠良

一[三]頼《たの》め置《を》きし浅茅が露に秋懸けて木《こ》の葉《は》降り敷く宿の通《かよ》ひ路《ち》　［一一二八］

[四]・・・・［ママ］（古抄に云く）。本哥。[五]秋懸《か》けて言《い》ひしながらもあらなくに木《こ》の葉降《ふ》り敷《し》くえにこそありけれ。[六]此の本哥をそのまゝ移《うつ》したる心成《（なる）》べし。

増抄・・・［ママ］。[七]我宿《わがやど》ハ道《みち》も無《な》き迄《まで》荒《あ》れにけりつれなき人を待《ま》つとせし間《ま》に。[八]秋逢《あ》ハむと頼《たの》め置《を》きし也。露ハ命《いのち》に取《と》り成《な》したるにや。木《こ》の葉《は》降《ふ》り敷《し》きて露の命《いのち》も消《き》えぬべき、と也。

一[一]隔河忍恋といふ事を　　正三位経家[二]

[三]作者部類に云く、藤経家、大貳重家男。

一[四]忍び余《あま》り天の河瀬《せ》にこと寄《よ》せんせめてハ秋を忘れだにすな　［一一二九］

頭書

「[五]こと寄《よ》せん」とは、わが恋を天川の如《ごと》くに、と也。星の如《ごと》く一度ハ、必ず忘《わす》るな、と也。

〔一一二九〕当歌頭注ハ注継続（二五四頁）ニアリ

増抄・・・〔ママ〕。[六]上句、細々《さい〳〵》逢《あ》ふ事ハ望《のぞみ》なれども成《な》るまじけれバ七夕の如《ごと》くせめて年に一度なりとも忘《わす》れず逢ひたき、となり。[七]五文字、年に一度ハ望《のぞ》ミにてなけれど、是非に及バぬとの義也。詮方《せんかた》なさに、是《これ》なりともと也。

[一]遠き境《さかひ》を待《ま》つ恋《こひ》と云へる心を

[二]賀茂重政　　[三]作者部類に云く。神主重保男。一首入。

[四]頼《たの》めても遥《ハる》けかるべきかへる山幾重《いくへ》の雲の下に待つらん［一一三〇］

増抄に云く。[五]帰《かへ》りて逢《あ》ハむと約束ハしつれども、遠き所ハ心のまゝならぬ程《ほど》に、幾重か雲の隔《へだゝ》りたる彼方《あなた》にか待《ま》つらん、さても遠き道《みち》ハ心《こゝろ》に任《まか》せぬ、と歎《なげ》くなり。

頭書

〔一一三〇〕

一　遠き境を待つ恋と云へる心を

管見新古今二十六伝本校異。烏丸光栄所伝本と同書写本には「待遠境恋といふことを」。公夏筆本は「遠堺《ママ》待恋といへる心を」。烏丸本や公夏筆本の「遠境」「遠堺」の訓み方は「とほきさかひ」か「とほざかひ」のいずれか、「とをざかひを待恋といへる心を（柳瀬本）」・「遠ざかひをまつ恋といへるこゝろを（為氏筆本）」とを考えると、遽には決め難い。この五本以外は、増抄所引形と同じである。この題意は、「遠方へ出向する人の帰還を待っている側の恋」というのであろう。両人の間には、時間的・空間的なものがあるのである。

二　賀茂重政

寛政十一年板本は仮名表記で「かものしけまさ」。寛政六年板本は「加《ママ》茂重政」。他伝本はすべて「賀茂重政」。烏丸光栄所伝本と鷹司本に「一首。于時正禰宜。神主重保男」の勘物傍書。

以下注継続（二五六頁）ニアリ

[六]帰《かへ》り来《こ》ん事を、定《さだ》められぬとなり。

一摂[一]政太政太〔ママ〕臣家百首哥合に

一中[二]宮大夫家房　　松殿入道男。一首入。

一逢[三]・ふ事ハいつといぶきの峯《みね》に生ふるさしもたえせぬ思ひなりけり

［一一三一］

頭書

伊[四]吹山。近江国。

増抄・・・〔ママ〕。逢[五]・ふ事いつ逢《あ》ハんと言《い》ふと言ひ・懸《か》けたり。[六]何時《いつ》とも知《し》らねども思火《おもひ》が絶《た》えぬとなり。「[七]さしも」ハ、然《さ》うでもなり。[八]斯《か》くとだに得《え》やハ伊吹《いぶき》のさしもぐさ然《さ》しも知《し》らじな燃《も》ゆる思火《おもひ》を。[九]この「さしも」ハ察してもなりと云《い》へり。所によりて心変《かは》るとなり。

〔一一三一〕一　摂政太政大臣家百首哥合に　摂政太政大臣とは藤原良経。「摂政太政大臣家百首哥合」とは所謂『六百番歌合』のこと。管見二十六伝本では、鷹司本が「家百首」の三字を欠き「摂政太政大臣歌合に」とある他は、すべて同じ題詞である。『六百番歌合』でこの歌は「寄草恋」の題となっていて、右方。左方は顕昭の歌で、判者は俊成であった（後引する）。

以下注継続（二五七頁）ニアリ

一家隆朝臣[一]

一富士《ふじ》[二]の嶺《ね》の煙も猶ぞ立ちのぼる上《うへ》なき物ハ思ひなりけり［一一三二］

増抄・・・。［ママ］高山[三]なれども猶上《うへ》ありて、けぶり立ちのぼりぬれバ、極上高《たか》きに非《あら》ず。わが思《おも》ひハ、空に満《ミ》ち〳〵て有る故《ゆへ》に、立ち昇《のぼ》るべき上《うへ》がなき也、と富士《ふじ》に比《くら》べて、猶勝《まさ》りたる道理《ことわり》を述《の》べたる歌《うた》なり。

頭書

「上《うへ》[四]なき」とハ、恋の至極したる事《こと》なり。

一名立恋《(なのたつこひ)(なにたつこひ)》[一]といふ心をよミ侍りける

一権中納言俊忠[二]

〔一一三〕

一　家隆朝臣

管見二十六本では、無姓と有姓の両作者表記にわかれている。無姓「家隆朝臣」が多く、小宮本・為相筆本・親元筆本・烏丸光栄所伝本・同書写本・公夏筆本・柳瀬本・高野山伝来本・前田家本・正保四年板本〈明暦元年板本モ〉・承応二年板本・延宝二年板本〈文化元年補刻本モ〉・正徳三年板本・寛政六年板本・寛政十一年板本・刊年不明牡丹花在判板本・刊年不明板本の十九本。有姓「藤原家隆朝臣」は、冷泉家文永本・為氏筆本・亀山院所伝本・鷹司本・東大国文学研究室本・宗鑑筆本の六本。春日博士蔵二十一代集本は有姓であるが、翻刻方針の結果の故か、原本そのままかは不明。家隆の略歴については十七番・九三五番・九三九番の各歌で既述。

以下注継続（二六〇頁）ニアリ

〔一一三〕

当歌頭注ハ注継続（二六三頁）ニアリ

一[三]なき名のミ立田の山にたつ雲の行衛もしらぬ詠《(ながめ)》をぞする　［一一三三］

増抄・・・。[ママ] [四]心、詞、聞《きこ》えたり。[五]逢《あ》ふてさへ名に立《た》つハ、恨《うら》めしき事なるに、無《な》き名《な》のミに立《た》ちて、さて、行末《ゆくすへ》の頼《たの》ミさへ無《な》きと、悲《かな》しミたる哥也。

頭書

「[六]のミ」といふに心《こゝろ》を付《つ》くべし。種《いろ》〱に人ハ言《い》へども、皆無《ミなな》き名にて有りとなり。無《な》き名なれバ、何《なに》とならんと、確《たし》かに頼《たの》ミなき也。

一[一]百首哥の中に、恋のこゝろを

一[二]惟明親王

一[三]逢ふ事のむなしき空の浮雲《うき》ハ身《ミ》を知《し》る雨の便《たより》なりけり　［一一三四］

〔一一三四〕

一　百首哥の中に、恋のこゝろを　管見二十六伝本、すべてこの題詞に同じであるが「百首哥の中に」の表記は、「百首の歌の中に」・「百首歌中に」の如く、の字を二つ含む表記や全く含まぬ表記もある。読む時は、の字を含めて読むのが慣例であろうから、同じ題詞と考えておく。この百首歌とは、後鳥羽院の『正治二年院御百首』で、初度の百首を指す。「恋のこゝろを」は「詠百首和歌」の「恋」題十首を云う。当歌は「詠百首和歌　三宮惟明親王」の、恋題十首中の第二首目の歌である。「こゝろを」とは、歌題の「恋」を詠んだ「題詠作」の意。
二　惟明親王
管見伝本すべてこれに同じ。「これあきらしんわう」、或は「これあきらのみこ」と訓む。『増抄』では、三二一番歌で磐斎は施注している。詳しくは、八九二番歌頭注二で既述した。

以下注継続（二六四頁）ニアリ

〔一一三五〕

当歌頭注ハ注継続（二六六頁）ニアリ

増抄[四]に云く。「[五]逢ふ事の虚《むな》しき」とハ、逢《あ》ハぬと云《い》ふ事を、空《むな》しき空《そら》といふ詞に続《つゞ》けたり。[六]雨《あめ》ハ雲より降《ふ》る物《もの》なり。「身を知《し》る雨」も、逢《あ》ふ事がなければ降《ふ》る故に、「便《(たより)》なり」と取《と》り合せたり。

頭書

[七]身を知《し》る雨の種となるハ、逢ふ事のむなしき故ぞ、となり。

一　[一]右衛門督通具

一　[二]わが恋《こひ》ハ逢ふを限りの頼ミだに行衛もしらぬ空の浮《(うき)》ぐも〔一一三五〕

増抄・・・［ママ］。[三]わが恋《こひ》ハ行衛もしらず果《はて》もなし逢ふを限《かぎ》りと思ふバかりに［ママ］。

[四]本哥に懸《かゝ》りて詠《よ》めり。[五]逢ふを限《かぎ》りとの頼《たの》ミあらバ、逢《あ》ハぬまでも力《ちから》となるが、今《いま》、我《われ》ハその頼《たの》ミだに無《な》き事也。浮雲《うきぐも》の如《ごと》く、定《さだ》めたる頼《たの》

ミがなきとなり。

頭書 六第五句に譬《たとへ》を言《い》ひたり。頼《たの》ミのなく浮《う》きたる事《こと》ハ、浮雲《うきぐも》の如《ごと》く、となり。

一水無瀬恋十五首哥合に、春恋の心を

二皇太后宮大夫俊成女

三面影の霞《かす》める月ぞ宿《やど》りける春や昔《むかし》の袖の涙《なミだ》に　［一一三六］

頭書 四君《きみ》が面影の確《たし》かに見得《みえ》ぬ由《よし》也。

増抄・・・。［ママ］ 五上句、君が面影《おもかげ》も霞《かす》めるといふは、昔《むかし》の如《ごと》くなるとい

〔一一三六〕

一　水無瀬恋十五首哥合に、春恋の心を　管見新古今二十六伝本校異は、題詞上半部は「水無瀬の恋十五首哥合に（春日博士蔵二十一代集本。の字アリ）」・「水無瀬十五首哥合に（延宝二年板本〈文化元年補刻本モ〉。恋字ナシ）」。この上半部は「水無瀬の恋の十五首の哥合に」と傍線部を補って読むのであろう。下半部は、「春恋心を（烏丸光栄所伝本〈光栄書写本ハ異同ナシ〉）」・「春恋心を（柳瀬本。心字ヲミセケチ）」「春（鷹司本。恋の心を、ガ無シ）」・「春の恋のこゝろを（為氏筆本）」。為氏筆本の如くに読むのであろう。出典の『水無瀬恋十五首歌合』（建仁二年九月十三夜）、及びそれを書写奉納した『若宮撰歌合』（建仁二年九月廿六日）・『水無瀬桜宮十五番歌合』（建仁二年九月廿九日）の題は、「春恋」で、「の心を」はつけられていない。他の諸伝本は異同なし。なお「春恋」の題詠の時は、「春の時候に恋をする心をよむべし。夏秋冬ともに同じ。寄春恋とは同しやうなれと、其心得少し違へり（拙蔵板本、和歌言葉の千種）」・「はるの物事によせて恋の

ふ義也。[六]いかに霞《かす》めるぞ・[ママ]なれバ、「とぞ」の義を下句にことわりたり。春や昔《むかし》の袖の涙《なみだ》に宿《やど（と）》る故《ゆへ》なり。[七]昔《むかし》も霞《かす》める時分、逢《あ》ひたれバ、その時の如《ごと》くなり、と也。[八]月やあらぬ春や昔の春ならぬわが身《み》一《ひと》つハもとの身《み》にして。

[一]冬恋　　　　　　　　　　　　[二]定家朝臣

一[三]床の霜枕の氷きえわびぬむすびも置《を》かぬ人の契りに　［一一三七］

[四]頭書（此ノ頭書ハ、本来、増抄云トシテ本文欄ニ組ムベキヲ、後ニ脱刻ニ気付キテ、頭書形式ニシテ、組ミ入レタリ、ト見ユ）

・・・・・。[五]床にハ涙《なみだ》が霜となり、枕にハ涙が氷となりたるとなり。（増抄に云く）涙が多《おほ》く落つる由《よし》也。「[六]消《き》え侘《わ》びぬ」とハ、霜氷の、床と枕とに消《き》えずしてある由也。身も消ゆれバ却《かへ》りてよきに、消《き》えずにあらバ、よき事があらんと、死にかねて有りて物思《おも》ふ由《よし》也。「[七]むすび置《を》かぬ」

こゝろをのぶる也（今古和歌うひまなひ）」等と説く書がある。
以下注継続（二六八頁）ニアリ

〔一一三七〕
一　冬恋
「ふゆノこひ」と訓むのがよく、又当歌も前歌一一三六番と同じく「水無瀬恋十五首哥合」の歌であるから、「水無瀬恋十五首哥合に、冬恋の心を」とすべきところを、重複を嫌って、このような題詞にしたものと思う。小管見二十六伝本では「冬ノ恋」の表記が、小宮本・宗鑑筆本・公夏筆本・親元筆本の四本。「冬恋」の表記が、他の二十二本（為相筆本・為氏筆本・前田家本・鷹司本・冷泉家文永本・亀山院本・東大国文学研究室本・柳瀬本・春日博士蔵二十一代集本・烏丸光栄所伝本・同書写本・高野山伝来本・正保四年板本〈明暦元年板本モ〉・承応三年板本・延宝二年板本〈文化元年補刻本モ〉・正徳三年板本・寛政六年板本・寛政十一年板本・刊年不明牡丹花在判板本・刊年不明板本）。なお、岩波新大系の翻刻は、底本を為相筆本とするも「冬ノ恋」で、これは校注者による訓点で底本は「冬恋」である。『二八要抄』に他出するが、そこには、「水無瀬恋一五首歌合に冬恋」とある。『拾遺愚草㊦』では「おなしとし〈＝建仁二年〉九月十三夜水無瀬殿十五首哥合に」とあり、春恋・夏恋・秋恋・冬ハ、契り置《を》かぬなり。頼《たの》ミもなきなり。一向にならぬともなき心頼《だの》ミにて、消《き》えかぬる由《よし》也。かたつけバ、分別もある由《よし》なり。

一[一]摂政太政大臣家百首哥合に、暁恋

一[二]有家朝臣

○一[三]つれなさのたぐひまでやハつらからぬ月をも賞《め》でじ有明の空　　［一一三八］

頭書

[四]ながめても飽《あ》かぬ月を、賞《め》でじと云ふハ、つれなき事《こと》をつらくおもふ故の深《ふか》き義なり。

[五]古抄・・・［ママ］。[六]わが思ひ、為《せ》む方《かた》なく、遣《や》る方《かた》もなき事をバ、月を見《み》て慰《なぐ》さむより外の事なし、と思ひしに、それも叶《かな》はず、有明の月ハつれ

恋・暁恋・暮恋・羈中恋・山家恋・故郷恋・旅泊恋・関路恋・海辺恋・河辺恋・寄雨恋・寄風恋の十五題各一首が並べてある。その冬恋が当歌。

以下注継続（二七一頁）ニアリ

〔一一三八〕

一　摂政太政大臣家百首哥合に、暁恋　管見二十六伝本校異。親元筆本は「……歌合に……」の「に」字が無い。「暁恋」は「あかつきのこひ」と訓むが、表記に「暁ノ恋」とノ字を送るのが、小宮本・親元筆本・公夏筆本。他は（為氏筆本・為相筆本・烏丸光栄所伝本・同書写本・前田家本・冷泉家文永本・亀山院本・鷹司本・東大国文学研究室本・宗鑑筆本・春日博士蔵二十一代集本・柳瀬本・高野山伝来本・正保四年板本〈明暦元年板本モ〉・承応三年板本・延宝二年板本〈文化元年補刻本モ〉・正徳三年板本・寛政六年板本・寛政十一年板本・刊年不明牡丹花在判板本・刊年板元不明板本）、「暁恋」で、ノ字が無い。私、倩《つらつら》思うに、原本を翻刻紹介する時は、原本そのままを翻刻するのが最適で、写真か影印を副えてあるのが最も願わしい。翻刻者の考察は、別記がよいが、諸般の事情でそれは叶えられぬのが実情で、やむを得ないのであろう。「暁恋」は、恋題を二一九種を掲げる『和歌言葉の千種（恋）』にも見出されない〈朝恋・晩恋・夜恋ナドハアリ〉。一八六種の『今古和歌うひまなび』にも無い。さて「摂政太政大臣家百首哥合」とは一一三一番で頭注したように藤原良経が主催した六百番歌合の別称である。その「恋上。暁恋四番」に「左　有家。つれなさのたぐひまでやはつらからぬつきをもめでじあり明の空　／右　勝　隆信。あふとみるなさけ

もつらしあかつきの露のみふかき夢のかよひぢ／右申云、暁のつれなく見えし別よりといふ歌を本歌にて読みたるは、件歌は月をつれなしといひたるとは不見、暁に人をつれなしといひたるにこそみえたれ。さらば此歌いかゞ。陳申、有明のつれなくみえしと読みたれば、月のことゝこそきこえたれ。左申云、なさけとおける詞、心にかなひても不聞。判云、左有明のつれなくみえし別よりと云ふ歌は、人のつれなかりしより、暁ばかりうき物はなしといへるなり。但、さはありとも、月をもめでじといへらんもたがふべからずや、右の夢は人のなさけにやはあるべきと聞ゆれど、末句宜しくみゆ。右すこしまさり侍らん〔判者、俊成〕」とある。

以下 注継続 （二七三頁）ニアリ

〔一一三九〕当歌頭注ハ 注継続 （二七九頁）ニアリ

なく悲しきと侍れば、月にも慰《なぐ》さまじ、さて、いかゞせむ、と言《い》ひ残《のこ》したる哥なり。[七]三の句のつらからぬとハ、つらかりけりと云ふ「ぬ」の字也。[八]拾遺集に、引、かくながら散りて世をやハ尽《つ》くしてぬ花のときはも有りと見《ミ》るべく、この「ぬ」の字也。本哥ハ、本哥、[九]有明《ありあけ》のつれなく見《み》えし別れより 暁《あかつき》バかり憂《う》きものハなし。本哥 [一〇]大方ハ月をも賞《め》でじこれぞこの積《つも》れバ人の老となるもの。

増抄・・・〔ママ〕。[一一]これハ六百番の哥なり。本哥のつれなしとハ、人の事なるにと難じたるを、俊成判に「月のつれなきも違《たが》ふまじき」と言《い》へり。[一二]君がつれなき類《たぐ》ひの月までつらき程《ほど》に、今《いま》よりハ月をも賞《め》でまじきとなり。

一[一]宇治にて、夜恋といふ事を、男共《をのこども》つかうまつりしに。

[二]藤原秀能

一[三]袖の上《うへ》に誰故月ハ宿《やど》るぞとよそになしても人の問《と》へかし［一一三九］

増抄・・・〔ママ〕。[四]君が、我故《われゆへ》と知《し》らずとも、袖の上《うへ》の月ハ、誰故《たれゆへ》に宿《やど》るぞと問《と》へかし、余所《よそ》になして問《と》へバ詮《せん》もなけれども、わが事《こと》とはとても知《し》り給ふまじき程《ほど》に、余所《よそ》になしても、となり。[五]あわれなる哥也。

[一]久恋といへることを　　[二]越前

[三]夏引の手引《てび》きの糸の年経《へ》ても絶えぬ思《おも》ひにむすぼゝれつゝ

〔一一四〇〕

増抄に云く。[四]糸の縁《えん》にて詠《よ》める歌《うた》なり。[五]年を経《ふ》れバ忘《わす》るゝものなるに、忘《わす》れずして有りと也。[六]むすぼゝるゝとハ、糸にて結《むす》び付《つ》けたる様《やう》に離《はな》れ難《がた》きとなり。

頭書

[七]年経《へ》ても、空《むな》しく逢《あ》ハずして、しかも思《おも》ひ離《はな》れぬとなり。それを「年

〔一一四〇〕当歌頭注ハ注継続（二八二頁）ニアリ

経《へ》て・［ママ］（も）むすぼゝれつゝ」と言《い》へり。

一　一家に百首哥合し侍りけるに、祈恋といへる心を。

二　摂政太政大臣

三　一幾夜《いくよ》われ波《なミ》にしほれて貴船《きぶね》川袖に玉散《ち》るもの思《おも》ふらん　［一一四一］

四　古抄・・・［ママ］。五　貴布祢ハ恋を祈《いの》る神なる故に、六　和泉式部。引。物思《おも》へバ沢の蛍《ほたる》も我身《わがミ》よりあこがれ出づる玉かとぞ見《ミ》る。此所にて詠《よ》み侍りけるに、引。奥《おく》山に滾《たぎ》りて落つる瀧つ瀬《せ》に玉散《ち》るバかり物な思《おも》ひそ、七　如此《かくのごとく》、神佗［ママ］（託）有りたると云ひ伝へたり。八　和泉式部哥ハ、玉しゐの事を詠《よ》みたる哥也。この哥をも取り出して読み給へる成《なる》べし。九　浪にしほれてきぶね川、来《くる》といふ事を掛《か》けて詠《よ》めり。

増抄・・・［ママ］。一〇　和泉式部が古事、大和物語にあり。一一　哥の心《こゝろ》ハ、一夜さへあるに、幾夜《いくよ》か我《われ》、波にしほれて来て、式部が、我身《わがミ》よりあこがれ

〔一一四一〕

一　家に百首哥合し侍りけるに、祈恋といへる心を　管見二十六伝本では、「いへる心を」が、「いふ心を（鷹司本）・いふことを（公夏筆本）」とあり、他本に異同は無い。「家に百首歌合し侍りける」とは、良経邸で催された六百番歌合を指す。「祈恋」は、「仏に祈るは初瀬のみか。大かたは神に祈るなり（和歌麓之塵）」・「おもふにまかせかねて、今は神にひたぶる祈るよしなり（今古和歌宇比麻奈備〈例歌ニ当歌モ採用〉）」・「か茂きふね〈賀茂貴船〉など其外も神に祈る也。仏に祈る証歌ハ初瀬のミと也（和歌布留能山扶美）」・「こひわたりて祈れども、神仏のしるし無く、のぞみとげぬをうらむる様、又ははかなく契りてそのちぎりの猶こまやかに久しなれかしと、願ふ心などをよむ。祈るまでのおもひなれば、歌の心もことに情ふかきを、よしとす（和歌独習自在）」・「おもひのせんかたなきに、神にいのるなり。仏にいのるハ初瀬寺にて、外に証歌も見えず（和歌言葉の千種。祈恋ノ名所トシテ〈稲荷山〔山城〕・日吉〔近江。七の神に祈るよしよめり〕・浮田ノ杜〔山城〕・片岡ノ杜〔同〕・北野社〔同〕・御祓川〔同〕・貴船川〔同〕・太秦〔同〕・相坂関守神〔近江〕・三輪神〔大和〕・初瀬山〔同〕・金御嶽〔同〕・結神〔美濃〕・葛城〔大和。一言主神をよめり〕・住吉〔摂津〕〉ノ十五所ヲ掲出セリ）」。「いへる〈或ハいふ〉心を」と「～ことを」の相異は殆んど無かろう〈一一四〇番題詞頭注既述〉。

二　摂政太政大臣

管見二十六伝本、すべてこれに同じ作者表記。後京極摂政太政大臣藤原良経のことで、九三六番頭注二。一〇八七番頭注で既述。

以下注継続（二八四頁）ニアリ

〔一一四二〕
一　定家朝臣
管見二十六伝本では、有姓の「藤原定家朝臣」の位置は、親元筆本・亀山院本・春日博士蔵二十一代集本〈但シ、編集方針ノ故カモ知レナイ〉の三本で、他は無姓「定家朝臣」。定家については、三八・九三四・一〇八二・一一一七番歌等に既述。

以下注継続（二八七頁）ニアリ

出でしと詠《よ》ミけるやうに、ものを思《おも》ふとなり。

頭書

[二]和泉式部。物思《おも》へバ沢《さハ》の蛍《ほたる》もわが身《ミ》よりあこがれ出（いづ）る玉かとぞ見《ミ》る。

[三]明神御哥。奥《おく》山に滾《たぎ》りて落つる瀧《たき》つ瀬《せ》の玉散《ち》るバかり物《もの》な思《おも》ひそ。

[一]定家朝臣

○[二]一年も経《へ》ぬ祈る契りハ初瀬山尾上の鐘《かね》のよその夕ぐれ　［一一四二］

[三]古抄・・・〔ママ〕。[四]後に置きたる五文字也。[五]祈りつる契りハ果《は》て丶、逢《あ》はぬ年《とし》を経《へ》たるよと云ふ心を、「契りハはつせ山」といへり。[六]「よその夕ぐれ」奇特《きどく》なり。[七]入相の鐘《かね》ハ、恋の導《しる》べになれば、我、わが頼《たの》ミつる夕ぐれハ果《は》て丶、後、よその恋の導《しる》べとなりたる、と也。[八]この哥深《ふか》く味《あぢ》ハふべき□〔ママ〕（所）〈口伝ノ伝字脱カ。所・江・口・心ナドニモ訓メル字形〉

あるべし。[九]初瀬ハ恋を祈る道地なり。[一〇]題は「祈不逢恋」也。

頭書（コノ頭書モ、一一三七番ノ場合ノゴトク、増抄云、ヲ頭書形式ニセシモノナラム）

・・・・・「ママ」《（増抄に云く）》。[一一]この古き説ども、数多《あまた》あり。然共《（しかれども）》、明らかならぬなり。師伝あり。可尋之《（これをたづぬべし）》。

一[一]片《かた》思ひの心をよめる

一[二]皇太后宮大夫俊成

一[三]憂《う》き身をバ我だにいとふいとへたゞそをだに同じ心と思《おも》はん　［一一四三］

増抄・・・「ママ」。[四]堀川百首の題にて、述懐《（しゆつくわい）》をよめる哥也。[五]憂《う》き身《み》とハ、世数《（かず）》ならで住《す》ミ憂《う》き身なり。[六]これにて述懐を応対《あひしら》ひたり。[七]余事

〔一四三〕当歌頭注ハ注継続（二九三頁）ニアリ

一つとして心のあひたる事《こと》なし。[八]うき身を厭《いと》ふハ、其方《そち》より厭《いと》ハるゝと同じ事《こと》にてある程《ほど》に、それをだに同じ心と思《おも》ハむといへる、あハれなる哥なり。[九]そをだに・［ママ］（の）一句、本哥の詞也。

一題[一]しらず　　権[二]中納言長方

作[三]者部類に云く。藤長方。中納言顕長男。四首入る。

一恋[四]ひ死《し》なむ同じ憂《う》き名をいかにして逢ふにかへつと人にいはれむ　［一一四四］

増抄に云く。[五]如何《いか》にしてもこれにてハ、恋《こ》ひ死《し》ぬべし、とても死ぬる事ならバ、一夜逢《あ》ひて、それにかへたきとなり。[六]空《むな》しく死なむが本意《ほい》なきと也。「[七]逢ふにかへつ」と言《い》はれたきとハ、逢《あ》ひたきといふ事也。

頭書

（二四）当歌頭注ハ注継続（二九六頁）ニアリ

[八]治定《（ぢぢやう）》して、これにてハ死ぬべき程《ほど》にと、恋の切《（せち）》になるによりて詠《よ》めり。

一[一]殷富門院大輔

一[二]明日《あす》知《し》らぬ命をぞ思《おも》ふをのづからあらバ逢ふ世を待つにつけても［一一四五］

増抄・・・。［ママ］[三]をのづからとハ、逢はんともせずとも逢ふやうになる事《こと》も自然《（じねん）》にあらんかと頼《たの》むによりて、明日《あす》知《し》らぬ儚《ハかな》き命を、長《なが》くと思《おも》ふ、と也。

一[一]八條院高倉

一[二]つれもなき人の心ハうつせミの空《むな》しき恋に身《ミ》をやかへてむ［一一四六］

〔一一四五〕当歌頭注八注継続（二九八頁）ニアリ

〔一一四六〕当歌頭注八注継続（二九九頁）ニアリ

増抄に云く。[三]心を憂《う》と言《い》ひ掛《か》けたり。[四]身を替《か》へるとハ、死にて生《うま》れかハる事なり。[五]蝉《せミ》の脱殻《ぬけがら》となるも、身を替《か》ゆるといへば、取《と》り合せたり。[六]逢ふにハ替《か》へて逢《あ》ハず、空《むな》しきにかへてん、となり。

一西行法師[一]

一何[二]となくさすがに惜《お》しき命かな在《あ》り経《へ》バ人や思ひ知《し》るとて

［一一四七］

増抄・・・。［ママ］[三]「何《なに》となく」とハ、我《われ》も如何《いかゞ》したる故と、道理《ことわり》を知《し》らず、たゞ一向《ひたすら》命が惜《お》しくなりたる也。[四]生きてゐたらバ、若《もし》、君がわが心《こゝろ》を思《おも》ひ知《し》るとて、と下句にて断《ことわ》りたる手尓乎波《てにをは》なり。[五]この五文字よく〳〵心《こゝろ》を付《つ》くべし。[六]恋の本意なり。呆然《バうぜん》として何とも弁《わき》まへぬが恋《こひ》の本意なり。[七]斯《か》ゝる事《こと》に心《こゝろ》を付《つ》けてみるがよき也。常に古哥の心《こゝろ》を観念するとハ、斯《か》ゝる事なり。哥毎《ごと》にハ、斯《か》ゝる義のある事《こと》は略之。これにならひて見給《み》ふべし。

〔一一四七〕
一　西行法師
管見二十六伝本は、すべて「西行法師」。古注書では「西行」と法師をつけぬ書（例、九代集抄）もあるが、新古今集伝本では無い。西行略伝は、七・八三一・九七八番歌の頭注に既述。

以下注継続（三〇二頁）ニアリ

〔一二四八〕当歌頭注ハ注継続（三〇三頁）ニアリ

一思《おも》ひ知《し》る人有り明けの夜《よ》なりせバ尽《つ》きせず物は思《おも》はざらまし　［一一四八］

増抄に云く。二巻々《まき〳〵》の果《はて》に入《（い）》るハ、只《たゞ》の作者ハ入れぬ事《こと》なり、とぞ。三「思《おも》ひ知《し》る」とは、わが心を思《おも》ひ知《し》る人が在《あ》る世ならバ、不尽《（つきせず）》物《もの》は思《おも》ふまじきが、わが思《おも》ひを知《し》らぬ顔《がほ》に、つれなき故《ゆへ》に、物《もの》を思《おも》ふと也。四世と夜とを掛《か》けて言《い》へり。五源氏物語《ものがたり》に、世と夜とをバ多《おお》くハ借《か》りてよめり、とならふなり。六尽《（つき）》に月を掛《か》けて言《い》へり。七無尽期《（つくるごなき）》身をバ恨《うら》ミまじきなり。八さても、効無《かひな》き世《よ》の中かな、年を経《へ》てもわが思《おも》ひを知《し》りてあわれといふ人もなき事かな、と歎《なげ》くなり。

新古今増抄第十二巻終　（底本ニ無キモ、体裁統一上補ウ）

新古今増抄　恋三（外箋）

新古今和歌集巻第十三

一恋哥　三

一中[一]関白通《かよ》ひそめ侍りける比《ころ》

一儀[二]同三司母

一作[三]者部類に云く。従三位成忠《高階》女。掌侍貴子。号二高内侍一。一首入る。

○一忘[四]れじの行末までハかたけれバけふを限りの命ともがな　［一一四九］

古[五]抄・・・［ママ］。行末までも変《かハ》らじとハ契《ちぎ》り侍れども、末《すゑ》ハ知《し》らぬ世なれ

（一一四九）当歌頭注ハ注継続（三〇六頁）ニアリ

バ、人の変《かは》らぬ前《さき》に、命の果《は》てよかしと、詠《よ》める哥也。

頭書

[六]死別ほど悲《かな》しき事ハなきに、それにも勝《まさ》るべき憂《う》さを思《おも》ひやりたる心、哀《あハ》れ限《かぎ》りなし。

増抄[七]に云く。幾年《いくとし》を経《ふ》るとも、忘《わす》れじとハ云ふとも、世《よ》の中の有様《ありさま》、変じ易《やす》き習《なら》ひなれバ、忘《わす》れじとハ思《おも》ひ給ふべけれども、忘《わす》れずに在《あ》る事ハ難《かた》けれバ、忘《わす》られたる時、憂《う》き物思《おも》ひをせんよりハ、情深《なさけぶか》き今《け》日《ふ》を限《かぎ》りにして、死にたきとなり。

一[一]忍びたる女を、かりそめなる所に率《い》(ゐ)て罷《まか》りて帰《かへ》りて朝《(あした)》につかハしける。

謙徳公[二]

一[三]限《かぎ》りなく結び置きつる草枕いつこの度《たび》を思ひ忘れむ　［一一五〇］

〔一一五〇〕当歌頭注ハ注継続（三一五頁）ニアリ

増抄に云く。[四]後朝恋也。「[五]限《かぎ》りなく」とハ、行末遠く、心の限《かぎ》り無《な》く、結《むす》び置きたる草枕成《（なり）》けれバ、行末も限《かぎ》り無《な》く忘《わす》れじと也。[六]此度《（このたび）》と此旅《（このたび）》とを掛《か》けて言《い》へり。[七]詞書《ことばが》きに、仮初《かりそめ》なる所と有れバ、旅《たび》の心をことわりたり。

一[一]題しらず　　　[二]業平朝臣

一[三]思ふにハ忍ぶる事《こと》ぞ負《ま》けにける逢ふにし換《か》へバさもあらバあれ　［一一五一］

増抄・・・［ママ］。[四]伊勢物語の哥なり。二条后の御方へ、人の見るにも、行きてありけるを、斯《か》くな為《せ》そ、身もほろびなんと、后の給《（宣ひ）》ひしに、斯《か》く詠《よ》める也。[五]君を思《おも》ふ心と、斯《か》くはすまじき・《（と）》［ママ］堪忍する心とを、比《くら》べてミれバ、思《おも》ふが勝《か》ちて、忍《しの》ぶが負《ま》ける程《ほど》に、是非に不及《（およばず）》、空《むな》しく、斯《か》くて為《せ》ん方《かた》無《な》きに、逢《あ》ふに換《か》へバ、さもあらバあれ、となり。

〔一一五一〕当歌頭注ハ注継続（三一七頁）ニアリ

一[一]人の許《もと》へ罷《まか》り初《そ》めて、朝《（あした）》に遣《つか》ハしける。

一[二]廉義公

一[三]昨日まで逢《あ》ふにし換《か》へバと思ひしを今日《けふ》ハ命の惜《おし》くも有哉《（あるかな）》［一一五二］

増抄・・・［ママ］。[四]昨日逢《あ》ハぬ前《さき》までハ、逢《あ》ふにさへ換《か》へたらバ、命をも捨《す》てむと思ひしに、今宵《こよひ》逢ふてからハ、又逢《あ》ハむ事《こと》を思《おも》へバ、命の惜《お》しくなりたるとなり。

頭書

[五]命を惜《おし》むも、君に逢《あ》ハん為《ため》也。昨日《きのふ》惜《お》しまぬも、君に逢《あ》ハん為《ため》なれバ、兎角《とかく》に本意ハ違《たが》ハぬなるべし。

一[一]百首哥に　[二]式子内親王

〔一一五二〕

一　人の許へ罷り初めて、朝に遣ハしける　『増抄』の詞書では、「人のもとへ、まかりそめて……」と、ヘ字になっているが、管見した二十六伝本の詞書は「人の許に」と、すべてに文字。『増抄』は早計の誤記か。当歌詞書によれば、所謂、後朝の歌である。

以下注継続（三二一頁）ニアリ

〔一一五三〕

一　百首哥に　管見二十六伝本では、親元筆本と寛政十一年板本が「百首の歌に」と、の字がある。いずれにしても訓む時は｜の字を入れて訓む。公夏筆本は「百首歌の中に」とある。この百首歌は、正治二年後鳥羽院初度百首を指し、その中の式子内親王の百首歌中の「恋」題十首の第九番目の歌が当歌である。ただ初句が「あふ事は」と小異する。これは『萱斎院御集』（書陵部蔵五〇一／三二一架番）に於ても同じで、『恋』題十首中の九番目の歌。『二四代集・二四代和歌集・八代知顕抄』にも定家は採入しているが題は「恋の歌とてよみ侍ける」で、特に「恋」を細別した題はつけられていない。

以下注継続（三二二頁）ニアリ

〔一一五四〕当歌頭注ハ注継続（三二六頁）ニアリ

一[三]逢《あ》ふ事を今日《けふ》松が枝《え》の手向草いく世《よ》しほるゝ袖とかハ知《し》る　〔一一五三〕

増抄・・・〔ママ〕。[四]白波《しらなミ》の浜《はま》松が枝《え》の手向草幾世《いくよ》までにか年《とし》の経《へ》ぬらん。これを本哥にして詠《よ》めり。[五]逢恋の歌なり。[六]逢ふ事今日《けふ》まで待《ま》ちし間ハ、いかばかり久しき事にて、その間《あいだ》、袖のしほれしとか知《し》る。あさはかならぬ事《こと》にてありしと也。[七]この心を本哥の詞にて、心《こゝろ》を取《と》り替《か》へて詠《よ》めり。

頭書

[八]手向草の事、程〻に言《い》へり。強《し》ゐては口決《くけつ》にて侍る。

一[一]頭中将に侍りける時、五節所の童《わらは》に物申し初めて後、尋ねて遣《つか》はしける。

一[二]源正清朝臣

一[三]恋しさに今日《けふ》ぞ尋ぬる奥《おく》山の日陰《かげ》の露に袖ハ濡《ぬ》れつゝ　［一一五四］

増抄・・・。［ママ］[四]日陰《かげ》草を、五節の時、蔓《かづら》にするなり。[五]童《わらハ》とハ、舞姫なり。[六]尋ねてとハ、その日ハ、誰《た》が子とも知《し》らぬを、後に誰《たれ》と尋《たづ》ぬる由《よし》なり。[七]哥の心は、明らかなり。[八]五節の時《とき》、物申し初めたる故《ゆへ》に、日陰《かげ》の露に濡《ぬ》るゝと言《い》へり。

頭書

思《おも》ひ初《そ》めて袖濡《ぬ》らしぬるハ、五節の時《とき》なり。それより恋しさに堪忍《かんにん》ならず、今日《けふ》尋ぬる也。今日《けふ》なれバ、思ひ初《そ》めしハ久《ひさ》しきと也。

一[一]題しらず　　[二]西行法師

〇一[三]逢ふまでの命もがなと思《おも》ひしハ悔《くや》しかりけるわが心《こゝろ》かな　［一一五五］

〔一一五五〕

一　題しらず　管見二十六伝本、すべて「題しらず」。出典では「恋百十首（陽明文庫本山家集下雑）」・「恋百十首（板本山家集）」・「恋（李花亭文庫本西行上人集）」・「恋（甘露寺伊長筆本西行集）」・「こひ　三十六首（山家心中集自筆本）」・「恋　三十六首（山家心中集内閣文庫本）」・「恋〈大坪云、コノ題下歌数三十六首ナリ〉（山家心中集為相筆本）」・「ひらいづみにて、すき物恋の百首をよみけるが、あながちによみたべとす﹅めければ〈トシテ六首アルウチノ五首目〉（西行物語文明本下巻）」・「ある時、秀衡かたりけるは、たま〳〵幸に此国へくだり給へり。恋の百首をす﹅め申事侍り。よみて給はりなんやといひけれども、とかくいなみてよまざりけるが、千里の浜草の枕にて見たりし夢のことなんど思出﹅、少﹅つらね侍りけり〈トシテ六首アルウチノ六首目。文明本ノ六首ト歌ハ同ジデ配列ハ異ナリ、又　くまもなきおりしも人を思出て心と月をやつしつるかな、ハ文明本ハ初句さやかなるト異形〉（久保家本西行物語絵巻下巻第一段）」、の如き題や詞書がある。

二　西行法師
管見新古今二十六伝本、すべて「西行法師」の書式。略伝等は、七・八三一番歌の本文・頭注に既出。

以下注継続（三二八頁）ニアリ

〔一一五六〕　当歌頭注ハ注継続（三三一頁）ニアリ

古抄・・・〔ママ〕。[四] 逢ひて後の哥なり。逢《あ》はぬ前《さき》には、せめて人に逢《あ》ふまでの命《いのち》もがなと思ひしに、辛《から》ふじて逢《あ》ひぬれば、又何時《いつ》までもと、命の惜《お》しき也。されば逢《あ》ふ迄《まで》の命と願《ねが》ひしハ、悔しきといへる歌《うた》也。[五] 又の説にハ、[六] 命ハ徒《あだ》なるものなれば、契《ちぎ》りたる中も命《いのち》の危《あや》うく思《おも》ひしに、命《いのち》よりも早《はや》く変《かは》り果《は》て﹅、徒《あだ》に思ひし命ハあれども、人ハ絶え果《は》てぬれば、命をながらへてよと思ひし事を、くやしきぞと云ふ哥の心《こゝろ》也。[七] 風情限りもなく有心に侍《はべ》り。[八]

増抄に云く。[九] 悔《くや》しき事《こと》をして、逢《あ》ふまで願《ねが》ひし事《こと》かな。願《ねが》ひの如《ごと》く逢ふに命を換《か》へたらんにハよきものが、行末千年万歳にても、飽《あ》かぬ心《こゝろ》になりたるものを、となり。

一　[一] 三條院女蔵人左近

一　[二] 人心薄花染《うすはなぞ》めのかり衣さてだにあらで色や変《かハ》らん　〔一一五六〕

増抄・・・［ママ］。三人の心を、薄紅の色《いろ》に譬《たと》へたり。四薄《うす》きハ詮方《せんかた》なし、色の変《かハ》るなとなり。五恋路《ぢ》といふものハ、濃《こ》き上《うへ》にも濃《こ》くありたく思《おも》ふものなるに、斯《か》くいへる事《こと》、哀《あわ》れ深《ふか》し。六薄《うす》きが好《この》ましくて斯《か》く言《い》へるに非《あら》ず。とても濃《こ》くハならぬ故《ゆへ》に、薄《うす》くてだにあらせたくとの心《こゝろ》なり。

頭書

七「さてだに」ハ、然《さ》うでだに也。薄《うす》くてだにあらでと也。

一 一興風

一 二逢ひ見《み》ても効《か》ひ無《な》かりけり烏羽《うば》玉のはかなき夢に劣《おと》る現《うつゝ》ハ　［一一五七］

増抄・・・［ママ］。三逢ひて遅々《ちゝ》として語《かた》る間《ま》も無《な》きハ、夢にハ劣《おと》りたるとなり。四いかに暫《しバ》しなりとも、夢に劣《おと》る事《こと》ハなけれども、余《あま》り残《のこ》り多《おほ》く覚《おぼ》

〔一一五七〕
一　興風
管見新古今二十六伝本では、無姓の「興風」の作者名表記は、為相筆本・烏丸光栄所伝本・同書写本・前田家本・鷹司本・小宮本・公夏筆本・柳瀬本・高野山伝来本・正保四年板本〈明暦元年板モ〉・承応三年板本・延宝二年板本〈文化元年補刻本モ〉・正徳三年板本・寛政六年板本・刊年不明文明十八年牡丹花在判本板本・刊年板元不明板本、無姓平仮名表記「をきかぜ」が寛政十一年板本。／
　有姓の「藤原興風」が、為氏筆本・冷泉家文六本・亀山院本・親元筆本・宗鑑筆本・東大国文学研究室本。春日政治博士蔵二十一代集本を底本とする、朝日新聞『全書』翻刻は「藤原興風」とするが、原本のままか、翻刻

ゆるより、斯《か》く言《い》ふ事《こと》也。

一[一]実方朝臣

一[二]中〳〵《(なかなか)》に物思《おも》ひ初《そ》めて寝《ね》ぬる夜ハ儚《はか》なき夢も得《え》やは見《み》えける

［一一五八］

増抄・・・［ママ］。[三]物思《おも》ひ初《そ》めてとハ、人に逢《あ》ひ初《そ》めて也。「[四]中〳〵に」とハ、逢ひてハ心も休《やす》まりてよく寝《ね》ぬべきに、中〳〵夢も結《むす》バぬと也。[五]この哥、後先《あとさき》、逢恋なり、よく〳〵吟味あるべし。

一[一]忍びたる人と二人臥《ふたりふ》して　[二]伊勢

一[三]夢とても人に語《かた》るな知るといへば手枕《(たまくら)》ならぬ枕《まくら》だにせず

［一一五九］

方針に依ったものかは不明。興風の略歴は、七一七番歌の、本文、並びに頭注で既述。

以下注継続（三三四頁）ニアリ

〔一一五八〕

一　実方朝臣

管見新古今二十六伝本では、無姓の「実方朝臣」が多いが、有姓もあり、冷泉家文永本・為氏筆本・亀山院本が有姓の「藤原実方朝臣」である。春日博士蔵二十一代集本も有姓に翻刻してあるが、原本のままか、翻刻方針に依るかは不明。実方については、七六〇番歌頭注二参照。

以下注継続（三三五頁）ニアリ

〔一一五九〕

一　忍びたる人と二人臥して

管見新古今二十六伝本では、「ふたりふして」が「ふたりして」（小宮本）・ふたりでふして（前田家本）・ふたりねて（公夏筆本）」となっている伝本がある。小宮本は家集の『伊勢集』（正保板本歌仙家集本）にも「忍ひたる人とふたりして」とか他出書の『二八要抄』にも「忍たる人とふたりして」とあるので誤写と断定はできない。公夏筆本と前田家本は、稍後代的な表現口調の感がする。家集増抄・・・〔ママ〕。[四]逢ひたる事を、夢にてありしとて、語《かた》るな、人ハ夢とハ聞《き》かで、やがて推量《すいりやう》をするものなり。我《われ》ハ人の知《し》るを厭《いと》ふ故に、常《つね》に手枕バかりして、実《まこと》の枕《まくら》だにせぬ、と也。

頭書

枕《まくら》の知《し》るといふハ、本哥か本説可有《(あるべし)》。可尋之《(これをたつぬべし)》。

一　[一]題しらず　　和泉式部[二]

一　[三]枕だに知《し》らねバ言《い》はじ見《み》しまゝに君語《かた》るなよ春の夜《よ》の夢［一一六〇］

増抄・・・〔ママ〕。[四]枕も知《し》ると言《い》へバ。手枕をして実《まこと》の枕《まくら》ハせねバ、知《し》りて言《い》ふまじき也。されバ、外に知《し》る者《もの》ハなき程《ほど》に、君語《かた》るなよ、となり。春の夜の夢とハ、逢《あ》ふ事に譬《たと》へたり。

一　[一]人に物言《い》ひはじめて　　馬内侍[二]

伝本では『西本願寺本三十六人集』が「人」題四首中の一首、島田良二氏蔵『伊勢集』でも「人」題五首中の一首である。題の文意は、「人目を忍んでやって来た恋人と、二人きりで臥し寝て」の意。『古今和歌六帖㈤』にも見えるが、「雑思」中の「くちかたむ〈口ヲ堅メテ他言ヲシナイ〉」という分類中に属する。

二　伊勢
略歴は、六五番七一四番歌本文、又、七一四番歌頭注二に既述　以下注継続（三三六頁）ニアリ

〔一一六〇〕
一　題しらず
管見新古今二十六伝本はすべて「題しらず」。家集の『和泉式部集（続集）』では、榊原家本では「おもひかけすはかりて、ものいひたる人に」の題詞があり、三首あるうちの第二首目。静嘉堂文庫蔵本（五二一／一九架番）では「たのめける男、え待つくましきよし申けるかへりことに」の題詞があり、三首あるうちの第二首目。家集のこの両本の三首の、当歌を除く他二首は、両本同歌ではない。

二　和泉式部
管見二十六伝本、すべて「和泉式部」。和泉式部略伝は、三七〇番・七七五番・七八三番・八一六番等に既述。　以下注継続（三三九頁）ニアリ

〔一一六一〕
一　人に物言ひはじめて

管見新古今二十六伝本では、鷹司本がこの題詞を欠く。他本はすべてこの通り。題詞は「恋人と、契りを交わし初めて」の意で、男女の契り〈世《よ》〉が始められた事を言う。「ある人と愛しあうようになって（新潮社集成）・ある人と初めて深い間柄になって（『全評釈』）」と意訳されているが、「人に言葉をかけはじめて（小学館『全集』）」とあるのは、具象的内容を暈《ほか》し過ぎて些かそぐわない。

以下注継続（三四一頁）ニアリ

〔一一六二〕

一　女につかハしける
管見二十六伝本では、為氏筆本がこの題詞を欠くが他本はすべてこの題詞がつく。家集『範永朝臣集』（書陵部蔵五〇一／三〇五架番）では「人のもとに」の題詞である。

二　藤原範永朝臣
管見二十六伝本では、烏丸光栄書写本は「藤原範長朝臣」と永字を長字に作る〈旧国歌大観・標注参考ノ作者名デモ長字ヲ採用。但シ、烏丸光栄所伝本ハ永字デアル〉。なお寛政十一年板本は「ふしハらののりなか朝臣」と仮名書。作者の略伝は、四〇九番歌頭注一と八六七番歌頭注二で既述。

以下注継続（三四二頁）ニアリ

一[三]忘れても人に語《かた》るなうたゝ寝《ね》の夢見《ミ》て後《のち》もながゝらぬ〔ママ〕夜《よ》を　〔一一六一〕

増抄・・・〔ママ〕。[四]転寝《うたゝね》の夢を、逢ふ事の儚《ハかな》きに譬《たと》へたり、「[五]後も長《なが》ゝらぬ夜《よ》を」とハ、逢ひて後も儚《ハかな》き契りなれバ、待《ま》つ人に忘《わす》れても語《かた》るな、となり。

一女[一]につかハしける

藤原範永朝臣[二]

一[三]つらかりし多《おほ》くの年ハ忘《わす》られて一夜の夢を哀れとぞみし　〔一一六二〕

増抄に云く。[四]多年の恨《うら》ミも、只《ただ》一夜《よ》の嬉《うれ》しさに忘《わす》れて、剰《あまつさ》へ哀《あわ》れなり、と言《い》ひて、逢ふ事の嬉《うれ》しき由《よし》を云ひ立《た》てたり。[五]比《くら》べ物《もの》を取《と》りて言《い》はねば、物《もの》ゝ分際が知《し》られぬ故《ゆへ》に、斯《か》く言《い》ふも文の一躰なり。

一題しらず　　高倉院御哥

一今朝《けさ》よりハいとゞ思《おも》ひを焼《(た)》き増《ま》して歎木《なげき》伐《こ》り積《つ》む逢坂の山　［一一六三］

増抄・・・。［ママ］今朝《けさ》とハ、後朝《(きぬぎぬ)》也。逢《あ》わぬ前《さき》よりハ、いとど物思《おも》ふと也。思《おも》ひを焚《た》くとハ、思ひの「ひ」を「火」にして、今朝《けさ》より焼《(た)》くといひ、歎きを「木」にしたる作也。「逢坂《あふさか》の山」とハ、山にハ木を伐《こ》る故なり。又ハ、逢《あふ》坂を、君に逢《あ》ふと続《つゞ》けたり。

頭書

火を焚《た》けば、木を伐《こ》りて積《つ》ミ置《お》かねバならぬ也。思火《おもひ》があれバ、歎木《なげき》が積《つ》ミて多《おほ》き由《よし》也。

一初会恋の心を　　俊成［ママ］（頼）朝臣

〔一一六三〕

一　題しらず　管見新古今二十六伝本すべて「題しらず」であるが、歌の心から言えば、直前一一六二番歌とともに「後朝恋《きぬぎぬのこひ》」題に相当。先行の『月詣和歌集』（第六、恋下）では「後朝恋のこゝろをよめる」という詞書《ことばがき》がある。「後朝恋」とは、「後朝とハ、わかれてのちのあした也。今別るゝ心ハ不レ叶、別れかへりての心、又ハかへる道すがらの躰をもよむ也。あかでわかれし袖のうつりがを、かたミにしのび、道芝のつゆも、おつる泪に置増り、又けふのゆふくれにハあひミん物をと頼めども、くるゝをまたで命やたえなんとなげき、今朝の心まどひに逢ミしハ夢うつゝともわかぬ心など也（有賀長伯《あるがちょうはく》。初学和歌式）」の如きものである。

当以下注継続（三四三頁）ニアリ

〔一一六四〕

当歌頭注ハ注継続（三四五頁）ニアリ

一[三]芦の屋の賤機帯《しづハた》のかた結び心易《やす》くてうち解《と》くるかな　［一一六四］

[四]古抄・・・。［ママ］[五]賤機帯《しづはた》とハ、賤女の、機《はた》を織る時、手結《たむす》びに、解《と》け易《やす》くする帯なり。[六]解《と》くると言《い》はむ序哥也。[七]面の分にては余《あま》りに浅《あさ》き哥にや。[八]一説、[九]思《おも》ひ〳〵て始《はじ》めて逢《あ》ひたる嬉《うれ》しさに、わが心の奥《おく》もなく打ち解《と》けたると也。打ち解《と》くるを、人の心にいへば恋の本意浅《あさ》く侍り。わが心にいひて義理深《ふか》くおもろしき［ママ］なり。

増抄に云く。[一〇]片結《かたむす》びハ、解《と》けがたく［ママ］、上《うへ》ハ、見《み》ゆると寄《よ》せていへり。[一一]初めて逢ふ時ハ、打ち解《と》け難《がた》きものなるに、打《う》ち解《と》けがたく見《み》たりとは違《ちが》ひて、心易《こゝろやす》く馴《な》れ〳〵しく打ち解《と》けたるを、悦《よろこ》びたる哥なりとぞ。

一題不知[一]　　よみ人しらず[二]

一[三]仮初《かりそめ》に伏見の野《ゝ》辺《べ》の草枕露懸《か》ゝりきと人に語《かた》るな　［一一六五］

〔一一六五〕
一　題不知
管見新古今二十六伝本すべて「題しらず」。先行の『続詞花集』（巻十二。恋中、五九三番）に於ても「題しらず」七首中の一首。
二　よみ人しらず

管見二十六伝本すべて「読人しらず」、『続詞花集』でも読人しらずの歌。
以下注継続（三五〇頁）ニアリ

〔一一六六〕
当歌頭注八注継続（三五一頁）ニアリ

〔一一六七〕
一　題しらず
管見新古今二十六伝本の題詞はすべて「題し

増抄・・・。[ママ][九]仮初《かりそめ》に君と臥《ふ》すと言《い》ひ掛《か》けたり。[五]草といふより露といひて、少の心に用ゐたり。露ほども、斯《か》く逢ひたりと、人に語《かた》るなと也。

一人[一]知《し》れず忍びける事を、文《ふみ》など散《ち》らすと聞《き》ゝける人に遣《つかハ》しける　　相模[二]

一[三]如何《いか》にせむ葛の裏《うら》吹く秋風《かぜ》に下葉《（したば）》の露の隠《かく》れなき身を　［一一六六］

増抄・・・。[ママ]「[四]裏《うら》吹く秋風」とハ、上《うへ》にハ然《さ》もなくて心の中《うち》に飽《あ》くと也。[五]心の中《うち》に飽《あ》き給ふ故に、秋風に吹かれて、下葉の露が見《み》ゆる様《やう》に、隠《かく》れなく人に知《し》らるゝハ、如何《いかゞ》せんと也。

一題[一]しらず　　実方朝臣[二]

らず」で異同は無い。出典家集での詞書はその伝本により相異がある。群書類従本『実方朝臣集』は、「かうしのつらに一夜ゐあかして、あしたに、おなし人に〔ママ〕」。書陵部蔵五〇一／一八三架番本〈桂宮本己集〉の『実方朝臣集』は、「かうしのつらに、よりゐあかして〈同書ノ実方集異本也ノ部ニ収載〉」。書陵部蔵一五〇／五六〇架番本〈桂宮本戊集〉の『実方中将集』は、「かうしのつらに、よりゐあかしたるあしたに、おなし・〔ママ〕」。これら家集題詞にいう「おなし人」とは、百人一首にも採られて有名な後拾遺集恋一の六一二番実方歌「かくとだにえやは伊吹のさしも草さしもしらじな燃ゆる思ひを」を送った女をいう。具体名は不詳。『二四代集・二四代和歌集・八代知顕抄』では、「題しらず」。『歌枕名寄』には二箇所に採録され、一つは伊勢国二見浦、他の一つは、但馬国二見浦、に出ている。『定家十体』には、面白様に採録されている。

以下注継続（三五三頁）ニアリ

〔一一六八〕当歌頭注ハ注継続（三五六頁）ニアリ

一[三]明け難《がた》き二見《み》の浦に寄《よ》る波《なミ》の袖のミ濡《ぬ》れて沖《おき》つ嶋人　［一一六七］

頭書

[四]二見浦。伊勢国。

増抄・・・〔ママ〕。[五]奥《おき》つ嶋人を恋《こ》ひする身《ミ》に譬《たと》へたり。[六]袖のミ濡《ぬ》るゝといふにて、心《こゝろ》の打ち解《と》けぬ事《こと》をいへり。[七]明《あ》（開）け難《がた》き二見《ふたみ》（蓋・身）とハ、人の心の解《と》け難《がた》きに、寄添《よそ》へて言《い》へり。

一伊勢[一]

一[二]逢ふ事のあか〔ママ〕（け）ぬ夜ながら明けぬれバ我こそ帰《かへ》れ心やハ行《ゆ》く　［一一六八］

[三]古抄・・・〔ママ〕。[四]飽《あ》かぬ別れなれバ、我《われ》こそ帰《かへ》れ玉しゐハ君に添《そ》ふと云ふ

（一一六九）当歌頭注ハ注継続（三六〇頁）ニアリ

心也。引[五] 心[六]から方々《かたぐ》袖をしぼるかな明《あ》くと教《をし》ふる声《こゑ》につけても。源[七]氏物語に読めるハ、宿直《とのゐ》中の声を云ふ也。明《（あく）》るを飽《（あか）》ぬと読《よ》みなせり。此の哥の心《こゝろ》も同じき也。是[八]ハ源氏已前の哥なれバ、取《と》りて詠《よ》めるにハあらざるべし。

増抄・・・〔ママ〕。心[九]《こゝろ》の行《ゆ》くとハ、慰《なぐ》さまぬ事なり。心ハ留《とゞ》まりて帰《かへ》らぬ由《よし》にいへり。[一〇]「あけぬ」と云ふ本もあり。

一[一]九月十日余《あま》りに、夜更《ふ》けて、和泉式部が門を敲《たゝ》かせ侍りけるに、聞《き》ゝ付《つ》けざりければ、朝《あした》に遣《つか》ハしける

一[二]大宰帥敦道親王

一[三]秋の夜《よ》の有明の月の入《（いる）》までにやすらひかねて帰《かへ》りにしかな

［一一六九］

増抄・・・〔ママ〕。[四]上句ハ、明方《(あけ)かた》と言《い》はん為《ため》なり。短夜《みじかよ》さへあらんに、秋の長《なが》きにと也。[五]下句は、明《あ》くるや・待《ま》ちて有りつれども、夜が明《あ》けもてゆくによりて、帰《かへ》りにしかな、然《さ》(と)ても憂《う》かりしとなり。

一題しらず[一]　道信朝臣[二]

一[三]心にもあらぬ我身《ミ》の行き帰《かへ》り道の空にて消《(きえ)》ぬべきかな　［一一七〇］

増抄・・・〔ママ〕。[四]「心にもあらぬ」とハ、嬉《うれ》しき心にもあらぬ也。[五]行《ゆ》きても逢《あ》ふにこそあれ、逢《あ》ハぬとハ知《し》りながら、行《い》かでハあられぬ故《ゆへ》なり。[六]逢《あ》ハぬと知《し》りながら行《ゆ》くハ、心深《こゝろふか》き事なり。[七]「道の空にて」ハ、中途にて死なんと也。又ハ、逢《あ》はぬうちに死なんとなり。半にての心なり。

一[一]近江更衣にたまはせける

〔一一七〇〕
一　題しらず　管見新古今二十六伝本では、小宮本がこの題詞欠脱。他本はすべて「題しらず」。出典の家集の題詞は伝本により小異。『道信朝臣集(甲)』(所謂桂宮本〈書陵部五〇一／三九九架番〉)では「あるをむなのもとに・(ママ)きたれと、かたへにひか《さ》さ《そ》れ《は》て、こゝろにもあらて、かへるとて」。『道信朝臣集(丙)』(桂宮本〈書陵部五〇一／三三二架番〉)は「ある女のもとに、いきたれは、心にもあらて、かたへ、これかれにひかされてかへるとて」。『道信集』(島原松平文庫蔵一三五／一二架番)は「ある女のもとにいきたるに、かれかこゝろにもあらて、かたへにひかれて、かへるとて」。以上要するに、道信が恋人の某の家へ行ったが、傍の供人《ともひと》から無理に引張られて行かれず、心ならずも帰らざるを得なくなって詠んだ歌というのである。「かたへ」の人がのぼせ上って分別がなくなっている主人のためを思って、ひき帰らせたのであろうか。

以下注継続(三六二頁)ニアリ

〔一一七一〕
当歌頭注ハ注継続(三六四頁)ニアリ

一[二]延喜御哥

一[三]儚《はかな》くも明けにける哉朝露の置《お》きての後《のち》ぞ消えまさりける　［一一七一］

増抄・・・［ママ］。[四]後朝恋《きぬぎぬのこひ》なり。逢《あ》はぬ先よりも、一夜寝《ね》てから猶〳〵思ひがまさると也。「[五]儚《はかな》くも」とハ、しミ〴〵ともなく、と也。

頭書

[六]十分ならぬ契り故、猶消えまさると也。又ハ、逢《あ》ふて思《おも》ひが深《ふか》く成《なる》ゆへに、はかなく明けたると思《おも》ふ由《よし》なり。

一[一]御かへし　[二]更衣源周子《しゆうし》。右京太夫［ママ］唱《となふ》女。

一[三]朝露の置《お》きつる空もおもほえず消《きえ》返《かへ》りつる心《こゝろ》まどひに　［一一七二］

〔一一七二〕

一　御かへし
管見新古今二十六伝本では、冷泉家文永本に「御返事」と「事」の漢字書。又、柳瀬本は「御返し」であるが「御」左側に朱のミセケチ線引。他書は異なる文言はない。

以下注継続（三六七頁）ニアリ

古抄に云く〔ママ〕。[五]本哥、儚《はかな》くも明けにけるかな朝露《つゆ》の置《お》きての後ぞ消えまさりける。此の返哥也。[六]消返《（きえ）かへ》るとハ、消え入りて又生れ出づるさまを云ふ詞也。[七]それをこの哥にハ、別《わか》れて立ち帰《かへ》る方《かた》に寄添《よそ》へて詠《よ》める。[八]「つる」と云ふ詞、二あり。前ハ「ぬる」に通《かよ》ひたる言《こと》葉也。

増抄・・・〔ママ〕。[九]「置《お》きての後ぞ消えまさる」と遊《あそ》バしたるに答《こた》へて、消えかへりつる心《こゝろ》まどひに勝《まさ》るともおぼえぬと也。

〔一一七三〕当歌頭注ハ注継続（三六九頁）ニアリ

[一]題しらず　　[二]円融院御哥

[三]置き添《そ》ふる露や如何《いか》なる露ならん今ハ消えねと思ふわが身を　　［一一七三］

増抄・・・〔ママ〕。[四]この露ハ涙《なみだ》なるべし。[五]消え果《は》てよとうち捨《す》てたるに、まだ人を恨《うら》ミ顔《がほ》に、如何《いか》なる露が置《を》くぞとなり。[六]今ハ、とは、最早《もはや》何も要《い》らぬものよ、死にたるが益《まし》と、思ひ切《き》りたるにとなり。

頭書

[七]身を消えねと思へバ、露ハ置《お》き添《そ》ふとなり。

一　[一]謙徳公

一　[二]思ひ出《(いで)》て今ハ消《け》ぬべし終夜《(よもすがら)》置き憂《う》かりつる菊の上《(うへ)》の露〔一一七四〕

増抄・・・[ママ]。[三]「思《おも》ひ出《(いで)》て」とハ、夜の情の事《こと》などを、思《おも》ひ出《(いで)》てなり。[四]「今も[ママ]消《け》ぬべし」とは、よもすがら消えぬべきが、今もと也。思《おも》ひ出づるさへとなり。

頭書

[五]さし当《あた》りてハ心が浮《う》かれて何事も覚えざりしが、程ありて心の定《さだ》まりてから、消ゆる程《ほど》に思《おも》ふと也。

〔一一七四〕

一　謙徳公

管見新古今二十六伝本すべてこの作者名表記。謙徳公は、藤原伊尹（コレマサ、或ハコレタダ）の諡号《おくりな》《シゴウ》である。勅撰集では、伊尹朝臣（後撰）・一条摂政（拾遺）の作者表記をする集もあるが、新古今以後は謙徳公に定まった。事略の詳細は、一〇〇三番歌頭注二に既述。

以下注継続（三七三頁）ニアリ

〔一一七五〕
一　清慎公
管見新古今二十六伝本は、すべて「清慎公」の作者名表記。藤原実頼の諡号《しごう》〈貴人の死後に贈る名〉である。新古今七八二番頭注三で、その事略は既述。
以下注継続（三七四頁）ニアリ

〔一一七六〕
当歌頭注ハ注継続（三七五頁）ニアリ

一[一]清慎公

一[二]烏羽玉《うはたま》の夜《よる》の衣を立ちながらかへる物とハ今ぞ知《し》りぬる　［一一七五］

増抄・・・。［ママ］[三]衣の縁《えん》にて続《つゞ》けたる歌《うた》なり。[四]人と一床《（ひとつどこ）》に寝《ね》て実無《まことな》き哥なり。[五]「夜《よる》の衣」とハ、寝《ね》たる由《よし》也。一床に寝《ね》て打ち解《と》けず帰《かへ》るものとハ、今知《し》りたる也。[六]一所に寝《ね》てハ、情ある習《なら》ひなれバなり。

一[一]夏の夜、女の許《もと》に罷《まか》りて侍りけるに、人静《しづ》まる程、夜いたく更けて逢《あ》ひて侍りけれバよめる［ママ］

一[二]藤原清正

一[三]短夜《（みじかよ）》の残り少《すく》なく更行《（ふけゆけ）》バかねて物憂《う》き暁の空　［一一七六］

増抄に云く。[四]長《なが》き夜《よ》にてさへあるに、短夜《みじか》なれバ更《ふ》けゆくにつけて、暁《あかつき》の別《わか》れの、近《ちか》くなる事《こと》を悲《かな》しぶと也。

頭書

「[五]かねて」といふに、暁《あかつき》の鐘を持《も》たせたり。

一[一]女みこに通《かよ》ひそめて、朝《(あした)》につかハしける

一[二]大納言清蔭。　[三]作者部類に云く。源清蔭。陽成院御子。

一[四]あくといへば静心《しづごゝろ》なき春の夜《よ》の夢とや君を夜《よる》のミや見ん

［一一七七］

増抄［ママ］・・・。[五]あくとハ、明くると飽《(あく)》とを掛《か》けていへり、夢ハ夜見《み》るものなれバ、夜バかり、君を、夢の如《ごと》く見《み》たきなり。夜が明《あ》くるといへバ、心静《しづ》かならぬと也。人を飽《あ》くといへばといふ心を持《も》たせたり。

〔一一七〕当歌頭注ハ注継続（三七七頁）ニアリ

〔一一七八〕当歌頭注ハ注継続（三八〇頁）ニアリ

〔一一七九〕当歌頭注ハ注継続（三八二頁）ニアリ

一[一]弥生《やよひ》の比《（ころ）》、よもすがら物語《がた》りして、帰《かへ》り侍りける人の、今朝《けさ》ハいとゞもの思《おも》ハしき由《よし》、申しつかハしたりけるに
和泉式部[二]

一[三]今朝ハしも歎きもすらん　徒《（いたづら）》に春の夜一夜《ひとよ》夢をだに見《み》で［一一七八］

頭書
「[四]夢をだに見《み》で」とハ、終夜《よもすがら》、物語《がた》りして寝《ね》ぬ由《よし》なり。

増抄・・・。［ママ］[五]しミ〴〵と語《かた》る事もなくて、春夜を明《あ》かしたる程《ほど》にてなり。

一[一]題不知　赤染衛門[二]

一[三]心からしばしとつゝむ物からに鴫《しぎ》の羽《はね》掻《が》きつらき今朝《（けさ）》哉［一一七九］

[四]古抄・・・［ママ］。[五]鳴の羽掻《はねが》きとハ、鳴ハ必ず暁羽がきをするものなり。心から暁深《あかつきふか》く立ち帰《かへ》りて「鳴《しぎ》の羽掻《が》き辛《つら》き今朝《けさ》かな」と言《い》へる哥なり。詞づかひ大事の哥也。

増抄・・・［ママ］。[六]鳴《しぎ》の羽掻《はねが》きとハ、実《まこと》もなくて寝《ね》ぬ由《よし》也。[七]君が心に押付《おしつ》けてハ違《たが》ふとて、暫《しば》し思《おも》ひを洩《もら》さず包《つゝ》むとて、暁《あかつき》まで、ひとり寝《ね》ず明《あ》かしたるとなり。[八]後先《あとさき》の哥を見合《みあ》わすべし。

一[一]忍《しの》びたる所より帰《かへ》りて、朝《あした》につかハしける

[二]九條入道右大臣

一[三]侘《(わび)》つゝも君が心にかなふとて今朝《(けさ)》も袂《(たもと)》をほしぞわづろ［ママ］(ら)ふ

〔一一八〇〕

〔一一八〇〕当歌頭注ハ注継続（三八五頁）ニアリ

頭書

源氏《げんじ》の薫《かほる》大将の、宇治の大君との恋《こひ》を思ひ合《あ》ハすべし。

増抄に云く。[五]遇無実恋成《(なる)》べし。[六]侘びつゝも君がうるさがる心に適《かな》ふとて、本意をも遂《と》げずして、儚《ハかな》く夜が明けて、今朝《けさ》も袂を濡《ぬ》らすと也。

一[一]小八條の宮す所《［御息所］》につかハしける

一[二]亭子院御哥

一[三]手枕《(たまくら)》にかせる袂の露けさ《［ママ］(き)》ハ明けぬと告ぐる涙《なミだ》也けり　［一一八一］

増抄・・・《［ママ］》。[四]手枕にかすとと《［ママ］［衍］》ハ、女の手を枕《まくら》にハしたるにや。男《おとこ》のをかせるにや。いづれにても、手枕に置《を》く露、今朝《けさ》わかるゝ比《(ころ)》の涙《なミだ》なりと、断《ことわ》りたる哥なり。

〔一一八一〕当歌頭注八［注継続］（三八八頁）ニアリ

〔一一八二〕

一 題不知

管見新古今二十六伝本は、すべて「題不知《しらず》」であるが、当歌の出典とおぼしき『古今和歌六帖㈤』では、「人をとゝむ」の歌群中の一首。図書寮桂宮本・御所本では作者名不記で「まてといは、またよはふかしなかつきのありあけの月そ人はまとはす」がその歌。『二八要抄』（恋四）に他出しているが、そこでは「題しらす」。

以下注継続（三九一頁）ニアリ

〔一一八三〕 当歌頭注ハ注継続（三九三頁）ニアリ

一題不知[一]　藤原惟成[二]

一[三]しバし待《ま》てまだ夜《（よ）》ハ深《ふか》し長月の有明の月ハ人まどふ也《（なり）》　［一一八二］

増抄・・・〔ママ〕。[四]人の夜深《ぶか》く去《い》ぬるを止《とゞ》むる由《よし》なり。[五]夜が明《あ》けたる様《やう》なれども、夜の明《あ》けたるにてハなし。有明の月影ハ、夜の明き・たる様《やう》にて、人を惑《まど》ハす程《ほど》に、と也。

一前栽[一]の露置《を》きたるを、などか見ずなりにし、と申し・ける女に　実方朝臣[二]

一[三]起き・て見《ミ》バ袖のミ濡《ぬ》れていとゞしく草葉《（くさば）》の玉の数《かず》やまさ覧《（らん）》　［一一八三］

増抄・・・〔ママ〕。[四]女と寝《ね》たるあしたの事なるべし。起《を》きぬ仔細《しさい》を言《い》ひたる哥なり。[五]起《お》きたらバ、いとゞ袖が濡《ぬ》れ勝《ま》さらん程《ほど》に、起《お》きぬとの義なり。[六]草葉《バ》の露が、袖の涙《なみだ》に置《お》き添《そ》ひぬべしと、となり。

一[一]二條院御時、暁帰《あかつきかへ》りなむとする恋、といふ事を　[二]二條院讃岐

一[三]明けぬれどまだ後朝《きぬぐ》に成（なり）やらで人の袖をも濡《ぬ》らしつるかな

［一一八四］

増抄・・・[ママ]。[四]夜が明《あ》けても、別《わか》れかねて落《おと》す涙《なみだ》に、人の袖をも濡《ぬ》らす、となり。[五]いかで人の袖をも濡《ぬ》らすぞ(と)・[ママ]なれバ、夜《よる》ハ二人の袖を重《かさ》ねて寝《ぬ》る故也。[六]寝《ね》たる時重《かさ》ねたるを、起《お》き別れざまに、別《べち》に引き離《はな》すを、衣々《きぬぐ》と云ふ也。それより別《わか》れの事にもするなり。[七]まだ衣々《きぬぐ》にならぬ故《ゆへ》に、人の袖《そで》をも濡《ぬ》らすとなり。

頭書

「[八]明けぬれど」、ハ、別るべき時になれども、余波《なごり》を惜《お》しミて別《わか》れかねたる也。然《さ》るによりて人の袖《そで》をも濡《ぬ》らしたる、と也。

（一一八四）当歌頭注ハ**注継続**（三九五頁）ニアリ

〔一一八五〕当歌頭注八【注継続】（三九七頁）ニアリ

一題[一]不知　西行法師

一面[二]影の忘《わす》るまじき別れかな名残《（なごり）》を人の月にとゞめて　［一一八五］

増抄・・・。〔ママ〕[三]月前にて別《わか》るゝ体也。何《なに》の形見《かたみ》も無《な》くバ、忘《わす》るゝ事もあるべきが、扨《（さて）》も忘《（わす）》らるまじき別《わか》れにてあり、如何《いかん》となれバ。いつ〔る〕も不変なる月に、面影をとゞめて別《わか》るゝ程《ほど》に、となり。

【頭書】

[四]心に忘《わす》れても、月見《み》る度《たび》に思《おも》ひ出でて、忘るゝ事有るまじき別《わか》れかな、となり。

〔一一八六〕当歌頭注八【注継続】（四〇一頁）ニアリ

一後[一]朝恋の心を　摂[二]政太政大臣

○一又[三]も来《こ》む秋をたのむの雁《かり》だにも鳴きてぞ帰《かへ》る春の曙　［一一八六］

頭書

四千五百番哥合、百三十五番。右、勝。丹後。帰《かへ》り来《こ》ん秋をたのむの雁《かり》だにも鳴きてぞ春ハ立ち別るなる。

五古抄・・・。［ママ］雁ハ春帰《かへ》りて秋ハ必ず来るものなれども、それも春の曙《あけぼの》ヽ帰《かへ》るさハ、名残惜《なごりお》しむにや、鳴きて帰《かへ》る也。我、只今の別《わか》れハ、又相見《あひミ》む事《こと》も頼《たの》ミ無《な》けれバ、歎《なげ》くも道理《ことはり》といふ哥也。「六たのむのかり」、頼《たのミ》と云ふ字の心《こゝろ》に詠《よ》めり。七用所によりて、たのむともたのみとも、使《つか》ひ侍る也。類無《たぐひな》き姿《すがた》、不可思儀［議］の御歌《うた》也。

増抄に云く。「八だにも」の字にて、恋と知《し》らせたり。九必《かなら》ず秋逢《あ》ハんとあるさへ鳴《な》くに、わが今朝の別《わか》れハ、何時逢《いつあ》ハんとも知《し》らねバと、別《わか》れる時分に雁《かり》を見《ミ》て、興じて詠《よ》める成《(なる)》べし。

一女の許《もと》に罷《まか》りて、心地《こゝち》例ならず侍りければ、帰《かへ》りてつかハしける

〔一二八七〕当歌頭注ハ注継続（四〇七頁）ニアリ

[二]賀茂成助

[三]作者部類に云く。神主成真男。五位也。

一[四]誰行きて君に告《つ》げまし道芝の露諸《もろ》ともに消《きえ》なましかバ［一一八七］

頭書

「[五]露諸共《もろとも》」とハ、露のごとくに［しとゞ］と也。

増抄・・・［ママ］。[六]人知《し》れぬ恋路《ぢ》なれバ、死にたりとも、誰《た》が告げに行《ゆ》かん。生《い》きたる事《こと》の、これにつけても嬉《うれ》しき由なり。[七]死にても、せめて死にたるといふ事を、君に告《つ》ぐれバよきに、然《さ》も有るまじきと也。

一[一]女の許《もと》に、物をだに言《い》はんとて罷《まか》りけるに、空《むな》しく帰《かへ》りて、朝《あした》に

一[二]左大将朝光

〔一一八八〕当歌頭注ハ注継続（四〇八頁）ニアリ

一[三]消《（きえ）》かへりあるかなきかの我身《わがミ》かな恨みて帰る道芝の露　［一一八八］

頭書

「[四]うらミてかへる」ハ、物《もの》をだに言《い》はで帰《かへ》る由《よし》なり。

増抄に云く。[五]人の許《もと》へ行《ゆ》きたるに、心も解《と》けずして帰《かへ》りての哥なり。「[六]消《き》えかへる」とハ、死入《（しにいり）》てハ又生《（いき）》かへる也。生きて有り、生きて無《な》きかの身なり。[七]如何《いかん》となれバ、君を恨《うら》ミて帰《かへ》る道芝の露、と断《ことわ》りたる体也。

一[一]三條関白女御、入内《（じゆだい）》の朝《あした》につかハしける　[二]花山院

一[三]朝朗《（あさぼらけ）》置きつる霜の消えかへり暮待《（くれま）》つ程《ほど》の袖を見《み》せばや　［一一八九］

増抄・・・《［ママ］》。[四]人と契りての朝《あした》の哥なり。[五]朝朗《（あさぼらけ）》とハ、別《わか》る、時分《（じぶん）》

〔一一八九〕当歌頭注ハ注継続（四一〇頁）ニアリ

也。[六]女の許《もと》へ泊《とま》りに行《ゆ》きて、朝帰《あしたかへ》り、又暮《く》るれバ行《ゆ》く事なり。[七]古《いにし》へハ、人の女《むすめ》を恋ふるに、女の親の所に置《お》きて、其処《そこ》へ通《かよ》ひて後《のち》に、男の方へ、迎《むか》ふる事也。[八]夜《よる》のミ通《かよ》ひて昼帰《ひるかへ》る也。通《かよ》ひ初《そ》むる時、三日ハ続《つゞ》けて行《ゆ》く也。心に合《あ》ハねバ行《ゆ》かぬ事、それにより女の方《かた》にも、男《おとこ》の永《なが》く来《こ》ん、来《く》まじきを知《し》る也。

〔一一九〇〕当歌頭注ハ注継続（四一四頁）ニアリ

一[一]法性寺入道前関白太政大臣家哥合に

一[二]藤原道経（みちつね）　[三]作者部類に云く。讃岐守顕綱男。三首入る。

一[四]庭に生（お）ふる夕かげ草《ぐさ》の下露（したつゆ）や暮（くれ）を待《ま》つ間《ま》の涙成（なる）らん　［一一九〇］

[五]古抄に云く。夕かげ草とハ、ゆふべの草まで也。草の名にあらず。

増抄・・・「ママ」。[六]夕景草とハ、晩景の事なり。それを草に取《と》りなしたり。

[七]人逢《あ》ハんとゆふべを待《ま》つ人の袖の涙《なミだ》と、露を見《ミ》たる也。[八]夕かげとあ

るによりて、暮《くれ》を待《ま》つと思《おも》ひ寄《よ》せたる作意也。

一[一]題しらず　[二]小侍従

○一[三]待宵《(まつよひ)》に更け行く鐘《かね》の声聞《き》けばあかね別《(わかれ)》の鳥ハ物かは

［一一九一］

[四]古抄・・・［ママ］。[五]夕を恋暮と云ふ。古人も憂《う》き時に言《い》ひ慣《なら》ハし侍り。[六]もの思《おも》ハぬ人もこの夕にハ易《やす》くハ過ぎぬなり。[七]人を待《ま》ち暮《く》らしたる時分《(じぶん)》、入相《(いりあひ)》の鐘《かね》も涙を催し顔《がほ》にて、又初夜《(しよや)》後夜《(ごや)》と更け行く声を聞《き》ゝて、為《せ》ん方《かた》なく、これより憂《う》き物はあらじと思《おも》ひて、たゞ暁《あかつき》の別れを催す鳥ハ、憂《う》からんと思《おも》ひなせども、それハ慰《なぐさ》む事《こと》もあるべし。[八]たゞ契《ちぎ》りし事も、徒《いたづら》に更け行く夜《よる》ハ、悲《かな》しき事の限《かぎ》りなり、と詠《よ》める哥なり。[九]類《たぐ》ひ無《な》く哀《あは》れに、あくまで余情《(よせい)》ある哥なり。

増抄・・・［ママ］。[一〇]この哥《うた》の事、平家物語《がたり》に載《の》せたり。[一一]是ハ人を待《ま》つ哥な

〔一一九一〕

一　題しらず　管見新古今二十六伝本すべて「題しらず〈題不知・だいしらず〉」である。他出で「題不知」とするのは『続詞花和歌集（巻十二・恋中）』・『二八要抄（恋三）』・『古今選㈢』。題詞に「恋」とあるのは『太皇太后宮小侍従集（書陵部蔵五一一／二一〇架番）』。題詞は無いが「恋部」の部立中に採入するのは、『小侍従集（尊経閣文庫蔵）』・『歌仙落書』・『私玉抄』・『練玉和歌抄』。

以下［注継続］（四一九頁）ニアリ

り。内《うち》〳〵ハ飽《あ》かぬ別《わか》れ程《ほど》憂《う》き物《もの》ハあらじ、と思《おも》ひしに、今宵《こよひ》人を待《ま》ちて聞《き》けば、待《ま》つ宵《よひ》の更《ふ》け行《ゆ》く鐘の声《こゑ》が辛《つら》きとなり。[一二]扨《さて》も限《かぎ》りも無《な》く、辛《つら》き事《こと》あるものかな、別《わか》れ程辛《ほどつら》［ママ］さ（き）ハあるまじきと思《おも》へバ、それに勝《まさ》りたると、恋路《ぢ》の限《かぎ》り無《な》き事をいへり。

〔一一九三〕 当歌頭注ハ注継続（四二八頁）ニアリ

[一]藤原知家

[二]是も又永《なが》き別れ•になりやせん暮《くれ》を待つ•べき命ならねば　［一一九二］

頭書

[三]「是」とハ生別也。「永《なが》き別れ•」とハ死別也。[四]生別ハ又逢•ふ事《こと》もある筈《はづ》なるに、逢《あ》ふ事のならぬ死別とや成《なる》べき、となり。

増抄に•云く•。[五]上句を下句にて理《ことわ》りたる体也。[六]「是も又」とハ、今朝《けさ》の別れも•、永《なが》き死別とならんと也。如何《いかん》となれバ、ひるの間の事なれバ、やがて逢《あ》へども、そのやがて逢《あ》ふ間《ま》もながらへてハ有る•まじき程《ほど》に、となり。

一[一]西行法師

一[二]有明《（ありあけ）》ハ思出《（おもひいで）》あれや横雲《よこ》の漂《たゞよ》はれつる東雲《しのゝめ》の空　［一一九三］

増抄・・・［ママ］。[三]有明の月ハ、雲に隠《かく》れても、又出《い》づるを見《ミ》れバ思出《おもひいで》有りと也。[四]その有明《あり》の如《ごと》くに君も思《おも》ひ出《（いで）》あれやと也。[五]横雲《よこ》とは、別《わか》るゝ時分の暁《あかつき》也。[六]漂《たゞ》よハれつるとハ、騒《さハ》がしくて雲に月の隠《かく》るゝ様《やう》に、君に別《わか》れたる也。[七]さても残《のこ》り多《おほ》き事かな、月ハ又見《ミ》んづ［ママ］（ず）れども君ハ頼《たの》ミなし、との義也とぞ。[八]又説。[九]「有明ハ思ひ出《（いで）》あれや」とハ、有明の月に出づるといふ縁《えん》の詞なる故に、思《おも》ひ出づと言《い》はん為《ため》ばかりに、有明ハと置きたり。しかも別るゝ時分の月なれバなり。[一〇]君に心騒《さハ》ぎて、横《よこ》雲の時分、心が漂《たゞ》よハれて確《しか》と暇乞《いとまご》ひもなく、後に思《おも》ひ出《い》づべき節《ふし》もなくて、別《わか》れつる事の残《のこ》り多《おほ》さよ、別《わか》るゝとも思《おも》ひ出《（いで）》のあれやと歎《なげ》きたると云へり。

〔一一九三〕

一　西行法師　磐斎は増抄七番歌で簡短に施注。新古今入集を九十四首と示す。新古今の伝本では、巻二十釈教の巻軸〈総巻軸〉歌は西行歌でしめくくられる伝本が多い。一九七九番「闇晴れて」歌がそれである。朝日新聞社『全書』には、後出歌〈切出歌〉が十七首示されてあり、その中に一九九三番「願はくば」〈西行辞世歌〉歌がある。で、西行歌は九十五首となる。なお新古今には諸伝本出入歌が、十三首あり、又諸本の衍入歌も五首ある〈小島吉雄先生『新古今和歌集の研究』〉。朝日新聞社『全書』では二千八百首の総歌数が示されてある。西行の事略は、八三一番歌頭注二で既述。

以下注継続（四三一頁）ニアリ

一　清原元輔[一]

一　大井川[二]堰《ゐせき》の水のわくらバに今日《けふ》ハ頼《たの》めし暮《くれ》にやハあらぬ［一一九四］

頭書

[三]大井河。山城也。嵯峨にあり。[四]聖徳大[ママ]子の、田の為《ため》に掘《ほ》り給ふとなり。田に水を入《い》るゝ初めなりといへり。[五]されバ、井堰《せき》に縁《えん》有る事《こと》なり。

古抄・・・[ママ]。[七]堰埭〈ヰセキ〉[原本ママ]は水を停《と》むる物《もの》なり。柵《しからミ》などの類なり。[八]わくらバ、稀《まれ》なると云ふ義也。

増抄・・・[ママ]。[九]わくらバと云《い》はん上二句ハ、序也。[一〇]井堰《せき》とハ、田へ水を入《い》れんとて川を堰《せ》くを言《い》ふ也。[一一]それに糸《いと》を懸《か》ける様《やう》に枠《わく》をして、中へ石を入れて、水を堰《せ》く柱《はしら》とするなり。[一二]さるによりて、「ゐせきの水の

〔一一九四〕

一　清原元輔　管見新古今二十六伝本はすべてこの作者名表記であるが寛政十一年板本のみは「きよハらのもとすけ」と仮名書。「元輔」は、新古今では一五〇・五七八・七二〇・一〇一六番と、当歌より先に採入歌が見えるが磐斎は、作者の略譜は説明していない。『増抄』では七二〇番歌作者は無姓の「元輔」の作者名であるから「藤原元輔」か「清原元輔」か判明しないにもかかわらず無説明。それ故七二〇番頭注二で簡単に説明したが、一〇一六番頭注二で稍詳しく補充した。が、何よりも礼を失したのが、岸上慎二氏の『清少納言伝記攷』（昭和十八年畝傍書房）を落して了った事である。該書の「第二章、清少納言の家系について」・「第三章、清少納言の家庭について」は必見の記録である。ただ引用するには余りにも膨大の故、できないが、是非参看を願う。参考、「元輔は従五位下行下総守春光の一男で、深養父の孫である。清少納言の父に当る。天暦五年正月河内権少掾に叙せられ、小監物、中監物、大蔵少丞、民部大丞等を経て安和二年九月従五位下となり河内権守に任ぜられた。後、周防守、肥後守を歴任して永祚二年六月卒した。年八十三である（校註国歌大系、第十二巻解題）」。以下注継続（四三五頁）ニアリ

わく」と続《つゞ》けたり。[一三]下句ハ、今日《けふ》と頼《たの》ミ契りたる暮《くれ》にてハなきが、暮《くれ》にてあるに、如何《いか》なれバ、君ハ来《こ》ぬぞとなり。

一[一]今日《けふ》と契りける人の、あるかと問《と》ひ・侍〔ママ〕りければ

一[二]よみ人しらず

〔一一九五〕当歌頭注ハ注継続（四三九頁）ニアリ

一[三]夕暮に命懸《か》けたる蜉蝣《かげろふ》の有りや有《あ》らずや問《と》ふも儚《はかな》し　［一一九五］

増抄・〔ママ〕・・。[四]このかげろふハ、蜉蝣なり。[五]朝に生れて夕に死ぬる也。[六]命懸《か》けたるとハ、夕に限《かぎ》りたる心なり。[七]蜉蝣《ふゆう》の如《ごと》く、この夕を限《かぎ》りたるわが命なり。それを、君が、在《あ》りや在《あ》らずやと問《と》ひ給ふも、儚《はかな》しと也。[八]今宵問《こよひと》ひ給ハねば、逢《あ》ふ事《こと》ハ此《こ》の世《よ》にてはならぬ由《よし》也。

頭書

[九]君が問《と》ハずバ、この夕、必ず死ぬべしと定《さだ》まりたる身《ミ》を、生きてある

にや、死にて有るやと、問《と》ふ人も無《な》し、と也。[一〇]問《と》ハずハ、この夕《ゆふ》べ、蜉蝣《ふゆう》の如《ごと》く死なんとなり。

一西行法師、人〳〵に百首哥よませ侍りけるに

一[二]定家朝臣

○一[三]あぢきなくつらき嵐の声も憂《う》しなど夕暮《ゆふぐれ》に待ちならひけむ　〔一一九六〕

[四]古抄・・・。[ママ][五]嵐《あらし》ハ夕《ゆうべ》に吹くものなり。[六]昔《むかし》より人を待つ事、夕《ゆふ》べに限《かぎ》るなり。[七]如何《いか》なる人の、夕には待《ま》ち慣《な》らひけむ、悲しき限《かぎ》りなり。[八][ママ]歎腸極《きは》まる所、只夕の物なるべし。[九]晩風催レ恋といふ心《こゝろ》なり。

増抄・・・。[ママ][一〇]あぢきなく、つらき、うし、と重《かさ》ねて言《い》へる、よく〳〵吟味すべしとぞ。[一一]あぢきなくハわが心、つらきハ人也。嵐ハ憂《う》しと三

〔一一九六〕

一　西行法師、人〳〵に百首哥よませ侍りけるに　管見新古今二十六伝本では、為氏筆本が「西行法師、人に百首哥よませ侍ける〈人〳〵にノ踊り字が無ク、詞書末ノにガ無イ〉」。他伝本はすべて同文。「百首歌」とは、文治二年の「二見浦百首」のことで、『拾遺愚草(上)』の「二見浦百首。文治二年、円位上人勧進之。詠百首和歌。侍従」とある「恋十首」の第八首目〈冷泉為臣氏編『藤原定家全歌集』ノ歌番号一六八番。円位ト八西行ノ別法号。侍従ハ定家ノ役職名デ、建暦元年九月七日カラ建保四年三月廿八日マデガ侍従職。文治二年ハ、廿五歳デ九條兼実ノ家人デアッタ〉の歌である。「人〳〵」とは、慈円・定家・家隆・寂蓮・隆信・公衡・長方・祐盛・蓮阿・蓮上・蓮位・寂延・度会春草等である〈明治書院、和歌大辞典、長谷完治氏解説〉。「二見浦百首」は、文治二年から文治四年秋にかけて、伊勢神宮法楽のための百首であった。詞書の意は「円位法師（後ノ西行）が、伊勢神宮法楽の目的で、当時の歌人達に勧進して、百首の詠作を乞うた時に、自分(定家)も賛同してそれに応じて詠じた百首中の一首」の如き意であろう。他出書での題は、「題しらず（二四代集・二四代和歌集・八代知顕抄）」・「西行法師人々に百首歌すすめてよませ侍りけるとき（続歌仙落書）」・「憂登津良幾《うきトつらき》　裏書（和歌一字抄）」・「同前〈大坪云、同前ト

色揃《いろそろ》ひたる悲《かな》しさをいへり。[一二]斯様《かやう》なる夕暮に、昔《むかし》の人ハ、何故《なぜ》に人をバ待《ま》ち慣《な》らひけんと、咎無《とがな》き者《もの》も恨《うら》むるなり。

一恋哥とて[一]　　太上天皇[二]

一[三]頼《たの》めずハ人を待乳《まつち》の山なりと寝《ね》なましものを十六夜《いざよひ》の月［一一九七］

頭書

[四]八雲・・・（御抄に）云く。亦打山《まつち》。駿河《するが》の国《くに》なり。ゆふこえていほがさきのすミだかハらに、「夕越行而廬前乃角田河原尓」とよめり。

増抄・・・。「ママ」[五]君が来《こ》んと頼《たの》めずハ、行く心ハ有りながらも寝《ね》ぬべきに、君が頼《たの》めし故、寝《ね》られずと也。[六]十六夜《いざよひ》の月の比といふ義也。[七]十六《いざ》夜《よひ》とハ、不知と書く故に、来《こ》んか来《こ》まじきか、不知との義も有るべし。

ハ「乍来不逢恋」ヲサス〉（自讃歌常縁注）」・「恨待恋」（自讃歌広島大学本注）」・「絶恋（自讃歌書陵部本注）」・「西行法師人ゝに百首哥よませけるに、恋のうたとて読ける（自讃歌兼載注）」のようになっている。
当以下注継続（四四三頁）ニアリ

〔一一九七〕
一　恋哥とて
この題詞は、管見二十六伝本では、前田家本は「こひの哥とて」と、の字の記入があり、柳瀬本も「恋のうた□《とてイ》」との字の記入がある。「恋哥」との字の記入のない伝本も多いが、よむときはのを入れてよむべきである。柳瀬本以外の伝本はすべて同文。なお、為氏筆本は、この題詞・作者名・歌本文は無い。又、大島雅太郎氏旧蔵本のみは非除棄歌である事が、朝日新聞社『全書』頭注に見える。『後鳥羽院御集』（列聖全集所収本）では「だいしらず」の詞書。
二　太上天皇
後鳥羽上皇である。亀山院本は「太」を「大」に、当歌では作っているが、同本の他番では「太」字もあるので錯誤とみておく。訓み方は「だじやうてんわう（講談社『新註』）」と「だいじやうてんわう（新潮社『集成』）」とがある。後鳥羽上皇の事略は、二番歌で磐斎は施注。〈二番歌デ作者ヲ「太政」ト翻字シタノハ、大坪ノ校正ミス。太上ガ正シイ。上皇ハ太上天皇〉ヲ約シタ称〉。校注では、九八九番頭注二で既述。
以下注継続（四五一頁）ニアリ

〔二九八〕当歌頭注八注継続（四五五頁）ニアリ

〔二九九〕一　寄風恋

一[一]水無瀬にて、恋十五首哥合に、夕恋といへる心《こゝろ》を

摂政太政大臣[二]

○一[三]なに故と思ひもいれぬ夕《ゆふべ》だに待ち出《い》でし物を山《やま》の端《は》の月　［一一九八］

古抄[四]・・・。［ママ］[五]「だに」といふ字ばかりにて恋に成《なり》侍り。[六]人を待《ま》たぬ夕《ゆふべ》にも月をバ待《ま》つものなり。況《いは》んや必《かなら》ずと頼《たの》む夕ハ、待《ま》たるゝ道理《ことわり》なりと、我《われ》と道理をつけたる哥なり。[七]幽玄に侍り。[八]哥ハ斯様《かやう》に一字二字にても心を顕《あら》はす事多《おほ》し。[九]千五百番哥合に、引、みちのくの荒野《あらの》ゝ牧の駒《こま》だにも捕《と》れば捕《と》られて慣《な》れゆくものを

増抄・・・。［ママ］[一〇]素性哥。今来《いまこ》んと言《い》ひしバかりに長月の有明の月を待《ま》ち出《い》でつるかな。この哥を思《おも》へる成《なる》べし。

一寄風恋[一]　宮内卿[二]

一[三]・聞くや如何《いか》に上《うは》の空なる風だにも松が音《(おと)》するならひ有りと・ハ　〔一一九九〕

[四]古抄・・・〔ママ〕。[五]待《(まつ)》に松を寄《よ》する事、哥の慣《なら》ひなり。[六]心無《こゝろな》き風だにも、松《まつ》といふ名を知《し》りて、音信《(おとづれ)》侍るに、わが思《おも》ふ人の、是程《(これほど)》まで心を尽《つく》し侍るに、・など思はぬと、託《かこ》つ様《さま》成《(なる)》べし。[七]「聞《き》くや如何《いか》に」とある五文字、後に置・きたる哥なり。面白き五文字といへり。

[八]増抄に・云・く。[九]「聞《き》くや如何《いか》に」とハ、君に言《い》ひ懸《か》けたる也。[一〇]「慣《なら》ひ有《あ》・り」とハ、聞《き》くや聞《き》かずや如何《いか》に、と也。[一一]「上《うは》の空」とハ、思《おも》ひ入《い》れぬ心無《こゝろな》き風《かぜ》だにもと也。[一二]まつといふ名なれば、音づれをする慣《なら》ひなるに、と也。[一三]この慣《なら》ひを知《し》らバ、君を待《ま》つ宿《やど》にハ、訪《をと》づれの有る・べき事《こと》を、となり。

一[一]題不知　[二]西行法師

管見した新古今伝本では、すべてこの題詞。「寄する」は、心理的・抽象的に、他と関係をつける事で、「気持を託する」の意。この題詞は前歌題詞にあった「水無瀬にて恋十五首哥合」中のもの。出題された十五歌題の最尾に「寄風恋」があるので、前歌題詞を継承したものである。前歌題詞の「夕恋といへる心を」に当る。「水無瀬にて、恋十五首哥合に、寄風恋といへる心を」とするのを略したのである。題の意味は「風にかこつけて恋の気持を詠んだ歌」という意。当歌も前歌と同様に、建仁二年九月に連続的に行われた三歌合に見られるが、この三歌合は作者も歌題も共通するが、小異もある。即ち『恋十五首歌合　建仁二年九月十三夜』の「題」は、春恋・夏恋・秋恋・冬恋・暁恋・暮恋・羈中恋・山家恋・故郷恋・旅泊恋・関路恋・海辺恋・河辺恋・寄雨恋・寄風恋、の十五題。『若宮撰歌合　建仁二年九月廿六日』の題は、関路恋・海辺恋の二題が抜けて十三題。『桜宮十五番歌合　建仁二年九月廿九日』の「題」は、九月十三夜と同じ題の十五題、作者は、「九月十三夜」では、親定〈後鳥羽院ノ隠名〉・良経・慈円・公継・俊成女・宮内卿・有家・定家・家隆・雅経、の十名。「九月廿六日」では公継が抜けて、九名。「九月廿九日」でも、公継が抜けて、九名。結番数は「九月十三夜」は七十五番。「九月廿六日」は十五番。「九月廿九日」も十五番。以上の如くである。

以下注継続（四五九頁）ニアリ

〔一二〇〇〕

一　題不知

一[三]人ハ来《こ》で風《かぜ》の気色《(けしき)》も更けぬるに哀《あハ》れに雁《かり》の音信《(おとづれ)》て行《ゆ》く　[一二〇〇]

頭書

「[四]人ハ来《こ》で」といふハ、恨《うら》みたる心有り。

増抄・・・《[ママ]》。[五]人が来《く》るや〳〵と待《ま》てども人ハ来《こ》で、音《[ママ]》《(訪)》づるゝ者《もの》とてハ、風《かぜ》の音也。細《さい》〳〵君かと思ひて過ぎ行くを、更けぬるといへり。たゞさへあるに、哀《あわ》れに雁《かり》の音信《(おとづれ)》て行《ゆ》くとなり。君ハ訪《をと》づれもせず、却《かへ》りて悲《かな》しさを添《そ》ふる由《よし》也。

一[一]八条院高倉

一[二]いかゞ吹く身にしむ色《いろ》の変《かハ》るかな頼《たの》むる暮の松風《かぜ》の声《こゑ》　[一二〇一]

頭書

管見新古今二十六伝本は、すべて「題しらず」で、異形なし。当歌の出典や他出書での題もしくは前書きは、『西行上人集』（李花亭文庫本、所謂異本山家集）では、「雑」部の、「恋歌中に」の十三首中の一首〈第二句ハ、風のけしきの〉。『御裳濯河歌合』（内閣文庫本、廿七番）では、無題。『西行物語』（文明本㊦）では「京《きやう》に出《いで》たりけるに、しりたる人のあはんと申ければ、かへりこんとてしゆくんにめされていでぬ。いまや〳〵とまつ程に、雲井のそらにかりがねなきてわたるをきゝて」の前文がある。

以下注継続（四六七頁）ニアリ

〔一二〇一〕当歌頭注ハ注継続（四七九頁）ニアリ

[三]五文字ハ、如何《いか》なれバ変《かハ》らぬ松風の筈《はづ》なるが、替りたるは不思議《ふしぎ》なる、となり。

増抄に云く。[四]松風の色《いろ》や緑《みどり》に吹きつらん物思《おも》ふ人の身にぞしミける。同じ[五]松風《かぜ》の、人の来《く》るを頼《たの》む暮《くれ》・［ママ］（と）、然《さ》なき時と、変《かハ》る事を不審したる作也。[六]人を待つ故に、非《あら》ぬ物《もの》までも辛《つら》く覚ゆる由《よし》也。

一[一]鴨長明

○[二]頼《たの》め置《を》く人も長等《ながら》の山にだに小夜《さよ》更けぬれバ松風の声《こゑ》［一二〇二］

[三]古抄・・・［ママ］。[四]「人もながら」とハ、人も無《な》きと言《い》はん為《ため》なり。頼《たの》む人無《な》き山にだに、更け行けバ松風の吹くと也。[五]松風を待（まつ）と云ふ字になして詠《よ》めり。[六]心なき山にも、松と云ふ風の吹けバ、まして頼《たの》めたる夕《ゆふべ》ハ、待《ま》たであるべきかと、音信《おとづれ》侍らぬ人を託《かこ》ちたる哥也。[七]此の「だに」と云ふ字も、前に摂政殿御哥・［ママ］（と）同じ心也。

〔一二〇二〕

一　鴨長明　管見新古今二十六伝本は、すべて「鴨長明」の作者名表記。『方丈記』の著者として名高い。名前の訓み方については、「ナガアキラ」と訓読にするもの（例、新潮社『集成』）と「チャウメイ」と音読するもの（例、朝日新聞社『全書』・小学館『全集』）とがある。久保田氏『全評釈』は、「本名は〈ながあきら〉だが、一般には「ちょうめい」と音読」とことわっておられる。彼の事略は、九六四番歌頭注二で既述。方丈記は、彼の経歴や、思想などを知る上で、参考になる一等資料。

以下注継続（四八一頁）ニアリ

増抄・・・［ママ］。[八]いかに静《しづ》かなる空にも、夜に入れ・バ風といふものハ吹く・なり。それを見立《みた》てゝ、夜に入れバ人を待つ・に寄《よ》せて詠《よ》めり。頼《たの》め置《を》く人なき、と言《い》ひ掛《か》けたり。

一[一]藤原秀能

一[二]今来《こ》むと頼《たの》めし・《(こ)》［ママ］とを忘《わす》れずハ此《(この)》夕暮《(ぐれ)》の月や待つ・覧《(らん)》［一二〇三］

[三]古抄に・云く・。[四]今来《こ》むと、又来《こ》むと云ふ・義也。[五]軈《やが》て訪《と》ハんと言《い》ひし時に成《(なり)》ぬれバ、それを君の忘《わす》れ給ハずハ夕暮《ぐ》れの月や待つら・ん、となるべし。[六]「月や待《ま》つらん」ハ、月にや待つら・んとなるべし。「に」の字を入・れてミればよく心得らるゝ哥也。斯様《かやう》の所、口伝也。

増抄・云・［ママ］。[七]今来《こ》んと言《い》ひしが、さても遅《をそ》き事かな、忘《わす》れやしぬる、もし忘《わす》れずハ、この遅《をそ》きハ、月を待《ま》ちて道たど〳〵しからず来《こ》ん、と

〔一二〇三〕
一　藤原秀能
管見新古今二十六伝本の多くは「藤原秀能」の作者名表記。磐斎は増抄二六番歌で施注。校注では、五六四・七八九・九六七・一一一六・一一三九で既述。後鳥羽院北面武士であったが承久の乱で敗戦後は如願法師と改む。「秀能」は「ヒデヨシ・ヒデタフ」の両訓がある。管見伝本では、寛政十一年板本に「ふしハらのひてよし」と仮名表記され、現行諸本でも「ひでよし」と訓む著が多い。「秀能」を「季能」と誤記せられることもある。九六七番歌「さらぬだに」歌では、冷泉家文永本が季に誤っているし、書陵部合点本も季に誤っている由〈岩波旧大系校異ニヨル〉。

以下 注継続（四八三頁）ニアリ

思《おも》へるにやと、思《おも》ひ遣《や》りたる心《こゝろ》なるべし。

[一]待恋といへる心を　　[二]式子内親王

○一[三]君待つと閨《（ねや）》へも入《い》らぬ真木《まき》の戸にいたくな更けそ山の端《は》の月　［一二〇四］

[四]古抄・・・。［ママ］本哥。[五]君来《こ》ずハ閨《ねや》へも入《い》らじ濃紫《こむらさき》わが元結《もとゆひ》に霜ハ置くとも。同。[六]足引の山より出づる月待《ま》つと人にハ言《い》ひて君をこそ待《ま》て。此の哥二首を本哥にて詠《よ》めり。[七]月を、人待《ま》つ託《かこ》つけに為《せ》む、となり。[八]「いたくな更けそ」とハ、月も暫《しば》しハ山の端《は》に休《やす》らひて、強《つよ》く更くる空をな見《み》せそとなり。又、[九]真木の戸といふに付けて、板といさゝか秀句の心もあるか。[一〇]真木《まき》の戸は美《うつく》しき木等《など》にて作りたるを云ふ也。

引　[一一]君《きみ》や来《こ》む我《われ》や行《ゆ》かむの十六夜《いざよひ》に真木《まき》の板戸《いたど》も鎖《さ》ゝず寝《ね》にけり。

頭書

〔一二〇四〕

一　待恋といへる心を
管見新古今二十六伝本では、鷹司本が「……といへることを」。他伝本はすべて増抄と同題。他出書での題は、「待恋（自讃歌尭孝注・書陵部本注）」・「嶺上月（自讃歌広島大学本注）」・「忍ぶ恋の心なり（九大国文学科本注）」。『練玉和歌抄』・『私玉抄』は「恋」の巻に出るが特に題は見えず。『萱斎院御集』（書陵部五〇一／三二架番）では「まつよひの心を」。

以下注継続（四八七頁）ニアリ

一二君が来《こ》ん歟と思ひて、開《あ》けたる真木《まき》の戸を、鎖《さ》ゝず寝《ね》たる由《よし》［ママ］(也)増抄に云く。一三月に言《い》ひかけたる也。只《たゞ》も斯《か》く起き居《ゐ》るに非《あら》ず。君を待《ま》つとて、閨《ねや》へも入《い》らである程《ほど》に、夜の更けぬやうにあれ、と也。夜更くれバ君を待つ力《ちから》がなくなるとの義也。一四「いたくな」とハ、少しハ更くるとも強《つよ》く更くるなとなり。一五この山の端《は》ゝ、西山成《(なる)》べし。宵《よひ》には斯《か》くいふまじき也。

一恋哥とてよめる　　　　　　　　　　　　　　　　二西行法師

三頼《たの》めぬに君来《く》やと待つ宵《よひ》の間《ま》の更《ふ》けゆかでたゞ明けなましかバ　　　　〔一二〇五〕

増抄・・・・。［ママ］四君と約束《やくそく》ハせねども、若《も》しも来《く》るかと待《ま》つ宵《(よひ)》の間《ま》の、更け行くといふ事もなく宵《よひ》から直《す》ぐに、明方《(あけ)がた》に明《あ》けなましかバ如何《いかゞ》せん、更くる間《あひ》に、若《も》しやく〳〵と待《ま》てバこそあれ、となり。五「たゞ」

〔一二〇五〕

一　恋哥とてよめる　管見新古今二十六伝本の題詞は、すべて同文。柳瀬本は仮名表記で「こひのうたとてよめる」とあるから、他本の漢字表記の「恋哥とてよめる」も「恋の哥」との字を入れて訓むが良い。他出書の詞書は、「百首の歌の中に、恋のこゝろをよめる」（月詣和歌集恋上）」・「題しらず（二四代集・二四代和歌集・八代知顕抄）」・「恋哥中に（李花亭文庫本西行上人集）」・「ひらいづみにて、すき物、恋の百首をよみけるが、あながちによみてたべとすゝめければ（文明本西行物語(下)、六首中ノ六番目）」。

二　西行法師　管見新古今二十六伝本はすべて「西行法師」であるが、『月詣和歌集』では「円位法師」で採入。西行の事略は既述（七・八三一・九七八・一二〇〇番等参照)。

以下注継続(四九二頁)ニアリ

〔一二〇六〕
一　定家朝臣
管見新古今二十六伝本では、有姓と無姓の位署に分れる。因みに「朝臣」は、「平安時代、五位以上の人につける敬称。三位以上は姓の下につけ、四位は名の下につけ、五位は姓名の下につけたという〈『大辞泉』。『八雲御抄ノ作法部』撰集ノ項ニ説明アリ〉」。『増抄』と同様の無姓で位署する伝本は、為相筆本・前田家本・烏丸光栄所伝本・同書写本・鷹司本・柳瀬本・小宮本・公夏筆本・高野山伝来本・正保四年板本〈明暦元年本モ〉・承応三年板本・延宝二年板本〈文化元年補刻本モ〉・正徳三年板本・寛政六年板本・寛政十一年板本・刊年板元不明板本・刊年不明牡丹花在判板本の十九本。有姓の「藤原定家朝臣」とする伝本は、冷泉家文永本・亀山院伝来本・為氏筆本・宗鑑筆本・親元筆本・東大国文学研究室本・〈春日博士蔵二十一代集本〈原文ノママカ、校定方針ニヨル改訂カ、不詳〉〉の七本。他出本では、「参議定家(二四代集・二四代和歌集・八代知顕抄)」・「権中納言定家(新続三十六人撰)」・「定家卿(心敬私語・古今選)」・「定家(和歌呉竹集〈かへるさノ條〉)」の如くである。

定家の事略は、既述(九三四・一〇八二・一一一七・一一九六番頭注)。

以下注継続(四九四頁)ニアリ

とハ、宵バかりにて、となり。

一[一]定家朝臣

○一[二]帰《かへ》るさのものとや人の詠《なが》むらん待夜《(まつよ)》ながらの有明の月［一二〇六］

[三]古抄に云く。[四]有明のつれなく見《み》えし別《わか》れより 暁《あかつき》バかり憂《う》きものハなし。と云ふ忠岑が哥を、[五]深《ふか》く執心せられて、常に吟ぜられ侍しと也。無上の哥成《(なる)》べし。[六]暁バかり憂《う》きものハなしと言《い》へども、忍びて帰《かへ》る人等《など》の、有明の時分起《お》き出《い》で等《など》して、面白き月に送り出でて打ち語《かた》り等《など》すべし。[七]それをさへ憂《う》き物《もの》といふに、我《われ》ハ、待《ま》つ夜空《むな》しく明け行く月なれば、切《(せち)》に悲しく哀れなると云ふ心を籠《こ》めて詠《よ》めり。[八]「待《ま》つ夜ながらの有明の月」、姿《すがた》、詞《ことば》、無比類《(ひるいなき)》哥なるべし。鴨長明、[九]新古今三首の名哥、と言《い》ひしその一の哥なり。

増抄・・・[ママ]。[一〇]つく〴〵と月を明《(あけ)》方《がた》迄《まで》人ハ来《こ》ず、詠《なが》め明《あ》かして、扨《(さて)》もこの月、誰《(た)》が帰《かへ》るさの物《もの》と詠《なが》むらん、それもつれなくハあらんずれども、待夜《(まつよ)》ながらに見《ミ》るよりは辛《つら》かるまじきと也。[一一]一説に、帰《かへ》るさとハ、大方《かた》世間の恋をする人の、帰《かへ》りに見《ミ》るらんといふよりハ、今宵《こよひ》君が来《こ》ぬハ、君が何処方《いづかた》へか行《ゆ》き、今《いま》時分帰《かへ》るらん、此方《こち》へ来《き》たらば今《いま》別《わか》るゝ時分なるがと、君来《こ》ぬ故《ゆへ》に余所《よそ》へ行《ゆ》きつらんと思《おも》ふより、斯《か》く言《い》へるなるべし、となり。[一二]古哥に、夕暮《ぐれ》ハ待《ま》たれしものを今《いま》ハたゞ行《ゆ》くらん方《かた》を思《おも》ひこそやれ、[一三]斯《か》くの如《ごと》くある習《なら》ひなり。此方《こち》へ来《こ》ぬは余所《よそ》へ行《ゆ》くらんと思《おも》ふべき事成《(なる)》べし。

一題[一]不知　　よみ人しらず[二]

一君[三]来《こ》むといひし夜毎に過ぎぬれバ頼《たの》まぬものゝ恋ひつゝぞ寝《ぬ》る

［一二〇七］

頭書

[四]夜毎《ごと(と)》ゝ言《い》ふハ、一夜《よ》などにてハなく、来《こ》ぬ故《ゆへ》に頼《たの》まぬ也。されど、ふ

〔一二〇七〕
一　題不知
管見新古今二十六伝本の中、烏丸光栄書写本〈昭和三年至文堂発行ノ旧制高校用教科書版。活字翻刻。藤村作博士編〉は、この題詞はない。それ故、一二〇五番歌の題詞「恋の歌とてよめる」が当歌にも及ぶ事になるが、光栄所伝本には「題しらず」の題詞があるので、過誤による無題かも知れない。他の伝本はすべて「題しらず」である。他出の『二四代集・二四代和歌集・八代知顕抄』でも「題しらず」。
二　よみ人しらず
管見新古今二十六伝本、すべて「読人しらず」である。ただし、当歌の出典の『伊勢物語』（第二十三段）では、河内の国高安《たかやす》の郡《こおり》

に住む女の歌となっている。

以下注継続（五〇一頁）ニアリ

〔三〇八〕

一　人丸

管見新古今二十六伝本では作者表記が諸伝本によって異なっている。「人丸」とあるのは、烏丸光栄所伝本・冷泉家文永本・為氏筆本・亀山院本・鷹司本・東大国文学研究室本・宗鑑筆本・公夏筆本・正保四年板本〈明暦元年板モ〉・承応三年板本・延宝二年板本〈文化元年補刻本モ〉・正徳三年板本・寛政六年板本・寛政十一年板本・刊年不明文明十八年牡丹花在判板本・刊年板元不明板本、の十八本。「人麿・〈人麻呂〉」が、為相筆本・烏丸光栄書写本・前田家本・小宮本・柳瀬本・高野山伝来本、の六本。「柿本人麿」とあるのが、親元筆本・春日政治博士蔵二十一代集本〈但シ、校訂方針ニヨル表記カモシレヌ〉、の二本。人丸の事略については、一〇五〇番頭注一で既述。盤斎『増抄』では、人丸の事略に就いては、当歌までの人丸歌で触れていない。

以下注継続（五〇四頁）ニアリ

つと得思《えおも》ひ捨《す》てぬなり。

増抄に云く。五伊勢物語《いせものがたり》にも入れり、君が来《く》るやと毎夜待《ま》ちぬれども、来《こ》ずして空《むな》しく過ぎぬれバ、来《く》まじきとハ知《し》りながら、若《も》しもや来《く》ると恋ひつゝ寝《ぬ》るとなり。得思《えおも》ひ切《き》らぬ体、哀《あわ》れなり。

一　一人丸

一　衣手に二山颪《やまおろし》吹きて寒《さむ》き夜《よ》を君来《き》まさずハ独りかも寝《ね》む　[一二〇八]

増抄・・・・〔ママ〕。三山辺《べ》にたゞさへあるべきに、颪《おろし》吹《ふき》ふきて寒《さむ》きに、二人寝《ね》てもあるべきに、これが独り寝《ね》らるゝものか、君が訪《と》へかし、となり。

頭書

四足引《あし》の山鳥《どり》の雄〔ママ〕のしだり尾の長々《ながく》し夜《よ》を独《ひと》りかも寝《ね》む、と似たる哥也。[五]山風吹きてと理《ことわ》りたるよりも、長々《ながく〵》し夜《よ》をといふハ勝《まさ》れるにや。[六]足引の哥ハ人の口に有る事也。斯様《かやう》のを吟じて勝劣を知《し》るべき也。

〔一二〇九〕当歌頭注ハ注継続（五〇七頁）ニアリ

一[一]左大将朝光、久《ひさ》しう音信《（おとづれ）》侍らで、旅《たび》なる所に来会《きあ》ひて、枕《まくら》の無《な》ければ、草を結《むす》びてしたるに　　[二]馬内侍

一[三]逢《（あふ）》事ハこれや限りの旅《たび》ならん草の枕《まくら》も霜枯《が》れにけり　［一二〇九］

増抄に云く。[四]旅《たび》ハ、度《（たび）》と旅とを掛《か》けたり。人の別《わか》るゝ中をも、離《か》るゝといへば、草枯《が》れたるに寄《よ》せたり。草の枕《まくら》の霜枯《が》れたるハ、わが中も離《か》れ果《は》つべき瑞相にや、となり。

〔一二一〇〕当歌頭注ハ注継続（五〇九頁）ニアリ

一[一]天暦御時、間遠《まどを》にあれや、と侍りければ

一[二]女御微［ママ］（徽）子女王

一 三(ママ)訓[馴]れ行くハ浮世なればや須磨の蜑[ママ](海士)の塩焼衣《しほやき(ごろも)》間遠《まどを》成(なる)らん　[一二一〇]

増抄・・・。[ママ] 四 馴《な》る、、間遠《まどを》、衣の縁《えん》にて続《つゞ》けたり。五 世の習ひにて親《した》しく馴《な》れゆけば、疎《うと》くなる習《なら》ひが憂《う》きとてや、人ハ前方《まへがた》より間遠《まどを》なるかといへり。六 塩焼《しほや》きが着《き》る衣ハ、荒《あら》〳〵しき故、間遠《まどを》なるとなり。

一 一 あひ見《ミ》[ママ]て後、逢《あ》ひ難《がた》き女に　　二 坂上是則

一 三 霧深き秋の野中の忘れ水絶《た》え間《ま》がち成(なる)ころにも有(ある)かな　[一二一一]

頭書

四 忘《わす》れ水（の如《ごと》く）と、字を入れて見《ミ》るべし。

増抄・・・。[ママ] 「五 忘《わす》れ水」とハ、少しある水にて絶《た》え〴〵なれバ、有り

〔三二〕 当歌頭注ハ注継続（五一二頁）ニアリ

〔二二二〕当歌頭注ハ注継続（五一四頁）ニアリ

所をも忘《わす》るゝとなり。霧ハ物《もの》を隔《へだ》てゝ見《み》せねば、斯《か》く言《い》へり。六絶《た》え間《ま》がちとハ、絶《た》えぬる方が勝《まさ》る由《よし》也。

一三條院、みこの宮《みや》と申しける時、久《ひさ》しく問《と》はせ給《たま》はざりければ

二安法々師女《(むすめ)》

○三世の常の秋風《かぜ》ならバ荻《(をぎ)》の葉《は》にそよとバかりの音《(おと)》ハしてまし　［一二一二］

四古抄に云く。詞書に、三條院みこのミやと申《(まうし)》ける時、久しくとはせたまはざりければ、とあり。五わが身を荻にして、秋風を人にして、言《い》ひ立《た》てたる哥なり。六秋風とは、人の飽《あ》きたる方に多《おほ》くよみ習《なら》ハしたり。七「そよとバかりの音ハしてまし」とは、音信《(おとづれ)》の心なり。八又、そよとハ、そとの心あり。九大方《かた》の秋風ならば、そとの音信も可有《(あるべし)》。一〇強《つよ》く激《はげ》しく吹く秋風《かぜ》ハ荻をも吹き敷《し》きて、中〳〵《(なかなか)》音もせぬものなり。その如《ごと》く、人の我《われ》に激《はげ》しく向《むか》ふ程《ほど》に音信もあらじ、と言ふ哥也。

増抄・・・〔ママ〕。二秋風が吹き初《そ》むる頃《ころ》ハ、先《（まづ）》、荻《おぎ》が訪《をと》づれ初《そ》むる端《つま》なる習《なら》ひ也。三秋更《ふ》けぬれバ、大風となりて荻ハ昔《むかし》の事《こと》になる也。一三それに寄《よ》せて、人の心のあきも深《ふか》くなり、風も激《はげ》しく成《（なり）》てあると見《み》えて、初秋の訪《をとづ》れハなき、となり。

一題しらず　二中納言家持

三足曳の山の陰《かげ》草結び置きて恋やわたらん逢ふよしをなミ　〔一二一三〕

[頭書]

四陰《かげ》草。太山《（みやま）》の陰《かげ》にある草也。その草の如《ごと》く人知《し》れず契《（ちぎり）》を忍《しの》びて結《むす》バんとなり。

五古抄・・・〔ママ〕。六「山の陰草結《かげくさむす》び置《を》きて」とハ、人知《し》れず、恋に心のむすぼゝるゝをいふにや。七「恋やわたらん」とハ、逢《あ》ふ事もなく何時迄恋《いつまでこ》

〔三三〕
一　題しらず
管見新古今二十六伝本すべて「題しらず」。他出書では、『二四代集・二四代和歌集・八代知顕抄』も「だいしらず」。家集では『西本願寺本三十六人集（やかもち）』が「恋部」。『書陵部蔵三十六人集（家持集）』と『歌仙家集（家持集）』は「雑歌」中に見える。共に歌題はない。

以下[注継続]（五一八頁）ニアリ

ひむと悲《かな》しびたる様《さま》なるべし。

増抄・・・［ママ］。[八]契りを、山の陰《かげ》の草の如《ごと》く結《むす》びて、と也。[九]草結《むす》ぶハ、道《みち》の導《しる》べに結《むす》ぶに、山の陰《かげ》ハ人知《し》らぬ由《よし》なり。末《すへ》に逢《あ》ふ由《よし》を無《な》ミといはん為なり。人知《し》らぬに依《よ》りて逢ふ事も無《な》き由也。

[一]延喜御哥

[二]東路に刈《か》るてふ萱《かや》の乱れつゝ束《つか》の間《ま》もなく恋《(こひ)》や渡らむ　［一二一四］

頭書

[三]束の間也。手一束の間と也。短《みじか》き譬《たとへ》なり。夏野《の》ゝ鹿の角《つの》に譬《たと》へたり。夏ハ、鹿、角《つの》を落《お》として短《みじ》かきが後《あと》に、生《(は)》えるもの也。

[四]古抄・・・［ママ］。[五]束《つか》の間《ま》とハ、時の間《ま》もなく、と云ふ也。[六]「刈《か》るてふ萱《かや》の乱《みだ》れつゝ束《つか》の間《ま》もなき」とハ、束《つか》ぬる間《ま》もなき心《こゝろ》なり。

〔三四〕
一延喜御哥
管見新古今二十六伝本、すべて「延喜御歌」の作者名表記。「御歌」の訓《よみ》は「みうた（講談社『新註』・朝日新聞社『全書』）」と「おほんうた（小学館『全集』）」の二様がある。延喜は、醍醐天皇。その事略は、八五二番歌頭注二・一一七一番歌頭注二で既述した。なお題詞は前歌の「題しらず」が当歌にも及ぶ。醍醐天皇の御歌の事は、『皇室文学大系〈列聖全集ノ覆刻〉第四輯』（六三三頁）に『延喜御集』の解説があり、大鏡・袋草子・花鳥余情・夫木抄等に散見される由紹介があり、又『代々御集』（桂宮本叢書第二十巻所収）に『延喜御集』の翻刻もある。続古・新古・玉葉・後撰・拾遺・古今・菟玖波などの出典名肩書が付けられてあるが、該当集と比較すれば、延喜御製でない歌も多い。この一二一四番は『代々御集』の「延喜御集」には見当らない歌である。
以下注継続（五二〇頁）ニアリ

増抄に云く。[七]序哥也。[八]つかのまとハ、束の間なり。少しの間の事也。
手一束の間《ま》といふ義也。[九]休《やす》まず恋《こひ》に責《せ》めらる、由《よし》なり。

一[一]権中納言敦忠

一[二]結《むす》び置《を》きし袂《(たもと)》だに見《み》ぬ花薄《(はなすゝき)》かるともかれじ君しとハ〔ママ〕(か)ずハ　〔一一二五〕

増抄・・・〔ママ〕。[三]君が、わが庭の薄《すゝき》を、又来《こ》ん印《しるし》に結び置きた〔ママ〕(る)・程
に、君が袂を見《み》ずハ、離《か》れても枯《か》るまじきと也。

一[一]百首哥の中に　　源[二]重之

一[三]霜の上に今朝《けさ》降る雪の寒《さむ》けれバ重《かさ》ねて人をつらしとぞ思《おも》ふ　〔一一二六〕

〔一一二五〕当歌頭注ハ注継続（五二二頁）ニアリ

〔一一二六〕当歌頭注ハ注継続（五二九頁）ニアリ

頭書
雪[四]の寒《さむ》き時ハ、衣の　を《［ママ］（かず）》重《かさ》ねて着《き》る故也。重《かさ》ねと言《い》はん為《ため》なり。

増抄・・・《［ママ］》。霜[五]が寒《さむ》きに、雪にて又寒《さむ》き如《ごと》く、君が訪《と》ハぬ故《ゆへ》に、恨も重《かさ》なりたるとなり。

一題[一]不知　安法〻[二]師女

一独[三]・り臥《ふ》す荒《あ》れたる宿の床の上にあはれ幾夜《いくよ》の寝覚《ね（ざめ）》しつらん　［一二一七］

増抄・・・《［ママ］》。年[四]月独寝《ひとりね》したる事《こと》を思《おも》ひ出《（いで）》て、わが身《ミ》をわが身にて哀《あわ》れミたる哥也。いつぞハ〳〵と頼《たの》ミしに、独寝《ひとりね》にて果《は》つるとなり。

一源[一]　重之

〔一二一七〕
一　題不知
管見新古今二十六伝本はすべて「題しらず」であるが、能因の家集には、「かはらの院にて、むすめにかはりて（桂宮本）」の題詞がつけられている。新古今ではこの歌は、能因の歌としてでなく「安法々師女」の作とする。能因の集には、伝本により当歌が含まれていない『書陵部蔵一五四／五六三架番、能因法師歌集』もあるが、『能因法師集』（桂宮本の称呼のある図書寮蔵本）や『能因集』（榊原家本）には含まれている。榊原本の題詞は「かはらの院にて、む。《す》めにかはりて」（私家集大成翻刻）とある。
以下注継続（五三三頁）ニアリ

〔一二一八〕
当歌頭注ハ注継続（五三五頁）ニアリ

一[二]山城の淀の若薦《こもか》刈りに木〔ママ〕(来)て袖濡《ぬ》れぬとハ託《かこ》たざら南《(なむ)》　〔一二二八〕

増抄・・・〔ママ〕。[三]上二句ハ、「かりに」といはん為《ため》なり。[四]託《かこ》つも再《さい》〱来《き》て後《のち》の事なるべきに、仮初《かりそ》めに来《き》てハ託《かこ》つべきに非《あら》ず、となり。

一[一]貫之

一[二]懸《(か)》・けて思ふ人もなけれど夕されバ面影絶《た》えぬ玉かづらかな　〔一二二九〕

増抄・・・〔ママ〕。[三]「懸《か》けて」とハ、心《こゝろ》に懸《か》けて、我《われ》を思《おも》ふ人も無《な》けれど、夕されバ、此方《こなた》にハ面影に立《た》つと也。[四]懸《か》けてといふ詞、玉蔓《かづら》の縁《えん》なり。

一[一]宮づかへしける女を語《かた》らひ侍りけるに、やむごとなき男の入《い》り立《た》ちて

〔三二九〕
一　貫之
管見新古今二十六伝本では、作者表記が、有姓の「紀貫之」とする伝本がある。冷泉家文永本・亀山院本・為氏筆本・東大国文学研究室本・宗鑑筆本・親元筆本・春日博士蔵二十一代集本〈底本固有ノ表記カ、校訂者ノ方針ニヨルカ不明〉の七本。他は「貫之」と無姓。寛政十一年板本のみ「つらゆき」と仮名書。貫之の事略は、一四番歌で既述した。明治三十八年従二位を追贈されている。
以下[注継続]（五三七頁）ニアリ

〔三三〇〕
当歌頭注ハ[注継続]（五三九頁）ニアリ

言《い》ふけしきを見《ミ》て恨《うら》みけるを、女、諍《あらが》ひければ詠《よ》み侍りける。

平[二]　定文

一[三]偽を糺《たゞす》の森の夕《(木綿)》[ママ]だすき懸《か》けつゝ誓《ちか》へ我《われ》を思《おも》はゞ　［一二二〇］

増抄・・・[ママ]。[四]偽か、真言《まこと》か、知《し》れ難《がた》き程《ほど》に、真言《まこと》ならバ、神言《(ちかごと)》を立《た》てよと也。[五]真偽を正《(ただす)》と、取《と》り成《な》したり。「[六]懸《か》けつゝ」ハ、言葉に神かけてとなり。[七]我《われ》を思《おも》ハずバ、是非《ぜひ》なし、思《おも》ハゞ、その印《しるし》神かけて誓《ちか》へ、となり。

一[一]人につかハしける

鳥羽院御哥[二]

一[三]いかばかり嬉《うれ》しからまし諸友《(もろとも)》[ママ]に恋《こ》ひらるゝ身《ミ》も苦《くる》しかりせば　［一二二一］

頭書

〔一二二一〕当歌頭注ハ注継続（五四三頁）ニアリ

[四]「恋《こ》ひらるゝ身」とハ、君の身《ミ》也。我《われ》に恋《こ》ひらるゝ前《さき》の身といふ義也。

増抄・・・[ママ]。[五]片思恋《かたおもひのこひ》の義なり。[六]あまり恋路《こひぢ》の切なるによりて、これ君が心《こゝろ》にも在《あ》らせ度《た》き也。是程《これほど》なるものと知《し》らバ、斯《か》くつれなくハあらじとなり。[七]或説に、この苦《くる》しさを君にもさせたし、我《われ》バかりハ口惜《お》しといへり。[八]恋の本意[ママ]・(に)あらぬ説なるべし。[九]つれなきにも、猶良《よ》かれと思ふが、恋の心《こゝろ》也。

一[一]かたおもひの心

一[二]入道前関白太政[ママ]太臣

一[三]我バかり辛《つら》きを忍ぶ人や有《ある》と今世にあらバ思ひ合はせよ〔一一二二〕

頭書

[四]今又、世《よ》に類《たぐひ》があらバ思《おも》ひ合はせよ、有るまじき、となり。

〔一一二二〕

一　かたおもひの心を
管見新古今二十六伝本（為氏筆本・為相筆本・公夏筆本・小宮本・鷹司本・烏丸光栄所伝本・同書写本・柳瀬本・高野山伝来本・東大国文学研究室本・春日博士蔵二十一代集本・宗鑑筆旧東京教育大学本・冷泉家文永本・親元筆本・尊経閣前田本・正保四年吉田四郎右衛門尉板本・明暦元年八尾勘兵衛板本・承応三年中野太郎左衛門板本・延宝二年板元不明板本・文化元年補刻延宝本植（ママ）村藤右衛門板本・正徳三年柏屋四郎兵衛板本・寛政六年植（ママ）村錦山堂板・寛政十一年東都書林板本・刊年不明文明十八年牡丹花在判本板本・刊年板元不明板本・伝亀山院青蓮院道円親王筆板）による校異を示す。
「片思こゝろを（為氏筆本。「の字ナ）」・「題ナシ（寛政六年板本・従ッテ前歌題ノ、人につかはしける、ガ当歌ニ及ブコトニナル）」。他の二十四伝本は、すべて「片思の心を」である。「かたおもひの心を」の「心」とは、歌の三要素の「詞・心・姿」の「心」の意で、単に「かたおもひを」が、作者の現在の片思を直接に詠むのであるが、「心」がつくと、「片思ひの趣意を詠む、ということで、片恋という恋情一般の趣意を詠むことになるので、他人の片思の立場をも含むのである。作者只今の片思の情でなくてもよい。参考「片思。人は思ハで我ひとり思ふ也。／詞。あひも思ハぬ・うつせ貝・かたしがひ・独して物思ふ（初学和歌式。下冊八丁ウラ）」。題の意は「〈片思い〉の題を〈詠んだ歌〉」（久保田氏『全評釈』）とか「〈片思い〉の趣を」（小学館『全集』）」の如き意味である。但し、尾上氏『評釈』は「題詠とは思へない」とされ「相手に投げつけた」歌とされている。

以下注継続（五四六頁）ニアリ

〔一二一三〕

当歌頭注ハ注継続（五四九頁）ニアリ

古[五]抄・・・[ママ]。「[六]我ばかり」ハ、我ほど、云ふ詞也。[七]我程辛《われほどつら》きを耐《た》へて人を思ふ者《もの》ハよもあらじ、此《こ》の世《よ》にもあらバ、わが 志《こゝろざし》を思ひ合《あ》はせよ、となり。この[八]「忍《しの》ぶ」ハ、堪忍也。

増抄・・・[ママ]。[九]辛《つら》けれども君に仇《あた》をもせずして居《ゐ》る者《もの》ハ有るまじき也。世《よ》の中の人ハ皆《みな》わが如《ごと》きと思ひ給ハゞ、不覚《ふかく》を取り給ふべし、仇《あた》をせずして堪《こら》へる者《もの》ハ有るまじきなり。[一〇]其処《そこ》にても我事《わがこと》を思ひ知《し》り給ハんと也。

一[一]摂政大政[ママ]大臣家百首哥合に、契恋《（ちぎるこひ）》の心《こゝろ》を　[二]前大僧正慈円

一[三]たゞ頼《たの》めたとへバ人の偽を重《かさ》ねてこそハ又もうらみめ　［一二二三］

古[四]抄・・・[ママ]。[五]恋《こひ》の歌《うた》の詠《よ》ミ様《やう》の手本といふ哥なり。「[六]たゞ頼《たの》め」とハ、我心をわれと責《せ》めていへるなり。心ハよく聞《き》こえ侍り。此の[七]譬《たとへ》

ハ、世俗に例へバ「何と有るとも斯《か》く有るとも」と云ふが如《ごと》し。

増抄に云く。[八]「たゞ」とハ、世《よ》の道理《ことわり》を言《い》はずして、平《ひら》に頼《たの》めと也。[九]「たとへバ」ゝ、仮令なり。[一〇]偽があるとも恨《うら》みずして頼《たの》みてあるべし。[一一]重《かさ》ねて再《さい》〳〵あらバ、恨《うら》みても苦《くる》しからず、[一二]心軽《かろ》く一度などにてハ、いふハ心浅《こゝろあさ》し。[一三]恨をも言《い》はで頼《たの》むが、懇[ママ]切也。[一四]良《よ》きならバ頼《たの》まむとハ、大抵《てい》の事なり。[一五]「たとへバ」とハ、恨《うら》ミも無《な》きにハ頼《たの》ミたるが良《よ》し、たとへ有《あ》るとも一旦《たん》ハ言《い》はぬが深《ふか》き心《こゝろ》となり。

[一]女を恨《うら》ミて、今ハ罷《まか》らじと申して後《のち》、猶忘《わす》れ難《がた》く覚えけれバ遣《つか》ハしける。

[二]左衛門督家通

[三]作者部類。中納言藤家通。大納言実通男。二首入る

〔三三四〕

一　女を恨ミて、今ハ罷らじと申して後、猶忘れ難く覚えけれバ遣ハしける。

管見新古今二十六伝本での校異。鷹司本では「罷らじ」の部分は、「まか《たイ（朱）》らじ」とあって「から」に「たィ」の朱書校合があるので「またじ」と訓ませたいのであろう。即ち、作者家通が恋の相手の女性の仕打を恨んで、今度からは「待ちはしないだろう」ということになる。「待つ」は相手の来訪を待つのであるから、女が家通宅に通ってくる事になり、当時の習わしの逆となるので奇妙となる。一歩譲って、女性の応接の変更を待たないと言ったものと考えても「まからじ」にくらべると劣った表現に思われる。「罷る」には、行く・来る等の移動を表わす動詞の謙譲表現と

〇一辛《つら》[四]しとハ思ふ物からふし柴の暫《しハし》もこりぬ心なりけり　[一二二四]

頭書

「[五]しバし」とハ、少しの間も、懲《こ》りて辛《つら》しとハ得思《えおも》はず、やがて恋《こひ》しく成《なる》となり。

古抄・・・［ママ］。[六]待賢門院加賀哥に、引、[七]かねてより思ひし事《こと》よふし柴のこるバかり成《なる》歎《なげ》きせんとハ。「[八]ふししバ」とハ、暫《しバ》しも懲《こ》りぬと重《かさ》ねて言《い》はむ為也。「[九]ふししば」とハ節《ふし》〳〵になると云ふ心も籠《こも》り侍り。[一〇]山田法師哥に　引　賤《しづ》の男《お》の朝な夕なに伐《こ》り積《つ》めるしばしの程も有りがたの世や。これも暫《しバ》しといはん為《ため》なり。

[一一]増抄・・・［ママ］。辛《つら》き事《こと》を知《し》らねバ誤《あやま》りともいふべきに、辛《つら》きとはよく知《し》りてありながら、懲《こ》りず人を思《おも》ふ心《こゝろ》なりとぞ。懲《こ》りぬが恋の深《ふか》き故なり。

して使われる場合もあるから、「今度からは来るまい」の意とも考えられ、この場合は家通が女の家へ行く意となる。結局「これからは行き来はするまい」の意がよかろう。次に、為氏筆本は詞書末が、衍文となっている。即ち、「女をうらみていまハまからしと申てのちなをわすれかたくおほえければつかはしける《れ》はつかはしける」とある。筆写時の錯誤であろう。他伝本は異同はない。「今は罷らじ」の「今」は、所謂、古典基礎語ともいうべき語で、打消助動詞「じ」と呼応して、「ごく近い未来」も含めての意味となる。具体的には「今後《こんご》」の意を持つ語。題詞の大意は「相手の女の仕打《しうち》〈薄情ナ応対ブリ〉を恨んで、これからは、ここへの行き来《ゆき》はするまいと述べた後に、やはり女を忘れ難く思われたので、言い送った歌」ということ。女に未練を残しての歌。

以下注継続（五五四頁）ニアリ

[一]頼《たの》むる事侍りける女、患《わずら》ふ事侍りけるが、おこたりて久我内大臣の許につかハしける　読人しらず[二]

頭書
[三]「おこたりて」とハ、病良《よ》くなる由《よし》也。

[四]頼《たの》め来《こ》し言《こと》の葉《は》バかりとゞめ置《を》きて浅茅《あさぢ》が露と消《き》えなましかバ　［一二二五］

頭書
[五]「浅茅《あさち》」とハ、荒《あ》れたる所にあるものなり。人の訪《と》ハで程経《ふ》る由《よし》也。訪《と》ハぬ間《ま》に消えたらバといはん為《ため》也。

増抄・・・。［ママ］[六]言葉《ことば》バかり残《のこ》し置《お》きて、その本意を遂《と》げずして、浅茅《あさぢ》が露と消えなましかバ如何《いかゞ》せん。よくなりたれバこそあれ、言葉《ことば》の如《ごと》くあらせ給へ、と也。

〔一二二五〕

一　頼むる事侍りける女、患ふ事侍りけるが、おこたりて久我内大臣の許につかハしける　管見新古今二十六伝本による詞書校異。鷹司本は「たのむ事侍りける女のわつらふ事侍りけるお〈以上マデ墨筆〉こたりて久我内大臣のもとにつかはしける〈以上朱筆ニテ補書〉」と墨朱にわけているが、「侍りけるおこたりて」の「お」が助詞の「を」か、動詞「おこたる」の「お」か、判断に迷っての事であろう。板本以前の古写でも（例エバ、烏丸光栄所伝本）思わず助詞「を」に読み誤ってしまう筆使いが多い。さて校異は、「頼むる事」が「たのむ事」（鷹司本・柳瀬本）。「女」が「女の」（鷹司本）。「侍りけるが（ママ）」と「が」が付いている伝本は、正保四年板本〈明暦元年板本モ〉・承応三年板本・延宝二年板本〈文化元年補刻本モ〉・正徳三年板本・寛政六年板本・寛政十一年板本・刊年不明文明十八年牡丹花在判板本・刊年板元不明板本（因ミニ季吟ノ八代集板本モ）のように江戸期板本に多い。他の十六本は「が」が付かず「患ふ事侍りける」で一応ここで切れている。「おこたりて」が柳瀬本では朱で消してある。「久我内大臣」が「久我の内大臣（柳瀬本）」。詞書の大意は「久我内大臣〈源雅通《まさみち》〉が約束をかわして当《あて》にさせていた女で、その女が病《やまい》に苦しむ事がございました。がその病が治ったので、内大臣の居所に使いの者に持たせて遣《や》った歌」というもの。「頼むる」は「頼む」の他動詞形で下二段活用。頼みに思わせる、あてにさせるの意。「わづらふ」と「おこたる」は病勢を表現した対比語。

以下注継続（五五八頁）ニアリ

〔一二二六〕
一　返し
管見新古今二十六伝本すべて「返し」。
以下注継続（五六〇頁）ニアリ

〔一二二七〕
一　題しらず
管見新古今二十六伝本すべて「題しらず」。
二　小侍従
管見新古今二十六伝本すべて「小侍従」の作者名。磐斎は六七八番歌で作者に施注。校注では頭注二と三で既述。又六九六番歌頭注二・一一九一番歌頭注二で追加詳注を施した。江戸初期の『可笑記』には、昔のさる人の言として作者を「辨のめのと」として当歌をあげている。

以下注継続（五六一頁）ニアリ

一[一]返し　　　[二]久我《(こが)》内太〔ママ〕臣

一[三]哀にも誰《たれ》かハ露を思はまし消残《(きえ)のこ》るべき我身《み》ならねば　〔一二二六〕

増抄・・・。〔ママ〕[四]我《われ》も消へければ、残《のこ》りて哀《あわ》れにも思《おも》ふべきにも非《あら》ずと也。「[五]誰かハ」と者《(は)》、我《われ》も消ゆべければ、誰《たれ》かハと也

一[一]題しらす　　　[二]小侍従《(こじじゅう)》

一[三]辛《つら》きをも恨《(うらみ)》ぬわれに倣《なら》ふなよ憂《う》き身を知《し》らぬ人もこそあれ　〔一二二七〕

頭書
[四]人にハ我如《(わが)ごと》くに当《あた》り給ふなと言《い》へるハ、君を兎角悪《とかくあ》しかれと思《おも》ハぬ義なり。

増抄・・・。［ママ］五我《われ》にハ如何《いか》ばかり辛《つら》くとも、仇《あた》せんとも思《おも》ハず、愈《いよ》〳〵君の為《ため》を思《おも》ふ也。六それに倣《なら》ひて誰《たれ》も斯《か》くあるものぞと、倣《なら》ひ給ふな。世にハわが身の死ぬるをも知《し》らで、人に仇《あた》する者《もの》もあれば、堪忍《かんにむ》せぬもあるべき程《ほど》にとなり。七実《まこと》に恋の本意にてあるべきとぞ

一殷冨門院大輔（いんぷもんゐんのたいふ）

○二何か厭《いと》ふよもながらへじ然《さ》のミやハ憂《う》きに耐《た》えたる命成（なる）べき　［一二二八］

頭書

三「厭《いと》ふ」とハ、君が我《われ》を嫌《いや》と思《おも》へる事也。嫌《いや》がり給ふな、軈《やが》て死なん・程にとなり。

四古抄・・・。［ママ］五此哥、落着《つ》かぬ様《やう》に聞《きこ》え侍り。六「何か厭《いと》ふ」とハ、命《いのち》の

〔一二二八〕
一　殷冨門院大輔　管見新古今二十六伝本すべて作者表記はこれに同じ。磐斎『増抄』は七十三番歌で事略を施注。「増抄校注」では、七九〇番頭注二・一〇八九番頭注一・一一四五番頭注一、等で詳述しておいた。

以下注継続（五六三頁）ニアリ

事也。思《おも》ふ人の、つれなく恨《うら》めしけれバ、故《ゆへ》も無《な》き命《いのち》を託《かこ》ちて、命あれバこそ人も辛《つら》けれ絶え果《は》てよ、と思ふ心を、然《さ》てもわが儚《はかな》き事を思《おも》ふものかな、厭《いと》はずとも憂《う》き事にハ耐《た》へまじき命なり、といふ歌《うた》なり。

増抄・・・〔ママ〕。君[七]に、厭《いと》ひ給ひそ、憂《う》きを然《さ》のミ堪忍すべき命にも非《あら》じ、随分《ずい》憂《う》きを怺《こら》へて存《なが》らへんと思《おも》へども、存《なが》らへられまじき事なれバ、厭《いと》はずとも死ぬべき程《ほど》に、と也。

一[一]刑部卿頼輔

[二]作者部類・・・〔ママ〕。藤頼輔。大納言忠教男。三首入る。

一[三]恋《こ》ひ死《し》なむ命ハ猶も惜《お》しきかな数ならぬにハよらぬ歎きを〔ママ〕（おなじよにあるかひはなけれど）

［一二二九］

〔一三九〕●この一二二九番歌の下句は、次の西行歌の下句の目移りによるものと考える。管見新古今二十六伝本には磐斎掲出歌形は見当たらない。

一　刑部卿頼輔

管見新古今二十六伝本の作者名は、すべて「刑部卿頼輔」。刑部卿は、明治以降の新古今注釈書では「ぎやうぶきやう」と振仮名されている事が殆んどである。岩波思想大系『律令』には「刑部省《ぎやうぶしやう》……卿一人……大輔一人……〈以下省略〉」とルビがある。が一方、壬申の乱の「刑部親王」には「オサカベシンワウ」の訓みもある。とすれば「おさかべのきみ」と和訓する可能性はあってもよかろう。「刑部卿」は刑部省の長官。正四位下相当。

以下注継続（五六五頁）ニアリ

〔一二三〇〕

一　西行法し
管見新古今二十六伝本、すべて作者表記は「西行法師」である。西行略譜は、七番歌で磐斎は施注。校注では、八三一番・一二〇〇番歌の作者校注で詳述した。

以下注継続（五六八頁）ニアリ

頭書

「[四]猶も」とハ、数ならぬ人にてなきよりも数ならぬ、が惜《お》しき也、と也。

増抄・・・《［ママ］》。[五]数ならぬ者《もの》ハ恋《こひ》がならぬといはゞ、死にて隙《ひま》を明《あ》けぬべきに、恋ハ高き賤《いや》しき隔《へだ》てなきものなれば、数《かず》ならぬ身も命が惜《お》しきなり。[六]存《なが》らへてだにあらバ、恋の叶《かな》ふ事もあらんと思《おも》ふ、と頼《たの》む故なり。

[七]あふな〳〵思《おも》ひハすべしなぞへなく高《たか》き卑《いや》しき苦《くる》しかりけり

[一]西行法し

頭書

[二]西行哥ハ、すら〳〵と聞《きこ》えたり。されバ深《ふか》き心あり。よく〳〵吟味すべし

[一][三]哀《あは》れとて人の心の情《なさけ》あれな数ならぬにハ依《よ》らぬ歎きを　［一二三〇］

〔一二三一〕
当歌頭注八注継続（五七〇頁）ニアリ

〔一二三二〕
一　女につかはしける　管見新古今二十六伝本の詞書はすべてこのとおり。家集『長秋詠藻㊥』（岩波旧大系、平安鎌倉私家集所収。俊成自撰定家書写書陵部蔵）の「恋歌」中の詞書は「つれなくのみゝえける女につかはしける」とあり、『歌仙落書』の「皇太后宮権（ママ）大夫俊成卿十五首」の

増抄・・・〔ママ〕。四数《かず》ならぬ者《もの》をバ、哀《あわ》れと思《おも》ハぬ慣《なら》ひならバこそあれ、恋《こひ》ハ貴賤構《かま》ひの無《な》きものなれバ、あはれ、人の心に情あれかし、と也。五「心の情《なさけ》」とハ、上辺《うハべ》ならず底《そこ》から、と也。六下句ハ、情《なさけ》あれといふ義を理《ことわ》りたり。

一一身《み》を知《し》れバ人の咎《とが》とも思ハぬに恨（うらみ）顔《がほ》にも濡《ぬ》るゝ袖かな〔一二三一〕

増抄・・・〔ママ〕。二わが涙《なみだ》に言《い》ひ掛《か》けたるなり。三如何《いか》なれバ、人を恨《うら》むる顔《かほ》に袖をバ濡《ぬ》らすぞ。数ならぬ故と、わが身《み》を知《し》りて。身の咎《とが》と思《おも》ふ故に、人を恨《うら》むる事も、世《よ》を恨《うら》むる事も、なきにとなり。

一一女につかはしける　二皇太后宮〔ママ〕太夫俊成

一三よしさらバ後（のち）の世《よ》とだに契（たのめ）〔ママ〕置《お》け辛《つら》さに絶え・ぬ身《み》ともこそなれ〔一二三二〕

三首中では「女のつれなかりけるにつかはしける」とある。詞書の意味は「(心をよせても冷淡にばかり見える)女に送った歌」ということ。

以下注継続（五七二頁）ニアリ

〔一二三三〕
一　返し
管見新古今二十六伝本すべて「返し」。

以下注継続（五七四頁）ニアリ

頭書
[四]「よしさらバ」とハ、思ふやうにならずハ、それハそれよ、斯《か》く、と也。

増抄・・・〔ママ〕。[五]この世《よ》に打《と》ち解けぬべき事なくば、よしさらバ、後の世《よ》に逢《あ》ハんと契り置き給へ。辛《つら》さに耐《た》へずして、軈《やが》て死ぬべき身とも成《な》らん程に、その時ハこの世《よ》に望みなし。後世《ごせ》を頼《たの》むバかりなれバ、となり。「[六]だに」といふにて、今《いま》の世《よ》が望み也けれども、ならずバとなり。

一返[一]し　　[二]藤原定家朝臣母

一[三]頼《たの》め置《を》かむたゞ然《さ》バかりを契《（ちぎり）》にて憂《う》き世《よ》の中の夢になしてよ　〔一二三三〕

頭書

「四たゞさバかり」とハ、後の世《よ》と契るを契《ちぎり》にして、となり。

増抄に云く。五後の世《よ》とたのめ置《を》かんと也。「たゞさバかり」とハ、後の世《よ》と契るバかりを、と也。六この世《よ》にて逢《あ》ふ事ハなるまじき程《ほど》に、と也。七何事も憂《う》き世《よ》の夢となして給はれ、恨《うら》ミを残《のこ》し給ふな、となり。後の世《よ》は契り置《を》くべき程《ほど》に、となり。

新古今増抄第十三巻終

（底本ニ無キモ、体裁統一上補フ）

注継続

〔一〇八二〕（七頁）

一　五十首哥奉りしに、寄雲恋

新古今管見伝本二十四本による校異（題詞・作者・歌句は、以下の二十四本を使用）。為氏筆本〈笠間書院影印〉・為相筆本〈岩波書店新大系〉・宗鑑筆本〈小学館全集〉・公夏筆本〈講談社全評釈〉・親元筆本〈新潮社集成〉・烏丸光栄所伝本〈天理善本叢書影印〉・烏丸光栄書写本〈至文堂旧制高校教科書版〉・冷泉家文永本〈時雨亭叢書影印〉・東大国文研究室本〈桜楓社版〉・鷹司本〈武蔵野書院版〉・柳瀬本〈岡書院版〉・小宮本〈岩波書店旧大系〉・高野山伝来本〈改造文庫〉・春日政治博士蔵二十一代集本〈朝日新聞社全書〉・前田家本〈尊経閣叢刊影印〉・正保四年板本〈吉田四郎右衛門版〉・承応三年板本〈中野太郎左衛門版〉・明暦元年板〈八尾勘兵衛板。正保四年板ト同板木〉・延宝二年板〈板元無記〉・正徳三年板〈柏屋四郎兵衛板〉・寛政六年板〈植村錦山堂豆板〉・文化元年補刻本〈植村藤右衛門板、延宝二年板模刻〉・刊年不明二十一代集本〈文明十八年牡丹花在判奥書板〉・刊年不明板本〈十二行本〉。

題詞は二十四本とも『増抄』と同文。他出では「五十首の歌奉りけるとき（続歌仙落書）」・「五十首奉ける時、寄雲恋（二四代集・二四代和歌集・八代知顕抄）」。『二八要抄』は新古今集と同文。この「五十首歌」は、『仙洞五十首。建仁元年十二月』（続類従巻三九九所収）で、作者は、御製（後鳥羽院）・摂政殿（良経）前大僧正（慈円）・俊成卿女・女房宮内卿・定家朝臣の六人。点者は、御所・摂政殿・前大僧正・三位入道（俊成）・定家・寂蓮の六人。歌題は、初春待花・山路尋花・山花未遍・朝見花・遠村花・古郷花・田家花・古寺花・河辺花・深山花・暮山花・古溪谷・関路花・覊中花・湖上花・橋下花・花似雪・花下送日・庭上落花・暮春惜花・初秋月・月前草花・雨後月・松間月・山家月・月前竹風・野径月・沢辺月・月前聞鴈・浦辺月・月照瀧水・杜間月・月前秋風・江上月・月前虫・月前聞鹿・旅泊月・月前草露・菊籬月・暮秋暁月・寄雲恋・寄風恋・寄雨恋・寄草恋・寄木恋・寄鳥恋・寄嵐恋・寄舟恋・寄琴恋・寄衣恋の五十題。俊成女の当歌は歌句の異同はない。この当歌には前記六人の点者の中、御（後鳥羽院）・摂（良経）・入（俊成）・寂（寂蓮）の四人が点を加えている（森本元子氏『俊成卿女全歌集』三六頁ニヨル）。『俊成卿女家集』（書陵部蔵五〇一・七三七架番）には当歌は収載されていないが、『俊成卿女集』（新校群書類従所収本）には題詞・歌句とも新古今集と同文にて収載されている。さて、当歌が「恋歌二」の巻頭に据えられた事に就いては、『明月記』（元久二年三月二日条）に「〈前略〉又仰云、巻之始大略以故人置之。不可然。以定家・家隆・押小路女房等三人、各可立一巻之始者。又継直之、Ⓐ以家隆為秋下部始。Ⓑ以女歌為恋二始。Ⓒ以予歌為恋第五始。依為身事、態可入末也、此仰尤為面目、但如当時者、連世(ママ)一字人未知者多入之、又昨今末生等及十首、予歌四十余、家隆二十余云々、今仰頗以撰人如何、夕退出」とあり、記事中の「押小路女房」とは俊成女の事である（森本元子氏『俊成卿女の研究』一六頁・七五頁・一八七頁。なお明月記建仁二年七月十三日条）。そしてⒶⒷⒸは現存管見諸伝本でも、すべてこの通りに配列されている。後鳥羽院の指図通り撰者は従ったのであり、後藤重郎博士『新古今和歌集の基礎的研究』（第三章第二節）に詳論がある。元久二年三月二十六日に、和歌所に於て竟宴が行われて、新古今は一応の成立を見るのであるが、この記録は、その直前の編纂経過を示すもので、特に巻頭歌の指定に注意しておきたい。

二　皇太后宮大夫俊成女

管見諸伝本では、東大国文学研究室本が「女」を書き落しており、他出本では『二八要抄』も「皇太后宮大夫俊成」とするが、それでは俊成歌となるので誤りである。他伝本ならびに他出書の『二八要抄』以外も俊成卿女を当歌作者とする。俊成女の略伝は九四九番歌頭注二で既述。

三　下萌に思ひ消えなむ煙だに跡無き雲の果ぞ悲しき

管見新古今二十四伝本では歌句の異同は無い。ただ、為氏筆本の第四句は「雲そ」と書き、そ字の上にの字を重ね書いて訂正している。当歌の出典は『仙洞五十首。建仁元年十二月』〈小学館「全集」頭注八、十一月トスル〉・『俊成卿女集（新校群書類従所収本）』で歌形同じ。他出本でも異歌形未見。『二八要抄』（古今ヨリ続後拾遺マデノ恋歌ノミノ撰集。続類従所収。ソノ「恋歌二」ニアリ）・『続歌仙落書』（俊成女ノ歌風ヲ「風体こまやかに面白きさまなり。萩をみなへし、花さき乱れたる野べの夕暮に、虫のねをきくとやいふべかるらむ」ト評シテ、当歌ヲ例歌ノ一ツトスル）・『三五記鷺本』（幽玄体付行雲体ノ例歌）・『定家十体』（幽玄体）・『兼載雑談』（新古今一二三三番慈円歌「たゞ頼め例へば人の偽を重ねてこそは又も恨みめ」ト共に当歌ヲ「これらを恋の本と被ㇾ申き」トスル。コノ慈円歌ノ「古抄〈聞書後抄〉」ニモ「恋の歌の詠み様の手本といふ哥なり」トアル）・『新歌仙歌合』（五番右。左は「朝日影匂へる山の桜花つれなく消ぬ雪かとぞみる　有家」）・『新三十六人撰歌合㈮』（二番右。左ハ「伊勢の海のあまのはらなる朝霞空に塩焼く煙とぞみる　土御門院」）・『新三十六歌仙㈶』（二番右。左ハ同上土御門院哥）・『新三十六人歌合』（十一番右。左ハ同上土御門院歌）・『女房三十六人歌合㈶』（四番右。左ハ「袖にさへ秋の夕日は知られけり消えし浅茅が露をかけつつ　斎宮女御」）・『自讃歌』・『練玉和歌抄』（巻七・恋上）『新時代不同歌合』（六十二番右。左ハ「神無月風に木の葉の散る時はそこはかとなく物ぞ悲しき　藤原高光」）・『後撰百人一首』・『二四代集・二四代和歌集・八代知顕抄』。以上他出書はすべて新古今と同歌形。当歌が後鳥羽院好みの歌であった事は院御撰の『新三十六人撰歌合㈮』に土御門院歌と番わされている事や『仙洞五十首』で院の加点のある事からも明らかで、「恋二」の巻頭歌として指示された事も首肯できるのである。

当歌の表現技巧としては、「思ひ」に「思火」が掛けられ、火・燃え・消え・煙の縁語によって上句は仕立てられ、その煙が下句の雲に見立てられて上下を照応させてある。

「下萌」は当歌では「下燃」の字を当てる方がよい。意はパッと表面に燃え上らず、心の中でくすぶる恋情で「夏なれば宿にふすぶる蚊遣火のいつ迄我身下もえにせむ（古今五〇〇番）」以下用例は多い。「跡無き雲」は、亡骸を火葬に付し、その煙が雲の如く立昇り、空に溶けこんで他と見わけがつかなくなる状態。火葬の煙を雲に見立てる事は多い。契沖の『書入』に、「かすめよる思ひ消なん煙にも立おくれてはくゆるならまし（狭衣）」を参考に引くが、『狭衣物語』（巻四、岩波旧大系本四六一頁）では「霞めよな思ひ消えなむ煙にも立ちをくれてはくゆるざらまし」の形である。「あなたの火葬の煙が空に烟となって、かすんでいて下さいよね。私もあなたを恋しく思って、あとを追って消えてしまいましょう。煙にでもまあ、立ち遅れて従えないでくすぶるようなことはしますまい。（あなたの跡を追ってゆきます）」の歌意頭注があるが、傍線烟は雲とあればさらにわかり易い。さて当歌の歌意だが、矢張り文脈の繋絡上難解歌に属する。主要な現行注釈書を引用すれば、「斯く独り心に思ひ焦れて、自分は、終に恋ひ死にして、煙となるのみならず、其の煙だに、わが死後の煙と、其の人にもながめ知られむやうもなく、なべて一つの雲となってしまふ身の行末の悲しさとなり（塩井氏『詳解』）」・「ワタシハアナタヲ心ノ中デ思ツテヰテ、コガレ死シテシマイサウダガ、死ンデ火葬サレタ烟マデガ、雲ノ中ニ混ツテ、ワカラナクナツテシマウ此身ノ上ハ悲シイコトデアルヨ（鴻巣氏『遠鏡』）」・「この世では、思ふ人にも知られず、徒に思のために焦れ死にをすることであらう。そして一片の煙となって、空にあがるであらう。しかもその火葬の烟だけでも、思ふ人には認められよと願ふが、それもならずに、雲となってあともわからぬであらうと思へば悲しい（尾上氏『評釈』）」・「言い出すことなく心の中でだけ思い焦がれて、自分は恋い焦れ死をしてしまうであろう。死んだ後に自分を火葬にした煙だけでも、あとかたもなく雲の中にまぎれてしまう身のはてを思うと悲しい（岩波旧大系）」・「こうして私は、心の中にばかり思いこがれて、死んでしまうであろうが、その火葬の煙さえも、少しも他と異った所の無い、普通の雲となって、〈あの人にもそれと知られなくなって〉しまう身のはてを思うと、いかにも悲しいことである（石田氏『全註解』）」・「人知れぬ片思いの苦しさに、こがれ死にをするだろうところのわが火葬の煙だけなりとも、せめてその人に知られたいものであるが、その煙の立昇っての雲も、わがものだというしるしもない、わが片思い最後の悲しいことであるよ（窪田氏『完本評釈』）」・「わたしはあの人のことを心の中で思いながら、思い死にをしてしまうであろう。そして、わたしのなきがらを焼く火葬の煙でさえ、普通の雲にまぎれて跡形なくなってしまうであろう。そのような恋のはての悲しいこと（久保田氏『全評釈』）」・「心の中でひそかに思いこがれて死んでしまうであろう、その火葬の煙だけでも跡をとどめない雲となる、わが恋の終りは悲しいことだ（小学館『全集』）」・「人知れず恋い焦がれて死んでしまうであろう、その火葬の煙さえ雲にまぎれ、やがて跡かたもなく消えてゆく行末を思えば、本当に悲しいことだ（岩波新大系）」。以上全歌採用書／「自分は一人心に思いこがれてやがて恋死して一片の烟となってしまふだらう。せめてその烟だけでも自分の悲しい死の形見のけむりだと、相手の人が知ってあはれと思ってくれたらそれでも諦められるが、その烟は跡もなく一つ空の雲となってしまふことであるから、その人に知られるはずもなく、いたづらに死んでゆくわが身の果ては誠に悲しい（太田水穂・四賀光子『新古今名歌評釈』）」・「ひとり心の中に思ひ焦れて、恋死に死んでしまへば、いづれは火葬の烟りとなって、たなびくことであらうが、その烟も、はてはては何等の痕跡もとゞめず、たゞ一片の雲に入つてしまうことかと思ふと、いかにもはかない思がする（佐佐木信綱氏『選釈』）」・「相手にも知られず、片思の苦しさに焦れ死ぬであろう自分を、火葬する時に立昇る煙すらも跡をもとゞめず雲と紛れ、その雲もまた何のしるしも残さずに消え果てゝしまう、丁度そのように自分の思が相手には少しも知られないで死んでしまう片思の結末は、まことに悲しいことである（久松潜一氏『新古今集の新しい解釈』）」・「人知れずあのひとのことを思ひ焦れて、自分は死んでしまふことだらうが、その火葬の煙さへも、別にそれとも分らぬ普通の雲となって行くであらう。わが片思ひの最後は悲しいことだ（安田章生氏『秀歌』）」・「人知れず心の奥で思い焦がれて死んでしまうにちがいない〈が、その火葬の〉煙でも〈せめて人に知られればともかくも慰められようが、〉跡形がなくなって〈雲になるが、〉雲のように、〈わが片恋の〉最後がまことに悲しいことであるよ（山岸徳平氏『古今　新古今』）」・「人知れぬ片思いの苦しさに、焦がれ死をしてしまうだろうところの〈わが火葬の〉煙りだけなりとも、せめて思う人に知られれば慰さまるが、〈その煙でも、〉跡方のなくなる雲のように、〈わが片恋いの〉最後はまことに悲しい（谷鼎氏『評解』）」。以上選釈書。

四　古抄に云く

この古抄は東常縁の注で、原撰注・聞書前抄等の名でも呼ばれるもの。この常縁原撰注を引く諸書での校異。「柏木の衛門督が」が「柏木の右衛門督の（略注・黒田家本・内閣文庫蔵増補本聞書・私抄）・柏木右衛門督などの（大坪本・説林前抄）」。「その煙ハ」が「その煙とハ（略注）」。「思ふ甲斐」が「おもひ甲斐（説林前抄）」。「思ひ消えなむ煙ハ」が「思ひきえなん（大坪本。なニミセケチ印）・思ひきえん（黒田家本・無刊記板本聞書・宝永八年板本聞書・説林前抄・内閣文庫蔵増補本聞書）」。「悲しびたる歌」が「かなしミたる歌（略注・無刊記板本聞書・宝永八年板本聞書・大坪本・私抄）・かなしみたる歌（黒田家本。みヲミセケチニシテびヲ傍書）」。「いふ心なり」が「いふ事なり（略注・黒田家本・大坪本・説林前抄・内閣文庫蔵増補本聞書・私抄）」。引歌二首の前歌に、肩書「引」が「無記（略注・黒田家本・大坪本・説林前抄・私抄・内閣文庫蔵増補本聞書）・肩書ヲ柏木トスルモノ（黒田家本内閣文庫蔵増補本聞書・私抄）」。「立ち添ひて」が「立消て（私抄）」。「思ひ焦る、」が「思ひみたる、（略注）」。「柏木」が「無記（略注・大坪本・黒田家本・説林前抄・私抄・内閣文庫蔵増補本聞書）」。引歌二首の後歌に、肩書「引」が「無記（略注・黒田家本・大坪本・説林前抄・私抄・内閣文庫蔵増補本聞書）・肩書ヲ女三宮トスルモノ（黒田家本・内閣文庫蔵増補本聞書）」。後の引歌の下句（君が辺りを立ちは離れじ）を省くのが略注。「立ちは離れじ」が「立はさらまし（説林前抄）」。「女三宮」の無記が、略注・大坪本・黒田家本・私抄・内閣文庫蔵増補本聞書。

五　下燃えとハ、柏木の衛門督が思ひの心なり

「柏木の衛門督が思ひの心」とは、後の引歌から、柏木の女三宮への思ひで、その思火が相手の女三宮に燃え移って両人の恋がパッと燃え上るに至らず、柏木の片思いのままで、その胸中でブスブスと燻り続けている有様を「下燃え」というのだ、という説明。『源氏物語』の「柏木」の巻等が主であるが、それ以外の巻からの話も勿論関連する。柏木は頭中将の長男で、始め玉鬘に、異母姉と知らず熱中、後、女三宮の降嫁を望むが、女三宮は光源氏の許へ。朱雀院の二宮で落葉宮とか女二宮と呼ばれていた皇女の婿選びで柏木が婿となったが、柏木の女三宮への恋情は下燃えするばかりであった。『源氏物語』の話筋は各帖に絡まっていて、俯瞰的把握は専門外の私には容易ではないが、岩波新大系本の『源氏物語索引』の「作中人物一覧」と「総目次」〈五十四帖ノ梗概ヲ話柄ニ分ケテ、各帖毎ニ一覧デキル〉は貴重有益であった。

六　その煙ハ、思ふ甲斐も有りしなり

「柏木の片思いの、胸にくすぶる煙は、恋が成就して、思い甲斐もあった事だ」の意で、「若菜・下」巻で、柏木は小侍従の手引で女三宮と密会し、恋が叶う場面がある〈岩波新大系三六二頁以下〉。女三宮はやがて懐妊、生まれてくるのが薫である。

七　我が思火消えなむ煙ハ……悲しびたる哥也

文意、「柏木の思火の煙は、思い（火）甲斐のある結果となったのに対し、私の片思い（火）の下燃えの煙は、火が燃えつきて消えて了った後の煙で、何の跡形も無く消え去り、空に昇って空しい雲のようになるだけであろうと、恋の不成就を悲しんでいるのがこの俊成女歌なのである」の意。

八　下燃えとは……いふ心なり

文意、「〈下燃え〉とは、言葉や文書で、相手に言い出して伝える事もなく、ただ胸中で煩悶し、苦しむだけでそのままに沙汰やみにして了うという意味である」。

九　立ち添ひて消やしなまし……柏木

源氏物語柏木巻に見える歌であるが、作者は柏木でなく女三宮。柏木の巻では、この歌は、「いまはとて燃えむ煙もむすぼほれ絶えぬ思ひのなほや残らむ〈今ハ限リトテ遺骸ヲ焼ク火ガ燃エルト、煙マデモ凝リ固マリ尽キル事ガナイ、ソノヨウニ絶エナイ思イノ火ガ、ズットコノ世ニ残ルノダロウカ〉」とい

う柏木の歌の下句を踏まえて女三宮が柏木に送った手紙の中の歌で「煙ニ添ッテ立チ昇リ消エテ了オウカシラ、ツライアレコレヲ思イ乱レル煙ノ激シサヲ比ベルタメニ」の意。源氏物語では第三・四句が、「憂き事を思ひ乱る、」とある。『聞書前抄』系の諸本に作者名無記本〈略注・大坪本〉のあるのは源氏原典と照合しての事であり善本と考えるべきである。

一〇　行衛なき空の煙と……女三宮

この歌も柏木の巻の歌であるが作者は柏木とすべきである。歌意は、「私の遺骸は火葬に付されて、行く先もない空の煙となってしまおうとも、わが思いの凝《こご》り残る貴女の居られる辺《あた》りを立ち離れる事はあるまい」。現行注釈書では、この二首の引歌は顧慮されておらず、久保田氏『全評釈』に至って紹介されはしたが、表現や状況の上で後成女歌の参考になる歌としては『狭衣物語』（巻四）の、飛鳥井の女君の遺詠「消え果てて煙は空に霞むとも雲のけしきを我と知られじ〔ママ〕」に応和された狭衣帝〔ママ〕の歌「霞めよな思ひ消えなむ煙にも立ち遅れては燻ゆらざらまし」を示しておられる。岩波新大系脚注もこれを踏襲している。久保田氏は角川文庫版では、狭衣物語の二首の作者と歌句を修正して〈歌句修正ハ岩波新大系が早イ〉、「消えはてて煙は空に霞むとも雲のけしきを我と知らじな（飛鳥井の女君）」・「霞めよな思ひ消えなむ煙にも立ち遅れてはくゆらざらまし（狭衣）」と改められたが、勿論これが正しい〈岩波旧大系本四六一頁〉。『源氏物語』の柏木と女三宮との恋を想定した解を非とする見解は、早く『新古今集かな傍注本』に「柏の右衛門の事〔ママ〕ヲよむと云義ハあしく、色にいださぬが下もへ也」として出されていた。

二　心の中の思ひに……悲しきとなり

文意、「わが心の中の恋情たる思火が、燃え燻ぶって煙となり、その煙が雲の如くに外へ立ち上って、それが色や他から判別できる目印にまでさえなってくれて、何故にわが胸中の恋の燻《くすぶ》りが煙となったのか、その理由が恋人たるあなたに判ってもらえたら、たとえわが身が煙となって消え失せても、心は慰められる事もあろうが、生きている時に、恋の叶えられる徴候が見られなかったのと同じく、死んだ後、火葬の煙が雲となり、その雲さえ跡形もなく消え果ててしまって、結局、わが恋はすべて叶えられなくて消滅するのが、とても悲しい、と詠んでいるのだ」の意。

三　生ける日の為こそ……悲しむ也

文意。「人というものは、生きている日の為なればこそ、〽恋死なむ後は何せむいける日の為こそ人はみまく欲しけれ〈拾遺恋一。六八五番題しらず。大伴百世〉〽こひしなむちはなにせむいけるひのためこそいもをみまくほりすれ〈万葉五六〇番〉、と詠んで恋を謳歌するのであって、死んでは何の甲斐もない事であるから、どうされようがそれは成行《なりゆき》まかせでよいが、せめて火葬の煙ぐらいは、あれは誰が死んで焼かれている煙が空に雲となって立ち流れているのであろうか見てもらえたら嬉しいであろうのに、それさえ、その兆《きざ》しすらないであろうと悲しむ歌なのだ」の意。頭書の冒頭は、文意で示した大伴百世歌の初句省略形。

〔新古今一〇八一番歌、補説〕

当歌は、新古今の古註や、自讃歌の註も多いので次にまとめて掲出する。新古今では、「心のせつなる哥なり。ふかくしのびて人しれず思ひきえなむのち、けぶりとならんに、せめて人に見えてあはれともいはれんに、それさへ跡なき雲となるべき事のかなしさよとよめる也（築瀬一雄氏蔵新古今抜書・松平文庫新古今抜書抄）」・「下もえに思ひ死たりと も跡なき雲のごと消行べきを、誰かあはれと不便をくはへうず〈＝加へようとするノ意〉と也（九代抄）」・「しのびてしゆ〳〵さま〳〵にて、思死をしたり共、けぶりだにあとなき雲のやうならうずが、〈＝様にならんとすノ意〉かなしきと也。けぶりの雲のあとなきやうになりたりとも、哀はかけられまじきと也。忍恋なればかくいへり（九代集抄）」・「したもえとは、わが人しれず物おもひに消うせて、雲煙と成てもわれゆへなり。哀なりなど、なきあとをおもふ人にとはれば、せめての事也。さやうにも有まじければ、なき跡までもかなしき由也。哀深き哥なり（新古今和歌集抄出聞書）」・「寄雲恋の哥なり。したもえとは、あらはにいひもあらはさで思ふ心を読り。おもふ心をそれともいはずして、はてたるけぶり、雲とのぼるとも、それとはしられじといふ心也。おんなのおもひ、げにもときこえ侍り（牧野文庫本新古今集聞書。吉田幸一氏旧蔵新古今和歌集註・高松宮本註・高松重季本註モ殆ンド同文。はてたるヲ終たるト表記セリ）」・「したもへの思ひとは、人にもいはずして心ひとつに思ひこがる、を云り。たとひこひしにて煙に成たり共、思ふ人に我ゆへとしられたらば慰むべきに、いひ出ずしてこひしなん程に、煙も跡なき雲とばかりみへむ事のかなしきと也（都立中央図書館本古今和歌集抄）」・「数ならぬ身ゆへ、そなたゆへといふこともしらせずしてむなしく成たらば、煙となりても跡なき雲のごとく、その人よりもしられじと也（後藤重郎博士蔵新古今集之内哥少々)」・「柏〔ママ〕〈柏木〉の右衛門の事ヲよむと云義ハあしく、色にいださぬが下もへ也。けぶりも終ニ雲と成はて、なき物也。だに、が面白し。生てハ印なし。死てけぶりと成て、はてハきへんも、かなしきと也（後藤重郎博士蔵かな傍注本新古今和歌集)」・「野州云、下もえとはいひ出る事もなく心の中に思ひもゆると云心也。自讃歌或抄云〈＝孝範注〉かくとだに知人もなき思ひ故に、堪ぬ身の行衛、煙とならん果迄も、誰かは其事とも詠知べき。足跡はかもなく、むなしき空の雲とのみそ消なんと、思ひの切なるままに、こしかた行末とりあつめて心をくだけるほど、誠に婦人の恋の歌と、やさしく哀なる姿なるべし。宗祇注同義。（八代集抄・学習院大学本新古今注釈〈思ひの切なる以下ヲ省略〉)・「めでたし。上二句は、煙の縁にて、忍ぶ恋にこひ死ぬる意、煙はなき跡のけぶりなり。跡なき雲とは、いづれかけぶりのなれるともわかれず、なべての雲になりはて、煙は跡もなくなれるをいふ。一首の意は、此世にて思ふ人にもしられず、いたづらに消るのみならず、けぶりの末だに、跡もなき雲となりなむことのかなしきとなり（美濃の家苞。尾張の家苞モ同文、自説ハ無イ)」・「此世ニテ忍ビ思フ〈黒点ノ右ニ、下もえに思ひ、ヲ傍書〉人ニモシラレズ、イタヅラニキユルバカリカ、ソレバカリニモアラズ、火葬ノ烟ノスヱサヘ跡モナキ雲トキエルデアラウコトガサ《そ》〈右ニそヲ傍書〉悲シイワイ

　家づとに、〈既引ト同文、省略〉。〈付箋〉イタヅラニ命ガ消ルバカリカ、ソレバカリニモアラズ、火葬ノ烟ノ末サヘオシナヘテノ雲トナツテコレガ烟ノナツタ雲トモシレズ跡モナクナツテシマハウコトガサ悲シイワイ（九州大学附属図書館本新古今集渚の玉。翻刻ハ和洋国文研究二一～二五号)」。

自讃歌では、「寄雲恋といふ題也。此恋ゆへに鳥部野の煙と立のぼり、其煙の雲と成とも、其人故にこそかく死たれと云しるしの見えざらん事を今より歎くよし也（頓阿注)」・「同恋二に寄雲恋を読り。下萌にとは、いまだ云出ざるかたち也。跡なき雲と云は、終に思のしられざる由也。思ひ消なんとは、思ひにしぬべきに、其煙だにかゝる思の故也とも人の知まじき事を、かなしと云り。夕の雲をも只雲とこそ見めと云心也（常縁注)」・「かくと、たゞ知人もなき歎ゆへに、堪ぬ身の行末、煙とならんはてまでも誰かは其事とも詠べき。たゞ跡はかもなく、むなしき空の雲とのみ消なんと、思の切なるまゝに、こしかた行末取集て心を砕る程、誠婦人の恋の哥とや。さしも哀なる姿なるべし（孝範注〈八代集抄引用トハ文末小異ス〉)」・「是は寄雲恋の心也。思ふ所いたづらに成て思きえなん煙、雲と成てもあとなき物なれば、それと哀をもかけじと打歎くよしにや。たゞ姿たぐひなき哥也。能々思ひ入て是を見侍るべきにこそ。又ある注に、その雲はきえてあとなきやうなれ共、又うかび出るものなればとかけり。尋べき（宗祇注。ある注ノ説未考)」・「あるまじき人を思ひかけてつゐに思ひきえ侍りなば、煙だにその人ゆへにかゝるとしらすべきを、忍ぶ中なれば、それもかなひがたし、たゞあとなき雲のたぐひにぞならん、とまでなげく心也（兼載注。ナオ前引『新古今抜書抄』・『兼載雑談』モ参照)」・「寄〔ママ〕煙恋。おもてのごとくあるせつには寄〔ママ〕恋ともかゝれたり。いづれもくるしからず。されどもくでんにまかせてけぶりによするこいと申はんべるなり（広島大学本注)」・「忍恋。おり〳〵みよれども君つれなく侍れば、我恋のやみ侍らむ事あり。うしとて色に出なば憂もはぢがはしければ、此まゝ人しれずして思ひ消はてなんめり。消て後あだしの、煙と立のぼるとも、つれなき君が心には我ゆへ消しけぶりと思ひやることもあらじ。せめて哀とおもひかけなば、なきあとまでも本儀たるべきか。たゞなにとなくよのつねの煙と見えんことのかなしきよ、と云侍らむとて、煙だに跡なき雲のはてぞかなしきと也（書陵部本注)」・「吾おもひの切なる折しもなげきたまふ心とみゆ。下もえの煙とおもひ消てありとも、ひと度雲とのぼらばうき名やたゝ、ましと云心に、跡そかなしきとあはれにはかなく読りて、おもひきえたらむ煙さへ、雲と成てあとはのこらじとなり（九大図書館支子文庫本注)」・「此哥は、かならずと人に契し事は、雲のごとく更・《に》跡かたもなし。しからば、われこひ死て後煙とならん事、雲のごとく跡かたなからん事を、重てかなしきさまなり（東海大学本注)」・「哥心は、下もえに消たらば雲にだにもなるまじき也（太田武夫氏本注)」。

〔一〇八三〕（九頁）

三　靡かじな海士の藻塩火焚き初て煙は空に薫り侘ぶとも

管見新古今伝本二十四本で歌形の異なる本は無い。「あま」は『新古今増抄』は、海士を一字に圧縮した字体を用いてある。出典は『六百番歌合』（恋部上、初恋。四番左勝）に歌句同形。右歌は、「隆信朝臣、あしの屋のひまもるあめのしづくこそおときかぬより袖はぬれけり」である。又『定家卿百番自歌合』（五十一番左歌）に歌句同形。右歌は、院句題五十首にある「しられじな千入《ちしほ》の木の葉こがるとも時雨るる雲に色しみえねば」。

なお『拾遺愚草』（上巻、歌合百首恋部。題、初恋）には、第二句「あまのもしほ木」として出る。他出では、『二四代集・二四代和歌集・八代知顕抄』に歌句同形、『練玉和歌抄』（巻七恋上）・『渓雲問答』・『日野殿三部抄』（あしのやのひまもる雨の、ノ條）・『短歌撰格』にも歌句同形で見られる。定家は早く養和元年の『初学百首』で、当歌と類想の「これやさは空に満つなる恋ならむ思ひ立つより薫ゆる煙よ」「須磨の浦のあまりも燃ゆる思ひ哉塩焼《や》く煙人は靡かで」を読んでおる〈あまりも八海士トノ掛詞、あまりにも、ノ意。又、ソノ所ニオサマリキレズニ、ノ意〉（久保田氏『全評釈』ニ指摘）。初学百首にも見られる「薫《く》ゆる」の語は六百番歌合で論争点になっている。即ち「右方申云、左歌くゆるなどこそいふべけれ、くゆりはききならはず。空にくゆらんこともいかが」の論難に、「判云、左方難に、くゆるとこそいはめと、右方申す条は、不可然歟。如是詞字、移ル移リ、留ル留リ、如此類、不可勝計事也……左のくゆりわぶ似宜可為勝云」の判定が下り、活用言の連用形終止形等の語尾変化は無数にある事であるから、非難さるべき事でなく、勝歌としてよい」とされて右方非難は「然るべからず」と却下されている。なお頭注七を参照のこと。さて当歌の技巧は、初句切で、歌の心は、二三四五一と所謂「返してみる歌」であり、靡く・煙・海士・藻塩火・焚く・燻《くゆ》る、等縁語でつなぐ仕立である。当歌の参考歌となるのは、「須磨の蜑の塩やく煙風をいたみ思はぬ方に棚引にけり（古今恋四。七〇八番、題しらず、読人しらず）」・「朧気に消つとも消えむ思ひかは煙の下に燻り侘ぶとも（狭衣物語巻三。狭衣大将。岩波旧大系本三二九頁）」・「浦に焚く海人だに包む恋なれば燻ゆる煙よ行く方ぞなき（源氏物語須磨巻。旧国歌大観九五二番）」等で、久保田氏『全評釈』・小学館『全集』・岩波新大系脚注で指摘されてある。

四　古抄

所謂「前抄」、即ち東常縁の原撰本の注で、幽斎の増補注でない。季吟の『八代集抄』でも「野州〈常縁〉云」として、恵慶の引歌以前を、部分引用している。この古抄の文言は細部に異同が多い。この古抄諸本間の校異を示せば、「煙は空に薫り」が「煙の空にくゆり（大坪本）・煙は空にくゆる（略注・私抄）」、「むすぼられたる」が「むすぼゝれたる（略注・黒田家本・大坪本・内閣文庫蔵増補本聞書・説林前抄・無刊記板本聞書・宝永八年板本聞書・私抄）」、「我が思ひの」が「我が思ひの煙の（略注・黒田家本・大坪本・内閣文庫蔵増補本聞書・説林前抄・無刊記板本聞書・宝永八年板本聞書・説林前抄・私抄）」、「空にみつる」が「空にもみつる（黒田家本・大坪本・説林前抄・私抄・内閣文庫蔵増補本聞書）・「空にもみゆる（略注）」〈ナオ、みつるノ表記ハ、見つる（無刊記板本聞書・宝永八年板聞書）・満る（説林前抄・大坪本）デアル〉、「此の恋の煙空（大坪本）・無記（説林前抄）」が「此の恋の煙の空」（説林前抄）」、「みつるを」が「ミゆるを（略注）」、「わが思ふ人」が「わが思る人（説林前抄）」、「云へる也」が「云へる哥也（略注）」、「六百番衆議判に」が「六百番の衆議判に（略注）・六百番衆議に判に（説林前抄。上ノにハミセケチ）」、「くゆりはいかゞ」が「くゆりとハいかゞ（略注）・くゆりとハいかゞ（大坪本。とハミセケチ）」、「難ぜられけり」が「難ぜられたり（私抄）」、「歌学」が「哥（私抄）」、「届かぬ所も有也」が「とゞかぬ所・有にや（説林前抄）・と、かぬ所もあるにや（略注・黒田家本・大坪本・私抄・内閣文庫蔵増補本聞書）・とゞかぬ所もありや（無刊記板本聞書・宝永八年板本聞書）」、「俊成卿被申たるとなり」が「俊成卿の申されたるとや（大坪本）・俊成の被申たる也（私抄）・俊成の申されたると也（説林前抄・内閣文庫蔵増補本聞書・黒田家本・略注・無刊記板本聞書・宝永八年板本聞書）」、「恵慶法師哥に」が「恵慶法師の哥に（略注）」、「引〈肩付〉」が「無記（略注・黒田家本・大坪本・説林前抄・私抄・内閣文庫蔵増補本聞書）」、「いくたび夢を」が「いくたひハかり（大坪本。ハかりノ右ニ、夢イ、ノ校合アリ）」、「寒ミ」が「遠ミ（大坪本・略注・黒田家本・説林前抄・私抄・内閣文庫蔵増補本聞書）」、「雲でとハ雲ぢ也」が「雲でとハ（略注・大坪本・説林前抄〈雲ぢ也、ガ無記ナリ〉）・雲手とはくもちや（私抄）」、「ちとてと五音相通なり」が「てとちと五音相透也（説林前抄）・てとちと五音相通也（大坪本）・たちつとてと五音相通也（私抄。上ノとハ衍字カモシレナイ）」。

五　煙は空に熏りとは、鬱られたる事也

文意、「第四・五句の〈煙は空に熏り侘ぶ〉というのは、心が鬱結して（ふさぎこんで）晴れ〳〵としない有様の事をのべているのである」。

六　我が思ひの空にみつる由也

「みつる」は、満る、見つる、の両表記がある。『略注』の「ミゆる」を併せて考えると、「自分の、ふさぎこんで晴々としない恋の気持が、煙のように燻《くすぶ》っている様子を、空に見たのだ」の意とも考えられ、「満る」で考えれば、「晴々しないふさぎ込んだ恋の思いが、空に充満している事を述べたのだ」とも言える。今は一応「満る」の意として以下考えたい。

七　此の恋の煙の……靡かじと云へる也

文意、「自分の鬱結した恋情が煙のように燻《くすぶ》った状態で空に充満しているのを、自分の思いつめている恋人が見たとしても、煙なら靡くこともあろうが、煙ならぬ相手の恋人は自分に靡いてはくれないであろうと詠じているのだ」の意。参考、「拾遺愚草の中の、新古今集に入る哥、なびかじな蜑の藻塩火たき初めて煙は空にくゆりわぶとも、此五字のこと伺ひ申す所に、相手のなびかじな、なびきたらばうれしかるべきが、といふ心をこめたるなり、と仰。（渓雲問答）」

八　此の哥、六百番衆議判に……俊成卿被申たるとなり

「此の歌」は定家の「靡かじな」歌を指すのは勿論であるが『六百番歌合（左大将家六百番歌合）』の伝本では、「藻塩火」を「藻塩木」とする本、「くゆり」の「ゆ」をミセケチにして「へ」とする本、「わぶとも」を「わぶらん」とする古活字版、等があるが詳細ハ小西甚一氏『新校六百番歌合』。最新の岩波新大系により全文を引用しておく。「（恋一）四番／左　勝　定家朝臣／靡かじな海士の藻塩火焚き初めて煙は空にくゆりわぶ共／右　隆信朝臣／葦の屋の隙漏る雨の雫こそ音聞かぬより袖は濡れけれ　／右方申云、くゆるとこそいふべけれ、くゆりは聞慣はず。空にくゆらんも如何。左方申云、葦の屋の雨は上にこそ音はせね、雫は音もありなん物を。また、音聞かぬよりは、いかに恋はすべきぞ。／判云、左ノ歌の難に、くゆるとこそいはめと、右方申条は不可然歟《（しかるべからざるか）》。如是《（かくのごとき）》詞字《ことばのじ》、うつる・うつり、とゞまる・とゞまり、如此類《（かくのごときたぐひ）》、不可勝計《（あげてかぞふべからざる）》事也。歌ざまの善悪ぞ有べき。右の葦の屋のにせ物、近くもか様の事見侍し心地す。不可庶幾歟《（しょきすべからざるか）》。左のくゆりわぶ、似宜《（よろしきににたり）》。可為勝《（かちとなすべき）》にや。」。「くゆるとこそ言い習はし、くゆりはいかゞ」とは「古くから〈くゆる〉と使われてきたが、〈くゆり〉と言うのは耳なれない使い方だからどうだろうか考えものだ」の意で、俊成は難色を示したのだが、確かに千載集までの勅撰集では「くゆる」の例のみで「くゆり」は無い。が『大和物語』（百七十一段）には、「人知れぬ心のうちに燃ゆる火は煙は立たでくゆりこそすれ」と「くゆり」の用例があり〈本多伊平氏、大和物語本文の研究対校篇デノ十六本トモ第五句異形ナシ〉、俊成判は勅撰集上での発言。「くゆる・くゆり」に就いては、両家苞にも見解がある。参考、「（美濃）くゆるといふ詞を、くゆりとはたらかして用ひられたるを、難じたる俊成卿の判に、うつるうつり、とゞまるとゞまりなどを、例に出されたるは、くはしからず。くゆるは、これらとは格の異なる詞なり。ゆるといふ詞に、ゆりとはたらく例はなきことなり。見ゆる聞ゆるを、みゆり聞ゆりなどいはぬをもてわきまふべし／（尾張）くゆりは、ゆは語の体にて、り・る・れとはたらく詞也。参る参りまいらせ、などはたらくと同格也。みゆるきこゆるなどの、ゆるとは異なるを、今擧られたる例もくはしからず。みゆ・きこゆは成語、くゆは未成語なるをもて、其別をしるべし／（美濃）されどくゆるは、源氏物語などにも、くゆらせとも、くゆりともいへる例あれば難にあらず。／（尾張）しかる例あるを以て格の異なる事を思はるべきにや」。「随分の人数なれども哥学届かぬ所も有也」は「六百番歌合の方人は、それ相応に身分のある方々の集まりではあるが、哥学哥論の知識を十分に弁えられていないお方もおられたのであろう」の意。この文言は『六百番歌合』の俊成判詞にはなく、強いて当嵌めれば「哥ざまの善悪ぞ有べき」が相当するであろう。ともあれ、俊成は、「左の、くゆりわぶ、宜しきに似たり、勝と為すべきにや」と、息子の定家歌を勝としたが、その事に稍不満を持つ側の意見が、この文言となって「古抄」に引かれたのであろう。〈併シ、コノ文言ガ他文献ニ見エテイルカモ知レズ、私ハ未調査デアル〉。なおこの俊成判詞に関しては『日野殿三部抄』（あしのやのひまもる雨の。条）にも引用がある〈日野家三部抄トイウ書名ハ、便宜的ナ命名デ、伝本間デ書名ハ異ナル。立教大学蔵ノ『日野弘資卿答集問書（外題）・日野弘資卿答坂上宗永聞書（内題）』ヲ翻刻シタ『近世歌学集成㊤』ガアリ、披見シ易イ。書陵部蔵本ニ『六百番歌合判詞抄』ノ書名ノアルコトカラモ内容ノ一斑ハ推測サレヨウ〉。「初恋　右　隆信朝臣／芦のやのひまもる雨のしつくこそ音きかぬより袖はぬれけれ／判云、左歌の難にくゆるとこそはいはめと右方申候由の条不可然歟。如是詞字、うつる・うつり、とゝまる・とゝまり、如是類不可勝計事也。且歌さまの善悪を有へきにや。右のあしのやのにせ物ちかくもかやうの事見給ひしこゝちす。不可庶幾事也。左くゆりわふとも似宜。可為勝なりと有之。／左　定家／なひかしなあまのもしほひたき初て煙はそらにくゆりふわとも／芦の屋のにせ物近き歌にみえ候様に候よし、判者の難に候歟〈大坪注。岩波新大系脚注ニ、「にせ物―実体ハナク、喩エトシテ引カレタ物。近き歌トシテ、人心葦の丸屋の村時雨音には立てじ袖は濡るとも、隆信集恋二。ヲ示ス〉。是も詞の

あしきとにはあらす。等類めづらしからざる由ときこえ候。芦のやにかぎらず、其時人ことに詠心ことは只今もめつらしからさる故用捨の事に候（立教大学本翻刻）」。

九　恵慶法師哥に、引　草枕いくたび夢をむすぶらん雲でを寒ミわたるかり鴈金

「かり鴈金」は衍字表記で「かりがね」である。「恵慶」は、新古今にも採歌のある歌人で、一一七番・九二一番歌で既述。通常「ゑぎやう」と呼ばれているが「ゑけい」は無刊記板本聞書や宝永八年板本聞書のふり仮名である。『渓雲問答』によれば「ゑげう」は貫之集の仮名書、後十輪院〈中院通村〉の訓み、「ゑけい」は後水尾院の訓み、とある。仮名書〈貫之集・兼盛集〉の「ゑぎやう・ゑげう」の両字とも呉音発音するのが僧侶の名の訓み方としては良いと思う。「慶」は漢音ケイであるが、キヤウという漢音もある。従って「恵慶」を「けいきやう」と両字漢音訓みも不可能ではないが、左様な仮名書きは未見であり仏教関係語としてもふさわしくないのでは、と思う。引用歌は、私家集大成の『恵慶集』（書陵部蔵一五〇・五五八架番）に、詞書「九月五日、あるところのもみちあはせするに、人〳〵よみ侍へり、その題に、たひのかり、よるのあらし、あれたるやと、くさむらのむし、ふかきあき」、歌「くさまくらいくよのかすをむすふらんもみちをとをみかよふかりかね〈以下略〉」と見えるが、古抄で問題点とする「雲で」は「もみぢ」となっているから、引歌としての役に立たない。季吟が『八代集抄』で、この引歌の部分を切捨ているのも宜なる哉である。因みに、榊原本惠慶集（日本古典文学影印叢刊九）・新校群書類従本・校註国歌大系本・続国歌大観本（以上、明暦二丙申五月廿四日徴碧奥書本）にはこの「くさまくら」歌は無収載。新編国歌大観本は、書陵部蔵五〇一・四〇一架番本を底本としているが前引私家集大成本と同文である。

一〇　雲でとハ雲ぢ也……同前也

文意、「〈雲で〉とは〈雲ぢ〉の五音相通により生ずる訛音で、雲路すなわち、雲中の道のこと、換言すれば、月・星・鳥等の通る路のことである。〈ぢ〉と〈で〉は同じダ行音の字で相互に取りかえても使える五音相通の字であるから〈雲で〉を〈雲ぢ＝雲路〉として使っているのである。〈くゆる〉〈くゆり〉の〈る〉と〈り〉もこれと全く同じ理屈で、同語と考えてよいのだ」の意。参考、「六百番歌合に初恋の題の歌也。其ゆへに思ひの火をたきそむる心を、蟹のもしほ火たきそめて、とよみ給へり。野州云、煙は空にくゆりとは〈中略〉と俊成卿被申けると也云々。愚案、六百番歌合俊成卿判云〈省略〉（八代集抄。学習院大学本新古今注釈・後藤重郎氏蔵新古今和歌集抄モ八代集抄ヲ略抄）」・「（美濃）されど、くゆるは源氏物語などにも、くゆらせとも、くゆりともいへる例あれば難にはあらず。／（尾張）しかる例あるを以て格の異なる事を思はるべきにや／（美濃）なびかじなと、こなたより定めたるこそ、いかゞと聞ゆれ／（尾張）なびかじなは、俗になびくまいぞなアといふ詞、あやふみてなげきたる也。こなたより定めたるにはあらず、さばかりのあふよしなき人を、こひそめたる歌と心うれば、いかゞなる事もなし。二三ノ句は、下のおもひこがれそめたる事、下句は下のおもひのほにあらはれたる事也（両家苞）」。

一一　五文字に返してみる歌なり

「五文字」とは初句を言う。文意、「この歌は二三四五一の順に意味をたどって理解すべき歌だ」の意で、末句が第一句に反転して文脈が続く事の説明。『短歌撰格』に、新古今の初句切れの歌を多く抜き出して、「新古今にいたりてはじめて、上にいふまじき歌を上にすゑていひ切る事起りて、其歌数三百余首に及びたり」と説明しているが、その例句の一つに当歌も挙げられている。

一二　上句、……由也。下句……由なり

文意、「上句は、恋い初めた当初から、胸に火がついたように激しく相手を恋慕した事を詠じているので、少しずつ恋慕の情が増大して行く様子を歌っているのではない。下句は、激しい恋慕の情は、日時が経過してからも猶激しくなるばかりで、胸の中に鬱結して、晴らす術《すべ》もなくて、相手の恋人は、自分に靡いて色よい返事もしてくれない、という有様を詠じているのだ」の意。

一三　君が心の強さにては……よからんと・義也

文末は「との義也」で「の」を脱字。文意は「恋人の心の強情さでは、こちらがどのような手立《てだて》をして愛を告げたとしても、到底きき入れてくれないであろうが、さて、それではこれからどの様にしたらよいのであろうか、全く方法もなく弱ったものだという意だ」。

一四　空にくゆりとハ、……靡かじな、となり

この頭書は「古抄」の「我が思ひの空にみつる（満ツル・見ツル）由也」の部分に対しての磐斎の意見ではなかろうか。空に見た、或は空に充満、という表現からは、上空に存在する物と考えるのが自然だからである。それで「煙がすら〳〵と立ち、やがて〈＝ソノママ〉空に舞ふてある体」と磐斎は注記したものと思う。ところで「くゆり」は、『かな傍注本』では「くゆるけぶりハ立のぼりかぬるを云也」とあって、「すら〳〵と立ち」と全く逆な説を出す。現行辞書では「物がくすぶってほのかな匂いが立つ（岩波古語辞典）」・

「煙・湯気・香りなどがゆらゆらと空中へ立ちのぼる（角川古語大辞典）」とあり、岩波古語辞典の「匂いが立つ」を「匂いがする」の意と仮に受取れば、角川古語大辞典と対立した説とも考えられ、「くゆる」の語義定位は現在でも未定とせざるを得ない。『角川古語辞典』では「くゆりわぶ」という見出語もあり「憂鬱さに閉ざされて弱りきる」と説明され、「くゆる」の「心中に思い焦がれる。表に現れず、心の中でもだえる」というもう一つの意味の強調語としている。これは『かな傍注本』の説に近い考え方であろう。私も角川の「くゆりわぶ」に従いたい。文意、「空にくゆりとは、煙がすらりすらりと渋滞なく順調に立ち昇って、そのまま空に舞うが如くに充満している有様である。そして、どの方向へも靡き動かない状態である。その煙の、どちらへも靡き従わないのと同様に、恋人たるあなたは、私には靡いてはくれぬであろう、という意だ」。参考、「くゆる、くゆり同じ事也。もしほ火、おもひそめて也。もしほ火のくゆるごとく、かわらやのけぶりと、もしほ火同じ。くゆるけぶりハ立のぼりかぬるを云也。如此の思ひのけぶりを見ても、われニハなびかじと也。あのつれなきにてハ、見ても、つれなからんと也（かな傍注本）」。

〔一〇八三〕（一〇頁）

三　こひをのミすまの浦人藻塩垂れ乾しあへぬ袖の果を知らばや

管見伝本での校異。「すまの浦人」を「すまのあま人」とするのが、慶祐書写本と御室本〈岩波旧大系ノ校異ニヨル〉。「乾しあへぬそての」は、烏丸光栄所伝本では「ほしあへの《ぬ》そての〈のノ右肩ニぬヲ傍書〉」とあるが、光栄書写本では「ほしあへぬ袖の」にしている。他の管見伝本に異形は無い。当歌出典の『正治二年（後鳥羽）院（初度）御百首』は歌句同形であるが、良経家集『秋篠月清集』（百首愚草、上皇初度百首、恋十首）では、定家本は歌句は同形であるが、教家本は第二句が「すまの海士人」となっており、「海士」の右傍に「うらィ」と校合がある。他出には『和歌名寄』（巻十五畿内部十五・摂津国三・阪磨篇・「浦」題）に歌句同形で見える。当歌は、現行注釈書の多くが本歌として、「わくらばに問う人あらば須磨の浦に藻塩垂れつつわぶと答えよ（古今集雑下、九六二番。在原行平朝臣。題詞、田村の御時に、事にあたりて津の国の須磨といふ所にこもり侍りけるに、宮の内に侍りける人につかはしける）」を挙げている（塩井氏『詳解』・講談社『新註』・岩波旧大系・小学館『全集』・武蔵野書院『校訂』・石田氏『全註解』・久保田氏『全評釈』など）。又、本説として『源氏物語』（須磨巻）の、光源氏の謫《たく》居描写の件《くだ》り「おはすべき所は、行平の中納言の、藻塩垂れつつわびける家居地近きわたりなりけり……松島のあまの苫屋もいかならむ須磨の浦人塩垂るる頃〈歌〉……」等が当歌の背景として考えられる（小学館『全集』も指摘）。当歌の先行類想歌としては、『後葉集』（巻十二、恋二）に「百首哥中に。前斎院安芸」の題詞作者で「恋をのみすまのうらはにしほたれてやくとも袖をくたす比かな」という歌がある、題詞の「百首哥」は「久安百首」の事で、そこでは「待賢門院安芸」の作者名であるが同一人であろう。当歌の技巧は「恋をのみす」・「すまの」の「す（為《す》る・須《す》磨）」の掛詞。浦・藻塩・乾す・袖は縁語関係。「須磨の浦人藻塩垂れ」で、行平歌や源氏須磨巻を想起させながら、貴種流謫のわびと悲しみと歎きの心情が自然に湧き出る工夫が凝らされてあり、それが、恋の果されない感情に転化され、このような恋は「すまじ」とまで思い至る余情になっていく。とすれば、「す」の掛詞は、「すま」の掛詞と考えてもよい余地は生ずるであろう。

四　わが袖の濡る、……知りたきとなり

この『増抄云』は、磐斎の当歌解釈である。文意、「自分〈作者良経ヲサス〉の袖が、（恋の涙で）濡れるのを見て、さて此の涙で濡れたわが袖の果〈辿りつく最後の状態〉は、どのようになって了うのであろうか。須磨の浦で生活する蜑人は、昔より一生の間、潮《しお》水で袖をぬらして暮すのが身の定め〈前世からの運命・宿命〉であるから、最後はどのようになるものだという事は知っているだろうから、質問して知りたいものだ、という歌意である」。乾しあへぬ袖の果を知らばや」という当歌の質問に対し、次の一〇八四番讃岐歌で「袖さへ波の下に朽ちぬる」と、恋の涙に濡れた袖は、波の下に朽ちてしまうという応答の歌を配列して、恋が結局は不成就に終ってしまう事を匂わして、このあたりの配列が、恋の成就せぬ事を詠ずる歌の一群なることを知らしめている。参考、「如此袖斗〈カクノ如ク袖バカリ〉ぬらして、はてハいかやうニ成行事〈ナリユクコト〉ぞやしらぬと也。こひをするといひかけたり〈恋ヲノミス・スマノ、ノ掛詞ノ説明〉（かな傍注本）」・「恋をのみするとうけて、かく恋にほしあへぬ袖の果は、かひなく朽果べきか、又かくぬるゝしるし有て逢みるべき歟、しらまほしきとの心を、読給へるなるべし。すまの浦人もしほたれは、ほしあへぬ袖といはんため斗也（八代集抄。小学館『全集』ハ、コノ季吟注ヲ承ケテ、第二・三句、干しあへぬ袖、の有意の序詞。トスル。学習院大学本新古今注釈モ季吟注ノ略抄）」・「（美濃）しらばやといへる、似つかはしからず。袖のはてをしらばやとねがふは、何の心ぞや。（尾張）あふべきかあふまじきかといふ事を、袖のかはく・かはかぬにかへてよみ給へる、めづらかにめでたし。一首の意は、恋をする我そでが、今あはぬほどはしほたれてほしあへぬが、果までもかうか〈斯クカ、ノ意〉、又相みて袖のかはく折もある事か、それがしりたい、となり（両家苞）」。

〔一〇八四〕（一一頁）

二　二條讃岐

管見諸伝本はすべて「二條院讃岐」か「二條院さぬき」で「院」字を含む。『増抄』は院字の脱刻である。『二八要抄』では「讃岐」とのみ書き「二條院」は冠せられていない。参考、「二條院讃岐。従三位源頼政女（勅撰作者部類）」・「二条院讃岐〈永治元（一一四一）ころ～建保五（一二一七）ころ〉は、従三位、歌人源頼政の女。母は従五位下源斉頼の女〈実は孫〉。歌人源仲綱の同母姉。若くして二条天皇に出仕し、二条院讃岐とよばれる。中宮権大進藤原重頼の妻となり、重光・有頼などの子を生んだ。建久年代（一一九〇～一一九八）ふたたび歌壇に現われ、やがて出家したが、正治二年初度院御百首、千五百番歌合百首等に加えられ、最晩年は建保・建暦期の順徳院内裏歌壇にも名を連ねた。千載集以下ほとんどすべての勅撰集に、あわせて七一首入る（私家集大成讃岐集の解題。森本元子氏）」・「風体艶なるを先として、いとほしきさまなり。女のうたかくこそあらめとあはれにも侍るかな。家の風たえず申さむ事もおろかなり。父の朝臣〈＝従三位頼政ノコト〉よりは、艶なるかたは立ちまさりてや。末の世には出来がたくなむ。九月許りね覚がちなる床ちかく、むしの声々かれ〴〵に聞ゆる暁がたに、夢さめたる心地こそすれ〈例歌四首ハ省略〉袖ぬらすさ夜のね覚を知りがほに枕になる、虫のこゑ〴〵〈＝讃岐歌ヲ批評シタ和歌〉（和歌落書）」・「二條院讃岐。有そ海のなみまかき分てかづくあまのいきもつぎあへず物をこそ思へ。三十六字。是にすぎむは有がたし。旋頭歌にことなるべからず（八雲御抄。八病ノ中ノ、中飽病、或号和結腰病。ナオ、幽斎聞書全集ノ字余之事、ニモ出ヅ）」・「千載。二条院讃岐。頼政卿女（和歌色葉）」・「わが門の稲葉の風に驚けば霧のあなたに初雁の声　式子内親王／聞かじたゞ秋風寒き夕暮に移ろふ雲に初雁の声　前大納言為家／哀れなる山田の庵の寝覚めかな稲葉の風に初雁の声　二条院讃岐／右の三首、うち続き入れる詞のさま、ただ同じ様にて、手づつ〈＝無器用・拙劣〉に聞え侍り。いかさまにも〈＝どう見ても〉故実に背かむかし（歌苑連署事書）」・「萱斎院・宜秋門院丹後・二条院讃岐・宮内卿・亡父卿女などぞ、女歌にはすぐれておぼえ侍る。此人々の思入りてよめらん歌をば、有家・雅経・通具・家隆などもよみぬきがたくや（愚秘抄鵜本）」・「月にあまぎる、山高み峯の嵐に散る花の月にあまぎる明方の空／わたればにごる、散りかゝる紅葉の色は深けれど渡れば濁る山川の水／袖さへ浪の、当歌／以上讃岐歌ノ三首ハ詠歌制之詞トシテ取上ゲラレテイル（耳底記・和歌部類・竹亭和歌読方条目）」・「歌林良材に、二条院讃岐、わたつうみのおきつしほあひにかづくあまのいきもつきあへずものをこそおもへ〈大坪注・前引八雲御抄ヤ幽斎聞書全集ノ引用歌トハ上句異ナル〉と詠めるは、句毎に一字づゝ余りたれども、ほど拍子〈大坪注、歌ノ音律・調《しら》べ・間合《まあ》いノコトデ、幽斎聞書全集巻二ノ、歌の程拍子之事、ニ詳シイ〉よき故に、三十六字有りて耳にたゝずと申し侍り（稲木抄）」・「三十六字歌。三十一字に五字あまるなり。八雲抄、ありそ海の波まかき分てかづく海士のいきもつぎあへず物をこそ思へ。二条院讃岐（歌林良材集巻上。稲木抄ノ引用ノ上句デハナク、八雲御抄ヤ聞書全集ト同形デアル）」・「又後の歌ながら、二条院讃岐、ありそうみの浪間かきわけてかづくあまのいきもつきあへず物をこそおもへ、これは句ごとにあまりて、三十六字あり。その中に第二句の和〈浪間かきわけてノわノコト〉は、喉音ながら、阿行の格にあらざるゆゑに、此句はすこし聞にくし。其他の四字はみな右の格〈大坪云、阿伊宇於の四音は、語のなかからにある時は、はぶくトイウ格デ、うみの→みの、かづくあま→かずかま、つきあへす→つかへず、おもへ→もへ、ノ如キ発音ニナル事ヲ指ス〉なり。故におほくあまりたれども、耳にたゝざるは自然の妙なり（歌体緊要考下巻）」。

三　海松布こそ入りぬる礒の草ならめ袖さへ波の下に朽ちぬる

管見二十四伝本では、初句烏丸光栄所伝本に、「みる・《め》こそ」と「め」を右傍に補筆〈烏丸光栄書写本は「みるめこそ」と同句形〉。第二句為氏筆本に「おひぬるいそのと異句形。他本はすべて歌句に異句形は無い。当歌出典は未詳。他出は、『二四代集・二四代和歌集・八代知顕抄』（歌句同形）、『二八要抄』（歌句同形）に採入。他に『新六歌仙』（書陵部「歌仙類聚」所収五〇一・五三〇架番）に末句「したにみちぬる」、『新中古歌仙』（寛文元年板本）の十三番右に歌句同形〈左ハ、後法性寺入道前関白太政大臣兼実ノ、忍ぶるに心の隙はなけれどもなほ洩る物は涙なりけり〉。『練玉和歌抄』（巻七恋上）に歌句同形で採入。又「制詞」関連では「袖さへ波の」が制詞とされ、『耳底記』（詠歌制之詞。歌句同形）・『和歌部類』（詠歌制詞。歌句同形）・『八雲口伝＝詠歌一体』（第四句袖さへ波の、ノミ）・『聞書全集』（袖さへなみの、ノミ）・『竹亭和歌読方条目』（制の詞小点の詞并いみさる詞の事。袖さへなみの、ノミ）・『和歌手綱』（書陵部鷹司本）〈大坪注・内容ハ竹亭和歌読方条目ト一致スルノデ、ソノ異本ダガ、広本略本ノ関係。袖さへ波のノミ〉。等に当歌は見出される。この他、『歌林良材集』に「一首中、同てには、有レ二歌、新古今以後」と「取二本歌一句一体」との二個所に歌句同形で見えている。前者は当歌に「入りぬる」・「朽ちぬる」と「ぬる」の助動詞二つ使われている指摘で歌病にかかわる事への注意、後者は、本歌取の指摘で、当歌が、『拾遺集』の「潮満てば入ぬる磯の草なれや見らくすくなく恋ふらくの多き（九六七番、坂上郎女）」の第二・三句を取っている事を指摘。この拾遺集歌の原歌は、『万葉集』（巻七・譬喩歌、「寄藻」、一三九四番、作者未詳）の「塩満者　入流礒之　草有哉　見良久少　恋良久乃太寸。　しほみてばいりぬるいそのくさなれやみらくすくなくこふらくのおほき」で、契沖の『書入』もこの万葉原歌で本歌を指摘し「此草といふはすなはち藻也」と注している。万葉・拾遺のこの歌は、本歌として、抄出聞書・かな傍注本・私抄・八代集抄〈学習院大学本注釈モ〉・和歌二十一首秘注（国会図書館蔵）・美濃尾張両家苞〈新古今集湝の玉、モ〉、等も指摘しており、現行諸注書も殆んどが指摘しているのである。磐斎『増抄』も勿論指摘（後述）。当歌の修辞技巧は、「みるめ」に「海松布（海藻）・見る目（恋人との会見、逢い引き）」の掛詞、又、「海松布」は、破れ衣のようにボロを引きずったような形から、「袖・朽ちぬる」の縁語で、これは、「磯・波（涙の暗喩）」とも縁語関係で連なっている。「ぬる（完了助動詞）」の重複という小瑕瑾はあるが耳立つ程では無いので、上手な作と言ってよかろう。第二句の「入りぬる磯」は、難解であるが、契沖は『河社』（朝日新聞社版全集第八巻、一二五頁）で「是は万葉に、塩みてば入ぬる磯の草なれや、といふをとれり。入ぬる磯といふばかりにては、たらひても聞えぬを、下に袖さへ浪の下に朽ぬるといふにて、たらひたり。風雅集に、とまりふねいりぬるいその波の音にこよひも夢はみらくすくなし。これは、入ぬる磯といふを、入海などいふやうに心得てよまれたるにや。それならば、又見らくすくなしとは、何のこゝろとかせん。五月雨に入ぬるいその草よりも雲まの月ぞみらくすくなき。これは、五月雨にといひつれば、ことわりあるにや」と述べている。つまり、満潮で潮位が上昇して、磯が海水に隠されて見えなくなっている状況が「入りぬる磯」だと説明しているのである。尾崎雅嘉の『和歌呉竹集』（詞寄・注釈・読方ヲ説ク書）にも「磯の見えぬほど汐のみちたるを云」と注して、この讃岐歌・拾遺坂上郎女歌（既引）・汐みたぬ野島が崎のさゆり葉も入ぬる磯はさみだれの比（行家歌）の三首を引き、行家歌には（汐みたねどもさみだれの比は入ぬる磯となるよしをいへり）と付言している。『河社』引用の風雅集歌（新編国歌大観九二三番。藤原頼氏歌）について岩佐美代子氏『風雅和歌集全注釈』では「仮泊する舟の中では、入りくんでいる磯に寄せる波の音に、今夜も（寝覚めがちで）夢は見る事が少いよ」と通釈されているが、参考歌として、坂上郎女歌を引きながら、何故に「入りくんでいる磯」とされたのか、よくわからない。

四　人丸歌に、……これ本哥なるべし　磐斎の本歌指摘注。「人丸哥」は、万葉原歌では前引のように、作者未詳歌群の一首。拾遺集では坂上郎女歌である。『三十六人集』の「人麿集」には、この歌は無い。磐斎は、万葉歌を人丸歌だと例の早計で述べたのであろう。この歌の意味は「潮が満ちるとはひってしまふ磯の草であるのであらうか、あの人を見る事は少くて恋ふる事が多いこと。（澤瀉博士『万葉集注釈』）。ナオ、入りぬるハ磯ダケデナク、磯の草マデカカル、トサレ、『歌経標式』ニ、旨保美弓婆《シホミテバ》伊利努留伊蘇《イリヌルイソ》能《ノ》倶佐那羅旨《クサナラシ》美留比須倶那倶《ミルヒスクナク》古不留与《コフルヨ》於保美《オホミ》・古今六帖・拾遺集・夫木抄ニモ歌句不変デ採入サレ、入りぬる磯のガ源氏紅葉賀・狭衣物語一上・浜松中納言物語三・夜半の寝覚五、ナドニ引用サレタ、平安諸物語デノ愛用語ナル事モ指摘サレテアル）」。拾遺集歌は「私が思う人は、潮が満ちれば隠れてしまう磯の草なのであろうか、逢うことは少なく、恋い慕うことが多いことだ。（岩波新大系拾遺和歌集。小町谷照彦氏脚注）」。

五　海松布こそ……跡なくなりたるなり　文意、「海松布こそは、満潮で水位が上った磯の、その磯に生えている海藻故に、潮水に隠れて見えないけれども、海松布のごとき状態のわが衣の袖だけは、成就せぬ恋に流す涙のために朽ち腐らずに残ってくれればよいのだが、そのぼろ袖さえもが朽ち果てて、跡かたもなくなってしまったよ、という意味だ」の意で、当歌の歌意を説明した部分。

六　さへ字心を付くべし……となり

文意、「第四句〈袖さへ波の〉の、〈さへ〉という副助詞に、よく注意すべきである。その注意とはどういう事かと言えば、海松布《みるめ》も満潮のために海水の底に位置して隠れてしまったが、その海松布《みるめ》即ち恋人と逢える事を意味する〈見る目〉に通ずる海松布《みるめ》の如きわが衣の袖さえも、恋の涙に朽ち果てて、換言すれば恋人と逢えぬままに終わってしまって、自身も死んで朽ち果ててあとかたもなく、消えてしまうのだろう、というのであって、〈袖さへ〉とは、海藻のみならず、それに似た、わが袖までもが、という意の〈さへ〉である事に注意すべし、という事なのだ」の意。参考、「入ヌル礒トハ、底ニ、ミルメノフカク生タルヲ、アマノイリテカレバ、イフ也（新古今注・吉田幸一氏旧蔵本註・高松宮本註・高松重季本註）」・「塩みてばいりぬる磯の草なれやみらくすくなくこふらくの多き。本哥によめるごとく、いその草葉の塩にいりてみえぬ事を、おもふ人をみぬによそへ侍り。猶袖をも涙にひたすと也（抄出聞書）」・「万葉ニ、しほみてバ入ぬるいそのくさなれや見らくすくなくこふらくの多き。塩満て入ぬハ、いそ塩の内へ入故也。草入て末斗　少《ばかりすこし》見る也。恋ハ多ク、見る事ハ少。新後撰ニ、五月雨に入ぬる磯の草よりも雲間の月ぞ見てもすくなき〈大坪注・新後撰二一九番源兼氏朝臣。題しらず。末句ハ、見らく少なき〉。これハ月ニ取成《とりなす》也。みるめこそ入ぬる磯の下にてあるらんニ、袖の浪の下にくちぬるハいかゞしたる事ぞと也（かな傍注本）」・「しほみてば入ぬるいその草なれや、と云歌にてよむなり（私抄）」・「万葉、しほみてば入ぬる磯の草なれや見らくすくなくこふらくのおほき。拾遺にも入たり。汐みつる時は入江となる礒の草は見る事すくなく恋る事のおほきとよみし本歌にて、海松布を見る目にそへて、見る事こそすくなからめ袖さへ入ぬる礒の草とひとしく、波の下に朽しといひて、泪に朽て見るめはまれなる歎きをよめり（八代集抄）」・「しほミてバ入ぬる……。ミる事こそすくなからめ、袖さへ入ぬるいその草とひとしく、波の下に朽しと也（学習院大学本注釈。八代集抄ノ抜抄也）」・「新古今恋三（ママ）。詞書曰、恋の哥よめるとて（ママ）とあり。本哥、拾遺恋五　坂上郎女。又万葉、しほみてば入ぬる磯の草なれやみらくすくなくこふらくのおほき。引哥、為家、みつ塩の浪の下草いやましにみらくぞ人のとをざかり行く〈大坪注・新千載一四八一番。題、宝治の百首の歌に寄草恋〉。先我泪の袖を入ぬる磯にして、人をみるめは入ぬる磯の物なるに、さはなくて、みつ塩にみるめもかくれ、袖さへ浪の下にくつる事よと、うちなげきたる哥なるべし。さへの字、眼字にておもしろし。又云、磯に塩のみつる時は、塩につれて、必みるめはよる物也。又本哥、古今に、はやき瀬にみるめ生せば我袖の泪の川にうへまし物を〈大坪注、古今五三一番。題しらず・読人しらず歌群の一首〉。此哥、沖の石の哥にも、さのみをとる〈劣ル〉まじきほどの哥なりと先達申されき〈大坪注、沖の石の歌ハ、わが袖は塩干にみえぬ沖の石の人こそしらねかはく間もなし。二条院讃岐歌、千載恋二・百人一首。〉（国会図書館本、和歌二十一首秘注）」・「（美濃）めでたし。しほみてば入ぬるいその草なれや云々、磯の草の、波の下に入ぬるのみならず、袖さへといふ趣意なり。（尾張）此趣意にはあらず。上ノ句はみるめこそすくなからめといふ事、二三ノ句は、たゞ少きといふ事なるを本歌にゆづりてかくよめり。大かた本歌は、詞ばかりをとる物なるを、かくざまにはたらきたるも、まれにある事にて、いとめでたし、下句は、涙にくつる袖なるを、入ぬる磯の縁に、波の下にくつるといへる也。一首は、いかに相みる事のすくなければとて、袖さへ涙にくちたと也。一種の、こそ也。かく訳して心うべし。（美濃）此、ぬるも、ぬることよと、歎きたる、てにをはなり。（両家苞）」・「磯ノ草ノミルメガ《こそ》サ浪ノ下ニ入モノデアラウケレ、ソノ磯ノ草ノ下ニ入バカリナラズ、我袖マデ涙ノ下ニクチタコトヨ。家づとに〈美濃ノ引用故ニ省略〉／（附箋）磯ノ草ノミルコソハ浪ノ下ニ入モノデアラウケレ、ソノ磯ノ草デモナイ我袖マデガ涙ノ浪ノ下ニクチタコトヨ（新古今集渚の玉）」。

〔一〇八五〕（一一一頁）

二　俊頼朝臣

管見伝本二十四本すべて「俊頼朝臣」の書式で異形はない。略伝は、『増抄』では四三番歌で示されてあり、八二五番頭注一で補説した。参考、「俊頼。四位木工頭。大納言源経信男。天仁三年正月廿八日兼越前介（勅撰作者部類）」・「俊頼者、大納言経信之第二子也。任左京大夫木工頭等。敍従四位上。襲家塵、和歌名誉、振於当世。其才学雖不及於金吾基俊、然詠歌之風調、実是天禀之堪能也。天治初、啣命撰進金葉集。所著、有無名抄〈或号俊秘抄〉・俊頼口伝等。散木、是其家集也。父大納言長糸竹、吹篳篥之能、卓越于一時矣。俊頼、又継其美、吹篳篥之能、卓越于一時矣句〈各勅撰入集歌数ハ省略〉（二十一代集才子伝）」・「源俊頼《ミナモトノトシヨリ》、大納言経信《ツネノブ》子也、仕堀河鳥羽崇徳三朝、任右近衛少将、兼木工権頭左京権大夫、進敍従四位上、多才芸〈中右記・尊卑分脈〉。最善和歌、苦意刻思、不輒不語、凡有感觸所得者、往往書蔵之、時出而用之、以故無苟且艱渋之失、造意新奇、体製温雅、一時士人推為宗師〈参取八雲御鈔・今鏡・鴨長明無名鈔〉。藤原実行《サネユキ》嘗与藤原長実《ナガザネ》論躬恒貫之之優劣、久之不決、長実問之白河上皇、上皇曰、朕何容易辨之、宜質於俊頼、長実以告俊頼、俊頼点頭曰、躬恒不可軽視、長実曰、然則貫之劣乎、俊頼又曰、躬恒不可軽視、俊頼蓋有深意、不欲顕言之也〈鴨長明無名鈔〉。藤原顕季祭柿本人麻呂、明輩畢《ママ》集、顕季謂俊頼曰、卿為当世宗匠、宜奠初献、其見推許如此〈古今著聞集・十訓鈔〉。凡朝廷及諸家歌合、多推俊頼為判者、俊頼常謂、判和歌者、非備十徳則不能也。所謂徳望、門地、明辨、強記之類也〈十訓鈔〉。天治初、奉勅撰金葉和歌集〈袋草子・八雲御鈔・今鏡〉。俊頼素不好連歌、以為害於和歌体、而至撰金葉集則多載之、又以高陽院命纂和歌可矜式者上之、亦載連歌、蓋欲不遺人之美也〈今鏡〉。時藤原基俊亦善和歌、与俊頼争能不相能〈鴨長明無名鈔・八雲御鈔〉。嘗謂人曰、俊頼無文才而善和歌、猶駒児善走、況其不継也、俊頼聞之曰、如文時朝綱才学博洽、然未聞有秀歌、躬恒貫之詩名無聞、而不害善和歌也、基俊之言不亦誣乎、基俊負才高自標置、方其判歌、常極口評駁、而才不掩言、時有麤率之失、俊頼資性温厚、人多愛之者、以故時誉益帰焉〈鴨長明無名鈔〉。毎有乞題詠者、稍覚其難則先使家人子弟作之、而擇其詞意可採者、潤色以為己作、以故俊逸甚多〈後鳥羽帝《ママ》口伝〉。嘗与同僚遊大原、中路遽下馬、衆怪問之、俊頼曰、是良暹《リヤウセン》法師之旧址、衆皆下馬、良暹蓋以和歌聞者也、其篤志如此〈袋草子〉。所著有山《ママ》木髄脳、無名鈔〈鴨長明無名鈔・仁和寺書籍目録〉。子僧俊慧《シユンヱ》亦工和歌〈尊卑分脈・鴨長明無名鈔〉。頗有父風、為時所推重〈鴨長明無名鈔〉。著歌苑鈔、歌撰合〈仁和寺書籍目録〉。藤原俊成嘗曰、俊頼之歌、鍛錬精巧、無疵瑕之可指、俊慧之歌亦為至巧、然比其父不及遠矣〈鴨長明無名鈔〉。（大日本史巻二二一。列伝一四八、歌人四）」。

三　君恋ふと鳴海の浦の浜楸しほれてのみも年を経るかな

管見二十四伝本では、初句を「君恋ふる（春日博士蔵二十一代集本）・君こふ《る》（烏丸光栄所伝本）・君こふる（前田家本）・きみこふる（烏丸光栄書写本）」等「君恋ふる」とする。第三句「浜楸」は、柳瀬本に「はまひさき」とし、その「き」の右に「し」の朱書〈コノ朱書ハ、校本トシテ使用サレタ伝後鳥羽院宸翰本ニヨルモノトサレテオリ、後述スル〉があり、この朱書修正校合により「はまひさし」、即ち「浜廂（はまびさし）」となる。第四句は、前田家本に「しほたれてのミ」。第従って前田家本歌形は「きみこふるなるみのうらのはまひさきしほたれてのミとしをふるかな」、柳瀬本歌形は「君こふとなるみの浦のはまひさししほれてのみも年をふるかな」となるであろう。「浜楸」は、現行書では濁音「はまひさぎ」と訓む書が多く（塩井氏詳解・鴻巣氏遠鏡・講談社新註・尾上氏評釈・朝日新聞社全書・石田氏全註解・窪田氏完本評釈・武蔵野書院校訂・小学館全集・岩波新大系・新潮社集成・角川文庫等）、「はまひさき」と清音に訓むのは少ない（至文堂テキスト版・標註参考など）のであるが、当歌の本歌（又ハ参考歌）の万葉二七五三番歌から考えて清音がよいのではなかろうか〈岩波古語辞典モ清音デ扱ッテイル〉。出典の『散木奇歌集』（第七恋部上）では、題「経年恋」、歌形「君こふとなるみのうらのはまひさきしほれてのみもとしをふるかな（書陵部蔵五〇一・七二三架番）」。『中古六歌仙』の「俊頼」歌群でも歌形は『増抄』と同形。他出書では『二四代集』に初句「君恋る」、『二四代和歌集・八代知顕抄』では初句「君恋ふと」。『練玉和歌抄』（巻七恋上）や『歌枕名寄』（巻十九、東海部三・尾張国・鳴海・浦）は歌形は増抄と同形で見られる。なお当歌は『源宰相中将家和歌合。康和二年』の十八番左歌として、右歌の基俊歌に番《つが》わされている（後述）。さて、柳瀬本の朱書修正校合第三句「はまびさし」歌形に関しては従来等閑視されているようだが、少し触れておきたい。この俊頼歌の本歌（又ハ参考歌）とされる万葉巻十一の二七五三番歌「浪間従　所見小島之　浜久木　久成奴　君爾不相四手（西本願寺本訓ナミマヨリミユルコシマノハマヒサキヒサシクナリヌキミニアハスシテ）」（コノ歌ハ拾遺集・夫木抄等ニモ採入）は『伊勢物語』（第百十六段）に「浪まより見ゆるこじまのはまひさしひさしくなりぬきみにあひ見で」と訛伝して載せられているが、『真名伊勢物語』（続群書類従所収）には「従浪間所見児島之浜久久成怒君尓不会而」と万葉集とは異なる漢字式表記で書かれ、問題の「浜久木」は「浜久」と「木」が落ちている。ここからおそらく「浜久（はまひさし）」の訓が生じたかと思われるが、この「はまひさし」が、伊勢物語の古注釈書で、定家の「霜をかぬ南の海の浜ひさしひさしく残る秋のしらぎく」（愚見抄・惟清抄・闕疑抄・拾穂抄等が言及）が取上げられ、「浜ニアル家」の意とか「高キ砂ノ下ノ、ウゲカケタルガヒサシノ如クナルヲ、ハマヒサシト云」とかに解せられてきた。この定家歌のみならず「都人おきつ小島の浜びさし久しくなりぬ逢は《ママ》ぬ思ひは

ふ月の浜びさし久しく民の数ぞみるべき（壬生、中）」・「四方の海も煙賑（ママ）はふ浜廂久しき千代に君ぞ栄えん（拾愚、上）」・「汐風の吹上に見ゆる浜庇荒るるも知らず浪の立てるか（大木、後九条内大臣）」・「君が代は遙か鳴門の浜庇久しき影は神のまにまに（夫木・千五百番、家長）」〈以上雅言集覧ノ指摘。歌形モ集覧ニ従ッタ形〉の如くに新古今歌人の詠作もあり、又、後鳥羽院御自詠の「波間なき隠岐の小島の浜廂久しくなりぬ都へだてて（増鏡、新島守）」は、明らかに伊勢物語百十六段歌を本歌とした御作であるから〈増鏡歌ハ『御集拾遺』（列聖全集所収）ニ採録サレテイル〉、後鳥羽院は「浜廂」句形に深い認識を持たれていたと推察できよう。そこで前述の柳瀬本の「はまひさし」朱書修正校合が「院宸翰本による」という、岡書院『隠岐本新古今和歌集』の「凡例」記事（同書三頁）が見逃せぬ事になる。冷泉家時雨亭叢書『隠岐本新古今和歌集』（平成九年、朝日新聞社刊）は原本は平成八年六月に重要文化財指定を受けた伝本であるが、真名序・仮名序・隠岐序・巻一より巻十まで有するものの、巻十一以後は無い本である。それ故、当俊頼歌の歌形は、隠岐本で照合できないけれど、柳瀬本の校合は見逃せず、「浜廂」の語意〈「一説浜辺の家居をいふ。一説に渚の波の打寄たるが引いたる跡の家のひさしに似たるをもていふ（倭訓栞）」〉を用いても俊頼歌の意味は通ずるから等閑視はできぬのではなかろうか。少なくても隠岐での院の当歌受容は偲ばれよう。次に『源宰相中将家和歌合 康和二年』（十八番）を引用する〈別名ハ国信卿歌合。恣意ニ漢字ヲ当テタ〉。「左、俊頼朝臣。君恋ふと鳴海の浦の浜楸しほれてのみも年を経るかな／右勝、基俊。人心何を頼みて水無瀬川堰の古杭朽ち果てぬらん／左の歌に、浜楸萎るると詠まれたるは証歌や侍るらん。波萎るといふ証無くは、頗荒涼なり。蓮の泥の中生ふれども、濁りに染まぬ事もあれば、猶覚束な。又、古き歌には、浜楸と詠みては久しとこそ続くめれ、と申せば、この御難、図らざる外の事にこそ侍めれ。実に毛を吹いて疵を求め給なり、浜に在らん木草のいづれか波に濡れぬ物は侍らん。萎ると申す事は、波に濡れてやも生ひぬには非ず。唯濡ると申す事なり。田蓑の島等に覚したらば、然もや仰せられん。それだにも名にも隠れぬものとこそ承はれば、又、仰せられたる様に、浜楸濁りに染まぬ衣手無きと申す故事あらぬにては方方に咎無し。又、浜楸久しと続くべしと侍るは、いと耐へ難し。然らば一重の古歌にこそは侍らめ。又、右の歌に、堰の古杭とは、井堰等申す事にや。詠まぬにはあらねども、いと優にも聞えぬ言葉とこそ侍めれ、と申せば、大堰河堰の古杭年経とも、といふ古歌〈注、古今和歌六帖第三、下句我忘られむとやは思ひし、同第五、下句我忘れむと思ひけむやは、トシテ見エル〉は、僻言にや、と申せば、詠まぬ事と申すには非ず、めでたから ぬ言葉かなとばかり申すなり。深き難には非ず、とて勝負定むる人も無ければ、例の右勝たせ給へ、と申しつ」とある。衆議判で、左右両方の申し状を勘案しての判ではあったが、勝った基俊は、相手の俊頼歌に対しては、「此歌〈＝俊頼歌〉、義理分明、卓牢古歌、制作之美、挙世鼓動、誠是動神明、感鬼物者也。抑、謬歌体毎度、歌骨无敢所採、独慙、各各相闘、両両双害、井蛙浅智、争知、海鼇之深心、籬鷃短翮、已忘、大鵬之垂翼、雖思逍遙之義、似忘相鼠之篇而已／五月廿一日 散位基俊。（源宰相中将家和歌合ノ

跋文中）」と、高く評価しているのである。さて当歌の技巧は、掛詞として「なるみ」が、「成る身・生《な》る身〈然々《しかじか》ノ運命ノ下ニ生レ育ツテキタ我身〉」と地名の「鳴海」に掛けられ、縁語として「浦」・「浜」・「浜楸〈或ハ浜廂〉」・「しほれ〈萎れ・枝折れ〉」が使われ、更に上句が下句を言うための有意序として措辞されてある。勿論、万葉或は拾遺歌〈上引、浪間より歌〉が参考歌（というよりは本歌）として、久しく年を経るという心で下敷とされている。

四 君を恋ふるはつに……言ひ掛けたり 「なるみ」が鳴海と生《な》る身との掛詞である事の説明。文意「鳴海という地名に、わが身はあなたに恋をする運命を持つ筈の身として、この現世に出生した身、即ち〈生る身〉という意味を持つ事を掛詞にした語であるのだ」という意。「はつ」は「はず〈筈。ソウナルベキ必然性。道理。ワケ。ノ意〉」の仮名遣いの誤用であろう。或は「ばつ〈罰〉」かも知れないが、そうとすれば「私は、あなたに恋をするという罰を背負ってこの世に出生した身」の如き意味であろうか。

五 如何となれば……無き程にとなり 文意、「何故かと言えば、浜辺に生えている楸のように、始終波しぶきをかぶって濡れ弱り、元気なくうなだれているばかりで年を送り過ごしてあなたに逢う事も無いので、というのが下の句の意味だ」。参考、「君恋《きみこふ》と成《なり》し身といひかけて、泪にうちしほれてのみ年ふる心を、鳴海の浦の浜楸しほれて、とつゞけられたる歌なるべし。鳴海は尾張也（八代集抄）」・「君恋ふとて也〈大坪注、初句ノ説明〉。楸と云物ハ浪かゝる物也。年ふるたとへ也（かな傍注本）」・「浜ヒサギトハ、浜ニ

生タル楸也（新古今注）」。

六　君恋ふとは……あると也
この頭書は「なるみ」を、「鳴海」と「生《な》る身」の掛詞であると考えた上での、「生る身」の説明。文意は、「〈君恋ふとなる身〉とはどういう事かと言えば、私が生まれてきたのは、貴男を此方《こち》の背《せ》〈こちハ、当方・私ノ意。せハ背の君・夫ノ意デ、ツマリ、私の夫〉と呼ぶように運命づけられて生れてきた身だ、という意味なのだ。私の全人生は、外の理由は一切《いっさい》なく唯一途《ただいちず》に貴男に委《ゆだ》ね任《まか》せてある運命なのだ、という意味だ」。

七　八雲御抄
拙蔵板本『八雲御抄』（巻五、名所部、浦）に「なるミの。紀歟、尾張歟。万、増基法師哥」とある。鳴海は、『歌枕歌ことば辞典』（片桐洋一氏、角川書店）や『歌ことば歌枕大辞典』（久保田淳・馬場あき子編、角川書店）には、尾張所属の記載のみで、紀伊所属は見えない。又、吉田東伍博士の『大日本地名辞書』にも、尾張所属だけで紀州所属は無い。現代の書のみならず宗祇の『名所方角抄』や『歌枕名寄』（澄月編歟）にも、紀州所属は見えず、契沖の『類字名所補翼鈔』（第三）でも、紀伊所属の鳴海は見出せない。尾張所属とすれば、現在の名古屋市緑区鳴海町で、濃尾平野の東端。『建保名所百首』・『海道記』・『十六夜日記』等の記述により、昔は海岸線が深い入江を形成し、天白川の左岸河口部が鳴海の浦と呼ばれたと言う。「増基法師」は同名異人が二人ある。『いぬほし』の作者で後撰四五三番作者と、朱雀・一条朝頃の人で後拾遺・詞花・新古今の作者との両名である。鳴海に関連するのは後者らしく、後拾遺には東国へ旅する時の歌（四六四番・五〇八番）が見えるし、特に七三〇番歌は「ものへまかりけるに、なるみの渡りといふ所にて人を思ひ出で、よみ侍りける／かひなきは猶人しれず逢事のはるかなるみの恨なりけり」という恋歌があるから、こちらの人物であろう。但し、「万」は万葉集を指すと考えられるが、万葉期の人物に増基は見出されず私にはまだ調べが行き届かない。後拾遺七三〇番歌は『五代集歌枕』にも引かれているが、出典を万葉とはしない。

〔一〇八六〕（一一一頁）

一　忍恋の心を
管見二十四伝本すべてこの題詞であるが、「忍恋」は、「しのぶる恋」と読むのが、柳瀬本・宗鑑筆本・春日博士蔵二十一代集本。「しのぶ恋」と読むのが、小宮本・為相筆本・公夏筆本・親元筆本で、他はいずれに読むかは示されていない。「〜の心を」の「心」とは「の趣・の気持・の題」の如き意味で、必ずしも直接体験ではなくても、推量や間接的態度で読む場合に言うことが多い。「忍恋」とは『永久百首』の歌題に出されているが、例えば『初学和歌式』に、「忍恋は、心にはかぎりなく思ひみだれながら、色にいださじとしのぶ也。大かた忍恋の哥は、こぼるゝ泪をそでにをさふる心をいへり。なみだをゝさふるよしいへば、忍恋に叶ふ也。しのぶ山〈陸奥の名所也〉によせていふはしのぶといふ名によせて云、軒のしのぶによそふるもおなじ。すべて忍恋は物によそへても、たゞことにても一首に忍心をふかく思ひめぐらすべし。所詮袖の泪ももらさねば、人いまだ知ぬよしをいふべし。又ハかくしのべども心の色やあらハれて人にしられんとなげく心をも読也。又は、泪はをさふれども猶袖にあまるなどいふ迄はよし。やう〳〵人のみとがむる心などをいへば、顕恋になる也。此程を思ふべし」と懇切に説明されている。当歌は「岩間に洩らす下の心を」と下句に詠んでいるので「忍恋」ではなく「顕はるる恋」、或は尾上氏『評釈』の言う如く「漏恋」になっているようにも思われる。

二　前太政大臣
管見伝本すべてこの書式で異形はない。藤原頼実《よりさね》の官職名である。『勅撰作者部類』によれば新古今の前太政大臣は「六條入道太政大臣に同じ」とあり、その項を見ると「六條入道太政大臣。従一位頼実公。左大臣藤原経宗男」とある。千載集では「右衛門督」、新勅撰集以後では「六條入道前太政大臣」と位署されている。参考、「六條入道太政大臣。藤原頼実者、大炊御門左大臣経宗之長男。母権中納言藤原清隆女也。長寛元年十二月叙爵、任侍従、遷羽林、為三位中将、直任納言、勅授帯劔、兼右衛門督、補大理、転大納言、兼右近大将、不経内相府、任右大臣。正治元年六月転太政大臣、尋《ツイデ》兼東宮傅《ホ》、建仁四年叙従一位。十二月七日上疏辞相国、元久三年十二月賜兵杖、承元二年十月還任相国、為東宮元服加冠也。三年正月廿一日上辞表、建保四年正月廿八日出家、法名顕性。嘉禄元年七月五日薨、年七十一。号六條太政大臣。〈勅撰入集歌数ハ省略〉（二十一代集才子伝）」。

三　知るらめや木の葉降り敷く谷水の岩間に洩らす下の心を
管見二十四伝本では、柳瀬本が第三句「苔水の」とある。他伝本に異形はない。「谷」と「苔」の草体の類似による異形か。当歌の出典は未詳である。他出は、『練玉和歌抄』（巻七恋上）・『短歌撰格』（上巻）に歌句同形で採録。〈知るらめや□木のはふりしく□たにみづの／いはまにもらす□したの心を〉がその格調。
当歌の表現技巧としては、「木の葉降り敷く谷水の岩間に」が「洩らす」を引き出す有心の序として用いられ、「岩間に」に、「言はぬ間に」或は「言はずにむせぶ」とか「言はまほしく」との掛詞的措辞工夫が施されている。参考歌としては「秋かけていひしながらもあらなくにこの葉ふりしくえにこそありけれ（伊勢物語九十六段）」を久保田氏『全評釈』が指摘し、「水草生ひてありとも見えぬ沼水の下の心を知る人ぞなき（古今和歌六帖・読人しらず）」を岩波新大系が指摘し、さらに新大系は本歌として「石間ゆく下には通ふ谷水も木の葉をしげみ上ぞつれなき（伊勢大輔集）」をも新しく指摘している。

四　五文字に返りて見る歌也

「五文字」とは初句という意。ここは「知るらめや」の事で、第二・三・四・五・一の順に意味をたどり読むべき歌だというのである。『八代集抄』も「木葉に埋る谷水の、岩間よりもるゝごとく、上には見えずして下にわきかへる心を、君はしらめやと也。忍恋也」と注する。なお、初句「知るらめや」の「や」の文法的意味や、初句切という歌格に関する注に、「めやと云詞。わすれめやあふひを草に引むすびかりねの野べの露の明ぼの、是ハワすれんものかと云心也。めやは大略此心おほし。又、しるらめや木の葉ふりしく谷川の岩間にもらすしたの心を、是ハ人にしるかと云たる心也。かりごもの思ひみだれて我こふといもしるらめや人し告ずハ、是ハいもハしるまじきと云心也（宗碩五百箇条）」・「此めや、人知かと見たる心なり（和歌座右）」。以上は、やの文法的用法であるが、初句切れの歌格については、「しるらめや／木のはふりしく↓たにみづの、いはまにもらす↓したの心を。今いにしへを考えるに、うたふこゑは音韻の絶ずして、引ク息の長くつゞくをたふとみ、歌の調べは、句々のよく引つゞけるをめでたしとせしなるに、初五もじより先打つけに、いひきらん事あるべきともおぼえず、其うへ、うたは、五言にていひ起して、七言にてうけぬべき定例にて、此二句づゝのつゞきは既にいひつるがごとくなるを、かくしも初五句よりいひ切て、第二句の七言より第三句の五言にうくる時は、五句の運び皆が顚倒《サカサマ》になれるをや、されば、此初句絶も、上つ代のうたにありとあらゆるもの〻中に、一首も見えたる事なし、〈中略〉三代集合せて凡三千八百七十五首の中に、わづかに倒絶廿一首ならではなし〈大坪注、内訳ハ、古今四・後撰七・拾遺十首〉。それも後世のごとく、結句より立返るにはあらで、大かたは、二句三句と引かはりて、遠く隔てる細工物はなし、〈中略〉新古今にいたりて、はじめて上にいふまじき語を、上にすゑていひ切る事起りて、其歌数三百余首に及びたり、そも〳〵彼ノ集のうたの心の巧にして、花々しかるはさるものから、今句格にとりては、かくしも古へに背けたりつるを、むかしよりか〻るすぢをさたする人もあらず〈後略〉（橘守部、短歌撰格）」とあり、新古今集の特点を指摘している。

五　上は木の葉に……心明かなり

文意、「水の表面は、散り敷いて浮かんだ木の葉の為に埋もれ、その中は上からは見えない谷川の水が、少しずつ雫となって岩間から洩れ流れている如く、私の忍ぶ恋心も、思わず口から洩れ出すが、その切ない恋心を、あなたは察知して下さるであろうか、というのだ。当歌の歌意は、実に明白である」の意。参考、「上ハ木葉にて見へず、下ハ水はやき事えしらまじと也。あわれしらせたしと也。あまる心ハもらすにて聞へたり（かな傍注本）」・「一二三は序、岩間をもるとかゝる。一首の意は、いはずにおもふ下の心《(に)》を、我おもふ人のしるべきや、えしるまじき事と也。四ノ句もらすは、谷水の事にて恋の方には心なきを、下のこゝろをもらすとつゞきたるやうにて、すこしあかぬ所あり（尾張の家苞）。大坪注、美濃ハ無注。尾張ハ岩間に洩すノハ谷水デアリ、忍恋ノ心ヲ洩ラスノデハナイトスルガ、ワガ忍ブ恋ノ下心ヲ洩スト続ク措辞ノヨウニモ思ワレルノデ、表現的ニハ、すこしあかぬ所ありト、十分ナ表現デナイ事モ認メテイル。頭注一デ觸レタ、当歌ガ、忍恋デナク、顕恋モシクハ漏恋ヲ詠ンダモノ、トイウ見解ニ通ズル注デアロウ）」。

〔一〇八七〕（一一三頁）

二　摂政太政太臣

「太臣」は「大臣」の表記がよい。藤原良経の事。良経の摂政就任は建仁二年十二月廿五日、太政大臣就任は建仁四年十二月十四日、であるからこの日以降、元久二年四月廿七日に相国〈太政大臣・左大臣・右大臣ノ唐名〉を辞任するまでが、摂政太政大臣。元久三年三月七日、薨、年三十八。九三六番歌頭注二に既述。

三　もらすなよ雲ゐる嶺の初時雨木の葉は下に色かハるとも

管見二十四伝本では、烏丸光栄所伝本と書写本が第三句の「はつ《ゆふイ》しくれ」には、「ゆふしくれ」と異形のある事を校合している。他本は歌句の異同はないが、至文堂刊旧制高校教科書版新古今和歌集の頭注に「流布本に雲井の峯とある」の第二句校異が示され、浜野知三郎校訂の、『標注参考新古今和歌集　全』（六合館版）の本文に「洩すなよ雲井のみねのはつしぐれ木の葉はしたに色かはるとも」とある。『標註参考』は承応本・明暦本・寛政本で校訂した旨「緒言」に述べられてあるが、拙蔵の上記板本は、「雲ゐる嶺の〈承応三年板本・明暦元年板本・寛政六年板本、共ニ同ジ表記〉」となっている。今の所「雲井のみねの」の流布板本は私は閲覧していない。当歌出典としては『六百番歌合』。『後京極殿御自歌合　建久九年』・『秋篠月清集』その他があって、『六百番歌合』（恋一、七番忍恋）では「左、勝。女房〈＝良経〉。洩すなよ雲ゐる嶺の初時雨木の葉は下に〈応永本デハよそに〉色変るとも／右。中宮権大夫〈＝家房〉。閨のうちは涙の雨に朽ち果ててしぶは茂る妻にぞ有ける／右方申云、左歌、無所可難。左方申云、右歌、首尾不相応。忍心も如何。／判云〈＝俊成〉、左歌、雲ゐる嶺の初時雨、心姿、おかしく見え侍。尤可為勝」とある。『後京極殿御自歌合』（五十九番）では「左、同〈＝忍恋の心を〉。洩すなよ〈歌句同形〉／右、恋の歌あまたよみける中に。誰がためぞちぎらぬ夜半をふし侘びてながめはてつる有明の月／左の、木の葉はしたに、と云へる心、ことにもてふかくおぼえ侍るにや」。『秋篠月清集』（百首愚草、歌合百首）では定家本・教家本ともに歌句同形であるが、教家本は第二句表記が「雲入峯の」とある伝本もあるので要注意。この他『近代秀歌』・『詠歌大概』・『八代集秀歌』にも歌句同形で出ており、『八代集秀歌』（歌学大系別巻六所収）では、後鳥羽院と家隆が撰んでいる。『二四代集・二四代和歌集・八代知顕抄』でも、題詞「家の哥合に忍恋の心」として歌句同形で見え、『時代不同歌合』では、その伝本により、結番号や相手歌人は異なるが良経当歌の歌句は新古今と同じである。結番号の若い本から述べれば、「廿三番／左　月やあらぬ春やむかしの春ならぬわが身ひとつはもとの身にして〈業平〉／右　歌句同形」（為家本・永亨古写本・東京国立博物館本）・「廿四番／左　いとゞしく過にし方のこひしきにうらやましくもかへるなみ哉〈業平〉／右　歌句同形」（歌仙絵本・松浦静山旧蔵本〈平戸藩本〉）・「卅番／左　思ひ川絶えず流るゝ水の泡の〈水泡のイ〉うたかた人に逢はで消えめや〈伊勢〉／右　歌句同形〈但シ、群書類従本ハ、第二句雲ゐ　に峰の〉」（書陵部蔵五〇一／六〇九架番本・群書類従本）・「卅三番／左　思ひ川たえずながるゝ水の泡のうたかた人にあはできえめや伊勢／右　歌句同形　後京極摂政」（穂久邇文庫本）、の如くである。又、『自讃歌』ではこの歌を良経歌群に加えている伝後小松院宸筆本があり〈新編国歌大観ノ異本歌ノ中ニアリ、歌句同形〉、『二八要抄』には、題詞「左大将に侍りける時、家々百首歌合し侍けるに、忍恋の心を」、歌句第四句「木の葉も下に」として採られ、『私玉抄』（六家之和歌、月清抄）・『練玉和歌抄』（巻八恋下）にも歌句同形〈練玉和歌抄ハ初句ヲ、もらすな、トスルガ校正ノ誤ト見テオク〉で採入。なお当歌の「雲ゐる嶺の」は制詞とされており、制詞を取上げている書、即ち『初学一葉』（制詞用捨すべき詞ども）・『耳底記』（詠歌制之詞）・『和歌部類』（詠歌制詞）・『竹亭和歌読方条目』（制の詞小点の詞并いみさる詞の事）・『八雲口伝』・『近来風体』・『幽斎聞書全集』・『和歌手綱』（長嘯子全集第二巻所収、制の詞小点の詞并いみさる詞の事）、等々に全歌句もしくは「雲ゐるみねの（第二句）」が引用されている。全歌句引用書での歌形には異形はない。当歌の技巧については、本歌もしくは参考歌として「白露も時雨もいたく漏る山は下葉残らず色づきにけり（古今集、秋下、二六〇番貫之歌）」が考えられ、縁語としては、洩る→時雨があり、「初時雨」に初恋の寓意、「木の葉」に袖の暗喩、「雲ゐる嶺」に恋を秘めた自分の胸の暗示が、夫々籠められていよう。そして一首全体で、自然の景物に自身の心情を暗喩するのである。即ち「下に色かはるとも」に、下心の意がこめられて忍ぶ恋の暗示がなされ、人知れず歎く涙の紅涙で、木の葉の色、即ち袖の色が変ると、暗示しているのである。ただ「初時雨」に「初恋」の寓意があると考えたり（岩波新大系）、「三の句は、はじめて逢たる意（美濃）」と考えたりする時は、歌題の「忍恋」にそぐわない事になりはしないかと思われる。当歌を「あひて後しのぶ心（尾張）」とか「もらすなよ」が、初めて逢った後での恋人に対する呼びかけと見る考え方は、「忍恋」の題意に適していないのではなかろうか。『増抄云』では「初時雨とある事は恋の初めの義也」と述べており「恋の初め」が、恋のどの辺りまでの進行を言うのか微妙な表現ではある。「もらすなよ」の呼びかけの対象は、「初時雨（完本評釈・朝日全書）」・「雲（全註解）」・「木の葉（角川ソフィア文庫）」・「自分自身〈恋ひしき心を決して人にもらす勿れと、自から制するなり〉（詳解）」等と、諸説一定せず、又一首の解も『完本評釈』指摘の如く「諸注、まちまち」である（後述補説参照）。当歌の類想歌としては、「もらすなよ袖の涙のみなと川下這ふ芦の下に朽つとも（洞院摂政家藤原教実百首。歌題忍恋。作者侍従隆祐。夫木抄巻廿五）」があるが、良経歌の影響による事は明白であろう。なお『契沖書入』には「雲ゐる峰」の参考証歌として、「雲のゐるこしの白山老にけりおほくのむし《冬》のゆきつもりつゝ、忠見〈出典未検索〉」・「玉葉、定家。徒に雲ゐる山の松のはの時ぞともなき五月雨の空〈三六六番〉」・「新後撰、西園寺入道前太政大臣。をりしれば心やゆきてながむべき雲ゐる峰に待し桜を〈六五番〉」・「新拾遺、花園院。み山ぢを夕こえくれて宿もなし雲ゐる嶺にこよひかもねん〈八一七番〉」・「新後拾遺、後西園寺入道前太政大臣。立かくす絶まも花の色なれや雲ゐる峰の明がたの空〉一〇二番〉」・「続拾遺、源親行。五月雨の雲ゐる山の郭公はれぬ思ひのねをや鳴らん〈五五三番〉」の歌が挙げられているが、契沖は、「雲井の峰」や「雲入る峯」とある本文は以上の証歌を示す事で誤りとみなして、このような書入をしたものと私は考えている。

四　これも五文字に返る哥なり　「この良経歌も頼実歌〈直前ノ一〇八六番歌〉と同じく、末句から初句に返って意味を辿《たど》る初句切れの歌である」の意で、一〇八六番頭注四に引用した、橘守部の『短歌撰格』の同じ所に、連続して並べられて、〈もらすなよ□雲ゐるみねの□初しくれ／木のはは下に□色かはるとも〉と格調を示す。

五　時雨にては……上には見えるな、となり　文意、「木の葉は、時雨に降りかかられると、緑から黄や紅に、変色するものである。嶺の木々の変色は、嶺の上のあたりは雲にさえぎられて麓からは見えないものである。その見えない嶺の上部の木々の紅葉の如く、心の中では恋心が色にあらわれようとも、顔色の上にはあらわすことをするな、と詠んだ歌である」の意。〔ママ〕の個所「うへ、ハ」は、「上辺《うへ》ハ」、或は「うへハ、（上葉ハ）」の誤刻、であろうか疑問が残る。

六　初時雨とある事は恋の初めの義也　「初時雨」の「初」に「初恋」が寓せられていると見る説の根拠ともとれる注であるが、既に幽斎の『詠歌大概抄』に指摘されていた説の継承。「恋の初め」が、恋の初期段階か、始発段階か、判断が微妙になる。「忍恋」も「初恋」に含まれるならば、歌題「忍恋」に適した施注である。『歌ことば歌枕大辞典』の「初恋、はつこひ・はじめのこひ」の見出項目の説明中に、「歌題としては勅撰集では後拾遺集に初出し、八代集中に一〇例を数える。定数歌では堀河百首に見え、六百番歌合にも採用された。恋愛過程の最初期のものとして重視されたことが理解されよう。〈中略〉実に区々の（恋の）様相を呈しており、次の段階ともいうべき忍恋と微妙に重なり合う点も少なくない（川村晃生氏）」とある。『堀川院御時百首和歌』では、「初恋・不被知人恋（イ忍恋）・不遇恋」などの順に配列され、『永久四年百首』では、「忍恋・隔一夜恋・経月恋・経年恋」などの順である。『和歌拾遺抄』（河瀬菅雄。拙蔵板本）では、夥《おびただ》しい数が挙げられていて「初恋」には「是は見ても聞てもはじめて思ひそむる心なり。又もとより心に思へども今はじめていひしらすをもいへり」の説明があり「寄舟初恋・初為縁恋・忍不言恋・不言出恋・歌言出恋・初言恋・思不言恋・未言出恋・歎出詞恋・難言出恋・歎身不言恋・不言在所恋・洩始恋・言出恋・言初後増恋・詞出恋・言出後悔恋」の細別題が挙げられて後に、「忍恋」にうつり、二十三種の忍恋の細別題が挙げてある。恋の進行段階はまことに微妙である。初時雨により紅葉していくのが木葉であれば、初恋の進行の限定も、詠者や読者により相異が生じやすいので、「初恋」は始発時の恋と、一応考えておくことにする。なお『和歌聞書』（三条大納言実教卿説ヲ正親町実教ガ筆記）に恋歌について、「恋の哥はあた、かなる歌多也。ことに出家の歌には、恋の歌のあた、かなるは不似合者也。惣して出家には恋の歌不似合ものなり。我恋は松を時雨の染かねてまくすか原に風さはく也。慈鎮／もらすなよ雲ゐるみねの初時雨木のは、下にいろかはるとも（良経）／来ぬ人をまつほの浦の夕なきにやくやもしほのみもこかれつ、（定家）／如此の歌、あた、かなる事なし。いまはこのやうなる歌のなき也。多分あた、かによむ也」と述べられている。当歌は「あた、か」でない歌と考えられていた事を付記しておく。非情熱歌としての鑑賞であろうか。

〔新古今一〇八七番歌　補説〕

当歌は『完本評釈』に言う如く「諸注まち〳〵」であるので、左に一覧の便を計る。「我思ひは切なれどももらすなといへり。初時雨といへるは初恋の心なり。心の色はかはるとも、色みよそへて云なり。木葉に我心をえぬ物なれば袖の涙とはなさじとせいしたる歌也（詠歌大概抄）」・「時雨に色付木の葉も、雲ゐる峰は其色外に見えず。我恋も色々下に思ふとももらすなよと、みづから制する心をかくよませ給へり。是忍恋の心也（八代集抄・学習院大学本注釈モ略同文）」・「色深き木葉なれど、雲のたちおほへばよそにみえぬ物也。心中におもひこがるゝ事をも、よそへもらすまじきよし、よそへ侍り（新古今集抄出聞書）」・「雲の常住たなびく峰の時雨は、下に木の葉を染るとも、よそにはみへまじき也。其ごとくに我もしたには涙の色に出るとも、くがい〈注、公界。世間ノ意〉にはもらすなと忍ぶ心也（都立中央図書館本、抄）」・「雲にて上から見へず、心かわるとも、もらしてくれ（ママ）・なと也（かな傍注本）」・「雲の（ママ）いる嶺は時雨がして色がかはれども、よそにみえぬ物也。そのごとく色かはるとももらすなよ、我心にたひして云たるなり（新古今私抄）」・「（尾張）一首の意、雲ゐる嶺のはつ時雨のごとく、心の色がふかくなり行とも、必《カナラズ》人にもらすなよと也。逢て後も忍ぶ恋也／（美濃）二の句に忍びかくす意あり／（尾張）さまでもなし／（美濃）三の句は、はじめて逢たる意／（尾張）初の字に其義はなし。一首、あひて後しのぶ心にはあれど、二三の句にかやうの心はあるべからず、たゞ序ことば也／（美濃）下句は、今より後、おもひは深くなりぬともといふこゝろ、もらすなよとは、逢たる人にいふなり／（尾張）みなよろし／（美濃）此歌、題も忍恋なり／（尾張）大てい古歌、忍恋といふ題は、いひ出かねて心ひとつにしのぶ意によみたれども、又逢見て後猶しのぶ意にもなどかよまざらん／（美濃）歌のさまも、いまだ逢ざる恋のごとく聞ゆれども／（尾張）色かはるとも、とあるあたり、さしもきこえずやあらん／（美濃）さては、もらすなよとはいひつくべき人なし。みづからいましむるならでは、もらさじ、などこそあるべけれ／（尾張）かばかりの自他は、三尺の童子といへどもよくわきまへたれば、此殿のあやまりてかくよみ給べきにあらず。たゞ逢て後猶しのぶ恋の意によませ給ふ也けり／（両家苞）」・「雲井の嶺の初時雨の如く〈注、第二三句ヲ、雲井のみねのはつしぐれ、トスル〉心の色深くなりゆくとも必ず人にもらすなよとなり、逢うて後も忍ぶ恋なり（標註参考）」・「雲のかゝり居る峰の初時雨が、其の時雨に染むる紅葉をかくすが如く、我が此の初恋の、いかに深くなり行くとも、決して人にもらす勿れといふ事にて、とても終には忍び難きは、恋のならひなるより、自から斯く制する意なり〈中略〉初時雨にはじめて逢ひたる意ありと、本居翁はいはれたれど、然らず。初時雨にははじめて恋ふ意をきかせたるなり。恋ひ初めたるわが情の、いかに深く苦しくなるとも、決してもらすなと、自から制する意に見る方、穏当にして、しかも一層面白きにあらずや〈後略〉（詳解）」・「オマヘノ心ガ丁度雲ガカヽル高イ山ニ降ル初時雨ノ為ニ、木ノ葉ノ下ノ方ガ赤クナルヤウニ、是カラ益《マスマス》焦レテ深クヤ《（ママ）》ツテモ、決シテソレヲ外ニアラハスナヨ。人ニ知ラレルカラ（遠鏡）」・「初時雨に色づく木の葉も、雲がかかるほどの峰では、その紅葉の色が雲にかくれて見えないと同じやうに、自分の恋も、心の中で、いかに色濃くなって行っても、他人に知らせることは決してしてはならぬ（尾上氏評釈）」・「雲居る以下の意味は、峯の初時雨が木の葉を染めて尚そのあたりに立ちさまようて、之を隠してゐる様、その様に我が恋がたとひ顔にあらはれても、初時雨よ、立おほうてかくしてくれよ、の意（鶴田常吉氏詳解）」・「もらすなよ―人に知らさないでくれ。雲ゐる嶺の初時雨―雲のかかった峰に降る初時雨によって。下に―人知れず。▽我が恋心を制しようとする、の意（岩波旧大系頭注）」・「歌意―たとへ如何に堪え難くとも恋心を外に洩らすなよと自分に言ひきかせる意の暗喩的表現（朝日新聞社全書）」・「雲のかかっている山の初時雨の為に、木の葉は人知れず紅葉しても、それを包んで、外に知らさないでくれ、雲よ――恋の涙の為に、私の袖は人知れず色が変わっても、それを包んで、人に知らさないでくれ、私の心よ（全註解）」・「人には漏らすなよ、雲のかかっている峰に降る初しぐれよ。お前のために、木の青葉は下葉の方から色が変わろうとも。―それに、ひそかに思っている人に漏らすなよ、雲のかかっている峰に降る初しぐれのようにはげしくこぼれる恋の涙よ。しぐれが青葉の下から紅葉させるように、血の涙となってわが袖を紅《あか》く変えようとも、を暗示している―（定本評釈）」・「人に知らせるなよ。雲がかかって隠れている峰の初時雨よ、お前によって、木の葉は下のほうで紅葉《もみじ》しても、――だれにも気づかせるなよ、恋を秘めているわたしのこぼれはじめた涙よ、人知れず、嘆きの紅涙《こうるい》で色が変わろうとも。―暗示されるものの整然とした対応によって、おのずから、秘める恋の優艶な象徴になっている（小学館全集）「雲が懸っている峰に降る初しぐれのために木の葉は下葉の方から紅葉しても、そのしぐれを洩らすなよ。袖は紅涙のために色変っても、心の奥に秘めた恋心を洩らすなよ（全評釈）」・「決してもらさないでくれ。雲のかかっている峰に降る初時雨よ。お前のために木の葉は雲の下でひそかに色づいているとしても。――一首はあくまで自然詠を装う（岩波新大系）」・「洩らさないで、《（読点ママ）》雲が懸っている峰に降る初しぐれで木の葉はひそかに紅葉しても。恋心を顕さないように、たとえ涙のために袖は紅に染まっても。――白露も時雨もいたくもる山は下葉残らず色づきにけり。という自然詠を念頭に置き、紅葉を紅涙に染まるわが袖の比喩へと転用した（新潮集成）」・「もらすなよ、雲が懸かる峰に降る初時雨を。たとえ木の葉は雲の下で紅葉しても。――時雨を洩らすなと木の葉に呼び掛けた。実際には自身に呼び掛けている。初時雨は涙の、木の葉は袖の、隠喩で、色変るともは、紅涙に染まるともの意の比喩的表現。又袖は紅涙に染まっても恋心を外に洩らすまいという自制の心

（角川ソフィア文庫）」。

〔一〇八〕（一四頁）

三　斯くとだに思ふ心をいはせ山下行く水の草がくれつゝ

管見二十四伝本による校異は、初句が、春日博士蔵二十一代集本に「かく許〈かくばかり〉」。第三句が高野山伝来本に「しらせはや」。第四句が為氏筆本に「したにゆくみつの」。他本は『増抄』引用と同歌形。当歌は『林下集』には無いが、『林下集標註』の「拾遺」に新古今により補っている。なお、当歌の他出は、『歌枕名寄』（巻八）や『類字名所和歌集』（第二）に見出されるが、歌枕・名所関連以外の書には、私はまだ見出せない。当歌の本歌としては、季吟が『八代集抄』に「後撰。岩瀬山谷の下水打忍ひ人のみぬまは流れてそふる。是本歌也」と指摘して以来、現行諸注釈書の殆んどがこれを本歌と認めている（岩波旧大系・新大系・小学館『全集』・久保田氏『全評釈』・鴻巣氏『遠鏡』・尾上氏『評釈』・『完本評釈』・石田氏『全註解』・塩井氏『詳解』・武蔵野書院『校訂』頭注・至文堂『新古今』頭注・朝日新聞社『全書』頭注・改造文庫頭注・等々）。磐斎はこの本歌を指摘しないのであるが、契沖の『書入れ』も指摘していないし『標註参考』も指摘していない。宣長の『美濃』は当歌の施注はなく、正明の『尾張』は施注するが本歌を指摘していない。後撰歌は、恋一（五五八番）、よみ人しらず歌で「しのびたる人につかはしける」の題詞。この後撰歌は、後に『新勅撰集』に、はじめ採られながら後に切出された歌。但し、歌形は「いはせ山谷のした水より忍び人のみぬればながれてぞふる」と第三・四句が異り、詞書も「題しらず」である。新勅撰七三三番の次に配列されていた。この歌の「詞」からは、「いはせ山」・「した（ゆく）みづ」、歌の「心」からは共通する点もあるが、歌の「姿」から見ればや、難もあるので、本歌と認めるか否か甚だ微妙である。参考歌として『岩波新大系』は、「くみて知る人もあらなむ夏山の木の下水は草がくれつゝ（後拾遺恋一・藤原長能、六一五番歌。題詞、心かけたる人につかはしける）」を示して、後撰歌の「姿」の難を補っている如くである。『角川ソフィア文庫新古今』はこの新大系指摘を採用している。「かくとだに」は、「斯くとだにえやは伊吹のさしも草さしもしらじな燃ゆる思ひを（後拾遺六一二番藤原実方・百人一首）」・「斯くとだに言はで儚なく恋ひ死なばやがてしられぬ身とやなりなん（後葉集、隆恵法師）」・「斯くとだに岩垣沼のみをつくし知る人無みに朽つる袖かな（夫木抄、正治二年百首御歌、式子内親王）」等のごとく「言ふ」を導き出す表現として使われているので、当歌も「思ふ」にかかるよりも「いはせ山」につづいていく語であろう。

四　岩瀬山。大和国頭注一に引用の『林下集標註本』に大和国平《へ》群《ぐり》郡に所在の山で、言ふ、に言い掛けた語とする。『八雲（ママ）御抄』（巻五名所部）に「いはせ。大和。後。伊勢哥」（拙蔵板本）とあり、久曽神氏『校本八雲御抄とその研究』には「後」を「後撰」に校訂しているから、後撰集と見て、さて後撰集の「磐瀬山谷の下水うち忍び人の見ぬ間は流れてぞ経る（五五八番）」は「磐瀬山」を詠みこむからこの歌を指すのであろう。但し作者は「よみ人しらず」である。多分、この歌の一首飛ばした前の歌（五五六番）に「伊勢」歌（いかでかく心ひとつをふたしへにうくもつらくもなして見すらん）があるので作者を錯誤したのであろう。契沖は『大和国地名類字』に「一、岩瀬森、平群神なびより六町」。『勝地通考目録』には「廿一代集所詠出之名所和歌国分目録」の「大和」の部に「岩瀬　高市」。『類字名所補翼鈔』（第二）には「磐瀬。森・河。大和高市郡」として、証歌の一つに「六帖、読人不知。我をのみいはせの山にこるなげきくやしと燃えぬ日ぞなかりける」を挙げている。後撰五五八番の「磐瀬山」は、「大和、現在の奈良県斑鳩《いかるが》にあったという山（木船重昭氏、後撰和歌集全釈）」と考えられている。宗祇の『名所方角抄』の「大和国分」には記載は無い。参考、「いハせ山。大和の名所也（かな傍注本）」・「岩瀬山、大和也（八代集抄）」。因みに、『歌枕名寄』では、当歌は、「畿内部八。大和国。神南備篇。岩瀬山」に掲出。歌意は、「このように、あなたを恋い焦れているということだけでも、人目を憚って言い伝える事ができず、丁度、岩瀬山の麓を流れ行く水が、草にかくされて人目に見られない如く、人知れず流れる、その流れのように涙を流しつつ泣かされている私です。あゝ、岩瀬山のいわでないが、言わせてほしい。」、の如き意で、後撰歌（五五八番）の「なかれてぞ経る〈流れ⇄泣かれ〉」や後拾遺六一五番長能歌の下句を利かしながら解するのが適当であろう。参考、「一首の意。いはせ山の下行水の草がくれたるがごとく、心にこめてかくおもふといふこゝろのほどを、えいはぬ也。三ノ句より下、序なり。序を下へめぐらしたるめづらし（尾張の家苞。大坪注。草かくれつつノ、かくヲ初句ノ斯くヲ導き出ス序ト考エタ注デ、少々強引ナ説ト思ウ）」。

五　斯くの如く……言ひ度きなり、と也「いはせ山」の「いは」に「言はむ」を掛けた施注。「斯く」が指示するのは「下行く水の草がくれつつ」で、具体的には、「岩瀬山の麓を流れ行く水が、その上を覆う草に隠されて見えないのと同じく、私のあなたに対する恋慕の情も、表面にあらわさずに、心の中に思っているだけで、他を憚って言い出せない」がその指示内容。磐斎は「頭書」で「逢ひたきと迄はなくとも、斯く思ふ体ばかりをだに、と也」と補説している。この場合でも「斯く思ふ体ばかり」の「斯く」の指示する内容は今述べた内容となろう。文意、「あなたに対する恋慕の情が、草の下に隠れて流れて行く水のように、表に見えないのだが、実は、こう思っているのだと言う事を、あなたに言い伝えたいのだ、と詠んでいるのだ」という意。

六　岩瀬山の下行く水の……となり　「下行く水の」の「の」は、「水が」で主格助詞。或は「の如く」と、下の用言「隠れ」に対して「……の属性として」の意に使われていると見ることもできる。文意、「岩瀬山の下麓を流れて行く水が（或イハ、水のように）、草に隠れつつ、他人に知られないようにして、私のこの忍び隠している恋慕の心を、あの人に言いたい、と詠んでいるのだ」。「人に知られぬ」の「人は」他の人。「人に言ひたき」の「人」は恋する相手の人。参考、「〈末句ノ草がくれつつトハ〉、つゝいるとあまりたり〈大坪注、草隠レツツ日ヲ過シテイルトイウ心ヲ余情トシテ含マセテイル〉。いわんとすれども、草がくれ行水のごとくいつまでもいると云也（かな傍注本）」・「かく思ふといふ事をだにいはで、草の下水の隠《かくれ》し如《ごとし》との心也（八代集抄）」。

七　草隠れつゝ、言はで胸に騒ぎてある程に、と也

文意は「末句の草隠れつつとは、心の丈《たけ》を告げずに胸に納めようとしながらも、平静さを失って暮す状態であるので、という意である」ということ。

八　斯くとだにとは、……と也　文意、「初句の斯くとだにとは、あなたに逢いたいと言う程度にまでは、よしんば心の進展はなくとも、草がくれて流れ行く水が、上面からは見えなくても激しく流れているように、私は心の中で激しく思っているという様子だけでもあなたに伝えたい、という事を表現しているのだ」の意。

〔一〇八九〕（一四頁）

一　殷富門院大輔　磐斎は七三番歌で作者の略譜を述べている。又七九〇番歌頭注二にも既述。「殷富」を「インプク」と訓むのは岩波新大系の「人名索引」での別訓。普通には「インブ」と訓まれているが、「インプク」は『拾芥《フク》抄』（中巻宮城部第十九の門号起事）の「インフ」に拠るのであろうか。女院〈ニョイン・ニョウイン〉の称号には、院と門院の両称があり、東三条院・上東門院より東京極院・新朔平門院・新待賢門院まで、すべてが『国史大事典』（吉川弘文館）の「にょういん」の項に載る。又『殷富門院大輔』の家集と伝記については、森本元子氏の『私家集の研究』に詳論がある。その中で大輔の出自について『百人一首』関連の研究書や注釈書では、信成女とする説が多く、「在良女説を積極的に支持したものは見あたらない（同上書三二四頁）」とされているが『増抄』（七三番歌）では「在良孫」としており注目される。『八代集抄』の「千載集」（七四〇番歌）で季吟は「従五位上信成女」と記すが烏丸光栄所伝本新古今集七三番歌の作者勘物には「式部大輔菅原在良孫」とあり、磐斎説と一致する。森本氏はこれらにより、在良の子女と信成との間に出生したのが大輔とされ、岩波新大系も、「信成の女、母は在良の女」とされている。つまり「大輔」は、信成を父とし、在良の娘を母とし、在良を祖父とするのである。在良大輔を「在良女」と同一人物と見る石田氏『全註解』の「作者小伝」や岩波旧大系『歌論集・能楽論集』の「無名抄」の頭注（七六頁）は、在良と大輔の年齢の関係で無理となる（森本氏同上書三二六頁）。なお、異名は「千首大輔」と呼ばれ〈歌ノ多作ノタメ〉、建久三年に出家。（岩波刊国書人名辞典）。

二　洩らさばや思ふ心を然てのみや得ぞ山城の井手の柵ミ　管見二十四伝本による校異。第三句「さてのみや」は、御室本と柳瀬本の校異に見えるだけで他本は異なる。多くは「さてのみは」（小宮本・為相筆本・東大国文研究室本・鷹司本・前田家本・冷泉家文永本・烏丸光栄所伝本・同書写本・公夏筆本・親元筆本・春日博士蔵二十一代集本・正保四年板本〈明暦元年板モ〉・承応三年板本・正徳三年板本・延宝二年板本〈文化元年補刻本モ〉・寛政六年板本・刊年不明板本・刊年不明二十一代集板本の二十本〉。柳瀬本は「さてのみは《やィ》」と、は字の右に「やィ」。為氏筆本は「いはせやま」で、前歌一〇八八番の残照的表記。高野山伝来本は「まてのみは」とあるが「さ」と「ま」の草体類字による誤写のおそれがある。次の第四句の「えぞ」は武田博士蔵大夫阿闍梨本は「えて」〈岩波旧大系校異ニヨル〉。なお『かな傍注本』は、歌句の末句を「井手の白浪」とするが、施注では「井手のしがらミ」とあるから、引用ミスであろう。当歌の出典は未詳で、契沖の『書入れ』にも注記は無い。現存の『殷富門院大輔集』〈書

陵部蔵五〇一／一三七架番・三手文庫蔵辰二六八架番〉に見えず、『殷富門院大輔百首』（続群書類従第三十七輯所収）にも見えない。烏丸光栄所伝本の撰者名注記によれば、「一・三・四」の記号があり、これは総巻頭歌「みよし野は」の「二定・三隆・四雅」と考え合せて、定家・家隆・雅経の三人の撰進歌である。定家の『二四代集』にも採入されているので、定家の目に適う歌であったらしい。多分第四句の「えぞやまじ」の掛詞技巧などが買われたのであろう。他出は『二四代集・二四代和歌集・八代知顕抄』に見え、題詞は「恋の哥とてよみ侍ける」。歌句は『八代知顕抄』は第三句「さてのみや」と増抄引用に一致するが、他二書は「さてのみは」である。この他『女房三十六人歌合』〈大坪注、一人三首本（志賀須賀文庫歌僊部類本・同文庫群玉叢本・内閣文庫蔵本）ト、一人一首本（寛文元年板続女歌仙）ノ二種アリ〉に第三句「さてのみは」で採入。又『練玉和歌抄』（巻七恋歌上）にも第三句「さてのみは」で採入され、『短歌撰格』にも二個所でみえる。その一は、一〇八六・一〇八七番で引用した個所で「もらさばや□おもふところを□さてのみは／えぞやましろの□ゐでのしがらみ」と下より反転して初句切れの格調説明の所。その二は、「もらさばやおもふこころをさてのみはえぞやましろのゐでのしがらみ」と「下実」を説明した所。「実」は「虚・実」の「実」で、下句に「実」があるという説明。実とは、時候・処位・事芸・物形など実際に観察される事物。虚とは虚語の意で、体なく、形容なく、目に見えず、指にもささされざるただの言葉だという。この他『歌枕名寄』（巻三、畿内部山城国雑篇井手）に第三句「さのみやは」の形で掲出。さて当歌の本歌として、岩波新大系は、「玉藻苅　井堤乃四賀良美　薄可毛　恋乃余杼女留　吾情可聞（万葉巻十一。二七二一番。作者未詳歌群の歌）」をあげている。これを受けて、角川文庫新古今も「玉藻刈る井堤《ゐで》のしがらみ薄みかも恋の淀める我《あ》が心かも〈西本願寺訓ハ第三句　ウスキカモ〉」と、新たに「さてのみはやまじと思へ枝をさへ折り枯らしてぞ井手の山吹（和泉式部集）」を、参考歌として示している。私も当歌を解釈する参考に、この両歌は都合がよいと思う。当歌は「洩らす」と「しがらみ」の縁語、「さてのみ得《え》已《や》まじ」と「えぞ山城」の掛詞、末句から初句へ反転の技巧が、取り柄であろう。歌意は「忍ぶ心を其儘《そのまま》忍びてばかりはえやまじなれば、井手の柵の〈薄キニヨリ〉水洩るゝやうに漏らさんとなり（標註参考）」のごとき意であろう。

三　洩らさばやとは……洩らさばやなり　「増抄（云）」は、当歌の各句順の解説。大意、「初句の洩らさばやとは、わが恋慕の情は、胸中に、いくら押し忍ばせていようと思っても、所詮は忍びきらせることはできないと思うので、いっそのこと相手に洩らし伝えたい、という意だ」。「ばや」は、希望の終助詞。「思ふ心を洩らさばや」と第二句から初句へ反る格。反転して初句へ反り初句切れに詠む歌格については『短歌撰格』に詳しく説かれ、当歌もその例歌として採用されている。ただし、第二句から初句へ反ると見るか、末句から初句へ反るとみるか両説がある。久保田氏『全評釈』は「〈思ふ心をもらさばや〉を、倒置していった」と第二句から初句への反転とし、『八代集抄』は「〈さてのみは〉とは、其まゝ忍びて斗《ばかり》はえやまじなれば、井堤の柵の水もるるやうに、もらさんとなるべし」と末句からの反転と解している。『短歌撰格』も各句の断接を示す記号（□□等）からも、「初句よりいひ切て、第二句の七言より第三句の五言にうくる時は、五句の運び皆がら顛倒になれるをや、されば、此初句絶も、上つ代のうたにありとあらゆるもの、中に、一首も見えたる事なし」という説明からも、『八代集抄』の見解と同じであろう。参考、「しのぶとていはでやまんよりは、もらさばやと云心也（十代抜書・吉田幸一氏旧蔵本註・高松宮本註・高松重季本註）」。

四　思ふ心を然て而已や……忍びて而已や也　文意、「第二第三句の、思ふ心を然てのみやとは、恋慕の情をわが胸中に忍びこらえようと努力しても、ついつい思いがこみ上って外へ出てきそうになって、こらえてばかりしておられようかおられない、という意だ」。参考、「〈さてのみはトハ〉忍びてのミ也。思ふ心ハいかに忍ぶともくるしきほどに、もらしいわんと也。いわずニさてのミ也（かな傍注本）」。

五　えぞ山城とは、得已むまじきと也　文意、「第四句のえぞ山城とは、得已むまじきと、やまじと山城とを掛詞にした表現で、済まし得る事ができようか、出来はすまじき、という意だ」。

六　井手の柵ミとは……洩らし知らせばや、となり　末句の分析《せき》的説明。

七　井手は里也　「ゐで」は、井手・井出・井堤等と表記される山城国の地名。拙蔵板本〈清水宗川朱書校合書入れ〉『八雲御抄』（名所部・里）に「ゐてのさと。同〈配列上カラハ、大和国ヲサス〉。大和有。又有山城歟。如何」とある。当歌は「えぞ山城の井手」とあるので、山城国の所属とみておきたい。又、『八雲御抄』

〈名所部・川〉に「井ての。山〈山城国ヲサス〉。新。匡房。井ての玉川とも」とあるので、山城国とみてよいが、現存新古今集に匡房の詠んだ「井で」の歌は見当らない。宗祇の『名所方角抄』にも「井で」は、大和国分・山城国分ともに記載はない。『類字名所和歌集』（第四）は、井手を山城とし、当歌も引用してある。

八　井でとは、田へ水を堰き入るゝを云う也『岩波古語辞典』に、「田へ水をひくために、川の水をせきとめた所」とし、「伊香保ろの八尺《やさか》の堰《ゐで》に立つ虹《のじ》の顕《あろ》はろまでもさ寝《ね》をさ寝《ね》てば（万葉巻十四、三四一四番）」を例歌にあげてある。参考、「井手とは万葉には井堤とかきたり。川などをせきたるをいふ也（奥義抄。古歌万葉集四一番やましろの井手の玉水手にくみてたのみしかひもなき世なりけり人めづゝみなどいふは、そへたる也。井でと云は井堤とかけり。ひきなるつゞみなり〈高歌注・色葉和難集、ゐ項同上歌注）」・「堤。サノ低イ堤ノ意〈八雲御抄枝葉部　地儀〉」。磐斎は「井手は里」、「ゐでとは、田へ水を堰き入るゝを云ふ」と注して地名の場合と普通名詞の場合と、両方を説明して非常に啓蒙精神に富んでいる説明をしたのである。『日葡辞書』では、「旱魃の時に田に灌漑するために、小川に設けた堰《せき》」とし、「井手を堰く（イデヲセク）。この堰をつくる」の用例を示してある。「えやまじ→山城」の巧妙な掛詞に魅惑されて、「ゐで」を地名で解しがちになるが、「ゐで」を普通名詞で解する事で、低い堤と薄い柵から洩れ易いとの意がこめられている事を見のがすべきではないだろう。

九　しがらミは……知らせばや、となり
「しがらみ」は、流れる水を塞《せ》くため、杭を打ち渡して竹や木の枝を横にからませた人工の構築物。物をからませる事を「しがらむ（動詞）」というが、その名詞形。「井溝」の「井」は水を汲み取る所、「溝《くぼ》」は水を流すために地面に細長く掘った凹み。従って「井溝」は、泉や川や井戸から水を流すために作られた構築物を言うことになる。文意、「柵は、流れを塞きとめて水を湛えるために、そう言うのだが、その柵を井溝の意に応用してそれに適合するように使ったのであって、水が、塞き止める為に作ってある柵から洩れて井溝へ流れ出すように、自分の胸に塞き湛えてあった恋慕の情が、胸中より余り溢れて、流れ出しそうになる事を、相手に洩らし知らせたい、と表現した歌なのだ」。参考、「井手のしがらミハよく水せく物なれども、いわんと也〈注、井手ノ柵ハ水ヲ塞キトメルモノデハアルガ、ソノ隙間カラ水ハ洩レ出ルモノダカラ、ソノ洩レル水ノ如ク自分ノ思イモ洩ラシテ相手ニ言オウ、トイウノダ〉（かな傍注本）」・「水もしがらみにせきとゞめられ深くなる也。かく深き思ひをも人にもらして身をやすめたきよし也。わが心中をもらさず、此儘《このまま》にてはえやみがたきよし也〈得已ミ難キ由也〉（抄出聞書）」・「〈美濃〉めでたし。四の句、已《や》まじといふにはぞ文字《もじ》手尓乎波《てにをは》叶《かな》はぬやうなれど、これは山城へいひかけたるなれば、難ならじ。〈尾張〉えぞやまぬといふ事を、やまと計《ばかり》かゝりて、ぬといふ文字《もじ》を省きて山城へ転じてつゞけたり。し文字《もじ》までかけてはみるべからず。かくのごとき秀句一もじにかゝり二もじにかゝる事もあれども、猶二もじいひかゝりて、三もじより転ずる、歌の通例也。〈美濃〉えもといひては、よわし。〈尾張〉此義にあらず。えぞやまぬと自決したる義なり。一首の意は、恋しうおもふ心を、かくいはでのみは、えやまぬほどに、おもふ人にもらさばやといふ義也。（両家苞）」・「心ニ思フコトヲセキトメテ是マデ口ニ出シテ言ヌガ、カウ心ニ思フテバカリハ、エサヤメマイ、モウハモラシタイモノヂヤ〈美濃引用省〉初句、結句の下につけて心得べし、四の句ぞもじ、いひかけにて、むすびていひながしたる也（新古今集渚の玉）」。

〔一〇九〇〕（一五頁）

一　忍ぶ恋の心を
管見新古今伝本二十四本、すべてこの題詞であるが、「忍ぶ恋」の表記を「忍恋」とするものが殆んどで（鷹司本・冷泉家文永本・烏丸光栄所伝本・同書写本・柳瀬本・為氏筆本・為相筆本・高野山伝来本・前田家本・東大国文研究室本・正保四年板本〈明暦元年板本モ〉・承応三年板本・延宝二年板本〈文化元年補刻本モ〉・寛政六年板本・刊年不明板本・刊年不明二十一代集本・正徳三年板本・春日博士蔵二十一代集本）、「忍ブ恋」が小宮本・宗鑑筆本・公夏筆本。「忍ブル恋」が親元筆本。このような表記の差異は気にしない方がよいのかも知れない。為氏筆本等でも「忍ブ恋」（一〇八六・一〇八七・一〇九〇・一〇九三・一〇九四・一一〇二番等）で統一表記の如くであるが「忍ぶる恋」（一一一一番）の如き場合もある。当歌は『後葉《ごえふ》和歌集』（巻十一、恋一）に「忍恋のこころを／近衛院御製／恋しともいはゞ心のゆくべきにくるしや人めつつむおもひは」〈新編国家大観、簗瀬一雄氏翻刻本文ニヨル〉として採入。久保田氏は『新古今和歌集』（桜楓社テキスト版、昭和五一年発行）の頭注で、「後葉集恋一。詞書、忍ぶる恋の心をよませたまひける」として群書類従本翻刻による出典指摘をされたが、『全評釈』（昭和五二年発行）では出典未詳とされ、角川文庫版『新古今和歌集』（平成十九年発行）では、再び「後葉集・恋一に載る」とされた。現行他注釈は出典の指摘はみられないが岩波新大系（平成四年発行）には指摘がある。『後葉和歌集』は、別の同名異書〈中世私撰集。入集歌人カラ見テ、室町初期成立〉があるが、上述のは、大原三寂の一人寂超俗名藤原為経の私撰集で平安後期久寿年間成立、詞花集に対する不満から、詞花集を難じて撰んだとみられている。『後葉集』が当歌の出典とみてよいであろう。この外の他出は、管見では見出していない。契沖の「書入」本にも指摘はない。

二　近衛院御哥

管見二十四本すべてこの作者名表記で異形はない。「御哥」は「みうた」或は「おほんうた」と訓む。『八雲御抄』の「作法部、撰集」の「御製書様」に書式の説明があり、「古今光孝已上書レ名。後撰には延喜御製、あめのみかとの御製なとかけり。当帝をは御製、又今上御製とも。拾遺以後皆延喜御製・天暦御製なと也。後拾遺にハ只御製〈白河御歌〉、新古今にハ御哥とあり。是上皇令レ書給御詞なれはなるへし」、「院号」にも「後撰法皇御製・陽成院御製と書。拾遺円融院御製と書。其後皆其院（ママ）と書。新古今にハ御哥とあり。又上東門院・陽明門院とかく。小一条院も後拾遺詞花共に不レ書二御製字一、不レ経二登極一唯院号故也」（以上拙蔵板本。ママの部分は、久曽神氏板本には、其院御製、とあり）の説明がある。新古今では、この指摘どおりで天皇も院もすべて「御哥」で「御製」ではない。即ち、「天皇」は、仁徳（七〇七）・元明（八九六）・聖武（八九七）・光孝（三四九）。「院」は、崇徳（七一）・白河（一九〇六）・後白河（一四六）・高倉（二七五）・近衛（一〇九〇）・冷泉（一五七三）・後冷泉（一六〇五）・朱雀（一二四八）・後朱雀（一二五〇）・三条（三八二）・後三条（八七七）・一条（七七九）・円隔（三八一）・堀河（三八三）・花山（四九〇）・鳥羽（一二二一）。他に年号等称呼は、天暦（一六四）・延喜（一八九）・亭子院（一〇一九）。この二十三方《かた》はすべて「御哥」が名の後に付く。天暦は、村上天皇、延喜は醍醐天皇、亭子院は宇多天皇（宇多院）である事は申す迄もない。

参考、「近衛院。諱体仁《なりひと》。鳥羽帝御子（勅撰作者部類）」。二十一代集では、千載集初出で一首〈九九七番デ近衛院御製トアル、千載集ハ天皇・院等ニハ御製ヲ下ニツケル〉・続古今一首〈六三〇番デ近衛院御歌。続古今は御歌ヲ下ニツケル〉・玉葉集一首〈二三一三番デ近衛院御製ヲ下ニツケル〉の、新古今当歌を合せて計四首の勅撰採入。「第七十六代。近衛院。諱は躰仁。鳥羽第八の子。御母は皇后藤原得子〈美福門院と申〉。贈左大臣長実の女なり。〈永治元〉辛酉のとし即位。壬戌に改元〈庚治（イ建治）〉。天下を治め給ふ事十四年。十七歳にて世をはやくしましく〳〵き（神皇正統記）」・「近衛天皇。〈前略〉保延五年己未五月十八日丁酉、酉時降誕。同七月十六日甲午為親王。八月十七日甲子立為太子。一歳。永治元年十月廿六日御着袴。年三。十二月七日辛未受禪。廿七日辛卯即位。〈大坪注、父鳥羽院が寵妃美福門院得子所生ノ躰仁親王ヲ即位サセルタメ、崇徳天皇ニ譲位セシメタ〉……〈中略〉……久寿二年七月廿三日戊辰崩于近衛皇居。十七歳。廿七日壬申奉号近衛院。同八月一日丙子奉葬船岡。妻后、藤多子、十一歳。同里子、九条院。〈皇代記〉」。なお『皇年代略記』の「近衛院」より注目記事を抜書すれば「三歳幼主始ナリ」「崇徳雖二皇子坐一、依二上皇御気色一立之」等が見られる。『保元物語』（金刀比羅宮本）の後白河即位の件りに「是に依て〈近衛即位ニヨッテ〉、一院〈鳥羽〉新院〈崇徳〉父子御中互に御不快にならせ給ふ」等と見え、『愚管抄』に「此御時〈近衛院崩御ノ時〉鳥羽院ノ御沙汰ニテ、宇治左大臣頼長公内覧宣旨ナド云事出キテ、大乱逆キザシテケルニヤ、此後ノ事ドモ細カニ別帖ニ在リ（巻二近衛）」トカ「世ヲシロシメス太上天皇〈白河院〉ト摂籙の臣ノヲヤノサキノ関白殿〈藤原忠実〉トモニアニ〈忠通〉ヲニクミテ、ヲト〈頼長〉ヲカタヒキ給テ〈贔屓シテ〉、カヽル世中ノ最大事ヲオコナハレケルガ、世ノスヱノカクナルベキ時運ニツクリアハセテケレバ（巻四、岩波旧大系二一六頁）」とかの記事が見られ、日本国が内乱に巻きこまれて、以後王朝の衰える遠因になった事が記されている。

三　恋しとも言はゞ心のゆくべきに苦しや人目包む思ひは

管見二十四伝本では、末句が、為氏筆本に「つゝむとおもへは」とある。烏丸光栄所伝本は「つゝ・おもひは」で、書き落した「む」を右ニ傍書。他本には異形はない。出典は『後葉集』で頭注一で既述、歌形も同一。当歌の「人目包む」の措辞は、万葉一五四六番「妹許《がり》と我が行く道の河のあれば人目包むと夜ぞ更けにける」の如く、河〈連歌用語デハ水辺《すいへん》ノ詞〉に関連して、「これは包→堤」に寄せ、縁語関係の表現技巧と見得る。これは「思へども人目堤の高ければ川と見ながらえこそ渡らね（古今六五九番）」・「瀧つ瀬の早き心を何しかも人目堤の塞きとゞむらん（同六六〇番）」・「流れての名にぞ立ちぬる涙川人目包みを堰きしあへねば（金葉三九九番）」のように歌われ続けてきた技巧で他に用例も多い。〈連歌デハ、川・堤ハ水辺。『連歌新式』デハ瀧ハ山類ダガ、瀧津瀬ハ非山類。『連理秘抄』デハ水辺。涙川ハ非水辺ダガ、名所《などころ》ニ仕立テタ場合ハ水辺デ、金葉歌モ伊勢国ノ名所トモ見ラレル〉。最近著の角川文庫版で久保田氏は「現《うつつ》にはさもこそあらめ夢にさへ人目つつむと見るがわびしさ（小町集）」を「人目つつむ」の参考歌に示しておられる。但し、醍醐本小町集は下句「人めをもるとみるぞすくなき」とあって参考にはならない。「恋しとも」の「とも」は、「……トデモ」の意の語の助詞と見て、「恋しいとでもいえば（久保田氏全評釈・石田氏全註解）」の如く解する説と、「と」と「も」の二語と見た上「も」を詠嘆と見て、「恋しいと一言口に出していえば（岩波新大系・尾上氏評釈）」の如く解する説がある。「恋し」の告げ方を、軽く簡単に口に出してしまうか、重く熱意をこめて言うかの違いで、どちらが胸中の煩悶を吐き出し晴らし得るか、当歌の鑑賞如何に懸かるであろう。「心のゆく」は、「水の〈ゆく〉を踏まえた修辞（岩波新大系）」と指摘があるが、上述の「水辺」語の用例から見て適切な指摘で、当歌に明白な「水辺」語がなくても、「水」に関連させた縁語仕立の歌と見てよいと思う。

四　君に逢ふ事……する故、となりこの「増抄云」は当歌の歌意説明。文意、「そなたに契りを結ぶ事こそ無くても、せめて恋しいと一言だけでも声をかける事さえできれば、この胸の煩悶も晴らす事が出来るだろうが、それが叶わず、切なさで胸の苦しさが溢れ、それを塞《せ》きとめる事ができないで暮らしているが、他人の目を包み憚るが故に、ああ恋しいとも、世間に対しては言う事が出来ずにいるのだ。言えば恋人が私を咎める事態になるかも知れず、それを心配して言い出せないでいるのだ、と詠んだ歌なのだ」。参考、「その人に恋しとばかりいひたりとも心満足せんに、をしこめてけるはくるしと也。心のゆくとは満足せんといふ心也（新古今集之内哥少々）」・「心の行とはなぐむ《（ママ）》也〈なごむ・なぐさむノ誤記カ〉。こひしといはゞ、心のはれ行事もあらんずれども、忍び人めつゝめバ、いわん事いかゞあらんといひのこされたり（かな傍注本）」・「心の行べきには、心のなぐさむべきに也。打出て恋しきともいはゞ、心のなぐさまうずるに、つゝむはくるしきと也（新古今私抄）」・「心のゆくは、鬱《ウツ》気の散ずるやうの心也。恋しともえいはで鬱《ウツ》するがくるしきとの御歌也（八代集抄・学習院大学本・注釈モ略同文）」。

五　恋しきとだに……心細き恋成べし
文意、「恋する相手に、多くは言わず、ただあなたが恋しい、とだけでも告げて、それで自分の胸中の苦しさを慰めたいと詠じている事は、まことに、頼りなく不安に満ちた恋の故であろう」。作者の、幼い初心《うぶ》な気持を推察した頭書。

〔一〇九二〕（一一六頁）
一　見れど逢ハぬ・〔ママ〕といふ心をよミ侍りける
管見二十四伝本は、すべて〔ママ〕の所に「恋〈或ハ、こひ〉」の語がある。『増抄』の誤脱であろう。ところで、この「見れど逢ハぬ恋」の部分も伝本による相異が目立つ。先ず「見れど逢ハぬ恋」は、為氏筆本・為相筆本・小宮本・冷泉家文永本・烏丸光栄所伝本・同書写本・親元筆本・春日博士蔵二十一代集本・高野山伝来本・前田家本・正保四年板本〈明暦元年板本モ〉・延宝二年板本〈文化元年補刻本モ〉・承応三年板本・寛政六年板本・刊年不明板本・刊年不明二十一代集本・の十八本。「みてあはぬ恋」が鷹司本。「みたれどあハぬ恋」が正徳三年板本。「見れども逢はぬ恋」が公夏筆本。「見レドモ不ルレ逢ハ恋」が東大国文研究室本。「見不レ逢恋」が宗鑑筆本。「みれどあかぬこひ」が柳瀬本。又、当歌は新古今よりも以前には、『後葉和歌集』（巻十三、恋三）と『月詣和歌集』（第五、五月付恋中）とに見えるが、前者の題詞と作者は「だいしらず。よみ人しらず」であり、後者は「みれどもあはぬこひといふことを。花園左大臣」とある。両者を比べて『月詣集』を出典としておきたい。他出は管見未及。「見不逢恋」という題は、歌題を多く集録した『初学和歌式』・『和歌麓之塵』・『今古和歌うひまなび』・『和歌独習自在』などの手引書にも見出されず、古く「永久百首題」・「堀河百首題」・「六百番歌合」などにも見られない。新古今では近似の題に「遇ヒテ不ルレ遇恋」（一二二一番寂蓮歌）はあるが、この方は手引書などにも扱ってある。「見不逢恋」とは「目には見ても逢って契りを結ぶことのできない恋」（小学館『全集』頭注）」の如き意であろう。「遇不遇恋」とは「逢みし人のふたゝびあはぬなり」（和歌麓之塵・今古和歌うひまなび）の如き意で、内容上は異なるものである。

二　花園左大臣
管見二十四伝本、すべて「花園左大臣」の作者名表記。季吟の『八代集抄』の当歌作者勘物に「有仁公。輔仁親王子」とある。即ち、源有仁《ありひと》である。その略歴は、一〇二七番歌頭注二に既述した。

三　人しれぬ恋に我身は沈め共みるめにうくハ涙なりけり
初句、久曽神氏蔵御室本は「人しれず《ぬイ》」で、「ず」の右に「ぬイ」の校合がある〈岩波旧大系ニヨル〉。管見二十四伝本には歌句の異形はない。当歌の技巧は、「人―我（身）」・「沈む―浮く」の対語。「みるめ」に、「海松布《みるめ》」と「見る目」、「なみだ」に「波」の掛詞技巧。そして「沈む・浮く・海松布・波」の縁語、等の修辞技巧が認められ、又歌意も非常にわかり易く、素直な詠み方となっている。

四　沈むものと……仕立てたり
対語仕立による詠歌技巧の指摘である。「沈むもの」とは、恋に沈む我身、「浮くもの」とは他人の我を「身る目」が憂くて流す涙で、「憂く」に「浮く」を通わせた説明。参考、「泪はうかみ、身ハしづむと也（かな傍注本）」・「取り合せて」とは配合させて・組み合せて、の意。或は、「うく」に「憂く」を通わせなくても、恋人を「見る〈我ガ〉目」には、切なさ故に、すぐ涙が「浮き」出ると考えてもよく、季吟の『八代集抄』も「みるめにうくとは、逢ぬ物故、其人を見るに、泪の浮と也。沈に対して也」と述べている。

五　恋路には、身を沈むれバ……浮かびぬるとなり
「恋路」は、恋・恋の道、で切ないものである事が、恋の本意。歌では「泥〈こひぢ〉」に掛けて言う事が多く、泥〈どろ〉は、身（ソノ一部分ノ足ナド）を沈めさせる性質を持つ。文意、「恋の道は切ないのが本意であり、その故にともすれば我身を憂いの渕に沈めてしまいがちなものである。丁度泥〈こひぢ〉に足が沈むように。従って何事につけても、沈みがちである筈なのに、涙だけは別で、私の恋に流す涙は、恋人を見る私の目に、すぐに浮かび出てくる物である事よ、と詠んでいるのだ」の意。この施注の「浮く」は前引の季吟の説明とほぼ同じであると言えよう。次の「頭書」により、より明白となる。

六　君を見るにつけて、涙の落つる由なり
文意、「あなたを、みるめ〈見る目〉につけて、私はます〳〵切なくなってきて、思わず涙が湧き流れて、落ちる、という訳である」の意。この頭書は、「増抄云」の「涙ハ人を見る目に、やがて浮かびぬる、となり」を、もう一度説明し直したものであろう。

〔一〇九二〕（一七頁）

一　題しらず
管見二十四伝本、すべて「題しらず」。ところで「題詞」中に「忍恋」の詞が含まれるものと含まれぬものがあるものの、一〇八六番から一一〇〇番あたりまでは「忍恋」歌と認められよう。その中にあって、敢えて「題しらず」の題詞が付せられている事は、出典にも関連するのではないか。当歌の場合は、出典として『永久百首』〈別名、堀河次郎百首・堀河後度百首・七人百首〉と『続詞花和歌集』（巻十一恋上）を認め得るが、前者には「忍恋」題、後者には「題しらず」題が付せられているから、出典としては『続詞花集』を採る。〈一〇九一番ノ場合モ、後葉集ト月詣集ガ出典ト認メ得ルガ、新古今ノ題詞ト作者名表記ハ、月詣集ニヨルモノト考エルベキト思ウ〉。但し、契沖『書入』本には、作者には「従三位、六条右大臣顕房子」、出典としては「次郎百首、忍恋」を示してある。

二　神祇伯顕仲
管見二十四伝本すべて同じ。現行注釈書の殆んどは「神祇伯」を「ジンギハク」とよんでいるが、『東野州聞書』の常光院口伝聞書によれば「ジンギノハク」と「ノ」を入れてよむのが古伝らしい。作者勘物は、「二首(一)。従三位。左大臣顕房男(一)。母肥後(ナシ)守定成女(二)」（鷹司本。烏丸光栄所伝本モ同文デアルガ括弧デ示シタ所ハ小異）と両本にある。顕房は契沖書入のように普通は「六条右大臣」とよばれ、勘物の左大臣は誤りであろう。母の「肥後守定成女」も「肥前守」の誤り歟。『尊卑分脈』（村上源氏、師房流）の「顕仲」には、「哥人、金葉以下作者。神祇伯。従三位。母肥前守藤原定成女。保延四(年)・三(月)・廿九(日)・薨」とある。「神祇伯」と冠付をする理由は、「兵衛佐《すけの》藤原顕仲」」との混同を避けるためで、「佐顕仲」に対して「神祇伯顕仲」と呼んだのである。「佐顕仲」は新古今九七二番歌作者で、その頭注三も参照せられたい。参考、「顕仲。従三位神祇伯。六條源右府〈顕房〉男。（勅撰作者部類）」・「顕仲卿為二判者一之時、以二我歌一皆為レ負〈中御門中納言歌合。（袋草紙下巻　判者骨法。大坪注、中御門中納言歌合ハ、保延元年八月播磨守家成歌合ノコトデ、顕仲ト基俊トノ両判デアッタラシイガ勝負等不明ト岩波新大系袋草紙ノ脚注ニアリ。ナオ、袋草紙ニハ、家成朝臣歌合、長承四年、判者基俊顕仲等也、トモアリ両人ノ他ニモ判者ハイタラシク八雲御抄モソウアル。又、同家歌合、保延元年判者基俊。トモアリ両判トシナイ）」・「金葉・詞花・続詞・千載、神祇伯従三位源顕仲卿。六条右大臣顕房二男（和歌色葉）」・「待賢門院堀河。顕仲卿女（同上）」・「上西門院兵衛。同女。堀河弟（同上）」・「神祇伯顕仲。源顕仲者、

六條右大臣顕房之子。母肥前守定成之女也。歴任、為刑部卿、康和四年七月叙従三位。十一月遷任左京大夫。保安三年兼神祇伯。保延四年三月廿九日〈或云四月三日〉薨、年七十五。承於祖風、和歌才超于時輩。金葉以下数代之集中、及堀川次郎百首和歌等、存于世。又吹笙之能、卓犖于一時矣。〈勅撰採入歌数ハ省略〉(二十一代集才子伝)」・「又、六条殿〈=顕房〉の御子に、顕仲の伯ときこえ給ふは、大納言〈=雅俊〉、中納言〈=国信〉などの兄にやおはしけむ。その母備後（ママ）の守さだなか〈大坪注、定仲・定長・貞仲・貞長ハ、備後守ト確認デキナイ〉の女ノ腹にやおはすらむ。歌詠み、笙の笛よく吹き給ひけり。〈中略〉その御子、淡路の守〈=仲房〉、宮内の大輔〈=忠季〉などきこえ給ひき。覚豪法印とて、法性寺殿〈=忠通〉の、仏の如くに頼ませ給へるおはしき。僧子もあまたおはするなるべし。女子は、堀河の君、兵衛督などきこえ侍りて、みな歌詠みにておはすときこえ給ひし、姉の君は、もとは前の斎院の六条と申しけるにや〈後略〉(今鏡。巻七村上の源氏・武蔵野の草)」。

三　物思ふといはぬ斗ハ忍ぶ共いかゞハすべき袖の雫を

管見二十四伝本では、柳瀬本が第三句「忍ぶ《べ（朱）》とも」と「ぶ」に「べ」の朱校合をしていて「忍べども」の形も示している。又、前田家本は末句を「そてのしつくハ」としている。他本は、増抄の歌形と同一。当歌の出典としては、『永久百首』(永久四年十二月廿日)の恋部に、題「忍恋」で「物おもふといはぬばかりはしのぶれどいかがはすべき袖のしづくを」が見え、又『続詞花和歌集』(巻十一、恋上)に、「題しらず」として「物思ふといはぬばかりは忍ぶともいかがはすべき袖の雫を」として見える。題と歌形から『続詞花集』を出典と見たい。他出は、『新時代不同歌合』(一首番本百四十七番左歌。三首番本四十九番左)に「物思ふといはぬばかりは忍ぶともいかにかせまし袖のしづくを」として見え、右歌は権中納言長方の「紀の国やゆらのみなとにひろふてふたまさかにだにあひみてしがな」である。又、『練玉和歌抄』(巻七、恋上)にも『増抄』引用と同形で採られている。当歌の技巧は末句の「袖の雫」が、涙の暗喩として使われている点であるが、『伊勢物語』(七五段)に、「涙にぞ濡れつつしぼる世の人のつらき心ハ袖の雫か」と見え、『貫之集』『続後撰集』にもこの歌が見える。古い歌語らしいが、法華経の五百弟子受記品の「衣裏・宝珠」等〈岩波文庫・法華経(中)、一一四頁~一二〇頁〉の連想などに影響された表現かも知れない。『源氏物語』(藤の裏葉)の夕霧の歌にも「咎むなよ忍びに絞る手にたゆみけふあらはるゝ袖の雫を」とあるが、紫明抄・河海抄・岷江入楚・源注余滴等の古い注釈書などにも「袖の雫」に関して特段の説明はなく、書名から推して説明のありそうな『詞源略注』にもなく、類書の『歌林樸樕』にもない。特に説明しなくても意味するところが明白の故であろう。ただ『日葡辞書』では、涙の暗喩としての「詩歌語」として「袖の滝」と「袖行く水」を拾い上げている。連歌学書『産衣《うぶぎぬ》』では「袖の雨」「袖の露」「袖の氷」「袖の水」「袖の時雨《しぐれ》」を取上げてある。当歌の歌意は「思ふところを堪忍していはざれども包み余る泪をいかゞせんとなり(参考標註)」の如きものであろう。「いはぬばかりは」の「ばかり」は、状態がどのようであるのか、の大凡《おおよそ》の限度を示す副助詞。あなたを恋うている事を、言うてしまおうか、いや今少しだけは我慢して言わずに置こうという、そのぎり〳〵の線までは、言わずに忍ぶとしても、の意。

四　君故に……となり

文意、「恋しい貴女がこの世に存在するが故に、私は、恋の物思いに悩むのだという事を、我慢して言わない筈にしているのだが、にもかかわらず恋しさ故に袖に落ちる涙の雫は、どうしても止める事ができない。どのようにしたら胸の恋情を隠すことができるだろうか、という歌意だ」。参考、「何事をも忍ぶなれども、袖の雫ハいかゞならんと也(かな傍注本)」・「思ふをいはまほしきは堪忍すとも、包み余る泪をいかゞせんと也(八代集抄・第三句ニ、しのべども、ノ校合傍書。学習院大学本新古今注釈)」。

〔一〇九三〕(一七頁)

二　清輔朝臣

管見伝本では作者名書式に、無姓と有姓の相違がある。無姓の「清輔朝臣」は、小宮本・為相筆本・鷹司本・公夏筆本・親元筆本・高野山伝来本・前田家本・正保四年板本〈明暦元年本モ〉・承応三年板本・延宝二年板本〈文化元年補刻本モ〉・正徳三年板本・寛政六年板本・刊年不明板本・刊年不明二十一代集板本の十六本。有姓の「藤原清輔朝臣」が、宗鑑筆本・東大国文研究室本・冷泉家文永本・為氏筆本の四本。又、「清輔朝臣」の右肩に朱書で「藤原イ」とあるのが烏丸光栄所伝本・同書写本の二本。「藤原清輔朝臣」として「藤原」を朱で消すのが柳瀬本。春日博士蔵二十一代集本翻刻の朝日古典全書は、翻刻方針に従い有姓である。清輔の経歴は、磐斎は三四番と七四三番に記し、五五八番頭注二で触れた。参考、「四位皇太后宮大進。左京大夫顕輔男。治承元年六月廿日卒(勅撰作者部類。因ミニ、井上宗雄氏ハ、天仁元年生トサレテイル。『研究と資料』五四輯同氏論文）」・「藤原清輔。清輔者、左京大夫顕輔之子。母能登守能遠之女也。任太皇太后宮大進、叙正四位下。相襲家風、和歌之精巧、当時絶倫也。応保二年三月聴昇殿。承安二年三月十九日、於宝荘厳院、行尚歯会、詠和歌、以開雅讌。其七叟者、敦頼・顕広・成仲・永範・頼政・清輔・維光、是也。治承元年六月廿日卒、年七十四（ママ）〈大坪注、七十没説モアリ、逆算スレバ、前記井上説ノ天仁元年生トナル。七十四没ナレバ長治元年トナル〉。清輔嘗撰続詞花集二十巻、然而不擬勅撰。其余、奥義抄・初学抄・一字鈔・袋雙紙・牧笛記等多布于世矣。〈勅撰採入歌数省略〉（二十一代集才子伝）」・「続詞・千載。大宮大進藤原清輔。顕輔息（和歌色葉）」・『奥義抄』（上・式）に「前和歌得業生柿下躬貫撰」、『袋草紙』（上）の「撰万葉集、或称大同朝、擬桓武時事」に「前和歌得業生山辺宿祢上」と自称。・「予〈＝清輔〉金葉詞花両度之撰、逢千載一遇、空過之、遺恨第一也。初幼少、後ハ撰進者之子息歌無入之例云々。大愁。曾祖父隆経朝臣後拾遺作者、将作又入之。故左京金葉集作者。四代之箕裘至予之時闕之。遺恨云々（袋草紙上）」・「詞花集ニ安藝がよめる、此度ばかりかなしきはなしと云歌、又予が歌也。一字も不違也。被用安藝歌継政業之跡、甚以難堪（同上）」・「予追先蹤叙位之時、故鳥羽院申文ニ副之歌、やへ〳〵の人だにのぼる位山老ぬる身にはくるしかりけり。是有募申事、四位に度々漏了。昆弟等ハ到四品無聴事思て所詠之。賢有御感、其後叙四品。〈中略〉、又新院御給〈大坪注、崇徳院ノ官爵売リ出シニ、買取リヲ願イ出ル事〉ヲ申ニ、度々漏しかば、十二月二十日比、事之次ニ奏聞する歌、位山まだき鶯人しれぬねのみなかれて治をまつかな。明年御給所給也。競望人有其数。而仰云、依優和歌、給清輔云々（袋草紙上）」・「風体さま〴〵なるにや。面白くも又さびたる事も侍り。たけたかきすぢやおくれ侍らむ。霧の絶間より秋の花いろいろに咲きみだれたらむを見わたしたるとや云ふべからむ（歌仙落書。清輔朝臣）」・「崇徳院に百首の歌、人〴〵に召しゝ時、各〴〵が述懐の歌は、皆短歌に詠みて奉れと仰せられて侍しかば、各〴〵短歌と書きてながうたを奉り侍にき。又俊頼朝臣の口伝にも、確かには申切らざるべし。それを清輔朝臣と申しゝ者の、奥義とか云ひて、髄脳とて書きて侍なる物には、ひとへに長きを短歌と定め書きて侍とかや（古来風体抄）」・「河社篠にをりはへ干す衣いかに干せばか七日干ざらん〈新古今一九一六番貫之歌〉。この貫之が歌を夏神楽の歌にてぞあらむとて、万葉集の篠の言葉をば、え心得ずして、篠を折りて棚に懸くなりと譜をも作りたるにや。それを万葉詳しく見たらむ者は疑ひ思ふべきを、ひとへに篠を折り延《は》への言葉に就きて、篠を折りて棚に作るなりと、清輔も書きて侍とかや。さて顕昭法師もそのまゝに申けるなるべし（古来風体抄）」・「清輔、させる事なけれども、さすがにふるめかしき事時々見ゆ。としへたる宇治の橋守ことゝはむ幾夜になりぬ水のみな上。これ体也（後鳥羽天皇御口伝）」・「清輔曰。匡房真名序もたゞ詞に任て書くだすといへり、まして仮名序はたゞ口にまかせて可誦之。云々（八雲御抄、巻一、序代）」・「清輔曰。発句は当座主君、若女房ヲ暫可レ相二待之。遅々時可レ詠歟（同上、連歌）」。「清輔曰。連歌不二云切一ハ凶、案レ之不レ可二必然一歟、云々。加レ之誠ニ毎レ度不レ可レ然。（同上）」・「同事の詞かはりたるは尤可レ為レ病。……山与峰、亭子院歌合勅判、山峯またがりたりと云々。山与高根、同事也（八雲御抄巻一）」・「題林百廿巻。清輔、歌合廿巻、会廿巻、百首廿巻、雑々廿巻（八雲御抄巻一、抄物等）」・「五家髄脳。新撰髄脳公任卿、能因歌枕、俊頼無名抄、綺語抄仲実、奥義抄四巻清輔。此外白女口伝、隆源口伝以下済々、近範兼童蒙抄、清輔初学抄、一字、俊成古来風体等、世皆以明鏡也。又忠岑、道済十体、公任卿九品等、抄物不可勝計也（同上）」・「囊《フクロ》草子九帖清輔。……牧笛記、難後葉集云々、清輔。今撰集、清輔。……（同上）」・「清輔云、撰集故実、時之大臣英雄公達ナドハ雖非秀逸可入。非重代非其人不可入。無雙歌人ハ勿論也。此故実ハ為レ集、尤無詮事也（八雲御抄作法部）」・「清輔依レ二条院仰一撰二続詞花集廿巻一、而崩御間不レ准二勅撰一也（同上）」・「清輔云、読人不知トハ有三様。一ハ不知。二ニハ雖知凡卑、三ニハ詞ナドノ有憚歌也（同上）」・「嘉応、菩提院入道〈＝基房〉宇治にて河水久澄といふ事を詠ませ侍りけるに、皆人歌を置きて後、やゝ久しく待ちけれども、清輔一人歌を出さず、座すみていかに〳〵と言ひけれども、余りに久しかりければ、さりとてはとて、草ながら取り出したりけるに、幾代になりぬ水のみなかみ、とはよめるなり。それも案じわづらへばこそ久しかりけめ。よき程にて出したらましかば、何の詮かあらむ。よく〳〵心得べき事なり（八雲御抄巻六用意部・耕雲口伝・清巌茶話ニモ引用アリ）」・「後葉集を難たる清輔の牧笛記・奥義抄・一字抄・類聚題林・初学抄・袋造（ママ）紙・今撰集・みな清輔のしわざ也（和歌色葉）」・「コノモカノモノ論事〈記事省略〉（長明無名抄・袖中抄ニモ見ユ）」・「勝命云、清輔朝臣歌ノ方ノ弘才ハ肩ヲ並ブル人ナシ。ヨモ見及バジト覚ユル事ヲワザト構へテ求メ出デテ尋ヌレバ、皆、元ヨリ沙汰シ古サレタル事ドモニテナム侍シガ、晴ノ歌詠マムトテハ、大事ハ如何ニモ古キ集ヲ見テコソト言ヒテ、万葉集ヲゾ見ラレ侍シ（同上）」・「俊成清輔、歌判スルニ、ミナ偏頗アル事〈記事省略〉（同上）」・「勝命云、仮名ニ物書ク事ハ、清輔イミジキ上手也。中ニテ初度ノ影供ノ日記、イトヲカシク書ケリ（同上）」・「昆陽ノ床寝〈記事省略〉（同上）」・「大納言経信卿・俊頼朝臣・左京大夫顕輔卿・清輔朝臣、近くは亡父卿〈＝俊成〉すなはち此の道をならひ侍りける基俊と申しける人、このともがら末の世のいやしき姿をはなれて、常に古き歌をこひねがへり（近代秀歌・井蛙抄巻一風体事ニモ引用）」・「詠字よむ様、説々多。亡父〈＝俊成〉之説、雖有説々、よめると読、可用之。清輔朝臣ながらむと読、不用他説。又説、ゐいざる、江師以之為宜云々。三説也。皆非失錯、其例互存。習一説、之以他処失礼（和歌秘抄）」・「近き代にも基俊・俊頼・顕輔・清輔・亡父卿などは、げにも古き姿をのみよまれけるにや（三五記鷺《ママ》本）」・「牧笛記。清輔朝臣記之、後葉集を破したり。／続詞花。清輔朝臣撰。／一字抄・初学抄・奥義抄・今撰集・袋造《ママ》紙・類聚題林・皆清輔朝臣撰（代集。大坪注、前引八雲御抄・和歌色葉等ニモ見ラレル）」・「此事〈誹諧と中体は利口也ヲサス〉、清輔奥義抄にくれ〳〵書て、心利口、詞利口、などくはしく書たる事也（井蛙抄、附桐火桶抄）」・「抑々近世及び当時の人にも、偶々博覧強識なるありて、世々の撰集人々の家集をも暗んずるばかりの人あれども、惜しいかな力を古書に用ふることなくして、その本を弁へざるが故に、定家卿を信ずること近世の学者の宋儒を信ずるが如し。こゝを以て中古も今も歌学明かならず。歴世の間、僅に清輔朝臣と顕昭法師とのみその詞の中に取るべきものあり〈中略〉近年に至りて、津の国大坂の僧契沖といふ者、万葉古今より始めて若干の歌書を釈す〈評、契沖の歌学における、神代より唯一人なり〉（国歌八論古学論。論ハ在満、評ハ宣長）」・「清輔朝臣於和歌、勤学博覧、異他。歌体又尤優也。然而父卿疎遠〈後略〉（僻案抄、後撰九一七番歌注）」。

三　人しれず苦しき物は忍山下這ふ葛の恨也けり

管見伝本では歌句の異形は無い。出典家集『清輔朝臣集』や『中古六歌仙』（薫集歌抄）も歌句同形。他出では『練玉和歌抄』（巻七、恋上）や『歌枕名寄』も歌句同形であるが、『二八要抄』は第二句「恋しき物は」とする（続群書類従翻刻ニヨル）。当歌との影響関係歌としては『夫木和歌抄』（巻廿五）に「人知れず苦しき物と知りぬれば名も恨めしき恋の浜かな。読人知らず」があり『懐中抄』よりの採歌としてある〈懐中抄ハ、同名異書ガアリ、特定未勘〉。当歌の本歌として岩波新大系は「忍ぶれば苦しきものを人知れず思ふてふこと誰にかたらむ（古今集恋一、読人しらず。五一九番歌）」を指摘し、角川ソフィア文庫は下句の参考歌として「小萩原下はふ葛もうら枯れて秋の形見に露も残らぬ（林葉集）」を挙げている。当歌の表現技巧は「忍山下這ふ葛の」が「恨也けり」の序詞で、「葛の」の「の」は「……の如き」の意。「苦しき」に「繰る」が掛詞となって、「葛」の縁語〈葛の蔓を繰る〉関係として繋がれ、葛の葉は風にひるがえって白い葉裏を見せるから「裏見―恨み」が掛けられ、「下」に「山麓の木蔭」と「自分の胸の下（胸中）」の意を持たせた技巧が施されてある。清輔評の「常に古き歌をこひねがひ」・「げにも古き姿をのみ詠まれ」たとする評言のぴったりとした、又、歌学者らしい作品である。

四　八雲御抄。しのぶ山。陸奥。伊勢物語　『八雲御抄』（巻五、名所部）の「山」からの引用。この「伊勢物語」とは、十五段の「しのぶ山しのびて通ふ道もがな人の心の奥も見るべく」を指すのであろう。他には、一段の「しのぶのみだれ」・「しのぶもぢずり」の関連もあろう〈八雲御抄ニハ、陸奥ノ、しのぶの杜・しのぶの里モ採録〉。参考、『増補歌枕秋の寝覚』（拙蔵明和八年板本）に「陸奥。しのぶ《忍》山〈――の山。一本信夫とも〉。多くのしのぶ心によそへて恋を読り。霞〈玉吟集〉・鶯〈建保百首〉・さくら〈玉吟集〉・岩つゝし〈建保百首〉・山なし〈夫抄抄〉・春雨〈建保百首〉・よぶこ鳥〈雪玉集〉・ほとゝきす〈千載〉・照射〈同上〉・葛〈しのぶ山下はふ―。新古今〉・雁〈建保百首〉・鹿〈新後撰〉・紅葉〈千載〉・落葉〈新古今〉・時雨〈千載〉・氷〈夫木抄〉・口なし〈現存六帖〉・松〈峯の―。夫木抄〉・さねかつら〈後拾遺〉・菅〈夫木抄〉・夕ゐる雲〈千載〉・谷水〈続古今〉・岩ねの枕〈新後撰〉・鷲〈夫木抄〉・鷹〈しのぶの―と続り。たか名物なり。続古今〉・峯〈新古今〉・山の下露〈続千載〉・奥〈しのふの―のかよひち。俊成家集〉・東のおくの〈忍ぶ山。新勅撰〉・しのふ山忍ひてかよふ道もかな人の心のおくも見るへく、なりひら。新勅撰〉」と、かなりの説明があり、新古今当歌も含まれている。

五　上ハ苦しきとハ……詮方なきとなり

文意、「外面上は、忍ぶ恋のつらさは、苦しそうには見えないが、内面的な苦しみは、どうしようもない、と歌っているのだ」。「恨み」は相手に我が恋心が伝わらないもどかしさで、しかも自分から切り出せない辛さである。参考、「忍ぶ恨みのくるしき事をかくよみ給へり（八代集抄・学習院大学本新古今注釈）」。

六　くるといふも……縁の詞なり
文意、「第二句の〈くるしき物は〉の〈くる〉という部分も、繰るの掛詞的表現で、つまり人知れずに、苦しき恋の物思いを繰り返し〳〵、繰るという事で、葛蔓《くずかずら》の蔓《つる》を手繰り寄せる如くに、思いを手繰り寄せるという事に縁《えん》のある言葉なのだ」。参考、「しのぶ山に、くず、付べき用哥也（十代抜書）」・「忍ほどくるしきハなし。くずのはハうらみかへるもの也。くずのえんニ云也（かな傍注本）」。

七　下這ふとは、……忍ぶに寄せたり
「下」を山の下、つまり麓とのみ見ないで、麓の草木の下、つまり草木の蔭《かげ》・草木に覆われて見えない所の意とみた施注。文意「第四句の〈下這ふ〉とは、草木の下の隠れた部分に、這うように伸びている葛の蔓という意である。〈忍山〉の〈忍ぶ〉に因縁づけた縁語である」の意。参考、「忍ふ山下はふ葛、皆忍ふ心也（八代集抄）」。

八　心の内に恨みのある体也
文意、「作者の心の中に、忍ぶ恋故に、外面にあらわせず、胸中に苦しい恋の思いを秘めて、悶々と暮す、そういう様体《ようだい》に仕立てた歌だ」。

〔一〇九四〕（一八頁）

一　和哥所哥合に、忍ぶ恋の心を
管見伝本では「忍ぶ恋」の表記に相違がある。単に「忍恋」の漢字二字が、前田家本・鷹司本・冷泉家文永本・烏丸光栄所伝本・同書写本・柳瀬本・為氏筆本・東大国文研究室本・春日博士蔵二十一代集本・高野山伝来本・承応三年板本・延宝二年板本〈文化元年補刻本モ〉・正徳三年板本・寛政六年板本・刊年不明板本の十六本。「シノブコヒ」と訓む本は、「忍ッ恋」と表記するのが小宮本・為相筆本、「しのぶ恋」が刊年不明二十一代集本、「忍ふこひ」が正保四年板本〈明暦元年板本モ〉で都合五本。「忍ブル恋」が宗鑑筆本・親元筆本の二本。公夏筆本は「和歌所哥合に、おなじ心を」の題詞で、前一〇九三番歌の「忍ブル恋の心を」を引継いだ表現。出典は雅経の家集『明日香井和歌集』（日本大学図書館蔵九一一・一四八・A・九三架番）の下巻に「影供歌合、同〈大坪注、建仁二年〉二月十日」とあるから、ここの「和歌所哥合」はこの「影供歌合」の事で、題「忍恋」で詠まれた歌とわかる。「影供《えいぐ》」とは、柿本人麿の影像を掲《かか》げて、供物《くもつ》をそなえて礼拝する儀式で、藤原顕季が、兼房の夢に感得した人麿像を用いて、元永元年六月十六日に行った儀式が始まりと言われている。その儀式の中で歌合が催されたもので、鎌倉期の「影供歌合」は七本程伝存している（『和歌大辞典』ニヨル）が、建仁二年二月十日の歌合の伝本は伝っておらず、家集などに断片的に見られるのみ〈後鳥羽院御集・如願法師集等〉。なお、『群書類従』や『未刊中世歌合集（上）』（古典文庫）に鎌倉期の影供歌合は所収されている。他出では、『二八要抄』に「和歌所の歌合におなじ心を、藤原雅経」とあり、一〇九三番歌と共に引用されてあるので、公夏筆本新古今集による引用の可能性が考えられる。『歌枕名寄』（巻廿七。東山部六、陸奥上、信夫）に、題「岑雲」。

二　雅経
この作者名表記も、有姓と無姓の両様がある。無姓「雅経」は、小宮本・為相筆本・前田家本・柳瀬本・高野山伝来本・正保四年板本〈明暦元年板本モ〉・承応三年板本・延宝二年板本〈文化元年補刻本モ〉・正徳三年板本・寛政六年板本・刊年不明板本・刊年不明二十一代集板本の十四本。有姓「藤原雅経」は、冷泉家文永本・為氏筆本・公夏筆本・鷹司本・宗鑑筆本・親元筆本・東大国文研究室本・春日博士蔵二十一代集本の八本。烏丸光栄所伝本と書写本は「藤原雅経」と有姓であるが右肩に「无《ム》姓字」と朱筆校合がある。『歌枕名寄』では「参議雅経」の作者名。雅経の略譜は、磐斎は七四番歌頭書に示しているが、校注では、九四〇番頭注一に既述した。

三　消えねたゞ忍ぶの山の嶺の雲かゝる心の跡も無きまで
管見二十四伝本での校異。第四句「かゝる心の」は、春日博士蔵二十一代集本では「かへる心の」とし「イかかる思」の校合があり、烏丸光栄所伝本と書写本には「かゝるおもひの」とあり「おもひ」をミセケチにし右に「こゝろ」と朱で校合。『参考標註新古今和歌集』（六合館明治二十六年初版）の歌句本文に「かゝる心《所イ》の」とするが、これは、承応三年板本・延宝二年板本〈文化元年補刻本モ〉・正徳三年板本に「かゝる所の」とあるのに拠ったものであろう。「こゝろ」と「ところ」は連綿体書法で類似しているが、漢字に直す事で誤写を避けさせようとした配慮が、異句の発生に繋がったのであろう。第五句は、小宮本に「あとのなきまて」。管見他伝本はすべて「跡も無きまで」であり、岩波旧大系校異によれば書陵部合点本・慶祐筆本・武田博士蔵大夫阿闍梨本・御室本・古活字本も「あともなきまで」。当歌は出典『明日香井和歌集』でも歌句「きえねたゝしのふのやまのみねの雲かゝるこゝろのあともなきまて」の形で出ており、他出では『二八要抄』・『歌枕名寄』・『自讃歌』（九州大学細川文庫蔵後西院宸筆本・歌学大系所収本・共ニ異本採入歌）で増抄と同形で出る。『自讃歌注』では、「孝範注」に第四句「かゝる思の」で採られ「太田本注」では第四句「かゝる便の」で採られているが、施注はない。『短歌撰格』は増抄引用と同形で採用。又、『新三十六人撰。正元二年』（新編国歌大観デノ名称。歌学大系デハ、新続三十六人撰ノ名称デ、ソノ十三番右十首ノ一首）に末句を「あとのなきまで」として出る。『練玉和歌抄』（巻七）では、第四句「かゝる思ひの」とある。さて、著者を藤原家隆に仮託した偽書の『和歌口伝抄』（拙蔵、和歌古語深秘抄、所収本、外箋二、家隆口伝、トアリ）には、歌句は、増抄引用と同形で、その注に「恋にハみねの雲うとき物なれども、かゝる心といはんため也。親句とはあながち縁な《（ママ）》る詞をもとめねどもおのづからより来る所を詠る也」と施《ほどこ》してあり、又『短歌撰格』には、「きえねたゞ□忍ふの山の□みねの雲かゝるこゝろの□跡もなきまで」の格調が示され、「初句よりいひ切て、第二句の七言より第三句の五言にうくる時は、五句の運び皆がら顚倒《サカサマ》になれるをや、されば此初句絶も、上つ代のうたにありとあらゆるものゝ中に、一首も見えたる事なし〈中略〉新古今にいたりて、はじめて上にいふまじき語を、上にすゑていひ切る事起りて、其歌数三百余首に及びたり。そも〳〵彼集のうたの心の巧にして、花々しかるはさるものから、今句格にとりては、かくしも古へに背けたりつるを、むかしよりかゝるすぢをさたする人もあらず〈後略〉」とその特異性が強調されている。当歌の表現技巧としては、この初句切を、さらに「ただ消えね」を倒置させて「消えねただ」とするのであって、定家の「散りねたゞあなうの花や咲くからに春を隔つる垣根なりけり（二見浦百首）」の初句に類するものである。「消えねただ」とは、綺麗サッパリ潔く消えて無くなってしまえ、ということで、「忍ぶの山の嶺の雲」に対しての呼びかけであるが、雲は、火葬の煙の上空に漂うを暗示し、それは自身の死体の火葬の煙を暗喩して、結局は自身は、潔く死滅してしまえ、と叫んでいるのである。消ゆ・雲・山・嶺と縁語を駆使し、「かゝる」が「(雲)懸かる」と「斯かる（心）」で、掛詞となり、そして「忍ぶの山の嶺の雲」が「かかる」を導く有意の序として機能させた構成をとった歌である。これは信夫の山に雲が懸かるのは、恋人を思ひながらも他見を憚って忍ぶわが姿さえ見せまいとする心を譬喩表現した技巧であろう。

四　消えねたゞハ……懸くる心也

文意、「初句の〈消えねたゞ〉とは、あなたを思うわが恋を、他に洩らさずこの身ひとりに抱えこんで、こらえ忍ぶ事は、とても苦しい事なので、いっそ潔くこの身も消え果てて死んでしまえと自身に命じているのだ。第四句の〈かゝる心〉の〈かかる〉は、君に思ひを懸けているのが心の意である」。磐斎の施注は、「かゝる」を掛詞とまでは見ていない。参考、「消ねたゞは身の事也。忍の山とは忍と云事也。嶺の雲はかゝる心といはむ為也。かゝる心《（ママ）》の跡もなきまでとは、のわが身消なば忍心の跡もみえじと也（自讃歌孝範注。大坪注、孝範注ノ歌句本文ノ第四句ハ、かゝる思の、トアルノニ、施注デハかゝる心の、ノ本文ニ拠ッテイル）」。「かゝる」を掛詞と見るのは『八代集抄』で、「人をこふる心の、けしきもなき迄思ひきえよ只《たゞ》、と也。忍ぶの山のみねの雲とは、かゝるといはんとて也。かやうに人こふる心のといふ事なるべし（八代集抄）」・「人ヲ恋ルモ無迄、思ヒ消ヨ只ト也。かやうに人恋ル心ノ跡もナキト也（学習院大学本新古今注釈）」

五　或説、心の跡も無きまでとハ……と希ふなり

「或説」の論者は未考であるが、『新古今集玉の渚』などは、この説を継承する。「心法」とは、心の修養鍛錬法で、仏教や儒教の用語として用いられているが、ここでは心の在り方とか信念とかの意であろう。具体的には、胸に焼きつけた恋心とでもいう意。『日葡辞書』には、「シンボウ（心法）。禅宗僧がいろいろに説いている語。仏法語」とある。「生ゝ未来際」は、何度も何度も生れ変わって、限りも無き未来に及ぶまで、の意。未来永劫の事。文意、「或説に、〈心の跡もなきまで〉とは、この身は死んで消えてしまっても、その胸に焼きついた恋心というものは、消え去らぬものである。この身は消えて、この現世には知られずに忘れ去られることはあるであろうが、その身の信念というか胸に焼きつけた恋心が残っている限り、未来永劫にわたって、あなたと縁を結んで、いつか又生れてきた時に、その恋の信念は再び顕われ出ることになりかねないから、私の身の死滅と共に、恋の執念も消滅して、今後あなたを恋い慕う

痕跡もないまで、きれいさっぱり無くなってほしいと、ねがう歌だ、と或説には説かれている」の意。「或説」は、結局、恋に苦しむわが身の消滅を願うだけでなく、根本原因の恋の執念も消滅してほしいと願うと見る説である。

六　君を思ふ心が残りては……消えねとなりこの「頭書」は、「増抄云」中の「或説」の要約である。「或説」の、〈心法〉〈生〻未来際〉などの仏教用語を、〈君を思ふ心・その種〉や〈何時迄物思ふ程〉などと、分り易く言い換えたのである。文意、「君を思う恋心が残っている限りは、いついつまでも恋の物思いがつきまとって消えないから、その元種《もとだね》の恋の執念も消え去れと、詠じているのだ」の意。参考、「あらわれてハせんもなし。雲のごとくきへてくれよと也。きへねと、雲をいわん為也（かな傍注本）」・「コノヤウニ心ニ忍ビテ物思ヒヲスレバ、執着ノ念モノコルデアラウガ、ナキアトニ執着ノ念モノコラヌマデニイツソノコト我身ハ死ネヨ。家づとに、初句きえねハ、死ねといふ意なるを、雲の縁にてきえねといへるなり。たゞハ、ひたふるにといふ意也といへり。初句、結句の下につけて意得べし。（新古今集渚の玉）」・「〈美濃〉めでたし。初句は、ひたぶるにおもひ死ねと、うちすてゝいふ詞にて、死ねを、雲の縁にてきえねとはいへるなり。さてかゝる所にいふたゞは、すべてひたぶるにといふ意にて、俗言にいっそのことにといふがごとし。かゝるは、かやうなるにて、忍びて思ふをいふ。〈尾張〉かゝるは雲の縁のことば也。〈美濃〉心の跡もなきまでとは、なき跡に、執着の念ものこらぬまでに、きえはてよなり。〈尾張〉跡もなき。雲の縁の詞なり。（両家苞）」。

〔一〇九五〕（一九頁）

二　左衛門督通光

管見新古今二十四伝本はすべてこれに同じ。通光の訓みは「ミチテル」と訓まれる事が多いが、『大日本史』では「ミチミツ」の傍訓が付され、『標註参考』・『講談社新註』も「ミチミツ」と訓んでいる。磐斎は二五番歌で通光の略譜を述べている。彼の官名を「左衛門督」とするのは、一二五・三五一・三七八・四一二・四三四・四九三・五一三・一〇九五・一一〇六・一二七五・一二八八・一五六四番歌。「権大納言」とするのは、一二五九・六五〇番で統一されておらず、また新古今伝本によっては、例えば公夏筆本は二五九番を左衛門督としているが六五〇番は権大納言とする如くで、伝本間でも統一は乱れている。『勅撰作者部類』では、後久我太政大臣で掲出し「後久我太政大臣。従一位通光公。土御門源通親男」とある。その勅撰入集の明細によれば、新古今で「右衛門督・権大納言」、新勅撰で「前内大臣」、続後撰集で「後久我太政大臣」、以降の各勅撰集でも続後撰に同じである。参考、「後久我太政大臣。源通光者、土御門内大臣通親之三男、大納言通具之弟也。母従三位則子、藤原範兼女也。文治（ママ）四年正月叙爵〈式子内親王給〉、建久元年除加賀守、遷任拾遺羽林、為三位中将。累加爵叙従二位、任権中納言、勅授帯劔。尋転権大納言。建保五年兼右近大将、承久元年拝内大臣、寛元四年十二月転任太政大臣、叙従一位。宝治二年正月十七日上表致仕、十八日薨、時六十二。号後久我相国。公承父兄之余薫、名於和歌。建保献百首、新古今以下、代々之撰者、皆採其詠藻。又僧頓阿選為六六歌仙矣〈以下勅撰入集歌数ハ省略〉（二十一代集才子伝）」・「新古今。万葉歌人入之。古今歌皆不入之。披露之後又被直官位。有相違事。所謂通光権大納言或左衛門督ナド也〈後略〉（八雲御抄、作法部、撰集）」・「六条内府〈＝有房〉被語云、歌よみにはみなつねに好詞あり。後久我相国〈＝通光〉は、なにやと云ことを、第一句にても第三句にてもこのみよまれけり〈注、なにやトハ、三嶋江や・武蔵野やナドノ類。第一句やハ、新古今二五・三七八・四九三・一五六二番・新勅撰、松島やわが身の方にやく塩の煙の末を問ふ人もがな等、第三句やハ、続千載ニ、水無瀬山夕かげ草の下露や秋行く鹿の涙なるらん、等ガアル〉。後鳥羽院勅定に、例の通光がやとおほせ事ありけり〈出典未考〉。千五百番歌合の時の御百首には、此相国被申（ママ）行て、端作、陪太上皇仙洞、といふ所を、平書にて書べしとて、みな其義にしたがふ。其後は此儀なし〈注、平書ハ、翻刻ニヨッテハ、並出・平出、トスルノモアル。尊敬スベキ人物名、行事ナドハ特別ニ改行シテ、前ノ行ノ高サニ揃エテ書ク様式〉（井蛙抄雑談）」・「惣じて定家には、有家雅経も、通具通光も及ぶべきことにあらず（清巌茶話）」。

三　限りあれば忍の山の麓にも落葉が上の露ぞ色づく

管見伝本による校異。初句春日博士蔵二十一代集本に「霧晴は」とあるが、「かきりあれは」が「きりはれは」と訓み誤られたのであろうか。第三句為氏筆本に「ふもとまて」とし「まて」の右に「にも」と傍書校合。第四句鷹司本に「おちはかうへに」とある。「落葉が上に」は、『参考校註』・旧国歌大観・自讃歌広島大学本注、等の本文にも見られる。併し管見した江戸期板本九本（正保四年・承応三年・明暦元年・延宝二年・正徳三年・寛政六年・文化元年・刊年不明本・刊年不明二十一代集本）はすべて「上の」である。当歌の技巧は、陸奥国の歌枕「信夫の山」に、忍ぶ恋を掛詞として暗示し、その恋に流す涙を「露」で表わし、「露ぞ色づく」で「落葉」が紅葉であることを、悟らせながら、紅涙を暗示するのである。全体として敍景歌をよそおいながら、忍恋を象徴化したのである。このような手法は、定家の文治三年皇后宮大輔百首の「恋ひ侘びぬ心の奥のしのぶ山露も時雨も色に見せじと（拾遺愚草上・続古今一〇〇〇番）」にも見られ、伊勢物語十五段や新勅撰九四四番の業平歌「しのぶ山忍びて通ふ道もがな人の心の奥も見るべく」を源としている。

四　ふもと落葉とハ、忍ぶ由なり

一〇九三番清輔歌頭注四に既引『増補歌枕秋の寝覚』にも示されたように、「落葉」は信夫山の関連語である。「麓」も「落葉」も共に傍目《はため》から見えにくい。麓は頂上や中腹に比べて外望上隠れて見えにくく、落葉も枝に着いていないから見えにくい。共に「忍ぶ」に相応《ふさわ》しい語であるから磐斎は斯く注している。文意、「当歌に用いられている、麓・落葉の語は、共に、外見からは見えにくいので、傍目《はため》を忍ぶ事に由故《ゆえよし》があるのである」。

五　古抄

この古抄は東常縁の原撰本注である。これを所載する諸書の校異を示せば、「名を持ちたる」が「名もちたる（私抄）」、「色づく事も」が「色づく事は（説林前抄・八代集抄・学習院大本新古今注釈）」、「限りあれバ」が「限りのあれば（略注・黒田家本・大坪本・内閣文庫蔵増補本聞書・無刊記本聞書・宝永八年板聞書）」、「色付く露」が「いろつき露（私抄）」、「理りぞと云ふ也」が「理り也と云也（説林前抄・略注）・ことはりそと也（八代集抄）」。なお『私抄』は「露ぞ色づくとハ、涙の事也。何事にも限りあるもの」の部分を脱落させた引用である。

六　忍ぶと云ふ名を……理りぞと云ふ也

文意、「陸奥国にある信夫山という山は、忍ぶという名を持っている山であるから、そこに生えている木々の葉は、秋が来ても、黄や紅に色づくことに耐え忍んで、色づく事も有ろう筈がないと思われるが、信夫山の麓に於てもやはり限界というものがあるから、その限界を超えると耐え忍び難くなり、葉も色づき、その葉に置く露の玉も色を映して黄や紅に見える事も有るよ、と詠じているのだ。〈それと同じように〉わが耐え忍んで傍目《はため》に隠している恋も、忍び得る限度を超えたならば、顔色に表われる事になるのも当然の道理であるぞ、と暗示的に述べているのだ」。忍恋の様相を叙景の様相を通して歌っている事の説明である。参考、「しのぶ山なれば、いろにいづる事もあるまじけれども、かぎりあればついにはいろにいづるなり。これをおもへば、わがしのぶこひもいろにこそいでめ、ゆだんせじと也（新古今抜書）」・「忍山なれば色に出事有まじけれども、其も限あれば終には色に出也。是を思へば我忍恋も色にこそ出め油断せじと也（新古今抜書抄）」・「忍ぶの山ならば露も色には出まじきが、色づく間、わが忍ぶとも色にや出うずらんと大事に思ふ心也（九代抄）」・「忍ぶといへども、かぎりあれば、必あらはる丶也。用心せよと也。さいふ〈然云《サイ》フ・細部〉までもいろづく、しのぶ心あり（九代集抄）」・「忍もかぎりあり。所の名忍ぶ山といへど、落ばいろづくなれバ、われ尤也と云（かな傍注本）」。

七　露ぞ色づくとハ……色に出づべしと也

文意、「末句の、露ぞ色づく、というのは、紅涙の暗喩表現である。何事にも限界というものがあるものであるから、忍ぶ恋を、どのように包み隠していても、一度は必ず顔色にあらわれる筈である、という意味を表わした句である」。参考、「しのぶ山の梢もかぎりあれば、色づきて落葉がうへに露と色づくとなり。いはんや、わが涙もなにとしのぶとも、ついにはあらはれんずれば、よく〳〵ようじんせよとなるべし（牧野文庫本聞書）」・「忍山の梢もかぎりあれば落葉がうへに露と色付と也。況、わが涙も忍とも終にはあらはれんずれば用心有べしと也（吉田幸一氏旧蔵本註・高松宮本註・高松重季本註）」・「忍ぶといふ山なれ共、露時雨のかぎりあれば、落葉も露も色に出る也。いはんや、わがこひぢもかぎりあら（ママ）ば、あらはれむ程によくようじんせよと也（都立中央図書館本、抄）」・「かぎりあればといへる五文字きどく也。我恋のあらはれたるを、くちおしくおもふに、すでにしのぶの山と名にたちたるさへ、おちばし、かぎりあれば色付しなり、とすこしおもひなぐさめたる心也（新古今集之内哥少々）」・「何事も限の有物なれば、つ丶むとも一度は色に出べしと也。色づくは涙の事也（後藤重郎氏蔵新古今和歌抄。常縁原撰注ノ後半部ノミ逆置シタ注デアル）」。

八　しのぶ山も限りありて……と也

文意「忍ぶという語を含み持つ信夫山でも、忍耐には限度があって、このように山も紅葉して色に出し、いつまでも平素の緑のままでいられないのと同じく、わが恋も、忍び通して持ちこたえきれないであろう、と詠んでいるのだ」。参考、「名にたちてしのぶといふ山なれ共、つゐには落葉の露、色にあらはる、也。わがしのぶ恋ぢも露顕せんかと、かなしむ也。油断せじと也（抄出聞書）」・「〈美濃〉めでたし。詞めでたし。初句は、忍ぶも、しのばる丶かぎりの有て、つひには忍びはてられぬ物なれば、といふ意にいへるなり。麓といへるは、落葉のよせにて、又忍ぶ山をはなれて、あらはれたる意をもこめたるべし。〈尾張〉ふもとに義はなし。た丶梺《フモト》にて恋の方にはさせる用なき詞也。〈美濃〉さて梢の紅葉にても、おなじことなるべきに、落葉といへるは、程をへてはてにはといふ意なり。〈尾張〉これは此心なるべし。〈美濃〉又落葉とのみにてもたりぬべきに、露をいへるは、涙の色の、つひには紅になれるよしにて、涙の色のかはらぬほどは、しのぶれども、紅になりては、え忍びあへぬ意なり。詞ごとに其意よくかなひて、露ばかりもいたづらなることのまじらぬ歌なり。すべて歌は、かやうにいたづらなる詞をまじへず、一もじといへどもよしあるやうによむべきわざぞかし。〈尾張〉一首の意は、物には際限がある物で、下のおもひを、人にかくし、しのばうとするうちに、果には袖の上の露の色がくれなゐにかはりたりと也（両家苞）」・「カクスニモカクス限リガ有ツテ、ツヒニハ忍ビアフセラレヌ物ナレバ、涙ノ色ノカハラヌウチハツ丶ミカクシタケレド、涙ノイロガサ、クレナヰニカハツタワイ、ソコデカクシアフセラレヌ〈以下、美濃の家苞ノ引用故ニ省ク〉（新古今集諸の玉）」。

〔一〇九五番歌　補説〕

当歌は『自讃歌』にも採られ、その施注も多いので次にまとめる。

「忍ぶの山ならば、秋の木葉も色付ては見えじなれども、それもかぎりあれば、落葉と成て露の色もみゆる也。其ごとくわが忍ぶ恋もあらはれむ事、ちからをよばずと、打ふてたる〈注、ふてハ捨テバチニナル事〉心也（頓阿注）」・「意は、忍ぶ山と云所におゐて其色もあらはれがたき事なれど、限りあれば落葉の露も色にみえければ、我思ひの行衛もおぼつかなくうたがはしきと也（常縁注）」・「限あれば忍の山といひながら、落葉が上には露の色ぞ顕る丶。我思ふ事もいまだ世にもれずとはいへども、頼れぬ人の心、つゐにかはりなば、忍ぶに堪ぬ泪の色にや洩なんと、行すゑかけて歎たるなり。忍の山をば心の奥のおもひとし、落葉をば人のうつろふにたとへ、露を泪にたとへたり。木葉をば露の染るといひならはせども、此哥には別々に見分けてや心は叶べからん。をのが染たる落葉に、又したより染かへさる丶露の色也、といへるは大方は聞えたれども、心はたとらる方もや侍らん（孝範注）」・「こ丶ろは、しのぶ事つもりて、いろ見ゆるよし也。しのぶの山がくれほどおもひの色かくれぬべきところはなしと見れば、これもかぎりあればといへるなるべし（宗祇注）」・「此うたはしのぶこひの心也。忍ぶの山なればふもとまでもかくるべしと思ふに、つゐに落葉の露、色に出たる也。我も心ゆるすまじきといふ也。身のよはらばといふ事を、落葉によそへたるなるべしとぞ（兼載註）」・「忍ぶと言へる言葉によりて、限りがあればと言出されたり。事を忍ぶ山なるべし。色にも出で《ママ》〈出すカ〉べからず。されども限りありければ、此山の落葉に置ける露迄も色に出でける物をと思ひ咎めて、われ思ふ人の限りもなくつれなき事を、恨みたるなるべし（広島大学本注。私意ニ漢字ヲ宛テタリ）」・「我は、人にかりにもしぐれ《ママ》侍らじと、ふかく忍べども、君が心の風はけ〳〵《ママ》として〈大坪云、はけ〳〵として、意味不明。〉けばけばとして、デアレバ、目立って、ノ意欤〉、袖に紅の涙の落なんとし侍は、これやかきりなるべきと侍らむとて、限あれば忍の山の麓にもといへり。忍の山はしのぶと云名に覚て、色にはいでじと思ひ侍ばさは侍らず、秋といふかぎりありて、半ば紅葉して色に出にけり。其ごとくにつねには身づからも袖の色に出侍べし。落葉が上の露、色づくとなり（書陵部本注）」・「忍恋と云におもひ出る忍ぶ山といへども、かぎりあればしのぶの山の木末までも色づきて落葉となれり。されば我忍恋もいかでかそのま丶にて、はてん事あらじとうちなげく恋、尤ふかし（九州大学文学部本注）」・「此哥は忍と云事は大事也。万のしのぶ事は、人目をしのべども一度はもる丶、心也。其よりとりよせて忍山の落葉を、はや、あらはる丶とよむ哥也（九大図書館支子文庫本注）」・「此うたは、先五文字は物のかずの多き上の事也。忍の山のふもとなる木の葉も色付落也。また其葉をそむる白露も色つく也。二ながら色付也。如斯《カクノゴトク》よめる、所詮たゞ難面人《ツレナキヒト》もさりともつゐにと云心と、恋をし恋の《ママ》あはざらめやは、其哥の心なり（太田武夫氏本注。文末ノ歌ハ、古今五一二番歌、種しあれば岩にも松は生ひにけり恋をし恋ひばあはざらめやは）」。

〔一〇九六〕（二一〇頁）

二　打ハへて苦しき物ハ人目のミ忍ぶの浦の蜑の栲縄

管見新古今伝本では、第四句が「しのふのさとの」となっている本が、小宮本と冷泉家文永本とである。為氏筆本は「しのふのさとの」の「さと」を訂正して右に「うら」と傍書。岩波旧大系校異では、慶祐筆本・御室本・武田博士蔵大夫阿闍梨本・古活字本も

「忍ぶの浦の」とするから、「忍ぶの里の」の本文を持つのは、文永本と小宮本という事に管見上はなる。「蜑の栲縄」との関係で言えば「浦」の方が「里」よりも関係が大のようだが「里」を漁村と考えれば、関係がある事になる。『八雲御抄』（名所部）には「忍ぶ浦・忍ぶが原・忍ぶの里・忍ぶの杜・忍ぶ山」が見出され、それぞれ「陸・陸万しめゆふなゆめ・陸新古今橘為仲・陸千隆房・陸伊勢物語」の添え書が付されている。即ち「忍ぶの里」は新古今の橘為仲歌「あやなくも曇らぬ宵を厭ふかな忍ぶの里の秋の夜の月（三八五番）」が証歌として採用されてある事を傍証すれば、一〇九六番は「忍ぶの浦」の方が歌句本文として、当時は考えられていたのではないか。因みに「忍ぶ浦」は、八雲御抄では証歌の引用はない。

当歌の詞書は、前歌一〇九五番の「千五百番歌合に」そのまま懸る。前歌は現存千五百番歌合には無い歌であったが、当歌はその一一九三番の左歌で、右歌の家隆朝臣の「から衣ひもゆふくれのそらのいろくもらはくもれまつ人もなし」に番わされている。歌句も第四句「しのふのうらの」であり。「しのふのさとの」という異句は無い（有吉氏、校本とその研究ニヨル）。師光入道の判詞には「左歌、靡《なび》やかに言下されて侍る上に、右歌も面白く侍るに、少し歌合には恋の心や少なく侍らんと思ひ給ふれば、猶左も勝侍りなん」とある。他出は、『歌枕名寄』（巻廿七。東山部陸奥国信夫、浦）に「二条院讃岐」の作者名。題「栲縄」で、歌句増抄引用と同形で出る。又『短歌撰格(下)』にも歌句同形で見られ、「下実」の例歌とされている（下実ニツイテハ、一〇八九番歌頭注二ヲ参照）。さて、当歌は、本歌として、小学館『全集』や久保田氏『全評釈』に、『後拾遺集』の「心得つ蜑の栲縄打ち延へて繰るを苦しと思ふなるべし（九六一番、土御門院御匣殿）」があげられ、又『岩波新大系』に、「伊勢の海の海人の栲縄うちはへてくるしとのみや思ひわたらむ（清輔本古今集、恋一、読人しらず）」が示されたが、私は、「磯馴るる蜑の釣縄打ち延へて苦しくもあるか妹に逢はずて（古今和歌六帖、第三、つり）」も参考歌として追加しておこう。「うちはへて」の「はへ」は、延縄漁《はえなわりょう》の「延《はへ》」の意で、這わせるように縄を伸し張る事を言い、これを時間的に長引く意に転じて、いつまでも長引いて、の意。磐斎はこれを念頭において「常住の義」としている。「栲縄」は、「たくなはとは、あみのつなをいふ（広本能因歌枕）」・「あみのなはなどくると云ふ心也とぞ古きものには申したる。たくとはくるといふこと也。たくなはなどいふ、此心也。たぐるなどいふ事も侍り（奥義抄。下釈　九十一条）」・「ながき事には。スガノネ……タクナハ……（和歌初学抄）」・「ながきことに。すがのね。たくなは、山どりのを（綺語抄）」・「たく縄とは網《あみ》の手縄をいふ也。日本紀云、〈中略〉即千尋栲縄をもて百結びあまり八十むすびにして、其宮を造らんのり〈制〉にすべしと云（和歌童蒙抄、漁猟部）」・「あまのなはたくとは、あまのあみのなはくると云詞也。たくとはたぐると云也。たくなはなど云も此心也。やがてたくなはといふは、たぐるなはといふを略たり（顕注密勘抄、古今九六一番歌注）」等と古書に見える。増抄頭書も手繰る縄の意と見ているが、『童蒙抄』には、『日本書紀』（神代下第九段一書第二）の「今当供造、即以千尋栲縄、結為百八十紐、其造宮之制者」云々を引用するので〈八雲御抄枝葉部ニモ、ちひろのたくなは。天のむすびの宮づくりの時、ももむすびあまりにして造也、トアル縄ノ項ニアル〉、楮の樹皮で作った縄の意も無かった訳ではなかろう。磐斎は、和歌初学抄や綺語抄の「たくなは」とは「長き事」を念頭において「常住の義也」とする。即ち「常住坐臥」とか「常住不断」の「常住」、昔も今もひきつづいてずっとの意と考えたのである。さて、当歌の表現技巧としては、初句と第二句とが「くる」を掛詞として「打はへて繰り敷く」「苦しき物」と繋がれ、その上「延へ」と「繰る」は縁語仕立である。「忍ぶ」には人を忍ぶ恋を地名の「忍ぶの浦」に掛けてある。「忍ぶの浦」は、海岸線にある田子の浦や和歌の浦の「浦」とは異なり、陸奥国（今ノ福島県）の信夫郡を流れる阿武隈川の浦状に湾曲した川岸一帯の意と言われている〈小学館『全集』〉が、「おそらく〈しのぶ山やしのぶの里〉の歌枕の連想から生れた机上の産物」で早い用例として「下藻刈る忍ぶの浦の蜑だにもいと斯く袖は濡るるものかは（元永元年十月二日内大臣家歌合、雅光〉。現代の地図で考える限り、福島県の北太平洋沿岸は南北、略一直線で、湾曲部はなく、又、阿武隈川も阿武隈高地よりも更に内陸部を南北に貫流し、浦状に湾曲した川岸は特定し難い。とすればこの「うら」は「心（うら）」に言ひかけて「忍ぶの心《うら》」とも考えられ、忍ぶ恋心を常住不断に持ちつづけている苦しい我身を、蜑の栲縄に関連させて詠じた歌と考えてみれば如何であろうか。『遠鏡』は「忍ぶの浦は忍ぶ恋の心なり」とし塩井氏『詳解』は「しのぶの浦。忍ぶ心の暗喩」とするが「心」を「うら」の掛詞としたとまでは述べていない。

三　しのぶのうら。みちつくなり
「みちつく」は「みちのく」の誤刻か。陸奥を指すとすれば、『八雲御抄』の所属国指摘に合致。又『歌枕名寄』でも、東山部陸奥信夫の「浦」を示してある。現行注釈書では、石田氏『全註解』が「何処の地名か未詳」、『完本評釈』が「所在は不明」とし、他は陸奥の歌枕とし、あまり深入りしていない。前頭注も参照のこと。

四　打ちハへてとハ、常住の義也

前頭注に触れたように、磐斎は、「延《は》へ」が空間的には這わせるように長く伸し張る意であるのを、時間的に捉えていつまでも長引く意として、それを「常住の義」と考えたのである。参考、「打ハヘテトハ、タエズト、イフ心也（新古今注・吉田幸一氏旧蔵注・高松宮本註・高松重季本註）」・「うちはへては、ひたすらに、などいふ心也（八代集抄・学習院大学本注釈・後藤重郎氏蔵本抄）」・「しげくバ打延てながくくるしきてい也（かな傍注本）」。

五　苦しきハ、苦しむ也。縄の縁の詞也

縄は、繰る物であるから、縄・繰るは縁語関係であり、その繰るは、苦しと発音上通じているから、苦し、との掛詞となる事を説明したのである。参考、「下句の縄の縁也。心は人目のみ忍びて、言《い》ひも得出《えいで》ざるが、打はへて苦しと也（八代集抄・学習院大学本注釈）」。

六　蜑の栲縄を出だしぬる事は、上に苦しきといはん為也

文意、「下句に、蜑の栲縄といふ詞を持出して使っている事は何故かと言うと、上句において苦しきといふ詞を言わんが為なのだ」。栲縄は延縄《はえなわ》漁等では、手繰り寄せて魚を捕えるものだから、繰る・苦し、の同音を利用しての表現技巧の説明。参考、「蜑の栲縄は、網《あみ》の縄をたぐる心也。篁の、あまの縄たきいさりせんとは、に同〈大坪注、思ひきや鄙《ひな》の別れに哀へて蜑の縄たき漁《いさり》せむとは。古今集九六一番小野篁歌〉（八代集抄・学習院大学本注釈）」・「たく縄ハ打はへのばし、こちへたぐりよする也。たくハすむ也〈注、たくハたぐト濁音デハイ、たくト清音デアル〉（かな傍注本）」。『かな傍注本』の「たく清音説」は、篁歌の「縄たき」の「たき」も同じで、「たき」は腕を働かして事をする意。万葉集一二二三番「たけばぬれたかねば長き妹が髪この頃見ぬに掻入《かきれ》つらむか」、同一二六六番「大舟を荒海《あるみ》に漕ぎ出弥舟《やふね》たけ我が見し子等が目見《まみ》は著《しる》しも」、同四一五四番長歌中の「石瀬野《いはせの》に馬だき行きて」が、それぞれ、「髪を掻きあげる」・「舟を漕ぐ」・「馬の手綱をあやつる」の意で用いられてある。篁歌も網の縄を、延えたり繰ったりの意で、磐斎の頭書の「縄を延へて、それを手にて繰り取る也」がよく真意をとらえている。

七　栲縄とハ……繰り取る也

文意、「栲縄のタクの意味は、焚《た》く・焼く、即ち或目的の為に火を使うという場合のタクではない。物をわが身の方へ引き寄せるタクルの意である〈大坪注、着物の裾をタクシ上げる、ワイシャツの袖をタクシ上げる、のタクシも、タクルと同じで、清音〉。魚漁をする為に、網《あみ》を配置するが、栲縄を長く張り伸して置き、その縄を手を使って自分の方へ引き寄せて、魚を捕らえるのである」。参考、「アマノタクナハトハ、タクル縄ナリ（新古今注・吉田幸一氏旧蔵註・高松宮本註・高松重季本註。大坪云、タクナハ・タクル、の発音を、タグナハ・タグルの濁音に訂した翻刻もあるが、採らない）」・「栲《たく》縄は網の縄をたくる心也。縄たきも同し（後藤重郎氏蔵・抄）」・「しげくハ打延てながくくるしきてい也。たく縄ハ打ハへのばしこちへたくりよする也。たくハすむ也（かな傍注本）」。『日葡辞書』には、「タクナハ」は無いが、「タクリ、ル、ッタ《ママ》（手繰り、る、った）。引っ張ったり、ぐるぐる巻いたりして取る」・「タグル、ル、ッタ《ママ》（手繰り、る、った）。縄などをぐるぐる巻きながら手で引き寄せる」と清濁両訓を挙げてある。〈大坪注。邦訳日葡辞書では、タクルもタグルも、ぐるぐる巻く、と濁音で、くるくる巻く、の清音表記は使われていない〉。

〔一〇九七〕（二一一頁）

一　和哥所歌合に、依忍増恋と云ふことを

管見新古今二十四伝本の校異は、「和哥所歌合」を「和哥所の歌合」と、の字を加える本は、柳瀬本と鷹司本で他伝本はの字は無い。「云ふことを」が「いふこゝろを」とあるのは、烏丸光栄所伝本と為氏筆本で、他伝本はすべて「いふことを」である〈烏丸光栄書写本モ、所伝本トハ異ナリ、いふことを〉。「依忍増恋」も訓み方は「しのぶによりますこひ」・「しのぶによりてますこひ」の三訓がある〈しのぶるによりてますこひ、ハ無イ〉。この詞書の「和哥所哥合」は、建仁二年八月二十日の『影供歌合』（散佚）で『明月記』の当日条に記載がある。それによれば、「歌昨日献上。江月聞雁・夜風似雨・依忍増恋」の三題で詠まれており、後鳥羽院の御作は、『後鳥羽院御集』に見え、当歌と同題歌は「せきかへす涙の川に浮寝して見る夜の夢のさだかにもあらぬ」とある。参会者は、後鳥羽院・左大臣〈良経〉・内大臣〈通親〉・前座主〈慈円〉・中納言〈隆房欤〉・大弐・三位中将〈不詳〉・定家・具親。なお、この歌合の定家詠は久保田氏『全評釈』に「定家の詠草の写しが残され

ている」とある〈歌ハ示サレナイ〉。「依忍増恋」の「依」については、三条西実枝の『初学一葉』や幽斎の『聞書全集』に当歌を引いての説明がある。参考、「依恋祈身。依といふ字、よく心をつくべし。たとへば新古今に依忍増恋といふ（ママ）心を。しのばじよ岩（ママ）間づた（ママ）ひの谷（ママ）水も瀬をせくにこそ袖は（ママ）ぬれけれ。此の歌、依忍、といふ題の心をよく云ひおほせたる歌となん（初学一葉）」・「又、実字の事。依忍増恋の依字、てにをは〈助詞助動詞等ノ所謂付属語ヲイウガ、ココハ歌題ヲ詠ミ込ム上デ、実質的意味合イガ薄イノデ重視シナクテモヨイ字。実字ニ対スル虚字ヲイウ〉の字ながら、実字たるべし。作例。新古今、春宮（ママ）大夫公継〈大坪注、古典文庫本ハ公綱。トスル〉。忍ばじよ岩（ママ）まづたひの谷川もせをせくにこそ水まさりけれ〈大坪注、古典文庫本ハ、忍はしよ岩間つたひの谷河もせき（ママ）置にこそ水まさりけれ〉。かやうの事やすきやうにて大事なり。題をとりてはよく〱其心をさぐりみて読むべし。かやうの字を読みそんじては恥辱たるべし。大方の題は誰もしれる事なり。此の依字の心にて、万《よろづ》題の実字をさとりしるべきなり。〈中略〉依雨増恋。玉〈玉葉一四一五番〉。たのめしをまつよの雨のあけがたにをやむしもこそつらくきこゆれ。右、小侍従が歌なり。是も依の字を以て肝要とするなり（歌学大系本翻刻、聞書全集）」。つまり「依」に「何々という理由により／何々という事情があるがために」という実情を含ませて考えているので、依字の有無によって「忍耐して増す恋心〈忍増恋〉」と「忍耐するという事情のために、かえって増幅する恋心〈依忍増恋〉」と、恋に対する激しさに大小のある事を説明したものである。当歌の他出は『二八要抄』にも、題詞・作者・歌句、ともに増抄引用と同形で見られる。

二　東宮権太夫公継

「太夫」は「大夫」の誤。管見新古今二十四伝本では、烏丸光栄所伝本・同書写本・公夏筆本が「権」のない「春宮大夫公継」。他伝本はすべて「権」字がある。五三六番歌頭注二にも示したが「権」の有無は、他の公継歌でも伝本により異なる。『勅撰作者部類』によれば、二十一代集では、続古今集では野宮左大臣として採歌、以降は野宮左大臣に統一されている。参考「野宮左大臣。従一位公継公。後徳大寺藤原実定男（勅撰作者部類）」・「野宮左大臣。藤原公継者、後徳大寺左大臣実定之第三子。母上西門院仕女備後也。寿永二年十二月叙爵、任侍従、遷右近少将、転中将、加従三位、任黄門、勅授帯剱、尋叙従二位、兼左金吾、為使別当。元久元年転権大納言、承元元年兼右近大将、三年四月任内大臣、大将如故。建暦元年十月転右大臣、建保三年十月上表辞職。承久三年還任右府。元仁元年十二月転左大臣、二年正月叙従一位、嘉禄三年正月廿三日依病致仕、卅日薨、享年五十三。〈勅撰入集歌数ハ省略〉（二十一代集才子伝）」・「公継公、前右大臣之時、上柱国ト書。正二位唐名云々。公宴ニハ不可然。但彼公ナドハ有何事哉。（八雲御抄、作法部。歌書様）」。

三　忍ばじよ石間づたひの谷川も瀬を堰くにこそ水増りけれ

管見二十四伝本では、初句烏丸光栄所伝本に「しのはすよ」〈書写本ハ、忍ばじよ〉。第二句御室本に「岩《いしィ》まつたひの」と「岩」に「いしィ」の校合〈岩波旧大系校異ニヨル〉、又柳瀬本に「いし《は》まづたひの」と「し」の右に「は」の傍書。他伝本に異形はない。尾上氏『評釈』に「力は第一句に籠って居る。それも〈忍ばず〉ではない、〈忍ばじ〉であるので、婉曲さがある」という評言があるが、烏丸光栄所伝本と書写本の初句の違いに関係するので興味が持たれる。次に「石間」の「石」の古訓は、『角川大字源』によれば、中古は「アツシ・イシ・オモシ・カタシ・ツチ」、中世ト近世は「アツシ・イシ・イハ」とあり、「いしま・いはま」と中近世の語としては訓んでよかろうが、「いはま」の訓みは中古までは遡《さかのぼ》れないようである。御室本や柳瀬本の校合はそれ故のものであろうか。写本では為氏筆本・冷泉家文永本・烏丸光栄所伝本・前田家尊経閣本は「いしま」と仮名書、板本では拙蔵九本すべて「石間」と漢字表記。さて、当歌の出典は、題詞により明らかな、和歌所哥合で、散佚した『建仁二年八月二十日影供歌合』の歌である。当歌の他出は、『二八要抄』に増抄引用と同歌形で、又頭注一に既述の『初学一葉』・『聞書全集』に異形で見られ、『短歌撰格㊤』にも、「しのばじよ」岩間づたひの□たに川も　瀬をせくにこそ□水まさりけれ」という句格の歌として採られている〈一〇七四番歌・一〇九四番歌の頭注三を参看〉。次に技巧としては、『契沖書入』に、本歌の「瀬を堰けば淵となりても淀みけり別れをとむる柵ぞ無き（古今集・哀傷八三六番忠岑歌）」を取って、哀傷を恋に転じた作の指摘があるが、久保田氏『全評釈』はこの説を継承した上、さらに初句に関しては、正治二年後鳥羽院初度百首の定家歌「偲ばじよ我振り捨てて行く春のなごりやすらふ雨の夕暮」の類例を挙げている〈角川文庫版〉。私は定家歌の「しのばじよ」は、つくづくと過去を懐かしく回想する意と考えるので、当歌の「しのばじよ」の忍耐する意とは少々異なるので、従えない。むしろ「忍ばじよ哀れも汝《なれ》が哀れかは秋を響きに打つ唐衣（奉和無動寺法印早率露膽百首　文治五年春）」の方を挙げたい。公継の当歌は歌題の「依忍」を初句に強く言い切り、第二句以下に、自然の景観を「増恋」の暗喩として述べた点が、優れた技巧であろう。なお「いはまつたひ」の歌句の場合は、「言はむ」との掛詞技巧があると考える事も出来る。

四　谷川を見れバ……深くなる也
文意、「谷川の流れ方を観察すると、流れを堰きとめる事によって、水の嵩《かさ》が増量していき、水の流れが深くなるものである」。

五　岩間伝ひと置く事、心を付くべし
文意、「第二句に、岩間づたひに、と置いた詠み方に、注目すべきである」。磐斎は「つたひ」に、伝い流れる意と、伝い落つる意をこめて「つたひ」と評言してある事に気づくべき事を指摘しているのであって、水量と水音の二つが増す事をいうのである。水音には、他注〈後掲〉殆んど言及しない。水音は恋の思いを、水音は他人の噂を比喩的に見て、磐斎は斯く述べたのである。

六　岩間を落つる水が……猶音高くなる也
「落つる水が」の「が」は「を」とあった方が良いようにも考えられるが、ここは「猶音高くなる也」に懸かると見ればよい。文意、「岩間を流れ落ちて行く水を、水音を立たせないようにしようと思って、堰きとめると、かえって水嵩がふえて、いよいよ流れ落ちる水音が高くなるものである」の意。

七　これを見て、……思案をする躰也
文意、「谷川の堰き止められて水嵩水音ともに高まるのを見て、わが恋も、耐え忍んで他人に知られないようにする時は、かえって人の噂が高まるであろうから、恋の気持をかくしたり堰きとめたりせずに、わが思う、そのままにしておこう。相手に告げたくなれば告げてしまおうかと、処置に困って思い余る事に対して、あれこれ思案をめぐらす様子にして詠んである歌だ」。参考、「ほそき谷川も、水をせきとむればおほくなりてあまる物也。其ごとく、我思ひも、らさじとおそ（ママ）ふる〈そハうノ誤記トミレバ、おうふる〔覆《おほ》ふる〕？〉によりてあまるとおぼゆる程に、中々に堪忍せじと也（都立中央図書館本、抄）」・「わが恋忍びわびておもふ心也。岩間をつたふ谷川も、瀬をせけばこそ水はまされ、われもあらはれてはと、をしこむるゆへにこそくるしけれ。とすこし心得たる心也（新古今集之内哥少々）」・「忍ぶニより恋増（水）るてい〈体〉きこへたり。瀬（不明）をせくにより・もますもの也。流次第ニシテ・ハます事なし。忍ぶにてます也（かな傍注本）」・「岩間を伝ひ流る谷川も、せけばふかくなるがごとく、我恋もいはまほしきをせきて忍ぶ故、増るなれば忍ぶまじきよ、と也（八代集抄）」・「四ノ句、瀬をせきたる所にこそ也。一首の意は、岩間づたひに行水とても、瀬をせきたる所には水がます。そのごとくおもふ事えいはで下につゝむ故に、おもひのます事なれば、今は忍ばじ打出ていはゞや、となり（尾張の家苞）」。

〔一〇九八〕（二二頁）

四　人もまだふミえぬ山の岩がくれながるゝ水を袖にせくかな
管見新古今二十四伝本では、第二句を増抄引用の如く「ふミえぬ山の」とする伝本は、主として江戸期板本で、正保四年板本〈明暦元年板本モ〉・承応三年板本・延宝二年板本〈文化元年補刻本モ〉・正徳三年板本・寛政六年板本・刊年不明板本・刊年不明二十一代集本〈コノ底本ハ、文明十八年三月牡丹花在判本〉の九本。他伝本は「ふミ、ぬ山の」。岩波旧大系の校異によれば古活字板が「ふミえぬ山の」の由であるから古活字板を江戸期板本は踏襲したのかも知れない。講談社新註・正宗敦夫氏編日本古典全集の本文は、正保板本を底本とする旨、断ってあるが、私の見た正保四年板本、及びこれと同板木《はんぎ》と思われる明暦元年板本も、明らかに「ふミえぬ山の」であるから、正保板に別板があったのかも知れないが、私は「ふみ見ぬ山の」はおそらくは誤認かと思う。次に第四句「ながるゝ水を」は春日博士蔵二十一代集本に「ながるゝ水の」。

当歌の技巧は、磐斎は歌句本文を「ふミえぬ」を採りながらも頭書で、百人一首小式部内侍歌「大江山いくの道」歌を参考歌とするがこれは「まだふミもみず」であった。久保田淳博士は『全評釈』では触れられていなかったが、『新潮集成』・『角川文庫』で、「思ひ侘び昨日山辺に入りしかどふみみぬ道は行かれざりけり（後拾遺、恋一、六二七番道命法師歌）」を参考歌に挙げられ、岩波新大系も追随している。著名度から言えば小式部内侍歌の方が高いかと思うが従来指摘されていないのは判りきった事のためかも知れない。当歌は「ふみ」に「踏み・文」、「なかるる」に「流るる・泣かるる」の掛詞技巧が用いられ、「流る、水」が「泣かるる水」で涙を暗喩することで「袖」に縁を持たせつゝ、山・岩・水・堰くという山谷の溪流に関する縁語で仕立てた所に技巧のうまさが、うかがえるのではないか。所で、当歌の出典は未詳であるり、他出も管見では見出していない。

五　大江山いくの、道の遠けれバまだふミも見ぬ天の橋立

前頭注で触れた如く、磐斎は歌本文に「ふミ見ぬ」を持つ小式部内侍歌を参考歌に挙げ、併し施注では「ふミえぬ」に従った注を行っている。これは小式部内侍歌が百人一首に採用され、著名であった事が主因ではなかろうか。この歌は『金葉集』（三奏本）にその撰者俊頼は撰んだが、彼の歌論書『俊頼髄脳』に採録され、『袋草紙』・『詞華集注』・『古今著聞集』・『十訓抄』等にも見られ、『無名草子』・『梁塵秘抄』・『平家物語』（長門本）・『夜の鶴』・『時代不同歌合』・『二四代集』・『八代集秀逸』・『百人秀歌』・『女房三十六人歌合』・謡曲の『浦島・和国・大江山・九世戸』・御伽草子『小式部』・『和歌呉竹集』（八の天のはし立）・『秉燭譚』（巻四・末字ノコト）・『閑田耕筆』（巻一）・『古今選』（四雑）・『南総里見八犬伝』（第六輯巻三第五六回）・『前賢故実』（巻五小式部）・箏曲『鐘が岬』など多くの作品に引用された歌であった（以上、『典拠検索名歌辞典』ノ学恩ニ拠ル）。歌句は殆んどが第四句「まだふミも見ず」で「見ぬ」は未見。

六　人もまだ行かぬ深き山……しのぶ義を云

文意、「初二句は、人もまだ踏破せぬ深い山、という事を述べたもので、その裏の心は〈踏み得ぬ〉で、相手に恋心を伝え得ないで耐え忍んでいるという意味を言ったものだ」。初句の「人」は、「しのぶ義」と述べているところから恋心を伝え得ずにいる人、つまり「しのぶ我」の事として磐斎は注している如くであるが、季吟の『八代集抄』は、歌本文を「ふみ、ぬ」に拠って、「蹈見ぬを、文見ぬにそへて也。人も難面《つれなく》て、我やる文もみぬに、只人しれぬ袖のみぬる、心也」と施注してあるから、初句の「人」を相手の恋人の事と考えているようである。小学館『全集』はこれに従って「だれも。恋人を暗示している」としている。現代の注では「全く人に知られざる思に、独り思ひ焦る、心を、人の到れることなき山の岩かげに喩へたるなり（塩井氏『詳解』）」と、自分や恋人以外の第三者（他人）と見る説があり、「〈人〉は広い意の人（完本評釈）」・「人跡未到・誰もまだ踏んで見ない（石田氏註解）」等がこれに従っている。「ふみ」を「踏」として第三者、「文」として恋人たる相手、とする久保田氏『全評釈』、新旧岩波大系、等の見方が落着いた考え方といえよう。

七　又ハ文を得ぬと云ひ掛けたり

ここの「又ハ」は、前文の「人もまだ行かぬ」が「踏み得ぬ」に相当するから、「踏み得ぬ、或は又、文得ぬ、の掛詞とみて」の意である。文意、「第二句の、ふミえぬ、は、踏み得ぬ、或は又、文得ぬ、と言い掛けた技巧である」の意。

八　岩隠れの水の如くに……裏の心也

文意、「谷間《たにま》の、岩と岩との間（岩蔭）に隠れて流れて行く谷水のように、恋を耐え忍ぶが故に思わず泣かれて、流れ出す涙が、袖に落ちて、谷水が堰かれて貯るように、袖に貯る。と第三句以下で表現しているのだ。第二句の〈ふみえぬ〉は、表面の意は踏み得ぬ、裏面の意は文得ぬ、という事だ」の意。参考、「二ノ句いかによめるにか、ふと心えかねたり。もし人にまだ逢そめぬ事を、山の縁に、ふみ、ぬとよめるにはあらじか。三ノ句に、いはぬ意をもたせ〈大坪注、岩がくれノ岩ニ言はノ掛詞〉、下ノ句はなみだの事なるべし（尾張の家苞）」・「文をかねたり〈蹈ト文ノ掛詞〉。かよひぢなき事也〈ふみみぬヲ蹈見ぬト見タ場合〉。面ニハ見へず、岩がくれの水ハ今その上ニある也。せき留て置也（かな傍注本）」。

九　岩がくれの水の……袖に堰くとなり

袖に堰くのは、何のためかと言えば、涙を他人に見られて、忍恋を、さとられぬよう隠すためである。歌句の表現上では、この事はのべられていないが、その「余情」を説明するために、頭書で補充したのであろう。文意、「末句〈袖にせくかな〉には余りの心があるが、それは、岩がくれの水のように袖に落ちる忍恋ゆえの涙を、人に見られぬように、洩らすまいとして、袖で拭き貯めて堰く、と言う事なのだ」。磐斎は、当歌のこの「余情」を次の西行歌の下句「人目思ハで物おもはバや」によって気づいたので頭書で補充したのではなかろうか。

〔一〇九九〕（一二三頁）

二　はるか成岩のはざまに独りゐて人目思ハで物おもはバや

管見二十四伝本中、鷹司本は、第四句「人めつゝまて」とし、右に「思はて」の朱書傍記がある。他伝本は異同なし。「はざま〈狭間〉」は現行書の殆んどが濁音に訓むが、『遠鏡』と朝日新聞社『全書』は「はさま」と清音訓み。奈良・平安期は清音訓のようで、鎌倉室町期から濁音らしい。書紀歌謡九五番（武烈天皇即位前紀）に「婀嗚儞與志　乃樂能婆娑摩儞〈青土《あをに》よし　奈良《なら》の峡間《はさま》に〉」の一字一音表記があり、「娑」は清音〈詳細ハ、大野晋『上代仮名遣の研究』の七九頁二六一頁〉とされ、『伊勢物語』（百段）に「昔、男、後涼殿のはさまを渡りければ」とある「はさま」も大野説により清音とされている。但し、季吟の『伊勢物語拾穂抄』は本

文も頭書も濁音にしているのは、季吟当時の発音によるものであろう。天正十八年本節用集には「硲」に「ハザマ」の濁音振仮名、日葡辞書にもハザマの濁音ローマ字表記があり「隙狭間〈ヒマハザマ〉」の用例も示してある。西行歌は、平安鎌倉の、清濁交替期の作であるから、どちらに決定するか微妙であるが、私としては西行を「平安期歌人」に入れて、清音訓みに傾きたい〈森重　敏先生『西行法師和歌講読』デハ濁音〉。当歌は一〇九八番歌の題詞が及ぶから「題しらず」歌であるが、彼の家集の『西行上人集』〈李花亭文庫蔵、異本山家集〉では「雑」部の「恋哥中に」の一首で、下句が「人目つゝまで物思はゞや」と異形。『西行物語』では歌形は「人目思はで」で新古今と同形である。ただ詞書ではないが、当歌引用に当って「都のうち、何となくそう〳〵にしもありければ」（文明本西行物語」とか、「京中もなにとなくそら《(ママ)》〳〵なる事のみありて、心みだれければ」という文言が述べられている。その他の他出書では『二四代集・二四代和歌集・八代知顕抄』に定家は採録していて「題しらず」で歌形は「人めおもはで」と新古今と同形。『和歌呉竹集』（尾崎雅嘉著）にも「山家、はるかなる岩のはざまに独ゐて人めおもはで物思はばや　西行」として引用されているが、これは「はざま。もの、あひだを云、狭間と書」という語彙「はざま」の例歌としてである〈はざまハ濁音表記〉。石原正明は「はさまは、物の間の事。此詞、尾張にては今もしかいふ〈＝今モ然カ云フ〉」と尾張地方で使われている事を述べているが、全文清音表記なので、清濁は不明。続けて「一首の意は、人さとに人とゐては、恋に物おもふくるしさはつゝみかたければ、遥なる山のおく、岩の間にかくれゐて、人めに遠慮なしに物思ひをせはやと也（尾張廼家苞）」と歌意を示している〈美濃の家苞ハ無施注〉。当歌の参考歌としては、『かな傍注本』に、「万葉ニ家持、かく斗こひつゝ、あらずハ岩木にもならまし物をおもわずて（※あふ事あらず也）」とあり、これは万葉七二二番歌「如是許　恋乍不有者　石木二毛　成益物乎　物不思四手〈西本願寺訓、かくばかりこひつつあらずはいはきにもならましものをものおもはずして〉」である。また契沖『書入本』に、「いかならむ巖の中に住まばかは世の憂き事の聞えこざらむ（古今集雑下九五二番、題しらず、読人しらず）」・「世の憂さや聞えこざらむ面影は巖の中におくれしもせじ（新勅撰集恋四、前大納言忠良歌九二六番）」の二首が示されている。これらの三首の中の古今歌のみを、現行注釈書では、久保田氏『全評釈』と『岩波新大系』が採用している。さて当歌は「人目思はで物思はばや」と、一首の中に「思」を二度使用してあるが、これは歌病（同心病）で、避けるべきとされている。そこで「人目包まで」の歌形との良否が問題となるが、当歌の場合は作者西行の詠み口（歌学の細部に拘泥しない）からみて、左程問題にしなくてもよいと思う。現行書でも、同語の二度使用は、「例の対照である。思ふ、という詞は同じであるが、意味はちがっている（完本評釈）」と言われる。その違いとは「人目おもはで」とは、他人の視線を気にしないで、というのに対し、末句の「物思ふ」は和歌の慣例からすれば「恋の懊悩を意味する最もありふれた表現（久保田氏『全評釈』）」ではあるが、「恋よりももっと広い、人生・存在などの思いとすべき（石田氏『全註解』）」と考える違いを言うのである。『西行物語』などは石田氏的見解に立ったものであろうか。西行は定家など、天皇を頂点とする宮廷の官位序列とは別世界の、「歌の数奇者」に徹しようと努めた人物である。定家にとっては、対照的で宮廷人たる自身と比べて言いようのない存在であったが故に、当歌を、撰者中ただ定家ひとり、呈進したのではなかろうか。定家には西行当歌の末句の複意性がわかっていたと思う。そう言えば当歌に対する批評も、「せめて思ふ存分に思ひなげきたしとは、切なる激情、誠に人を動かすものありといふべし。深山の岩窟の独棲の意匠にも、思ひきったる詞、さすがに此の法師の非凡なる詩才を示し得たりといふべし〈中略〉めでたくもめでたし、万古の名吟なり（塩井氏『詳解』）」・「一切の粉飾と技巧とを棄てて、強みのある語で、真の姿をそのままあらはし、含みのある調で、深い心を十分に見せ〈中略〉、意は作者の仏教修行からえたものであろうか（尾上氏『評釈』）」、のように賞讃した評言があるが、一方この歌は後鳥羽院の隠岐御撰抄本では除去された歌でもあった。純然たる恋歌となし難い御思召があったのであろうか。参考、「物思ふ」を恋の物思い以上の「思い」と考えた書に、「私は、この〈もの思ふ〉を、強ひて高踏的な人生の解決にとりたい（尾崎久弥氏、類纂西行上人歌集新釈）」・「斯うなると恋愛も仏道の修行と同じ厳しさになり……この一首は観念である（筑摩書房古典日本文学全集21．川田順担当西行集）」・「〈ものおもひ〉の内容は恋の悩みとなるわけであるから……しかし〈古今集九五二番歌〉という一首からの影響も考えてよく、その場合、隠遁的な志向が感じられ……〈思ふ〉の語を意味を少し異ならせて二回用いているところも、西行らしい自由な表現力を感じさせる（安田章生氏。弥生選書27「西行」）」等があり、後鳥羽院がこの西行歌を除かれた理由も、恋歌としては御意に叶わなかったかと思うが、定家と後鳥羽院の新古今花実論をめぐっての問題上、興味が持たれる。

三　はるか成ハ、人家に遠きと也

文意、「初句の〈はるかなる〉とは、ただ単純に遠く離れた場所というのではなく、何かと人の噂の立ちやすい人里《ひとさと》・人家《じんか》のある場所から遠く離れた、という意味をこめての措辞である」。

四　人の中にてハ……物思ハばやと也

歌意説明である。文意、「他人の目がうるさく噂の立ち易い人里での生活は、自分の忍恋がもしや顔色にあらわれはしまいかと、耐えるのに苦しいが、さてそれではどうすればよかろうかと思案して、それでは人里からは遥かに離れて遠い山嶽の、その岩に挟まれた空間即ち岩窟のような所に、独り坐禅を組み、人目を気にせずに、物思いにふけれることができるなら、是非そうしたいものだ、と詠みあげているのだ」の意。「岩の間」は具体的には岩窟などであろうし、「独り居て」も、ひとり坐して瞑想に耽る、つまり坐禅する事であろう。「人目を憚らず」は、『異本山家集』の「人目包まで」の歌句にも適応する施注である。参考、「人目を深く忍《しのぶ》心、明《あきらか》也（八代集抄）」・「〈前略・万葉七二二番歌〉。はれ成所ハ人しる也。岩のはさまのやう成所ニゐて、物おもひたしと也（かな傍注本）」。

〔二〇〇〕（二四頁）

一　数ならぬ心の咎になし具てゞじ知らせてこそハ身をも恨ミめ

当歌の題詞には一〇九八番の「題しらず」、作者には一〇九九番の「西行法師」が懸かっている。当歌の訓みの清濁は現行書の訓みに従って清濁を定めたが、磐斎は必ずしも、この清濁によって施注したか否かは一考の余地がある。底本は勿論清濁符号が付せられていない（後に詳述）。管見新古今二十四伝本での校異を示すと、第三句「なしはてし」に異同が多い。「なしはて、」とあるのが、鷹司本・前田家本・古活字本〈岩波旧大系校異ニヨル〉。為氏筆本は「はて、」と書き「、」の上に「志〈し〉」を書く。「なしはて」と右傍に「しィ」の校合のあるのが、御室本〈岩波旧大系校異ニヨル〉・正保四年板本・明暦元年板本。「なしはてし」と右傍に「てィ」の校合のあるのが、刊年不明二十一代集本板本・寛政六年板本。他伝本はすべて「なしはてし」である。第四句の「しらせてこそハ」は、烏丸光栄所伝本は「しらせてこそ身」と、後から「ハ」を小さく傍書してある。当歌の出典は、家集や歌合の類である。『山家集』（陽明文庫本）は「かすならぬ心のとかになしはてしらせてこそは身をもうらみめ（中巻恋部。恋題五十九首中ノ最初ノ歌）」。六家集本板本『山家集』では「数ならぬ心のとかになしはてしらせてこそは身をもうらみめ（上巻恋部。恋題六十首中ノ最初ノ歌）」。『西行上人集』（李花亭文庫本）は「数ならぬ心のとかになしはて、しらせてこそはみをもうらみめ（恋部）」。『西行集』（伝甘露寺伊長筆本）は「数ならぬ心のとかになしはてしらせてこそは身をもうらみめ（恋部。初恋）」。『山家心中集』（伝西行自筆本）は「かすならぬ心のとかになしはて、しらせてこそはみをもうらみめ（こひ、三十六首ノ中）」。『山家心中集』（伝為相筆本）は「かすならぬ心のとかになしはてしらせてこそは身をもうらみめ（恋部）」。『山家心中集』（内閣文庫本）は「数ならぬこゝろのとかになしはて、しらせてこそはみをもうらみめ（恋三十六首ノ中）」。『御裳濯河歌合』（廿四番左）は「かすならぬ心のとかになしはてしらせてこそは身をもうらみめ（内閣文庫本。因ミニ右歌ト判詞ハ、「右勝、もらさてや心のそこにくまれまし袖にせかるゝなみたなりせは。両首のこひ、ともに心ふかしといへとも、みき哥、なをよしありてきこゆ。まさるべくや」）。この他『西行物語』（文明本下巻）に「新院和歌を御このみありて、中ゐんの右大臣のぶぎやうにて、恋の百首をめされけり。そむきがたきおほせのゆえに、六首うたをよみつらねてまいらせあげゝる」の中に「かずならぬこゝろのとがになしはてゞしらせてこそは身をもうらみめ」。『西行物語絵巻』（久保家本）には「中の院右大臣うけ給はりにて、恋の百首めされければ、勅定そむきがたきによて」として「かずならぬこゝろのとがになしはて、しらせてこそは身をもうらみめ（第九段）」がある。

さて当歌の訓の清濁であるが、「数ならぬ心の咎になし果てじ（或ハ果てで）知らせてこそは身をも恨みめ」の如くに訓んで「とるに足らぬ自分だから相手が認めてくれぬのだと自分の罪にしてしまうまい。自分の恋を相手に知らせた上で、駄目の場合はわが身も心も恨むことにしよう」の意と見る考え方と、「数ならぬ心の咎になし果てて〈或ハ果てし〉知らせでこそは身をも恨みめ」の如くに訓んで「とるに足らぬ自分だからと恋の告白もできぬ弱い心になりきってすべて自分に罪を着せてしまい、相手に恋の告白もせずにいたらばこそ後々までわが身も心も恨みつづける事になるであろう」の意と見る考え方がある。

この事は、森重　敏先生『西行法師和歌講読』に触れられてある。現行書は殆んど前者の考え方で後者の考え方は森重　敏先生や渡辺保氏の『西行山家集全註解』に見えるだけである。因みに、山家集の理解には、清濁の問題は十分に考えられなければならぬかと思う。拙稿「〈山家集〉の清濁に就きて」（『親和国文』第十七号、昭和五十七年）でも触れたが、西行歌「吉野山去年の枝折の道かへてまた見ぬ方の花を尋ねん（新古今八六番歌）」も「……道かへてまた見ぬ……」と「……道かへでまた見ぬ……」が考え得る。即ち前者は「去年つけておいた目印の枝折の道を変えて、今年は去年まだ見ていなかった方面の花を尋ねよう」と解し、後者は、「去年の枝折の道を変えずに、今年は又もう一度去年見残した所の花を尋ねよう」と解するのである。磐斎の施注も「或説」で後者の解を紹介している。八六番歌では一切の校注を控えたが、第一冊目の頃は完結を早めるべく、出来るだけ簡約に努めていたからである。さて「数ならぬ」歌の清濁訓では、どちらに訓めば優れた歌になるのか、森重先生説を要約紹介すると、「〈なしはてて知らせで〉の場合は、身分違いの恋を諦めて我身を恨んでいようの意になり、全く問題にならない事として自分の思いを抑制し、圧し鎮め、ひたすら自分の心一つに収めようとするだけの歌になる。これなら、当時の恋の風俗をそのまま肯定した、ごく平凡な歌になるが、〈なしはてで知らせて〉ならば、身分の違いを超える恋の誠を述べた歌となり、それでこそ恋たり得る。どうせ身分上は成立つべくもない絶望的な恋であるが、自分の恋の心はどこまでも真実であり、それだけはわかってほしい、という歌になる」という事で後者の訓みが前者の訓みより優れている、とした説である。なお森重先生は、第三句を「なしはてし」の本文に従う時は、「〈し〉の字の場合はどうしても〈なしはてし〉でなく〈じ〉です」と述べられているが、清濁訓の優劣と共に傾聴すべき説であろう。当歌の参考歌としては、『岩波新大系』に、「数ならぬ身は心だになからなむ思ひ知らずは恨みざるべく（拾遺集巻十五恋五。九八四番。題しらず　読人しらず）」を示し、これを「乗り越えた歌」とする。久保田氏の『角川文庫』もこれを「念頭に置くか」として踏襲されている。久保田氏は『桜楓社テキスト版』の頭注で、「あぢきなしさてしもやまじ思ふこと言ひ出でてこそ身をもうらみめ（続詞花集巻十一恋上。四八四番。藤伊行）」も示されていた。初句の「数ならぬ」は「数ならぬ心とつゞきたるは、ふと《(不図)》、解《(とき)》えがたけれど、数ならぬ身といふ事なるべし（尾張廼家苞）」と二句への続きで意味が通じにくいと述べられているが、「何の解きがたきことあらむ。短き詞に複雑なる意を、斯く巧みにいひまはして、其の意をきかすところ、実に此の時代の歌の苦心したるところなり（塩井氏詳解）」と、意味は一首全体を塾考すれば通じ、かえって巧妙な表現だと好感されている。塩井氏の言わんとする所を忖度すれば西行歌には心と身を対応させる作が多く、ここも「数ならぬ」は、第二句の「心」と末句の「身」に懸かっていく表現で、それを「身をも」の「も」が受け持っているという点を見抜けば、解き難くはないというのであろう。なお従来書では言及されていないが『尾張廼家苞』（国学院大学出版部）の当歌本文は「数ならぬ心長閑になし果てしらせて社は人も恨みめ」の訓法で、成程こういう考え方も出来る。併し念を入れて拙蔵板本の尾張（文政二年序。永楽屋東四郎版）に当ったところ「数ならぬ心のとかになしはてしらせてこそハ人もうらミめ」であった。清濁に関するから一応述べることにした。（心長閑に・心の咎に、ノ両解）。

二　数ならぬ身を……こそあらめ、と也

文意、「物の数にも入らぬ卑賤なわが身分をかえりみて、このような微賤な身分では、たといあのお方に恋の告白をしたとしても、叶えられる筈もないと、返す〲わが身の拙劣加減が思いやられて、今まで告白せずに過ごしてきたが、それでは余りにも苦しいので、とにかく一応は告白してみよう。度を過した謙遜や先々への配慮も、わが身にとって却って悪い結果を招くのではないか、ひょっとして恋人が承知することがあるかも知れないと告白に踏みきって、その上で相手が承知してくれなかったら、わが身の咎を、切実に不憫《(ビン)》に思うべきであろう、と詠んでいる歌である」。磐斎は「なしはてて」を「身の咎を思ひ知られて」と解して清音訓で施注し、「知らせて」も、「言はであれども」と一応は「知らせで」と濁音訓で解釈した上で、今度は「言ひて後に」と、「知らせて」の清音訓に立つ解釈も施しているのである。更に「言ひて後に合点せずは」の裏側には、「身の咎になし果てで〈或ハ果てじ〉」の濁音訓解釈もあっての措辞である事が、感知されるのである。参考、「なしはてじと云《(いふ)》イ《(異)》本あり。これハたゞいわんと云《(いふ)》見やう也。あまり忍ていわねバくるしきほどに、数ならぬ身故、おろか成《(なる)》心ニなしはて、いわんと也。いひてもかなわずハ、わが身のいやしきを思ひ返して、身をうらミいんと也（かな傍注本）」「人にいひ出かねてか、るうき思ひするも、数ならぬ身として恋する故と心のとがにのミハ、なしはつましき。まついひしらせてみん、数ならぬ身とて、人も疎み難面くハこそ、我扱身のとがともうらむへけれと也。いひ出かねて身を恨あまりての哥なるへし（八代集抄・学習院大学本注釈。八代集抄ノ歌本文ニハ、「心のとがになしはてじ《でイ》ト濁音アリ）」・「心のとがにのみは、なしはつまじ。い丶しらせてみん。弥つれなくは、我身のとがともうらむべけれと也。い丶出かねて身を恨あまりの哥也（後藤重郎氏蔵、抄）」・「〈前略〉一首の意は、我身の数ならぬ故、いひ出てもあは《逢》れもせじとおもひていはずにゐるが、さうばかりいふても置《おけ》まじ。かうおもふといふ事を人にしらせて、人がつれなくバ、うらみてなりともこらへてみん、となり（尾張廼家苞。歌本文第二句ハ、国学院大学出版部本ハ、心長閑《のどか》に。板本ハ、心のとかに。）」。

三　能く〳〵問ひ定めて……うとミ果てばやと也

増抄施注の後半「あまり遠慮も……こそあらめ」の個所を、頭書で再度説明したものである。文意、「相手に対して自分の恋を告白し、それで相手が自分に対して、どう思うかということを、十二分に問いただして、その結果恋がうけ入れられないと判明した上は、相手の咎（つまり自分の所為《せい》でなく、相手の所為《せい》）だと、諦めをつけて、その諦めによって今後は世を疎み恨んで、終ってしまいたい、という歌だ」。この頭書の「人の咎にして」は、どう考えても「わが心の咎にして」とは解し難いのだが、「人」という時の意に、「人を馬鹿にするな」のように「我（自称）」の意もあるので、その用法が磐斎の時代から存在したのなら、「わが咎」と考え得る。

〔二〇二〕（二四頁）

一　水無瀬の、恋の十五首哥合に、夏恋を

管見新古今二十四伝本では、この増抄引用と全同の詞書伝本は、正保四年板本〈明暦元年板本（正保四年板ト同板本デ印刷ト考エラレル）〉・承応三年板本・延宝二年板本・寛政六年板本・刊年不明板本・刊年不明二十一代集板本（所謂、文明十八年牡丹花在判本）の九本。歌合の名称表記が「水無瀬恋十五首歌合」となっているのは、烏丸光栄所伝本・同書写本・宗鑑筆本・東大国文研究室本・公夏筆本の六本。「水無瀬の恋十五首哥合」となっているのが、為氏筆本・為相筆本・小宮本・鷹司本・柳瀬本・親元筆本・冷泉家文永本・春日博士蔵二十一代集本・高野山伝来本の九本。なお、冷泉家文永本は「水無《成》瀬の」と「水成瀬」表記の校合もある。「夏恋を」を「夏ノ恋を」と表記するのが、小宮本・為相筆本・公夏筆本・親元筆本・前田家本である。このように表記上の相異はあっても、以上二十四伝本の題詞は同じと考えておく。当歌を所載する歌合には、『恋十五首歌合。建仁二年九月十三夜水無瀬殿』（九番左）・『若宮撰歌合　建仁二年九月廿六日』（二番左）・『桜宮十五番歌合。建仁二年九月廿九日』（二番左）の三種あり、九月十三夜の会は七十五番ありその中から、『若宮』は、春日若宮・石清水若宮・他社若宮のいずれか〈未詳〉へ、七十五番より十五番を撰んで九月廿六日に奉納。結番相手も、十三夜会の家隆から女房〈後鳥羽院ノ隠名。新古今一三一三番歌〉に変えられている。因みに「若宮」とは、本宮を他の場所に分霊して新しく祀った神社のことで新宮・今宮とも呼ばれる。『桜宮』も十三夜会の七十五番から各題〈十三夜会ハ歌題十五アリ〉二首ずつ撰んで十五番に結んだ撰歌合で『若宮』と撰歌・結番は全く同じではあるが、歌詞に助詞等で異なるものもある。「桜宮」とは、伊勢の朝熊神社を言うが、摂津淀川の東岸にもある。ここは伊勢への奉納であろう。「十三夜会」の記録は、『明月記』（建仁二年九月十三日条）に詳しいが省略。上記三歌合に、十五題名、作者、判者などが記載されてあり、題は、春恋・夏恋・秋恋・冬恋・暁恋・暮恋・羇中恋・山家恋・故郷恋・旅泊恋・関路恋・海辺恋・河辺恋・寄雨恋・寄風恋（以上九月十三夜）で、「若宮」は右の関路恋・海辺恋の二題を欠いて十三題。「桜宮」は欠題なく「十三夜会」と同じ十五題。作者は、親定〈後鳥羽院ノ隠名〉・良経・慈円・公継・俊成女・宮内卿・有家・定家・家隆・雅経の十名（十三夜会）。「若宮」は、公継が欠けて九名。『桜宮』も公継が欠けて九名。判者は「十三夜」が俊成。「若宮」は後鳥羽院。「桜宮」は俊成。俊成判詞と院判詞の相違から、両者の評価眼の相違を窺伺《きし》できる。なお『明月記』によれば、「自院給十五首題）」とあり、清範が奉行役をつとめ（八月廿九日条）、定家は八月卅日に清範の許へ和歌を送り届けているので兼題〈宿題デ、兼日ノ題、アラカジメ出サレタ題〉であったことも判る。「十三夜会」での当座題〈当日ノ出題〉は、月前秋風・水路秋月・暁月鹿声の三題。隠題に「みなせかは」、折句には「しうさむや」で詠出する等、「十五首恋歌合」の終ったあとで催された事が『明月記』に見えている。三歌合を次に引く。『恋十五首歌合。建仁二年九月十三夜。水無瀬殿』（九番）には「左勝。左大臣。草ふかき夏野わけゆくさを鹿のねをこそたてね露ぞこぼるる／右。家隆。ときぞとやよはの蛍をながむらんとかへし人のしたのおもひを／左の歌よそへといひ〈大坪注。よそへハ寄副へデ比較シテ譬エル事ヲイウ〉、すがた〈歌ノ詞ノ続ケ方ニヨッテ生ズル、リズム感・調和感ナド歌トシテ全体ノ形。詞・心ト共ニ歌ヲ分析シテ評価スル際ノ用語〉といひ、まことにをかしくこそれ侍れ。右の歌、とへかし人のしたのおもひを、といへる、又宜しきを、句のはじめのと、の字、ふかきやうには侍らねど、歌合にはただなるよりは、みみにたつやうに侍るうへに、なほ左の歌の、ねをこそたてね露ぞこぼるゝ、尤可勝にや侍らん」。『若宮撰歌合。建仁二年九月二十六日』（二番。左夏恋、右故郷恋）には「左。左大臣。草深き夏野分けゆく棹鹿のねをこそたてね露ぞこぼるる／右勝。女房。里はあれぬ尾上の宮のおのづから待ちこしよひも昔なりけり／左歌、やさしきさまに侍れども、又あながちにめづらしきにはあらず。右歌、雖無指難〈大坪注、指摘スル程ノ欠点ハ無イモノノ〉無殊咎〈特別ニ咎メダテル事ハナイ。雖ハ逆接連語デアルノデ、ココノ文意ハ通ジニクイ。咎ハ、誉ナドノ誤写デハナカロウカ〉。いささかの勝にて侍りなん」。『桜宮十五番歌合。水無瀬歌合也。建仁二年九月廿九日』（二番）には、「左。夏恋。左大臣。草ふかき夏野分行くさをしかのねにこそ立てね露ぞこぼるる／右。故郷恋。女房。里はあれぬ尾上の宮のおのづからまちこしよひも昔なりけり／左の歌、やさしきさまに侍れども、又あながちにめづらしきにはあらず。右の歌は、させることなしといへども、すぐれたるとがなし。いささかまさり侍りなむ」。とある。他出書『二八要抄』の詞書は、「水無瀬殿恋十五首歌合に、夏恋を」で烏丸本等の表記と同じである。

二　摂政太政太〔ママ〕臣　『恋十五首歌合』では、前引の如く「左大臣」の作者名で、藤原良経を官職名で示したもの。その経歴等は、九三六番歌頭注二で既述した。

三　草深き夏野分け行く小男鹿の音・こそたてね露ぞこぼるる　管見新古今二十四伝本での校異。第四句が問題で増抄引用句形では「おとこそたてね」と訓めない事もないが、他伝本と比考して「音」は「ね」と訓むべきであるが、磐斎は早計に「おと」と訓んでしまい、続く一字を落脱させたのである。それは頭書により明白である。「音」の次の字は伝本により「を」・「に」が続く。「ねをこそたてね」とあるのが、小宮本・宗鑑筆本・為氏筆本・為相筆本・東大国文研究室本・冷泉家文永本・烏丸光栄所伝本・柳瀬本・春日博士蔵二十一代集本・親元筆本・高野山伝来本「音をこそたてね」が、烏丸光栄書写本・正保四年板本〈明暦元年本モ〉・承応三年板本・正徳三年板本・寛政六年板本・刊年不明板本・刊年不明二十一代集板本。「音を社たてね」が、延宝二年板本〈文化元年補刻本モ〉。「ねにこそたてね」が、鷹司本・公夏筆本・前田家本。「ねに《をイ》こそたてね」が御室本〈岩波旧大系校異ニヨル〉。第四句以外は各伝本とも同歌句。『秋篠月清集』には、「水無瀬殿にて、九月十三夜、恋の十五首の哥合に、夏恋。くさふかきなつのわけゆくさをしかのねをこそたてねつゆそこほるゝ（定家本・式部《（恋）》史生秋篠月清集）」・「水無瀬殿九月十三夜・十五首哥《にイ》合夏恋。草ふかき夏野分行さをしかのねをこそたてね露そこほるゝ（教家本、下巻）」とある。教家本は伝本によって第四句「ねを」「ねに」の両形に分れている。他出では『二八要抄』に第四句「音をこそたてね」。当歌は「草ふかき」に「忍恋」を寓意させ「露」に恋に流す涙を暗示し、牡鹿の夏は鳴かぬが、秋の発情期によく鳴く習性を「ねにこそたてね」と表現しつつ、わが夏の忍ぶる恋に流す涙を「露」に見立てて、さ牡鹿に寄せて詠んだ歌である。草・野・露は縁語。

四　小男鹿の如くに、をとこそたてね露ぞこぼるゝ、と也　この第一頭書により磐斎が第四句を「おとこそたてね」と早計に読んだことは明らか。磐斎は、鹿が夏野を分けて行動する際、草の音《おと》を立てないように行動するが、それでも草露はこぼれると考えていたようで、鹿の鳴き声とは考えなかったらしい。草の音とは、草と草とのこすれあう時の音、或は草と鹿の体がすれ合う音かと思うが、第二頭書で考えると、夏野の露は叢《くさむら》の中に閉じこめられているので、ハラ〳〵と散りこぼれず音が立たないと思っていたようである。木の露などは落ちる時に、ポタポタと音がするのに比べての言であろう。「さをしか」は、「さ牡鹿」でさは、さをとめ、さわらび等と同じく愛らしさを籠《こ》めた接頭語。棹鹿・小男鹿など宛字する。参考、「さと云ふ事は物にしたがひて、せばくも、ちひさくも、をさなくもあるものを、云ふ也。さむしろ・さごろも・さをしかなどいへり（奥義鈔・中釈。拾遺歌、三さばへなす項。ナオ和歌色葉下巻、拾遺抄二さば（なす項ニモ）」・「さをしか。わかきしかなり〈中略〉伊勢大輔も、ちひさきしかをいふとぞいひける（綺語抄、下）」・「さをしかとは、めじかの角生たるを云、と古人申けれど、なほ小きをじかと、云なり（和歌童蒙抄第九）」・「伊勢大輔云、さをしか、かならずちひさからねど、おほきならぬをばよむべし（八雲御抄巻三獸部、鹿《ママ》）」。

五　古抄・

この古抄は、東常縁の原撰本聞書の注であるが磐斎の引用は、末尾の文言が脱落しているので、無刊記本聞書により、それを補う。「……身をバこ《か與》ふらん」の次に「露そこぼるゝとハ涙の事也。しかのごとくに音にハたてねどもといへり。よきたとへなり」がある。扨、この古抄を所載する諸本での校異は、「啼かぬも・也」は諸本「なかぬもの也」。「妻をバ恋ふる」が「つまを恋ふる（略注・説林前抄）」。「物なり」が「となり（八代集抄）」。「夏も鹿を獲る也」が「鹿をとる也（説林前抄）・夏も鹿をとる物也（略注）」。「加茂重保哥に」が「賀茂の重保（略注）・賀茂重保（大坪本・説林前抄）・賀茂重保哥に（黒田家本・内閣文庫蔵増補本聞書・私抄・八代集抄）」。「身をバこ《か與》ふらん」が「（脱）・をやこふらん（私抄）・身をばかふらん（略注・黒田家本・大坪本・説林前抄・内閣文庫蔵増補本聞書・八代集抄・無刊記本聞書・宝永八年板聞書）」。なお磐斎引用脱落部の「音にハたてねどもといへり」が「ねにはたてねともと也（八代集抄）」。

六　夏の間ハ、鹿は啼かぬもの也。されども妻をバ恋ふる物なり

当歌の表現歌句を、実際上から説明した注。即ち「小男鹿の音《に》をこそたてね」の「音《ね》」が、物音《ものおと》ではなく鹿の鳴き音である事、「露ぞこぼるゝ」が、忍ぶ恋の涙の流れるのを、夏野の草露がこぼれるのに擬《なぞ》らえて表現されている事を説明しているのである。参考、「夏は鹿の声なき物也。其ごとく忍《しのぶ》こひなればこゑにはたてねども、涙のこぼるゝをたとへていふなり（新古今抜書抄）」・「夏の鹿は音をなかぬ物也。そのごとく忍ぶ恋なれば、音にあらはれてなかねど、涙をながす也（新古今和歌集抄出聞書）」・「春夏の鹿はなかぬ物也。草の深き野を分る鹿の、声には立ずして露のこぼるゝごとく、忍ぶこひなれば声にたてねども、涙の、露にこぼるゝ、とよめり（都立中央図書館本、抄）」・「秋こねバ鳴ぬもの也。其ごとく泪斗《ばかり》こぼす也。面《おもて》ハ、草を分《わくる》にて露こぼる也（かな傍注本）」・「夏は鹿の声のなき物也。そのごとく忍ぶ恋なれば、声にはたてねども涙こぼるゝ、と也（高松宮本註・高松重季本註。吉田幸一氏旧蔵本註〈もナシ〉）」・「しかのごとくねニハたてねども、涙ノ露ノこぼるゝ、と也〈重保哥省略〉（学習院大学本新古今注釈）」・「夏はしかにこゑのなきものなり。そのごとくしのぶこひなれば、こゑにはたてねども、なみだのこぼるゝをたとへいふなり（梁瀬一雄氏本新古今抜書）」・「草深きは露そこほるゝ、といはん料なり。一首の意は、上の句は序、人をこふるとて声たてゝなきこそはせね、なみたはこほるゝ、と也（尾張の家苞。大坪注、料トハ、何々ノタメノモノ。トイウ意ナリ）」。

七　狩人の照射を差して、夏も鹿を獲る也

「照射《ともし》」は、「ともしとは、火をともして狩するを云（能因歌枕〈広本〉）」・「五月闇《さつきやみ》のめざすともしらぬ夜、野山に馬にのりて、胡籙《やなぐひ》〈矢ヲ入レテ背ニ負ウ道具〉より二三尺ばかり長き串に火を点《とも》して、〔胡籙に差し具して〕鹿の目を会《あ》はするを狙《ねら》い射るをいふ也（和歌色葉、下巻、類聚百首。十一項火串）」・「獵師の、鹿《しし》待ちて山に火を点《とも》して、鹿《しし》を射るを照射と云なり（色葉和難集巻二）」・「夏山事也。ともしといふは、火を指《さし》、具レ矢射レ鹿也。／夏山などに入て、矢に火を指具して、鹿を近く寄せて射る也（八雲御抄。枝葉部・言語部）」と説明されるような鹿の狩猟法をいい、更に「照射するには、鹿の目をともしの火に見合はするなり。それを見て射るなり。それを恋心に寄せて人の許へ入るを、鹿を射るにそへてよめるなり（散木集注、逢ふ事はあらむ歌注）」の如く、恋に転じて解したので「古抄」は斯く施注したのであろう。文意は、「夏は鹿は啼かぬが妻を恋うる事は秋と同様である。それで狩人が照射をして鹿を獲る如く、当歌も恋人を恋うるさまを詠んでいるのだ」。

八　照射する火串を妻と思へばや逢ひ見て鹿の身をばこ《か歟》ふらん

「こふらん」は、前述校異の如くも、「かふらん」とする伝本が殆《ほと》んどであるから「か歟」と傍書したのであろう。「かふらん」がよい。『千載集』（巻三、夏。二〇〇番歌）である。「照射《ともし》のうたとてよめる」の題詞ある四首の四番目歌で、「ともしするほくしをつまと思へはやあひみてしかの身をはかふらん」。作者は「賀《ママ》茂重保」。この歌句本文は龍門文庫蔵本。流布本では「ともしする火串を妻と思へばや逢見て鹿の身を焦すらむ（旧国歌大観）」とあり、季吟八代集抄も同歌句で、「火串にあひみては鹿の身をこがし、うたるれば、火串をつまと思ふにやと也」と施注して末句の「身をこがすらん」を疑っていない。この重保歌は『月詣和歌集』（第五、五月）

に、「照射をよめる。ともしするほぐしをまつ(ママ)と思へばやあひみて鹿の身をばかふらん」として出ており、「つま」は「まつ」にと第二句は異なるが末句は龍門文庫本と同形で、「身をばかふらん」の「身を代ふ」は、恋の為には身命を代償として投げ出して厭わないことに、和歌で詠まれた歌句であった。それ故、流布板本や八代集抄の歌句は、上條彰次氏も言われた如く「改悪本文」であろう(同氏。和泉書院版千載和歌集補注)。歌意は「照射の火串を妻と思うからであろうか、鹿は火串の灯と目を合わせると身を代償としてでも、逢見ようとして命を失ってしまうのであろうか」。

九 ・・・(脱落部)。露ぞこぼるゝとハ、涙の事也。しかのごとく音にハたてねどもといへり。よきたとへなり

文意、「末句の、露ぞこぼるるとは、露を泪の暗喩とみての表現で、涙のこぼれる事を言うたものである。夏鹿の如く、声を立てて妻を恋うる事はないが、夏草の露が、鹿に触れて音もなくこぼれる如く、私は泣声を立てずにただ静かに涙を流すのみである、と言うているのである。まことに上手な譬喩である」。

一〇 草の中ハ……ある故なり

この第二頭書は、第一頭書より続くもので、当歌の下句を説明したものであり、更に次の「増抄」の「音をたてねど」の部分の詳細な説明である。文意、「夏草は、隙間もない位、ギッシリと生えているから、その中をかきわけて鹿が行動しても、木から落ちる露のようにポタリポタリと音はしないものである。露はたとえこぼれたとしても、その露は下の草の葉に流れ移るだけで、下の草の中にまた宿るだけだからである」の意。

一一 忍ぶ心なり……涙の露がこぼるゝ、となり

文意、「この良経歌は、忍ぶ恋の心を詠んだ内容の歌である。私は声に出して泣声はたてないが、幾重にも生い茂った夏草の露が音も立てずに下の草に流れ移るごとく、忍ぶ恋に泣く涙の露が、音もなくこぼれ流れている、と詠んでいるのである」の意。

一二 人丸。夏野ゆく男鹿の……、とよめり

後に、契沖も、新古今の『書入れ本』で、「万。人丸。夏野行をしかのつののつかのまもわすれすおもへ妹かこゝろを」と指摘している。この歌は、万葉集巻四「柿本朝臣人麻呂歌三首」の三首目「夏野去　小壮鹿之角乃束間毛　妹之心乎　忘而念哉〈なつのゆくをしかのつののつかのまもいもがこころをわすれておもへや〉」(五〇二番)で、西本願寺本訓も現在訓も同一訓。「壮鹿」を「牡鹿」とする伝本も多いが、「壮・牡」の混用らしい。壮が古く牡が新しい由である。契沖指摘と万葉原歌の下句の相異は、契沖は『万葉代匠記』では原歌通りに訓んでいるから引用の誤りというよりは、この人麿歌が新古今恋五(一三七四番)で「夏野ゆくをしかの角のつかのまも忘れすおもへ妹か心を」と訛伝してそのまま採用されてあるので、それを引いたものらしい。契沖としては、いささか不用意歟。契沖はこの人丸歌を良経歌の参考歌として書入れたのであろう(本歌を示す「本」の注記はない)。人丸歌を本歌とみる現行書は、尾上氏『評釈』・窪田氏『完本評釈』・石田氏『全註解』・小学館『全集』・久保田氏『全評釈』〈新潮集成・桜楓社テキスト頭注・角川ソフィア文庫モ〉・岩波新大系、等多い。歌意・発想・表現に類似点も多いが、定家の所謂『本歌取』の規定とは少しずれがある。私は参考歌とみたい。

〔一一〇三〕(一一六頁)

一 入道前関白右大臣に侍りけるとき、百首歌、人ゝによませ侍りけるに、忍ぶ恋のこゝろを

管見新古今二十四伝本による詞書校異。無刊記板本は詞書を二行書にするがその二行の頭部は「入道云々」と「よませ侍り云々」が配置せられてあるが「入道」の「入」と「よませ」の「よ」が脱刻せられている。版木の整板の時の誤りであろう。「右太臣」は「右大臣」が正しいが、公夏筆本は「左大臣」。浜野知三郎氏校訂『標註参考新古今和歌集』には「左《右イ》大臣」と校合している。他本は「右大臣」。「百首歌」は親元筆本は「百首の歌」。「よませ侍りけるに」は鷹司本は「よませけるに」。「忍ぶ恋」は、「忍《ブル》恋(宗鑑筆本・公夏筆本)」・「忍《ブ》恋(親元筆本・為相筆本〈但シ角川文庫翻刻ハ、忍恋トスル〉・小宮本)」・「忍ぶ恋(延宝二年板本・文化元年模刻本)」・「忍恋(為氏筆本・柳瀬本・烏丸光栄所伝本・同書写本・冷泉家文永本・鷹司本・東大国文研究室本・高野山伝来本・春日博士蔵二十一代集本・正保四年板本・明暦元年板本・無刊記板本・承応三年板本・正徳三年板本・寛政六年板本・無刊記二十一代集本)」と表記が分かれている。この「百首歌」とは、治承二年三月三十日披講の「右大臣家百首」で、この時はまだ右大臣であったが後に入道前関白と呼ばれた藤原兼実《かねざね》の催したものである。俊成・俊恵・資隆・季経・経家・頼政・頼輔・蓮寂・隆信・成方・実定・摂政家丹後等の歌人が参加。俊成加点。俊成の詠は『長秋詠藻　下』に見られる。(国語と国文学。昭和三二年十二月、尾山篤二郎氏「九条兼実と六條御子左流」)。併し成書とし

中世の文学

附　録

40

平成29年11月
新古今増抄(七)
第40回配本

目　次

三弥井書店

良経の菖蒲

君嶋　亜紀

藤原良経の『秋篠月清集』にみえる「菖蒲」詠十一首のうち、勅撰集には二首が採られている。

うちしめりあやめぞかをるほととぎす鳴くや五月の雨の夕暮　（一〇七七／『新古今集』夏・二二〇）

雨晴るる軒のしづくに影みえてあやめにすがる夏の夜の月　（五一八／『風雅集』夏・三八一）

前者は建久六年（一一九五）二月良経家五首歌会の詠、後者は大半が同五年仲秋以前の成立と推測される南海漁夫百首の詠、建久期に時期を接して詠まれた歌である。古典和歌の菖蒲は、現在いうところの初夏に咲く紫の花、アヤメではない。水辺に生えるサトイモ科の多年草ショウブのことで、泥中に長い根茎を伸ばし、葉は剣状、全体に芳香があり、邪気を払うとされ、端午の節句にその葉を屋根に葺いたり、根を贈ったりした。二首も屋根に葺いた菖蒲を詠むが、そのとらえ方は新鮮である。二首をめぐって、いくつかの視点を掘り起こしてみたい。

『新古今増抄』は「うちしめり」詠の湿気と匂いに言及する。「雨の日香りもしみ〴〵と深きものなり。陰気に包まれて散じゆかぬ也。雨気の時煙りの外へ行かぬ如く也。それにて打ち湿りと五文字に置かれたり」。しっとりと湿った大気に、菖蒲の涼しく凛とした香が漂い、時鳥の鳴く声が耳を打つ、五月の雨の夕暮――三四句で本歌「ほととぎす鳴くやさつきのあやめ草あやめも知らぬ恋もするかな」(古今集・恋一巻頭・四六九・読人不知）により、恋の気分が手繰り寄せられ、薄暮の室内にひとり佇む人物の行き場のない思いが浮上する。すべてを包みこむ雨音、夕闇に閉ざされていく視界……。「陰気に包まれて散じゆかぬ」とは、この人物の姿を映しとったようでもある。一・四句に積み重ねた情景を鮮やかにまとめる結句、節句の習俗や実態に触れず、ただ清冽にその香のみをとらえた二句、『八代集抄』は本歌の詞を用いながらこの両句によって「全篇新しく幽玄優美の躰と成侍にや。尤制の詞也」と賞する。この歌のなかでこそ生きる、制詞にふさわしい両句である。

ところで、この歌の夕闇には死者——亡兄良通の面影も沈んでいないだろうか。ともに詩歌を学んだ良経の二歳上の兄良通は、文治四年（一一八八）二月二十日、二十二歳で急逝した。同年成立した『千載集』には良通詠が四首残されている。なかに「軒近くけふしも来鳴くほととぎすねをやあやめにそへてふくらむ」（夏・一七〇）という歌があり、菖蒲と時鳥の取り合わせが「うちしめり」詠と共通する。常套的ではあるが、良経詠ではこの取り合わせは当該歌のみ。毎年五月五日に用いるため故人の喪失を意識しやすい菖蒲も、冥土を往来する鳥とされる時鳥も、死と近しい景物でもある。良通は死の翌三月、良経の夢に現れ、三年後の建久二年二月にも人（『玉葉』によれば文章博士業実）の夢に現れて詠歌、良経が唱和するなど（秋篠月清集・一五六四）[1]、兄への思いは深い。また建久六年二月二十九日、良経は公卿勅使として伊勢神宮に発遣される大役を担うが、その準備をしていて、嫡男であった亡兄の存在を思うこともあったろう。十二日の勅使発遣決定以前の詠かもしれないが、「うちしめり」を詠んだ同年二月、良経は七年前の兄の死を想起していた可能性もある、と想像するのはうがちすぎだろうか。

ともあれ、この歌は『九代集抄』が「此哥、五文字よりおもしろきとなり」と注するように、初句にまず皮膚感覚を提示する表現に新しさがある。藤原俊成に「五月雨はたく藻の煙うちしめりしほたれまさる須磨の浦人」（千載集・夏・一八三／久安百首・八二七）という、五月雨で「うちしめり」と詠む先例があるが、この語を初句に置いたのは良経の工夫であろう。また「菖蒲」の語は、『新古今集』では良経詠を含む夏部の四首に加え、哀傷や恋等、計十一首に見える。五月五日の節句に直接触れている歌が大半で、作者も平安期の歌人が多い、やや古風な題材のようである。軒の菖蒲の存在をその香だけで表し、五月雨時の湿潤な情景に恋の気分を揺曳させた良経詠の新しさは際立っている。

一方、「雨晴るる」は視覚的な歌で、菖蒲の香を詠まない。雨が上がり、軒先をしたたる雫がきらめいている、それは月の光——軒に葺いた菖蒲の葉先にすがるように映る夏の夜の月よ、という室内から夏の夜の雨上がりの情景をとらえた歌である。良経はのちにも、「五月雨の雲間待ちいでてもる月は軒のあやめにくもるなりけり」（秋篠月清集・七二五／正治初度百首・夏）と、軒の菖蒲を通して月を見る、同じ視線の歌を詠んでいる[2]。菖蒲に限らず、「軒（端）」を詠む歌は『秋篠月清集』に四十三首あり、好んだ素材といえよう。

「軒（端）」はこの時代、流行した。『八代集総索引』（新日本古典文学大系）によると（以下、数字は歌数）、「軒」は後撰集1、後拾遺集3、金葉集2、千載集5、新古今集9、「軒端」は金葉集2、千載集6、新古今集6。勅撰集では千載集から新古今集にかけて増加した素材と確認される。『新古今集』では忍草（軒詠九首中、六首にみえる／軒端詠にはみえない）を詠まない藤原定家や式子内親王の歌が詠歌主体の造型と関わって注目されるのだが、良経はどうだろうか。

『秋篠月清集』の「軒（端）」詠に登場する素材をみると、雨17（五月雨7、他の雨10）とそれに伴う雫や玉水5、風11、月11がとくに多く、雨・雫・月を詠む「雨晴るる」詠もその一例である。また一首の場としては、山家という設定が目に立つ。

五月雨に柴の庵はかたぶきて軒のしづくのほどぞみじかき　（治承題百首・四二二）

山おろしの吹きそふままに雪落ちて軒端の岡になびく白雲　（西洞隠士百首・六七三）

軒近き真木の梢にゐる雲のかさなるままに五月雨の空　（夏部・一〇六六）

山陰や軒端の苔の下朽ちて瓦の上に松ぞかたぶく　（雑部・一五〇五／玉葉集・雑三）

など、十七首ほど見出せる。軒を通して外を見る視線と、その人物のいる家自体を山野の景観の中にとらえようとする外側からの視線が交錯し、閑居の情景をつくりあげている。つとに指摘されるように、良経には隠遁への憧れがある。それは身は朝廷に仕えても、和歌世界の中で心だけは山里へ解放しようとする姿勢と説明される[3]。良経が心を遣る場として山里の閑居の空間を想像するとき、「軒」はその場の重要な構成要素になっていると考えられよう。

おわりに良経享受にもふれておきたい。「雨晴るる」詠は『風雅集』夏部に採られている。雨後の月の光は京極派が好んだ情景であり、その詠みぶり——時間の推移の中にとらえられる繊細な動的自然、寓意のない叙景と、その景を見つめる室内からの静かな視線も、京極派の歌風に通じる。『風雅集』夏部は巻頭に良経詠を置き、当該歌を含め、雨と月を詠む良経詠を三首採る。夏部の菖蒲詠七首中には、

あやめつたふ軒のしづくもたえだえに晴れ間にむかふ五月雨の空　（三四七・院冷泉）

五月雨の晴れ間待ちいづる月かげに軒のあやめの露ぞすずしき　（三六七・定為）

など、「雨晴るる」詠を髣髴させる歌も散見する。また、先にみた「うちしめり」詠についても、制詞とされた「雨の夕暮」の句を詠み込んだ歌が『玉葉集』に一首、『風雅集』に三首採られており[4]、伏見院には「うちしめりみどりの梢のどかにて藤の色こき雨の夕暮」（御集・二二四七）という、良経と同じ初句・五句を用いながら色彩に富んだ歌もある。雨や夕暮や月光を伴う良経の菖蒲詠は、それらを好む京極派歌人の創作意欲を刺激し、撰歌にも影響したのだろう。菖蒲詠は良経と京極派、あるいは『風雅集』における良経という視点も提示している。

嗅覚と視覚で外界と室内をつなぐ存在——室内にいて流れてくるその香を感じ取り、軒端にその葉先を見る良経の二首は、そうした菖蒲の魅力と表現の可能性を引き出したものといえようか。

（大妻女子大学准教授）

【注】

（1）片山享『校本秋篠月清集とその研究』V章（笠間書院、一九七六年）参照。

（2）和歌文学大系『秋篠月清集／明恵上人集』（谷知子・平野多恵、明治書院、二〇一三年）が言及する。

（3）谷知子「良経の「隠遁」志向」（『中世和歌とその時代』笠間書院、二〇〇四年、初出一九九一年六月）。

（4）岩佐美代子「玉葉風雅表現の特異性」（『京極派歌人の研究』改訂新装版、笠間書院、二〇〇七年、初出一九六九年九月）、久保田淳『新古今和歌集全注釈』一（角川学芸出版、二〇一一年、同氏『全評釈』一〈講談社、一九七六年〉にも）。

「こす」「こすのと」「こすのま」という歌ことば

久保田　淳

藤原家隆が比較的若い時——まだはっきりした詠出時を割り出せてはいないのだが、多分文治・建久の頃だろうか——に詠んだ、堀河百首題の夏十五題のうち、「蛍」を題とした、

　こすのとにまがふ灯ほのかにてほたる分入庭のよもぎふ

（新編国歌大観・壬二集・一〇四三）

という歌の「こす」という歌ことば、「こすのと」という歌句についてこだわっている。

右に引いた歌の本文は、平岩主計頭という人物が所有していたという江戸時代写本『玉吟集』に拠ったのであるが、四十九年前上梓した拙編著『藤原家隆集とその研究』（一九六八年七月刊、三弥井書店）では、この歌を含む「詠二百首和哥」の歌群は補遺の扱いで、東京大学国文学研究室蔵『壬生二品家集』（天文七年〔一五三八〕十市遠忠が永享六年〔一四三四〕正徹が写したという南都大乗院の経尋の本を書写、百首歌三種を増補したという本）を翻刻した。この本では一〇四三番歌の初句を「こすの戸に」とする。『新編国歌大観』の『壬二集』の底本は蓬左文庫蔵室町末期写『玉吟集』である。この本でも初句は「こすの戸に」であるが、第四句は「蛍わけぬる」とする。一方、江戸時代に板行された六家集板本

『壬二集』では、一〇四三番歌は、

こすの外にまがふ灯ほのかにて蛍分入庭のよもぎふ

とある。それゆえこの本に拠った『校註国歌大系』でも、この歌の初句は「こすの外に」と翻刻されている。従って、校注者は「こすの戸」か「こすの外」かという判断に迫られるのであるが、それ以前に「こす」ということばをどう解するかという問題がある。

試みに『岩波古語辞典』を引くと、「こす〔小簾〕《コは美称。万葉集一〇七三、二五五六などの「小簾」（すを）を誤読して生れた語》すだれ」として、例文は『古今和歌六帖』の歌と『言継卿記』の連歌の句を掲げる。『古今六帖』の歌は、宮内庁書陵部蔵桂宮本によって示すと（歌番号は新編国歌大観による）、第一の「ゆふづくよ」の項の、

玉だれのこすのまとをりひとりゐて見るしるしなき夕づくよかも　　いべのをとくろまろ（三五六）

で、これは『万葉集』巻第七の雑歌、作者未詳の、

玉垂の小簾の間通し（原文「小簾之間通」）一人居て見るしるしなき夕月夜かも

（一〇七三、万葉の歌番号は旧国歌大観番号、以下同じ）

の異伝である。

次に、同じく『岩波古語辞典』で「をす」を引くと、「をす〔小簾〕《ヲは接頭語》すだれ。小さいすだれ」として、例文には『万葉集』巻第十一の作者未詳の旋頭歌を掲げる。

玉垂の小簾のすけきに（原文「小簾之寸鶏吉仁」）入り通ひ来《こ》ね　たらちねの母が問はさば風と申さむ

（二三六四）

『万葉集』で同じ意味の名詞「をす」を読み入れた歌は、右の二首の他にもう一首、やはり巻第十一に作者未詳の、

玉垂の小簾の垂簾を（原文「小簀之垂簾乎」）往褐眠《い》は寝《な》さずとも君は通はせ

（二五五六）

がある（「往褐」は「行きかちに」「行きかてに」などの訓があるが、岩波文庫本では「褐」の用字には疑問がある」として、この句に訓を付していない）。

これら『万葉集』の三例の「をす」（小簾・小簀）は寛永二十年版本『万葉集』ではすべて「コス」と訓読されていた。その「こす」は「をす」の誤読であるとする考え方は、近代では大槻文彦の『言海』をはじめとして多くの辞典に共通している。ただ、注目されるのは『時代別国語大辞典上代編』の記述である。同書の「をす」の項を引くと、「をす〔小簾・小簀〕（名）すだれ。ヲは接頭語」として、先に掲げた『万葉集』の三首すべてを挙げたのち、「〔考〕日葡辞書には「コス、スダレ」と見え、ヲスと訓むのは誤りかもしれない」と付記しているのである。事実、『邦訳日葡辞書』を検すると、「Cosu. コス（小簾）詩歌語。Sudare（簾）窓の簾」と載っている。『時代別国語大辞典上代編』は、『万葉集』の三例の「をす」（小簾・小簀）と訓んでいることばは平安以後の歌語「こす」のままでよかったのかもしれないということなのであろ

うか。

さらに、誤読の結果生じたかもしれない「こす」の漢字表記としては、「小簾」の他に「鉤簾」というのがあるが、『言海』や『大言海』はこれを非とする。詳しい『大言海』を引くと、「鉤簾ト書クハ、非ナリ、湯桶読ナルモ、語ヲ成サズ」というのである。けれども、『枕草子』の「心にくき物」に、

御簾の帽額総角などにあげたる鉤の、きはやかなるも、けざやかにみゆ。

という「鉤」（『岩波古語辞典』では「巻き上げた簾《すだれ》を掛けとめておく、かぎ形の金具」と説明する）は、少なくとも王朝の建造物には取り付けてあったと考えられる。巻かれてその鉤によって留められる簾を「鉤簾」と呼ぶことはおかしくないという気もする。

「こす」と「をす」の問題はこの程度にして、家隆の一〇四三番歌の初句は「こすの戸に」か「こすの外に」かの問題に移りたいが、その前に家隆が影響を受けた可能性のある先行歌を挙げておく。それは鳥羽院の五宮覚性法親王の家集『出観集』の夏に見える、やはり「蛍」を題とした、

こすのとによひの灯きえやらでほのめく影は蛍なりけり　（二二七）

という歌である。両首とも、室内には灯火がほのかにともっている、建物の外には蛍の光が点滅しているというので、状況は酷似している。近似した状態を詠んだ覚性法親王と同時代の人としては藤原公重がいる。彼は「水辺蛍火」の題で、

ともしびのこすにすくかとみゆるかなあしまがくれにてらすほたるは　（風情集・二〇三）

と詠んでいるのである。さらに室町時代の和歌にも、「こす」と「蛍」を取り合わせた歌は、

ともす火は程なく消えてこすのとに蛍みだるる風ぞすずしき　（大内政弘・拾塵集・一九一）

とぶ蛍ひまもとめくるこすの中にくらきまぎれのみえてまばゆき　（後柏原院・柏玉集・五七〇）

こゑはせでてらす光はこすのうちのふかき思ひをしるほたるかな　（三条西実隆・雪玉集・八〇一）

など、少なくない。それらを参照しても、「こす」は戸口に掛けられていて、それを通して室内の灯火が透けて見えるのか、それとも「こす」が掛かっているのは窓などで、ここは室外の意味で「こすの外《と》」といったのかは、判然としない。たとえば、『邦訳日葡辞書』には、「Cosunoto. コスノト（小簾の外）詩歌語。すなわち、Sudareno foca.（簾の外）簾の外」という項もあり、『時代別国語大辞典室町時代編二』でも「こす［小簾・鉤簾］」の小項目として「小簾の外《と》」を立て、「簾のそとがわ」と解説し、右の『日葡辞書』他の例を挙げている。その一方では「こすの戸」という歌句も確かにあったことは、正広の、

こすの戸にかかる二葉の草の名よ誰があふ中に神まつるらん　（松下集・二八五五）

などから知られる。となると家隆の歌や覚性法親王の歌での

「こすのと」も、「こすの外」か「こすの戸」か、にわかには決めがたいのである。ただ、同じ覚性法親王が「月下聞絃」の題を、

やどあれて月のをちたるこすのうちにやさしくならすつましらべかな　（出観集・秋・四一五）

と詠んでもいることを併せ考えると、「こすのうち」に対する「こすの外」と歌うこともあったのかとも思われなくもない。そこで、現在のところ、家隆の一〇四三番歌の意を取るとしたら、

簾の外に透けるともし火の光にまごう光もほのかに、蛍が分け入るよ、庭のよもぎの茂みに。

というところに落ち着くのであろうか。また、『出観集』二二七番は、

簾の外に透ける、宵からともしていた明かりが、消えてしまわずにほのかにともり続けていると思ったのは蛍の火だったよ。

といった歌であろうかと考えてみるのである。

ところで、地唄としてよく知られ、地唄舞でもしばしば演じられる曲に、「小簾の戸（鉤簾の戸）」という本調子の短い唄がある。高野辰之編『日本歌謡集成』巻八近世編に収める『新大成糸のしらべ』（享和元年〔一八〇一〕版）では、「越《こす》の外《と》」としてその詞章を次のように記している。

浮草は、しあんのほかのさそふ水恋がうき世か合うき世が恋かちよと、きゝたい松の風合とへどこたへず山ほとゝぎす合月やはものゝ、やるせなき合しやくにうれしき男のちからじいと手に手をなんにもいはず、ふたりしてつる、蚊やのひも。

作曲は名曲「ゆき」と同じく峰崎勾当、作詞は祇園の芸妓しのぶであろうという。歌い出しで小野小町の「わびぬれば身をうき草の根をたえてさそふ水あらばいなむとぞ思ふ」の歌を、中ほどの「月やはものゝ」で西行の「なげけとて月やはものを思はするかこちがほなる我涙かな」の歌を、ともにかすめて引いているものの、注目すべきことはこの詞章のどこにも「小簾（鉤簾）」は出てこないことである。邦楽研究者の竹内道敬氏はこの曲の解説で、「題名は細いものを編んだ御簾《みす》、すだれのことで、そのすだれ越しにかいま見た情痴の世界というような意味」（『ビクター舞踊名曲選㉘地唄』解説）と述べている。『日本歌謡集成』で題名を「越の外」を表記するのは無理な宛字のように見えるが、かならずしもそうとも言えない。この歌詞は小簾の内にいる女の心情や男女の姿を小簾の透間越しに外から見たり想像したりしているものなのである。

「こす」「こすのと」という歌ことば・歌句がどう歌われてきたかを知ろうとして、「こす」の語を含む歌を平安時代から江戸時代まで、『新編国歌大観』の索引などを頼りに拾い出してみた。そして「こす」という歌ことばは、室内と室外とを遮断するように見えて、隙間を通して室内の人や物の動

きを室外や戸外におぼろに見せる、或いは伝える機能を持っている簾・御簾《みす》の、そのような機能を、和歌的美意識の表現としてうまく表現するために、代々の歌人達が腐心して用いてきたことがわかったような気がする。たとえば、

　としをへたるこひ
としふれどこすのきげきのたえまよりみえしゝなゐはおもかげにたつ
（散木奇歌集・一一七五、冷泉家時雨亭文庫本）

　すだれをへだつるこひ
はつかにも君がすがたの見ゆばかりこすふきあげよあきのゆふかぜ
（風情集・二九）

　寄源氏恋を、歌林宛にて会に
人しれず物をぞおもふ野分してこす吹風にひまはみねども
（源三位頼政集・四一二）

　初恋
たまだれのこすのまとほりみつるより心かけつときみはしらずや
（重家集・一五〇）

　初恋
われも又あやなくけふやながめましみずもあらずのこすの面影
（信生法師集・一一三）

などは、「こすのきげき」（「きげき」は虧隙か）「こすのま」が僅かしか（あるいはほとんど）「こす」の向う側の女人の姿を見せないためにかき立てられる男の恋情を表現しようと努めているのである。そしてそのために源頼政は『源氏物語』野分の巻の有名な場面——たまたま野分の風のために屏風も畳まれ、御簾も吹き上げられていたので、源氏の子夕霧は「妻戸のあきたる隙」から、室内にいる義母紫上を垣間見て、その美しさに打たれる——を援用し、信生は『伊勢物語』九十九段の「見ずもあらず見もせぬ人の恋しくはあやなく今日やながめ暮さん」の歌と「女の顔の下簾よりほのかに見えければ」という情況を借りるのである。

　鴨長明は『無名抄』で幽玄の説明として、

　きりのたへまより秋の山をながむれば、みゆる所はほのかなれど、おくゆかしく、いかばかりもみぢわたりておもしろからむと、かぎりなくをしはからるゝおもかげは、ほと〳〵さだかにみんにもすぐれたるべし。（梅沢本）

と述べている。そうだとすると、「こすのま」からほのかに見た面影を恋することも、幽玄の美意識の一つのあらわれと見てよいのではないだろうか。

ての伝本は未確認。兼実の略伝は九七一番歌頭注二で既述。永萬二年任右大臣。兼実右大臣の時の百首歌のことは長明の『無名抄』にも見えている。（名無しの大将のこと）

二　大宰大貮重家

「大宰」は「太宰」と表記する伝本も多い。即ち烏丸光栄書写本・公夏筆本・春日博士蔵二十一代集本・東大国文研究室本・高野山伝来本・正保四年板本〈明暦元年板モ〉・承応三年板本・正徳三年板本・延宝二年板本〈文化元年補刻本モ〉・寛政六年板本などである。季吟の『八代集抄』本は「大寄」と誤刻している。『増抄』では三八八番歌で磐斎は「作者部類、左京大夫顕輔男」と紹介。又、七六八番頭注二で、『二十一代集才子伝』を紹介。参考追加、「重家。従二位。左京大夫藤原顕輔男（勅撰作者部類）」・「千載。大貮三位入道蓮寂。俗名重家卿、顕輔卿息（和歌色葉）」・「〈歌語ノ此面彼面《このもかのも》ノ使用ニ就キテ、清輔ト範兼トノ相互論難ノ応酬アツテ〉範兼傍若無人に成りて、然らば負けとなすの由を称す。時に予〈清輔〉云はく、然りといへども、事の外の僻事なりと。ここに重家の云はく、基俊が書き置ける事〈＝袖中抄十五ニ引用サレタ、保延元年家成卿歌合ノ基俊判詞↓嵐山ナドニ此面彼面ノ語ヲ使用スルコトノ不可ヲサス〉を末生の僻事と称し難きなりと。基俊が説を末生の今案をもって難ぜば、尤も然るべし。基俊より先達のもし申す事あらば如何と。人々尤も興有り。証歌有らば出だすべしと責められ、暫く隔滞す。頻りにその責め有り〈後略〉（袋草紙上巻）・長明無名抄）」・「新三位重家卿、風体面白きさま、軒ちかき白梅の盛なるとやいふべからむ（歌仙落書）」・「ちかふ。永万二年重家朝臣家歌合に、このたびの歌に多く、ちかふ、といふことをよみ侍るは〈一本、の見え侍れば〉、若しこのごろいできたるをかしき詞にて侍やらむ（近来風体）」・「永万二年中宮亮重家の歌合、顕昭の歌、夜もすがら行きちがひてやすみぬらん心は空に月はこゝろに。俊成の判に云、この度の歌に多く、ちがふ、といふ詞の見え侍る。もしこの頃の歌のをかしきこと、なれるにやあらん。それを知らずや斯様に申すにやとあやしく侍る、とあり。愚案、永万歌合、重家歌、心あらば我にちがはで時鳥尋ぬる方の山路にを鳴け、今こそは出でちがふなれ時鳥しばし裾野に待つべかりける　俊恵法師。右の顕昭の歌と、ちがふ、の詞よみたる、三首あり。具合、今はこの、ちがふ、といふを、言ひしにたがふ、思ふにたがふなどいふにや。それも少し。かはるといふ詞にて大方かなふと聞えたり。顕昭は歌人なり。物識りなり。然れども読む程の歌皆難ぜられしは、俊成の、六條家を言ひ貶さん為なり（梨本集）」・「〈古今四六三番アキクレド月ノカツラノミヤハナルヒカリヲハナトチラスバカリゾ〉……前略……故重家卿云、此隠題ハ宮ノ字許ヲカクシテ桂字不隠。若鬘宮ヲ隠セル歟ト云々。……裏書云、カクシ題ト云ハ、其文字ヲ皆アラヌコトニヨミナスナリ。桂ノ宮ヲカクサバ、桂ノ字同コトニテカクサレズ。サレバ若是、鬘ノ宮ヲカクセルカト云也。然而清輔ハ、コレハ桂ノ宮ヲカクセルナリトテ、半ヲカクス事モアル証ニ出セリ。在奥義（古今集註）」・「重家卿若狭ヨリ能登ヘウツルトキ、清輔ガ送歌云、モシセバキクニ、ヤシヅムトオモヒシニヨクノボリヌトキクゾウレシキ（詞華集注。大坪云、モシセバキ↓若狭・ヨクノボリヌ↓能登）」・「年来おろ〳〵伝うけ給は、多の資忠、夏神楽の譜を撰ぜり。其子近方是を伝、近方が子成方これを伝。其譜は資忠自筆云々。青表紙と名づく。件成方が本にて故大貮重家卿入道被書写。其本を左京大夫顕家朝臣に被伝授。然者是に過たる神楽の家の夏神楽の譜はいづくにか侍るべき（六百番陳状。恋九第十九番）」。

三　後のよをなげく涙といひなしてしぼりやせまし黒染の袖

管見新古今諸伝本に異形は無い。出典は詞書により「右大臣家百首」であるが、当該成書は散佚書らしい。当歌の他出は、『定家十体』（有心様）に第四句「しをれやせまし」の異句形で見え、『時代不同歌合』（為家筆本、四五番）に「左　ありはてぬいのちまつまのほとたにもうきことしけくおもハすもかな／右　のちのよをなけくなミたといひなしてしほりやせましすミそめのそて」と見える。書陵部本（五〇一・六〇八架番）も為家本と同文。左歌は平貞文〈平定文トモ〉、右歌が大宰大貮重家。永亨本（四五番）は左の貞文歌は第三句「ほとはかり」と異形。『時代不同歌合（絵）』（四五番）も永亨本と同文。日本歌学大系の『時代不同歌合（甲）』（四十八番）の翻刻本文では、左貞文第三句「秋ばかり」。結局貞文歌に異形はあるが重家歌は新古今と同歌形。他に『新百人一首』・『歌体緊要考』（下巻）に重家当歌の引用がみられるが、歌形は新古今と同形。又、正徹の『なぐさめ草』（群書類従所収。紀行文）には「後の世を歎く涙といひなすとも、絞らむ袖の色見えぬ」と当歌を下敷にした文飾が見られる。当歌の参考歌として、岩波新大系脚注は、「いかで〳〵恋ふる心を慰めて後の世までの物を思はじ（拾遺九四一番、大中臣能宣）」をあげている。「後の世・恋」など当歌と共通する面がある故であろう。作者重家は安元二年六月二十五日に四十九歳で出家し、法名は蓮寂、その二年後当歌を詠じた。「いひなして」は言い繕っての意で、忍恋に流す涙を、後世を歎く涙と世間態を憚って言い繕うのであるが、愛欲にかかわる忍恋に流す涙は、出家して後世の安楽を冀願する身には、五戒を犯す罪障であるから「なげく涙」である。「歎く」と「言いなす」の、微妙な対応を味わうべきである。言い繕ってはいるが、愛欲と戒律との葛藤を巧みに表現している点を見逃せば、当歌を味読したことにはならない。『尾張の家つと』は「一首の意かくれなし。墨染の袖に恋の涙をつゝまん事、破戒の比丘なり。事のさま殺風景なるを集に入し事不審」とにべもない。歌意は、「忍恋に苦しんで流す涙を、後世の為に罪障を悔いる涙だと言い繕って、涙に濡れた墨染の僧衣の袖を、私は絞ろうとしているのであろうか、忍恋という罪障を犯しつつ」。「絞りや」の「や」は疑問助詞。「せまし」の「まし」は反実仮想の助動詞。

四　忍び侘びて斯く見立てたり

文意、「忍恋の辛さに耐えかねて、忍恋に流す涙を後世を歎く涙だと言い繕う形にして作った歌なのだ」。作意を説明したもの。参考、「忍恋を読り。あまりにわが恋の切なるほどに、墨染の袖になりて後世をなげく涙といひなして、恋の涙をかくさんとにや。たくみなる哥也（牧野文庫本聞書・高松宮本註・高松重季本註。吉田幸一氏旧蔵本註ハ、後世を、ノ三字欠）」。

五　大方の事ハ……となり

文意、「忍恋に流す涙を傍目《はた》を憚って、そんな涙ではないと言い繕おうとしても、普通一般並《なみ》の言い繕《つくろ》いでは、人がそれが言い繕いである事を推量して見抜いて了《しま》うだろう故、後世を歎く故の涙だと言っておいたならば、世間の人は気付いて注意する事もない筈ではないか、と詠んでいるのだ」。

六　詮方尽きて斯く言ふなり、と見るべし

文意「作者は今は出家の身、されども忍恋の耐え難き切なさは如何ともし難い。恋と戒律の葛藤は募るばかりでどうしようもなく、万策尽きて、このように詠ずる以外方法はなかった、と見るべきである」。参考、「如何にもしのばん料簡なければ、袖をすみ染になし、涙の露をまぎらはさんとなり（抄出聞書）」・「忍びあまりいかゞせんとおもふに、所詮さまをかへて、後生一大事の事を歎（なげく）なみだといひなして、心安く袖をしぼらんと也。せんかたなき哥也（新古今集之内哥少々）」・「後の世をなげく泪と云てなげかんと也。墨染の袖ハ卑下のことば也。れんが〈連歌〉ニ墨染、釈教ニも述懐ニも不嫌、たゞ俗人の着物也。出家の黒衣にてハ禁中へ不成故ニ、俗ニ帰、色衣をきせてめさるゝ事也（かな傍注本。大坪云、コノ解デハ、墨染ハ僧衣ト見ナイヨウダカラ、戒律ト愛欲トノ葛藤ハ考エナクテモヨイ事ニナル歟）」。

〔二〇三〕（二六頁）

一　大納言成道、文遣ハしけれど、つれなかりける女を後の世まで恨み残るべき由、申しければ

管見新古今本二十五本（(1)為氏筆本・(2)為相筆本・(3)公夏筆本・(4)小宮本・(5)鷹司本・(6)烏丸光栄所伝本・(7)同書写本・(8)柳瀬本・(9)高野山伝来本・(10)東大国文学研究室本・(11)春日政治博士蔵二十一代集本・(12)宗鑑筆旧東京教育大学本・(13)冷泉家文永本・(14)親元筆本・(15)尊経閣前田家本・(16)正保四年吉田四郎右衛門板本・(17)明暦元年八尾勘兵衛板本・(18)承応三年中野太郎左衛門板本・(19)延宝二年板元不明板本・(20)文化元年補刻延宝本植村藤右衛門板本・(21)正徳三年柏屋四郎兵衛板本・(22)寛政六年植（ママ）村錦山堂板本・(23)寛政十一年東都書林板本・(24)刊年不明文明十八年牡丹花在判本板本・(25)刊年板元不明板本）による詞書校異。「成通」が「成道（承応三年板本・正徳三年板本・延宝二年板本〈文化元年補刻本モ〉・寛政六年板本・寛政十一年板本・刊年不明牡丹花在判本・刊年板元不明板本・〈旧国歌大観底本〉）」。「文遣ハしけれど」が「ふミつかハせとも（文永本）」。「後の世」の表記が「後世（鷹司本）・のち（春日博士蔵二十一代集本〈の世ノ二字ナシ〉）」。「申しければ」が「申されければ（鷹司本）」。出典『なりみち集（神宮文庫蔵）』〈大坪云、群書類従本・続国歌大観本ノ『成通卿集』モ同文〉に「ある人にちかくみる、さてやみなは、のちのよのさまたけにも成ぬるへしと申たりしかは、読てをこせたりし、たまつさのかよふはかりになくさめて後の世までの恨のこすな／返しつかはし、いくかへりふみかよふとも逢坂をこさすはいかゝうらみさるへき」とある。「大納言成通」は新古今冬六二二番歌の作者で、その頭注二に烏丸光栄所伝本と鷹司本との勘物を示した。『二十一代集才子伝』に「藤原成通者、権大納言宗通之第四子。母正三位匠作顕季之一女也。卿初名宗房、後改成通。長治三年正月叙爵出身、任侍従、補蔵人、遷近衛司、聴禁色、為宰相中将、保延二年任権中納言、尋（ツイデ）兼侍従・皇后宮権大夫等、叙正二位。久安五年七月転権大納言、侍従如旧。保元元年転正、三年二月致仕、平治元年十月十五日薙髪為桑門、号栖蓮寺（ママ）。年六十三（ママ）。卿好文渉書典、有詩歌之才。且管絃・郢曲・鞠馬等、衆芸抜群、殊鞠

足之妙、古今絶倫。兼有江都王之軽捷、其事実千載炫耀於青史矣。〈勅撰採入歌数省略。新古今ヘ八一首ノミ〉」とある。著述には『成通卿口伝日記（別称、成通卿三十箇条）』〈群書類従所収〉という蹴鞠伝書がある。没年及び没年齢に就いては岩波新大系新古今集の人名索引に「没年未詳、永暦元年には六四歳で生存」と久保田氏『全評釈』の「作者」の新説を受けての見解が見える。『勅撰作者部類』は「正二位大納言。大納言藤原宗通男」とあるのみ。新校群書類従成通卿集の解題によれば、右の他に『鞠譜《きくふ》』なる著作もある由。これは『一巻譜』のことであろう。成通の没年と年齢は応保二年《一一六二》六十六歳没で生年は承徳元年《一〇九七》である。その行実は『今鏡』に詳しい。（『蹴鞠の研究』〈東京大学出版会〉研究篇第一部第三章四七、四八頁・『今鏡』ノ「藤波の下第六、雁がね」等ヲ参看セラレタシ）。この詞書は分脈がねじれていて文意を理解し難い。詞書末尾の「申しければ」は、鷹司本の「申されければ」の方が、主語が「成通」と明確に判るのでよい。成通の文〈手紙〉の内容が「つれなかりける女を〈ココハにトアル方ガ意ガ通ズル〉後の世まで恨み残る」に相当。詞書の文意は「大納言成通が、相手〈即チ当歌作者―読人知らず―〉の女に、手紙を贈られたが、すげなく冷淡であったので（再び女に）死後の世まで恨みが残るであろうという意味の手紙を　申し送られましたので」の如くであろう。岩波旧大系は「申しければ」を「女が言ったから」と解し、小学館『全集』は「（成通ガ）申してやったので」と解している。岩波旧大系の解では作者の「読人しらず」が成通の如く誤解されてしまいやすい。これは多分当歌下句の「後のよまでの恨みのこすな」を詞書に取入れたものとしての解であろうが、従い難い。出典『なりみち集』の贈答歌を参考にすれば、当歌詞書の「つれなかりける女を後の世まで恨み残るべき由」は『なりみち集』の「のちのよのさまたけにも成ぬるへし」に相当するのである。

二　よみ人しらず

成通が恋文を贈っても、冷淡であった女である。窪田氏『評釈』で、この女を「相手〈成通〉の身分に対しての斟酌はあるが、いうところは年長者が少年に諭していること」き女性と見ておられる。『なりみち集』によれば「逢坂を越さずばいかが恨みざるべき」と成通は述べているから幾度も文通しながらも、男女の一線たる「逢坂」を越し得ずに怨まざるを得なかった女である。

三　玉章の通ふバかりになぐさめて後の世までの恨ミ残すな

管見伝本による歌句校異。初句「玉章の」が、「玉童の（正保四年板本〈明暦元年板モ〉）」。第三句「なぐさめて」が「なぐさみて（公夏筆本）」。第四句「後の世までの」が「後の世とての（武田博士大夫阿闍梨本〈岩波旧大系校異ニヨル〉）」。他伝本は増抄歌形に同じ。出典家集も同歌形。「玉章」」は、「書。たまづさと云（喜撰式・俊頼髄脳・和歌初学抄）／たまづさとはふみをいふなり（能因歌枕）／たまづさとは書の異名也（和歌色葉）／たまづさとはふみなり、玉章なり（色葉和難集）／書。たまづさ、玉梓とかけり。もしほ草は跡也。鳥の跡とも（八雲御抄巻三）」。「後の世」は、後の時代〈後代《こう》・末世〉の意よりは、むしろ後世《ごせ》、あの世で「前世」の対語。『日葡辞書』に、「ノチノヨ（後の世）↓アノヨ、カノキシ〔彼岸〕／アノヨ、または、ノチノヨ（あの世、または、後の世）。次の世〔来世〕」とあって理解しやすい。「ばかり」は所謂、程度・範囲、を表わす副助詞であるが、磐斎は「頭書」で「このばかりは、のみといふ心に見るべし」と限定の副助詞「のみ」の意で理解せよと注意している。参考「ばかり」が文末にある場合は限定を表わす。また、限定の副助詞のみとばかりの相違では、のみはある状態を固執し他の状態をまじえず、ばかりは多くの中の一つを挙げ、他の二つ三つに及ばない。しかし平安時代以降、ばかりが広い用法を示し、一方ののみが次第に口語では用いられなくなるとともに、ばかりがのみの意味を吸収するに至った（中田祝夫編『新撰古語辞典』。小学館）。歌意は、「増抄云」に従えば、「恋文を通わせる事さえ成功し難いのではあるが、それでも無理に文を通わせる事だけで、あなたの気持ちをしずめ慰める事で満足し、死んであの世まで恋の怨みを残しつつ、持ってゆくということは、しないでほしい。」の如くになろうか。参考、「〔詞書〕大納言成通が手紙を贈ったけれど、冷淡にしていた女に、来世《らいせ》まで恨みが残るであろうということを申してやったので〈女カラ返サレタ歌―大坪補〉。〔歌〕手紙の通うというだけで心を慰めて、来世までの恨みなど、お残しなさいますな。〔評〕身分上からか、相手の恋情を受け入れられない女からの返歌。せめて、文通だけで慰めてほしいというところに、暖かい情味がこもっている（小学館『全集』）」。「ばかり」を程度の副助詞とみれば「恋の文通程度でお気持を慰めて、あの世まで恨みを持っていくという深なさけはやめて下され」の如くになろう。当歌の他出書は管見範囲では見出していない。なお、当歌に対して成通の返歌、前引「いくかへり云々」がある。

四　このバかりは、のミといふ心に見るべし。

五　「ばかり」と「のみ」については前頭注に既述。

増抄……ここの文意も、前頭注に既述。「責めて為る事なる程に」とは、「恋の文通は遣り難いのではあるが、それを無理に行なう事によって、この文通で、わが心を慰めて」の意。「後世まで恨ミ残すな」は、「死後まで恨みつづけるな」の意。磐斎は、「ばかり」を限定の「のみ」の意とみて、「文通だけにして」、文通以上に行ない難い、「二人相逢うという行為は諦めてほしい」と訴えている歌だとしている。参考、「我返事をだにすまじけれども、玉章はたがひにかよはさん、是に慰めて、はかなき恋に未来の恨みを残し給なと也（八代集抄。季吟ハ後の世ヲ現世ニオケル未来＝コレカラサキト考エテイルヨウデアル）」・「我返事をだにすまじけれども、玉章は互にかよはさん、是ニ慰めよと也（学習院大学本注釈。季吟八代集抄ノ説ヲ受継ギナガラ、未来云々ガ後の世ノ意味トハ少々ハズレテ、現世ヲモ含マセタ解ナノデ後半部ハ省イテイル。ナオ、季吟モ学習院大本注釈モ、ばかりヲだにニ言替エテイルカラ、セメテ……ダケデモ、ト最小限ノ限定ヲ示ス副助詞ト見テイルラシイ）」。

〔一〇四〕（二七頁）

一　前大納言隆房、中将に侍りける時、右近の馬場の引折の日、罷れりけるに、物見侍りける女、車より遣はしける

管見二十五本では、この詞書の次に「読人しらず」と作者表記する伝本（冷泉家文永本・烏丸光栄所伝本〈但シ、行間ニ後デ気付イテノ書入〉・同書写本・鷹司本〈但シ、岩波旧大系校異ニハ朱削トアリ、武蔵野書院テキスト版デハ「読人しらず」ハ書カレズ朱削モ示サナイ〉・書陵部合点本・慶祐筆本）と、作者無記の伝本（小宮本・為氏筆本・為相筆本・宗鑑筆本・東大国文研究室本・柳瀬本・親元筆本・春日博士蔵二十一代集本・高野山伝来本・前田家本・正保四年板本〈明暦元年板本モ〉・承応二年板本・延宝二年板本〈文化元年補刻本モ〉・正徳三年板本・寛政六年板本・寛政十一年板本・刊年不明板本・刊年不明牡丹花在判奥書板本）とがある。新古今等勅撰集の書式では、前歌と同一作者の場合は作者名は示されないのが通例だから、示されていなくても当歌は前歌の「よみ人しらず」が当歌に及ぶことは勿論である。さて、詞書の校異は、用字や表記法の相違はあっても、文としては全く同文伝本は、宗鑑筆本・東大国文研究室本・為相筆本・公夏筆本・春日博士蔵二十一代集本・前田家本・正保四年板本〈明暦元年本モ〉・承応二年板本・延宝二年板本〈文化元年補刻本モ〉・正徳三年板本・寛政六年板本・寛政十一年板本・刊年不明板本・刊年不明牡丹花在判奥書板本であり、冷泉家文永本・烏丸光栄所伝本・同書写本は同文であるが「読人しらず」の作者名記載のある点が異なる。その他の伝本による校異は、「右近馬場の」が、「右近馬場の《を(朱)》」（柳瀬本。のニをト朱デ修正校合。コレハ右近馬場をまかれりけるにノ文脈ヲ示ス。のデアレバ右近馬場のひをりの日ト続ク文脈）」。「ひをりの日」が、「日をりの日（鷹司本表記。ひをりハ、引折ト日折ノ両表記ガアル）・日をりの日（高野山伝来本。を《よカ》ノ左ニよカノ校合デ、日和の日、ト考エタラシイ）」。「罷れりけるに」が「まかりけるに（鷹司本・為氏筆本）」。「物ミ侍ける」が「物みける（小宮本。侍ガナイ）」。「女車」が「女の車（高野山伝来本・親元筆本）・「女ぐるま（柳瀬本。《イ無》ぐノ右ニイ無トアリ、女るまデハ意ヲ成サナイノデ、オソラクハ、女くるまノくガ片仮名ノノ字ノ如キノ書写デアルコトノ注記デハナカロウカ）・女くるま（正保四年板本〈明暦元年本モ〉）」。なお現行活字翻刻では「物見侍りける女くるまより」として女性乗用の物見くるま、即ち一単語としての「女車」と考える説と、「物見侍りける女」で切って「車より遣はしける」に続けると考える説、即ち「女ガ車ノ中カラ」と二単語に見る説とがある。「女車」説は、小学館『全集』・久保田氏『全評釈』・同『桜楓社テキスト版』・朝日『古典全書』・岡書院『隠岐本新古今和歌集』〈女ぐるまト連濁表記スルカラ一単語〉・正宗敦夫氏『日本古典全集』・六合館『標註参考』・石田氏『全註解』・窪田氏『評釈』・塩井氏『詳解』・岩波旧大系、等である。「女、車」説〈女ガ主語、遣はしけるガ述語トミル説〉は、講談社『新註』・岩波新大系であるが、「女の車」とある伝本等を参考にすれば、この少数説の方がよいのではないか。

二　中将に侍りける時

隆房の中将としての在任期間は、治承三年（一一七九）十一月十七日に右少将から右中将に昇任、寿永二年（一一八三）正月二十二日左中将に転任、翌三年には右兵衛督〈以上、公卿補任〉。「右近馬場」の語と勘合すれば、この中将は右中将の時期と考えられ、『明月記（治承四年五月六日条）』に定家は「六日、天晴、午後密々向右近馬場見物、将着了後也」と、引折の弓試射行事を見物した記事がある。又、同年五月十一日条には次の一一〇五番の隆房の返歌を、定家を通じて俊成へみてもらう意思のあったこともわかる（次歌頭注一）。五月五日は左近衛の舎人、六日は右近衛の舎人が馬場で試射する行事が行

われ、引折の日と呼ばれた。隆房が右中将に昇任した治承三年十一月は、その年の引折の行事は過ぎているから、翌治承四年以後の引折の日の詠となる。ところでこの詞書に似た記事に「古抄〈大坪云、幽斎の聞書後抄ヲ指ス〉」にも言う『伊勢物語（九十九段）』がある。「むかし、右近の馬場のひをりの日、むかひに立てたりける車に、女の顔の下簾よりほのかに見えければ、中将なりけるおとこのよみてやりける。見ずもあらず見もせぬ人の恋しくはあやなく今日やながめ暮さん。返し、知る知らぬなにかあやなくわきていはん思ひのみこそしるべなりけれ。後は誰と知りにけり」がそれで、「見ずもあらず」歌は『業平集』（続国歌大観歌仙家集）に、「知る知らぬ」歌は『古今和歌六帖』（第五、いはじむ）にも見えている。『古今集』（恋一）にも（ママ）「右近のむまはの日をりのひ、むかひにたて・りけるくるまのしたすたれより、女ノかほのほのかにみえけれはよみてつかはしける」の詞書で、業平とよみ人しらずの両人の贈答歌として見えている。新古今の詞書では、これを参考にして女から男への歌に変えているが、次の一一〇五番の「増抄云」でもこれについて説明があり「されど問ひ懸くる例は同じ事也」と述べている通りである。この序《ついで》に『大和物語』（百六十六段）も引用すると、「在中将物見にいでて、女のよしある車のもとにたちぬ。下簾のはざまよりこの女の顔いとよくみてけり。物などいひかはしけり。これもかれもかへりて、あしたによみて（ママ）やりける。みずもあらずみもせぬ人の恋しきはあやなく今日やながめくらさむ。とあれば、女、かへし、見もみずも誰としりてか恋ひらるゝおぼつかなさの今日のながめや。とぞいへりける。これらは物語にて世にあることどもなり」。〈大坪注、物語にて世にある、トハ物語トシテ今ノ世間ニ存在スルノ意デアロウガ、物語ヲ『伊勢物語』ト名ヅケラレタ著作物トミルカ、古今・後撰等ノ題詞ノ物語的ナ「歌がたり」トミルカ、説ガワカレテイル。詳細ハ森本茂氏『大和物語ノ考証的研究』（第三章第三節）等ヲ参看セラレタイ〉。

三　右近の馬場の引折の日

中世より平成の現在に至るまで「天下第一の難義」の語句で、岩波新大系古今集（平成元年刊）の脚注でも「引折の日」は、意味「不明」とバッサリと断案。その通りではあろうが、参考のための管見し得た諸注を引用する。『袖中抄（巻二）』に、「顕昭云　故六條左京兆〈顕輔卿〉申サレシハ左近馬場〈大坪云、板本ハ右近、綺語抄モ右近。奥義鈔ハ左近。古今集第四七六番歌題詞ハ、六條家系統本ハ左、定家本系ハ右。従ッテ六条家ノ顕昭本原形ハ左近デ定家本系ガ有力ニナッタ中世以後ハ右近ニ改メラレタラシイ〉ノヒヲリノ日ハ天下第一ノ難義也云々。然者ニヤ此事ヲ注セル髄脳ニハカ〳〵シクアキラカニモイヒキラネバ一番ニ注申也。五月三日ハ左近ノ荒手結〈大坪云、所謂予行演習〉也。四日ハ右近ノ荒手結也。五日ハ左近ノ真手結〈大坪云、所謂本番〉也。六日ハ右近ノ真手結也。荒手結ノ日ハ射手ノ近衛舎人、水干《カン》袴ニク、リヲアゲテ、褐ノ尻ヲ女ノ中ユヒタル様ニ引出シテ、其上ニムカバキヲ結也。真手結ノ日ハ紅ノ下袴、織物ノ指貫ニク、リモアゲズ、ソバヲハサミテ褐ノ尻ヲ胯〈大坪注。もも、或ハはぎ、ノ振仮名アリ〉ヨリ前ザマニ引タウサギテ前ニハサメリ。サレバ此真手番ノ日ヲ、ヒヲリノ日トハ云也。女ノ日ヲリト云ハ、キヌヲシタザマニ引ツボヲル也。荒手番ノ日ハ、褐ノ尻ヲ女ノ中ユヒタル様ニハコビヲアラセテ、カミヘヒキイダシタレバ、ヒヲリトハイフベカラズ。荒手番ハ射コトノナラシニテカリソメナレバ、ヒキツボヲレリ。真手番ハ、射手モサダマリ次第ヲリタテツレバ、コトシタ、マリ、ツヨクヒキタウサグナリ。而テ近代ハタヾ真手番ノ日モ水干《かん》ニテ引折テ、荒手番ノ日ト同様ナレバ、イヅレノ日ヲ、ヒヲリト云ベクモアラヌニヨリテ、イマノヨノ人、コノヒヲリノ日ヲシラヌナリ。左近ノムマバノヒヲリノ日ト云ハ五月五日也。右近ノ馬場ノヒヲリノ日トイフハ五月六日也〈後略〉（大坪注、『袖中抄の校本と研究』ノ本文ヲ、ソノ脚注ヲ参考ニシテ、意ノ通ズルヨウニ直シテ引用）」とある。他歌学書では、「まゆみの真手結の日也。五月五日也。此日はかちのしりをひきをりたれば、ひをりのひとは云ふ也とぞ秦《ハタ》兼方〈袖中抄引用奥義抄デハ下野武忠トアル〉は申しけれども、あらてつがひの日も引きをれり。おぼつかなし（奥義鈔）」・「ひをりの日は五月五日左近の馬場のまゆみの手むすびの日也。此日はかちのしりをひきをるなり（和歌色葉）」・「右近馬場の手結の日を云也。五月四日也（綺語抄）」・「〈前略〉ひをりの日といふ事は、ふるき疑ひ也。兼久〈奏兼方ノ子〉は真弓いんとする時に、かちのしりをうちざまに引折てはさむをいふなりとぞかける。但いづれの日もさこそはすめれば、是ひが事にやある。やうことなき人の有けるは、左近馬場の南洞院よりはひんがしに引入たる処あり。〈袖中抄ニ、今案、一条西洞院坎トアリ〉そこをひをりといふ也。さらば左近と書べきを右近とは書あやまてるにや。業平が手づからかみや紙に書ける伊勢物がたりの、朱雀院のぬり籠に有けるには、只右近の馬場の日、むかひにたてりける女の㒵下簾よりほのかに見えければとぞ書りける。されば日をりの日と書あやまてるにや。〈大坪云、現存塗籠本ニハ「ひをりの日」ノ句文アリ〉（和歌童蒙抄（ママ））」・「〈前略〉或人云、教長卿、五月三日右近の荒手結の日也。四日は左近荒手結也。五日は右近の真手結、六日は左近の真手結也。荒手番の日は射手の近衛とねり、水干袴にくゝりあげて褐の尻を女の中ゆひたるやうに引出して、其上にむかばきを結也。されば此荒手番の日をひをりの日とは云ふなるべし。真手結の日は紅の下袴、織物、指貫にくゝりも上ず、そばをはさみて褐の尻をば胯より前様にひきたうさぎて前にはさめり。然れば荒手番は、ことのならしにてかりそめなるやうにて、引きつぼをれり。真手番は射手もさだまり次第をもたてつれば、ことした〻まりてつよくひきたうさぎなんどす。此やうにも近代はなくて、たゞ真手番の日も水干袴にて引折たれば、何の日をも、ひをりの日ともいふべくもあらず。よりて、今の人此ひをりの日をしらずなりにけり。和云〈大坪注、和トハ本書色葉和難集ヲ指ス歟〉、顕昭、此義は荒手番を日折の日といへり。而北山抄江帥裏書云、五月騎射荒手番の日、次将革緒・射手以二褐衣尻一自余引越如レ褌。真手番の日、次将革緒・射手舎人折二返褐衣尻一。仍称二之引折日一云々。如二此説一与二前意一相違。ひきをることも真手番にあり。仍真手番を日折の日と云へり。江説、是憶か。今案、一には現證、真手番には不二折返一して、ひきたをさく、二には其理いはれず。指貫、下袴ときむ事あらてつがひにはあるべからず。さればひきたうさく事、真手番に有るべし。なにしにか、荒手番にきらめくべきや。三には、江説はたふとけれども、近衛司にあらず。教長卿はうたがはしけれども数十年近衛司なり。されば江説は思ひたがへ、き〻あやまりもあるべきか。〈大坪注、教長説ハ正宗敦夫氏日本古典全集『古今和歌集』附録『古今和歌集註』翻刻。江説ハ、『江家次第』（故実叢書所収）・『江次第抄』（続々群書類従所収）ヲ指スカ。前者ハ「左右衛門府手結《テツカイノ》事」ニ「射礼之前行レ之、荒手結、正佐或丸緒、権佐平緒、真手結日共平緒、着二左近府庁一行レ之。―中略―真手番日、府ノ督ノ家司来授二禄於佐一、〔近代不見〕近衛次将荒手結、野剱革緒尚可レ用二細剱丸緒一歟《しやらい》」トアルガ、コレハ正月ノ近衛府ニオケル射礼ノ行事デアリ、たふとけれども、五月ノ右近馬場ノ行事デナイカラ、近衛司にあらず、デアル。後者ハ、同ジク射礼ニ「左右衛門府手結《テツカイ》事」トシテ「有荒手結《アラテツカイ》 真《マ》手結《テツカイ》。衛門佐着左近府庁行之。爲射礼練習也。又近衛府賭弓前有荒手結真手結等、次将於庁行之。此者為賭弓也。衛門府不参賭弓也」トアル〉。又、私案に、日折の日と云ふこともうるはしきまゆみの日ならねばこそかけと申しつべし。真手番をば、たゞまゆみみけるにとかくべきなり。然ればあらてつがひを日折の日と云べきか。俊頼朝臣、法性寺入道殿にて五月五日の心をよみけるに、ながきねもはなの袂にかをるなりけふやまゆみの日をりなるらん、とよめりけるに、和泉前司道経、其座に侍て、古今の難義なりき〻侍りぬや、と申しければ、文書伝へて侍る身を、かうな申しそと許にてのべやることも侍らざりけり。六條の修理大夫伝聞きて、道経よくいひたり、難義を難義にておきたればこそあれと、か〻るおしわざするは可レ憚事也とぞ申されける。俊頼義にてはいかさまにも真手番の日を云ふと聞えたり。左近右近によりて、五日六日こそ不レ聞なれ

ば、それをいつかとよみつれば左近ときるをいはれずと歟。又荒手結真手番を、五日とよみつれば真手番とさだむるをいはれずとか。真手番といはん人の義にては、俊頼歌たがふまじ〈後略〉（色葉和難集）」・「ヒヲリノ日ハ、天下第一ノ難義ヲ随身下野武忠ナニゴ、ロナクイヒイダシテ侍キトゾ左京大夫顕輔卿申侍シ。其義ハ左近ノマ手結ハ五月五日也。右近マ手結ハ同六日也。件日ハ褐ノ尻ヲヒキヲリタレバ、ヒキヲリノ日トハイフナリトゾマウシケル。然而アラテツガヒノ日モ、ヒキヲレリ、オボツカナシ。清輔朝臣ガ奥義鈔ノ古今釈同二此義一。教長卿云、五月三日ハ左近ノ荒手結、四日ハ右近ノ荒手結、コノアラテツガヒノ日ハ、イテドモ〈射手共〉、ノ近衛舎人ミナ水干袴ニク、リアゲテ、カチヲキタルガ、ソノシリノナガキヲ、女ノナカユヒタル様ニ〈大坪云、女が衣の裾を引ずらない為に、身の腰のあたりでたぐって紐で結んだ様にして〉ヒキイダシテソノウヘニムカバキヲユフナリ。サレバコノアラテツガヒノ日ヲ、ヒヲリノ日トハイフトイヘリ。但、イヅレノ日モサコソハスメレバ、コレヒガゴトニヤ。アルヤムゴトナキ人ノアリケルハ、左近馬場ノ南、洞院ヨリハ東ニ、ヒキイリタルトコロアリ、ソコヲヒヲリト云也。サラバ左近トカクベキヲ、右近ハカキアヤマテルニヤ。コノ義ヨク〳〵コ、ロエラレネド、物ニカキタレバ注申ナリ〈下略〉（顕昭古今集四七六・四七七番歌注）」・「右近馬場のひをりの日。まゆみの手結《つがひ》に、とねりどものまさしく褐をひきをりてきたるを、ひをりといはむ、たがはずきこゆ。荒手結にも、おなじすがたなれど、あら手結は、かたのやうにて、真手結《まてつがひ》をむねとしたれば、この事あたりてきこゆ

〈定家僻案抄〉」。

この他に、伴信友『比古婆衣（巻十一）』の巻頭に「右近の馬場のひをりの日とよみきたれることの論」がある。「〈前引、範兼ノ童蒙抄ヲ引用シテ〉然るに今の世に朱雀院塗籠御本の写として伝はれる本には、件の文今ある本どもとまたく同じ、範兼卿の見て引給へる本とは別なり。さてその朱雀院なりける御本〔拾芥抄に朱雀院は累代後院、或号四条後院とあり、朱雀院天皇の御物とさだめては心得べからず〕まことに業平朝臣の手なりけるにか〔割書省略〕。そはいかにまれそのかみ後院に置れたりつる御本にて古き一本なり。そもく此物語にはまことに異なる本どものありてとりぐにみえきたれたるは、この本書のいまだ草本にてありけるほど、これかれに写伝へたるが世にひろごりたるもあるべく、又後人のとりなほして写しつたへたるもあるなるべし〔割書省略〕。〈中略〉然らば此右近馬場の歌もその集〈後人書写ノ本〉よりとりて載られたりつらむを、其は童蒙抄に記されたる塗籠御本の伊勢物語のごとくしるしてありけむを〔省割書〕さては上に車といへる事なくてうちつけに下すだれより云々とては、詞たらざるがごとくきこゆれば、上に車にと云ふ詞を加へ又その上にも詞を補へて、右近の馬場の日をりのひむかひにたてたりける車に、と書とのへられたりけるを、後に立かへりてその詞書によりて此物語をも直したりし本どもの今の世には伝はれるものなるべし。〈中略〉さて右近の馬場の日とは五月六日の真手番《マテツガヒ》の時の事なるべし、をりはその馬場の柵にて埒ともいふものこれなるべし〔省割書〕。但しなべては人にまれ鳥獣にまれ捕り籠めおく処はをりといへど、そはもと其ものを放れざらしめむ為に造れるもの、名ときこゆれば、馬場にて馬を逸ざらしめむ料に標構《シメカマ》へたる垣をもをりとは云べきなり。〈中略〉さて柵の日向ひに立たりける車に云々とは、柵に添ひて日の射す方に向ひてたてたる車なるが故に、日を負ひたる方より見れば、下簾の内へ日光の射しとほりて女の容貌の髣髴に見え透たるよしなり。〈中略〉さて此事を今昔物語集に、今ハ昔右近ノ馬場ニ五月六日弓行ハレケルニ在原業平ト云人中将ニテ有ケレバ大臣屋《オトドヤ》ニ着タリケルニ、女車大臣屋近ク立テ物見ル有リ、風ノ少シ吹ケルニ下簾ノ被吹上タリケルヲリ女ノ顔ノ下憖《ニクカ》ラズ見エタリケレバ、業平ノ中将小舎人童ヲ以テカク云ヒ遣リケリ、ミスモアラスミモセヌ人ノコヒシキハ云々ト、女ノ返、シルシラズ云々トゾ有ケル、とあり。〈中略〉さて右近の馬場の真手番の時のありさまの書ども見あたりて件の考の證とすべきは、仁安二年五月六日の山槐記に、今日右近騎射真手結也、任大将初度大将有見物事也〈大坪注、以下省略〉。また治承四年五月六日の玉海に、此日近府真手結也〈大坪注、以下省略〉。定家明月記ニモ見ユ、既引〉。こは業平朝臣の頃とははるかに後の事ながら、そのかみなほむかしのありさまに異ならざりしときこえたり。かくて又年中行事の畫の中なる右近府真手結巻の畫の此考に主とあるところをぬき出て縮めてこゝに写出せり、併せ考へて證とすべし〈大坪云、畫は図書刊行会伴信友全集第四、二三五ページニ所載アルモ割愛。以下中略〉。さてまたいはゆる右近の馬場の日とは、其馬場にて馬射を行ふ日といふ意にてそのかみ然云なれたりしなるべし。但し儀式国史等を併考るに業平朝臣の頃にはやくより五月五日六日、天皇武徳殿に幸して、内馬場にて馬射を覧はし給ふ式なりけれど、御世々々其式行はれし事の、史に載られたるはいと稀なるをおもへば、右近馬場にて代行はるゝ例なりしときこえたり。然れば右近の馬場のといへるは上に挙たる今昔物語集によれば六日の式を右近馬場にて代へ行はれし真手結の事に当れり〈比古婆衣。附考ハ省キタリ〉」・「古今集の詞書、また伊勢物語に、右近ノ馬場のひをりの日云々とある、こはいとくかたきことゝして、昔のものしりたる人たちも、とりどりにいへることなれど、いづれも心得ぬこと有り、それが中に、ひをりといふ称《ナ》は、顕昭の袖中抄に、真手番《テツガヒ》の日は、射手の近衛舎人、褐《カチ》の尻《シリ》を、前《マヘ》ざまに引たをりて、まへにはさむ故にいふ、といへるぞさもと聞えたる、されどその真手番《マテツガヒ》といへる、五日六日の騎射は、師の考へのごとく〈大坪云、後引スル真渕ノ伊勢物語古意ヲサス。真渕説ハ契沖ノ古今余材抄説ノママデハナイ〉大内の馬場にてこそあれ、其日左右近衛の馬場にてあることは、いづれの書にも見えざれば、右近ノ馬場のその日とは、いづれの日をいふならむ、さだかならず、さて又師の考へには、ひをりを、引柵《ヒヲリ》または標柵《ヒヲリ》ならん、といはれつれど、馬場の埒《ラチ》を、ひをりといへること、物にみ見えず、又しかいふべくもおもはれず、ましで標を、ひ、といへることもなし、又標を立ツればとて、其日を標柵の日とはいふべくもあらざれば、此説も二つともに取リがたし、かにかくに此事は、まことに難義にぞ有ける〈玉勝間〉」・「〈前略〉たゞ守部が思ふ処をいはん。まづ一条京極の末を右近馬場と云と拾芥抄に見えて、此は誰もしる処なり。さて此ノ左右の馬場にて、五月三日より両日づゝ、競馬騎射を行ハるゝ事は、五月六日、大内の馬場におきて行せらるゝ、競馬騎射の下ならしをならし試みらるゝわざにぞありける。其ノ五日六日大内にて行ハるゝ次第は、延喜馬寮式、騎射式、左右ノ近衛式に見えて、はやくの註に引るが如し。京極の馬場にて両日づゝせらるゝ下ならしは、三日左近の荒手番、四日右近ノ荒手番〔荒手とはあら試みにて、此の荒は今ノ世言に、土蔵の下塗を荒打《アラウチ》と云荒の如し。番《ツガヒ》とは、乗手と射手とを合せ番ふ義なり〕、五日左近の真手番、六日右近の真手番〔真手とは、右の荒手に対へたる言にて、俗にほん試みと云はんが如し〕なり。此の真手番の日を。ひをりの日とぞいふなる。〔しか云フ言の本義は、下にいふべし〕かくて此ノ日ほん試み、一わたりならし試みて、そのまゝ大内へ乗入なれば、此ノ日は装束なども美しくよそへる故に、其ノほん試の馬弓を見むとて、物見車などもよりつどふなり。それは大内の馬場にて行はるゝ馬弓は、よきゝはの人といへども、みだりにゆき見る事ならざる故なりけり。さて此真手番の日を、ひをりの日と云といふは、俊頼朝臣のうたに、ながきねも花の袂にかをるなりけふやまゆみのひをりなるらむ、これ五月五日によめるなれば、左近の馬場の真手番の日を指るなり。又今昔物語に、今はむかし、右近の馬場に、五月六日うま弓行ひけるにとある、こは右近の馬場の真手番の日を指るなるに、其ノ日を共にひをりてふといへるにてしるし。されば此ノひをりてふ言の意は、彼ノ荒手番の日に、既に、一日試みたるわざを、〔二日目の〕真手番の日に、再び折《ヲリ》かへして試みらるゝより云て、日折《ヒヲリ》の義なるにやあらん。其は儛《マヒ》を一さしまひて、又再び舞《マ》ひ返すを折《ヲリ》かへし舞《マ》ふといひ、歌を一たびうたひて又再びかへしうたふを折《ヲリ》返しうたふと云フ詞の例と同じかればなり。又節《ヨ》折《ヲリ》と云も、天皇のみたけをとりて、御形代《ミカタシロ》にうつすを云なれば、節《ヨ》は竹の節《ヨ》、折《をり》はこれも折かへす意なるべし。又書紀に、三度を三ヨリ、六齋日をムヨリノイミなど訓るよりも、をりと同韻にて通ずれば〔時々《ヲリ〱》を、時々《ヨリ〱》と云フが如し〕猶折返《ヲリカヘ》す意と聞ゆ。此外この言の例猶多かりなんを合せ考ふべし。かくて此ノ競馬は、古くよりありつと見えて、続紀天平十九年五月丙子朔庚辰〈大坪云、丙子朔ハ一日ノ意、庚辰ハ五日、故ニ丙子朔ハ不用引用歟〉。天皇御テ二南苑一。観ハス二騎射走馬一とあり。〔橘守部、山彦冊子巻三〕」・「ひをりの日・〔詞林拾遺集二夏〕 俊頼、長きね（ママ）の花の袂にかほるなりけふやまゆみのひをりなるらん、ひをりの日、古来説々多しといへども難二信用一、左近の真手番の事なり。江談にも如此なり。五月四日左近のあらてつかひ、五月五日右近ノあらてつかひ左近のまてつかひなり。清輔云ひをりの日ハまゆみのまてつかひの日なり、五月五日なり。此日褐のしりを引をりたれハひをりの日とハ云なりとこそ下野武忠ハ申けれともあらてつかひの日も引おれりおほつかなしと云々。私云ひをりの事あらてつかひに引をるといへともあらてつかひハ略儀なれハそれにあらす。たゝ日をりの日とハ五月五日と心得てしかるへからん。歌の心、五月五日ハあやめを賞する日なれハ長きねの花のたもと、云るハあやめのかつらなとかくる事なり。五日なれハけふやひをりのとおもひやりてよめるなるへし（類聚名物考。政事《マツリゴト》部年中行事）」・「ひをりのひ。引折日。六条宮真名伊物ニハひをりのひ射礼日ト有。古今恋部詞書ニむかし右近ノむまはのひおりの日トアリ。五月四日賀茂ノ競馬ニ随身褐〔音カツ訓カチン〕ヲヒキ折テ著ル也。五日ハ左近ナリ、但一条ヨリ大宮ノ方ヲ右近ト云、其ヨリ東ヲ左近ト云。嵯峨天皇ノ比ヨリ始トナリ（倭字古今通例全書）」・「法性寺入道殿にて五月五日、俊頼。なかきねも花の袂にかほるなりけふやまゆみのひをりなるらん。右古今第十一巻詞云、右近むまはのひをりの日と云々。凡左右近の騎射、五月三日は左近の荒手結、四日は右近ノ荒手結、又五日は左近の真手結、六日は右近のまてつかひなり。俊頼の歌は五日のまてつかひを詠り。古今の詞は六日の右近のまてつかひをいへり。ひをりと云は、随身のかちの尻を引をりてきる故にひをりとはいへり。荒手結も同しすかたなれとそれはならしなれはかたの様に引をるなり。是によりてまてつかひの日をむねとひをりの日とは云なり（歌林良材集）」・「伴氏のひをりの考、いとめづらしくおぼゆるにつきて、おのれも亦かうにはあらじかと思ひよれる説のあるを、ついでにいふべし。ひをりは引折《ヒヲリ》ならんか。奥義抄にひける、秦の兼方が、褐のしりをひきをりたればひをりの日とはいふなりといへる引折《ヒヲリ》にはあらで、引折《ヒヲリ》といふことと別にあり。そはまづ衣服に晴《ハレ》と褻《ケ》とのけぢめありて、褻のころもは、やは〱となえばみしどけなく、晴のきぬはさや〱とこはつきて折目ただし。この折目たゞしきを引折といふなり。台記の久寿元年九月廿九日の皇后宮御読経結願の件に、今日右大将衣冠出ス二紅ノ引折《ヒヲリ》ヲ一とみえ、また同書の別記仁平元年八月十日の春日詣の件に、着ス二引折ヲ一とある、やがて晴のきぬなり。されば引折とは衣の地厚くて、ひきをるやうにこはき義《ココロ》よりつけたる名にて、またこれを如木《ニヨボク》ともいへり。実躬卿の記の中に載せられたる、御幸供奉狩衣色目部類に、正応三年二月九日御幸也。冬季直衣出衣浮織物指貫とみえて、次文に、冬季卿ノ他、衛府ノ官皆帯剱如木とあり。これは御幸などのごとき晴の時に着るべき狩衣の、地の厚くてよきを如木といへるなり。冬季直衣にておはしゝゆゑ、直衣はもとなえ〳〵して、やはらかなるべききぬなれば、それにむかへて狩衣のこは〳〵しきを、木の如しといふ義にとりて、如木とはいへるなりけり。引折もこれに准らへて名義を知るべし。また胡琴教録に、琵琶をひく時の晴の所作をしへたる件に、装束如木にて、びはもはるかにのきぬとみゆ。こはやはらかならぬ如木のきぬゆゑ、琵琶に袖のよくしなひつかぬやうに、かくいへるものなり。されば引折如木《ヒキヲリニヨボク》はおなじこゝろにて、いづれも晴の日の装束をさせる詞なり。左近の馬場にては、三日の荒手番は褻の儀、五日の真手番は晴の儀なり。右近の馬場にては、四日の荒手番は褻の儀、六日の真手番は晴の儀なり。しか六日は、晴の日なるゆゑに官人みな引折の衣をよそひ着るなり。すべて何事の儀式にも、衣《ヒ》服をもてむねとすめれば、この真手番を引折の日といはんこと、さもあるべくおもはる。伴氏の説いとめづらしけれど、右近のうまばの日とのみにては、あら手番の日にや、真手番の日にや、たしかならず。範兼卿の見たまへりけん塗籠御本も、今伝はれるにたがへれば、もしくは脱字などありしにや。業平が手づから書けるものなるよしにのたまへるは、いといぶかし。とにもかくにもいみじき難義なれば、おのがつたなき説を、しひておしたてんといふにはあらず。たゞ試みかけるになん。後の人ことわりてよ（寄居歌談《がうなのうたがたり》）」。

なお、伊勢物語や古今集等、各作品の古い注釈書も見逃せない。殆んどは上に引いた諸注とは重なるが、まとめておけば後に便利であるので引く。「こは世に難き事とて云説あれど、猶わろければ、年経て思ふが中に、一ツ二つ侍りし。右の一つは先馬場の埒《ラチ》をばひをりと云べし。引はへて長き柵なれば、引柵《ヒキヲリ》の意なり。さて此古本に射礼日と書たれば、騎射の日なるを知べし。此事あるには必埒をゆひて、それが中にて馳れば、其日を其比の語に、ひをりの日とはいひしなるべし。万葉に馬柵をうまをりと訓たるは、馬をこめおくをりなり。是に准らへて馬場の埒も、馳る馬を左右へはぶれざらしめん料にて、引はへゆへれば、ひをりといふべき物なり。〈中略〉又ひとつは埒をたゞをりとよみ〔訓の意右に同〕〈中略〉ひは標の事か。貞観延喜の式などを考るに、競馬には必馬場の埒の末に、馬どめの標をたつめり。然ばくらべ馬ある日を、標埒《ヒヨリ》の日ともいふべき也。〈中略〉或説に、これを五月六日の右近衛の真手結の事といへど、其日なるは、内馬場にて行はれて、武徳殿に行幸あるなれば、右近の馬場にての日は、他日なる事明らけし。もし五月三日四日の荒手結は、こゝにてありもやせん。考べし。且五日六日は物見車の立べき所にもあらず。右近の馬場にて行はるゝは、他日なる事は知るべき也〔今昔物語に云、種合の戯れも右近の馬場にてせしに物見ぐるま多かりしとみゆるなど思ひ合すべし〈大坪云、今昔物語集巻二十四ノ第三十六話、女車大臣ノ屋近ク立テ物見ル有リ、ヲ指ス歟〉（真渕『古意』）〕・「〈前略〉。袖中抄説デ分リ易イニカカワラズ、真渕古説、宣長玉勝間説ガ、難義ノ上塗ヲシタ事ヲ述ブ〉これらの説〈真渕・宣長説ノコト〉いまだしき事どもなり。其のゆゑは五月五日・六日に大内の馬場にてある競馬騎射は帝のみゆきありて見給ふほどの事にて延喜式にしるされ、左右近衛の馬場にてあるはそのうちならしゆゑに、式には作法《さほふ》をしるされざる也。荒手番真手番と云ふ名を思ふべし。のり手射手をつがひこゝろむる心にて、俗語にあらこゝろみ本こゝろみと云ふが如し。北山抄に、正月十五日兵部手結、十七日観射、十八日賭射、とあるにてもしるべし。兵部の手結は賭射のうちならしにて、同じ心ばへ也。又宇津保物語祭の使の巻に、此のうまどもおなじくは手つがひにしてくらべばやとのたまひて、一番に式部卿宮、右のおとゞ、くらべ給ふ。おとゞかち給ふ、とあるも、うま弓あるべきうちならしにて同例也。延喜式四十五の巻にも、凡騎射人於本府馬場教習とあり。さて五月三日四日はあらこゝろみ也。五日六日はその当日にて、大内の馬場にまゐらぬさきに、左右近衛の馬場にて本こゝろみをする事なれば、真手番とはいふ也〈中略。江家次第三の巻、治暦五年射礼記事引用〉。此の真手番は朝はやくぞありけん。歌に、あやなくけふやながめくらさん、といへるも、あしたによめるにてこそよくかなへれ。大内の馬場なるはみだりに、人の見にゆく事かなはねば、此の本こゝろみを見んとて物見車も出づる事なりけり。〈中略〉かゝれば右近の馬場にて五月六日に騎射ある事さだかにして、五日には左近の馬場にてあるべき事もとより也。されば岡部翁の説も師のいはれたる事もみなあやまりにぞありける。〈中略〉さて又、ひをりといふ事は、古意には、引柵又は標柵《ヒヲリ》ならん、といはれ〔つ〕れどうけがたし。〈中略〉これも袖中抄に、真手番の日は、射手の近衛舎人褐《カチ》の尻を前ざまに引きたをりてまへにはさむゆゑにいふ、といへるぞよろしかりける。いさゝかなるよしにて、もの、名となる事いにしへのさまなり〈後略。西宮記巻十七賀茂祭警護ノ條ノ引用・高尚ガ上洛シテ伊物講義ノ席ニテ、崇須法師カラ、尾張国中島郡ノ俗言ニ、ひをり男ナル語ガアリ隔日勤仕ノ使用人ノ意ダト知ツタ話柄ガ記載サレタルモ要スルニ顕昭説ガヨイトスル〉（藤井高尚、伊勢物語新釈）〈ナオ古今和歌集新釈ニハひをり日ノ註釈はない〉」・「ひおりの事和歌の一の難儀とて秘するやうにいへとも秘すへき事にあらさる歟。一条より大宮のかたハ右近、それより東は左近也。北《（小）》野のあたりハ右近なり。毎年五月にあらてつがひ、ま手つがひとて、左右近衛か二たひ馬に乗て弓ゐ《（い）》る《（こ）》事なり。三日は左近あらてつがひ、四日は右近のあらてつがひ、五日ハ左近のまてつがひなり。〈大坪云、六日は右近ノ真手結也ヲ脱落〉是をひおりの日と云ハ、まてつがひの時舎人とも褐《かち》を引おりてきる程にひおりと云《（ママ）》なり。あらてつがひ同體《てい》なれ共それはそと儀式〈大坪注、外儀式、或ハその儀式ノ誤字カ〉はかりなれは、まてつかひをひおりと云。賀茂の足汰《あしそろへ》はそとして競馬《けいば》ハしきしやう〈大坪注、職掌カ〉を用《もちひる》がごとし。後成《ごじやう》恩《をん》寺殿左右近馬場《のば》におとゞ《（大臣）》やとて近衛中少将の着座する所有、業平おとゞ屋につきて女ノかほの車の下すたれよりはづれを見けるにや〈後略〉（拙蔵板本幽斎闕疑抄。殆ンド西三条実隆ノ直解ノ孫引。闕疑抄ハ、季吟拾穂抄・磐斎抄ニモ引用サレテイル。ナホ北野ヲ小野トアルハ、京都府総合資料館本ノ片桐氏翻刻ニヨル）」・「端午事。付緋折日事《ヒヲリノヒノ》。〈中略〉歌道ニハヒヲリノ日共云也。古今第十一事書、左近馬場ノヒヲリノ日ト書ケルニ付テ、様々ノ義アリ。サレバ古今第一ノ難儀ト云ヘリ。六条左京大夫顕輔卿ハ、左近馬場ノヒヲリノ日ハ、天下第一難義也ト云云。仍色々異説アリ。然共多分五月五日トスル歟。其一トヲリヲ注サハ、五月三日左近馬場荒手結、四日右近荒手結也。五日又左近真手番、六日右近真手番也。荒手番日ハ近衛舎人水干《スイカン》袴 袺《（括）（くくり）》挙テ褐《カタビラノスソ》 尻ヲ女ノナカユヒタル様ニ引出テ、其上ニ行縢《（むかばき）》（膝）ヲ結ヒ著《ツクル》也。真手番日ハ、紅下袴織物ノ指貫《（さしぬき）》ニ袺モ不挙ソハヲハサミテ褐ノ尻ヲ袴ヨリ前様ニ引袺リ衣デ前ニハサム也。サレハ此真手番日ヲ、ヒヲリノ日トハ云也。真手番日ハ次第ヲ立テ相手モ定レハ、強ク引袺ル衣也。但シ近代ハ真手結日モ水干《スイカン》袴ニテ荒手結ト同様ナレハ、其体不違故ニ委ク辨ヘ知ル人ナシト云云。今ハ一向侍ラス。俊頼卿法性寺殿ニテ五月五日ノ歌ニ、ナカキ根モ花ノタモトニカホル也ケフヤ真弓ノヒヲリナルラン、トヨマレシヲ、顕季卿伝聞テ、難義ヲハ難義ニテコソ置ベキニ、無左右云定ム不便事也トナン。清輔卿モ左近馬場真弓真手番日也。五月五日也ト云云。此人々モ五日トスル也。但シ業平手《テツ》カラ紙屋紙ニ書ケル伊勢物語朱雀院塗籠ニアリケルニハ、右近馬場ト書リト云云。然ラハ六日ナルヘキ歟。綺語抄ニ仲実朝臣ヒヲリノ日左近馬場手結日ヲ云五月四日也ト云云。教長卿モ此説ニ同シ。奥義抄ニハ真手番日也、五月五日ト書ケリ。如此異説繁多ナル者也。仍テ一義之分ヲ註也〈塵添壒囊鈔巻一〉」・「右近のばゞとは、北野の前にて、北野祭は彼所にするなり。例えば此事は五月三日より五日迄、三が日の祭也。三日をば荒手組といひ、四日をばな《（ま）》て番といひ、五日をばひをりの日といふ也。其故は五日の日の弓の主の着たる狩衣の尻を褐冠《（かちかぶり）》といふ。褐の尻を執りて引折返し左の脇に挿む也。只の時は少しも返さじとする物を、態と斯く引折返す故に、彼所は五月五日を日折の日といふ（続類従本知顕抄下五三〇頁。漢字大坪恣意）」・「年毎の五月に、左近右近の馬ばにて、近衛の舎人ども馬に乗りて弓を射る事あり。三日は左近の荒手番、四日は右近の荒手結《つがひ》、五日は左近の真手結、六日は右近の真手結也。それをひおりの日といふ。真弓の真手結の時、舎人どもを褐を引折て着る故に、引折とはいふ也。荒手結にも同じ姿なれど、それはかた《（型・片）》の様の事にて、真手結を宗と申たれば、其日をひおりとはいふなり。左近のひおりは五日の事成べし。又左右近の馬場におとゞやとて、近衛中少将の着座する所あり〈後略〉（続類従本愚見抄下六〇九頁）」・「右近の馬場のひおりの日といふに二義有。一には北野の祭をいふなり。此はかんせうじやう〈菅丞相〉の霊をあがむる事也。彼は延喜の時の人也。されば伊勢物語は延喜以前清和の時の事也。然ば北野の義には非ず。二には此は内裏の内侍所をまつり奉らんとて右近の陣所にをろし奉るを云也。内侍所日神の神也。されば日下《ヒヲリ》と云也。おろし奉る義也。此は貞観十五年の事也（冷泉家流伊勢物語鈔）」・「むかし右近の馬場のひをりの日―一条大宮より東は左近、にしは右近。ひをりのひ―僻案抄のごとし。五日は左近のひをり、六日は右近のひをり也。褐を引折てきる故云々。又古今集にも此事有（続類従本肖聞抄）」・「右近の馬場のひをりの日とは、右近の馬場にて五月五日競馬あり。随身の褐のしりをひをりてとはいふ也。秦兼方、如此申し也といへり（彰考館文庫本伊勢物語抄）」・「ひをりの事、和哥の一つの難義とて秘する様にいへども、又秘すべき事にもあらざる歟。毎年五月にあらてつがひとて左右近衛が二たび馬にのりて弓いる事也。三日は左近のあらてつがひ、五日は左右近〈右字ハ衍歟〉のま手つがひ、六日は右近のま手つがひ也。是をひをりの日と云は、ま手つがひの時、とねりども褐をひきおりてきるほどに、ひをりと云也。あらてつがひ同躰なれども、それはそとの儀式〈大坪注、そとハ外、或ハ副詞少シ、チヨツトノ意歟〉ばかりなれば、まてつがひをひをりと云。賀茂のあしそろへはそとして、競馬はしきじやう（職掌ノ意歟）を用がごとし。後成恩寺、左右近の馬場におとゞやとて、近衛中少将の着座する所有。業平おとゞやにつきて女のかほの車の下すだれよりはづれたるを見けるにや。但それは程遠くてよくも見ゆべからず。又哥をよみかはさん事もいかゞとおぼゆるうへ、大和物語には、その日中将見物に出たるよし見えたりとあそばせり（続類従本惟清抄下八一一九頁）」・「此事昔は和歌の第一の難義といへり。まづ右近左近の馬場といふは一條大宮を限りて、西は右近東は左近の馬場といふなる。賀茂の競馬等の様なる事也。扨、ひをりの日といふは毎年に五月に荒手番真手番とて左右の近衛の舎人ども馬に乗て二度弓射る事有。三日は左近の荒手番、四日は右近の荒手番、五日は左近の真手番、六日は右近の真手番、是を日折りの日とはいふ也。真手番の時舎人ども褐といふ上の衣の後へ下れるを引折て着る故に引折とはいふ也。ひをりとは引き折る也。きの字略する也。荒手番も同じ様なれども真手番をひをりとはいふ也。右近のひをりの日とあれば六日の事成べし。譬へば賀茂のあしそろへ（足揃ノ意歟）は、そとじて競馬は職掌を用いるが如し。愚見抄には、左右の近衛のはうにおとどや（大臣屋・乙殿屋）〈直解ニおとし矢〉とて近衛の中将少将の着座する所あり。此時業平大臣屋に着きて女の顔の下簾より洩りたるを見けるにや。大和物語には其日中将見物に出たる由見へたり。それは然にてもあるべし（嬰児抄）」・「右近の馬場のひをりの日。五月六日、一條京極の末までの場を、馬に騎りて、弓射る。近衛の舎人、褐の尻を引折りて着るの事也（審註）」・「むかし右近の馬場のひをり〈左側ニ、射礼マナ、ト傍書〉の日。一條より大宮の方を右近馬場といふ、それより東の方を左近馬場といふ。ひをりの日の事、顕昭云、三日左近荒手結。四日右近荒手結。五日は左近真手結。六日は右近真手結なり。荒手結の日は射手の近衛舎人水干はかまにくゝりを上て、褐《カチ》の尻《シリ》を、女ノ中ゆひたるやうに引出て、其上に行縢《ムカハキ》を結なり。真手結の日は紅の下の袴、おりもの、さしぬきに、くゝりを上ずしてそばをはさみて、褐の尻を脛《ハギ》より前さまに引たをりて前にはさめり。されは此真手番の日をひをりの日とはいふなり。以上顕昭の説なり。さらば右近のむまはのひをりの日は六日なり。引板をひたといふことく褐の尻ひきをれは引折《ヒヲリ》といふ也。或料簡に、真手結ならは、うるはしくかくへきを、ひをりの日といへるやうは、荒手結のならしの日と見ゆといへり（勢語臆断）」・「〈前略―勢語臆断ノ引用〉さらは〔五月六日ヲ〕うこんのうまはのひをりの日とはかけるなり。師云かちの尻をるを以て日の名とせむこといとおほつかなきことなり〈大坪注。ココハ真渕ノ古意ノ頭書ノ〔顕昭なとの説に、五月五日・六日に近衛の舎人の乗馬の事をいひて、六日には褐の尻を前さまに引折てのる故に、ひをりの日と云といへるは、いといさゝかなる由にて、日になつくへくもあらす、且此日は、此馬場にてもなきをたに考へぬほとの事なれは云に足す」トアルヲ指ス〉。愚按もあれともいまたに證據をたしかにもとめいたさされは暫らくいひかたし（勢語諸註参解。大坪云、該書ノ活字翻刻ニハ未刊国文古註釈大系第八巻ト、続類従完成会版賀茂真渕全集第十六巻トガアル。前者ノ解説デハ著者ハ不明トサレ、後者ハ言及ハナイ。従ツテ愚案ガだれデアルカ未詳）」・「うこんのむまは、一条大宮より東は左近、西は右近也。ひをりの日、五月五日は左近のひほり（ママ）、六日は右近のひほり（ママ）也。僻案抄に褐《スワウ》をひきかけてきる故也と云々。又古今集には、其こゝろ別に侍るか（伊勢物語宗長聞書）」・「〈闕疑抄ノひをりの日ノ説明ノ是非ノ質問ニ対シテ〉答。日をりの日の事、旧記に所見なけれは、文字の書誤りより、ひをりの日といふ事出来たるとみゆる也。旧記に古名目ならは、有へき事のなきは心得かたし。褐をひきをりてきるといふ説、信用にたらす。日の名に用ゆへき語例なし。真名伊勢物語には、射礼の日とあれは、ひをりとよむ事決しかたし。古今集の古本みえねは疑ひ残れり。射礼の日とあれは、まゆみの日とか、またはのり弓の日なと、はよまるへし。是を日をりの日とよむことは、古名目に右近の馬場のひをりの日といふ事たしかになくてはいはれす。ひをりやらん、ひおりやらん、たしかなることみえねは、うたかはしきこと也。僻按あれとも證據をいまたゝしくせぬかゆゑにいはす。決て褐の説にては有へからす（荷田春満、伊勢物語童子問）」・「〈前略。臆断ト略ゝ同文〉法性寺殿にて五月五日に俊頼朝臣、長き根も花の袂にかほるなりけふやまゆみのひをりなるらん。此まゆみは常の真弓にはあらて騎射とも馬射とも書て、うまゆみといふを略せるなり。まゆみのひをりとは、弓をひくとつゝけたり。此ひをりは左近真手結をよめり。右近馬場のひをりの日あれは左近馬場のひをりの日あるへきことわりいはすして知へし〈後略〉（古今和歌余材抄。大坪云、新井無二郎氏評釈伊勢物語大成ヤ、竹岡正夫氏伊勢物語全評釈ハ、勢語臆断ヲ参考文献トシテ引用シ、ソレニ「追考」トシテ以下ノ文言ヲ示スガ、管見シタ臆断ノ翻刻―朝日新聞社契沖全集、岩波書店契沖全集―ニハ見当ラナイ文言デアル。オソラクハ鎌田正憲氏考證伊勢物語詳解デ〔追考〕トシテ示サレタ文言ヲ、直前引用ノ臆断ノ追考ト、新井氏ガ誤認サレ、ソノ確認ヲトラヌママニ竹岡氏モ引継ガレタ為デハナカロウカ。〔追考〕俊頼は五月五日をひをりとよまれたり。実は五日六日両日を申すべし。五日は左近の引折、六日は右近のひをりと申候はんこと必然の理なり。五日競馬、国史に五日六日御覧と見えたり。俊頼の五日に、けふやまゆみのひをりなるらん、とよまれたるもいはれある歟。凡引折は五日六日共に云べし。其故は五日は左近馬場のひをりの日なり。左は右よりたふときを何條右近馬場の日をのみひをりといひて左近の馬場のひをり申まじきや。只ひをりの日といはずして右近の馬場のと、えらびたるにて左近のうまばのひをりいはずしてあらはる。五日はことに賞する日なる故、左近にてあてらるなるべし。馬場はうまばを略してむかしはまばと申しつらん、それを馬の字音をもって温《ママ》桶言〈大坪云、湯桶読《ゆとうよみ》＝上訓下音、ノ誤記〉に後の俗のいひなれたるなるべし。以上が〔追考〕ノ文言デアルガ、余材抄ノ趣旨ト似ルノデ示シタガ〔追考〕ノ作者ヤ著書ハ未考）・「右近の馬場。荒手番ハ、マテツガイノナラシ也。真手番、トクト熟シタル上ノ本式也。三日ハ左近ノ荒手番、四日ハ右近ノ荒手番、五日ハ左近真手番、六日ハ右近真手番、如此、三日・四日・五日・六日ト指ヲ折テ日ヲカゾフル故、日折ト云。又一説、標《ヒ》埒《ヲリ》ト書。埒ハ、ラチヲユヒテ鳥獣ヲ入テ置押《ヲリ》也。マセユヒタルモノ也。標ハ、古、シメト訓ズ。今云、コレヨリ内へ入ルベカラズナド云処ニ引ハルシメノコト也。万葉、あかねさすむらさき野ゆきしめ野ゆき野守はみつ《ママ》や君が袖ふる。御狩ノ場へシメヲハリタルコト也。然レバ埒モシメノ類故、標埒ト云説当ルベシ。全躰ハ、競馬ノ日ノコト也（建部綾足、勢語講義）」・「ひをり。五月に右近馬場にて騎射あり。射手のはかまのそばを引たゝみて、前にはさむ時あり。これをひをりの日といふとなり（勢語通）」・「日をりの日の事、日降の説はいふにたらず、袖中抄に右近の真手結の日とし、さる日は紅の下の袴、織物の指貫にくゝりを上すして、そはを挟て、褐の尻を胯より前さまに引たをりて前にはさめり。されは此真手番の日をひをりの日とはいふ也といへり。されは五月六日をさすへし。又法性寺殿にて五月五日俊頼朝臣、長き根も花の袂にかをる也けふやまゆみのひをりなるらん、とよめり。是は左近の真手結とするか。伊物古意には馬寮式を引て、五月五日六日は内の馬場にて行れて武徳殿に行幸有なれは、右近の馬場にての日は他日なるへき事明らけしといへり。されはひをりの日は、はやくよりいかなる意とも、いつの日とも、定め難き事也。さて置へし。然るに新古今恋二前大納言詮《ママ》房〈大坪注、隆房ノ誤写歟、管見新古今二十五伝本ハスベテ隆房〉中将に侍ける時、右近の馬場のひをりの日まかれりけるに物見侍ける女車よりつかはしける、詠人しらず、例しあれはなかめはそれと知なから覚束なきは心なりけり。返し、前大納言詮《ママ》房、いはぬより心や行てしるへするなかむる方を人のとふまて、とあり。当時天下の難儀なといへるひをりの日を、いつとさためてか斯定かにかゝれたるはいといふかし。愚考も侍れと違論を定むる説にもあらす、又歌にかゝらぬ事なれは略せり（古今和歌集正義）」・「右近の馬場は、北野の前也。ひをりの日とは、五月五日に秦氏の随身、すゞめ小弓の的《まと》程なるをたて、射《いる》事のある也。其時随身のかちのしりを引をりける程にひをりの日とはいひける也。褐は裝束《しやうぞく》なり。僻案抄に右近馬場のひをりの日とは、まゆみの手結にとねりどものまさしく褐を引折てきたるをひをりといはん。たがはず聞ゆ。荒手結にも同じすがたなれど荒手結はかたのやうにて、真手結をむねとしたれば、此事あたりて聞ゆといへり。一禅御説〈大坪注、兼良著書名。百廿八ヶ条ニワタル和歌故実書〉、ひをりの日の事。法性寺入道殿にて、五月五日に、長きねも花の袂にかほる也けふやまゆみのひをり成らん。俊頼朝臣よめり。凡、左右近の騎射は、五月三日は左近の荒手結、四日は右近の荒手結、又五日は左近の真手結、六日は右近の真手結なり。俊頼朝臣のうたは五日のまてつかひをよめり。ひをりと云は、随身の、かちの尻を引折てきるゆへに、ひをりとはいへり。引をる心なり。荒手結もおなじ姿なれど、それはならしなれば、かたのやうに引をる也。これによりてまてつかひの日を、むねとひをりの日とはいふ也（古今和歌集栄雅抄）」・「右近ノムマハノヒオリノヒト云ハ、北野祭ト云ヘリ。問、北野ハ菅承（ママ）相ノ聖廟也。彼マツリト云不審也。承相ハ延喜ノ時人也。業平ハ清和ノ時ノ人也。時代不具。日オリト云ハ内侍所ノ祭也。内侍所ハ日神也。此祭ハ日不定、コノ御躰ヲ右近ノ陣ニ下シテマツルヲ日オリトハ云也（古今和謌集聞書）」・「右近の馬場は、北野のまへなり。ひをりの日とは、五月五日に秦氏随身のすゝめ小弓のまとほどなるをたてゝ〈大坪注、雀小弓トハ二尺七寸ノ小弓デ五間先ノ的ヤ雀ヲ射ル物。平安末期以後公家デ行ナワレ、民間デモ児童遊戯トナル〉、いることのありける也。其時かちのしりを引おりけるほどに、ひをりの日といひけるとかや（書陵部、古今集浄弁注）」・「右近のむまはのひをり〔下ノ字也〕の日。右近の馬場〔バハ〕は、北野より東の野也。五月右近の騎射と云事あり。騎射にひをりと云事あり。右近衛の中将已下公事あり（天理図書館、古今集耕雲聞書）」・「此ひをりの事、時より様々の異義あり。五月の初、右近司騎射と云事あり。右近の馬場に出て馬に乗て弓を射なり。其あらての番・真手番と云事あり。仮令、真手番とはならし〈大坪注、馴ラシ・練習〉の義也。此日左右近の司の乗しり〈乗尻・騎尻デ騎手ノ意〉ども、褐の尻を引をりて乗也。仍、此日をひをりの日と云。此ひをりの事、猶難一定。一往之義を釈する也。褐は装束也（同上。天理図書館耕雲聞書ニハ二箇所ニ注アリ）」・「此右近を左近と云ともあり。業平は右近中将、左近少将にてありし也。古くも稙々説あり。朱雀院のぬりごめに、かんや紙にて業平自筆にて書たる本に、右近の馬場とばかり有。ひをりの日とはなし。女のかほのとあるを、二条の后の御事とあり。ひをりの日の事、種々説あり、不用。只、真手番の人、褐と云装束の尻を引をると云也。其を、き、の一字を略してひをりと云也。四日は左近、五日は右近の馬場也〈後略〉（蓮心院殿説古今集註）」・「右近のむまばの日をりの日、仰云、此事難儀也。仍雖説々多、只当家随身ノ装束〈褐ト右傍書〉ノシリヲヒキオリタル也。可用此義。〈中略〉御抄云〈大坪注、僻案抄ナリ〉、マユミ〈弓ノ儀也ト右傍書〉ノ手結ニ、トネリドモノ褐ヲヒキオリテキタルヲ、ヒヲリトイハン、タガハズキコユ。アラ手結ニモオナジスガタナレド、荒手結ハカタノヤウナル事ニテ真手結ヲムネトシタレバ、コノ事アタリテキコユ（六巻抄）」・「左近馬場ハ五月五日、右近馬場は六日、騎射といふことあり。随身のかちのしりをひきをる也（三秘抄古今聞書）」・「十口抄に書云、右近の馬場ハ西の京〔一条大宮也〕、左近馬場ハ東京也。大宮をかぎりてある也。ひをりの日ハ御抄〔僻案抄也〕にみゆ。褐《カチ》を引折《ヒキタル》ことを云とあり。此時官人《タハンニン》馬にのりて的《マト》をたて、射《ヰ》る也。黒直衣《クロナウシ》などいふ物を着《キ》て裾《キヨ》《シリ》を引折《ヒキヲリ》て着するのよし也。左近ハ五月五日右近ハ六日にあり。是ハ当日六日の事也。僻案抄云、右近の馬場のひをりの日とハ真弓《マユミ》の真手結《マテツガ》ひに舎人《トネリ》どものまさしく褐をひき折て着たるをひをりの日といはんたがはず聞ゆ。荒手《アラテ》つがひにもおなじすがたなれと、あらてつがひはかたのやうなる事にてまてつがひをむねとしたれは、事あたりて聞ゆ。〔永正・飛鳥抄・一華・十吟等同義〕。私、顕昭萱見抄・清輔奥義抄にいへるも此儀の外ハなし。むかしハ古今第一の大事などいひしごとく也〈後略〉（季吟著、教端抄。新典社影印本ヲ翻字セリ）」・「右近ノ馬場ノヒヲリノ日トハ五月五日ヲ云也。随身ノ上ニ着スルカチノシリノツマヲヒキヲリテウシロニハサム也。此ニヨリ外ニハカクスル事ナシ北野ノ御祭ノ事也。右近馬場トハ北野ノ御前也。儀多トイヘトモ是ハ女（ママ）トハ染殿ノ后也（曼殊院蔵古今秘注抄）」・「日をりの日とハ、ないし所、ちんへなし申て、まつる日の事と也。さてひをりとハ日下と書也。馬場ハ一條大宮より西なり。左近右近騎射して弓いる事あり。六日ハ右近、五日ハ左近なり〈如本、ト右傍書〉。然ニけふ物ミるハ五日なれハ左近不審ある事也。日をり日御抄〈大坪云、定家僻案抄ヲ指ス歟〉ニあり（曼殊院巻子本古今集聞書。汲古書院写真版一九五頁ニヨル）」・「ムカヒニ立ル車ハ染殿《ソメトノ》内侍車也。日ヲリノ日ノ事説ゝ有之。一説之ハ貞観十九年ノ事ト云ゝ。内裏ノ内侍所ヲ祭奉ラントテ、右近ノ陣ニ下シ奉ルヲ云也。内侍所ハ日神ノ御形也。サレハ日ヲリト云也ト云ゝ。又説賀茂祭ノ日右近ノ馬場へ天照太神ノヲリサセ給間申ト云ゝ。又説同祭ニ主上御階ヲ三ツクタラセ給フ間申トモ云リ。主上ヲハ日ニタトフ故也。家説随身ノ褐《カチ》ノシリヲヒキヲルナレハ云也。五月右近馬場騎射《マユミ》ト云事アリ。随身ノカチノ尻ヲ引折（曼殊院良恕親王伝受奥書本古今鈔）」・「右近むまハのひをりのひ。まゆミの手結に舎人とも褐の尾（ママ）をひきをりて着たるをひをりとたかハすきこゆ。荒手結にもおなしすかたなれと、あらてつかひハ形のやうなることにて、真手結をむねとしたれハこの事あたりてきこゆ〔已上京説〕。顕昭か袖中抄といふ物にハ、この事古今第一の秘事なりとかきたり。右近ハ五月五日荒手番、同六日真手番也。六府将以下をとゝやに着坐して事を行也。業平朝臣府の将なれハその日むかへにたてたる車を見て侍ける（古今秘聴抄）」・「右近のむまはのひをり。右近ノムマハトハ今ノ北野ノ内野ノアタリ歟。右近左近ノ馬場トテ在之。五月ノ始ニ近衛ノ舎人共ノ馬ニ乗テ弓ヲ射事ノアリシ也。ヒヲリノ日トハ其舎人トモノ褐ノ装束ノ後《シリ》ヲ引折テ腰ニハサミテ馬ニ乗トナン。コレヲヒヲリト云ト云也（曼殊院蔵、口伝）」・「日をり。右近むは、一条大宮より西也。さ近右近□いかキあり（大坪注、迄斎垣あり、ノ意カ）。五日さ近不審といへり。おほくの人物ミける日なり（難波津泰諶抄）」・「古今集伊勢物語なとに見えたり。真名本に射礼日と填《ウメ》り。引折の日の義也といへり。五月六日右近の真手番の日紅の下袴織物の指貫にくゝりもあげすそハを挟て褐の尻を前さまに引折て挟むをいふ也といへり。一説にひをりは標埒《ヒヲリ》の二字なるへし。貞観儀式延喜式なとに騎射の式にハたゝ埒のみにて競馬の時は必標と埒と二ツあり。しかれは馬場の標埒の日てふときハ競馬の日の名となれるなるへし。標をひとよむは標位をひゐといふか如し。埒をハをりと訓ハ万葉集に馬柵をまをりとよめる類なり。柵と埒とハ其形異なれと馬を防て溢れさらしむる意ハ同し。よりて埒をもをりとよむ事疑なしといへり。標をひとよむハ音なるへし。○為家卿の説に、歌道の大事のみならす一天下の大事といへるハひをりといふ詞に就ての義なり。神社啓蒙に、桜葉神明ノ宮在二洛陽朱雀ノ東近衛西一所レ祭天照大神也。此宮上古在二右近ノ馬場一。五月荒手番之時太陽光華降二下馬場之頭一也。故世人称云日降《ヲリ》ノ神明一と見えたり。折と降と音近きをもて此説あり（倭訓栞）」・「右近の馬場は、一条より大宮の方をいふ。夫よりも東の方、左近馬場也。ひをりの日ハ、競馬の日をいふ（増補新撰はし書不梨（下））」

右以外にも管見の及ばぬ古註の存在する事は、例えば、鎌田正憲氏『伊勢物語詳解』・大津有一氏『伊勢物語古註釈の研究』・新井無二郎氏『評釈伊勢物語大成』・田中宗作氏『伊勢物語研究史の研究』・物集高見氏『群書索引』等々に見える古註釈書名を見れば歴然たる事である。なお後日《ごじつ》を期したいが、偶《たまたま》、連歌論書『吾妻問答』を繰っていたら、左の記事が目にとまった。「車の右にのりし帰るさ、と云ふ句に、人の見る馬場の日をり時過ぎて、と侍り。前句は太公望が事也。前より其の心くる間、かの右近馬場のひをりの日、向かひに立てる女車を思ひて、見すもあらず、と業平の読み侍りしを取り合はせて、右と云ふ言葉に右近馬場を取り成して、車を物見車によそへて、のりし帰るさ大事なるを、時過ぎてとあひしらひて、心をも捨てず候。かやうの事、大切の事に候」という記事で、『新撰菟玖波集』巻三夏連歌の宗砌句にも、「付けがたかるべき句をあまたし侍りて、人のつかはし侍りし中に、車の右にのりしかへるさ、と云ふ句に、人のみる馬場のひをり時すぎて」とある。この前句は、『菟玖波集』巻十八賀恋歌に「嘉暦四年七月、内裏の恋歌に。賢きは時を待ちてや仕ふらん／車の右ニ乗りてかへりき。前太政大臣」（朝日新聞社古典全書ニヨル）とある公賢付句の小異形で、『夫木抄』巻三十五「翁」の、中務卿親王歌「この浜に釣する翁あはれなり車の右に誰か乗すべき」に基づくものである。この付合は『竹林抄』第八雑連歌上にも収載されてあるから、竹林抄の古注も次に引いておく。「ひをりとは、五月五日に在事也、右近左近のひをり也。前句は、周の文皇ノ御狩に、史編《シュヘン》ト云者、占て云、文王将レニ畋《カリセン》一、渭浜ニ一、有シ二大得者一非熊ニモ非熊、天送二汝師ヲ一と占つるに、三日いもゐして出給ふに、彼浜にして、大公望、釣たれてゐたるにあひ給ふ。其時、御車の右にのせ帰給ふ義也。付る心は、其を日本の古事ニなして、右近のむまはのひをりの日、むかひにたてたる車の下簾より、女のかほのほの見えけれは、見すもあらす見もせぬ人の恋しくはあやなくけふやなかめくらさむ、とよめる心也。右近とあれは右ととる。車は其時たてたる車也。乗しと云は、其時の女になす也。猶もかへるさと云所大事なれは、時過てかへると付なし侍也（竹林抄之注）」・「此前句、文王太公望を得て車の右にのせて帰玉ひし事也。付る心ハ右近馬場の日をりの事ニとりなせり。仍右と云字をつけんとて馬場といへり。車ハ物見車也。彼右近の馬場のひをりの日、向にたてたる女車をミて、見すもあらすと業平のよミし心を取て、物見車になせり。かならす此時人多見事也。帰さの大事なるを時すきてといへり。心詞一としてかけす神妙の事なるへし（雪の煙）」・「前句右近ノハ、也。五月五日也（竹聞）」・「前ハ太公望也。右近ノ馬場也。今ノ北野、は大公望渭浜より周文王の車の右ニ乗てかへりし事成を、日本の事に取なせり。右近のばゞのひおり（ママ）の日、むかひにたてる車に女の顔の下簾に見えけるを、見すもあらぬ（ママ）みもせぬ人の恋しくはあやなくけふやなかめくらさん、とよめる、右近の馬場にたてる車の右ととれり。乗し車とあれは付るなり。なを、か（ママ）へるさ大事なれは、時過てと付る也。此ひをりは五月五日にある事也（竹林集聞（ママ）書）」。

以上、管見し得た五十余本の諸説をまとめると、「ひをり」とは、引折〈褐の尻を引き折る・生地《きじ》が強厚で折目の崩れない衣、〈つまり木の如き引折如木の衣を着用する〉・引き入りこんだ場所・日折〈日を折り返す、荒手真手の結番日を交互に折返す〉・標柵、引柵、標埒〈馬を騎走道から外れさせない為の柵〉・緋折〈紅色の衣装を引き折りて着る〉・日下、日降〈日の神たる天照大神を迎え下し奉る〉、意と考える諸説がある。又、その催行日も、五月五日と五月六日の左近右近の真手番の日と考える説が多く、殊に五月六日と見るのが有力説のようである。

四 罷れりけるに
「罷る」は、謙譲的或は改まって荘重な表現で、自分の意思よりも、上位者の意思に従って、行く、来る、という行動の時に使う。隆房は、中将であったから、右近馬場に設らえられた詰所である「大臣屋《あとどや》」に「出向きましたが」の意。行事催行の責任者であったのであろう。

五 物見侍りける女、車より遣はしける
大意「真手番の騎射者が弓を射る行事を、見物に来ていました女房が、その物見車より隆房に使者を通じてもたらした（歌）」。

六 例あれバ眺めはそれと知りながら覚束なきは心なりけり
管見二十五伝本では、第四句を親元筆本「おほつかなさは」とする。他伝本は異形なし。作者は、頭注一で述べたように「読人しらず」と記載する伝本と記載しない伝本があるが、孰れにしても前歌作者の「よみ人しらす」が当歌にも及ぶ。それ故詞書にある物見車に乗っていた女房が作者。出典未詳。他出も管見し得ない。本歌は「古抄」にも引く。古今集恋一の業平歌〈四七六番〉と読人不知歌〈四七七番〉で『契沖書入』もこの男女の贈答歌と見ている〈但シ、伊物ニモアル歌ノ故、出典ヲ伊物トスル〉。なお、古今集での詞書にも「右近馬場」の語句があるが、その伝本によっては「左近馬場」とするのも十一本もあるので、「ひをり」の日付も、それに応ずる日となろう。初句の「例あれば」とは「先例もあるので」の意で、具体的には、古今集詞書や伊勢物語九十九段の男女贈答の有様がその先例と言える。大和物語百六十六段にも見えるが女の返歌は「見もみずも誰としりてか恋ひらる、おぼつかなさ《（ママ）》の今日のながめや」となっていて、古今集や伊物とは異なる事は「古抄」に指摘する通りである。歌意は、増抄の「頭書」も考慮すれば、「昔の古今集詞書、伊勢物語九十九段、大和物語百六十六段にも見える。業平と女房との恋歌贈答の有様の先例もあるので、隆房様が恋の物思いに沈んでいらつしやる事は、すぐその通りだとわかりますが、ただはっきりしないのは、貴男がどなたに心を奪われておられるのかがわからない事で、その為、私は貴男に逢うか逢うまいか不安に思っています」

七 昔の例
右近馬場のひをりの日に、業平と物見車の女房との間に交わされた恋の贈答歌の有様《ありよう》の事。前述の、古今集恋一四七六、四七七番歌・伊物九九段・大和物語一六六段の場面の事である。「昔の例を思へば」は「覚束なきと也」に懸かる。

八 然様にあらんか
「然様」とは、古今業平歌の「あやなく今日や詠め暮さん」を指すので、「業平さんのように理由もなく、ぼんやりと恋の物思いにふけりながら一日を送り暮そうか」ということ。

九 如何ならん
相手と逢うべきか、このまま詠め暮そうか、どちらにすればよかろうか、と迷うことを言う。

一〇 人の心
相手の心を指す。

一一 古抄
この古抄は、幽斎の新古今聞書後抄の注。その伝本間の校異は、「罷れりけるに」が「まかりけるに（私抄）」、「遣ハしける」が「遣ハしけると（無刊記板本聞書・内閣文庫蔵増補本聞書）」、「ことは書」の書字が書の上部〈ふでづくり〉と妻の下部〈おんなへん〉を合せて一字にしたような「妻」になっているのが宝永八年村井喜太郎版の新古今和歌集新鈔〈大坪云、富山房名著文庫所収ノ活字翻刻ハ詞がきトアリ。該本ハ板本ノ用字ヲ、ソノママニ翻刻シテイナイ。例エバ板元ハ大阪南本町一丁目、村井嘉太郎板ノ如クデ、板本デハ傍線部、坂・壹・喜・版デアル。歌注部分デモ漢字ト仮名ノ用字法モ原板ト異ナル事多ク、本文モ原文ト異ナッテイル箇所モアル〉、「伊勢物語等」が「伊勢物語〈等字ナシ〉（説林後抄・私抄）」、「引　見ずも……」が、「見ずも……〈引字ナシ〉（説林後抄・私抄・内閣文庫蔵増補本聞書・内閣文庫蔵聞書後抄）」・「恋しくハ」が「恋しきは（私抄）」、「今日や」が「今日は（私抄）」、「返し」が「とよむその返歌に（説林後抄・内閣文庫蔵聞書後抄）」、「と詠み」が「とよむ（説林後抄・内閣文庫蔵聞書後抄）・ナシ（私抄）」、「書きたる返哥ハ」が「書きたる返哥には（説林後抄）・書きたる返哥に（内閣文庫蔵聞書後抄）」、「引　見も見ずも……」が「見も見ずも……〈引字ナシ〉（説林後抄・私抄・内閣文庫蔵増補本聞書）」、「誰と知りてか」が「誰かしりてや（宝永八年板新抄）・誰にしりてか（内閣文庫蔵聞書後抄）」、「今日のながめや」が「今日のながめやとあり（説林後抄・内閣文庫蔵聞書後抄）、「これ等を」が「是を（私抄）」、「取合はせて」が「引合て（説林後抄・内閣文庫蔵聞書後抄）」、「例あればとハ」が「例あればとて（私抄）」の如くである。

〔二〕 古今・伊勢物語等に有り

古今集恋一四七六・四七七番歌。伊勢物語九九段。大和物語一六六段。古今和歌六帖第五いひはじむ。等の記事を指す。頭注二に既引。

〔三〕 僻案抄に委しく見えたり

僻案抄は頭注三に既引。「右近の馬場のひをりの日」は僻案抄以外にも説々多く、天下第一、古今第一の難儀と言われ、時空を絶する難義語とされてきて平成の現在に到っている。現代の最高レベルの学者も、紙面の都合が理由とは思うが「〇引折の日　不明。五月五日六日の近衛真手番の日ともいう（袖中抄）」と投げ出されている。

〔四〕 見ずもあらず見もせぬ人の恋しくハあやなく今日や詠め暮らさん

古今集恋一四七六番業平歌。第三句「恋しきは」とする伝本もある。歌意「見ヌデモナシ見タデモナイ人ガ、此ヤウニ恋シイヂヤガコレデハ、ワケモナイコトニ今日ハ一日シンキニ思フテクラスデアラウカ（宣長、遠鏡）」・「見ないわけでもなければ、かといって、見たわけでもないあの人が恋しくって、今日の一日を、物思いがちに日送りすることであろうか、〈誰だか定かでない人を思い続けるなんて〉まあ、なんと筋道のたたぬこと（松田武夫氏、新釈古今和歌集）」。

〔五〕 知る知らぬ何かあやなく分きて言はん思ひのミこそ導べなりけれ

古今集恋一四七七番読人不知歌。初句「しるしらす」。第二句「なにかあたなる」。とある伝本もある。歌意「見タノ見ヌノト分テハ何ノイハウコトゾ。ソレーヤ、ワケモナコトヂヤ。恋ト云モノハ、思ヒバッカリコソハ、イツヅハアハレルシルベナレ、其外ノ事ハナニモドウコウト云コトハナイワイナ（遠鏡）」・「〈恋の道では〉相手を知っているとか知らないなんて、どうして差別していうことがありましょう。そんなことこそ筋道のたたぬことです。人を慕う思いだけが、〈万事を運ぶ〉道しるべというものですね（松田新釈）」。

〔六〕 見も見ずも誰と知りてか恋ひらる、おぼつかなミの今日のながめや

大和物語一六六段。前田家本『在中将集』〈該本デハ、女ノ返歌トシテ当歌ト古今四七七番歌ノ二首ヲ並ベテイル〉。真淵の『大和物語直解』に、この大和物語所出歌と古今四七七番歌とをくらべて「〈古今四七七番歌ハ〉いとよき歌なるを、こゝに出せるは〈大和物語一六六段歌〉、歌も読《ヨメ》ぬ人の云たる事にてわろし。おぼつかなみのと有《アル》みの辞、か〻る所におくべき事ならぬをも、わきまへぬをこ〈烏滸〉の歌なり」とある。歌意「人をこふるは、たしかに、其人を見知てこそ、其俤かたちも、わすれがたしなどおもふべき事なれ。たゞ、見ずもあらず見もせぬほどの人をこふるとあるは、たれとしりてか、さのたまふ。おぼつかなし、となり（季吟、大和物語抄）」・「見たにせよ、見ないにせよ、私は何者と分ってお心をお寄せになりますやら。お分りのはずはありませんから、今日の雨のような物思いとの仰せも、不確かな事ですね（柿本奨先生、大和物語注釈と研究）」。

〔七〕 例あればとハ、其時の例と云ふ心なり

文意「初句の〈例あれば〉とは、古今集や伊物などに見える、業平と女房との恋歌贈答が、右近馬場でなされた例が、昔あったという意だ」ということ。「ためし」は、模範・先例・証拠の意。参考、「右近馬場ノ、ヒヲリノ日トハ、大内ノ、右近馬場ニテ、五月五日、マツリアリ。ソレヲ、ヒオリノ日トイフ也。タメシアレバトハ、昔、右近馬場ニテ、業平朝臣、人ト文カヨハセシ事ノ、有シヲイフ也。（新古今注）」。「いせ物語のうたをいひて、ためしあればと也。其人と忘れたれども、そなたの心はおぼつかなしと也（かな傍注本）」・「業平の、ためしあれバ恋せらる、ながめトハ知ながら、誰とさしてのながめならん、おぼつかなしと也（学習院本注釈）」。「〈前略　学習院本注釈ト同文ナリ〉野州云業平此所にて、見すもあらず見も……返し、しるしらぬ何かあやなく……とよみ、又大和物語に出たる返歌は、見もみすも誰と知てか恋らる、おほつかなみのけふの詠めや。是らを取合てよめるなるへし（季吟抄）」。

〔八〕 業平の例の如くハある程に……となり

文意「業平と女房との恋歌の遣り取りが、昔、右近馬場であった先例もあるので、あとでお逢いできる事になるだろうか、或いはならないだろうか。貴男が物思いに沈んでおられると私が見立てた所と違わぬように、お気持も昔の業平さまの有様のようにお逢い下さるか、それともお逢い下さらぬか、そのお心がわからないので、おぼつかない事でございます」。この「増抄云」は、言葉に表現されていない磐斎の心中を、補いながら考えないと、理解しにくい。「頭書」で省略部分を補っているが、なお十分とはいい難い。伊勢物語の場合は業平から女房に言い掛けているが、新古今の場合は、女から隆房に言い掛けているのであって、久保田氏『全評釈』の「鑑賞」で御指摘の『長明無名抄』の勝命談話や『徒然草』一〇七段の女が男に物いひかけたる返事談は理解の補助に役立つ。

〔一一〇四番歌　補説〕

一一〇四番歌の古注・新注をまとめて次に示す。

「右近馬場ノ、ヒヲリノ日トハ、大内ノ、右近馬場ニテ、五月五日、マツリアリ。ソレヲ、ヒオリノ日トイフ也。タメシアレバトハ、昔右近馬場ニテ、業平朝臣、人ト文カヨハセシ事ノ、有シヲイフ也（新古今注）」・「いせ物語のうたをいひて、ためしあればと也。〔例あればと也〕〈衍文ナリ〉其人と忘れたれども、そなたの心おぼつかなしと云也（かな傍注本）」・「右近馬場のひをりの日とは、伊勢物語、又定家卿僻案抄にも其沙汰あり。右近左近の両馬場にて五月五日、六日、競馬の有事也。今の北野、右近の馬場の跡也。是はむかし大々裏（ママ）の時の御事也。五日を真手組（ママ）と云はあしそろへ、六日を真手組（ママ）ば荒手組（ママ）と云。両日の馬上の役は、随身也。その装束、褐也。其装束のうしろを引折たる事を云也。其をきたる日の事也。馬上にてくむ也。是をひをりの日と云歟。又賀茂明神は天照太（ママ）神御一躰にて王城を守護し給ふ御神也。其日、大内へ榊を迎奉りて神事あり。その時、天子、階を一おりさせ給ふ。御門をば日にたとへ奉れば日おりと申と云々。又口伝ニ、当日に御門、日を申おろさせ給ふによりて日をりと申奉る事もあり。深秘の相伝侍事也。哥の心は、ためしあればとは、むかし業平此所にて、みずもあらずみもせぬと読給ひしを、ためしにしたる也。さておぼつかなきは心と、女車より、本哥にてほのめかしたるさま、面白哥なるべし（吉田幸一氏旧蔵本註・高松宮本註。高松重季本ハ、傍線部を、女事にて本哥にて、ト写誤スル）」・「業平のためしあれは恋せらる、詠とは知なから、誰とさしての詠ならんおほつかなしと也。野州云、業平此所にて、見すもあらす見も……返し、しるしらぬ何かあやなく……とよみ又、大和物語に出たる返歌は、見もみすも誰と知てか恋らる、おほつかなみのけふの詠めや、是も取合てよめるなるへし（季吟、八代集抄。学習院大学本注釈モ、前半同文。野州云以下省ケリ）」。

〔一一〇五〕（二九頁）

二　前大納言隆房　新古今七四二番歌頭注三に略歴既述。国文学史上では『艶詞《えんし》』（家集、隆房集の別本）の作者として著名。『艶詞《つやことば》』『日本絵巻大成10』に、「隆房卿艶詞絵巻」が所収され、絵・本文も部分所収。又その「解説」があり静嘉堂文庫本『艶詞』の一部写真と共に翻刻もある。『艶詞（絵巻）』は「四条大納言日記・隆房の恋づくし」等とも呼ばれてをり、扶桑拾葉集や群書類従雑部には全文収められてある。又、三弥井書店、中世の文学シリーズの隆房集は注もあり詳しい。当一一〇五番はそこに見られない。隆房履歴参考追加、「正四位下　同（藤原）隆房同日〈寿永二年十二月十日〉任。元蔵人頭左中将。今日兼右兵衛督。入道権大納言隆季（ママ）卿男。母〔藤忠隆卿女〕。年月日従五位下。永暦元年二月廿八日加賀守〔元散位〕。応保元年十月十九日遷因幡守〔元加賀守〕。三年正月五日従五位上〔中宮当年御給〕。長寛三年正月廿三日兼左兵衛権佐。仁安元年六月六日右少将〔守如元〕。三年正月六日正五位下。十一月廿日従四位下〔父隆季卿応保三年石清水行幸行事賞譲〕。嘉応二年正月十八日秩満得替。承安二年正月十九日従四位上〔行幸院賞。院御給〕。四年正月五日正四位下〔中宮御給〕。治承三年十一月十七日転右中将〔元少将〕。寿永二年正月廿二日遷左中将〔元右〕。今日補蔵人頭。八月廿日補新帝蔵人頭。（公卿補任）」・「前権大納言正二位　藤隆房。〈元久三年＝建永元年（一二〇六）〉六月廿三日出家。法名寂恵〔五十九〕。（公卿補任）」。没年を推定する史料として同じ公卿補任の建保二年（一二一四）条下、隆房四男の隆仲の脇書に「〈前略〉承元三―服解〔父〕。同四に七復任〈後略〉」とあるので、父に対する服喪期間は「令」によれば一年であるから承元二年（一二〇八）没となり、六十二歳の享年と思われる。さて、隆房当歌に関連する『明月記』の治承四年五月十一日の記事を示しておく。

「十一日。天晴。参院〔二藍狩衣於着張衣〕。隆房中将着単衣許、於今者暑気、已後催単衣許宜之由被相示。右近馬場真手結日、自女車送哥〔書花田薄様〕。返歌等態注付被授之。為覧家君也。退出参八条院」（徳大寺家本明月記）。徳大寺本には、細字で「隆房中将、右近馬場真手結、自女車送事注付被授事」というこの日の記事内容の書付が行間に書かれてある。隆房は定家を通じて俊成に見てもらう意図があったらしい。その為であろうか、撰者名書入れのある伝本（柳瀬本・為氏筆本・鷹司本・冷泉家文永本・烏丸光栄所伝本）では、有家・定家・家隆・雅経の撰者四人全員に撰ばれている。

三　言はぬより心や行きて導べする眺むる方を人の問ふまで

管見二十五伝本（一一〇三番頭注一に列示）では、すべてこの歌形。ただ鷹司本が題詞を「返し事」とするだけ。歌形に小異もないのは珍らしいことである。当歌に、一一〇四番歌と同じく、古今集恋一の四七七番「知る知らぬなにかあやなくわけて言はむ思ひのみこそしるべなりけれ」伊勢物語九九段ニモ見ユ）の心を本歌としたもので、『契沖書入』が本歌としないのは、詞や姿が不足の故ではなかろうか。参考歌としては「忍ぶれど色に出でにけり我恋は物や思ふと人の問ふまで（拾遺恋一、兼盛）」が、姿から考えられ指摘されてもいる。出典は未詳であるが、他出としては、『新歌仙』（内閣文庫蔵歌仙雑集所収）に歌句同形で見える。源氏末摘花巻の「いはぬをも言ふにまさると知りながら押籠めたるは苦しかりけり」も多少は参考になろうか。当歌の歌意参考、「我ながめは君故なれど、未だいはぬ程より、我恋ふる心の行きてしるべせしやらん、ながむる方を君が問ふほどにまである、となり（標註参考新古今）」。

四　其方より言はぬ先……程にと也

文意「貴女《あなた》から（文を通《とお》して私への思いを）言われない以前から、私の心の方が貴女の許へ通《かよ》っておりまして手引をしたいと思っていました。どのようにして御案内するのかと申せば、それは私が貴女を恋うてぼんやりと慕っている、その御本人である御方、即ち貴女が、私が恋慕していると察知せられて訪ねて下さるから、自《おのづ》からに御案内した事になるのでございます」。参考、「ことばにハいハねども、心が先立ていひたるにてあらん。かやうニ人にとわるゝまで、先立て心が行にてあらんと也（かな傍注本）」・「我詠メハ君故なれど、末いハぬ程より我恋る心が行てしるべせしやらん、詠る方を君が問ほどにまであると也（学習院大学本注釈）」・「此返しの心は、我詠めは君故なれといまだいはぬ程より、我恋る心がゆきてしるべせしやらん、詠る方を君が問ほどにまであると也。物や思ふと人のとふまで〈大坪注、百人一首兼盛歌〉を本歌なるべし（季吟八代集抄）」・「我うち出ていはねども、心やしるべする。我ながむる方を人のあやしむるまで也（私抄）」。

五　わが言はぬよりとも言へり

文意、「初句の〈言はぬより〉の主語は、私の恋うる貴女《あなた》の方《ほう》から言わぬと考える、即ち貴女が主語と見る理解の他に、主語を我と考えて、私が口に出して言わない先に、わが心が貴女の所へ通《かよ》って御案内するという、我を主語と見る理解法もあると言われている」の意。前引した、私抄・標註参考・八代集抄等が「言はぬ」の主語は「我」と見ている。現行注でも、鴻巣氏『遠鏡』・尾上氏『評釈』・窪田氏『完本評釈』・石田氏『全註解』・久保田氏『全評釈』・岩波旧大系・岩波新大系等は明白に主語は「我」であり、その他も主語を「私」と明確に打出してこそいないが、文意上は主語を「我」と受取れるものが殆んどである〈紙面上訳文掲出ハ省略〉。

六　業平ハ男の方より……例ハ同じ事也

古今集恋一の四七六番業平歌と四七七番歌の女房〈よみ人知らず〉歌、伊勢物語九九段、大和物語一六六段の業平と女房との贈答歌の事を指す。前歌頭注一にすべて引用しておいた。文意「業平歌は、男性から女性への、恋の意思表示の型であるのに対し、この隆房歌は、（先に女性から恋の意思表示してきたのに対して）、男性から女性への、意思表示の（返歌の）型としてのものである。型は逆ではあるが、いずれも恋の問い掛けとしての例としては同じ事であると言える」。

七　源氏物語にある源内侍が……思ひ合すべし

源氏物語、葵の巻の一節の指摘。所謂「車争い」の場面後。「けふも所もなく立ちにけり。馬場の大臣の程に立て煩ひて、上達部の車ども多くて、物騒がしげなる辺りかなと休らひ給に、宜しき女車のいたう乗りこぼれたるより、扇を差出でて人を招き寄せて、此処にやは立たせ給はぬ。所避りきこえむと、聞こえたり。いかなる好き物ならむと思されて、所もげに良き辺りなれば、引き寄せさせ給て、いかで得給へる所ぞ、と妬さになんとのたまへば、よしある扇のつまを折りて、儚なしや人の挿せる葵ゆへ神の許しの今日を待ちける、標の内には。とある手を思し出づれば、かの内侍のすけなりけり。浅間敷う古り難くも今めくかな、と憎さに、はしたなう、挿しける心ぞ仇に思ほゆる八十氏人になべてあふひを。女はつらしと思ひきこえたり。悔しくも挿しける哉名のみして人頼めなる草葉ばかりを、と聞こゆ。人と相乗りて簾をだに上げ給はぬを、心疚しう思ふ人多かり」。とある源内侍と光源氏の応答を思い合わせよというのである。他注にこの源氏物語の場面の指摘はないが、さすが磐斎である。

〔一〇六〕（一一九頁）

詠め侘びぬそれとハなしに物ぞ思ふ雲のはたての夕暮の空

三　管見二十五伝本歌句校異。為氏筆本は第四句を「くものはたてに」と誤写し、に字の上にの字をかぶせて書写。又、初句は多くの伝本は「ながめわび〈ぬ字ナシ〉」である（小宮本・為相筆本・為氏筆本・宗鑑筆本・冷泉家文永本・烏丸光栄所伝本・同書写本・公夏筆本・親元筆本・春日博士蔵二十一代集本・柳瀬本・鷹司本・東大国文研究室本・前田家本・正保四年板本〈明暦元年板本モ〉・承応三年板本・延宝二年板本〈文化元年補刻本モ〉・正徳三年板本・寛政六年板本・寛政十一年板本・無刊記板本・刊年不明肖柏在判識語本〉。他方「ながめわびぬ〈ぬ字アリ〉」は、高野山伝来本・久曽神氏蔵御室本〈岩波旧大系校異ニヨル〉である。又古注歌句本文では「ながめわひ《イわひぬ》（八代集抄）」・「ながめわびぬ（聞書前抄〈黒田家本・説林前抄・略注・大坪本・山崎敏夫氏旧蔵聞書・無刊期板本聞書・宝永八年板新鈔〉・抄出聞書・牧野文庫本聞書・内閣文庫蔵増補本聞書・都立中央図書館蔵新古今抄・九代抄・吉田幸一氏旧蔵註・高松宮本註・高松重季本註）」。古注本で「ながめわび（或ハ、ながめはび）〈ぬ字ナシ〉」が新古今注・九代集抄・かな傍注本・学習院大学本注〈八代集抄系〉・私抄、である。他出は、『自讃歌』に「ながめわびぬそれとはなしに物ぞおもふ雲のはたての夕ぐれの空　権中納言通光」・『新三十六人撰〔正元二年〕』に「ながめ侘ぬそれとはなしに物ぞおもふくものはたての夕ぐれの空　後久我前太政大臣通光」・『相国三十六人撰』に「ながめわびそれとはなしに物ぞおもふ雲の旗手のゆふぐれのそら後久我前太政大臣〔源通光〕」・『二四代集』に「詠わびぬそれとハなしに物ぞ思ふ雲のはたての夕暮の空　権中納言通光」・『二四代和歌集』に「ながめ侘びぬそれとはなしに物ぞ思ふ雲のはたての夕暮の空　権大納言通光」・『八代知顕抄』に「ながめわびそれともなしに物ぞおもふ雲のはたてのゆふぐれの空　権大納言通光」。なお、「わびぬ」と「わび」の初句相異参考として『千五百番歌合』の一二二〇番左公経歌「ながめわびうはの空なる月かげに身のうき雲ぞいとゞかなしき」〈大坪注、伝本ニヨリ初句ながめわびぬ〉・六四二番左保季歌「ながめわびぬ心を秋にとめじとておもひすつれどさらしなの月」〈大坪注、ながめわびノ伝本ナシ〉・一〇五番右釈阿「詠わびぬたれかはとはん山ざとの花まつほど《ころイ》の春雨の中」〈大坪注、ながめわびノ伝本ナシ〉・一二三八番右家長歌「ながめわびぬひとり有明の月かげにあはぬかすがく鳴のはねかき」〈大坪注、ながめわびノ伝本ナシ〉の四首がある。愚考するに、釈阿歌は相手の顕昭歌に勝っており、公経・保季歌も勝判で、負判は家長歌だけである。釈阿歌はおそらくは尊重されたであろうから「ながめわびぬ」の句形の方が良いのではなかろうか。ただこの通光歌は、伝本では「ながめわび」と字余りでない形が多いので断言できない。美濃の家苞は「ながめわび」の形に従っている。当歌の本歌は、「古抄〈常縁ノ原撰本註〉」・『契沖書入本』・『美濃家苞〈宣長〉』等も指摘している如く、古今集恋一四八四番題しらず・読人しらずの「夕暮は雲のはたてに物ぞ思ふ天つ空なる人を恋ふとて」。

四　古抄云

この古抄は常縁原撰注（聞書前抄）である。前抄を記す伝本間の校異を示す。「頼むとハなけれども」が「頼むとなけれとも〈ハ字無シ〉（略注）」、「見ゆるなり」が「見ゆるものなり（黒田家本・大坪本・山崎敏夫氏旧蔵本〈略抄シテ別註前抄ト以後示スガ原写本ハ現在所在不明。昭和十年八月、短歌雑誌ノ水甕《みづかめ》社ヨリ翻刻サレタ私家版ニヨル〉・略注・説林前抄・私抄・内閣文庫蔵増補本聞書）」、「よく詠める也」が「よめる也（説林前抄・別註前抄・大坪本・略注）」、「頼めて待つ心」が「たのめてハ待心〈ハ字有り〉（宝永八年板聞書）」、「含みて詠みたる哥也」が「ふくみたる哥也（説林前抄・別註前抄・黒田家本・大坪本・私抄・内閣文庫蔵増補本聞書）・ふくミたり（略注）」「群ら〳〵立ちたる」が「村々したる（私抄）」、略注は、「雲のはたてとハ群ら〳〵立ちたる」を脱文し、以下を「雲をはたをひろけたるやうなるをいふ也」と続ける。「広げたる様に」が「ひろげたるやうなる（説林前抄・別註前抄・大坪本）・ひろげたるやう也（無刊記板本聞書・宝永八年板聞書・黒田家本・内閣文庫蔵増補本聞書）」、「本歌」が「ナシ（別註前抄・私抄）」、本歌の本文引用が「夕暮ハ雲のはたてに物そお《も》ふうわの空なる人を恋ふとて（略注）・夕暮ハ雲のはたてに物そ思ふ〈以下ナシ〉（大坪本）」。

五　譬へバ、夕の……見ゆるものなり

文意「この歌の作者の気持を物にたとえて端的に説明すれば、日の暮方《くれがた》で何とはなしに物悲しく淋しくて儚なく感ぜられる頃あいになると、誰を力として頼《たよ》ったり宛《あて》にするという程でもないが、視線を彼方に放ってぼんやりと物思いにふけっていると、通常なら特に何と言う程でもない雲でも目にとまって、頼りたい気持に誘われてしまうものである」。「譬えば」とは、手っとり早く物にたとえて説明すれば、という意の副詞。「時分」は、機時《しおどき》・頃合《ころあい》。連俳用語としては、昼と夜、朝と暮などの時刻的なころあいを含む句材をいう。新古今の古注は多く連歌師の手に成る注が多いので「夕暮の空」という歌句を、「時分」として捉えたのであろうか。常縁《つねより》は連歌師宗祇に古今伝受を行なった人物であるから、連歌師ではないが、連歌への関心もあったに違いなかろう。連歌では新古今的圧縮表現が好まれている。参考、「何とやらんいわれもなく、夕ぐれにハ雲のはたてながめられて、かなしきと也（かな傍注本）」。

六　夕の感情をよく詠める也

「感情」は、無刊記本問書・宝永八年板本聞書には「かんせい」の振仮名がある。前接文の、「もの悲しく哀れなる」「誰を頼むとはなけれども詠めやる」ような気分を指すのである。「詠める也」は「譬へば」に応ずる述部であろう。文意は「夕暮れの気分を、よく捉えて詠んだ歌である」。

七　頼めぬさへ夕ハ……含みて詠みたる哥也　「頼め」は「頼む」の他動詞形で、頼みに思わせる・宛《あて》にさせる、の意。文意「恋人と逢える事を宛にさせない場合〈ツマリアマリ期待シナイ場合〉でさえ、夕暮れ時《とき》は憂鬱《ゆううつ》なものである。まして逢えると宛にさせて、恋人を待つ場合〈ツマリ期待シテイル場合〉の我が心の中はどのように苦しくつらいものでございましょうか、という気持を含んで詠んだ歌なのだ」。

八　雲のはたてとハ……と云ふ事也　文意「第四句の〈雲のはたて〉とは、あちこちから群がって空に立ち昇っている雲はハタ〈旗・幡・長イ布ノ端ヲ竿頭ニ固定シ、反対ノ端ヲ垂ラシタ物〉を並べ立て広げたように見える、と云う事だ」。常縁のこの古抄はハタテを旗手〈旗の先端〉と考えているらしいが、ハタテは、古くは、ハタはハテ〈極〉の古形、テはチと同根で方向の意で、果《はて》・極《はて》の方向の意であったと言う。「雲の旗手」は、八六四・九五九番に見える〈八六四番頭注一〇・九五九番頭注六参照〉。

九　夕暮は雲のはたてに物ぞ思ふ天つ空なる人を恋ふとて　古今集恋一、四八四番題しらず・読人しらず歌。新撰和歌四恋雑（初句夕されば）・古今和歌六帖一帖雲（初句夕されば）。古今集でも伝本により歌句が異なる〈新古今九五四番頭注七参照〉。引用は省略するが、『古今余材抄』で契沖は「くものはたて」につき証歌を多く挙げて説明している。歌意「ユフカタニハ雲ノ旗手ト云テイロ〳〵ノ雲ガタツ物ヂヤガ、テウドソノ雲ノタツ空ノヤウニ何ン ノ手ガヽリモナイ遠イ人ヲ思ウトテ　ワシハユフカタニナレバソノ雲ノハタテノヤウニイロ〳〵サマ〴〵トサ物思イヲシマスル（宣長、遠鏡）」・「あまつそらなる人とは、およびなき高き人をいふ。さる人こふるは色にいださぬ事なれど、夕ぐれは恋の心まさりて色に出ていろ〳〵にもの思ふよしをいへる歌なり。雲は白きものなれど、夕暮の雲は入日影のうつりてあかき色のこきうすきいろいろに見ゆれば、いろに出ていろ〳〵にもの思ふを、雲のはた手にものぞ思ふ、とはいへるなり。入日うつろふ雲は豊はた雲とも雲のはた手ともいひて昔より旗に見なしたといへり（藤田高尚、新釈）」・「〈前略〉さて歌の意は夕暮の空くらくなりて雲の行けしきの悲しき時にありて物思ふなり。それは何故ぞといふに、及なきかけはなれたる人を恋る故也。天津空はたゞ空といふ事也。それのみにては目高き人とまでは聞えぬを、天つの詞そひてさ聞ゆるなり。天と空とは一ツ事なれと目にかゝる蒼さたる所をさして天といひ、空虚なることをいふにはそらといへり。されと天飛《アマトブ》・天かけるなとは、空と同しく通はしていへと、天の宮・天の安河なといへは、見あけて青く目にかゝる所をいふ也（景樹、正義）」。

一〇　それとハなしとハ……種となるとなり　文意「第二句の、それとハなしに、とは特定の目的・目標もなく、心が一定点に集中できず、あれやこれやと思い乱れる状態のことを云うのである。心が或何物か一つだけを占有する事はなく、あれもこれもに散り乱れて、総じてすべての事象が、恋の悩みの原因となる、ということなのだ」。

一一　わが思ひの様に……となり　文意「千々《ちぢ》に乱れるわが恋の悩みのように、乱れた雲の、方々に立ち昇った夕暮れの空を眺めつつ、魂の抜けた状態で歎き悲しんでいるのだ、と詠じたのである」。

一二　な・めわびぬとハ……ゐられぬと也　「な・め」は、「ながめ」の誤刻。この文言甚だ理解し難いが、「見ずにあれ」は、心を或物に焦点をあてずに見たにせよ見ないにせよ、という放胆〈・放任〉表現〈例、とまれかくまれ・さもあらばあれ・なにはともあれ〉の如きものではなかろうか。文意「ながめわびぬとは、見たにせよ見ないにせよ、どちらにしても、魂の抜けた状態のままで、見ずには居《お》られない悲歎懊悩《おうのう》の様子を表現したものだ」と一応解しておく。

一三　心も心のまゝならぬ……詮方なき心也　文意「恋故に心が懊悩して、わが心も、思うままに操《あや》つることができないので、ただぼんやりと侘び歎くだけなのだ、という事だ。侘びるとは、どう仕様《しよう》もない心の状態の事だ」。

〔一一〇六番歌　補説〕

当歌は、新古今の古注・新注。又、自讃歌注も多いので次に示しておく。

「夕暮ハ雲ノハタテニ物ゾ思フ天ツ空ナル人ヲ恋フトテ、トイフ哥ヲトリテヨメリ。ソレトハナシニトハ、雲ノハタテハ人ノ行衛ナラネド、物思フナラヒニナガメラルヽトヨメリ。雲ノハタテトハ、夕暮ニハタテノ手ヲトヂタルガゴトク、スヂ〳〵雲ノミユルヲイフ也（新古今注）」・「幡の手のごとく乱れたる雲の事也。夕暮の雲に、それとはなくさま〴〵物思ふ心也（九代抄）」・「何となくうちながむるに、雲のみだれて思ひをさそふやうなるが、かなしきと也。雲のはたてとは、はたの手のやうなるをいへり（九代集抄）」・「〈古今四八四番歌省略〉それとはなしにとは、しかとみもせぬ人などをこふる体也。本哥におなじ。雲のはたてとは、夕の雲、日に映じて旗の手のごとくすぢ〳〵にみゆるをいへり。万葉には、とよはた雲ともよめり。心おなじ（抄出聞書）」・「〈古今四八四番歌〉雲のはたてとは、幡の手のやうに立ゆふべの雲をいへり。あしたの雲にはよむべからず。物をおもふときは詠をするなり。それとはなし、色々にいへり。たゞ何となくの心なるべし（牧野文庫本聞書。吉田幸一氏旧蔵本註・高松宮本註・高松重季本註モ略々同文ナルモ、Aガ、夕日の光雲にかゞやきてはたの手のやうに立雲をいへり。Bガ、色々。ト小異スル）」・「雲のはたてとは、夕日にうつろひたる雲、はたの手をさし出したるやうに、すぢ〳〵にたてるを云り。それとはなしにとは、ほのかにみたる人を忘れやらぬ心也。〈古今四八四番歌略ス〉天津空なる人をこふるとは、行ゑもなくほのか成し人を、こくう〔虚空〕にこふる心也。雲のはたては、あしたの雲などをばいふべからず（都立中央図書館本、抄）」・「雲のはたてとは、村〳〵立たる雲、はたをひろげたるやうなりといふ事也（新古今集抜書）」・「〈前略、古今四八四番歌ナリ〉雲の旗手は古今の抄等委。歌の心は、恋する人の習ひ、雲のはた手の打なひく夕暮れになとは、何となくうちなかめられ、さま〳〵物思ひ催すさまなるへし。それとはなしにとは、さしてつらしとも、うらめしとも、なつかしともなく、本歌には雲のはたてに物そおもふともいひたれと、我は只詠め侘てそれとはなしに物思ふと也。風情哀にや（季吟八代集抄。学習院大学本注釈モ季吟抄ノ略抄本文デ掲出）」・「本歌、夕暮は雲のはたてに物ぞ思ふ云々。それとはなしにとは、本哥のやうに、天つ空なる人をこふとにはあらでといふ意なり。或抄に〈大坪注、季吟八代集抄〉、さしてつらしともうらめしともなく、と注せるは、いみじきひがことなり（宣長、美濃の家苞。窪田氏『完本評釈』ハ、コノ宣長説ハ古今集本歌ニ一種ノ注釈ヲ加エタモノニナリ、本歌取ハ大体詞ダケヲ取ルダケデアルカラ当ラナイト批判スル）」・「大かた本歌のごとく云々ととくはむつかしきを此先生の一癖にて、常かくざまに説るゝ事也。二ノ句それとはなしにとは、俗に何といふ事はなしにといふ意。恋に心をいたましめて、みる物きく物何故となく、物おもひするなり。下の意は其中の一ヶ條にて、たとへば雲のはたての夕ぐれの空などにても、物おもひをする事となり（正明、尾張の家苞）」

「〈古今四八四番歌省略〉と云哥をとりて読る。天津空なる人とは殿上人の事成べし。それともなしに物ぞ思ふとは本哥の心に引かへて、我は雲の上人をば恋ねども夕の哀にさそはれて物がなしきよし也。雲のはたてとは幡の手のごとくたなびきたる雲也（自讃歌頓阿注）」・「新古今恋二にあり。本哥〈省略〉。物思ひは夕暮に殊にかなしき物なれば、されば、それとはなしにと云り。旗に似たる雲なるべし（自讃歌常縁注）」・「〈本哥省略〉といへる本哥を取たり（ママ）。はたてとは夕の雲のちり〳〵と立る旗の手をときたるに似たりと云々。詠侘ぬとは恋する人のならひ、夕は殊（コトニ）ながめがちにや。それとはなしにとは雲のはたての夕暮みし人にもあらす、空につらさもなけれどもせんかたなさの余にうちむかへば、いよ〳〵心をいたましむる也。かやうの哀聞てだにつれなき人や侍らん（孝範注）」・「このうたは、〈古今四八四番歌省略〉といふうたをとれり。こゝろはゆふべの雲のはたて、人の面かげともなき、もの思ふまゝながめらるれば、かくそれとはなしにといふなり（宗祇注）」・「千五百番哥合に恋の歌とて読る。万葉にも雲のはたてに入日さしなどよめり。又古今には雲のはたてに物ぞ思ふ天つ空なる人をこふとてなどよめり。夕ぐれの雲のはたのてに似たるおりふし。物思ひすゝむる也。古今のうたの心、雲の上人などの、をよばぬに心をかけていへる也。かれをひきかへて、さやうの雲のうへ人などおもふにはあらず、誰とはなしに物思ふといふなり。天子にたてまつるうたなれば心おもしろし（兼載注）」・「忍恋。権大納言通光。この哥はいづくをとりて恋と申侍らんや。答へて曰く、例へば大方に言成して思ふ方の空に打向い雲懸かる景色を眺めけるに、例へば雲の旗手の手の如くに立靡きたるを見て、物懐かしく思ゐて詠めるなるべし。又忍ぶ心は如何に。理り也。それとはなしにと詠みて、只表は淋しき体を読隠して侍る也。さてこそ忍ぶ恋とは申侍りける（広島大学本注。適宜恣意ニテ漢字ヲ宛テタリ）」・「恋。たのめし人のとひもくるかと槇の戸口に出て露にしほれて待に、君とはねば、君が方をながめ侘ぬそれとはなしに物ぞ思ふ雲のはたての、いと物あはれなる夕暮に其方を思ひやり、たゞ我ひとり袖をぬらすよと、わびたるこゝろなり（書陵部本注）」・「夕暮に立出てみれば、それと思ひわく色もなし。只哀ふかくて行末なき雲の、幡の手のやうにちり〳〵とみだれたるにも、心うかるゝゆへに物ぞ思ふとよめり。云わけがたく哀ふかき哥と、心をつめて見るべくや（九州大学国文学科蔵注）」・「比哥は雲のはたてと云事に目をかくべし。雲のはたてとは、〔暮の時、日を、すみ染の雲のかくすは更はたてとは〕（〔　〕ハ衍文）暮の時、日を、すみ染の雲のかくすは、更に人の死する時の儀とおなじ心なり（九州大学支子文庫本注）」・「本哥に〈省略〉とあり。天津空なる人とは、どなた《誰方》へもつきさだまらぬ《付キ定マラヌ》人の事也。本歌如此。我ハ一向たのミなき人をおもふほどに、それとはなしにと、此それとはなしといふ大事なり（太田武夫氏本注）」。

【一〇七】（三一頁）

三　思ひあまりそなたの空をながむれバ霞を分けて春雨ぞ降る

管見二十五伝本では、鷹司本は初句「おもひわび」とし「わび」の右に「あまりィ」の朱訂がある。他伝本では異形はない。出典は『長秋詠藻』（中巻。恋哥）で歌形も増抄に同じ。参考歌としては、『詞花集』（雑下、関白前太政大臣〈忠通〉、三七九番歌）「思ひかねそなたの空をながむればたゞ山の端にかゝる白雲」があり、詞書には「左京大夫顕輔近江守に侍りける時、とほきこほりにまかりけるに、便につけていひ遣はしける」とある。磐斎も「頭書」で「おもひあまり《ママ》妹許《いもがり》行けば冬の夜の河風寒み千鳥鳴くなり」（拾遺集冬二二四番題しらず、貫之）歌を示しているが、この歌初句は「思ひかね」で、古今和歌六帖・和漢朗詠集他多くの歌書歌学書にも初句「思ひかね」で引用されている歌。磐斎は例の暗記力抜群が災いしての早とちりで、俊成当哥の初句にひかれて、誤引用して了《しま》ったのであろう。忠通の雑歌や貫之の冬歌の詞・姿を参考にして恋歌にした歌。磐斎は又、『伊勢物語』（二三段。筒井筒の段）の「君があたり見つつを居らん生駒山雲な隠しそ雨は降るとも〈新古今恋五。一三六九番〉」も参考歌として引く。私は他に『林下集』（下巻、恋部〈日本歌学全書第八編所収本。実定家集〉）の「思ひかねそなたの空をながむれバ雲さへ我を隔てけるかな）」や『藤原基俊家集』（上巻、続国歌大観本）の、「備中守仲実朝臣国に侍りし時いでいひ遣し、／君があたりみつゝ忍ばむ天　離《あまさかる》吉備の中山雲な隔てそ」の両首も参考になろう歟と思っている。ところで磐斎でも不用意に誤った「思ひかね」と「思ひあまり」、それに一一〇六番の「ながめわび」に類似する「おもひわび」、の三語は、どのような差異があるのであろうか、今、『岩波古語辞典』で確かめると、「おもひかね（下二段）。①恋慕の情をじっと押え切れない②思案にあまる」・「おもひあまり（四段）。心の中で処理し切れない」・「おもひわび（上二段）。思う気力もなくす」とある。「ながめわび」は項目立は無いが「おもひわび」に準じて考えれば、「何を見るともなく物思いに沈む、という気力もなくす」の意となろう。これらの語が、どのような恋を詠ずる時に適合するのかは、かなり微妙な問題であるが、手許にあった『和歌独習自在』（全六冊。明治二十二年刊嵩山堂和装本。上田維暁著、山田美妙補）の巻三によれば「おもひかね―見恋」・「おもひあまりに―通心恋」・「おもひわび―寄江恋」・「ながめ侘びぬる―厭恋〈＝被厭恋〉」となっている。明治の頃までは、恋の題詠（初恋・忍恋等七十二題ガ列挙サレテアリ、各題ニハ参考歌詞数十語ガ例示サレテイル）には、歌人には差異ある語として使われたらしき形跡が窺われる。現代では斯様に、微妙な詞づかいのあった事は忘れ去られているように思われる。古典和歌の理解を現代的感覚のみで行なう事は相当考えなければならないのではないか。当歌の他出は『練玉和歌抄』（第七恋歌上）』・『私玉抄（巻之五、恋之部、六九、六家之和歌、長秋抄）』に歌句同形で見えている。

四　五文字　心深きものなり

歌の注釈で「五文字」というのは、大概初句のことをいう。当歌の場合は初句字余りで六文字になっているが、母音が含まれているので「モヒアマリ」もしくは「オモヒマリ」の如き発声であったろう。「心深し」は、情愛とか思慮などが深い事で、情趣の奥深い事を言う。文意は「初句の、思ひあまりという表現は　情趣の奥深い心が含まれた表現である」の意で、作者の心中に処理しきれない恋の懊悩のある事を説明した注。鷹司本に「思ひわび」の異句があるので、その恋の懊悩の故に、気力もなくなるような、気持ちを「心深きもの」と説明しているのである。参考、「思ひあまりいたもすべなみ玉だすき畝火の山に我標結《われしめゆ》ひつ（万葉一二三三五番）」・「昔、男、臥して思ひ、起きて思ひ、思ひあまりて（伊物五六段）」・「恨み言ふべき事をも、見知らぬ様《さま》に忍びて、上はつれなく操作《みさをづく》り〈貞淑ヲヨソオイ〉、心一つに思ひ余る時（源氏・帚木）」。

五　兎や角やと……心が慰さまぬ由なり

文意「ああしようか、それともこうしようか、と恋の故に心の乱れるのを辛抱しているのだが、心の中で思案しきれなくなり、どうしようにも方法がなくなって了《しま》い、せめて恋人の住むあたりなりともと思って、その方角を放心状態で眺める、と上の句で詠んでいるのである。ところがいくら眺めやって見渡してみても、その方角には春霞がかかっていて鮮明に見る事ができず、その上、静かに霞の中で春雨までもが降っていて、この春雨による憂鬱さまで加わって、なおさら心が慰められないという状況を下句で詠んだのである」。ここは歌の「心」を説明しているのである。参考、「霞を分てふる雨いかにもこまやかなれば、めにもみえぬもの也。わが物を思ひあまりてつくぐ〳〵とながむるまゝに、此雨さへみゆる事也。まことに愁人の哀ふかし（宗長秘歌抄）」・「まことの雨は霞にまじりてふる也。わが涙の雨は霞に混乱せぬ心也（抄出聞書）」・「雨のふる日、女につかはしける。春雨は霞にまじりてふる物也。わが涙ハかすみにもまじらず、分てふるとなり（牧野文庫本聞書・吉田氏旧蔵本註・高松宮本註・高松重季本註）」・「霞の句はきこへたるまゝ也。霞を分て春雨ぞふるとは、涙の雨の心也。春の雨はこまやかなる物にて霞と同じ様にふれ共、我泪の雨はこなたにてふれば、霞にもまじらず分てふると也（都立中央図書館本、抄）」・「何ともかんにん不成《ならず》、そなたの空見れバ泪おつる也。霞を分て雨のふるごとくニ泪ふる也。はじめハ少いわれをいひ、あとはいわれなしニ如此置《かくのごとくにおく》（かな傍注本）」・「かすみをわけて春雨ぞふるは、なをかなしき躰なり。われわれとあればせめてなぐさむ事もあるにとなり（私抄）」・「あまり恋しくなつかしさに思ひあまりて、君かかたの空をうちなかむれは、春雨の打かすみていと、おほつかなさをそふる風情言外に有て哀にや（季吟八代集抄・学習院大学本注釈ハ春雨の以下ノミ引用）」・「四の句、たゞ何となくいへることとも聞えず。されど其意いまだ思ひえず。もしことなるよしなくは、詮なきいひごとなり〈美濃〉／本哥などありやとおもはれたる也。されどこれはさもあらず。雨の縁に空とばかりにてはあかずとにや。下句は空のけしきさへかなしと也。雲のはたての夕ぐれのそら・霞を分て春雨ぞ降、などやうの歌は、此二句に物の哀をかくしてみせたるよみざまなるを、詮なしといはるゝ。情なき事也〈尾張〉（両家苞）」。

六　伊勢物語、君があたり見つゝを居らん伊駒山雲な隠しそ雨は降るとも。春雨に涙の心もあるべし

伊勢物語二十三段、所謂筒井筒《つついづつ》の話柄段に見える歌。「見つつを」の「を」は感動・詠嘆・強調の間投助詞。「な……そ」は禁止の呼応助詞。文意、「当俊成歌は、伊勢物語の君があたり云々の歌が参考になる。春雨には、天象の雨以外に、わが流す泪の意味もあるだろう」。これは前頭注に引用した、抄出聞書・牧野文庫本聞書・都立中央図書館本抄・かな傍注本の注が、春雨に、わが涙の雨の意もふくまれているとしたのと同見解。現行注釈書で春雨にわが涙の雨の意も含まれると見る注は殆んどない。

七　思ひ余り妹がり行けば冬の夜の河風寒ミ千鳥鳴く也

初句は磐斎の早とちり引用。拾遺集冬部二二四番の題しらず、貫之歌で初句「思ひかね」。参考歌として頭書したのであろう。非常に著名な歌で、中村薫氏の御精力著『典拠検索名歌辞典』によれば、拾遺抄・貫之集・古今和歌六帖・和漢朗詠集・金玉集・三十六人撰・狭衣物語・古来風体抄・俊頼口伝集・桐火桶・三五記鷺本・俊頼髄脳・新撰髄脳・西公談抄・長明無名抄・和歌秘伝抄・井蛙抄・連珠合璧集・ささめごと・師説自見集・謡曲谷行・あだ物語・風俗文選〈巻三・巻六〉・続の原・鶉衣〈拾遺〉・井華集〈下句ノミ〉・折々草・古今選・雉岡随筆・風流志道軒伝・百人一首一夕話・歌沢わがもの。の多きである。初句の誤引のために増抄は排除されているがこの他にも引用書は多いであろう。

八　思ひ余りとは……五文字にて非ず

文中の「かくてたに」は「かくてこふ」とも読めそうな字体。又「五文字にてあらす」は、「五文字にはあらす」、もしくは「五文字にてはあらす」の誤刻であろう。

文意「（俊成歌の）思ひあまりといふ初句五文字は、私の方から出かけて行ってお逢いしましょうと言うべきか、貴女《あなた》の方からこちらへ来ていただいてお逢いしましょうと言うべきか、そのどちらも言い出せないままに、この状態でさえ辛抱できないのだという訳で、じっと貴女《あなた》の住まれている方角を詠めているのです、という意味がこめられているのだ。普通並みのいい加減な考え方で置いた初句五文字ではないのだ」。

〔二〇八〕（三二一頁）

一　摂政太政太臣

「大臣」を「太臣」と書写される事は多い。ここは藤原良経。管見新古今伝本二十五本はすべてこの位置。頭注では九三六・一〇八七番歌に既述。良経略歴は『増抄』で一番歌。

『水無瀬恋十五首歌合』（三十七番）・『若宮撰歌合』（八番）・『水無瀬桜宮十五番歌合』（八番）では、共に左方で勝歌となっており「左大臣」の作者表記。

二　山賎の麻の狭衣おさをあらミあはで月日や杉ふける庵

管見二十五伝本では、鷹司家本が「月日を《や（朱）》」と「を」に「や」の朱訂がある以外は、各伝本に異形はない。出典の『水無瀬恋十五首歌合』（三十七番）に「左、勝、左大臣。山がつのあさのさごろもをさをあらみあはで月日やすぎふける庵／右、定家。風ふけばさもあらぬみねのまつもうし恋せん人はみやこにをすめ／左あはで月日やすぎふける庵、ことの外にまさりて侍るとて勝とや侍りにき」とある〈端作りニ「判者　釈阿、当座

付勝負追書判詞」〉。『若宮撰歌合』（八番）では「左、勝」で歌形同じ。右歌は有家の「うちなびく草葉にもろき露の間も涙ほしあへぬ袖の秋風」〈水無瀬恋十五首哥合デハ七十一番右歌〉で、判詞〈女房＝後鳥羽院ノ判〉は「左あさのさ衣をさをあらみなどいへる、殊やさしきさまなり。右草葉にもろき露の間もなど、やさしくは侍れども、左には難及」。又『水無瀬桜宮十五番歌合』（八番）は『若宮撰歌合』と略同ながら判詞は小異し、「左は、麻のさ衣をさをあらみなどいへることよろしきさまなり。右は、草葉にもろき露のまに《ママ》など、やさしく侍れども、左歌に及びがたし」となっており、判者も端作りによれば「釈阿」であり、左歌の第四句も「あはで月日を」とある〈即チ鷹司本ト同形〉。

当歌の表現や技巧は、「山賎の麻の狭衣」は、粗雑・粗末な事物の形容詞として下に続いてゆく語で「山賎の麻の狭衣打ち絶えて寝ぬ夜も著《しる》く明くる月影（為家千首）」・「山賎の麻の狭衣干すばかりたまゆら晴れよ五月雨《さみだれ》の空（新中将家歌合）」の如く使われている。当歌の上句も下句に対する「序詞」と見る注もある（朝日古典全書頭注・久保田氏『全評釈』・宗長秘歌抄・九代抄・九代集抄）。「月日や杉」の「杉」は、過ぎと杉とのかけ言葉で、こういう表現方法を『抄出聞書』では、「月日のすぐるとせう句也」と説明するが〈大坪注、他ニモ六四七・六四九・七六〇・八〇一番ナドデせう句ノ語ヲ使ツテイル〉、連歌師的な注釈用語で、現行古語辞典類には説明ノ見出せぬ語である。「章句」なる見出語の辞典はあるが勿論、このような説明はない。言葉を上下通用させ掛け言葉にして二度言うべきを一度で済まして省略するのであるから漢字で書けば「省句」とでもすべきであろう歟。「おさ」は仮名遣いは「をさ」、漢字では「新撰字鏡」に「筬。乎佐」、『和名抄』には更に「織具也」の説明がある。「薄い竹の小片を櫛の歯のように並べ、〈をさがまち〉という長方形の枠に入れたもの。織るとき、横糸の目を詰めるのに用いる。その使い方によって織り目が細かくなったり粗くなったりする（角川古語大辞典）」というもの。歌の大意は「此のやうにくる事の間遠にのみあるが此後もあはで月日を過る事やらんとなり。月日やのやに行末をかけて思ひやる意あるなり（標註参考新古今）」。

四　古抄に云く

この古抄は所謂幽斎が、常縁が注釈を加えた歌〈聞書前抄・原撰注〉以外の歌に増補した注〈聞書後抄・幽斎増補注〉ではあるが、この注と似た注に牧野文庫本聞書もあるので、幽斎独自注というよりも、近衛稙家や三條西実枝の説が主で、幽斎独自の部分は「取り合せ」を指摘している所のみであろう。参考のために『牧野文庫本聞書』を引用しておく。「すまのあまのしほやき衣おさをあらみまどをにあれや君がきまさぬ。杉板もてふけるいたまのあはざらばいかにせんとかわがねそめけん。まどをは、おさのあひだのとをきをいふ。人のとはぬ間のとをきを、麻の衣のおさによせてよめり（牧野文庫本聞書。吉田氏旧蔵本註・高松宮本註・高松重季本註モ略同文）」。この『聞書後抄』を引用する伝本間の校異は、「引須磨の……」の「引」字が、「ナシ（説林後抄・内閣文庫蔵増補本聞書・内閣文庫蔵聞書後抄・私抄）」、「まどをにあれや」が「まどをにしあれや（八代集抄引用）」、「君が来まさぬ」が「君がきませ《さ》ぬ（私抄、せノ右ニさノ傍書アリ）」、「引　杉板して」の「引」字が「ナシ（説林後抄・内閣文庫蔵増補本聞書・内閣文庫蔵聞書後抄・私抄〈歌句本文モナシ〉・本哥（八代集抄引用）」、「杉板して」が「杉板て（宝永八年板本聞書〈杉板で、ノ意？〉）」、「間遠とは（内閣文庫蔵増補本聞書・内閣文庫蔵聞書後抄・私抄）」、「おさのまの」が「おさのあひだの（牧野文庫本聞書）」、「人の問ハぬの間の」が「人の問はぬ間（説林後抄・内閣文庫蔵増補本聞書後抄〈間のノの字ガナイ〉）」、「麻の衣」が「麻の衣の（説林後抄・牧野文庫聞書・内閣文庫蔵増補本聞書・内閣文庫蔵聞書後抄・私抄）・麻衣の（八代集抄引用）」・「詠ませ給へり」が「よめり（牧野文庫本聞書）・よみ給へり（説林後抄）・もみ給へり（内閣文庫蔵聞書後抄）」、「よく取り合せたる」が「よく取り合せる（説林後抄）」の如くなっている。全文が完全に一致するのは、無刊記板本聞書であり、又牧野文庫本は既引の如く「山賎と置きて……取り合せたる哥也〈ココノミガ幽斎独自注〉」の部分が無い。

五　引　須磨の蜑の塩焼き衣おさを荒ミまどをにあれや君が来まさぬ

古今集恋五、題しらず、読人しらず、七五八番歌。『私抄』は末句を「君が来ませぬ」として引用するが、『古今集校本』に、「坐すは四段活用であるから、きまさぬが正しいことは万々であるが、今使うますならまだきませんのように下一に使うから、ここのきませぬも、それと見られ、この異文の生じた時代を考える参考になる」とある。古今集伝本で「きませぬ」とあるのは道家本（刊本）である由。参考、「塩やきのきる藤衣は、をさのあらくて糸のすくなければ、そのまどほなるによせて、君が住《スム》さと、、我住《ワガスム》宿と、その道のほど、まどほにあればにや、君がきまさぬと、遠からねどこぬを恨ていへり〈中略〉万葉、すまのあまのしほやきぎぬの藤衣まどほにしあればいまだきなれず〈大坪注、万葉四一三番　須磨乃海人之　塩焼衣乃　藤服間遠之有者　末著穢〉」

六　引　杉板もて葺ける板間の合はざらバいかにせんとか我寝初めけむ

拾遺集恋二、題しらず、人麿歌。七四六番。万葉集二六五〇番の「十寸板持　盖流板目乃　不合相者　如何為跡可　吾宿始兼〈西本願寺本訓　ソ（ス）ギイタモテ　フケルイタマノ　アハザラバ　イカニセムトカ　ワガネソメケム〉」の異伝歌と言われる。契沖の『新古今書入』に、「十寸《スキ》板とかけるを、今の本にもすぎいたと点ぜるは、杉板なり。但彼集中に、十を寸とよめる例なし。只そとのみよめれば、そぎいたにて、今もいふそぎ也。殺板とかくべし」とあるのが参考になる。歌意「杉板でもって葺いた屋根の板の合わせ目が合わなくなって隙間ができるように、もしも結婚できなかったならば、どのようにするつもりで、私はあの人と愛情を交わしたのだろう（岩波新大系拾遺集、小町谷照彦氏口訳）」。板間は、屋根板の合わせ目であるが、時代を経るとそこに隙間ができる。又「あふ」は、合ふに逢ふ〈男女ノ結合〉が懸けてある。

七　間遠ハ筬の……詠ませ給へり

文意「古今集からの引歌、第四句の間遠とは、布を織る時に使う筬の櫛状の間隙《かんげき》が普通の時よりも開いている事を言うのだ。それを、恋人の我に通ってくれる度合が遠退《の》いて、繁々と問うてくれず、訪問日の間隔が遠退いて了《しま》った事を、麻織り衣の織目《おりめ》の粗《あら》い事、即ち筬目の粗い事に譬えて詠んでおられるのだ」

八　山賎と置きて……よく取り合せたる哥也

文意「初句に山賎という語を置き、二句に麻の狭衣なる語を続け、末句に杉葺ける庵という語を据えて、皆、粗末・卑賤・質素・朴訥《ぼくとつ》等の意を象徴する詞を取り合わせて詠む、という作意が汲みとれる歌である」の意で、この部分だけが幽斎の独自注であろう。参考、「ヤマガツ（山賎）、身分の卑しい人、または、山林で育った人」（日葡辞書）。「アサゴロモ（麻衣）　粗末な麻でつくった着物」（同上）。「サゴロモ（さ衣）　すなわち、コロモ（衣）。着物。詩歌語。さごろも。たゞ衣の事也。更衣承和天皇より初也（匠材集、四）」（同上）。承和〈ジョウワ・ショウワ〉は、仁明〈ニンミョウ〉天皇の御代の年号。更衣は、コウイ・コロモガエと訓むが、その制度のどちらを云うのか未考。

九　山賎と置くことハ……言はむ為なり

文意「初句に、山賎の、と置いたのは、山賎の着物は、素材が粗《あら》々しい麻糸等で織った粗末なもので卑賤粗末な感じを表現しようと思っての事である。或いは又、末句の杉葺ける庵という木樵《きこり》小屋の如き粗末な庵と照応させようとしての事である」。「杉葺ける庵」とは、前引拾遺集歌の小町谷氏訳のように「杉板でもって葺いた」という解と、増抄磐斎の「杉葉にて葺きたる」という解とがある。この他、杉の樹皮を剥《は》いて一定の大きさに揃えて屋根に葺くこともある。「戸は桧の長へぎ、白竹おさへ、屋根は杉皮、青竹おさへのわらび縄、大和葺にこしらへ（鳩翁道話。三上）」。

一〇　杉葉にて葺きたる庵ハ……の心なり

文意「杉の葉で屋根を葺いた粗末な小屋は、粗末で荒ら〳〵しくて、木樵の住む家である。それにしても、ここのところ恋人とも逢わずに、月日を過しつつ暮らすことであるわい。このようにして生きようと思えば生き続けることも、できるものであるわい、というのが当歌の意味である」。磐斎は「杉」に「過ぎ」の含意のあることをほのめかし、杉葉の屋根は、隙間も多くて、ぴしと合わぬで、それに逢はぬを、ひきかけ、衣のあらあらしい事に、存《あ》られ〈生存〉を重ねた、表現の裏〈掛詞の妙〉を生かした解を施しているように私は思う。多分、『宗長秘歌抄』がヒントだと思う。当歌の他注を一括して示しておく。「オサヲアラミトハ、布ヲヌルニ、オサトイフ物アリ。ソノオサ、アラケレバ、布アラキ也。サレバ、アハズトイフ也（新古今注）」・「心は上句序也。あさ衣は、をさあらくて、いとゝいと〈糸と糸〉のあはぬ物なれば、あはぬといはむため也。いたづらに月日のすぎたる事を杉の字にかよはしていへり。杉ふけるは杉のはにてふきたる庵也。山がつのすまゐのさま也（宗長秘歌抄）」・「おさのあらきは布のめもあはぬ物也。あはで月日をすぐるといはんための序也。杉ふける庵は、山家の躰也（九代抄）」・「序哥也。おさのあらききぬは、ぬのめがあはぬ也。恋しき人にあはで、月日をすぎたるとなり。すぎふけるいほにて、み山あらはる、也（九代集抄）」・「あさ衣のあら〳〵しくて目のあはぬ事によそへり。月日のすぐるとせう句也〈杉ト過トノ掛詞、語呂合セ〉。（ママ）すまの海士の塩やき衣おさをあらみま遠にしあれや君がきまさぬ。杉板もてふけるいほりのあはざらば如何にせんとか逢（ママ）み初けん〈逢見《あひみ》初メケン〉。二首の本哥を引合てよめり〈抄出聞書〉」―「山左―がつ也〈大坪注、初句本文ヲ山左のデ引用、ソレニ対スル修正デアル〉。さ衣たてぬきあらきもの也。あわでをいわんため、いつあふ事をいひのこしたり。山がつのていにて、あと先句作たり〈大坪注、山賎ノ有様ヲ詠ム作意デ上下の歌句ヲ照応させたのだ〉（かな傍注本）」・「愚案〈季吟注〉。此歌の杉ふけるは、本歌によりて杉板もてふける成べし〈大坪注、杉板・杉葉・杉皮ナド屋根ヲ葺ク材料がアルガ、拾遺集ノ本歌ニヨッテ杉板ト考エルガヨイダロウ〉。あはで月日の過るとそへて也〈杉《スギ》ト過の掛詞をいう〉。人のとはぬ間の、まどをにてあはぬ月日をかさねし歎きなるべし。詞づかひ本歌のとりやう、心をとゞめてみるべき御歌也（八代集抄。学習院大学本注釈・後藤重郎氏蔵新古今和歌集抄モ、季吟抄ニ準ズル注デアル）」・「本歌〔古今七五八番〕。万葉に〔二六五〇番〕〈美濃〉。此二首をとり合せ給へり。上ノ句は、たゝ間遠なりといふ事なるを本歌に譲りて、あはでとつゞけさせ給へり。本歌をかくざまにとる事もいと稀にはある事なり〈尾張〉。此二首を合せて、間遠にあれや君がきませぬの意もて、あはでといひ、月日の過るを、杉ふける庵といひかけたるなり。月日のとあるべきを、やと疑ひたるは、ただ語の勢ひをあらせんためのみか〈美濃〉。かくいはるゝは、やにてはあかぬ事のやうなれど、などかかくもいはざらん〈尾張〉。やにては、行末をかけておもひやる意になるなり〈美濃〉。一首の意は、此やうにくる事の間遠にのみあるか、此後もあはで月日を過る事やらんと也〈尾張〉。杉けふる庵と、ぢめたる、本歌の詞にはあれども、庵は上にいさゝかも縁なければ、無用の、はなれものなり、いかゞ〈美濃〉。衣の縁にかさぬとか、うらみとかあるべしと也。されど此歌、山がつが麻のさ夜を織といふつゞきにては、機を織所といはんに子細なし、よしからずとも、玉樓金殿といはゞこそあらめ、杉ふける庵、山がつに何の縁なき事かあらん。此下に議論一條あり。事長ければ別に論注すべし〈尾張〉。然るを或抄に、本歌のとりあはせよろしとて、ほめたるは心得えず《ママ》〔大坪注、或抄トハ幽斎聞書後抄デアロウ〕。此杉ふける庵、衣に縁あることならばこそ、よくとりあはされたりとはいふべけれ、これは上句と四の句とは、よくとりあはせられたれども、二三の句と結句とは、さらにかけあはぬことなるをや。すべて古への名高き人の歌といへば、よくかなへりや、かなはずやをも、くはしく考えず、みだりにほめはやすは、後世諸注家のくせなり。そは、まことには、よしやあしやをもえわきまへず、くはしきことをも、えしらずて、たゞおしこめて、古人の歌は及びがたき物とのみ、みづからも思ひ、人にもおもはせて、まぎらかしたるものなり。然るを今歌をまなぶ輩、一すぢにこれを信じて、古への歌はみなすぐれて、手のつけられぬ物とのみ思ひおくゆゑに、そのわろき所を見しることもあたはず、又すぐれたる味を、まことにさとることもあたはず、さるからすべて、よき、あしき、けぢめをわきまふることあたはざれば、みづからも、よき歌をば、えよみいでぬぞかし。古への名高き人たちといへども、その歌ことぐくよき物にはあらず、わろきもまじり、又よき歌にも、疵もあるわざなれば、たとひ人まろ貫之の歌なりとも、よしやあしやを、及ばぬまでも、考へこゝろむべきことなり。つねに然するときは、おのづからよきあしきけぢめは見ゆる物にて、かのみだりなる注釈などには、惑はぬわざぞかし。こは事のちなみにいさゝかいふなり〈美濃〉〈両家苞。最後ノ件《くだり》ハ、明治ノ子規歌論ヲ思ワセル）」。

〔二〇九〕〔三三頁〕
一 欲言出恋といへる心を
管見新古今二十六伝本（一一〇三番頭注一に示した二十五本に、更に河野信一記念文化館蔵の伝亀山院青蓮院道円親王筆本を追加。これを亀山院本と以後略抄）での詞書校異。鷹司本は「ことばをいださんとおもふ恋といふこゝろを」と仮名書。「欲言出恋」は、管見した影印本はすべて無訓点であるが、これの現行注釈書での訓読は異なり鷹司本のままではない。又、季吟の『八代集抄』には「欲《ホッスル》言出《イヒイテント》恋といへる心を」と訓点付であるが、これに従う現行注釈書には、六合館『標註参考』・講談社『新註』・朝日新聞社『全書』・岩波『旧大系』・小学館『全集』・窪田氏『完本評釈』・久保田氏『全評釈』がある。久保田氏は新潮社『集成』では「欲《スル》言出《デント》恋」と改められたが「言」は「コトバニ・コトニ・ゲンニ」のいずれにも訓むべきかは示されない。岩波『新大系』も久保田改訓をそのまま踏襲。次に「……といへる心を」を「……といふ心を」とある伝本は鷹司本と烏丸光栄所伝本である（光栄書写本ハ、といへる、デアル）。当歌は出典未詳なので、出典での詞書は不明。その他の諸伝本では異文はない。「欲言出恋」とは、「おもふ心をいひ出んとするなり。いまたいひ出ぬさきなり」（有賀長伯、和歌麓《ふもと》之塵《のちり》）というもので、新古今当歌と「貞享御会　いひ出てしらせやせましのふとも終にはもれん袖の涙を　盛忠」が例歌として示してある。磐斎は頭書で説明（後述頭注を参照）。

二　藤原忠定

管見諸伝本はすべてこの作者名表記。ただ、寛政十一年板本のみは「ふちハらのたゝさた」と平がな表記。この寛政十一年板本は、新古今全歌の歌句本文に板本では珍らしい濁点を付けた特異板本で、「全部執筆　菅原快晃謹書」と奥に板下筆跡者名が挙げられている。次に作者勘注を付す伝本は、「一|（首）于時正五位下左少将。大納言兼宗一男。母重家卿|（女）」（烏丸光栄所伝本〈同書写本ニハ勘注ナシ〉。傍書部ノ括弧ハ、鷹司本ニヨル）と、「大納言兼宗子」（八代集抄）がある。

三　作者部類に云く。藤忠定。大納言兼宗男

『勅撰作者部類』には、「忠定。従二位参議。大納言藤原兼宗男」とあり「新古今、恋二。一、藤原忠定」で、新古今に一首のみ入集を示し、以下『続後撰』以降、「前参議忠定」で入集の事を示す。参考、「藤原忠定〈本名忠房〉者、大納言兼宗之男。母太宰大弐重家之女也。文治六年正月叙従五位下、経歴拾遺・羽林、建保六年正月五日叙三品、止次将。十三日任参議、尋兼中宮権大夫。七月更任左近中将、承久二年正月叙正三位、十二月依父卿訴解官。嘉禄三年四月叙従二位、嘉禎三年正月叙正二位。康元元年十一月薨、年六十九。六義之嗜、頗有家風、建久・宝治之百首、詠進之。新古今已下、十有余代之集、載其詞什矣。〈勅撰入集歌数省略〉（二十一代集才子伝）」・「前参議忠定。風体遠白くめづらしき様なり。玉川の里の明がたに垣根つゞきなる卯の花とやいふべからむ（続歌仙落書）」・「建暦詩歌合、自院被定番。雅経嫌重長。是非詩劣、唯嫌物狂。而有沙汰、重長番忠定。此事不審無極事也。謂詩劣ハ有謂。唯謂左道〈大坪注、本来ノ道カラ外レテ正シクナイコト。邪道〉、雅経嫌者何番忠定哉。又非詩劣之故。其度雅経合家宣畢。承久忠定番伊平。忠定頻痛申。是未練者故也。然而合畢。如此事多ハ近代毎歌合多此子細〈下略〉（八雲御抄、作法部・番事）」。忠定の詠作所載書は、久保田氏『全評釈』の当歌「作者欄」に記載。『春日社歌合（元久元年十一月十日）』・『歌合（建暦三年七月十三日）』・『内裏歌合（建暦三年八月七日）』・『月卿雲客妬《ねたみ》歌合（建保二年九月）』・『月卿雲客妬歌合（建保三年六月十一日）』（大坪注、妬歌合《とかあわせ》ハ二回アリ、後ノハ小規模デ、当時流行ノ栗下《くりのもと》連歌ノ影響アリトイウ）・『内裏歌合〈散佚〉（建保三年九月九日）』・『内裏名所百首（建保三年十月二十四日）』・『歌合（建保五年四月二十日）』・『歌合（建保五年十一月四日）』・『中殿御会（建保六年八月十三夜）』・『内裏百番歌合（承久元年七月二十七日）』・『宝治百首（宝治二年）』・『影供歌合（建長三年九月十三夜）』・『百首歌合（建長八年）』。なお「夫木抄」（巻四花）に「たかみそきゆふゐるくもに吹そへてさくらたむくるはるの山風　正三位忠定卿」という歌が掲げられ、その頭書に「家集」と出典が示されてある事から、忠定に家集のあった事が推察される。久保田氏の示された忠定の詠作所載書は略『夫木抄』の頭書出典名で知り得る。

四　思へ共　いハで月日はすぎの門さすがに　いかゞしのびはつべき

当歌は、朝日新聞社『全書』頭注に「柳瀬本・近藤盛行本・烏丸本除棄歌」とある。岡書院刊の『隠岐本新古今和歌集』には、題詞・作者・歌句の上に朱の小圏が付せられてあり、隠岐で除棄された事を示してある。烏丸本は、田中裕先生の『天理図書館蔵善本叢書』の影印本解説によれば「線状の切紙」を歌の右上に貼付してある由であるが、八木書店影印板ではそれが無い。鷹司本では削除歌なので私には判らない。近藤盛行本は未見歌句の左下に合点で示されているが当歌には左下合点がない。このような訳で、当歌が隠岐での除棄歌か否かは私には不明。管見二十六伝本では、鷹司本が「月日は」を「月日を」とする。他本に歌句の異同はない。当歌は掛詞技巧が耳に立つ。月日は過ぎ↓杉の門《かど》↓門鎖《さ》す↓さすがに、がそれで、歌の実質は「思へども言はでいかゞ忍び果つべき」だけで、花が過ぎ実が少ないので、隠岐で除かれる因は含まれた歌であろう。「杉の門」は当然ながら、「わが庵は三輪の山もと恋しくはとぶらひ来ませ杉立てる門（古今集雑下読人しらず九八二番）」を想起させる措辞。当歌の出典は未詳。他出は、『私玉抄』（巻五恋。忍恋）で歌句同形、作者は藤原忠定の書式。又『続歌仙落書』では、前参議忠定の作者書式、歌句は同形で所収。

五　欲言出・とは……いまだ言ひハせぬ也

題詞の説明頭書。文意「欲言出恋とは、胸中の恋の心が、言い出そうとしてもなか〳〵言い出し得ず、我慢しようとしても我慢しきれずに、苦しく切《せつ》ないので、言おう言おうと思うのだが、という悩ましい恋の心を言うのである。併し、まだ言い出してはいない場合を表わしているのだ」。頭注一引用の『和歌麓之塵』参照。

六　言はぬとて……云はんかとなり

文意「わが恋心を、口に出して言わないからといって、私が貴女《あなた》を恋してはいないのだとは、どうかお考えにならないで下さい。他日《ひとめ》

をはばかり忍ぶが故に、心の中では死ぬ程恋しく思っていても言わないだけの事なのです。併しそうではありながら、言わないで済ますことができる筈ではない事です。意を決して言い出しましょうか、という歌意である」。参考、「ずい分いわずして月日を過れども、いわんとおもふ也。杉の門さすがとよくくさりたり〈大坪注、第三句ノ杉の門ト、第四句ノさすがトハ、門ヲ鎖すトイウ掛詞ニヨッテ、上手ニッナガリ合ッテイル〉（かな傍注本）」・「心にはわりなく思へども、いはでからずとて、いひ出んとする心をよめり。月日を過して苦しきに、かくのみ忍びこめん、さすがに堪がたきに、さのみは忍び果べからずとて、いひ出んとする心をよめり。月日の杉の門といひかけて、さすがといふも門の縁也（八代集抄）」。

七　月日を過ぐる、さす、が縁の言葉にて、一首を仕立てたり

文意「月日を経過する意の、過ぎは杉との掛詞、さすがにのさすは、門を鎖す、の鎖すとの掛詞となっており、このような縁の言葉、即ち関連する言葉を続けることによって、一首を作り上げている」。頭注四の技巧や措辞についての叙述も参考にしてほしい。

〔二一〇〕（三四頁）

一　百首哥たてまつりしとき

管見二十六伝本の題詞はすべてこれに同一。「百首哥」とは、「仙洞百首歌合」とも呼ばれ、正治二年初度百首・同年再度百首に続いて後鳥羽院が召した第三度百首で、これら第一・第二・第三の百首歌が結番されて『千五百番歌合』となるので、『千五百番歌合』と考えてよかろう。新古今での題詞では、例えば「千五百番歌合に　宜秋門院丹後」（九七七番歌）とあるのは正治二年初度百首の歌である。又、『秋篠月清集』（教家本）の、端作りの目次部分（式部史生秋篠月清集上）には「花月百首。……〈中略〉……上皇初度百首。同第三度百首……中略……已上《いじょう》千首」とあるが、その「上皇初度百首」は右肩に「正治」と注記する別本もあり、「同第三度百首」も右肩に「千五百番」と注記する別本もある。依って第三度は千五百番歌合と目《もく》せられていた事は判る。『仙洞百首』は建仁元年六月、千五百番としての結番は建仁二年末から三年初の頃とされている（有吉氏『千五百番歌合の校本とその研究』一二頁）。因みに題詞が「千五百番歌合」に改められたのは、新古今の切出切入等の作業の時に気づいて改めたのではないか。「千五百番歌合に」と題詞にありながら、現存千五百番歌合にない歌（例一一〇六番通光歌）のあるのも、この時の作業の手ちがいが原因ではなかろうか。久保田氏『全評釈』には「題意」に、「この詞書だと〈正治二年院初度百首〉での詠のようであるが、実際は〈千五百番歌合〉での詠である」と説明せられているが、当歌は正治二年院初度百首の俊成詠進歌中にはないし、同年再度歌合には俊成は詠進していないし歌題にも恋はない。とすれば第三度の百首と見るより他はなく、第三度は即ち『仙洞百首＝千五百番歌合』と考えねばならない（『仙洞百首』という名の成書は不明）。

二　皇太后宮大夫俊成

鷹司本は単に「俊成」。他伝本はすべて増抄引用形式に同じ。略歴既述（五・一五・七九五・一〇七八番）

三　逢ふ事ハかた野の里のさゝの庵しのに露散る夜半の床かな

管見二十六伝本による校異。為氏筆本は第二句「かたゝのさとの」とある。現行注釈書ではこの異句を取上げていない。春日博士蔵二十一代集本は下句を前歌の下句（さすかにいか、忍ひ果つへき」と同じくする。書写の目うつりによる誤りであろう。他伝本では歌句の異形はない。出典は、正治二年第三度百首（仙洞百首歌合）であるが成書がなく『千五百番歌合』の中に採入。『長秋詠草』（続国歌大観所収本）によれば「千五百番歌合之百首」として「恋十五首」中に含まれ、「持。逢事は交野の里の笹の庵しのに露散る夜はの床哉」とある。『千五百番歌合』（一三四二番）では、「左。持。宮内卿。たのめしをまつとて我身ゆきふれハうら見とりにもはてハ成けり／右。釈阿　新古今　逢事ハかたの、里のさゝの庵しのに露散る夜ハの床かなの／左大かた心もたくみに侍るうへに詞つかひもをかしくこそ見え侍れ。詞花集の哥に、とハぬまをうらむらさきにさく藤のなにとてまつにかゝりそめけん、とよめるすかたおもひあハせられて侍るかな。右哥上句もこのもしきさまによミくたされて侍めり。下句も万葉の、秋のほのしのにをしなミをくつゆのけるもしなまし恋つゝあらすハ〈万葉。二二五六番〉、と侍哥なと取合られていミしくこそ聞え侍れ。左哥すてかたく侍れハ持と可申歟」（拙蔵板本）。当歌の他出は、『定家十体』（濃様）・『二八要抄』（恋六）・『歌枕名寄』（巻十二畿内部、十二河内国交野篇里）に歌句同一で採入されてある。二八要抄の詞書は新古今と同一、名寄には「篠庵」。又『私玉抄』（巻五恋、六家之和歌）の「長秋抄」の中に「逢ことは交野の里の篠枕しのに露ちる夜半の床哉」・『練玉和歌抄』（巻八、恋下）に「逢事はかたの、みの、さゝの庵しのに露ちるよはのとこかな」の異形で所収。当俊成歌に影響を与えた本歌らしき歌に、「あふことはかたの、野べのふぢばかまたれ来て見よと露けかるらん〈題、大治三年八月広田社歌合、蘭恋《ふぢばかまのこひ》。作者、源仲房〉」や

「あふことはかたのにしげる荻のはのおとをばたゆな秋は果《は》つとも〈題、大治三年八月広田社歌合、荻恋。作者、法性寺入道関白家堀川〉」がある。共に『夫木和歌抄』（巻十一秋二）に所収。承安二年十二月に道因が広田社に勧進奉納した所謂『広田社歌合』とは別の歌合で、四十五年程古い。萩谷朴先生の『平安朝歌合大成』では、『大治三年八月廿九日神祇伯顕仲西宮歌合』と命名、その十六番右歌が堀川歌、十七番左歌が前淡路守仲房歌で末句は「露のおくらむ」になっている。『群書類従』には『西宮歌合』の名で所収の孤本。当歌の技巧は「増抄云」が述べているが、『千五百番歌合』の顕昭の判詞中の歌なども参考すべきである。この俊成歌は『美濃の家苞』に「此歌、初句をのぞけば、二の句より下は、恋之歌にあらずいかゞ。さゝの庵とある故に、たゞさゝの庵の歌とこそ聞ゆれ」とあるように、恋歌でなく「笹庵」の歌であると見られるが、『尾張の家苞』は、「二三の句は序。下の句は恋のこゝろ也。恋の歌にあらすとはいかゞ。初句を除けばさゝの庵の事ときこえても、逢事のとあれば恋の意にて名歌也。五句具足したる歌を四句にて論ずるやうやはある」と反論するが、「逢事」を、男女が契りを結ぶ事、結婚する事、の意に限定した考え方で、男女に限らず対面する事の意などと考えれば宣長の主張も通ると思う。正明の主張も、例えば従来指摘されていなかった前引『西宮歌合』（夫本抄ノ広田社歌合）の歌等を介してこそよく理解できるのである。更に又、「あふ事は難《かた》し→交《かた》野の」の掛詞技巧は「あふ事は難し→堅《かた》日の」にも通ずるから、為氏筆本の異形も誤写とのみは考えられない。これも従来不問のままである。ただ、俊成の頃の作品を考慮すれば「交野」がより適していよう。参考、「逢事はかたき事也。されば涙はしげく落る也。しのはしげきこと也。篠は露しげき物なれば也。しのはさゝに対してしのと云へり（宗長秘歌抄）」・「あふことの難き故に夜半の床にしげく露がおくとなり。交野里は、河内国なり、逢ふ事は難しとかけたり。しのは茂くの意にてさゝの縁語なり（標註参考）」。

四　逢ふ事は成り難きと也
磐斎のこの注は、單に相会う事が困難であるのか、結婚する、つまり契る事が困難であるのか判然としない注釈であるが一応後者と考えておく。文意「貴女と契り逢う事は成り立ち難い、と掛詞で表現しているのだ」。参考、「あふ事かたきとうけたり。ことばをかへてつゞけたり（かな傍注本）」。

五　笹の庵ハ、しのと言はん為なり。篠竹というがある故也
文意「笹の庵と第三句に置いたのは、四句で〈しの〉と言おうと思っての事だ。笹《ささ》に似た篠竹という竹があるので使ったのだ」「笹の庵《いほ》」とは笹の葉で屋根を葺いた簡単な小屋で「笹」は「馬の食うある草で、葦のような葉をもつもの（日葡辞書）」である。「ささのいほり」とも「ささのや」とも云う。一般に草庵の類をいう。「さゝの庵《いほ》夜深き月の影寒し妻とふ鹿の通ふ寝覚に（千五百番歌合）」・「よしの山みねのあらしのはげしさにさゝの庵《いほり》は露もたまらず（永久百首）」。「篠竹《しのだけ》」は「細い竹の一種で、矢に使うもの（日葡辞書）」。「しの」は次頭注。

六　こゝは繁くと言はん為なり
文意「第四句に〈しのに〉と使ってあるのは、笹《ささ》に似た篠《しの》竹という細い竹があり、その篠《しの》が、繁《しげ》くという意の〈しのに〉と同音であるから、しげく、しきりにの意にひきかけて言おうとして使ってあるのだ」。参考「しのにといへる事は、しげくひまなしといふことに古き歌に常につかへは（俊頼髄脳。河社しのにおりはへほすころも歌の注解部）」・「思努《シノ》にといふことばは、むかしの歌には常にかくよみて侍るなり（古来風体抄。あふみの海……こころもしのにいたしへおもほゆ歌ノ注）」・「しのにとはしの、也。しの、とはしげくといふ也（和歌色葉。なにごとに……いとふ涙のしのにちるらむ歌ノ注）」。「しのハしげく、しきりニ也（かな傍注本）」・「しのに露ちるとは、しきりに露ちるなり（吉田氏旧蔵本註・高松宮本註・高松重季本註）」・「シノニ露チルトハ、タエズ、露チルト、イフ事也（新古今注）」・「かた野に篠付べき用哥なり。しのに露ちるとはしきりに露ちる也（十代抜書〈神宮文庫本〉）」・「しのには、しげき也。しげく露ちる也（私抄）」・「しのには、しげくといふ意にて、さゝの縁の詞なり（美濃の家苞。十代抜書ノ前半部ノ理解ニ役立ツ歟。交野ニハ、笹《ササ》ヤ篠竹《シノダケ》ガ生エテオリ、ソノ縁デ、ささ→しの→しのに、用イル、トイウ意歟）」。

七　君に逢ふ事の難き故に……かけて云へり
「君に」とは、女から男への感じがするが、そう見ずに俊成から女への忍恋ながらも、契りたい心を訴へた歌とみて大意をとれば、「貴女《あなた》と契りを結びたく逢ひたいのだが、それは成り難いが故に、私の夜半の床には涙の露が、くだけた玉の如くになって散ると詠んでいるのだ、露に涙の意をひきかけて述べた歌だ」。参考、「逢事はかたき事也。されば涙はげしく落る也。しのは、しげきこと也。篠は露しげき物なれば也。さゝに対して、しの

と云へり（宗長秘歌抄）」。「交野の里、河内也。逢事はかたしとうけて也。笹の菴はしのにといはんため也。逢事かたき歎きに、しげくなみだの、床にちる心を、笹に露のちる縁なるべし（八代集抄）」・「一首のこゝろは、あふ事のかたき故に、夜半の床にしけく露がおくとなり（尾張の家苞）」。上の句、特に第二、第三句は、下の句を導き出すための「序」とみる説が多い（至文堂刊藤村作氏頭注板・改造文庫吉沢義則氏頭注をはじめ窪田氏『完本評釈』・石田氏『全註解』・鴻巣氏『遠鏡』・尾上氏『評釈』・塩井氏『詳解』・久保田氏『全評釈』）。そして「有心の序」と『全評釈』が明言してある以外のものでも、第二・三句の「交野の里のさゝの庵」を「しのに」を導き出す「有心」の措辞と捉えられているようである。なお『千五百番歌合』（一三四二番）顕昭判詞中の万葉二二五六番歌「秋穂乎《アキノホヲ》 之努尓押靡《シノニヲシナミ》 置露《オクツユノ》 消鴨死益《ケカモシナマシ》 恋乍不有者《コヒツヽアラズハ》」も「シノニ」とか「オクツユノ」が俊成歌の「しのに露ちる」に影響しているし、「ケカモシナマシ」は俊成歌の持つ余情を痛切に表現したものであろう。この万葉歌は『古今和歌六帖（一）』（続国歌大観三一四四四番）にも採入されてある。最後に、俊成歌の第二・三句が如何なる「有意」の序かと言えば、後撰集恋五藤原為世歌（九一八番）題詞「得難う侍りける女の家の前より罷りけるを見て、《のイ》何処へ行くぞと言出して侍りければ／逢ふ事を交野へとてぞ我は行く身を同じ名に思ひなしつゝ」・金葉集読み人しらず（五三六番）「逢事の交野に今は成ぬれば思ふがりのみ行くにやあるらん」・新勅撰集藤原紳実朝臣（六七九番）「逢事の交野の小野の篠すすき穂に出ぬ恋は苦しかりけり」等から醸し出される心がそれである。俊成歌と影響関係はあると思われる。

〔二二〕（三五頁）

二　散らすなよしのゝはぐさのかりにても露かゝるべき袖のうへかハ

管見二十六伝本では、鷹司本が第三句が「かりころも」とあり、「ころ」を朱でミセケチシ、「にてィ」と傍書。他伝本に異形はない。当歌の出典は『長秋詠藻（下）』（忍恋）に「右大臣家百首。治承二年五月晦比給題、七月追詠進」として歌句同形で所収（書陵部蔵、五〇一／一七二架番）。他出は多く、『二四代集・二四代和歌集・八代知顕抄』に歌句同形、『古今選（三）』（恋）に「同〈忍恋〉俊成卿」として歌句同形、『三五記鷺本』（歌体事第七濃様）・『定家十体』（濃様）〈歌学大系本翻刻ハ末句袖の上かな。新篇国歌大観翻刻ハ歌句同形〉・『初学一葉』（十体問答ノ條ノ「濃体」）・『色葉和難抄』（しのゝはぐさ）・『和歌手習口伝』（忍恋例歌五首中ノ一）・『自讃歌』・『練玉和歌抄』（第七恋上）・『短歌撰格（上）』（句格）・『河社』・『釣舟』・『和歌呉竹集』に歌句同形で見られる。又、『私玉抄』（巻五恋。忍恋）に第二句「しのばゞ草の」の異形で出ており、出典も「不見」とされている。『宴曲』（領巾《ひれ》振恋《ふるこひ》〈校註国家体系第一巻「補遺部」所収〉）には「夫れ高山月を支へ……さても別れし人の国、舟路隔てて千万里、いつの頼りを松浦川、浮き瀬に身をば沈めけむ。篠の葉草の仮の世に露かかるべき身の行方、然こそ思ひの積るらめ……」と文飾にも使われた。次にこの俊成歌の影響歌として契沖は『新古今書入』や『河社』で『新勅秋下、前関白。置まよふしのゝは草の霜の上に夜をへて月のさえわたる哉〈三三二一番。前関白トハ光明峯寺入道前摂政左大臣藤原道家〉・新千秋、後西園寺入道前太政大臣。袖ぬらすしのゝは草のかり庵に露のやとゝふ秋の夜の月〈四二一五番。実兼歌〉』の両首を挙げている。その他「くるゝ夜はしのゝ葉草の上葉までくだくる露ももる時雨哉（弁内侍日記）」。

「しのゝはくさ」については、契沖は『書入』で朱で「不審」としたが『河社』では、「或書云、此歌は釈阿和歌所御会歌也。人〳〵これを尋られければ、なにといふことはみえねども、万葉集によめる上に、しのゝは草といへる、やさしき名なればよめる也。かやうの事、あながちに其姿をたゞすべからずとぞ申されけるといへり。此説うたがはし。今のことば書に、入道前関白、右大臣に侍ける時、百首歌の中に忍恋、とあるを、何ぞ和歌所御会といふや。万葉集の中に、またくしのゝは草とよめる歌なきを、俊成卿いかでか彼集に有とのたまはん。此しのゝは草、いつくより種もとめられけん、おぼつかなし」と「不審」の理由を細述している。『私玉抄』では先に触れたように「しのばゞ草」と意味のつかみかねる読み方をし、「不見」とまで頭書している。河社の「或書云」とは多分『色葉和難抄』であろう。該書は、鎌倉中期の、六條家関係の歌僧の作歟とされ、嘉禎二年から仁治三年の間に成立とされる。引用すれば「和云、しのゝは草は万葉集によめり。いづれの草といふことたしかならず。此歌は釈阿和歌所御会歌也。人に是を尋ねられければ、何と云ふ事はみえねども、万葉集によめる上に、しのゝは草といふがやさしき名《な》なればよめるなり。か様のことあながちに其姿をたゞすべからずとぞ申されける。もし、さゝを云ふにや。しのゝは草と云ふ名、篠にかなへり。木にもあらず草にもあらすとは読れども、本草和名などには草の部に入れたり」とあり契沖引用と略一致している。万葉集には「小竹葉爾（一三三七）・小竹葉者（一三三）・志乃岐羽矣（三三〇二）」の語が見える。八代集では、篠薄《しのすゝき》・篠小笹《しののをざさ》・篠小薄《しののをすすき》などの語の印象に似たものを私は感じる。この語の語注には、早く『八雲御抄』（第三枝葉部、草部ノ草ノ項）に「めざましきしのゝは草は、皆しのといふ物に心えてよめり。さて一よなどそへたり。但、たゞちゞとある草を云か。花などもさしてなくて、一すぢづゝ生たる也」とあり。その他「そのゝは草とは、竹のほそくちいさきやうなる物也（釣舟）」・「しのゝは草。俊成のよまれたるを何ぞと問たれは、たゞおもしろき詞故によみたると也。稗草也。こまかに庭などに生るもの也。法皇様岩倉殿どもおき（マヽ）へ直に御相伝、しのゝは草は、庭へつれて御出被成、あれ也と被仰候。ひえ草の事也。ひえ（稗）のやうなものがな（生）る也……後略……（清水宗川聞書一八九条）」・「篠の事也。又云、ささに似てかるゝ草なり（和歌呉竹集）」などが管見に入った。なお『自讃歌』（後掲）にも多く説がある。当歌の解説上では初句の「散らすなよ」が他人に命令した語句か、自分自身に自戒の意で命じたものか説が別れる（後引、両家苞参照）。歌意は「かりそめにも、只は、かやうに袖に露のおくべきならねば、かならず恋すと人に見とがめらるべければ、その心して人にちらさぬやうにせよとなり。散らすなは、洩らすなの意（標註参考）」の如きであろうが、初句の解釈如何で、意も異なってくる。宣長は、自戒の意と解しながら、そのためには「ちらさじよ」とあるべきとする。「詞めでたし。初句は、もらすなよの意なるを露の縁にて、ちらすなよとはいへるなり。しのゝといふは、しのぶといふことをこめたり。かりにても、かりにもなり。一首の意は、何となくては、かりにもかやうに袖の露のかゝるべきならねば、かならず恋すと、人に見とがめらるべければ、心して、此露をちらしもらして、人に見とがめらるまじきぞとなり。然るをちらすなよとあるは、人にいひつくる詞なればいかゞ。これはみづからちらさじと思ふをいふなれば、ちらさじよとこそあるべけれ（美濃の家苞）」と述べたのに対し正明は「此意〈しのニ忍ふノ意ガコモル〉はなし、これを忍ぶ義としては初句と同じ事かさなり二首もときえがたし。あながちにゆへあらせんとかまへらるゝ故かくの如き失あり。刈の秀句なるべし〈美濃ハ仮ノ秀句トミタ〉。その心して、人にちらさぬやうにせよと、人をいましめたるこゝろ也〈美濃ハ自分ヲ戒メタモノトミタ〉。ちらすなよと人に仰する意によみたる歌を、あながちにミづからのうへに説なさるゝハ、其心しりがたし。もしハ忍恋といふ題ハ、必あはぬさきの事をよむべしと、偏執せらるゝにハあらじか。それも一わたりハさる事なれども、たま〳〵ハ活用して、逢て後に忍ぶ意によミたらむもなでふ事かあらん。英雄のうへハさら也。正明ばかりの者も、歌かず多くよむにハ、かやうの事立まじるも常の事なるをや。ちらすなよといへば人をいましむる詞、ちらさじよといへば自いましむる詞といふ事ハ、田夫桑婦もよくしる事也。俊成卿歌のひじりにて、これしろしめさじとにや（尾張の家苞）」と批判している。『遠鏡〈鴻巣氏〉』は正明説に対し「〈美濃説〉は偏屈なり。此儘《まま》にても自から制する義とすれば意通ずるなり。されどこれを人に言ふことと解して宣長説を駮したる尾張は説更に陋といふべし」と手きびしい。陋とは知見の狭い意だから、美濃の、涙の露を自ら散らして他人に見咎めらるる事勿れ、即ち自ら散らすような事はするなとする表現に、自戒の意も含められていることを認めず、他人に命ずる表現とした尾張の見解を、美濃の偏屈を通り越した陋と遠鏡は言うのである。現行注釈書では、他に命じた表現をとるが、自分の流す涙の露を他者と考えての表現で、露や篠の葉草や袖に呼びかけているようにして実質的には自戒表現と見る注が多い（窪田氏『完本評釈』・石田氏『全註解』・塩井氏『詳解』・久保田氏『全評釈』・岩波新大系・岩波旧大系・小学館『全集』・朝日『全書』・尾上氏『評釈』など）。表現技巧は、縁語関係では、散らす・露・葉・袖。掛詞関係では仮↓刈、斯かる↓懸かる、篠《しの》↓忍《しの》、が考えられよう。「かは」は反語で、さうではないとする強い意志がこめられている。

三　古抄

この古抄は、常縁の原撰注（聞書前抄）を指す。これを引用する書での校異を示せば、「洩らすなと云」が「もらすなよと云（略注・私抄）」、「かりにてもとは」が「かりにても（私抄）」、「斯く忍ぶさへ」が「さて忍ぶさへ（略注）・か程忍ぶ（私抄）」、「哀しび」が「かなしミ（略注・黒田家本・大坪本・宝永八年板本聞書・別註本前抄）」、「本意とす」が「本歌とす（私抄）・本意と（ナシ）（宝永八年板本聞書〈すナシ〉）」、「忍ぶ恋といふ題は」が「忍恋なといふ題は（宝永八年板本聞書・説林前抄・黒田家本・無刊記板本聞書・略注・大坪本・内閣文庫蔵増補本聞書）・忍恋など云題には（別註本前抄）」、「尋ね侍りければ」が「尋ければ（大坪本・別註本前抄）」、「よみ侍りしと申されたるとなり」が「読侍りしと也（私抄）・よみ侍りしと被申《まうされし》しと也（説林前抄・別註本前抄・略注・大坪本）」の如くである。なお、磐斎引用「古抄」では「……（ママ）」の箇所が、次の「かく忍ぶ」の「かく」に目移りした為か「かくいへる」という語句が欠脱している〈略注・黒田家本・大坪本・説林前抄・私抄・内閣文庫蔵増補本聞書・無刊記板本聞書・宝永八年板本聞書・別註本前抄ノ各伝本ニハスベテ「かくいへる」ガアル〉。

四　散らすなよとハ、洩らすなと云ふ詞なり　この俊成歌は、「涙」を「しのゝ葉草」の縁で「露」と表現してあり、その露の縁で「散らすな」と表現したのであるから、もとの「涙」との関係で言えば「洩らすな」ということになる、それを説明したもの。

五　かりにてもとハ、かりそめにてもと云ふ義也　「かり」は「刈り」と「仮初《かりそめ》」との掛詞表現技巧であることの説明

六　斯く忍ぶさへ……といへる哥なり　歌の心〈内容〉の説明。文意「このように恋の気持を顔色などの素振《そぶり》に顕わすまいと忍ぶことさえも、ちょっと気を許して油断すると、顔色・素振に出てしまいがちであるが、まして一度《ひとたび》他に洩れてしまえば、もう自制の忍ぶ心も利《き》かなくなって、恋故の涙がとめどもなく流れでて、涙に濡れた袖は、乾く暇《いとま》もないであろう、ということを詠んだ歌である」。参考、「ふかく忍恋なれば、我はいさゝかの露をも袖にかけじ、そなたこそ心もとなく候へ。ゆめゆめもらすなといふ心也。しのゝはぐさは、かりなることをいはんため也。なお、此草に心得有べきにや。口伝有。（新古今抜書抄）」。

七　恋ハ、顕ハるを悲しび……を本意とす　「本意」は、ほい、もとの心、とも言う。歌論術語としては、『承暦二年内裏歌合四番判詞』、『難後拾遺抄』の「もとの心」、の頃から使用されはじめたという。その意味は、事物がその特色を最もよく発揮している状態であり、事物の本性を表わす語である。歌題の「正義・本体」等をいうのとほぼ同義である。「本意」を知巧的に趣向する〈＝風情をめぐらす〉ことに専念したのが平安末期までの手法、それ以上に本意の中に自己の情意を移入させることを求めたのが俊成以来の歌論で、「一境に入りふす」ことを説く「有心」論が生じた。自己の情意と「本意」が完全に合一した時、自己の情意は、普遍性を持つものとなり、「本意」も瑞瑞《みずみず》しい抒情性を蘇生させることができる。連歌では紹巴の『連歌至宝抄』が「本意」に注目している〈以上田中裕先生説要約〉。文意「恋題の歌を詠む場合は、心の中の恋心が、外に顕はれてしまったことを、ひどくつらいと思うように詠み、或は恋人と逢わぬことを歎き悲しむように詠み、相手が自分に対して無情冷淡なのに、こちらは愛着をもってあとを追うという風に詠む、こういうのを恋の本意とするのである」。参考、「恋には、聞恋・見恋・待恋・忍恋・逢恋・別恋・恨恋・其外さま〴〵御入候。いづれも人に恋ひらるゝやうには不仕候。聞恋とはまだ見ぬ人を風の便に聞てより、起伏物思ひとなり、あらぬ便をたのみ、一筆をも伝へまほしく思ふ心也。見る恋は思はざるに道の辺にて輿車の簾の隙より見初、又さる家の簾、几帳の蔭より仇《ホノカ》に見、其俤《オモカゲ》忘れずして、如何なるたよりも哉《ガナ》と思ふ心なり。待恋は年月契りをきても何かと障りありて打過、又いつの夕必ずと頼めをく文の返しなど見侍りては心もあくがれ、昨日今日かの日も暮しかね、一日の内に千年をふる心ちして待詫るに、荻の葉の音信、花薄のまねくをも君かと思ひ、夕暮になればさらぬ顔に門の辺に立やすらひ、尋常《ヨノツネ》の衣にも空焼《そらだき》して更行をかなしみ、待宵の鐘の音、あかぬ別の鳥は物の数にもあらずと詠み侍るも是也。忍恋は、故ある人に云ひよりて、凡そ其人も心解《とけ》つる折から人目しげく世の聞え憚《はゞかり》、夜な〳〵行通《カヨフ》も人に怪《あやし》められて、立帰る風情、又一筆の文にも憂名もれんと思ふ心、忍恋也。又逢恋は年月の思ひの末をとげ、今夜は辺の人を静め、燈ほそ〴〵とかゝげ置、閨《ねや》の中をもよしある様につくろひなし、待つ折しも月杳《ほの》かなるに、小《ちいさ》き童を先立《ダテ》て妻戸の脇にたちやすらへる衣の袖を引、閨の中へ誘《いざな》ひ入て、まだうちつけなれば互ひに恥かはし、盃《かはらけ》など取りあへず、打伏す小莚《さむしろ》の上に枕を並べながら、まだ下紐《ひも》ゝつれなかりしを、莵角《とやかく》と云ひよりて、いよ〳〵心も打解くまゝに私語《さゝめごと》あさからぬ情、思ひやるべし。別恋はたまたま問ひくる人も宵には余所目をしのび、更《フケ》はつる頃ほひに会逢ふ契なれば、やがて別れん事を悲しみ、秋の夜の千夜を一夜になして寝るとも、あくまじきよしを云ひ語り、鳥の声鐘の音の明ぼのを急ぐ事を恨み、今宵別て又何時あひ見ん事もおぼつかなく、袖の涙せきあへぬ儘《まゝ》に、やう〳〵月も入り方になり、東雲《しのゝめ》の雲心ぼそく引別るゝまゝ、力なく衣々《きぬ〴〵》のあとを慕ひ見送り侍て、

又ねの夢の面影も儚なく心ならざる後の朝《あした》の体、誠に言の葉も及ばざるべし。恨恋は殊更品多きにや、先常〳〵契りをく中も、人の云ひなしにより絶はつる事を恨み、又は我よりまさる人に移ひぬるを、世の中の事として、斯くこそあるものなれと、数ならぬ我身を恨むる計《ばかり》なり。或は比翼連理を契りし中も空しく成し後は、ながき恨の言葉を列《ツラネ》、或は二道かくる人は互ひの恨みやむ事なし。又起伏、添ひなるゝ中にも、少しの節をいひ出し恨る事あり。又は余りつれなき人を恋ひて空しくなる人は、其怨念を残して物氣《もののけ》となり、其心を悩ます事多し。此外、事にふれ折に随て恨みの数、さら〳〵申し尽《つく》すべからざるもの也（里村紹巴。連歌至宝抄）」。

八　忍ぶ恋といふ題ハ、心ありて詠むべき事也

「心ありて詠む」とは、有心の歌を詠むというような意ではなく、詠むべき心得があって詠まなければならぬという意であろう。その心得とは例えば、「忍恋は、心には限り無く思ひ乱れながら、色に出ださじと忍ぶ也。大方、忍恋の歌は、こぼるゝ泪を袖に抑ふる心を云へり。涙を抑ふる由いへば忍恋に叶ふ也。信夫山〈陸奥の名所也〉に寄せていふは忍ぶといふ名に寄せて云、軒のしのぶによそふるも同じ。すべて忍恋は物によそへても、直言《ただごと》にても、一首に忍心を深く思ひめぐらすべし。所詮袖の泪も洩らさねば人未《いま》だ知《しら》ぬ由をいふべし。又は、かく忍べども心の色や顕はれて、人に知られんと歎く心をも読也。又は泪は抑ふれども猶袖に余る等いふ迄は良し。やう〳〵人の見咎むる心等をいへば、顕恋になる也。此程を思ふべし（初学和哥式）」の如き事をさすのであろう。初学和哥式に述べられている心得も、煎じ詰めれば、結局前引田中先生説のごとき事になるから「心ありて」とは「有心の歌を読む心掛で」という事になるのであって、畢竟「有心の歌を詠むべき心得をもって詠むべきである」の意となろう。

九　しの、はぐさの事……と申されたるとなり

俊成と或人との問答の事は『色葉和難抄』に見え、契沖も『河社』で「或書云」として引用している。「しの、はぐさの事」は当歌頭注二で詳述した。

一〇　忍べども袖に露……と也

当歌の歌意の説明。大意「恋心を外に洩すまいと今まで耐え忍んできたのではあるが、わが袖に涙の露が落ちて濡れているのを見て、さてさてこの様に涙の露が袖に置いたのを、他人に見せてよい事であろうか、決してよい事ではないよ。これまで耐えに耐え、忍びに忍んできたのに、ああ。という歌である」。

一一　散らすなよしのとは……となり

当歌の掛詞技巧の説明。文意、「初句から二句にかけての〈散らすなよ、しののはぐさ〉の〈しの〉には〈忍ぶ〉の〈しの〉に、植物《うえもの》の「篠《しの》」の意が掛けられあるし、第三句の〈かりにても〉の〈かり〉には、植物の篠の葉草を〈刈り〉の意と「仮初《かりそめ》」の〈仮〉の意が掛詞とされ、たとえ仮初にせよ、このように忍ぶ恋心が外に露顕《ろけん》してしまうような事はあってはならない事なのだ、という意を籠《こ》めた表現なのだ」。〈植物（うえもの）トハ、連歌デノ専門用語デ、句材分類、動物（うごきもの）・降物（ふりもの）ナドト同種ノ用語〉

一二　顕ハれば大事の……かくべきかハとなり

「増抄云」だけでは、上句の掛詞的表現技巧の説明が中心で歌意の説明が不足であったのを補う意図で磐斎は下句の説明を「頭書」で示したのである。文意、「忍ぶ恋心が外に露顕すれば、大変な事になるので、たとい仮初にでも、袖に涙の露をかけて、恋心を露顕させるような事をしてよいものか、決してよくはない、と詠んでいるのだ」。参考、「ダイジ（大事）。大きな事。大変な事、または、重要な事、また、危険な事。ダイジモナイ（大事もない）、大したことではない」（日葡辞書）。「カリソメノ。または、カリソメナ（かりそめの。または、かりそめな）仮の、または、重要でない（もの）」（日葡辞書）。

〔一一一番歌　補説〕

当歌は『自讃歌』の古注も多いので次に示す。

「しの、葉草、水の底にある草なりと云て、露のをかぬ物なるよし云人侍り。しからず。しのゝは草といふ草の有と心得たる斗が哥道也。しのゝは草は忍ぶといふ字いはんため也。いかにも忍たる人に相《(ママ)》て、此事夢にてもちらし給《(ママ)》ふなよ、かりそめも露を袖にかけて、人に見えてはあさましかるべしなど、かたく云たる心也（頓阿注）」・「同〈新古今〉集恋一《(ママ)》に在。忍恋をよめり。ちらすなよとは、もらすなよと云也。露に縁の詞也。しのゝ葉草はかりにてもと云序の句也。刈を仮にとりなせり。露は涙也。かゝるべき事は、かくのごとくなるべきと云心也。しのゝ葉草といひて忍ぶ心をふくませたるにや（常縁注）」・「忍恋といふ事をとあり。かり初にもたゞは泪のかゝるべきかは、物おもふと知ぬべし。袖にもらさで忍べと也。しのゝは草は、篠のやうなる草の、冬枯する草也（孝範注）」・「このしのゝは草、何ともならひ侍ら

ず。たとへば、葉ちり〳〵として〈縮ンデ、シワガヨル様〉、しのなどのごとくなる草にこそ侍らめ。しゐてたづぬべからず。如此事をきぶく〈帰服―従イ服スル〉せぬを哥人とはいふべきにや。こゝろはたゞしのぶ恋のうたにこそ。此哥もたゞなにとなくやさしく、そのことはりほのかにして、おもかげ侍るにや。俊成卿のうたは、あながちに其理をいひきらんとせざれども、なにとなくうち詠めたるに、あはれもうかびぬるなり。能々工夫すべき道にこそ（宗祇注）」・「入道前関白、右大臣に侍ける時、百首の哥中に、忍恋。忍ぶ恋にもいろ〳〵の心あり。是はふかく思ふ人を、おもはぬよしにいへる也。其人などに名の立たるを、かりそめも露かゝるべき袖かはと、ちんばう〈陳防―言イ訳・弁解・釈明〉したる体也。葉草といふはその草のもとにそれに似たる草のわづかに生いづるさま也。しのといふはさゝの葉草也。なをその〈猶、其ノ〉しのゝ葉草といふは、わづかにかりそめなるといはんため也（兼載注）」・「老後恋。同〈＝俊成〉。此哥、心は表の如く也。されども詞の取所を少し申侍る也。しの、葉草とは葉の脆く散る物也。かりにとは少しも我恣を洩らさじと也。露かゝるべき袖の上かと読まれたるは理り也。譬へば老の袖には後世を歎く涙の露をこそ置くべきに、恋の涙を懸くべきに非ずと読めるなるべし（広島大学本注。恣意ニ漢字ヲ宛テタリ）」・「忍恋。ちらすなよとは、我心思ひあまるとも袖に涙ばし〈ばしハ涙ヲ強調スル助詞〉ちらし侍るなよ、しのゝは草の様にせばき我袖に、かりそめにも涙の露を置て、人には知れじと侍る也（書陵部本注）」・「忍恋也。葉草とは、いかにもほそくちいさき草也。それにをかん露は又ちいさかるべし。其露ほどもかりそめにも露かゝるべき袖にてもなければ、ちらすなよとよめる也。いかにも忍心ふかし（九州大学文学部本注）」・「露おちやすき物かな也。露、かくあるべき袖にはあるまじきなり（九大、支子文庫本注）」・「此哥は、我契しことの葉は散らし給ふな、本よりしのゝはは、色にも出ず散もせぬ物也。わが袖は、さはあらじ、色に出なん。あなかしこにつゝみ給へといへり。此人思はれけるは、詩哥人は七生口業と云事あり。当来の祈をいたさんと思ひし在時、住吉明神夢中に現じ給ひて、哥道・仏法、各別たらんや。哥道におひて則往生すべしと、新御じげんをかふむるこそ涙なりけり（東海大学本注）」・「此心は我思ふに逢て別るゝ時いひたる口かため也。五文字はもらすなとの心也。我袖はすこしも露かけたることはなき也。おもふ人をゆかしく思て云たることばなり（太田武夫氏本注）」。

〔一一三〕（三六頁）

三　甲斐守清邦男。丹波介。五位参考、「元真。五位丹波介。甲斐守藤原清雅《マヽ》男（勅撰作者部類）」・「藤原元真。甲斐守清邦子。丹波介。五位（公任卿撰歌仙〈志香須賀文庫蔵、歌僊部類本〉）」。「さよふけてねざめざりせば時鳥人づてにこそ聞くべかりけれ〈大坪注、天徳四年内裏歌合十四番左忠見〉人ならばまてといふべきを郭公ふた声とだになかで過ぎぬる〈右元真〉／天徳哥合、左忠見、右元真歌也。判云、左聞かむと思はでねざめしけむあやし。右人なりといまひと声きかむとてまてとは如何いはんずる。ことたらぬ心地す。何れも同じほどなりとて持にさだめらる。後に人皆左哥ことの外まさりたり。一日の論にあらずと申しけり（和歌童蒙抄。勝劣難決例・袋草紙ニモ見ユ）」・「夏の夜ハふすかとすれば郭公。自二此事一起二三十六人撰一出来歟。件撰〈大坪注、三十六人撰ヲサス〉有二不審一。所謂、深養父・元方・千里・定文等不レ入レ之。此人々豈劣二頼基・仲文・元真等之類一乎（袋草紙上巻）」・「此事ヨリオコリテ出来事歟〈大坪注、三十六人集ガ何故撰バレタカノ理由ハ、人丸ト貫之トノ優劣ニツキ公任ト六条宮具平親王トノ間ニ見解ノ相違ガアッタノガ機縁ニナッタ事ヲサス〉。六人十首、三十人三首之条不審歟。又此中、頼基・元真少二秀歌一歟。深養父・康秀・千里・元方・貞文等多二秀歌類一之由、先達等疑レ之歟（後拾遺抄注）」・「丹波守従五位下藤原元真。甲斐守従五位下清邦三男。系図、越前守令伊孫、宮内少輔成尹男。令尹者、大納言藤原懐忠男。実者、下総守従五位下清原春光男。元輔弟也（佐竹本三十六歌仙、下巻）」。

四　白玉か露かと問はむ人もがな物おもふ袖をさして答へん

管見伝本二十六本では、伝亀山院本が第四句「ものおもふそでと」で「と」に朱でミセケチ「てを」と朱訂があるので「ものおもふそでを」となる。他の二十四本に歌句の異同はない。家集の『もとさね』（西本願寺本三十六人集）も変わりはない。他出は『公任卿撰歌仙』（志香須賀文庫『歌僊部類』）・『古三十六人歌僊秘談』に歌句同形で採入。当歌の本歌は、『伊勢物語』（第六段）や、当『新古今集』（巻八哀傷、八五一番）の業平歌「白玉かなにぞと人のとひし時つゆとこたへて消なまし物を」である。初二句「白玉か露かと」の、疑問助詞「か」について『等義聞書』に「問。かとうたがふには、一首の内、二所にかとおかずしては難叶《かなひがたし》。但、伊勢物語白玉か何ぞと等《など》申候。此哥は〈業平歌ヲサス〉かもじ一あれども、何ぞと又うたがひたる詞あるによりてくるしからず〈後略〉」とあり、元真歌は、このような考えも既にあって改められたのかも知れない。『新古今聞書〈後抄〉』（八五一番歌施注）では「五文字〈初句ノコト〉にかやうに物の名をいひ出して、かとうたがふ事はわろし。但此哥は、やがて何ぞとうつしていひ侍ればくるしからず。心ハしら玉かとやらんとひしと〈ビシッと強く〉いふ心也」とある。当歌意は「伊勢物語に、白玉か何ぞと人のとひしとき露とこたへて消なましものを、と言ふをうけて、我にもさやうに問ふ人のあらば、物思ふ袖をさして、君を思ふ泪ぞと答へんものをと、我思ひを知る人なきを歎く心なり（標註参考新古今和歌集）」の如くであろう。第四句「物おもふ袖」は勿論、恋に流す涙で濡れた袖である。磐斎は「頭書」で、業平歌から「艶とこたへてそのまゝ死んで見せん」という悲歎の強い余情も示している。白玉・露・袖は縁語で、悲しみの涙を暗示する。塩井氏『詳解』で「物思ふ袖」の「語解」に、「もの思ふ袖の涙を、と見るべし。涙を下にかくしたる詞づかひなり」とあり「意解」に「涙の詞をかくしたるところも、工夫したるところなるべし」とある。第三句の「人もがな」の「人」は家集の題「またひとに」の「ひと」を指し、元真の忍恋人である女を指すのであろう。「がな」は願望助詞。末句の「答へん」の「答ふ」の同義語に「いらふ」があるが、「いらふ」は上代の用例はみられず、中古に「こたふ」と共存するようになり、『宇津保物語』では「こたふ」が二十九例に対し『いらふ』は百十三例、『源氏物語』では「こたふ」が七例に対し「いらふ」が百四十二例、『狭衣物語』では「こたふ」が一例『いらふ』二十八例、とは『枕草子』でも一例に対し三十四例、という。但し歌では、『万葉』に「こたふ」が四例『いらふ』は無例、『古今』では「こたふ」九例に対し『いらふ』無例、『後撰』では「こたふ」五例に対し「いらふ」無例、『拾遺』では「こたふ」十例に対し「いらふ」二例、『後拾遺』では「こたふ」六例に対し「いらふ」無例、『新古今』では「こたふ」十五例に対し「いらふ」無例で、散文系と韻文系で逆転する。「答ふ」がまともに答えるのに対し「いらふ」は適当に返事する意だとする（以上小学館『古語大辞典』・右文書院『伊勢物語全評釈』ニヨル）。

五　本哥に、露と答へて……見せんとなり
「増抄云」で言い洩らした、当歌下句の補充説明で、当歌の余情をこの頭書で示したのである。その余情は、本歌の業平歌に基づくものであることを述べている。

六　伊勢物語
伊物の第六段。所謂芥川の鬼段。平仮名に恣意に漢字を宛てて示す。「昔、男ありけり。女のえ得まじかりけるを、年を経て、呼ばひ渡りけるを、辛うして盗み出て、いと暗きに来けり。芥川といふ川を率て行きければ、草の上に置きたりける露を、かれは何ぞとなむ男に問ひける。行先多く〈遠くト同義〉、夜も更けにければ、鬼在る所とも知らで、神さへいと忌みじう鳴り、雨も甚う降りければ、粗らなる蔵に、女をば奥に押入れて、男、弓、胡籙を負ひて、戸口に居り。はや夜も明けなんと思ひつゝ、居たりけるに、鬼、はや、一口に食ひてけり。あなやと言ひけれど、神鳴る騒ぎに、え聞かざりけり。やう〳〵夜も明け行くに、見れば、率て来し女も無し。足摺りをして泣けども、効ひなし。白玉か何ぞと人の問ひし時露と答へて消えなましものを。これは、二条の后の、いとこの女御の御許に仕うまつる様にて居給へりけるを、形のいとめでたくおはしければ、盗みて、負ひて出でたりけるを、御せうと堀川の大臣、太郎国経の大納言、まだ下﨟にて、内へ参り給ふに、いみじう泣く人あるを、聞きつけて、留めて、取返し給うてけり。それを、斯く鬼とは言ふなりけり。まだいと若うて、后の只におはしける時とや（六段）」

七　白玉か何ぞと人の問ひし時露と答へて消なましものを
末句は「けなましものを」「きえなましものを」の両訓が行われている。貫之撰『新撰和歌』（巻四恋雑）では第三句・第五句が小異して、「しら玉かなにぞと人のとひしより露とこたへてきえなましものを」。新古今八五一番歌は当歌であり、その校注で詳述した。

八　この段にて心得ぬべし
伊物第六段で、当歌を理会せよというのであるが、磐斎は頭書で補注している。

○二条の后のやうに……答へんとなり
伊勢物語では、男〈業平〉が、高貴な女〈二条后高子〉に恋し、妻にしようと求愛し続け、盗み出すが芥川で雷鳴に出会い、ガランとした蔵に女を置いて夜明けを待つが、鬼〈高子ノ兄ノ国経ト基経〉に女を取り戻されて了う。その芥川で高子を草の上に置いてひと休みしている時、高子が草の上に置いた夜露を見て、あれは真珠であろうか何だろうかと問うたので、詠んだ歌が、業平哥であるが、元真歌はこの業平哥の本歌取り歌であるから、高子のように、自分にも白玉か露かと問うてくれる人がいてほしい。もしそんな女がいたら、自分の袖にも涙の露が宿っているから、これこの通りあなたを恋しく思う涙で袖もびっしょりですよ、とこの袖の涙を指して我が本心を示して答えようという歌なのだ、と磐斎は「この段にて心得ぬべし」の内容を具体的に説明したのである。

九　その時の草の上の露は……言はんと也
文意、「元真に、業平における高子のような女がいて、白玉か露かとその女が問うてくれたなら、その時に草の上に置いている露は、ちょうどこの私の袖が恋故の涙でぐっしょり濡れているのと同じく、草葉は露でぐっしょりですと、その女に言おうと思います、という訳だ」。参考、「問人もあらば、玉とも露とも涙とも云物は是ぞ、とさしつめてこたえんと也。さしては、さしつめてなり（私抄。大坪注、さしつめてハ、つきつめて・真正面からつめ寄って、トイウ意デ、指してハ、これと指し示してノ意デアルカラ、語意ハ異ル）」・「何ぞと成とも、とひてくれよと也。とはゞ此露ハ泪とこたへんと也（かな傍注本）」・「彼《カノ》、何ぞと人のとひし時露とこたへて、といふをうけて、我にもさやうに問人あらば、物思ふ袖をさして、君を思ふ泪ぞや、と答へん物を也。我思ひを知《しる》人なきを歎く心也（八代集抄・学習院大注釈モ略同文）」

〔二三〕（三七頁）

一　女につかハしける

管見新古今二十六伝本に題詞の異同はないが、出典家集で相異があり、詠者と返歌者とが逆転し、作者も異なる事になる。『義孝集』（九州大学蔵）では「また女《にイ》。いつてのいのちもしらぬよのなかにつらきなげきのたゝならぬ《やますもある》かな／かへし。みをつみてなかゝらぬよをしる人はひとへに人をうらみさらなむ」。又『清慎公集〈実頼ノ家集〉』（書陵部蔵五〇一／四六架番）では「又、女に。いつまての命もしらぬ世中につらきなけきのたゝならぬ哉／かへし。みをつみてなかゝらぬよを知人はひとゐに人を恨さらなむ」。義孝は藤原伊尹の四男、実頼は関白忠平の長男で義孝よりも五十四歳も年長。『清慎公集』には『義孝集』の混入がある。『義孝集』は南北朝期の写本である九州大学本が善本。当歌は『新時代不同歌合』（六十六番左）にも作者「藤原義孝」として歌句同形で見えるので、義孝の作と考えてよかろう。ただ『義孝集』の「また女」の前書からは、女から義孝へ贈られた歌と考えねばならぬが、傍書で考えれば義孝が「女に」贈った歌となり、末句も傍書の「やますもある」の方を採用すれば、新古今当歌と同歌形になるから、『清慎公集』よりも『義孝集』の方を重視するのがよいと考えられる。他出の『二八要抄』（恋歌六）でも前書・作者・歌本文、すべて新古今と同じ。

二　藤原義孝

「義孝」は、朝日新聞社『全書』本で、恩師小島吉雄先生は、「のりたか」と振仮名。管見二十六本中、寛政十一年板本は「ふしはらのよしたか」と平仮名書。義孝の略歴は一〇一一番歌頭注二で既述。

三　何時迄の命も知らぬ世の中につらき歎きの已まずも有るかな

管見二十六伝本では、第三句は公夏筆本に「世の中は」。第四句は春日博士蔵二十一代集本に「つらき情の」。他伝本は異形なし。当歌は、頭注一に示した如く、『義孝集』・『清慎公〈実頼〉集』の両集に見えて、末句はいずれも「ただならぬかな」とあり、『義孝集』では一本によって「やまずもあるかな」の形も示されてある。他出は『新時代不同歌合』（六十六番左歌）と『二八要抄』に同歌形で採入。ついでに言えば、両家集での「かへし」歌は「みをつみてなかゝらぬよをしる人はひとへに人をうらみざらなむ」。又歌合の右歌は「身をさらぬうさをわすれて世の中に知られぬ山となにたづぬらむ」。中納言典侍〈大納言俊光女ノコト〉」である。当歌意は、「この後いつまで生きながらえることができるのか、その命数も知り得ない此の世の中で、貴女と共に暮せない、切なく辛い歎きの日々が、やまずに続いてゆく事であるナァ」の如きものであろう。磐斎は頭書で「ありはてぬいのちまつまのほどばかりうき事しげくなげかずもがな」〈後述参看〉を参考歌として掲げている。義孝は、二十歳〈一説二十一歳〉の短命で、兄の挙賢廿五歳〈一説廿二歳〉と共に同じ日に死去（天延二年九月十六日）した。兄は朝に死去、弟は夕に死去。それで兄を前少将とか朝少将、弟を後少将とか夕少将と、世人は称した。義孝は、幼少時から道心強く、法師を望んでいたと伝えられる〈一〇一一番頭注二参看〉。なお、岩波新大系は第四句の「歎き」のきに木を寄せて、次の配列歌「千木の片そぎ」に続くと見る。が、柳瀬本の配列に適しない。柳瀬本の配列は、一一一二↓一一一四↓一一一五↓一一一三↓一一一六と配列されていて、他伝本配列と異なる。

四　何時迄と……歎く由なり

歌意の説明。大意「自分の命数はいついつ迄続くのだ、久しく生きられるであろうというような事は全く定まっておらず、ひょっとすれば今日の夕暮れ時が命数の尽きる時かも知れないのに、今の私には心が慰められる事も無く、その逆に辛くていやな事が止まずに続いて、こういう状況のままで死んで了うのであろうかと、わが命運の儚なさを歎いている謂《いわ》れを詠んだ歌だ」。参考、「あすをものしらぬ命にてあるに、かやうのなんぎしてあさまし、と也（かな傍注本）」・「はかなき身の、とく死なば、かゝる歎きもせじに、さすがにいつまでも生んもしらぬ世に、つらき歎きの止ざるよ、いつまで難面くつらき歎せん、と也（八代集抄・学習院大学本注釈）」。

五　在り果てぬ命待つ間の程バかり憂き事繁く歎かずもがな

新古今当義孝歌の参考として磐斎は頭書したのであろう。この歌は『古今集』（雑下。九六五番歌）に見え、末句は「思はずもがな」であるが、古今集の伝本によっては「なげかずもがな」とある本もある（基俊本）。古今集では作者は「平さたふん」。新撰和歌（巻四、恋雑、末句思はずもがな）・大和物語（百四十二段。末句歎かずもがな）・伊勢集（西本願寺蔵三十六人集。末句思はずもがな／島田良二氏蔵本。末句思はずもがな／正保版本歌仙家集ニハ不記載）等にも見えており磐斎は歌形から考えて大和物語に拠ったのであろう。歌意は「この世に長く生き通すことのできない我が命の、その尽きるのを待っている間ぐらいは、憂き事は繁からず、歎く事も有らず暮したいものだ」。作者は所収本により、平貞文、伊勢、故御息所の御姉、等と浮動する。時代不同歌合（四十五番左歌末句思はずもがな）では平貞文、後六々撰でも貞文の三首の中の一首（末句歎かずもがな）であるから、一般的には平貞文の歌と認められていたようである。

〔二四〕（三八頁）

一　崇徳院に百首哥たてまつりける時

管見二十六伝本校異。「崇徳院に」が「崇徳院・」とに字の無記が鷹司本。「たてまつりける時」が「たてまつりしとき（為氏筆本）」。他伝本は異形なし。他出書では『二四代集・二四代和歌集・八代知顕抄』が三本と も「崇徳院に百首哥奉ける時、恋哥」と「恋哥」の二字が加えられている。この百首歌とは所謂『久安百首』で、崇徳院天皇在位期に初度百首、譲位後の康治年間に十四人の歌人に、四季・恋・雑〈神祇・慶賀・釈教・無常・離別・羇旅・物名・短歌〉の題を下し、久安六年に成立。当歌作者は、中納言右衛門督（ママ）公能として作者に列せられてある。従って「奉りける時」は康治から久安にかけての時である。現存伝本は「作者別百首本〈非部類本〉」と「部類本」の二系統がある。作者が中納言右衛門督（ママ）であったのは、『公卿補任』によれば、久安四年の十一月十三日に「権中納言従二位右衛門督」と見え、久安五年には「権中納言正二位右衛門督」に昇位、久安六年八月卅日に左兵衛督に転じているから、久安四・五年に当歌を崇徳院へ奉ったのであろう。三十四・五歳の頃である。公能が「右衛門督」になったのは三十八歳の時、仁平二年正月廿八日であるから久安六年から二年後の事で、非部類本『久安百首』の公能位署は誤りという事になる。部類本『久安百首』も「右衛門督公能朝臣」の位署であるから事情は変わらない。もっともその奥書によれば、仁平三年暮秋に俊成が部類した由であるから、仁平三年時点の位署と考えれば辻褄は合う。

二　大炊御門右太臣

「太」は「大」と通常は表記される。管見二十六伝本でも「大炊御門右大臣」となっている。藤原公能のこと。鷹司本の勘文は「一首。公能。左大臣実能一男。母中納言顕隆女」とあり、烏丸光栄所伝本にも同様の勘文がある。新古今では当歌一首のみ採入。『定家十体』〈歌学大系本翻刻〉に当歌作者を「大炊御門左大臣」とするがこの人物は、千載・新勅撰両集に入集する藤原経宗で、右大臣と左大臣の違いは見過ごせない誤失であろう。新編国家大観本では「右大臣」と翻刻しているから、公能である。契沖の『書入体』も公能と朱書する。参考、「大炊御門右大臣。正二位公能。徳大寺藤原実能男（勅撰作者部類）」・「大炊御門右大臣。藤原公能者、徳大寺左大臣実能之長男。母権中納言顕隆女也。元永三年正月叙従五位下、大治元年為外吏、遷任衛府佐・次将等、補蔵人頭。保延四年任相公、兼右大辨侍従、拝中納言、叙正二位、兼武衛・金吾等〈大坪注、武衛ハ兵衛府、金吾ハ左右衛門府、ノ唐名〉、為使別当。保元元年兼右幕下、二年転大納言、平治二年八月昇右大臣、為一上〈一上ハ、左大臣ノコト〉、大将如故。応保元年八月十一日薨、年四十七。称大炊御門右大臣。公学文有詩歌之才、（空白）兼能糸竹、郢曲之堪能也。久安年献百首和歌。〈勅撰入集歌数省略〉（二十一代集才子伝）」・「大炊御門右大臣〈公能〉かくれ給ひて、書きおかれける日記をみて／教へおくその言のはをみる度に又とふ方のなきぞかなしき　実定。（歌仙落書）」・「一、重言は病にあらざれども難ㇾ之。基俊申云、さ夜のたもとはせばしといへるをば同事、といへり。誠可ㇾ然。大炊御門右大臣歌、袖のしづくといひて、又、こひのなみだをよめり。基俊難ㇾ之。是も心が同事なる也〈大坪云、袋草紙下巻ノ古今歌合難ノ条ノ最末尾ニモ見エル。紅の袖の雫はなりにけり身に浸み渡る恋の涙は。公能歌基俊判〉（八雲御抄巻一、歌合子細）」。

三　我恋ハ千木の片削ぎ難くのミ行き合ハで年の積りぬるかな

管見二十六伝本に異形はない。出典は詞書の如く、崇徳院に奉った百首歌、即ち『久安百首』で、書陵部一五五／三六架番本（非部類本）の「恋二十首〈実数十九首〉」の中の一首で歌句同形。谷山茂博士蔵（部類本）も歌句同形。他出は『定家十体』の「有一節様」・

『新百人一首』・『二四代集・二四代和歌集・八代知顕抄』に採入されてあり歌句もすべて同形。

「我恋は」という五文字は、初句や第三句に使われる歌句で、所謂「呼出し」語。末に「の如し」に相当する説明が加えられるのが通例である。非常に使用頻度が高い。

四　神代ハ、久しき事に……と言へり

年月が積るとは、長い年月が経過する意であり、時を遡及すれば、神代に行きつく。神を祀る社の棟には千木があり、千木の片削ぎから、神殿・神代の連想で、かく頭書したのであろう。

五　古抄

この「古抄」は幽斎による「後抄」の文面であるが、幽斎独自注とは言い難く、類似する注に『新古今注』及びⒶ『吉田氏旧蔵註』・Ⓑ『高松宮本註』・Ⓒ『高松重季本註』があり、又『新古今集抜書』も類似する。それ故、まず『新古今注』を示す。「(イ)夜ヤサムキ、衣ヤウスキト(ロ)云哥ヲ、引タリ。千木トハ、神社ノウヘニ、(ハ)木ヲ打チカヘテ、アルヲイフ也。サキヲ、カタソキニスレハ、カタソキト云。(ニ)(ホ)打チカヘタル木ナレハ、行アハテト(ヘ)ヨメリ〈新古今注。校異(イ)夜や寒き衣やうすきかたそきの行あひのまより霜やをくらん(ママ)ⒶⒷⒸ。(ロ)此哥をひけりⒶⒷⒸ。(ハ)うちちがへたる木をいふ也Ⓐ・打ちかへたる木をいふ也ⒷⒸ。(ニ)いふ也ⒶⒷⒸ。(ホ)うちち(ママ)がへたればⒶ・打ちかへたれはⒷⒸ。(ヘ)よめるなりⒶⒷⒸ〉」。なお、傍点部「神社ノウヘニ」はⒶⒷⒸでは「神殿の上に」となっている。ここは幽斎後抄では「神殿の棟に」となっているのであるが『新古今集抜書』(書陵部本)も「神殿の棟」とあって同様である。この書陵部本『新古今集(ママ)抜書』は、類似名の『新古今抜書(簗瀬一雄氏本)』や『新古今抜書抄(松平文庫本)』とは異なり、幽斎の『聞書後抄』にむしろ近いが、全面的一致本でもないので、後述の『聞書後抄』の校異では省くが、本文だけは示しておこう。「夜やさむき衣やうすきかたそきの行合のまより霜や置らん。此哥をひきてよめり。千木とは、神殿の棟に打ちかへたる木をいふ也。さきをかたそきにすれは、かたそきと云也。打ちかへたればゆきあはす(ママ)とよめるなり(新古今集抜書〈書陵部本〉)」。幽斎の『聞書後抄』の注を所載する諸注の校異を示せば、「本哥〈夜や寒き歌ノ肩付《かたづけ》〉」が「ナシ(説林後抄・内閣文庫蔵増補本聞書・内閣文庫蔵聞書後抄・私抄)」、「神殿の棟」が「神殿の棒(私抄)」、「打ちかへたる」が「打違へたる(私抄)」、「さきをかたそきにすれは」が「さきをかたそきに(私抄。すれはノ三字ヲ脱ス)」、「打ちかへたれは」が「うちちかへたれは(八代集抄所引・内閣文庫蔵増補本聞書・私抄)」、「行あひす〈大坪云、ひハはノ誤刻ト思ウ〉」が「行合す(私抄)・ゆきあはす(説林後抄・無刊記板本聞書・宝永八年板新鈔・内閣文庫蔵増補本聞書・内閣文庫蔵聞書後抄)」、「よめり」が「よめる也(説林後抄・内閣文庫蔵増補本聞書・内閣文庫蔵聞書後抄)」、の如くである。「打ちかへ」は「ち」字を、「打ち」の送り仮名と見るか、「ちがへ〈違へ〉」の語頭の字とみるかで、「打ち違《ちが》へ」か「打ち交《か》へ」か、表記が分れるが、意味内容上は二物がお互いに行き違って方向が逆になる事を表わす語であるから問題はない。

六　本哥、夜や寒き……この歌を引きて詠めり

幽斎の「聞書後抄」系列の諸注には前頭注にも示したように「本哥」の肩付のないものもあるが、「この歌を引きて詠めり」と述べているのであるから、本歌と認めていたと考えてもよかろう。さて現行主要注釈書では、その殆んどが本歌と認めている(鴻巣氏『遠鏡』・講談社『新註』・岩波旧大系・岩波新大系・窪田氏『完本評釈』・小学館『全集』・武蔵野書院『校訂』テキスト・石田氏『全註解』)し、明言はないが「この歌に拠る」とするもの(尾上氏『評釈』・新潮集成)も含めると、大部分「本歌」説をとる。ただ久保田氏『全評釈』『桜楓社テキスト版』では「参考歌」説をとられていたが『角川文庫版』では「本歌」説に改められている。この「夜や寒き衣や薄き片削ぎの行き合ひの間より霜や置くらん」歌は、当新古今集(巻十九神祇歌一八五五番)にも採入され「住吉の御哥となん」と左註された神詠歌であり、それは『俊頼髄脳』・『詞林采葉集(三)』も住吉神詠歌となし、定家も『定家十体』で住吉神詠として、新古今当時は、神詠と信じきられていた歌である。もっとも『古今和歌六帖(六)』では「よやさむきころもやうすきかさゝきのゆきあひのはしに霜やをくらん」と「かさゝき」の歌にされてあるが、「かささぎ」を「かたそぎ」に転訛し、「社の破壊を御門へ申告させ給へる御哥となん申伝える。住吉の御歌なり、と古註にあり(聞書後抄。コノ古註トハ、袋草紙ノ、是は社破壊之由、奏二帝王一とて見レ夢歌也、ヲサスノデアロウ。和歌色葉・奥義抄・和歌童蒙抄・袖中抄等ニモ見ユ。)」の説の如く、住吉の社家津守氏あたりが、神意に託《ことづ》けて、朝廷へ神社修復を

願い出たと考えれば合理的には説明もつけられよう。津守家は、国基・経国・国平・国助・国冬・国道・国夏・国量・国博と、社家ならびに和歌史上もつづくが、崇徳院の頃は国基の高齢晩年期である。公能当歌末句の「年のつもりぬる哉」の「つもり」に、「住吉の地名、津守、を響かせるか（新潮集成）」と久保田氏は指摘されているが、まことに鋭い指摘で、感服したが、地名よりも社家津守国基の晩年、年の積りがひびかせてあると見ては如何かとも思っている。この住吉神詠が公能歌の本歌か参考歌かという点は、所詮定家の本歌取基準から見れば、形式上は本歌と見ることは無理かもしれないが、公能歌の中核の「詞」は、「千木の片削ぎ」と「行き合ひ」であると考えられ、それは住吉神詠に使われた「詞」であるから、歌の三要素（心・詞・姿）の「姿」は無理だが、心と詞は本歌に適ったものだとみてもよいのではなかろうか。塩井氏『詳解』の「意解」に「寒さの身にしみて寝られぬが、夜の寒い故であろうか、それとも衣の薄い故であらうか。多分屋根の壊れた隙間より、霜の床辺にふりかゝるであろうといふ事にて、社殿の破壊したるを訴へたる歌なるべし。社殿の荒る〻を憂ひたる当時の詞官の苦心想ふべし」とあるのは、実情を穿ち得た適解適評であろうと愚考する。

七　千木とハ、神殿の棟に……木を云ふなり　「神殿」は無刊記本聞書に「じんでん」の振仮名。宝永八年板新鈔では「しんでん」に改正。『日葡辞書』は「シンデン（神殿）。すなわち神の家、神の社」と清音〈参考、日葡ニハ、神田ヲ、ジンデン、神の田または神の土地、トアル〉。『私抄』に「棟」を「棒」とするのは、「棟・棒」の草体の類似によるもの歟。「打ちかへ」は「うち違《ちが》へ」とも「打ち交《か》へ」とも読める事前述。参考、「千木とはほくら〈神庫・宝倉〉づくりの神の社の棟にある木なり。片削ぎとは棟の上にうちそぎて、たかく刀のやうにてある木なり。或人云、この片削を、別《ベッシ》て住吉の社によむ事は、かの明神の御宝殿あばれて、霜雪たまらざりければ、託宣して帝の御夢に申させ給とて、夜や寒き衣やうすきとよませ給へる御歌を、公任卿の歌論議に、かさゝぎにはあらず、かたそぎ也とかゝれたるを本歌にて、俊頼朝臣この歌〈注、住吉の千木の片削ぎゆきもあはで霜置き迷ふ冬は来にけり〉はよめる也〈後略〉（和歌色葉）」・「神のほくらのつまにかた・（マヽ）〈かたな〉のやうにてたてたる木を云也。其木をばちぎといふ也（和歌童蒙抄）」・「和云、ちぎとはほくらづくりの社の棟にある木なり。千木かつを木とてあり（色葉和難集）」・「ちぎといふ事を、基俊ゆるさずといへり。かたそぎは常事歟。かたそぎ、ちぎ、はおなじもの、よし範兼説也。社のつまに、かたなのさきのやうなる木也。（八雲御抄・枝葉部・神）」。

八　先を片削ぎに……と詠めり　「行きあひす」は「行きあはず」の誤記。文意「千木とは、神殿造りの屋根の棟の部分に交叉させて立てる棒板状の先端部分を、刀剣の先の形の様に片側を削ぎ落して立てるので、片削ぎと云うのである。屋根の稜線の部分で左右両側から交叉するように立てるので、二つの棒状の木は行きちがった恰好《かっこう》になるから、行き合わずと詠んでいるのだ」。参考、「片削といへるは、神の社の棟に、高くさしいでたる木の名なり（俊頼髄脳）」。

九　かたそぎの如く……会ハぬ義なり　文意「当歌の心は、神殿の棟で、片削の左右の千木は、棟木で交叉するがその先端は反対の方向に別れてますます行きちがいになっていくように、私の恋も、年が経るにつれて相会う機会はますます難くなって、結局長年月を経過して会う事はないのだ、という意義だ」。参考、「ちぎ。刀木とかく。神のうたハ、行あいの間と、あふ事□（空白）よむ。此うたハ行□ぎてあわぬ事ニよむ也。如此行すぎたる□□（かな傍注本）」。

一〇　難くのミとハ……成らぬ由也　文意「第三句の難くのみとは、自分の恋は、どのように心を砕いて苦心し、心配しても、結局は成就しない事を、述べた語句である」。参考「かたくのみ。全く、といふ意（朝日新聞社『全書』）」・「〈片〉と〈かたく〉と掛詞にし、また上二句は〈ゆきあはで〉を導く序（岩波新大系）」・「かたくのみ＝難しいばかりで。逢うことが難しいのである（久保田氏『全評釈』）」・「〈かたくのみ〉は、難くばかりであってで、難くは、下の〈行きあふ〉ことの困難な意（完本評釈）」・「かたくのみありての意。あふ事のむづかしくばかりありてより、かたそぎのかたくのみと、重音の修辞を用ひたり（塩井氏『詳解』）」

〔二五〕（三九頁）

一　入道前関白家に、百首哥よミ侍りける時、あはぬ恋といふ心を　管見新古今二十六伝本による校異。「入道前関白家に」が、「入道前関白に（前田家本。家字ナシ）・入道関白家に（東大国文研究室本・延宝二年板本〈文化元年補刻本モ〉。前字ナシ・入道前関白家（公夏筆本。に字ナシ）」。「よミ侍り」が、「よみ侍《ませ》り（鷹司本。み字ヲ朱デミセケチ、ませヲ傍記。即チよませ侍りトスル)」。「あはぬ恋」の表記が「不逢恋（烏丸光栄所伝本・同書写本・公夏筆本）・不遇恋（冷泉家文永本・為氏筆本・春日博士蔵二十一代集本・柳瀬本）」。「こゝろを」が「ことを（鷹司本）」。なお「不逢恋・不遇恋」と漢字表記されている時は「あはざる恋」とも訓み得る。『初学和歌式』（有賀《あるが》長伯著）に「不逢恋ハひろき題也。あひミずして恋る心を、或ハかた糸のあハてミたるゝとも、あハてのうらのあハでのミ思ひしほるゝとも、逢坂ハ名のミしてこえやらぬ心をも、よむ也。不ㇾ逢恋にかへん命とよミ、逢にかふ命など読る哥多し〈中略〉其外松のミとりの染ても色のかハらぬつれなさを、人の心にたぐへ、今ハはや恋よハりて命も絶ぬべけれバ、せめて後の世の契をねがひ、思へとも〳〵かくまて人のつれなきハ、前の世につらきむくひあるかとなげき、かくまてのつらさにたへてしなぬ命ハ、猶行末の逢ことを頼にやなども読り〈後略〉」とあり、『今古和歌宇比麻奈備』（鈴木重胤編）に「かならず逢べく思ひてある人の心づよくつれなくしてあはぬよしをも、人目のしげくて逢がたきをもよめり」とある。さて当歌の詞書は一一一一番歌の詞書に近似するので、それが参考になる。即ち「入道前関白家」は藤原兼実。「百首歌」は右大臣家百首、ではなかろうかということ。石田氏『全注解』の当歌「釈」欄に「この百首も治承二年右大臣家百首の歌であろうと思うが、そうすると、この題は〈遇不逢恋〉であるべき筈である」とされ、又作者基輔も兼実家の家司と「註」欄で述べられている。この右大臣家百首は、証本は散佚しているが、伝西行筆断簡等の諸資料から約四五〇首が集成されている（和歌大辞典・藤原俊成の研究一八五～一九五頁）。石田氏が「遇不逢恋」題と考えるべきとされている理由も、『玉葉』（治承二年五月十日条）に「此日百首会第五度〈五月雨・遇不（ママ）遇恋（ママ）〉、歌人十人許会合、尤有興、云々」とある記事から判明する。「遇不逢恋」なら「あひみし人のふたゝびあはぬなり（今古和歌宇比麻奈備）」・「ひとたびあひて後あはぬ也、はかなかりける契をうらむ心などよむ（和歌独習自在。上田維暁著）」の如き意となる。

二　藤原基輔朝臣

管見二十六伝本では、烏丸光栄所伝本は「朝臣」の左傍に「ミ（ミセケチ印）ミイ」と一本にこの二字の無いことを示す。又、高野山伝来本は「藤原元輔朝臣」の表記（校異ニ用イテイナイ拙蔵明治三十年新写本デモ藤原元輔朝臣。又、切臨《サイリン》編『伊勢物語集注』〈鉄心斎文庫伊勢物語古注釈叢刊㈧所収影印本〉ノ第百十六段ニモ当歌ヲ引用スルガ作者ヲ「藤原元輔」トシ、朝臣ノ二字ハナイ）。鷹司本に「一首。正四位下。左馬権頭。前修理権大夫顕輔女（ママ）」の勘文があるが、烏丸光栄所伝本勘文には「一（首）。正四位下。左馬権頭。前修理権大夫。母頼輔朝臣女」とあって相異する。契沖『書入本』には朱で「三位顕輔子」とある。基輔の母については、岩波新大系新古今や、八代集総索引では「母は源盛経の女」とあり烏丸所伝本とは異なる。二十一代集への入集も新古今のこの一首だけとする。この見解は、久保田氏『全評釈』や更には石田氏『全註解』の説の踏襲である。が、当歌の詞書の異同、歌題の疑点、作者名表記上の相異、「藤原元輔〈後撰一〇九七番歌作者、コノ人物モ、二十一代集デハコノ一首ノミ入集〉」との関連、更には柳瀬本によれば、当歌は、題詞・作者名・歌句本文のすべてに隠岐での削除じるしが付せられておるので、切継時における処置の混乱等も考慮しておかねばならぬ。当歌が『伊勢物語〈一一六段〉』や『拾遺集〈八五六番読人不知歌〉』と比較して、「模倣（朝日『全書』）」とか、「一首全体としては、心も形も拾遺集の影響を受け過ぎたもの（完本評釈）」と言われても弁解し難い歌でもあるので、取扱いには慎重を要する。参考上『勅撰作者部類』を引けば、「元輔。正四以下参議。富小路右大臣藤原顕忠男。天暦五蔵人少将、天徳二右中将、康保四左中将、天禄三参議治部卿、天延元年〈後撰、藤原元輔〉」・「基輔。従三位。知足院藤原道経男〈新古、四位。新後撰、従三位。玉葉。風雅。〉」・「元輔。五位肥後守。下野守清原顕忠男〈拾遺。後拾遺。詞花。新古。新勅。続後撰。続古。玉葉。続千。続後拾。風雅。新千。新拾。新後拾。新続古〉」。以上に対して石田氏『全註釈〈作者小伝〉』は「基輔。藤原。元暦二年六月三日歿。年齢未詳（一一八五）。六条家。顕輔の孫。修理権大夫頼輔の子。母は源盛経女。上総・美作・伯耆・安藝守、正四位下右馬権守。九條（兼実）家の家人。作者部類は新古今集の基輔を知足院藤原道経男としているが、その基輔は元久二年に八歳であるから誤りである。頼輔の子の基輔は安元・治承の頃の右大臣家歌合にも見え、新古今所収の歌もやはり兼実家の百首歌であるから、この基輔にちがいない。而して作者部類基輔の項の新後撰以後の歌は従三位とあるから道経男の基輔で、新古今のものだけがこの基輔のものであろう。一首（一一一五）《新古》」とされたのである（新古今伝本ニヨル元輔表記や契沖書入本ノ基輔記述ハ。言及サレナイ。又没年ヤ地方官歴任ノ記事ノ根拠モ示サレテイナイガソノ他ハ卓説デ傾聴スベキ説デア

ル〉。参考、「顕輔―頼輔―基輔〈正四位下、右馬権頭、母源盛経女（尊卑分脈第二輯三八二頁）〉」・「従三位基輔。藤原基輔者、左京大夫顕輔之孫、修理大夫頼輔之男也。官爵履歴、遭史乗之闕。新後撰等集、為従三品、仍列于此耳。新古今集一首、新後撰集一首、玉葉集一首、風雅集二首（二十一代集才子伝）」・「基輔。藤原。北家末茂流。生年未詳、元暦二年六月三日没（岩波新大系新古今人名索引ヨリ略抄）」。さて『玉葉』（元暦二年六月三日条）に「今日、午刻、右馬権頭基輔朝臣、忽然而逝去。余聞此事、悲泣無限、自幼稚之昔、至壮齢之今、偏生長自家中、大小巨細、一事已上未曾違命、心操穏便、有志奉公、況又暮年之父母、眼前遭此悲、失現当之羽翼、推其哀憐、無物於取喩者、今夜、其父母先以向雲林院、明暁、竊送亡者於同所、云云」と兼実と基輔との並々ならぬ主従関係が述べられてあり、翌四日の条には「四日、乙卯、基輔今日葬了云々、依存日遺言、不口日吉凶巳下障憚等云々」とあるので、石田氏説は不動となろう。

三　いつとなく塩焼く蜑の苫びさし久しく成ぬあはぬ思ひハ

管見新古今二十六伝本に異形なし。歌意は「いつと限る事もなく常に、塩を焼きつづけている海士《あま》、その海士の住む粗末な小屋、菅《すげ》や萱《かや》で編んだ薦《こも》で、屋根や周囲を覆うてある苫屋の廂《ひさし》と語呂の通う久しではないが、貴女と逢わぬこの恋の想いは、久しくなってしまいましたよ」。上の句は下句の「久し」を引き出すための有意の序。歌意の趣旨は下句にあり、上句は下句の修飾であるが、この技法は、伊物や拾遺集（後述）の技法の模倣にすぎない。作者は歌の上手ではないが主家の

為に一所懸命に詠んだのであろう。前記『玉葉』の「大小巨細、一事已上未曾違命、心操穏便、有志奉公」の言葉通りの詠みぶりであると私は思う。朝日『全書』や『完本評釈』の当歌評は、まことにその通りながら、作者の常日頃の人柄を偲ぶ時、稍々酷評とも思う。せめて第五句の「思ひ〈思火〉」の「火」と上句の「焼く」との縁語技巧の工夫も考慮して「平凡」位に評価を緩めては如何。

四　いつとなくとハ……常にと也

判読不明とした個所は、「たま〳〵」・「はる〳〵」・「たるく」等に、無理にでも訓み得るが、それでは文意が通じにくい。私は一応「たるく」と試訓する。日葡辞書で「だるい」を検索すれば「よだるい」を見よとあり、「よだるい」とは「疲れて身体《けたい》が弱っている（こと）」とある。所謂、懈怠感のある事の形容詞が「たるく」と考え得る。そこでこの部分の大意を考えれば「初句の〈いつとなく〉とは、常住、即ちつねひごろ、という言葉である。いつとなく―塩焼く、と続けて言えば、常日頃、塩焼く仕事を仕《し》続ける事で、心身に懈怠感を覚えるという意味になるのである。即ち、いつという事なく常に作業を行い続けて、というのが〈いつとなく〉という事なのだ」の如くになるのではなかろうか。後考をまちたい。「はる〳〵」と訓めば、塩焼く蜑の苫屋がずっと遠くまで続く海辺の様子になり、これでも歌意の理解につながると思う。

五　胸の煙にたとふる也

文意「塩焼く蜑の、くすぶり燃える煙を、わが晴れぬ胸のおもい、恋人と逢えず鬱積《うっせき》する恋の思いに譬えているのだ」

六　久しくなる思ひハいつとなくと返るなり。

文意、「〈久しくなりぬあはぬ思ひ〉はという下句は初句の〈いつとなく〉という語に反《かえ》って、常日頃くり返し〳〵思い続ける事になるという意の歌だ」。参考、「トマビサシトハ、苫屋ノヒサシ也。浜ビサシ久シクト、ツヅクルヤウニ是ヲモヨメリ（新古今注）」・「序哥也。とまびさし久しくとつづけたる也（十代抜書）」。「久しく成といわん為也。かさねことば也。ひさしひさしく。（かな傍注本）」・「序哥也。とまひさしひさしくとつづけたる也。苫屋のひさしまで也〈まで也トハ、何々トイウダケノ事ダ、ノ意〉（吉田幸一氏旧蔵註・高松宮本註・高松重季本註）」・「いせ物語、波間より見ゆる小島の浜ひさし久しく成ぬ君に逢みでを本歌にて、是も同じ序歌ながら、いつとなく塩やくといふに、常に思ひにもゆる心をよめるにや。下句は明也（八代集抄。学習院大学本注釈モ略同文）」。

七　波間より見ゆる小島の浜びさし（久しくなりぬ君にあひミで

当歌は『増抄』以前の書では、萬葉集巻十一・拾遺集恋四、伊勢物語百十六段、人丸集Ⅱ恋、古今和歌六帖(六)、秀歌大体、古来風躰抄(上)、千五百番歌合（一二七六番判詞）、夫木和歌抄（二十九楸）、二八要抄（恋七）、歌林良材集(上)、宗祇万葉抄第十一、秘府本万葉集抄等に見える。作者の基輔との年代上から言えば、千五百番歌合あたりが下限であろう。又、第三句の「浜びさし」や、第五句の「君にあひミで」との合致度からも考えられよう。ただし基輔がいずれに拠ったかは増抄引用歌形からは保証できない。

「波間従　所見小嶋之　浜久木　久成奴　君尓不相四手」。（万葉集巻十一。二七五三番。ナミマヨリミユルコシマノハマヒサギヒサシ

クナリヌキミニアハズシテ〈西本願寺本訓〉）・「浪まより見ゆるこ島の浜ひさ木ひさしく成ぬ君にあはずして」（拾遺集八五六番）・「浪まより見ゆるこしまのはまひさしひさしくなりぬきみにあひ見て」（伊勢物語百十六段）・「浪間よりみゆるこしまの浜ひさきひさしくなりぬきみにあはすて」（柿本集、書陵部蔵五〇一／四七架番）・「なみまよりみゆるこしまのはまひさきひさしく成ぬいもにあはすて」（古今和歌六帖）・「浪まよりみゆるこしまの浜楸ひさしくなりぬ君にあはすて」（秀歌大体）・「なみまより見ゆる小島のはまひさき久しくなりぬ君に逢はすして」（古来風体抄）・「左歌は万葉に、なみまよりみゆるこしまのはまひさきひさしくなりぬ君にあはすして、と侍る歌につかは、はまひさきとよみ侍るへきを、伊勢物語、もしは雑芸集なとに、あるひは、はまひさし、とかける本も侍るにつきて、はまひさしともよむことのはべるに、ひとへに万葉を本として、みゆるこしまのはまひさきとよみ侍らんときは左右におよび侍らす。ただ、はまひさしひさしとはかりつつけられん時は、浜ひさし、くるしみ侍るまし。ひさきにてもひさしにても心にまかせ侍るへし。はまひさしひさしとては、いますこし、なひやかにいひくださるるかたも侍りぬへし〈後略〉」（千五百番歌合。一二七六番。顕昭判詞）・「浪まよりみゆるこしまのはまひさきひさしくなりぬ君にあはすして」（夫木和歌抄、一三八七三番）・「浪まよりみゆる小島のはまひさき久しくなりぬ君に逢すて」（二八要抄、恋七）・「波間よりみゆる小嶋の浜ひさし久しく成ぬ君にあはずて」（歌林良材集、第一、八条）・浪まよりみゆるこ嶋の浜楸久しく成ぬ君にあはすして」（宗祇萬葉集抄）・「浪間従所見小嶋之浜久木〈久〉《欠脱》成奴君尓不相四手。ハマヒサシトハ浜ニオヒタルヒサキノ木ヲ云。又ヒサキナラネトモタヽノ木ノ、ハマニオイテヒサシキヲモ云ナリ」（秘府本万葉集抄）。

右の諸書中、磐斎増抄引用歌形に合致するのは伊勢物語の歌形だけである。基輔は、父頼輔の兄にあたる顕昭の説〈千五百番歌合判詞。ナヲ顕昭ハ、基輔ノ祖父顕輔ノ、猶子歌人ト尊卑分脈ニ見エル〉は必ず意識して当歌を詠んだと考えられるので、『玉葉』の記事と勘合すれば主家に忠実に「なびやかにいひくださむ（顕昭判詞）」と考えて第三句を「とまひさし」としたのであろう。ここにも基輔の主家に対しての一所懸命の詠みぶりがみられて微笑ましい。なお増抄引用歌句の「（ひさし）く」の脱字と『秘府本万葉集抄』の「久」の脱字は、怪しくも一致するが、これは同音の繰返しから招来されたものと思われるので、両者は無関係と考えておく。

〔二六〕（四〇頁）

一　夕恋といふ事をよみ侍りける

管見二十六伝本では、「夕恋」を柳瀬本では「ゆふべの恋」の表記であるから斯く読むのであろう。翻刻諸本では「夕ノ恋」とする本（岩波新大系・旧大系・新潮集成・全評釈等）があるが、複製本のある為相本〈新大系〉で見る限り「夕恋」で、片仮名ノ字は無い（勿論凡例デハソノ事ハ示サレテアル）。公夏筆本は「事」を「心」とする。当歌は『如願法師集』の詞書では「建仁元年八月廿五日、北面歌合に、暮恋」とある（書陵部蔵五〇一／三二一架番。朝日新聞社刊冷泉家時雨亭叢書『資経本私家集四』所収写真版五五一頁・時雨亭文庫㈠・桂宮本叢書も全同）。「北面歌合」について久保田氏『全評釈』に「今につたわらない。〈後鳥羽院御集〉などからその片鱗を窺うこともできない。当時の小歌合であったか」とする。『続歌仙落書』に「夕恋を」。『私玉抄』に「名の立」。『二四代集・二四代和歌集・八代知顕抄』に「恋の歌とてよミ侍ける」。参考、「名立恋。顕恋にすこしく似て、あた名のたつをよむ。口をしく怨めしき心をむねとす。あひ思ふ心の切なるから、わが仇名のたつより、人の上をうれへおもふ体など、風情ふかくよむべし（和歌独習自在）」・「名立恋。無名のたつをもよミ、たゞうき名のたつとも読り／立無名恋。無名といふハ人を思ひていまだ逢ミざるに、逢ミたる名のたつ也。思ハぬ人にうき名のたつことにハあらず。こころへたかふべからず。されど哥によむ時には、たゞなき名たつとバかりもよミ、又前の心をもよめり（初学和歌式）」。「（美濃）題の夕の意はたらかず。（尾張）此難は今時の人、よくいふ事也。題の意を深切によむも一つの結構なれど、必しもこれを守るへきにもあらず。古人はたゞ夕といふもじだに入れば事たれりとして、歌の秀逸に心をかけたるもの也。下句に夕といふもじ、かけ合なしなどいふは、今時の論也」。

二　藤原秀能

管見新古今伝本では、寛政十一年板本に「藤原ひてよし」と名が仮名書。都立中央図書館蔵新古今和歌集抄の当歌作者は「しうのう」と仮名書。明治書院刊和歌大辞典は「ひでよし（ひでとう）」。秀能の紹介は、『増抄』の二六番歌・五六四番歌頭注二・七八九番歌頭注二・九六七番歌頭注二で示したが、その歿年は未述であった。早く武田祐吉博士が「秀能は、北面の武士で、歌を以って後鳥羽上皇の寵遇を得たことは増鏡に見えてゐる。五位左衛門尉となり、東寺の舎利を盗んだ賊を捕へた功によって出羽守に兼任せられた。承久の乱には大将軍となり一方に将として戦ったが、官軍敗れて後、僧となって山林に隠れ、如願と称した。仁治元年五月廿（ママ）日に年五十七を以って寂した。彼が北面の武士から出家した歌人僧であることは、すこぶる西行に似てゐる。彼も西行も共に藤原秀郷の末である。西行の出家の事情はいまだ詳でないが、おそらく思想上の問題に起因するものであろう。如願の出家は、戦が敗れたので、命を助からんが為であらうと思はれる。その出発点には相当の距離があるようである。云々（国文学研究歌道篇、三八四頁・三八五頁）」と述べられて以来、この説が継承されている。武田博士はこの記述の論拠は示されていないが、それは『尊卑分脈』の「秀能」の添書かと思われるので、次に引く。「秀能卿事。元土御門内大臣通親公家祄（ママ）候。十六歳時被召後鳥羽院北面西面、被聴堂上、新古今集撰定之時、加和哥所寄人、武者所有官、瀧口、左兵衛尉、左衛門尉、主馬首、従五上、河内守、獄執行官人、防鴨河判官、使大夫尉、兼出羽守。承元四年十二月廿二日任廷尉。同廿三日後朝〈大坪云、後朝使ノコトカ〉。同五年正月七日畏日〈大坪云、キジツ→夏の日ノ意〉三条坊門烏丸出立了、建暦二年五月為院宣御使下向鎮西、九月上洛、建保四年三月六日兼任出羽守東寺仏舎利盗人依搦取之追捕賞云々、以此賞舎兄秀康兼右馬助加造法勝寺九重塔行事《永保二人例依有之也》、建保五年十二月依松尾北野行幸賞従五上、承久三年兵乱之時追手大将也、乱之後於熊野山出家、法名如願、為秀康子家文（紋）元者輪違《中ニ菱無之》也、而自後鳥羽院下給梶葉、可為家文（紋）之旨、依勅定始為当家文、仁（ママ）治元年五月廿（ママ）一日卒《五十七》」（大坪注、延応二年七月十六日

に改元されて仁治元年となるので、正しくは延応二年五月二十一日が如願卒日となる）。

三　藻塩焼く蜑の苫屋の夕煙立つ名も苦し思ひたえなで

管見二十六伝本での校異。初句為氏筆本表記は「もしをやく」。第二句は二十五本ともに用字に仮名漢字の違いはあるがすべて「あまのいそやの」で、公夏筆本のみ「浦のいそ屋の」。従って増抄引用の「あまの苫屋の」は磐斎の早計によるものと思われる。但し、群書類従所収『時代不同歌合』（九十九番右）に「新古今恋二。もしほやくあまのとま《イ磯》やの夕煙たつ名もくるし思ひたえなで」とあり、「あまのとまやの」の句形があった新古今が、あったのかも知れない。寛政十一年板本は「磯家」の表記。末句は「思きえなて（亀山院本）・思ひたえなん（武田博士蔵大夫阿闍梨本・慶祐書写本〈岩波旧大系ニヨル〉）・思ひき《たイ》えなて（御室本〈岩波旧大系ニヨル。きノ右ニ、たイ、ノ校異〉）・おもひたえ《き》なて（柳瀬本。えノ右ニきト朱校合）・おもひた《きイ》えなて（鷹司本。たノ右ニ、きイ、ト朱傍書）」。『如願法師集』（朝日新聞社刊冷泉家時雨亭叢書・時雨亭文庫(一)・桂宮本叢書・私家集大成）の歌句本文は「もしほやくあまのいそやのゆふけふりたつなもくるしおもひたえなて」とある。他出書では『新三十六人撰　正元二年』（静嘉堂文庫本）が末句「きえなて」。『二四代集・二四代和歌集』も末句「思ひ消なて」。『八代知顕抄』は「おもひたえなて」。『美濃の家苞』も「思ひたえなて」。『自讃歌』は「思ひきえなて（一本おもひたえなてモアル）」であるが『自讃歌注』では「思ひ絶なて」の形を取るものがある（尭孝注・常縁注〈校合傍書〉・宗祇注・兼載注・広島大学本注・書陵部本注・支子文庫注）。『続歌仙落書』は「思ひ絶えなむ」。『定家十体（幽玄様）』は「思ひたえなて」・『新続三十六人撰』（十八番右十首ノ七首目）は「思ひきえなて」・『練玉和歌抄』（巻七恋上）は「思ひはてなて」・『私玉抄』（巻五恋「名の立」）は「思ひ絶なて」。

『時代不同歌合』（九十九番右）は、「もしほやくあまのいそやの夕けふりたつなもくるし思たえなて」の歌形が為家本、「もしほやくあまのいそやの夕けふりたつ名もくるしおもひきえなて」の歌形が永享本・歌仙絵本、「もしほやくあまのとま《イ磯》やの夕煙たつ名もくるし思ひたえなて」の歌形が群書類従本である。以上、当歌の歌形は、新古今伝本・他出書を通じて一定しないが、『如願法師集』歌形は各伝本一定しているので、一応の代表歌形としておく。

当歌の技巧は、焼く・煙・立つ・苦し・絶え、が「思ひ〈思火〉」の縁語で、巧みな縁語仕立の歌と言えよう。又上句は、下句を引き出す有意の序。参考「一首の意、上の句は序、夕烟たつとかゝる。四五の句打かへし心うべし。人をおもふおもひのたえずして、恋すといふ名のたつがくるし、と也（尾張の家苞）」。

四　とま屋のけぶりに、思火の煙を譬へたる歌なり

「とま屋」は前言したように磐斎の早計で、「とま屋」は諸伝本の「磯屋」に従うべきかと思うが、「とま屋」の歌句の新古今伝本も、群書類従本『時代不同歌合』（九十九番右）から存在した事も否定できない。「思ひ」は「思火」を連想させ、煙を導く。増抄の表記「笘〈竹カンムリ〉」は「苫〈草カンムリ〉」が正しく異体

字でもないので誤字であろう。「苫屋」は苫葺きの小屋で水辺の粗末な家。「磯屋」は海辺にある漁師などの家で「玉藻ふく磯屋がしたにもる時雨旅寝の袖も汐垂れよとや（千載集五二六番。源仲綱）」を千載で初出した歌語。日葡辞書では「磯屋」は採録されておらず「苫屋」は「藁で作ったある種の莚で葺いた家、または、貧しくて下等な家」とある。

五　立つ名もとハ……立つも、となり「立つ名も」の「も」は「仇し名が立つにつけても」の意。文意は「私の耐え忍ぶ恋心は、胸の中で、煙のように燃えくすぶるばかりで、相手に伝わらない状態であるのに、仇し名の方は煙が立ち昇るように、他へも目立ってしまうにつけても、苦しいと詠んでいるのだ」。参考、「もしほの煙を、思ひのこがるゝによそへ侍り。おもひきえなでとは、思ひ休し度義也（抄出聞書。序哥なり。末句おもひ消なで）」・「夕恋をよめり。おもひきえて侍らば名の立こともあるまじきに、きえぬを今はうらむるとなり（牧野文庫本聞書。末句思ひきえなで）」・「じょ〈序〉の哥也。おもひのけぶりの消やらで、しかもな《(名)》にた《(立)》ちたるは、海士のもしほ焼煙に似たると也。思ひきへなでは、おもひきへずしてといふ心也（都立中央図書館本、抄。末句思ひ消なで）」・「おもひを、火ニしてよめり（かな傍注本。末句思ひたへなで）」・「是も序哥也。思きえて侍らば名の立事もあるまじきに、きえぬを今はうらむると也（吉田幸一氏旧蔵註〈末句思ひ消なで・高松宮本註・高松重季本註〈共ニ末句ハ思ひ絶なで〉コノ三本ノ註ハ牧野文庫本聞書ト、殆ンド同文）」・「宗祇自讃歌注、心明也云々。是も夕煙立名といはんに序歌ながら、思ひたえなでまでも、もしほやく縁なるべし。立名も苦しければ思ひ切らんわざながら、さすがに思ひ絶ずしてと歎く心也。思ひ、火を添て也（八代集抄。末句絶なでニきえなでノ一本ニヨル校合アリ。学習院大学本注釈ハ、コノ季吟注ヲ略抄セリ）」。

〔一一六番歌　補説〕

当歌は自讃歌にも採入されており、その注も多いので次に示す。「もしほやくあまの磯屋の夕けぶりは、たつとやいはん為也。序の哥也。立名もくるし、中〱思ひ消たらば、かゝる歎はあらじな、といへる、不便にや侍らん（頓阿注）」・「新古今恋二、夕恋を読り。序句の哥也。此両首〈他ノ一首ハ、下紅葉色付ゆけば玉ぼこの道の山風寒く吹らし〉心明也（常縁注）」・「夕恋と云事をよめるとあり。此哥を思やみてと心えたるは、今すこし心あさくや侍らん。是ははや名はたちたり、思やみても何のかひかあらん、か様に人に名をたてられてある事のくるしさよ、身消なてとよめるなるへし。右に〈俊成卿女歌、下もえに思消なん煙たに跡なき雲のはてそかなしきヲサス〉下もえに思消なん煙たにといへる同心也（孝範注）」・「こゝろ明か也。ある注に、夕恋といふこゝろをよめり（宗祇注）」・「夕恋といふ事をよみ侍りる。あまのしほをやきくるしむ事あはれ也。おもひ絶よかしといふ上の句也。そのことく我も名の立にかへて、人をこふるはあまのくるしみと同事也といへり。けふりといふえんにて立名とよめる也（兼載注）」・「寄煙恋。〈歌意〉面のことし（岐阜県立図書館蔵、自讃歌注〈表題、天か下長閑にて〉）」・「寄煙恋。もしほやく海士のいそやの夕けふりとは、たつ名もと云侍らむため也。それに又くるしと侍は、おもひたえなてと云侍らむ心なり。あのけふりのことくあた名のみよそにたちて逢よしもなけれは、胸のけふりもたゆる事なし、されは此恋のみちの、くるしく思ひたえぬる隙もなきと也（書陵部本注）」・「煙をいはんとて海士のいそやをは、よむ也。立名もくるしとは、忍恋の心なるへし。おもひ消なてとは、たえはやと云心歟（九州大学文学部本注）」・「ゆふへの恋と云心を。いそやのゆふけふりは、もしほやくによりて立なり。思ひのたえぬによりて名はたつなり（九州大学支子文庫本注）」。

〔二七〕（四〇頁）

二　定家朝臣

管見二十六伝本では、名に姓《かばね》を付して「定家朝臣」とする伝本（小宮本・鷹司本・為相筆本・公夏筆本・烏丸光栄書写本・柳瀬本・前田家本・高野山伝来本）と、氏名姓の「藤原定家朝臣」とする伝本（宗鑑筆本・東大国文研究室本・冷泉家文永本・亀山院本・為氏筆本・〈春日博士二十一代集本〉・親元筆本）とがある。烏丸光栄所伝本は「定家朝臣」の右肩に「藤原」を追加。『八雲御抄』（作法部）の「撰集」に位署書様の説明があり、岩波『古語辞典』の「朝臣」にも説明があるが、四位相当か五位相当の書式が右の相異に対応するのか否か判じ難い。新古今集成立竟宴の元久二年三月では、定家の官位は正四位下であるから、「この両様の書式のいずれであってもよいのではないか。定家の略歴は、『増抄』では三八番歌。又九三四番歌頭注一、一〇八二番歌頭注二で既述。定家歌の位署形式は、一伝本・一採入歌で、統一せられておらず、その伝本・その採入歌で書式が異なり整然としないので、従来の翻刻書や、注釈書では触れられてこなかったのも当然である。『二四代集・二四代和歌集・八代知顕抄』では「参議定家」の位署で、参議とは「八人アリ。大政官ノ次官ナリ。相当ハ正四位下ナレドモ、二位三位ニ至テ兼官ノ例アリ。大臣大中納言ニ参《マジハ》リ天下ノ政ヲ議《ハカ》リ、禁裡ニ経回シテ諸公事ヲ奉行スト云ドモ、想定ル職掌ナキニ依テ正官ニアラズ〈中略〉参議ニ限リテ四位是ニ任ズレバ諱《イナミ》ヲ上ニ書テ、某朝臣ト称ズ、参議藤原諸嗣朝臣ノ類ナリ。三位以上是ニ任ズレバ姓《ウヂ》ヲ上ニ書テ、姓《セウ》ノ朝臣ト称ズ、藤原朝臣諸嗣ト云類ナリ〈後略〉（官職備考）」とあるから、この書式でも不自然でない〈定家ノ任参議ハ、元久二年ヨリ以後ノ建保二年、既ニ従三位デアッタ〉。

三　須磨の蜑の袖に吹き越す塩風の馴るとハすれど手にもたまらず

管見二十六伝本校異。第二句「袖に」が「袖を」（東大国文学研究室本・亀山院本）」、第三句「塩風の」が「浦かせの（鷹司本）」、第五句「手にもたまらず」が「手にもたまらぬ（為氏筆本）」。その他の伝本に異句はない。当歌は『拾遺愚草(上)』（皇后宮大輔百首〈文治三年春詠送之〉）の「雑恋十首」中の一首で、歌形も増抄引用と同形。文治三年は定家廿六歳。他出には、『定家卿百番自歌合』（八十番左）に「左。持。大輔百首、（歌形同省略）／右。内大臣家百首　やすらひにいでけるかたもしらとりのとば山松のねにのみぞなく」・『二四代集・一四代和歌集・八代知顕抄』・『八代集秀歌』・『新三十六撰歌合』（十番左三首の中）・『練玉和歌抄』（巻八恋下）・『歌枕名寄』（巻十五、畿内部、摂津国、陬磨篇）に歌句増抄引用と同形で見える。なお当歌と歌語類同歌が、好敵手の家隆にもある。『家隆卿百番自歌合』（卅二番左）の「須磨の蜑のまどほの衣夜や寒き浦風ながら月もたまらず一がそれで、この歌合は定家も合点を施している。定家歌も家隆歌も「なれゆくはうき世なればやすまの海士の塩やき衣まどほなるらん〈新古今一二一〇番、徽子女王〉」にもとづいている事もあり、お互いの歌の詞にも影響関係ありと、認めた方がよいと思うが、従来指摘のないのが不思議である。当歌参考歌（引歌）としては、上述徽子女王歌（出典は正保版本歌仙家集本『斎宮集』の詞書「後に、うちより、まどをにあれや、ときこえさせ給へる御かへりに」、歌詞上述・書陵部五〇一／一六二架番『斎宮女御集』の詞書「うへより、まどをにあれや、ときこえ給へる御返に」、歌詞「なれゆけばうきめかればやすまのあまのしほやきごろもまどをなるらん」『古今和歌六帖(五)』〈塩やき衣〉の「馴行くは憂世なればや須磨の蜑の塩焼衣間遠なる覧」）が、幽斎の『新古今集聞書〈後抄〉』に指摘され、本歌としては、契沖『書入』に「後恋三　躬恒　いせの海に塩やくあまの藤衣なるとはすれとあはぬ君かな」の指摘以来、現代も継承されている〈後撰集七四四番歌。第三句「ぬれ衣」、第四句「なるとはみれと」、第五句「あかぬ君かな」等異伝本ニヨリ異ナル〉。又、「思草葉末にかかる白露のたまたま来ては手にもたまらず（金葉集、恋上、俊頼。尾上氏所引歌形）」をも本歌又は参考歌に考える現行注釈書（尾上氏『評釈』・岩波旧大系・武蔵野書院テキスト・久保田氏『全評釈』・石田氏『全註解』）もあるが、金葉集は周知のように、初奏・再奏・三奏本があり、当歌を含まぬ伝本もあるし、又当歌詞の第二句も「葉末に結ぶ」、末句「手にもかからず・手にもとまらず」の句形を示す歌書もあるので、定家歌の参考歌とするのは如何《いかが》なものであろうか。但し季吟は『八代集抄』で「愚案、たま〳〵来ては手にもたまらずと、俊頼の歌の詞を用給へるにや」と尾上氏『評釈』等の注に先行して述べてはいるが。当歌表現技巧としては、上句は下句の「なる」を引出すための有意の序で、この「なる」は「風が鳴《な》る」・「袖が穢《な》る〈萎《な》る〉」・「袖に馴《な》る」「恋が成る」の意が縁語的な掛詞として響かせてあり、又、「袖―手」や「須磨―蜑―塩」、「袖―吹―風」も縁語で、連想を引き出す効果がある。技巧に工夫を凝らした廿六歳当時の定家の苦心が思われる。

四　古抄

幽斎の『聞書後抄』の注ではあるが、彼の独自注とは言い難く牧野文庫本聞書にも略同文が見える〈後掲スル〉ので近衛稙家や三条西実枝の説によるのであろう。『無刊記本新古今集聞書』・『宝永八年刊新古今集新鈔』や『八代集抄』が「玄旨云」として引く注、それを更に孫引した『学習院大学本新古今集注釈』も全く同文。他の引用書では、「馴れゆけバ」歌の肩の「引〈引歌ノ略号〉」の無いのが、説林後抄・私抄・内閣文庫蔵増補本聞書・内閣文庫蔵聞書後抄である。又その引歌第二句「うき世なればや」が「うき世なれども（内閣文庫蔵増補本聞書）・うき世の中も（私抄）」となっているが、前頭注で触れたごとく、この歌はもともと歌句に異同のある歌であったから、仕方ない。なお「引歌」とは「物語や日記の散文の中に特定の古歌あるいは今歌をふまえて文飾とし、情趣的効果を昂めようとするもの」で、和歌の場合は「参考歌」と考えられるが、「特定の古歌を引用するといっても、それが誤りなく一首の歌に措定され得るか否かは、問題が多く、その符合度が一首中少なくとも二句以上にわたるべきか否かなど一首全体の情調や語序とも絡んで引歌の判定には苦しむことが少なくない（和歌大辞典、今井源衛氏）」ので「本歌」との相違も慎重を期さねばならない。ある古歌を今歌の、本歌とみるか、引歌（参考歌）とみるか、従来の注釈書でも、見方が分かれていて難かしい問題でもある。

五　馴れゆけバうき世なればや須磨の蜑の塩焼衣まどをなるらん

歌句に異同の多い歌である事前述した。新古今恋三の一二一〇番にも採入されている女御徽子女王歌である（詳細はそれに譲る）。斎宮集・古今和歌六帖㈤・宇津保物語（梅の花笠の巻）・時代不同歌合（八十三番左）・女房三十六人歌合・歌林良材集㊤（第三虚字言葉、まどを）等に見える。参考、「陛下〈大坪云、村上帝〉ハアマリノ無沙汰ヂャト仰ラレマスガ、アマリ馴レ行クノハ却テ倦カレル此憂キ世ノ習デアリマスカラ、ワザトサシヒカヘテ稀ニ逢フコトニ致シテ居ルノデセウ。決シテ他ニ心ガアルノデハアリマセヌ、御倦キニナラナイ為デ御座イマス（新古今遠鏡）／馴れてゆくと飽きるのはこの憂き世の常ですので、須磨の浦の海人の塩焼き衣の織り目のように、お上とお逢いすることが間遠なのでございましょうか（久保田氏『全評釈』）」・「此哥、須磨のあまのまどほの衣とはあら〳〵と織たる衣也。いとゞ糸のあはひの遠き也。此哥、人の我に馴行事〈うき〉故に、相《あふ》事のまどほに成かと也。中にて序を置たる哥也。しかも海辺の恋の心なるべし。海士は世を渡る事のうき物なれば、うき世のえんにす磨のあまと也。つゞき様面白也（宗長秘歌抄）」。

六　袖に吹き越す……溜らぬ由なり

「袖に吹き越す」は、風が袖の中を吹き抜けて通り越す意。「徒人」は、不実な人の意で特に男女の間柄でいう。つまり誠意のない恋人。文意「第二・三句の袖に吹き越す塩風とは、海の潮風が、袖を吹き抜けて通り過ぎ袖中に留まりたまらぬのと同じく、誠意のない恋人の情愛は表面的なもので、わが心の奥底に情愛をとどめてくれるようなものではない事を表現した句であって、つまりは不実な恋人に関連づけて詠んでいるのである。潮風はいくら激しく袖に吹きつけても、中に残り留まらぬものである。不実な恋人も、自分に馴れ親しんでいるように見せかけてはいても、しっかりとわが手、わが腕、わが胸の中に這入ってくる訳ではなく、よそよそしい状態である事を述べたものなのだ」。参考、「〈なる〉とは、なる、とはすれど也。なる、やうなれども、心のどかに、手にとるほどの事もなきと也。なる、とはよそながらなる、心なるべき也（国会図書館蔵、拾遺愚草俟後抄）」・「〈なる〉とは、なる、とはすれど也。序しやうぞくのなへたるをなる、といへり。の歌也。我中はなる、やうなれども、てにもたまらずと也。風によそへり。真実にあひおもはぬ中のさま也。なれゆくは浮世なればやすまの海士の塩焼衣まどを成らん（彰考館本、拾遺愚草抄出聞書。三弥井書店、拾遺愚草古注㊤一三五頁ニ翻刻アリ。他ニ、同書㈥ニ島原松平文庫本、未刊国文古註釈大系第七冊ニハ図書寮本拾遺愚草抄書モアリ、殆ンド同文デアル）」・類想歌「須磨の海士のなれにし袖もしほたれぬ関吹越る秋のうら風」には「旅人の袂冷しく成にけり関吹こゆるすまのうら風〈大坪注、続古八七六番、行平歌〉・なれ行はうき世なればやすまの浦の塩やき衣まどを成らん〈新古一二一〇番〉。あまの朝夕浪風になる、袖も、秋のうら風ものがなしき時分は、猶々ぬれんと也。衣のふりぬるをば、なるといへり。それを馴ぬる事によそへてよめり（拾遺愚草抄出聞書。三弥井書店拾遺愚草古注㊤一三四頁）」なる注がある。又、新古今の旧注には、「ナレユクハ浮世ナレバヤ須磨ノアマノ塩ヤキ衣マドヲナルラン、トイフ哥ヲトレリ（新古今注）」・「心は海辺の恋と云題也。是も序哥也。すまの海士の袖には朝夕塩かぜの吹こしてなれども、その風の、手にはたまらぬごとく、此人も朝夕おなじ所にてなる、人なれども、我手にもたまらずこ、ろのはげしき事也。なるとはなる、事也（宗長秘歌抄）」・「なれゆくは浮世なればやすまの海士の塩やき衣ま遠成らん。しほなれ衣によそへり。われに等閑なる人、心をもとゞめぬ風によそへ侍り。なるとは、なる《ママ》、とは也（新古今和歌集抄出聞書）」・「なるゆくはうき世なればやすまのあまのしほやきころもまどをなるらん、袖にふきこすしほ風をあだ人によせて読り。しほかぜは袖にふけども袖にたまらぬなり。あだ人もなる、とはすれども、しかと我手にたまらぬとなり（牧野文庫本聞書・吉田氏旧蔵註・高松宮本註・高松重季本註モ略同文。当注ハ増抄引用ノ古抄云ト略同文デアル）」・「是もじよ〈序〉の哥也。塩風の吹こす海士の袖はなへ《エ》たる物なれば、なる、といはんじよの哥也。なへ《エ》たるいしやう〈衣裳〉をなる、といへり。我に人のなる、と思へ共、やがてうとくなる物なればよそへて云り。風は手にとられぬ物なればよそへて云り。じよのうたと云は、末にいはん事をはじめにまづいひたて、後に其やうをあらはすを云り。ながきといはんとて山鳥の尾のしだりをとよみ、なる、といはんとて袖吹こす塩風のなどいへるたぐひ也。なれ行はうき世なればや須磨の海士の塩やき衣まどを成らん、是はなる、によりて、人のうときかといふ心也（都立中央図書館本、抄）」・「常ニ塩風あまの袖ニなれふけども、かぜハ手にもとられぬもの也。なる、とすれども、てにとられぬ也（かな傍注本）」・「馴るとはすれども、しかと我手にたまらぬよし也。塩風をあだ人によせて読り（後藤重郎氏蔵新古今和歌集抄。当注ハ季吟八代集抄注ノ略抄デ、文ノ順序ヲ前後サセテアル）」・「なるとハなる、とハ也。風ハ袖にふれ、はだへにもふれ馴れど、手にとられぬを思ふ人になずらへし也（新古今集旧注補遺）」・「〈美濃〉なれゆけば浮き世なればやすまの海士の塩やき衣間遠なるらむ、といふ歌をとりて、衣を風にかへて、風は袖になれても、手にとられずといへるにて、大かたには馴たる人の、逢がたきをたとへたるなり。〈尾張〉上句は序。須磨の蜑の袖には馴といふ料、吹こす塩風のは、手にもたまらずといふべき料也。一首の意は心にてはなる、けれども、とりとめてあふ事のかたしとなり。〈美濃〉結句は、いせ物語の歌に、とりとめぬ風にはありともとあるがごとし〔大坪注、伊物六十四段。とりとめぬ風にはありとも玉すだれ誰が許さばかひま求むべき〕。二の句、吹こすは、ふくとのみにてよろしき歌なるを、こすといふことあまりて聞ゆ。〈尾張〉これは旅行といひても旅の事なれば、行といふもじあまれりといはんがごとし。かやうの事万々ある事にて、もじ数にあはせてよむ也。〈美濃〉ふるき抄〔大坪注、上引ノ古注類ヲサス〕に、二三の句を、あだ人によせてよめりといへるは、かなはず（両家苞）」。

七　袖に吹き越すとハ……言はん為なり　文意「第二句の袖に吹き越すというのは、袖の中に風が停留せずに吹き抜けて了うことを言ったものだ。第四句の〈なる〉とは、風の音が吹き鳴っているのだがという意に、恋人が自分に馴れ親しむという意を、掛詞にして表現しようとしての、作為《さくい》なのだ」。前頭注に示した古注にも説かれている見解である。

〔二一八〕（四一頁）

二　寂蓮法師　新古今五八番歌、又、七〇五番歌・一〇三二番歌の頭注に既述。六百番歌合では、右方人のひとりで、左方人のひとりであった顕昭と激しく論争した事は『井蛙抄』（巻六雑談）にも一條法印の談話として、所謂独鈷鎌かまくびの争《いさか》いが記されて有名であるが、当歌に関しては、相番が主催者の良経哥の故か、「左右共に無難、云々」と穏便に事は運ばれ、俊成の判も「両方共に、尤宜し。為持」とあっさりしたものであった。

三　有とても逢ハぬためしの名取河朽ちだに果てね瀬々の埋木　管見二十六伝本校異。第四句「朽ちだに果てね」が「朽たに果ぬ（延宝二年板本）〈文化元年補刻本モ〉・武田博士大夫阿闍梨本〈岩波旧大系校異ニヨル〉・朽たにはてね《ぬイ》（正保四年板本〈明暦元年本モ〉・寛政十一年板本）」。他の伝本は異同なし。『寂蓮集』（高松宮蔵。歌／二／二七二架番）には「寄河恋。ありとてもあはぬためしの名取川くちたにはてね《よイ》瀬、の埋木」と第四句「くちたにはてよ」の異形も示されてある。『六百番歌合』（恋七、寄川恋）十八番に「左。持。女房〈良経ノ隠名〉。よしのがはやきながれをせくいはのつれなきなかに身をくだくかな。／右。寂蓮。ありとてもあはぬためしのなとりがはくちだにはてねせぜのむもれ木。／左右共に無難云々。判云〈判者俊成〉、両方共に尤宜し。為持」とあり、小西甚一氏蔵本や、書陵部本（五〇一／六一九架番）では「くちたにはてよ」とある。『二四代集』は「くちたにはてぬ」、『二四代和歌集・八代知顕抄』は「くちたにはてね」である。『歌枕名寄』（巻廿八、東山部陸奥国名取河）『二八要抄』・『練玉和歌抄』も「くちたにはてね」の句形で採入してある。当歌の本歌としては「名とり川せ、のむもれき〈一本いはなみ〉あらはれはいかにせんとか〈一本〉せよとて〈一本て〉あひみ〈一本かよひ〉そめけん（古今集恋三・六五〇番、読人しらず）」が知られるが異形の目立つ歌で、広く口承せられている中に異形が生じたのであろう。又、参考歌としては、「みちのくに〈みちのおく・みちのおくに・みちのくにに等ノ異句アリ〉ありといふなるなとり川なきなとりてはくるしかりけり（古今集恋三・六二八番、忠岑）」が指摘されており、岩波新大系では歌意の類似する「年の内にあはぬためしの名を立ててわれたなばたに忌まるべきかな（後拾遺集恋三・七六七番、藤原道信朝臣）」も参考としている。本歌の読人しらず歌は「名取川は、評判が立つというその名の通りに浅瀬に隠れている埋れ木が水面に顕れそうな気がするが、そのように忍ぶ恋が露顕したらどうしようとしてあの時逢いはじめたのでしょうか」。参考歌の忠岑歌は「あの遠い陸奥国に実在するということを聞く名取川よ。―それは実在するのだから、その、名を取る、という名の通りに評判になってもよかろうが―逢う実のない、無き名、で評判になっては苦しいことです」。道信歌は「一年に一度も逢わないという、芳《かんば》しからぬ例の、評判を世間に立てて、わたしは、一年に一度の逢瀬の、七夕星にも忌み嫌われてしまいそうだよなあ」の如き歌意であり、そしてこの寂蓮歌は「世にながらへて在りとても、某《それがし》は誰を恋ひて、えあはれずと、あはぬ例にせらる、やうなる名がたつ故、いつそ死にたりとせよ、となり（標註参考）」のごとき意である。名取川は『枕草子』（三条西家旧蔵能因本第二百二十二段「河は」）に「名取川もいかなる名を取りたるにか聞かまほし」と述べられて、名の由来が興味の対象であった。『歌枕秋の寝覚《ねざめ》』（拙蔵板本明和八年刊、有賀長伯編）によれば、近江国と陸奥国とに同名の川があるが、近江の名取川の用例に「犬上の床の山なる名とり川いさとこたへて我名もらすな（古今一一〇八番。墨滅歌）」が示され、陸奥国の名取川の用例に、前引古今六五〇番歌が示されてある。陸奥名取川に詠み合わされる詞として「霞・落花・春月・蛍・時雨・五月雨・岸の紅葉・月・落葉・岩波・やなせの波・埋木・七瀬八瀬・郡・里・御湯《（みゆ）》」等が示され、又六五〇番歌が「あまた本歌にとれり」と、本歌にされることが多かった事も示してある。これと略同じ事が村上忠順の『名所栞』（巻七）にも見える。又「埋木」は、元来の意は、樹木が久しく水中や土中に埋もれていて石のようになった物をいうが、転じて世に捨てられて顧《かえり》みられなくなった身に譬えられ、再転しては、当寂蓮歌の用例の如く、人目を忍び、他見を憚かる恋、即ち忍ぶる恋に懊悩する我が身の象徴語となったものである。参考「谷の木を、むもれ木といふ（能因歌枕）」・「むもれ木とはたふれたる木の、山の谷水の下にふしたるをいふなり。下に思しづみたる心によせてよめり（和歌色葉。難歌会釈十四むもれ木）」・「埋木。あまたあらぬなをしもをしみむもれぎのしたにぞこふるゆくへしらすな。万葉十一にあり。むもれ木とは、くされたる木の、山の谷水の下などに伏たるを云也（和歌童蒙抄第七）」・「むもれ木とは、水の下や、谷底などにうづもれてある木なり。人にしられぬことによそへよむ也（色葉和難集巻五）」・「埋木トカキテ、ムモレギトヨメリ。谷ノムモレギナドモヨメリ。水ニモ土ニモウヅモレタル木也（古今集注、六五〇番歌注。顕注密勘抄デハ、末部、水にも土にも年久うづもれたる木也、トアル）」なお、源三位頼政の辞世歌「埋木の花咲く事もなかりしに身の成る果ぞ悲しかりける（平家物語巻四、宮御最期）」は、如上の歌学書の語意解説の具現歌として名高いので付記しておく。

四　恋ひ死なずに……亡くなれ、となり　歌意説明の注。文意「たとい、恋の故に死なずにこの世に生きながらえていたとしても、恋人と逢えなくて生き続けた、哀れな人間の例証になる事であるから、生きている効《かい》もない事である。そんな生き恥をさらす哀れな人間になるよりも、いっその事この身は朽ち果てて死んでしまえ、と詠んでいるのだ」。参考、「古今、名とり河せゞの埋木あらはれば、を本歌にて、人の難面《つれな》さに逢はぬためしの名を取たれば、生て有とてもかひなければ、一向死なんにしかじ、といはんとて下句はよめり（八代集抄・学習院大学本注釈）」・「人ハ無事ニあれども、名斗《ばかり》取て、如此あわぬならバ、くちはてよと也（かな傍注本）」・「あはぬためしの名取川は、無名《（なきな）》を取《（とる）》とうけんためなり〈大坪注、恋人ト逢エヌ例証トシテ、有名無実ノ噂ヲ世間カラ浴ビル、ツマリ無キ名ヲ取ル川ト続ケル為ノ措辞デアル〉。名取川にも埋木にもあはぬと云事はなきなり〈浮名ヲ取ルトイウ川名ノ名取川デハアルガ、ソノ川デサエモ、埋木、ツマリ、イツマデタッテモ無名ノ人ヲ噂スル事ハ無イノダ〉（私抄）」・「埋木の水底にして人の目にか丶らぬを、あはぬためしに哥によめるを、あはぬためしと云。さて我つれなき人を恋て、あはぬためしの名を取し也（新古今集旧注補遺）」・「〈美濃の家苞〉めでたし。本歌、みちのくにありといふなる名とり川なき名とりてはくるしかりけり。名取川瀬々のうもれ木云々、初句は、初の本歌の二の句の詞を、いきながらへて有とてもといふに取なせるおもしろし。二の句は、なき名とりてはとあるを、あはぬためしといへるなり。〈尾張の家苞〉あらはれはいかにせんとか逢みそめけんとあり。ありとてもといひ、名を取といひ、くちはつるといひ、瀬々の埋木といふ、みなこれらの歌より出し詞なり。〈美濃の家苞〉四の句のだには、死ぬることを願ひはせねども、あはでなき名をたてられむよりは、死《シニ》なりともせよといふ意なり。〈尾張の家苞〉なき名を立らる丶といふ事は一首のうへにすべてみえず、一首の意は、世にながらへて在とても某は誰を恋してえあはぬと、あはぬ例にせらる丶やうな名がたつ故、夫よりはいつそ死てなりと、しまへかしと也（両家苞）」。

五　これも死ぬる……事なれバ、となり　文意、「この我も、死ぬのは本望ではないが、生きながらえていては、死ぬ事よりも劣って見苦しい事であるから、というのが初句の有りとても、という意だ」。「イキナガラヘテアリトテモ、逢ハヌタメシノ名《名取川》ヲ取テアレバ、メイワクナ、死タイコトハナケレドモ、アハズシテ無名ヲトラウヨリハ死ニナリ《くちだに》トセヨ《はてね》　本歌みちのくにありといふなる名取川なき名取てバくるしかりけり　名取川せゞの埋木あらハれバいかにせんとかあひ見そめけん（新古今集渚の玉）」・「名取川ナキ名取テバ苦シカリケリト逢ハヌタメシニ古歌ニ詠ンテアルガ、私ハイキナガラヘテアツタトモ《（ママ）》モ、ソノタメシノ如ク逢モセズテ無イ名ヲトツテアレバ、メイワクナ、死タイコトハ思ハネドモ、コノヤウニ逢コトモナクテナイコトヲ言ヒタテヽ、名ヲタテラレウヨリハ、イスソ　死ンデシマイナリトモセヨ　かくてハいかに、せゝの埋木は訳さぬかたよかるへき歟、抄訳にもなく遠鏡　名取川せゝの埋木顕れば云々の訳にものそかれたり、家つとに、初句は、初の本歌の二の句の詞をいきなからへてありとてもいふに取なせる、おもしろといへり、夏の本歌の末に書入てよけんか（新古今集渚の玉。貼附箋一）」・「上云々　キツウメイワクナ、死タイコトハ思ハネド此ヤウニアリモセヌ名ヲタテラレウヨリ　イスソ死ンデ仕廻タイト私ハ思フワイナ（新古今集渚の玉。貼附箋二）」。

〔二二九〕（四二一頁）

一　千五百番哥合に

管見二十六伝本では、柳瀬本のみ「千五百番歌合・」でに字を欠く。当歌は『千五百番歌合』（巻十八。恋三）の「千三百三十七番」の左歌である。藤村作博士至文堂テキスト版頭注に「千三百卌八番」とあるのは単純ミスであろう。左に本文を引く。「左　勝。左大臣。なけかすよ今はた同し名取川せゝの埋木くちはてぬとも／右。三宮　今こんの契ハたえて中〳〵にたのめぬ月そよかれさりける／左哥ハさきにも申侍つるなとり河瀬〻の埋木のうたに〈大坪注千二百廿七番左、保季歌ニ対スル顕昭判詞ノコト〉、佗ぬれハ今ハたおなしなにはなる身をつくしてもあハんとそ思、と申うたのむねの一句〈むねハ第二句ノ意〉をとりそへられて侍にこそ。その上に神おろしの句〈初句ノコト〉むすひ句〈末句ノコト〉なとよろしく侍り。右哥ハいまこんといひしハかりのうたの心ハあまた侍ぬれハ、とかく可申にも侍らす。契とたのむとハ同心と申ならハして侍り。さきにハたのむたのミと三にかさなりて侍つれハ〈一三三四番左・一三三六番左・一三三七番右に、たのむ・たのめし・たのめぬ、ト同語が重複シテ出てキタコトヲ指スノデアロウ〉、たゝきゝにくしとハかり申侍ぬ。哥合ハわつらハしく、はかなきとかをも、とめて〈制止シテ〉侍なり。契をきし人も木すゑの木のまよりたのめぬ月のかけそもりくる、と申哥ハ金葉に入てこそ侍れ。然者、任例依病、左哥可勝歟（拙蔵板本千五百番歌合）」とある。「左大臣」は良経、「三宮」は惟明親王。但し、森本元子氏蔵本には「後二条院御子、輔仁親王」と「端作」の作者名右肩に朱書。

二　摂政太政大臣

藤原良経を官職名で示したもの。略歴既述。九三六番歌頭注二、一〇八七番歌頭注等参看。

三　歎かずよ今ハたおなじ名取河せゞの埋木朽ちはてぬとも

管見二十六伝本では、初句は鷹司本に「なげかしよ」とあってその「し」の右に朱で「す」の校合がある。『千五百番歌合』（有吉氏本）や『歌枕名寄』でも「なげかじよ」とあるのでこの句形も存したのであろう。第四句為氏筆本に「せゝのむれき《も》」と、「むれ」の間に「も」を補筆。これも憶測するに「くちはてぬ哉」。末句柳瀬本に「くちは乱れて「哉」と読める字体になったのではなかろうか。寛政六年板本・刊年不明文明十八年牡丹花判奥書板本は「朽はてぬ供」の表記。他の諸伝本に異歌形はない。『秋篠月清集』は、定家本・教家本ともに磐斎引用形に同じ。定家教家両本に「院三《(二)》度百首」とあるのは「正治二年院第二度百首」の由（久保田氏『全評釈』）であるが、その「恋十五首」中の十五首目の歌。群書類従所収の『正治二年第二度百首和歌』では「作者」中に良経は含まれず、又「題」に「恋」はない。従って当然この良経歌は無い。月清集にいう「院三《ママ》度百首」は、「院二度百首」の誤記ではなく、『千五百番歌合』と見るがよろしく、後鳥羽院の召による、正治初度・正治再度に続く第三度百首が結番されて「千五百番歌合」になったと見るべきであろう。当歌の他出は、上に触れた書以外では、『短歌撰格㊤』にも歌句磐斎引用形と同形で出る。当歌影響歌として契沖の『書入』には「拾遺愚草㊦。せきわひぬいまはた同し名取川あらはれはてねせゝのうもれ木　為家卿」がある事を指摘してあるが、現行注釈書では指摘が紹介されていない（久保田氏『全評釈』・尾上氏『評釈』・岩波旧大系・岩波新大系・小学館『全集』・講談社『新註』・朝日新聞社『全書』・新潮社『集成』・石田氏『全註解』・窪田氏『完本評釈』・塩井氏『詳解』・鴻巣氏『遠鏡』）。無指摘・不紹介の理由は、契沖『書入本』存在が知られず、或は閲覧機会なし。披見できたが作者が定家か為家かの弁別の困難・書入れに気づかず・気付いても黙殺無視等であろう。「為家卿」と契沖が指摘しているのは不可解ではあるが、『拾遺愚草』では定家歌と見られるし、『藤原為家全歌集』（同名書ガ二本アリ。安井久善編著・佐藤恒雄編著）には此の歌は不採録だから、契沖『書入本』の作者名を「定家卿」と改めた上で私は参考歌としておきたい。寂蓮・良経・定家の三首の「名取川瀬々の埋木」はいずれも、自身の譬喩であり、又、「朽ち果て」を引き出さんが為の有意の序句である。当時の同じ本歌に拠る流行的措辞ともみられ、三者間の競作的意図も考えられよう。良経歌々意は、忍恋が顕われて了った顕恋であろう。参考「今既にうき名を立てられたれば、朽ちはてたるも、即ち死たるも同じ事なり。しかれば此上たとひくちはつるとも、又難歎きはせずとなり（標註参考）」・「モウ私ハ浮名ノ立ッタ体ダ、生キテヰテモツマラナイ。ドウセ同ジコトダ。縦令死ンデ終ウトモ歎クコトデハナイワイ（遠鏡）」。

四　侘びぬれバ今ハた同じ難波なる身を尽くしても逢ハんとぞ思ふ

良経歌の本歌を示したもので、前引した『千五百番歌合』の顕昭判詞の指摘以後諸註が継承してきた歌である〈ソコデハ顕昭ハ、千二百廿七番左、保季歌ニ対スル判詞ニ用イタ、名取河せゝの埋木あらはれはいかにせんとかあひ見初けんモ本歌トシテ示シテオリ、コレモ以後ノ諸注ニ継承サレテイル〉。『後撰集』（恋五。九六一番歌）に、題詞「事いできて後に京極の御息所につかはしける〈元良親王ト宇多帝御息所ノ藤原褒子〔時平女〕トノ密通事件ノ露顕ヲイウ〉」・作者「元良親王〈陽成帝第一皇子〉」・歌句「前掲〈歌意、内々にて、ひそかに心をかはしたる中にてありしに、かく顕れて大事になりたれば、いかにともせん方もなく、難義なる事に及びたり。さてかく難義に及びたる此さまにては、生て居るかひはなきなり。然らば、もはや生て居るも死るも同じ事なれば、身を捨ても逢ひ遂んと思ふ事ぞとなり〔中山美石、後撰集新抄〕〉」。この元良親王歌は、百人一首にも採られ、他に、拾遺集・拾遺抄・古今和歌六帖・古来風体抄・近代秀歌・詠歌大概・百人秀歌・八代集秀逸・時代不同歌合等々にも見える著名秀歌であった。因みに今一つの本歌は、『古今集』（恋三。六五〇番。題知らず。読人知らず）に、歌句「前掲〈歌意、名とり川の埋れ木のやうに人にしられず、しのびつ、かよひてありしに、はて〳〵はあらはれて、人も我もうき名とりてくい思へど、せんかたなく、はじめにかくあらはればいかにせんとてあひそめけむと、みづからの心をみづからあやしみとがめていへるなり〔藤井高尚、古今和歌集新釈〕〉」とある歌である。契沖『書入』もこの両首を本歌として指摘する。

五　反りてみる歌なり

末句から初句へ反って歌意を考えよという注で、当歌が初句切れの歌を述べたもの。頭注三で触れた『短歌撰格』（橘守部著）の「句格」には、「なげかずよ□いまはたおなじ□名とり川　せゞのうもれ木□朽はてぬとも」の型〈歌格〉を示し、「〈前略〉かくしも初句よりいひ切て、第二句の七言より第三句の五言にうくる時は、五句の運び皆が顛倒《サカサマ》になれるをや、されば、此初句絶も、上つ代のうたに、ありとあらゆるもの、中に、一首も見えたる事なし。〈中略〉新古今にいたりて、はじめて上にいふまじき語を、上にすゑていひ切る事起りて、其歌数三百余首に及びたり、そも〳〵彼ノ集のうたの心の巧にして、花々しかるはさるものから、今句格にとりては、かくしも古へに背けたりつるを、むかしよりか、るすぢをさたする人もあらず〈後略〉」と述べてある。守部は、新古今の初句切歌の中で、この良経歌と同型《タイプ》の歌として一〇八二・一〇八六・一〇八七・一〇八九・一〇九四・一一一九以上巻十二、一一九九・一二〇一以上巻十三、一二九三・一二九四以上巻十四、の十首を示している。

六　瀬々の埋木の如く……同じ事なれバとなり

歌意の説明文。文意「わが身は〈或ハ我ガ名誉ハ〉、名取川の、あちこちの瀬の埋れ木のように、朽ち果ててしまおうとも、すなわち死んで了おうとも〈或ハ不名誉トナッテモ〉、この恋に落ちた事を嘆こうとは思わないよ、というのだ。恋を忍び通《とお》せようと、顕われてしまおうと、どうせ一たび浮き名が立って了って、名実共に名取川になったわが身であれば、今更《いまさら》、恋する事を中止しても、うき名が消えるものでもなし、してもしなくても同じ事なのだから、と詠じているのだ」。参考、「同じ名取川とは、君も我もおなじ名に立てる心也。瀬々の埋木のごとく、名をもくたし〈朽タシ・腐シ→だいなしにする〉、我身もしづみ果る共、君も名に立る上は本意なると也。名取川瀬々の埋木あらはればいかにせんとかあひそめけん、是もあらはればといふじよ〈序〉の哥也。もしあらはれたらばいかやうにせんとて、しあむ〈思案〉もなくは、あひそめまじきをと也。わびぬれば今将おなじ難波なる身をつくしてもあはむとぞ思ふ、是もたがひに名に立たるうへ也（都立中央図書館本抄）」・「なき名とりたれバ、わがいのちくちはてぬとも、この上からハなげくまじと也（かな傍注本）」・「是も、名取河せゝの埋木あらはれは、と、今はた同しなにはなる身をつくしても、とを取合せて、とても立し名なれは今又朽はつとても同し名なれは、今更なけかしよと也。侘ぬれは今はたおなしといへる本歌の心に成かへりて、しかも名取河なと珍く読給へり（八代集抄。学習院大学本注釈モ、コレノ略抄注）」・「二三四の句は、今はた同じ難波なる云々と、瀬々の埋木あらはれば云々とを、とり合せ玉へり。さて今はた同じとは、今も既にうき名をたてられたれば、朽はてたるも同じことぞといふ意なり。然れば此うへ、たとひくちはつとても歎きはせずとなり（美濃の家苞)」・「今はたおなしとは、今も既にうき名を立られたれは朽はてたるも同しことそといふ意也。○朽るとは死る事。しかれは此うへにたとひくちはつるとても歎きはせすと也。○此上此説のことし(尾張の家苞。大坪云、尾張ハ美濃ノ説ヲ認メタ上、朽るハ死るノ意ダト付加セルノミ)」。第二句の「今はた同じ」は、①君も我も同じうき名が立って同じ(都立図書館本抄)。②うき名が立った以上、生きていても死んでも同じ(美濃)。③うき名が立った以上　恋を中止してもしなくても同じ(増抄)等解釈が異なる。石田氏『全註釈』は「今でも亦朽ち果てたと同じだという意。同じ名を取ったの意ではない」とし、岩波新大系は「埋れ木はこの上朽ちようとも所詮世に出られないことは同じ」の意とする。正に諸説紛々の有様で、この解釈の違いにより現行諸注の当歌評が異なっている。例「同じ名とは、逢はれぬ恋に焦る、評判なるべし／本居翁〈美濃〉も石原主〈尾張〉も、同じ名を、うき名とのみ説かれたれどもそれにては浅し(塩井氏『詳解』)」。次に末句「朽ち果」も、①名が朽ち果てる・不名誉な身となる(都立図書館本抄・八代集抄・美濃)。②命が朽ち果てる・死んでしまう(かな傍注本・尾張)。③埋木が朽ち果てる(増抄、但シ埋木ニ名ヲ朽シテ不名誉トナッタ意ヲ持タセル)。等解釈が分れる。以上の如き解釈の相異が、寂蓮歌、良経歌・定家歌の評価につながる事を指摘しておきたい。

七　たとひ死にて……已まじとなり　文意「この身はたとい死んで、朽ち腐《くさ》って了っても、どうせ、いったん世間に立ち広まってしまった不名誉な噂であるから、いまさらやめようとはすまい、と詠じたのだ」。「とても」は「とてもかくても」を略した副詞。條件に関係なく、結果が始めから定まっている様態に使う。『歎異抄』の「とても地獄は一定すみかぞかし」等で使われて、「どっちみち」の意。又、同じそうするなら、更に一歩すすめてという気で、より進んだことを求めたり、より積極的な態度を選んだりする場合に使い、「どうせなら、いっそのこと」の意。

〔二三〇〕(四三頁)

一　百首歌たてまつりし時　管見の二十六伝本詞書はすべて、これに同じ。「百首歌」は「正治二年後鳥羽院初度百首」を指し、二條院女房の讃岐が詠進した百首中の「恋十首」の九番目が当歌。「二四代集・二四代和歌集」でも「百首歌奉ける時」の題詞〈但シ八代知顕抄デハ、百首哥たてまつりける時恋歌、ト題詞ハ小異〉。家集の『讃岐集』(桂宮本。書陵部蔵五一一／二一架番)には当歌は見えない。『私家集大成(3)』の森本元子氏の解題によれば「夫木抄所収」の讃岐歌の出典に「家集」と頭書する歌であっても現存家集に見えぬ歌があるが、それは夫木抄成立時に存在した別本があった故と考えられ、又現存家集の題詞の掲げ方や、その文体から見れば自撰家集らしく、尚「月詣集」中の讃岐歌八首まで讃岐集にある歌で、月詣集成立時を下る歌がない。とすれば月詣集成立時(寿永元年一一八二年)は讃岐推定四十二歳であるが、彼女はその後三十五年程生存しているので現存家集は、彼女の前半生作だけの自撰集であろう〈以上、大坪要約〉とされる。正治二年(一二〇〇)は寿永元年から十八年経過しているから、森本元子氏説を援用すれば、当歌は讃岐六十歳前後の作品という事になろう。

二　二條院讃岐　管見二十六伝本に作者名の異形はないが、寛政六年板本・寛政十一年板本では「二條院さぬき」と仮名表記。又、『正治初度百首』の端作《はしづくり》の「作者」に見える讃岐の割注に「二條院女房／宜秋門院女房」とあるが〈続類従所収ノ板本百首部類本ニノミコノ端作ガアリ、新編国歌大観所収ノ書陵部本ニハ端作ヲ欠ク〉、これは彼女が最初は二条天皇に出仕、二条帝崩御の後に、後鳥羽帝中宮の任子、即ち宜秋門院に出仕したからである。讃岐に就いては一〇八四番歌頭注二で既述。新古今の当歌も、溢れ出る恋の涙を「堰く袖ぞなき」と詠んでいるが、彼女は千載集でも「わが袖は汐干に見えぬ沖の石の人こそ知らねかはく間もなし」があり、百人一首にも採られ、これも恋の涙に濡れ続ける袖を詠んだ、いわば同巣の歌。「沖の石の讃岐」の異名は有名である(多賀常政編『二上峯《ふたかみのみね》』。原本未見。『古事類苑』文学部(一)ノ引用ニヨル。同記事ハ『安斎随筆(巻八)』ノ「因歌得名」ノ条ニモ見ユ。磐斎ガ『百人一首増註』デコノ異名ヲ紹介)。讃岐の「袖」は更に、制詞として「袖さへ浪の。みるめそいりぬる磯の草なりめ袖さへ浪の下に朽ちぬる〈新古今恋に、一〇八四番〉」のある事もつけ加えねばならない。

三　涙川たぎつ心のはやき瀬を柵ミかけて堰く袖ぞなき　管見新古今二十六伝本では、第二句表記を「滝つ心の」とする伝本に武田祐吉博士蔵大夫阿闍梨本・慶祐書写本がある(岩波旧大系校異ニヨル)。又、下句が「しからみとめてせくかひそなき」とあるのが亀山院本〈愛媛大学古典叢刊二六ノ写真版本ニヨル。従来指摘見ズ〉。他伝本では歌句の異同はない。『二四代集・二四和歌集・八代知顕抄』も異形なし。この讃岐歌の本歌は契沖『書入』には指摘され、以後現行注釈書でも継承されている。即ち「涙川落つる水上早ければ堰ぞかねつる袖の柵（拾遺集八七六番貫之）」の指摘が、契沖「書入」・岩波旧大系・小学館『全集』・武蔵野書院テキスト・桜楓社テキスト・久保田氏『全評釈』・新潮集成・朝日新聞社『全書』・講談社『新註』。「足引の山下水の木隠れてたぎつ心をせきぞかねつる（古今集四九一番読人しらず・後撰集八六一番源善《よしの》朝臣・古今和歌六帖㈢水、源善朝臣）」の指摘が、契沖「書入」・八代集抄・岩波旧大系・小学館『全集』・武蔵野書院テキスト・久保田氏『全評釈』・講談社『新註』。「身を投げし涙の川の早き瀬をしがらみかけて誰かとどめし（源氏物語手習巻浮舟君）」の指摘が、契沖「書入」・岩波新大系・桜楓社テキスト・久保田氏『全評釈』・新潮集成〈本歌トセズ影響歌トスル〉。次に、参考歌の指摘としては「堰きかぬる涙の川の早き瀬は逢ふよりほかのしがらみぞなき（千載集七二二番従三位頼政）」が、桜楓社テキスト・新潮集成にある。頼政は讃岐の父であるから適切な指摘で、上条彰次氏も『千載和歌集』〈和泉書院刊〉の補注で、この頼政歌が「堰きもあへず涙の川の瀬を早みかからんものと思ひはやせし（後撰集一〇五九番）」と源氏物語手習巻浮舟歌の二首を本歌としたものの歟とせられておる事を勘合すれば、この頼政歌を参考歌として指摘してこなかった従来書の態度の方が、むしろおかしい程である。当歌は本歌取技巧の他に、たきつ・早き瀬・柵・堰く等が川の縁語技巧として使用されている。「涙川」は、一〇六〇番歌頭注一で詳述したが、和歌童蒙抄や色葉和難集の本文は省略したので、ここにそれを引用しておく。「涙川なに水上を尋ねけん物思ふ時の我身なりけり。古今歌也。涙川といふ事たゞ爰にのみいふ事にあらず。外國記云、狗尸那国に血河あり。

昔、佛、涅槃にいらせ給ひければ、もろ〳〵の天人啼なみだ河をなせり。故血河といふ、又涙川といふ。兼名苑に出たり（和歌童蒙抄第四）」・「なみだ川まくらながるゝうきねにはゆめもさだかにみえずぞありける。祐云〈祐ハ祐盛ノ略称〉、涙川と云事は周興といふ物、めをこひて血の涙をながしけるが川となりけり。それよりいふにや。南仲記云、周興恋レ妻流二血涙一成レ河入二風臺山之南岳一云々。又釈迦如来入二涅槃一之時、五十二類之涙成レ河流。外国記云、拘尸那国仏入滅、諸天人尽血涙流成レ河。故曰二拘尸那国血河流一也云々。或云、伊勢国になみだ川とてあり（色葉和難集巻五）」。参考、「なをだ(ママ)川ハ詩にも涙川と作り、世説にも涙如二傾レ河注一レ海とみゆ。藤原惟方ハ長門に、経宗ハ阿波に流されしに、経宗ハ赦されて還り、惟方ハさもなかりければよめる。此世にも沉《シズ》(依)むときけハ涙川流れしよりもぬるゝ袖かな、よて又召還されぬ。又伊勢一志郡にあり。後撰集に男のいせへまかりけるに、君か行方にありてふ涙川先ハ袖にそ流るへらなり。名所拾遺に、みわたりの中に流るゝ泪川袖岡山(ママ)やまのしつくなりけり。玉葉集に、伊勢ノ国(ママ)修業しける道にて、塩のひたるに、みわたるといふ浜をすぎんとて、と見えたり。〈大坪注、玉葉集一二一二番詞書ナリ〉南ハ庄川、北ハ古城川、中ハ涙川にて、三の川すぢ成しか、南北二川とも涙川と会て、今は一ツの流れ也。袖岡山ハ阿坂にありて、阿坂の社の辺、今仏寺あり。伊勢記の説ハ、みわたりの下にみゆ。されと涙川は伊賀蓮池村にありて、定家卿、なみた川その水上を尋れは袖ふる山のしづくなりけり（倭訓栞。なみだ）」。

讃岐歌の歌意は、「人を恋ひしと思ふ心がす ゝみて、泪(ママ)川の早瀬のやうに流るゝ涙のしがらみは、袖なれど(ママ)中々袖でもたまらぬとなり（標註参考）」・「一首の意は、人を恋しとおもふ心がすゝみて、泪が川の早瀬のやうにながるゝ涙のしがらみは、袖なれど中々袖でもたまらぬとなり（尾張の家苞）」。『標註参考』は『美濃・尾張』の受け売りが多い。「袖なれど」は「涙の流れを堰く為の柵は、わが衣の袖であるが、その袖の柵でも（涙を堰きとめる事は叶わない）」の意。

四　心、詞、聞こへたる哥なり。忍び得ぬ由なり

文意、「当歌の心〈歌意ト内容〉も、詞〈歌語ツマリ使用語〉も、共によく理解できる、わかりやすい歌である。逸《はや》りたる恋心を、何とか抑制しようと思うのだが、我慢できぬ状態を詠んでいるのだ」。

五　たぎつ心とハ……抑へん様なしと也

文意、「たぎつ心とは、瀧《たぎ》の水が、勢《いきお》いつよく湧《わ》き返りながら滾り落ちて流れるように、わが恋心もそれと同じように滾り狂って、抑止しようとしても抑止できぬ状況にあることを表現しているのだ」。「たきつ〈滝津〉」は、滝のことで、『日葡辞書』に「タキツ（滝つ）。詩歌語　タキ（滝）に同じ。高所から落ちる水」とあり、『岩波古語辞典』（滝つ瀬）に「タキツはもとタギツとにごり、動詞〈たぎち〉の連体形であったが、平安時代以後タキツとすみ、タキを滝、ツを助詞とみるようになった」とある。とすれば讃岐歌も「たきつ心」と清音で訓んでもよい訳で、大夫阿闍梨本や慶祐書写本の表記「滝つ心」も、こういう原因でなされたのであろう。参考、「たきつ心とは、恋に心のすゝむ事、心のはやりて堪かたき也（尾張の家苞）」・「古

今、足引の山下水の木隠れてたきつ心をせきそかねつる、の詞を用ゆ。滝津心は、思ひの切にして忍ひかたき心也。水のたきる心なり。忍ひあまる泪のとめかたきをせきとめんかたなしといはんとて、泪川の早き瀬を柵かけてなと読也（八代集抄・学習院大学本注釈モ部分引用）」・「心は人の心のたけくはげしきを滝つ《(心)》・といへり。さればこの人の心のしほれぬゆへに、わがなみだ川は袖にせきとめられぬ事也。河に対して滝つ心と云へり（宗長秘歌抄）」・「せきとめがたき也。水ハながれ行とせかる也。泪は不成と也（かな傍注本）」。

六　随分、塞きてミての上……となり　文意「精一杯、自分としては極力、滾り立つ恋の涙を溢れ出さないように抑止しようと試みても、それが成らず、そういう努力をした上で、詠んだのがこの詠だ。涙を塞き留める袖、つまり方法もないが、これではどうしたらよいものであろうか……、と詠歎しているのだ」。

〔二三〕（四三頁）

一　摂政太政大臣、百首哥よませ侍りけるに

管見二十六伝本校異。「摂政太政大臣」が「摂政太政大臣家」と家字を付けた伝本に、烏丸光栄所伝本と同書写本があり、鷹司本も「家カ」と墨傍書がある。又、題詞末の「に」字を欠く伝本に、為氏筆本と春日博士蔵二十一代集本がある。摂政太政大臣とは藤原良経で、この百首歌については、「建久五《(ママ)》年、良経が当代の女流歌人八人にそれぞれ百首歌を詠ませた際の詠であると想像する。この試みは、拾玉集その他諸集の記載を綜合して、その存在が知られるものである（久保田氏『全評釈』）」・「建久六《(ママ)》年二月、左大将良経主催、女房八人百首（岩波新大系）」・「六百番歌合の後宴歌合か。後宴歌合として殷富門院大輔など詠歌あり（武蔵野書院版、新訂新古今集頭注）」・「正治二年後鳥羽院初度百首歌（窪田氏『完本評釈』）」等の諸説があるが、この詞書の表現は、五八番寂蓮歌・八二番家隆歌〈共ニ、六百番歌合〉に似ているから、「六百番歌合の後宴歌合」説が出たと思われ、又「正治二年後鳥羽院初度百首歌」説は、続類従所収本や新編国歌大観所収本に拠る限り、高松院右衛門佐の詠進は見えず勿論当歌は見当たらないので不審としか言えない。久保田氏『全評釈』説は、その後出版の角川文庫版では「建久六年二月披講藤原良経家女房八人百首（散佚）」と新大系説に拠って改訂せられているが、その新大系説は原拠が示されていない。『明月記』には、国書刊行会本に拠る限りでは建久四・五・六年記事は闕けており、「補遺」に見える建久五・六年記事にも「良経家女房八人百首」に関わる記事は見出せない。慈円の兄であり良経の父でもある兼実の日記『玉葉』にも国書刊行会本に拠る限りでは「良経家女房八人百首」に関わる建久年間の記録は見出せなかった。まことに非才面目なき次第ながら、当題詞は「未詳」とせざるを得ない（藤平春男編『作者別年代順新古今和歌集』も新大系説を採り、出典未詳。建久六年頃良経が女房八人によませた百首歌（散逸）か、とする）。他出書では、『二四代集・二四代和歌集・八代知顕抄』は、「後京極摂政家百首哥よませ侍けるに、恋歌」とある。当歌の他出は、他にあまり見出せないが、西宮左大臣〈源高明〉の家集の「袖の色の濃くなりぬればわが恋を知らせそめつる涙なりけり」に影響を受け〈久保田氏角川文庫版指摘〉、「想ひ断つ木曾のあさ衣浅くのみ染めてやむべき袖の色かは（風雅集、兼好）」などに影響しているのではなかろうか。

二　高松院右衛門佐

管見二十六伝本で異形の作者表記はない。「右衛門」は、「ウヱモン」が正式であろうが、「左衛門（サヱモン）」と対照的でない時は「ウヱ」を合音して「ヱモン」と読む事もあるらしく、久保田氏『全評釈』『新潮集成』はそう読まれている。その伝や生没年は未詳とする説が多いが、久保田氏『全評釈』の「作者」欄で、それを探る資料を示されて以後、少しずつ明らかになってきた。参考、「左近中将宗経朝臣女《(ママ)》（鷹司本作者勘物）」・「一《(首》一。左近中将宗経朝臣母《(ママ)》（烏丸光栄所伝本勘物）」・「父祖未詳。鳥羽院皇女妹子内親王ノ女房（改造文庫頭注）」・「二条天皇の中宮妹子内親王家の女房（朝日新聞社『全書』）」・「藤原教長男僧長慶女。母は藤原顕良女か（新潮集成・角川文庫）」・「北家師実流、左京大夫教長息長慶女。母は御子左忠家男顕良女〈六条院宣旨の姉妹〉。中御門宗家また御子左俊忠男禅智との間に子を儲ける（藤平氏『作者別年代別新古今作者略伝』）」・「藤原教長の男法眼覚慶の女。藤原宗経の女とも伝える（岩波新大系人名索引）」。なお元久元年（西暦一二〇四）七月には生存説（久保田氏『全評釈』・岩波新大系人名索引）や、『源家長日記』の元久二年正月十九日朝覲行幸の折には生存説（藤平春男氏『作者別年代別新古今』）がある〈大坪云「法印幸清の事」の条下にある〉。新古今には当歌のみの一首入集。他に新勅撰集に二首、続古今集に二首入集。金葉集の皇后宮右衛門佐とは別人。又、高松院〈妹子内親王〉は、長明無名抄の「晴ノ歌ヲ人ニミセアハスベキ事」の条に、説話がある事は周知であろう。なお、

『袖中抄（第十五）』の「このもかのも」の条下に「家成卿歌合落葉歌云、大宮右衛門督《佐イ》〈大坪云、高松院右衛門佐ト同人〉、紅葉ばゝ今は木ずゑにあらし山このもかのもにちりしきにけり。基《其イ》俊判云、右歌、嵐山のこのものも、僻事にこそ侍めれ。あらしの山などには、このもかのもは侍べき様なし。只つくばねと云山のみにぞかく続て侍る。彼山は、面侍なれば、此面彼面と読侍也。而ば古今にもつくばねの云々。仍以レ右為レ負〈後略〉」ともあって彼女の歌学教養面が述べらている〈保延元年家成卿家歌合「落葉」・夫木抄八七四四番〉。参考追加、「藤原師実↓忠教〈師実ノ五男〉↓教長↓覚慶〈法眼。本名長慶。覚慶ハ三井寺、弟ノ玄長ハ延暦寺ニ入門〉↓女子〈新古今作者。高松院右衛門佐局〉〈尊卑分脈。祖父教長ハ能書家ノ歌人。詞花・千載・新古一三番一首ノミ・新勅・続後撰・続古・続拾・新後撰・玉葉・続後拾・風雅・新千・新拾・新後拾・新続古ニ入集。『古今和歌集註』・『才葉抄』等、和歌書道ノ著述モアル学者歌人。保元ノ乱デ敗レ、常陸ヘ配流。〉」・「〈詞書〉宇治に御幸侍し時、高松院衛《ママ》門佐、たいはん所の女房の中にかく申侍し。〈歌〉くもりなき月もやちよのかけ見えていかにすむらんうちのかは水。／〈詞書〉返事女房にかはりてつかうまつるへきよしおほせられしかは。〈歌〉てる月もさそなやちよのかけそへてみかけにすめるうちの河みつ。（如願法師集㊥。祝歌）」。なお、前引の鷹司本や烏丸光栄所伝本の作者勘物に見える「左近中将宗経朝臣」については『尊卑分脈』に、「藤原頼宗〈関白道長ノ次男〉↓俊家↓宗俊↓宗忠↓宗能↓宗家↓宗経〈従四上。左中将。母左馬権頭能定女〉↓女子〈中納言教成室〉女子〈後白河院官女。母尊円親王母〉」とあり、高松院右衛門佐との関連記事は見出されない。又、『楢葉和歌集』（新編国歌大観第六巻所収）に、一八五・三五二・三六二・三九二・四三〇・四六四・五七二・五七三・五七六・番の九首が見える。楢葉和歌集は、十念房素俊撰、嘉禎三年季伏五日の成立。「ゆくとしのおいのすゑよりかへりせばけふのくれをもなげかざらまし（三五二番）・われながら契しらるるむかしかないかにつらさを人にみえけむ（四六四番）」等は老境の身上がうかがえるから元久二年以後嘉禎三年迄の期間の生存も考えられるかもしれない。

三　よそながらあやしとだにも思へかし恋せぬ人の袖の色かハ

管見新古今二十六伝本では、末句「袖のうへかは」とあるのが慶祐書写本〈岩波旧大系ニヨル〉。なお拙蔵寛政十一年刊本は、全歌にわたって清濁を訓み分けた板本だが第三句を「思へかじ」とする。単純ミスであろう。他伝本に異形はない。『二四代集・二四代和歌集・八代知顕抄』にも定家は採入するが、歌形に変わりはない。歌意参考、「人ヲ恋シテ血ノ涙ヲ流シタノデナクテハ、這麼（コンナ）ニ袖ノ色ガ赤クナル答《ママ》（ハズ）ガナイ。ワタシガ此様ニ慕ツテ居ルヿ（コト）ヲアナタハ縦令（タトイ）カナヘテ下サラナイデモ、セメテ袖ガ赤クナツタノハ不思議ナコトダ、アノ人ハ今恋ヲシテヰルサウナトダケデモ思ツテクレヨ（鴻巣盛広氏、遠鏡）」。

四　近く寄りて……咎めよかし、となり

文意「私に近寄って、何故にあなたの袖の色はそんなに赤いのだと、怪しんで尋問して下さったら、私はどんなに嬉しいことでしょう。ところがそうはして下さらない。せめて、近寄らなくても、そこにいる人の袖は、常識では考えられない色をしているなと、怪しんで尋ねてほしいものですよ、と上句で述べたのだ」。上句の大意を注した文。

五　わが袖を……独り言に言ふ由なり

下句の大意を注した文。「自分の衣の袖を、自分みずから見て、さてさてこの袖の色は、恋をしていない人の袖ではこんなに赤くそまるものではない、きつと恋をしている人の袖だぞ、と何故、わが恋人は怪しんで尋問して下さらない事なのか。とひとり言でつぶやいている様子を下句は詠んでいるのだ」。参考、「我恋に泪のいろも紅になりぬるを、おもふ人の只よそながらあやしき事哉とだに思へかし、さも思ふまじき事よ。扨も恋せぬ人の袖の、かゝる色になる物かは、彼人のしるであるらんよ。と歎く心なるべし（八代集抄。学習院大学本注釈モコレヲ省略引用）」・「わが袖の色を見てふしんニ思ひてとへかし、こひせぬ人のそでとハかわりあらんと也（かな傍注本）」・「下句ハ、人を恋する故に、泪の色がかはりて、袖の色までがかはりし也。初句は、我をこふ《ママ》とはしらずとも也。あやしハ、あの涙ハ只の事ともおもはれぬ、人を恋するやうな泪であるがといふ意。一首の意ハ、恋せぬ人のなミだが此やうにくれなゐになるものか、そこにめをつけて、我をこふるとハおもはすとも、よそながらも、がてんがゆかぬ、あの人ハ恋をするそうなとおもへかしと也。かくいひてすなはち我をこふるそうなと思へかしとおもふ也（尾張迺家苞）」。

六　よそながら……余所ながらともなり

文意「初句の〈よそながら〉とは、私のいる間際《まぎわ》まで近づいて来て、直接私に問わなくても、せめて遠くからなりとも、という意だ」。この頭書での「よそながら」は、前接部の「わが際」に対応させて使ってある。

「際」は「境界すれ〳〵の、すぐわき」の意。『日葡辞書』では「物の端。または、際限」とあり、対応する「よそながら」は「遠くから」という訳をつけている。「増抄・(云)」では「近く寄りて」の語句が対応する。「よそながら」も直訳すれば、「離れた余所《よそ》ながらの所から」、という事であるが、これを「第三者として（完本評釈・講談社新註・岩波新大系）・実情よりにはあらずとも（塩井詳解）・自分を恋うて居るとは知らないながら（尾上評釈）・私が思っている相手だとその人が気づかぬながらも（石田全註解）・無関係者としてでも（朝日全書）・他人事としてでも（久保田全評釈）・御自分と関わりのないものとしてでも（新潮集成）・せめて他人事としてでいいから（小学館全集）」のごとくに現行注釈書は分り易く意訳されている。「よそながら」は、空間・時間・心情の三面的性質を帯びる語だが、心情と空間に重きを置いて考えるのが良かろうと思う。

〔一二三〕（四四頁）

二　忍び余り落る涙を堰きかへし抑ふる袖よ憂き名洩すな

管見伝本による校異。季吟の『八代集抄』が引用の歌本文に、初句「しのひ《おもひイ》あまり」、又第四句「をさふる袖よ」と、一本による校合が示してある。季吟は「新古今抄」を延宝八年九月十七日染筆同九年二月十八日終功と、その奥に明記するから、この一本は、それ以前の本であろうが管見の限りでは「おもひあまり……袖に」の歌本文を持つ伝本は未見。江戸期刊本では、延宝以前及び以後の管見板本十本には見当らない。日国歌大観の歌句も八代集抄に同じ校合を示す。初句は前田尊径閣本や為氏筆本が「しのひあまり」と平仮名表記。第四句を「……袖に」とするのは、武田博士蔵大夫阿闍梨本と慶祐書写本〈岩波旧大系校異ニヨル〉である。又第五句は、為氏筆本に「うきなしらすな」（大坪云、コノ穂久邇文庫伝二条為氏書写本ハ奥書ニヨレバ「寛甲戌夏上澣〈寛永十一年一六三四〉」ニ「西槐　藤原某」ガ転写シタ本）。「も」が「し」となっているのは、原本「も」の墨色のうすさが原因かもしれない。他の管見諸伝本に歌句の異同はない。前言したように、出典・他出未詳。参考歌としては、久保田氏の『桜楓社刊テキスト』や岩波新大系は「枕よりまた知る人もなき恋を涙堰きあへずもらしつるかな（古今集、平貞文六七〇番歌）」を示している。当歌は「涙」の縁語「忍ぶ・落る・堰く・抑ふ・袖・浮く・洩す」を駆使し、初句を字余りにする事で、瞼に涙がたまって落ちそうになる感じを提起する等巧妙な仕立てぶりである。歌意参考「ワタシハアノ人ヲ慕ッテ堪へ切レナイデ落チル涙ヲ袖デオサヘテ、人ニ知レナイヤウニシテヰルガ、ドウカ、袖ヨ。涙ヲセキ止メカヘシテ、評判ノ立タヌヤウニシテクレ（遠鏡）」。又、『和歌麓之塵（有賀長伯述）』に、「忍恋」の詞《ことば》寄《よせ》として「しられじな・もらさしな・人知らめや・うき名せく・をさふる袖・涙にもれん・涙を袖につゝめとも・せきかねてくちぬる袖・しのべる袖にあまる露」等列挙し、「忍恋」とは「をさふるなみだの猶袖にあまるなどまでは、然るべきが、つゝめどももるゝは顕恋になるべし。かやうの所思ふべき事にや」と注意する。

三　随分忍べども……袖に言ひ懸けたり

文意、「涙を流すまいと精一杯努力、耐え忍んで我慢を重ねてきたけれども、とうとう辛抱の極限を超えて、流れ落ち出した涙を、何とか堰きとめて、後へもどしてくれよ、と袖に言いかけた歌である」の意。「随分」は副詞で、「自分の出来る限りの分際に随《したが》って極力」の意。第三句の「堰きかへし」を磐斎は「塞き止めて」とするが、これは現行注釈書（『完本注釈』・朝日『全書』・小学館『全書』）などが「しっかりとせきとめて。かへしは強意」と施注する先蹤である。久保田氏『全評釈』は、当歌を引用して語意を説明した『大日本国語辞典』の「せき―かへす　咳返（他動四）むせかへす。咽びかへす」・『大辞典』の「セキカエス　咳返《せきかへ》す（動四）むせかへす。一度泣いたのに、また涙にくれる」・『日本国語大辞典』の「せき―かえ・す、―かへす（塞返・堰返）〈他サ四〉、流れをせきとめて、水をもとにもどす」を引用された上、「むせかへす」「咽びかへす」という解は採らない、とされて「堰きとめて」の語義を採用されているが、磐斎の『増抄』は引用されていない。前引した当歌の参考となる貞文歌の下句「涙せきあへずもらしつるかな」からもこの久保田説は正説とすべきであろう。

四　塞き返して憂き名の洩れぬやうにせむとなり

文意、「溢れ出る涙を、〈涙腺の奥の方へ〉塞きもどして、流す涙で立つ世間の噂、即ちうき名が洩れ出さないようにしよう、と詠んでいるのだ」の意。

五　わが油断して……ある程にとなり

文意「自分の油断から、涙を流れ落すわけではない。十二分に気をつかって流すまいとするのであるが、何分切ない恋心が忍耐の限界を超えて涙を溢れ出させるのであるから、どうする事もできないのだ」の意。参考、「せき返し〳〵すれどももる、泪也。もる、泪をおそふる袖、おさへてくれよと也。うき名も、もらしてくれな、と也（かな傍注本）」・「随分に忍べども、忍びあまり落る泪を、袖にをさへて、かくては終に人にしられぬべし、と思ふより、をさふる袖よ、我恋するといふ名をもらすな、と也（八代集抄）」。

六　憂き名洩すなと八……洩すなと也　文意、「末句の憂き名洩すなというのは、涙を外にあらわして他人に見られたら、恋をしているという浮わついた名が、世間に洩れ出すものだから、（袖は涙を堰き拭う物という通念があるが）、その名を負い持つのであれば、袖よ涙を洩して浮名が世間に知れ渡るような事はしてくれるな、というのだ」。

〔一三〕（四五頁）

一　入道前関白太政大臣家哥合に　管見二十六伝本では鷹司本が「——家の哥合に」との字を加える。又、烏丸光栄所伝本ならびに同書写本は「太政大臣」の四字無く「入道前関白家哥合に」とする。他伝本は異同なくすべてこの通りの表記。『二八要抄』でもこの通りの題詞で当歌採入。この歌合は『右大臣家歌合』で「九条殿下兼実／治承三年十月十八日」とその下に割書があり、兼実の右大臣時期〈永万二年十一月十一日（一八歳）から、文治二年三月十二日摂政就任（三八歳）までの二十年間〉中の治承三年三十一歳に主催した歌合。その「二十二番右歌」で左歌は俊恵法師〈後引〉。当歌合は、「右大臣に侍りける時、家に歌合し侍りけるに・摂政右大臣の時、家の歌合に・〈千載集〉」・「入道前関白右大臣に侍りける時、家の歌合に・入道前関白太政大臣の家の歌合に（新古今集）」・「後法性寺入道関白の家にて歌合に（新勅撰集）」・「後法性寺入道前関白の家の歌合に（続古今集・新千載集）」・「家の歌合に・右大臣家歌合に・右大臣家後番歌合に（月詣集）」・「摂政前太政大臣右大臣におはしましける時、歌合せさせ給ひけるに（玄玉集）」・「摂政左(ママ)大臣家歌合に・摂政前右大臣家歌合に（彰考館本続長秋詠藻）」・「後法性寺殿右大臣ときこえ給ひし時、歌合せさせ給ひしに（隆信集）／右大臣家にて人人歌よませさせ給ひしに（書陵部本隆信集）」・「九条歌合（寂蓮集）」等の種々の呼称がある。幸いにもこの歌合は、刈谷図書館本をはじめ、歌合部類本・宮内庁書陵部本・神宮文庫本・内閣文庫本・群書類従本があるので、歌句を照合して、称呼は異なっていても、右大臣家歌合の歌ということは判明し得る。この歌合の題は、霞・花・子規・月・紅葉・雪・祝・恋・旅・述懐の十題。判者は俊成。歌人左右各十人。二十番から二十三番までは恋題で、当歌は二十二番。

二　道因法師　岩波旧大系の校異によれば、武田博士蔵大夫阿闍梨本は、「道命」に誤る。道因を道命に誤っているのは、八八八番歌でも鷹司本は道因を道命に誤っていた。道因の略歴は四一四・五八六・八八八番歌頭注で既述。参考、「藤原惟孝↓惟憲↓憲房↓敦輔↓清孝↓敦頼↓以下略（尊卑分脈、第二篇一二一頁）」〈敦頼の脇書に「哥人。従五上右馬助。出—(家)。母長門守藤孝範女。法名道因」とある〉・道因の生年に関しては『暮春白河尚歯会和歌并序／承安二年三月十九日於宝荘嚴院行之』（群書類従所収）の敦頼歌に「まてしばし老木の花にこととはんへにける年は誰かまさると散位藤原敦頼八十三」とあり逆算すれば、寛治四年生となる。別に『古今著聞集』（巻第五和歌第六）には道因（敦頼）の記事が一六三・一六五・一六六・二〇三話などに散見し、特にその二〇三話「前大宮大進清輔和歌の尚歯会を行ふ事」には「承安二年三月十九日、前大宮大進清輔朝臣、宝荘嚴院にて和歌の尚歯会を行　けり。七叟散位敦頼八十四〈以下ノ六叟名ハ省略スル〉……清輔朝臣仮名序かきたりけり。敦頼衣冠に桜のあつぎぬ三をいだして、鳩杖をつきて、久利皮の沓をはきたり〈中略〉散位藤原敦頼、一座、まてしばし老木の花にこと、はむへにけるとしはたれかまされる〈以下省略〉」とあり、敦頼の年齢が一歳増加している。すると寛治三年生となる訳であるが、ともあれ七叟の中の最高齢であった。承安二年から右大臣家歌合の治承三年までは七年あるから九十歳位では健在した事になる。没年は未詳であるが、長明の『無名抄』（道因歌に志深事）に「七八十になるまで秀歌よませ給へと祈らんために、かちより住吉へ月詣で……九十ばかりに成りては耳などもおぼろなりけるにや、会の時にはことさらに講師の座に分け寄りて、脇許につぶとそひ居て……千載集撰ばれし事はかの入道失せて後の事也……」とあるので千載撰進の院宣が出た寿永二年頃は死んでいたらしい。ともあれ、新古今当歌は道因九十歳前後の恋題の詠である。道因は斯く長寿の人であるが、それを象徴するような名の『現存集』という「学書」があったらしく『八雲御抄』（正義部。学書、私記）に「現存集　敦頼」という書名が見えるが「此以下本無之。後人私記歟」とあるように散佚書のようである。百人一首の注釈書『龍吟名訣抄』の道因歌の作者解説に「現存和歌集撰之。序云。長寛第一歳」という記事が見えるが『代集』（日本歌学大系第五巻所収）には「現存集　道因撰」ともあるから、道因の撰述書らしい。長寛第一歳は二条天皇の御代後白河院政の頃であるが、その頃道因が撰述したらしい。『国朝書目（巻之下）』（日本古典全集第四期所収）の「私撰集」部に「現存集　有続集及拾

遺　敦頼」（同上書一二五頁）とも見える。福井久蔵博士『大日本歌書綜覧』には「八雲御抄に見えたれども現存せざるか。敦頼の子敦仲の続現存も同じく八雲御抄に挙げたれど佚して伝らざるべきか。子爵松平定昭氏の所蔵せらる、寂蓮自撰自筆の薫日歌抄に現存集を引けるところあり。右馬助敦頼といふ」とあって、散佚書で現在行方不明。

三　紅に涙の色のなりゆくを幾入までと君に問ハゞや

管見伝本校異。第三句「なりゆくを」が鷹司本に、「なり」の右傍に「ノコリ　イ」の朱書があるので「のこりゆくを」という異句も一本にあったのであろう。他伝本では全歌句で異形はない。出典は『右大臣家歌合』九条殿下兼実／治承三年三月十八日』（二十二番・恋）。引用「左勝　俊恵法師　わが恋はいまはかぎりと夕まぐれ荻ふく風のおとづれてゆく／右　道因法師　くれなゐになみだの色のなりゆくをいくしほまでと君に問はばや／左、秋の夕まぐれの野風などいはん題の歌にやとぞ見ゆれど、おもひ入りたるさまには侍るべし。右、なみだの色のなるといふは、つねの事にこそ侍れど、いくしほまでと君にとはばやといへる末の句、よろしく侍るめり。但、左も猶こころ有りて見侍れば、為勝」。判は俊成である。他出は『二八要抄』に題詞同文、作者同人、歌句同文で見える〈大坪注。続類従所収活字翻刻ニ第四句ヲ「いくしほさてと」トスルノハ、万ノ変体仮名ヲ平仮名ノさト訓ミ誤ッタノデアロウ〉。又『僧歌仙三十六人撰』にも歌句同文で採入。参考歌として、『詞花集』（恋上、二一九番）の「〈題詞〉ふみつかはしける女の、いかなる事かありけん、いまさらに返事をせず侍りければ、いひつかはしける〈作者〉源雅光。／くれなゐになみだのいろもなりにけりかはるは人の心のみかは」がある。この雅光歌は、古来風体抄や後葉和歌集にも見えるので久保田氏が桜楓社版テキスト頭注で指摘された。又、『拾遺集』（雑上、四五七番。伊勢）の「海にのみひぢたる松のふかみどりいくしほとかはしるべかるらん」を尾上氏『評釈』と久保田氏『全評釈』が指摘された〈尾上氏ハ第五句ヲいふべかるらむトシテ引用〉。詞花歌は当歌の上句、拾遺歌は下句の、参考とできよう。「くれなゐの涙」は、漢語「紅涙《こうるい》」の訓読語で、血《ち》の涙とも言う。人間の悲痛な時に流す涙で、対して、鬼・龍・鳥獣などが流す涙を「黄《き》なる涙」と言う。これも悲痛の思いが極わまって流す涙で「〈獅子ハ〉黄なる涙を流しつ、（太平記巻三二）」とか「〈馬ハ〉黄なる涙を流して高声にいばへけり（曽我物語巻七）」の用例が見られる。「くれなゐの涙」は「紅の涙に深き袖の色を浅緑にや言ひしをるべき（源氏物語乙女巻）」や「さて二代までは紅の涙を流して泣きける（俊頼髄脳・歌学大系本第一巻一七三頁）」に見られ、「血の涙落ちてぞたぎつ白川は君が世までの名にこそありけれ」の古今哀傷八三〇番歌を引いての説明も見られる。卞《べん》和説話が引かれている。なお、『後撰集』（恋四、八二二番、よみ人しらず）にも「紅に涙うつると聞きしをばなど偽りとわが思ひけん」もその題詞「つれなく見えける人に、つかはしける」も併せ考えれば、道因歌の参考と成し得るだろう。この後撰歌は『万物部類倭歌抄』にも挙げられてある。次に「しほ」は、万葉集にも「久礼奈為能《クレナヰノ》　也之保能《ヤシホノ》　伊呂爾奈里爾家流香聞《イロニナリニケルカモ》（三七〇三番）」等の用例があり、古代から染物の際の、染料に浸す度数を示す数詞であり、酒をかんで醸造する回数の数詞でもあった。紅・色・入は従って縁語といえる。歌意は「此紅の幾しほかまさらんまで、つれなかるべきと、問ばやとなり（標註参考）」の如きである。参考「アナタヲ恋ヒ慕ツテ、流ス涙ガ血ノ色ニナツテ来タガ、ソレデモ未ダアナタハワタシノ思ヒヲカナヘテ下サラナイ。一体此紅イ色ガ、幾度染メル迄、カナヘテ下サラヌノカト、アナタニ御尋ネシマセウ。ホントニツレナイ御方ダ（遠鏡）」。

四　さて、袖の……知らせたし、となり　文意「ところで、涙に濡れたわが袖の色が、何とまあ、濃くなって了った事かよ、この濃い紅の色は、幾たび血の涙で染めて、こんなにまでなってしまったものか、あなたは御存知なのでしょうか。あなたにお尋ねしたい気持です。あなたが御存知ならそれでよいが、今のこのように、私の思いを余所事《よそごと》〈自分ト八無関係ノ事〉にしていらっしゃる冷めたい態度は、きっと御存知ないためでしょうから、こんなに濃い紅色になるのは、悲恋に流す苦しい血の染料に千度以上浸《ひた》さなければ絶対に染め上げられないのですよ、とお知らせしたい、と詠んでいるのだ」。参考、「人の難面《つれな》さに、泪も紅に成ゆくに、猶《なほ》人の心もやはらがねば、此紅涙の幾しほ色まさらんまで難面かるべきぞ、問たきと也（八代集抄。学習院大学本注釈）」・「いくしほまでそめバあわんと云事を、しらしてくれよと也（かな傍注本）」。

（二二四）（四六頁）

三　夢にても見ゆらん物を歎きつゝ打ち寝る宵の袖のけしきハ

管見二十六伝本に歌句の異同はないが、表記上では冷泉家文永本は「うらぬるよひの」と書いてから「うら」を線で消した上「うち」と改め、「よひ」の「ひ」をミセケチして「井」と右傍書、即ち「うちぬるよゐの」とする。「よひ」を「よゐ」と表記するのは他に、前田家本と亀山院本とがある。「よゐ」は「夜居」で「夜の間、定められた場所に詰めていること〈岩波古語辞典〉」の意で、これでも歌意は通ずるが、なお「宵」の方が歌としてもすぐれていると思われる。当歌出典は『正治二年院初度御百首』で歌句同形。他出は、『萱斎院御集』・『桐火桶』（山ふかみ〈新古今一〇三五番〉ト忘れては〈新古今一〇三五番〉ト当歌ヲ同歌形デ掲ゲタ上、「紅葉ちりまがふみはしの許に、紅顔にほひあざやかなる雲の上人の、うつろひかゝれる菊をかざして、青海波舞ひたるとや申すべき」ノ評言ヲ付ス）・『愚秘抄鵜本』（歌句同形。「歌にきる、所必ずあり」トシテソノ「第二句にてきる、歌」ノ例歌トシテ掲出）・『三五記鷺本』（第九、有一節体ニ歌句同形デ掲出）・『定家十体』（有一節様ニ歌句同形デ掲出。作者名ハ「かや」デ示す）・『師説自見集』（一節有体。歌句同形）・『聞書全集』（歌に必ず切る所有る事。第二の句にてきれたる歌ノ例歌、歌句同形。愚秘抄鵜本ノ説ノ踏襲）・『新続三十六人撰（別名ハ「新三十六人撰　正元二年」・「新続歌仙」）』（四番右十首中ノ一首。歌句同形）・『自讃歌』（歌句同形）・『練玉和歌抄』（巻七恋上。歌句同形）・『正応二年卌番歌合』（廿五番判詞ノ中ニ引用、歌句同形）・『竹亭和歌読方条目』（歌に切る所ある事。歌句同形。コレモ愚秘抄鵜本ヤ聞書全集ノ説ノ踏襲）。なお小田剛氏『式子内親王全歌注釈』には『紅葉集』にも他出を示すが、該書は未見で確認せず。当歌の本歌・参考歌としては、「むば玉の夜の夢には見ゆらむや袖ひるまなくわれし恋ふれば（家持集一五九四九番。〈契沖新古今書入・桜楓社テキスト頭注・岩波新大系〉）」・「明くれの空にうき身はきえななん夢なりけりとみてもやむべく（源氏若菜下、女三宮、一二五一番〈契沖書入〉）」・「思ひつつ寝ればや人の見えつらむ夢と知りせば覚めざらましを（古今集恋二巻頭五五二番。小町〈小学館『全集』〉）」・「歎きつつ独りぬる夜の明くるまはいかに久しきものとかは知る（拾遺集恋九一二番。道綱母〈新潮集成〉）」・「恋ひわびて打ち寝る宵の夢にだに逢ふとは人の見えばこそあらめ（千載集恋八九七番。成範〈小田剛氏『式子内親王全歌注釈』〉）」・「おもふとは見ゆらむものをのづからしれかしよゐのゆめばかりだに（拾遺愚草、二見浦百首〈小田氏同上書〉）」が挙げられてきた。なお、磐斎が当歌の「頭書」として施した文意の理解上からも、(A)「夢にても恋しき人を見つる夜はあしたの床ぞ起き憂かりける（古今和歌六帖、三二二四八番　貫之？）」・(B)「夢にても嬉しとも見ば現にて佗びしきよりはなほ勝りなん（古今和歌六帖。三二九一〇番。躬恒）」・(C)「夢にても嬉しき事の見えつるはただに憂ふる身には勝れり（夫木抄。一七三三三番。千里）」も、参考歌としておきたい。「夢に見ゆる」というのは、恋をすれば、自分が相手の恋人の夢に、現われる、という俗信があり、この俗信による恋歌は多い。当歌もその一つ。

「けしき」は管見伝本では「けしき（為氏筆本・亀山院本・為相筆本・前田家本）」の平がな表記、「気色（延宝二年板本・正徳三年板判奥書板本・承応三年板本・牡丹花在本）」の漢字表記がある。「気」は漢音キ、呉音ケ。「色」は漢音ショク、呉音シキ。従って「けしき」は「気色」の呉音による表記。純粋の和語ではないように思えるが、『角川大字源』によれば「気色。〔一〕きしょく。①ようす。かおいろ。気持ちが顔色に現れるさま。②ありさま。③国気分。きげん。②きうけ。〔二〕けしき。国①ようす。ありさま。②きざし。おぼえ。粹③わけ。子細。」とあって〈大坪注、粹ハ本朝文粋〉、漢語でも和語〈国印〉でも「ようす・ありさま」の意を示す語であるとしてある。又、『角川古語大辞典』には「けしき」を「気色・景色」の漢字表記を示して「古語」として採録し、名詞としての語意は「〈けはひ〉が、それとなく感じられる様子であるのに対して、対象の外部からはっきりと感覚しうる様子についていう。また、〈きしょく〉や〈きそく〉が漢語的であるのに対して、和語的で、無意図的に外面に表れる様子をいうことが多い」と説明し『黒川本字類抄』の「気色ケシキ」を示してある〈語義ハ省略〉。要するに「けしき」は漢語的表記ながら、和語的な語義で使用することも多い事をいうのであろうと理解しておく。『岩波古語辞典』は「けしき〔気色〕」について、「〈色〉は、きざし。ほのかに動くものが目に見える、その様子。古くは自然界の動きにいう。転じて、人の、ほのかに見える機嫌・顔色・意向などの意。類義語ケハヒは匂い、冷ややかさ、音など、目に見るよりは、辺りにただよって感じられる雰囲気」と説明し、語義は「①自然界の動き、様子。②人の心のほのかな動き。機嫌。③（ほのかな）顔色。④（ちらりとした）そぶり。〈以下省略〉」としている。本居宣長は、「けしき」の如き漢語的和語の使用について「けしきとよめる、此集のころの歌におほし（美濃の家苞）」と鋭く指摘したのに対し、石原正明は「文字ごゑにあらず〈ケシキは漢語ヲ字音デ発音シタモノデナク、和語トシテ発音シタ言葉ダ〉（尾張の家苞）」。と反発しているが、どちらが是か非か、その為に現行辞典類を上引したのである。『美濃』の指摘を受けて久保田氏『全評釈』は「中世歌学では、やがて頻用を制限するに至る句である。すなわち『詠歌一体』乙本（大坪注、群書類従所収本ヲサス）の〈先達加難詞〉の中に、〈雑〉の語としてではあるが〈けしき〉がある」と注目せられた。

因《ちなみ》に云えば同書甲本（大坪注、書名ヲ八雲口伝トスルモノモアリ、岩波文庫中世歌論集ヤ、歌学大系ニ所収サレタ本）には「牡丹〈ふかみ草〉、紫苑〈鬼のしこ草〉、蘭〈ふぢばかま〉。か様にこゑのよみの物は〈大坪注、漢音ヤ呉音デ発音スル語ハ〉、異名ならずばかなふべからず」という注意もされてある。「気色〈けしき〉」もこの注意にあたる語であるが、異名は無いようである。

四　古抄

この「古抄」は幽斎増補の「聞書後抄」を指すが、先行の兼載『新古今抜書抄』に見えるので、独自注ではない。この幽斎施注を所載する諸書は、すべて同文。即ち説林後抄・無刊記板本聞書・宝永八年板聞書・内閣文庫蔵増補本聞書・内閣文庫蔵聞書後抄は同文。更に、私抄・八代集抄所引〈学習院大学本注釈・後藤重郎博士本抄〉も同文を引用した上追加文がある。私抄は「〈同文引用〉源氏物語若菜の巻に心ある也」・八代集抄は「〈同文引用〉此袖のぬれたるを夢にも見ば、かの人の哀と一言はいふべき事をと含たり」・学習院本大学注釈は「〈同文引用〉。師説〈大坪云、師説ヲ記載シテイナイガ、八代集抄ノ追加部ノ省略ト思ウ。師説ハ、貞徳説トイウ意歟〉」・後藤博士本抄は八代集抄と同文。なお烏丸光広の『私抄』にいう「源氏物語若菜の巻に心ある也」を、契沖は光広の死後に『新古今集書入』で「源氏物語若菜下　女三宮明《あけ》ぐれの空にうき身はきえなゝん夢なりけりとみてもやむべく〈岩波旧大系源氏三七六頁〉」と特定している。但しこの契沖特定よりも古く、兼載の『自讃歌注』や『新古今抜書抄』にも指摘が見えるので、兼載注がその源流であろう。幽斎注の文意は「この式子歌は、二句切歌、即ち第三句の〈歎きつつ〉は、下句、つまり第四・五句へ続ける文脈で、第五句〈袖のけしきは〉は、初・二句へ返ってゆく文脈で歌意を考える歌である」の意。この二句切と見る考察は『愚秘抄鶉本』・『竹亭和歌読方条目』に見え、幽斎は『聞書全集』でも述べている。参考、「歌にきる、所必ずあり。第一句にてきる、歌、消えわびぬうつろふ人の秋の色に身をこがらしの森の下露。第二句にてきる、歌、夢にても見ゆらんものをなげきつゝうちぬるよひの袖のけしきは〈下略〉（愚秘抄鶉本）」・「歌に必ず切る所有る事・〈中略〉第二句にてきれたる歌、夢にてもみゆらむものを……〈下略〉（聞書全集）」・「歌に切る所ある事〈下略〉（竹亭和歌読方条目）」・「此うた、歎つゝより下句へつけ《ママ》てみるべし。源氏物語の若菜のまきに此心有也。能ゝ《よくよく》みわけべし（兼載、新古今抜書抄。私抄ト同趣旨ナレバ、光広注ハ兼載注ノ踏襲）」・「此哥、歎つゝより下の句へ付てみるべし。源氏若菜巻に此心侍る也（吉田幸一氏旧蔵註・高松宮本註・高松重季本注）」。

なお以上の施注と、前引『三五記鷺本』や『定家十体』等の「有一節体」との関連を言えば、「見ゆらん物を」にあると愚考する。中でも「を」であろう。「を」は、本来は感動詞であるが、それが格助詞となり、接続助詞に転用されたが、この「古抄云」の文脈では、明らかに感動詞と見ての注である。或は「ものを」を問投助詞と考えての注であろう。「を」を接続助詞として、即ち「見ルデアロウカラ」と考えるより「見ルデアロウニナア」と考える方が歌に情趣が一層加わる。「有一節体」とは、「一首全体としての趣向が、ではなく、特定の箇所の趣向がいかにも気の利いている詠みぶり（『和歌大辞典』細谷直樹氏解説）」を言うので前田妙子氏『和歌十体論研究』や、武田元治氏『定家十体の研究』でも、叙述は輻輳しているが、要約して理解すれば、細谷氏解説の如くになるようである。そしてその一節ある趣向は、この第二句にあるのではなかろうか。歌意参考、「上二句、下とかけ合ヒうとし〈懸ケ合ヒ、疎シ〉。二の句を、見せばや人に、といひて、とぢめを、をとかへば、たしかにかけ合べし〈宣長ノ改作案デハ、夢にても見せばや人になげきつつうちぬるよひの袖のけしきを、トナル〉（美濃の家つと）」。これに対し『遠鏡』は「美濃わろし」として斥《しりぞ》け「ワタシガアナタノコトヲ思ッテ、カナハヌ恋ヲ歎イテ、血ノ涙ヲ流シテ袖モ赤クナッテヰル様子ハ、縦令アナタノ目ニハ見エナイデモ、夢ニデモ見エサウナモノダニナア。夢ニモ見ナイト見エテ、彼様ナ難面イ風ヲシテヰル」と解した。これは『尾張の家苞』の考察を取入れたからであろう。「〈美濃〉上二句、下とかけ合うとし。〈尾張〉上二句は夢になりともみえそうな物であるが、といふ事、夢にもみえぬかして、しらぬ皃〈カホ〉をしている、といふ余情あり。一首の意は、かくのごとくふかくこひわびてなげきながらねる夜の袖には、から紅になる、これほどの事なれば、人のうつゝには、よし、みえずとも、夢にはみえそうな物であるかなアと也。〈美濃〉二の句をみせばや人にといひて、とぢめを、をとかへばたしかにかけあふべし。〈尾張〉かくいひてもきこゆれど、詞迫切にて、意尽たり。みゆらん物をとしては、詞のうへも風流に、余情かぎりなき物をや。（両家苞）」。

五　にてもとハ……と也

文意、「初句の〈にても〉とは、現《うつつ》の世界では、貴方さえ気をつけて下さっておれば、はっきりと知って下さる事ができる私の今の恋の有様であるのに、現《うつつ》ではそうである筈もないから、せめて夢の中で、私の恋に浮かれて身から抜け出して行く恋の魂は、あなたに見ていただけるだろうと、夢に期待をかけた表現が、〈夢にても〉という表現なのだ」の意。「にても」は、手段や方法を示す格助詞「にて」に、係助詞「も」が付いたもの。参考、「我歎は、其方の夢になりとも見ようずると也（九代抄）」・「わがなげきてぬる袖のなみだの色は、夢に必、そなたに御らんぜらるべきが、不便をくはへられぬ〈イトシミノ心ヲ掛ケテ下サラナイ〉、悲しきと也（九代集抄）」・「わが、恋かなしむ袖の涙はゆめにもみゆべきを、つれなきと也。若菜の巻に、源氏の君、女三宮へおはせし夜、げんじの夢に紫上みえ給ひしおも影也（抄出聞書。作者ハ猪苗代長珊《ちょうさん》ト見ラレ、兼載カラ三代後ノ人。従ッテ源氏云々ハ兼載説ノ継承）」・「袖のけしきとは涙の事(ママ)也。泪をかたしきて打歎きつゝ、ねたるしうしん〈＝執心《しふしん》。執着シテ離レナイ心〉は、そなたの夢にもみゆべきを、さても情をもかけぬと也。源氏物語にもかやうの心有（都立中央図書館本抄）」。

六　君がつれなき事を……問ハぬなりと、歎く由。

この文言は「頭書」で補足し加注している（前頭注参照）。文意、「現《うつつ》の世界では、あなたが無情で素ッ気無いので、私が歎くばかりの事情をお告げしなくても、夢の世界では、私の恋慕する魂が、あなたの所へ浮かれ出て行き、あなたの夢に現われない事は決してあるまじき事で、必ず現われている筈ですのに。さてさてあなた様は薄情なお方ですね、私に対して物思いに悩んでいるかとも、聞いて下さらないのですからと、歎きを訴えている歌である」の意。

七　斯くの如く……恋路の有様也

文意「恋の思いが、せめて夢の中ででも相手に通じたか、或は通じていないのか、種々様々に思って、或は歎き、或は慰められる、恋路のやるせない悩みの有様を詠んでいるのだ」。参考「先の人の、夢にミるとも、あさまし き事斗《ばかり》、ミゆらん物を、何と云事ニあわぬと也（かな傍注本）」。

〔一一二四番歌　補説〕

この式子内親王歌は、上引の新古今の各注の他に、『牧野文庫本聞書』には「此哥自讃哥にくはしくしるせり」とあって、自讃歌注の参看を示唆している。次にそれを示す。

「此みゆらん物をは、人の方へ見ゆらむ物を也。我がほどにおもひにたへかねて打ぬるすがたは、つれなき人の夢にも、さりともみえこそすらめ、いかで是ほどは、うとみはてたぞと、うらみたる哥也（頓阿注）」・「同〈新古今ヲサス〉恋二にあり。袖のけしきはとは、泪のけしきと云心也。其けしきは、夢にも見ゆらん物をと、こぬ人を恨みたる体、哀なるにや（常縁注）」・「〽もろこしも夢にみしかば近かりき思はぬ中ぞ遥けかりける〈大坪云、古今七六八番、兼芸法師〉といへる、げにも思はぬ中こそ夢路も絶侍らめ、人めを忍まゝ、現はうとくとも、誰もなをざりならぬ歎にて打ぬる袖の気色、夢にもみえなん事、何かは疑侍らん（孝範注）」・「これもたゞあはれふかき哥也。ある注に、夢にてもいかでか見えずはあらんと也（宗祇注）」・「百首哥の中に、恋の哥とて読ける。みゆらん物を、と、きりて心うつし《へ》〈＝心得可シ〉、歎つゝ、より下句へうつる《ゞ》也、恋しき人を思ひつゝ涙ながらかたしく〈＝片敷ク〉袖《さ》に《は》、夢にも見えこそすらめ、それをあはれもかけぬといへり。源氏わかなのまきに、女三宮へかよひ給ひし夜、むらさきのうへ、ぬれたる袖をしのびてね給ひしに、源氏の夢に見え給ふによりなどふくめり（兼載注。源氏物語ノ指摘ハ、コレヲ受ケテ契沖モシテイル）」・「一、拍子の哥〈大坪注、リズム・調子・勢《いきおい》ナドニ、歌姿ヲ上手ニ乗セタ歌。当歌ノ場合ハ、見ゆらんものを、特ニをガコレニ当ル〉と心得たり。物を、といへる手尓乎波を、見ゆらん物よと心得たり〈大坪注、をヲ感動助詞、或ハものをヲ間投助詞トミル施注〉。只、おもて〈＝表面〉の如くにて別の儀無し（広島大学本注。但、恣意ニ漢字ヲ宛テタリ）」・〈大坪云。幽斎の聞書全集の第十項に「哥の程拍子の事」という項目があり、「哥は音律にかけて披講するもの也。然はなどか程拍子なからん。よのつねの人言説も理は有といへども程拍子わろければことはりきこえず。かりそめの文章などもかくのごとし。先、哥に三十一字を用事も、ほどひやうしによりてのことなるか」とある。そして「字あまりの哥もほどひやうしを能うけむがためなり」とその大切さを説く〉・「夜恋。思ひあまりて小莚《さむしろ》に袖うちかたしき泪の露に打しほれて寝侍る、玉しゐは君か辺にもかよひもやすらん。さればそのけ色をば君も夢に見侍らめを、かりにも問ぬよと、いへるこゝろ也（書陵部本注）」・「是はあまり待《（まつ）》にたへかね行《（ゆく）》も、又、人めしげくてせんかたなき折ふし、いたづらにうちぬるよひのなげき、我たましゐもしらずそなたにぞ行《（ゆくらん）》覧とおもふけしきは、そなたにもみゆらん。直にあはねば我身を夢と云也。そなたにもうちねぬ事あらじ、さあらばその夢にみゆべきを、とひこぬ人、いかにつれな《き》・ぞと、うらみわぶる心、尤ふびんのこゝろもあらんか（九州大学文学部蔵本注）」・「夢にてもいかでみえずはあらむ、色々の事どもあれども・《云》いださざるなり（九州大学支子文庫本注）」・「此哥は、恋する身なれば少もまどろむ事なし。その人はつれなければ、何ともおもはずねぬらんなれば、我この袖のけしき、人の夢に見ゆらんとなり（東海大学本注）」・「此うたは実の夢にはあらず、推量しても也。君看双眼の色といふ詩の心也〈大坪注、『禅林句集』ニ「君看雙眼色　不語似無愁」トアリ〉。うちぬる宵は一夜にあらず、毎事也（太田本注）」。

〔一二五〕（四七頁）

一　語らひ侍りける女の、夢に見えて侍りければよみける

管見新古今二十六伝本では異同が目立つ。「語らひ侍りける女の」が「かたらひける女の」と「侍り」がない伝本は鷹司本と公夏筆本。「見えて侍り」が「見え侍り」と「て」がない伝本は春日博士蔵二十一代集本。「よみける」が「よみ侍る（烏丸光栄所伝本〈同書写本ハよみける〉）・よみ侍りける（宗鑑筆本・鷹司本・東大国文研究室本・為氏筆本・亀山院本）・ナシ（公夏筆本）」である。当歌は、現行注釈書類では出典の指摘がなく、久保田氏『全評釈』（昭和五十二年四月刊）でも出典未詳と明記されていたが、久保田氏は桜楓社版テキストの改訂四版（昭和六十一年三月刊）で出典として『林下集』を指摘され、岩波新大系でもこれが踏襲されている。ところで私は、寿永元年成立の『月詣和歌集』にも当歌が採録されてあるのでこれも出典としてもよいかと考えているが、詞書の表現からは『林下集』の方がよい。『林下集』は治承末年迄の詠作を集めた実定自撰の書らしいが、従来『月詣集』の指摘のなかった事は不思議である。因みに他出書での詞書を引いておく。「しのびたる女の夢にみえけるあしたに申しおくる（林下集）」・「夢中会恋といふことをよめる（月詣和歌集巻六、六月附恋下）」・「かたらひ侍りける女の、夢に見え《（ママ）》侍りければ（歌仙落書。て字ナシ）」。他に『新中古歌撰㈱』（十四番左）に採入されてあるが詞書相当文言はない。さて詞書の大意は「日頃睦まじくしている相思の女が、わが夢の中に現われたのを見ましたので、よみました歌」の意で、これも恋をすれば夢路に現われるという俗信の上での作。

二　後徳大寺左大臣

藤原実定《さねさだ》の事である。正保四年板本・明暦元年板本では「後徳大寺大臣」と左字を脱刻している。他の管見伝本は、すべて同じ。『月詣和歌集』では「内大臣」とあるので実定の内大臣時期〈大坪云、公卿補任ニヨレバ、寿永二年ニ、四月五日任内大臣トアリ、十一月廿一日ニ、停内大臣左大将トアリ、寿永三年正月廿二日ニ、還任左大将如元トアリ、文治二年十月廿九日ニ、転右大臣、トアル。彼ノ四十五歳カラ四十八歳ノ間〉の詠と推定できるが、寿永元年成立の『月詣和歌集』にそれ以後の詠作が載る事は奇妙で、この問題は考えるべき事であろうし、又『林下集』が治承末年頃迄の詠作という事も、この「内大臣」と関連させれば怪しい説となろう。〈正保四年板本が後徳大寺大臣ト左字ヲ脱シテイルノハ、内カ左カ、ヲ思イ迷ツタ結果ダ、トマデハ私ハ考エナイ〉。『歌仙落書』の作者名「前大納言実定卿」、『新中古歌撰㈱』は「後徳大寺左大臣」である。実定の略歴等は、三五番・七〇三番頭注二・七六五番頭注一・七八六番頭注二に既述。追加参考、「後徳大寺左大臣。正二位実定公。大炊御門藤原公能公男（勅撰作者部類）」・「風情けだかく、又おもしろく艶なるさまもぐしたるにや。家風吹きつたへらるゝ、ことわりなれども、なほ哀れにこそみ給へけれ。冬の月白くさえ渡るに、霰時々打乱れ、内侍所の御神楽の拍子の九重にひゞきたる、聞く心地こそすれ（歌仙落書）」・「千載。六条入道左大臣。実定、右大臣公能御息（和歌色葉）」・「無名大将事。九条殿イマダ右大臣ト申シ時、人々ニ百首歌ヨマセ給事侍リキ。ソノタビイミジキ人々僻事ヨミテ、ハテニハ異名サヘツキ給ニキ。近ノ徳大寺左大臣ハ無明ノ酒ヲ、ナモナキ酒トヨミ給ヘリシカバ、名ナシノ大将トイハレ、五条三位入道ハ此ノ道ノ長者ニテイマス、イミジカリシカド、フジノナルサハヲフジノナルサトヨミテ、ナルサノ入道、名ナシノ大将トツガヒテ、人ニワラハレ給シカバ、イミジキ此道ノ遺恨ニテナム侍シ。オノ〳〵是様ノ歌シリ給ハヌニハアラジ、思ワタリ給ヘルニコソ（長明無名抄）」・「俊恵云、歌ハ秀句ヲ思エタレドモ本末イヒカナフル事ノカタキナリ。後徳大寺ノ左府ノ御歌ニ、ナゴノ海ノ霞ノマヨリナガムレバ入日ヲアラフオキツシラナミ。頼政卿歌ニ、スミヨシノ松ノコマヨリ

ナガムレバ月オチカヽルアハヂシマ山。此両者トモニ上ノ句思ヤウナラヌ歌也。入日ヲアラフトイヒ、月オチカヽルナドイヘル、イミジキ詞ナレド、ムネコシノ句ヲバエイヒカナヘズ、遺恨ノ事也（同上書）」・「歌人ハ証得スベカラザル事。俊恵ニ和歌ノ師弟ノ契ムスビ侍シ始ノ詞云、歌ハキハメタル故実ノ侍リ〈中略〉。後徳大寺ノオトヾハ左右ナキテダレニテイマセシカド、其故実ナクイマハヨミグチ後ニナリ給ヘリ。ソノカミ前大納言ナドキコエシ時、道ヲ執シ人ヲハヂテミガキタテタリシ時ノマヽナラバ、今ハカタナラブル人スクナカラマシ。ワレイタリニタリトテ此コロヨマルヽ歌ハスコシモ思イレズ、心ヅキナキコトバウチマゼタレバ、ナニヽヨリテカハ秀歌モイデコム。秀逸ナケレバ又人モチヰズ。歌ハ当座ニコソ人ガラニヨリテ、ヨクモアシクモキコユレド、後朝ニ今一度シヅカニミルタビハ、サハイヘド風情モコモリ、スガタモスナホナル歌コソミトホシハ侍レ〈下略〉（同上書）」・「徳大寺には歌のまと云所あり。寝殿の西の角の間也。是、後徳大寺左府、西行に被対面ける所なり（井蛙抄巻六雑談）」・「後徳大寺左大臣は俊成卿のむこなり。／　実定公西国より海路を遥かに上洛の事有り。折節風烈しくて船中難義なり。さるに知らぬ老人来りて、櫓かいを立てなどして無為（ママ）に船着きぬ。其の後は此の老人不見。不審して止みぬ。其の頃、此の公住吉に参詣有りけるに、少人に明神託して宣く、於此社頭、当座歌合ありけるに、ふりにける松ものいはゞとひてまし昔もかくや住の江の月、とよまれし、余りに目出度覚えて、昔もかくや江の月、今度の船中の難を助けしと申しけるなり。此の歌合は此の公西国へ下向よりさきに有りけるなり。俊成卿の判にて、此の歌は勝ちける歟。或秘抄に此の事有り。神明に通以歌。此の道の可為眼目云々。此の歌千載集の神祇部に入る。題社頭月と有り。名は右大臣と有り（東野州聞書）」・「忠臣の第一は誰にて候はんと申せしに、鎌足公たるべし／天子の御内に和歌の第一はいづれにて候や、順徳院なり／摂政の人にては後京極殿たるべしと申せしに、後徳大寺もありと。右三カ条野々宮殿仰なり（渓雲問答）」・「古今著聞集に、後徳大寺左大臣実定公の住吉社にての歌合に、社頭月と云ふ題にて、ふりにける松ものいはゞ問ひてましむかしもかくや住吉の月、と詠まれたる歌に、この神の御めで遊ばして、左大臣殿の筑紫の領所より年貢を送れる舟の、津国の海で悪風に遇ひ既に入海せんとしたる時に、住吉の神御形を現じて御救ひなされたと云ふことが有るが、是もたゞ歌に御めで遊ばしたと云ふ分のことで、歌の神と云ふ証にはならぬ。是を歌の神と申上ぐるならば、神は素より人も物のあはれを知たるをば、みな歌の神とするやうになッて、甚だ以ていかゞのことでござる（歌道大意）」・「〈前略。前略部ニ有益記事多キモ長文ニテ已ムナク省略、岩波文庫本等ニテ参看サレタイ〉また平家物語に、主上、徳大寺左大臣実定卿の家にて、元三の儀式を執り行はせ給ひし事見えたり。かの物語を琵琶に合せて語る時は、実定卿を、しつていのきやう、と清みて語る事なり（百人一首一夕話）」。

三　覚めて後夢なりけりと思ふにも逢ふハ名残のおしくやハあらぬ

管見新古今二十六伝本に歌形の異同はない。当歌出典は頭注一で前言した如く『林下集』及び『月詣和歌集』であろう。他出は、『歌仙落書』・『新中古歌撰（別）』（十四番左歌。右歌ハ、あしの屋のしづはた帯のかたむすび心やすくもうちとくる哉　源俊頼朝臣、デアル）〈歌学大系別巻六所収〉。当歌は、新古今での配列から言えば、前後の歌は、夢中の恋が主題になっているから、月詣和歌集の題詞中の「夢中会恋」の題詠と考えられよう。参考歌としては、「命にもまさりて惜しくあるものは見果てぬ夢の覚むるなりけり（古今集恋二・六〇九番忠岑歌）」が、小学館『全集』・久保田氏桜楓版テキスト・同氏『全評釈』・新潮集成、が指摘している。歌意参考「夢ガサメテカラ、嗚呼今逢ツタト見タノハ夢デアツタワイト、名残惜シク思フニツケテモ、実際ニ逢ツテ別レルノハ、名残ガ惜シクナイコトガアラウカ。誠ニ名残惜シイコトデアルヨ。夢ニ見テサヘ別レハツライモノダ（遠鏡）」・「一首の意は、おもふ人に逢と夢にみて、其夢がさめてから、さて今あふたのは夢でありし、などおもふ、それほどの事でもあふとさへいへば、はては名残がおしいと也（尾張の家苞）」。

四　夢と知らバ……名残りハ惜しきとなり

歌意の施注。大意「現《うつつ》とは異なり、夢だったのだとわかったならば、現実程には、名残りは惜しくない筈の事柄であるのに、それが夢だったとわかってからでも名残りが惜しい、という内容の歌なのだ」。参考「夢にも逢て、別の名残おしきはせんかたなき心なるべし（八代集抄）」・「逢て別の思ひしれとも、夢などハおしき事ハおなじき事なれども、夢にさへおしき、いわんやまことにもあわん事をや（かな傍注本）」・「おもふにもは、おもへどもといふ詞也（吉田幸一氏蔵註・高松宮本註・高松重季本註）」。

五　にもと云ふ手尓乎波心を付くべし

当歌鑑賞吟味上の注意。現実と夢とでの、名残惜しさの微妙な差を、鑑賞上の重点とせよというのである。「に」は本来格助詞であるが、接続助詞に転用されて順接又は逆接の条件を伴い活用語の連体形を承ける。ここは「思うけれども」の意で逆接。それに係助詞「も」がついて、不確実なものとして提示し、下接部でそれを説明する。要するに当歌は「思ふにも」の「にも」で、夢で逢う恋と、現実に逢う恋とで、名残惜しさの強弱をよく味わうべし、という注意なのである。この注意は、磐斎よりも早く『新古今注』（清原宣賢書写）の「思フニモトハ、オモヘドモトイフ也」があるので、当歌玩味上の要点であったのである。

〔一二六〕（四八頁）

一　千五百番哥合に

管見二十六伝本は題詞同文。その「千二百七十七番」の左歌。拙蔵無刊記板本（矯々館一鷗居士旧蔵本）を次に引く。「左　左大臣　新古今身にそへるその面かけも消なゝん夢なりけりと忘るハかりに／右　家隆朝臣　うら風や今夜も松にふけにけりたのめぬ浪の音ハかりして／左ハ身にそへるおもかけきえなは、夢とおもひて忘んと侍。さもと覚侍。右哥ハ浦風やこよひも松にふけにけりと侍ハ、いかによまれて侍にか。ふけにけりと申詞ハ、さ夜ふけなと申ハ夜のふかくなる心なり。天つ風ふけ井のうらにゐるたつとよミ侍ハ、風のふく心なり。所の名にも吹と書てそふけと読侍。此哥ハうら風やこよひも松にふけにけりと侍ハ、風ならハふきにけりと心えへきに、たのめぬ浪の音ハかりしてと侍ハ、風ハふかす聞え侍なり。大かた年老ほれてわつかにみたる事も覚す侍れハ、やすく心えへき哥もひかさまにおほえ侍れハ、よろつのこと薄きこほりをふむこゝちのミつかまつれは、おもひさたむへきかたも侍らす。いかにも各はからひ申されん、よろしかるへき歟」。判詞は顕昭である。出典は詞書の通り「千五百番歌合」であるが、良経家集の『秋篠月清集』（百首愚草、院第三度百首・恋十五首の中）にも同歌形で見え〈定家本ニヨル、教家本ハ初句身にそふる〉、その「院第三」を「院第二」と改められているのは、おそらく誤りで「院第三度百首」とは「千五百番」とする定家本脇書が適している。『正治二年院二度百首』の作者に良経は加えられていない〈初度百首ニハ加エラレテイル〉。当歌は定家撰の『二四代集・二四代和歌集・八代知顕抄』にも題詞は「千五百番歌合に」。

二　摂政太政大臣

藤原良経を官職名で示した作者表記。『千五百番歌合』では「左大臣」、『二四代集・二四代和歌集・八代知顕抄』では「後京極摂政」の作者表記。良経の略歴は、一番・九三六番頭注二・一〇八七番頭注二に既述。

三　身に添へるその面影も消なゝん夢なりけりと忘るバかりに

管見二十六伝本では、亀山院本は上句「身にうつるその面影もきえぬらん」〈愛媛大学古典叢刊二六写真版ニヨル〉。第三句寛政十一年板本「消ならむ〈消ユナラム〉」。他の伝本に歌句の異同はない。当歌出典は『千五百番歌合』（千二百七十七番左歌）に歌句同形。又『秋篠月清集』（百首愚草）に歌句同形〈但シ教家本ハ、初句、身にそふる〉。他出は『二四代集・二四代和歌集・八代知顕抄』に歌句同形。当歌の本歌は「あけぐれの空にうき身は消えななむ夢なりけりと見てもやむべく（源氏物語。若菜下、女三宮）」で、既に一一二四番式子内親王歌もこの源氏物語によるものという指摘が、古注にも見られ、又契沖の『書入本』も指摘していることは、既述した如くである。『書入本』にこの女三宮歌があることは、私は岩波版『契沖全集』（第十五巻　雑抄・書入一）によって知り得たのであるが、該書には当一一二六番については書入れがない。ところが久保田氏『全評釈』にあることを指摘されている〈同書二九五・二九六頁〉。「新古今書入」の担当は、久保田氏であるから原本を見ておられる。それ故久保田氏説に誤はないのであるが、岩波版契沖全集の検索のための国歌大観番号だけは、不審が残る。併し女三宮歌が本歌である事は勿論同感である。当良経歌は、(A)現実に逢っての歌か。(B)夢で逢っての歌か。(B)説は、石田氏『全注釈』尾上氏『評釈』・岩波旧大系・鴻巣氏『遠鏡』・岩波新大系。(A)説は、久保田氏『全評釈』。第四句の「夢なりけりと」を口語訳にする時は「夢ナノデアツタナアト」と訳すべきでこれを「夢であったのだと（小学館『全集』）」と訳すと「夢で逢ったのだと」の意に誤解されかねない。源氏物語の女三宮歌は事実上の逢瀬であり、良経歌は夢での逢瀬であろう。参考「（良経歌ハ）身にそへるおもかげきえなば、夢とおもひて忘んと侍。さもと覚侍（千五百番歌合、顕昭判詞）」。又、当良経歌理解で参考になるのは、「千百八十八番右、俊成卿女、思ひねの夢のうきはしとたえしてさむる枕にきゆるおもかけ〈中略〉右哥、源氏物語の詞をすへてやさしく見え侍に、さむる枕にきゆる面影とこそいか、。心ゆかす侍れ。夢に見え（ママ）んすかたこそ、おとろかハきえもし侍らめ、面影ハ夢さむとも消侍らし物を、とおほえ侍れハ是をおもひさためむ程ハ勝負難申（拙蔵板本、生蓮判詞）」の判詞である〈岩波新大系指摘〉。この他参考歌として「身にそへる影とも人をなしてしかうしろやすきをみせんと思へば　伊勢（了俊日記）」を挙げ得る。この伊勢歌は『夫木抄』には、「家集　伊勢」として第四句「うしろやすさを」の異句、『伊勢集』（歌仙家集本）では「身にかふる人にも我は倣てしが後安さを見せむと思へば」の異形、（西本願寺本）でも「みにそへて影にも人をみてしがなうしろやすさをみせんとおもへば」の異形で載せられている。引用歌形に相異あるが参考とできよう。なお良経歌の技巧は、「添へ―影―消え」の縁語仕立。「忘るばかりに↓消えななん」の倒置法。「消え〈動詞連用形〉な〈完了助動詞未然形〉なむ〈希望終助詞〉＝消エテ了ツテホシイ」と三句切。歌意は「我が身に付き添って離れない恋人の面影も消えてしまってほしいよ。恋人に逢ったのは夢なのであったよと忘れるほどに」。「ばかり」は程度を示す副助詞。「に」は指定を表わす格助詞。

四　君が逢ひ見し面影も……となり

文意「あなたが夢中にあらわれて、お目にかかれた時のありありとしたお姿も、今はキッパリと私から消え去ってしまえよ。そうすれば、あの夢は何の痕跡もない夢と思い諦めましょう。と詠んでいるのだ」。

五　見し面影がある故に……悲しきと也

文意「夢でお目にかかったありありとしたあなたのお姿があるが為に、どうしても忘れることができず、悲しい気になるのだ、というのだ」。

六　厭ひて消えよと……忘れたきとなり

文意「あなたを厭《いや》がり避《さ》けて、私の記憶から消えてくれと言っている訳ではないのだ。その反対にあなたを切実に恋い慕って苦しい思いが募《つの》るばかりだから、忘れたいとねがうのだ、と訴えているのだ」。

七　なゝむとハ、下知の言葉なり

「下知《げち》」は、指図《さしづ》・命令の意。「なゝむ」は現代では前述したように二語とされているが、磐斎は一語と見たようである。上からの命令というよりは下からの希求〈願い求める〉である。

参考、「心を執着すまじと也。きへなゝんと云ハ下知也。爰はきへよかし也。わが心からきへてのけんと云也（かな傍注本）」・「夢と知ても見し俤、猶そひてわすれがたければ、此俤も消よかし、はかなき夢なりしと忘るへきに、との心也（八代集抄。学習院大学本抄）」・「〈美濃〉めでたし。夢なりけりといふ詞のいきほひは、夢にて有けるよといはむがごとし。〈尾張〉一首の意は、我身に面かげがそふてゐる故わすれられぬが、その面かげもきえよかし、さては、恋する夢みて有た、などおもふて忘れるやうにと也（両家苞）」・「夢デアツタヂヤワイト忘ルホドニ、我身ニソフテアルソノ人ノ面影モ、夢ト一ツ所ニ消レバヨイ《きえなゝん》ニ、キエヨ／家つとに、夢也けりといふ詞のいきほひハ、夢にて有けるよといハんが如しといへり。初句そへるハ、そひけるのひけの約め《ツヾ》へなれバ、そへるといへり。そふることをそへるといふハ俗言也。そひけるを約メていふそへるハ平声に呼、そふる莚俗ニそへるといふハ上声に呼也。此詞の格他にもあり。これになぞらへて知べし。面影のこと前にいへり〈大坪注。九四〇番雅経歌、ふる郷のけふの面影云々ノ注ニ〉、面影は、なきもの、あるやうに見ゆるをいふ也。……近世の人の花にむかひて花のおもかげといへるはひがことぞ、トアリ〉。［付箋］忘ルホドニ　こハ忘レルホドニとありたし。夢ト一ツ所ニの、ツ文字のぞくべし。ヒトツとよみひがむまじきにもあらず、上下次第して也（新古今集渚の玉）」。

〔一一七〕（四八頁）

二　大納言実宗

管見二十六伝本では、「大納言実家」とある伝本（東大国文研究室本・亀山院本）もあり、校合本としては採用していないが、明治三十年新写拙蔵本も大納言実家とある他『かな傍注本、新古今』の作者名も実家で、必ずしも「実宗」を「実家」と誤写したとも言い切れない。管見した江戸期流布板本十本はすべて「実宗」であったが、正宗敦夫氏校訂の日本古典全集の「新古今和歌集」は正保版本を底本とすると「解題」に示しながらも、作者を「大納言実家」とする。併し拙蔵の正保四年板本では明白に「大納言実宗」とあり、これと同版木で刷られたかと愚考する明暦元年八尾勘兵衛板本も「大納言実宗」である。講談社『新註』も底本を正保四年板本にすると凡例に明言して、「大納言実家」とするが、正保四年板本や明暦元年板本に「実家」とある異版が存したのであろうか、不審に思えてしかたがない。尾上氏『評釈』も作者は「実家」。新古今は、万葉・古今などに比べて、校合的研究が未だ不十分である。次に一応、実宗と実家の略歴を示す。「坊城内大臣。藤原実宗者、春宮大夫公実之曾孫、前権大納言公通之長男。母大蔵卿正四位下通基朝臣女也。久安四年正月叙爵、任侍従・少将等、転中将、為殿上貫首、拝八坐、兼次将。尋叙従三位、昇黄門、勅授帯剱、加正二位。文治五年転権大納言、元久二年十一月任内大臣。三年辞退、十一月廿七日薙髪、建暦三《ママ》年十二月九《ママ》日薨、年六十九《ママ》。号坊城内大臣、又号大宮或五條。千載・新古今・新勅撰三代之集、載各一首（二十一代集才子伝）」・「坊城内大臣。正二位実宗公。大納言藤原公通男。千載〈雑上、一首、権中納言〉・新古〈恋

二、一首、大納言〉（勅撰作者部類）」。／「大納言実家。藤原実家者、大炊御門右大臣公能之二男、左大臣実定同母弟也。久安七年正月叙爵笠仕〈笠仕トハ始メテ仕官スルコト〉之後、任拾遺・羽林〈拾遺ハ侍従・羽林ハ近衛、ノ唐名〉等、聴禁色、為頭中将、叙三位参議、拝任之後、次将如故。治承三年任権中納言、兼右衛門督、為使別当。元暦元年叙正二位、文治二年十二月任権大納言、兼皇后宮権大夫。六年転正亞相〈大納言ノ唐名〉、建久四年三月十六日薨、享年四十九。卿頗嗜学、有和漢才調。和琴・神楽・今様等堪能。実、実定弟之也。千載集八首・新古今集一首・新勅撰集三首・続後撰集一首・玉葉集三首・風雅集二首・新続古今集（二十一代集才子伝）」・「実家。正二位大納言。大炊御門右大臣藤原公能男。千載〈春上一首・夏一首・秋上一首・哀一首・恋四、一首・雑上一首・雑中一首　権大納言〉・新古〈哀一首　大納言〉・新勅〈恋一、一首・恋五、一首・雑三、一首〉・続後撰〈雑下一首〉・続拾〈秋上一首・旅一首・恋五、一首〉・玉葉〈夏一首・恋一、一首・恋二、一首〉・風雅〈恋三、一首・恋五、一首〉・新続古〈冬一首〉（勅撰作者部類）」。「実家」は哀傷七九二番にも採入されていて『大納言実家卿集』（桂宮本叢書第五巻所収。冷泉家時雨亭文庫本外題ハ近衛大納言集）という家集がある。そこには当歌は無いが、「ゆめにさへつらくて人をみてしよりかへすころものうらさへそうき（下巻、恋）」という類想歌が見える。〈冷泉家時雨亭叢書、中世私家集㈠、三八〇頁、近衛大納言集七八丁裏〉なお「実宗」の没年に、石田氏『全註釈』・久保田氏『全評釈』・岩波新旧大系等は「建暦二年十二月八日歿。六十四歳」としており『才子伝』とは異なる。『明月記』〈建暦二年十二月八日条〉に「入道殿令絶入給云々」とあり「入道殿」を実宗と見ての事である。以下、絶入に至る迄の詳述があるので石田氏はこれに基かれたのであろう。没年齢は、『公卿補任』に安元二年現在で三十二歳とあるから建暦二年では六十八歳となるので石田氏説より四歳長くなる。生年は逆算すれば久安元年生れで、石田氏以来の説は、生年、没年齢は誤りで、歿年月日のみ正しい事となろう。因みに付言すれば、『才子伝』の依拠書は、『尊卑分脈』と思われる。同書の「実宗」には、「実宗公伝」も併記され。又吊線《つるせん》名の傍書《そばがき》には、「建暦三《ママ》・十二・九薨　六十九才」とある〈活字翻刻本デハ玉蕊・明月記ナドデ修正サレテ、建暦二（年）トアル〉ので、私はこれらを参考にして石田説を訂正したのである。契沖の『書入』本では作者を「実宗」とし、「坊城内大臣、大納言公通子」と朱書する。

三　夢の内に逢ふと見えつる寝覚こそつれなきよりも袖ハ濡れけれ

管見新古今二十六伝本の中、末句が「袖ハぬれけり」とあるのは、武田博士蔵大夫阿闍梨本〈岩波旧大系校異ニヨル〉・春日博士蔵二十一代集本である。他に『かな傍注本』の歌句も「袖はぬれけり」。「濡れけれ」と已然形の句末では第三句「寝覚こそ」に応ずる係結であるが、「濡れけり」の終止形句末は「袖ハ」に応ずることになる。次に、第四句が「つれなさよりも」とあるのは、季吟の「八代集抄」の歌本文で、藤村作博士至文堂テキスト版頭注に「流布本」の句形として施してあるが、所謂、無注で新古今の本文のみの板本〈拙蔵十種〉は、すべて「つれなきよりも」である。「さ」と「き」は第一画の横線の有無で字形が異なるので、八代集抄本は恐らく見誤りであろう。他の板本では「紀」を崩した変体文字が多いので誤りは少ない。これ以外の諸伝本では歌形の異なりは無い。当歌は隠岐本での除棄歌であり、出典も未詳である。参考歌としては従来次の指摘がある。「夢にてもうれしとも見ばうつつにてわびしきよりはなほまさりなむ（古今和歌六帖第四、躬恒）」〈岩波新大系〉・「夢のうちに逢ひ見むことを頼みつつ暮せる宵は寝むかたもなし（古今集恋一、読人しらず、五二五番歌）」〈桜楓社テキスト版・新潮集成〉・「夢《いめ》の逢ひは苦しかりけりおどろきて掻き探れども手にも触れねば（万葉集七四一番、家持）」〈角川文庫〉。私は前引した「夢にさへ辛くて人を見てしより反す衣の裏さへぞ憂き（大納言実家卿集、下巻恋）」も加えておきたい。実家は新古今集伝本中の数本では当歌の作者である。磐斎は、後述の古今集六四七番歌を参考歌として挙げている。歌意参考、「人ガ難面《ツレナ》イノモツライモノダガ、夢ノ中デ恋シイ人ニ逢フト見テ、目ヲ覚マシタ時ノ悲シサハ、人ノ難面イノヨリモ悲シクテモット沢山袖ガ涙ニ濡レルヨ（遠鏡）」。

四　夢の儚きもの……袖濡る、と也

「夢の」は「夢は」とあった方が意がスッキリするが、当初の気分のままに書いて了ったのであろう。文意「夢での逢瀬というものは、無内容で、空《むな》しく頼りないものではあるが、それでも恋人と逢えたと夢で見る事ができたのは、現実の世界で、無情で素気《そっけ》なくされるよりも、尚更《なおさら》に悲しくて、流す涙に袖も濡れる事よ、と詠んでいるのだ」。参考、「つれなきを恨よりハ夢の内ニあふとミて、その寝覚ハまさりてかなしきと也。あふ事のうれしきをつよくいふ也（かな傍注本）」・「つれなさハ夢計も逢事なき也。逢とみし夢の別ハ夢ながらも心とけて逢みし也（新古今集旧注補遺）」・「人の難面を歎くより、逢夢の覚しは悲きと也（八代集抄）」。

五　烏羽玉の闇の現ハ定かなる夢にいくらも勝らざりけり

磐斎は参考歌として示したのであろう。古今集恋三、よみ人しらず（六四七番）歌である。「闇《クラ》イノニ、チヨット逢タノハホンマノ事デモ、タシカナ夢ニ何ホドモマサッタコトハナイワイ。夢ニ見タト同シクラキノコトデアッタ（宣長。古今集遠鏡）」。

〔二三八〕（四九頁）

一　五十首哥たてまつりし時

管見二十六伝本では、題詞末が「時」とある伝本は江戸期板本（正保四年板〈明暦元年板モ〉・承応三年板・延宝二年板〈文化元年板モ〉・正徳三年板・寛政六年板・寛政十一年板・刊年不明牡丹花在判板・刊年不明刊本）と高野山伝来本の十一本。又、「に」即ち「五十首哥たてまつりしに」とあるのが、前田家本・為相筆本・為氏筆本・小宮本・宗鑑筆本・東大国文研究室本・冷泉家文永本・鷹司本・烏丸光栄所伝本・同書写本・公夏筆本・親元筆本・亀山院本・春日博士蔵二十一代集本の十五本。ところでこの歌は『千五百番歌合』（千五百十六番）に見える歌で、「五十首歌」〈例エバ老若五十首歌合トカ仙洞句題五十首、ナド〉ではないのでこの題詞は不審である。二六九番の忠良歌では「千五百番歌合に」という題詞であった。左に、拙蔵板本『千五百番歌合』（千五百十六番）の本文を引く。「左　勝　女房　続古今　蘆の屋のなたの塩くむあま人もしほるゝ袖のいとまなきまて／右　忠良卿　たのミをきし浅茅か露に秋かけて木葉ふりしく宿の通路／左哥、蘆の屋のなたのしほくむあま人もと置て、しほるゝ袖のいとまなきまてと侍程、世のすゑにいてきかたく侍も、中の五文字のの字に、恋の心あらハれてめてたく覚侍り。俊恵法師と申しもの、蘆のやのなたと置て、たけたかくいミしかるへきに、末の句の叶ほとなる、かたき也。是よみかなへたらんハめてたかるへし、とつねに申侍し思合られて、いミしく覚侍也。右哥、心こもり詞優に侍れとも、猶左かく申にをよハす覚ぬ。涙おちて仍可勝侍」。「女房」は後鳥羽院の隠名、判詞は生蓮法師、即ち師光であった。

二　前大納言忠良

管見二十六伝本の書式は、すべてこの位署で異同なし。なお、忠良歌は、夏部（二三四・二四一・二六九）に三首採入があり、他は当歌と一四七の二首。参考「忠良。正二位大納言。六條摂政藤原基実公男。（勅撰作者部類）」・「藤原忠良者、法性寺関白忠通之孫、六條摂政基実之第二子。母左京大夫顕輔女也。治承四年十一月加元服、叙従五位下、聴禁色、任侍従。尋為三品次将、頻加爵位、為従二位。文治三年十一月叙正二位、十二月任権中納言、建久二年三月転任権大納言、建仁二年転正。四年三月辞任、承久三年脱冠纓為桑門、嘉禄元年五月十六日薨、年六十二。号粟田大納言、又号鳴瀧。卿承於祖風、能和歌有声誉、幸遇後鳥羽天皇。興道之時、列数輩之才子、加千五百番歌合証議者、其清選可以知焉〈勅撰入集歌数ハ省略〉（二十一代集才子伝）」・公卿補任〈寿永二年〉並びに尊卑分脈〈第一篇七〇頁忠良脇書〉にも記述あるも才子伝に組込まれているので省略。

三　頼め置きし浅茅が露に秋懸けて木の葉降り敷く宿の通ひ路

管見二十六伝本では、第一句、「たのめ置き〈し字ナシ〉」が春日博士蔵二十一代集本。「たのめこし」が亀山院本。他伝本は歌句異同なし。当歌出典は頭注一に示した『千五百番歌合』と思われる。本歌は頭注四で後述する『伊勢物語』の歌で『新古今集聞書（後抄）』で指摘の歌。参考歌としては「あきはきぬ紅葉はやとにふり《ちりイ》しきぬ道ふみわけてとふ人はなし（古今集秋下、題しらず・読人しらず。二八七番）」が岩波新大系で指摘されている〈但シ季吟八代集抄デ指摘ズミ〉。又岩波旧大系頭注は、「源氏物語・蓬生の心があるであろう」と注意を喚起している。「蓬生」の巻のどの部分かと特定はできないが、確かにこの巻全体から感じとられる雰囲気は当歌にあると私も思う。「浅茅は庭の面も見えず」とか「このさびしき宿にもかならず分けたる跡あなる三つの径」など当歌の歌句に似通う文言もあり、又勅撰和歌集での「蓬生」という語の初出歌「いかでかは尋ね来つらん蓬生の人も通はぬわが宿の道（拾遺集一二〇三番歌）」にも通ずる歌境でもある。当歌の技巧は、「置く・露・懸く」、「葉・降る・敷く」、「浅茅・宿」、等縁語関連で仕立ててある点と、「秋懸けて」の歌句的脈絡であろう。「露」は夏の季語〈新古今二四一・二六五等〉であるから「秋懸けて」とは夏から秋にかけての意であるが、それが「木の葉降り敷く」という冬の歌句〈新古今五六五・五六七・五七一等〉にまで及ぶような表現を取っている点は文脈上はあり得ても、少し常軌逸脱の技巧であろう。宣長は「秋かけてといへる、本歌の詞〈注、伊勢物語デノ後引スル歌ノ初句〉なれば、なくてかなはざれども、此歌にてはかなひがたし。其故は、すべてかけてとは、前より後をかくることをいふ詞なれば、秋かけては、夏より秋をかけてにて、俗言に、秋へむけてといふ意なるに、木葉ふりしくは、時節たがへればなり。木の葉は、夏より秋へかけてちる物にはあらざるをや。よみぬしの心は、木葉は、冬の初メちる物なるが、秋の末よりもかつ〳〵ちる意にや、されどさやうに後より前をかくることを、かけてといふ例は、ふるくはなきことにて、ことわりもかなはず（美濃の家苞）」と批判している。正明は「げにこれは古くはなき事にやあらん。後より前をかけたる古歌、ふともえおもひいでず。もしさる例なくて此歌のつみにやあらん。いとめでたき歌なるを心ぐるしき事也。兼官をかけつかさと云かけにて、兼る義也。冬ちるべき木葉の、秋をも兼てちる也とせば、よろしかるべき歟。それも秋より冬をかぬるとはいふべく、冬より秋をかぬるとはいふまじきにやあらん（尾張の家苞）」と、宣長説を是としながらも、何とか忠良歌の技巧を認めようとしているが、結局は、宣長の「理」に従って「技巧」は断念したようである。ただ、季吟は「此歌は落葉は冬すべきを、秋かけて降しける心に用ユ。心は、秋必あはんと頼め置し浅茅が宿に、露など置て秋になれども、とはず。秋の末になりて冬ちかく木葉ふりしけども猶とはれぬ心ぼそさを、よめる心なるべし（八代集抄・学習院大学注釈ハ略抄ナリ）」と解釈し、「頼め置しは、露をく縁語也。秋は来ぬ紅葉は庭に(マヽ)ふりしきぬ道ふみ分てとふ人はなし。此歌をも取合せてよめるなるべし。契置しさせも露を……（同上）」と技巧上の工夫も述べている〈大坪注、季吟省略歌ハ、千載集一〇二三番契り置きしさせもが露を命にて哀れ今年の秋も往ぬめり〉。ところで「秋かけて」の意味は、「秋を豫《か》ねて〈アラカジメ約束シテ〉・秋を心にかけて・秋を期待して・逢うのは秋と約束して〈口《くち》ニカケテ〉・秋を賭《か》けて・秋を目指して」など現行伊勢物語の注釈書でも苦労した解がなされていて、古来「ときえがたき〈藤井高尚、伊勢物語新釈〉」歌句であったが、私は一応宣長説の「懸けて」に従ったまでで、ためらいの気は残る。歌意参考、「秋必ずあはんと約束せし浅茅が宿に、露など置て秋になれども、問はず。秋の末になりて冬ちかく木葉ふりしけども、猶とはれぬ心ぼそさをよめり。秋かけては、前よりすべて後をかくる事をいふに、この歌に後より前をかけたるは叶ひがたし、と宣長翁いへり（標註参考）」・「庭ノ浅茅ニ露ガ降ル秋ノ頃ニナツタラバ〈大坪云、露ハ夏ノ歌カラ見エ、一八二・一九一・二二五・二三四・二四一・二六五・二七一・二七六・二七九等。秋の露ノ歌ハ二八〇・二八三ガアルガ夏部歌ナリ。秋部歌ニモ勿論見ユ〉、逢ハウト約束シテ置イタガ、其人ハ来ズ秋ハ過ギテ冬トナリ、我宿ヘノ通リ路モ、木ノ葉ガ敷イタヤウニ散ツテヰルヨ。約束ヲ違ヘテヒドイ人ダ。此歌三の句意味明瞭を缺きたり。本歌になづめる弊なり（遠鏡）」。なお、この忠良歌から影響を受けたかと思われる歌に「頼めおきし故郷人のあともなく深き木の葉の霜の下道（道家百首）」が見出される。

四 ・・・・・本来ならば「古抄云」とあるべきを脱落。この古抄は、幽斎の「後抄」である。この文言は説林後抄・内閣文庫蔵増補聞書・内閣文庫蔵聞書後抄・吉田氏旧蔵註・高松宮本註・高松重季本註・私抄は、歌の肩書「本哥」の二字が無いだけで、注の本文はすべて同文。肩書・注本文共にすべて同文は、無刊記板本聞書と宝永八年刊新古今集新鈔の二本である。季吟八代集抄の引用は肩書「本哥」がなく、「此本哥をそのまゝ」が「此哥をそのまゝ」になっている。

五 秋懸けて言ひしながらもあらなくに木の葉降り敷くえにこそありけれ

『伊勢物語』（九十六段）に見える歌で、男が女を口説いて月日がたち、女も男をあわれと思うに至ったが、身に瘡《かさ》が出たので、秋になれば逢おうと男に約束した。が、女の兄がそれと気づいて女を男と遠ざける為に、急に迎えに来た。そこで女は、楓の初紅葉を拾わせ、それに歌をつけて男に贈ったのが、この歌だとある。古来、解釈のつけ難い歌とされているが、詳細は『伊勢物語』の研究注釈書に譲り、次に『伊勢物語新釈』（拙蔵板本、藤井高尚著）を掲げる。高尚は「此哥の解、拾穂・古意ともにおろそか也。さてハ、あらなくに、と云詞にかなハず。臆断もおなじく、ときざまおろそかなるうへに、くだ〳〵しくて一うたの意とほりて聞えず。おのれくハしくときあかしてん」と先行書を難じて自説に自信を示しているからである。そして「一首のこゝろ、みな月の頃より秋風たちなん時かならずあひまゐらせん、とかくせんなど、秋かけていひしとほりにもあらず、いたづらにひしことはむなしくなりぬるに、いたづらになれその秋のミは来て、木の葉ちる時節になれり、さて〳〵あさくはかなき縁なりきと、ちれる木の葉につけていへる也。さて木のはふりしく江ハ、水あさくなるものなれバ、浅き事のたとへにも、かねいひて、江に縁をかねたり。ときえがたき哥也。よく〳〵心とゞめて見るべし。おのが説のごとくにぞありける。ようせずハ心えあやまりなん」と誇らしげに述べている。参考「秋にはきつとお逢いしましょう、異存はございませんと、秋に賭けてお約束していましたが、その時申しておりましたままの状態でもございませんのに――。〈こうして秋風が吹き始めますと、逢うどころか、逆に〉木の葉がしきりに降る枝、所詮そんなもみじの葉と枝とが別々に離れて行ってしまうような、二人の縁でございましたわね。（伊勢物語全評釈　竹岡正夫氏訳）」。

六　此の本哥をそのまゝ移したる心成べし　本哥の第三句「あらなくに」の「あら」は、本歌の「秋かけて言ひしながらも」を指し、これが忠良歌の「頼め置きし浅茅が露に秋懸けて」に移され、「なくに」は本哥の「木の葉降り敷くえにこそありけれ」を指すが、これが忠良歌の「木の葉降り敷く宿の通ひ路」に移されている。それ故「そのまゝ移したる心成べし」と幽斎は述べているのである。この伊勢物語を本歌とする指摘は、契沖の『書入』でもなされているが歌形が第三句「なかりしに」と異なる。この歌は、新勅撰集（七三六番）・東野州聞書（巻一）・袖中抄（第四）にも見えるが第三句はいずれも「あらなくに」である。或は契沖の誤記憶か。

七　我宿ハ道も無き迄荒れにけりつれなき人を待つとせし間に

忠良歌の情景と似たこの遍昭歌を参考歌として、磐斎は示したのであろう。古今集七七〇番歌。古今和歌六帖（末句恋ふとせし間に）・遍昭集・三十六歌仙（四番右）・三十六人撰・和漢朗詠集（巻下）・千五百番歌合（千三百廿九番判詞）・二八要抄・八雲御抄（正義部）・古今選、等にも見られる有名歌。

八　秋逢ハむと……消えぬべきと也

文意「初句の意は秋になったら逢おうと相手に頼みに思わせておいたという心である。第二句の露は、命の意味に転換して使っているのであろうか。四五句は、約束した秋になったら、木の葉も宿の通い路に降り敷いて、露のごとく儚ないわが命も消えて了うであろう、という意で詠んだものである」。参考、「〽秋カケテ、イヒシナガラモ、アラナクニ、ト云哥ヲトレリ。秋カケテテ《ママ》、イヒシトハ、秋ニアハント、契リシ也。木ノハフリ敷トハ、契リシヤウニモ、アラズ、カクタヱ行ヲ、本哥ニハヨメリ。ソノ詞ヲ取テ、今ノ哥ニヨミタル也（新古今注）」・「秋かけていひしながらもの本哥を取也。心は、たのめをきしことのはは、かならず秋とこそいひしに、そのかねごとは跡もなくて、わが宿はあさぢが原と荒はてゝ、木のはさへちりそひて物がなしき事也。露は、秋かけていはむこと葉のえむ也。又、我やどはみちもなきまでのうたをも、思よれる也。すがたおもしろき哥也（宗長秘歌抄）」・「いせ物語よりよみいだしたり。木のはふりしくえにこそありけれのうた也。たのめちぎりおしきあとも、あきかけて木《ママ》はふりしきあともなしと也（かな傍注本）」・「玄旨云、本哥を其のまゝうつしたる心也。落葉は冬すべきを秋かけて降しける心に用、冬近くなれ共、猶とはれぬ心ぼそさを読り。本哥、秋かけていひしながらもあらなくに木葉降しくえにこそ有けれ」。

〔二三九〕（五〇頁）

一　隔河忍恋といふ事を

管見二十六伝本では、鷹司本が「河をへだて、忍恋といふことを」と「隔河」を仮名書。柳瀬本は「事を」を「こゝろを」とする。その他の伝本はこの題詞と同文言。「忍恋」の現行注釈書等の訓みは「シノブコヒ」（『遠鏡』・講談社『新註』・『定本評釈』・新潮『集成』・岩波旧大系・岩波新大系）、「シノブルコヒ」（朝日『全書』・講談社『全評釈』・小学館『全集』）、「無訓」の三類であるが、私は「シノブルコヒ」を採る。理由は「忍ぶ」よりも「忍ぶる」の方が情の深い表現で「る」字がこの語の眼字だという説〈百人一首龍吟明訣抄ノ式子内親王歌注。新古今一〇二八・一〇三五番歌ノ頭注一〉を尊重したいからである。ところで「隔河忍恋」という歌題は、「隔恋」と「忍恋」とを合せたものと思うが、手許の詠歌の手引書数種を見たところ『千町の抜穂』（天保十二年、穂向屋翁著万笈堂刊）・『和哥布留能山扶美』（文政十年、大江廣海著、北村四郎兵衛刊）・『和哥麓之塵』（有賀長伯著）・『今古和歌宇比万那飛』（鈴木重胤著）に「隔恋」の記載があったので引用する。「隔恋。おもふ人のへだてあるをいふ。あし垣はあれゆくひまもありぬべしつらき心ぞうきへだてなる。隔二夜恋・隔年恋なとその類あるべし（千町の抜穂）」・「隔恋。へたてたる（恋）。おもふ中のうとくへたての有なり。〈詞寄《ことばよせ》・例歌・省略以下同〉／隔物恋。ものへたてたる（恋）／隔一夜恋。ひと夜へたてたる（恋）／隔二夜恋。ふた夜へだてたる（恋）／隔日比恋　日ごろへだてたる（恋）／隔月恋　月へたてたる（恋）／隔年恋　としへだてたる（恋）／隔遠路恋　とほきみちへだてたる（恋）（和歌布留の山ふみ）」・「隔我聞他恋。我こふるはよそにへだて、他人にしたがふ心なり。千載、板びさしさすやかやゝの時雨こそ音しおとせぬ方はわくなれ　顕昭。千首、すまのあまのもしほの煙一かたに靡かぬさきを何なげきけん　師兼（和歌麓之塵）」。なお『今古和歌宇比万那飛』の「隔恋」は、殆んど『和哥布留能山扶美』と同じであるので省略。これらの説明から恋人二人の間を隔てるものに、時間と空間がある事が明らかであるが、当歌は、時間としては一年間、空間としては天の河が、二人の間を隔てる、所謂「七夕伝説」が主題となっている事は明らかであろう。出典は未詳であるが、他出は『新歌仙歌合』（九番左歌）と『新歌仙』（十二番右歌）に見られ、前者はともに歌形は新古今と異同はない。前者は「左。正三位経家。〈歌省略〉／右。寂蓮法師。かづらきや高間の桜咲にけり立田の奥にかゝるしら雲〈新古今八七番〉」。後者は「左。藤原保季。すぎぬなりしのだの杜の郭公たえぬ雫を袖にのこして〈新古今二一三番、初句ハ過ぎにけり〉／右。正三位経家〈歌省略〉」である。なお、久保田氏『新潮集成』では「七夕《たなばた》の夜、長生殿で玄宗皇帝と楊貴妃が愛の不変を誓ったという、〈長恨歌〉の世界を念頭に置くか」という新見解も示されている。長恨歌での、玄宗と楊貴妃は、「幽明相隔」の生者玄宗と死者楊貴妃との方士の術を通じての再会であるが、「七月七日長生殿　夜半無人私語時　在天願作比翼鳥在地願為連理枝」という最尾に近い詩句に、『琅邪代酔編』の「霊憲経」や『荊楚歳時記』等の牽牛織女の聚合の夜の趣きが確かに感ぜられるから「隔恋」と見て差支えなく、有益な御指摘であろう。

二　正三位経家

管見伝本では、寛政十一年板本が「正三位つねいゑ」と仮名表記する他は、異同はない。

三　作者部類云、藤経家、大貳重家男

『勅撰作者部類』や『二十一代集才子伝』によれば「藤原経家」の同姓同名が三名存在する。この三名ともに「正三位」に叙せられている。その三名は、(A)権中納言定頼の長男で康平六年正月叙正三位。(B)前内大臣基家の男で仁治三年四月叙正三位。(C)太宰大弐重家の長男で建久九年十一月叙正三位。この中、新古今撰進の元久二年以後の叙任者は(B)。残りの(A)(C)が「正三位経家」と書式されてもよいのであるが、(A)は新続古今初出で「権中納言経家」と位署された。既撰の新古今の(C)と区別するためである。(C)は千載・新古今・新勅撰・続拾遺・風雅・新拾遺・新続古今の各集に入集。千載では当時四位のため『藤原経家朝臣』と位署。新古今以後では「正三位経家」と位署された。(A)よりも後代人ではあるが、勅撰初出が(A)よりも早かった為である。因みに(B)は建長三年正月に正二位に昇ったが勅撰集では続後撰初出で「右近中将経家」の位署、以後の続古今・続拾遺・新続古今でもこの通りで極官の「正二位」は採用されなかった。(C)がこの一一二九番当歌の作者と考える事は、新古今期の当代人であったら、出典未詳ながら、(A)(B)よりも蓋然性が高いから妥当と思われる。(C)には『経家卿集』があり、題詠歌も多く、彼の出席した歌合、或は百首歌の詠が目立つものの、当歌は見えない。参考、「経家。正三位。刑部卿藤原重家男（勅撰作者部類）」・「正三位経家。藤原経家者、太宰大貳重家之長男。母中納言家成之女也。久寿元年十二月叙爵、歴任内外、為内蔵頭。文治五年七月叙従三位、建久九年十一月叙正三位。承元二年九月七日出家。正治初之百首作者也〈勅撰入集歌数省略〉（二十一代集才子伝）」・「経家。正三、宮内卿、母家成卿女。号六条（尊卑分脈。末茂孫流。六条。祖父左京大夫顕輔、父重家）」・「承元三年九月十九日。正三位藤原経家薨ズ。猪隈関白記〈他八本ノ書名省ク〉（史料綜覧）」・「後日に父顕輔卿、子孫の中にこの道〈和歌ノ道〉にたへたりとて、清輔朝臣に伝たりける人丸影・破子硯を、重家卿子息中務権大輔経家朝臣に譲られけり。和歌の文書、季経朝臣に譲てけり（古今著聞集巻五．二〇三話）」・「承元三年九月十九日、庚戌、天晴、入道三位経家今朝薨卒、年六十一、赤痢病云々（猪隈関白記）」〈大坪注、大日本古記録ニヨル。没年カラ逆算シテ、久安五年生、トナル〉・「新古今時、兄弟三人〈割書、経家卿、顕家卿、有家卿〉中に、もれたりし正三位顕家卿詠をのせらる（和歌口伝）」〈大坪注、和歌口伝デハ著者源承ハ、コノ顕家歌ノ採入サレタ撰集名ヲ明記シテイナイガ、続古今集ノコトデアロウ。顕家歌ハ新古今ハ無採入、続古今ニハ二首採入。コノ記事カラモ新古今一一二九番歌作者が上述ノ(C)デアルコトガ判ル。重家ノ子ノ三兄弟中新古今デハ経家・有家ハ入集スルガ顕家ハ入集シテイナイ〉・「六百番歌合に、経家歌、梓弓春の日ぐらし引きつれているさの原にまとゐをぞする。判に云、梓弓・張る・引く・射る・的ゐ、秀句〈大坪云、すくト訓ミ、縁語・掛詞ナドヲ巧ミニ用イタスグレタ句ヲイウ〉きはまりなきにこそ。秀句にて勝ち侍らば、歌の道見ぐるしくや成り侍らん、とあり（梨本集第二・稲木抄、次言辞・年々随筆㈥〈随筆大成一〇五頁〉）」。

四　忍び余り天の河瀬にこと寄せんせめてハ秋を忘れだにすな

管見新古今二十六伝本では、烏丸光栄所伝本が初句「しの《ひ》あまり」と最初書写し「ひ」を補写してある。末句は春日博士蔵二十一代集本「忘れやはする」。又寛政六年板本は「忘れたにすれ」とある。末尾「れ」は「礼」と「那」の変体仮名の類似による誤りかとも思うが、拙蔵明治新写本に明らかに「れ」と書かれているので、校異に示すことにした。他伝本には歌句の異同はない。当歌は出典未詳で、他出は頭注一に示した通りである。さて、初句「忍び余り」とは、和歌吟詠では「忍びかね」の歌語と殆んど同意義ながら、字余りになっている分だけ情感深く、「忍恋」の進行状況では「忍びつつ」→「忍びかね」→「忍びあまり」→「忍び果つ」の順にその恋の切なさが加重される歌語となる。「忍び余りて→こと寄せん」とつづく。「天の河瀬」は、所謂「七夕伝説」で、牽牛、織女の男女星が天の川の川瀬で一度の逢瀬を渡る事。「せめては」は「せめて〈少ナクトモ何々ダケデモ〉」を一層強く言う表現。「だに」は「何々だけでも」の意で否定の語〈当歌デハすな〉と呼応する時は「セメテ〈忘ル事〉ダケデモト願ウ、ソレモ〈シテハイケ〉ナイ」の意となる。「すな」は動詞為《ス》に禁止の勿《ナ》のついた形。「秋を」は、「七夕の男女星の相逢う秋の夜を」の意。「こと寄せん」は、ことづけよう・かこつけて言い訳にしよう、の意。「こと寄す」内容は下句の「せめては秋を忘れだにすな」である。畢竟すれば「七夕説話」である。参考歌意「度々逢はまほしけれど、忍ぶ中なれど、七夕の契に事よせて年に稀にあひ見るべし。さてかく稀なりとも秋の逢瀬を必ず忘るな、となり(標註参考)」・「心ニバカリ思ウテ我慢シテ居ルコトガ出来ナイデ、私ハ今私ノ思ヒヲ、天ノ川ヲ間ニ隔テ、年ニ一度逢フ棚機ニカコツケテ言ヒマセウ。ドウゾ度々逢フコトハ出来ナイニシテモ、セメテ秋ニ一度逢フコトダケデモ忘レテクレルナト。私ノ恋ハ逢フコトガ出来ナイデ、年ニ一度逢フ棚機ヨリモツライ。(遠鏡)」。

五　こと寄せんとは……忘るなと也

この頭書はかなり省文した表現となっている。文意、「第三句の、こと寄せん、とは、わが忍ぶる恋は、あの天川伝説に言うが如くに、牽牛織女の逢瀬にかこつけて、実現に漕ぎつけたいものだ、というのである。即ち伝説の両星のように年に一度は逢瀬の機会を必ず持ち得る秋の七夕の夜をせめては忘れないで呉《く》れ、と詠んだ歌なのだ」の意。

六　上句、細々逢ふ事ハ……となり

「さい〳〵」は「細々・再々」と漢字表記する語で「屢《しば》〳〵・再三《さいさん》」という意。参考「しばしばとは日本にて細々といふ意ぞ(三体詩抄三ノ三)」(大坪云、岩波古語辞典ノさいさいノ用例ニヨル。博文館『校註漢文叢書』ノ素隠抄ノ一一〇八頁韋忘物ノ詩句ニ、邑屢遷ガアリ、検索シタガ上引ノ文言不見。孫引ヲ恥ジルノミ)。文意、「上句の意味内容即ち心は、再三、貴女と逢う事は私の希望する事ではありますが、とてもそれは叶えられる事ではございませんから、あの七夕説話の男女両星の如くに、せめて年に一度でもよいから、忘れずにお逢いしたいものですという心である」。

七　五文字……是なりともと也

「五文字」は腰句「こと寄せん」をさす。文意「こと寄せんの五文字の意味する所は、七夕の両星のような年に一度だけの相逢は私の希望するところではなく、実際には再三お逢ひしたいというのが真の望みなのです。そうではありますが、年に一度の相逢でも是非に及ばぬ事、即ちやむを得なく仕方のない事なのです、というのが、こと寄せんの意味する所だ。つまり年に再三相逢不可能の仕方《しかた》無さに、せめて年一度の相逢であってもこれなりとも実現を望むというのが、こと寄せん、の心なのだ」。参考、「度々逢まほしけれど、忍ぶ中なれば、七夕の契にことよせて、年に稀にあひみるべし。かく稀にこそあらめ、秋の逢瀬を忘れずだに有て、必あへと也。七夕にことよするにて、隔《ツル》レ河《ヲ》題の心也(八代集抄・学習院大学本注釈)」・「七夕ニことよせ、せめて秋をわすれてくるゝなと也(かな傍注本)」・「七夕はあふことまれなる契なれば、もとはいふた《ママ》れと(大坪云、意味不明。我ガ本心デハ、触レタクハナイガ。?)、今はせめて七夕のやうになりとも契て、秋にだに忘るなと也(私抄)」。

〔一三〇〕(五一頁)

三　作者部類に云く

参考、「重政。四位。神主賀茂重保男。至承久三年(勅撰作者部類)」・「賀茂重政。重政者、四品重保之子。為賀茂神主、爵陞四品、至承久年中。嗜和歌、得不失家声矣(二十一代集才子伝)」・「つれなくたてるしかのしまかな　小貳ためすけ／ゆみはりの月のいるにもおどろかで　くにたゞ／しげまさの師の時に、博多と云へるところにて酒などたべけるついでにしるとぞ(俊頼髄脳)」(大坪云、コノしげまさハ重尹《しげまさ》トサレル。重尹ハ長久三年任太宰権帥。藤原氏デ賀茂氏デハナイ。混同ヲオソレテ念ノ為ニ引用)。千載集に勅撰初出一三二番歌が私玉集巻三秋に他出。重政歌の他出は稀である。重政の生没年は未詳とされていたが、岩波新大系で「康治元年生、嘉禄元年七月二十八日没、八十四歳」の新見が出されたが、依拠文献は示されていない。管見では『賀茂氏の歌人群』(保坂都著)に所載の「賀茂氏系譜」が目にとまったので引用しておく。『尊卑分脈』や、群書類従・続類従などの賀茂氏系図では歿年は検索できなかったが、保坂氏引用系図は重要文化財を含む写本による信用できるものである。即ち「賀茂社神主補任初例也」とする「成真」が一代目で、それより十八代目に「重政」があり、「順徳、後堀河。神主五。◎承久三・八・一補神主。嘉禄元七・二八卒、八四才」と脇書されてある。逆算して康治元年生れとなる。なお何代目の数は神主として何代目かを示すもので血統上のものではない。
四　頼めても遙けかるべきかへる山幾重の雲の下に待つらん
管見二十六伝本では、「かへる山」の表記が、「還山（親元筆本）」、「幾重の雲の」が「いくへの春の（武田博士蔵大夫阿闍梨本〈岩波旧大系校異ニヨル〉）」、「下に待つらん」が「うちにまつらん（為相筆本）・下にうつらん（正徳三年板本〈大坪云、うハ可《カ》ノ草体ノか、つハへ、トモ読メバヨメルノデ、コノ場合ハ、かへらん、トナル〉）」。他の伝本は異形なし。「かへる山」は、「歌ニヨメルカヘル山は、越前ニアリ。カヘルノ山トモヨメリ（古今集注三七〇番歌・顕注密勘抄九〇二番歌）」・「かへる山。カヘルニソフ（和歌初学抄）」、「海路山。建保名所百首帰字、歌心多帰也（歌枕名寄、巻二十九、北陸部・越前国・海路山）〈大坪云、コノ重政歌モ証歌ノ一ツトシテ掲出〉」。福井県南條郡鹿蒜《カエル》村〈現在、今庄町〉から、敦賀郡〈現在、敦賀市杉津《スイズ》〉に出る山路が「かへる山」だと言われている。京《みやこ》へ帰る道の山であった故らしい。村上忠順の『名所栞』には「歸山」につき「越前敦賀郡鹿蒜里」の所在地と、霞・梅等と詠み合わせる歌語二十三、と古来の例歌五首を掲げてある、「古。かへる山ありとハきけと春かすみ立わかれなハこひしかるへし　俊定」・「後。我をのミおもひつるかのこしならハかへるの山ハまとハさらまし　不知」等である。〈古今集三七〇番歌・後撰集一三三六番歌〉。「頼めても」は、「頼りにさせても」の意で、「頼め」は、頼みの他動詞形下二段活用。あてにさせる意。歌意参考「アノ人ハスグ帰ツテ来ルヨト当テニサセテ出テ行ツタガ、帰ツテ来ルノハ随分間ノアルコトデアル。私ハ其永イ間、雲幾重遠ク離レタ彼方ト此方トデ、思ヒ焦レナガラ、アノ人ヲ待ツコトデアラウ。誠ニ別レルノハ悲シイコトダ（遠鏡）」・「約束し置いても帰りあはんほども遥なるべき境なれば、いくへの雲の下にか待つならんはかなし、となり（標註参考）」。遠鏡の解は、(A)待つ身の側に立っての解。標註参考は、(B)相手を待たせる身、即ち出かける身の側に立っての解である。磐斎解は(B)となる。

五　帰りて逢ハむと……歎くなり
文意、「旅から帰ってきてから逢おうと約束はしましたが、これから出向く、遠い旅先は、帰ろうと思っても、わが心に思うままにならない程遠い所であるから、あなたが、自分とは幾重にも雲が重なり隔てられた遥か彼方で待っているであろうと、私は思いながら、それにしても遠い道程というものは、なかなか思うに任せぬつらいものだと、歎く有様を歌ったのである」の意。この磐斎の解は(B)であろう。参考「帰山は越前也。頼め置ても、帰りてあはんほども遥なるべき境なれば、いくへの雲の下にか待ならんはかなし〈待ツナランハ悲シ。或ハ、待ツナラン、傷シ〉との心なるべし（八代集抄。(B)解）」・「唐ニ、胡国ノエビスヲ、攻ルトテ、人ノ夫タルモノ、遠キ境ニ行也。胡国ハ、北ニアタレリ。其心ニテ、北国ノ、カヘル山ヲ、ヨミタリ。又カヘルト云詞モ、縁アリ（新古今注）」・「遠境待恋の題也。とをきかたよりたづねきて逢てかへる人の、又やがてまいらむとたのめてかへる事さらにたのみすくなし。いかむとなればいくへともなき雲を分てかへる人の又こむ事、月日をふべきこと也。かへるやまは名所也。雲のへだつるといはむえんいふ也。しかも人のかへる事をいひかけていへる也（宗長秘歌抄。(A)解）」・「北国ニいくへる也（宗長秘歌抄。(A)解）」・「北国ニいく人をいふ也。かへる所ははる〳〵にてあるほどに也。帰山ハあまり高山にて行人も帰りし事あり、又こへて行人もあり、それにてこしの国と云。こして行と云義也（かな傍注本(B)解）」・「是はもろこしの古事に、人の夫、胡国のえびすをせめに行とて、遠ざかひなれば、いくへの雲をか隔ぬればかへらんもいかゞ、などいひたる事也。それを北国のかへる山によみなせり（吉田幸一氏旧蔵本註・高松宮本註・高松重季本註。前引新古今注ト同趣文ナリ）」。現行の主要注釈書は多くが(A)解をとっている。

六　帰り来ん事を、定められぬとなり
「増抄云」の文言だけでは、男の帰りを待つ女の歌か、女を残して旅立つ男の歌か、稍判断しにくいと考えた磐斎が、男の歌である事を明白にする為に示した頭書であろう。文意「又逢う事を約束したが、自分の行先は遠境であるが故に、帰って来る事を、今の時点では定めておく事はできないと、男が女に言いきかせているのだ」。

〔一三一〕（五二頁）
一　中宮大夫家房。松殿入道男。一首入
管見二十六伝本すべてこれに同じ。参考、「家房。従二位中納言。松殿関白藤原基房公男（勅撰作者部類）」・「藤原家房者、松殿関白基房之子。母内大臣公教之女也。寿永元年七月元服叙爵、文治二年任侍従、遷左近中将、叙三品、次将如故。建久元年四月任中宮権大夫、冊命〈大坪云、冊命トハ、皇后・皇太子・宰相ナドヲ定メルトキ、詔書ヲ下シテ命ジルコト〉日也。六月叙正三位、二年十月従二位、六年十一月直任権中納言、中宮権大夫如故。七年七月廿二日薨。卿有文才声、没後後京極摂政、過卿之旧宅、有懐旧之詩〈大坪注、古今著聞集巻十三哀傷ニ見ユ〉、則其風度清格、聊想像焉。新古今一首新続古今二首之両集、載其歌詞、以垂名於不朽矣（二十一代集才子伝）」・「六百番歌合　椎柴　右　中宮権大夫　みやまべをゆふこえくれば椎柴のうれ葉につたふたま霰哉　判〈皇太后宮大夫、当家判可有歟如何〉、霰を龍顔玉投顆顆寒など作り、不可難之歟〈已上〉、然而よろしき歌に玉霰き、なれず（和歌口伝。漢語を和歌にうつしよめる可有用意事。〈大坪云、六百番歌合、冬部、椎柴十八番右歌。判詞ハ略抄文ナリ〉）」・「六百番歌合　余寒／左持　季経卿　なほさゆるけしきにしるし山ざくらまだふゆごもる木ずゑなるらん／右　中宮権大夫　したふべき冬には雪のおくれゐて春ともいはずさえわたるらん／右方申云、左陳云、初五字に題みなあらはれたる、念なし。左方初五字に題字をよむ事不可勝計。右方申云、非珍。此両首歌すがたは優にこそ見え侍めれ。おほかた近来の歌よみの輩、すがた詞はしれるか、しらざるか、偏曲折微妙の風情を不尽之外は非珍之由令存申之条、不被甘心事也。但右歌雪のおくれゐてといへる詞いますこし思べくや侍らんと見え侍ど、すゑの句よろしく侍にや。勝劣不分明歟（井蛙抄巻一。〈大坪注、六百番歌合、春部七番〉）」・「六百番歌合　右　中宮権大夫　すはの海のこほりのうへのかよひぢはけさふくかぜにあとたえにけり／　左方申云、右歌、堀川院百首、顕仲卿歌云、すはのうみのこほりのうへのかよひぢはかみのわたりてとくるなりけり、上三句無相違之上、所詠の意趣又同。／

判云、右のすはのうみの事、左方申云々、其も如然。百首之内非殊秀逸者難去取事歟（井蛙抄巻五。〈大坪注、六百番歌合　春部十四番〉）」・なお家房は私玉抄に八首採歌されているが七首は六百番歌合の歌。勅撰入集は合計三首の少数採入者なれば、六百番歌合の採歌でもって後世論ぜられたのであろう。なお又、伝本での作者傍記に「一一（首）。従二位中納言。斎院入道前関白一（男）。母内大臣公教一（女）。（烏丸光栄所伝本）」・「従二位中納言。斎院入道前関白男（鷹司本）」がある。良経と家房との交情に関して『古今著聞集』（巻十三、哀傷）に「中宮権大夫家房卿、建久七年七月廿七（ママ）日に失給《うせたまへ》て後の春、後京極殿、彼家を過させ給とて、平生の作文の席につらなり侍し事思食《おぼしめし》いで、、独吟せさせ給ける、花尚春花留有露　宅斯旧宅廃有人」とある。殁日が前引『才子伝』とは異なるが『著聞集』は誤記誤字誤読のいずれかによるのであろう。『公卿補任』（建久七年）に「権中納言　従二位　藤家房。中宮大夫。七月廿二日逝去」とあり、『尊卑分脈』（国史大系本第一篇八〇頁）に「家房。中宮大夫　権中納言　従二位。母内大臣公教女。建久七七廿二薨　卅」とあるのに従うべきである。三十歳の薨去であるから逆算して、仁安二年の誕生となる。

三　逢ふ事ハいつといぶきの峯に生ふるさしもたえせぬ思ひなりけり

管見二十六伝本に異形はないが、至文堂テキスト版の頭注に末句「思ひなるらむ」とある流布板本のある事が見られ、『標注参考新古今集』の歌句本文末句校合にも「なるらむ」の一本のある事が示されてあり、『尾張の家苞』では歌句本文そのものが末句「おもひなるらん」である。拙蔵江戸期板本の十種には「おもひなるらん」の歌形はない。『尾張』の歌句改変が原因ではなかろうか。〈『美濃』ハ当歌施注ナシ〉。当歌の技巧は、「逢ふ事はいつと」が同音の「い」を持つ「いぶき」を引き出すための調律的役目を負い「いふき」に「いつといふ」の掛詞の響きを持たせたのである、さらに「いつといぶきの峯に生ふる」がこれ又「さしも」の有心の序を形成して、下句に流暢に連接する、まことに、音律的にもなめらかな「姿」の歌形をかたち作っているのである。本歌としては、「斯くとだにえやは伊吹のさしも草さしもしらじな燃ゆる思火《ひ》を。（実方。後拾遺恋一、六一二番）」を『増抄』・『契沖書入』は指摘し現行主要注釈書も踏襲している〈岩波旧大系・同新大系・小学館『全集』・桜楓社テキスト版・武蔵野書院テキスト版・講談社『新註』・改造文庫・久保田氏『全評釈』。同氏『新潮集成』デハサラニ「立ち別れいなばの山の峯に生ふるまつとし聞かばいま帰り来む。古今、行平三六五番歌モ念頭ニアルカトスル。コレハ、六百番歌合ノ俊成判詞カラノ案」〉。当歌の歌意は「あふ事はいつといふ事なくて、いかで此のやうに思ひ絶えせぬやらん、となり。△伊吹の嶺云々、いつと云ふ事もなくて、さしもといひて其山に生ふるさしも草にいひかけたり（標注参考）」の如くであろう。当歌の他出は、『私玉抄』（巻五恋部、「四忍」・「三〇兼言假言」ノ二個所）・『歌枕名寄』（巻廿三、東山部近江国雑篇伊吹山）に歌形同一で採入。当歌出典は、『六百番歌合』（恋部下、寄草恋。四番）で、「左持　顕昭。ももよぐさももよまでなどたのめけんかりそめぶしのしぢのはしがき／右　中宮権大夫。あふことはいつといぶきの峰におふるさしもたえせぬおもひなりけり　／　右方申云、左不難申。左申云、右、いつといぶきといふにて、いはずとこそ心えがたけれ。さしもといひて、なりけりとおきたるもかけあはず／判云、ももよぐさはじめにおける、いかにぞきこゆるにや。又もとより、ももよとてしぢはおきけるなるべし。いつといぶきのさしもぐさ、いなばの山の松のやうに峰にしもやはおひ侍らん。又為持。」とある。

四　伊吹山。近江国。

磐斎は、伊吹山の所属国を、近江国とするのであって、これは岩波新大系脚注も踏襲している。ところで一方『歌枕名寄』には「八雲御抄、通㆓美乃与近江㆒云々。或云詠㆓左志母草㆒伊吹山者、在㆓下野㆒云々」の注記があり、さしも草を詠んだ伊吹山は下野国にもあるとするのである。『八雲御抄』（巻三、嶺）には「美乃。いぶきの。新古今家房卿」とあるので、磐斎も岩波新大系も、新古今期の歌学書八雲御抄を尊重して、近江国説を採ったものかと思われる。下野国説は『歌枕名寄』に、前引に引きつづいて「就㆓異説㆒暫両国共載㆑之」とあるから、久保田氏『全評釈』が、「伊吹の峰は下野国の歌枕で、伊吹山のこと」と下野説を採用されていたが、その後角川文庫版では岩波新大系の影響か否かは知らないが、「近江・美濃の歌枕。下野国の歌枕と見る説もあった」と改訂されている。能因の『坤元儀』以来、江戸期の百人一首注釈書まで、下野国説は多い、詳細は一〇一二番歌頭注三に既述した。参考、「かくとだにえやはいぶきのさしも草さしもしらじなもゆるおもひを。いぶきのさしも草さしもしらじなもゆるなればかくよむなり。追考、草は春もゆるものなればそへよめるにや。（奥義抄、中巻）」・「かくとだに……歌句省……伊吹のたけは常に火のもゆればかくよめるなり。さしも草とは蓬をいふ。又よもぎに似たる草なりともいへり。さしもといはむとてそへよめる也。古歌云、なほたのめしめぢが原のさしも草我よの中にあらむ限りは。或人云、このしめぢが原は下総（ママ）の国にあり。〈大坪注、袖中抄デハ下野説デアル〉しめづの原といふ所也。その原にはさしも草おほく生ひたり。さればしめづをしめぢ〈大坪注、占地〉とはいへる也。づとぢとは同五音なれば也（和歌色葉。〈大坪注、下野ハ現在栃木県。下総ハ千葉県北部ト茨城県ノ一部ナリ〉）」・「契沖云、清少納言枕草子に、まことや、下野へ下るといひける人に、思ひだにかゝらぬ山のさせも草誰かいぶきのさとはつげしぞ、ともよみたれは、さしもぐさよめるいぶきは、下野国にある山の名に定れり。猶近江美濃のさかひなる山といふ説は、諺の榎《エ》の実《ミ》はならばなれ、木は椋《ムク》の木といふに同じ〈大坪注、一旦主張シタ説ハ撤回セヌ譬。出典清水物語㊦〉。さしも草させもぐさ、五音通ハしていふ也。又云、俗によもぎを灸に用るもぐさといふは、さしもぐさの略にや。奥義抄に、いぶきの嶽は常に火のもゆれば、かくよむ也とあれど、先の歌の中に、伊吹山ならで、もゆるともやくともよみてければ、只さしも草の灸に用る物なればいふとみえたりと。右の論みなあたれり（百人一首初学）」・「袖中抄に顕昭云、此伊吹山は美濃近江のさかひなる山にはあらず。下野国の伊吹の山なり。能因坤元義に出たる也（百人一首拾穂抄）」。

五　逢ふ事……言ひ懸けたり。

第一・二句が掛詞による表現技巧である事の説明。文意「初句の〈逢ふ事は〉とは第二句の〈いつ〉と〈いぶき〉の〈いぶ＝いふ〉に引懸けて、あなたと逢う事は何時《いつ》になると云うのであろうかと、掛詞表現になっているのだ」の意。

六　何時とも……絶えぬとなり

下句の説明。文意「あなたと逢う事は何時のことになるかはわからないけれども、胸の恋の思いの炎《ほのお》は絶えず、消える事はないと下句に詠んでいるのだ」。「思ひ」の「ひ」に「火」が掛けてあるのは詠歌での常套手段。

七　さしもハ、然うでもなり

「さ」は「然《さ》〈＝ソノ様ニ〉」の意の指示副詞。「しも」は強調の副助詞。疑問・反語・打消の意を伴うことが多く、当歌では「絶えせぬ」という打消語を伴う。文意「〈さしも〉とは、その様にも、という意を持つ言葉である」。

八　斯くとだに得やハ伊吹のさしもぐさ然しも知らじな燃ゆる思火を

『増抄』で磐斎がこの歌を示したのは、家房歌の本歌として引用したのか、それも後接する「〈さしも〉ハ察してもなりと云へり、所によりて心変るとなり」の証歌として引用したのか、よく分らないが、少なくとも積極的に本歌として引用していないのではないかと私には思われる。この歌は、『後拾遺集』（恋一。六一二番）の歌で「女にはじめてつかはしける　藤原実方朝臣」と題詞と作者名のある歌。歌意「このように恋しているとだけでも、どうして口に出して言えるでしょうか。言えないからあなたはそうとも知らないでしょうね。ちょうどもぐさのように燃える私の思いを（岩波新大系後拾遺、久保田淳氏口訳）」。

九　このさしもハ……心変るとなり

磐斎は家房歌の「さしも」と、実方歌の「さしも」とでは、意味が変る、と説明している。磐斎は、さしもを「察しても」と見るので、「あなたが私の燃ゆるばかりの恋の思火を推察なさっても（わからないでしょうね）の如く考えているのであろう。実方歌の「さしも」は、前引久保田氏口訳の如く「そうとも（知らないでしょうね）」の如くであろう。磐斎の「さ」に「察する」の意があると見るのは、語法上からは無理と言えるが、彼は『百人一首増註』で玄旨（幽斎）抄の「さしもとは、さうありともしらじと也」を引きながらも「増註云〈中略〉、さつしてもと也。推量、推察の義也」と推察説に加担し主張している。推察説を述べる書には、『百人一首師説抄（祐海著）』の「さしもはさしもしらじと也〈中略〉又、察の心も有」。『百人一首倉山抄（著者不明）』の「公條公説。……さしもしらじとはさうありともしらじなり……又義、さしもしらじとは察してもしらじなり」。『百人一首註解（如儡子著？）』の「さしもとは、さつしてもといふ心にて推察と言詞」。『百首贅々（中井履軒著）』の「〈カクトダニノ〉かくは我言の上にて云うなり。〈サシモシラジナノ〉さは彼より推量る上にて云なり。重複に似て重複に非《あらず》」等がある。磐斎は、「察してもなり、と云へり」と、この説が磐斎以前からあった如くに述べているところから、古くよりの説らしいが、今の私には如上の書以外にこの説は見出し難いのでなお後考をまちたい。

参考、「かくとだにえやはいぶきのさしもぐささしもしらじなもゆる思ひを。本哥の詞ばかりを取也。心は人のわれにあはむことをいへども、さしていはぬゆへにわがおもひはたえぬといはむ事を、かく句をつらぬる事おもしろきなり。いつといぶきとはいつといはぬといふかなの相通なり。さしもたえせぬとは人のさしていつあはむ事と、又さしてもおもひはたえぬと云事とふたつをかねいへる事也（宗長秘歌抄）」・「いつともしらねども思ひを火ニよせたり。いつといひてよからんと也。いぶき山のもぐさ名物也。此外よき薬種出る山也（かな傍注本）」・「あふことはいつと云て、それをたのみてさしもたえぬおもひぞ也（私抄）」・「六百番歌合寄草恋の歌也。逢事はいつといふ事もなく、さも絶ぬ思ひなると也。伊吹山のさしも草をいひかけて也。さしもは、しは助字也。さもといふ詞也。かくとだにえやはいぶきの心也（八代集抄。学習院大学本モ季吟抄ヲ略抄セリ）」・「〇いぶきの嶺へ、いつといふといひかけ、さしも草を、さしも絶せぬといひかけたる計《バカリ》の文章なり。一首の意は、あふ事はいつといふ事もなくて、何で此やうにおもひが絶せぬやらん、と也。おもひに火をもかねたるか（尾張の家苞）」。

〔二三〕（五三頁）

二　富士の嶺の煙も猶ぞ立ちのぼる上なき物ハ思ひなりけり

管見伝本では、第二句に異同がある。鷹司本は「けぶりも《ぞ》なをぞ《も》」と、朱記傍記があって、「も・ぞ」が「ぞ・も」と逆になっている。久曾神氏御室本は「煙は《もイ》猶ぞ」。武田博士蔵太夫阿闍梨本「煙はなをぞ」。〈以上三本校異ハ岩波旧大系校異ニヨル〉。当歌の出典は前歌の題詞が当歌にも及ぶので『六百番歌合』なること勿論であるが、家集『玉吟集』（別名、壬二集）にも見える。高松宮蔵貴重書函三『玉吟集』の「百首和歌　六百番歌合度」に「寄煙恋」題で「ふしのねのけふりもなをそたちのほるうへなきものはおもひなりけり」とあるのがそれで、板本の「六家集本壬二集」でも題詞・歌句共に同じである。

『六百番歌合』（恋部下・寄煙恋・廿九番）には、「左勝　女房〈＝良経〉しのびかねこころのそらにたつけぶりみせばやふじのみねにまがへて／右　家隆〈歌句同〉／右申云、心のそら如何。陳云、心のそらにいでん月をば〈注、後拾遺八七〇番道綱母歌、いかにせむ山の端にだに止まらで心の空に出で《出づ》む《る》月をば〉といふ歌同心歟。右又申云、ふじのけぶりにまがへてみせてはなにかせむ、なほ富士の煙とこそはみえめ。また恋のけぶりともなくて心にけぶりをたてむ事もいかが。左申云、右歌似宜。／判云〈＝俊成判〉、左歌、右方人難条条侍れど、みせばやふじのみねにまがへている、すがたことばこそえんに侍れ。右歌もすゑの句など、すがた優に侍るべし。但、なほ以左為勝」、とあって、当歌は負けている。この他には、真観の『秋風抄　序』に見える。〈但シ第二句、なほぞ立ちのぼりトアリ。係結ト見ル時ハ、のぼるガヨイ〉。『練玉和歌抄』（巻七恋上）に歌句同形・『時代不同歌合』（伝本ニヨリ、廿一番〈為家本・永享古写本・歌仙絵本・類従本・書陵部本・東京国立博物館絵巻本〉ト、廿四番〈穂久邇文庫本〉ト、番数ガ異ナル）の右歌に見えるが歌形は、東博絵巻本が「ふしのねにけふりもなをやたちのぼるうへなきものはおもひなりけり」と異なる。その他の伝本では同歌形。左歌は小野小町の「あまのすむ浦こぐふねのかぢをなみよをうみわたるわれぞかなしき《はかなきイ》」である。又、『二八要抄』（恋二）・『二四代集・二四代和歌集・八代知顕抄』・『歌枕名寄』（巻廿。東海部駿河国富士篇嶺）にも歌句同形。『家隆卿百番自歌合』（七十四番）には「左　左大将家歌合百首　風ふけばみねにわかるる雲をだにありしなごりの形見ともみよ／右　同　ふじのねの煙も猶ぞたちのぼるうへなき物はおもひなりけり」と自歌を番《つが》えている。

又、当歌の部分的他出書に、『うたたねの記』・『太平記』（巻二、俊基朝臣再関東下向事）・『詞林采葉抄』（第五）・『曾我物語』（巻

十二、井出の館のあと見し事〉がある〈以上ハ典拠検索名歌辞典ノ学恩ニヨル〉。当歌の本歌は、契沖が『書入本』で「天歴御製本　世の人のおよはぬ物はふしのねの雲井に高き思ひなりけり」と指摘して以来、この拾遺集恋四、八九一番村上天皇御製が、久保田氏桜楓社テキスト版・同氏『全評釈』・同氏新潮集成・岩波新大系にも本歌として蹈襲されている。久保田氏は、さらに「風になびく冨士の煙の空にきえて行方も知らぬ我が思ひかな（新古今一六一三番西行歌）」や「世の中を心高くもいとふかな富士の煙を身の思ひにて（新古今一六一二番慈円歌）」も当歌に影を落している（『全評釈』）、とされている。さて、新古今期における富士の噴火噴煙は、西行・慈円・家隆歌などに詠まれているが、江戸期の随筆に取上げられる事が多かった。管見の範囲では、『翁草』（巻之三、富士山焼の事。コレハ宝永四年噴火ノ事デ新古今期以後）・『嬉遊笑覧』（巻七行遊。本朝文粋ノ都良香ノ冨士山記引用・古今集序・更科日記・十六夜日記・続日本紀天応元年七月記事・日本後記《ママ》延暦十九年三月十四記事等引用）・『続昆陽漫録』（百家説林、正編下所収。川口湖ニ、三代実録貞観六年記事引用）・『楓軒偶記㈤』（百家随筆第二所収、宝永ノ、富士降砂記アリ）・『落栗物語後編』（百家随筆第一所収。「又或人古今序に、今はふじの山も煙たゝずなり、ながらの橋もつくるなりときくと書たるを、中昔より、不絶不起の二説有て、家々の抄にも侍り。何れがまさりたるらんと問しかば、此事はやむごとなき先達の説もとうゞゝなれば、我等ごときのとかくいふべきにあらず。但し此段〈大坪云、古今序ノ前引ノ段ヲサス〉は世の澆季に成行を歎きて書り。此所の跡先の詞を能く見て、今はのは

と、山ものもと、二ツの字に眼を付たらば、其心大方は推量らるゝやうなるに、いざよひ日記の阿仏の詞には、父の朝臣に誘れて、東に下りしころ、遠江国まで煙の末の見へたるに、老の後、鎌倉へ下りし時には見へずなりたるよしを書り、されば、時煙の論はいかにも一定しがたきにや。されど時々絶て又立し事もあるにやと申けり。〈割書、或勘云、近世はいつよりか又彼山に煙立しが、宝永中に焼てより、今は見へずと云々〉」）・『落栗物語後編』（同上書所収。「東山院の御字、宝永丁亥十一月末の三日云々」コレハ宝永山ノ記述）・『親子草』（巻二ノ廿一、富士山焼出し候事。新燕石十種第一所収。「安永八亥年十月富士山焼候由にて云々」ノ記事）・『異説まちまち』（巻四。日本随筆大成所収。「いざよひの日記、阿仏作、定家卿の娘《まま》、為家の室也。風になびく、家隆の添削なり、するかなる富士のけふりの空にきえて行衛もしらぬ我おもひかな　西行／富士山此山唐土にも隠れなきにや、後周の義楚法師が六帖を見れば、富士山一名は蓬莱といふ。其山峻くして三面は海、一朶上り聳ゆ。頂に火烟ありと載たり。五百年前までは常に山の上に烟立登し由、阿仏いざよひ日記に、ふじの山をみれば烟もたゝず。昔し父《ママ》の朝臣に誘れて、いかになるみの浦なればなど読し比、たふつあふみの国までみしかば富士の烟りの末もたしかに見へし物を、いつの年よりか絶しと、へば、さだかに答る人だになし。誰かゝたになひきはてゝか富士の根の烟の末のみえす成らん、と阿仏のよみたれば、阿仏一代のうちに、けぶりはたへたるとみへたり」）・『筱舎《ささのや》漫筆』（巻十四、日本随筆大成所収。地変ノ條ニ、宝永年間ノ山焼記事）・『勇魚鳥《いさなとり》』（初

編下之巻、富士の焼。日本随筆大成所収。清和天皇貞観六年五月廿五日条ヲ引用シ「富士山の焼けて灰を降し、沙石を降せし事、近く宝永年間にも有しが、昔より時々焼けたりしと見えたり」ト記述）・『月堂見聞集』（巻二。続日本随筆大成別巻近世風俗見聞集所収。宝永四年ノ富士山十月四日大地震・十一月廿二日ノ噴火噴煙地鳴ノ記事）・『塩尻』（巻二十四。宝永四年の大地震。日本随筆大成所収。宝永四年十月ノ大地震ノ各地ノ状況ヲ記載シ、往昔ノ地震ニ及ブ。允恭天皇五年七月十四日・推古天皇七年四月廿九日地震・天正十三年十月廿九日・慶長元年閏七月五日・慶安元年四月廿二日、六月廿日・同二年六月廿日・寛文二年五月二日・元禄十六年十一月廿二日ノ各地震ヲ記シ、更ニ応永廿二年六月十七日・同七月一日・六日・十三日・廿六日ナド、皇年代記ノ補ノ記事ニヨリテ記述シアリ）・『松屋筆記』（国書刊行会本。巻八十三の廿六、富士香爐に「香道蘭の菌」一の巻ヲ引用シ、香炉ヨリ立烟ヲ富士噴煙ニ擬シテ説ヲ成ス記事アリ）・『古今要覧稿』（国書刊行会所収。巻八十二、地理部。富士山ハ敍上引用書ニモマシテ詳細ニシテ日本書紀・万葉以後ノ富士ニツキ詳述セリ。巻八十三ニハ、詩ト歌ヲ多ク記セリ。但シ当家隆歌ハ見エズ。紙幅上引用シナイガ必見記事）」・『海録』（巻七の四八不二山。国書刊行会所収。「清異録巻三云、呉越孫総監承二祐富一、傾二覇朝一、用二千金一、市得二石録一塊一、天質嵯峨如二山一、命レ匠治為二博山一、香炉峯尖上作二一暗竅一、出煙一則聚、而且直穂凌レ空、実美観、視親明傚レ之呼二不二山一。美成〈海録ノ著者名〉按に、我邦の富士山、異邦に記すもの、義楚六帖等往々あり、されど右清異録載する所、我邦の事とは云はず、されど富士山の形状を

尽、煙の上より出るなど、趣ありといふべし。此事、東涯名物六帖器財四に已に引きて「フジカウロとせり」・マタ、巻九ノ六九富士山の高さ、ガアリ、本朝奇跡談ヤ塵塚物語ヲ引キ、享保十二年福田清助ノ測量ヲ記シ、山の高三十五町五十七間一尺七寸六分二一六三(厘)〔脱カ〕ト直立数値ヲ示シタリ〉、等の諸本に、「富士のねの煙」に関連する記事がある。今年は東北地方三陸沿岸沖で千年に一度とも言われる大地震があり、今なお余震つづき、復興も遅々、原子力発電所の大惨事発生もあり、思わず天変地異の記述に走りすぎた。さて、「ね」は漢字表記の場合、根・峯・嶺等を宛てるが、『塩尻拾遺』（芽垣内本巻三十二）に、「我国学者文字にくはしからざる者の作れる詩章は、字をとりたがへぬる事毎々歟。たとへば、峯・嶺のごとき、ひとつにみねと訓ずれば、平《ひやう》の時にはいつも峯の字、仄《そく》の処なれば嶺の字を用ゆ。かたちの同じからざるを考へざるにや。たとへば、堅見スレバ則為ナリレ峯、横見スレバ則為ルレ嶺トなんど、もろこしの人の言を以て看よ」とあるが、山の頂上を垂直に見れば峯字、平行に見れば嶺字と言うことか。詩歌の解釈如何に関する発言であるが、別に、「富士の根などよむ根といふは、山のいたゞきの事也。すその事にてはなし。其根をふかくわけ入るを、峯といふ。みは深の心にて、深山をみやまといふにて知るべし。心得たがひては、麓の事によむ歌あり。心得べしと、広豊卿の話也（和歌物語。近世歌学集成所収。大坪云、該書ニハ広略二種アリ、近来歌物語・近代堂上和歌之夜話ナル拙蔵二本ハ略本ニテ如上ノ条目ハ無イ）」という説もあって、こうなると話も「いりほが」に過ぎて、おそらくは、作者の考えてもいない事になるのではないか。「いりほが」と言えば、

第四句の「上なき」もそうで、石田氏『全註解』によれば、(A)「これ以上なき」とする説と、(B)「際限のなき」の両説に別れるが、用例上は(A)説がよいとされる。岩波新大系脚注では「仏教語の無上の意」とされ「それよりもっと高い、最高の」と訳されているから(A)説である。私も(A)説に左担する一人で、更に「無上＝阿耨多羅」〈『観音経和訓図会(下)廿九丁』の「阿耨多羅《あのくたら》は梵語。釋すれば無上《うへなき》といふ義」〉を追加しておく。磐斎は「増抄云」で「極上高き」と言い、「頭書」で「上なきとは、恋の至極したる事なり」と明言している。(B)説は前引した西行の名歌、「行方も知らぬわが思ひかな（新古今一六一五番歌）」や当歌のすぐ後に配列された俊忠一一三三番歌「行衛もしらぬながめ」等との連想と重ね合って生じたものであろう。(A)説でも岩波新大系説や磐斎説では、単に高度の無上最高のみならず価値的極上至極をも含ませているのである。本歌の村上御製の「世の人のおよばぬ物」に、すでに萌芽が見られるかと思う。歌意は「崇高にして霊妙なる富士の山頂より立ちのぼる煙でも、なほも上へ上へと上りつづけるが、その如く極上至極、他の何物をもってもかえられぬ、正《まさ》に、無上阿耨多羅の思念が、わが胸中の思火である」の如きものであろう。『尾張の家苞』は、「ふしのねの烟でも、まだ上があればこそ、やはり立ちのぼる。又うへもなきものはわがおもひぞと也。思ひに火をよせたり」とし『標註参考』も、尾張を頭注にそのまま使っている。「上なき物は思ひなりけり」は俊成も「すがた優」と、心の他に姿までも評価しているのであるが詞としての「上なき」は評価せず、為に負歌とされたのであろう。

三　高山なれど猶上ありて……述べたる歌なり

文意、「富士山は、わが国第一の高山ではあるが、その頂上より上空にむかっては、空はなお上へ上へと続いており、いくら山頂から噴煙が立ちのぼっても、さらに上があって、極頂の高所まで上っているとは言えない。それにくらべて、わが胸の恋の思火《おもひ》は、虚空の果まで充満しているので、その果を突き破って、なお上へと立ち昇ろうとしても、その上というべき場所〈余地〉が無いくらい高い所まで上っていると詠んでいるのだ、と富士頂上より立ちのぼる噴煙にくらべて、わが胸中の思火のほうが、猶勝っているという条理を述べている歌である」。参考、「富士、ならびなき高山也。わが思ひの煙それよりも大義なれば、うへなきといへり。煙もは、けぶりをもと〈煙ヲモシノグ、ノ意ナラム〉いへる心也（抄出聞書。A説）」・「士峯《富士峯イ》のけぶりよりも我思ひは猶立のぼると也（牧野文庫本聞書。A説。高松宮本・高松重季本・吉田幸一氏旧蔵本註モ同文）」・「煙も猶ぞとは、煙をも猶ぞ立のぼると也。わが思ひのけぶりのたかきは、富士のけぶりをも立のぼるべければ、うへもなきと云心也（都立中央図書館本、抄。A説）」・「ふじのけぶりハたかけれども、いまだ高き上あるやらん。もへあがる也。わがおもひもそのごとくかぎりしられぬ也〈大坪云、傍線部虫損ニツキ推定。A説トモ、或ハかぎりしられぬカラ、無限・無辺トモトレ、B説ニ近クナルノデ定メカネルガ、ナオA説歟〉。ふじハ火しげき、ふとほと通也〈ふ字トほ字ハ通音文字デアル〉。ほかげ・火かげ、同じ。おひたき、おほたきと云ごとし。けぶり不レ尽山ともかく也。後ニ女体なる故、男ニとめると云義にて冨士とかくとも

いへり〈士ハ、青年男子、男ノ美称。女士ハ女ノ美称ナル故ニ斯ク施注セリ〉（かな傍注本）」・「彼歌合〈六百番歌合ヲ指ス〉、寄煙恋也。富士は高しといへど、煙は猶高く〈ナオサラ高ク、ノ意〉立のぼれり。誠に上なき物は思ひぞと、火をそへて也。我思ひの上なきをいはんとて、煙も猶ぞと、もの字をよみ給へるなるべし。よく心をつけて吟味すべき歌なるべし（八代集抄。石田氏『全註解』ハ、A説ト(B)説トサレルガ私ニハ理解デキナイ。モ受取レル）」。「上なき」は、無上・最高・極上の意と私は考え、無限・無辺・無涯の意とは考えない。

四　上なきとハ、恋の至極したる事なり　文意、「第四句の、上なきとは、恋の感情が極限最上まで押し上げられて、もうこれ以上忍ぶに耐えられない所まで迫られた事をいうのだ」の意。「増抄云」で「空に満ち〳〵て有る故に」と施注したため、無涯（はてしなし）とまぎらわしい受取られては困るので補足した頭書。

〔二二三〕（五三三頁）

一　名立恋といふ心をよミ侍りける　管見二十六伝本では、為氏筆本のみ「いふ心を」が「いふことを」とある。他は皆異同無し。「名立恋」については、早く『俊頼髄脳』に、「なき名とりたらむをり、歌をよまむと思はゞ、／なき名のみ高尾の山といひたつる人《君イ》はあたごの峯にやあるらむ〈大坪注、拾遺五六二番〉・なき名のみ立田の山のふもとにはよにもあらしの風もふかなむ〈拾遺五六一番〉・名にしおはばあだにぞ思ふたはれ嶋なみのぬれぎぬいくへ《佳イ》きぬ《つイ》らむ〈後撰一三五二番〉／これらを心えてかやうによむべきなり」という教えがあった。和歌の作法書では「名立恋。無名の立つをも詠み、たゞ憂き名の立つとも読り。詞、うき名・たつ名・なき名（初学和歌式）」・「立無名恋。無名といふは、人を思ひて未だ逢見ざるに、逢見たる名の立つ也。思はぬ人に憂き名の立つ事には非ず、心得違ふべからず。されど哥に詠む時には、ただ無き名を立つとばかりも詠み、又別の心をもよめり。詞、なき名たつ・まだ見ぬ中に立つ名（同上）」・「名立恋。なき名のたつをもうき名のたつをもともによめり。つれなき人ゆゑにあひミぬさきに、なき名のたつを恨み、我名のたつよりも人のうへをおもひわび、春かすみによそへては野にも山にもみちぬるとなげき、名取川によせてはうき名を流すともよめり〈詞八省ク〉（和歌言葉の千種）」・「立無名恋。いまだ逢みぬうちに名のたつ事にて、おもはぬ人にうき名のたつことにはあらずぞ。こと葉は名立恋のところに出たり〈例歌省略〉（同上書）」。この他類書（和歌麓之塵・和歌うひまなび・和歌布留の山踏・和歌独習自在）も大同小異の説明の故に引用省略。

二　権中納言俊忠　管見二十六伝本はすべてこの通りの作者表記。『増抄』では四四六番で作者紹介。七八五番頭注二で既述。追加参考、「中納言従三位藤俊忠、五十一、七月九薨。五十三〈一イ〉。太宰権帥〈去年條、係権中納言〉（公卿補任。保安四年）」・「俊忠。太宰帥従三位権中納言。本名親家。母伊与権守藤敦家女〈イ母同基忠。大坪云大納言経輔女ヲサス〉。保安四七九薨五十三。号二條（尊卑分脈、長家卿孫）」・「俊忠卿伝。年月日従五下　応徳三一廿侍従　寛治元八七昇殿　同二年正七従五上　同月廿五左少将　同年七廿五蔵人　同五年正七正五下　同年八六従四下　同七年正七従四上　康和四正廿三権中将　同六年正三正四下　長治三三十一蔵人頭　同年十二廿七参議　永久二正五従三位　保安二六廿六太宰大貳　同三年十二十七権中納言　同月廿二太宰権帥〈尊卑分脈。第一篇二八五頁〉」。俊忠は以上から、歿年齢・生母に異説があった事が判る。又極官は、中納言よりも権中納言を是とすべきであろう。俊忠には廿七人の子女がありその中に俊成がいる。又、寂蓮は俊忠の孫。「権中納言俊忠。御堂関白道長曾孫、亞相忠家男（中古歌仙。作者勘文）」。

三　なき名のミ立田の山にたつ雲の行衛もしらぬ詠をぞする　管見伝本では、第三句為氏筆本「たつそまの」とある。他伝本は異同なし。当歌の出典は未詳。他出は、『私玉抄』（巻五恋）に歌句同形で採入させている。当歌の技巧は「名のみ立つ」が「立田の山」に掛詞として続き、その第二句第三句が、第四第五の句を導き出す有意の序となっている点が指摘される。又その下句は、新古今一〇七一番好忠歌「由良の門を渡る舟人梶緒絶え行衛も知らぬ恋の道かも」を自然に想起させる仕掛《しかけ》になっている点も巧妙である。そして当歌に後接連続の一一三五番通具歌に波及していく。さて当歌の本歌乃至は参考歌としたい歌は、前引『俊頼髄脳』の注意を勘案する時は多く挙げ得る。「なき名のみ立田の山の青葛《つづら》又くる人も見えぬ所に（拾遺恋二、六九九番読人しらず）」。これは久保田氏の『全評釈』『新潮集成』『桜楓社テキスト頭注』や峯村文人氏の小学館『全集』に指摘がある。元来が訛伝されやすい性格の歌であるから、「無き名のみ立田の山のさねかづらくる人ありと誰か言ふらむ（古今六帖㈥）」・「無き名のみ立田の山のさねかづらはてはくるをもいとふべらなり（同上）」・「なき名のみ立田の山の青つづら又くる人もなきわが宿に（五代集歌枕(上)）」・「なき名のみ立田の山のさねかづらくる人ありと誰かいひけん（歌枕名寄）」・「なき名のみ立田の山の青つづらまたくる人も見えぬ所に（万物部類倭歌抄・歌枕名寄）」の如く歌詞が揺れ動いているので、その代表として久保田氏等は勅撰集の拾遺歌形を挙げられたものかと思う。季吟は『八代集抄』で「立田川岩根をさして行水の行方も知らぬ我が如やなく（大和物語百五十四段）」を本歌と見たが、『岩波旧大系』〈後藤重郎氏頭注〉や『武蔵野書院テキスト版』〈岸上・橋本・有吉氏頭注〉はこれを継承。又、尾上氏『評釈』・石田氏『全註解』・久保田氏『全評釈』・『岩波新大系』は「無き名のみ立田の山の麓にはよにもあらしの風も吹かなむ（拾遺雑下、五六一番藤原為頼。五代集歌枕・俊頼髄脳ニモ）」を、参考歌もしくは本歌とする。私は参考歌として上記以外に、次の歌なども挙げておきたい。「なき名のみよにはたつたの山みづのきよきをすむといふにや有るらん（続詞花雑中、八〇四番読人しらず）」・「なき名のみたつたの山の薄紅葉散りなむ後を誰か偲ばむ（住吉物語上巻末尾部、姫君歌）」・「なき名のみ高尾の山といひたつる君は愛宕の峯にや有るらん（歌枕名寄・五代集歌枕、八条大君。俊頼髄脳ニモ）」。歌意参考「無実ノ浮名バカリ立ツテ、実際ハ契ツタ人モナイ私ハ、立田山ニ立ツ雲ノヤウニ、何処ヲアテトモナク、ボンヤリトシテ空ヲ詠メテ物思ヒヲスルワイ。ツマラナイ事ダ（遠鏡）」。

四　心、詞、聞えたり

文意、「和歌の三要素の、心・詞・姿のうち、心、即ち歌の意味と内容、並びに詞、即ち歌に使われている歌語の意味は、よく理解できる」。磐斎はもう一つの要素の、姿、即ち歌語の連接のさせ方については言及していないが、これも前頭注で触れた如く、掛詞・有意序・本歌参考歌等の連想で、立板に水を流すような、流麗美が出ていて、申し分がないので省いたのだと考える。

五　逢ふてさへ名に立つハ……悲しミたる哥也

文意、「実際に恋人に逢ってさえも、その噂が世に広まるのは、何となく不満に思われて悲しい事であるのに、ましてや有りもしない事に立脚して噂が広まって了った今は、さてさてこのままでは、これから先《さき》は、噂を否定する信頼すべき物さへ無い事であると、悲歎している歌である」。参考、「ナキナタツトハ、ウチマカセテハ、女ノ事也（古今集注六三一番）」・「我はゆくゑもしらぬ事に、なき名のみ立事よとうち歎きて、うちながめてあはれ誠にあふよしもあれかしなど、うちおもふ心ふくみて、哀なる歌にや。大和物語に、立田川岩根をさして行水の行衛もしらぬ我ごとやなく、此詞をとれるにや（八代集抄・学習院大学本注釈）」。

六　のミといふに……確かに頼ミなき也

文意、「無き名のみ、の、限定を強く示すのみという副助詞に、注意を集中して理解すべき歌である。自分の事を、あれこれと他人は噂にしているけれども、すべて、何のいわれもなき、事実のない事ばかりである。女性に関するすべて根拠の無い噂であるから、その対策には、どうすればよかろうかと、確実に頼るべき対策も無い事を強調して、のみと、無き名の後につけているのだ」。この頭書は「増抄云」の後半部「無き名のミに立ちて、さて、行末の頼みさへ無き」を、説明し直しているのである。

〔一三四〕（五四頁）

三　逢ふ事のむなしき空の浮雲ハ身を知る雨の便なりけり

管見新古今伝本二十六本では、正徳三年板本のみ第五句を「下になりけり」とあるが「下」は印刷不鮮明で「丁」の形である。「事」とよめば「事になりけり」であるが、歌意が十分通じ難い。他本に異形はない。当歌の出典は、『正治二年院御百首〈後鳥羽院初度百首〉』で、その上巻の「詠百首和歌。三宮　惟明親王」の「恋」題十首の第二首目の歌。歌句も同形。他出は管見していない。

「むなしき空」は「虚空《こくう》」の訓（小学館『全集』久保田氏『全評釈』・岩波新大系）で、「虚空《こくう》」は仏教語。即ち「横遍・竪常・無礙・無分別・容受」の諸義がこめられた語である。「虚空」は非色・無見・無対・無漏・無為なるに対し、「空界」は是色・有見・有対・有漏・有爲であるといわれている。『続千載集』（釈教、九三四番、大僧正明尊）に、「志賀の浪虚空無我《こくうむが》とは立たねども聞けば心ぞ澄み渡りける」とあるのは、正にこの仏教語であり、無相無色で実体の無い義に解し得るが、当歌の「むなしき空」にはそれ程の仏教思想が籠った表現とも思われず、空虚《くうきょ》で儚いという程度と考えておけばよいかと思う。用例上は、「わが恋はむなしき空にみちぬらし想ひやれどもゆく方もなし（古今四八八番）」や「行方なき悲しさは、むなしき空にも満ちぬべかめり（源氏・東屋）」などに近いと思われる。当歌の縁語技巧は、空・雲・雨。掛詞技巧は、「逢ふ事のむなしさ」と「むなしき空」・「空の憂き」と「浮雲」。譬喩技巧は、「身を知る雨」に「我が身の虚《むな》しさを知って流す涙」が隠喩。（参考「みをしるあめ。涙也」〈八雲御抄枝葉部、天象ノ雨〉）。参考「身をしる雨とは、我身の数ならぬ事をおもひて落す涙なり。便はその縁にてといふほどの事也（尾張の家苞）」。歌意参考「雲ト雨トハ縁ガアルモノダガ、逢フコトガ出来ナイデ、空ヲ眺メテ悲ンデ居ルト、空ノ雲迄ガ、私ガ吾ガ身ノツマラヌコトヲ知ッテ雨ノヤウニ落ス涙ノ縁デ、慕ハシク思ハレルワイ。身を知る雨、伊勢物語の語をとれり（遠鏡）」。「身を知る雨」とは、鴻巣氏遠鏡も示されているように『伊勢物語』（百七段）の「かず〳〵に思ひおもはずとひがたみ身をしる雨はふりぞまされる」に使われた詞で、古今集にも業平歌として入集している（恋四、七〇五番）が、惟明親王歌はこの歌を参考歌とするもので、親王歌により八雲御抄は「涙也」としたのである。なお頭注六も参照されたい。

四　増抄に云く

この磐斎の施注は、伊勢物語百七段の話柄を前提としている事は、「身を知る雨も、逢ふ事がなければ降る故に」と述べている事から察知できる。親王歌が、伊勢物語や古今集の業平歌を参考にして詠まれている事を、磐斎は明示してはいないが周知の事として触れなかったのであろう。それ故、業平歌に対する磐斎の施注を、まず引用する。「数〳〵におもひ思はずとひがたみ身をしる雨はふりぞまされる。此哥古今第十四に入たり。数〳〵とは雨がふらずはゆかん、雨ふらばゆかじと、いろ〳〵におもふなり。おもはゞ一向に雨ふるとも、ふらずとも、きたるべき事也となり。とひがたみとは、とひがたくする也。身をしる雨とは、雨にぬるればあしきと身をしるなり。身をしる事が女をおもふにはまさりたりと見えたり。女をふかくおもはゞ、身すて、雨にぬるゝとも来べき事と也。これは身をしほるをも身をしる雨といふ也。なみだ雨と云事也（伊勢物語抄〈磐斎抄〉）」。なお「身を知る雨」についての、磐斎以外の解説は、頭注六を参照のこと。

五　逢ふ事の虚しきとハ……詞に続けたり

文意「初二句の、逢ふ事のむなしき空、とは、恋人と逢う機会が（雨が降った為に恋人が来ず）空しく消え去って逢わずじまいになったと云う事を、空虚で何物もない空、つまり、むなしき空の、むなしきに言い掛けて、表現しているのである」。

六　雨は雲より降る……便なりと取り合せたり

文意「雨は空の浮雲から、水滴となって降るものである。第四句の、身を知る雨というのも、（伊勢物語や古今集の業平歌で知り得るように）、恋人と逢う事の出来ない原因として降るものであるから、第五句で便りなりけり、即ち恋人と逢えたり、逢えなかったりする所縁となるものだという意味で、身を知る、と、雨とを、組み合わせて使ったのだ」。参考、「この雨の降らむに濡れ〳〵来たらば、類無き志と知り、又降るとて来ずは、さしも思はざりけりと知らむと詠める也。わが身の程を知らせむずれば、身を知る雨とは云ふ也。是を本にて此世の人は身を知る雨とは詠み侍るとぞ見ゆるを、涙をいふぞなど申す人もあれども、いかゞ侍るらむ（奥義抄(下)）」・「思らむ心の程を尽して訪ふべきならば、たゞ雨の降らむに濡れ〳〵来たらば心ざしと知らむ。降るとて来ずはさしむ思はざらむと知らむと詠めり。我身の程を知らせんずれば身を知る雨とは云也。是を本にて今の世の人は、身を知る雨とは詠めるなるべし。又、涙をも云へり（和歌色葉(下)、三十一身を知る雨）」・「思ふらん心ざしの程をつくしてこ《ママ》ふべきならば、たゞあめのふらんにもぬれ〳〵きたらば心ざしあるとしらんとよめるなり。我身の程をしらんずれば身をしる雨とはいふなり。是を本にして今の世の人はみをしる雨とはよめるなるべし。なみだを云なりといふ義もあり。伊勢が歌に、かたみにもみをしる雨のふりしかなそれもせきあへず君もこしかも。伊勢物語詞云、をとこあめのふりければなん、みわづらひて侍りぬる、身さいはひあらば、此雨ふらじといへりければ、れいの女にかはりて、業平、つく〴〵と思へば悲し数ならぬみをしる雨よをやみだにせよ、と読り。春雨をみをしる雨と読り。いかにぞや（色葉和難集巻九、美《み》。みをしるあめ）」・「〈前略―奥義抄引用―〉今案に、涙ぞと申人は一定僻事也。ふるくよめる、皆あめのふるに付て詠也。かず〳〵におもひ思はず人はありといへどしばしも我はわすれぬかも〈大坪注　三二五六番〉。後拾遺、なき人の百和香、大斎院、のりのためつみける花をかず〳〵にいまはこの世のかたみとぞおもふ〈後拾遺五七九番〉。かず〳〵に身をしる雨、ひとつに同二此説一。涙と云事勿レ論（顕注密勘抄。七〇五番歌注）」。

七　身を知る雨の程となるハ……となり

「程」は「種」とも読めそうな字形であるが、「身の程を知る」という成語もあり、「身の種を知る」という表現よりは熟していると思うので「程」を採る事にした。文意「我が身の、運・不運、身分や力量など、身の程度を雨の降るか降らないかで図《はか》るということは、換言すれば、逢える、逢えない、という事も、つまりは空虚で儚ない事に過《す》ぎないが故に、雨の降る・降らないと同じく虚しい事なのだと、詠んでいるのだ」。参考、「逢事ノムナシキ空トハ、アフ事ノナキ也。身ヲシル雨トハ、数ナラヌ身ヲシル也。身ヲシル雨トハ、涙ヲイフ也（新古今注）」・「逢事のなしと也。雲から雨ふる物也。身をしる雨雲よりふる也。いせ物語の身をしる雨ハ泪ニあらず。女の身にて男に一〻《いちいち》とい《問ひ》がたき今、雨ニとわぬにてしる〈雨ノ為ニ男が訪ネテ来ナイ事ニヨツテ知リ得ル〉と也。数〳〵も思ひ思わずとい《ひ》がたミ身をしる雨ハふりぞまされる。いせ物《語》・の後、身をしる雨、泪ニもする也。慈鎮、さしはなれ三かさの山を出しより身をしる雨にぬれぬ日ぞなき（かな傍注本）」・「逢事のむなしき空とはあはぬ事也。あはずしてうき空の雲は、数ならぬ身をしる涙のたよりなるべし（吉田幸一氏旧蔵本註・高松宮本註・高松重季本註）」・「逢事のむなしきは、あはぬ事也。虚空《ムナシキソラ》にいひかけて也。身をしる雨とは、伊勢物語に身のさいはいをしる心也　逢はでうき身のほどを思ひ知て、打　詠《うちながめ》打なく心にや。雲は雨の便りなれば也（八代集抄・学習院大学本注釈）」・「逢事の空しきとハあはんと頼め置てあはぬ也。かくてハいか斗《ばかり》歎のそはんとの心也。身をしる雨ハ涙也。たよりハ俗にかくせんと思ふ事をゑてほのめかすを案内といふ。此案内に似たり。逢事の空しきハ身を歎く涙の雨の如くならんとする案内也との心なるべし（新古今和歌集旧注補遺）」。

〔二三五〕（五五頁）

一　右衛門督通具

管見新古今二十六伝本は、すべてこの位置であるが、他出本では「権中納言通具（八代知顕抄）」・「権大納言通具（二四代集・二四代和歌集）」・「大納言通具（新時代不同歌合）」となっており、出典の『千五百番歌合』では「通具朝臣」である。通具の略歴は増抄では四六番歌で示されているが、参考を掲げる。「通具。正二位大納言。土御門内大臣源通親男。〈勅撰入集数ハ省ク。新古今位署ハ右衛門督、新勅撰位署ハ大納言〉（勅撰作者部類）」・「大納言通具。源通具者、土御門内大臣通親之第二子。母修理大夫通盛女也。元暦元年十一月叙爵、文治之初任因幡守、建久任右近少将、稍進而為頭中将、拝参議、叙従三位、兼右金吾、為使別当。元久二年任権中納言、尋叙従二位、勅授帯剱、承元二年叙正二位、建暦二年六月任権大納言、承久三年八月補奨学院別当、四年八月転正。嘉禄三年九月二日薨、年五十八《ママ》。号堀川大納言。卿頗有和漢之才、殊長和歌。与家隆・有家・雅経等抗衡〈抗衡トハ互ニ譲ラズ張リ合ウ意〉其名、為新古今撰者。然而京極黄門、小倉山荘百首選措之、又新勅撰卿之和歌、僅載三首。其不廿之者、蓋有以乎。僧頓阿執其英才、選而列新続三十六人矣〈勅撰入集数ハ省ク〉（二十一代集才子伝）」。大坪云、上記才子伝ノ文末ニ、定家ト通具トノ間ニハ、小倉百人一首ニ採択サレズ、新勅撰ニモ僅々三首ノ採入ハ、蓋有以乎《けだしゆえあるか》、ト記サレテアルガ、『明月記』（安貞元年＝嘉禄三年九月二日条）ニモ「二日、（土用。）天晴、風吹、入夜雑人説云、大納言通具卿申時許薨《さるのときばかりにこうず》云々、（不知虚実）。道俗男女之所称。稽古有識公卿、今年共滅亡歟。是少年之時、遇光輔宗業、読書之名号也、於公事者、不足言之人也《いふにたらざるのひとなり》、以自讃之詞、為卿二品広元等被帰伏、京畿得其名。誰人辨其虚偽《たれびとかそのきよぎをべん》哉《ぜんや》。但彼両儒之説、他人不受其一巻、於当世可謂抜群、今已亡去歟《いますでにほろびさるか》。」トアルノデ、定家ト通具ノ親疎懸隔《けんかく》ノ有様ガ知ラレル。「通具。通親公二男。頭。使別当。左右衛門督。中宮権大夫。大納言。正二位。哥人。新古今集撰者五人之内。母平通盛卿女。嘉禄三九二薨。五十七《ママ》歳。号堀川。（尊卑分脈。村上源氏）」・通具ノ享年ハ、五十七歳（尊卑分脈）ト、五十八歳（才子伝）ノ両説ガアルガ、『公卿補任』（嘉禄三年条）ニ「大納言正二位。堀川源通具。五十八・九月二日薨〈五十八《七》ヤオ〉。号堀川大納言。詩歌。」トモアル故五十八歳歿ノ方ヲ一応採用シテオキタイ。「大納言通具。風体しなやかに優なるさまなり。軒時々昔おもひ出でらるゝふしも侍るにや。軒ちかき花橘に雨うちそゝぎたる程とやいふべからむ〈中略〉雨そゝぐ花たちばなに風すぎて山時鳥雲になくなり〈大坪云、通具歌風ノ批評歌〉（続歌仙落書）」・「白氏の詩をみる心地して侍り。孤峯たかくそばだてるかたへに、松の一木ゆふ日にほの見え、霧のものさびしくたてるに、雲風の色声秋なりけりと、視聴ともに涙をうごかすなどや申すべき（桐火桶）」・「有家、雅経、家隆卿、通具朝臣などは寂蓮に同じて幽玄の姿なるべしと申し侍り（愚秘抄鵜本）」・「通具朝臣は楽天の詩を見る心ちする歌也。さればにや、後京極殿は通具をもて堪能の仁とおぼしめしけるにや。常に例の白氏詠作出きたれりとのみ、通具をば褒美ありけるにや。〈中略〉萱斎院、宜秋門院丹後、二條院讃岐、宮内卿、亡父卿女、などぞ、女歌にはすぐれておぼえ侍る。此人々の思入りてよめらん歌をば、有家、雅経、通具、家隆などもよみぬきがたくや（同上書）」・「物にたとへたる歌仙中に〈大坪注、前引ノ続歌仙落書ヤ桐火桶ヲサス〉、棟梁、順、通具、有家などが、躬恒、忠岑などをばさしおきて、棟梁、順、不審。又、通具、有家は、京極〈大坪注、定家ヲサス〉心にかなはぬ歌よみにて、新勅撰などにも歌かずすくなく入られたり〈大坪注、前引ノ二十一代集才子伝、明月記等参照ノコト〉（井蛙抄。附桐火桶、第五条）」・「恋のうたは、女房のうたに、しみいりて面白がおほきなり。〈中略〉骨髄にとほりておもしろき歌は、通具、摂政〈＝良経〉なども、おもひよりがたくやあらん（徹書記物語。前引愚秘抄鵜本参照）」・「定家歌は殊に恋の歌はしみ入りて、何ともかとも覚えぬが多きり。惣じて定家には有家雅経も、通具通光も及ぶべきことにあらず。家隆は歌は殊勝によませられて侍る（清巌茶話）」・「叡慮〈＝後鳥羽院〉、摂政殿〈＝良経〉、俊成、通具、定家は有心体を高貴至極なるべしとなり（心敬私語）」・「おもひ草と云は、露草也と通具卿説也（八雲御抄。枝葉部・草部露草）」・「もろこしによし野の山のあるにあらず。ただせめてもの事をいへる也。近年通具なども、もろこしのよし野とよめる如何。（八雲御抄言語部、料簡言）」・「思草。露草と通具説也（和歌部類。詞注少々）」。

二　わが恋ハ逢ふを限りの頼ミだに行衛もしらぬ空の浮くも

管見新古今二十六伝本校異。第三句、柳瀬本に「たのみ《よりイ》だに」と「たよりだに」とする伝本のある事を示す。刊年不明板本（「右八代集為備證本以数本再三令校合之𬼀／文明第十八三月中旬牡丹花／在判」ト奥書ガアル）の表記は「頭たこ」とあり、校異には使っていないが拙蔵明治三十年の新写本も「頼み」の如く、み字を送っていない。「頼」は「たのみ」「たより」の両様に訓み得るので念の為に示しておく。次に末句「空の浮雲」は「うきぐも」と現行主要書（標註参考・完本評釈・石田全註解・講談社新註・関書院刊隠岐本新古今和歌集）は濁音に訓み、他は振仮名のない漢字表記で決定はできぬが、濁音に訓ませるつもりではなかろうか。ところが『日葡辞書』は明白に清音で、「ウキクモ（浮雲）。空中にかかっていて、あちらこちらへ漂い動く雲」とある。「ウキクサ（萍・蘋）」や「ウキハシ（浮橋）」も清音で、連濁させていない。一一三四番歌の「浮雲」も当歌も「浮き→憂き」と掛詞技巧は認められるから清音に訓む方がよいかと思うので言及しておく。当歌の出典は『千五百番歌合』であるが、新古今の書式から言えば、前歌の詞書が当歌にも及ぶ配列であるから、そうだとすれば当歌の出典は『正治二年院初度百首』ということになり不都合である。撰集作業上の誤りと見るより他はない。『千五百番歌合』（千二百六番）では、「左　季能卿　さもあらばあれうき身のほどやしらせましいはでやむべきものおもひかは／右　通具朝臣　わが恋はあふをかぎりのたのみだにゆくへもしらぬそらのうきくも／左歌、詞もかざらず、こころにおもふままにいひのべられたり。右歌、わがこひはゆくへもしらずはてもなしあふをかぎりとおもふばかりぞ、とよめる躬恒が歌を、をかしきさまにはとりなされて侍れど、とぢむる句の、そらのうき雲の詞、いかがときこえ侍れば、左まさるべくや」となっている。判は顕昭。他出は『二四代集・二四代和歌集・八代知顕抄』に、題詞は「千五百番哥合に」、歌句は同形。作者は「権大納言通具（二四代集・二四代和歌集）・権中納言通具（八代知顕集）」とあり、『新時代不同歌合』（四十三番右〈書陵部待需抄本〉・十四番右〈旧和学講談所本〉）にも歌句同形で採入。『練玉和歌抄』（巻八）に見える「俊恵わが恋はあふをかぎりと夕まぐれ荻ふく風のおとづれてゆく」は、千五百番歌合で顕昭指摘の躬恒歌を本歌とした歌であるが、当通具歌は、それに倣って影響を受け、さらに『宗尊親王百五十番歌合』（百卅三番左）に見える「我が恋はあふをかぎりと思ひしに何ゆゑ今朝も涙おつらん　平時忠」に影響を与えているものと思われる。これらに共通する「逢ふを限り」については、解釈上微妙な差異がある。(A)「逢う時を命の終る時とする」（講談社『新註』・新潮集成・久保田氏『全評釈』・塩井氏『詳解』・鴻巣氏遠鏡・尾上氏評釈）。(B)「ただ逢ひさへすればよいと思う」（朝日新聞社『全書』・岩波旧大系・岩波新大系・石田氏『全註解』）。(C)「逢うことを最後《ママ》と思う」（小学館『全集』・窪田氏『完本評釈』）。の三解であるが、俊恵・通具・時忠の三歌に通ずる解としては、いずれが最適かは、かなり難しい問題となる。後考に委ねたい。（私ハ(B)ニ傾イテイルガ一一四九番・一一五二番・一一五五番ナドヲ勘合スレバ(A)・(C)モ捨テ切レナイ）。歌意参考、「我恋はゆくへもしらずはてもなし逢ふを限りと思ふばかりぞとあるによれり。浮雲はゆくへもしらず消え行く物なればあふをかぎりといへり。たのみだになきよしなり（標註参考）」・「私ノ恋ハ恋ヒシイ人ニ逢フノヲ限ノ命ト思ッテ居ルガ、ソノ頼ミスラモ、空ノ浮キ雲ガドチラへ行クトモ当テニナラヌヤウニ、一向頼ミニナラナイワイ。逢ハナイデ死ヌカモ知レヌ。（遠鏡）」。

三　わが恋ハ行衛もしらず果もなし逢ふを限りと思ふバかりに

古今集巻十二、恋歌二、六一一番躬恒歌であるが、末句は「思ふばかりぞ」。古今和歌六帖・和漢朗詠集・金玉集・三十六人撰・古来風体抄・二八要抄等にも見える。六帖では末句「思ふ身なれば」とある。片桐洋一氏『古今和歌集全評釈』に、この躬恒歌は、「我が恋はむなしき空に満ちぬらし思ひやれども行く方もなし（古今四八八番読人不知歌）」を本歌にしているのではないかと指摘。歌意を「私の恋は、行く方向もわからないし、終着点もない。ただ逢うことを最終目標だと思うだけであるよ」と釈《と》かれ、「逢ふを限りと」とは、「〈逢ふ〉は男女が結ばれること。〈限り〉は空間的最終点と時間的最終点を言う」と説明されている。空間や時間に最終点が有るのか無いのか、私には不明なのであるが、歌意に述べられた意味と理解しておく。この躬恒歌が通具歌の本歌と考える注は、千五百番歌合の顕昭判詞以来、諸注に見られるものである。

四　本哥に懸りて詠めり

「本哥」は、躬恒歌を指す。「懸りて詠む」とは、寄りかかって詠む、頼《たよ》って詠む、の意。具体的には、通具歌の上句が躬恒歌の下句に、通具歌の下句が躬恒歌の上句に寄りかかって詠まれている事の説明。

五　逢ふを限りとの……定めたる頼ミがなきとなり

文意「恋人との相逢が最終目標であるという念願があったから、逢えないとしても、その念願が生きる上での力となってきたが、今では、私はその念願を持ち続けることさえ、無くなった事だ。空に浮く雲が、定めなく揺れ動くように、今の私には、これという一定の目標さえもなくなってしまった事だ、と詠んでいるのだ」。参考「本、わが恋は行衛もしらずはてもなしあふを限と思ふばかりぞ。本哥にはわが恋はいつをはてともしらず、たゞあふ事をかぎりとすべしとあれども、わが恋は本哥のごとくにてはなし、いかんとなれば、はや恋よわりて、命も頼みなければ、あふを限と思ふ心さへ、はやつきはてゝ、露命の消ゆる事を待つ心、哀ふかし。空のうき雲は行衛もしらぬえん也。又は、雲と我が身のなるべきを、つく〴〵と詠めたる事なり（宗長秘歌抄）」・「ワガ恋ハ行衛モシラズトイフ哥ヲトレリ（新古今注）」・「わが恋は向後（ママ）もしらずはてもなしあふをかぎりとおもふ計ぞ、本哥には逢をかぎりとあるを、わが恋はあはんたのみもなきよし也。浮雲の便（ママ）なきによそへ侍り（抄出聞書）」・「我恋はゆくゑもしらず果もなしあふをかぎりとおもふばかりぞ、本哥はあふお（ママ）かぎりとよみたれども、我は契りもをかねば、あふをかぎりのたのみさへなきと也。空のうき雲とは、思ひのうか〳〵としたるにたとへたり（都立中央図書館本、抄）」・「あふをかぎりに頼めども、それもしれず。うき雲のごとく也（かな傍注本）」・「我恋は行衛もしらず果もなし逢を限と思ふ斗ぞ。本哥のごとく逢を限と思へど、其頼も行衛知らぬ浮雲のごとく頼みもなしと歎く心成べし（八代集抄。学習院大学本注釈）」・「〈美濃〉本歌、わが恋はゆくへもしらず云々。〈尾張〉はてもなしあふを限とおもふ計ぞ。〈美濃〉本歌には、あふをかぎりと思ふとある〈尾張〉こゝろはおなじ事ながらも本歌には云々といはるゝがむつかしき也。〈美濃〉そのたのみだになきよし也。浮雲は、ゆくへもしらずきえゆく物なれば也。千五百番歌合、顕昭判に、空のうき雲といふ詞いかゞといひて、負としたるは心得ず。〈尾張〉一首の意は我命はあふをかぎりとおもふてゐるがまだあはぬうちにしぬるもしれぬとなり（両家苞）」。

六　第五句に譬を言ひたり。……となり

文意「第五句に〈空の浮雲〉と言っているのは第一句の〈わが恋は〉の譬として言うたものである。我恋は、何等の契りもなくて信頼するに足る証拠もない不安な恋である事は、あの空中に浮かぶ雲のようなものだと譬えているのである」。

〔二三六〕（五六八頁）

二　皇太后宮大夫俊成女

管見二十六伝本校異。「俊成女（鷹司本。皇太后宮大夫ノ六字ナシ）」・「皇太后宮大夫俊成（亀山院本。女字ナシ）」・「皇太后宮大夫俊成《卿》・女（烏丸光栄所伝本。印ノ個所ニ卿字ヲ挿入）」。亀山院本によれば当歌は俊成作となるが、俊成卿女の家集の伝本の書陵部五〇一／七三七架番本には当歌はない。森本元子氏編書の『俊成卿女全歌集』（勅撰和歌集部）には新古今採入歌として示してある。彼女の略歴は、磐斎は四七番哥に記述。六九三・七八七・九四九・九五七・一〇八一番歌の頭注でも触れた。追加参考、「俊成卿女。三位侍従具定母（女房三十六人歌合四番ノ作者名）」。他伝本の作者表現は、すべてこの『増抄』引用に同じ。

三　面影の霞める月ぞ宿りける春や昔の袖の涙に

管見二十六本では鷹司本が「袖のなみだに」の右に「人にとはゞやィ」と墨書し、それを朱でミセケチしている。思うにこれは直前歌である通具の作者名から、書写者は春上四六番通具歌の「梅の花誰が袖触れし匂ぞと春やむかしの月にとはゞや」が脳裡にひらめき、思わず傍書したがすぐ誤りに気づいて訂正したのではなかろうか。他の二十五本には、歌句の異同はない。当歌の出典は題詞注で触れたが、次にその全容を引く。(A)『水無瀬恋十五首歌合』（一番春恋）に「左。勝。左大臣〈＝良経〉。鶯のこほれる涙とけぬれどなほわが袖はむすぼほれつつ。／右。俊成卿女。面影のかすめる月ぞやどりける春やむかしの袖のなみだに。／左は、雪のうちに春はきにけり鶯の〈＝下句ハこほれる涙今や解くらむ。古今集四番歌〉といへる歌をとり、右は月やあらぬ春やむかしの〈＝春ならぬ我身一つはもとの身にして、古今集七四七番歌〉といへる心なり。左、なほわが袖はむすぼほれつつといへるすがた、ことによろしくみえ侍れば、以左為勝〈判者ハ俊成。勝負ハ当座付。判詞ハ追書〉」。(B)『若宮撰歌合』（一番春恋）に「左。持。俊成卿女　おもかげのかすめる月ぞやどりける春や昔の袖の涙に。／右。定家朝臣。忘れば（ママ）や花に立ちまよふ春霞それかとばかりみえし明ぼの。／両方の霞、左は春月に昔の面影をしたひ、右はそれかとばかりみえし明ぼの花に立迷ふ。仍いづれまされりと難定〈判詞　後鳥羽院〉」。(C)『水無瀬桜宮十五番歌合』（一番春恋）に「左。春恋。俊成卿女。おもかげのかすめる月ぞやどりける春やむかしの袖の涙に。／右。題同。定家朝臣。わすれめ（ママ）や花に立ちまよふ春霞それかとばかり見えし明ぼの。／左右ともにかすみ、左は、はるやむかしの夜半の月になびき、右は、それかとばかり見えし明ぼのの花に立ちまよふによりて、いづれまされるともさだめがたし〈判詞ハ俊成〉」。以上(A)(B)(C)の三歌合での留意点は、俊成女歌の相手が、良経・定家と異なっている事、及び、(B)(C)の判詞が内容同趣旨ながら判者が、後鳥羽院・俊成の如く別人である事である。次に当歌の他出は、次の如くであり、歌句の異同は無い。『〈歌句同形　亡父卿女。春やむかしの

はるならぬ心さへ、吾が身ひとつの袖の泪に俤の移りけり（桐火桶）〉』・『定家十体』（濃様）・『新続三十六人撰〈新編国歌大観デハ新三十六人撰ノ書名〉』（十一番右）・『女三十六人撰(甲)〈新編国歌大観デハ女房三十六人歌合ノ書名〉』（四番右）・『女房三十六人歌合(丙)』（四番右）・『続女歌仙(戊)』（四番右）〔大坪注、以上ハ日本歌学大系デノ書名。歌学大系ガ先行出版デアルノデソノ書名ヲ採用。新編国歌大観ハ歌学大系ノ書名ヘノ配慮ハサレテイナイノデ付言シタ〕・『自讃歌』・『練玉和歌抄』（巻八恋下）・『古今選』（三、恋）・『一谷嫩《ふたば》軍配』（第四、道行花の追風〇）。当歌の本歌は、上記三種の『歌合』の判詞や『桐火桶』・『契沖新古今集書入本』に指摘しているように、『古今集』（恋五、七四七番。業平歌）の「月やあらぬ春やむかしの春ならぬ我身ひとつはもと《おなしイ》の身にして」で、『伊勢物語』（四段）にも見える歌。『増抄』をはじめ、諸抄（後引）や主要現行注釈書も勿論指摘している。技巧は、「霞める」が面影と月をつなぐ掛詞。「春や昔の」が本歌の詞で本歌全体を暗示させる技巧。面影と霞の両語て、景と情とを朧化させながら、恋に悩んだ昔の春を髣髴《ほうふつ》と回想させつつ、袖の涙で現実にひき戻す巧妙な技法、それも意味上は上下句に逆転させて詠み上げた手法は見事である。歌意参考「もろともにみし春はむかしになりぬるかと、なげく袖の涙に、人のおもかげがそふやうにて月影がうつるとなり（標註参考）」。

四　君が面影の確かに見えぬ由也
一首全体の趣意を要約した頭書である。文意「恋人の姿が鮮明に焦点を結ばない事を、霞や涙によるものと詠じた歌である」。

五　上句、君が面影も……といふ義也
文意「上句は、恋人の、それらしい似た姿も、鮮明でなく茫漠としている点は、昔とそっくりだという意である」。つまり「霞める月」が「君の面影」の象徴的表現なる事を述べたもの。

六　いかに霞めるぞなれば……宿る故なり
文意、「何故に月が霞んでいるのかと言えば、それは〈とぞ〉、つまりこういう訳であるからだという理由を、下の句で筋道を立てて説明しているのである。それは業平の歌にあるように自分をとりまく環境は昔と少しも変わっていないのに、自分の事情は様変りして、昔を偲ぶ自分の着物の袖―あまりの悲しさに濡れた袖に月が映って、その月も涙で霞んでいるからである、というのだ」。

七　昔も霞める時分……と也
文意「昔も春の朧《おぼろ》夜、霞で月も霞んで見えた時機に、恋人と逢合していたので、今もその時分と同じく霞んで見える、というのだ」。

八　月やあらぬ春や昔の春ならぬわが身一つハもとの身にして
前引右古今集や伊物の歌であるが、所謂「心余りて詞足らざる歌」で歌意は、下句が、「わが身一つはもとの身にして」は「もとのままである」とする解と、「もとの身にしてもとの身にあらず」とする解とがある。いずれにしても、自分を取囲む人事は変化したが、主体の自分は変っていないという事であろう。天然との関係は不変であるが、人との関係に変化が生じた事を詠じた歌。歌意参考、「今この月はもとの月で無いか、やはりもとの通りの月である、今のこの春はもとの春で無いか、やはりもとの通りの春である、すべて何もかも去年と変った事はないのに、只我が身一つばかりはもとの身であって、し

かも身の上が去年とは変りはてた事よ（金子元臣、古今和歌集評釈）」。

〔一一三六番歌　補説〕

当歌は新古今の旧注の外、『自讃歌』に採入されているのでその注も多い。左に列挙する。

（新古今旧注）

「昔あひし人は遠く成て、其面影のやうに涙の袖に月のやどると也。本哥をとれり（九代抄）」・「月やあらぬ春やむかし、を本哥也。むかしなりひらのかなしまれたる月の面かげが、たゞいまわが袖の涙にうつりてあるやうなりといへり。月やあらぬ春やむかしのはるならぬといひて、かなしまれたるやうなるその月かなとなり。言語道断、おもしろき哥なれば、かすむ上に、絶て程久しき中なれば、おも影もかすむといふ義也。下の句の心、人に逢たりしむかしの涙也。月やあらぬ春やむかし、本哥の詞をとる也（抄出聞書）」・「月やあらぬ春やむかしの春ならぬ我身ひとつはもとの身にして。此哥も自讃哥にくはしく注せり。水無瀬恋十五首哥合春恋の哥なり。一番の右になれり。ことのほか称美の哥なり（牧野文庫本聞書）」・「春や昔とは、人になれたりし春も昔に成たるといふ心也。とをざかりはてたる中なれば、面影さへかすかにおぼへたるを、おもかげのかすめるとよめり。折節春なれば、月も俤も霞て袖に残りたと《ママ》也（都立中央図書館本、抄）」・「むかしとちぎりかわり、袖の泪に月を見れども、泪にて月もかすむ也。むかしの春とかわりたる也。月やあらぬを入《いれ》てきく也（かな傍注本）」・「月やあらぬ春やむかしの哥を本哥としてよめり。哥合の一番の右になれり。事　外《ことのほか》美称の哥也。〈心は〉本哥にてあらは也（高松宮本註・高松重季本註。吉田幸一氏旧蔵本註モ同文ナガラ〈　〉の二字ナシ）」・「自讃歌或抄〈大坪云、後掲孝範注ノ故省略〉。宗祇云〈宗祇抄ノ故省略〉（八代集抄。学習院大学注釈ハ宗祇抄ノミ掲出）」・「か様に読あらはさん事、なをざりには叶まじく覚　侍《おぼえはべる》（後藤重郎氏蔵、新古今和歌集抄）」・「いとめでたし、面影のかすめる月とは、月を見れば人の面影のかすみて見ゆる、其月をいふ。春やむかしの袖とは、つゞめていはば、さきに逢見し人のことを、恋しのぶ袖といふ意なり。そは既に春部にいへるごとく〈大坪注、新古今四六番通具歌ノ美濃の家苞ニ見エタリ〉、此集の頃、かのいせ物語の、月やあらぬの歌の、一首の意、其歌ぬしの其時の心を、春や昔の、といふ一句にこめてとれる例なり（美濃の家苞）」。「〈宣長〉面かげのかすめる月とは月をみれば人の俤のかすみてみゆるその月をいふ〈正明〉子細なし。〈宣長〉昔やむかしの袖とはつゞめていはゞあひみし人のことを恋しのぶ袖といふ意也。〈正明〉主意はさしもたがはねど詞のうへには遠き説ざま也。一首の意は、もろともにみし春はむかしになりぬるかとなげく袖の涙に、人のおもかげがそふやうにて月影がうつると也。〈宣長〉そは既に春部にいへるごとく。〈正明〉それも此歌をとれるにはあらず、たゞことばかり取たるがありき。〈宣長〉此集の比、かの伊勢物語の月やあらぬの歌の、一首の意其歌ぬしのその時の意を春やむかしのといふ一句にこめてとれる例也。〈正明〉かくさだかなる事にはあらねど、此歌は春やむかしのといふ上に、もろともに月をみしといふ意をそへてみる歌也。其もろともにみしといふ事詞のうへになし。かの物語より出来る意なれば、此説にちかし（尾張の家苞）」・「月ヲ見レバ昔ノ人ヲ恋シノブ袖ノ涙ニ人ノ面影ガカスミテ見ユル、ソノ月ガサ《ぞ》ヤドルワイ　家つとに、すでに春部にいへるごとく此集のころ、かの伊勢物語の、月やあらぬの歌の一首の意を、其歌ぬしの其時の心を春やむかしのといふ一句にこめてとれる例なりといへり、是等いとめてたき歌也。／　月ヲ見テ、春ヤ昔ノ春ナラヌ云々ト、マヘカタ逢見シ人ノコトヲ恋シウ思フテオトス袖ノ涙ニ、人ノ面カゲガカスミテ見エルヤウナ其月カゲガサ、ヤドルワイ。／　上巻の例によるに、此歌、家つとにいとめでたしとあるからハ、正く是にハうるハしき玉の云々とあるへき也。下巻にいたりて言をハぶくべきにはあらず（衣川長秋。新古今集渚の玉）」。

（自讃歌諸注）

「彼月やあらぬの哥を思ひて、春や昔の春ならぬ我袖のなみだのかすみぬるはおぼつかなしと、よはひの末を歎くよし也（自讃歌頓阿注）」・「新古今恋二にあり。春恋を読。本哥月やあらぬ春や昔の也。春は面かげの昔のまゝに立そひぬれば、月も春も昔の物にやと、涙に対して思へる也。慥《たしか》に云べき理の幽なる哥也。絶たる恋の意なるべし（常縁注）」・「春恋と云題也。業平朝臣五条后の西対にて、去年を恋て、月やあらぬ春や昔の春ならぬわが身ひとつはもとの身にして、と月の傾まで詠ける有さまのみならず、ありし面影の月にそひけん景氣など、かやうに読あらはさん、なをざりにては叶まじくぞ覚侍る。水無瀬殿恋十五首の哥合の一番右にて称美ありし哥也（孝範注）」・「これは、水無瀬殿の恋十五首の哥合の、春の恋の心なり。おもかけのかすめる月ぞとは、わすれがたき人の面影月にたちそひて、昔の袖にやどるよし也

（宗祇注）」・「水無瀬にて恋十（ママ）首哥合に、春の恋を。もとほのかにあひ見し人の遠ざかりたるを、忘れがたくなげき思ふ袖の涙にやどる月、たゞその人のごとくなると、ほのかなる心を春の月によせていふ也。月やあらぬ春や昔の哥の詞をとれり（兼載注）」・「寄春恋。俊成卿女。おもかげのかすめる月ぞやどりける春やむかしのそでのなみだに。まへのことばのごとし、べつなる儀なし〈大坪注。まへのことばトハ、当自讃歌注＝広島大学本デハ、梅の花あかぬいろかもむかしにておなじかたみの春のよの月、が当歌ノ前ニ位置シ、ソノ注ノ中ニ、むかしの春も今にかはらず、しかあらば又月もむかしの春のよの月也ければ、かれもこれも一むかしの物也けり。されども我みばかりはむかしの春のやうにはなき心也。そのいわれは、かりうの京〈大坪注、家隆の卿ノ意〉の三大にて〈大坪注、三大トハ御台《みだい》ノ意？〉わたらせ給ひしときは、春もおもしろく月花のいろかをたわぶれ、心をのべ、ことばをちらし、よにおもしろきふぜい也。しかれども、今はかりうの京の御もとをいで給ひて、今はかくれたるふぜいにて、物あぢきなく、い給ひければ、むかしの春のやうにあらずと也。されども月花はむかしにかわらず、とゆふ心をうちなげきたることばにこそ。トイフ文言ガアルガ、コレヲ指スノデアロウ。家隆ト御台ノ話柄ノ出所未考。後考ヲマツ〉（広島大学本注）」・「春月。おもかげのかすめる月とは、朦朧たる月の、人を思ふ袖の涙にやどりければ、春やむかしの袖の泪にと侍り。春も昔の春、其夜の月ながら、君なければ、心の身にそはぬ心ちして、いつしか去年の春、去年の月の忍ばしければ、春や昔と読り（書陵部本注）」・「むかしの春の名残の涙なれば、面かげのかすめる月のやどりぞ、とよめる也。春の恋といへる題也（九大文学部本注）」・「水無瀬五十（ママ）番の哥のうち也。老後の哥也。今の月はおもかげかすめる月にてぞやどるらん、我涙はむかしの春の涙なり、恋のなみだにてはなし（九大図書館支子文庫本注）」・「此哥同前〈大坪注。東海大学本注デハ、当歌ノ前ニ梅の花あかぬ色香もノ歌ガアリ、ソノ注ニ、このうたは月やあらぬ春やむかしの春ならぬ我身一はもとの身にしてをとれり。梅の花あかぬ色かまつの情にこれあり。トイフ文言ガアルノヲ指ス〉。面影のかすめる月は涙なり（東海大学本注）」・「うたの心は月は人の面影の事也。離別の後ほどふる心なり。はや年をへたる心也。月ぞやどりけるは人の等閑なる心也。ぞの字にてしるべし（太田武夫氏本注）」。

〔一一三七〕（五七頁）

二　定家朝臣

管見二十六伝本では、この作者書式にも有姓と無姓の二種がある。無姓の「定家朝臣」は、為相筆本・烏丸光栄所伝本・同書写本・公夏筆本・親元筆本・前田家本・鷹司本・小宮本・柳瀬本・高野山伝来本・正保四年板本〈明暦元年板本モ〉・承応三年板本・延宝二年板本〈文化元年補刻本モ〉・正徳三年板本・寛政六年板本・寛政十一年板本・刊年不明牡丹花在判板本・刊年板元不明板本の二十本。有姓の「藤原定家朝臣」は、冷泉家文永本・為氏筆本・亀山院本・宗鑑筆本・東大国文研究室本の五本。春日博士蔵二十一代集本も有姓であるが、編集方針上のものか原本のものか不明。定家経歴等は、九三四番・一〇八二番・一一一七番の頭注で既述。

三　床の霜枕の氷きえわびぬむすびも置かぬ人の契りに

管見二十六伝本では、烏丸光栄所伝本が第三句「さえわびぬ」〈但シ同書写本ハ「きえわびぬ」デアル〉。他伝本には異歌形はない。出典の『水無瀬恋十五首歌合　建仁二年九月十三夜』（二十番冬恋）には「左　勝　俊成卿女。かよひこしやどのみちしばかれがれにあとなきしものむすぼほれつつ／右　定家。床の霜まくらの氷きえわびぬむすびもおかぬ人の契に／左歌、心すがたよろしく侍るべし。右歌も、床のしもまくらの氷、などいひて、むすびもおかぬ、といへるも、いうには侍りしかども、左もよろしく侍れば勝になり侍りにき〔釈阿、当座付勝負、追書判詞〕」とあり、『若宮撰歌合　建仁二年九月廿六日』（五番　冬恋）では、相手作者や判詞とが変わって「左　持　宮内卿。落ちつもる涙のかずはさ夜衣さえても袖にみえける（ママ）ものを／右　定家朝臣。床の霜枕の氷きえわびぬ結びもおかぬ人の契りに　／左は、心やさし。右は、詞めづらし。仍為持〔判者、後鳥羽院〕」となっており、更に『水無瀬桜宮十五首歌合　建仁二年九月廿九日』（五番　冬恋）では、『若宮撰歌合』と略同じながら、宮内卿歌は第四句と、判者とが変わって「左　冬恋　宮内卿。落ちつもるなみだのかずはさ夜衣さらでも袖にみえにけるかな（ママ）／右　題同　定家朝臣。床の霜まくらの氷きえ佗びぬむすびもおかぬ人のちぎりに　／左はよろしく右はめづらしきによりて持とす〔判者釈阿〕」とある。又、『拾遺愚草(下)』には「おなじとし〈＝建仁二年〉九月十三夜、水無瀬殿十五首歌合に」として前引十五歌題中の「冬恋」に歌句同形で見える。他出は『続三和歌抄』（巻八恋下）に同歌形で、『私玉抄』（巻五恋之部、六家之和歌）に第四句「結びもあへぬ」の句形で見えている。なお『沙石集』（新編国歌大観所載「拾遺〈異本歌〉」）に歌句同形で見えているが、私はこの『沙石集』がいかなる異本か見る機会がない。『二八要抄』（恋四）でも前引の題詞で、歌句同形で引かれてある。この定家歌は、後の『宗良親王千首』（冬夜夢ノ歌題）の「冬のよの枕の氷床のしもむすびつづけて夢さめにけり」に影響を与え、本歌として使われてある。当歌の技巧は、霜・氷・結ぶ・消ゆが縁語。又、床と霜は、冴ゆを通じて関連しあうもので、四八七番の定家歌や五一九番の公継歌にも見られる技法である。「床の霜」と「枕の氷」は、冬の夜を寝もせず起きあかして恋になやむ人の「涙」の譬喩であり、「消えわび」は氷結した「涙」と、わが「命」の述語となっている語である。総じて言えば「用語の巧緻な対照が一首の眼目（岩波新大系脚注）」となっている技巧歌である。末句の「人の契りに」は「恋人との契りに↓消えわびぬ」と続く用法で、「むすびも置かぬ」の「置く」は、結びかけたままの状態で、完結に到っていないことを言う。要するに「人が契を結びたれども、とりとめたる事なく、かはりし故にの意（標註参考）」ということである。『拾遺愚草抄書《ぬきがき》』（未刊国文古註釈大系第七冊所収）に「人々契を結ぶ事は、はかなくて、霜氷のみ結ぶ由也。人にとひふるされたる床の体也」とあるような状態を詠じた歌であろう。歌意参考、「一首の意ハ、人が契を結びたれども、取とめたる事なくかはりし故、涙をながせば床の霜となり、枕の氷となるが、其霜氷のごとく、命もきゆほどぞと也。むつかしき歌也（尾張の家苞）」。

四 頭書 この一一三七番歌は、柳瀬本では一一四〇番越前歌の次に配列されてあり、磐斎も配列順に迷ったのではないかとも、思う。

五 床には涙が霜となり……落つる由也 初句・二句の説明で、題「冬恋」の冬がここに詠みこまれ、この霜と氷が、寒気に凍結した涙の譬喩である。恋に悩み多く流す涙が、床の霜となり、氷の枕となる大袈裟な表現が味わい所。男女の契を中途半端にして完全に「結びも置かぬ」相手の冷淡を冬の夜の霜と氷にして詠んでいる所が当歌の眼目である。参考、「心は、まくらの氷とはなみだのこほりたる事なり。この人の契にむすぶものはたゞ霜と氷ばかり也。いかむとなれば、まことのちぎりをむすぶならば枕のこほりはあるまじきをと云心也。霜もこほりもむすぶものなればかくいへり。冬の恋と云題也（宗長秘歌抄）」・「霜・氷、冬の独ねのさま也。おもふ人に契をばむすばずして、身をいたましむる霜こほり計《ばかり》むすぶと也（抄出聞書）」・「冬の恋の哥。霜氷ともに涙のふかき体也。思ひをかくる人の契りはむすびもをかで、霜氷ばかり結ぶとなり（牧野文庫本聞書）」・「むすぶべき人の契りをばむすばで、霜氷ばかりむすびてかなしきと也。霜氷はなみだの心也（都立中央図書館本、抄）」・「霜氷きゆるごとくわびしき也。いつといふ事もちぎらぬほどニ、きへんと也（かな傍注本）」・「人に契をむすぶ事ははかなくて霜氷のみむすぶよし也。人にとひふるされたる床のさま也。涙のふかき心まで也（吉田幸一氏旧蔵本註・高松宮本註・高松重季本註）」。

六 消え佗びぬとハ……物思ふ由也 文意、「第三句の〈消え佗びぬ〉とは、霜と氷とが、寝床と枕とに、凍りついたまま解けずに張りついているという意味だ。同じく、わが身も命も消えて死んで了えば、却ってさっぱりとしてよいのであるが、そうはいかずに消えずに生きのびていたら、又、よい事もあるかも知れないと、ぐずぐずと死にかねていて、物思いに悩んでいる事を意味する語句だ」。参考、「きえわびぬとは、身も心もきゆるごとく、かなしくわびしきをいふ。きえもむすびも、霜と氷との縁、おかぬも、霜の縁なり。下句、たゞ縁の詞のみにて、される深き心もなければ、上句の思ひの甚せつなるにかけあはず聞ゆ（美濃の家苞）」・「〈美濃の家苞ノ前半ノ引用〉四句、をか《置》ぬハ取とめたる事のなき也。中の契〈大坪注、中間的な契約〉を一たびハ結びたれども、取とめたる所〈大坪注、ハッキリとした約束〉なくやがてかはりし也。ひたすら結ハざるにハあらず。〈中略、歌意ヲ述ブ、前引ノ故省略〉此注の次第を逐て、下句より一〻文字を引あて、こゝろうべし。〈美濃の家苞ノ後半ノ引用〉下句を唯契を結ばぬ事と心えられたるにや、さてハ上句をミる事深切に過。下句をミる事疎漏にして及ばざるなり（尾張の家苞）」。

七 むすび置かぬハ……分別もある由なり 文意、「第四句の〈むすび・《も》置かぬ〉とは、契り置かぬ、即ち夫婦になろうという約束を言い交わしていないという意で、確たる信頼性がないという事である。ただただ一途《いちず》に、あてになるともならないともわからぬ約束を、心頼みにして死にかねているという訳である。夫婦の約束が信頼できるのか、できないのか、どちらかに決着がつけば、死ぬか生きるハ判断もできるのだが、という意の措辞である」。参考、「むすびもをかぬ人の契とハ、必こんとかたくも契りをかざりしが、さすがに来まじくもあらざりし心なるべし。来まじくもあらざりし物をとおもひて、ひとりしたまつに〈大坪注、下待つに。心待ちにひそかに待つ〉、床の秋の露も、霜と結び、枕の泪も氷となりて、きえ佗たりと也。秋の比よりも待来て、冬になりても猶来ぬをなげく心なるべし。扨冬恋といふ題をよみ給へるにや〈八代集抄。学習院大学本注釈〈但シ、扨冬恋以下ハナシ〉〉」。

〔一一三八〕（五八頁）

二　有家朝臣

管見二十六伝本では、無姓と有姓の両表記に分れる。有姓表記「藤原有家朝臣」とある伝本は、為氏筆本・冷泉家文永本・親元筆本・宗鑑筆本・亀山院本・東大国文研究室本〈春日博士蔵二十一代集本ハ翻刻方針ニ従ツタモノカ、原本ノママカ不明デアルガ、朝日新聞社古典全書翻刻デハ有姓〉。無姓表記「有家朝臣」とある伝本は、為相筆本・烏丸光栄所伝本〈同書写本モ〉・鷹司本・公夏筆本・小宮本・柳瀬本・前田家本・高野山伝来本・正保四年板本〈明暦元年本モ〉・承応三年板本・延宝二年板本〈文化元年補刻本モ〉・正徳三年板本・寛政六年板本・寛政十一年板本・刊年不明牡丹花在判本・刊年板元不明板本。なお、当歌の作者を「参議雅経」に誤る他出書がある〈新歌仙歌合・元暦三十六人歌合の二書である〉。雅経・有家ともに新古今の撰者であったので、後代混考せられた歟。後引八雲御抄用意部の話柄等も併覧されたい。藤原有家の略歴は、磐斎は五三番歌で述べている。又、六七三番・七〇四番・九六一番の頭注で触れたが、以下追加を示す。「有家。従三位。刑部卿藤原重家男（勅撰作者部類。新続古今デハ大蔵卿有家ノ作者名表記）」・「大蔵卿有家。藤原有家〈初名仲家〉者、太宰大弐重家之三男、顕家之弟也。仁安二年正月、敍爵歴任、建仁二年任大蔵卿。承元二年十二月敍従三位、大蔵卿如故。建保三年二月五日落髪、時年六十一。能弓冶、和歌名振于一時、為新古今集之撰者。与通具・家隆・雅経等、其才争錐末、論秋望毫矣。然京極黄門撰新勅撰之時、其和歌、不多採之。又雄倉之百撰、如忘之者、不能无遺憾焉。頓阿尋其英毫、為新続歌仙。代々之撰集、多載其詞什。風骨清介、足悦目焉〈各勅撰入集歌数ハ省略〉（二十一代集才子伝）」・「魚名→末茂……→顕季→顕輔→重家→有家〈従三。少納言。大蔵卿。本仲家。哥人。建保三年二月五日出家。建保四年四月十一日薨〉（尊卑分脈。才子伝ト勘合スレバ六十二歳歿トナリ、逆算スレバ久寿二年生れ。）」・「従三位藤有家。承元二年十二月九日敍。大蔵卿如元。入道大（ママ）宰大貳重家三男。母同経家卿〈大坪注、家成卿女ナリ〉。仁安二年正月五日敍位〔去年大嘗会氏爵未給〕。承安二年正月廿三日任相模権守。治承二年正月廿八日任少納言〔于時名仲家〕。同二年正月十九日任讃岐権守〔名字尚仲家。以後改名歟〕。同四年正月五日敍従五位上〔少納言労〕。養和元年三月廿六日復任。元暦元年正月六日叙正五位下。十二月廿日叙従四位下〔辞少納言叙之〕。建久三年十月廿六日叙従四位上〔八條院元暦元年御給〕。同七年正月廿八日任中務権大輔。正治元年三月廿三日叙正四位下〔辞大輔叙之〕。建仁二年七月廿三日任大蔵卿（公卿補任）」・「有家。風体遠白、姿おほきなるさまなり。雪つもれる富士の山をみる心ちなむする〈続歌仙落書。風体ヲ田子のうらにうち出で、みれば白妙のふじの高ねに雪はふりつゝノ歌ノ如シトシテイル〉」・「〈大嘗会の悠基・主基の詠歌者〉建暦「悠基資実、主基有家」〈八雲御抄作法部。〈悠基ハ儒者ガ担当シ、主基ハ歌人ガ担当シテ。顕輔・清輔・俊成・有家等ノ人也トアル〉〉」・「〈前略〉凡、雅経は、よき歌人にてありしを、後京極摂政殿の、人の歌を盗《と》るといはれけるとき、しを、さしもやと思ひしに、建暦の詩歌合の時、有家が、末の松やまず言問へとよみたりしを、評定の時、定家雅経などしきりに感じ申しゝを、同年七月に五首の会の有りしに、足曳のやまず心に懸りてもと、やがてよみたりしは如何なることにか。雅経、さしも有家を羨しく思ふべき程の歌よみにてもなきだに斯《か》ゝり。まして已下《いげ》の人、われも〳〵とおとらず盗《と》る、是第一の科《とが》なり（八雲御抄用意部。近き人の歌の詞をぬすみとる事。大坪注、コノ話柄ハ、一一三八番有家歌が雅経歌ト誤ラレル事ニ、少シハ関連ガアル歟。又、略同文が幽斎聞書全集ニモアル〉」・「〈和歌会ニオケル〉読二人名一事。御前儀、〈中略〉六位、官姓名。左衛門尉藤原秀能。／五位、官名。左衛門佐具親。／四位、名朝臣。有家朝臣、通具朝臣。〔講師自歌只名字許読ㇾ之〕／三位以上、官姓朝臣。有二兼官一之人読二兼官一。〔無兼官之人、読本官〕、左近中将源朝臣、右衛門督藤原朝臣、参議藤原朝臣、従三位藤原朝臣、右大将藤原朝臣、／うちのおほいまうちぎみ／ひだんのおほいまうちぎみ〔両大臣被ㇾ候ㇾ座之時、まうちぎみヲバ微音きこえぬ程ニ読〕／権僧正、准之而読之〈和歌秘抄。大坪云、有家歌ノ作者表記ガ、新古今伝本デ、有姓無姓ノ両方ガアル事ハ、八雲御抄作法部デハ、四位ハ、古今集ノ在原業平朝臣ノ書式ヲ例示。有家ハ新古今撰進当時ハ四位。ツマリ書様ト読様トノ混合カラ生ジタ結果デハナカロウカ。新古今ノ序文デハ、大蔵卿藤原朝臣有家、トナッテイル〉」・「新古今えらまるゝ時、もとの雫や世の中の、といふ歌古今にあると思ひし程に、遍照（ママ）の歌えらび出し、になかりしかば〈新古今の時、古今の作者を書きて、入りたる歌をみな抜書きてかき集め〳〵せらるゝ也〉、かゝるふしぎこそ候へと故殿に申しゝかば、有家が一昨日来りしも、さ言ひしかと仰せられき。自詠は可入歌も不入、思ひかけざる歌も入れり。自撰せざる故也。自撰おそれある間一首もかゝざりき。撰者たちの歌思ふやうにも見えず。家隆卿歌こそ入りたるかぎり神妙に候へ。定家手をくだして彼人の歌えりて奉りき（先達物語）」・「俊定卿。かすむ夜の月はおぼろに影みえてむめがゝにほふ春風ぞ吹く／有家卿。かすみゆくおぼろ月夜のあり明にほのかにゝほふ梅のしたかぜ〈北院御室五十首〉／此歌不替也（和歌口伝。古歌をとりすぐせる歌）」・「〈前略〉有家卿寂蓮、共以為不吉例之條、載先度之状并左□〈中略〉寂蓮之早世者、其身之不幸也。為庶子奉撰者之條已無異論。有家卿者、無為之撰者也。不可嫌准據。於庶子准例。於他門達望。於我家之事、始自摂関家至于諸道輩、済々焉。況於当道之例乎。何嫌、有家卿甚無其謂者也。為庶子奉撰者之條、両人已分明〈中略〉寂蓮為其身之不幸者、何用例哉。有家卿雖遂撰歌、非相続家之上、子孫永絶畢。共以不吉也。〈後略〉（延慶両卿訴陳状）」・「〈有家ノ歌ハ〉おもへる所ありて、などやらむをかしくきこゆ。人めまれなる秋のみ山に、かげうすき夕日の峰に残れるに軒ちかききりの葉、たえ〴〵おちきこゆる心地なむし侍る（桐火桶）」・「有家・雅経・家隆卿・通具朝臣などは寂蓮に同じで幽玄の姿なるべしと申し侍り（愚秘抄鵜本）」・「有家は思ひ入りたる歌ざまなり。雅経にはすこしまさりて侍るやらん。されども世のおぼえは雅経朝臣殊外に思ひあげられて侍り。何とも申せ、見るところ侍る故に、有家朝臣には劣るべきにこそ（同上書。一一三八番当歌作者ガ雅経ニ誤ラレタ事ニ、多少関連アル評歟）」・「物にたとへたる歌仙中に〈大坪注、続歌仙落書・桐火桶ナドノ比喩ヲサスノデアロウ〉、棟梁・順・通具・有家などが、躬恒・忠岑などをばさしおきて、棟梁・順、不審。又通具・有家は、京極〈＝定家〉心にかなはぬ歌よみにて、新勅撰などにも歌かずすくなく入られたり。又百人一首とて上古以来歌仙百人を定家卿のえらばれて候にも、棟梁・順・通具・有家、四人ながら不入候。別して取出さるべしとも不覚候。只新古今撰者なれば、大様才覚の所為歟（井蛙抄。附桐火桶抄）」・「一条家の風体事。〈中略〉末代に成て上代に不及歟共申べきを、後鳥羽院・土御門院・順徳院御代に、後京極殿〈＝良経〉・慈鎮和尚・定家・家隆・有家・雅経・小侍従・宮内卿・式子内親王・俊成卿女・丹後・為家卿・光俊・信実・秀能・長明・寂蓮等の歌ざまは、高代をも不恥と申めり。此人々の歌すがた・心向には、二條家の歌ざま更に不似也（了後一子伝〈一名辨要抄トモ〉）」・「惣じて定家には、有家・雅経も、通具・通光も及ぶべきことにあらず。家隆は歌は殊勝によませられて侍る（清巌茶話）」・「有家卿、末の松やまずと申さけるに〈大坪注、六花和謌集巻第六雑謌上ニなかめことゆくゐの浪もすゐの松やます事とへ故郷の月　有家トアル。古典文庫所収〉、年を重ねてのち、雅経卿、足引のやまずと申されけるをば、其比の歌仙無下の事とし、難をおひ給へるとなん（心敬私語。コノ話柄ハ、前引八雲御抄用意部ニ既出シ梨本集モ引用スル。幽斎聞書全集ニモ見エル。タダ雅経歌ノ全歌形ハ、明日香井集ニモ見当ラナイ）」・「いにしへ勅定にて其比の歌仙達に御尋有けるに〈大坪云、歌道ノ十体ノ内ノ最高如何ノ下問〉、寂蓮・有家・家隆・雅経以下は幽玄を最一と申されしと也。叡慮〈＝後鳥羽院〉・摂政殿〈＝良経〉・俊成・通具・定家は有心体を高貴至極なるべしとなり（同上書）」・「有家の、末の松やまずこと問へ、の歌読み給ひて、雅経の、あしびきのやまず心にかゝりても、と読まれたることを、八雲の御抄に書かせ給ふことなれば、密々のことにはあらず、天下晴れての評判なり（梨本集第二。大坪云、前述の如ク雅経歌ノ全体ハ不詳ナルモ、話柄ヲ通ジテ想像スルニ、足曳のやまず心にかゝりても末の松山やまず言問へ、ノ如キモノ歟）」・「六百番の歌合に／葎はふ賤が垣ねも色はえて光ことなる夕顔の花　有家／霜ふれば若紫の色はえて菊は老せぬ花にぞありける　顕昭／両首ながら判に、色はえての詞不庶幾、とあり。有家の歌をば右の方よりの難に、垣根の色はえてとはいかゞ、と云。俊成の判の詞に、垣ねの色はえては、いかにもあれ、色はえての詞不庶幾とあれば、この詞俊成卿の気に入らざると聞えたり。さればとて読むまじきと制すべき詞とは思はれず。愚案、八雲の御抄に読むべからずと書かせられしこと、（は）全く制せさて給ふにはあらず。〈中略〉常に・読むべからずと遊ばしたることなり。〈中略〉有家も顕昭も六条家歌の棟梁なるゆゑ、六百番の判に六条家の歌を言ひ消さんとて僻言多し（梨本集第三之上）」。

三　つれなさのたぐひまでやハつらからぬ月をも賞でじ有明の空

管見二十六伝本校異。第二句春日博士蔵二十一代集本に「たゝひまてやは」。第三句為氏筆本は「つらからめ」、前田本は「つ《羅狄》・からぬ」とし、・部は朱で「羅歟」と右傍書。第四句は寛政十一年板本〈該書ハ各歌ノ濁音ニハ、濁音符ヲ付シテアル〉は「月をもめでし《清音》」とする。第五句東大国文学研究室本は「有明の月」に誤る。当歌の出典は、『六百番歌合』〈詞書頭注デ引用〉で明白に有家歌であるが、後代の他出では「参議雅経」と誤られている〈作者ノ頭注デ既述〉。即ち、内閣文庫蔵「歌仙雑集」所収の『新歌仙歌合』（十五番左）に「つれなさのたぐひまでやはつらからぬ月をもめでし有明の空　参議雅経」とあり、右の「世にふるはくるしき物を槇の屋にやすくも過る初時雨かな　二条院讃岐」と組合されている。又、書陵部蔵五〇一／五三〇架番本『元暦中古三十六人歌合』（十八番）にも歌句作者共に全く同じで出ている。又『清水谷大納言実業《さねなり》卿対顔』にも歌句同形で引かれており、当歌理解上、この記事は有益なので引用する。「新古今、暁恋、有家朝臣。つれなさのたぐひまでやはつらからぬ月をもめでじ有明の空／問。つれなさのたぐひまでやはつらからぬ、此ぬの字、やはにつよくあたりたる字也〈大坪註。ぬハ　やはニ強ク呼応スル語デ、所謂反語法ヲ形成スルモノデアル〉月をとがめて也〈月ヲ咎メナイデ済マソウカ、済マサヌゾ〉。上に付けたるぬ也〈上ノやはニ呼応シタぬデ反語法ナノダ〉。てん〈てむ。完了助動詞つノ未然形て＋推量助動詞むノ終止形〉など、云ごとし〈上接語ノ形容詞つらしノ、ク活用未然形つらからニ接続スルぬデ、つらかりてむニ似タ接続ノサセカタダ〉。いづれのぬぞといはゞ、不のぬの方なるべし〈ぬハ、完了〔畢ぬ、おはんぬ〕カ打消〔不のぬ〕カノドチラカト言エバ打消ノ方デアロウ〉…中略…。先日尋られしぬの字の事、能不審也〈能《ヨ》クハ分ラナイ〉。頃日も、其後中院親大納言〈＝渓雲院源通茂《みちもち》?〉とも考し也。其後仙洞へ院参之節

奏聞し侍しに、御気色〈霊元院?〉もぬ《不》の字のよし勅諚ありし也。ぬ《不》の字に究しなり。不のぬ也。左様に心得申されよ。殊に聞書の記者〈聞書前抄ノ東常縁ヲサス。前章ニハ、三の句のつらからぬとはつらかりけりと云ぬの字なり。拾遺集に、かくながらちらで世をやはつくしてぬ花のときはも有とみるべく、此ぬの字なり、ト常縁原撰注即チ聞書前抄ニアル。常縁ハ完了ノぬト解シテイル〉もよろしからず候へば、猶不用事也。勿論幽斎事用る事なれども〈勿論幽斎の聞書後抄デモコノ常縁原撰注ヲソノママ利用シテイルガ〉、聞書の違、又は時として不覚悟の事も有也　新古今抄〈所謂聞書後抄ノコト。内閣文庫本増補本新古今集聞書デ、幽斎ハ当歌注ニ、常縁原撰注ヲ充当シテイル〉、伊勢物語抄〈伊勢物語闕疑抄ノコト〉、幽斎吟味のうへの抄なれども、違の事まゝ有也。後水尾御宇以来、御吟味有て被改し事、多く侍也。幽斎事、応仁以来公家手よはくなりて、乱世の間既に此道あやうくなりしを、幽斎殊勝に此道を信して、ふたゝび建立せし程の功也。今日の治世ノ人、幽斎よりなを博学もあるべし。されども其徳幽斎ニ不可及候。乱世に文ある事、殊勝也。さりとて悉く其説を用るにてはなし。〈中略〉やはつらからぬ、新古抄に、幽斎に簡《ママ》〈大坪注、箭《ヤ》?、やは、トヨマセルツモリ?〉つらかりしの心に抄あり〈大坪注、厳密ニハ常縁ノ注で、つらかりけりと云ふぬの字なりトアル〉。やはのてにはをいわずして也〈やはガ反語デアル事ノ文法的説明ヲ省イタ事ヲイウ〉。たとへば表から云て、裏にてつらかりしとは云也〈大坪注、反語法デ解釈スベキコトヲ述ベタモノ〉。早竟を釈したるべし〈反語法デ読解シタ訳ガ畢竟ノ解

釈デアルトスル。ツマリツラクナカッタデアロウカ、イヤツラカッタ。ト釈スルノガ早竟釈デアル〉。をもひあらばむくらの宿にねもしなん、をもひなくてあらばと云ごとく、葎の宿にはおもひなき也。恋の本懐をとぐる身であらば、云歌也（清水谷大納言実業卿対顔）」。さて、当歌の歌意は、「上三句は、恋人が自分に見せたと同じ程度に月も無情である、の意（朝日新聞社『全書』）」であり、「有明の月は我思ふ人のつれなき位につらからずやはある、しかつらき程に今よりは其月をもめでじとなり。までは位又は程などの意（標註参考）」の如き意である。常縁原撰注やそれをそのまま充当した幽斎の聞書後抄はぬを完了のぬとして解しているのである。さて「つれなさ」は、無情ぶり・薄情さの意。「つらし」は、こらえ難い、薄情であるの意。「やはつらからぬ」は係り結びで三句切。「や」は反語の係助詞で「ぬ」は打消助動詞連体形の結びで「怺えられるか、いや怺えられない」の意で、清水谷実業も、霊元院も、常縁や幽斎のぬを打消〈不のぬ〉に解し、「畢《おはん》ぬ」説〈完了〉を退けているのである。ところが現代の説は殆んどが、畢ぬ説にもどっている〈完本評釈・石田氏全註解・塩井氏詳解・尾上氏評釈・鴻巣氏遠鏡・小学館全集等〉。「古抄」の注で後述するが、常縁・幽斎の「古抄」では「三の句のつらからぬとハ、つらかりけりと云ふぬの字也」と注しておるが、これは、完了のぬは連用形に接続するのが通常で「つらから〈未然形〉ぬ」では打消となるから「つらかり〈連用形〉ぬ」に変えたのである。そして「やは」の反語法との呼応を説いていない。「此ぬの字、やはにつよくあたりたる字也（実業卿対顔）」の如き考えに想到していないのである。「やは」と

呼応させれば連用形に変型しなくても「ツラクナカツタカ、イヤツラカツタ」と「畢《おはん》〈完了〉」と同義になるから、霊元院の勅諚の如く「ぬ《不》の字に究《きはまり》しなり」となるのである。現代の注釈書が完了説であるのは「やは」と呼応させた考察の結果であろう。この有家歌の本歌は、常縁原撰注〈＝聞書前抄〉（幽斎増補注〈＝聞書後抄〉モ同文）に指摘するように「晨明《アリアケ》のつれなくみえし別よりあか月ばかりうき物はなし（古今恋三・六二五番。忠岑）」と「おほかたは月をもめでじこれぞこのつもれば人のおいとなる物（古今雑上八七九番。業平・伊勢物語八八段）」で、契沖『書入』も指摘している〈業平歌は六百番歌合でも指摘済み〉。古今の両本歌は、月をつれない物とするのであるが、有家歌は、「つれなさ」については、恋人も月も、同類〈たぐひ〉、同程度〈まで〉のものと措定して、詠んでいるのである。末句の「有明の空」は、勿論本歌の「晨明・あか月」に拠ったもの。後世への影響は、譬えば『太平記』（巻十八、春宮還御事、付一宮御息所事）の美文調の文章「八声ノ鳥モ告渡リ涙ノ氷解ヤラズ、夜々モ冷ヤカニナリテ、類《タグヒ》モ怨《ツラ》キ在明ノ、強顔影《ツレナキカゲ》ニ立帰セ給ヌ（岩波旧大系本、二冊目二五三頁）」に裁断され、又同書（巻二十、義貞首懸獄門、付勾当内侍事）には「夜痛《イタ》ク深《フケ》テ、在明《アリアケ》ノ月ノクマナク差入タルニ、類ヒマデヤハツラカラヌ、ト打詠《ナカ》メ（同上三二四頁）」と明らかに有家歌が利用されてある。又、尾崎雅嘉の和歌手引書（和歌呉竹集・つ部）には「○つれなし。難面とも強面とも書」として、忠岑の本歌と有家の当歌が示されている。

四 ながめても飽かぬ月……深き義なり。この頭書は、下句の、増抄云での注の、補充説明。文意、「通常ならば、月は、いくら眺めても飽きる事がないのであるが、恋人につれなくされた今暁は、賞翫したくもないと詠じている理由は、恋人の無情さを、怺えがたく思う気が深いが為なのだ」

五 古抄

この古抄は、常縁原撰注（聞書前抄）の説であるが、幽斎の聞書後抄でもそのまま充当させてある。この注所載伝本間の校異を示す。「わが思ひ」が「わがおもひの|（略注・黒田家本・大坪本・内閣文庫蔵増補本聞書・説林前抄）」。「為む方なく」が「せんかたも|なく（略注・黒田家本・大坪本・内閣文庫蔵増補本聞書・説林前抄・無刊記板本聞書・宝永八年板聞書）・せんかたもなき|（私抄）」。「やるかたもなき」が「ナシ（私抄）」。「と思ひしに」が「思ひし（私抄。|にナシ）」。「と侍れは」が「と侍る|（私抄）」。「月にも慰さまじ」が「月にもなぐさまず|（略注）」。「三の句の」が「三の句（私抄。後ノのナシ）」。「つらかりけり」が「つらかりける|（私抄）」。「ぬの字也」が「ぬ字也（私抄）」。「拾遺集に」が「拾遺集（大坪本。|に字ナシ）」。「引〈かくなから歌ノ肩付〉」が「ナシ（略注・黒田家本・内閣文庫蔵増補本聞書・説林前抄・私抄）」。「世をやハ尽くしてむ」が「世をやはつくてしぬ|（私抄）」・「花のときはも有りと見るべく」が「ナシ（略注）」。「このぬの字也」が「此ぬもし也（略注）・この字也（黒田家本・内閣文庫蔵増補本聞書・私抄）・此ぬ字也（大坪本）」。「本哥ハ」が「ナシ（略注・大坪本・説林前抄）」・「本歌〈有明の歌ノ肩付〉」が、「ナシ（内閣文庫蔵増補本聞書・黒田家本・私抄）」。「本哥〈大方は歌ノ肩付〉」が、「ナシ（略注・黒田家本・大坪本・内閣文庫蔵増補本聞書・説林前抄・私抄）」。「これぞこれ」が、「是やこの|（私抄）・これそ此（略注・説林前抄・大坪本）・これそこの|（黒田家本・無刊記板本聞書・内閣文庫蔵増補本聞書）・是そ此（宝永八年板新鈔）」。「つもれバ」が、「ミつれバ（大坪本・大坪本ハ、「ミつれハつもれハ」トシ。右傍ニ細字デ、本ニミの字なし、たしかミか。追而古今可考、ト書込ミガアル。古今集や伊勢物語デ、みつれハ、トアル伝本ハ私ハ未見）」。

六 わが思ひ……と言ひ残したる哥なり 文意、「自分の恋の悩みの、遣る瀬無さをば、月を眺めて慰さめ晴らすより他の方法は無いのだ、と思っていたが、それも思い通りにはならず、眺めた有明の月は無情で心を慰めてはくれず悲しかったと、上句で歎いているから、月をもってしても慰さむまい、さて〳〵何をもって悩みを慰さめようか、どうしたらよかろうかと、言外に余情を持たせて、言い残している歌である」。なお「有明の月ハつれなく悲しきと侍れば」の「侍れば」を、有家の上句に侍ればの意と解して文意を注したが、別に「本歌忠岑歌にも詠まれているから」の意とも解し得ることを付言しておく。

七 三の句のつらからぬとハ……ぬの字也 「つらからぬ」の「ぬ」を打消と考えず、完了の「ぬ」と考えて肯定表現とみる説明。「つらからぬ」は「つら（くあらぬ）」で打消であるが、上接語の「やは（反語）」との呼応を考えると肯定表現となる。「つらかりけり」は「つらくありけり」で肯定表現であるから、「つらからぬ」とは逆であり、到底この二語が同義とは考えられない。それ故「ぬの字也」の「ぬ」が肯定〈完了〉か否定かは、この古注の説明では詞不足で、上接語の「やは」を考慮に入れるべきであった。この点を指揮した見解が、既述した『実業卿対顔』の記事であるが、現行の主要注釈書でも、すべてこの書に言及しない。古注の文意は「第三句の〈つらからぬ〉のぬは、〈つらかりけり〉と言う場合の、ぬの字に当るのだ」という意で、肯定表現とみた訳で、「つらから」という形容詞つらしの未然形に、ぬが続く時は打消、という語法に矛盾する故に、『実業卿対顔』で問題視されていたのである。常縁や幽斎もこの点では「幽斎吟味のうへの抄なれども、違の事まゝ有也。〈中略〉さりとて悉く其説を用るにてはなし」と批判されなければならなかったのである。

八　拾遺集に……このぬの字也

拾遺集にこの引歌はなく、後撰集の誤りで、常縁にしてこの誤りあり、幽斎にして孫引の責めは避けられない。この引歌は新古今九四九番歌でも「古抄」で、拾遺歌として引用せられているので常縁は拾遺歌として誤認していたのであろう。後撰集巻三春下九五番読人しらず歌、「春の暮にかれこれ花惜みける所にて／斯乍らちらでよをやは尽くしてぬ花の常盤も有りとみるべく」とある。「このぬの字也」とは、尽くすの連用形に下接したぬであるから、完了の助動詞終止形で、肯定表現で「畢《おはん》ぬ」に相当する事の説明。ところで、後撰集の伝本によっては、「つくしてむ」と「ぬ」が「む」と書写されている伝本もある。「てぬ」とあるのは定家書写系の伝本であるが、打消のぬが完了のてに接続する例は無いので、「てむ」に改められたのである。「てんなと、云ことし（実業卿対顔）」と表記されると、てむかてぬか判定できず結局は全体の文意から汲み取る以外はない。引歌の歌意は「てむ」と改訂された形に従って「桜の花びらが今の散らないままで、その生涯を尽くさないか、いや尽くしてくれ。葉には松のように常緑もあるのだから、花にも常磐《ときわ》があるという事を見届け得るように」。

九　有明のつれなく見えし別れより暁バかり憂きものハなし

古今集巻十三、恋三。六二五番忠岑歌で、古今和歌六帖（第一帖・第五帖）の他多くに引かれている〈奥義抄(六)・新撰朗詠集(下)・小倉百人一首・三五記鷺本・歌林良材集(上)・秀歌大略・竹園抄・時代不同歌合・二八要抄・古今著聞集巻五・太平記巻四・連珠合璧集(上)・師説自見集(上)・暁別（冥曲）・尤の草紙(上)・無事志有意（落噺）・和歌呉竹集・唐団扇（河東節）・前々太平記巻十八・松の葉巻四・松の落葉首巻・古今選・筆のすさび巻四。一時随筆・前賢故実巻五・高尾懺悔の段（長唄）。以上『典拠検索名歌辞典』ノ学恩ニヨル〉。歌意参考「マヘカタ女ト暁ニ別レタ時ニ　有明ノ月ヲ見タレバ　シキリニアハレヲモヨホシテア、、アノ月ハ夜ノアケルノモシラヌカホデ　アノヤウニヂーットユルリトシテアルニ　オレハ夜ガアケレバカヘラネバナラヌ事トテ　ノコリ多イトコロヲ別レル事カヤト　身ニシミ〴〵ト思ハレタガ、其時カラシテ　ヨニ暁ホドウイツライモノハナイヤウニ思フ　余材、上句を、あはずしてかへる意とせるは、歌の入りどころになづめる、ひがごと也、顕注の如く逢ヒて別れたる也、然るをこゝに入たるは、ふと所を誤れる也、六帖も、此集によりて誤れり（古今集遠鏡）」。

一〇　大方ハ月をも賞でじこれぞこの積れに人の老となるもの

古今集序文ならびに巻十七雑歌上の八七九番、題しらず、業平歌。第二句「月にもめでじ」とある伝本もある。伊勢物語八十八段・古今和歌六帖・業平集・俊頼髄脳(上)・詠歌大概抄(上)・文字誉（宴曲）・鸚鵡小町（謡曲）。和州巡覧記（不退寺）・駿台雑話（巻五）・琴後集（巻十四）・古今選・北窻瑣談（後編巻一）。四方のあか(下)・六歌仙（箏曲）等に引用された著名歌〈以上、典拠検索名歌辞典ノ学恩ニヨル〉。歌意参考、「タイガイナ事ナラモウ月モアマリ　賞－翫スマイゾ　コノ《これぞ》見ル月ガサ　アノ《この》ダン〴〵トツモレバ人ノ年ノヨル年月ノ月ヂヤ　すべてこれぞこのといふ詞は、俗語に、コレガアノ云々《ナニナニ》ヂヤといふ意、これやこのは、コレガアノ云々《ナニナニ》カといふ意なり、このはかのの意也、此外にも雅言には、かのといふべきことをこのといへる例多し、打聞〈大坪云、古今打聞・秘蔵抄デハナイ〉に、初句、大かたのとある本をとりて、ははあしきよしあるいはいかゞ（古今集遠鏡）」・「是は大方はと有に付ていはゞ大抵ならば月をも愛《メヅ》まじ、此めづる影のつもりては即年月の月と成てそれが身の老となる物をと打なげきたる也。これを真字伊勢物語には、大方之と有にていはゞ、常に見る月を大方のといひ、さてそれがつもりてはつひに身につもれる年月の月となるといへるなり。今の大かたはと有にては、下にかけて見る時むづかしく、且明らかに説《トキ》得がたく、古意ならぬ処あり。仍て思ふに伊勢物語に大かたはと写誤りしを、古本もて正しもせずかへりて今をも其方に引直せし後のしわざとおほゆ。これぞ此は何にても語同じくて心異《コト》なる物をいひつゞけて曲《フシ》をなす詞なり。此詞はいづれの歌も其義もて聞ゆなり〔これぞ此・これや此、同じことばなり。万葉に、これや此大和にしては我こふる紀路にありちふ名にあふせの山、是も夫を山の名によせたるなり〕。ものといひとゞめたる歌いにしへ一二首あり。たゞはかなくいひ捨たるなり（古今和歌集打《うち》聴《ぎき》）」。

二　これハ六百番……と言へり　頭注一で示した、六百番歌合の恋上、暁恋四番の本文を参照のこと。それの要約文と言える。文意、「この有家歌は六百番歌合での詠作歌である。本歌の有家のつれなく見えし別れよりという忠岑歌は、恋の相手の態度が無情であるという意だと、右方が非難したのに対して、判者の俊成は、恋人もつれないのはその通りだが、更にその恋人を映し出す月も出るのも遅く又無情の故に、今後は月をも賞翫すまいと詠じた点も、間違ってはいない、と述べているのである」。

三　君がつれなき類ひの……月をも賞でまじきとなり　当歌に対する磐斎の解。文意、「あなたもつれないが、あなたと同じくつれない点では同類の月までもが、怺えきれないほどに憎らしいので、今後は、〈有明方の空のあの出の遅い〉月をも賞翫すまいと詠じているのだ」。参考、「有明は遅く出るによりて、難面きとい、ならはせり。つれなき人のたぐひなれば、月をもめでじとかこちたる心也（都立中央図書館本、抄）」・「古今の有明のつれなくのうたとる也。月を見れバなぐさむニ、有明の時ハかのかなしき事ニすれバ(ママ)。やハつらきゆへと云也。月をつれなきたぐひにする也。つらからぬ事ハあるまじきほどに、月をもめでじと也（かな傍注本）」・「有明の難面くみえし別より暁ばかりうき物はなし、大かたは月をもめでじ、などの詞を用て也。人のつれなきに倦《う》んじ果て、有明の月もつれなきたぐひと、つらからぬかは、つらければ、月をもめでじとの心也。此歌六百番歌合に、彼本歌は月をつれなしといひたりとは見えず、暁に人をつれなしといひたるとこそ見えたれ、させば此歌いかゞと、右方より難じたれば、左陳云。有明のつれなく見えしとよまれたれば、月の事とこそ聞えたれといへり。俊成卿判詞にも、有明のつれなく見えし別よりといへる歌は、人のつれなかりしより暁ばかりうき物はなしといへり。但さはありとも月をもめでじといへらんもたがふべからずや、とのたまへり。此歌も月をつれなきたぐひとよめり。やはとは、つらからぬかは、といはん詞を上に置してにをは也（八代集抄）」・「有明のつれなく……、大方ハ月をもめでじ……、人のつれなきにうんじ果て、有明の月もつれなきたぐひと、つらからぬかハつらけれバ月をもめでじとのこゝろなり。やハとハ、つらからぬかはといはん詞を、上にをきし、てにをハ也（学習院大学本注釈。八代集抄ノ部分抄出）」・「やはとは、つらからぬかはと云《いは》ん詞を上に置《おき》し、てにをは也。つらからぬとは、つらかりけりと云、ぬの字也（後藤重郎博士蔵、新古今和歌集抄）」・「めでじの詞をめで賞する心に見てハ聞あやまるべし〈誤ツタ理解ニナル〉。軽く只見じとみるべし。逢て別るゝ時も、契て待時も、在明ハうき時にて、月ハうしとみるならひなるに、其月□(を)も、みし人の(に)つれなきたぐひにてみれば、弥つらければみぬ・しかずの心也（新古今集旧注補遺）」・「めでたし。つれなさのたぐひとは、有明の月は、つれなき物にいへば、人のつれなきたぐひなるをいふ。までとは、大かたは月をもめでじ、といふ本歌のごとく、老となるがつらきのみならず、人のつれなきたぐひ迄がつらきとなり。六百番歌合に、右方申云、本歌は、月をつれなしといひたりとは見えず、暁に人をつれなしといひたりとこそ見えたれ、いかゞ、といへるは、かへりていかゞ。本歌といへる忠岑が歌の、つれなく見えしは、顕昭注に〈大坪云、色葉和難集巻八ノ、ありあけのつれなくノ注ニ、祐云トシテ、有明の月は明るともしらずみえしなり、トアル。顕昭注ト宣長が云ウノハ、百人一首改観抄ヤ古今余材抄ニ、顕昭注トアルノニ拠ッタカト思ウ。古今集注デハ、顕昭(ママ)ハ当歌ヲ注シテイナイ〉、有明の月は、明るもしらずつれなく見えしなりといへるを、定家卿も、其意にこそ侍らめと注し玉ひ〈大坪云、顕注密勘抄デ述ベテイル〉、契沖も同心にて〈大坪云、余材抄ト改観抄トニ、トアル〉、つれなく見えし此心にこそ侍らめ、トアル〉、それにあはずしてかへす人のつれなき体をかねてよめる歌なるべしといへる、まことに其意なるをや。（美濃の家苞）」・「〈美濃家苞ノ(で)引用部省略〉。かくの如きむつかしきとりやう・はなし。本歌はたゞ月をもめでじといふ一句をとりたるばかりなり。やはを三ノ句の下へめぐらして、つれなさのたくひまてつらからぬやは、それほどつらきもの也といふ事。までとは人のつらさはたぐひあらじとおもひしに、有明の月は人の比類ほどつらきと也。までにはほどにあたる。一首の意は、有明の月は我おもふ人のつれなき比類につらからずやは。あるじがつらきほどに今よりはその月をめでじと也。結句を初句の上へめぐらして、其下に我おもふ人のと、そへてみるべし（尾張の家苞）」・「大方ハ月ヲモメデジト言本歌ノ如ク、老トナルガツライバカリカ、ソレバカリデハナイハ、有明ノ月ハツレナイ物ニ言バ人ノツレナイタグヒナルヲ、ソノ人ノツレナイタグイマデガツライ、ソレユヱ有明ノ月ヲアマリ賞翫《めで》セマイゾ／本歌〽大かたハ月をもめでじこれぞこのつもれバ人の老となるもの　〽あり明のつれなく見えしわかれより暁ばかりうき物ハなし。下句、五四と次第して意得べし（新古今集渚の玉）」。

〔三九〕（五九頁）

一　宇治にて、夜恋といふ事を、男共つかうまつりしに

管見新古今二十六伝本による詞書校異。詞書本文に異文は認められないが、表記が異なる個所がある。「夜恋」が「夜ノ恋」（小宮本・公夏筆本・親元筆本）」・「夜の恋（鷹司本）」・「夜こひ（正保四年板本〈明暦元年板モ〉）」。他は（為相筆本・為氏筆本・冷泉家文永本・烏丸光栄所伝本・同書写本・亀山院本・前田家本・柳瀬本・宗鑑筆本・東大国文研究室本・高野山伝来本・春日博士蔵二十一代集本・承応三年板本・延宝三年板本〈文化元年補刻本モ〉・正徳三年板本・寛政六年板本・寛政十一年板本・刊年不明文明十八年牡丹花在判本・刊年板元不明板本）「夜恋」。「男共」が「をの子共（鷹司本・公夏筆本）」。この詞書は、元久元年七月、宇治五首歌会の事で、歌題は「山風・水月・野露・夜恋・秋旅」の五題。後鳥羽院・定家・良経・秀能等の詠であった事が各家集から推察できる。開催日は「元久元年七月十一日」と推定するのが、旧岩波大系頭注・朝日新聞『全書』完評釈・毛上氏『評釈』。「元久元年七月十六日」とするのが、武蔵野書院テキスト頭注・久保田氏『全評釈』・岩波新大系。石田氏『全註解』は「宇治御幸は元久元年七月十一日、歌会は同十六日であった」とされていて親切である。まず「宇治にて」というのは、『明月記』により宇治滞在が七月十一日から十六日までであった事が判る。この宇治御幸は後鳥羽院が宇治に新しく造営した宇治離宮への御幸であろう。「十一日〈前略〉未時御幸、公卿殿上人如此、旅御共参輩一人不残、有家朝臣・予等加之〈後略〉」・「十二日。〈前略〉今日経南北経蔵、御覧西御倉宝物〈中略〉有種々珍物、日暮還御〈後略〉」・「十三日。〈前略〉列居之後、参宝蔵、又見種々珍物」・「十四日。〈前略〉為水練御川上、諸人躶形渡平等院前庭〈後略〉」・「十五日。〈前略〉今日宝蔵御覧也……於経蔵廻廊戸下下御、自莚道昇御〈後略〉」・「十六日。〈前略〉午時御共参御所、未時許出御、各応召参入、置歌了、依仰講師如例、ながらの橋橋柱（所朽残云々）木被作文台（是院御物也）今日始被出和歌所、一座講了退下〈後略〉」。以上の如く記されておるので、石田氏説の具体的状況がわかるのである。この時の五題五首和歌は、(A)『後鳥羽院御集』・(B)『拾遺愚草』／(C)『秋篠月清集』に見られる。今『新編国歌大観』所収本により、その歌番号を示しておくと、(A)一六四八・一六四九・一六五〇・一六五一・一六五二／(B)二二四五・二二七二・二三〇四・二五五四・二六七四／(C)一一四五・一一四六・一一四七・一一四九・一一四八の如くである。各家集での詞書は、(A)「元久元年七月十六日御会（宇治御幸）」・(B)「元久元年七月宇治御幸山風・宇治御幸夜恋（元久元年七月）・宇治御幸に秋旅」・(C)「宇治御所にて院の御会に山風・宇治にて院御会五首中夜恋・院宇治御会五首内秋旅」の如くであるから、五題五首歌会は、七月十六日の催行であると判る。次に、「男共《をのこども》」とは、殿上人たち、の意であるが藤原秀能は従五位上出羽守で、昇殿有資格者である。但し、『尊卑分脈』の秀能の脇書経歴によれば従五位上に補せられたのは、建保五年十一月であり、『源家長日記』の建仁元年和歌所設置の記録に於ても「地下に鴨長明藤原ひでよし、めしぐらせる」とあるから元久元年では「地下人」で「男共」に相当しない。次に歌題「夜恋」は、江戸期の和歌詠作の手引書によれば、夜に関係のある語彙《ごい》を詠み込む歌であるらしく「寄夜恋」とでもいうべき題かと思われる。但し「寄何恋」題を多載する『和歌浜のまさご』には立項はない。新編国歌大観等の歌書網羅的叢書でもこの種の書籍は省かれているので披見は面倒と思われる故、管見し得た書で立項のある書から引用しておく。「夜恋。かにかくに更ぬとつぐる鐘ぞうき待にこぬ夜も袖かはすよも　枝直／ふけてとは契しかども月影の西になるまでとはれぬはうし　蔦渓（和歌言葉の千種㊨六十九丁ウ）」・「夜恋。あかしかね一よを千夜の独ねにまたるる鳥の音さへつれなき　宣長／又もねぬ闇のうつゝの面影に見し夢したふさよの手枕　宣長（類題三家和歌集㊨十六丁ウ）」。恋の歌題を多く立項する『和歌布留能山扶美』・『千町の抜穂』・『初学和歌式』・『和哥麓の塵』・『今古和歌宇比麻奈飛』には「夜恋」はない。他出書での当歌の題詞は、「宇治御幸時、当座御会に、夜恋を（如願法師集）」・「宇治にて夜恋といふことを（続歌仙落書）」・「題しらず（二四代集・二四代和歌集・八代知顕抄）」・「宇治ニテ夜恋（百人一首尭孝注）」・「顕忍恋（百人一首広島大学本注）」・「寄月恋（百人一首書陵部本注）」。

二　藤原秀能

管見新古今二十六伝本は、すべてこの通り。寛政十一年板本は「ふちハらのひてよし」と仮名表記する。増抄では、二十六番歌で、新

古今編纂当時は「于時《ときに》、左衛門尉」と地下で北面武士であった事を記し、父は「五位下河内守秀宗」、その二男であったと注記する。新勅撰以降では、秀能は承久の変で、京方与力として後鳥羽院側に属し、その敗戦後、助命されて高野山にのぼり、如願法師となったが故に、如願法師名で採歌されている。五六四・七八九・九六七・一一一六番の頭注で履歴など既述。『桐火桶』ではその歌風を、「草木うつろふ時にや、片野のみのの朝露にうちむれて、君達・殿上人の小鷹がりして侍らむありさまなどや」と評されている。

三 袖の上に誰故月ハ宿るぞとよそになしても人の問へかし

管見新古今二十六本では歌句の異形は見られない。『如願法師集』でも歌形同じ。他出でも歌句の異なる書はない（続歌仙落書・桐火桶・三五記鷺本〈幽玄体付行雲体。二個所デ引用〉・定家十体〈幽玄様〉・新続三十六人撰〈十八番右十首ノ一、左ハ鴨長明ノ十首。新編国歌大観デノ書名ハ新三十六人撰正元二年、トアリ〉・自讃歌・二四代集・二四代和歌集・八代知顕抄）。初句の「袖の上に」、下句の「よそになしても人の問へかし」は、一一二一番高松院右衛門佐の「よそながらあやしとだにも思へかし恋せぬ人の袖の色かは」の着想に類するものである。この高松院右衛門佐という女房は、『如願法師集』の「祝歌」部に「宇治に御幸侍し時、高松院・衛門佐《（ママ）》、たいはん所の女房の中にかく申侍し」という題詞で「くもりなき月もやちよのかけ見えていかにすむらんうちのかは水」という歌を詠んだ人物であった。「宇治に御幸侍し時」とあるから、秀能も熟知していたと思われ、彼女の新古今一一二一番歌は秀能はかねてから熟知していたであろう。彼女の歌は新古今のその題詞によれば、摂政太政大臣良経が百首歌を女流歌人八人に建久五年に読ませた時の歌であるらしい。彼女の歌がこの秀能歌に影響を与えている事は十分に考えられよう。

序《ついで》に言えば、秀能は「返事女房にかはりてつかうまつるべきよしおほせられしかば／てる月もさぞなやちよのかげそへてみかげにすめるうちの河みづ」と、後鳥羽院に代作を命ぜられて詠じている。さて当歌の意であるが、「宇治にて夜恋といふことを読り。哥はきこえ侍り（牧野文庫聞書）」・「心も詞も隠たる所侍らず（自讃歌孝範注）」・「これもこゝろはあらはなり（自讃歌宗祇注）」・「此うたは見えたるさまなり（自讃歌東海大学本注）」の如く、分かり易い歌で、強いて言えば、第四句「よそになしても」の含蓄余情の汲み取り方くらいである。参考、「一首の意は、そなたは誰をこひて袖に涙をかけて月をやどらす事ぞと、我身のうへとはしらず、よその事にとでも、とふてくれよかし、と也（尾張の家苞）」・「袖ノ上ニソンナニ月ガ宿ルノハ、誰ヲ慕ツテノ涙カト、他事《ヨソ》ニシテデモヨイカラ、アナタガ私ニタヅネテ下サレバヨイノニ。アナタヲ慕ツテ泣イテヰルノヲ知ラヌ振シテヰルノハヒドイ人ダ（遠鏡）」。

四 君が、我故と……なしてもとなり

磐斎の当歌の解釈である。文脈が錯綜《さくそう》していて理解しにくいが、「袖の上の月ハ誰故に宿るぞと、我故と知らずとも余所になして、君が問へバ、詮方もなけれども、わが事とはとても知り給ふまじき程に、余所になしても（問へ）となり」と語順を変えると少しはわかり易くなる。注意すべきは磐斎も「余所になしても」を施注で二度繰り返して使っている点である。おそらく磐斎は「わかっていながら、わかっていないふりの、他人事のようにして（せめても問うて下さいよ）〈併し本当は、他人事とはせず、本心から問うて下さるのが一番うれしいのです〉」の如き含蓄余情を持った語と考えていたらしいと私には思われるのであるが、「増抄云」での施注では〈　〉で示した余情は訳出されていない。文意「あなたは、私の袖の涙が、私があなたを慕っての故に流しているのだと知っておられなくても、そなたの袖の涙の上に映っている月は誰が原因で宿っているのか、と一言お尋ね下さいまし。お知りになりながら、わざと他人事のようにして尋ねられたら、私はどうしようもないのですが、あなたには自分を慕っての故に私が涙を流しているのだとは、多分御存知ないでしょうから、それを無理に他人事のようにしてでもお尋ね下さらば、私は嬉しいのです、と詠んでいるのだ」。

五 あわれなる哥也

ここの「あわれ」は、歌の内容が「あわれ」であるのと、磐斎のこの歌に対する評価とが、混融した語であろう。歌の内容としては「しみじみとした情趣のある歌だ」であり、評価としては宣長等がよく使う「めでたし」で、「讃嘆すべき歌である」の意。

〔一一三九番歌　補説〕

当歌は『自讃歌』にも採られておるので、新古今での諸注と共に、次に引用しておく。

（新古今旧注）

「（美濃の家苞）四の句は、よその事になしてなりともといふ意、人は思ふ人なり。（尾張の家苞）一首の意は〈前引、省略〉（美濃）或抄に〈大坪云、季吟八代集抄ヲサス〉。此涙は、君ゆゑなれども、それとは君がしるまじければ、たれ故ぞと、よそごとになしてもとへかしと也。（尾張）此説のごとし。（美濃）といへるは、なしてといふ詞にかなはず、すべてかやうのなすといふ詞は、さはあらぬことを、しひてそれになすをいへば、（尾張）大方は此説のごとくなれと、此歌なるはしからず、なすといふもじいとかろし、よそになしてもは、よそにしてもにて、みづからのうへとはしらずとも、なり。（美濃）よそになしてとは、我故とはしりながら、よそのことになして、といへるにこそあれ（尾張）我をこひおもふとはしりつゝ、誰をこひて袖の上に月のやどるほどなきぬらし給ふぞといはんは、其人を弄するにて、俗になぶるといふもの也。しかいひて人のとへかしとこひねがふべき事かは（両家苞）」・「袖に月の宿るは泪也。此泪は君故なれども、それとは君がしるまじければ誰ゆへぞと、よそ事になしてもとへかしと也。自讃歌或抄云〈大坪云、孝範注ヲサス〉、心と詞もかくれたる所は侍らず、但、定家卿幽玄躰の内の余情なりとて行雲躰に入て、歌にはやさしく物やはらかなるすぢをこひねがふべき事とやらん、とかゝれたり〈大坪云、以上ハ、三五記鷺本、歌体事ノ記事中ニ見ユ〉。愚案、増鏡第一おどろのしたの巻に、建保歌合の時、院の御歌に此秀能の番ひし事をいふ所に云（ママ）、北面の中に藤原秀能とて年比も此道にゆりすき物〈原文ゆりたるすき物〉なれば、めしくはへらるゝ事常の事なれど、やんごとなき人々の歌だにも、あるは一首二首三首には過ざりしに、此秀能九首まで召せて、しかも院の御かたて〈御相手ノ意〉にまいれり、其身の上にとりて、長き世のめいぼく何かはあらんとぞき・侍し中略下略。其作者のほどおもふべし（八代集抄。大坪云、建保二年歌合第七番、後鳥羽院　明石潟浦ぢ晴れゆく朝なぎに霧にこぎ入あまのつり舟／秀能　ちぎりをきし山の木の葉の下紅葉そめし衣に秋風ぞ吹　ト増鏡ニミユ〕」・「涙の袖に月の宿《やどる》を、われゆへでは有まじ誰故かと、とがめてなりとも人のとへかしと也（九代抄）」・「いかやうなる人故に、それの涙は袖に湛て、月はやどり候かと、よその人になしてなりとも、わが思人のとへかし、其とき、くはしく申べきと也（九代集抄）」・「よそごとのやうにも、とはれまほしきと也。人とは、おもふ人の事也。秀能十七首入侍り〈新古今ヘノ採入歌数ナリ〉。いづれも秀逸のよしいへり（抄出聞書）」・「宇治にて夜恋といふことを読り。哥はきこえ侍り（牧野文庫本聞書）」・「君ゆへに涙をおとして袖に月をやどせども、君はわれゆへとは思はぬ也。誰故にかほど月をばやどすぞと、よそのことにしても哀をかけよと也（都立中央図書館本、抄。作者名ヲ、しうのふ、ト仮名書ス）」・「常のよそ人のやうにして成とも、とふてくれよかし。此人ハ思ふ人也。もの成ともいわせんと也（かな傍注本）」・「袖に月のやどるハ、泪也。此泪ハ君故ナレども、それとハ君がしるまじけれバ、誰故ぞと、よそごとになしてもとへかしと也。増鏡第一、此哥ノ事アリ。秀能ハ北面也（学習院大学本注釈。八代集抄ノ抜粋デアル。此哥ノ事アリ、トハ、当歌ノ事デハナク、秀能ノ事デアル。念ノ為書添ウ）」・「定家卿、幽玄体の内の余情成とて行雲体に入て、哥はやさしく物はらか成筋をこひ願べき事とやらんと云り（後藤重郎博士蔵新古今和歌集抄。コレモ八代集抄ノ抜粋デアル。原文ハ、三五記鷺本所載）」。

（自讃歌諸注）

「思不人に対して、我ゆへの涙とこそおぼしめさずとも。せめて余所の事になしても、哀《あはれ》、たれをおぼしめすぞなど、とひ給へかしと、ねがふ心あはれにや（自讃歌頓阿注）」・「宇治ニテ夜恋（尭孝注）」・「同前〈＝新古今恋二〉、夜恋と云事読り、心はせめてよそ事になしてもとへかしと也（常縁注）」・「夜恋といへる事を、をのこどもつかふまつりしにとあり。心も詞も隠れたる所侍らず。但、定家卿幽玄の中の余情也とて行雲体に入て哥にはやさしく物やはらかなる筋をこひねがふ事成らんとかゝれたり（孝範注）」・「これもこゝろはあらはなり。誠に心詞めでたくしかも又あはれふかきこそ（宗祇注）」・「宇治にて、夜恋といへる事を、をのこどもつかうまつりしに。袖の涙にやどる月は我思ふ人のゆへ也。かゝる涙を見せんと思へども、とふ事なければ、思ひ侘て、あらぬ人を思ふ涙といひても、せめて人のとへかしといふ心なるべし（兼載注）」・「顕　忍　恋《しのぶをあらはすこひ》、同〈＝藤原秀能〉。そでの月たれゆへやらんとみせて、あらわれたる心をひき出し、よそになしても人のとへかしと、よみそむけて、しのびたる心をおもはせたり。其外は題にかゝりて、しづかにことわりをあんずべし（広島大学本注）」・「寄　月　恋《つきによするこひ》。せめては、かのつれなき君が、我身の袖の上には、たれをおもふ涙の露ありて、月をばやどし侍りけるぞと、人の上のやうにおもひなしても、とはゞうれしからまし物をと、思ひ侍て、よそになしても人のとへかしとよ《為》めり（書陵部本注）」・「袖の月を便に、身はするより外の事なし。さらば人大かたのやうに、誰ゆへの月ぞと、我おもふ人、よそ事のやうにても、なぐさめよと也（九州大学文学部蔵注）」・「月をかこと《託言》にも、人のとひこ《訪来》よかしとの心、もえたちて恋しきこゝろなり（九州大学支子文庫本注）」・「此うたは見えたるさまなり（東海大学本注）」・「哥心は、誰故に心あまたあり、是もわが思ひ人に、言葉をかけられたきうた也。我思ふ人が、我を思ふとは知ながら、しらず顔にてたれ故といふこと、又真実知ずして心事、又誰と名をさして云事、三の心也。此内にいづれをも、人の心によりて用べきなり（太田武夫氏本注）」。

〔二四〇〕（六〇頁）

一　久恋といへることを

管見の新古今二十六伝本では「冬恋といへることを（鷹司本・烏丸光栄書写本）」・「久恋といへる心を（東大国文研究室本）」・「久恋といふことを（烏丸光栄所伝本。公夏筆本）」・「久恋といへることを（為氏筆本・為相筆本・冷泉家文永本・前田家本・宗鑑筆本・柳瀬本・亀山院本・親元筆本・小宮本・春日博士蔵二十一題集本・高野山伝来本・正保四年板本〈明暦元年本モ〉・承応三年板本・延宝二年板本〈文化元年補刻本モ〉・正徳三年板本・寛政六年板本・寛政十一年板本・刊年不明板本・刊年不明牡丹花在判板本）」と、異文題詞が三種ある。出典と目されている『和歌所影供歌合　建仁元年八月三日』では「久恋」〈コノ歌合デハ、初秋暁露・関路秋風・旅月聞鹿・故郷虫・初恋・久恋ノ六題ガ出サレ、越前ハ、ソノ久恋五番右デ詠進シタ〉。「久恋」は仮名書きで「ひさしき恋」とする伝本もあるので、訓みを治定できるが題意は、「久恋。逢ずして年月ふる心を多くよめり（和歌麓の塵）」・「久恋・旧恋・経年恋。久恋、経年恋は、ともに逢ずして年月をふるこゝろなり。旧恋は、久しき恋をも、又昔みし人の中絶て久しくなりぬるをわすれず恋ふるこゝろをもよめり（今古和歌うひまなび）」・「久恋。逢ずして年月ふる心を多くよめり。松の葉の年をへて色かへぬつらさにたとへ、又は、ふるの神杉にたとへ、あやむしろ緒になる迄しき忍ぶなどもよめり。詞、ふるの神杉、石上ふりし恋、松がえのつれなきいろ、年をへて、幾度くつる袖（初学和歌式）」・「久恋・旧恋・経年恋。久恋は、逢はずして年月をふる心。旧恋は久しき恋をも、又むかしみし人の中絶て久しく成ぬるをわすれずこふる心をもよめり。経年恋はひさしき恋に心おなじ（和歌布留の山扶美）」・「久恋。いまだ逢ハずして年月をふるこころをよめり（和歌言葉の千種）」。等々手引書に解説するように、逢っていない・年月を経る、という二点が詠みこまれている事が求められている。『平安和歌歌題索引』（瞿麦会編）によれば「久恋」題は、新古今では一〇三三・一二八六番が示され一一四〇番は無い。又新古今以前では当題は無い模様である。次に「……ことを」と「……こころを」であるが、「こと（事・言）」の場合は、事実・事柄等を限定的に詠む意、「こころ（心・意）」の場合は、趣意・感情を詠む意かと思う。事の方が限定的であり、心の方は、限界が事よりも稍広く、漠然化するのではなかろうか。いずれにしても概括すれば、それ程の差はなかろう。小学館『全集』では、「ことをよめる」は「題を詠める」、「こゝろを詠める」は、「趣を詠める」と釈して差異を示してあるのに対して、久保田氏『全評釈』では、「夕恋といふ心をよみ侍りける」（一一一六番）を「夕の恋という題を詠みました」とし、「夕恋といふことを（一一四〇番）」も「久しき恋という題を詠んだ」とどちらも同じような釈をしておられる。

二　越前

管見伝本すべて「越前」であるが、寛政十一年板本だけは「ゑちせん」と平がな書。越前の伝記については『大中臣家の歌人群』（保坂都《みやこ》著）が詳しく〈同書ノ二六八〜二九六頁〉、又そのほぼ全歌を私家集形式にしてまとめてあり〈一〇九三〜一一三四頁〉、系図も付してある。紙幅上引用は省略せざるを得ないが披見せられたい。磐斎は二四・二九七番歌で出自を略記。又、二九七・九四三番歌の作者頭注で詳述しておいた。越前最晩年の詠は、「何ゆゑと思ひはわかでまつ虫の鳴くゆふぐれの秋ぞかなしき（現存和歌六帖）」であるが、現存和歌六帖は、現存歌人の詠を集めて建長元年十二月に一応第六帖が成り、第一帖から第五帖が、翌年から正嘉二年（一二五八）に加えて補訂せられた歟、とされているので〈和歌文学大辞典・福田秀一氏解説〉、越前の生存下限が知られる。ただ、右に引いた越前歌は、保坂氏のまとめられた家集の最尾に載せられ、出典を「現存和歌六帖」とされているが、越前歌は、他に、「秋風におもひみだれてくやしきは君をならしの岡のかるかや」・「高砂の松を友とはなれどもながめぞなるゝいたづらにして」・「岩の上におひぬる松のたねをのみ頼むばかりの慰めぞなき」・「かよひける人のあとだにみえぬかなしきみが原にふれる白雪」・「鶯のはつ音はきゝつ我が宿の花こそ今は立ちゐまたるれ」の五首があり、これは重出歌だから省かれ、それぞれ原出典の個所に収められてある。

三　夏引の手引きの糸の年経ても絶えぬ思ひはむすぼゝれつゝ

管見二十六伝本での校異。第三句「年経ても」が「年をへて（東大国文学研究室本・亀山院本）」。鷹司本は「としをても」とし、を字を朱でミセケチにしてへ字を墨傍書してあるので「としへても」と訂正したのであろう。他出書で「年をへて」の句形をとるのは『女房三十六人歌合(乙)』・『女歌仙(丁)』〈歌学大系所収〉がある。出典と目される『和歌所影供歌合　建仁元年八月三日』の「久恋」題五番右では「年へても」、即ち「左、持。忠良。いくかへり涙しぐるる秋をへてたえぬなげきの色を染むらん／右　越前。夏引の手びきの糸の年へてもたえぬおもひにむすぼほれつつ」である。当歌の訓みは現行書では「夏引」に清濁の違いがある。清音「なつひき」（小学館『全集』・岩波旧大系・武蔵野テキスト板・岡書院隠岐本新古今・新潮社『集成』・久保田氏『全評釈』・朝日新聞社『全書』）、濁音「なつびき」（鴻巣遠鏡・岩波新大系）。「手引き」は清音「てひき」（岡書院隠岐本新古今）、他は濁音「てびき」。写本・板本等は清濁音符が原則的には付されないのが通例であるが、寛政十一年板本だけは例外で、当歌については「夏引の手びきの糸の年へても絶ぬ思ひにむすぼほれつゝ」となっており作者名も「ゑちせん」とある。清濁を考える上での一つの参考にはなるが、信憑性は疑問。「夏引き」は小学館新選古語辞典・岩波古語辞典は濁音で見出語を立てているが、角川古語大辞典は、「なつひ／びき」と清濁を決しかねる見出語を掲出する。『日葡辞書』には「夏引」は採択されていない。『催馬楽』の「夏引」は万葉仮名で「奈川比支乃」と書かれ、旧岩波大系で小西甚一博士は「なつひきの」と清音訓をせられている。真渕の『催馬楽考』には、夏引の訓については触れていない。「手引き」は濁音で、岩波古語辞典・新撰古語辞典の見出語で出ておるが、『日葡辞典』では、清音「てひき」は「盲人の手を引いて行く案内者」。濁音「てびき」は「手を引いて人を案内すること」と、動詞連用形の名詞化の場合と、動詞そのものの場合とにわけて清濁を分けている。「手引きの糸」とは「自家で引く糸（朝日『全書』）・手作業で紡いで製した糸（角川古語大辞典）」であろう。「夏引の」は「糸」にかかる枕詞で、春蚕の繭から糸を引出して紡ぐ事から出た枕詞であろうが、当歌の場合は「手引きの」を挟んで「糸」に間接的に掛けてあり、その「糸」に副詞の「いと〈甚《イト》〉」の意をからませて「経て」を修飾させ、「経」に「綜《へ》〈織機ノ経糸《タテイト》ヲ延シテ引掛ケル道具〉」の意を掛けての複雑巧妙な技巧を施した表現となっている。そしてこの技巧を施した当歌の上句は、題「久恋」の「久」に対応し、下句は「恋」に対応させてあるのである。その下句にも「絶え」・「思ひ〈ひハ機織《はたおり》ノ道具ノ梭《ひ》〉」・「むすぼほれ〈糸ガカラマリ合ツテ解ケヌ状《さま》〉」の如く糸に関連する語で修飾が施せられているのである。次に当歌の本歌と他出と影響歌について述べる。本歌は「夏ひきのてひきのいとをくりかへし事しけくともたえむと思ふな（古今集恋四。七〇三番、近江采女）」〈天　帝《あめのみかど》ガ近江采女ニ賜ワッタ歌ノ返歌トスル伝承歌〉。季吟八代集抄・契沖『書入本』が早く指摘している歌で、袖中抄（第三）・色葉和難集（あづさ弓）・万葉集時代難事・万物部類倭歌集・古今集注・顕注密勘抄・僻案抄・古今和歌六帖（第五）・二四代集・二四代和歌集・八代知顕抄等にも見える著名歌。越前当歌の他出は前引もしたが、女三十六人撰(甲)・女房三十六人歌合(乙)・女房三十六人歌合(丙)・女歌仙(丁)・女百人一首。影響歌は「あふまでのちぎりもまたず夏引の手びきのいとのこひのみだれは（光明峰寺摂政家歌合六十九番左、右衛門督為家。題、寄糸恋）」・「夏引の手びきのいとのたれゆゑにたえぬおもひもみだれそめけん（同上歌合七十二番左　資季朝臣。題、寄糸恋）」・「忍ぶるもくるしきものを夏びきの手びきの糸のとしをへぬれば（院御歌合　宝治元年。八十五番左　右衛門督通成。題、忍久恋）」・「夏引の手引の糸の厭はれて心の内はなほ乱れつつ（宝篋院百首。義詮。題、被厭恋）」。なお、問題とすべきは、『佚名歌集』（穂久邇文庫蔵、伝西行筆）という書に「夏引の糸せめて憂き節々をむすぼほれでも絶えじとぞ思ふ／夏引の手引の糸の絶え果てて如何なる方に君が寄るらん（題、恋歌中に。の十四首の中）」という歌があり、特に前者と越前歌とは類似し、どちらかを本歌、影響歌の関係にできるのではないかと思う。越前当歌の技巧と歌意は「一・二の句は序。とし〈年〉といふもじ〈文字〉を隔て丶、へ〈経〉とか丶る。たえぬおもひとは、わすれんとしても忘れがたきなり。一首の意は、年をかさねてもあひがたき故、物おもひが胸にふさがりてくるし、となり（尾張の家苞）」が参考になろう。又、「私ハ〈序。解釈上不必要〉」永イ間絶エマナク、アナタニ逢ヒタイ〳〵ト思ヒツヾケテ、胸ハ乱レテ居マシタ。一二の句は経《へ》にかけて、やがて、絶えぬ、結ぼほれ等の縁となれり（鴻巣遠鏡）」も参考になる。

四　糸の縁にて詠める歌なり

「縁」とは、縁語・掛詞・序詞・連想等を含ませての「関連する語」の意であろう。上句では「夏引・手引・経《へ》〈綜《へ》〉」、下句では「絶え・思ひ〈抒《ひ》・梭《ひ》〉・結《むす》ぼほれ〈鬱ぼほれ〉」。連想は、糸がからみつき、もつれ固まって解難い状《さま》に、恋の悩みで心が鬱屈して晴れ晴れしない状を連想させる詠みぶりを「縁にて詠める」とのべているのであろう。

五　年を経れば……有りと也

題の「久恋」を含めての歌意の施注。「年月が経過すれば、それにつれて恋の苦悩も忘れるものと思われるのに、却って忘れずに苦しみ悩みながら、生きている、という歌だ」。参考、「序歌也。夏引の糸の事別ニ注ス。へて、たえぬ、むすぼゝれなど、糸の縁にてよめり。年へても忘られず、絶ぬ思ひに、まつはれたる心也。夏引の手引の糸をくり返し事しけくとも絶んとおもふな、古今。是を本歌也（八代集抄）」・八代集抄の「夏引の糸の事別ニ注ス」とは古今集七〇三番歌の季吟抄に「糸は春こがひ〈蚕飼〉して夏ひけば、夏引の糸といふ。手してひけば、手びきの糸といへり」と『顕注』を引いて述べているのを指すのであろう歟。『新古今和歌集口訣』には当歌口訣はない。「麻のいとハ夏引もの也。いとのえんにて、年へても心むすぼゝれてと也（かな傍注本）」。参考「なつびき。金〈大坪注、金葉集恋上、源雅光ノ歌〉、あふまでは思ひもよらずなつびきのいとほしとだにいふときかばや。和云、いとをばなつひくものなれば、いとほしといはむれうに〈言ウタメニ〉、なつびきのいと、つゞくなり（色葉和難集巻五）」。「〈前略＝季吟引用文言〉手止《テヤ》ミモセズ、糸《イト》ヲ繰《ク》ル様《ヤウ》ニ、事《コト》ハ有《アリ》ト《言》モ、ワレヲタエズオモヘトナリ。但、ヒトゴト、オクニクハシク注セリ。可ㇾ思二合心一歟。〔頭注〕マタ夏モ蚕ヲバカフナリ。ソレヲバ夏蚕ト云（古今集注七〇三番歌）」。「〈前略。季吟引用、古今集注ト同文〉。人ごとゝは、人のいひさわぎなどする言也。〈後略〉（顕注密勘抄、古今集七〇二番歌施注デノ注）」。

六　むすぼゝるゝとは、糸にて結び付けたる様に離れ難きとなり

文意、「末句のむすぼゝれつとは、（恋の苦悩が）糸で結びつけたように、わが身から離れ難い有様を述べたもので、（いつも、気持が鬱積して）恋の悩みにとりつかれているということである」。

七　年経ても……と言へり

「増抄云」の当歌意、特に末句の意味の補充頭書。「年月が経過して行っても、恋人との逢見は成らずして空しく月日は過ぎ去るばかりで、併し乍ら恋慕の情は募《つの》るのみ、恋の思いは身から離れない、というのだ。その状況を、年経てもむすぼほれつつと表現しているのである」。

〔一二四〕（六一頁）

三　幾夜われ波にしほれて貴船川袖に玉散るもの思ふらん

管見伝本では異形はない。亀山院本は「貴船」を「貴布祢」と表記。現行書では「きふね・きぶね」と訓み方が清濁に分れている。清音訓みは、小学館『全集』・至文堂藤村作博士テキスト・朝日新聞社『全書』・改造文庫・標注参考・講談社新註。濁音訓みは、桜楓社テキスト・武蔵野書院テキスト・岡書院隠岐本新古今・久保田博士『全評釈』・新潮集成・岩波新大系・角川文庫。なお京阪電車や叡山電車のパンフレットでは清音で「貴船《きふね》神社《じんじゃ》」と表記している。『角川古語大辞典』では見出語では濁音であるが、引く例歌の訓みは清音。『和歌大辞典』の見出語も濁音、「貴船」・「貴船神社」に関する古文献の書名は『群書索引』に多く見出され二十五本を数え得るが、物集高見・高量両氏は「きふね」と清音で総括されている。私は一応清音説に従う。さて、当歌の出典は、題詞の如く良経邸での『六百番歌合』で、その「恋上。祈恋六番左」である。引用すれば「左、勝、女房〈良経ノ隠名〉。いくよわれなみにしほれてきふね川袖に玉ちる物おもふらん／右、寂蓮。きふねがはももせのなみもわけすぎぬれゆく袖のすゑをたのみて／左歌、右方殊申宜之由。右歌、左方不難申　判云、左右のきふねがは、共に優には見え侍るを、右は、すゑをたのみてといひはてたるよりは、左の、袖に玉ちる物おもふらん、殊に宜しくきこゆるにや〈判者ハ俊成〉」とある。又、『後京極殿御自歌合　建久九年』の「六十七番」にも見え、「左、尋恋。たづねつる山路にさ夜は深けにけり杉の木末に有明の月／右、祈恋。いく夜われ浪にしをれてきふね河袖に玉ちる物思ふらん／左、すぎの梢に有明の月、いみじくをかしく侍るを、右の、きふね川袖に玉ちるらん心、かたがた心もみだれ侍りて、いみじく、持と可申哉《まうすべくや》侍らん」とある。これも判詞は、良経が俊成に判じさせたものである。次に当歌の本歌は後述する増抄頭書の和泉式部歌と貴船明神御歌である。ただし契沖『書入本』では「本。きふね川たりておつるいは浪の玉ちるはかり物なおもひそ」とあり、貴船明神歌の異形を示してある。袋草紙・俊頼髄脳・無名草子・古今著聞集・十訓抄・沙石集にも、明神歌が載り、契沖は、それらの異本でこの歌形を見たかも知れず今の私には確かめがたい。又当歌に使われた詠歌技法の縁語掛詞も「古抄」に指摘されてあり後述。他出は、『秋篠月清集』（定家本「百首愚草」中ノ、歌合百首）に「祈恋いくよわれなみにしほれてきふねかはそてにたまちるものおもふらむ」とあり、教家本も異同はない。『明題和歌全集』も同歌形。

『（後水尾院）類題和歌集』・『三家〈良経・定家・家隆〉類題抄』・『類題風月集』・『独看和歌集』の四書にも採取の由〈青木賢豪氏『藤原良経全歌集とその研究』ノ頭注ニ見ユルモ、未見書デ歌形異同未確認〉。『練玉和歌抄』（恋上。初句表記「いく世われ」）・『私玉抄』（巻五、祈恋）歌形同じ・『二八要抄』（恋二）歌形同じ・『歌枕名寄』（巻四。畿内部山城国貴船の河）歌形同じ・『二四代集・二四代和歌集・八代知顕抄』に、題「家哥合に」、作者「後京極摂政」、歌形同一で採取。『時代不同歌合』（為家本・永享本、廿四番右）に歌形同じ。なお『清巌茶話』に「祈恋にはいづれの神をもよむべき也〈大坪注、前引『和歌言葉の千種』デハ対象神仏ハ十五所ト限定サレルヨウニナル〉。年もへぬ祈る契りははつせ山と定家もよめれば、仏にも祈るべきなり。摂政殿の、幾夜我なみにしをれて貴船河、貴船は夜参るほどに、幾夜我とよめり〈大坪注、前引『練玉和歌抄』ノ、いく世われ、ノ表記ノ不可ガワカル〉」とある事も注意すべきである。歌意参考、「幾夜我逢ひ難き恋を、貴船川の浪にしほれて神にいのりても、しるしなしとて、涙の玉の、袖にちる物思ひをする事やらんとなり。貴船は恋を祈る神なりといひ伝ふ（標註参考）」。

四　古抄

この古抄は常縁原撰注ではなく、幽斎の増補注である。この所謂『聞書後抄』の諸伝本では、愛知県立女子大学の『説林』に翻刻せられた伝本は、同じ内容ながら、文章の叙述が前後して他本と異なるので、先に示す。「奥山にたきりておつる滝つせに玉ちるはかり物な思ひそ。貴ふねは恋を祈る神なる故に、和泉式部、物おもへはさはのほたるも我身よりあくかれ出る玉かとそみる。此所にてよみけるに、右の歌神託ある（り）といひつたへたり。和泉式部歌は、魂の事を詠たる歌也。此歌もと（とも）を（を）とりいて、よみ給へるなるへし。波にしほれてき舟川、くると云事にかけてよめり」。

この『説林後抄』に文順が同じ伝本に『内閣文庫本聞書後抄』がある（（）が小異ノ部分）。次に伝本間の校異を示すと、「恋を祈る神なる故に」が「恋を祈神故に（私抄）」。「引〈式部歌ノ肩付〉」が「ナシ（内閣文庫増補本聞書・私抄・八代集抄所引）」。「沢の蛍」が「さゝのほたる（私抄）」。「あこかれ出づる」が「あらはれ出づる（内閣文庫蔵増補本聞書・私抄）・あくがれ出づる（八代集抄所引）」。「詠み侍りけるに」が「読けるに（内閣文庫蔵増補本聞書・私抄）」。「引〈奥山に歌ノ肩付〉」が「ナシ（内閣文庫蔵増補本聞書・私抄・八代集抄所引）」。「瀧つ瀬に」が「瀧つ瀬の（無刊記板本聞書・宝永八年板本聞書・八代集抄所引）」。「この哥をも」が「この歌どもを」（無刊記板本聞書・宝永八年板本聞書・内閣文庫蔵増補本聞書・私抄・八代集抄所引）」。「掛けて詠めり」が「かけて読給へり（無刊記板本聞書・宝永八年板本聞書・内閣文庫蔵増補本聞書・私抄）」。

五　貴布祢は恋を祈る神なる故に

幽斎は、貴船社を、祈恋の神と考えて施注しているが、そして徳川時代の和歌手引書でも前引『和歌言葉の千種』の如く、「祈恋」の名所《などころ》として掲出しているが、本来は、降雨と止雨、すなわち「祈水」の神で、後奈良院の頃から、小児の咳逆疫《あえぎえやみ》〈喘息ノ如キ気管支炎ノ流行〉の攸逐を祈る神としても、崇《あが》められてきた。貴船社を記述した諸書は先に触れた『群書索引』に書名のみ、まとめられてあるが、それらの一々の引用は長文で紙幅上できないので、簡略なものだけを引用し、他は書名を掲げるだけにする。「二月九日。〈前略〉〔山〈山城国ノ略〉〕鞍馬山貴船の五穀祭、社領十一石九斗余。祭神二座、高　霊《タカオカミ》・奥御前。日本地主の神なり。此神は伊弉諾（ママ）尊、火の神かぐつちを切て三段となし給ふ。其一段高霊となる、則是貴船の御神也。高霊と闇霊《クラオカミ》とは龍神の類にして、雨をいのり雨をやむるに、此神を祭るときは、霊験あらたなり。人皇百六代後奈良院の御宇、京中咳疫流行して、わらんべおほく死す。卜者のいはく、貴船の神の崇《たゝり》なりと。これによつて弘治二年九月九日此神を祭りて、時疫を逐《はらほ》しむ。されば今に洛中のわらんべ、小神輿《こみこし》とて祭るは此遺風なり。〈後略〉」（諸国年中行事。二月九日条。ナオ九月九日ニモ、上京狭小輿まつり、トシテ同趣旨文アリ）。又、「祈恋」の対象としての貴船社の記事は、「〈第一段ハ和泉式部と橘保昌トガ不仲ニナツタ、後拾遺集一一六四・一一六五番歌ニ見エル説話デ、袋草子・俊頼髄脳ナドニ見エルモノ。省略〉。爰ニ、橘保昌、式部男祭《ヲマツリ》ノ為ニ貴船ニ参籠之由ヲ伝聞テ、密ニ山路ヲ廻テ、古松古桧ノ枝ヲ交ヘタル陰ヨリ見レ之。巫女青白ノ幣ヲ捧テ反閇《ヘンベイ》ヲ踏シ種々ノ愛法ヲ呪シテ、神前ニ向ヒハバカル所ナク裾《モスソ》ヲ高ク褰《かかげ》テ上ミ櫛モ角シテ、共ニ跳玉へ、ト云フ。保昌隠ヨリ見テ興アル事ヲ見ント思ヒケル程ニ、式部社壇ニ向ヒ涙ヲ流シテ、チハヤブル神ノミル目モハヅカシヤ身ヲ思トテ身ヲヤ捨マシト詠ケリ。保昌是ヲ聞テ哀ニヤサシク覚ケレバ、又月ヲコグ貴船川、カハリシ中ノ小夜時雨、フルキ怨ノ袖ノ露、結ブ下緒モ打トケテ、互ノ契不レ浅。此歌一首ノ徳也。感ジシメ二鬼神心ヲ一和ニ夫婦ノ中ヲ一トハ勝理《ゲニ》ト覚ヘタリ。〈以上、第二段〉況ヤ彼保昌ハ雖レ有二弓箭ノ名誉一、於ハ二風月の道ニ一無二拠実一仁《ひと》也。或時、我モ歌読、トテ、春夜ノ嵐ハゲシカリケル朝、庭前ノ梅ニ向テ　早旦ニウキテゾ見タル梅ノ花ヲバ夜陰ノ大風不審不審シ　ト詠吟シケレバ、泉《ママ》式部聞テ、歌ニハカウコソ読テ候へ、トテ　アサマダキヲキテゾ見ツル梅花夜ノ間ノ風ノウシロメタサニ、ト云ヘリ。是程ニ歌道ニウトキ物、彼歌ニ心和ギスル事、偏ニ明神御感応ノ故也。武キ武士ノ心ヲ慰ムルコトハ加様ノ事ヲヤタメシトセン矣〈以上第三段〉」（三国伝記巻一の第二十七話）。『三国伝記』の第二段は「祈恋」第三段は「祈歌徳」とでもいうべきであろう。「貴船社」については、二十二社記（未見）・廿二社本縁（群書類従所収）・二十二社註式（同上）・廿二社略記（続々群書類従所収）・諸社一覧（同上）・神社便覧（同上）・本朝神社考（改造文庫）・神社啓蒙（未見）・神社覈録《カクロク》（未見）・貴布祢社正遷宮御幣物調進之記（未見）・本朝通鑑《ツガン》附録（未見）・雍州《ようしゅう》府志（続々群書類従所収）・和漢三才図会・神名帳考証（伴信友全集第一所収）・類聚名物考・国花万葉記（未見）・分類本朝年代記（未見）・諸国年中行事（民間風俗年中行事所収）・三国伝記（三弥井中世の文学）。「きふね」については、京童（近世文芸叢書第一名所記所収）・山城名勝志（改訂史籍集覧第二十二冊所収）・名所方角鈔（武庫川国文第二十九号翻刻）・歌枕名寄・和歌名所集覧（未見）・和歌名所一覧（未見）がある〈以上『群書索引』ニ記載セリ〉。未見書も多いのであるが管見範囲内では、貴船社が「祈恋」とでも言うべき縁結びに関係する記述は検索し得なかった。

六　和泉式部。引。物思へバ……物な思ひそ

「和泉式部」は新古今に二十六首採入歌人。三七〇・七七五・七八三・八一六番歌の頭注で既述。「引」は、「引歌《ひきうた》」の略称で、散文の表現技巧。物語や日記や施注等の散文の中に、特定の古歌や今歌を踏まえて、文飾し説明を加えて、情趣や理解を深める為の技巧である。ただ詠歌の場合、本歌取りまでを引歌に含めるのは妥当でないとされる。幽斎施注では、この両首〈物思へば・奥山に〉は「引歌」としているのであるが、現行注釈書では「本歌」とする考えもある〈岩波ノ新旧両大系・小学館『全集』・武蔵野書院テキスト版・桜楓社テキスト版・新潮集成・講談社『新註』・朝日『全書』・久保田氏『全評釈』・窪田氏『完本評釈』・石田氏『全註解』ハ、貴船明神歌奥山に歌ヲ本歌トスル。至文堂テキスト版・遠鏡・改造文庫ハ、引歌・依拠歌トスル。私ハ「参考歌・依拠歌・引歌」ト考エ、「本歌」トマデハシナイ〉。「物思へば沢の蛍も我身よりあこ《ママ》がれ出づる玉かとぞ見る」は、次の明神歌と共に『後拾遺集』（巻二十、雑六）に見える一一六四・一一六五番歌。「をとこにわすられて侍りけるころ貴布祢にまいりて、みたらしかはにほたるのとひ侍けるをみてよめる。和泉式部。ものおもへはさはの蛍をわかみよりあくかれにけるたまかとそ見る。／御かへし。おくやまにたきりておつるたきつせのたまちる許ものなおもひそ。／このうたはきふねの明神の御かへしなり。をとこのこゑにて和泉式部かみゝにきこえけるとなんいひつたへたる」とある。歌意参考「思い悩んでいると、沢辺を飛ぶ蛍の火も、私の身体から抜け出た魂ではないかと見るよ。／奥山に激しい勢いで落ちる滝つ瀬の水の玉、そのように魂が散るほど思いつめるなよ（岩波新大系後拾遺和歌集脚注）」

七　如此、神託有りたると云ひ伝へたり

式部・明神両歌の言伝《いいつたえ》は、俊頼髄脳（歌人の範囲を述べてある条）・無名草子・古今著聞集（一七四話）・沙石集（巻五末。行基菩薩御歌事）・袋草紙（雑談希代の歌）・十訓抄（第十、十三話）・和歌童蒙抄（第四、人体部魂）、等に見える。殆んどが『後拾遺集』（前引）と同類文である。参考、「和泉式部、歌かずなどよみたる事は、まことに女の、かばかりなる〈コレ程ノ女性ハ〉ありがたく〈珍ラシイ〉ぞ侍るらん。心ざまふるまひなどぞ、いと心にくからず、かばかりなる歌どもよみ出づるべくともなく覚え侍らぬに、然るべきさきの世の事にこそあんめれ〈コレハ当然ニ前世ノ因縁ニヨル事デアルノデショウ〉。この世一つの事とは覚えず〈マサニ天オトイッテモヨク現世ダケデノ事トハ思ワレマセン〉。その中にも、保昌に忘られて〈夫婦関係が疎ンジラレテ。式部ハ夫ガ、橘道貞↓敦道親王↓藤原保昌↓重明親王、ト代ッタラシイ〉、貴船に百《もも》夜参りて、物思へば沢の蛍も我が身よりあくがれ出づるたまかとぞ見る、と詠みたるなど、まことにあはれに覚えけり。おく山にたぎりて落つる瀧つ瀬にたまちるばかりものな思ひそ、と御返しありけんこそいとめでたけれ（無名草子）」・「〈前略、式部・明神歌ナリ〉となん貴船の大明神、をとこの声にて詠じおはしましける。式部其後重明親王のおぼえたぐひなくして、別になん有ける。親王隠れ給ひて後は、尼に成けりとぞ（和歌童蒙抄第四・人体・魂）」。

八　和泉式部哥ハ……読み給へる成べし
文意、「良経当歌の、袖に玉散るの玉は、涙の寓意を持つ〈玉〉であるが、式部歌の、あこがれ出づる玉の〈玉〉は、魂《たましい》の事を詠んだ玉である。良経歌は、この式部歌の玉の意をも選び抜き出してお詠みになさったのであろう」。

九　浪にしほれてきふね川、……掛けて詠めり
文意、「第二・三句の、浪にしほれてきふね川の、きふねの〈き〉には、来《き》という意味も掛詞として利《き》かせて詠んである」。「しほれて」は「しをれて」とも表記される。原意は「植物が雪や風に押されて、たわみ、うなだれる意（岩波古語辞典）」であろうが、『金槐集（冬）』には「降り積る雪踏む磯の浜千鳥浪にしをれて夜半に鳴也」という用例もあり、良経歌の場合も、「き」に、「着・来・貴」の掛詞の意があると見てもよいのではなかろうか。実朝歌は、千鳥の羽を着物と見、良経歌でも「波に着物をしをれさせながら来た貴船」という含蓄があると私は考えたい。新古今歌の技巧は奥深いのである。

一〇　和泉式部が古事、大和物語にあり
『大和物語』には、和泉式部と貴船明神との故事の記録は見当らない。磐斎の早計であろう。故事を記す書については既述。

一一　哥の心ハ……ものを思ふとなり
文意、「当歌の意味は、たった一夜でさえ、恋しい人と逢えずに過すことは耐え難い事であるのに、ましてや幾夜も幾夜も逢う事ができずにいる私は、逢わんがために幾夜も幾夜も重ねて、貴船川の波しぶきにぬれしおれながら貴船に恋の成就を祈るためにお詣りに来て、彼の和泉式部が、自分の体から、魂が恋人を慕ってぬけ出して、さまよい行くようだ、と詠じたように、毎夜毎夜物思いに沈む事だ、と詠んでいるのだ」。参考、「いづみ式部、男にわす（ら）れて木舟に詣てよめる哥〈歌省略〉。明神御返哥〈歌省略〉。此御託宣の詞をとれり。波にしほれて来るといひかけ侍り。我恋路を行帰り祈てもかひなきよし也。木船明神・長谷の観音、恋をいのる所によみならはし侍り（抄出聞書）」・「〈明神歌省略〉。貴布祢の明神の御哥となん。き船は恋をいのる神なる故にしほれて来るといふ秀句《シウク》〈大坪注、掛詞技法〉なり。袖に玉ちるは、涙の事なり。和泉式部哥に〈歌省略〉。是は玉しゐのことなり（牧野文庫本聞書。吉田幸一氏旧蔵本註・高松宮本註・高松重季本註モ略同文）」・「き船の明神は、こひを祈る神にてましますなり。いく夜浪にしほれきつるといゝかけたり。袖に玉ちるとは、なみだの事也。泉(ママ)式部おとこにわすられて、き船に参りて祈てよめり。〈式部歌略〉。明神御たくせん有て御返し〈歌省〉。此哥よりきふねに、蛍・滝津・をく山・玉ちる浪、何も寄合《よりあい》になれる也〈寄合トハ連俳用語デ前句ト付句トヲ結ビツケル一定ノ詞ト素材トヲイウ〉（都立中央図書館本、抄）」・「明神ニ祈也。いくよこゝニいのり来ると也。泪の（玉ち）るやうニ思ふ也。本か(哥)、和泉式部〈歌略〉。明神の返しの玉ちる斗物なおもひそと云ヲしらる也（かな傍注本）」・「玄旨云〈聞書後抄ノ引用、省略〉。愚案。和泉式部歌後拾遺に有て彼集に委注《くわしくちゅうす》。此歌の〈良経歌ノ〉袖に玉ちるは泪の事なるべし（八代集抄。学習院大学本注釈ハ、式部ト明神歌ノ第一・二句ノミ略引シ、季吟注ノ最尾ノミヲ引用）」・「めでたし、下句詞めでたし。本歌和泉式部、物おもへば云々、おく山にたぎりて落る瀧つせの玉ちるばかりものなおもひそ、此本歌の玉ちるは、物おもふ心をいへるを、こゝの四の句は、涙を主として、それに本哥の意と、川浪のかゝるとをかねたり（美濃の家苞）」・「此哥〈式部歌ヲサス〉はこゝに不用也。〈明神哥省略〉此歌はきふね明神の御歌、上の和泉式部が歌の御かへし也。此歌の三句貴船川とあるは此明神の歌をとりて玉ちるとよませ給へるよせ〈よせトハ歌論用語。両者ヲ関連ヅケ、通ワセ、縁語化サセル技法〉なり。和泉式部があくがれいづる玉とは、人魂の出る事にて物おもひにしぬべきよし也。明神の御歌の玉ちるは魂散《たまちる》にて、則、しぬる事をの玉へる也。しぬる計物な思ひそと、なだめさせ給へる也。物おもふこゝろとばかりにはあらず。明神の御歌は魂ちるなるを、これは涙の玉ちると、とりなさせ給へるなり〈とりなすトハ、転換サセル。連俳デノ技法〉。本歌はたゞ四五の句をとり給へるのみ也。魂ちるの意あるにあらず。川浪は唯縁の詞のみ、主意にはあづからず。一首の意は、いく夜われあひがたき恋を、貴船川の浪にしほれて神にいのりても、しるしなしとて、涙の玉の袖にちる物おもひをする事やらんと也（尾張の家苞）」・「恋ヲ祈ルトテ私《ワシ》ハ幾夜貴船川ノ浪ニシヲレテ、袖ニ涙ノ玉ノチル物思ヒヲスルデアラウカイ。家つとに〈美濃ノ引用、省略〉といへり。本歌の玉ちるハ、物思ひのしげきを滝つせの玉のしげくちるにたとへたる也。貴船川ハ、しをれて来といふ、いひかけにハあらざるべし（新古今集消の玉）」。

三　和泉式部。……／明(同上(一一))神御歌……。
この「頭書」の両首については、頭注六で既述。

〔二四三〕（六二一頁）

二　年も経ぬ祈る契りハ初瀬山尾上の鐘のよその夕ぐれ

管見伝本では、第二句が「いのるしるしは」とある伝本は、烏丸光栄所伝本・同書写本・亀山院本の三本で、他伝本では異同はない。当歌他出では、『歌枕名寄』や『稲木抄』での引用が「いのるしるしは」となっている。当歌にも一一四一番歌の題詞が及ぶから出典は六百番歌合である。即ち、その「恋部上」の「祈恋　五番」で、「左、勝、定家。としもへぬいのるちぎりははつせやまをのへのかねのよそのゆふぐれ。／右、家隆。くちはつるそでのためしとなりねとやひとをうきたのもりのしめなは。／左右共無指難之由申す。判云。両首共に風体はよろしく侍るを、左は心にこめて詞たしかならぬにや。右はくちはてん袖をぞもりのしめなはのためしとやとはいふべきを、我が袖を本とせるにや。もりのしめなは、あたらしくきこゆ。をのへのかねかつべくや〔俊成判〕」、とある。他出は、『定家卿百番自歌合』（五十五番）に、「左、勝。歌合百首。としもへぬ祈る契は初瀬山をのへのかねのよその夕ぐれ。／右、同上。おもかげはをしへしやどにさきだちてこたへぬかぜの松に吹く声。」・『二四代集・二四代和歌集・八代知顕抄』に、「後京極摂政家の歌合に。〈歌句同形〉、参議定家」・『心敬私語』（古人の自讃少々、歌句同形）・『自讃歌』（註者ニヨリ語句小異、後述参照）・『練玉和歌抄』（巻七恋上、歌句同形）・『私玉抄』（二個所ニ見エ歌句同形〈巻五恋之部ノ祈恋・六家之和歌ノ拾遺愚抄〉）・『歌枕名寄』（巻九畿内部大和国雑篇泊瀬、第二句いのるしるしはノ歌形）・『拾遺愚草』（上巻。歌合百首建久四年秋。年もへぬいのるちぎりはゝつせ山おのへのかねのよそのゆふくれ）。他に当歌に触れた書に、『清巌茶話』の「祈恋にはいづれの神をもよむべき也。年へぬ祈る契りははつせ山、と定家もよめれば仏にも祈るべきなり。摂政殿〈＝良経〉の、幾夜我なみにしをれて貴船河、貴船は夜参るほどに幾夜我とよめり」・『水無瀬の玉藻』の「西行陪る。当代誰か天下に第一の歌よみならんと問せ給ふ。貧道が心には、定家こそ無雙第一なる歌よみにて侍らめ。春の夜の夢の浮橋と絶して峰にわかるゝ横雲の空。年もへぬいのる契りは初瀬山尾上の鐘のよその夕暮。などいふ不可思議の骨こそ侍れ。猶此上に必ず妙骨をよみ得て、永代の人の師と成るべきものとこそおもひ候ふなれと申す」・『稲木抄《ママ》』（第四精神）の「余情とは、年を経て祈るしるしは初瀬山尾上の鐘の余所の夕暮、樒《しきみ》つむ山路の露にぬれにけり暁起の墨染の袖、の類なり。上の歌は余所の夕暮にて、我にはあはずして、他にあふことを思はせ、次の歌は暁起にて、若かりしほどは、男に別るゝとて涙に袖をぬらしたることをきかせたり〈大坪云、コノ文ハ石原正明ノ年々随筆㈥ヨリノ引用〉」、等がある。又、謡曲「玉葛」。古浄るり「定家ノ第一」には、文飾としての利用があるし、『篠舎《ささのや》漫筆』（巻九、歌ものがたり）には「尾上の鐘のよその夕暮」という表現の後代の歌に与えた影響につきのべている。歌意参考「此歌ハつぶ〳〵と仏に申つゞくる詞也。仏を祈申て年もへぬる事なるに、その祈る契ハむなしくて、尾上の鐘の夕ぐれ時分にハ、かよひ来てあふ契も、よその人とのうへのミにて、わか契にハあらずと也。一首の意も、一旦一夕の事にあらずハ、別に何のかけ合をかまたん（尾張廼家苞四之上）」・「我祈願は、年も経たる事なるに、かよひ来てあふ契も、よその人との上のみにて、我契にはあらずとなり。よその夕ぐれとは、よその人の、入相のかねに来る人を待ちて、あふ意なり（標註参考）」・「初瀬ノ観音ニ御祈ヲシテ、何卒私ノ思ヒガ、カナウ様ニト、最早何年モ御願ヒシタノニ、少シモ甲斐ガナクテ、山ノ上デツク鐘ノ音ガスル夕方ニハ、自分ノ処ヘ通ツテ来テ契ヲ結ブ人モナク他処ノ人バツカリガ恋人ノトコロヘ通ツテ契リヲ結ンデヰル。尾上の鐘に遠くきこゆる意なし。美濃わろし（遠鏡）」。当歌の本歌は、契沖『書入』に、「六帖、本。祈つゝたのみぞわたるはつせ川うれしきせにもなかれあふやと。住吉物語よりもこれはさきなるへし」とあり、作者名不記歌を指摘している。契沖の言う「住吉物語云々」とは『住吉物語㊦』の「初瀬の霊夢」の件りで「春秋過ぎて、九月ばかりに初瀬に籠りて〈中略〉わたつ海のそこ共しらずわびぬればすみよしとこそあまはいひけれ〈下略〉」を指すので、六帖歌の方が古いというのであろう。この契沖説は真渕の『百人一首うひまなび』（俊頼歌）に詳しい説明がある。この六帖歌を本歌と認める現行書には、久保田氏『全評釈』〈角川文庫本デハ古例トシテノミ言及〉があるが、他は認めていない。所謂定家の本歌取の基準から稍はなれるが故であろう。参考歌としては『千載集』（恋二、七〇七番）の俊頼歌「うかりける人をはつせの山おろしよはげしかれとはいのらぬものを」が、久保田氏『全評釈』・同氏桜楓社テキスト・同氏新潮社『集成』・同氏角川文庫・岩波新大系に指摘されている。この俊頼歌は定家の『百人一首』（七四番に）にも採られ、その上「これは心ふかく詞心にまかせてまねぶとも言ひつゞけがたく、誠に及ぶまじきすがたなり（近代秀歌〈遺送本〉）」とも述べられているから、参考歌としたことは略《ほぼ》まちがいなかろう。『八代集抄』でも参考とすべき見解を示してある。岩波新大系ではこの外に『林葉集』（俊恵ノ家集）の「隔物談恋」題の「たちにける跡をもしらで物ごしに契りはてつと思ひけるかな」という歌も挙げているが、これは「祈る契りは果つ〈初〉」という詞つづきの参考とみての事である。

三　古抄

この古抄は常縁原撰注（聞書前抄）である。この抄の、所載書での校異は、「逢はぬ年」が「あかぬ年（大坪本）・あはぬ事（私抄）」、「と云ふ心を」が「云心也（私抄）」、「恋の導べになれば」が「恋の導べなれば（略注・黒田家本・大坪本・説林前抄・内閣文庫蔵増補本聞書・無刊記本聞書・宝永八年板聞書・私抄）」でに字は磐斎引用での衍字である。「我わが頼ミつる」が「わが頼みつる（略注・黒田家本・大坪本・説林前抄・内閣文庫蔵増補本聞書・無刊記本聞書・宝永八年板聞書・私抄）」で我字は磐斎引用時での衍字である。「果て、後よその」が「果て、後こそ（私抄）」、「味ハふべき所」の「所」字は、字体が判読し難いが、校異に用いた八本はすべて「所」となっており、これに従った。「題は祈不逢恋也」が、「題は祈不逢恋（大坪本、也字ナシ）・題祈不逢恋也（説林前抄、は字ナシ）・祈不逢恋也（私抄、題はノ二字ナシ）」。

四　後に置きたる五文字也

「五文字」とは初句を指す。「祈る契りは年も経ぬ」の倒置を説明。文意「初句の五文字は、初瀬観音に恋の成就を祈る契約を願立《がんだ》てて、年月も経過したという意だ」。

五　祈りつる契りハ果て……といへり

当歌の上句の理解の方法を、第二・三・一の順に考えればよい事の説明で、前接文の「後に置きたる五文字也」を具体的に述べた文。文意、「恋の成就を祈る、観世音菩薩との願立《がんだて》誓約（例エバ、茶断《チヤタチ》・塩断《シオダチ》）の期間が果てても、逢えない年月が経過して果てて了った、その果《は》つではないが同音の泊瀬《はつせ》山の、という意で、契りははつせ山と詞をつづけているのだ」。

六　よその夕ぐれ、奇特なり

「奇特」は「①何とも不思議きわまる。②神仏などのあらわす不思議。霊異。③讃嘆に価すること。結構で、申し分のないこと（岩波古語辞典）」等の意味を持つが、ここは③。『日葡辞書』では①②の如き釈。文意「よその夕ぐれという表現、即ち作者自身にとっては、切実味のないまるで他人事の如き、晩鐘の響きである、という詠じ方は、讃嘆に値する、優れた表現である」の意。

七　入相の鐘ハ……導べとなりたると也

上接「よその夕ぐれ」が何故に奇特なるかの説明。「入相の鐘」は日暮れに寺等で撞く鐘で、暮六《くれむ》つ刻《どき》（酉《とり》の刻午後六時）頃に響く。「恋の導べ」とは、男女の恋の逢瀬の導引者となる者の意で、「恋は闇・恋は盲目・恋路の闇」などの言葉もあり、夕暮れ以後の夜は迷いやすいので、晩鐘はその闇路の導引となるのである。文意「晩鐘の響きは、恋の闇路を行く導引であるから、自分が頼りとしていた夕暮れ時の、恋人との逢瀬の約束は、入相の鐘の音と共に空しく終って了ったが、それから後は、他の恋人同志たちの逢瀬の導きの響となって、余韻を残している事だよ、と下句で詠んでいるのだ」の意。朝日『全書』の頭注に「三句以下は、祈る恋も成功せぬことを譬喩的に言った」とある。

八　この哥深く味ハふべき所あるべし

「よその夕ぐれ」につき、①自分は恋人との逢瀬は叶わなかったが、他の恋人たちは逢瀬を楽しんでいる、という解と、②自分の恋人は、自分以外の人と逢瀬を楽しんでいる、の両解があり（後引ノ諸注参照）、どちらが「深き味はひ」かが問題となり、久保田氏『全評釈』は、②につき、定家には「帰るさの物とや人のながむらん待つ夜ながらの在明の月」という、恋人と逢えずに恋の悩みに悶え苦しむ「もみにもうだる〈揉ミニ揉ミタル〉」哥もあることから、捨てたものでもないとされる。

九　初瀬ハ恋を祈る道地なり

「道地」は、本場《ほんば》・最適地・根本地等の意で、漢語である。静嘉堂文庫蔵『運歩色葉集』では、「道地《チ》」と地を濁音に訓でいる。『角川古語辞典』は「だうち」と清音。『角川大字源』も清音で、「①人のために下話《したばなし》をする・根回しすること。②本物の産物・名産またその生産地・本場」などの意とする。ところで、初瀬観音は、男女の恋の願を叶える仏なのか。御本尊は有名な樟で刻んだ二丈六尺の十一面観世音菩薩で、鎌倉長谷寺のものと同じ木から二体が彫られた一木二体像。『長谷寺縁起』や『西国三十三所観音霊場記図会』（八番札所大和国長谷寺）に、縁起が詳しい。併し、「祈恋」としての話は載せていない。定家の頃「三十三所」が定着していた事は『千載集』（釈教、一二〇八番覚忠歌）の題詞に、「三十三所の観音拝み奉らむとて……美濃の谷汲にて……」とある事から明白〈覚忠は、元永元一一一八～治承元一一七七、六十歳歿。この歌は『月詣和歌集』釈教にも見ゆ。谷汲山華厳寺は三十三番札所〉。『延喜式』（主税上）には、この頃の観音を本尊とする寺の名として、大和国では豊山寺

〈長谷寺ノコト〉・壺坂寺。和泉国では巻尾寺の名が見える。さて、観音へ「祈恋」の法文として久保田氏『全評釈』では、「観音信仰によれば、好配偶者を求める善男子・善女人に対し観世音菩薩は、その異性となつて現れる」とされた上で、『観世音菩薩普門品第二十五』に見える法文の「若有女人。設欲求男。礼拝供養。観世音菩薩。便生福徳智慧之男。設欲求女。便生端正有相之女。宿殖徳本。衆人愛敬」を挙げられた。現行他注釈書には見えない周到な注で傾聴すべきであるが、ただ、私の施した傍線部を考えれば、久保田氏は、男女配偶者の祈願として法文を捉えられたかに見える。が果たしてそうか。因みに岩波文庫版『法華経㊦』の当該個所を参考すれば、「若し女人ありて、設《も》し男《おのこ》を求めんと欲して、観世音菩薩を礼拝し供養せば、便ち福徳・智慧の男《おのこ》を生《う》まん。設《も》し女《めのこ》を求めんと欲せば、便ち端正有相《ととのえるすがた》の女《めのこ》の、宿《むかし》徳本を殖えしをもて衆人に愛嬌《あいぎょう》せらるるを生まん」（坂本幸男氏訳注）・「また、息子を欲しがる女性が偉大な志を持つ求法者アヴァローキテーシュヴァラを崇め敬うときは、容姿端麗で上品で優雅な息子が生まれるのだ。しかも、この息子は息子としての美点を具え、多くの人びとに愛され、人のこころを惹き、しかも善根を植えた息子なのだ。また、娘を望む女性には、容姿うるわしく上品で優雅な娘が生まれる。しかも、この娘は蓮華さながらの、この上なく清らかな容色をもち、娘としての美点を具え、多くの人々に愛され、人の心を惹き、しかも善根を植えた娘である」（岩本裕氏訳注）、とあって、法文の男女は「好配偶者」ではなく、観音が授ける男女も、出生児であって、「祈恋」の法文とは考えられないのである。私は仏教の教学には全く無智であるから、いずれが正しいかは判断できないが、参考迄に以上を記しておく。『西国三十三所観音霊場記図会』によれば、観音利生の説話として、三条天皇の御代に弥惣治なる浪人が〈後ニ改名シテ栗木祐貞〉、仕官を祈り、御利益により近江国の郡代官となり、誓約した釣鐘を寄進した「初瀬寺未来鐘」説話があり、この鐘が当定家歌の「尾上の鐘」である事を暗示するが如く、この定家歌も引かれてある。次に後一条天皇の御代に、春日神社の社人信清がわが子信親の首筋の後に腫瘍（蛇眼病トアリ）生じ、この難病の平癒を観音に祈りしが、その利益で鳥がその腫物をつゝき、膿血《うみち》が排出され快癒する説話がある。三番目の説話は、両親・一家・一門皆死絶えて孤児となった京のある女が、観音利生を頼って、人に恥ぢぬ身となる事を祈願したところ、妻に死別した美濃国の侍が、その孤児の顔や年恰好が類似するのを見て妻とする話がある〈その間には不思議な因縁話もあるが省略〉。第四話は百済国の帝の后が十八歳の若さで老女のごとき容姿となられたが、日本国の長谷観音の霊験あらたかなるを伝え聞かれて、願をかけられた所、業病癒えて原の美人に回復された説話である。似た話は『今昔物語集』（巻十六の第十九話）・同（巻十一の第三十一話末）にも見えている。「祈恋」の説話は見えないが、こういう説話から、現世のすべての苦患・苦悩を救う大慈大悲の観音利生の思想が出来するのは自然の成行であろう。「祈恋」もその一つの現れと私はとっておきたい。

〔一〇〕題は祈不逢恋也

定家の当歌は、出典の『六百番歌合』（恋部上）では「五番　祈恋」〈六六九番〉に出ている。「祈りて逢はざる恋」と訓む。前述久保田氏の「もみにもうだる」歌とみて、晩鐘の余韻響く頃、自分の恋人が、自分以外の異性に逢っているかと、「よその夕暮」を解釈したとすれば、自分の恋人が他の異性と逢はぬ事を祈る歌とも受取り得るから「逢はざるを祈る恋」とも訓み得ようがこんな考え方は、ひねくれ過ぎて「いりほが」である。参考「祈空恋・祈不逢恋。両題、心おなじく、いのれどもしるしなくしてあはざる也（今古和歌宇比麻奈備）」・「祈空恋・祈不逢恋。此二題ともに心ひとしく、いのるかひなくて、恋のかなハず、むなしくしてあハぬなり。（和歌言葉の千種）」・「祈不逢恋・祈空恋。いのれどかひなし。両題心おなじく、いのれどむなしくあはざる也（和歌布留能山扶美）」。

〔一一〕この古き説ども数多あり……可尋之

磐斎は、おそらく本文で「増抄云」を述べる事を忘れ、後で気づいたが、挿入のスペースがなく、頭書形式にしたのであろうが、頭書でも十分なる施注スペースなく、こう記したのであろう。磐斎に代って次に諸説を引いておく。新古今の古説では、「此哥しゆ〴〵〈種々〉説を申とかや。はつせは恋をいのるところなれば、より〳〵この山へまうでいのりつゝ、としもへぬ。さてつく〴〵とおもへば、はやわがちぎりははて、よそになりたるを、はかなくたのみをかけけるよといふなり。そのゆへは、なるべきならばやがてこそしるしあるべきに、年もへぬるやうはなるまじきと、うち返しのちにをきたる五もじなるべし（新古今抜書）」・「此哥に種ゝの説を申とかや。はつせはこひをいのる所なれば、より〳〵この山へまうで、いのりつゝ、年もへぬ。さてつく〴〵とおもへば、はや我契ははて、よその夕暮になりたるを、はかなくたのみをかけたるよと云也。其ゆへは、事の成べきならばやがてこそしるし有べきに、年もへめるやうは成まじきと、打返し後に置たる五もじなるべしとこそ申せし（新古今抜書）」・「年もへぬはへたる也。わが祈たる事ははてゝ、其泊瀬の鐘は余所の夕暮と成たる也（九代抄）」・「とし月いのりたるちぎりは、はてたる也。その故は、祈る契りははつると云かけたり。よそにきこゆれば也。よそのものとわが思ふ人はなりたるとなり（九代集抄）」・「契ははつるといひかけたり。夕は人にとはるゝ時也。夕の鐘に人をまつ習ひなれど、つゐにいのる恋ぢもむなしければ、鐘のをともよそ事になれるよし也。はじめよりよみくだしをける五文字もあり。是は後にをける五もじ也。いたづらに年もへぬといふ心也（抄出聞書）」・「へぬは、経たるといふ、ぬ也。はつせは、はつるといふ秀句なり。此哥も自讃哥にくはしく注せり（牧野文庫本聞書）」・「初瀬もこひを祈る所也。我ちぎりははてたるといゝかけたり。夕暮の鐘には人を待物なれ共、わがちぎりははてゝ、鐘もよ所の夕暮に成たると也。其いはれは年をふればと也（都立中央図書館本、抄）」・「年月をへていのれ共其かひなし。はやちぎりははてたると云心也。おのへの鐘の一たびはならんと思ひしか共、今ははやよその夕ぐれと也。又一説、祈る契りははてたると云ては、はせの観音日本事は申におよばず、もろこしよりももちゐの仏〈大坪注。もちゐハ持率《モチヰ》デ、唐土ノ人モ初瀬観音ヲ取リ持チ自国へ引キ連レテ行ツテ信仰スル程ノ仏ノ意〉なれば、いかゞと也〈大坪注、前引シタ、西国三十三所観音霊場記図会ノ、観音利生説話ノ第四説話ヲ指スト思ワレル〉。年をへて祈たる証こに、おのへの鐘のよ所の夕ぐれのやうに、ほのかなる音信有しと也。仏のりしやう〈利生〉によ

りてと也。同作者の哥に、里とをき八こゑの鳥のはつこゑに花の香をくる春の山風、同作意と也〈大坪注、拾遺愚草員外、詠百首和歌、四季神祇ノ暁題四首ノ一〉（新古今集之内哥少々）」・「年へぬ間ハかねも頼ニする也。今ハかねなりてもよそのためのかね也と、きくがたいてい也〈普通ノ事デアル〉。これハ、かねハとか、かねも、といへバ、このきゝやうよし〈コノ理解ノ仕方デヨロシイ〉。かねのといへバきこへず。是ハむかしハ入相と吾すごしきが、今ハかねの為ニよその外の者に成て、かねの為よその物ニ成たると也（かな傍注本）」・「初瀬は恋を祈所也。契のはつるといひかけたる也。年をへて祈しるしなきを歎よし也。我為の鐘にてはなし。よその契となりたると也。鐘の時分〈時分トハ、連歌デ句材ヲ表ワス語ノ一ツ。或ル定マツタ短カイ時間ヲイウ時ニ用イル〉は人を待物なれば也。又の説、初瀬は恋を祈所なれば、よる〳〵彼山へまうでゝ、年をへたる也。さてつく〴〵とおもへば、我恋ははてゝ、よそになりたるをはかなくかけたるよと也。その故は、恋のなるべきならばやがてそのしるし有べきに、年月を経たるやうはなるまじきと也。うちかへしたる五文字也。此説もまた不分明。或人のいはく、年も経たる上、祈恋もはてゝ、かよひなれて聞つる尾上の鐘も今はよその夕ぐれのやうに聞と也。此説を用べしとぞ（吉田幸一氏旧蔵本註。高松宮本註・高松重季本註モ略同文）」・「師説〈大坪注、季吟ノ師ハ松永貞徳。磐斎モ貞徳ノ門下デアルカラ、師伝あり、可尋之、ト増抄ノ頭書ニ言ウノハ、コノ季吟注、略同ジデハナイカト思ウ〉、此哥第二句にて切て心得べし。彼俊頼の、はげしかれとはいのらぬ物を〈千載集七〇七番。上句憂カリケル人ヲ初瀬ノ山颪ヨ〉、

只はげしかれと祈《いのり》なしたるやうなりと歎きし心などの俤《おもかげ》にて、祈不逢恋の心なるべし。たとへば年へて祈るかひもなく我思ふ人はよそにゆきかよふ事に成《なり》たれば、初瀬にまうでゝ尾上の鐘の入相をきゝて、哀《あはれ》、わが彼人を祈り得たらば、かゝる夕暮には待《まち》もし、行《ゆき》もすべき物を、など思ひつゞけて、扨も我祈願は年もへたり、されど其祈る所の契約はよその夕暮といのりしやうに成けるよ、かくは仏に契約は申さゞりし物を、との心なるべし。種々の説信用にたらず云々（季《ママ》吟、八代集抄。学習院大学本注釈）」・「野州云〈大坪云、以下ノ施注ニハ、常縁ノ原撰注タル聞書前抄、或ハ自讃歌常縁注トモ異ナル異文デアル、ムシロ八代集抄ニ引ク師説ニ近イ〉、後に置たる五文字也。第二句にて切て心得べし。祈不逢恋の心成べし。年経て祈かひなく思ふ人はよ所に行通ふ事に成たれば、尾上の入逢を聞て、我彼人を祈得たらばかゝる夕暮には待もし行もすべき物をと也。余所の夕暮と祈し様に成けるよと也（後藤重郎氏蔵、抄）」。

磐斎の知り得ぬ後代の注としては、両家苞がある。「〈美濃〉二の句以下めでたし、詞もめでたし、下句、尾上の鐘なる故に、よそに遠く聞ゆる意にて、よそとつゞけたり、〈尾張〉尾上といふはさしも高き所にあらず、又よそといへばとて国郡へだてたる所をいふにもあらず、たゞ我ならぬ人の事なれば、ふもとの鐘なりともなどかきこえざらん。尾上の鐘泊瀬山の熟語のみ「〈大坪云、尾上の鐘ハ、霊場記図会ニヨレバ初瀬寺未来鐘の因縁、トシテ、長谷の釣かねを未来鐘と名付く、世にまた因縁鐘といふ鐘四つあり。尾上

鐘・小夜中山無間《むげん》のかね・南都十三かね・長谷の未来がねなり。トアリ、前引ノ第一説話ニ記シタ弥惣治ガソノ観世音トノ誓約ニ背カズ寄進シタ鐘デ、未来の鐘、トモ言ウ〕。〈美濃〉さてよその夕暮とは、よその人の、入相のかねに、来る人をまちてあふ意也、さてそれは、わが祈る契なるに、わが祈は、しるしなくしてよその人のあふ契なるよと也、〈尾張〉たがへる事なし。〈美濃〉そのよその人にあふ人は、わがおもふ人なり、こはいとめでたき歌なるに、年も経ぬといへること、はたらかず、かけ合へる意なきは、くちをし。〈尾張〉此歌はつぶ〳〵と仏に申つゞくる詞也。仏を祈申て年もへぬる事なるに、その祈る契はむなしくて尾上の鐘の夕くれ時分には、かよひ来てあふ契もよその人とのうへのみにて、わが契にはあらずと也。一首の意も一旦一夕の事にあらずば、別に何のかけ合をかまたん」。

次に自讃歌での施注には次の如きがある。

「此哥新古今にてことの外の秘事《哥イ》也。六百番の哥合の時も俊成卿とかく批判もなくて勝に付たる哥也。世中の人種々の儀ども申せ共、更に此哥の心にあたらず。やがて此卿の哥に、里遠き八声の鳥の初声に花の香送る春の山風、といふ哥あり〈大坪云、前引新古今集之内哥少々ヲ参照〉。それと此哥同也。やこゑの鳥のはつごゑはいかにもほのかに啼物也〈八声の鳥トハ鶏〉。其上里遠き所ならばたしかにきこゆべからず。其ごとく暁の寝覚の床に花の香のほのかに聞えたると云哥也。唯ほのか成と云言葉をいはんとて、かくまはして読り。此年もへぬの哥は祈恋と云題也。祈恋と云題に、はつ瀬などの御事をよまんには大切也。其故はもろこしまでかくれなき観音にておはしますを〈大坪云、既引ノ西国三十三所観音霊場記図会ノ第四説話ナド参照〉、祈ても其しるしなしといはむは不可然。又叶たりといはんも哥の体によろしからず。只此哥思ひの切なるまゝ年をへて祈たれば、其しるしには、はつ瀬山尾上の鐘を、はるかの余所にて聞程なる、ほのかの音信の、うき人のかたより有よ、と云よし也。祈るしるしと有本も有べし〈烏丸光栄所伝本・同書写本・亀山院本ハ。しるしナリ〉。其は此哥の理に相叶はんとてかける也。契りといひても爰にてはおなじかるべし。祈契ははつせと云所を、はつかと云ことばに心得たる人あり、大にあしき事なるべし（頓阿注。第二句祈契や《ママ》）」・「新古今恋二に、祈恋を読。意は、我祈るは年をへて絶はてぬ共《ば》、其人の契は、よそのまつごとくになれる夕ぐれの鐘なるべし。泊瀬に恋を祈事、ふるく読ならはせるにや、俊頼の哥にも在〈千載集七〇七番・百人一首七四番、うかりける人を歌ノコト〉（常縁注）」・「此哥は祈恋とあり。恋ゆへ祈をかけたるためしおほかるにや。さればこの御寺に歩をはこびつゝ、思事を祈れるに、有時ゆふぐれにまうでゝ、たゞだに心ぼそき深山幽谷の、入相のこゑを身の歎に聞そへて、思は千重となり、契は、はつせ山尾上のかねのよそ《(の)》・夕暮にて有けり。さてぞながらへて年も経ぬる、此夕鐘聞てよりは、あすまでも堪ぬべき命にあらずと、うちしほれぬる有様なり。げにやるかたなくや侍らん（孝範注）」・「此うたのこゝろ、正広に〈正広《ショウコウ》ハ正徹ノ弟子、日比《ヒゴロ》の正広ト異名トル歌人。長谷寺知恵光院ニ住持〉たづね侍しに、申侍しは、たとへばこの山は恋をいのるところなれば、毎日きたりていのるに、毎日又、このかねをきゝ侍りけるに、あるとき此鐘におどろきて思ふこゝろは、入相の鐘は人のたのむたよりとなるもの也。余所のゆふぐれは、けふの鐘にもあふ人こそ侍らめとおもふに、我いのる契ははやはてゝ侍りけり。いかんとなれば既《(すでに)》としもへぬればといふこゝろなり。大かたにものいのりたらば、なを頼《(たより)》侍るべきを、年経ていのるかひなきに、身上おどろき歎《(なげく)》よし也。又、東二郎の儀には〈東大史料編纂所本ニハ、東どのゝ儀、トアリ、宗祇ニ古今伝受ヲシタ東常縁ヲ指スノデハナイカ〉、前は同事にて、よその夕暮といふところいさゝかかはり、よその夕ぐれとは、我思ふ人はやいかなる人のちきりとかなるらん、と歎きうたがひ思ふよしとぞ。如此、用捨、人の所好にしたがふべし（宗祇注。第三句伯瀬山。伯ハ泊ノ誤字デアロウ）」・「泊瀬はこひをいのる所也。心をつくしまうでつゝいのれどもそのしるしなし。いりあひのかねには人をまつべきに、さもあらず、わが思ふ人はよそに成たるをもしらず、はかなく祈けるよと、いまおどろく也。契ははつせとは、はてたるといふ心也。かなふべきいのりならば、これまで年つもるべきにあらず、契り、はてぬればこそ年もへぬれと、おもひしるよし也（兼載注）」・「此哥の心は、祈りを掛けたりし程は、余所の鐘を聞ゝても、泊瀬の尾上の鐘とこそ思ひしに、その祈り尽きたりければ、今は泊瀬の鐘をも余所の尾上の入相の声に聞ゝなして、何とも思はざると言傚すべし。されば泊瀬の恋を祈る所也ければ、さてなん（広島大学本註、恣意ニ漢字ヲ宛テタリ。第二句いのるちぎりや。）」・「彼はつせの観音に、あはせてたべ〈賜《た》べ〉と祈侍て、既としをへにけり。然どもなびくよしの侍らねば、我が君のはて侍らぬといはむとて、はつせ山とは侍り。尾上のかねは、人の契を、もよほす物なれ共、身にはよその夕暮と也。然ども又立帰て祈べきとなり（書陵部本註。第二句祈る契りや）」・「祈りてあはざる恋といへる題にてよめる心。かく年月を経んも祈にあふ事のなきは、尾上の鐘のごとくに、よそニのみ聞はて、名は立てども猶そのしるしもなし。祈契、はつせ〈初瀬《ハツ》ト果瀬《ハツ》トヲ掛詞〉となれとや、とかへりみる心なるべし。なを可師説請《シノセツヲコフベシ》（九州大学文学部蔵注。第二句祈る契や）」・「定家卿、ある人に心をかけて、年をへて、初瀬へまいられけれども、そのしるしなくして、きはまる心に、契ははつせとつゞくる也。其女房のかたへ行たる時、きてよまれたる哥なり。われはとしをへて尾上の鐘はよそのちきりとなる心なり（九大図書館支子文庫本註）」・「此哥は祈不逢恋と云題なり。年も経ぬとは久《ひさしく》祈たるさまなり。つゐにあはざれば、かの仏に祈たる契りは、はてたるとなり（東海大学本注）」・「哥心はとしへて伯（ママ）瀬に祈りし契はいかにといふこゝろ也。それは初瀬山の尾上の鐘を、余所にて聞たるほどの事也と云儀なり（太田武夫氏本注。第三句伯瀬山。伯ハ泊ノ誤リ歟）」

〔二四三〕（一六二三頁）

一　片思ひの心をよめる

管見新古今二十六伝本での校異。「片思の心をよめる（鷹司本。よめるヲ欠ク）」・「片思恋をよめる（亀山院本）」・「題詞ナシ（為氏筆本・前田家本。勅撰集ノ形式上カラハ、一一四一番題詞ノ、祈恋といへるこゝろを、ガ当歌ニマデ及ブコトニナルガ、当歌ノ歌意カラスレバ、コレハ当ラズ、題詞ノ脱落トミルベキデアル）」。他伝本での異同はない。参考、「片思。人は思はで我ひとりおもふなり（和哥麓之塵(下)。俊成ノ当歌ヲ例歌ノ一首トシテ示ス）」・「片思恋・片恋。かたおもひ、かたこひ、かなたはおもはぬにわれひとりわすれがたきなり（今古和歌宇比麻奈備。古歌例トシテ、万。ますらをや片恋せんとおもへどもしこのますらを猶こひにけり、舎人皇子・万。いせのあまの朝な夕なにかづくてふあはびのかひのかたもひにして、よみ人しらずヲ例示）」・「片思。かたおもひ・かたこひ。かなたハおもはでわれのミひとりおもふなり（和歌布留能山扶美）」・「片思。こなたのみ思ひて、かなたは思はぬ心をよむ（和歌独習自在）」・「片思。六帖の題には、かたこひともあひおもハぬなどゝも出たり。われのミひとりおもひて、さきなる人ハおもはぬなるべし（和歌言葉の千種）」。

二　皇太后宮大夫俊成

管見二十六伝本では、鷹司本のみ「俊成」の作者表記で、他はすべて「皇太后宮大夫俊成」。俊成略伝は、五・一五・七九五・一〇七八番歌頭注等を参看せられたい。

三　憂き身をバ我だにいとふいとへたゞそをだに同じ心と思はん

管見伝本では、為氏筆本が第二句「我だにいとふ」のふ字を、はじめに「へ」と書き、後右傍に「ふ」と改めている。他伝本異句はない。他出では安永四年板本『二四代集』が「そをだに」を「そふだに」とする。当歌は、『長秋詠藻』（書陵部蔵五〇一・一七二架番）に「堀川院御時の百首題を述懐によせてよみける歌。保延六年のころの事にや」とある歌群の中にあり、「恋歌」とある中の「片思。うき身をはわれたにいとふいとへたゝそをたにおなし心とおもはむ」とある歌である。この歌群を一般的には「述懐百首」と称している。他出は、『和歌手習口伝』（題、片思。歌句同形）・『私玉抄』（巻五恋。題、憂恋。歌句同形）・『練玉和歌抄』（巻七恋上。歌句同形）・『二四代集・二四代和歌集・八代知顕抄』（題しらず。歌句同形タダシ二四代集ノミ第四句そふたに）・『二八要抄』（題、片思の心を。歌句同形）・『井蛙抄』（巻二、取本歌事。歌句同形）・『愚問賢注』（歌句同形）・『梨本集』（歌句同形）を管見した。当歌は「我だに厭ふ憂き身をば厭へ」と句順を変えれば理解し易いのであるが、「いとふいとへ」と頭韻を踏ませるための倒置でそこに技巧の面白さがあり「憂き身をば」が強められ、音数律の調律が整えられたのである。さらに「いとへただ」も、「ただいとへ」の倒置で、相手方に憂きわが身を徹底的に厭えという事になり、哀切極まる述懐が強められたのである。ところで当歌の本歌であるが、所謂「本歌取」の定義について、古歌の、特に絶妙のある一句を取る説と、定家の定義の両方があり、前者は「制詞」との関連となり、後者は一般的であるが、これらに関して『梨本集』の説が参考になろう。前者の古歌の絶妙の一句を取って本歌取と見る説に、「うき身をばわれだにいとふいとへたゞそをだにおなじ心とおもはん／本歌、あかでこそおもはん中ははなれなめそをだに後のわすれがたみに（井蛙抄）」があり、この頓阿説を受けて良基は、「たゞ詞一《ことばひとつ》を取りたる歌／さきのわすれがたみの本哥にて〈大坪注、井蛙抄ニ引カレタ古今集七一七番題しらず読人しらず歌ヲナス〉／うき身をば我だにいとふいとへたゞそをだにおなじこゝろと思はむ、俊成卿／はなのさかりをおもかげにしても此類なり〈大坪注、続古今一二五番為家哥、よしさらば散る迄は見じ山桜花の盛りを面影にして〉。此歌、詞よりあんじたるうたにあらず。花のちる程までは見しさかりのおもかげを残して身にそへむと思へる、めづらしくおもしろき風情を案じて、此心のよみがたきを、おもかげにしてといふ本歌にてつゞけられたるなり（愚問賢注）」と述べ、為家歌を比例させて、俊成歌も古今集歌の本歌取と見ているのである。現行注釈書でも、岩波旧大系と武蔵野書院テキスト版の頭注は、この古今歌を本歌と認める。が他は認めず久保田氏『全評釈』が参考歌として掲げられた程度である。〈定家の定義を尊重しての事と思われる〉。この事に関して、戸田茂睡は、「愚問賢注に、本歌とりやうの答に、頓阿の云、古今集の歌に、飽かでこそ思はむなかは離れなめそをだに後の忘れがたみに。此の一句をとりて、俊成卿の、うき身をば我だにいとふ厭へたゞそをだに同じ心と思はん。これ、そをだに、といふ一句を取りたる手本なり。万葉集笠女郎の歌に、みちのくのまの、かや原遠けれど面影にして見ゆといふものを。この一句を取りて、為家卿の、よしさらば散るまでは見じ山桜花のさかりを面影にして。これを以て本歌を取るべしと、良基公へ頓阿の答なり。愚案、これにて、前のぬしあるといふ詞のことを考へみれば、そをだに後の、と読める古今の歌の作者はこの詞のぬしなり。面影にして、と読める詞の主は笠女郎なるに、俊成・為家は何とてぬしある詞を詠みたるといはゞ何と答ふべきや。皆古人の詞を取り、それよりこそ、もとづきて心をたくみ、詞を設けて読むことなれば、ぬしある詞とて、その人一人に定まる事はあるまじことなり（梨本集第二）」と述べて、俊成歌の「そをだに同じ」も、古歌の珍しき詞や風情を取入れた本歌取歌と認めても良いのではないかと、している如くである。そこで俊成歌の場合も「そをだに」が絶妙の語として本歌取の核心となるのであるが、この語については、「そをだには、それをだに也（和歌色葉㊤。七通用名言者・雑具）」と解説され、同じ説明は、顕昭の『古今集注』（七一七番歌注）や『顕注密勘抄』にもなされているので、古くから注目されていたのである。近世になっては、石川雅望の『雅言集覧』に「ソレヲダニ也。ちる花のわすれがたみのみねの雲そをだにのこせ春の山風（新古今一四四番）・あかでこそおもはん中ははなれなめそをだに後のわすれがたみに（古今七一七番）・谷ふかみ岩本小芹摘みに出てそをだに春のしるしと思はん（拾玉集旧続大観二六六九番）・新古今当歌」と、纏《まと》められ、中島広足によって「現こそぬるよひ〳〵もかたからめそをだにゆるせ夢の関守（続拾八四三番）・哀てふなげの情のか、りなばそをだに袖のかわくまにせん（続千一一五四番）・暮をまちあくる惜しみし古はそをだに物を思ふとやせし（万代集新大観二七三〇番）」が補われている。近世の和歌手引書では、『萩のしをり〔しをり萩、トモ〕』（九十四丁ウ）・『和歌八重垣』（巻五、二十七丁ウ）・『歌辞要解』（そ之部。三十丁オ）等に採録され、歌学の上では、かなりの重要視される語であった。にもかかわらず、現今では『角川古語大辞典』・『岩波古語辞典』等に見向きもされていない。さて、当歌と影響関係にある歌として久保田氏は角川文庫版で、慈円の「厭《(ママ)》へただ何か恨みむ今はわが憂き身を知る《も》　をなさけにもせむ（拾玉集旧続大観五九五一番）」を挙げておられるのは、流石である。又、当歌に「だに」の繰返しのある点も作者の意識的使用と考えられている点も、他書に見られぬ説ではあるが、『尾張』が「だにといふ詞二つあり、上なるはすらのゐ、下なるは、なりとものゐなり」と述べておるし、窪田氏『完本評釈』にも既に指摘ずみである。歌意参考、「人にとい《ママ》はる、〈厭ハルル？〉」やうなるうき身故、我さへいとふ程に、いよ〳〵いとひ給へ、我身をいとふ心ばかりは、人もわれも同じこころなりとて、心をなぐさめんとなり。うき身とはいやしき身をいふ。賤き身はうき事多ければかなり（標註参考）」。久保田氏『全評釈』に、「うき身は、本来恋人に顧みられないがゆえのうき身であるにとゞまらず、官界において沈淪しているゆえのうき身の意をも籠めるものであったであろう」と述べられてあるのも、『標註参考』からのものではなかろうか。なお『標註参考』の歌意は『尾張の家苞』の受け売りであり、「うき身」が内包する意は「増抄云」の踏襲である。又、『小学館全集』の「意表をついた〈片思い〉の恋情であるが、皮肉をこめた恨みが哀切」という寸評は適切である。

四　堀川百首の題にて、述懐をよめる哥也新古今では、勿論、恋部の「片思い」であるが、出典の『長秋詠藻』での、述懐百首中の「恋歌」群の「片思」題である事を述べた施注。堀川百首題は、これにより百題の組題《くみだい》が典型として確立され、後に題詠時代が到来して本格化し、本意本情が成熟して、俳諧の季語に及ぶ美意識となる。その題は、春は、立春・子日・霞など二十題。夏は、更衣・卯花・葵など十五題。秋は、立秋・七夕・萩など二十題。冬は、初冬・時雨・霜など十五題。恋は、初恋・不被知人恋・不遇恋など十題。雑は、暁・松・竹など二十題。計百題であるが、伝本により同題の異型がある。「片思」題は恋十題中の一つである。「片思」の題では十六首詠まれているが、例えば「思えともわか心こそこゝろえねわれを思はぬひとをおもへは　師頼」・「いかにせん人のつらさを思とて我のみひとり身をくたくかな　顕仲」・「こゝろこそこゝろをころす物なれやおもはぬ人をなにおもふらん　隆源」などがある。文意「当歌は堀川院御時百首和歌での題の片思を題にして詠んだ歌であるが、歌句の、憂き身をば、で片思いの故の憂身なることと、官途沈淪の故の憂身なることを対応させて、述懐の意をも籠めて詠んだ歌なのである」。

五　憂き身とハ、……住ミ憂き身なり
文意、「憂き身とは、この現世で、出世もできず、官途もままならず、物の数にもはいらない下積みの世界で、住みわびている我が身の事を言っているのである」

六　これにて述懐を応対ひたり
文意、「この憂き身という詞を使うことによって、片思の心と、沈淪をしみじみと訴える心とを、対応させたのである」。「述懐」は清音で「しゆっくわい」と発音し、主として沈淪老残の憂愁の気持を述べる事である。

七　余事一つとして心のあひたる事なし
文意、「自分の思っている事は勿論、その他の事も、何一つとして、自分の望みと適合する事は無い。すべてに亘《わた》って満足する事はないのだ」。

八　うき身を厭ふハ……あハれなる哥なり
文意、「いつまで経《た》っても梲《うだつ》が上がらず、又恋も片思いのままで相手にされないこのわが身を、自分自身でさえもいやになるのは、あなたから厭われている状況と全く同じでありますから、その状況なりとも同じだと思う事で、心を慰めるばかりです。と詠んだその作者の心境を察すると、全く哀切きわまる歌である」。

九　そをだに（の）一句、本哥の詞也
磐斎は、そをだに、の一句を含む本歌を具体的に示していない。が当時にあっては、その本歌が、どんな歌であるかは、共通の認識があったものと私は考える。当時の人々は、その歌が「本歌」であった筈である。こう考えて磐斎にもっとも近い時期の人の説を探れば、当然戸田茂睡が浮かび上り、その著『梨本集』は成立は元禄十一年ながら、茂睡の考えはそれ以前からのものであるから、彼が示した本歌が磐斎の考えている本歌と見て差支えはない。茂睡は、前引した如く、頓阿や良基の説により、古今集七一七番「飽かでこそ思はん仲は離れなめそをだに後の忘れ形見に　読人しらず」を本歌と考えていたのである。磐斎も俊成歌の核心句「そをだに同じ」を以って、古今歌を本歌とみたのである。新古今ではこの古今歌を本歌とした歌として、「散る花の忘れがたみの峰の雲そをだにのこせ春の山かぜ」（一四四番）があることを『古今栄雅抄』は指摘するが当歌は指摘されていない。この古今歌の意は「飽きのこない間に恋人同士は分かれるがよい。飽きがきて別れたのではないとのことだけでも忘れ難い後々の忘れ形見として（岩波文庫定家八代抄脚注）」というもの。

参考、「我が身をば我さへ今はいとふ程に、そなたのいとひ給ふをせめておなじ心にせんと也。そをだには、それをだにと云心也（都立中央図書館本、抄）」・「数ならぬ身はわれだにいとはしくおもふに、人のいとふは道理也。たゞいかほどもいとひたまへ、いとふ心なりとも、おなじ心となぐさめんと也。哀ふかき哥也（新古今集之内哥少々）」・「そおだにハ古今より出たり。うき身ハわれだにいとふほどに、君もいとへバ同じ心と思ひうれしきと也（かな傍注本）」・「述懐百首ノ中、片思ノ心也。うき身をバ我だにいとふニテ、述懐ノ心アリ（学習院大学本、注釈）」・「述懐百首の中の片思の心也。難面《つれな》き人の我に同心ならぬに付《(つけ)》て、うき身は誠に我さへいとひて遁世捨身の心あれば、よし／＼君も我をいとひ給へ、其いとふ心をだに我に同心とおもはんと也。君がいとふは本意ならねど、なびくかたにあまり同心なきによりて、かくよみ給へりし心也。そをだにとは、それをだに也。是古今ニ、そをだにのちの忘れがた見に、とよみし詞なれば、詞一《(ひとばひとつ)》を本歌にとりたる歌に、井蛙抄に有。亦此歌、うき身をば我だにいとふ、にて述懐の心有なり（八代集抄）」・「〈美濃〉上句人のいとふにつけて思へる心にて、いとへたゞといへるたゞは、ひたぶるにといふ意也〈尾張〉たがひたるふしもなし。〈美濃〉うさ身とは、賎き身をいふ、賎き者は、うきこと多ければ也。〈尾張〉述懐の歌のうき身の説ざま也。それすら官位もよろしきほど、家もとみ身も栄ゆるが、一事一言によりて身をうき物に思入も常なれば、うき身を賎き身と定てはいひがたし。ましてこれは恋の歌にて貴賎の論は物遠し〔大坪注、コノ尾張説ニヨリ、久保田氏『全評釈』デハ、恋ト沈淪トニヨル憂身トミル二重構造トミル見解ニ、気付カナクテモ理解デキル歌ダト鑑賞サレタ〕。うき身とはいとはるゝ身也、人にいとはるゝ、故わが身のうき也。いとふといひ、うき身といへば、たゞに、しかきこゆるわざぞ。〈美濃〉人のいとふにつきておもへば、我はいやしき身なれば、我ながらみづからすらいとふなれば、人のいとふはことわり也。よしやこのうへは、人もいよ／＼ひたすらにいとへと也。〈尾張〉我はいやしき身なれば、我ながらみづからいとふといひ、又人のいとふはことはり也とおもひくづをれては、うらみ力いとよはくて、やがておもひやむべきほどの事也。これ歌によむ情にあらず。人にいとはる、わが身なれば、これほど人のいとふは、我身はまことにうき身ぞと人のいとふ故、はじめて我もいとふ也。身をいとふは恋にあり、官位の窮達、世途の貧富などに拘りたる事にあらず。此歌かくそをだに同じ心とおもはんなど、やさしげにいひても、ひとに心ぐるしとおもはせて思ひよはらせんとの構也。恋の歌にはかやうの心ばへ多かることぞ。〈美濃〉下句は、我は人を思ふに、人は我を思はざるは、同じ心ならざるに、せめては我をいとふ心をなりとも、我とおなじ心ぞと思ひて、なぐさめんとなり。〈尾張〉一首の意、人にいとはる、やうなうき身故、我さへいとふほどに、いよ〳〵いとひ給へ。我身をいとふ心ばかりは、人もわれも同じ心なりとて、心をなぐさめんと也。同じ心に思はざる故に、同じ心に我をいとひなりともせんといふ也。〈美濃〉だにといふ詞二ツ有、上なるはすらの意、下なるはなりとものの意也。〈尾張〉ナシ（両家苞）」。

〔二四〕（六四頁）

一　題しらす

管見二十六伝本はすべて「題しらず」。出典家集の『栂納言長方卿集』（書陵部蔵三五一／一六三架番）では「恋部」の「恋」題歌群の一首。なお家集名を『按納言集』と表記する書（例、旧続国歌大観・小学館『全集』・武蔵野書院テキスト）もある。『新校群書類従』でも『按納言集』で収録されてありその解題で長方を「剛毅事にあたって敢言するを以て、当時一流の名士として重ぜられた」と評するが、あの有名な清盛の福原遷都に対し敢然として反対し、遂に半年にしてもとの平安京に、都を戻した事は『続古事談』（巻二、二十四話）に記載され、人の知る所である。長方を同書では「梅小路中納言」と書いてあるが「栂納言」は「梅」字の省画であろうか。「栂（トガ・ツガ）」は国字とも俗字ともされるが、梅ではなく松の一種である。又「按」と「梅」字の草体は酷似するので読み誤る事もあるし、又、長方は検非違使にも任ぜられ按察の官務もあったので「按」字が用いられた事も考え得る。「梅納言」とあって然るべきを敢て、「栂」や「按」に書かれたのは、単なる誤記ではなく、長方に対する畏敬の念を表わす為ではなかったかとも思う。長方は定家の従兄で、定家は自筆でもって『長方集』を書写したと、その伝本奥書は言う。「紅旗征戎は吾事に非ず」と述べた定家は、福原遷都を敢然と批判した長方には、特別の思いもあったのではないか。扨、長方当歌は、既に『続詞花集』に前出している。「題しらず・藤原長方」とあるが、清輔撰の該書は二条天皇の崩御で勅撰集とはならなかったが、崩御の永万元年七月後、間もなく成立したと考えられている。『玉葉』（建久二年三月十一日条）に依れば長方の逝去は同年三月十日、『尊卑分脈』によれば建久二年《ママ》二月十一《ママ》日薨、五十二《ママ》歳以前の詠となり、清輔に撰ばれていた事になる。長方享年は現行注釈書類では五十三歳とする。これは『公卿補任』に基づく説で、その安元二年では三十八歳、元暦二年出家時は四十七歳とあるから建久二年では五十三歳となり、享年は五十三歳とするのが良いと思う。出家は中風によるものである。「逢ふに替へつ〈ワガ命ト引換エニ女ト逢ウ〉」という表現に、後年福原遷都について、所謂「両京の定」を敢言した彼の気性の激しさが迸出しているようである。〈大坪云、両京の定ニツイテハ、続古事談ノ巻二ノ第二十四話ニ記載ガアル〉。

二　権中納言長方

管見伝本では、鷹司本が「権中納言長家」とするが、誤りであろう。他本すべて、「権中納言長方」。長方については、一〇七五番歌で詳述。日記『禅中記』がある〈別冊歴史読本「古記録総覧」所収「主要古記録一覧表」ニヨル〉。

三　作者部類に云く

磐斎は、五四二・六六〇・一〇七六番歌で作者部類の記述を繰返し記載している。増抄は、旅泊中でも書き続けられたというから、整理されなかったのであろう。長方極官は、権中納言正二位。

四　恋ひ死なむ同じ憂き名をいかにして逢ふにかへつと人にいはれむ

管見新古今二十六伝本中、第二句を「おなうき世」を（東大国文学研究室本）」。鷹司本は第五句の「人にいはれん」の、れ字右傍に朱で「ナ」と書いて削ってある。他伝本は異形なし。他出の家集『長方集』や『続詞花集』でも歌形は同じである。当歌も、本歌に関しては、一一四三番俊成歌が「そをだに」を歌の核心語と捉えて古今七一七番歌を本歌とみる説のあったのと同じく、「逢ふにかへつ」を核心語と考えて、古今集巻十二の六一五番紀友則歌「命やは何ぞは露のあだものを逢ふにしかへば惜しからなくに」を本歌と考える説が多い。季吟の『八代集抄』に早く見え、塩井氏『詳解』・鴻巣氏『遠鏡』・改造文庫頭注・石田氏『全註解』・尾上氏『評釈』・朝日新聞社『全書』・久保田氏『全評釈』・新潮集成・岩波旧大系・岩波新大系・小学館『全集』・武蔵野書院版テキスト・桜楓社版テキスト、すべて本歌とみる。併し、定家の本歌取定義からは本歌とは考え難い。俊成歌の場合とは態度が異なるように私には思われる。定家の定義からみれば、上記諸書の無視する、契沖『書入本』の注記がむしろ注目されよう。それには「新千載恋一」。藤原行輔朝臣、こひしなん思ひの煙せめてた、あふにかへたる名にたにもたて。あふにかへつと(朱)古」とある。行輔は、新千載初出の南北朝期歌人であるから、勿論長方歌の本歌とは考えられないが、長方歌を本歌としている事は契沖の考えた通りだと思う。契沖は長方歌の核心を「あふにかへつ」にあると見ながら、古今友則歌を挙げる事はせず、敢て行輔歌をあげる事で、友則歌を本歌と見る事をためらったのではなかろうか。友則歌の歌意は、契沖の『余材抄』に「命やは、何ぞ、つゆとひとしきあだ物なるを。あふ事にもし人のかへばをしからず、とみづから身をかろんじてよめり」とある。景樹の『正義』には「俗にいへば、命がまあ何じやぞい。今もしれぬあだ物じやは。其あだ物をかくも逢見たき契にかへん事は、我は更にをしからず、余程、かへ徳《とく》じや、とおもふといふ也」。長方当歌の理解上、参考になりそうな歌としては、「孤悲死牟　後者何為牟　生日之　為社妹乎　欲見為礼(万葉五六〇番大伴百代)・恋ひ死なむ後は何せん生ける日のためこそ人の見まくほしけれ(拾遺六八五番)〈他出俊頼髄脳・袋草紙・古来風体抄〉」・「こひしなむ身のおこたりぞとしへぬるあらばあふ世のこゝろづよさに(拾遺愚草(下)、建保五年四月十四日、院庚申五首久恋)〈他出定家卿百番自歌合六十番・正風体・井蛙抄〉」・「恋しなで心づくしに今までもたのむればこそいきの松原(続古今一一三九番、親隆)〈他出大ぬさ〉」などがある。恋のためには、死ぬのがよいか、生きながらえるのがよいか、人生観の相異。さて当長方歌の末句「人にいはれむ」の「人」は誰を指すか。現行注釈書も含めて多くは「世間の人」「人の噂」と解するのが大多数であるが、自分の相手たる「恋人」の意と考えた珍らしい解もあるので、相方からの解を次に示しておく。「世間の人」と見るのは、小学館『全集』・尾上氏『評釈』・窪田氏『完本評釈』・石田氏『全註解』・岩波新大系・鴻巣氏『遠鏡』・久保田氏『全評釈』等で、「わたしはあの人に恋いこがれて、思い死にをするだろう。どうせ同じようにつらい噂が立つのならば、何とかして、〈あの男は恋人と逢うこと命を引き換えにしたのだ〉と、人に噂されたい(全評釈)」というもの。対して「恋人」と見るのは『標註参考』で、「只に恋ひ死ぬも、逢ふにかへて死ぬも、憂名は同じければ、只に死なんよりはいかにもして、我恋人に、逢ふ事に命をかへつる、といはれんとなり」とある。この『標註参考』は、季吟八代集抄と略々同文なのであるが、「我恋人に」の一句を入れることで「人」が「恋人」である事を明白にしたのである。季吟注は「只に恋死ぬも、逢にかへて死ぬも、死る憂名は同じければ、只に死んよりはいかにもして、逢に命をかへつるといはれんと也。命やは何ぞは露のあだ物を逢にしかへばおしからなくに。此古今の歌を取て也」というもの〈学習院大学本注釈も同じ〉。参考、「ついにハ迚《とて》もしなんほどに、逢て、かへてしなんと也。同じ名を立はと也〈大坪注、人間ハ誰デモ終局ニハ死ヌトキマツテイルノダカラ、恋人ト逢ウコトデ、ソノ生命ト交換シテ死ノウト詠ンダノダ。生キテイテモ死ンデモ、同ジク焦レテイルトイウ噂ガ立ツノダカラ、トイウ歌ダ〉(かな傍注本)」。なお当歌は多くの新古今集伝本で、隠岐に於て除棄された記号がつけられているが、小宮本には除棄記号がない事を、朝日新聞社『全書』に注記がある。

五　如何にしても……かへたきとなり

文意、「どの様にしても、このままの状況では私は、恋ひ焦れて焦れ死《じに》して了うであろう。どのみち死んで了うのであるなら、ただ一夜だけでも恋人と相会して、死ぬ事と引換えにしたいというのだ」。

六　空しく死なむが本意なきと也

文意、「ただ手をこまねて、何もせず死んで了う事が、もともとの意志ではないのだ、と詠んでいるのだ」。

七　逢ふにかへつと……逢ひたきといふ事也

文意、「逢うに換へつ、つまり、あの男は、わが命を、恋人と相逢う事との、引換えにして死んだのだと、人から噂されたいというのは、恋人と逢いたいという事を強調した表現なのだ」。

八　治定して……よりて詠めり

長方歌が、どういう状況の下で詠まれたかの説明頭書。「治定《ぢぢやう》」は、名詞としては、決定・必定の意。副詞としては、きっと・きまって、の意。ここは動詞の用法であるから、「きっとこうなる事は必定だからと決定して」のごとき意ではないか。文意、「いつまでもこのような片思いの焦れ焦れての状況であっては、自分はきっと焦れ死に死んでしまう事は必定であるからと死ぬことを決定して、あまりの恋の哀切さに依って詠んだ歌である」の意。「これにては死ぬべき程に、恋ひ死なんと、治定して」と語順を変え語を補うと分りやすい。「恋ひ死なむ」の「む」は、推量か意志か。句切れとも関わる微妙さがこめられている。私には、「恋人の逢引を引換にして恋ひ死《じに》してしまおう」の如く考え、むは意志、初句切れとみたいのだが、諸説を考えると、治定し難い。その拙訳は、「片思いのままの焦《こが》れ死も、恋人と命を引換えにしての媾曳《あいびき》も、同じ憂名を世間に流す事になるなら、後者をとって恋死《こいじに》して了《しま》おう。何としでも、あの男は媾曳とわが命とを引き換えにして死んだのだ、と世間の人から噂されたいものだ」の如くで、磐斎の頭書を念頭においたものである。

〔一四五〕(一六五頁)

一　殷富門院大輔

管見新古今二十六伝本、異同なし。作者名は、「いんぶもんゐんのたいふ」と富字は濁音で読む書が多い。吉川弘文館の『国史大辞典』では「ぷ」と半濁音。注釈書の都立中央図書館本抄では「いんぶくもんいむのたいふ」と仮名書にされてある。岩波新大系の人名索引でも併記するが根拠は示されていない。大輔が出仕した殷富門院《清イ》は、後白川院の第一皇女亮子。母は従三位成子で播磨局・高倉三位等と呼ばれた方〈女院小伝ニヨル〉。大輔は、藤原信成女説〈尊卑分脈。吉川弘文館本第二篇一四一頁〉・菅原在良女説〈同上書第四篇七〇頁・北村季吟八代集抄新古今七九〇番歌作者注記・新校群書類従菅原氏系図五九三頁〉・菅原在良孫説〈烏丸光栄所伝本新古今七三番歌作者注記・磐斎新古今増抄七三番歌作者説明〉の三説があり、現行書では信成女説を採る注が多いが確乎たる根拠の説明はみられない。森本元子氏『私家集の研究』では、在良孫説に留意して俊成女が実は在良孫娘である如く「以レ孫為レ子」と見る見解が示されてある。つまり在良養女説〈実際は在良孫娘〉を「在良女」と見られて、その「在良女」と藤原信成との間に生まれた女〈殷富門院大輔〉を、烏丸本勘物や増抄は、「在良孫」と注記したのである。斯く考えると、上記三説間には矛盾はなくなるかと思う。なお殷富門院大輔については、既に、七九〇・一〇八九番の頭注で詳述してある。

二　明日知らぬ命をぞ思ふをのづからあらバ逢ふ世を待つにつけても

管見二十六伝本では、第二句「命ぞおもふ」（亀山院本・を字ナシ）。なお「逢ふ世を」の世字は、「世」と漢字表記が、烏丸光栄書写本・春日博士蔵二十一代集本。正保四年板本〈明暦元年本モ〉の四本のみ。他本すべて「よ」と仮名表記〈コレハ、世ト夜ノ掛詞ニナルノカ、ナラヌカノ問題モ絡ムノデ特ニ校異ニ出シタ〉。第四句、小宮本は「あらはあふよをを」と「を」字が衍字。この歌にも前歌の「題しらず」という詞書が及ぶ。当歌の出典は未詳『殷富門院大輔集』や『殷富門院大輔百首（内題ハ、殷富門院百首題トアリ）』には見出せない。他出は『二四代集・二四代和歌集・八代知顕抄』に「題しらす」として歌句同形で見える。当歌の本歌は、「いかにしてしはしわすれんいのちたにあらはあふよのありもこそすれ〈拾遺集恋一、六四六番題しらす〉（定家自筆本系諸本）である」が、非定家本系では第四句「あらはあふ世の」・北野天満宮本では定家自筆本と同句形である〈以上『拾遺和歌集の研究』ノ校本篇伝本研究篇ニヨル〉。この歌を本歌と指摘する諸書は頗る多く、新古今抄出聞書・都立中央図書館本抄・八代集抄・契沖書入本・美濃の家苞・尾張の家苞・新古今渚の玉・至文堂藤村作博士テキスト版・改造文庫・講談社『新註』・朝日新聞社『全書』・岩波旧大系・岩波新大系・小学館『全集』・武蔵野書院版テキスト・桜楓社版テキスト・久保田氏『全評釈』・新潮集成にみえる。この本歌の意は「どうにかして、しばらくの間でも、恋の物思いを忘れよう。せめて恋死することなく命さえあれば、また逢う折もあるだろうから（岩波新大系拾遺集、小町谷照彦氏訳）」で、「〈逢ふ世〉と解したが、〈逢ふ夜〉とも解せる」と述べられている。至文堂テキスト版頭注や講談社『新註』・改造文庫・塩井氏『詳解』・『完本評釈』・遠鏡ではこの拾遺歌を本歌として引くが、その表記は「あらば逢ふ夜の」と明白に「夜」字になっている。新古今の大輔当歌では、小学館『全集』が「明日がどうなるかわからない命を思うことだ。自然のなりゆきで、生きているならば逢えるかもしれない、夜という時を待っているにつけても」と訳し、頭注で「〈世〉に〈夜〉をかけた」と注し、短評で、「本歌の〈命だにあらば逢ふ世（ママ）〉を生かし云々」と述べておられる。新古今の他の主要注釈書では明白に「世」と「夜」の掛詞を説く注は管見では見出していない。拾遺歌は前引、片桐洋一氏校本では「夜」字になっている伝本はない。拾遺歌は、古くは「世↔夜」の掛詞は、考えていなかったのではないか。新古今歌でも、表記上からでは「世」は認めても「夜」は考えない方がよいのではなかろうか。「校注」を冠せる私としては、まことに辛い問題ではある。『標註参考』では、歌句本文は「あらば逢ふ世を」と表記し、頭注では「自然命あらば逢ふ夜あらんと待つをいふ」と注しているが、暗に掛詞と見よという事を含ませているのであろうか。さて、「明日知らぬ命」とは、無常感を含めるのか含めないのか、前者ならば「明日をも知れない、無常なこの世でのわが命（久保田氏『全評釈』）・明日はどうなるか分らぬ命（朝日『全書』）」の意で、小学館『全集』・岩波旧大系・塩井氏『詳解』・石田氏『全註解』・『完本評釈』・尾上氏『評釈』〈古今哀傷八三八番貫之歌、明日知らぬ我身と思へど暮れぬ間の今日は人こそこひ《かなイ》しかりけれモ示ス〉等この解が絶対多数であるに対し、無常感を含めない「あすしらぬ命。恋死である（岩波新大系）」とみる注がある。恋歌部にある事を重視するもので、『遠鏡』の解（私ハカナワヌ恋ニ、命モ無クナリサウダガ、生キテサヘ居レバ、自然、逢ヘル時モアラウト思ツテソレヲ待ツニツケテモ、明日ヲモ知レヌ命ガ悲シク思ハレル。永生キシテアノ人ニ逢ヒタイモノダ）に強く影響された解であろう。次に同じく新大系は「逢ふよ。〈よ〉は世で、逢う時節」と鮮明に「夜」との掛詞でない事を示している。管見新古今二十六伝本の表記からはこの注記に従うべき歟。

三　をのづからとハ……長くと思ふ、と也　磐斎の歌意施注。文意「第三句の、をのづからとハ、積極的に相手に逢おうとしなくても、片思いのままでいても、自然に相手と逢えるようになる事もあるであろうと心だのみをする有様を述べた句で、その思いにつけても、明日死ぬかも知れぬ無常儚ないわが命をこそ、長くあってほしいと願うことだ、という歌意だ」。参考「如何にしてしばし忘れん命だにあらば逢世のありもこそすれ〈大坪注、拾遺六四六番歌〉。本歌のごとく命あらば逢事もあらんとおもへば、はかなき命も長久せよかしと、いのちの事をも思ふよし也（新古今和歌集抄出聞書。該書ハ作者ヲ定家ニ誤記スル）」・「あらばあふ世をまつとは、命のあらば、なんどきにてもあはんとまつ心也。こゝろながくまたんと思ふにつけて、あすしらぬ命のあぢきなきと也。いかにしてしばしわすれん命だにあらばあふ世のありもこそすれ〈大坪注、拾遺六四六番歌〉。是もいのちだにあらば、一たびはあはん程に、すこしおもひをやすめたきと也（都立中央図書館本、抄）」・「あすをもしらぬ身なれども、ながらへバもしあふ事もあらんかと也（かな傍注本）」・「拾遺、いかにしてしばし忘ん命だにあらば逢世の有もこそすれ。是を本歌にて命だにあらば、をのづからあふ世もあらんとまつにつけても、命はあすしらぬ物なれば、あはで死もやせんと思ふと也。哀、命のうちにあはまほしきとの心こもり侍にや（八代集抄。学習院大学本注釈ハ、哀以下ノミ略抄セリ）」・「〈美濃〉めでたし、下句詞めでたし。本歌拾遺、いかにしてしばし忘れむ命だにあらばあふよのありもこそすれ。初二句は、明日死なむもしられぬ命なることを、かなしくおもふなり。おのづからあらばは、あらばおのづからといふ意にて、あらばは、命のあらばなり。〈尾張〉命だにあらば、逢世もありもすべければ、そのあふ夜をまつ也。一首の意は、今はかやうにつれなくても、命さへあるならば、長い年月の中には、もしヒョッと逢れるかもしれぬ故、其折をまつにつけても、命といふ物があすもしらぬ物故それがき《気》にかゝるとなり。〈美濃〉あふよをまつとは、あふよもあらむかと待をいふ〔大坪注、尾張ハ、逢夜《ママ》をまつとはあふこと《ママ》もあらんかと待をいふ、ト恣意的ナ引用ヲスル〕。さてかやうのおのづからは、俗言に、もし自然としか〴〵の事あらばといふ意、又たまさかに自然としか〴〵の事のあるなどいふ意也。歌に此類のおのづから多し、心得おくべし。〈尾張〉ナシ（両家苞）」・「命ガアツタナラバモシ自《おのづから》然に逢夜ガアラウカト逢夜ヲ待ツニツケテモ、明日死ウモシレヌ命ヲサ《そ》悲ウ思フワイ。家つとに、本歌拾遺、いかにしてしばしわすれん命だにあらバあふよのありもこそすれ。おのづからハ、俗言に、もし自然としか〴〵の事あらバといふ意、又たまさかに自然としか〴〵の事あるなどいふ意也。此類ひのおのづから多し、心得おくべしといへり。〔付箋A〕コウ人ガツレナウテモ行末心ガ和ラグマイモノデモナイ、命サヘアツタナラバモシ自然ニ逢夜ガアリモサ、シヤウカト思フテ、時節ヲ待ニツケテモ云々、悲シウ思ヒマス。〔付箋B〕三四五一二と句を次第して也〈大坪注、をのづからあらば逢ふ世を待つにつけても明日知らぬ命をぞ思ふ、トナル〉（新古今渚の玉）」。

〔一四六〕（六五頁）

一　八條院高倉

管見新古今二十六伝本ではすべて「八條院高倉」。八条院とは、鳥羽院皇女暲子内親王を申し上げる。『本朝皇胤紹運録』によれば、「八條院。暲子内親王。准后。建暦元六廿六崩、七十五。不レ経二皇位一之院号初例也。依御養母。母同〈＝皇后得子、贈左大臣長実女〉」とある。『女院小伝』は「八条院暲子、鳥羽第三女。母長実卿女、美福門院。〈以下省略〉」とある。この長実卿とは六條修理大夫正二位顕季の長男である。ところで、磐斎の増抄五二五番歌作者施注に「八條院高倉　前大納言実長女」とあり、季吟の八代集抄新古今五四番歌作者注記にも「大納言実長女」とあるが「実長」は『尊卑分脈』を検索しても、子女はおらず、ただ、「則光孫」流に「宗長」を異伝本に「実镸」と記すが、その実镸に男子十三人を記すが女子は存しない。従って、増抄や八代集抄の説は不審という以外に言は無い。季吟も磐斎も貞徳門下であるから貞徳の説にそのような説があったのかも知れないが、私には未詳である。ともあれ「八條院高倉」は暲子内親王に奉仕した女房であったのだろう。久保田氏『全評釈』五四番歌「作者」項で詳しく略歴を述べられておるが、「実長女」説は記されていないので、紹介したまで。参考、「此人〈＝俊成卿女ノコト〉、京極心〈＝定家ノ心〉に不レ叶歌人也。仍新勅撰に、二条院讃岐十三首・殷富門院大輔十五首・八條院高倉十三首・俊成卿女八首。而、住江の月の夜、神の御心までもさこそとたとへられたる、太以不レ足二信用一《はなはだもつてしんようするにたらず》。〈＝桐火桶ノ亡父卿女歌ノ評言、歌学大系本二八七頁、ニ対スル文言〉（井蛙抄。付桐火桶抄）」。なお、余計な事ではあるが、前記久保田氏『全評釈』で「消えねたゞ何そはあだの言の葉にかけてもつらき袖の白玉（新拾遺集一〇〇八番、八条院高倉）」歌を、谷山茂博士が『和歌文学大辞典』〈明治書院、昭和三十七年初版〉の「八條院高倉」の項で、これは「安嘉門院高倉」の作なる事を指摘されている事を記しておられるが、『私玉抄』（巻五恋之部）の「六四、替恋」では「八條院高倉」の作となっており、「宝治二年百首歌の「消えねただ」歌の作者名は、書陵部蔵御所本では「高倉」と記すのみで奉仕したお方の院名は書かれていないが、巻頭の「作者」の一覧では「安嘉門院高倉」と明記されてある。安井久善氏は『葉黄記』の「安嘉門院高倉。親縁法印女」を紹介されているが〈同氏『宝治二年院百首とその研究』、御所本影印所収〉、安嘉門院高倉と八條院高倉とが、同一人か別人か、問題は未解決のままである。『新時代不同歌合』では、七・八・九番で「八條院高倉」、一三九・一四〇・一四一で「安嘉門院高倉」と両高倉を別々にしているが、いずれも右方（詞花～続古今）に属しておる〈左方は万葉～金葉間の歌人〉。『全評釈』での御見解は、別人説。なお五二五番歌の頭注でも触れておいた。

二　つれもなき人の心はうつせミの空しき恋に身をやかへてむ

管見二十六伝本では、為氏筆本が第二句「人のこゝろを《ハ》」とし、を字をミセケチにして、右にハ《ニ》字を傍書。他本はすべて歌句に異形はない。当歌は出典未詳であるが、『宗長秘歌抄』が指摘するように、源氏空蟬巻の光源氏歌、「空蟬の身をかへてける木の下《もと》に猶人がらのなつかしきかな」に影響されている事は否定できない。この光源氏歌は源氏物語の旧注『紫明抄』・『河海抄』や、新注の『岷江入楚』等では「うちはへてねを鳴くらす空蟬のむなしき恋も我はする哉〈後撰、夏、一九二番読人しらず〉」を引いている。尾上氏『評釈』でも、新古今当歌理解の参考にさせる為に、この両歌を引用された。後撰歌は、「うつせみのといふまでは、むなしきといはん序ながら、上ノ句も、我身の上にたとへたるにて、いたづらにいへるにはあらず。むなしき云々とは、音をのみなきくらす、其かひもなき恋をも我はする事かなといふなり。恋の歌なる事は論なし（中山美石、後撰和歌集新抄ヨリ抜粋）」というもの。それを久保田氏『全評釈』は改めて「本歌」とし、桜楓社版テキスト・新潮集成でも本歌、さらに岩波新大系も踏襲したのである〈他の現行注釈書は触れていない〉。以上の如く当歌の下句は、源氏物語空蟬巻の光源氏歌と後撰一九二番歌によって構成されているが、上句も、「つれもなき人の心の浮蓴《うきぬなは》苦しき迄ぞ思ひ乱るる（万代和歌集。不逢恋を・権大納言宗家。中宮亮重家朝臣家歌合。恋三番左歌、続後撰六五四番宗家歌）」・「つれもなき人の心のうきにはふ芦の下根のねをこそはなけ（新古今一〇七六番師俊歌）」等、下句の「う〈憂〉」との掛詞用法によって歌人に常用されたらしい構成句であって表現の上で無理（久保田氏『全評釈』）とも言いきれまい。当歌の他出は、『二四代集・二四代和歌集・八代知顕抄』に「題しらず・八條院高倉」の歌として歌形も同一で採録されている。因みに、当歌の技巧は、上句は、下句の「空しき」を導き出すための有心の序。又「うつせみの」は「空しき」の枕詞。勿論「人の心はうつせみの」の「う」は、憂《う》と空《うつ》との掛詞。「うつせみ・むなし・身・替《か》へ」は縁語仕立。更に「人の心」と「身をや」は対語関係を持っていて、甚だ技巧を凝らした歌である。久保田氏は角川文庫版で「けぶりなむことぞかなしき空蟬のむなしき殻もあればこそあれ（和泉式部続集）」を挙げて、「人の心は憂から続け、うつせみのでむなしきを起こす序」となるの例歌として示しておられるが、高倉歌は「空《うつ》〈虚〉」と「空身《み》〈実〉」の対比ともなっているのである。「空蟬」は源語の古注に詳しく説かれており、例えば、「空蟬は蟬のもぬけを云なり。又万葉第一中大兄三山歌に虚《ウツ》蟬《セミ》毛《モ》嬬乎相良思吉とあるは、もぬけにあらすうつくしき心なり。其時は、せもじはそへ字なり。うつくしむ義《ギ》也（細流抄）」・「うつせみは蟬の蟺《モヌケ》也。文選に蟬蛻《セミノコトクモヌケ》といへり。一義、彼ぬきすへしたる衣によそへていへり。打《ウ》レ磬《ケイヲ》蟬ともいへり。蟬の声、磬をうつに似たる故也。後撰云、うちはへてねを鳴くらす空蟬のむなしき恋も我はする哉（河海抄）」・

「〈河海抄ヲ引用ノ故省ク〉。花鳥余情、蝉の、もぬけたるを身をかふと云。人からは蝉のからによせて云なり。師説《せんぜい》云〈細流抄ノ引用ノ故省ク〉。箋云此哥は蝉蛻の心なり。私云、此段河花の両義以下、悉、箋に是をのす。此師説といへるは秘抄の義なり。万葉の心は、もぬけにあらずうつくしき心なり。せもじは、そへ字なり。うつくしむ義なり。歌の心は、あらはなり〈岷江入楚〈第三、空蝉。国学院大学出版部刊、上巻。二一〇四頁〉〉」の如くである。勿論、これらの説もその源流は、例えば「空蝉とは、むなしきものにたとふ。せみのぬけたるかへりがらとも（能因歌枕）」・「うつせみとは蝉のもぬけたるから也。みもなきものをばかくいふ也（奥義抄・和歌色葉）」・「むなしき事には、ウツセミ・オホゾラ・ウツセガヒ（和歌初学抄）」・「空蝉・うつせみのむなしきからになるまでにわすれむとおもふわれならなくに。六帖第六にあり。うつせみとはせみのもぬけを云なり（和歌童蒙抄）」・「うつせみのよのひとごとのしげゝれば忘れぬ物のかれぬべらなり。清輔云、うつせみとは蝉のぬけがらなり。むなしきことにぞよみならはしたる。かひもみのなきかひをばうつせがひといふなり。しかるに後撰第四の歌に、うちはへてねをなきくらすうつせみのむなしき恋もわれはするかな、とよめり、いかなることにか。すゑの句にむなしき恋とよめれば、なほぬけがらと見えたり。よりてねを鳴きくらすをば、たゞ我ねとおもふべきに、また古今第十九巻の忠峯がながうたにも、夏はうつせみなきくらし、とよめり。たづぬべし。たゞあだなる物なれば、いきたるをもうつせみといふにや。和云、万葉集にもおほくうつ蝉といひて、なかせてよめり。只せみの名なるべし（色葉和難集）」・「うつせみ。からをいふべし。但、昔よりなくといへり。たゞせみの惣名なり（八雲抄）」・「ウツセミトハ、セミノモヌケヲイフナリ。サレバ虚蝉トカキテ、ムナシキヨシニヨムナリ。サテウツセミノヨトハ、ムナシキヨト云也。ムナシトハ、生テハカナク滅スルコ、ロ也。ウツセミトヨミテ、ナクヨシヲヨメル古歌アマタハベリ。人オホクオボツカナガリハベメリ。サレドタガハヌコトナリ。ヌケガラヲウツセミトイヘド、ツヒニムナシクナルベケレバ、ナクトキヲモ、ウツセミトヨミナラハシタリトコ、ロウベシ（古今集註）」・「ウツセミトハ、虚蝉トカキテ蝉ノヌケガヲ云ト、フルキ物ニハイヒタレド、ツヒニムナシクナルモノナレバ、イキタル蝉ヲモウツセミト云ベキニコソ。ウツセミノコヱキクカラニモノゾ思（フ）ワレモムナシキ世ニシスマヘバ〈大坪注、後撰一九五番歌〉。カヤウニムナシトハイヒナガラ、ナカセテヨムナリ。又古今忠峯が長歌ニモ、夏ハウツセミナキクラシトヨメリ。アハレテフ人ハナクトモウツセミノカラニナルマデナカントゾ思〈大坪注、古今和歌六帖、第六せみ〉。タシカニモワキマヘザル人、サカシラ空蝉ト云テハ、ナクトヨムマジキト云アヒタル、クチヲシキ事也（五代勅撰）」・「うつせみの世とは、うつせみはせみのもぬけ也。ぬけがらを云也。うつトハ虚とかきたり。むなしきと云義也（顕注密勘抄）」、等々歌学書の説々を継承した施注であることは言うまでもない。「恋に身をやかへてむ」は、には理由原因を示す格助詞で、「恋の故に」の意。やは、疑問の係助詞。ては完了助動詞つの連用形。むは推量の助動詞むの終止形。「かへ」は動詞下二段活用連用形で、別の物に変らせる意。「恋の為にわが身を別物に変えて了うのであろうか」、つまり「死んでしまふのであろうか」（朝日『全書』）という事。「かへ」を「取りかえる」意とみれば、「空しい片思いに命を引換えてしまうのであろうか（岩波新大系）」となる。歌意参考、「われになびかぬ人の心の憂き故に、むなしくあはぬ恋に命をうしなふ事かとなり。人の心はうき故に、の意を、空蝉にいひかけたり（標註参考）」。

三　心を憂と言ひ掛けたり

文意、「人の心は憂《う》し、のうに、空蝉《うつせみ》の語頭音のうとを、掛詞にして、言ひ掛けた表現である」。

四　身を替へるとハ……生れかハる事なり

文意、「末句の身をやかへてんとは、今の自分はいったん死んで、又新しく別の人間として生れかわって来る事を言うているのだ」。磐斎は、生者から死者へ、かわるとは考えていない如くで、死んで後の再生・新生の意と考えているようである。

五　蝉の脱殻となるも……取合せたり。

文意、「蝉が幼虫のさなぎの姿から、地上に出て羽化して成虫となり、もとのさなぎは脱殻《ぬけがら》となって、空洞の状態で、木の枝や葉に残ってとりついている有様をも、身を替えると言うので、空蝉《うつせみ》と身を替うとを、上句と下句とに組み合わせて表現しているのだ」。「取り合せ」とは、配合の意で、連俳では、素材を二・三組みあわせ配合を勘案して句を作る時の用語。特に発句《ほっく》の場合は、他句との「去嫌《さりきらひ》」や「指合《さしあひ》」に気をつかわなくてもよいので「取合《とりあわせ》」の妙が一句の出来《でき》の極手《きめて》となる事が多い。

六　逢ふにには替へて逢ハず、空しきにかへてんとなり

文意、「つれない人と逢うためには、生きた

ままでは、どのようにわが身を替へても逢うことは出来ない。それ故、蝉が成虫となる時に、今までの殻を捨てて空蝉となるように、自分も儚なく死んで了って、その後、新しく生れかわってから逢おうと思う、と詠んだのだ」。

参考、「うつせみを源氏のたち忍びて碁うつところへしのび入給ひしに、きたる物をぬぎてにげにければ、うつせみの身をかへてける木の本に猶人がらのなつかしきかな、とよみ給ひし也。その丶ち、つねにつれなくてあはざりしなり。それをおもひよせて、この人も色ゝにいへどもつれなきは、うつせみのむまれかはる人か、と也。うつせみのむなしきとつゞけたる也。わが恋のあはでむなしき事也（宗長秘歌抄）」・「うき、とうけて、むなしきこひニ身をかへて、われハしなんと也（かな傍注本）」・「人の心はうき、とそへて、空蝉は、からなれば、むなしくあはぬ恋に身をかへて、恋死なんにや。扨も難面きうき人故に、と也（八代集抄）」・「むなしくハ、あハぬ恋に身をやかへへんと也（学習院大学本、注釈）」・「人の心はうい〈憂イ〉とかゝりたり。むなしき恋とは、あはぬこひを云。身をかふるはしぬる事也。一首の意は、われになびかぬ人の心がうい故、所詮もない〈無益デツマラナイ〉恋に命をうしなふ事か、と也（尾張の家苞）

〔二四七〕（六六頁）

二　何となくさすがに惜しき命かな在り経バ人や思ひ知るとて

管見新古今二十六伝本では歌形の異形はない。但し、出典と目される書や他出書等では下句に異形が認められる。即ち『山家集』（松屋本書入六家集本）に「何となくさすがにおしき命かなありへば人や《の》思ひしるとて」と、や字がの字とある歌形の書入れがあり、『私玉抄』（巻五恋之部ノ山家抄）に「何となくさすがに惜き命哉有なば人や思ひ知とて」とへ字がな字になっている他出書もある。他の諸本（山家集陽明文庫本・西行上人集李花亭文庫本〈異本山家集ノ称モアリ〉・西行集伝甘露寺伊長筆本・西行物語文明本・西行物語絵巻久保家本）はすべて歌形は新古今当歌と同歌形である。なお、「典拠検索名歌辞典」によれば末句「思ひ知るやと」の歌形もあるが未見。当歌の参考歌としては、久保田氏「ありふるもうき世なりけり長からぬ人の心を命ともがな」（金葉恋上四一五番相模歌・詞花二五四番第二句苦しかりけり、デ重出）を挙げ（『全評釈』・桜楓社テキスト・新潮集成）、岩波新大系は「ながらへば人の心も見るべきに露の命ぞ悲しかりける」（後撰恋五、八九五番読人しらず）を示している。さて、初句「なにとなく」という歌語の用法については、嘗《かつ》て詳述した事があるが（拙著『風雅和歌集論考』所収「表現に見る特異性」、昭和五十四年桜楓社）、勅撰集歌では金葉に一首初出、風雅集になってようやく十四首、二十一代集通じて三十一首に過ぎぬが、西行は、彼の全歌中、十八首に使用しており、（久保田淳氏編『西行全集』、初句索引ニヨルノデ、初句使用例ノミ）、愛用者と言える。「在り経ば」は、この世を生きながらえておれば、の意。契沖は『書入』で、「ありへば」の用例参考に、「いさり火のよるはほのかにかくしつつありへばこひの下にけぬべし（後撰恋二。六八二番藤原忠国歌）」と「悲しさの其夕暮のままならばありへて人に問はれましやは（金葉雑下、六六四番橘元任歌）」を示している。西行には当歌とよく似た心を持つ「おのづからありへばとこそ思ひつれたのみなくなる我が命かな」もある。「人」は西行の心に思っている恋しい人。「思ひ知る」は、身にしみて知ることで、上層面の知覚でなく深層面まで知覚することで、相手の心を深く汲みとって知ることを言う。当歌の場合は、次に配列された西行歌も、「思ひ知る人有りあけの世なりせば」とあるので、当歌単独で味わうより、次歌と組み合わせて味わうべき表現である。この二首の西行歌を撰進したのは定家で、他の撰者はいずれか一首のみ。配列は後鳥羽院の意志が強かったのではないか。数ある西行歌の中から、この両首を撰択し、両首を並べて巻末に配列した採歌者と配列者の力量の深大さを思うべきではなかろうか。磐斎も次の西行巻末歌の「増抄云」で「巻々の果に入るるハ、只の作者ハ入れぬ事なりとぞ」とこの事を強調している。当歌歌意参考、「人に厭はれて惜しき命にては無い筈なれど、何となく命が惜しい其故は、生て年経て恋するならば、終には何時迄変はらず我を恋ふと、思ひ知る折があらうか、とて也（尾張の家苞）」・「生キ存ラヘテ居タナラバ、其内ニハ無情ナ人モ可愛相ナヿ《コト》ヲシタト今迄ノ情ケ無カツタノニ気ガ付クヿ《コト》モアルカト思ツテ這麼《コンナ》ニ人ニ嫌ハレル身デアリナガラソレデモ何ダカ命ガ惜シイワイ（遠鏡）」。

三　何となくとハ………一向命が惜しくなりたる也

文意、「初句の、何となくとは、自分にも一体どういう訳でこんなに命が惜しく思われる事かとその、惜しく思う事の、そうあるべき筋道・理由が判らず、ただ一途《いちず》に命が惜しくなったというのである」。原因は片思い故なのであるが、恋煩《こいわずらい》の初発は、親や他人には原因が判然せず、本人もひたすら思い悩む状況の施注。西行は、こういう心理状況を歌にまとめることが実に上手《うま》く「何事のおはしますをば知らねどもかたじけなさに涙こぼるる（創元文庫西行法師全歌集所収異本山家集）」・「なにごとをいかにおもふとなけれどもたもとかはかぬ秋のゆふぐれ（続後撰秋上）」等も「何となく」という表現に一脈相通ずる詠法となっている。

四　生きてゐたらバ……断りたる手尓乎波なり

文意、「何はともあれ、ただただ生きてさえおれば、もしかして、恋しい君が、自分のこの切ない気持ちを、汲みとりわかってくれる事もあるであろうと、下の句で、初句何となくにこめられた心を、判断させる手尓乎波〈助詞・助動詞等ヲ始メトシタ言語ノ用法〉である」。

五　この五文字よく〳〵心を付くべし。

歌論書で「五文字《いつもじ》」という場合は、主として初句をいう。この場合は初句の「なにとなく」の五文字を指す。「心を付く」とは、思いを寄せて注意し、執心し、配慮すべき事をいう。

六　恋の本意なり……が恋の本意なり。

「本意」は「ほい」と表記するが「ホンイ」の「ン」を表記しなかった形で、もともとの意、という事である。恋とは、本来、呆然として弁別意識もなく、ただ何となく思い悩み、苦しむ状態が「恋」だという注記である。本意は、詩歌で伝統的に形づくられてきた対象把握の方法で、題材とする対象の、もっともそれらしい性質・情趣・有様をいう。ここは磐斎が考えている恋の本意を述べたものであるが、宗牧？の『四道九品』（連歌論）では「恋」を初・中・後の三段階に分け、その各段階を更に初・中・後にわけて都合九品〈九階程〉とし、その各階程での「本意」を具体的に説明している。その第一階程は、「恋の句の初の初は、風の便りに聞伝へ、又は垣間見、道行振り等に鬱《むすぼ》ほれて、心を惑はす所、初の初也」というもので、磐斎の施注と一脈相通ずる所があろう。紹巴の『至宝抄』等も「本意」を知る上でよき参考となる。

七　斯ゝる事に心を……見給ふべし

「斯ゝる事」とは、具体的には、事物の本意本情を、殊更がましく表現せず、無為自然のままに、それとは無しに何気なく表現する事をいい、この西行歌に即して言えば、「なにとなく」の如き表現を用いて、事物を述べることを言う。

文意、「歌を味わう時は、例えば恋の本情を詠むに当っては、この西行歌の「何となく……惜しき」と詠じている如くに、無為自然の体に詠まれている事に注目して味わってみるのがよいのである。常住不断に、古歌の真髄を、心静かに思念するとは、こういう有様をいうのである。古歌の各歌、特に「何となく」の如き句を含む歌には、この様な事情が含まれている事があるが、今はそれを述べることは省略する。この西行歌を見習って考えてほしい」。この磐斎の施注に触発されて、学界で私見を発表し、後、『風雅和歌集論考』に再掲したのが、拙論「〈何となく〉という表現と風雅和歌集」である（前言）。

参考、「しなん命が何となく惜き也。有へば、もし人の思ひも、しらふずらん〈＝知らむずらん→知ラウトセムズラム〉といふ心也（九代抄）」・「その事に付けてこはなくて〈＝特ニソノ事ニ就イテ、斯々然々《カクカクシカジカ》トイウ訳デハナク〉、いのちのおしき也。命だにながらへてあるならば、もし人の思よりて〈＝思イ寄リテ〉、ふびん〈不愍〉をくはへるべきかと云心也（九代集抄）」・「人よりつれなくあたられての心也。西行の哥の家風也。真実の遺根《ママ》〈恨〉にはおもわねど、さすがくちおしきやうなる間、さすがにおしき命かなと也。われにつれなき人の、又、人をこいん時、むくひに人のつらからんときやおもひしらん、それをながらへて見度と也（新古今集之内哥少々）。他ノ説は、西行ガ、恋人ガ我ガ恋ノ思イヲ、汲ミ取ツテクレル、意ニ解シテイルノニ対シ、コノ説ハ、恋人ガ、恋人自身ノツレナイ西行ヘノ対応ガ、不当デアツタ事ヲ思イ知ル、ノ意ト解スル特異説デアル）」・「〈第四句ヲ、ありべば、ト訓ム。経ヲ濁音ニ訓ンデイル特異訓〉。世をべ《ママ》たらバ、つれなき人もおもひしる事もあらんと也。それに命ハおしきと也（かな傍注本）」・「うき恋におしからぬ命と思へど、又何となくさすがにおしきと也。其故は、もしながらへて世に有へば、うき人も哀と思ひ知べきかとて、と也（八代集抄。学習院大学本注釈）」・「一首の意、人にいとはれておしき命にてはないはづなれど、何となく命がおしい其故は、生て年へてこひするならば、終にはいつまでもかはらず我をこふと、おもひしる折があらうか、とて也（尾張の家苞）」。

〔一二四八〕（六七頁）

一　思ひ知る人有り明けの夜なりせバ尽きせず物は思はざらまし

管見新古今伝本二十六本の中、この磐斎引用歌形と同一歌形本は、伝亀山院青蓮院道円親王筆本（河野信一記念文化館蔵、愛媛大学古典叢刊デ写真版デ公刊）があるのみ。他の二十五伝本間でも、第三句の「よ」の表記、並びに下句に異形が目立つ。又、出典と目される西行の家集や他出書との間でも異同の多い歌である。まず、磐斎引用歌形と同形であるものに、『西行物語』（文明本）の「おもひしる人ありあけのよなりせばつきせず物はおもはざらまし」と『宮河歌合』（延宝三年十月書写、新典社善本叢書3写真板行）の「おもひしる人有明の世なりせばつきせず物を思はざらまし」〈物はヲ物をトスル点ハ異形〉がある。他はすべて下句に異形が目立つ。さて、第三句の「よなりせば」の「よ」の表記から示せば〈コレハ磐斎施中ノ文言ニ関連スル故ニ示ス〉、「よ」と平仮名表記の新古今伝本は、為相筆本・為氏筆本・公夏筆本・冷泉家文永本・烏丸光栄所伝本・同書写本・柳瀬本・小宮本・宗鑑筆本・前田家本・春日博士蔵二十一代集本・亀山院本。「世」と漢字表記本は、東大国文研究室本・鷹司本・親元筆本・高野山伝来本・江戸期板本（正保四年板〈明暦元年本モ〉・承応三年板・延宝二年板〈文化元年補刻本モ〉・正徳三年板・寛政六年板・寛政十一年板・刊年不明牡丹花在判板・刊年板元不明板）。「夜」と漢字表記本は無い。又、家集や他出書では、「よ」と平仮名表記本は、山家心中集西行自筆本・山家心中集為相筆本・宮河歌合書陵部本・山家集陽明文庫本・板本山家集・二四代集・八代知顕抄・西行物語文明本。「世」と漢字表記本は、宮河歌合中央大学飛鳥井雅綱筆本・西行上人集李花亭文庫本・山家心中集内閣文庫本・二四代和歌集・練玉和歌抄巻八・異本山家集（新典社善本叢書3所収天文七年書写影印本）。宮河歌合（同上延宝三年書写影印本）。「夜」と漢字表記本は、西行集伝甘露寺伊長筆本である。次に下句の異形を示せば、新古今伝本では「つきせず身をばうらみざらし」とあるのは、為相筆本・為氏率本〈つきせずひとをバうらみざらまし、トシテひとノ上ニみト訂正重ネ書〉・烏丸光栄所伝本・同書写本・前田家本・鷹司本・冷泉家文永本・公夏筆本・親元筆本・小宮本・柳瀬本・高野山伝来本・宗鑑筆本・江戸期板本（正保四年板〈明暦元年本モ〉・承応三年板・延宝二年板〈文化元年補刻本モ〉・正徳三年板・寛政六年板・寛政十一年板・刊年不明牡丹花在判板・刊年板元不明板）。「つきせぬ身をやうらみざらまし」とあるのは、久曽神氏御室本〈岩波旧大系校異ニヨル〉。「つきせぬ身をば恨ざらまし」とあるのは、東大国文研究室本・春日博士蔵二十一代集本。「つきせずものは思ハざらまし」と磐斎引用形と同形は亀山院本〈既ニ触レタ〉。又、家集や他出書での下句の相異は、「つきせず物はおもはざらまし」と磐斎引用形と同形は西行物語文明本・西行物語絵巻久保家本。「つきせず物を思ハざらまし」とあるのは、宮河歌合延宝三年書写本〈新典社善本叢書3写真版、一三一頁。御裳濯歌合ト共ニ一巻仕立巻子本〉。「つきせず身をばうらみざらまし」とあるのは、宮河歌合中央大学図書館蔵飛鳥井雅綱写本・宮河歌合書陵部蔵本・山家集陽明文庫本・板本山家集・西行上人集李花亭文庫本・西行集伝甘露寺伊長伝本・山家心中集西行自筆本・山家心中集為相筆本・山家心中集内閣文庫本・二四代和歌集・八代知顕抄・練玉和歌抄巻八。「つきせぬ身をハ恨ざらまし」とあるのは、異本山家集天文七年書写本〈新典社善本叢書3写真版。四三頁〉。「つきせず身をも恨ざらまし」とあるのは、一二四代集安永板本。以上、西行当歌の表記及歌形は諸伝本により相異が目に立つ。いずれを信じてよいかは困難ではあるが、三筆寄合書ながら一部西行自筆をも含むかといわれる。『宮本長則氏蔵、山家心中集』（復刻版、監修日本古典文学会）の八丁裏に「おもひしる人ありあけのよなりせはつきせすみをはうらみさらまし」とある事を付記する〈同覆刻本ノ解題書、久保田淳博士ノ説ニヨレバ、八丁裏ハ、俊成・西行両筆デモナイコトニナル〉。次に当歌の批評のある『宮河歌合』（卅五番）を、延宝三年十月書写巻子本の本文で引用しておく。「左持《(ママ)》　あはれとて聞《(ママ)》人のなとなかるらん物おもふ宿の荻の上風　／右。おもひしる人有明の世《(ママ)》なりせハつきせす物を思ハさらまし　／左の哥まことに宜ハ見え侍るを、右の人有明の世なりせはつきせぬ《す》〈ぬヲミセケトシテすヲ右傍記〉身をハ《(ママ)》なとや、猶をとると申かたからん」〈判詞、定家〉。この判詞からも定家は当歌を相当評価していた事が判る〈持ノ判定ハ他伝本タル書陵部本ニハ無ク、雅綱筆本ニハ、持ノ判定ガアル〉し、当歌を新古今に前一一四七番歌と共に撰進した事も理解できる。当歌の技巧は、掛詞仕立の妙にある。「人有り→有り明けの」・「夜→世」・「尽き→月」と掛詞でつづけ、夜と月の縁語で上下句を繫ぐ軽妙さは、流石である。なお、「世」は、世間、人の世という意に、男女の仲という意も掛けられている。又「月」の語源もその形が「尽きる」から出ているので、厳密な意味では掛詞でないかも知れない。又その歌詞も、それぞれに参考にすべき歌を想起させる詠みぶりで、西行が「生得の歌人」と後鳥羽院から褒められた事も納得できる。参考歌、「更級や姨捨山の有明のつきずも物を思ふ頃かな（新古今一二五七番伊勢歌）・更級の姨捨山の有明のつきずも物のおもほゆる哉〈伊勢集歌形〉」・「夜な夜はまどろまでのみ有明のつきせず物を思ふ頃哉（金葉七〇三七番皇后宮美濃歌）」・「逢ふ事の絶えてし無くはなかなかに人をも身をも恨みざらまし（拾遺六百七十八番中納言朝忠歌・百人一首四四番〉」・「思ひ出づる人あり明の月影に心細くも帰るかりがね（出観集。春。入道二品親王覚性詠〈群書類従所収〉）」・「ありあけのつれなく見えし別れより暁ばかり憂き物はなし〈古今六二五番忠岑歌・百人一首三〇番〉」。当歌の有明月の下での後朝の別れは、反実仮想〈せば……ざらまし〉の詠法ではあるが、百人一首を撰んだ定家の眼にも適う歌であったと思われる。百人一首には素性歌〈古今六九一番歌。今こむと言ひしはかりに長月の有明の月を待ち出つる哉〉もあり、有明の月の背景にある恋の重苦しさを、軽妙にこなしながら詠む西行に、定家は脱帽したのではなかろうか。源氏物語花宴巻では、源氏君が扇に月の絵を書き「世に知らぬ心地こそすれ有明の月のゆくへを空にまがへて」と詠んでいるが、有明の月は「女」のことである。当歌意参考、「あの女がわしの心を酌んでくれて、さうして一所に逢ってゐる、さうした有明の夜であるとしたら、こんなに有明月を見て、愚痴をこぼしづめにするといふやうなことはなからうのに（尾崎久弥『類従西行上人家集新釈』）」・「私のこの心を思い知ってくれる人のある有明〈有はかけことば〉の月の夜〈世をかける〉であるならば、この有明月をながめて、このように尽きせず〈尽きに月かけことば〉身の憂さをうらみなげくもの思いはしないであろうになあ。〈あの人がつれないので、こんなよい月をなげきながら見ている。〉（西行山家集全注解）」。

二　巻々の果に……入れぬ事なりとぞ　所謂巻軸歌〈巻末歌〉は、次の巻の巻頭歌との照応の点や、その巻の巻尾を飾ってその巻を印象づけるに足る点を配慮しなければならないので巻頭歌〈巻始歌〉と共に、それに適う人物や、或は作品を配置しなければならないのが、その集の編纂上での留意すべき事であった。西行歌をここに配列した事は、そういう点でも納得がゆくという事を磐斎は云っているのだと思う。宣長の『美濃の家苞』や、森重　敏先生の『西行法師和歌講読』の当歌批評は、傾聴すべきではあるが、稍ゝ辛きに過ぎるのではないか。参考、「巻々端《ニハ》不レ論二古人現存一、殊歌人又可レ然人詠也。卿相《ナドハ》雖レ非二殊作者一入レ之。女歌又准レ之。読人不レ知又然。〈下略〉（八雲御抄作法部）」〈大坪云、『角川大字源』ニヨレバ、巻端ハ巻頭ノ意、巻頭ハ巻軸ノ意、トシテイルガ、巻軸ハ『和歌大辞典』ニヨレバ巻ノ末尾ノ意トスル。以上カラ、巻端ハ、巻始ト巻末トノ両方ヲ含ムト考エテモヨカロウ。タヾ八雲デノ下略シタ部分ノ説明ハ、巻頭ニアタル〉。

三　思ひ知るとは……物を思ふと也　文意、「初句の〈思ひ知る〉は、自分が思い知るという意ではなく、相手が汲みとって思い知るという意で自分の片思いの心を、汲みとって思ってくれる恋人が、この世に存在する世の中、即ち男女の仲であったならば、自分はこれ程にも、尽きる事はなくいつ迄も、恋の悩みにふける事もない筈であるが、相手はわが恋の悩みも知らぬげに、すげない顔でいるものだから、自分は、恋の物思いに悩むのだ、という意だ」。

四　世と夜とを掛けて言へり　掛詞の指摘である。「世」の語義は、(イ)人の生涯、(ロ)過去・現在・未来の三世のおのおの、(ハ)人間一生の生きている社会等の、多様に別れるが「この世の中」・「男女の仲・夫婦関係」とでもいうべき意であろう。「夜」は、昼・夜の、夜であるが、有明月の夜でもあろう。「有明の月」は、男女相逢の後朝の、恋を響かせての使用も多い。「まだよに馴れぬは、五六の君ならむかし（源氏、花宴）」等の文例は参考になる。

五　源氏物語に、世と夜とを……ならふなり　「おほくハかりてよめり」は、「多くは借りて詠めり」か「多く図《はか》りて詠めり」か、両様に読めるが、要するに、掛詞として詠んでいる、という意に解してよかろう。或は「多くはか丶りてよめり」の躍り字の脱刻かも知れない。「ならふなり」は、貞徳から学び習ったという外に、多くの古注釈書から学び習ったという事も含まれると思う。源氏物語の用例として前引の他にも「いときなき初元結に長きよをちぎる心は結びこめつや（桐壺巻）」などある。桐壺巻のこの歌は「幼い初元結〈元服シタ光源氏ノコト〉に、行末長く変ることなき夫婦の関係を約束する気持は結び籠めたか〈夫人ノ事ハ承知済ミカ〉」という桐壺帝の歌で、兼良の『花鳥余情』には「御門の御詠。ながき世をちぎる心は、宮腹の御女を源氏の君の御そひぶしにさだめ給ふ事なり」と注し、「よ」が長き世と長き夜とが掛けられている事が暗示されてある。前の花宴「まだよに馴れぬは、五六の君ならむかし」の意も「まだ男を知らないのは、五番目か六番目の姫君であろうなあ（岩波旧大系源氏、三〇七頁頭注）」の意で、場面としては、夜明けの時点で夜分を回想しているから「夜」に「世」が掛けられた表現である。

六　尽に月を掛けて言へり　「つき〈月〉」は「尽き」で、その形状は、闇（つまり空に月が無い）から始まり、姿をふくらませて満月となり、又、欠け始めて、尽きて闇にもどるので「尽き」が「月」の語源だとも云われて、古形は「尽く」であり転じて「尽き〈月〉」になったと言う。「月夜《つくよ》」に古形も残っているが、「尽く夜」ならば闇の筈である。この辺は、私は分からないが「月↔尽き」は掛詞というより、語源関係であろう。西行や磐斎施注も、こういう事情は考えていないと思う。

七　無尽期身をバ恨ミまじきなり

文意「もろもろの煩悩〈貪《とん》・瞋《じん》・痴《ち》ノ三毒。或ハ慢・疑・見ヲ加エテノ六種根本煩悩、或ハ二十種ノ随煩悩ナド〉が、絶えず起きて、尽きる事がない、このおろかなわが身をば、不満に思って遺恨に思うべきではないのだ」。

八　さても効無き……と歎くなり

「効」は。行為の効験・するだけの値打・張合い、という意。文意は、「さてさて、それにしても、生きる張合いもないこの世の中であるよ。幾年経《いくとした》っても、自分のこの恋の切なさを汲みとって、あゝあわれよと言うてくれる人もいない事であるよ、と悲嘆した歌である」。

参考、「有明のつきせずも《ママ》秀句〈秀句ハ掛詞ノ意〉なり〈大坪注、もトアルノハ、一一四一番しほれてきふねノき、一一四二番契りははつせ、ノはつが秀句ト施注シタノヲ受ケテ、もト云ツタノデアル〉。我おもひをしる人のある世ならば、つきてうらむまじきなり。思ひしる人なきほどに、身をもつきはて、うらむるとなり（牧野文庫本聞書〈歌形、あり明の世・つきせす身をは恨さらまし。施注、も字アリ〉・吉田幸一氏旧蔵註・高松宮本註・高松重季本註モ同文〈但、三本共ニ施注も字ナシ。歌形三本共ニ、世ハよノ平仮名、下句ハ、つきせす身をは恨さらまし〉）」・「おもひしる人ありて、わが事明《あきら》けくしる人あらバ也。かやうニおもひしる人なければ也（かな傍注本）」・「有明といふより、下句につきせすと読り〈＝月ト尽きノ掛詞ノ説明〉。かくふかく思ひても、哀と思ひしるともなく、つれなければ、身もうらめしくうとましきにつけて、もし哀と思ひ知人あらば、かくつきせず我身をうらみはつまじきものを、となり（八代集抄〈歌形、ありあけの世・つきせず身をばうらみざらまし〉・学習院大学本・注釈）」・（有明の世なりせばとは、たゞじんじやう〈＝尋常〉に云ながしたる也。有明の世と云事はなきなり。つきせずと云に、月をもつなり（私抄〈歌形、有明世・つきせず身をば恨ざらまし〉）」・「〈美濃〉人有明といひかけ、つきせずに月をいへる、いやしきたくみにて、いとうるさし。〈尾張〉大かたはさる事なれど、此歌はこれをむねとよみたるなれば、一むきにはいひがたし。〈美濃〉そのうへ有明の月、此歌にいさゝかもよせなきこと也。〈尾張〉それは作者も心得のうへの事なるべし。何のよせもなき有明の月を、二つの秀句〈＝人有り↓有明の・有明の月↓尽きせず、ヲサス〉にいひたるが、めづらしとて撰集には入しなるべし。させる深き意はなけれど、けに〈＝異《け》に↓格段ニヒドク・実《げ》に↓全クマコトニ、ノ両義ニ訓メテ清濁判ジ難シ〉めなれぬ事〈＝目馴レヌ事、アマリ見カケナイ事〉にてある也（両家苞）」。

〔一四九〕（六八頁）

一　中関白通ひそめ侍りける比

管見新古今二十六伝本（為氏筆本・為相筆本・冷泉家文永本・尊経閣前田家本・伝亀山院青蓮院道円親王筆本・烏丸光栄所伝本〈以上複製本或ハ写真版ニヨル〉・烏丸光栄書写本・公夏筆本・小宮本・鷹司本・柳瀬本・高野山伝来本・東大国文学研究室本・宗鑑筆本・親元筆本・春日政治博士蔵二十一代集本〈以上活字翻刻本ニヨル〉・正保四年吉田四郎右衛門尉板本・明暦元年八尾勘兵衛板本・承応三年中野太郎左衛門板本・延宝二年板元不明板本・文化元年補刻延宝本植村藤右衛門板本・正徳三年柏屋四郎兵衛板本・寛政六年植《ママ》村錦山堂板本・寛政十一年東都書林板本・刊年不明文明十八年牡丹花在判本板本・刊年板元不明板本〈以上江戸期出板原本ニヨル〉）による題詞の校異は、「……そめ侍りける比」の「侍り」が無いのが、烏丸光栄所伝本と東大国文研究室本の二本で、他本はすべて有る。烏丸光栄書写本〈藤村作至文堂テキスト版〉は「侍り」を「待り」に誤って翻刻してある。「中関白」とは、藤原道隆を指し、道隆が当歌作者の儀同三司母、即ち、掌侍高階貴子に、通ひ初めた比とは、天延の初め比であろう（道隆の二男で儀同三司と称せられた伊周《コレチカ》の生年は天延二年〈九七二〉である）。他出での詞書も、『二八要抄』は「中関白かよひそめ侍けるころ」・『小倉百人一首』は「中関白道隆かよひそめ侍りけるころ」とある。但し、『二四代集・二四代和歌集・八代知顕抄』は「題しらず」。参考、「内大臣道隆。このおとゞは、東三条院のおとゞ〈＝兼家〉の御一男なり。御母は、女院の御おなじはらなり。関白になりさかへさせたまうて六年ばかりやおはしけん、大疫癘の年こそ〈＝

長徳元年〉うせ給けれ。されど、その御やまひにてはあらで、御みきのみだれさせ給にしなり（大鏡）」「中関白前内大臣道隆公事。東三条入道摂政太政大臣一男。母贈正一位藤原時姫、摂津守中正朝臣女。天暦七年癸丑誕生〈中略〉正暦元年五月八日為関白年世八〈下略〉（大鏡裏書）」・「儀同三司伊周公事。中関白〈＝道隆〉二男。母従二位貴子、従二位高階成忠卿女。天延二年壬戌誕生〈下略〉（大鏡裏書）」。詞書にいう「中関白通ひそめ侍りける比」とは、通ひそめた頃は、道隆は関白になっていないのであって、この題詞を早とちりしてはならない。香川景樹云、「全躰新古今に、中関白かよひそめ侍けるころ、後のあしたによみてつかはしける、などやうにたしかに有べき也。此集は歌のみならず端書をも、つとめて幽微にかゝれたれば、こゝろゆかずしておぼろかなるが常也（百首異見）」と。

二　儀同三司母

管見二十六伝本、すべてこれに同じ作者名表記。この人は、磐斎の作者部類引用の通り、高階貴子で、高内侍と号した。「儀同三司（伊周）」の生母。「儀同三司」は「儀ハ三司ニ同ジ」という意で、儀とは朝儀で朝廷儀式の時の待遇をいひ、三司とは太政大臣・左大臣・右大臣を指し、同とは同格のこと。つまりは、朝儀における序列待遇は、太政・左・右の三大臣と同格に扱われる身分のある人の称。大臣に昇進すべき人が、大臣に闕員の無い時に任ぜられる官で、寛弘二年藤原伊周が准大臣に初めて任ぜられて、この官名を自称とした所から始まった。今は余り聞かないが、張出《はりだし》横綱とか張出大関とかいう名称もあったが、それに近い語感が私にはする。参考、「儀同三司とは、三公と儀、同じ、と云心也。伊周公よりはじまりてこのかた近代も此号、侍るなり。御抄云〈大坪注、板本ノ百人一首幽斎抄ヲ指ス歟〉、従一位の唐名《カラナ》、儀同三司と云は各別〈＝各自別々ノ意〉の事也（百人一首拾穂抄）」。「唐にも此号あり。事文類聚新集巻三ニ云リ、漢文帝元年用テ二宋昌ヲ一、為ス二衛将軍ト一、位亜二三司ニ一、章帝建初三年、使三車騎将軍馬防班同二三司ニ一、三司之名始レ此、殤帝延平元年、鄧隲為二車騎将軍儀同三司一、儀同之名始レ此。○　袁宏漢紀云、位逾《コヘ》二九卿一班同二三府一。（谷口元淡、百人一首拾穂抄補註）」。国学院校訂『勅撰作者部類』によれば、「儀同三司」に、従一位兼綱公・従一位資教公・従一位実香公、の三名が載る。

三　作者部類に云く

『勅撰作者部類』には、「儀同三司母。従二（ママ）位高階成忠女」とあって「従三位」としない。なお、拾遺集では一二〇六番高階成忠女。後拾遺集では七〇一番馬内侍〈但、八代集抄デハ高内侍トアリ〉九〇七番高内侍。金葉集三奏本四二九番では高階成忠女。詞花集三三九番では高内侍。新古今では当歌儀同三司母。と各集で作者名を別称で記しており、新古今には当歌一首だけ、以下の勅撰に採入なし。高階貴子については、『栄花物語』（巻三、さまざまのよろこび）に「この中納言殿〈＝道隆〉、才深う人に煩はしとおぼえたる人〈＝高階成忠ヲ指ス〉の、国々治めたりけるが、男子女子どもあまたありける、女のあるが中にいみじうかしづき思ひたりけるを、男あはせんなど思ひけれど、人の心の知り難う危かりければ、たゞ宮仕をせさせんと思ひなりて、先帝〈＝円融天皇〉の御時に、おほやけ宮仕に出し立てたりければ、女なれど、真字などいとよく書きければ〈大坪注。大鏡ノ道隆伝デハ、それ―高内侍ツマリ高階家出身ノ内侍デ、貴子ノコト―はまことしき文者にて、御前の作文には文奉られしはとよ。少々の男には勝りてこそ聞え侍しか。トモアリ〉、内侍になさせ給ひて、高内侍とぞ言ひける、この中納言殿〈当引用文、頭初ノ言葉ヲ受ケル、ツマリ道隆ノコト〉、よろづにはれ給ひける中に、人よりことに心ざしありておぼされければ、これをやがて北の方にておはしける程に、女君達三四人〈＝定子中宮・原子東宮女御淑景舎・敦道親王室・一条天皇御匣殿ヲサス〉、おとこ君三人〈＝伊周・隆円・隆家ヲサス〉出で来給にければ、いとゞいみじきものにおぼしながら、猶御たはれはうせざりければ、この御子どもと言はれ給君達あまたになり給へど、猶この嫡妻腹《むかひばら》のを、いみじきものに思ひきこえ給へるうちに、母北の方の才などの、人よりはことなりければにや、このとの、男君達も女君達にも、皆御年の程よりはいとこよなうぞおはしける〈＝御年配ニ比ベテ、各別勝レテオラレタ〉」、と好意的に述べられ、貴子と道隆との濃やかな愛や、彼女の学才、子女の優秀性が述べられてある。貴子の没年は、松村博司氏『栄花物語全注釈　別巻』の高階氏系図に『高内侍貴子。道隆室・長徳二、一〇没』とあり、さらに古くは、小学館『全集』の「作者略伝」にも長徳二年没とあるので従うべきであろう〈依拠スベキ古文献が私ニハ考エ及バズ、只『大日本史料』ノ長徳二年是歳ノ記録位シカ浮カバヌ〉、人物の歿年を記す場合は、孫引で無い事を示す為にも、是非依拠した古文献名を併記しておいてほしい。なお我国史上人物の至言を記す『和論語』（拙蔵、寛文九年板本。安斎随筆ニヨレバ偽書）に、貴子の人品をあらわす詞が載るので参考のために引いておく。「高内侍曰、世に至てたからと云うものは、物書《ものがき》。すみのすりさし。四五寸四方の紙の切《き》れ。はぶらしすてたる筆。おはしは三銭たからなり。是よりうへの宝物は、龍宮界はしらず、わが神国にはなし。／儀同三司母哥人従二位成忠卿女也（第七貴女部）」。

四　忘れじの行末まてハかたけれバけふを限りの命ともがな

管見二十六伝本では、第二句を鷹司本は「ゆくすゐまでの」とし、の字を朱でミセケチの上、はと右傍書。〈大坪注、この句形は甲南女子大蔵九代集抄・陽明文庫本抄出聞書にもある〉第三句は校合書二十六伝本には加えていないが拙蔵明治三十年新写本に「かたけれと」とある〈大坪注、この句形は、説林後抄・かな傍注本にも見られる〉。第五句は合点本は「いのちとも哉」と表記する〈岩波旧大系校異ニヨル、コレハ、かなヲ詠嘆ト見得ル表記デアルコトヲ認識シ、限りの命ハ、限りの度《たび》・限りの道ナドト同発想ノ用語ト捉エ、今日コノ日ガ命ノ最終日ダト思ウコトデアルヨ、ト見ル表記ト考エテノ校異ダト思ウ〉。さて当歌の出典は早く『典拠検索名歌辞典』に「前十五番歌合」と指摘されているのにもかかわらず、この労作は無視しつづけられていた。更に早くは岡本保孝の『百首要解』に指摘されていた。新古今学者の怠慢というより驕慢というべきであろう〈久保田氏編桜楓社テキストにして、改訂四刷版頭注で示された程である〉。公任撰『前十五番歌合』（十二番）には「傅殿母上　なげきつつ独ぬる夜の明くるまはいかに久しき物とかはしる／帥殿母上　わすれじの行末まではかたければけふを限りの命ともがな」（書陵部霊元院宸筆本）とある。この道綱母と伊周母の両歌は、小倉百人一首にも並べて採入されており、続けて公任歌がある程であるから『十五番歌合』は定家等の脳裡にはあったと考える方が、考えないよりは自然であろう。当歌の他出は頗る多く、『二八要抄』・『百人秀歌』・『百人一首』・『二四代集・二四代和歌集・八代知顕抄』・『女三十六人撰㊙』（一人三首本、十六番左。対応右歌ハ、後嵯峨院中納言典侍ノ、ちかひてし命にかへて忘るゝはうき我からに身をやすつらん）・『女房三十六人歌合㊚』（一人三首本、十六番左。対応右歌ハ後嵯峨院中納言典侍ノ、人にのみつらさは見えで吹風の心にかなふ山ざくらかな）・『女房三十六人歌合㊛』（一人三首本、十六番左。対応右歌ハ後嵯峨院中納言典侍ノ、偽とおもはで人も契りけむかはる習の世こそつらけれ）・『続女歌仙㊝』（十六番左。右歌ハ、後嵯峨院中納言典侍ノ、いつはりとおもはで人も契りけむかはるならひの世こそつらけれ）〈大坪注、以上四本ノ後嵯峨院中納言典侍トハ、後嵯峨院大納言典侍ト称サレタ女性、即チ古典全書『十六夜日記』石田吉貞氏解説ノ藤原為家女説、ソレヲ受ケテノ岩佐美代子氏『京極派歌人の研究』デ詳説ノ為家女説トハ別人デ、藤原光俊女、本名親子ノ事デアル。続後撰以下勅撰ニ三三首入集デ、尚侍家中納言トモ典侍親子朝臣トモ位署。吉川弘文館『国史大辞典』ノ後嵯峨院中納言典侍ノ項参照〉・『八代集秀歌』（新古今部）・『時代不同歌合』（百十七番左・高内侍。右歌は二条院讃岐の、一夜とてよがれし床のさむしろにやがてもちりのつもりぬるかな）・『別本八代集秀逸』（愛知教育大学本。明治書院刊、森本元子氏編『和歌文学新論』ニ樋口芳麻呂氏翻刻）・『古今選』（詞書、中関白通ひそめ給けるころ、トアリ）。上記諸書に歌句磐斎引用と同形で見える。なお散佚書の『麗花集』〈古典文庫「平安稀覯撰集」↓「久曽神昇博士還暦記念研究資料集」↓「新編国歌大観第六巻〉の輓近の蒐歌書〈新編大観本〉では、その巻十「雑」に「わすれじのゆくすゐまでのかたければ今日をかぎりのいのちともがな」の形で載り作者は「たのかた」とある。また『前賢故実』（五ノ下冊。藤原道隆條）には、道隆横臥の挿絵と共に、題詞・作者・語句が新古今ト全同で見える。なお又、中村薫氏編著『典拠検索名歌辞典』の学恩により、『太平記』（巻六、民部卿三位局御夢想事〈旧岩波大系本一八三頁〉）。『伽婢子』（巻三、牡丹燈籠〈近世文芸叢書小説第三、三〇頁上段〉）に、下句「今日を限りの命ともがな」を文飾として使用のあることを知り得る。つぎに『井蛙抄』（巻二、取本歌事）には当貴子歌〈歌形磐斎引用ト同形〉をあげた上で「わすれじの人だにとはぬ山ぢかなさくらは雪にふりかはれども」という良経歌（新古今一六六五番。秋篠月清集一五三七番）の「本歌のたゞ一ふしをとれる歌」が示されている。又、契沖の『書入本』には、参考歌として「今宵さへあらばかくこそ思ほえめけふ暮れぬ間の命ともがな（後拾遺七一一番和泉式部）」と「あすならば忘らるゝ身に成ぬべしけふを過さぬ命ともがな（後拾遺七一二番赤染衛門）」の並列両歌を示し、当時の女房歌人の愛用語らしき「命ともがな」が詠嘆でなく願望である事を注意している。この他にも参考歌は多く、まとめて「補説」の最後に記しておく。『聴玉集』（烏丸光栄卿口授トモイウ）に「一、がな。結句にも不苦之由に候。願やうに少々様子御座候。容易成事を願候ては不叶候。けふをかぎりの命ともがな、か様の気味に難成事を願ひ候。成り易き事は願ふの詮なく候。日前仰承候。此の合点にて古歌の願ひをあぢはひ候へば、面白事御座候。秘蔵の事と奉存候」とあるが、契沖の説の勘所《かんどころ》が冥冥《めいめい》の中に光栄に伝わっている感が私には感じられる。又、当歌の心に通ずる参考歌として、『新大系』は、「行く先を思ふ心のゆゆしさにけふを限りといふにざりける（一条摂政御集）を示している。当歌は、表現上含みの多い歌である。

歌意参考、「初メテ御目ニカヽツタ今日、貴君ハ行末永ク私ノコトヲ忘レマイト仰セラルガ、ソレハ六ケ敷イコトデスカラ、私ハイツソウレシイウチニ今日ギリデ死ンデシマイタイト思ヒマス（遠鏡）」・「イツマデモ忘レマイト約束ハタノモシイケレドモ其約束ノ行スヱマデハトゲニクイ物ナレバ今其詞ノサメヌウチニワシガ命ハ今日限ニタエテシマヘバヨイ（中津元義。百人一首小倉の山ふミ）」・「イツマデモワスレマイトヤクソクシタマヘド男ノ心ハカハリヤスイモノニテソノ約束ノ通リニワスレマイトイフコトバガ末マデハツヾキニクイモノナレバ、行スヱマデ生テ居テウイメヲ見ヤウヨリハイツソ前方カヤウノコトモ有ッタガトソレヲナグサミニスルガヨケレバ大切ナ惜イ命ナレドイツソ今日ギリニ死デシマイタイコトカナ《いのちともかな》（衣川長秋。百人一首峯梯）」。「イツマデモ変ラヌ心トタノモシウ仰ラレマスケレドソリヤ当座ノ間ノコトデソノ御心ガイツマデモ末トゲテツヾキニクイ物ナレバ見ステラレテウイ目ヲ見ヤウヨリイツソコノ御詞ノサメヌ今日ノ内ニ死ンデシマイタウ存ジマス（本居大平。百人一首あつさ弓）。契沖指摘ノ和泉式部歌ト赤染衛門歌モ引用〈赤染歌第四句形けふをすこさぬ〉）」。

五　古抄　この古抄は、常縁原撰注（新古今聞書前抄）には見えず幽斎増補の「聞書後抄」に見えるのであるが、季吟の『八代集抄』では、「野州〈常縁ノコト〉云」としてこの古抄を引用し、別に「玄旨〈幽斎ノコト〉云」として別説も引用している。季吟にはこの古抄が幽斎注と考えられなかったからであろう。思うに、この「後抄」に酷似する注が『牧野文庫本聞書』にもあるので、この「古抄」は幽斎独自増補注では無さそうである。参考のために『牧野文庫本聞書』を引用しておく。「中関白かよひそめ侍けるに読り。ゆくすゑまでとは契り侍れども、すゑはしられぬ世なれば、人の心のかはらぬさきに、命もけてよ〈消テヨ〉かしと読り〈大坪云、けトはハ字形ガ似ル。はてよヲけてよト誤読シタカモシレナイ〉」。次に古抄所載書間の異同を示せば、「行末までも」が「行末までは（吉田幸一氏旧蔵註）・行く末まで（高松宮本註・高松重季本註〈も字ナシ〉）」、「変らじとハ」が「かはらじ忘れじとは（無刊記本聞書・宝永八年板本・説林後抄・内閣文庫本増補聞書・内閣文庫本聞書後抄・八代集抄引用・吉田幸一氏旧蔵註・高松宮本註・高松重季本註・私抄）」、「知らぬ世」が「しられぬ世（説林後抄・内閣文庫本増補聞書・内閣文庫本聞書後抄）」、「人の」が「人の心の（高松宮本註。高松重季本註）」、「命の」が「命も（説林後抄・内閣文庫本聞書後抄・吉田幸一氏旧蔵註・高松宮本註・高松重季本註）」、「詠める哥也」が「よめる也（吉田幸一氏旧蔵註・高松宮本註・高松重季本註）」の如くである。「古抄」の文意は「貴男と私とのこの仲は、遠い将来までも変ることはないでしょう（又、忘れないでしょう）とは、お互い約束はいたしましたが、そうはいうものの、神ならぬお互いの身では、行末の事までは思いはかる事のできないのが現実の世ですから、あなたの御心が変らぬ前に、今の幸せの思いのままで、わが命が果てきってほしい、と詠じた歌である」というもので、当歌の歌意説明。

六　死別ほど悲しき……哀れ限りなし　文意、「夫婦にとって、死別する事にもまさる悲しい事はないのに、その死別以上に、憂鬱で悲哀の度合が強い状況を想像している作者の心情は、哀れさはこれ以上のものはない」

七　増抄に云く　磐斎の当歌解釈である。文意、「今後、何年経過しても、忘れはすまいと貴男は仰しゃって下さいますが、この世の中の状況というものは、諸行無常で変り易いのが、世の習いというものですから、決して忘れないだろうとは、思って下さる事は十分理解はするのですけれど、忘れずにいる事は、なかなかに出来ないもので、お忘れになる事もないとは限りません、その万一の忘れられて了《しま》った時に、悲痛な物思いに陥入るよりも、愛情の深い今日の状況のままで、今日が最後の命の日だと考えて、死に果てたいと、詠んでいるのだ」。この「増抄云」の施注は後に、井上秋扇の『百人一首基箭抄』に「踏雪云」として殆んど同文で引用されている。踏雪とは磐斎のことで、『増抄』の説が、季吟の『八代集抄』のごとき広き影響力をもった書にくらべて、数少ない影響書として注目したい。磐斎は『百人一首増註』では、「命のながき事をねがはぬにはあらねども、人の心のかはりたるを見んにはかなしかるべきほどに、それを思へは中々はやく死たるがましにて有、といへり。かたければとは、十の物が八も九もかはらぬといふ事は有がたければ、と也。けふの情有時を、思ひ出にして死ばやと也。心のあまりふかきゆへに行末を思へる成べし。ともがなとは、ねがひかななり。かぎりとは、命の世にあるかぎりと、契りのかぎりとを、かねたり」と施註しておる。「限り」が、命と契りとの両方を承けていると説く点は、他注にはない独自注であろう。

〔一一四九番歌　補説〕

当歌は、百人一首にも採入されており、百人一首の註が非情に多いので、新古今の他注と共に、その主なものを左に示す。

「忘れまじといふ行ゑ《(ママ)》は不定なる間、たゞ逢たりし時、けふを限りに、しにたきと也（九代抄）」・「後朝の切なる心也。行末までわすれまじきと、をしやるは〈仰言ルハ〉、かたき事なれば、たゞいまわかれたるたんてきに〈端的ニ〉、死たきと也。切に思から、やりすぐしたる也（九代集抄）」・「行末かけて契てのあまり也。如何なる堅固の契も末はしられぬ儀也。儀同三司、三大臣に準ずる官也（抄出聞書）」・「行すへハかわらじとちぎり置事ハかたし。行すへハかわる物也。今何事もなき内ニ、逢をかぎりになして死たしと也。今日かぎりならバと也。四十ヲ初ノ老ト云、百ヲ都《スベテ》　と云、かぎり也。もがなハ欲得とかく。とハ休《ヤスメジ》　字なれども入《イレル》也。かぎりの命となれかしと云時ハ、入《イレル》也（かな傍注本）」・「野州云〈省略↓古抄ト同文〉。玄旨云、猶人の事は頼がたければ、一夜を思ひ出にして消もうせばやといへる心、尤切にして、哀不浅也〈大坪云、百人一首幽斎抄ト略同文。後引、百人一首応永抄・宗祇抄モ参看ノコト〉（八代集抄）」。「事書に、中関白道隆かよひ初ける比《詞》よめる《り》とあり。是も明也。なにを人のことハ頼がたければ、一夜を思出にしてきえもうせんといへる心尤切なるさま也。能《ヨクヨク》ゝ詞づかひを見侍べし。暮《クレグレ》ゝやさしき哥の躰《風情》（百人一首応永抄。右傍書ハ百人一首宗祇抄）」・「詞《コトバ》書に、中ノ関白道隆《ミチタカ》かよひそめ侍りけるころよめると有。是も心は明なり。猶人の事はたのみがたければ、一夜を思出にして、きえもうせばやといへる心、尤切《セツ》にあはれ浅《あさ》からざるにや。猶も一夜のきはゝ、人の心もは《(ママ)》からぬ時にといへり。よく〳〵詞づかひをみ侍るべし。くれ〴〵やさしき哥の風躰なり（板本百人一首幽斎抄）」・「忘るまじきと人のいひければ、わすれじといふ行末はたのみがたき程に、わすれぬとき命よたえよといへる也。あすまでもたのみがたきに、けふをかぎりの命ともがなといふなり（長享元年極月十四日古写本百人一首注）」・「わすれまじきと人のいひければ、行末までの事はかたければわが命のけふ限りにてあれかしといへり。是心のかわる時節までハながらへても曲なし、たゝかはらぬうちにもいへるなり（百人一首頼常聞書）」・「此歌コトガキニ、中関白道隆かよひそめ侍ける比、トアリ。サレバ思ソムル志ニテ行末長ク契レドモ其マ、ナランハ難キ事ナレバカク不レ《(ママ)》飽思フ、今日ヲ限リニシテ命ノ絶タラバ思ひ出ニモ成ベシト云心ナリ（百人一首経厚抄）」・「これ新古今。心はわすれじと人のいふも末までは知がたければ、情あるけふを限にしなばやと也（永禄七年七月廿五日古写本百人一首聞書）」・「こと書に、中関白云々〈省略。応永抄・宗祇抄・幽斎抄ヲ混融サセテ、殆ンド同文〉（京大中院文庫本百人一首聞書）」・「〈前略〉中ノ関白トハ住玉フ殿ノ上中下ヲ取テ云ニヤ。中ノ摂政ト書タル人も有。一宗祇註云〈省略〉。一元斎抄云〈大坪云、元斎ハ本名木戸休波。上杉景勝ニ仕エ、直江兼続《かねつぐ》トモ親交アリ〉。道隆の行末かけてかはらじと云けるを嬉しく又疑がハしくおもひて、人の心ハ頼がたきもの也けれバ、互に恨も出来ざる時なくもならばやと也。一口訣。婚礼正シテ不嫁ハ、半途ニテ捨ラル、コト古来ヨリ定レルコトヲ思ヘリ（百人一首切臨抄。切臨ハ、一華堂乗阿ノ弟子）」・「〈前略〉ケフ云ハ今ト云事也。今トイヘハ哥ニユウナル所ナキニ依リ今日ト云ヘリ。〈中略〉哥ノ心カハル世ノ習人ノ心モ末ハシラズ頼ガタケレバ、ワスレ玉ハヌウチニ死タキト云ハ、替ラスニ有度思フヨリ云ヘリ。若シ替事ノアランヨリハ一夜ヲ思出ニシテ死シタガ増シトナリ。詞ツカヒヤサシキ風体ノ哥ト也（拙蔵万治四年写本。祐海百人一首師説抄）」・「祇注云、事書に中関白道隆かよひ初ける比よめりとあり。是ハ心ハ明也。猶人の事ハ頼かたけれハ一夜を思い出にして、きえもうせんといへる心尤切に哀浅からさるにや。猶も一よのきはゝ人の心もかはらぬ時にといへり。よく〳〵詞つかひをミゝ《(ママ)》る侍へし。玄抄云、やさしき哥の風躰也。私、此外祇注無相違。後十鈔云〈大坪云、後十輪院中院通村ノ説〉、為家卿、よしさらハちる迄《(ママ)》ハミし山桜花の盛を面影にして。是をとり。後拾恋に、あすからハ忘るゝ《(ママ)》身に成ぬへしけふを過さぬ命とも哉、赤染衛門（拙蔵写本、小倉山庄色紙和歌〈内容ハ、後水尾院百人一首抄ナリ。又、当歌ガ続古今一二五五番為家歌ニ影響ヲ与エタトスル指摘ハ注意スベキデアル〉）」・「祇注〈大坪云、祇注ヨリモ幽斎抄ト言ウベキ注。省略〉。或抄曰〈大坪云、コレハ切臨抄ノ引用、省略〉。〔頭書〕哥の心ハ、男の心のならひ、打つけのほどハあらぬ思有ゆへに行末かけてわするまじきよしいひ契れども、後ニはうつろひやすき事、世の中の例也。よりて今、我中のためも末うたがハしけれバ、只今人の心のかわらぬ内に死なばやとよめるなり。命斗り惜かるものなれど、人の心のかハる世をみんことのうきによりてかくハいへり。後拾遺　和泉式部　今宵さへあらバかくこそ思ほへめけふ暮ぬまの命ともがな（百人一首倉山抄）」・「〈前略〉扨歌の心はあらはなり。道隆のいつまでもかならずわするまじきといへるによりて、人のこゝろはたのみがたければ、そなたのわするまじきとの給ふも行末まではとをりがたかるべきぞ。はやいつのまにも御こゝろはかはり給はんものを。さらばわが身は恋にいたづらになりぬべければ、御こころのかはりはてゝの後は、あはれとやはおぼすべき。いま御心のかはらぬさきにいのちもたえはてよかし、さだにあらばぞとばかりは、あはれにもおぼすべき物をとなり。○まことに人をもうらみず思ひ入たるさま、またなうあはれふかし。恋歌にだにあらばかやうにこそとおぼゆれ。○井蛙抄云、此歌を本哥として、わすれじの人だにとはぬ山路かな桜はゆきにふりかはれども、又相模の歌にもこころはいさゝかかはりたれど猶かよひたり、わすらるゝ人はなか〳〵つらからでいまゝでいける身をぞうらむる（百人一首さねかづら）」・「頓公云〈頓阿ノ注？〉、詞書に中関白道隆かよひそめ侍りける比読るとなり。わすれぬとなり。行末迄は互にかわらずにあらぬ事のしれねば也。けふを限りの命ともがなとは、かわらぬ先に、とくも果ばはて、はやけふを限りにして、といへる心に似侍れ共、下の句より転じて読るによりて心深し。忘れじのといふ事、人の誓し詞を受けたる五文字と知べし。の、の字てには、人の詞を受たるてには也。おとこのしみ〴〵と云たるにより、此なさけは行末まではよもや忘ずにあらん事はなかるまじきと也。心は、大切成事は忘るゝ、ひまをおしむ故に、かゝる言葉をわすれし事もあらば情なげ也とおもひがたければとはいへり。けふを限りとは、さは思召どわれも明日をしらねば、けふをかぎりとは二人をさせり。さるにより命ともがなととめたり。互に忘れじ〳〵とおもふ命は、君も我もけふを限りの命とも、とばかり両人の心をすへていへり。○家説云〈坂静山＝坂将曹＝坂光淳ノ説〉。哥の心は人にあひそめぬる時、行末忘れじと深くたのもしき事なれば、その人の心はたのみがたきよの習なれば、行末とてもいまの詞のごとくあらんとは頼がたし。行末に心の変にあひなばいか斗うき悲しきみにか成なん。よしやたゞ今頼もしき詞を一筋の頼にして身なく成なば、後のなげき有ましきと也。命にかゆるは人の不願事ながら、後のうきめ見んよりはと思ふ余りよりしていへる心也。能いひ取たる哥也。君臣（衍）朋友の交会も又かくの如し。あざなへる縄にたとへしも人心を深く頼まん事のはかなき心成べし。万事につけて変は兼てしれば、変は至りて驚かぬもの也。何事も此心あるべし。○小ぐら楓に云〈小倉楓ハ錦織氏ノ註デ、秋扇ノ基箭抄ト酷似スル注ヲ有スルガ、ソノ基箭抄ハ、磐斎増抄云ノ文言ヲ基礎トシテイル〉。心は幾とせをふるとも忘れじとはいへども、世間のありさま変じ易き習なれば、忘れじとおもひ給ふべけれどわすれずにある事はかたきものなれば、忘られたるときにうき物思ひをせんよりは、情深き内けふを限りとして死たきと也〈以上「増抄」ノ本文注〉。死別ほど悲しき事はなきを、忘られたらん時に夫にも増るべきうきをおもひやりたる心哀深かるべしとぞ〈以上「増抄」ノ頭書ノ注〉。くれ〴〵やさしき風情也。又詞書に通ひ初ける頃と有を思ひ入て見侍るべし。忘れじのの、字眼字也。のといふは忘れまじと思召か。我は猶〳〵とおもふ内にも如何成すく世にもやせん頼がたきは浮世のありさまなれば、けふを限りとは今あふを思ひ出にして、ともがなとは互に死ば一つ蓮の半座を分たらば、是に越べき安堵はあらじと、情深き事心に述がたし。互に勧むる心也。かく共にこそあらずとも、互に怒り誹りあふいもせの中、世に多し。いか成縁の報ひとなり。儀同三司の母抔を、恋の媒と思ひさだめ、二世の思ひなさんこそいと尊とかるべけれ。古哥に、忘るらんと思ふ心のうたがひにありしよりけに物ぞ悲しき〈大坪注、伊勢物語二十一段・新古今一三六一番読人しらず〉、是にておもひ合すべし（百人一首諺解）」・「がなハ願ひの哉也。かたけれバ、頼がたければ也。哥心、今こそわすれまいなか〳〵変ぜまいと仰せられけれども、人の心ハかはりやすければ約束迄ハ頼がたき也。しかれバそこもとのこゝろざし変じかハらず心のたゞしきうちに、是を冥途へのみやげにして死たきと也。只今かやうに仰られける心変ぜバ、その節いかほどかつらくかなしくおもふべければ、今がよき死べき時節と也。始に終をはかり未然を禁じたる哥にて、女の歌にめづらしきとて百首のうちにもおもわする哥也。万事に通べし（百人一首師説秘伝。坂光淳ノ講述聞書ラシイ）」・「かたければとは難の字也。頼みがたきの心也。人の心は頼がたき物なれば互の恨も出来ぬ時なくもならばと也。心切にしてやさしき歌と也（新潟県立図書館蔵、百人一首兼載抄。吉海直人氏翻刻ニヨル）」・「〈前略〉通ひそめて行末まで心かはらじと契るは、よの人の詞ならひにて、末遂る事はかたきものなれば、今人のこゝろかはらじと宣ふを、わがおもひ出にして、命もけふを限りにて消もうせたきと也。ともがなの四字、との字は上の詞につきたる手尓葉、もがなはねがひのがな也と分ていふ人有、むづかしき口尺也。〔いのちともがな〕すぐにともがなの詞を、ねがひたる詞ときゝたるがよき也。忘れじのしの字尤濁りてよむ、下知のし文字也。わすれはせまひとの行末までは也。かたければと云は堅の字にてはなし、難也。さやうにはなりがたきと云かたき也（百人一首雑談）」・「〈前略〉道隆公、女ニ逢初ラレシ夜、行末カケテカハルマイト、被仰程ニヨミシ歌也。左様ニワスレマイト被仰、行末ノ事ハ難ケレド、畢竟ソレハウケニクヒトノ事也。私ハ其様ナ事デハナイ。〔今日ヲ命トモカナ〕是ハ今日ヲ限ノ命トモナレヨカシト、願ノ〔哉〕也。夫ハイカニトナレバ、其御事ヲカタジケナフ思ヒ、若ヤワスレ給トキハ、其時ノクルシサ、ヤル方ナサ思ヤラレタレバ、今逢タガ幸ナレバ、是デ命ガタヘヨカシ、シカレバ百年ノ契モ同ジコトナリトノ歌也。人情ノ常ハ、君ノ忘レ玉ハヌヤウニ思フベキ也。定家卿、爰ヲ御取被成テ、人世万端ノコトヲ能了簡千察シテ、多慾ヲ去テ、清貧ヲタノシミトスベシトノ御教也。前ト組〈大坪注、百人一首デノ前歌ノ道綱母ノ歌なげきつゝ、歌ト組合セタ歌、ノ意〉（小倉和歌百首註尺）」・「中ノ関白道隆かよひそめ侍りける頃とあり。是も前書にて心は明なり、人のこゝろの頼み難きに一夜を思出にして消も失せばやと也。女の歌に哀も浅からぬなるべし《紹》〈大坪注、百人一首大概ノ紹巴注〉。後にはうつろひ易きは世の中の例なり。よりて今我中のためも末うたがはしければ、唯々人の心の変らぬ内に死なばやとよめり。命ばかり惜かるものなけれど、人の心の変る世を見む事の憂きによりて斯くはいへり《契》〈大坪注、板本百人一首改観抄ノ契沖注カラノ抜書。板本ノ本文ト小異スル所アリ〉。忘れじの、の此のは略辞といふ物也。新古今に、忘れじの人だにとはぬ山路かな、忘れじの言葉いかに成ぬらむなどあり〈大坪注、一六六七番良経・一三〇三番宜秋門院丹後歌ナリ〉。忘れまじきといふ事のといふを、のの字にこめたり。古歌に此例多し。されどこの忘れじのてふは、後世のいひなしにて古より思へばいとも下りて聞ゆ《真》〈大坪注、百人一首うひまなびノ真渕注ヨリノ抜書。板本文言トハ小異個所アリ〉。何時迄も忘れまいと約束し給へど、男心の変りやすき物にて行末までは続きにくきものなれば、ながらへて憂目を見るより今の心を後の世の思ひ出草にして、大切な惜い命なれどいっその事今日限り死で仕舞いたきと也《長》〈大坪注、長トハ衣川長秋ノ事デアルガ、前引シタ板本百人一首峯梯ノ注トハカナリ異ツテイル〉。命ほど惜き物はなけれど、男心の変るために憂を見むよりは変らぬさきに死にたしといふ心也《雅》〈大坪注、雅トハ尾崎雅嘉ノ事デアル。板本百人一首一夕話ヨリノ抜書デアルガ小異アリ、自筆稿本トモ小異スル〉（早川自照氏ニヨル定家卿七百年祭記念七百部限定出版ノ、七家輯叙小倉百人一首。昭和十五年十二月、大阪天王寺区、淡心洞ヨリ出版。平成十六年クレス出版ヨリ百人一首研究資料集第二巻トシテ写真復刊アリ）」・「〈前略〉歌心は師説〈＝貞徳説〉、初めてあふてたがひに行すゑかはらじとちぎりても、其ちぎりすゑとぐる事ハ大かたかたきものなれば、かくあふ事をおもひ出にて、けふを命のかぎりともなれよかしといへる心、尤哀なるうたと也。御抄云〈＝幽斎抄〉、よく〳〵こと葉づかひを見侍るべし、くれ〴〵やさしき歌の風体也（百人一首拾穂抄。・同補註）」・「〈詞書省略〉男のこゝろのならひ、うちつけのほどは、あかぬおもひあるゆへに、行末かけて忘るまじき由云契れども、のちには、うつろひやすきこと、世の中〈＝世間夫婦ノ仲〉の例なり。よつて、今我中の頼めも、すゑうたがはしければ、唯今ひとの心かはらぬ中に死なばやといへるなり。いのちばかりおしかるものなけれど、ひとの心の替世をみんことの、つらく、かなしき、よりて、かくは云儀なり（下河辺長流、百人一首三奥抄。契沖ノ改観抄モ略全同文）」・「〈前略〉宰相局聞書云〈大坪注、宰相局ハ、本書ノ序文ニヨレバ日近上人ノ姉ニ当ル人物。日近ハ京ノ本法寺二十三世ガ時代的ニハ適当スル。後水尾院ガ昼間ハ廷臣ニ対シ、夜間ハ女房ニ講義サレタ講義聞書デアル〉、此わすれじの五文字ことの外おもしろき由なり。これはいつまでもわすれまじといふ、行末の事までもかたふ《ママ》やくそくしたる事なれ共、畢竟其契りのあすも知れがたし。もしや人の心のかはる事も有べき歟。一向けふ死たらば後の恨みも有まじきに。なからへ《ママ》て又このころや忍ばれん〈大坪注、新古今一八四三番清輔歌、初句ながらへば、下句うしと見し世ぞ今は恋しき〉、といふ哥を以てこゝを見るべし。いのりてもおしむ命を君がためけふを限りと思ひつる哉、式子親王の哥なり〈大坪注、出典未詳、小田剛氏ノ式子内親王全歌注釈ニモ不載歌〉。これも同じ心の哥にて、ながくもがな〈大坪注、君ガタメオシカラザリシ命サヘナガクモガナトオモヒケルカナ、百人一首義孝歌〉とよみたるとはうらはらなり。芝山殿説云〈大坪注、人麿ノあし曳の山どりの尾歌注ニ、芝山宰相藤原広豊説トアリ、ソノ書留メタ聞書十六冊ガアル。霊元院ノ講談聞書デアル〉、ながくもがな〈＝百人一首、義孝歌ノコト〉よりこのかた情ふかし。いふにいはれぬところあり。ともがなとは死たいといふ計にてはなし。一向死でもしまふたらばといふ事なり。ともがな字眼なり。師云〈本書ヲ編著シタ谷沢而立ノ師、多田義俊ノ説〉、此哥の詞づかひよく〳〵見侍るべし、くれ〳〵やさしき風情也〈大坪注、コノ文言ハ幽斎抄ト略同〉。こよひさへあらばかくこそ思ふらめけふくれぬまの命ともがな　後拾遺、和泉式部。あすならばわすらるゝ身に成ぬべしけふを過さぬ命ともがな　赤染衛門。契沖云、右二首似たる哥也〈大坪注、コノ両歌ハ、契沖ノ新古今書入本・改観抄ニ見エル〉（龍吟明訣抄）」・「〈前略〉人の事（ママ）ハ〈大坪注、事は・言葉、ト両義ニ解サレル中ノ一方ヲ採用〉たのミがたけれバ、一夜をおもひ出にしてきえもうせばやといへる心尤切《セツ》にあハれ浅からず。猶も一夜のきハヽ、人の心もかハらぬ時に、といへり。能〳〵言づかひを見侍るべし。くれ〴〵やさしき哥の風躰也（太田白雪著、百人一首解。大坪云、幽斎抄ト同文。白雪ノ別著ノ百敷のかゞみモ歌意ハ幽斎抄ノ引用ニスギナイ）」・「〈前略〉貞徳云、行末かけて契りても其末とをる事は難きものなれバ、かく逢ふことをおもひ出にしてけふをかぎりの命にてあれ、と也。按に此起句古今に、あすか川渕は瀬となる世なりともおもい初けん（ママ）人はわすれじ〈大坪注、古今六五七番読人しらず〉、の歌をうけていひ出せるなり。中古のうた此格多し。考ずんば有べからず（大菅白圭、小倉百首批釈）」・「わすれじの、此《この》のもじ眼字也。奇妙ののもじなり。功（巧）者ならでハ置がたき玄妙の文字也。一字金玉といふ。顕輔の哥、あふとミてうつゝのかひハ〈大坪注、金葉三七七番　三句以下ハ、なけれども儚き夢ぞ命なりける〉、と云の文字此哥ののもじ同じ。頼がたけれバ替ヤスキ世ノ習ナレハ人ノ心ノ末ハシラレヌ故也。一夜を思ひ出にして、ミシ替ルコト有ンヨリハワスラレヌ内ニ死タキト云心ハ替ラズアリタキ事、下心ニアリ。恋ノ深切ナルヨリイヘリ。わすれじと契りし行末ハとをらぬものにてかたけれバと也。行末までハかハらぬやうにてあれかしといふ心、此内に籠れる也。師説〈大坪注、源義堯ノ説。義堯ハ、霞関集ノ作者目録ニ、冷泉門人　御小性組　松平三郎次郎隆任ノ子、ト見エル。古典文庫二三九頁ノ一六五番〉、此哥死場を知たる歌也。武士などの死する場を知るいましめともなるべき也。続拾遺　赤染衛門哥、あすあらハ（ママ）わすらるゝ身となりぬべし今日をすぐさぬ命とも哉〈大坪注、後拾遺七一二番歌。初句あすならば。第四句ヲけふくれぬまのトシテ引用スル施注モアル〉。哥の心ハ同じけれども詞づかひおとりたるなり（百人一首鈔聞書）」・「わすれじとはわすれまいと言詞。かたければとは頼みはてがたければなど言詞。命ともがなとは命もがなと願ひ詞也。先此哥は中関白道隆卿にあひ　染（ママ）給ひてたがひにひよくれんり〈＝比翼連理〉の契りをかわし、浅からざりし頃読り。されば人の心は高きもいやしきも縁にひかれてうつり替り安し。頼はてがたきものなればたがひの心かわらずむつまじかりけるとき、兎もかくもならばやと露の命をかへりみず恋願はれし志。哀浅からず侍り。誠に心切にやさしき哥也。哥の心は、そも我中の契りはさりともむつまじきあたひ（ママ）〈あひだ?〉、たがひに心替りはあらじと約束しければ、浮世のならひ人の心のくせとして、万《よろづ》縁にひかれて移りやすき物なれば行末久《ひさしく》敷頼はても覚束なし。いか成うらみねたみもいでき亦いか成うれへうきめにおふ（ママ）事も計がたし。さあらば今此ふかきちぎりを現世後世の思ひ出にして露ときへてもうせばやとの願也。詞づかひしんしやう〈尋常?〉にしてあわれふかし。さゞれいし女の心ばせ哀やさしきためしなり（京大図書館本百人一首註解）」・「新古今集恋、中関白通ひそめ侍ける比とて有がまゝ也。此歌の意は、いつまでもかはらじとの玉へども、末にはわすれはて玉ふべければ、かくおぼす内にけふ身まかりなばよからんといへる也。しらべ迄もなき歌也。女のなまざかしきは、やゝもすれば先にこえてかく恨みがましきことをいひ出るもの也。さがなきわざ也。彼なげきつゝのたはむれの歌とは、しろくろの違ひ也。謹むべし（田安宗武、小倉百首童蒙訓。大坪云、当歌評低シ）」・「中関白かよひそめ侍りける頃、かよひそめたるほどの心すゝみ〈心進ミ、焦《あせ》りノ意〉に、末ながく忘れじとのちぎりハかハせども、猶わすられん世をや見んずらん、たゞ今の心を後の思ひ出にして、命も終らバやとまで思ふと也、後拾遺に赤染衛門、あすならバわすらるゝ身に成ぬべしけふをすぐさぬいのちともがな、てふもたゞ同じ意也。わすれじの、此《コノ》のハ略　辞《ハブキコトバ》といふ物也。新古今に、わすれじの人だにとハぬ山路かな・わすれじのことの葉いかに成ぬらん、などいふ類にて、わすれまじきといふ事のといふを、のゝ言にこめたり。古歌にも、のゝ辞に意こめたるおほし。されどこのわすれじのてふハ、後世のいひなしにて、古へより思へバいとも下りて聞ゆ（百人一首うひまなび）」・「中関白かよひそめたまひて、いとあはれにまめ〳〵しく契りのたまはすれど、大かたさる心の、ゆく末までもかはらであらんはかたき世のならひなれば、さる悲しきめみたらむよりは、今このうれしきほどに死なばやとおもふまで、ちぎりの末がいとおぼつかなさのあまりによまれたる哥なり。その時そのおぼつかなさの一向なるにまかせられなば、かならずたのみがたさのいひやらるべし。しかいひやりてあさましうおぼさん、はた、いと心ぐるしかるべきが故に、かくこの哥とよみいで、〈大坪注、とハをノ誤りナラバ、を詠み出でて。或ハ、響《とよ》み出でて・と読み出て、ト訓ムベキカ?〉、そのおぼつかなさの一向なるをなぐさめ、たのみがたさもいひやらでやまれたるなり。○おほよそ、人のこゝろをうたがふにこそいとをしかるべけれ、契の末たがはざらんやうにあらまほしさは、いひやらんもあさましかるまじき理なれば、誰もたれもかならずおもひまどふべきに、このおもと〈御許＝貴女〉の、しかおぼつかなさは一向ながら、なほたのみがたさもいひやられざりけん、いとも〳〵あはれなる心なりかし〈拙蔵板本百人一首燈〉」・「〈前略〉わすれじといへる契のさる遠き行末までは遂ん事きはめてもかたければ、願はくは今終らん命のかぎりにもあれかし。さらば今日のたのもしき中を我世の思ひ出にして、やがて変り行うきをバ見ざらんをといへり。こはじめての後朝などによみてつかはせし也。本の句はいとも浅からぬこゝろばせのいとうれしきをバおしこめて、中〻ゆく末おぼつかなきかたにいひかすめ、末の句は身をすてゝも思ひいりしおのがミさをのかぎりなきをあらはせる也〈拙蔵写本、百人異見〉」・「わすれじの。のはわすれまじきの、といふを、の、言にこめたり。同集〈新古今ヲサス〉、わすれじの人だにとはぬ山路かな〈＝一六六七番〉・わすれじのことの葉いかに〈＝一三〇三番〉、などあり。一首の意、かよひそめたるほどの……命

も終らばやとまでおもふと也〈大坪注、真渕ノうひまなびト全同、省略〉〈百首要解。岡本保孝ノ当注ハ、出典トシテ公任卿十五番歌合ヲ挙ゲテアル点ガ出色〉」・「〈前略〉。わすれじの。は忘れじとたのめ給ふ詞のこゝろ也。／行末まではかたければ。かたければは、たもち難ければの意也。／けふをかぎりのいのちともがな。とは、今日迄は君にたもたるゝ間なれば、見すてられぬうちに死《シナ》まほしき也。とは命を受けたる辞なれば、清《ス》みてよむべし。もがなは例の願ふ辞也。一首の意は、今こそわすれじとの給へ、かはり安きは人心にて、行末長くはたもちがたかンめれば、願はくは君にたもたるゝ今日を我身の限りとして、死まほしと也〈橘守部。百人一首越路の家づと〉」・「わすれじハ其誓ニ行末長ク忘レマジト云ケル一句ヲ捕《トリ》テ云ナリ。故ニわすれじの行末トツヾケタリ。略言ニモ非《アラズ》。のヲ略言ト云ハ渕〈大坪注、真渕ノコト。本書ハ徹底シテうひまなびヲ批判スル痛快ナ書〉ノ鈍解ナリ。わすれじの行末ハ悪カラヌ詞ナリ。巧トモ妙トモ褒テヨシ。渕ハ万葉ニナキ詞ナリ後世ナリト誚《ソシ》リタリ。此ハ渕ノ僻論ナリ。万葉ノ内トテモ人丸赤人ナドハ其時マデ人ノイハザリシ詞ヲ言出サザリシヤハ。古事紀《ママ》ニ載《ノラ》ザル詞多シ。ソレヲ一々誚《ソシル》ベキヤハ。凡《オヨソ》、歌ニ善悪巧拙アリ。善悪巧拙ニ古今ナシ。但ソノ善悪巧拙ノ姿ノ世ニ随《シタガヒ》テカハルノミ。ソノ姿ニ我ノ愛憎ヲ加ヘテ善悪ヲ古今ニ分ツハ、一人ノ私言ナルベシ。譬ヘバ鱸ヲ嗜ム人、鯔ヲ嗜ム人、相語テ鱸鯔ノ長短ヲ競争《キソヒアラソフ》ガ如シ。嗜好ハ吾ニアリ。長短ハ物ニアリ。長短ハ定品アリ。嗜好

ハ人々不同。不同ノ嗜好ヲ以テ定品ノ長短ヲ断ゼント欲《ホッス》ルハイカナル心ゾ。好古ノ癖アル人ナラバ常ニ古書ノミヲ読テ、自ラモ頑《カタクナ》ニ面白ゲナキ歌ヲ詠テ人丸以下ノ歌詞ハ目モヨセズ手モ触ヌゾヨキ。伊周公ハ初《ハジメ》内大臣マデ進タレドモ太宰左降ノ時内大臣ハ落タリ。其後帰京シテ罪赦サレタレドモ猶復任ハナカリキ。又ソノ沈淪ノ悲歎ヲ慰メントテ准大臣ノ命ヲ賜ル。コノ処ニ渕〈＝真渕〉ノ解、差謬アリ。儀同ハ唐名ヲ取テ私ニ称スルノミ。宰相・右林・金吾〈大坪注、以上ハ参議・近衛府《コンエフ》衛門府《エモンフ》ノ唐名〉ノ類ナリ。朝廷ノ官名ニ非《アラズ》。モシ復任内大臣ナラバ即三大臣ノ一ツナリ。準ノ字用ナシ〈大坪注、真渕うひまなびノ伊周経歴ノ施注ニ、寛弘五年准大臣、給封千戸、トアルヲ指ス〉、又、列大臣下大納言上ト云ベキヤウナシ〈大坪注、ココモうひまなびノ施注ヲサス〉。唐ノ関府儀同三司ハ開府ノ儀式ノ三司ニ準ズルノ儀ナリ。三司ハ此ノ三大臣ノ類ナリ。儀同ハ準位ナレバ列ハ三司ノ下ニ在。実ニ準大臣トヨク似タルモノナリ〈中井履軒、百首贅々〉」・「この哉は願ひの哉にて未発の人情を感吟せしむる出尓波《てには》なり。関白道隆公と初て逢し時の歌也。歌の心は、末に行末かはらじと契りても其契りの末とぐるは堅ければ、此うれしさの其儘《そのまま》にけふを限りのいのちともがなと、女の情にて其貞節なる尤あはれ深き哥なり。此歌の心をくり返し〳〵吟ぜば、男女の艶《やさ》しき心の正実《マコト》顕れてたが身の上も夫婦の契り睦じからむ〈玉田永教《ながのり》、百人一首夷曇〉」・「〈幽斎抄ト同文ノ故省略〉〈百人一首像讃抄〉」・「〈前略〉中関白道隆公その頃はま

だ若かりしに、この儀同三司の母も成忠《なりただ》の女と申し程に、忍びて通ひし給ひし時の歌なり。歌の心はいつまでも忘れまじといふ人の言葉が、末々までは頼みにしがたきによりて、かやうに深切にいうて賜はる今日きりの我が命にてもあれかし。命ほど惜しきものはなけれど、男の心の変る憂き目を見んよりは変らぬ先に死にたしといふ心なり（百人一首一夕話）／人の諱《いみな》ある事、その字の好悪によって禍を得るもの少なからず。されば各々文字のことわり、よろしきを選みてこれに名づく。伊周の二字密かに伊尹《いいん》・周公《しうこう》の二字を取って、摂政補佐の良臣たらん事を思ふに似たり。しかるに婦女の事によって、おほけなくも法皇の御車を驚かし奉る、幸ひにして事なしといへども悪逆さらに族を免がれず。伊周の二字いづれの所からその儀を問はん。法皇軽々しく予且《よしよ》の網に近づき給ふ、千鈞《せんきん》の弩は鼷鼠《けいそ》の為に発せずとはこゝなるべきをや。法著聞集には弟の隆家と申し合せ弓を射る。法皇の御袖に中《あた》る、法皇馬上の由見えたり。いづれか是なるや。後伊周公中宮の兄《このかみ》なるをもて、許されて准大臣となりみづから儀同三司を称せらる（同上）」・「難ければとは、末のとげ難ければなり。歌の心は忘れじの誓ひをたて給へども行く末々までとげ難きと思ふことなれば必ず忘れ給ふべし、されば変る御心の憂きを見むより今日相見しを限りにて終る命ともならば一生捨てられずにしまふものをとなり（花渕松濤、百人一首歌占鈔）」。儀同三司母歌の施注の主なものを右に列挙したが、見ての通り、当歌に対する批評鑑賞は、施注者により多様に分れておる。又当歌の参考歌としてもかなり多く示されている。

左にまとめておく。「今宵さへあらばかくこそおもほしめけふくれぬまの命ともがな」・「あすならば忘らる、身に成ぬべしけふくれぬまの命ともがな」・「忘らるる人はなかく〵つらからでいままでいける身をぞうらむる」・「よしさらばちる迄はみじ山桜花の盛を面影にして」・「忘るらんと思ふ心のうたがひにありしよりけに物ぞ悲しき」・「忘れじの言の葉いかに成ぬらんたのめし暮は秋風ぞ吹く」・「わすれじの人だにとはぬ山路哉桜は雪にふりかはれども」・「ながらへば又このごろや忍ばれん憂しと見し世ぞ今は恋しき」・「祈りてもおしむ命を君がためけふを限りと思ひつる哉〈出典未考、式子内親王歌、龍吟明訣抄指摘〉」・「あすか川渕は瀬となる世なりともおもひ初けん人は忘れじ」。

〔二五〇〕（六九九頁）

一　忍びたる女を、かりそめなる所に率て罷りて、帰りて朝につかはしける

管見新古今二十六伝本での校異。「率て」は増抄は「いて」表記であるが「ゐて」が正しいであろう。春日博士蔵二十一代集本は「ねてィゐて」。「罷りて、帰りて」が、「まかりて返りて（鷹司本、返字表記）・まかりて（烏丸光栄所伝本、かへりてヲ脱ス）・まかりかへりて（烏丸光栄書写本、まかりてノて字ナシ）・まかりか《て》へりて（柳瀬本、て字ヲりトかノ間ノ右ニ朱書）」。当歌の出典『一条摂《せふ》政《さう》御集《しう》』（一条摂政トハ、謙徳公＝藤原伊尹《これまさ》、ノコトデ御集デハ、とよかげ〈大蔵史生倉《ママ》橋豊蔭〉ノ仮名。俊頼髄脳ニ、大蔵史生豊景とかけるは一条摂政の御集也、ト見エ、奥義抄ニ、豊蔭〈一条摂政集〉、袋草紙上巻・八雲御抄・和歌色葉〈摂政家謙徳公の豊蔭〉ナドト見エテイル）の第十六話には、「とよかげ、なかみのみかどわたりなりけるをんなを、いとしのびてはかなきところにゐてまかりて、かへりてあしたに　かぎりなくむすびおきつるくさまくらこのたびならずおもひわするな／かへし　くさまくらむすぶたびねをわすれずはうちとけぬべきこゝちこそすれ」とある。新古今詞書の文意は「他人に感づかれないようにして逢つていた女を、はかない一時的な隠れ家に連れ出しまして逢い、邸に帰って、その衣々《きぬぎぬ》の別れをした明方《あけがた》、その女に、使者に持たせてやった歌」の意。

二　謙徳公

藤原伊尹の謚号（おくり名）。管見新古今二十六伝本すべてこの作者表記。詳細は、一〇〇三番頭注二に既述。

三　限りなく結び置きつる草枕いつこのたびを思ひ忘れむ

管見新古今二十六伝本での校異を示す。第二句「結び置きつる」が「むすひをきつる《けイ》（正保四年板本〈明暦元年補刻本モ〉、つノ右ニけィノ校合）・むすひをきける《つるイ》（承応三年板本・寛政十一年板本・刊年不明牡丹花在判本板本・板元刊年不明板本・〈八代集抄モ〉、けノ右ニつノ校合）・むすひ置ける（正徳三年板本・寛政六年板本）」とあり、藤村作博士至文堂テキスト頭注や標注参考の本文校異でも指摘がある。第四句「いつこのたび」が「いつみのたび（武田博士蔵大夫阿闍梨本〈岩波旧大系ノ校異ニヨル〉）・いつくのたび（鷹司本）」。なおこの第四句は「何時《いつ》此《こ》の度《たび》」と「何処《いつこ》の旅《たび》」の掛詞が指摘されておるので、「たひ」の表記の異同を次に示しておく。平仮名書の「たひ」が、為相筆本・為氏筆本・前田家本・冷泉家文永本・亀山院本・烏丸光栄所伝本・同書写本・小宮本・宗鑑筆

本・鷹司本・親元筆本・公夏筆本・東大国文研究室本・高野山伝来本・正保四年板本〈明暦元年補刻本モ〉・延宝二年板本〈文化元年補刻本モ〉。漢字の「旅」が、刊年不明牡丹花在判本板本・承応三年板本・正徳三年板本・寛政六年板本・寛政十一年板本・板元刊年不明板本・柳瀬本・春日博士蔵二十一代集本。漢字の「度」は無い。

当歌の出典は頭注一で引用した『一条摂政御集』（第十六話）と目されるが、下句が異るので新古今撰者による改変も考えられる。他出では『時代不同歌合』（九十五番左歌）に新古今と同歌形で見える。即ち、「左　かきりなくむすひをきつる草枕いつこのたひを思わすれむ　／右　大井かハふるきなかれをたつねきてあらしの山のもみちをそミる〈為家本。九十四・九十五番・九十六番ハ、左ガ謙徳公、右ガ白河院〉」〈大坪注、右歌ハ後拾遺冬部三七九番歌。永享本・歌仙絵本・類従本モ、用字ハソレゾレニ異ルモ、歌句ニ異形ハナイ〉。当歌の技巧は、「結び」と「草」が縁語。「何処《いづこ》の旅《たび》」と「何時此《いつこ》の度《たび》」が掛詞。『標注参考新古今和歌集』頭注に「限りなく契り結びし此度の事をいつ忘れんとなり。結ぶは草枕にいひかけて、此度を此旅ねにいひかけたるなり」とあり要を得ている。詞書の「忍びたる女」は、『一条摂政御集』の「中御門《なかのみかど》わたりなりける女」に当り　勘解由小路の南、春日小路の北、のあたりに居住していた女。「かりそめなる所」とは作者伊尹〈謙徳公〉の如き高貴な身分〈藤原氏長者〉の人が、軽々しく行くような場所でない事を暗示。『一条摂政御集』での身分を大蔵史生豊蔭という卑官に窶《やつ》して行けるような場所である。久保田氏『全評釈』や『一条摂政御集注釈』（塙書房刊）では、この趣《おもむき》の説明に、『今昔物語集』（巻二十六第四話〈宇治拾遺物語第二十九話モ同内容〉・巻二十七第十六話・巻二十七第十七話）や『源氏物語』（夕顔巻）を引合に出して説明してある。何《いず》れの話柄も、高貴な男性が卑賎な女性に恋心を抱き、人目につきにくい「かりそめなる所・はかなき所」に連れこんで契を交わすという点は同じである。又、そのような場所は、人目にはつきにくいが、或種の危険性もあるものであるから、冷静に考えねばならぬ所でもあるようである。その「冷静」を超える男性の「情熱」に女性は「幸福」を噛みしめるのであろうか。一一四九番歌に続いて配列された当歌の、配列の妙を味わうべきと思う。なお当歌の「いつこのたひ」であるが、掛詞としての「旅」は、「羈旅」の冒頭で磐斎は、九條東光院殿〈稙通公〉の説として「羈とは遠きたび、旅とは近きたびなり」を引いているが、稙通は、当歌を念頭に置いて「旅とは近きたび」と考えていたのではなかろうか〈八九六番歌頭注一参看〉。

四　後朝恋也

文意「当歌は、後朝恋の心を詠じたものである」。「後朝」は、「脱いだ衣を重ねて共寝をした翌朝、めいめいの着物を身につけ、別れること。また、その朝（岩波古語辞典）」の意。日葡辞書に「キヌギヌ（後朝）。詩歌語。すなわち、別れ。きぬぎぬ…わかる、事也（匠材集、四）」とある。「きぬぎぬ」は、後朝・衣衣などの漢字を宛てる。参考、「東雲のほがらほがらと明け行けば己が衣衣なるぞ悲しき（古今六三七番読人しらず）」・「別れに衣々、涙に袖ぬるる、打越《うちこし》・付句之を嫌ふ可し（連理秘抄）」・「きぬ〴〵とは別《(わかれ)》の事也（至宝抄）」・「後朝恋。後朝とはわかれてのちのあした也。今別る、心は不ㇾ叶。別れかへりての心又はかへる道すがらの躰をもよむ也。あかでわかれし袖のうつりがをかたみにしのび、道芝のつゆもおつる泪に置増り、又けふのゆふくれにはあひみん物をと頼めども、くる、をまたで命やたえなんとなげき、今朝の心まどひに逢みしは夢うつ、ともわかぬ心など也。詞、かへるあした・道芝の露・わかれこし・くる、待間・玉づさ・朝の床の面影のこるうつりが・またねの夢（初学和歌式）」・「後朝恋。わかれて後のあしたなり。かへる道すがらの躰をも、別れかへれての心をもよむなり。今わかる、心によみては題に叶ハす（和歌言葉の千種）」・〈「和歌布留能山扶美・今古和歌宇比麻奈備・和歌麓之塵」ナドノ説明モ殆ンド右ニ同ジノ故ニ引用省略ス〉。

五　限りなくとは……忘れじと也

磐斎のこの施注、理解し難い。初句の「限りなく」は下句の「思ひ忘れむ」に係る措辞と見ているようであるが「思ひ忘れむ」は初句を受けたものでなく、第四句の「いつ（何時）」を受けるのであって、「何時《いつ》」を「何時《いつ》か……忘れむ」の如く磐斎は考えたのであろう。「いつか」は「何時（代名詞）+《プラス》か（反語の係助詞）」とも「何時か（副詞）」とも考えられるが、いずれの場合にも反語の意味がある事に変りはない。前言しておいたように、当歌の下句は、出典では「このたびならずおもひわするな」であったのを新古今採入では「いつこのたびを思ひ忘れむ」に改変されたのであるが、出典にしても新古今にしても「思ひ忘る」の逆意である事に違いはない。磐斎も、出典を知っていたか否かは不明であるが、当歌の解釈は、出典に副い従う如く解釈したのであるが、施注に際して反語の照応を明確に指摘し得なかったのであろう。この点を考慮して磐斎施注の文意を示せば、「〈限りなく〉は第五句に係ってゆく措辞で、将来行く末まで遠く永く、又あなたを想ふ心は限りもなく広く深いものであって、つよく結びあった契りの草枕であるから、この先いつまでも無限に、忘れる事はないであろう、と詠んでいるのだ」。

六　此度と此旅とを掛けて言へり。
文意「第四句の、いつこのたび、は、何時《いつ》この度《たび》と何処《いづこ》の旅《たび》との掛詞である」。此度《このたび》は、今回の契り、旅は、かりそめなる所へ連れこんだ事をいう。「旅」は「羇」が遠くへのたびであるに対しての、近くへのたびを言うのであろう（九条東光院殿説）。

七　詞書きに……旅の心をことわりたり
文意「当歌の新古今詞書に、かりそめなる所に率て罷りて、と書かれているので、歌句で、旅に縁のある、草枕結ぶ、という語を使用して、ほんの近くへの旅である意向を、筋道をつけて説明しているのだ」。

参考、「無限契結《（かぎりなくちぎりむすび）》し此度のことを、いつ忘んと也〈何時忘レルコトデアロウカ、イツマデモ忘レナイ〉。結ぶは草枕にいひかけて、此度を此旅ねにそへて〈諷《ソ》へて→ナゾラヘテ→似セテ〉也（八代集抄）」・「このたび、此旅也。忍びたる所ハ旅ニシテ、一夜泊たる所を忘れんと也。草枕ハたびとか、たかきかとつゞくる也（かな傍注本）」

〔二五二〕（七〇頁）

一　題しらず
管見新古今二十六本も、すべて「題しらず」。出典『伊勢物語』（六十五段）に、「むかしおほやけおぼしてつかうたまふ女の、いろゆるされたるありけり。大ミやすむどころとていますかりけるいとこなりけり。殿上にさぶらひける在原なりけるおとこの、まだいとわかゝりけるを、この女あひしりたりけり。おとこ、女かた〈女性ノ居場所。宮中デハ女房詰所タル台盤所〉ゆるされたりければ、女のあるところにきて、むかひをりければ、女、いとかたはなり、身もほろびなむ、かくなせそ。といひければ（伝為家筆本、九州大学蔵ノ本文ニヨル）」とあって当歌が載せられてあるので、「題しらず」とは、右の文言の省略を意味するのかも知れぬ。「読人しらず」の場合は『八雲御抄』の作法部を引いて磐斎は説明しているが〈八番歌〉、「題しらず」は六番歌で「題しらずとばかりあるは、家集などに題なくて歌ばかりある故なり」と説明するだけで、物語等の場合について言及しない。『袋草紙』（上巻、撰集故実）に「古今に題しらず・読人しらず、後撰には題知らず、読人も。拾遺は題・読人知らず。かくの如くこれを書く。然して末代の本必ずしも分別せず。これ転々書写の失か。」と書様のみを述べ、内容の関連について述べない。『古来風体抄』（下巻、後撰集山桜咲きぬる時は歌ノ注）でも、「まことやいづれのころよりたれがいひそめける事にか」と、不審を示した上で袋草紙と同じ様な注を示し、『八雲御抄』（作法部。撰集ノ子細、古今・後撰ノ項）にも書様を示しながら内容との関連の説明はない。久保田氏『全評釈』の当歌「題意」では「〈作歌事情不明〉の意。伊勢物語の中でも有名な段の歌なので、ことさらな詞書は不要と考えてこの扱いをしたと見る」と述べられているが、伊勢物語を出典と見得る業平歌の一〇五〈二九段〉・八五一〈六段〉・一〇八〇〈七〇段〉・一一五一〈六五段〉・一四〇八〈四二段〉・一四〇九〈異本〉・一五八八〈八七段〉・一五八九〈八七段〉番歌は『全評釈』の言の通りであろうが、九〇三〈八段〉・九〇四〈九段〉・九九四〈初段〉・一六一四〈九段〉番歌は、それぞれが八・九・初・九段の物語の文に基づく詞書が付けられてあるから不要とばかり考えたとは想われない。これらの諸段も「有名」と言えば言える故である。一四〇九番の「梅の花香をのみ袖にとゞめおきてわが思ふ人は音づれもせぬ」は、岩波新大系脚注によれば、天理図書館蔵伝為家筆本伊勢物語四段の異本歌の由で、従来は出典未詳とされていた歌。〈大坪注、コノ歌ハ片桐洋一氏『伊勢物語の研究資料篇』所収「異本伊勢物語絵巻」ノ四話ニモ出テイル〉言わば有名段でもなかったともいえる。普通に『伊勢物語』として親しまれている本には無い歌である。塩井氏『詳解』は伊勢物語の当歌の前文の意を述べた上で「其の心にて見るべし」と注意して「題しらず」ではあるが、省かれた伊物の前文を考え加えて味わうべき事を教えている。

二　業平朝臣
管見二十六伝本では、親元筆本は「在原業平朝臣」と氏姓が冠せられている〈他ニ、春日博士蔵二十一代集本ヲ翻刻シタ朝日新聞社『全書』も有姓表記デアルガ、原本ノママカ、翻刻方針ニ基ヅイテノモノカ不明〉。寛政十一年板本は「なりひら朝臣」と仮名交り表記。他の諸伝本は、無姓の「業平朝臣」と表記する。

三　思ふにハ忍ぶる事ぞ負けにける逢ふにし換へバさもあらバあれ
管見新二十六伝本では、第三句が「まさりける（為氏筆本）」とある。なお拙蔵明治三十年新写本は結り結びに合致しない「まけにけり」とある。他伝本では異歌形は無い。当歌は上句「思ふには忍ぶる事ぞ負けにける」と、下句の「逢ふにし換へば」の第四句が、古今集の五〇三番・六一五番歌に見えており、定家の『五代簡要』〈別名万物部類倭歌抄〉に、古今集に見られる詞として、「詞。しのぶることぞまけにける」として掲出されている。それ故、この古今両歌は当歌の参考歌とみて、差支えなかろう。当歌の出典は頭注一に引いた『伊勢物語』（六五段）であるが、顕昭の『古今集注』では、小異する伊物の本文と歌形が載っているので引用しておく。「伊勢物語云、ムカシミカドノオボエニテツカヒタマフ女ノ、イロユルサレタルアリケリ。大御息所トテイマスガリケル、イトコナリケリ。殿上ニアリケル在原ナリケルヲトコノ、マダイトワカ、リケル、《（ママ）》コノ女ヲアヒシレリケル。《（ママ）》女ガタニイリタチタリケレバ、女ノアルトコロニキテ、ムカヒヲリケレバ、女、イトカタハナリ。ミモホロビナム、カクナセソ、トイヒケレバ、オモフニハシノブルコトゾマケニケルアフニシカヘバサモアラバアラナム、トイヒテ〈下略〉（日本歌学大家別巻四、ノ二七八頁）」。顕昭は同じ『古今集注』の二条后・五条后の施注部で（同上書、二八一頁）「案ㇾ之、五条后同宿之時、何無二密通一乎。抑此伊勢物語歌中ニ、オモフニハシノブルコトゾノ歌ハ、古今読人不知歌也。而ヲ在二延喜御集一。ソレハ不審也。イカデカ入二伊勢物語一乎。コヒセジトミタラシガハノ歌ハ古今読人不知歌也。イタヅラニユキテハキヌルノ歌同事也。アマノカルモニスム、シノ歌ハ、古今典侍藤原朝臣直子詠也。然者サマ〴〵ノ歌ヲ業平并ニ女ノ歌トオボシクカキアツメタルニヤ。是故ニ清輔朝臣古今注ニ、如二伊勢物語一ハ直子ガ事ニテ、京ヲハナレタル所ヨリ、ヨル〳〵キテ、空《（むなしく）》帰テ人ノクニ、テウタヘル歌也。在原ナルヲトコトアルハ、業平欤トカケリ〈下略〉」とも記している。さて前言した古今集の参考歌とは、「思ふには忍ぶる事ぞ負けにける色には出でじ思ひしものを（五〇三番）」と「命やは何ぞは露のあだものを逢ふにしかへば惜しからなくに（六一五番）」で、前者の読人しらず歌は、講談社『新註』・岩波旧大系・小学館『全集』・桜楓社テキスト・久保田氏『全評釈』・新潮社『集成』が、後者の友則歌は、改造文庫・尾上氏『評釈』・桜楓社テキスト・久保田氏『全評釈』・新潮社『集成』が、それぞれ参考歌として引用している。歌意参考、「伊勢物語に、女のある所にきて何ひをりければ、いとかたはなり、身もほろびなん、かくなせそ、と女のいひければよめるとあり。逢ひ見まほしく・《（思）》ふ心と人目を忍ぶ心と、此二つの心戦ひて、《（ママ）》忍ぶ心負けにける故に、常に来て逢ひ見るなり、君に逢ひ見ることに換へば、身も亡びば亡びよとなり（標註参考）」。「さもあらばあれ」は、「不本意ではあるがそれならばそれでも良い・どうでも構わない・ままよどうともなれ」という意の所謂「放任用法」で、「遮莫」の訓読語。岩波新体系脚注は、「（伊勢）物語によれば馴染の男の人目を憚らぬ態度に、女の〈いとかたはなり。身もほろびなむ、かくなせそ〉と言った言葉に反撥したもの」と注する。参考、「さもあらばあれ。ふてたる詞なり〈大坪注、ナゲヤリノ気持カラ出ル詞・ステバチニナッタ言葉〉（匠材集四）」・「遮莫《サモアラハアレ》。〔事類別集〕遮莫。蓋、里語、猶ㇾ言二儘教一也。自ㇾ唐以来有ㇾ之。任他《サモアラバアレ》。又作二教他一。造渠《サモアラバアレ》。又作二従渠一。儘教《サモアラバアレ》。又作二従教一（書言字考節用集。言辞門）」・「任他《サモアラバアレ》・従教《同》・遮莫《同》（運歩色葉集）」・「一《サモアラバアレ》／任他《サモアラバアレ》・遮莫《同》・不記《同》／従佗《サモアラバアレ》／甘従《サモアハアレ》〈大坪注、サモアラハアレノラ脱字。コノ次ニ、此養慵ノ三字アルモサモアラハアレ、ト訓ムノデアロウ〉（温故知新書。四カ所ニ見ユ）」・「さも。副詞、そのように。〈中略〉さもあらばあれ。たとえどんな具合であろうとも〈後略〉（日葡辞書）」。当歌の他出は、前引顕昭『古今集注』の末句「アラバアラナム」の形での引用の他、『二八要抄』（恋一）に新古今と題詞・作者表記・歌句すべて同一で採入。又『二四代集』に「たいしらす思ひには忍ぶることのまけにけるあふにしかへハさもあらバあれ。なりひら」・『二四代和歌集』に「題しらず　歌句同形　業平」・『八代知顕集』に新古今当歌と題詞・歌形・作者表記ともに全同で採入されてある。又、『練玉和歌抄』（巻七恋上）にも「歌句同形、業平」として出ている。

四　伊勢物語の哥なり……斯く詠める也　文意、「当歌は伊勢物語〈六五段〉に見える歌である。その物語本文によれば、二条后〈高子〉の御住居《すまゐ》へ、他人の見る目をも憚からずに業平は通って行っていたのであるが、后は、このような交際はしないで下さい、他人に知れると、わが身もあなたの身も、咎められて破滅して了《しま》いましょうからと、仰せられたので、このように歌を詠んだのである」。磐斎は物語本文の「おほやけおぼしてつかうたまふ女の色ゆるされたる」お方を「二条后」と特定して施注している。このお方は「おほみやすん所とていますかりける、いとこ」に当るお方である。古註（伊勢物語知顕抄・冷泉家伊勢物語抄・肖聞抄・伊勢物語宗長聞書・惟清抄・闕疑抄等）は「おほみやすん所」は染殿后、即ち明子と考え、その「いとこ（従姉妹）」に当るのが二条后高子と考えて施注している。藤原冬嗣に長良・良房・順子〈五条后〉の三人の子女があり、長良の女《ムスメ》が高子〈二条后〉、良房の女が明子〈染殿后、文徳帝ノ皇后〉である。高子は清和帝の皇后で陽成帝の母。高子と明子は従姉妹《いとこ》である。明子は文徳帝の后で清和帝を生んだ母であるから大御息所と呼ばれたのである。併し伊勢物語は「もとより作物語であるから、誰れと指すべきではないが、まづ大御息所は清和帝の御母后明子〈染殿ノ后〉で、御いとこは清和帝の后高子〈二条ノ后〉に凝したものだらう（評釈伊勢物語大成）」と慎重の構え。『愚見抄』に「此女は典侍藤原直子といふ人也。染殿后の御いとこ成けり」ともあって必ずしも高子と特定していないし、前引した顕昭の『古註集注』等も疑念的に注しているからだろう。

五　君を思ふ心と……さもあらバあれとなり

磐斎の当歌解釈である。文意、「あなたを恋しく思う恋慕の心と、このように恋慕すべきではないと堪え忍ぶ自制心とをくらべてみると、恋慕の心が勝って、堪忍の心が負けてしまうので、こうなる以上最早仕方もなく、頼るべき何物も無くなり、こうして自分を持ちこたえる方法もないので、たゞあなたに逢いたい一心のみが募りにつのり、後はどうなろうとも構わない、命と引換えにしてでも、ただ逢いたいだけです、と詠んでいるのだ」。磐斎の『伊勢物語抄』では第三句「まけにけり」の歌形で、その施注に「君をおもふ事がつよきゆへに、むかひをるまじきと堪忍をするが、よハくてまけて、むかひをらねバならぬ也。君にあふ事にかへるならバ、身もほろぶるもさもあらバあれと也。あしくならはなれと云儀ハ、ふてたる詞也。さもあらバあれ也」とある。参考、「いせ物語に、女のある所〈在ル所〉にきて、むかひをりければ、いとかたは〈片端〉なり、身もほろびなん、かくなせそ、と女のいひければよめる歌也。忍ぶにも思ふに負たれば、よしよし逢にかへて身もほろびなばさもあらばあれと也（八代集抄）」・「さもあらバあれ―任他也。忍ぶと、思ふとハ、忍ぶがまくる也。あふニかへてらわ（ママ）ればあらハ（ママ）れよ、さやうニあらバあれ也（かな傍注本）」・「是は此作者、切に思かけ奉る、その人のかくなせそなどのたまひ、佗給へればよめる哥也。心はかくれたる所なかるべし（吉田幸一氏旧蔵註・高松宮本註・高松重季本註）」。

〔一一五一番歌　補説〕

当歌は伊勢物語の旧註や新註にも注が多いので歌意の部分のみ左に抜書しておく。

「哥無義（冷泉家流伊勢物語抄）」・「いかにしのばむとおもへども、おもふ心がかつ時はえしのばれぬなり。あふ事にかへば名をも何ともおもふまじきを、さもあらばあれといひ捨たる詞也（愚見抄）」・「思ふには忍ぶる事ぞ。業平切に思ひかけしを、二条后かくなせそと侍し時、よめる哥也。心は明也（肖聞抄）」・「こゝろ明也（伊勢物語宗長聞書）」・「哥の心は分明也。さもあらばあれ、他任《たにまかする》とかけり（闕疑抄）」・「分明也（惟清抄）」・「業平のうた也。玄〈大坪注、玄旨＝幽斎＝闕疑抄ノ意〉、心ハ明也　さもあらバあれ、玄、任他と書也。師〈＝貞徳ノ説〉、思ふ心のわりなさに忍びあへぬほどに成ぬ。君に逢にかへバ身もほろびバほろびよと也（伊勢物語拾穂抄）」・「新古今、恋三、業平。人を思ふ心と、それをたへしのぶ心との、胸のうちにあらそへば、しのぶることはつゐに思ふ心にまくるなり。よしやあふにだにかへば、人のためもきずとなりて、我身のほろびむこともさもあらばあれと、打ふて、〈＝捨テバチニナツテ〉よめるなり。古今、思ふにはしのぶることぞまけにける色には出じと思ひし物を。同、命やは何ぞは露のあだ物を逢にしかへば惜からなくに。もし此二首を取あはせて記者のつくれるにや（勢語臆断）」・「問、抄云〈拾穂抄等ヲ指スノデアロウ〉哥の心は今明也云々。答、さもあらばあれは任他の字義訓にもしかり。哥の心も分明なれども、此哥の作者の論なき事いかゞ。童子又問、此哥は新古今恋三に入て業平とるされたれば、業平にうたがひ有べからずや。これほどの哥業平にあらずしてたれがよむべきや。しかれども例の賢按のごとく哥は業平にても此物語にては業平と見ざる義にや。作者の論なき事、いかゞといへる説ありや〈大坪云、新井無二郎氏、伊勢物語大成五五六頁二、この二首〔古今五〇三・六一五番歌ヲサス〕の上下の句を取り合せて、記者が作ったのである。然るに新古今集恋ノ三に、業平の作として載せたのは、例の勢語の誤解からである。少しばかり詞を変へた所で、元来異なった歌をとり合せて、よい歌の出来よう筈がない。本末の筋も調も異様なのは当然のことで、業平の作など、思うた撰者の拙なさは、沙汰の限りである。トイウ見解モアル〉。答、業平の哥にては有べからず。此物語の作者の哥なるべし。如何にとなれば、此哥は古今集の二首をとりて作り、此所の義と詞と相応にこしらへたる成べし。上句は古今〈五〇三番〉と有をぬすみ、下句は〈六一五番〉といふをとりて二首を合せて作れる事明らか也。業平の哥ならば古今に載るべきに入らず〈大坪云、古今ハ延喜五年（九〇五）成立、業平没ハ元慶四年（八八〇）没、古今入集三十首中ニ新古今ノ当歌ハ見エズ。故ニ新古今デ採択シタカ、見解ガ分レル所以〉。なり平の口風にあらず。なり平一体の哥人、此二首の詞をぬすみて可読人にあらず。右二首の哥を見れば、たゞ第五句を、さもあらばあれ、といふ句のみ作者の詞にて、残皆古人の句なれば、上の句下の句つぎて詞にあはせたるものと見えたり。しかるを新古今集に業平として撰ばれたるは、此物語をなり平家集のごとくに心得て、何の弁《ワキマヘ》もなく載せられたるとみえたれば、新古今を証拠には成《ナシ》難し〈大坪云、久保田氏全評釈ニ　伊勢（ママ）〔伊物・勢語ノ意?〕の作者は、古今の読人しらずの歌や直子の作〔古今八〇七番、あまの刈る藻にすむ虫の歌〕を巧みに利用して、これを二条后高子と、在原なりけるをとこ《業平》との恋の物語での贈答と仮構しているのである。新古今撰者はその伊勢（ママ）から採ったのであるから、この作者を、業平朝臣、とすることは、彼等の伊勢（ママ）の解釈の結果を示しているにとどまるのである。実際はこの歌は、右の歌物語構成の過程において、参考歌〔古今五〇三・六一五番歌〕に掲げた二首を接合し、改変することによって新作された物語歌だったであろう。トアル。併シ新古今以前ノ顕昭古今集註ニ、末句さもあらばあらなむ、ノ形デ出テイル〉（伊勢物語童子問）」・「思ふ心のあまりには、え忍びあへずして、かくおはする所に来るを、会にしかへば身のほろびんはよしやと、前に〈大坪注、伊物ノ前接本文ヲサス〉身もほろびなんといへるにこたへたり。さて此歌は古今集に〈五〇三番歌省略〉てふ本〈上句ノ意〉を取、〈六一五番省略〉てふ末〈下句〉を少し

かへて用ゐて一首とせり。例の事なり。〔此二首以て作れるは記者の常のわざなるを、いかで後の集になりひらの歌として入られけん、歌のさまも作り事なれば、本すゑ少と、のはぬものを〕〈大坪注、後の集トハ新古今ヲサス〉（伊勢物語古意）」・「一首の意、いきてあひ見まほしく思ふと、さては人めいかゞとしのぶと、このふたつ、心のうちにあらそひしが、しのぶるかたまけてつねにむかひをるなり。かくては身もほろぶべけれど、あふにかへばほろびばほろびてもよし、身はをしからずといへる也。さて此の歌は古今集に〈五〇三・六一五歌省略〉とある歌の上の句と下の句と取りあはせて記者のつくれる也（伊勢物語新釈）」・「愚〈＝一条兼良ノ伊勢物語愚見抄ノ引用ノ故、省略〉。或鈔に、あふことにかへば、たとへ我身は何とならむともといへる心也（後陽成天皇伊勢物語愚案抄）」・「思ふには〈＝新古今一一五一番歌ノコト〉。光〈大坪注、三光院三条西実枝ヲ指ス歟、後水尾院ノ此著述ノ冒頭ニ示サレタ箇條書ニ、東常縁はさしたる人にてもなき者には以古注よむよき、門弟には本式によむ也。逍遙院（実隆）・称名院（公条）・三光院（実枝）等も古註をまじへてよむ事あり、ト見エル。読史備要ノ名字索引・一字名ニヨレバ高倉永福並ビニ西本願寺良如上人ノ一字名ガ光デアルガ、列聖全集ノ和田英松博士ノ御撰解題ニ載ル、聴衆名ノ中ニハ、コノ両人ハイナイ〉、大方に思ふ事は忍ばるる也。切に思ふ事はしのぶる事がまけて忍ばれぬ也。さもあらばあれと云ふは、前の詞に、かたはなり身もほろびなんと云処を云也（後水尾天皇伊勢物語御抄）」・なりひら切に思ひかけしを、二条のきさき、かくなせそ、など侍りしときよめる歌也。心はあきらか也（宗祇、伊勢物語山口抄）」・「思には〈大坪注、初句デ全歌形ヲ示

セリ〉。分明也（伊勢物語惟清抄）」・「右の詞をきいて〈右の詞トハ、伊物本文中ノ、いとかたはなり、身もほろびなん、かくなせそ。ヲサス〉、いかにも尤也。こらえるはづの事なれども、わが思ひのつよきにひかれて、つゝむにあまるゆへなり。迚《トテ》も逢事のかなはぬならば、そのかはりにしてみれば、それもまゝよと、かこつ也。諸註の見る所あさ〳〵し（高宮環中、伊勢物語審註）」・「分明也。あふにしかへばは、逢ふ事にかへば縦《タトヒ》わが身は何とならんともさもあらばあれとよめり（三条西実隆、伊勢物語直解）」・「おもふには云々。新古今集恋業平とす。うつぼのものがたり、古今に、おもふには忍ぶることぞまけにける逢ふにしかへばさもあらばあれ。同集に、いのちやはなにぞは露のあだものを逢にしかへばをしからなくに。右二首を上下に作り、落句をけしたる作也。是をば業平とて新古今集に入る〈下略〉（著作未詳。外題ハ勢語諸註参解。大坪云、うつぼのものがたりニ是等ノ歌、新編国歌大観ニハ見エズ。異本ノ歌?）」・「おもふには忍ぶる事ぞ云々。新古今恋三業平朝臣。此うた古今集の〈五〇三番省略〉といふ歌の下をかへたる也。その下句は又同集の〈六一五番省略〉といふをとれるなり（橘守部、伊勢物語箋）」。なお参考の為、続類従所収『真名伊勢物語』の当該部分を引用しておく〈片カナルビハ引用者ノツケタモノデ原文ニナシ〉。「昔帝時目《メ》機《キ》仕瀬給《セタマフ》女、色被縦《ユルサレタル》有在計《ケ》利《リ》。大御息所爾《ニ》而《テ》在計《ケ》流《ル》。従父兄有計流。殿上爾侍《サブラヒ》計《ケ》流《ル》。在原有流壮士《ナリケルヲトコノ》迺。未最稚借計流乎《マダイトワカカリケルヲ》、此女会知有計利《アヒシリタリケリ》。夫《ヲトコ》女之方緩佐礼有計礼者《ユルサレタリケレバ》、女之在所爾来而《アルトコロニキテ》、向居計礼波《ムカヒヲリケレバ》、女痛醜也《イトカタハナリ》、

身毛《ミモ》喪何《ホロビナム》、是勿為莫《カクナセソ》、与云計礼波、思爾波偲流事社負爾計流会似志替者然毛被有者在《サモアラバアレ》〈下略〉」

〔一五三〕（七一頁）

一　廉義公

藤原頼忠の諡号。東大国文研究室本は「廉儀公」の表記。武田博士蔵大夫阿闍梨本は「謙徳公」と書き「廉義公イ」と右傍記〈岩波旧大系校異ニヨル〉。『勅撰作者部類』に「三條関白。従一位太政大臣頼忠、廉義公。藤原清慎公男」と見え、拾遺集賀部に三条太政大臣、新古今恋三部に、廉義公、新千恋四部・新拾哀傷部にも廉義公として採入された事を載せてある。参考、「廉義公。藤原頼忠者、貞信公〈＝藤原忠平〉孫、清慎公〈＝藤原実頼〉之第二子也。母左大臣時平女也。公延長二年生。天慶四年正月七日叙爵、経歴侍従・外衛佐・近衛次将・弁官等。応和三年九月四日為参議、兼右大弁。康保二年十二月四日勘解由長官、五年五月五日拝権中納言、叙従三位。安和二年二月七日兼左衛門督、十一月一日兼右近大将、三年転左大将、八月五日任権大納言。天禄二年十一月二日拝右大臣、大将如故。三年十一月十七日為氏長者。天延四年十二月廿二日、蒙一之宣旨〈大坪注、公卿補任天延四年ニ、蒙可行一上所行雑事宣旨トアル。一上トハ左大臣ノ異称で、一の大臣ノ事〉。貞元二年十一月十一日詔為関白、辞幕下。勅賜内舎人・随身、公奏請止内舎人。於是加賜左右府生各一人、且勅授帯劔、聴輦車並馬上随身左右四人、例始于公。三年十月二日任太政大臣、天元二年正月聴牛車、四年正月叙従一位。寛和二年六月廿三日止関白。依新帝〈＝一条天皇〉即位也。永延二年六月廿六日薨。年六十六。七月廿日詔加贈爵、封駿河国、諡廉義公、号三条太政大臣。公父祖三世、昇於一人師範之職、居於万機惣己之権、相承封国之贈爵、垂美名於不朽矣。〈勅撰入集歌数ハ省略〉（二十一代集才子伝）」・「康保三年花宴記云〈中略〉次誦古和歌云々……進左大弁頼忠。見畢返給史。……（袋草紙、探題和歌）」・「三條太政大臣〈＝頼忠〉前栽合。無判者。講師左、紀時文。右、平兼盛。此和歌有序。常非歌合儀（袋草紙、歌合）」・「一、摂関。古今ニハ忠仁公ヲバ前太政大臣ト書。〈中略〉拾遺ニハ様々非一。実頼ヲ小野宮太政大臣、頼忠三条太政大臣、伊尹ハ一条摂政、兼家ハ入道太政大臣ナド書〈下略〉（八雲御抄、作法部）」・「後撰・拾遺

三条関白殿下。廉義公、〔太政大臣〕頼忠、清慎公卿息（和歌色葉）」・「拾遺・後拾・詞花・続詞・千載　四条大納言藤原公任卿、三条関白廉義公御息、母代明親王御女〔号四条大納言〕（和歌色葉）」・「きのふまであふしかへばとおもひしをけふは命のをしくも有哉。廉義公〔三条太政大臣頼忠公、駿河〈大坪注、頼忠ノ封国ガ駿河トイウ意〉〕（執政三十六人和歌）」。参考迄に云えば、忠仁公良房は美濃、昭宣公基経は越前、貞信公忠平は信濃、清慎公実頼は尾張、謙徳公伊尹は参河、恒徳公為光は相模、忠義公兼通は遠江、が封ぜられた国である。

二　昨日まで逢ふにし換へバと思ひしを今日ハ命の惜くも有哉

管見新古今二十六伝本による校異。第二句「あふに《し》・かへば（烏丸光栄所伝本。しヲ立脱落シ、右傍補記）」、第三句「思ひしに」（久曽神氏蔵御室本〈岩波旧大系校異ニヨル〉）」、第五句「おしくもかな（烏丸光栄所伝本。あるノ二字ヲ脱落）」。烏丸光栄書写本は、所持本と異り脱字は無い。他の諸伝本も異形はない。当歌も前一一五一番と同じように、現行注釈書などに本歌・参考歌が示されてはいるが、本歌とするか参考歌とするかについて差異がある。当歌の第二句「逢ふにし換へば」は、古今集六一五番友則歌「命やは何ぞは露のあだものを逢ふにしかへば惜からなくに」・伊勢物語六五段や新古今一一五一番「思ふには忍ぶる事ぞ負けにける逢ふにし換へばさもあらばあれ」・新古今一一四四番「恋ひ死なん同じ憂き名をいかにして逢ふにかへつと人にいはれむ」の三歌に見られるので、狭義の本歌取〈定家ノ近代秀歌・詠歌大概等ノ定義〉と見做されなくとも広義の定義〈特定ノ歌ノ歌句ヲ取入レテ作歌スル表現技巧〉とすれば、三歌とも本歌と見得る。但し廉義公と新古今一一四四番作者の藤原長方とでは、長方の方が後代人であるから、一一四四番歌を当歌の本歌とは見做されず逆となろう。残った二歌が、当歌にとっての広義の本歌となる。現行注釈書では、友則歌を本歌として示す書は、講談社『新註』・至文堂テキスト頭注・新潮集成・久保田氏『全評釈』・正宗氏日本古典全集・岩波新大系。／伊勢物語六五段と新古今一一五一番業平歌を本歌として示す書は、岩波旧大系。朝日新聞社『全書』・武蔵野書院テキストで桜楓社版テキストと小学館『全集』は参考歌として示している。当歌は上句の「昨日」と下句の「今日」とを、命の惜しくない事と惜しい事とをからませて対比的に詠じている点に妙があり、その点が古今集の理智的表現という特色によく合致する。そういう点から言えば、伊勢物語や新古今業平歌を本歌から外《はず》した注釈書の方がよく配慮していると思われ、友則・業平の両歌を本歌と見る注釈書は「日和見《ひよりみ》」の感が私にはするが、これも主観的な考え方かも知れない。「逢ふにし換へば」は「恋しい人に逢える事にかえられる命であれば、そ

の命も惜しくない」の意の圧縮表現。当歌の他出は管見の限りでは少なく、『二八要抄』（恋三）に歌句小異して、「きのふまで逢ふにかへんと思しをけふは命のおしくもある哉」として出る。その題詞は、新古今題詞と全同であるが、ただ、廉義公歌の直前に、藤原義孝の後拾遺六六九番歌「君がため惜しからざりし命さへ永くもがなと思ひける哉」が配列されている。後拾遺での義孝歌題詞は「女の許より帰りて遣はしける」であったのが、新古今の当歌題詞にとり替えられて二首続けて配列されているのである。所謂「同巣歌」とみなしての配列である。現行注釈書では、参考歌として義孝歌を挙げる書は未見。契沖はこの『二八要抄』に気づいたか否かはわからないが、『書入本』に義孝歌を示しているのは、流石に碩学の貫禄十分で、本歌として友則歌も指摘している事勿論である。この外、『執政三十六人和歌』（六番）に出る事は既に触れた通りで、そこでは「治れる御代の春とや鶯のなくねもけさはのどけかるらむ。後照念院関白太政大臣冬平」と並べられている。冬平歌は、玉葉集四十番歌で作者名は「関白前太政大臣」。「執政」の理由で並べられているだけで、廉義公歌との歌意の関係はない。又、近世の『千町の抜穂』（穂向屋翁著）の「逢恋」の例歌として、歌句全同で採用されている。

四　昨日逢ハぬ前まではハ……なりたるとなり

文意「恋しく思う人と逢い得なかった昨日までは、逢える事にかえられるわが命であれば、その命さえ捨てても惜しくないから逢いたいと思っていたのであるが、今宵逢う事ができてから以後は、次に又逢う事を考えると、命があってこそ逢えるのだから、命がなくなれば逢えない事を思うと、急に命が惜しくなって了ったと、詠んでいる歌である」。参考「彼業平の哥〈一一五一番、当歌ノ直前配列歌〉を上句に置て、逢みて後は、久しく逢見まほしきに〈コノ後モ久シイ期間ズットイタイモノダカラ〉、命おしく思はる〻と也（八代集抄）」・「公ハ〈大坪注、作者ノ廉義公ノ公ノ字ハ〉大臣モ《ママ》ヲクリ名也〈最高ノ官位ノ摂政太政大臣ヤ左大臣ナドデ封邑ヲ賜ワル程ノ人物ニツケル諡号デアル〉（かな傍注本）」。

五　命を惜むも……違ハぬなるべし

文意「上句では命も惜しくないと言っていたのに、下句で命を惜しむと逆の事を述べているのも、結局は恋しい君に逢おうと思うが為である。昨日まで、命を惜しまなかったのも、所詮は、恋しい君に逢いたいと思うが為であるから、命を惜しまないのも、惜しむのも、いずれにせよ本意即ち根本の本来的な気持は、違っていないので、決して矛盾したものではないのである」。当歌の本意が対比的表現で示されている事の説明を、頭書で、補説しているのである。

〔一二三〕（七二頁）

二　式子内親王

管見二十六伝本すべてこれと同じ作者表記。経歴等は、三・六六二・九四七・一〇七四番歌等で既述。久安五年（一一四九）生れ、正治三年一月廿五日（一二〇一）没。五十三歳。参考、「建仁元年正月廿五日、前斎院式子内親王薨ジ給フ（史料綜覧巻四鎌倉時代之一）」・「ひととせ、せんさい院はかなくならせ給ひしことは、いへばをろかなり〈中略〉斎院うせさせ給にしまへのとし、百首の歌たてまつらせ給へりしに、軒端の梅もわれをわするなと侍しが、大炊殿の梅の、つぎのとしの春、こ〻ちよげに咲たりしに、ことし斗はと、ひとりごたれ侍し（源家長日記。大坪注、正治二年院初度御百首ニ、式子歌、ながめつるけふは昔になりぬとも軒端の梅は《ママ》我を忘るな、トアリ新古今五二番ニモ出ルノデ、正治二年歌トワカリ、正治二年ハ、斎院うせさせ給にしまへのとし、ニ相当スルノデアルカラ、没年ハ正治三年トナル）」・「式子内親王。後白河院之皇女也。母従三位成子。季成之女。平治元年卜定。号大炊御門斎院。能倭歌。出家。法名承如法（賀茂斎院記）」。なほ式子内親王の没月日については「建仁元年〈大坪注、正治三年二月十三日改元〉一月二十五日薨。年齢未詳（石田吉貞氏『全註解』）」・「正治三年一月二十五日薨。年齢未詳（岩波旧大系）」・「生年未詳。仁平三年頃の生か、正治三年一月二十五日没（岩波旧大系）」・「久安五年―建仁元年、五十三歳（久保田氏角川ソフィア文庫。『全評釈』ニハ、最晩年、順徳天皇の准母とされた。建仁元年一月二十五に崩じた、トアリ）」等とあるが、依拠の古記録文献名の明示はない。明月記にはこの時期は欠け、玉葉も正治二年十二月末迄で以後記録はない。猪隈関白記には、この日の記録はあるが短少で勿論式子没の記録はない。今は『史料綜覧』（前引）の没月日に従う〈ナヲ、馬場あき子氏『式子内親王』（ちくま学芸文庫）ガアルガ、生没年ナドニ参考ニナル付加項目ハ特ニナイ〉。

三　逢ふ事を今日松が枝の手向草いく夜しほる〻袖とかハ知る

管見新古今二十六伝本での校異。第三句冷泉家文永本「たむ《け》くさ」〈むトくノ中間右側ニけヲ墨書シテ、たむけくさトス〉第四句「いくよしほる〻」は「幾世（幾代）」と「幾夜」の掛詞で、当式子歌の本意を考え合せると「幾世（幾代）」で「世」字が適し、当歌のみで意を考えると「夜」字が適するが故に、伝本表記も三種ある。「夜」表記が柳瀬本・春日博士蔵二十一代集本。「いく夜」表記が、亀山院本・親元筆本・東大国文研究室本・正保四年板本〈明暦元年本モ〉・承応三年板本・正徳三年板本・延宝二年板本〈文化元年補刻本モ〉・寛政六年板本・刊年不明牡丹花在判本・刊年板元不明刊本。「いくよ」と平仮名表記が、為相筆本・為氏筆本・前田家本・宗鑑筆本・鷹司本・冷泉家文永本・烏丸光栄所伝本・同書写本・小宮本・高野山伝来本・公夏筆本・寛政十一年板本。第五句「袖とかハミる」となっているのが、亀山院本。又「袖とかハし《み(朱)》る」と「し」の右に「み」を朱書するのが鷹司本である。この朱表記のあることは旧大系校異で知り得るが、鷹司本を翻刻したとする武蔵野書院テキスト版では何の注記もないので不審であるが一応指摘しておく。なお、小田剛氏『式子内親王全歌注釈』によれば、林崎文庫『前斎院百首御哥』にも「袖とかはみる」とある事を知り得る。扨、当歌の本歌が「白浪乃　浜松之枝乃　手向草　幾代左右二賀　年乃経去良武〈一云、年者経尓計武〉／しらなみの　はまつがえの　たむけくさ　いくよまでにかとしのへぬらぬ〈一云、としはへにけむ〉」である事を指摘したのは、管見では『八代集抄』や契沖『書入本』があるが、磐斎の『増抄』に既に見えるから磐斎の指摘がさらに早い。以下、契沖『書入本』・八代集抄・美濃の家苞・尾張の家苞を経て現代の諸書〈正宗氏日本古典全集・改造文庫・標註参考・鴻巣氏『遠鏡』・至文堂テキスト・塩井氏『詳解』・尾上氏評釈・講談社新註・石田氏『全註解』・『完本評釈』・朝日『全書』・岩波旧大系・小学館『全集』・武蔵野書院テキスト・

久保田氏『全評釈』・岩波新大系に引継がれていく。本歌は、萬葉集三四番哥で、これは新古今雑中の巻頭一五八六番に採録されてもいる。万葉の題詞に「幸于紀伊国時、川島皇子御作歌。或云、山上臣憶良作」とあるが、新古今で「朱鳥五年九月、紀伊国に行幸時、河島皇子」と万葉集左註の「朱鳥四年」とあるのを訂正して制作時と作者を特定化している。〈万葉集、一七一六番哥デハ「山上歌一首／白那弥之《シラナミノ》　浜松之木乃《ハママツノキノ》　手酬草《タムケクサ》　幾世《イクヨ》左右二箇《マデニカ》　年薄経濫《トシハヘヌラム》／右一首或云、川嶋皇子御作歌」、トアリ、マタ、古今六帖デハ作者未詳。コノ万葉歌ハ歌経標式以下多クノ歌学書ニ引用サレタ著名歌デアル。万葉一七一六番ヲモ指摘シタノハ、契沖『書入本』デアルガ磐斎ト契沖ノ指摘ハ、オソラク相関関係デハナカロウ〉。さて当歌の出典は、詞書の如く正治二年後鳥羽院初度百首で、その「恋」題十首中の九番目の歌で、歌形は初句「あふ事は」と小異している。又、『萱斎院御集』（書陵部五〇一／三二架番・私家集大成所収）でも「恋」題十首中の九番目歌で初句「あふ事は」。〈新編大観所収ノ『前小斎院御百首』デモ同上〉。他出は『二四代集・二四代和歌集・八代知顕抄』に「恋の哥とてよみ侍ける／あふことをけふ松かえの手向草いくよしほるゝ袖とかハしる／式子内親王」・『新続三十六人撰』（新続三十六人撰正元二年・新続歌仙トモ異称）の四番右十首中の一首〈左ハ入道二品道助親王御歌十首〉に見え、特に『東野州聞書』には、「宝徳元年八月九日常光院〈大坪注、常光院ハ頓阿ノ孫尭尋ニ始マル。仁和寺ニアッタ院デ、ソノ二代目ガ尭孝。二條派ノ歌風で、尭憲↓尭智ト続クタ。正徹ノ招月庵流トハ対立〉へまかる。……〈中略〉……二代集の事、たづね侍りしかば申されしは、後撰拾遺は一向義を古今より付けざる大事侍れども、此の道の奥義と申すは、古今集にてこそ侍らめと申されし。此の帰りに招月庵〈正徹ノ庵号。正徹↓正広↓正般↓正韵ト続イタ。永亨四年、今熊野ノ草庵ハ焼失シテイル。宝徳元年ハ、ソレカラ十七年後ニアタル、文安六年七月二十八日宝徳ト改元、東野州聞書ハ、文安六年七月廿二日ヨリ始マル〉へまかりたりしに、式子内親王の御歌に、あふ事をけふ松が枝の手向草幾よしをるゝ袖とかはしる。此の作意のやうをと ひ申せば、逢事をこのくれと待ち居て、幾世（ママ）しをるゝ袖とかはしると、ひとりかこつ心なり。手向草は祈念の心なり。あながち神をいのるにはあらず、心中に念願の体なり。手向草の事問ひ申せば、古今の大事に侍る、さがり苔の事にて侍る由申され侍る。常光院〈＝尭孝が相当〉の申されしには相伝如何〈大坪云、相伝ハ聞書別伝本デハ相違トアル。野州聞書宝徳三年十二月十四日条ニ、先年法印申は、手向草は松の名也と云々、トアルノデ、正徹ハさがり苔説、尭孝ハ松説、ト相違シテイル事ヘノ疑問〉。同日愚問賢注の事を尋ね侍りしに、答へて申されしは、私心中には、近比可然申したるものと存じ候。殊更風体を御尋の答に、漢朝は敵を亡して代をとる故に風体もうつるか。我朝は天神地神の御末代なれば、大に体かはる事なし。時の撰者の好む所少しは侍らんなれども、それもかはるまでの事はなし。かやうの所殊に肝心して存じ候。乍レ去二三ケ所私の申事は、是まではなくとも存ずる所も候へども、それまでの事にはなく候の由、被申候ひき〈大坪云、手向萱ガ、正徹さがり苔説、尭孝松説ノ祖異ノ理由ヲ問ウ事ヘノ返答トシテハ、判然トセヌ記述デアルガ、大に体かはる事なしトカ、かは

るまでの事はなし、ナドノ文言カラ、表現ハ変ツテイテモ、物体ハ同ジモノノ事ヲ異称シテイルニ過ギナイ、トイウコトヲ述ベタモノト一応解シテオキタイ〉」と詳しく述べているが、現行注釈書は、いずれも触れていない。磐斎も頭書で「手向草の事、程ゝに言へり」と述べている。参考、「白浪の浜松がえのたむけ草いくよまでにか年の経ぬらむ。松を結びて時にしたがひて、花をも紅葉をもいのりてたむくるなり。たむけ草といふはこれらを申すなり（俊頼髄脳）」とある事からも、時に応じて便宜《びんぎ》の物を供えるので、「くさ」は、くさぐさ〈種々〉の種《くさ》で、手向けの料、手向けする物で、「材料」の意。布・糸・木綿・紙・紅葉・草花・花枝など、身の程々に応じた物であればよいのであろう。なほ正徹の「さがり苔」は、古今集物名四五〇番哥の題名。『能因歌枕』に「さがり苔とは、きしなどにさがりたるこけを云」とあり、顕昭は「或人云、懸苔也（古今集注）」と注し、『八雲御抄』（枝葉部、苔）に「さがり。万。をすての山のこけのはと云り」と言うがこれはその一二一四番哥「安太部去《アダヘユク》 小為手乃山之《ヲステノヤマノ》 真木葉毛《マキノハモ》 久不見者《ヒサシクミネバ》 蘿生尓家里《コケオヒニケリ》」とあるのを指すのであろう。以上は松の事とは考えにくい。『正徹物語』（下巻五六条）に「巌苔／乱れつゝいはほにさがる松が枝の苔のいとなく山風ぞ吹く／苔のいとなくとは、さがり苔と云は巻ていとがさがるもの也。さて、苔のいと、と読みたる也〈下略〉」とあり、『夫木和歌抄』（巻廿八・苔・一三三二五番）に「千首歌／おく山の木だかき松のさがり苔同じ緑に年や経りぬる／民部卿為家卿」と見える。これらの「さがり苔」は「猿麻裃《さるをがせ》」の異名と言われ、『広辞苑』（第四版ニヨル）に図が載り「サルオガセ属ノ地衣類の一群。全長〇・二～一・〇メートル。糸状でとろろ昆布に似る。湿帯から寒帯の多湿の山地で、多くは針葉樹に付着、互いにからまりあって懸垂し、群生。淡緑色で、分枝して細く、老成部に多数の輪状紋をもつ。乾して松蘿《しょうら》といい利尿剤とする。下苔《さがりごけ》。キツネノモトユイ。クモノアカ。和名鈔二〇、松蘿、和名、万豆乃古介《まつのこけ》、一云、佐流乎加世《さるをかせ》」と詳しい説明がある。次に、当歌の修辞技巧であるが、「松―待つ」が掛詞、「待つが枝の手向草」が「幾よ」を引き出す序、この「幾よ」は万葉本歌での「幾世（幾代）」の意を、当歌では「幾夜」の意に転じた掛詞的技巧。「松・草」は植物《うえもの》素材の連接。「松↓幾代」・「待つ↓幾夜」・「しほるゝ↓袖」は和歌における伝統的発想。又、「しほる―草」は縁語〈しをるゝは、草に縁あり―美濃の家苞―〉。上句に「松」を以って「頑強観」、下句に「しほるゝ手向草」を以って「脆弱観」を対比させた構成も汲みとれる。歌意参考、「逢ふ事を今か今かとまつとて、幾夜袖をぬらすとかおもふ夜をかさねたる事なれば、今はあひてなぐさめよといふなり（標註参考）・あふ事を今々とまつとて、幾夜袖をぬらすとかおもふ夜をかさねたる事なれば、今はあひてなぐさめよといふ一首の意也（尾張廼家苞。前者ハ後者ト略同文デアルガ、斯様ナ著述方法モ許容サレテイタ見本）」。

四　白波の浜松が枝の手向草幾世までにか年の経ぬらん

頭注三で既述の、万葉歌で巻一の三四番歌。この歌が一七一六番にも重出の指摘は契沖『書入本新古今』。又、新古今巻十七雑歌中の巻頭歌一五八六番として採録。磐斎増抄は続けて「これを本歌にしてよめり」と述べているから三四番歌を本歌とする指摘は、管見の範囲内で磐斎が最初である。重出歌では第二句「浜松の木の」・第五句「年は経ぬらむ」。定家もこの万葉歌で「手向草露も幾世かちぎりおきし浜松が枝の色もかはらず（拾遺愚草下。一〇九四五番、建保三年五月の歌合、松経レ年）」と本歌取歌を詠じている。万葉歌意は「白浪のよせる浜辺の松の枝に懸けられてゐる手向の幣は、幾代までに年月が経過してゐることであらう。〈一云フ年月が経過したのであらう〉（三四番歌）／白波の寄せる浜辺の、松の木に懸けられた手向草は、幾代までに年の経過した事であらうか（一七一六番歌）」〈共ニ澤潟先生、万葉集注釈〉。

五　逢恋の哥なり

出典や他出での題は、頭注一に示した如く「逢恋」の如く、恋の細分題ではない。磐斎が「逢恋」としたのは、当歌初句の「逢ふ事を（出典デハ逢ふ事は）に引かれての事であろう。「逢恋」は「逢ふ恋」と一般に読んでいるが、『和歌布留能山扶美』では「逢恋、あへる」とあるので、「逢へる恋」と読む訓法もあるらしい。詠法としては、「あひミても猶夢かとたどり、日比のうらミも、下ひもと、もにうちとけ、逢事にかへんと思ひし命も、こよひかくあひミてハ、又ながゝらんことをねがひ、あハでながらふるをうらミし玉の緒もかけとゞめて、今はうれしき心をいひ、けふまでハたゞ一たびのあふこともがな、とねがひしを今よりハ心のかハらざらんことを頼む心など也（初学和歌式。和哥麓之塵モ略同文）」・「わ（ママ）ふ夜はことにこゝろもうちとけて、うれしきにつけて、ゆく末もいよいよかはらざらむことをたのむなど、さま〴〵なるべし（今古和歌宇比麻奈備）」・「あふ恋の心をよまんには、いまゝで恋わびてよひ〳〵にかへしてのミ寝し衣を、こよひはじめてかさねても日比うらみて過し心ならひに、猶夢かとたどり、たゞ一たびの逢こととも がなとねがひしも、今よりハ行末かけてかはらぬ契をたのミ、逢にかへんといひし命も長からんことをねがひ、うらみし心も下紐も、うちとくるよしなどさま〴〵おもひめぐらすべし（和歌言葉の千種）」・「すべて逢ふことの嬉しさ、又そのうれしさにつけて、契りのかはらざれかしとおもふ心、又その契りのはかなく、さあらずやなどゝ、うれひかなしむ思ひなどを読む題にて、こゝろきはめてひろし」等々説かれている。当式子内親王歌は、恋しい人に逢い得て、逢えずに過した日々の辛さわびしさを相手に訴えている歌であるから、これ等の詠法に叶っており、磐斎が「逢恋の哥なり」としたのは妥当と思われる。

六　逢ふ事今日まで……てありしと也

当歌の磐斎の解釈。文意「あなたと逢う事のできる日を、今日まで待っていた期間は、どれ程長くて久しい事でありましたか、その間はずっと毎日々々、焦れに流す涙を拭うわが袖が、ぐつしよりと濡れうなだれた事であったか、御存知であったでしょうか。私のお慕いする気持は決して、浅はかな薄いものではなかったのでございます。」という歌意である」。参考、「逢《アヘルコト》事をけふ待《マツ》とそへて〈大坪注、松ニ待ツヲ掛詞トシテ言イ掛ケテ〉、けふはじめたる事にあらず、幾夜しほるゝ袖とかは知《シル》、久しくぬれし物を、との心を本歌の詞によりてよみ給へり。万葉第一、白波の浜松が枝の手向草幾世までにか年のへぬらん。此詞つゞきを用《モチヒ》給へり。一條殿〈＝一条禅閤藤原兼良〉の歌林良材云、手向草は只手向といはんと也。松をも結び又時にしたがひて花紅葉をも行《ユキ》て手向《ムク》るを云也（季吟、八代集抄。大坪云、兼良ノ説ハ俊頼髄脳ノ受売。歌林良材集、第五句有由緒歌ノ四九項浜松が枝の手向草ニ見エル。季吟説ハ学習院大学本新古今注釈ニ継承）」・「あふことをけふまつとは、けふ〳〵とまつと也（私抄）」・「逢事をやう〳〵して今日待得たり。いくよともなく待《マチ》て也。手向草ハ松ニかゝりたるつた〈＝蔦〉也。女蘿トかく。つたとも手向草ともよむ也。神などへ手向するニ、木ニかけ手向《タムケル》事あり。松ニつたかゝりたるハ、神などニ手向ルやう成《ナル》てい〈＝体〉也。手向草ニテ久シク祈タル心アリ。久《ヒサシ》きちぎりを松蘿のちぎりと云也（かな傍注本。大坪云、松蘿のちぎりトハ、『本朝文粋』巻十四、江匡衡ノ為右近中将源宣方四十九日願文ニ、松蘿之契、於今相違、菩提之飾、随分欲訪、トアリ、意ハ、こゝに四十九日の忌日は已《スデ》に至り、夫婦の契は早や絶えぬ。乃ち分に応じて菩提を訪ひ奉らんと欲し、トイウ事。文選、古詩云、与君為新婚、兎糸附女蘿。詩、頍《キ》弁云、蔦与女蘿、施于松柏、未見君子、憂心奕奕、既見君子、庶幾説懌、伝云、女蘿菟糸、松蘿也、疏云、松蘿自蔓松上、生枝正青。ナル松蘿ノ注疏ガ柿村重松氏ニヨリ付ケラレテイル。転写レテ学恩ニ深謝。ナオ、コノ古詩ハ文選巻二十九ノ古詩十九首中ノ一首ノ「冉冉孤生竹」詩ノ一節。無名氏ノ作。中華民国、藝文印書館ノ影印本「文選」四一八頁ニ見エ、注疏モアル。）」・「今日ハ〳〵と待也。待えん事を心の内に神ニ祈る心有りて手向草とよみ給へるか（新古今集旧注補遺）」・「〈美濃〉本歌万葉一に、白波のはまゝつがえのたむけぐさいくよまでにか年の経ぬらむ、初二句、からうじてはじめて今夜と契りて、逢事をまつなり、しをるゝは、草に縁あり、〈尾張〉あふ事を今々とまつとて幾夜袖をぬらすとかおもふ夜をかさねたる事なれば、今はあひてなぐさめよといふ一首の意也。いくよは上よりつゞきたるは幾年《ヨ》の義なれど、幾夜の意にとりなし給へり。〈美濃〉下句、はじめて逢たる時にいふべきさまにて、こよひとまつ時のさまにはうとし、〈尾張〉上句にまつとあり、下にも幾夜しほるゝとあるを、はじめてあひたる時にいふさまとはいかなる事ならん。〈美濃〉或抄に、逢恋の歌也といへるは〈大坪注、コノ文言ハ明白ニ増抄文言ニ一致スル故ニ、宣長ハ増抄ヲ見テイタト考エテモヨイ証左トナル〉、二の句のまつといへる詞にかなはず、しをるゝといふも、まだ袖のかわかぬほどの詞なり、もし逢ていふならば、しをれしとこそいふべけれ。〈尾張〉批判言辞ナシ。〈大坪云、宣長説ハ、理屈ガ過ギ、本歌ノ修辞利用等無視シタ如ク見ユ〉（両家苞）」・「当面の歌〈＝一一五三番ヲサス〉は、けふ〳〵とまつ歌とか、あふ事を今々とまつと、いつともわからないままひたすら待つ恋の歌と見るよりは、待ち続けた結果、逢う瀬が今日と熟した時点での作という設定が作者によってなされていると見た方がよいであろう（久保田氏『全評釈』）」。

七　この心を本哥の詞にて、心を取り替へて詠めり

文意「この心〈即ち恋人との逢う頼を久しく待ち望み、今日その望みが叶えられて逢える喜びの心と、今までの涙を流しながら、永きに亘《わた》って逢えぬわびしさに耐えてきた心と〉を、万葉の本歌の詞を借用して、万葉の、幾世代も経過してきた手向の幣を、詠歎する心

を、上述の如き心に取り替えて詠んだ本歌取りの歌なのである」。

八　手向草の事、……口決にて侍る

文意、「手向草の事については、従来それぞれの場合々々に応じて、程相応に云われている。無理にでも言おうとすれば言えなくもないが、併しそれは文章で伝えず、口頭で口から口へと伝えるべき口決に属する大事な事柄なのである」。磐斎は、おそらく、既に引用してきた古い歌学書などの諸説を意識して、こう述べたものと思う。同世代の貞徳同門であった季吟は、兼良の歌林良材集を引用していた事は既述した。

〔二五四〕（七二頁）

一　頭中将に侍りける時、五節所の童に物申し初めて後、尋てつかはしける

管見二十六伝本での校異。「わらは〈童〉」の表記が「童女」とあるのが、亀山院本・宗鑑筆本〈訓ミハ、わらは、ト訓ムノデアロウ〉。「尋て」は柳瀬本では朱でミセケチ〈尋ねてノ語句ノ無イ方ガ詞書トシテ、滑ラカデアル。尋ねてガアレバ「家を尋ねて（朝日『全書』）ノ如ク解セラレ、歌句ノ、今日ぞ尋ぬる、ト重複スルシ、後朝ノ歌カ否カ不明ニナリカネナイ〉。この詞書の趣旨に似た詞書に新古今一〇〇四番の、公任歌題詞があった。そこでは公任が五節舞姫の「傅〈カシヅキ〉」に恋歌を遣わしているが、当歌では「童」に遣わしている。公任歌の頭注も参看してほしい。詞書文意。作者正清が「頭中将に侍りける時」とは「貞元二年から永観二年までの七カ年（石田氏『全註解』）」の指摘の通り。以後、朝日『全書』・窪田氏『完本評釈』・武蔵野書院『校訂テキスト版』に継承され、久保田氏『全評釈』に至って『職事補任』（群書類従所収）の「円融院、蔵人頭」項下の「左近中将従四位上　源正清。貞元二、四、廿三補。永観二、八、廿七止頭。依譲位也。」を引いて補完された。因みにこの場合の「職事」とは、蔵人頭および五位六位の蔵人をいうのだが、この補任には六位は見えない。「五節所」とは、五節舞姫の控えの間のことで、普通宮中の常寧殿〈異称ハ五節殿〉に設けられ、五節の局とも称せられ、御堂関白日記（長和元年十一月廿五日条）や、紫式部日記（寛弘五年十一月廿一日条）等に見える。『江家次第』（第十。五節帳　臺試《ごせつのちやうだいのこころみ》）に「常寧殿西塗籠内帳面台上、敷長筵、其上可敷舞姫座〈中略〉殿内四角各ト五節所〈下略〉（新訂増補故実叢書江家次第二九六頁下段）」と見えており詳しくはその記録を参看されたい。又、『公事根元愚考』（臺十）の「十一月」の「五節」「新嘗祭」「豊明節会」の記事も参考になるが、スペース上引用しきれないので参看されたい。（故実叢書所収本二七九～二八六頁）。「童」は新古今伝本によっては「童女」とあるように、五節舞姫に付き従う世話係りの童女で、舞姫一人に二人ずつ付く。五節舞は、十一月中の丑寅卯辰の四日間行われ、舞姫を丑の日に宮中に召し、帳台の試がある。寅の日に殿上の淵酔、その夜御前の試、卯の日に童女の御覧、辰の日に豊明節会の宴があり、正式に五節舞の上演があった。この間の童女の控間の五節所へ、頭中将であった正清は「物申し初め」たのであろう。「物申す」は神仏等に願い事を言上することで「物言う」の謙譲語であるが、相手が五節舞姫のお世話する身分であるから、いきなり恋の告白とはいかず、先はご挨拶を言上し、それから恋心をお伝えしたのであろう。「尋て」は、仮名書伝本は「たづねて」とあるが〈それ故、後日家ヲ尋ネテ、の如き解釈も行われるのであるが〉、「ついで」とも訓める表記で、その場合は、引続いて、の意となるので、挨拶言上に引き続いて、恋歌をお届けした、という文脈にもよみ得ると思う。参考、「尋て」表記の伝本は、東大国文研究室本・公夏筆本・柳瀬本〈朱ミセケチ〉・刊年不明文明十八三月中旬牡丹花在判本・延宝二年板本〈文化元年補刻本モ〉・寛政十一年板本・正徳三年板本・承応三年板本・刊年板元不明板本・正保四年板本〈明暦元年本モ〉があり、「たつねて」表記の伝本は、小宮本・為相筆本・為氏筆本・亀山院本・春日博士蔵二十一代集本がある。「尋ねて」表記をする本は、新潮『集成』・講談社『新註』・正宗氏校訂日本古典全集本・吉澤氏校訂改造文庫があるが、『新註』や正宗氏校訂本は底本を正保版本（正保四年板本ト思ウ）にしたと凡例に断りながら、その板本は「尋て」とね文字がないから、どの程度信用できるか保証し難い（校訂者の思いこみの働いている可能性があるから）。

二　源正清朝臣

『勅撰作者部類』に「正清。四位左中将。有明親王御子」とあり、吉澤義則博士改造文庫本頭注に「醍醐帝皇子有家親王の御子」ともある。『皇代記』（群書類従所収）の「醍醐天皇」の「皇子」に、克明親王より兼明親王まで十六方《かた》の名があげられてあり、その中には、雅明・行明の二方は「実宇多子」とあるが、皇子に列せられてある。併し「有家親王」は見えず似た名に「三品兵部卿有明親王」がある故、吉澤博士の注はそれと誤られたのであろう。『本朝皇胤紹運録』でも、醍醐天皇の皇子は『皇代記』に全同であり、しかも、有明親王の御子として、源忠清・源守清・源正清・源泰清・山僧明救の五人が挙げ

られ各人に略伝が付せられている。源正清には「正四下左中将。母同〈＝母時子〉。左大臣仲平公女〉」とある。『二十一代集才子伝』には、以上をまとめて「源正清。醍醐天皇之孫、三品兵部卿有明親王之子。母左大臣仲平之女也。歴任為蔵人頭、任春宮亮・左近中将等、叙正四位下。和歌一首、載于新古今集」とある。なお、『尊卑分脈』（醍醐源氏）によれば、有明親王の御子の順序は『本朝皇胤紹運録』と異なり、忠清・正清・泰清・守清・明救の順となっており、正清には、脇坂本・前田家本・内閣文庫本の『尊卑分脈』では「在泰清項次」という頭注があるから、この兄弟順も、如上の諸書のいずれが正しいかの判定は困難である。『公卿補任』には、忠清・泰清の二名は見えるが他は見えない。忠清は、天禄四年〈十二月廿八日天延改元〉に「参議正四位上源忠清、三十一。三月廿一日任。元左中将。醍醐天皇御孫。三品有明親王一男。母左大臣仲平公女。天慶六年生〈中略〉康保四六十昇殿〔践祚初〕。十月七日春宮亮〈大坪云、前引才子伝ニ、正清ガ任春宮亮トアルノハ、コノ記事ニヨル類推？〉……略……天禄三壬(閏)二廿九遷左中将」・永延二年に「参議正三位源忠清。右衛門督。太皇太后宮権大夫。二月廿一日薨。在官十六年」と見え、又、泰清は、永延二年に「非参議従三位源泰清。正月廿九日叙〔為讃岐守之時、造舞楽院賞〕。同日任左京大夫。醍醐天皇十九孫。有明親王三男〔四男歟〕。母同忠清」・長徳四年に「非参議従三位源泰清。―薨歟。年月日不知云々。可勘」とある。

三　恋しさに今日ぞ尋ぬる奥山の日陰の露に袖ハ濡れつゝ

管見新古今二十六伝本での校異。春日博士蔵二十一代集本は、初句を「恋しさの」としの字の右傍に「イに」と校異を示す。第二句を「けさぞ尋ぬる」にする伝本に、小宮本・鷹司本・冷泉家文永本・為氏筆本があり、烏丸光栄所伝本は「けふそたつぬる」とした上で、ふ字の左下に「イ」右に「さ」と書いて、そのさ字に＼（合点懸句印）をかけている。光栄書写本では、ふ字の右に「さイ」と書き合点懸句印をかけてある。第四句の「日かげ」を「日影」と表記する伝本は、小宮本・東大国文研究室本・公夏筆本・高野山伝来本・延宝二年板本〈文化元年補刻本モ〉。当歌は出典未詳歌。上句が類似する歌に、「山ざとにまかりて／藤原経衡／こひしさにたづねぞきつる山ざとの人もみやこの人をとへかし（万代和歌集巻十六雑三）」があり、詠歌状況の類似する歌に、「五節の所にて閑院のおほい君につかはしける／もろまさの朝臣／常盤なる日かげの蔓今日しこそ心の色にふかく見えけれ（後撰集恋三）」があり、当歌にヒントを得て作られた歌に、「題しらず／右衛門督為家／奥山の日陰の露の玉かづらかけし心やいろに出づらむ（後撰集恋二）」がある。他出は、『二四代集・二四代和歌集・八代知顕抄』に「だいしらず／源正清朝臣／こひしさにけふそたつぬるおく山のひかけの露に袖ハぬれつゝ」。次に当歌の技巧は、第二句が係結で、二句切。「日陰の露」に、五節舞姫の冠に掛けて飾る植物のヒカゲノカズラに付けた玉の事を、奥山の日陰に生えたヒカゲノカズラに置く露の玉として玉の如く美しい涙と見立て、第三句で、その涙を恋に流すわが涙として、それを拭うわが袖が濡れると、詠じているのである。歌意参考、「五節ノ時ニアナタニ御目ニカカツテカラ、アナタノ事ヲ思ツテ我慢シキレナクツテ、涙ニ袖ヲヌラシナガラ、余リノ恋シサニ今日ハ御尋ネイタシマスヨ。日かげの露とは日かげの蔓の露なり。涙にたとへたり。日かげの蔓は五節に用ゐるものにて奥山に生ずる故にかくよめるなり（遠鏡）」。

四　日陰草を、五節の時、鬘にするなり参考、「かぶり〈冠〉にひかげ〈日蔭〉といふものを、さゆうのみゝのうへにさげたり。かぶりのこじ〈巾子〉のもとに、ひかげのかづら〈日蔭の蔓〉といふものをゆひて、しろきいとのはしなど、ほとかしくみなるして〈大坪云、意味不明。関根正直・加藤貞次郎両氏編ノ、有職故実辞典六一二頁ニハ、唐組なるして、トイウ別文ヲ示ス〉あげまき、にな〈蜷〉をむすびさげて、かた〳〵に四すぢづつかぶりのつの〈角〉をはさめて、まへにふたすぢ、うしろにふたすぢ、左右にさげたるなり（満佐須計装束抄二〈雅亮装束抄〉新校群書類従五七九頁下段）」・「日蔭ノ蔓ト云ハ、白糸ヲアゲマキニシテ、左右ニ、八筋或ハ十二筋ナド、冠ノ左右ノ角ニマトヒテ垂ル事ナリ〔以上見装束抄〕、（公事根元愚考第十、十一月、新嘗祭。故実叢書本二一八四頁）」・「日かげハ舞姫ノかざし也（かな傍注本）」・「おく山の日影の露とは苔の露也。かぐ(ママ)らのかざしにこけをする也（吉田氏旧蔵註・高松宮本註・高松重季本註。大坪云、かくらハかつらノ連綿体書風ノ故ノ誤読デアロウ）」・「奥山ノ日影ノ露トハ日影草トイフカヅラ也。ソレヲ日蔭ノカヅラトモ云。五節大嘗会ナドニイヘルカヅラ也（新古今注）」・「五節所の女を恋てよめる也。おく山の日かげの露とは苺《コケ》〈新在家文字〉の露也。かぐ(ママ)らのかざしにこけをする也（神宮文庫蔵、十代抜書）」。

五　亘とハ、舞姫なり

磐斎は、五節舞姫と、その世話役の童女とを同じように考えているが、誤解である。参考、「五節のわらはとは、五節の舞妓に薫爐しとね〈茵・褥＝香炉ヲ燻ラシタリ、敷物ヲ用意スル〉などの役する童女有、江次第・源氏物語・枕草子にも沙汰ある事也〈八代集抄〉」。「五節の舞」は、十一月の、中《なか》の丑・寅・卯・辰の日（四日間）に行われるが、「中の卯の日」に「童女御覧《わらはごらん》」の儀があり、それを「童舞《わらはまひ》」と称したとも言われる。又「童舞」は、その翌日の「中の辰の日」の「五節の舞」に同じか、とも言われる〈岩波古語辞典、わらはまひ〉。こういう説を勘案すれば、磐斎説も強ちに誤りとも言いきれないが、現行新古今注釈書では、五節舞姫と童女とは異なると見る解説が多い〈塩井氏『詳解』・尾上氏『評釈』・石田氏『全註解』・窪田氏『完本評釈』・講談社『新註』・朝日新聞社『全書』・吉澤義則氏『改造文庫』・久保田氏『全評釈』・新潮社『集成』・小学館『全集』・岩波新大系〉。岩波旧大系頭注は「五節舞の行われる常寧殿に仕える童女」とあり、常寧殿〈つまり五節所〉に勤仕する役職の童女とも受取れ、五節舞姫に仕える意であることは明白にしていない。私は新古今一〇〇四番歌題詞の「かしづき」と、当歌の「童女」とは、同じ役目を司る女性に対する異称とみておきたい。

六　尋てとは……尋ぬる由なり
磐斎も「尋て」を「たづねて」と訓み、人を訪問する意に見ている。伝本によっては仮名書もあるから、こうよむのは勿論のことながら、新古今の祖本がもし「尋て」と表記されていたら「ついで」とも読み得ると思う。題詞は「ついで」、歌句は「たづぬる」と読んでも、主旨は通じよう。今は通説に従う。「その日」とは十一月の中の丑寅卯辰の四日間の中の、正清が童女に御挨拶した日。文意、「その日は、この童女が、誰の子女であるか知り得なかったが、後でその子女の身元を尋ね知って、という意である」。

七　歌の心は、明らかなり
磐斎は、歌意は明白だと言う。後の「頭書」の文意と考え合わせると、題詞の「物申し初めて」が頭書では「思ひ初めて」と微妙に変化させてあるが、童女に挨拶言上の時、既に正清は恋心を持っていて、その恋の涙で袖を、五節の時から濡らして了っていた事になる。その日以来ずっと恋心を抑制していたが、辛抱たまらずやっと今日、童女を尋ねる事になったという訳で、この歌の詠まれたのは、日数が何日か経ってからの事になる。併し当歌の題詞と歌句から考えると、五節所の舞姫の童女が決定した日から、十一月の節会の行われる日まで童女に対する興味を抑制してきたが、頭中将で蔵人頭の役職柄を活用して、童女に挨拶言上したついでに、その身元も知り得たので、その日の中に、恋の当歌を使者をして届けたのである。こういう点は「明らかならず」なのではなかろうか。私は、五節舞姫の世話係りの女に対しては、儀例・形式的に高位の男性役職者が、恋歌をおくる習慣的なものがあったように思えてならない。それで我流の歌意を示すならば「今まで耐え忍んでいた恋しさに最早こらえきれずになり、今日こそ貴女をおたづねいたします。舞姫様の挿頭《かざし》になさる奥山に生えている日蔭の蘿葛《かずら》、そのかずらに宿る露のように、恋に流す涙の露で、わが袖は濡れつづけてびっしょりです」。

八　五節の時、……日陰の露に濡る、と言へり
文意「五節の舞の行われる当日に、童〈磐斎ハ舞姫ト童ヲ同一視シテイル〉に、挨拶言上にかこつけて、はじめて恋の詞をかけたので、その五節の舞に挿頭につけるヒカゲノカヅラという草の縁で、袖が露に濡れると表現したのである」。参考、「五節の折にいひそめてより弥恋しさにたへがたくて、けふぞ尋とる也。ひかげの露とは日蔭のかづらの露なり。奥山などに生ずる草也。〈以下、頭注五に既引、省略〉（八代集抄）」。

九　思ひ初めて……久しきと也
磐斎は、「物申し初め」と「思ひ初め」の関連につき、混乱があるのではないか。文意、「恋の思いを初めて経験してそのため、恋の涙でわが袖を濡らして了ったのは五節の時である。その五節の期間より今日まで、恋しさ故に辛抱にたえきれず、今日彼女を尋ねるのである。尋ねるのは今日であるから、思い初めたのは今日からは、随分久しい前であったと言う訳である」。この頭書の文末は「〈尋ぬるは〉今日なれば、思ひ初めしは、久しき〈前の事〉と也」という意であろう。「五節」から「今日」までを「久しき」と考えている。新古今では、一〇〇四・一一五四・一四一八番歌に、五節舞・日蔭蔓・男女の出逢が歌われているが、出逢いの日から、日を経ての歌ばかりである。

〔一一五五〕（七三頁）

三　逢ふまでの命もがなと思ひしハ悔しかりけるわが心かな
管見二十六伝本では、第二句が、「いのちともがなと」と、格助詞の「と」に願望の終助詞「もがな」がついて連語になっている伝本に、為氏筆本と冷泉家文永本とがある。「ともがな」は「……としたいものだ」の意で、歌意上の差異は殆んどない。伝西行自筆本の『山家心中集』では、「あふまでのいのちもがなとおもひしはくやしかりけるわが心かな」

とあるので、連語でない方の句形が良い。陽明文庫本『山家集』は、第三句「おもひしに」とあるが、李花亭文庫本西行上人集・甘露寺伊長筆本西行集・為相筆本山家心中集・内閣文庫本山家心中集・板本山家集・文明本西行物語・久保家本西行物語絵巻等は、歌形すべて「お〈為相筆本ハ、を〉もひしは」で、磐斎引用歌形と同一である。

当歌は三首前に配列されていた廉義公の「昨日迄逢ふにしかへばと思ひしを今日は命の惜しくもあるかな」〈「前ノ廉義公ノ歌ト同ジ趣也（正宗氏日本古典全集頭注）」〉や、四首前配列の、伊勢物語の「思ふには忍ぶる事ぞまけにける逢ふにしかへばさもあらばあれ」に触発されて詠まれた歌であろう。他に当歌から直ちに想起される歌に「逢ひ見ての後の心に比ぶれば昔は物を《もイ》思はざりけり（拾遺集七一〇番敦忠・百人一首）」があるが、西行歌への影響歌として見過す訳にはいかず、小学館『全集』・久保田博士『全評釈』・新潮社『集成』・森重先生『西行法師和歌講読』に指摘された通りである。又、「逢ふ迄や限りならむと思ひしを恋は尽きせぬ物にぞありける（後拾遺七四七番源政成）」を渡部保氏『西行山家集全注解』は挙げられている。この西行歌の参考歌は他にも多く、たとえば、「逢ふまでとせめて命の惜しければ恋こそ人の命なりけれ（後拾遺六四二番堀川右大臣）」・「逢見ての後こそ恋はまさりけれつれなき人を今は怨みじ（後拾遺六七四番永源法師）」・「逢見しを嬉しき事と思ひしは却りて後の歎きなりけり（後拾遺七七二番道命法師）」などを挙ず得るが、これらの参考歌は西行当歌の下句の「悔しかりけるわが心」が何を指して悔しいのかを推察する手がかりとなるものである。増抄で引用している「古抄」でも、二説掲げているのは、この故である。当歌の他出は、『練玉和歌抄』（巻八恋下）・『私玉集』（巻五）の「六家之和歌、山家抄」、に歌形、磐斎引用と同じで出ている。この西行歌の同巣歌としては「恋死ぬる果をば知らで逢ふまでの命を惜しく思ひけるかな（新撰和歌六帖第五いまはかひなし）」や「後の世とたのめぬほどやあふまでの命もがなと身を思ひけむ（南朝五百番歌合三百廿六番顕統）」がある。

歌意参考、「ただ一眼《ひとめ》逢ふまでは、命死なずにあれ。必ず生きよ。が、逢へば直ぐ死んでもいゝといふやうなことを、逢はぬ昔は思った。逢へば、どうして〳〵、生きたいと思ふ念ばかり。生きればこそ、この歓びを深めてゆくことも出来る。なぜ昔は、あんな馬鹿なことを祈ったか（尾崎久弥、類聚西行上人歌集新釈。〈大坪云、増抄古抄ノ前半注ノ趣意〉」。この尾崎氏解を継承して「逢ったら前にも増して命が惜しくなったから、逢ふまでの命がほしいと願ったことが悔しく思われるといふのである（講談社『新註』）」があるが、これに対し「逢ぬれば又いつまでもと命が惜しきなり〈八代集抄〉と解しては下句の深い悔恨が働かない（岩波新大系脚注）」という批判がある。この批判は「逢っての後の恋の苦しさから、逢ふまでに死んでしまって居た方がよかったと思ふといふのである（朝日新聞社『全書』）」に拠ったものと思われるがこの『全書』の理解は、磐斎の『増抄に云く』の説に通ずるものがあるのである。森重先生『西行法師和歌講読』は、「逢ふまでの命と思ってゐたが、逢ってみると前にもまして思ひが募り、一層命が絶えさうになる。一度逢へばよいと思ってゐたのには間違ひであった。そんな間違ひをしてしまったことは本当に残念だといふのです。この〈くやしかりける〉について、細川幽斎聞書〈大坪云、古抄ノ前半部ヲサス〉は、さらに命が惜しくなったといふ意味に解してをりますが、これはよくないと思ひます。……中略……要するに、逢ふまでは逢ふといふことに一所懸命で、その結果自分の心はどうなるかといふことまでの配慮が出来なかった、その愚かさを歎いてゐるのです」と説かれているが、これは全く『増抄云』の解と同じであろう。

四　古抄

ここの古抄と略同内容の施注本は、無刊記板本聞書・宝永八年板本聞書・内閣文庫蔵増補本聞書・新古今私抄等である。上記本には、二説が述べられ、前半部と後半部とが「又の説には」という語で結ばれている。前半部のみの施注本は、内閣文庫蔵聞書後抄で、この聞書後抄に類似する施注本が牧野文庫本聞書・吉田幸一氏旧蔵註・高松宮本註・高松重季本註である。又、後半部のみの施注本は、永青文庫幽斎筆新古今略注・黒田家本新古今集聞書・山崎敏夫氏旧蔵新古今集別註〈水甕社前抄ト略称〉・大坪所持本新古今和哥集聞書等である。

以上から考えると、前半部は、幽斎注ではあるが、幽斎独自注とは考え難く、牧野文庫本聞書等の注解が流れ混じっていると思うので、まず、それを引く。「逢てイの後の哥なり。あはぬさきは、せめて人にあふまである命もがなとおもひしに、ロやう〳〵にしてあひぬれば、ハ又命おしきなり。さればあふまでの命とおもひしはくやしきとなり（牧野文庫本聞書・吉田幸一氏旧蔵註・高松宮本註・高松重季本註ハ、傍線部イが無シ、ロガからうじて、ハガいのちの、ト小異スル）」。次に「古抄」全文の校異を示すと、「辛ふじて」の表記が「からうじて（私抄・内閣文庫蔵増補本聞書・内閣文庫蔵聞書後抄)」、「何時までもと」が「ナシ(内閣文庫蔵聞書後抄)」、「命と願ひしハ」が「命もがなと思ひしは(内閣文庫蔵聞書後抄)」、「契りたる中も」が「ちぎる中にも(内閣文庫蔵増補本聞書・八代集抄)」、「命の危うく」が「命をあやうく(八代集抄)・のガ無シ(水甕《がめ》社前抄)」、「命よりも早く変り果て、、徒に思ひし」が「ナシ(八代集抄)」、「徒に思ひし」が「あるに思ひし(私抄)」、「命ながらへてよ」が「てガ無シ(説林前抄・水甕社前抄・無刊記板本聞書・宝永八年板本聞書・私抄・内閣文庫蔵増補本聞書・八代集抄)」、「思ひし事を」が「をガ無シ(略注・水甕社前抄・説林前抄・大坪本)・思ひしハ(八代集抄)」、「くやしきぞと」が「悔しき事ぞと(八代集抄)」、「限りもなく」が「もガ無シ(説林前抄・大坪本・黒田家本・水甕社前抄・私抄・内閣文庫蔵増補本聞書)」、の如くである。なお「又の説にハ」の「又の説」とは常縁の原撰注(聞書前抄ト仮称)を指している。季吟は『八代集抄』で、「野州云」として、前半注を示した後、「又の説には」として後半注を一部省略(或は脱文)して引用し、更に「師説〈大坪云、貞徳ノ説?〉はじめの儀を用《もちふ》」と施注しているが、野州〈=常縁〉の原撰注は後半部で、前半部は、牧野文庫本等に拠った幽斎増補注と思われるから「玄旨云」としなければなるまい。『八代集抄』の「野州云」とか「玄旨云」とか、として示されている施注は、吟味してみる要があろう〈久保田氏『全評釈』でも、後半注を『私抄』より引用〉。

五　逢ひて後の哥なり……悔しきといへる歌也

文意、「新古今の題詞は〈題しらず〉とするが、この歌は、逢って後に詠んだ歌である〈大坪注、『和歌布留能山扶美』ノ恋題ニ「会後《あひてのち》恋」ガアゲラレテイル〉。まだ逢っていなかった時点では、せめて恋人に逢ふまでの命があってほしい逢えれば死んでもよいと思っていたのであるが、ようやくのことで〈大坪注、古クハ、からうして、ト清音カ〉逢うことが出来た後は、又、今後いつまでも逢いつづけたいものだと、却って命が惜しくなったと詠んでいるのだ。であるから、逢うことができるまでは生きていたい、逢えれば死んでもよいと願っていた事は、後悔しても、しきれないくらい残念なことであると詠んでいる歌だ」。「逢ふ」は男女の契りを結ぶ意。「辛ふじて」の仮名づかいは「からうして」がよく、清音で「して」と訓む方がよい。以上は幽斎増補注。

六　又の説
東常縁の「原撰本聞書」の説。

七　命ハ徒なるものなれば……哥の心也

文意、「命というものは、もろく儚ない、宛《あて》にすることのできないものであるから、恋人と契りをかわしていた期間中でも、いつ死ぬかと命があやぶまれる思いであったが、恋人との間柄《あいだがら》は、そのあやふい命よりも早く変り果てて、脆く儚ないと思っていたわが命は生きづけているが、相手の恋人との間柄は、絶え果ててしまったから、命ながらえてほしいと思っていた昔の自分の事を、残念で悔しい事だと、後悔しているのが、この歌の内容である」。恋人が死んでしまっての歎きか、恋人の変心による歎きか、今一つ明白ではないが、いずれにしても、恋人との関連が完全に断絶して、悔いているという解釈だと思う。

八　風情限りもなく有心に侍り

文意、「歌の情趣は、無限この上なく、深い内容を蔵していて、心を凝《こ》らした含蓄《がんちく》のある歌である」。

九　悔しき事をして……ものを、となり

文意、「今から思えば悔まれるような気持、即ち恋人と逢うことができたら死んでもよいという気持を抱きつづけて、逢える時点まで願ってきた事であるなあ。その願いの如く、逢える事に命を引換えにしてもよいと思ってきた事が、さて逢い得て後は、死んでもよいどころか、却ってこれから行末、千年万年いついつまでも生きつづけ逢いつづけたいと、満足しきれない心に変ってしまったことよと、後悔している歌である」。参考、「野州云、逢て後の哥也、逢ぬれば又いつ迄もと命おしきと也(後藤重郎博士蔵新古今和歌集抄)」・「人にあはぬまへには、一度あひ侍りては命もおしからじと思ひしに、あひて後は心中もかはれるよし也(抄出聞書)」・「〈美濃〉逢見て儀、いよ〳〵思ひのいやまされるにつきておもへば、いまだ逢ざりしほどに死たらむには、か丶る思ひはあるまじき物を、あふまであらむ命を願ひしは、今おもへば悔しとなり、〈尾張〉以上みなよろし。〈美濃〉古き抄に〔大坪云、牧野文庫本聞書ヤ、ソレニ基ヅク幽斎増補ノ所謂聞書後抄ヲ指ス〕、あひぬれば、又いつまでもと命の惜しくなりぬれば、あふまでの命と願ひしは、悔しといへるなりといへるは、初二句の詞のさまにすこしかなはず、てにをはのはこびを、こまかに味ふべし、歌ぬしの心、もし其意ならば、あふまでとをしき命と思ひしは、といひてよろしき也、ともじとをもじとを思ふべし、をしきといふ詞も、今は惜きにて、悔しといふにかけ合べし、然るをあふまでの命もがなといひては、たゞいかにもして、あふまではながらへむと願ふ意なるをや、〈尾張〉〔賛否ノ論評ナシ。美濃ノコノ注部分ハ、岩波新大系脚注ニマデ影響ヲ与エテイル〕（両家苞）」。

〔二五六〕（七四頁）

一　三條院女蔵人左近

管見二十六伝本では、鷹司本は、院の字が落ちて「三條女蔵人左近」とあるが、誤脱であろう。他本すべてこの作者名である。「小大君」とも呼ばれた女性で、新古今一〇四二番歌頭注にて詳述した。「女蔵人」について は、和田英松博士の『修訂官職要解』（第四平安時代、五八後宮）に詳しい解説があるので引く。「ニヨクラウドとよみ、大和物語に〈内の蔵人にありける一條の君といひける人は云々〉と見え、女字を略したときもあって、男官の蔵人と混じやすいから、注意せねばまちがう《ママ》事がある。女蔵人は、下﨟〈大坪注、ゲラウ。身分の低い者・しもべ、下人〉の女房の事で、御匣殿の御装束、裁縫の事や、其他種々の御用を勤めるものである。また皇后宮、東宮にも、女蔵人があったので、栄華物語様々の悦の巻に、〈東宮の女蔵人小大君〉と見え、日蔭鬘の巻に、〈またさべき五位の女どもの、はぢなき程なりつるを、蔵人などにておものまゐらする、まかなひとりつぎなどして〉とかいてある。前に述べた御匣殿、尚侍以下、命婦、女蔵人などを総称して、女房という《ママ》たのである。〈大坪注、省略サレタモノ含メテ、女房デ統括サレル役職名トシテ、御匣殿・内侍司・尚侍・典侍・掌侍・蔵司・書司・薬司・兵司・闈司・殿司・掃司・水司・膳司・酒司・縫司・命婦・女蔵人、ガ示サレテアリ、ナオ詳シクハ、禁秘抄・女房官品・女官志・光台一覧ヲ見ルガヨイトモ記サレテイル〉」。この和田博士説の「栄華物語様々の悦の巻」にある「東宮の女蔵人小大君」については、岩波旧大系の栄花物語の「巻第三さま〴〵のよろこび」の本文で検索したが見出し得ず、それは「巻第四みはてぬゆめ」で検索し得る（旧大系栄花物語上ノ一五三頁）。摂津守為頼朝臣と春宮の女蔵人小大君との贈答歌（世中にあらましかばと思ふ事なきは多くもなりにけるかな／あるはなくなきは数そふ世中にあはれいつまであらんとすらん）の個所である。この小大君の返歌は新古今集では小野小町の歌として下句を「あはれいづれの日まで歎かん」に変えて採録している（八五〇番歌）。〈講談社学術文庫版『新訂　官職要解』デモ、栄花物語デノ巻名ハ未訂正〉。参考、「女蔵人小大君。小大君は宣長によれば、こだいの君、と読んでいる〔玉かつま、巻四〕。又、こおほぎみ・こおほいぎみ、とも。女蔵人として東宮時代の三條院に仕え、拾遺集の署名には東宮女蔵人左近となっている。三十六歌仙の一人、勅撰集には拾遺三首、後拾遺五首、千載一首、新古今以下十一首が入集。家集小大君集がある。女蔵人は御匣殿の御装束・裁縫のことその他種々の御用を勤める下﨟の女房で、命婦の下位。皇后宮・東宮等にも置かれるが、ここは東宮の女蔵人〈下略〉（岩波旧大系栄花物語上、補註二四六）」。他に、浅井虎夫氏『新訂女官通解』（講談社学術文庫）にも解説があるので引く。「女蔵人は内侍《ないし》とほぼ同格なり。されどその順序よりすれば、内侍前《さき》にあり、女蔵人後《のち》にあり。この故に内侍に一等下れる者というべし。その職務もまた内侍と異なるところなし。常に内侍と共に雑用に従事す。この故に主上もし常居の清涼殿より南殿《なでん》に出御あれば、内侍、女蔵人、御剣と御璽《ぎょじ》とを奉持して追従《ついじゅう》す。また殿上《てんじょう》の雑物は、女蔵人その掌《つかさど》るところに従いて、こもごも検閲守護す。そもそも蔵人というは、その儀、明らかならざれども、多くは文書を収蔵する者の義と解したり。されどもその職務よりいえば、天子に近侍し、調度衣服の類をも収蔵し奉りしこと、なお蔵司《くらづかさ》のごとくなり。蔵人を置かれし起原は、嵯峨天皇の弘仁年中なり…〈中略〉…蔵人所は天子の機密に参与せしかば、勢い昵近の官となれり。殿上に侍して庶務を掌《つかさど》れり。しかうして蔵人はもとこれ男子の官職にして、女子の官職にあらざることは、その任命せらるる人を見ても明白なり。しかるにいずれの時よりか、女蔵人という者もまた出できて、男子の蔵人と共に、天子に近侍し、殿上の庶務を掌れり。年中行事秘抄に、殿の雑物は男女蔵人各《おのおの》その掌るところに従ひて分番こもごも検護せよ、とあり。…〈中略。大坪云、延喜式・新儀式・小野宮年中行事・建武年中行事等々ニ見エル女蔵人ノ職掌ヲ引用セリ〉。女蔵人にて有名なる歌人あり。左近という。重明親王の女にて、三条院儲囲《ママ》の時〈大坪注、儲囲ハ儲闈ノ誤記。儲闈ハ皇太子ノ意デ、儲位トモ書ク〉、女蔵人たり。また小《こ》大君《おおぎみ》の名をもって伝えられる〈後略〉（新訂　女官通解、第四章第二節）」・なお宣長の『玉勝間』（四の巻、六五小大君）にも「三条院ノ女蔵人左近を、小大君ともいへり、そは小《コ》大進《ダイシン》といふ名を、はぶきていへるなれば、こだいの君とよむべし、こおほきみとよむはひがこと也。此人小大進なる証《シルシ》は、栄花物語見はてぬ夢の巻に、あるはなくなきは数そふ《ママ》・といへる歌のよみ人、東宮ノ女蔵人小大進とあり、東宮は三条院也、此歌小町ガ集といふ物にもあり、すべて此小町集は、いとも信《ウケ》がたき物にて、此小大ノ君が歌の多かるは、小大を小町にまぎらはしつるなるべし、然るを新古今に、かの歌を小町集よりとりて、小町がとて入られたるは、誤也（玉勝間）」とある。宣長が見た栄花物語本文では小大君が小大進と書かれていたらしいので、宣長は小大君＝小大進と考えたのであろう。併し、朝日新聞社『古典全書』・岩波旧大系・栄花物語詳解・栄花物語全注釈・高知大学編栄花物語本文と索引など活字本ではあるが手許の諸本を見たが、すべて小大君で小大進となっていないし、校異が示されている『全注釈』でも、小大進なる本は示しておられず、以上の本では、宣長の小大君と小大進同人物説、即ち小大進君《コダイジンノキミ》の進《ジン》を省いて小大君、訓み方もこだいのきみという説に対して、避けて言及されていない。併し一方岩波新大系『八代集総索引』の「作者名索引」は明らかに別人物としての解説がなされており、『勅撰作者部類』でも「三条院女蔵人左近（拾遺雑賀デハ春宮女蔵人左近、後拾遺雑六俳諧デハ小大君トモ）」と「内大臣家小大進・花園左大臣家小大進〈菅原在良女ノコト〉」とは別人扱いにされている。岩波新大系索引は勅撰作者部類の見解に従い、宣長の見解には従っていないのである。私も別人説に従いたい。「小大進」については『女官通解』に、『古今著聞集』（巻五）の「小大進、歌に依りて北野の神助を蒙る事」の説話を引用するが、小大進が待賢門院の御衣を盗んだというあらぬ嫌疑をうけ、歌一首を詠んで、天神に助けられるという一種の歌徳説話である。十訓抄（第十の十六話）・袋草紙（巻四）・沙石集（第五）・体源鈔（巻十の下）・北野縁起（下）・北野本地（北野宮ノ御繁昌村上ノ御世ヨリ条）・北野天神御縁起・荏柄天神縁起・続詞花集（神祇。待賢門院后宮と申しける時、女房のきぬのうせたりけるを、あるつぼねなる女房、あやしきさまにいはれける、きたの の宮にこもり侍りける、御前のはしらにかきつける／おもひいづやなき名をたつはうかりきとあら人がみもありし昔を〈三七九番歌〉）・隣女晤言（巻二、小大進）・和歌呉竹集（八、あら人神）・百人一首一夕話（巻三、菅家の話）・前賢故実（巻六、小大進）・等に見える著名説話である。明白に「小大君」とは別人である。小大君は父は重明親王、母は貞信公女。小大進は、父は式部大輔菅原在良〈一説ニ、前式部丞家能〉、母は三宮輔仁親王家女房大進、とされている。なおこの問題は、宣長が『玉勝間』に考証している事でもあり、宣長が、栄花物語の本文を見あやまる事は考え難いことであるから、今後さらに考究していきたい。宣長は、「小大進」なる語を、人物名と考えたか、或は職掌名と考えたか、先引栄花物語本文に「小大進」なる伝本（宣長の見た本）があるのかないのかが、その考究の対象である。松村博司博士の『栄花物語の研究校異篇』によれば、「みはてぬゆめ」の当該箇所が「春宮の女蔵人小大《進》・君・返《御事》し」と、「小大進君」の本文もある事が示されている。西本願寺本の由である。宣長はこの本を見たのであろうか。「大進」・「少進」なる職掌名は、『修訂　官職要解』によれば、「修《しゅ》理職《りしき》」・「京職」・「大膳職」・「中宮職」・『春宮坊』に見えている。家門名と職掌名を合せた「清少納言」という個人名代用語があるが、宣長の『玉勝間』でいう「小大進」が、職掌名のみが対象なのか、人物の代用語なのか、この点も考えねばならぬ。従来の研究書が、何故『玉勝間』に言及しないのか、その理由もこの辺にあるのかも知れない。

二　人心薄花染めのかり衣さてだにあらで色や変らん

管見二十六伝本での校異。第四句が「きてたにあらて（御室本〈岩波旧大系校異ニヨル〉）・さてたにあらは《はでイ》（鷹司本〈底本本文ハあらばデアリ、サラニ墨筆デあはばヲ示ス。朱筆イ、ハあらでノ本文ノゴトシ〉）」・末句が「いろやかへらん（為氏筆本）」。他本はすべてこの歌形で異句なし。当歌の出典・本歌・参考歌については、早く契沖の新古今集『書入』本に、「家集こと書云、心さしふからぬをとこの、花そめのかりきぬをさすかやるとて　古今　小町　世の中の人の心は花そめのうつろひやすき色にそ有ける、夫木抄云、家集　前中納言匡房卿　春の空うす花そめのかみなれは玉つさとのみ見ゆる鴈かね」と見えている。この書入の「家集こと書」とは『小大君集』の詞書であるが、小大君集伝本間に小異があるから、各伝本本文を次に示しておく。「（群書類従本）〈詞書〉心ざしふかからぬをとこの花ぞめのかりぎぬせさするやるとて、〈歌〉人ごゝろうす花染めのかり衣さてだにあらで色やかはらむ」・「（書陵部蔵五〇一／九二架番本）〈詞書〉こゝろさしふかゝらぬおとこのはなそめのかりきぬせさするやるとて。〈歌〉ひとこゝろうすはなそめのかりころもさてたにあらていろやかはらん」・「（林家旧蔵本）〈詞書〉心さしふかゝらぬおとこのはなあさ《ソメノ》きにかりきぬヲせさするをやるとて。〈歌〉人こゝろうすはなそめのかりころもさてたにあらたいろやかはらん」・「（書陵部蔵三十六人集五〇一／一二架番本）〈詞書〉ナシ。〈歌〉ひとこゝろうす花そめのかりころもさてたにあらて色やかはらむ」・「（書陵部蔵五〇一／一一九架番本）〈詞書〉心さしふかゝらぬおとこのかりきぬあさきにそめてをこせたるしてやるとて。〈歌〉人こゝろうすはなそめのかりころもさてたにあらていろやかへらん」。又、契沖は指摘していないが『後葉集《ごえふ》』（巻十六雑一）にも当歌があるので示すと、「（群書類従本）こゝろさしふかゝらぬをとこのはなあさきにかりきぬせさせけるつかはすとて／人こゝろうす花染めのかり衣さてたにあらて色やかはらん」・「（書陵部蔵五〇一／三三架番本）心さしふかゝらぬおとこの花あをきにかりきぬせさせけるけ《ママ》るつかはすとて／人心うす花そめのかり衣さてたにあらて色やかはらん」。以上は出典であるが、他出は『二八《（ママ）》要抄』（恋六）に「たいしらす／人心こす花そめのかり衣さてたにあらて色やかはらん／女蔵人左近」として見える。契沖指摘の、古今集七九五番「世中の人の心は花そめのうつろひやすき色にそ有りける」という本歌は、契沖は作者を小町としているが、古今集では読人しらずであり、現行注釈書では、講談社『新註』・岩波旧大系・岩波新大系・小学館『全集』が踏襲し、久保田氏の新潮社『集成』・桜楓社テキスト頭注・講談社『全評釈』等では「念頭におく・参考歟」などと参考歌扱いにされている。又、契沖の示した参考歌「家集／はるのそらうす花染のかみなれはたまつさとのみみゆるかりかね／前中納言匡房卿（夫木和歌抄巻五、帰雁）」は現行書では採用されていない。が、薄花染・かり、等の語から考えれば参考歌と見てよいのではないか。次に当歌の表現技巧であるが、「花染」は、露草〈古名ヲ月草トイウ〉の花で染めることから、そして色が消えやすいので、人の心のうつろいやすい事のたとえや、儚なく仮初《かりそめ》の物に連想されて、万葉集二七五六番「月草の↓かりなる命」の如く枕詞に使われるようになり、その「かり」が「仮↓狩」と掛詞に使われて「薄花染めのかり衣」の表現が生じたのである。又、縁語仕立として、染・色・変る、が使われ、歌の表面は、狩衣の色、裏面は恋人の心の色の変る事として詠まれているのである。「人情を植物性染料に比して、よくかはることに例へた（江馬務氏、国文故実風俗語集釈　容儀服飾篇）」と述べられている通りである。具体的色彩は「淡く縹《はなだ》色に染めたもの。縹は露草の花で染めた色で薄藍色である（石田氏『全註解』）」。歌意参考、「人ノ心ハ薄イ花染ノ狩衣ノ様ニ、ウスイ情愛ノモノダ。其ノウスイナガラモイツ迄モツヾケバヨイガソノ情モ永クハツヾカナイデ醒メテシマツテ私ヲ忘レル事デアラウ。ホントニ人ノ心ハ変リヤスイモノダ（遠鏡）」。

三　人の心を、薄紅の色に譬へたり

現行注釈書は花染の色を、縹《はなだ》色（薄い藍色）とするのが、石田氏『全註解』・窪田氏『完本評釈』・尾上氏『評釈』・岩波旧大系・岩波新大系・小学館『全集』・標註参考新古今・朝日新聞社『全書』・新潮集成・久保田氏『全評釈』等で、これらは季吟の八代集抄（後引）説の踏襲で、塩井氏『詳解』や鴻巣氏『遠鏡』は色彩を明示しない。磐斎の「薄紅」色は、「花」とは「さくら」と見ての事であろうか。『沙石集』（巻五）や『菟玖波集』（巻十四）に「うす紅に匂ふ空哉／天飛や稲負鳥の影みえて」という連歌が見えるが、花の下連歌の場と考えれば桜色の空が考えられるので薄紅色と考えてもさして誤りではない。又、「花染衣の色襲、紫匂ふ袂かな(謡曲、源氏供養)」・「ふまんとおもふかはづなく声／山吹の花ぞめごろもかきあげて（守武千句(二)）」・「花田《ハナダ》。浅黄色也。藍ニテ染。濃緑、薄緑アリ（禁中方名月鈔校註(下)〈改訂増補故実叢書所収〉↓〔参考。浅黄とは、今の世には、青色の薄きをいへども、昔は黄色のうすきをいひ、又緑色をもいへりき。此事吉部秘訓抄、建久二年十二月、親王元服の時の、袍の色につきて、又玉蘂建暦二年十二月、又後世にも見ゆ。又後に薄くさ〳〵論あり。黄色の薄きをいへるが本也。緑色をいふは、浅葱《アサギ》の意にて、異なるを、唱への同じきまゝに、混《マガ》ひつる也。又後に薄青色をいふは、緑色よりうつれるなるべし——玉勝間(六)、四三浅黄といふ色——〕」・「碧。波奈太《ハナダ》（新撰字鏡）」、等々を考えると、紫・黄・緑等の色彩も考えられるので、「花染」の色彩としては、磐斎説の薄紅も一説とみておきたい。ただし「薄藍」を通説とすべきかと思う。

四　薄きハ詮方なし、色の変るなとなり

当歌の下句の余情説明。文意「花染めは、もともと花弁を染料にして染めたものであるから、染上りの色が薄いのは、いたし方もなくやむを得ないが、それはともかくとして、染色だけは変色しないでほしい、〈薄情なのはしかたないとしても、私を捨てるようなことだけはしないでほしい〉、と下句で、哀願している歌だ」。

五　恋路といふものは……哀れ深し

文意、「恋の道、恋の過程、恋の成り行き、即ち恋というものは、その度合が、濃厚の上にも更に濃厚でありたいと願うのが当然であるのに、この歌のように、恋の情けは薄くても耐え忍ぶが、心変りして捨て去るような事だけはしないで下さいと哀願してる点は、哀切で、心に深く迫ってくるものがある」。

六　薄きが好ましくて……との心なり　衣の色が褪《たい》色することまでは辛抱しても、それの、染め替《かえ》、染め直《なお》し、までは我慢しきれないというのであろう。染色は、恋人の自分に対する情愛度の譬喩としての表現である。

文意、「花染した狩衣の色合《いろあい》の薄いのが好ましいので、このように述べている訳ではない。本来は濃いのが望ましいのは勿論ではあるが、とても濃くなるようにはならない故にこそ、せめてこれ以上薄くならせたくはない、このままの薄さの状態で保《たも》たせたいという意味で、詠まれた歌である」。恋人の情愛が、これ以上薄くならないように、せめてこのままの状態で続いてゆくように、との意である。「とても」は、所詮、どうせ、という意の副詞。「だに」は、「……だけでも」の意の副助詞で、「とても（A）…打消…(B)だに」の文脈で続く。「所詮（濃く）ならぬ故に（薄い）だけで」の意である。

参考、「人の心、うすきもうらめしきに、さてうすくのみにてだにあらで、名残もなくかはりや果てんと也。薄花染は浅縹《ハナダ》也。それをいひかけし詞也（八代集抄）」・「蔵人↓クロウド〈振仮名〉。さてだにあらで↓さやうにてだにあらで也。／うすはなぞめハ、八位九位ノ衣也。かわりやすし。とてもこくはなるまじ。うすくともかわらであれバせめてよし。さてだにハ、さやうニあらで也。又いろやかわらんと也（かな傍注本）」。薄花染は八位九位の衣也、とあるのは、「律令」の「衣服令第十九」の「諸臣の礼服」の「朝服《でうぶく》」に「……六位は深き緑の衣、七位は、浅き緑の衣。八位は、深き縹の衣。初位は、浅き縹の衣……」とあるのが参考になる。「初位」は「官位令」によれば、従八位の下につづく位階である。「薄花染、季注ニ浅縹《ハナダ》といふ。詞花集春〈大坪注一七番〉康資王母の哥に、紅の薄花桜匂はずハ皆白雲とみてや止なん、同集ニ京極前太政大臣哥にも〈大坪注詞花一八番〉紅のうす花桜とあり〈白雲は立ちへだつれど紅の薄花桜心にぞとむ〉。又続撰吟ニ雅世卿哥にも、うす花桜とあり〈続撰吟ハ国書総目録ニ載ルガ未見ニテ雅世歌ノ全歌形モ未調査〉。桜と染とのかはりあれど、はなだとハ余りのたがひ也。もし花染といふハ桜にハあらで月草などにて染るを云か（新古今集旧注補遺）」。

七　さてだにハ、然《さ》うでだに也。薄くてだにあらでと也　文意、「さてだにとは、〈色が薄いだけでなく、即ち、薄情なだけでなく、の意〔朝日全書頭注〕〉ということだ」。前頭注の「かな傍注本」も参照のこと。

〔二五七〕（七五頁）

二　逢ひ見ても効ひ無かりけり烏羽玉のはかなき夢に劣る現ハ　管見二十六伝本での校異。第二句「効ひ無かりけり」を「かひなかりける」とする伝本に、柳瀬本・延宝二年板本〈文化元年補刻本モ〉・承応三年板本・正徳三年板本・寛政十一年板本があり、第三句「うば玉の」を「むばたまの（為相筆本）・むばたまの（鷹司本・烏丸光栄所伝本・同書写本・柳瀬本・延宝二年板本〈文化元年補刻本モ〉・正徳三年板本・寛政六年板本・刊年不明牡丹花在判本・刊年並板元不明板本）」とする伝本がある。当歌の出典は『興風集』であるが、早く契沖の『書入本』が指摘し、現行注釈書でもこれを踏襲している（石田氏『全註解』・岩波旧大系・岩波新大系・小学館『全集』・武蔵野書院校訂テキスト・桜楓社テキスト・久保田氏『全評釈』）。家集の歌句は「あひみてもかひなかりけりむはたまのはかなきゆめにおとるうつゝは（興風集。書陵部蔵五〇一・一一五架番／おきかせ。西本願寺蔵三十六人集）」である。本歌もしくは参考歌も『書入本』に、古今集六四七番歌、後撰集七六八番の二首を示している。後撰歌は「時のまの現をしのぶ心こそはかなき夢にまさらざりけれ」であるが現行注釈書は黙過して示さず、古今歌の「むば玉の（或ハうば玉の）闇のうつゝはさだかなる夢にいくらもまさらざりけり」のみを示している。本歌として示すのは、岩波旧大系・朝日新聞社『全書』・窪田氏『完本評釈』・武蔵野書院テキスト。参考歌として示すのは、岩波新大系・桜楓社テキスト・久保田氏『全評釈』・改造文庫頭注・講談社『新註』。類歌として示すのは、新潮社『集成』・石田氏『全註解』である。

さて、古今歌に於ては、「闇の中での現実」と「不明確な夢」との対比、新古今当歌に於ては「実効なき現実」と「儚なき夢」との対比が技巧の主眼であるが、要するに「夢と現実」を比較しながら夢の方に価値ありとするもので、『完本評釈』に「本歌〈即チ古今歌〉は哀感で貫いているものであるが、興風の歌は批判が主となっていて、第三者的な気分で詠んでいるものである。明らかに興風の方が劣っているといへる」と述べられ、鑑賞上のヒントが得られる。現行注釈書で黙過された後撰歌は、心では役立たぬが、詞と姿では一考してもよいのではなかろうか。歌意参考、「逢っても、逢ったかいは無いわい、はかない夢に劣るようなこの現実の逢い方では、〈心ゆく迄逢いたいと望んだ意〉（石田氏『全註解』）」。当歌第三句「烏羽玉の」は、黒・夜・闇・夢・月・宵などにかゝる枕詞であるが、前に見たようにその表記は伝本により「むばたまの・むまたまの・うばたまの」と異なるが、これは発音を聞いた人の文字に表記する意識の差によって生じたもので、「ぬぱたま」が原《もと》である。ぬばたまとは黒い珠、また黒いヒオウギの実と言われる。従って、黒いもの、暗いもの、夜に関するものの枕詞となった。発音上も、ｎｕｂａ→ｎｂａ→ｍｂａ→ｍｍａ→ｕｍａ→ｕｂａの如く変化したのであろう。最初のｍの音がｕと混同されて、万葉集での「ぬば玉」が「むば玉・むま玉」を経て古今集の頃には「うば玉」となったのであろう。「梅」は中国語ｍｕａｉをうつして万葉集では「うめ」であったが平安期ではｍｍｅと発音したので「むめ」と書く古写本も多く、「馬」も同じであるが「牧《マキ》〈馬《ウマ》ノ柵《キ》〉」も「うまき」と訓まれている（天智七年紀）」。こういう事例によって新古今伝本書写者の意識も、少しはうかがえるようである。参考、「同抄に〈大坪云、綺語抄上巻時節部うば玉ノ条〉、天徳歌合に、むばたまのよるの夢だにまさしくは、我思ふことをと、中務がよめる歌を、小野宮ノ左大臣判者にて、よるをば、ぬばたまとこそいへとて、此歌を、まけに判ぜられたりと有り。此※判者の難は、すべてぬばたまといふべきを、むばたまといへるを、ひがことゝいふにや、然らば古への意にてよろし、もし又よるをばぬばたまといひ、夢をばむばたまといふなどいふ説につきての難か、然らば中々にひがこと也（玉勝間十三の巻、六〇ぬばたま　むばたま。大坪注、『石上雑抄』〈筑摩書房全集第十三巻、本居宣長随筆第四巻所収一六五頁〉ニハ※印以下ノ評言ナシ）」。

三　逢ひてち、として……劣りたるとなり

「ち、として」は「千々《ちぢ》として」、或は「遅々《ちち》として」の漢字を宛て得る。「千々として」の場合は「あれやこれやとさまざまの事に思い悩まされてしまって」の意となるし、「遅々として」の場合は「のろのろとぐずついて手間《てま》どってしまって」の意となろう。どちらとも解し得る。文意は「現実に恋人と逢い得ても、ち、として、語り合う時間も持てないのは、夢で逢い得てゆっくり話し合える事にくらべると、却って劣るものである、と詠じているのだ」。

四　いかに暫しなりとも……言ふ事也

文意「現実に恋人と逢える事は、たとえ、どれ程わずかな時間であったとしても、夢で逢っている事にくらべたら、劣る訳ではないのだけれども、わずかな時間での相逢は、あまりにも心残りが多過ぎると思うが故に、〈儚なき夢に劣る現は〉と詠んだ訳なのだ」。参考、「うば玉は、夜の事の枕詞也。夢といはんため也。心は明也。うば玉の闇の現はさだかなるゆめにいくらもまさらざりけり。此歌に聊《イササ》かいれり（八代集抄）」・「うつゝハあふたる也。夢におとりたると也（かな傍注本）」。

〔二五八〕（七六頁）

二　中〳〵に物思ひ初めて寝ぬる夜ハ儚なき夢もえやは見えける

管見二十六伝本による校異。初句は「中〳〵の」と「中〳〵に」と両方併記とがある。「中々の」は、為氏筆本・為相筆本・冷泉家文永本・前田家本・亀山院本・烏丸光栄所伝本・小宮本・宗鑑筆本・親元筆本・公夏筆本・東大国文学研究室本・春日博士蔵二十一代集本・高野山伝来本の十三本。「中〳〵に」は、烏丸光栄書写本・鷹司本・延宝二年板本〈文化元年補刻本モ〉・寛政六年板本・寛政十一年板本の六本。「中々に《のイ》〈にノ右ニのイ〉」が武田博士蔵大夫阿闍梨本〈岩波旧大系校異ニヨル〉・刊年板元不明板本・刊年不明牡丹花在判板本・正保四年板本〈明暦元年板モ〉・承徳三年板本・正徳三年板本の七本、「なか〳〵の《に》〈のノ右ニにト朱書〉」が柳瀬本。第三句が「ねたるよハ」とあるかのが為氏筆本〈「寝《ね》ぬる」ヲ「寝《い》ぬる」トスル伝本ハ未見。寝《い》ハ名詞、ぬるハ完了ノ助動詞ノ故、直接接続ハシナイノハ当然〉。第五句が「えやはみえつる」とあるのが春日博士蔵二十一代集本。

当歌の出典は家集『実方集』であるが、石田氏『全註解』に「実方集には見えない」とされているように、当歌の記載されない伝本もある。記載されている伝本でも初句が「中々に」と「中々の」とがある。『実方中将集』〈書陵部蔵、一五〇／五六〇架番、所謂桂宮本(戊)〉では「なか〳〵にものをもひそめてねぬるよははかなきゆめもえやはみえける」とあり、『実方朝臣集』〈書陵部蔵、五〇一／一八三架番、所謂桂宮本(己)〉では「〈詞書〉「女と、ものいふとてありけるに、いかゞありけん、またの日、とこなつにつけて／Ⓐとこなつのはなのつゆにはむつれねどぬるとはなくてぬれしそでかな／Ⓑなか〳〵のものおもひそめてねぬる夜ははかなきゆめもえやはみえける」とある。〈朝臣集の方の詞書は、Ⓐ歌のみにかかるのか、Ⓑ歌まで及ぶかは不明〉。「なか〳〵に」の語義は、中途半端に・なまじっか、の意。「なか〳〵の」は、半端では到底・なまじっかでは勿論、の如き意であろうか。磐斎『増抄云』では「中〳〵夢も結バぬと也」として「かえって」の意の如く考えている。私はしばらく「中〳〵の（事に）」の省略と考え、「今更いうまでもない事ながら」とか「勿論の事ながら」の意ととっておく。「えやはみえける」の「やは」は反語、「え」は打消や反語表現を伴って、「よく（……せぬ）」「とても（……できない）」の意となる副詞である。歌意参考、「なまじっかもの思い初めて寝た夜は、たとえ儚い夢でも見れようか見えない。逢うまでは夢に見たものを（岩波文庫定家八代抄脚注）」。当歌の他出は、『二四代集・二四代和歌集・八代知顕抄』に「題しらず・実方朝臣」として見え、歌句は『八代知顕抄』は初句「なか〳〵の」、『二四代集・二四代和歌集』は初句「なか〳〵に」の形となっている。当歌の参考歌としては、岩波新大系脚注が「夢のうちにあひみんことをたのみつゝくらせるよゐはねんかたもなし（古今集五二五番読人しらず）」を挙げているが、岩波文庫定家八代抄や、角川ソフィア文庫でも継承している。角川ソフィア文庫は別に「いかでかは夢にも人のみえつらん物思ひ初めし後はねなくに（閑院左大将朝光卿集。二四三九二番）」と「ねぬる夜の夢をはかなみまどろめばいやはかなにもなりまさる哉（古今集。六四四番業平）」も挙げている。業平歌の方は新潮社『集成』では「念頭に置くか」とされているが、前接の興風歌（一一五七番）にも、この業平歌との関連は認められるので妥当な指摘かと思う。

三　物思ひ初めてとハ、人に逢ひ初めて也

文意、「第二句の、物思ひ初めて、とは、恋人に逢ひ初めて、という意で、恋人に対する思いが、逢ひ初めてから、ます〳〵募《つの》ってくる事を言うのである」の意。磐斎は、詞花集二三三番「我恋は逢初めてこそ増りけれ飾磨の褐《かち》の色ならねども（恋下　藤原道経）」や、長秋詠藻の「頼まずは飾磨の褐の色を見よ逢ひそめてこそ深くなるなれ」を意識して施註しているのである。

四　中〳〵にとハ、……中〳〵夢も結バぬと也

磐斎は「中〳〵に」の意を、却って、の義にとって末句にかかる語とみている。文意、即ち、「初句の、中〳〵には、末句に懸る語で、恋人と逢うことが出来ると、日頃の念願が叶って、よく寝むる事ができる筈なのに、それが却って夢も結ばれぬ程に、寝むることができない、というのである」。契沖『書入』本には「中ゝにとは、はつるにあへる心也（岩波書店契沖全集翻刻）」とある。意味がつかめないが、「はつる」を「はつか」の誤読と考えると、「初句の中々にとは、恋人としばらくの間ちょっとだけ逢うことができた、という含意のことばである」のごとく理解できようか。「なまじっか」・「生半可に」と似た意である。参考、「物思はでねたらば、若《もし》は夢にも其人をみる事あらんに、物いひ初てねし夜は、中〳〵かへりて夢も見えず、起明《おきあか》すと也（八代集抄・学習院大学本注釈）」。八代集抄も磐斎増抄と同じような考えである。「物思《ものおもひ》、見たとき思《おもひ》、寝たる夜ハ、かへりて夢さへミぬ也。ねられねば也（かな傍注本）」。現行注釈書は第二句にかけて解する注が多いが、古注は末句にかけて注するようである。「中〳〵に」という初五文字は『竹亭和歌読方条目』に於ても「いみざる詞にはあらねども、初心の作者中々末かけ合かたき五文字也。仍而可レ憚之由申き」と注意せられてある（制の詞小点の詞并いみざる詞の事）。又『和歌部類』でも「中々。初五文字不レ詠レ之」（古人禁置之小点并不二庶幾一詞少々）とある。これらは幽斎の『和歌受用集』の「中〳〵の五文字、承久二年八月十五夜定家卿判、末句かけあはずとて被嫌之。文永五年九月十三夜為家卿判にもなか〳〵云おほせても見え侍らすと難ぜらる。みなその哥に付やうなれども、近比嫌うへは可止之歟」に基づく注意である。幽斎は、良基の『近来風体』に基づいてこう書いているのである（『近来風体』の「中々五文字」）。歌学上の伝統的注意である。

五　この哥、後先、逢恋なり、よく〳〵吟味あるべし

文意、「この実方歌の、前後の歌、即ち興風歌も伊勢歌も、逢う恋の題で詠んだ歌である。それ故、それを心得て十分に吟味して理解すべき歌である」の意。磐斎は、歌の理解には、前後の歌を十分参考にして考えるべし、という持論で、他の注釈書でも、それを強調している。当歌も、「忍ぶる恋」「未だ逢わざるの恋」の歌ではないとするのである。磐斎がこういう注意をするのは、例えば「一度あひ見て後の増る思ひなる事は、よく考ふれば、さとられざるにあらねど、少しく発表のたしかならざるにあらずや（塩井氏『詳解』）」・「云ふところやや不明の感がある。物思ひそめて、のみでは、逢ったか、逢はなかったかを判定することは出来ない。思ひは或は云ひであらうか（尾上氏『評釈』）」のごとき考え方も生ずるからで、それを心配しての啓蒙的施注であったのである。

〔二五九〕（七六六頁）

三　夢とても人に語るな知るといへば手枕ならぬ枕だにせず

管見新古今二十六伝本では、為氏筆が「人

に」を「ひとり」と、り字の右に、に字を傍書してあるが訂正の傍記であろう。他本はすべて歌本文の異句はないが、古注書の『宗長秘歌抄』の歌句本文で「夢にても」とする伝本〈書陵部遠州宗長詠歌・川越市立図書館蔵宗長秘歌抄・谷山茂博士蔵歌学秘伝抄〉や、『二八要抄』(恋三)にも「夢にても」として あり、初句を「夢にても」とする新古今伝本もあったらしいことも推量できる。この事に関して、尾上氏『評釈』では「夢とてもは、或は夢にてもとあったのではあらうか」と注意せられている。下句の「手枕ならぬ枕だにせず」とは屈折した表現で、結局は、「寝具の枕は使わず、自分と相手の腕をお互に枕の代りにする手枕だけを、枕がわりにして寝るのだ」の意で、巧緻な技巧である。出典は、早く契沖『書入』本に指摘するように、家集の『伊勢集』・『古今和歌六帖㈤』で、歌句本文も初句「ゆめとても」とあり、歌形は新古今と同一である。中でも正保版本の歌仙家集本は、題詞「忍ひたる人とふたりして」と、「臥して」が「して」と異なるものの、尤も新古今に近似するので、歌仙家集の祖本が出典であろう。柳瀬本では当歌は除棄記号がつけられてある。他出は、『二八要抄』(恋三)。〈題詞「……ふたりして」、歌句「夢にても」〉」・『女房三十六人歌合㈥』(各番三首組、二番左。〈右歌ハ宮内卿ノ、聞くやいかに歌ガ対番〉)・『続女歌仙㈦』(二番左。右歌ハ、きくやいかにうはのそらなる風だにも松に音するならひありとは、宮内卿)。歌意参考、「深く忍べば、枕にだに知られじとて、逢ふ夜は手枕ならで只の枕だにせぬ程なれば、夢とも此事を人に語るなとなり(標註参考。〈大坪云、コノ解デハ、手枕ハ勿論、寝具ノ枕デサエモ使ワヌ意トナロウ〉」。下句が枕に類する物は一切使わぬと解しかねない訳注では「手枕でない枕さえもしてはいけない(窪田氏『完本評釈』。(A)手枕ハ勿論ノコト寝具ノ枕モイケナイ(B)手枕ハカマワヌガ寝具ノ枕ハイケナイ。(A)(B)ノドチラノ意ニトルベキカニ迷ウ)」・「手枕以外の枕をさえしません・手枕でない枕をさえしません(久保田氏『全評釈』。コレモ手枕ダケハ許スノカ、手枕モ寝具ノ枕モ許サナイノカ、不鮮明)」がある。「枕をさえ」の「さえ」がその原因である。なお「ゆめ」に、睡眠中の「夢《ゆめ》」と、禁止を伴って「ゆめ~な」となる副詞の「努《ゆめ》」の両義を持たせている掛詞技巧も一つの技巧であり、又、「枕」との縁語となる。当歌の参考歌としては、契沖「書入」本の「知ると言へば枕だにせで寝しものを塵ならぬ名の空に立つらむ(古今巻十三巻軸六七六番伊勢)」の指摘以来、改造文庫本頭注・講談社『新註』・尾上氏『評釈』・岩波旧大系・小学館『全集』・新潮社『集成』・久保田氏『全評釈』・角川ソフィア文庫等に継承せられ、又別に「わが事を人知るらめや敷妙の枕のみこそ知らば知るらめ(古今恋一、五〇四番読人しらず)」が岩波新大系が指摘して角川ソフィア文庫にもひきつがれている。新大系よりはるか古く、契沖『書入』は本歌として指摘〈但シ次ノ一一六〇番ニテ〉これも、秘密の恋も枕だけは知っている、という古い俗信に基づく歌であって、この古今五〇四番は右に示した伊勢歌(古今六七六番歌・新古今当歌)以外にも、後代の恋歌に影響を与えつづけていて、後述「頭書」の頭注で示したい。

四　逢ひたる事を……実の枕だにせぬと也

歌意を説いた施註。文意、「貴男《あなた》とお逢いしたという事を、この事は夢の中での事であったという具合にたとえ事実を隠してでも、他言するような事もゆめ〳〵して下さいますな。それを聞いた人は夢の話だとは思わないで、すぐにも本当の話なのだと推量してしまうものです。私は他人に知られる事を避けて身を守りたいものですから、普段でもいつも手枕〈ココハ自分ノ腕ダケヲ枕代リニ使ウ意〉ばかりして寝るのでありまして、寝具に使う実際の枕でさえしないのですよ、昔から、枕は、それを使う人の心の秘密まで知って了うと言われていますからね」。いかにも、次々と男性から恋心を寄せられていた伊勢らしい歌である。参考、「心はむかしよりおもひをまくらのしるといふ事のある也。さればわがおもひをしられてはかなしきゆへに、わが手枕ばかりして別に枕をばせぬと云心なり。夢にてもとはゆめ〳〵しらするなと云心也。まくらのえむに夢と云へり(宗長秘歌抄)」・「あふ事ハ夢のごとし。枕ハよくしるといへバ、枕だにせず手枕斗《(ばかり)》也(かな傍注本)」・「夢とても人にかたるなは、夢にて有りつともかたるな也。手枕ならぬ枕だにせぬは、手枕でなうて、しきの枕〈大坪注、敷妙ノ枕デ、しきたへハ、共寝ヲスルタメニ敷ク栲ノ意カラ、床ヤ枕等ニカカル枕詞ニナツタ。共寝用ノ寝具ノ枕ノコト〉はせぬ也(新古今私抄)」・「深く忍べば、枕にだにしらせじとて、逢夜は手枕ならで只の枕だにせぬに、たとひ夢とも、人に此事を語るな、と也(八代集抄)」・「深く忍べバ只ノ枕ダニせぬニ、たとひ夢とも人ニ此事ヲもらし語ルナ、ト也(学習院大学本新古今注釈)」。

五　枕の知るといふハ、本哥か本説可有。可尋之

磐斎は、この時旅行中か何かで、手許に確かにする文献資料を持っていなかったので、とりあえずこう備忘用に書いたのであろう。こ

こに言う「本歌・本説」とは、この伊勢歌に取りこまれて、発想の根源となっている、伊勢歌以前の古歌とか、物語・漢詩文・故事などを言うのであろう。具体的には、用語〈詞〉や、用語の連接のさせかた〈姿〉や、歌意・歌の内容〈心〉の三点を、両者をくらべあわせると分る事である。結果的には、本歌本説は、必ずしも一つに限られない場合も生ずるのである。そして「詞・姿」の場合は、比較的に把握も容易であるが、「心」の場合は、鑑賞者の教養の多少によって困難な事もある。伊勢歌の場合は、彼女の生存時代には「恋の秘密〈現代的ニ言エバ個人情報〉を、その人の常に使う、寝具用の枕だけは知っている」という俗信が、昔から存在していたという事であり、又、「枕」には「その使用者の魂が宿っている」とか「枕の位置によって、恋の相手を、わが見る夢の中に呼び招き入れる事もできる」とか言ったような俗信も昔からあった事などである。こういう知識のない鑑賞者には「心」の把握は困難となろう。さて、枕が何故、人の「忍恋」なる個人の秘密情報を知っているのかと言えば、寝る場合恋故に流す涙が枕にまで洩れ、枕を濡らして了うので、枕の知る所となるのである。大袈裟な表現に「涙川枕流るる浮き寝には夢もさだかに見えずぞありける（古今集、五二七番歌）」・「敷妙の枕の下に海はあれど人をみるめは生ひずぞありける（古今五九五番）」・「涙河水まさればやしきたへの枕の浮きて留まらざるらん（拾遺一二五八番）」・「枕のみ浮くと思ひし涙川今はわが身の沈むなりけり（新古今一三五六番）」がある。「枕」が濡れて知るなら、別に又、涙を拭う「袖」も知るのではないかという訳で、「堰けばまづ袖にしらるる涙哉枕ばかりと何思ひけむ（新葉七一三番）」・「袖も知れ枕も洩らせ恋しさを堰き留むべき涙ならねば（新後拾九四〇番）」・「敷妙の枕ばかりをかこつべき泪を袖に知られぬかな（続後拾遺六六一番）」等も詠まれている。さて「袖の知る」はさておいて、枕だけが秘密情報を知っているとする歌に、「わが恋は人《をイ》しるらめや敷妙の枕のみこそしらば知るらめ（古今五〇四番）」・「枕よりまた知る人もなき恋を涙せきあへずもらしつる哉（古今六七〇番歌）」等があり、これらは当歌の参考歌となり得るであろう〈岩波新体系・角川ソフィア文庫ハ五〇四番歌ヲ参考歌トシテ採用〉。又、伊勢には、古今集巻十三の巻軸歌「しるといへば枕だにせでねし物をちりならぬ名のそらにたつらむ（六七六番）」があり、契沖以来参考歌とせられている事は既述した通りである。又、「わが恋は涙を袖にせきとめて枕のほかにしるひともなし（新勅撰六九一番）」や「洩すなよ枕の外に知る人もなく〳〵契る夜々のかね言（続古今一一五八番）」などがあり、この題詞は「宝治二年百首の歌に寄枕恋」とあるから後鳥羽院歌壇では主な「題詠」でもあった。「枕が知る」に関しては以上であるが、「枕には人の魂、殊に忍恋の念が宿る」という俗信もあったかと思われる歌が、万葉に見える。「あはずとも我は恨みじこの枕我と思ひてまきてさ寝ませ（万葉二六二九番）」がそれで、契沖『万葉代匠記』には、この歌の本説かと思われる『遊仙窟』の詩が引用せられている。「遂喚二奴曲琴一、取二相思枕一、留二与十娘一以為二記念一、因詠曰、南国伝二椰子一、東家賦二石榴一、聊将代二左腕一、長夜枕二渠頭一」という詩文で、契沖は引用するのみで他に何も施注していない。拙蔵『頭書図画遊仙窟抄』（元禄三年ノ明治後刷本）に詳細な施注があるので参考のため引用する。「〈遂喚……相思枕〉捜神記曰。宋大夫韓馮。取妻而美。康王奪之。馮怒。王囚之論為城旦。妻密遺馮書。謬其辞曰。其雨滛滛。河大水深。日出当心。蘊賀対曰。其雨滛々。言愁且思也。河大水深。不得往来也。日出当心。死有志也。俄而馮自殺。妻乃陰腐其衣。王与之登台。妻遂自投台下。左右攬之。衣不中手。遺書於帯曰。願以尸骨与馮。而合葬乎。王怒弗聴。使人埋之。冢相望也。王曰。爾夫婦相愛不已。能使冢徙。則吾弗禁。一夕有大梓木。生於二冢之端。旬日其人合抱。屈体以相就。根交於下。又夕鴛鴦雌雄各一。恒栖樹上。晨夕交頸悲鳴。音声感人。宋人哀之号其木曰相思樹。〈留与……伝椰子〉夫蒙云。南国郡人以椰子為枕。出枕部也。広志曰。椰樹高六七尺。無枝樸。実如大瓠也。異物志曰。揶子有如両眼。俗人謂之起《ママ》王頭也。神異経曰。東南荒中椰木焉。高二三十丈。或十余丈。闊丈余。或七八尺。葉如甘瓜葉。二百歳葉盡落而生花。花盡落而生萼。々下生子。三歳而熟。々後不長不減。形如寒瓜。長七八寸径四五寸也。〈東家賦石榴〉夫蒙云。東国人以石榴為枕。出枕部也。〈聊将……枕渠頭〉風俗通云。後漢孝明帝時。尚書郎河東王喬。為葉県令。喬月朔常詣台朝。明帝怪其来数而無車騎。密令大史候望。言其臨至時。常有雙鳧従東南飛。因伏伺見鳧挙羅。但得一雙舄。使尚方識視。乃四年中。所賜尚書官属履也。」〈拙蔵板本ハ後刷ノ故ニ磨滅字アリテ読解難シ。□デ囲ンダ字ハ推定ニヨル〉。この引用文の頭注として、「今文成十娘ガコタヘノハヤキ、ツイ句ノ奇妙ナルヲキ、テ、ヲソレテイママデウレイタル心ヲヤブリ、ワライヲナシテ、ツイニワガトモノ人ヲヨンデ、奴曲琴ノコト、相思ノマクラトヲ、十娘ニカタミノタメニヲクルノ心、是ハ故事也。注ニ捜神記《ソウシンキ》ヲヒク。宋ノ大夫ニ韓憑《カンヒヤウ》ト云人アリシガウツクシキ妻ヲムカヘタレバ、ソノ君康王ト云イタツラモノ、コレヲウバイトル。韓憑、ハラタテ、悪口《アクコウ》シタレバ、康王トラヘテ、城《ジヤウ》旦《タン》ニシテ、ヲシコメタリ。ツマヒソカニ韓憑ニ書《フミ》ヲヤリケリ。ソノコトバニイハク、其雨滛々トツ、キテフレリ。河ノ水ハ、フカクタ、ヘタリ。日出テ、心ニアタルトイル、ヤル。其雨滛々トハ、雨中ノサビシサニ君ヲ思ト也。河水ミチタルトハ、行テ君ニアフコトナラヌト云フ也。日出テコ、ロニアツトハ、死ストモ志ハチガヘマジト也。韓憑モタヘカネテ自害ス。妻モ王ト台《ウテナ》ニノボリテアソブトキ、ウテナノ上ヨリ下ヘヲチテ死タリ。サテ帯ニカキヲキシテユイ付テアリ。ソノコトバニイハク、ネガハクハ、ワガ死骨ヲ韓憑ガツカニ一ツニ合葬《ツキコメ》テタマヘレトアリ。王ハラタテキカズ。別々ニウヅマセタリ。其夫婦ノ冢《ツカ》、相ノゾミナラベリ。此ノ二ノツカヨリ梓ノ木生テ、旬日《トヲカ》バカリニ大木トナリ合抱《ヒト、カヘ》ホドニナツテ中體《ナカホド》ヨリマガリテヒトツニナリタリ。又ヲシドリヒトツガイキタリテ、二ノツカニトヾマリ、カナシミナクコヱ、人ヲアハレガラシメタリ。宋人《サウヒト》カナシンデ、其ノ木ヲ相思樹ト云シト也。記念《カタミ》ハ、ヲモイヲシルストヨム也。因テ詠テ曰、南国ハ椰子ヲツタフトハ、注ニ夫蒙《(ママ)》ガ云、南国ノ人、椰子ヲ枕トス。此ヤシヲト云木ハ、タカサ六七尺ヱダ樸《クイゼ》ナシ。実ハ大ナル瓠ノゴトシ。異物志ニハ椰子両眼アルザゴトシ。俗ニ越《(ママ)》王頭《トウ》ト云。以下略之。上ニ云、奴曲琴ハ、韓憑ガ古事ヲヒケリ。定コノ古事ヲ曲ニツクリテ奴曲ト云ナラシ。コノ椰子ハマクラニスルモノナレバ、椰子ノ枕ヲサシテ相思枕ト云ナラシ。東家ハ注ニ東国ト云心、東国ノ人石榴ヲ枕トス。賦ハ賦貢ノ心ニテ、東国ノ名物ハ石榴ナルホドニ都へ貢物ニソナフル事アリ。コレミナ名物ノ枕ナレバ今君ニヲクルナリ。イサ、カ君ガタマクラニ代《カエ》テ、ナガキヨモ君ガ頭《ツブリ》ニ枕トシタマヘバ本望ナラント云也」という長い説明がつけられてある。これは、磐斎の云う「本説」に該当するのかしないのか、「枕は、恋に関する秘密の個人情報を知っている」という観点からは、おそらく適当しないと思うが、枕と人との間の特別な関係を示す本説としては、少しくは適する点もあろうか。枕にはこの他に、「枕の位置によって恋する人を夢の中に呼び出せる」という俗信もあったようで、それを窺わせる歌としては、「宵々に枕定めむ方もなしいかに寝し夜か夢に見えけむ（古今集五一六番。読人しらず）」がある。以上の如き事は歌学手引書等の例歌を検索すれば容易に知り得る事で、総括して『和歌濵のまさご』より引く。「寄枕恋。千載、つゝめども枕は恋を知ぬらんなみだか、らぬ夜半しなければ。枕は恋をしるといふことあり。古今に、知といへば枕だにせでねし物をちりならぬ名の空にたつらん。此歌などより忍恋の心をいふにも・ひるは人めをつゝめども夜はこぼる、涙に枕やしらんとも・枕より又知人もなき恋をなど読り・又ひとにやつげの枕とも〈つげの枕は告ることにかけて読り〉・みとせの後のにゐ枕〈夫他国に行て三年過てをとづれなくは外に嫁すをゆるす法令也〉・こよひかくかハしそめぬるにゐ枕・枕にちりのつもる〈ひとりねはねがたくてねぬほどにちり積ると云也。不逢恋の心也〉・枕さだめてねるよなければ夢にだにあひみぬ・一夜かりねのさ、枕・まくらの下のうみ〈なみだのつもるをうみにたとへて云〉・枕ながる、うきね〈これも泪にて枕のながる、也〉・人の手枕おきわかれ・夢ばかりなる手枕・なみだにぬる、そでまくら・おきわかれ残る枕・枕にのこるうつりが・其外しきたへのまくら・かりまくら・こも枕・すげの枕などにもよせたり（濵のまさご。よみ方詞よせ　恋下）」。

〔一六〇〕（七七頁）

三　枕だに知らねバ言はじ見しま、に君語るなよ春の夜の夢

管見二十六伝本では、第二句「しらぬは」は、じ（春日博士蔵二十一代集本）」。第四句「君かたり《ル》なよ（鷹司本。り字ヲ朱デミセケチ、片仮名デ　ル字ヲ右傍記）」。他本は異同なし。出典家集では、榊原家本は第四句「君・《に》かたるな」。静嘉堂文庫本（所謂松井本）は第四句「きみかたかなよ」。「かたか」のか字は、「か（可）」と「る」の草体の類似から生じた誤欤と思われ「かたるなよ」が本来形と考えられる。当歌の本歌としては、「わが恋を人しるらめや敷妙の枕のみこそしらばしるらめ（古今五〇四番）」を、契沖『書入本』は指摘し、これを参考歌として、桜楓社テキスト版・久保田氏『全評釈』・新潮社『集成』は指摘する。又、新古今の一一五九番（当歌の前接歌）を本歌として指摘するのは、小学館『全集』・岩波新大系である。当歌の技巧は、「枕・見・夢」は縁語仕立。「春の夜の夢」は儚ないが嬉しかった逢瀬の隠喩象徴表現。次に、当歌は、柳瀬本と近藤盛行本とには、隠岐で除棄されたとする記号がつけられている（朝日新聞社『全書』頭注ニヨル）。又、当歌と前接伊勢歌は、類想歌であるが、和泉式部は当然伊勢歌を熟知して詠んだのである

が、両歌の差異と優劣について「〈伊勢歌〉は極秘にする必要があったと見えるが、〈和泉式部歌〉は、むしろ女性の本能として極秘にしようという点である。この方が男女関係そのものを重んじているといえる。歌とすると、伊勢の歌も歌才のゆたかさが現われているが、式部の歌の余裕を持ちながら、含蓄ある簡潔な詞句で、同じことを美しく現わしている手腕は、はるかに上である。際立った歌才である（窪田氏『完本評釈』）」とされており、久保田氏『全評釈』も「従うべきであろう」とされている。「枕が個人の恋の秘匿情報を知っている」という古い俗信については一一五九番歌の磐斎頭書の頭注に詳述したので、当歌では「春の夜の夢」について述べておく。「春の」「夜の」の、二つの「の」は、それぞれ連体格助詞で「何の何」・「何のごとき何」という意味を持つ。「春ノ夜ノ夢・春ノゴトキ夜ノ夢・春ノ夜ノゴトキ夢」等々組み合わされよう。所でその夢の内容であるが、これは、この語を含む歌により相異が生ずる。旧国歌大観によりこの語を含む歌を検索すれば、十三首求め得る。その中七首は新古今歌である（三八・一一二・七九〇・一一六〇・一一七七・一三八一・一三八二番）。他の六首は後撰七六・一三八八番、千載九六一番、新勅九八一番、続古一三一九番、新千一七二四番である。部立で言えば恋部が五首。哀傷が二首。春部が三首。雑部が三首となる。この十三首を総合的に見れば、儚ない命《いのち》の夢が中心となっている。新古今恋五の伊勢歌に「春の花の夢にありつ〔一本あひつ〕とみえつれば思ひ絶えにし人ぞ待たるる」とあり、家集にも出る。これ等も「春」は、儚なさ、を表わすことが「主」で、季は「従」と思われる。岩波新大系は「春夜のつかの間の逢瀬に酔い痴れたよろこびをさながら夢と観じたもの」と脚注してある。ところで京極派では「春の夜の夢」は歌われておらず、代りに「春の夢」が使われている（玉葉雑二三八四番・風雅雑一九七三番詞書中・風雅釈教一〇五六番）。牡丹花肖柏は、和歌集にも連歌集にも『春夢草』という書名をつけているが、連歌では「みすもあらぬをうきになさはや／春の夜の夢の間もなきしの丶めに。みすもあらぬとは、ほのかにみたる心也。春の夜の夢のはかなきことく、ほのかにあひたる人なれは、中〳〵うき面影になして忘はやと也。みても又あふ夜まれなる夢の内にやかてまきる丶わか身ともかな。春の夜の夢はかりなる手枕に也（春夢草　恋。桂宮本叢書「連歌二」八五〜八六頁）」とある。和歌では「寄枕恋」題で「敷妙の枕につもるちりひちの山はふしのねうきおもひかな／夢かとよ枕うこかす面影にうちおとろけはあり明のそら（恋歌下。続類従十七輯下九一九頁）」とある。肖柏の『寄枕恋』の二首は「枕は恋の個人情報を知る」という古俗信との関連は見出せないが、「枕だにしのべしらじ夜なよなの涙もらすなかたしきの袖（耕雲千首、寄枕恋）」や「枕だに人の聞《き》かくに語るなよそれをぞ今は思ふこととも。家長（道助法親王家五十首。寄枕恋）」等は、当歌と同巣歌である。

久保田氏『全評釈』によれば、当歌は「……いはじ」で切れ、「……語るなよ」でも切れるとされる。鴻巣氏『遠鏡』では「……いはじ。……語るなよ、春の夜の夢。」と句読点が歌句に打たれてあり、久保田氏見解とは異なる。歌の姿から言えば、鴻巣氏説がいいように思う。歌意参考、「此度ノ嬉シイ契ハ枕デスラモ知ラナイカラシテ、人ニ洩ス気遣ヒハナイ。二人サヘ気ヲツケレバ人ニ知ラレル乛《(コト)》ハナイカラ、斯ウシテ逢ツタ夢ノヤウナ嬉シイ契ヲアリノマヽニ、アナタハ決シテ人ニ話シテハイケマセンヨ。三四の句五の句につゞけて見るべし。春の夜の夢といへるは、夢の如き嬉しさ逢瀬を喩たるなり（鴻巣氏『遠鏡』）」。

四　枕も知ると言へバ……逢ふ事に譬へたり

磐斎の当歌解釈である。文意、「古い俗信によれば男女間の恋の秘匿個人情報は枕だけは知っているというとの事であるが、昨夜の貴男《あなた》との共寝《ともね》の時はお互いの手枕で、実物の枕をした訳ではない故、実物の枕は知らない。だから枕はお互の秘匿情報を知って他に言い触らす事はないでしょう。左様《さよう》であるから、二人の外に知る者はいない筈だから、どうか貴男《あなた》も他人に〈式部ヲ我物ニシタトイウ〉自慢話はしないで下さいよ、と詠んでいるのだ。末句の春の夜の夢とは、男女相逢の事を喩えたものである」。岩波新大系脚注は、「春の夜の夢」を「春夜のつかの間の逢瀬云々」と、春季に少し拘泥しているが「春の夜」の「の」は「……のごとき」の意とみるがよく、あくまでも喩えた表現で、季にかかわらぬ方がよいと思う。磐斎解も、おそらくはそうではなかろうか。参考、「春の夜ハみじかし。夢のごとし。夢をも人ニかたるなと也。一夜のちぎりを夢ニして也（かな傍注本）」・「枕にも、しらせねば、枕のもらしはんやうなし。若《(もし)》、ひとにいはんは、きみならでなし、君かたるな、と也。春の夜の夢とは、此人に逢し事をいふ也（八代集抄。学習院大学本新古今注釈モ八代集抄ト同文ナレド、君字ノ上ニ必字ガアリ、必ず君かたるな、トスル)」」。

〔二六二〕(七七頁)

二　馬内侍

新古今八〇六番歌頭注二で既述。参考追加、「馬内侍は生没年未詳。天暦初年(九四五〜九五〇頃)の出生か。中古三十六歌仙の一。紫式部・清少納言・和泉式部・赤染衛門らと比肩する才女とされた。右馬頭源時明の女。はじめ斎院選子内親王に仕え、その後中宮定子に仕えて掌侍となり、馬内侍・中宮内侍と呼ばれ、晩年出家して宇治院に住んだ。馬内侍集は、九七〇年頃ごろ以降その晩年、おそらくは十一世紀初頭のころまでの歌稿を、ほぼ年代順に集められた自撰家集であろう。この家集によれば、藤原朝光・伊尹・道隆《みちたか》・実方・道兼・高階《たかしな》明順らの権門や公達との間に恋愛遍歴を重ねたらしい。〈後略〉(私家集大成、馬内侍、今井源衛氏解説)」。

三　忘れても人に語るなうたゝ寝の夢見て後もながゝらぬ夜を

管見新古今伝本校異。第四句が烏丸光栄所伝本では「ゆめ見てのちハ」とあり、同書写本では「夢みて後も」である。又、第五句は頗る異同が多い。即ち、「ながからじよを」とあるのが為相筆本・為氏筆本・烏丸光栄所伝本・同書写本・冷泉家文永本・小宮本・宗鑑筆本・鷹司本・親元筆本・前田家本・柳瀬本・高野山伝来本の十二本。「ながからし《りイ》夜を〈らニ、りイ、ノ校合〉」が、御室本〈岩波旧大系校異ニヨル〉・寛政十一年板本。「なかかりし夜を」が、亀山院本・公夏筆本・東大国文学研究室本で、柳瀬本を翻刻した岡書院版隠岐本新古今和歌集の頭注に「五句流布本にながかりし夜をとあるはわるい」と注意がある。次に「なかゝらぬ《りしイ》よを」〈らぬニ、りしイ、ノ校合〉が、刊年不明板本・承応三年板本・正徳三年板本・刊年不明牡丹花在判板本。「なかゝらぬ《レイ》よを」〈ぬニ、しイ、ノ校合〉が正保四年板本・明暦元年板本。「なかゝらぬ世を」が延宝二年板本・文化二年補刻本。「なかゝらぬよを」が寛政六年板本。「ながらえじよを」が春日博士蔵二十一代集本。結局第五句は「ながからじよを・ながかりしよを・ながからぬよを・ながらえじよを」の四通りの伝本があった事になろう。家集の『馬内侍』でも当歌を採入した伝本と、無採入の伝本とがあって、採入されている「三手文庫蔵、辰・二六五/二六九架番」によれば、「人に物いひはしめて/わすれても人にかたるなうたゝねのゆめみて後もなかゝらぬよを」とあるのである(契沖本・似閑本・写字台文庫本・本居文庫本・続類従本ニハ当歌有採入。御所本・類従本ハ無採入)。出典は、当歌の有採入家集『馬内侍集』(自撰本)であろう。他出は、管見範囲では見出していない。参考歌としては同時代の『赤染衛門集』の「あるやん事なき人の、しのひてものゝ、たまひて、ほとへてをとつれたまへりける返事にかはりて/人にたにかたらさらなんうたゝねの夢はかりにてたえぬとならは(榊原家本)」を挙げ得る。良妻賢母と評され「ことにやんごとなきほどならねど、まことにゆゑゆゑしく、歌詠みとて、よろづのことにつけて詠み散らさねど、聞えたる限りは、はかなきをりふしのことも、それこそ恥づかしき口つきにはべれ。やゝもせば腰離れぬばかりに折れかゝりたる歌を詠みいで、えもいはぬよしばみごとしても、我れがしこに思ひたる人、にくくもいとほしくも覚えはべるわざなり(紫式部日記)」と紫式部からもその歌風を高く評価されている赤染衛門〈紫式部日記デハ匡衡衛門トイウ名〉と、恋愛遍歴の多彩だった馬内侍。どちらが影響を受けた歌であるか、興味深い謎である。技巧は、うたゝ寝・夢・夜の縁語仕立、「世〈男女の仲〉」と「夜」との掛詞などが認められる。初句「忘れても」は、第二句の「語るな」の禁止と呼応する表現で、「万一、他人には秘匿すべき事であることをうっかり忘れても」或いは「万一私の事は忘れても」「私と逢った事だけは他人に語って下さいますな」の意。末句「ながゝらぬよを」は異句により意も異なってくるが、磐斎引用の「なかゝらぬよを」に従って意を汲めば「長続きしない男女の仲を」・「明方までは長くない夜を」の如くなるであろう。歌意参考、「忘れてもけっして人にお語りなさいますな。うたた寝の夢を見るようなあなたとのはかない一夜を過ごしてのちも、長くはあるまいと思われる命なのだから(小学館『全集』末句長からじ世を)」・「忘れても口外して下さいますな。うたた寝に見た夢のようなはかない逢瀬でしたが、この後とていつまでも続く仲ではないでしょうに(岩波新大系、末句ながからじよを)」・「短い逢瀬でしたが、その後も物思で夜が長くて寝られませんでした。あなたはこのことを決して決して他人に漏らして下さるな(尾上氏『評釈』末句ながかりし夜を)」・「決して決して他の人に二人の恋をお話にならないで。今こうしてうたたねの夢を見ていても、夜は長くはなく、いつかは覚めるでしょうから。そして二人の仲はそう永続きしないでしょうから(新潮社集成、末句ながからじよを)」・「決して人に話して下さるな。うたたねの夢のような短い契りをしたこの後も、どうせ長くは生きていられそうもない世だと思われますのに〈生きている間につらい評判をたてられたくはありませんから〉/二人の恋を人に語るなと相手に言ったのである。五句流布本に、長かりし・長からぬ、とあるが、ここは、逢うまでは死ぬ程に恋しかったが、逢って後も、恋しさに、長く生きられそうな世とも思われないとの意である（石田氏『全註解』）」。

四　仮寝の夢を、逢ふ事の儚きに譬へたり『能因歌枕（広本）』に「もの忘をば、うたかたといふ、うたゝねといふ／忘ぬもの〈忘レテシマツタモノ〉を、うたゝね、うたゝねの友、うたかたといふ」とあり、『和歌初学抄』と『和歌色葉』に「うたゝね。アダニネタル也」とあり、「色葉和難集」には、後撰集の「うたゝねの夢ばかりなる逢ふ事を秋の夜すがら歎きつる哉」について「うたゝねとはうるはしくもねで、たゞかりそめに寄り臥したるを言ふなるべし」と注す。『日葡辞書』には「ウタタネ（仮寝）、仮染に寝る、不適当な所、ほんとうの寝所でない所で寝ること」とある。結局の所、寝る意思もなく、寝所《しんじょ》でもない場所で、微睡する〈マドロム〉事をいうので、結局は儚なくて夢の如き事象を指して「うたた寝の夢」というのである。文意「仮寝の夢をば、男女の相逢う事の儚い事にたとえて表現しているのだ」。

五　後も長ゝらぬとハ……語るなとなり文意、「下句の、ながゝらぬ夜、とは、お互いの契りは、儚い契りに過ぎないものだから、相逢った後でも、長く続かぬ男女の仲、即ち世なのであるから、決して、相逢の夜の事を、他に洩らし語るな、という意味をこめて、述べた歌句である」。参考、「夢見て後も長かりし夜《らぬよイ》をとは〈大坪云、季吟ハ、末句なかゝりし夜をノ歌句ヲ採用〉、一たび逢みてのちも、猶逢みるべければ人に語るなと也。仮ねの夢のゝちも、猶夜長ければ、夢みるべき事を逢事によせてよめる也。イなかゝらぬよをば、世にや、うたゝねの夢のごとく、はかなき逢瀬なれば、末とげても長かるまじき中を、人に語るなと也（八代集抄）。学習院大学本新古今注釈モ同文ナレド、傍線部仮ね初ト翻字ス）」。『かな傍注本』は、施注はなく、歌句本文は、末句「ながゝりしよを」と書き、それをミセケチにし、「ながゝからぬ世を」を傍書している。どちらの歌句で施注すべきかに迷い、施注を断念したようである。

〔一六三〕（七八頁）

三　つらかりし多くの年ハ忘られて一夜の夢を哀れとぞみし

管見二十六伝本校異、初句は「つらからし（慶祐筆本〈岩波旧大系校異ニヨル〉）」。末句「哀れとぞみる（慶祐筆本〈岩波旧大系校異ニヨル〉）・公夏筆本）・哀れとぞおもふ（鷹司本）・哀れとぞ見し《おもふ》（東大国文学研究室本〈おもふノ上ニ見しト重ネ書キ〈久保田氏『全評釈』校異ニヨル。桜楓社テキスト版デハコノ事ヲ不記〉〉」。出典の家集『範永朝臣集』では「つらかりしおほくのとしはわすられてひとよのゆめをあはれとそみし」で磐斎引用と同歌句である。他出は、『竹亭和歌読方条目』の「一、過去のし、二つある歌」の例歌として「つらかりしおほくの年はわすられてひとよの夢をあはれとそみし」が示されてある。従って打消推量の助動詞の「じ」と考えるべきでない。次に当歌の技巧としては磐斎施注の「比べ物を取りて云」の如く、「つらかりし〈過去ノコト〉——哀れ〈現在ノコト〉」といふ現在と過去の心情の対比、並びに「多くの年〈多回ノ苦シミ〉——一夜の夢〈一回ノ楽シミ〉」といふ苦楽の多少の対比、とを、上下句に配した巧みな詠技を挙げ得る。又、当歌の参考歌としては、契沖『書入本』指摘の「年頃つれなかりける女にからうじてあひそめける。其の夜程なく明けぬれば詠める／読人しらず／つらかりし君が心は忘られて明けぬる空の恨めしきかな（新後拾遺集、恋三、一一四六番）」があり、又別に、「後朝の心をよめる／源行宗朝臣／つらかりし心ならひにあひみても猶夢かとぞ疑はれける（金葉集恋上、四〇四番）」とこの重出の「寄夢恋をよめる／源行宗朝臣／つらかりし心ならひに逢見てもなほ夢かとぞ疑はれける（金葉集恋下、五四九番）」があり、四〇四番の方は『二八要抄』（恋三）にも、作者表示を「従二位行家」として採録されてある。範永歌の歌意参考、「今迄アナタハ永イ間私ニ難面ク当ツテ、一向逢ツテハ呉レナカツタノデ、ヒドイ人ダト恨ンデ居タガ、今度只一夜逢フ事ガ出来タラ、今迄ノ永イ間私ニツラク当ツタ事ナドハ皆忘レテ終ツテ、只一夜ノ契モ誠ニ嬉シク思ヒマシタヨ（遠鏡）」。

四　多年の恨ミも……由を云ひ立てたり。歌意説明である。「多年の恨ミ」とは、今まで多くの年月の間、恋人が自分に対して、つれなく扱ってきた事への不満を云う。「一夜の嬉しさ」とは、ただ一夜の逢瀬ではあったが、夢を見ているような嬉しさであった事を云う。文意「長年、つれなくされてきた不満も、ただ一夜の逢瀬の喜びに、かき消され、不満を忘れるどころかその上に、相手に対する感動の念まで追加された事を述べて、逢瀬のうれしい気持を特に強く表現した歌である」。参考、「一夜の夢とは、まれ（稀）のあふせ（逢瀬）に年比の難面さのうさ（憂）をもわすれて、なつかしくあはれなると也（八代集抄）」。

五　比べ物を取りて……文の一躰なり。

「比べ物」の実情は、頭注三で説明した通り。「物の分際」とは、物事の、それぞれに応じた程度や限界の事で、ここの文脈では、恋人との恋の親密の度合、交際期間中の愛憎心情の深浅増減、等を対象としている。「文の一躰」とは、歌や文の一様式・歌や文の一定の形式のこと。文意、「歌として表現する時の一つの方法として、比較する物を取り上げて述べなかったら、物事の程度や限界が明瞭でなくなるから、この歌のように、つらかりし多くの年に対して、一夜の夢の哀れ、忘られに対して見し、と比べる物を明瞭に対比させながら述べてゆくのも、歌の作り方の一つの様式なのである」。

〔一六三〕（七九頁）

二　高倉院御歌

管見新古今二十六伝本すべて「高倉院御歌」の作者名表記。新古今では後鳥羽院が「太上天皇」とあって「御歌」をつけない。他は「持統天皇御歌」・「崇徳院御歌」・「延喜御歌」・「天暦御歌」・「白河院御歌」・「圓融院御歌」・「三条院御歌」・「堀河院御歌」・「仁徳天皇御歌」・「天智天皇御歌」・「後三条院御歌」・「元明天皇御歌」・「聖武天皇御歌」・「近衛院御歌」・「亭子院御歌」・「鳥羽院御歌」・「朱雀院御歌」・「後朱雀院御歌」・「花山院御歌」・「光孝天皇御歌」・「花山院御歌」・「三条院御歌」・「冷泉院御歌」・「後白河院御歌」・「後冷泉院御歌」とあって「御歌」が尊号の下に付けられている。なお「太上天皇〈後鳥羽院〉」歌は、単に「御製」とも称せられた事もあるらしく、小宮本の「新古今被直事」に、「秋下　御製　／さびしさはみ山の秋のあさぐもり　／可被切入」とある。「御歌」と「御製」の区別は、如上の作者表記法から言えば、新古今では、後鳥羽院歌は「御製」で、他の天皇は「御歌」であったのであろうか。古今集では、作者名欄というか、作者表記の位置を設けずに、例えば光孝天皇ならば「仁和のみかどみこにおはしましける時、人に若菜たまひける御歌」・「仁和の御時、僧正遍昭に七十の賀給ひける時の御歌」の如く詞書の中に含めて了って作者名は位署されず、詞書文言中に「御歌」とする。後撰では、「御かへし／　延喜〈醍醐天皇ノコト〉御製」・「亭子院の御前の花いと面白く朝露のおけるをめして見せさせたまひて／法皇御製　寛平」の如く作者名表記もあり「御製」となっている。勅撰集の書式により、「御歌」・「御製」と表現は変るが、内容は天皇の御作歌という事で変りはない。この事は『八雲御抄』（作法部）の「一、御製書様」には、「古今光孝已上書レ名。※一後撰には延喜御製、あめのみかとの御製なとかけり。当帝をは御製、また今上御製とも。拾遺以後皆延喜御製、天暦御製なと也。後拾遺にハ只御製〈白川御哥〉、新古今にハ御哥とあり。是上皇令レ書給御詞なれはなるへし」とあり、又「一、院号」には、「後撰、法皇御製※二・陽成院御製と書。拾遺、圓融院御製と書。其後皆其院と書。新古今にハ御哥とあり。又、上東門院・陽明院門とかく。小一条院も後拾遺・詞花、共に不レ書二御製字一、不レ経に登極、唯院号故也〈大坪注、拙蔵板本ニヨル、但訓点ヲ私ニ付ス。※印ハ久曽神昇氏ノ校本八雲御抄とその研究ニハ、名字ヲ右字ニ作リ、其院ヲ其院御製トスル〉」と施注せられてある。次に「高倉院御歌」の「御歌」は、「みうた（朝日古典全書・講談社新註）」と「おほんうた（小学館全集・新潮社集成）」と訓み方が異なる。漢字「御」のよみかたは、古典学習者にとってなやみの種のひとつで、「ミ・オン・オ・ゴ・ギョ」の読み分けのルールの有無に質問が多いらしい。大野晋『古典文法質問箱』（角川文庫。日本語の文法〈古典編〉ノ、質問部分ノ単行本）に要領よくまとめてある。それによれば「ミは天皇・神仏に関するものに使う（御子《みこ》〈天皇の子供〉・御言《みこと》、御詔《みことのり》〈天皇の言葉〉・御名《みな》〈天皇の名前〉）」・「オホンの成立（オホムからオホンになり・オホンからオオンになってオンとつまる）」・「ゴは漢語に付く接頭語。ミ・オホン・オン・オは大和言葉系統の接頭語であるのに対し、ゴは呉音系統で古い字音の系統（御殿《ごてん》〈天皇の宮殿〉・御悩《ごのう》〈天皇の病気〉）」・「ギョはほとんど天皇関係に使われる（御感《ぎょかん》〈天皇のよろこび〉・御製《ぎょせい》〈天皇の作った歌〉）」の如き説明がなされている。なお「御《ご》製」とも訓まれた事があるらしく、前引拙蔵八雲御抄には朱の振仮名で「御《コ》製」ともある。「御歌」の訓法も〈み・おほん〉の両方を認めてよいと思う。

「高倉院」は、「第八十代天皇。名は憲仁《のりひと》。永暦二年九月三日～治承五年正月十四日〈西暦一一六一～一一八一年〉、二十一歳崩御。後白河天皇の皇子〈二・三・四・五子説あり〉で、母は平時信女建春院滋子。中宮が建礼門院徳子。在位十二年。新古今四首続後拾遺一首の計五種が勅撰入集歌。漢詩に長じ、治承二年の内裏と中殿作文《もん》のことが古今著聞集に見える。『高倉院御記』は散佚したが、源通親の院昇遐記・厳島御幸記に記録が残る。賢明仁孝、母后の没に寝膳を廃し、才藻英発、慍不形色、楓樹暖酒の笛を藤原実国に学び、仕丁を許し、新調朝服盗難に嘆泣する貧官女に中宮御衣を賜うた慈愛佳話は有名である〈以上、和歌大辞典、拙稿解説〉。参考、「高倉院。諱憲仁。後白川帝御子（勅撰作者部類）」・「高倉院。天皇諱憲仁。後白河院第三（ママ）皇子。母建春門院〈衡滋子〉、贈左大臣時信女也。応保元年〈大坪注、永暦二年九月四日応保ト改元〉九月三日降誕、永萬元年十二月廿五日親王宣旨。仁安元年十月十日為東宮、三年二月十九日受六條院、三月廿日即位於大極殿、承安元年正月三日元服。治承四年二月廿一日譲位於第一皇子〈安徳天皇〉、廿七日太上天皇尊号。在位十二年。然而万機、皆決父上皇洞中。且平相国蔑如於朝廷、天皇唯垂拱而已。故天皇僭幕延久天皇〈大坪注、後三条天皇ノコト〉、奪藤氏累世之権、以自聴政。然而不得遂焉。天皇好文、惜哉奎章〈大坪注、天子ノ文章、ココハ高倉院御記ヲ指スノデアロウ〉不伝。適御製詩一種、載在于古今著聞集。治承五年〈大坪注、治承五年七月十四日、養和ト改元〉正月十四日崩于六波羅池殿。宝算二十一。奉葬清閑寺。〈後略〉（二十一代集才子伝）」・「治承二年五月晦日、内裏にて密々に御作文ありけり。題云、詩境多修竹。左兵衛督成範卿已下まいられたりけり。御製落句に、豈忘一字勝金徳。可愍白頭把巻師。かくつくらせ給たるをうけたまはりて、宮内卿永範卿・左大辨俊経卿、ともに御侍読にて候けるが、感涙をのごひて、両人東台の南階をおりて二拝、左大辨舞踏しけり。まことにゆゝしき面目にこそ（古今著聞集。文学第五、高倉院御秀句の事）」・「高倉院の風月の御才はむかしにもはぢぬ御事とぞ世の人申ける。さればこのみ御沙汰もありけり。治承二年六月十七日、延久のふるきあとを尋て〈大坪注、後三条帝ノ、延久三年十二月六日、於中殿有詩宴、題脩竹雪中鮮、ヲ指ス〉、中殿にて御作文ありけり〈中略〉。其後太政大臣〈藤原師長ヲサス〉御製を給はりて文台のうへにひらかれければ、式部大輔ぞ講じたてまつりける。禁庭月下勝遊成、有管有絃有頌声、宴席愁〈大坪注、気ガスマナイガットメテ〉追延久跡、詞花猶異昔風情。〈下略〉（同上書。高倉院中殿に於て御作文の事）」・「定家卿誕生の歳、応保二年壬午。会ひ奉る帝は八代なり。此の内、六条院、高倉院、両御代は少年なるべし〈下略〉（東野州聞書）」・「又内々御会作名尋常事也。高倉御時、右衛門佐経仲、院御時左馬頭親定、建暦比左少将親通ナド也〈大坪注、歌会ニ於テ、和歌懐紙ノ端作《はしづく》リ、ツマリ題目・和歌・位署ナドヲ書クニ当ツテ天皇ヤ上皇ガ実名ヲ隠シテ、近臣ノ名ヲ作者名トシテ代用シタ。特ニ、内々ノ親シイ者同士ノ時ニハ、コレガヨク行ワレ、高倉帝ハ、高階泰時ノ息〔本名高階業仲〕を、右衛門佐経仲ト名乗ラセテ、自分ノ代名トセラレタ。次ノ親定ハ後鳥羽院ノ代名ナル事ハ周知デアロウ〉（八雲御抄作法部）」・「左、藤原基俊。み吉野の山井のつらゝ結べばや花の下紐遅く解くらむ、藤原基俊。／右、高倉天皇御製。白露の玉もて結へるませのうちに光さへ添ふ常夏の花。（続秀才三十六人撰、十二番）」。

三　今朝よりハいとゞ思ひを焼き増して歎木伐り積む逢坂の山

管見新古今二十六伝本では、第三句が「たてまして（為氏筆本）・たきそめて（鷹司本。そめヲ朱デミセケチ、ましヲ傍書ス）」となっている。他伝本は異同なし。他出は先行書の『月詣和歌集』（第六、恋下）にも採られ、歌形も新古今に同じである。『歌枕名寄』（第廿二、東山部近江国会坂篇）にも歌句同形で採録されている。他に『清水宗川聞書』（第二五七条）にもおそらく第三句の「焼添て」の訓みの聞書であろうと思われるが、「いと、おもひをたきましてなけきこりつむ、トよむなり〈たきましノ右ニ焼添ト傍書スル〉（西日本国語文学会翻刻双書）」とあり、当歌の他出と認定しておく。

さて、第四句の「なげきこりつむ」は、新古今六九七番西行歌の「昔思ふ庭にうき木を積みおきて見し世にも似ぬ年の暮かな」の第二・三句に似た発想技巧で、お互影響しあっているかと思われる。既に『後撰集』の一〇四二・一〇四三番の贈答歌に「我が為にかつはつらしと深山木のこりともこりぬかゝる恋せむ」「逢ふ期なき身とは知る〳〵恋すとて歎きこりつむ人はよきかは」という技巧があり、『相模集』（走湯百首、中冬）にも「あさけしていてするいもをまつほとはなけきこりつむをの、すみやき（浅野家本ニヨル。走湯百首ハ、ソノ二二一番カラ始マル　当歌ハ二七四番）」とある。「なげき」は「歎き・歎木・投木〈炭窯《すみがま》ナドヘ投ゲ入レテ薪トスル木〉」の掛詞、「こり」は「懲り・樵り」の掛詞、「つむ」は「積む・摘む・集《つ》む」の掛詞、「ひ」は「思ひノ語尾・火」の掛詞、「あふ」は「逢坂〈地名〉・逢ふ」の掛詞、と掛詞技巧が目立ち、「木・樵《こ》る・火・焼《た》く・山」が縁語としても目立つ。縁語掛詞の多い技巧歌で、才気煥発の御性格がよく出た歌ではあるが、「平安最末期のこちたき技巧過多の詠風に、この青年天皇も染まって（久保田氏『全評釈』）」とか「後朝の歌として技巧過剰の感（窪田氏『完本評釈』）」とか「懸詞と縁語を重ねて作られたのであるが、意はよく徹して居る。最後の名詞で調が強いが、品は高くない（尾上氏『評釈』）」と批評せられ、総体的な評価は左程高くはなく、隠岐において除棄せられている。因みに後鳥羽院の父君は高倉天皇で、その第四皇子としてお生れになっている。

なお、「なげき」に就き、林達也氏によれば、「後撰集では名詞としての〈嘆き〉は、十六例あるが、そのすべてが〈木〉ないし〈投げ木―薪木―〉との掛詞であるという特徴を見ることができる」由であり、又、「古今集でも、〈嘆き〉つまり〈投げ木〉に〈思ひ〉の〈火〉を灯すという貫之歌〔恋二、六〇六番〕があり、また誹諧歌中に〈嘆きの森〉〈嘆き樵る〉という表現も見られる〔一〇五五・一〇五六・一〇五七番〕」という、当歌に有益な解説がなされている（歌ことば歌枕大辞典。角川書店）。歌意参考、「恋シイト思ヒナガラ逢ヘナカツタ内ハ夫程デモナカツタガ、昨夜初メテ逢ツテ見タ所ガ、今朝カラハ一層胸ノ中ニ燃エル火ガ盛ニナツテ、逢ヒガ増ツテ、逢ヒタイ〳〵ト歎イテ居ル。二の句おもひは火にかけたり。焚く、なげきこりつむ皆縁なり。歎きは木にかけたり。逢阪の山は逢ひ見たる意なり（遠鏡）」。

四　今朝とハ……物思ふと也

文意、「初句の今朝とは、恋人に逢った夜が、明けた、所謂後朝の事である。衣々《きぬぎぬ》を重ねて共寝《ともね》した朝は、共寝をしなかった時よりも、ますます恋の物思ひが増してくると詠じているのだ」。

五　思ひを焚くとは……にしたる作也

文意、「第三句の思ひを焚くとは、思ひの語尾のひを火と掛け詞にして、今朝こりは忌ひの火を焼《た》くと言い、歎きの語尾のきを木と掛け詞にした技巧の作り方である」。

六　逢坂の山とは……逢ふと続けたり

文意、「末句の逢坂の山とは、山に於ては木を伐《こ》るが故に、第四句のなげきこりつむとの縁で逢坂の山と続けたものであるし、又、逢坂の逢うを、恋人に逢うと、掛詞にして続けた技巧でもあるのだ」。逢坂山に特に炭焼のカマドがあって山の木を樵り積み、それをその窯《かまど》に投げ入れて炭を焼くという木樵り仕事で著名であったというがごとき文学上の作品は私は知らないが、京の周辺の山々では、山仕事の生活者には、普段尋常の事として行われていたであろう事は想像するに難くはなかろう。貴族階級から見れば目をひく光景でもあったろう。

参考、「後朝の歌なるべし。思ひを火にそへて歎きをこりつむと也。逢坂の山とは逢見し事をなぞらへてよませ給ふなるべし。あはぬ已前《イゼン》もおもひ、あふてのちも、いとゞ自由に逢まじきなげきなどせさせ給ふ心なるにや（八代集抄。学習院大学本注釈ハ後半部ノミ引用）」・「思の火を焼ますとうけたり。なげき多し。あふを逢坂ニして、木のえんニ山と云也。後朝のうた也（かな傍注本）」。

七　火を焚けば……多き由也

文意、「火を焚く時は常時木を伐《こ》り切って窯の側に積んでおかねばならぬ訳である。そうしておかねば焚き続ける事はできない。思火（思ひ）という火が胸にあれば、その火を焚くための歎木（歎き）という木が、胸に積み重なって多いという訳なのである。そうでないと火を焚き続けるということができない」。「増抄云」での説明不足を補った頭書である。

〔二六四〕（七九頁）

一　初会恋の心を

管見新古今二十六伝本での校異。為氏筆本は「初会恋こゝろを〈の字無シ〉」。前田家本はこの題詞の頭に朱筆で「堀川院百首」と出典を示す。他本は、「心」を仮名書にするか、「会」を「逢」字にするかに分れるが、題詞に相異はない。「逢」字にしているのは、宗鑑筆本・東大国文学研究室本・烏丸光栄所伝本・亀山院本・高野山伝来本の五本。他の二十一本（為相筆本・為氏筆本・小宮本・鷹司本・冷泉家文永本・烏丸光栄書写本・柳瀬本・公夏筆本・春日博士蔵二十一代集本・親元筆本・前田家本・江戸期刊本十本〈正保四年板・明暦元年板モ・承応三年板本・延宝二年板・文化元年補刻本モ・正徳三年板本・寛政六年板・寛政十一年板・刊年不明牡丹花在判本・板元刊年不明板本〉）はすべて「会」字である。『堀川院百首（恋部）』では「初遇(ママ)恋」題の十六首中の一首。「遇」字が使われている（校本堀河院御時百首和歌とその研究、本文研究篇ニヨル）。『散木奇謌集』（第七。恋部上）でも「初遇(ママ)恋」題で、遇字である（阿波本散木奇歌集本文校異篇ニヨル）。「初会恋」とは、『初学和歌式』・『和歌麓之塵』・『和歌布留能山扶美』などの手引書に説明はないが、『今古和歌宇比麻奈備』には、「初逢恋。はじめてあふ／はじめて逢ふ夜はことにつゝましくて打とけかぬるよしなどをよむ」とあって「打解かぬる由」を読みこむとされており、俊頼歌の解釈では「かた結び」と関連させての解釈が問題点となろう。「会・逢・遇」字の相異は、題詞の意味上は差異はなかろう。白川静『字訓』によれば、「会合の字には迨がその正字、会を用いるのは仮借／逢は説文に、遇ふなり／遇は、説文に逢ふなり」とあり、逢・遇の二字は互訓の旨の説明もある。同氏『字通』には、「会は、蒸しもの用で器蓋を合するので、あう意となる」・「逢は、神異のものに遭遇すること」をいう」・「遇は、神異のものに遭遇する意、遇・逢いずれも、偶然の意を含む」とあり、さらに『字訓』には、古事記には「合・遇・逢」、日本書紀には「期・会」の字が用いられ、各字に用義上の区別がある、とも注意され、類聚名義抄に「値・遇・逢・覯・期・譌・闘・翕・饗・合・會、アフ」など約七十五字にその訓があるとの解説もなされている。厳密に言えばその通りであろうが、私は前述の如く、ここの題詞上では、意味上は区別される事もなく書写された結果だろうと考えている。

二　俊成朝臣

『増抄』の誤記である。「成」は「頼」が正しい。管見二十六伝本では、有姓の「源俊頼朝臣」とある伝本は、宗鑑筆本・東大国文学研究室本・冷泉家文永本・伝亀山院青蓮院道円親王筆本・為氏筆本・春日博士蔵二十一代集本の六本。無姓の「俊頼朝臣」が他の二十本。この無姓本の中、寛政十一年板本は「としより朝臣」と仮名書である。俊頼については、磐斎は四三番歌に施注。又、八二五番歌頭注一と一〇八五番歌頭注二で既述した。

三　芦の屋の賤機帯のかた結び心易くもうち解くるかな

管見二十六伝本では、鷹司本が、初句を「あしひきの」とし、「ひき」を朱でミセケチの上、「のやの」と傍書。為氏筆本が、末句を「うらとくるかな」と書き「ら」の上に「ち」を重ね書き。他伝本に歌句の異同はない。当歌は『堀川院百首』の「恋部」、「初遇恋」題十六首の第八首目に歌句同形で見える（青谿書屋本）。又、『散木奇謌集』（第七、恋部上）に「初遇恋」題で、歌句同形で見える（阿波国文庫本）。他出は、『長明無名抄』（故実の躰）に、「一には、秀句ならねど、只詞づかひおもしろくつゞけつれは又見所あり」の例歌三首の第二首目に歌句同形で取り上げられている。更に『新中古歌仙㊀』（十四番）に、「左、後徳大寺左大臣。さめて後夢也けりとおもふにもあふは名残のをしくやはあらぬ／右、源俊頼朝臣。あしの屋のしづはた帯のかたむすび心やすくもうちとくる哉」として見える。又『二四代集・二四代和歌集・八代知顕抄』に、「堀川院に百首歌奉りける時初逢恋。俊頼朝臣」の、題詞・作者で、歌句も同形で採択され、『二八要抄』（恋三）でも、「始めてあふこひの心を／俊頼朝臣」で歌句同形で採録されている。当歌の参考歌としては、『万葉集』の「去家之　倭文旗帯乎　結垂　孰云人毛　君者不益〈イニシヘノ　サオリノオビヲ　ムスビタレ　タレトイヒトモ　キミニハマサジ。二六二八番、寄物陳思〉」を、契沖『書入本・堀川院百首聞書・桜楓社テキスト版・新潮社集成・講談社『全評釈』が指摘している。この万葉歌は「古風な倭文織《しづはたおり》の帯を結び垂れるといふ、その〈誰〉といふ人も、君には及びません（澤瀉博士万葉集注釈）」という意で、古今六帖（第五、帯）や、夫木抄（卅三、帯）にも、第四句「誰といふとも」の形で採られ、万葉集でも「一書歌云」に、第二句「狭織之帯乎《サオリノオビヲ》」、第四句「誰之能人毛《タレシノヒトモ》」として並記せられてある。又、岩波新大系は、別に、参考歌として「諸共にいつか解くべきあふ事のかた結びなる夜半の下紐（後拾遺六九五番相模歌・時代不同歌合）」を指摘する。「あふことのかたきといひかけて、我思ふ人もいつもろともにうちとけん。いでやあふ事はかたき中なる物を、と心中に歎く心なり（八代集抄）」の意。この相模歌の解釈の鍵は「かた結び」にあると思われる。「逢う事が難い→難《かた》結び」と上句を下句を言い出すための掛詞を使っての有意の序としながら、下句では「恋人とすぐ打解けられるように、解け易い片結びに下紐を結んでおく」という技巧で「難《かた》結び〈堅《かた》結〉・片《かた》結び〈不完全な結び方・解け易い結び方〉」の両意を持たせてある点である。岩波新大系では、そこまでの説明がないので注意を要する。「逢ふ事はかた結びなる吾妹子が纈《ゆはた》の紐よいつか解くべき（続後拾遺七六六番・基俊集）」・「逢ふ事はかた結びなる白糸の解けぬ恨に年ぞ経にける（同上七六五番・後鳥羽院御集）」等も両意がこめられたものであろう。

当歌の技巧は、掛詞としては「しづ」に「倭《し》文《つ》〈古イ日本風ノ織物。唐ヨリ輸入以前ノ織物デしつおり・しつりトモイウ。つハ清音〉」と「賎《しつ》〈卑シク身分ノ低イ者。づハ濁音〉」とが掛けてあり。「かた」に「難《かた》・片〈不完全〉・堅」が掛けられ、又上句が下句を導き出す有意の序として措置され、縁語としては「帯・結ぶ・解くる」が使われている。なお「芦」に「悪《あ》し」、「賎」に「沈《しづ》む」で、顕著ではないが、沈淪《ちんりん》の余意も感じられる。歌意として『標註参考』は、「賎女の機織時《はたおるとき》、片結びにとけやすくするをいふ。さて上句はとくるといはんための序なり。思ひ〳〵て始めて逢ひたる嬉しさに、我心の奥もなくうちとけたるとなり」と説く。「機《はた》を織《お》る」の「お」と「帯《おび》」の「お」が掛詞のごとく使われていると見る解釈であろうか。『標註参考』は、幽斎の「聞書後抄」の説に依拠した注〈後述、古抄ノ注〉なのであるが、この「賎女の機織時云々」につき、正宗敦夫氏は『日本古典全集（第三期）』の頭注で、「賎女の機織時、ト云ヘルハ此時代ハ或ハ然ランモ知レネド、万葉ニ見エタルしづはた帯ト云ヘルハ別義ナリ。文《あや》アル布ノ名ニテ世ニモテハヤサレシモノナリ」と注意せられており、藤村作博士は「うちとく」につき、「帯の縁語、かたらふこと（至文堂テキスト頭注）」と施注せられている。当歌に影響を受けた歌としては、『光明峰寺摂政家歌合』（五十八番）「左、右衛門督為家。あさはたのしづがかり帯のあだにのみ又もむすばぬちぎりなれとや／右勝、信実朝臣。あしのやのしづはた帯のかりそめを結ぶちぎりとたのみやはする／右歌、優に侍れば、左、初五文字聞どほくきこえ侍るよし申して、以右為勝」があり、又『耕雲千首』の「里擣衣。衣うつおとやひまなきあしの屋のしづはた帯のながき夜すがら」も挙げ得よう。前引した基俊歌は俊頼と略同じ時期であり、後鳥羽院歌も、俊頼か基俊かの影響歌であろう。

四　古抄・・・

この「古抄」は常縁原撰注（聞書前抄）ではなく幽斎の増補注（聞書後抄）であるが、愛知県新城市の、牧野文斎氏旧蔵『牧野文庫本新古今集聞書』の当歌施注と、殆んど一致するので〈大坪云、牧野文庫本デハ、幽斎増補注トハ一致シナイ施注モ多イ。ドチラガ先行注カハワカラヌガ、私ハ牧野文庫ヲ先行注トシテ取扱ツテキタ〉、幽斎の独自注と言い切れない。牧野文庫本を先に引用しておく。「初会恋の心を読り〈コノ八字ハ、吉田・高松宮・重季本ニナイ〉。賎はた帯とは、賎女のはたを、るとき、かたむすびにとけやすくする帯也。とくるといふ序哥なり。おもての分にては、あまりに浅き哥にや。一説、おもひ〳〵て初めてあひたるうれしさにわが心のおくもなくうちとけたると也。うちとくるを人のことにいへば、恋の本意浅く侍り。わが心にいへば、哥ふかくなりておもしろくや（牧野文庫本本聞書。〈吉田幸一氏旧蔵本註・高松宮本註・高松重季本註モ略同文〉）」。この古抄注を持つ諸注間での校異を示せば、「たむすび」は「かたむすび」のか字の脱落で磐斎の引用ミスである。無刊記板本聞書・宝永八年刊聞書・内閣文庫蔵増補本聞書・内閣文庫蔵聞書後抄・説林後抄・八代集抄・私抄、はすべて「かたむすび」。「解け易くする帯なり」が「とけやすす《ママ》る帯也（私抄）」。「序哥也」が「序也（説林後抄・内閣文庫蔵聞書後抄）」。「賎機帯とハ……序哥也」までを、書陵部蔵『新古今集抜書』は不引用。「面の分にては……一説」までを八代集抄は中略する。「浅き哥にや」が「あさきにや（説林後抄・私抄・内閣文庫蔵聞書後抄）」。「嬉しさに」が「うれしき《ママ》に（私抄）」。「奥もなく」が「おくも（私抄。なくノ二字ナシ）」。「人の心にいへば」が「人の事にいへば（説林後抄）」。「おもろしき《ママ》なり」が「おもしろきなり（無刊記板本聞書）・面白也（説林後抄・宝永八年板本聞書・内閣文庫蔵聞書後抄）」。大阪の方言では「面白い」を「おもろい」と言う。磐斎は「摂津国山田隠士磐斎」と署名する事もあり、山田は現在の吹田市山田のあたり、竹林の多い土地で、関西大学附近である。大坂に近いから、この方言を使ったり耳にした確率は高い。磐斎のこの引用はその点でも興味を引く。『大阪ことば事典』（牧村史陽編）にも「おもろい」の項はあるが、古典の用例は不記。磐斎のこの引用が、誤引でなければ、参考になろう。なお磐斎の伝記は、小高敏郎氏「加藤磐斎の伝とその文事」（近世初期文壇の研究所収）以後では藤関吉徳氏「加藤磐斎伝記考証」（関西大学「国文学」第六十三号）が出色である。磐斎の山田在住は寛文五年以後らしいので、『増抄』の成稿ならびに刊行の寛文二年八月から寛文三年八月頃までは在住以前に当るので、その点では「おもろい」の古典用例の認知は微妙となろう。なお、季吟の八代集抄は「打ち解くるを……面白きなり」の部分を引用せず後略の形式である。

五　賎機帯とハ……解け易くする帯なり「賎機帯」。参考、「しつはたとはひとへなる也。布にもよせよめり（堀河院百首陽明文庫古注）」・「万云、イニシヘノシツハタ帯ヲユヒタレテタレテフ人モ君ニマサラシ。シツハタヲ、ルトキ上ニスル帯也。一ハラ《ウノ誤カ》ムスヒニスルナリ（渋谷虎雄氏蔵堀河院百首諸入本注）」・「賎の機をる時、上にする帯の事也。一方むすひにする物也（神宮文庫蔵宗祇注）」・「しつはたをる時、うへにする帯也。一はうむすひにする也。人のうちとくるによせていへり。万いにしへのしつはた帯をゆひたれて、たれてふ人も君にまさらし（堀川院百首聞書。書陵部『堀河院百首和歌之内』・島津忠夫氏蔵『堀河院百首和歌之内聞書』）」・「此歌絶命《ママ》の秀逸也。千金莫伝の秘説あり。故に爰にしるさす。祇云、しつのはさ《ママ》をるうへにする帯の事也。一方結ひにする物也（堀川百首肝要抄。内閣文庫『両度百首抄』）」・「去家ノ倭文旗亭ヲユヒタレテ誰テフ人モ君ニマサラシ。一書哥曰〈省畧〉。顕昭云、布ヲル機ヲシヅハタト云ベシ。下衆ノ布帯ヲシヅハタ帯ト云ベシ。布ヲル女ノ、シリマキトテ桶ノヤウナルモノヲ腰ニアテ、、猪ノ爪ト云モノニムスベルヲ云ベキカト申セド、ソレハ不レ叶、ユヒタレテトヨメリ。ウルハシク絹小袖ヲキテスル帯ニテアルベシ。考二万葉一云、古ニアリケン人ノシヅハタノ帯トキカヘテ、ナドヨメリ。是ハカツシカノマ、ノテコナナドヲヨメリ。トキコフナドヨムモ、例ノ帯ト聞エタリ。但コレハマ、ノテコナガ墓ヲミテ、古ニアリケン人ノトハヨムナリ。古ノシヅハタ帯ヲユヒタレテトハナドヨメルニカ、旗トカケルハ万葉ノ習ナリ。織女ノ歌ニモ、或機・或幡・或旗ト書リ。〈中略〉見聞抄云〈大坪云未考〉、シヅハタトハイヤシキ機ナリ。奥義抄ニ、シヅハタニヘツルホドナリ白糸ノタエヌル世《(ママ)》トハオモハザラナン〈後撰一〇〇〇番歌。シヅハタニヘツルト云ハ、思乱テヘツルホド、イヘルナリ。シヅハタハ、ミダレタル事ニ云也〈中略。大坪云、ココマデハ、袖中抄ノ引用、以下松永貞徳説〉、丸云〈貞徳説〉、又古ニアリケン人ノ哥ハ、マ、ノテコナガ墓ヲミテヨメルナレバ無二不審一、古ノシヅハタ帯トヨム哥ノ、イニシヘ、顕昭モ不審トカケリ。コレハ彼古今ノ哥ニアル、古ノシヅノヲダマキノ類ナリ。シヅト云歌ニハ、多《(オホク)》古ヘヲヨミソヘ侍ル、是口伝アリ（貞徳、歌林樸樕《ぼくそく》）」・「しづはたとは、ひと・《(脱字)》にといふ事也〈大坪云、脱字ハ陽明文庫本堀川百首古注等ニヨリ、へ字ノ脱デ、ひとへトアルベキ所ヲ歌学大系本ハ脱落ス〉。希によせていへり〈大坪云、希ハ布字ノ誤写〉（広本能因歌枕）」・「賤機に思ひ乱れて秋の夜の明くるも知らず歎きつるかな〈後撰九〇三番〉。しづはたとは賤のめが織るはた也。みだれたる事にいへり。かれによせてかくよめるなり（和歌色葉）」・「賤機にへつる程なり白糸の絶えぬる身とは思はざらなん〈後撰一〇〇〇番〉。和云、しづはたとは賤のめが布《(ぬのおる)》織はたなり。糸を機に付くるをばへると云なり。乱れやすき物なれば乱れてともいふ（色葉和難集巻九、之ノ部ノ項）」・「しづはた。ひとへにといふ心也。布の事によせてなどもよめり（八雲御抄、言語部）」・「〈後撰一〇〇〇番歌省略〉。しづはたとは、みだれたるよしをいふ也。思みだれつるほど也といふ也（定家、僻案抄）」。

「たむすび」は「かたむすび」の誤脱。当語の使用例として『増補雅言集覧』に「逢ふ事はかたむすびなるわきもこがゆはたの紐よいつかとくべき（続後拾七六六番）〈大坪補、同集七六五番ニ、逢ふことは片結びなる白糸のとけぬ恨《(ママ)》にとしぞへにける〉・紫の濃染の帯のかたむすび解けて寝る夜の限《(ママ)》知らせよ（新拾一〇三七番）・新古今当歌・諸共にいつか解くべきあふ事のかた結びなる夜半の下紐（後拾遺六九五番）・山かげの清き松が根枕にて岩漏る清水かた結びせん（夫木集巻九夏三）」が載る〈出典ハ、大坪改補〉。又、『時代別国語大辞典（室町時代編）』に「一、沓をはき候時は、右よりはき、ぬぐ時は左よりぬぐべし。緒は踝《つぶぶし》〈大坪注、くるぶし。足首ノ内外両側ニアル骨ノ突起部分〉のもとにて、かたむすびに、罠《わな》のかたを先になし、一ツ口の方を後になして結び、いかにも解けぬ様に確《しか》と留候べし（松下十巻抄。続群書類従十九輯中、蹴鞠部一八〇頁）」・「ひたちおび《(清音ノママ)》のふぜひとは、わがこひはかたむすひなるひたちおびとけて、かしまのかみのちかいにとけあへとさぶらうかや（短編＝十二段草子〈大坪注、十二段草子ハ浄瑠璃物語・浄瑠璃御前物語・浄瑠璃十二段草子、等ノ異名アリ、各本ノ本文ハ異文デアル。ココノ引用ノ本文ト同一本文未見。コノ引用本文ニ類似本文ニ、〈浄瑠璃御前は岩木を結ばぬ御身なれば、肌《(ママ、はなだノ誤)》の帯の一結び、解けぬほどこそ淋しけれ。鹿島の神の誓ひにて、結びそめさせ給ひける〈新潮集成御伽草子集ノ浄瑠璃十二段草子ノ十段目〉ガアルガ、かたむすびノ語ハ使ワレテイナイ〉）」・「薄《うす》の契りや 縹《はなだ》の帯の、ただかたむすび（閑吟集二四五番）」・「次令二両手掻三寄御髪於前一、以二御本結一巻レ之、以二髪掻一分レ之……以二紙捻一結レ之、〈片結〉（守光公記。永正九、四、廿六條、大坪云、未見書ノ故ニ孫引ス）」の四例を示す。他に「七草や袴の紐の片むすび（蕪村句集〈大坪注、蕪村ニハ、真《ま》結びの足袋はしたなき給仕かな、トイウ『題苑集』ノ句モアル。まむすびハかたむすびノ対語デ、解ケ難イ結ビ方トサレル〉）」もある。用例を多く示したのは「かたむすび」が、解け難い結び方か解け易い結び方か、の判断に資する為である。『時代別国語大辞典』や『角川古語大辞典』によれば、帯や紐の結び方をいう語で、片方は真直《まつすぐ》にしたままで、他方をそれに纏《まと》いつけ、輪にして結びつけるもので、解けやすい、とあり、和歌や歌謡では、解く・片思ひ、等の意に懸けて用いる事が多い、とする。磐斎は当歌施注で、解け難いものとするが、前引『松下十巻抄』の用例は「いかにも解けぬ様に確と留」とあり、解け難いように結ぶ事と受取れる、尤《もつと》も本来は解け易い結び方のものを、解け難いように固くしっかりと結ぶという意味にもとれなくもない。前引後鳥羽院歌や基俊歌にも両意はこもるが、歌意を考える時、そのどちらかに重心をかけて味わうべきであろう。以上の如くで、解け易いか解け難いか、見解がわかれる。現行注釈書では、「解け易い」説が多く（遠鏡・講談社『新註』・尾上氏『評釈』・朝日新聞社『全書』・小学館『全集』・石田氏『全註解』・窪田氏『完本評釈』・岩波旧大系・久保田氏『全評釈』・新潮社『集成』・角川文庫）、「解け難い」説は岩波新大系の「堅結び、堅を難に掛けることが多く〈やすく〉の対」とあるのが管見では唯一であった〈大坪云、片結ノ対ハ真結デ、コノ真・片ハ、完全・不完全ヲ示スモノデ他ニ、真帆片帆等ノ対語ガアル〉。因みに塩井氏『詳解』は、「片むすびはホンの一寸結びおくといふなるべし」とし、尾上氏『評釈』は「かりそめの結び」としており、いずれも「片」は不完全の意と取れる。さて、この古抄の冒頭の文意は、「倭文《しつ》〈麻ナド粗末ナ糸デ織ル日本古来ノ布〉を織る賤《しづ》の女《め》〈身分の低イ女〉が、機織作業の時に腰の上に巻きつける粗末な賤機帯とは、片結びに、解け易いように結んだ帯のことである」の意。参考、「賤がはた織時は、帯の上ニ又帯をしてかたむすびにして、かいとくるやうニしておく也。続後撰、基俊、あふ事ハかたむすびなるわぎも子がゆはたのひもよいつかとくべき。ゆはたハ衣の名也。纐纈カウケツ、ユハタ。〈続後撰ハ続後拾遺ノ誤デアル〉（かな傍注本）」。「序哥也。心やすくも解るといはんため、かた結びといへり。帯は二重結ぶを、一重結びたればとけやすきと也。しづはたは賤の機にてをりたる也（九代抄）」・「序哥也。あふ恋也。おもふ人のとげたる事也。惣而和哥は、ありのまゝのことをいひあらはすが正風躰也。しづはたおびとは、あしにはさみて引もの也。それは、かた結びに足のゆびに纏付る物也。されば、とけやすきなり。夫《（それ）》によそへたり（九代集抄）」・「しづはた帯は賤のをる布帯也。一方ばかりむすびたるをかたむすびといふ也。てまもいらずとくる心也。心のまゝに打とけたるといふ心也（新古今集之内哥少々）」

六　解くるといはむ序哥也

文意、「下の句で、心易くもうち解くる、ということを言い出さんがための、有意の序とした修辞なのである」。

七　面の分にて余りに浅き哥にや

文意、「当歌の表面的記載文面上では、何等裏の意味とてあまり考えられる事も無い。至極《しごく》奥の浅い歌ではなかろうか」。

八　一説

又、別の説、という意であるが、この施注を載せてある書は未検索。牧野文庫本聞書や季吟八代集抄も引用するが、幽斎増補の『聞書後抄』と同じく出典未詳。『抄出聞書』の説が稍近い説か。

九　思ひ〳〵て……おもろしきなり

文意、「つね日ごろから、恋しく思ひ続けていた恋人に、始めて契りを結んだ嬉しさ、よろこびで、自分の心の奥底もかくす事なく、気を許し洗いざらし打ちあけたという歌である。相手の恋人が自分に対して打ち解けたという意味に考えると、恋の本意が浅くなってしまう考え方である。自分が、奥をかくさず気を許してしまったと考えてこの歌を理解すれば、恋歌として理に叶った筋道〈義理〉も深く、感興も湧く歌となるのである」。参考、「しづはた帯、はた物をる時の帯也。かた結びにする物也。とくるといはん序也。人の、何のやゝもなくとくる心にはなし。さミ〴〵、心をつくし来て逢初やう〳〵人の心とくるやうなれば、わが心中の安き儀也（抄出聞書。コノ施注ガ、一説、ニ稍近イ注カト思ウ）」。

一〇　片結びハ、解けがたく……寄せていへり

文意、「片結びとは、歌の修辞上は、帯の解け難いように固く結ぶというように、掛詞技巧を使いながら、解け難いように見受けられると、〈かた〉に、難《かた》や固《かた》の意を引き寄せて、述べたものである」。「寄せていふ」とは、関連づけ、通わせて縁語化して表現することである。なお、かたむすびを、解け難いように結ぶとする磐斎説は、通説の、解やすいように結ぶとする説とは逆の説で、久保田博士『全評釈』は「従い難い」とされ。岩波新大系説は肯定的である。

一一　初めて逢ふ時ハ……悦びたる哥なりとぞ

文意、「恋人と初めて逢って契を結ぶ時は、お互《たが》いに気を許して打ち解けにくいものではあるが、当歌の場合は、お互に気を許しにくいと思っていたのに反して、初めから安心して馴れ〳〵しく気を許し合いながら契りを交した事を、悦び満足したのを詠んだ歌である、と考えるべきだ」。磐斎の解は、「解け易い結び」とは、本質的な意味では、「片結び方」ではあるが、当歌では「かた」に「難・固」を引寄せて、「解けがたい」結び方と考えた上で、更にその「打ち解け難き」と考えた事に反して「打ち解けやすい」契りであったのを悦んだ歌と考えているのである。なお、『八代集抄』は『増抄』引用の「古抄」を、更に抄出した施注なので念の為、次に示しておく、「玄旨云、しつは帯とは、賤女の機織《ハタヲル》時、片結《カタムス》ひにとけ安くする帯也。とくるといはん序歌也。思ひ〳〵て初て逢たる嬉しさに我心の奥もなくうちとけたると也」

〈学習院大学本、新古今注釈モ同文〉。

〔一二六五〕（八〇頁）
三　仮初に伏見の野辺の草枕露懸ゝりきと人に語るな

管見二十六伝本による校異。初句は二十六本共に「かりそめに」であるが、季吟八代集抄歌句本文では「に《のイ》」とあり、「かりそめの」とある本もあった事を示す。江戸期での流布板本（管見十本）では「かりそめの」とある板本は無い。至文堂の藤村作博士のテキスト版〈図書寮ノ烏丸光栄筆隠岐本新古今ガ底本〉頭注に「かりそめに――流布本に〈の〉とも」とある「流布本」は季吟の八代集抄を指すのであろう。江戸期板本やそれ以前の伝本ではないと思う。第二句を「伏見の里の」とするのが八代集抄と東大国文学研究室本。第四句を「露けかりきと」とするのが前田家尊経閣本である。他伝本は、すべて『増抄』所引本文と同じである。『続詞花集』（恋中、五九三番）も『増抄』所引形と同じ。『歌枕名寄』（巻三、畿内部山城国、雑篇、伏見、野）にも採入されており、歌句同文。他に『名所栞』（巻四、伏見野、山城紀伊郡）、『類字名所和歌集』（巻五、伏見、山城）、でも歌句同文で掲出されている。なお『井蛙抄』（巻四、同名々所、ふしみ）にも、部分引用されて「ふしみ山、ふしみの田井は、みな山城のふしみ也。新古今に、ふしみの野べの草枕、と侍るも山城伏見也」とある。岩波新大系当歌脚注に「山城国にもあるが、情景は大和国の〈菅原や伏見↓一二九二番歌〉ととるのがふさわしい」とされていて通説と異なる御見解である〈脚注者ハ、田中裕先生デ、永年京都伏見深草大亀谷ニ居住サレテイタ。併シ敢エテ大和国説ヲ説カレタ点ガ貴重。ガ私ハ、『名所小鏡』（延宝六年拙蔵板本）・『名所部類考』（宝永六年拙蔵板本）・『名所栞』（村上忠順著、拙蔵板本）・『類字名所和歌集』・『歌枕名寄』（巻十一、大和、伏見里）を参看スルニ、大和国伏見ハ、すがはらやふしみ、ト伏見ノ上ニ菅原ガ冠セラレテイルガ常例デアルカラ、単ニ、ふしみダケノ場合ハ、『井蛙抄』ノ説ノゴトク山城国トミテオキタイ。『歌袋』（巻二、すがはらや）ニモコノ語句ハ、大和のふしみの里にかぎれる冠也トアッテ冠ノ無イ山城国ノふしみトハ区別シテイルノデアル〉。『増補歌枕秋の寝覚』（巻三。七十一丁表）にも「山城。伏見の野。――の、へとも」とある。更に言えば、順徳帝主催の建保三年十月廿四日の『内裏名所百首』（恋廿首）の「伏見里」には、山城大和の歌が採られているが「菅原の伏見の里」と「ふしみの里」とに詠みわけられており、同じく『八雲御抄』（名所部・里）においても「ふしみの」・「すがはらのふしみの」と区別されてある。但し契沖の『類字名所補翼抄』では「伏見」（巻五）でも「菅原伏見」（巻七）でも、区別はしていない。さて、当歌の表現技巧は、掛詞としては、「かり」に「刈・仮・（狩）」、「ふしみ」に「伏見〈地名〉・臥見」、「のべ」に「野辺・延べ」、「つゆ」に「つゆ〈副詞〉・露」、「かゝり」に「斯かり・懸かり」が考えられ、縁語仕立《したて》としては、「仮り・臥し・野・草枕・露・懸かり」が考えられて、非情に多岐巧妙である。歌意参考、「かりそめに共寝した野べの宿りを、かやうかやうであったと、少しでも人に語るな（朝日新聞社『全書』）」・「表面には、野の旅のつらさを人に語るなといい、実は仮初の契りを人に語るなの意を表したもの（石田氏『全註解』）」。

当歌は修辞技巧で高い評価を受けておる。「臥すを伏見の里にかけて、さて、草枕とひ下し、その縁にて、露か〻りきといへるあたりの修辞の、優美巧妙なるを、味ふべき歌なりや（塩井氏詳解）」・「懸詞・序詞をよく使った才の歌である（尾上氏評釈）」・「掛詞も縁語もほどよく融合した、新鮮な抒情である（小学館全集）」。なお作者については、「続詞花集の時代にはあるいは意図的に付せられた〈読人不知〉だったかもしれないが、新古今集撰進時においては、事実どこの誰ともわからなくなっていたであろう（久保田氏『全評釈』）」という見解もあり、身分のある者が、身分低き女と野合して、身分を隠しての詠が、後には、文字通りの読人しらずになったとするのである。又、作者は、男性か女性か、この歌がよびかける相手は誰か。男へか、女へか、或は露へか、説のわかれる所であるが、詞書の「題不知」・作者の「読人しらず」に委ねておくべきであろう。

四　仮初に君と伏すと言ひ掛けたり

第二句の「伏見」が掛詞となっている事の説明。文意、「第二句の、伏見の野辺の、の〈伏〉は、正式の契りではない、ほんの一時的の契りとして、あなたと臥して共寝しますがの意の〈臥し〉で、それを地名の〈伏見〉に言い掛けた、掛詞表現である」の意。この施注は、「あなたと、かりそめに臥して共寝をしようと相手に言いかけたのだ」の意にも解し得るが、ここの「言ひかけたり」は「掛詞としているのだ」の意に眼目をおきながら、相手に言ひかけていると見るのがよいと思う。

五　草といふより……人に語るなと也

文意、「〈草枕〉と〈草〉という詞を使ったのに直ぐ引続いて〈露〉という縁語を持ち出して、その〈つゆ〉を副詞の意に転じて、ちょっとばかりも、の意味に使っているのである。露程度のちょっとでも、このように私と契ったと、他人に洩らし語ってはならないよ、と詠んでいるのだ」の意。草と露との縁語関係と、つゆ、に天象の露と、副詞のつゆ、との意を掛詞としている事の説明。参考、「仮初にふしたるとそへて也〈諷ヘテ。ナゾラエル事。正面カラ言ワズニ比喩ヤ縁語ヤ掛詞ヲ使ッテ遠マワシニ表現スルコト〉。露のかゝるを、露ほどもかく有しと、人にかたるなと、逢見し中を口堅《(かたむ)》る心也（八代集抄）」・「二句、伏見の里ト有〈第二句目ハ、季吟八代集抄ノ歌句デハ、伏見の里、トナッテイル〉。露ほどもかく有しと人ニかたるなと也（学習院大学本新古今注釈）」・「かくのごとくありきといふ事を人にかたるな也（かな傍注本）」。

〔二六六〕（八一頁）

一　人知れず忍びける事を、文など散らすと聞ゝける人に遣しける

管見新古今二十六伝本では、「忍びける」が公夏筆本には「しのびたる」とあり、季吟の八代集抄の歌句本文にも「ける《たるイ》」と、けるがたるとある一本を示してある。又為氏筆本は「人知れず忍びける事を」の語句を欠いている。他伝本の詞書には異同は無い。さて出典の『相模集』（浅野家本）での詞書は「人のしるへきほとにもあらぬことを、のこりなくふみよりはしめてあらはすときく人に、こりすまにちかくとりよせて〈性懲リモセズ、トモシ火ヲ手元チカクニヒキヨセテ〉よひゐのてならひに〈宵居、スナハチ恋人ヲ待ツ夜更ケノ手スサビヲ慰メルタメノ歌トシテ〉かきつくる」とあって当歌を第一首目に挙げ、以下八首、合計九首を連続させて採録する。この九首はいずれも初句に「いかにせん」と置き末句に「かくれなきみを」を置く連作である。ところで契沖『書入本』では出典は示さぬ代りに、「続後撰恋四、文を人に見すと聞ける人につかはしける／相模／いかにせん塩干の磯の浜千鳥ふみ行跡もかくれなき身を」・「金葉雑上／同し人／いかにせん山田にかこふ垣柴のしはしのまだにかくれなき身を」という参考歌が示されてある。私が思うに、この連続九首は、相模集の異本、書陵部蔵『相模集』（五〇一／四五架番）・同『思女集』（五〇一／三三架番）や『針切相模集断簡（三十六首）』には採録されていないから、契沖は異本系は見たが、浅野本系は見なかったのではないか。併し勅撰集での「続後撰集」や『金葉集』の相模歌の初・末句の一致に気づき、しかも新古今当歌とも初・末句が一致するので参考歌として示したのではなかろうか。しかもその三歌の詞書の相似をも見破った上での指摘ではなかったか。『金葉集』（再奏本・三奏本共ニ次ニ示ス歌ハ含マレテイル）には、「大弐資通忍びて物申けるを程もなく、さぞ、など人の申ければよめる／相模／いかにせん山田にかこふ垣柴のしばしの間だに隠れなき身《世イ》を（五九五番）」とある〈大坪云、金葉恋下（四七七番）ニハ橘俊《(ママ)》宗女ノ「無き名立ちて嘆きける頃月を見て（一本コノ四字ナシ）よめる／いかにせんなげきの森はしげゝれど木の間の月の隠れなき世を」トイウ類似歌モアル〉。続後撰歌は、相模集の連続九首の第六首目に配置され、金葉歌は、第九首目に配置されている。又その第六首目の続後撰歌は、『万代和歌集』（巻九、恋一）では題詞が「忍事をいひあらはす人に、かくれなき身を、と末句によみてあまたの歌をつかにしにる中に」として採られ、又、第八首目「いかにせん程なき袖の隠り江に沈める恋の隠れなき身を」は『夫木抄』（巻廿三、雑五）に、「題不知、古来歌」の題詞で採られている。以上、契沖『書入本』の注記を契機として考えるに、新古今詞書の「文など散らすと聞きける人に〈私ガ贈ッタ手紙等ヲ、私ノ胸中ナドモ考エズニ、アチラコチラデ他人ニ見セ散ラシ言イ散ラシテイルト伝エ聞ク、アノ恨メシイオシヤベリニ〉」とある人とは、具体的に人物名としては『金葉集』詞書に見える「大弐資通《すけみち》」であると特定できそうである。大弐資通は、宇多源氏流の人物で、宇多帝皇子の一品式部卿敦賀親王を祖として、雅信―時中―済政―資通と続く家柄。『二十一代集才子伝』に、「参議資通。源資通者、致仕大納言時中之孫、従三位済政之長子、母正四位上源頼光女也。治安二年四月、叙爵歴任、為右大辨、補蔵人頭、叙正四位上。寛徳元年十二月任参議、右大辨如故。二年十月転左大辨、永承元年十一月叙正三位、赴任之賞也。天喜五年正月叙従二位、造宮行事賞也。康平元年正月兼兵部卿、十一月兼勘解由長官、止卿。三年八月依病薙髪、廿《(ママ)》三日薨、年五十六《(ママ)》。卿精郢曲・管弦、殊善弾琵琶。桂大納言師学於卿、得其奥祕矣。堀河天皇以卿、為笛郢曲之師範矣。後拾遺集二首　詞花集一首　千載集一首　新勅撰集一首」とあり、又『尊卑分脈』の脇書にも略歴があり『才子伝』と重複する事歴が多い。『分脈』にのみ見える職歴として、大宰大弐・右京大夫・民部少輔・左兵佐・左馬権助・侍従・大膳亮・左門衛・摂津和泉守、がある。なお『分脈』は享年を六十六歳とする。『公卿補任』（康平三年）には「(源)資通、五十六。勘長官。八月十七(日)依病出家。廿三(日)薨〈三条西家本・九条家本デハ廿一日〉」とあり、又『更級日記勘物』（岩波旧大系本五三七頁所載）にも詳しい経歴があるが、没

年の部分は、「康平三年八月十一日依病出家、廿二《（ママ）》日薨、五十六」とある。没日・享年はいずれに拠るべきか、疑点は残る。新古今詞書の大意は、「他人に洩れ知れないようにと忍び隠していた事を、私の胸中も考えずに、私からの文等もあちらこちらで他人に見せ散らし、言い触らしていると伝え聞く、あの恨めしい人〈源資通〉に、送り遣わした歌」というものである。

二　相模

管見二十六伝本すべて「相模」で異同はない。相模の事略に関しては、三〇九番頭注一・二、四一〇番頭注一、八〇四番頭注三、一〇七九番頭注二、に既述。追加参考、陽明文庫本後拾遺集の、二〇六番歌〈さみだれはみつのみまきのまこもくさかりほすひまもあらしとそ思ふ〉の頭部勘物に「此哥講出時、満座騒動、及郭中門外云々」。脚部勘物に「相模《（ママ）》―。入道一品宮女房、父不詳不知氏、神由家集ニ見、母前能登守慶滋保章女、公資朝臣為相模守時為妻、仍号相模、本名乙侍従」とある〈藤本一恵氏『太山寺本後拾遺和歌集とその研究』四八六頁所載ヨリ孫引ス〉。なお公資の妻には広経と輔弘母を生んだ妻、永縁母を生んだ妻、それに相模の三人がいた。ところで詞書に見える「文など散らすと聞きける人〈源資通〉」と相模との贈答哥としては、前引の『続後撰集』（恋四、九三四番歌）や『金葉集』（雑上、五九五番歌）の他に、『後拾遺集』（雑二、九三一番歌）の「大弐資通むつまじきさまになむいふと聞きてつかはしける／相模／誠にや空になき名のふりぬらむ天てる神の曇りなきよに」もあってお互に相通ずる感がある〈大坪注、コノ後拾遺歌ハ相模集ニハ見エナイ〉ので、同じ状況下で詠まれたのではないか、参考歌となり得よう。この資通は、資通の母が頼光の娘で、相模の母が相模を連れ子にして頼光の後妻になっていて、相模に頼光の養女という関係から、資通と相模と系図上は、血のつながりはないが叔母と甥の関係になる。相模の実父は不詳。又相模の生歿年も不詳であるが、資通の方が若く、和歌の才女相模に近親感と同族意識を持って、思いを寄せていたのかも知れない。新古今の先行注釈書には、この源資通のことは、何故か触れられていないが、契沖『書込』注記に触発されて以上記してみた次第。

三　如何にせむ葛の裏吹く秋風に下葉の露の隠れなき身を

管見した新古今二十六伝本では、異形はなく、出典の『相模集』の歌形も同形である。相模集では初句と末句が同形歌九首が連続配列されているので、次に示す。その九首に懸かる詞書は頭注一に示したが「のこりなくふみよりはしめて」は「ふみよりはしめてのこりなく」とある伝本〈内閣文庫本・三手文庫本・山口県立図書館本・彰考館本・書陵部本（B本五〇一／五七八・C本五一一／一六架番）〉があり、「ちかく」は「火ちかう」〈内閣・三手・山口図書館〉。ちかう〈彰考・書陵BC本〉」とある伝本もある。九首連続歌は、「(1)当歌／(2)いかにせむとかりの原にゐる鳥のおそろしきまでかくれなき身を／(3)いかにせむとけても見えぬうたたねのゆめばかりだにかくれなき身を／(4)いかにせむ我がぬれぎぬの色ふりて葦の下にもかくれなき身を／(5)いかにせむ沖こぐ舟のしるくのみ波にうきつつかくれなき身を／(6)いかにせむ潮干のいその浜千鳥ふみゆくあともかくれなき身を／(7)いかにせむ人もわたらぬ恋川のあとになかれてかくれなき身を／(8)いかにせむほどなき袖のこもり江に沈めるこひのかくれなき身を／(9)・《（い）》かにせむ山田にかこふ垣柴のしばしの間だにかくれなき身を」である。右の内(4)の第四句は「葦の下葉も〈内閣・三手・山口図書館・書陵部BC本〉」。(6)の第四句は「ふみゆくあとに〈松平文庫・書陵部A本一五四／五六二架番本〉。ふみゆく跡の〈内閣・三手・山口図書館〉」。(6)は又『続後撰九三四番』・『万代集巻九』〈第四句ふみゆくあとの〉に採録される。(9)は又『金葉五九五番』〈末句ヲかくれなきよをトスル伝本モアル　旧大観本ハ身をデアル。身モ世モ共ニ夫婦ノ間柄ヲ前提トシテノ使用ト思ワレル〉。以上九首の中の(6)と(9)は契沖がその『書入本』で参考歌として指摘したものであるが、契沖は『相模集』から直接に採取した訳でなく勅撰集を通じての採取であった。当歌の本歌としては岩波新大系が「秋風の吹き裏がへす葛の葉のうらみてもなほ恨めしきかな（古今集恋五、八二三番、平貞文）」を指摘し、角川ソフィア文庫も踏襲しているが、この貞文歌の「秋風・葛の葉・恨み〈裏見〉」が後世歌に影響を与え、「秋風はすごく吹けども葛の葉のうらみ顔にも見えじとぞ思ふ（新古今雑下、一八二一番、和泉式部。第二句伝本ニヨッテハすこくふくとも〈赤染衛門集・和泉式部集・続詞花集〉第四句うらみかほには〈和泉式部集・続詞花集・赤染衛門集〉）」の如き歌もあるので、表現技巧上では、相模歌と相関するであろう。なお、当歌の他出書は、今の時点で私は見出していない。相模歌の技巧は、「秋風」に「飽風」を掛けると共に「相手の恋人」を譬え、「葛の裏吹く」に、葛は裏を見せて秋風になびくから、「裏見→恨み」と恨みの意を含ませ、「下葉の露」に、人目につかず恨みの涙を流す自身を暗喩しつつ、二・三・四句の「葛の裏吹く秋風に下葉の露の」で末句の「隠れなき身」を導き出して、有意の序の役目を負わせた点にある。歌意参考、「私は深く隠して居るものを、秋風の葛の葉を吹きかへす故に、其の下葉に置ける露も、人に見られて知らる、如くに、私の手紙などを、人に見せ散らし給ふ情ないあなたの心故に、人にそれと知らるゝに至る、いかにせむ侘しやといふ事にて、人に知らるゝ、やうの事をするを恨みなげきてやれるなり（塩井氏『詳解』）」・「葛の裏吹返して下露も隠れなく見ゆる事を、我忍ぶ間柄が世にかくれなくなるを、いかにせんと侘びて、さてもうらめしき事かなとの心を、葛の裏吹といふにこめたり（標註参考）」・「軽薄な男に対する女の柔媚《じゅうび》な抗議の歌（新潮社『集成』）」

四　裏吹く秋風とハ……飽くと也

文意、「第二・三句の、裏吹く秋風とは、外見上では、相手の恋人に対して飽きがきて了ったという素振りは見せないが、心の中でもう飽いて了ったという事の比喩的な表現である」。

五　心の中に……如何せんと也

文意、「わが恋人の心の中が、私に飽いて愛情も薄くなられたという訳で、今では隠れていた葛の下葉の露が、秋風に吹かれる事によって、外からまる見えになって了うように、私の隠していた恋も他人に全部知られて了った事を、どのように処置すればよいのであろうかと、詠んでいるのだ」。参考、「秋風にて下葉まで見ゆる也。忍ぶ身なれどもあらわニ成也。そなたのあき風ふく故、文も打ちり、かくれなく成たると也（かな傍注本）」・「下葉の露のかくれなきとは、くずは、葉がひろき物なれば(ママ)、風がふきかへせば、下があらはにみえるり也〈理り也ノ脱カ〉。我中もあらはになるといへる也。秋風はしたはんためなり〈大坪注、慕はん為也ノ意カ〉。あく心はなし〈大坪注、秋風ニハ飽クノ意ハナク、反対ニ、益々《マスマス》恋イ慕ウトイウ意ヲコメテ使ッテイルノダ。コノ注デ当歌ヲ訳出スレバ、秋風ニヨッテ葛ノ下葉ガ残リナクアラワレルヨウニ、今マデ隠シテイタ我ガ恋心ヲ丸出シニシテ了ッタ我身ヲ、コレカラハドウスレバヨカロウカ。ノ如クニナロウ歟〉（私抄）」・「葛の裏吹返して下露も隠れなく見ゆる事を、我中の、世に隠れ(ママ)なきをいかにせんと侘て、扨もうらめしき哉との心をこめて、葛の裏吹とよめり（八代集抄。学習院大学本新古今注釈モ同文。但シ哉ハ、事哉トアリ）」。

〔一二六七〕（八一頁）

一　実方朝臣

管見二十六伝本では、無姓と有姓とに分かれる。無姓の「実方朝臣」とある伝本は、為相筆本・前田家本・烏丸光栄所伝本・同書写本・柳瀬本・公夏筆本・親元筆本・小宮本・宗鑑筆本・高野山伝来本・東大国文学研究室本・鷹司本・正保四年板本・〈明暦元年板モ〉・承応三年板本・延宝二年板本〈文化元年補刻本モ〉・正徳三年板本・寛政六年板本・寛政十一年板本・刊年不明文明十八年牡丹花在判本板本・刊年板元不明板本の、二十二本。有姓の「藤原実方朝臣」とある伝本は、冷泉家文永本・伝亀山院青蓮院道円親王筆本・為氏筆本の、三本。春日博士蔵二十一代集本は「藤原実方朝臣」とあるが〈朝日新聞社『全書』本翻刻ニヨル〉、これは翻刻方針によるのか、原本のままなのか不明。「実方朝臣」の事略については、七六〇番頭注二に既述。

三　明け難き二見の浦に寄る波の袖のミ濡れて沖つ嶋人

管見新古今二十六伝本では、初句は、鷹司本は「あけがたに《き》」〈にヲ朱デミセケチニシテきヲ右傍書〉。前田家本は「あけがたき」の右側に「ぬる」を極小字で書いてある如く読めるので「あけかぬる」の校合かも知れない〈複製本ニヨルノデ確言ハデキナイ〉。又、九州大学国文学研究室蔵の『新古今集旧註補遺』に「初句、逢がたきの誤写にハあらずや」と注してある〈大坪注、管見二十六伝本ニハ、逢がたき、ノ句形ハ無イ〉。出典家集では、群書類従本は「あけかたきふたみの浦による波に袖のみぬれしおきつしま人」とあって第三句第四句が異形。桂宮本㊀集は「あけかたの《き》ふたみのうらによるなみのそてのみぬれしを《お》きつしま人」とあって、初句第四句が異形。桂宮本㈣集は「あけかたきふたみのうらによるなみのそてのみぬれしおきつしま人」とあって第四句が異形。他出の『歌枕名寄』〈二箇所ニ採入サレテアル〉は、どちらにも増抄引用歌形と同形で採用。『二四代集・二四代和歌集・八代知顕抄』はいずれも増抄引用と同歌形。『定家十体』（面白様）では、橋本進吉博士蔵本〈歌学大系所収〉が末句「沖つ嶋守」。書陵部『定家物語』（二六六／二一一架番）に『近代秀歌遺送本』と共に合綴されている『定家十体』では、歌形は増抄引用歌形と同一である。

当歌の参考歌としては、古今集羇旅部四一七番歌を、岩波新大系は、始めて指摘し、久保田氏も角川ソフィア文庫版で追随されている。その歌とは、「但馬の国の湯〈大坪注、現在ノ城崎温泉ノコトデアロウ〈片桐洋一氏古今和歌集全評釈〉〉へまかりける時に、二見の浦〈片桐氏同上書ニ、現在ノ兵庫県明石市二見町トスル説ガ一般的。コノ場合ハ山崎ヨリ淀川経由デ瀬戸内海ヲ西へ進ミ、明石デ上陸シ陸路デ、オソラクハ今ノJR播但線経由ニ近イコースヲタドッテ城崎ニ赴イタトイウコトニナル云々〉といふ所に泊まりて、供にありけるさりのかれいひたうべけるに、夕人々の歌よみけるついでによめる。藤原兼輔／夕月夜おぼつかなきを玉匣ふたみの浦はあけてこそ見め」というもの。ところで「二見浦」は、『歌枕名寄』に、「巻十七。東海部一、伊勢国上、伊勢島篇、四七五五番（当新古今歌引用）」・「巻三十。山陰部、但馬国、七八〇二番（前引古今兼輔歌引用）」・「巻三十一。山陽部上、播磨国、雑篇、八〇三四番（当新古今歌引用）」の三個所を見出し得る。岩波新大系が、参考歌として、古今兼輔歌を挙げながら、当歌の「二見浦」を「伊勢国」や「但馬国」とせず「播磨国」とした理由は『歌枕名寄』の採用歌による為かも知れないが、「伊勢国」説を捨てた理由が説明し難い。おそらくは、古今兼輔歌の詞書に言う「二見浦」が、但馬国へ赴く途中の地名と考えて「播磨国」とせられたのではないか。因みに、季吟八代集抄は、古今兼輔歌注に「二見浦は、但馬播磨にもあり、伊勢にもあり」と三個所ある事を注した上で、新古今当歌注で「此の二見の浦は但馬なるべし」としたのであるから、当然古今兼輔歌は知っていたであろう、その上で、当歌の二見浦を、播磨とせず、但馬としているのである。参考、「美作国へ下るに、播磨のふたみの浦にて、郭公をきゝてよめる／玉くしげ二見の浦の郭公明方にこそ鳴渡りけり（名寄）〈大日本地名辞書所引、大坪云、コノ歌、能因の名所歌枕ヤ歌枕名寄ニ見エズ〉」・「玉くしげふた見のさとの卯の花をあり明の月ともひけるかな／戒秀法師／右、書写にまうでてかへりけるに、二見の里といふ所にて卯花をみてよめる（良玉集〈大坪注、散逸書。十巻。金葉集ノ撰歌批難書。大治元年十二月二十五日成立。藤原顕仲撰。和歌現在書目録・和歌色葉集・八雲御抄・袋草紙等ニ触レラレテイル〉）」・「古今和歌集曰〈古今四一七番歌詞書・歌句ヲ引用ノ故省略〉（但馬考）」・「文月末、但州二見の浦を見にまかりけり。伊勢におなじ名所あり。過ぎこし春は勢州の其の浦を見しに、秋の今は引きかへて、又此の国の爰に辿る。能因の、都の霞白川の秋かぜとよみしには〈注、後拾遺五一八番。都ヲバ霞ト共ニ発チシカド秋風ゾ吹ク白川ノ関〉やう替りけりと、俳諧《ざれうた》して過ぐ。花をひがし月かげ西に（ママ）二見かな。夜ならで白昼に月の発句、人にきけて笑はるべく、我れながら我れはづかし。よき人の歌をあぢはふこそ、いくたびも珍らしき物にはありけれ。兼輔の、夕月夜おぼつかなきを玉くしげふたみの浦は明けてこそみめ。とよめるを吟じもて行く……後略〈宗祇諸国物語巻三、当話雨より速し〉」・「〈伊勢国分〉二見浦。鏡の山より近し。但馬・播磨におなじ名あり。金葉雑、玉くしげ二見の浦の貝しげみまきゑにたる松の村立。大中臣輔弘。〈五八〇番歌。詞書ニ、伊勢国の二見浦にてよめる〉（名所方角抄）」・「按に此名所、家々の説あり。栄雅抄〈古今栄雅抄ニ、二見浦は但馬播磨にも有。伊勢の二見浦は、天照太神御覧じて、面白と御感ありて、かさねて御幸なれば二見浦と云なり、トアル〉にも二見浦は但馬播磨にもありとのみ云て、何れとも定かならず、されど頓阿の井蛙抄〈巻四、同名名所〉にも兼輔の歌を引て、詞書に、但馬の湯へまかりける時に、二見の浦にとまりてとあり、とかき置かれしは、此国に定めたるなり。近世淡々が花月六百韻〈日本俳書大系第九巻所収〉とか云ふものに、柳行李《ごり》二見の浦の湯入り舟〈享保四年十月八日ノ百韻〉、と云ひしこそ、所がらよくかなへれ〈五もじにて但馬と聞べし、ノ頭書アリ〉（大日本地名辞書、但馬城崎郡二見浦）」。以上の諸注を通観した上で、旧来注釈書の「二見浦」所属国名を整理すれば、「但馬国」とする注が、季吟八代集抄〈学習院大学本新古今注釈〉・標註参考。「伊勢国」とする注が、磐斎増抄・窪田氏完本評釈・久保田氏全評釈・同氏新潮社集成。「播磨国」とする注が岩波新大系。「伊勢国・播磨国」の両説併記が、久保田氏角川ソフィア文庫。他は所属国について触れていない。又、参考歌は、古今兼輔歌を岩波新大系は始めて示されたが、旧注の『牧野文庫本聞書』や是を引用している『吉田幸一氏旧蔵本注・高松宮本註・高松重季本註』には、「是も序哥なり。袖のみぬれておきつ、又秀句なり〈大坪云、沖つト起きつトガ掛詞ニナツテイルコトノ意〉。古今に、心に人をおきつしら波とよめる哥は、心をかくるといふ哥にや。されば此哥も、人に心をかけて侍れどもおきつ島人のやうによそにかけはなれたるといふ心なり」という施注があって、ここの「古今に」とは、古今集四七四番在原元方歌を指すものであるから、「立ちかへりあはれとぞ思ふよそにても人に心をおきつ白波」歌も参考歌と見てよろしかろうと思う。次には、当歌表現技巧であるが、上句の「明け難き……寄る波の」は下句の「袖のみ……沖つ嶋人」を導き出すための有意の序である。「波の」の「の」は「……の如く」という意で下句に懸かるのである。そしてその上句には、縁語掛詞の技巧が施されてある。「あけがたき」とは、「〈夜の〉明け難き・〈蓋の〉開《あ》け難き・〈格子蔀《こうししとみ》の〉上《あ》げ難き」の掛詞、「ふたみ」とは「蓋身《ふたみ》

〈容器ノ上部ト下部〉・二見〈地名〉」の掛詞、「うら」に「裏・浦」の掛詞、「よる」に「寄る・夜」の掛語、「なみ」には「波・汝身《なみ》」の掛語、が含まれ、「明け・夜・起き〈沖〉」・「浦・波・濡れ・沖・嶋」は縁語であり、縁語掛詞で仕立てた技巧極わまる歌である。又「波」に涙、「沖つ嶋人」に自身、の暗喩がなされてもいる。こういう技巧がまさに「面白様」ではあるが「細工のあといかにも目につき、且つ、調もつまりて、面白からずといふべし（塩井氏詳解）」とか「人事の自然化の系統のものであるが、自然化をわびしい人事化としたのである。そのために、おのずから窮屈なものとなり、感のにぶいものとなってしまったのである。技巧倒れともいうべきであろう（窪田氏完本評釈）」とか「縁語や懸詞が緊密にあり過ぎて余裕がないのは、詠んで気ぜはしいここちがする、結句は品が下る（尾上氏評釈）」とかの批判を受ける事に繋がる結果となったのである。　歌意参考、「徒らにうちよするのみにして、相見て心を開くことを得ざること二見の浪の如く、沖津島に袖のみぬれて、おきゐつゝ、明明《(ママ)》し難き意をよめり。うちよるもかけ《(ママ)》がたき蓋とをかけたるなり。この二見浦は但馬国なるべしといふ（標注参考）」

四　二見浦。　伊勢国

この頭書は、磐斎が「二見浦」の所属を、伊勢国と考えてのことで、原行注釈書等でも特に説明を加えていない書は、多分伊勢国所属と考えているのではなかろうか。「二見浦」は前頭注で詳述したが、伊勢・但馬・播磨の三浦が名所《などころ》として和歌などに見えている。前頭注の補足をすれば、契沖は、『勝地通考目録』に、「伊勢」の項目中に「二見」、「播磨」の項目中に「二見浦」を示し、『勝地吐懐編』に示さず、『類字名所補翼鈔第五』（ふ字）の中に「二見浦。播磨」を示して証歌を挙げているが、その中に新古今実方当歌は無い。『類字名所外集』に「二見」は見えず、『二十一代集所詠出之名所和歌国分目録』では「伊勢」に「二見」、「播磨」に「二見浦」が示されている。『類字名所外集第五』に、「二見道　参河」・「二見山一本二子　相模」があるが、これは「浦」とは無関係の名所である。契沖は実方歌の「二見浦」の所属国は明示していないと考えられる。里村昌琢が元和三年に編纂した『類字名所和歌集』の巻五には「二見　山浦潟　伊勢　播磨有同名」があり証歌中にこの実方歌が示されてある。能因の『名所歌枕』の巻二には、目次の「伊勢」に「二見浦」があるが本文には証歌見えず、巻五には「播磨国」に「二見浦」があり古今四一七番兼輔歌が証歌として示されてあるのみ。なお巻四には「但馬国」はあるが二見浦は名所として挙げられていない。『松葉名所和歌集』では、巻十に「二見浦　播磨　類字」として播磨国所属が示されている。この証歌の中に前引良玉集の戒秀歌が含まれているから、その題詞の「美作国へ下るに播磨二見浦にて云々」を証拠としたのであろうが実方歌は証歌に含まれていない。『続松葉集』は、「婦〈ふ〉部」に、「伊勢二見浦」と「播磨二見浦」の二所を掲げるが、実方歌はいずれの証歌でもない。拙蔵板本『名所栞』（巻五）の「浦」には、「二見浦　伊勢度会郡」にこの実方歌を証拠として示し、「二見浦　播磨」には、前引古今兼輔歌を詞書と共に示している。但馬は採用されていない。『名所小鏡』（拙蔵延宝六年板本）では、「二見、山浦潟。伊勢」と「二見　播磨」を挙げるが、両所共に実方歌は証歌に採用されておらず、播磨の証歌に挙げられた古今兼輔歌には、朱書で「イニ但馬トアリ」と校合書込がある。又、『名所部類考』（拙蔵宝永六年識語板本）の「浦之部」には、「二見浦　伊勢」のみ挙げて、播磨や但馬は採用されていない。但し播磨は「藤江浦　播磨沖岸」と「高砂浦　播磨」としては採用されている。『袖珍歌枕』（拙蔵宝永五年板本）には目録が巻頭と巻軸にあるが、巻軸「袖珍哥枕目録」の「水辺」の「浦」に十九所の地名が挙げられ、その中に、高砂・二見・藤江は別立に扱われており、その「二見」には伊勢国の二見哥のみが挙げられているが実方歌は無い。この他歌枕や名所の類書は多いが、省略する。どうも詞書などから、伊勢二見ではないと考えられる歌は、播磨や但馬とみられ、そうでない歌は伊勢とされたようにも思われる。二見浦歌の所属国特定は、かなり困難である。

五　奥の嶋人を恋ひする身に譬へたり

「奥」は、国字の「澳（おき）」、即ち「沖」であろう。参考、「澳《ヲキ》（撮壌集、海部）」・「奥《ヲキ》（運歩色葉集）」・「奥《ヲキ》・興（頓要集、俗名部）」・「水霧相《ミナギラフ》　奥津小島爾《オキツコジマニ》（万葉一四〇一番）」。文意「末句は、沖の島に住む海人《あま》が、浦辺に打寄せる波にその衣の袖を常に濡らしているように、恋に悩んで涙で袖を濡らす吾身を海人に譬えて表現しているのである」。

六　袖のミ濡るゝ……打ち解けぬ事をいへり

文意、「第四句で、着物の他の部分は濡れないで袖口ばかりが濡れると言う事によって、相手の恋人と心が打ち解けあえないで、なやみつづけて涙を流しつづけているという事を、表現しているのである」。

七　明け難き二見とハ、人の心の解け難き

に、寄添へて言へり

文意、「第一・二句は、夜がいつまでも明けにくい二見の浦という事に、箱の蓋と身がなかなか開けにくいという意を裏に含ませる事によって、わが身と相手の恋人とが、いつまでも心を打ち解けて通いあわせる事ができないでいるという悩み事を、関係づけかこつけながら表現しているのである」。

参考、「明ガタキハ、アキガタキ也。イカニヌルトモ、アラマシキ也。ソレヲ、ハコノフタ、ミニヨセテ、明ガタキトヨメリ。キト、ケトハ、五音ナレバ、カクヨメリ。夜ノコトニハ、アラズ。人ニアフコトハ、キハメテ、明ヤスキ也。明ガタキトハ、ヨムマジキ也〈大坪云、開《あき》・明《あく》ノ、四段・下二段ノ相違。恋人ト相会スル時間ノ、心理的長短。ニ配慮シタ注〉（新古今注。コノ注ハ、吉田氏旧蔵註・高松宮本註・高松重季本註ノ前半部ニモ引用サレテイル）」・「ふたとみとある物はあくるもの也。あけがたきとは、人のつれなきによそへたり。ゆけども〳〵つれなく、袖のみぬらしおきてかへると也。ぬれておくるとせう句也〈大坪注、せう句ト八秀句ト同ジク、掛詞的意味ヲ持タセタ句ノコト。濡れて起きト沖つ島人トノおきガせう句〉。島人の、波に袖をぬらし往反の辛苦を、わが事によそへり（抄出聞書）」・「是も序哥なり。袖のみぬれておきつ、又秀句なり。古今に、心に人を（ママ）おきつしら波とよめる哥は〈大坪注、四七四番元方歌。古今デハ人に心をトアリ〉、心をかくるといふ哥にや。されば此哥も、人に心をかけて侍れどもおきつ島人のやうに、よそにかけはなれたるといふ心なり（牧野文庫本聞書）。コノ注ハ、吉田氏旧蔵註・高松宮本註・高松重季本註ニ、又一説トシテ引用サレテイル）」・「玉くしげ・心ニ（を脱カ）もたせたり〈大坪注、玉匣《たまくしげ》ハふたニカ、ルト枕詞〔冠辞考〕。二見ニモカカル〉。ふたもミもある物也。わが心明けく〈大坪注。アキラケク、トヨム〉なきゆへうらむる也。はこのふたしたるやうニしている也（かな傍注本）」・「明がたきはあきがたき也。いかにぬるともあくまじき也。それを箱のふたみ〈蓋・身〉によせて、あけがたきとよめり。きとけと五音通也〈カ行ノ五音相通ヲイウ〉。夜の事にも有べからず。人と逢夜はきはめて明やすき物也〈恋人ト逢ツテイル夜ハ、心理的ニ短カクテ、明ケルノガハヤイ事〉。又一説、序哥也。袖のみぬれておきつ、又秀句也。古今に、心に人のおきつしら浪とよめる哥は、心をかくるといふ哥にや。されば此哥も人に心をかけて侍ども、奥津島人のやうに、よそにかけはなれたるといふ心也（吉田幸一氏旧蔵註・高松宮本註・高松重季本註）」・「浦によるなみは、袖のみなれて馴れて、モ考エ得ルガ如何〉といはんため也。おきつと云にをくる心有〈注、沖つニ、起くる〔起キツ〕ノ意味が掛ケラレテイル〉（私抄）」・「袖のみぬれておきゐつゝ、明しがたき心をそへよめり。明がたき蓋《フタ》とそへて也。此二見の浦は但馬なるべし（八代集抄・学習院大学本注釈）」。

〔二六八〕（八二頁）

一 伊勢

管見新古今二十六伝本、当歌作者はすべて「伊勢」で異同はない。ところで、契沖『書入』本には、「いせか集に。批把左大臣也」と男歌としての断定がある。「いせか集」とは「伊勢が集」、或は「伊勢家集」ということであろう。「批把左大臣」は藤原仲平である。仲平の家集の有無を私は知らないが、契沖はおそらく『伊勢集』により示したのではないか。『伊勢集』にも数種の伝本があるが、岩波新大系『平安私家集』に翻刻されている西本願寺本三十六人集『いせ』の冒頭の長い詞書によれば、宇多帝の時、その皇后藤原温子に、大和守藤原継蔭の女の伊勢は伺候し、温子の弟の仲平が伊勢に懇《ねんごろ》に言いわたり結ばれた事が知れる。その後仲平は近衛府長官〈源能有ヲ当テルノガ通説。当時大納言、数年後大臣とナツク〉の女婿になり、伊勢の許への通いも途絶えていたので、伊勢は恥づかしく思っていたある日、仲平が、五條あたりにあった継蔭の家、つまり伊勢の里家に訪れ、垣の紅葉に「人住まず荒れたる宿を来て見れば今ぞ木の葉は錦織りける」と歌を書きつけたというのが『伊勢集』の冒頭部。これは後撰集冬部に批把左大臣の作として採入され、伊勢歌とはされていない（四五九番歌）。この仲平歌に伊勢は「かへし／涙さへ時雨にそひてふる里は紅葉の色も濃さ勝《まさ》りけり」と答えている。岩波新大系『平安私家集』では、この他四・九・一四・二六・三三・三四六番〈伊勢集デノ歌番号〉を仲平歌とするが、契沖指摘の当歌五一番は仲平歌としていない。その理由は、伊勢集三四番歌から五一番歌までは、三四番歌の詞書「この中宮、東宮の女御ときこえさせける時、題たまはせて、詠ませ給ひける御屏風の歌」により屏風哥と見たからで、題詞にある「男・女」は屏風絵の中の人物と見た事によるのであろう。契沖の指摘によるか否かは不明だが、従来の新古今注釈書では岩波旧大系が「男の歌か」、岩波新大系が「伊勢集では四季の屏風絵の図様を題にとって詠んだ歌の内、師走に内にも入らず帰る男の歌」とするが、これは小学館『全集』・武蔵野書院『校訂テキスト』・朝日新聞社『古典全書』・窪田氏『完本評釈』・石田氏『全註解』・尾上氏『評釈』の説の踏襲である。久保田氏『全評釈』は、これに対し「女である伊勢が物語中の男になっての作である。諸注、『伊勢集』によれば作者は男であるとするのは、これがかなり長大な屏風歌の一首であることを見落としているのである」として、作者は伊勢とされた。久保田氏説は首肯すべき説である。因みに当歌に酷似する歌が、天暦五年十月〈大坪云、撰和歌所ガ置カレ、万葉古点ガ始メラレ、後撰集撰進事業ガ進メラレタ時点〉に建立された醍醐寺五重塔の天井板の落書に見出されており、伊勢歿後〈伊勢ノ没年は不詳デアルガ、コノ時点数年前ノ没ラシキ事ハ推定サレテイル〉間もない頃の落書らしい。その歌は「あふことのあけぬながらにあけぬればわれこそかへれこゝろやはゆく」というもので、伊勢歌が当時かなり著名となっていたか、或は伊勢追福を五重塔天井板に落書きされたのであろう〈コノ落書ノ指摘ハ岩波新大系平安和歌集ニヨル〉。次に『伊勢集』の当該屏風歌を引いておく。●『いせ』（西本願寺三十六人集）に、「しはすにをとこきたり、あひぬへきやうなるを、おやきゝつけてせいすれはいて、、をんな／よるこゆとたれかつけゝむあふさかのせきかたむめりはやくかへりね／といふにゆきのふりけれは／かへるさのみちくへきもおもほえすこほりてゆきのふりしまされは／といふほとによあけぬれは、をとこ／あふことのあはぬよなからあけぬれは我こそかへれこゝろはやゆく」。●『伊勢集』（島田良二氏蔵）に、「〳〵はすに男きたり、あひぬへきやうなりけるを、おやきゝつけてさはきけれは、女／よるこゆと誰かつけゝむ会坂の関かたむめりはやくかへりね／といふほとに雪のいみしうふりけれは／かへるさの道の行ゑもおもほえすこほれて雪の降りしまされは／といふほとにあけぬれは、男／あふことの明ぬよなから明ぬれは我こそかへれこゝろやは行」。●『伊勢集』（正保板本歌仙家集）に、「おもひはしめたるおとこ、しはすはかりにきたり、あひぬへきやうなるを、おやきゝてさはきけれは、えあはてをうな／よるこゆと誰かつゝけむ相坂のせきかたむめりはやくかへりね／といふほとに、ゆきいみしくふりけれは／かへるさは道行へくもおもほえすこほりて雪のふりしまされは／といふほとに夜あけぬれは、おとこ／逢事のあけぬ夜なから明ぬれは我こそかへれ心やはゆく」。以上三伝本、大略は同趣旨ながら、詞書や歌本文に小異がある。五重塔落書も、見様によっては異文系統の伊勢集のものと言えるのである。叙上の男と女との贈答歌については、片桐洋一氏『恋に生き歌に生き 伊勢』（新社日本の作家七）の「第五章」で「屏風絵と物語」として解説がある〈但シ落書歌ハ未発見ノ故ニ触レラレテイナイ〉。又、新古今では九九一番歌は伊勢集〈歌仙家集本・類従本〉に見える歌であるが「読人しらず」とされている。伊勢の事略については、六五番の本文や、七一四番・九九一番等の頭注で触れた。前述片桐氏の著も、伊勢の生没年の推定や生活環境等の考究に有益である。

二　逢ふ事のあかぬ夜ながら明けぬれバ我こそ帰れ心やハ行く

管見新古今伝本での校異。第二句が「あけぬ夜すがら」とあるのが延宝二年板本で、この延宝板本を、文化紀元秋九月に補刻した植村藤右衛門蔵板も同じである。「夜すがら」はこの二本だけだが、「あけぬ」とする伝本は頗る多い（為氏筆本・為相筆本・前田家本・烏丸光栄所伝本・同書写本・亀山院本・冷泉家文永本・宗鑑筆本・公夏筆本・親元筆本・鷹司本・柳瀬本・東大国文学研究室本・高野山伝来本・春日博士蔵二十一代集本・書陵部合点〈岩波旧大系校異ニヨル〉・武田氏蔵大夫阿闍梨本〈同上〉・古活字本〈同上〉・久曽神氏蔵御室本〈同上〉・正保四年板木〈明暦元年板本モ〉・承応三年板木・延宝二年板本〈文化元年板本モ〉・正徳三年板本・寛政六年板本・寛政十一年板本・刊年不明牡丹花在判板本・刊年板元不明板本ノ二十九本）。小宮本「明《あ》けぬ〈明けノ右ニあかイノ校合〉」。「あかぬ夜」と増抄引用形に同じであるのは吉田幸一氏明応二年慶祐書写本〈岩波旧大系校異ニヨル〉である。京大図書館蔵宗長秘歌抄・陽明文庫本抄出聞書・牧野文庫本聞書・吉田幸一氏旧蔵註・高松宮本註・高松重季本註・内閣文庫蔵増補本聞書等の施注書の歌本文も「あかぬ夜」である。

当歌出典は家集であろう。他出は極めて少ないようで、醍醐寺五重塔天上板落書の他、未検索。表現上の技巧は上三句が「あ」の頭韻を踏む。第二句を「あかぬ」とすれば「飽かぬ・開《あ》かぬ」の掛詞、「あけぬ」とすれば「明けぬ・開《あ》けぬ」の掛詞となる。伝本で圧倒的に多い「あけぬ」での歌意参考、「逢うことも果たさず、戸をあけて下さらぬそのままで夜が明けてしまったので、私の身体は止むを得ず帰りますが、心は帰れましょうか、迚《トテ》も不満足で帰られません（石田氏『全註解』）」。「あかぬ」での歌意参考、「逢うことは、格子が開かないので、満足しない夜であるものの、夜が明けてしまったので、わが身の方は帰るが、わが心の方は帰って行こうか、行きはしない（窪田氏『完本評釈』）」。

「あかぬ別なれば我こそかへれ心は君にそふとなり（標注参考）」。両者折衷での歌意参考、「逢えぬまま夜明けとなってしまった（大坪云、女が格子ヲ開ケテクレナイノデ逢エヌママ・格子ガ開カヌノデ女ニ逢エヌママ）。今帰るのは私の体だけであって、心は体について行けるものですか、心残りで（岩波新大系平安私家集）」。恋する女と逢いながら、相逢の満足しないままに、夜明となり飽かぬままに別れねばならず心残りであると歌う類歌として、源氏物語賢木巻の「心からかたぐ〜袖を濡らすかなあくと教ふる声につけても」を、幽斎の『聞書後抄』は指摘しているので、明くと飽くが源氏歌でも掛詞となっている。影響関係は認められる。

三　古抄
この古抄は、幽斎の所謂『聞書後抄』を引用したもので、常縁の原撰注ではない。部分的には牧野文庫本聞書の一部分が混入している。この古抄を所載する伝本間の校異を示せば、「添ふと云ふ心也」が「そふといふなり（私抄）」。引歌を示す「引」字のないのが、内閣文庫蔵増補本聞書・内閣文庫蔵聞書後抄・私抄である。引歌の第三句「しぼるかな」が「ぬらすかな」（無刊記板本聞書・宝永八年板聞書・説林後抄・内閣文庫蔵増補本聞書・内閣文庫蔵聞書後抄・私抄）」。第四句の「明くと教ふる」が「わたとおしふる（私抄）」。引歌の末にと字をつけて「声につけてもト」あるのが内閣文庫蔵聞書後抄。「源氏物語に読めるハ」が「源氏に読めるは（説林後抄・内閣文庫蔵聞書後抄・吉田氏旧蔵註・高松宮本註・高松重季本註）」。「とのゐ中」は「とのゐ申《まうし》」の誤刻であろう。中《なか》と申《もうす》の草体は酷似するので、『五體字鑑』（説蔵和本、十二冊本）や『五体字類』・『くずし解読字典』で比べてみたが決定し難く一応『五體字鑑』に拠って「中」と翻刻した。但し文脈上では「申」が良い。「宿直中の」が「内裏のとのゐ中の（説林後抄・内閣文庫蔵聞書後抄）・とのゐ申の（内閣文庫蔵増補本聞書・私抄）」。「明るを飽ぬ」が「明くを飽ぬ（説林後抄）」。「此の哥の心も同じき也」が「此哥も同心也（説林後抄・内閣文庫蔵聞書後抄）」。「已前《いぜん》」の表記が「以前（無刊記板本聞書。宝永八年板本聞書・説林後抄・内閣文庫蔵聞書後抄・私抄）」。増抄引用と同字の「已前」が内閣文庫蔵増補本聞書。語義は両方ともに、ある時点より前である意（角川古語辞典）で、『易林本節用集』に「已前　イゼン」とある事も記載。「哥なれバ」が「歌也（説林後抄・内閣文庫蔵聞書後抄）」。注尾の「取りて詠めるにハあらざるべし」の部分は、説林後抄・内閣文庫蔵聞書後抄には無い。

四　飽かぬ別れなれバ……と云ふ心也
当歌の歌意説明。文意「当歌の意味は、あなたと、こうしてお逢いすることは叶いましたものの、満足できる程の相逢ではなくての、後朝《きぬぎぬ》の別れでありますから、私の身体こそ帰りますが、私の魂は帰らず、いつ迄もお側に付き添っておりますよ、という内容の歌だ」。

五　引
「引歌《ひきうた》」の略。『和歌大辞典』の今井源衛氏の解説では「〈前略〉物語や日記の散文の中に特定の古歌あるいは今歌をふまえて文飾とし、情趣的効果を昂めようとするもの。またその場合引用される歌そのものを指すこともある。特定の古歌を引用するといっても、それが誤りなく一首の歌に措定され得るか否かは、問題が多く、その符号度が一首中少なくとも二句以上にわたるべきか否かなど一首全体の情調や語序とも絡んで引歌の判定には苦しむことが少なくない〈後略〉」とある。

六　心から方々袖をしぼるかな明くと教ふる声につけても
この引歌は源氏物語賢木巻の朧月夜尚侍《ないしのかみ》の歌で光源氏は「歎きつつ我世僂なく過ぐせとや胸のあくべき時ぞともなく」と答えている。源氏物語では第三句「ぬらすかな」。源氏が弘徽殿の西廂《ひさし》に居る朧月夜に密会のため忍び入り、寅一つ《ちらひと》刻〈午前四時頃〉を知らす宿直申《とのゐまうし》の声に、ハッとする場面である。朧月夜尚侍歌大意、「人のせいでなく、私の心のせいで、それやこれやと、何かにつけて、私は袖を濡らしますよ、夜が明けると教える声を聞くにつけても。別れが惜しくつらくて。（源氏が私〈朧月夜〉に、飽きたと教えている――私に飽きる事もおありかと、心配である）明くに飽くを掛けた」〈以上旧岩波大系源氏物語頭注ニヨル〉。源氏の答歌も、胸のあく、に夜の明く、胸の思ひの明く〈晴レル〉、恋が飽く、が掛けてあり、源氏の朧月夜に対する思ひが、飽きる事なく、従って胸の思ひも晴れる事もなく続くことが詠まれている。伊勢の当歌と極めてよく似た心情が詠まれているのである。

七　源氏物語に読めるは……此の哥の心も同じき也
文意、「源氏物語に詠んである朧月夜尚侍の歌の、明くと教ふる声とは、宿直申《とのゐまうし》の声を言うのである。夜が明くるのアクルを、恋に飽《あき》ぬ〈大坪注、飽《あか》ぬト振仮名ヲシタノハ、無刊記板本聞書ヤ宝永八年板本聞書ニ、飽《あか》ぬト振仮名ガシテアル故デ、飽《あき》ぬトスベキ所ノ誤。

飽《あ》くハか行四段活用。飽《あ》きぬハソノ連用形ニ、完了ノ助動詞ぬノ終止形ガ接続シタモノ〉の意に詠み成しているのである〈大坪注、読みなすハ、意味ヲ自分ナリニ判断シテ、主観的ニ読ミ取ルコト〉。この伊勢の新古今歌の歌意も、源氏朧月夜歌の意味も同じ心である」。「宿直申」とは、「宿直奏・宿申」とも書き、「宮中で宿直した蔵人所の滝口などが、夜中定められた時刻に、その氏名を奏上すること（岩波古語辞典）」。『北山抄巻九』（丹鶴叢書翻刻本）に、「宿申。亥子時左陣毎刻夜行、丑寅刻右陣勤之、若有闕怠、次将召勘直官人等、丑刻、物節一人来申宿申候之由〈殿上及宿所、尋上﨟次将在所、申之〉、次将問之〈或乍臥《立イ》　与奪、左右於一所申者、後申之者不必問之、依己知左右也〉、即申姓名、仰曰、申《マウセ》勢、称唯告府生、府生両度以痎《ガイ》声示候由、問曰、阿誰《タソ》〈此度頗有威儀問之、然猶微音也〉、府生以下称職姓名、即申宿侍之人畢、仰曰、縦《ヨシ》之〈申大将者府生申候由、将曹申之、即申中将以下、申於中将者、申少将以下、申少将者、中将監以下〉」と近衛府の場合の記述がある。

八　是ハ源氏已前の哥……あらさるべし　文意「この伊勢歌は、源氏物語が書かれた時点よりも古い時点で詠まれた歌であるから、歌意は類同しているが、源氏物語より本歌取りのような趣意で詠んだ歌ではないであろう」。伊勢の生没年は未詳であるが、貞観十六年（八七四）から天慶二年（九三九）頃の人と推定されている。源氏物語の成立に関しては、安藤為章の『紫家七論』に、「今按、河海抄に、寛弘のはじめに出きて、とか、せ給へるはこれらの文によりてや〈大坪云これらの文トハ、紫式部日記ノ、左衛門督、あなかしこ此たりに若むらさきやさぶらふと、伺ひ給ふ。げんじにゝるべき人見え給はぬに〔寛弘五年十一月一日ノ若宮＝敦成親王＝後一条天皇ノ誕生祝賀ノ日ノ記事〕・うちのうへの源氏物語を、人によませたまひつゝ聞し召しけるに云々〔寛弘六年正月、紫式部ガ日本紀御局ト異名ヲトル日ノ記事〕ヲサス〉。いかさまにも、長保の末、寛弘の始、式部やもめ住にて、里に侍りける徒然に作りたる歟。寛弘五年に道長公四十三歳にて、式部に艶言のたまひ、同六年わだどのゝ戸をたゝきわび給しなどをおもへば、いたく老嫗とも見えず、又みづからさだ過ぎたるよし書たれば、若く盛なる女とも見えず。〈後略〉（七論其三　修撰年序。岩波思想大系前期国学翻刻ニヨル）」。伊勢の推定没年天慶二年（九三九）から、源語成立の寛弘五年（一〇〇八）まで約七十年間の隔《へだ》たりがある故に、この聞書後抄説は首肯できる。参考、「アケヌ夜トハ、是モ〈大坪注、前一一六七番歌ノ明ガタキヲ指ス〉カトケトハ、五音也。アカヌ夜也（新古今注。明けぬヲ飽かぬト解釈シヨウトスル五音相通ノ思考）」・「心は稀にあふ夜半の、忘却して更に明ぬるともおぼえぬに、なく〳〵おきわかれてくれども、心は君にそひてわかれぬは、よもかへらじ、我のみこそかへれといふ心也（宗長秘歌抄）」・「あく事もなきにはやく夜の明侍れば、我は帰れども心は君にうちそふよしなり（抄出聞書）」・「心からかた〴〵袖をぬらすかなあくとおしふる大裏《(ダイリ)》こゑに付ても、と読ル。源氏によめるは時《(マヽ)》中のこゑなり。あかぬは、夜の明ぬを佗ぬとよみなせり。我はかへれども玉しゐに君にそふといふ心なり。此哥は、源氏以前の哥なり（牧野文庫本聞書。吉田氏旧蔵註・高松宮本註・高松重季本註モホボ同文、幽斎聞書後抄モコノ注ヲ見タ形跡大ナリ）」・「あふことはさらに満足せねども、はや夜の明行間、無是非《(ぜひなく)》かへる也。われこそかへれ、心は留りて君にそふと云心也（新古今之内哥少々）」・「いせ物語のやちよしねばやの心也〈大坪注、伊物二十二段、秋の夜の千夜を一夜になずらへて八千夜し寝ばやあく時のあらん→あくニ明く・飽くノ掛詞。契沖ノ勢語臆断ニ、古今和歌六帖第四恋ニ、末句、恋は醒なむ、トアルヲ指摘。六帖デハ、作者ヲ、伊勢或本、トシテ二首ヲ掲ゲタ中ノ一首〉。かたりつくさぬ内ニ夜明也。いくよかたりてもつきず。夜明バわれハ帰る也。心ハあとにのこる也（かな傍注本）」・「明ぬ夜のごとく逢ことの埒もあかで、巳《スデ》に夜は明たれば、是非もなく帰るに、心のゆく事もなく鬱《(うつうつ)》々としたる心を、我身こそ帰れ心はゆかずとよめり。心のゆくとは本意をとげて心よき事也。心のゆかぬとは本意もとげず鬱《ウツ》せし心也（八代集抄・学習院大学本注釈モ同文）」。

九　心の行くとハ……由にいへり　磐斎のこの施注は奇妙で、どうも磐斎は、性急癖があったらしい。言おうとする事が先に出て、それを正確に書かぬさきに、筆が滑って了《しま》うらしい。ここも「心の行かぬとハ、慰さまぬ事なり」と書くか、「心やハ行くとハ、慰さまぬ事なり」と書くべきである。文意、「末句の、心やは行くは、やは、は反語法で、心は行くであろうか、いや行きはしない。即ち心は満足して慰さむであろうか、いや満足せず慰さまれはしないという意である。わが心は恋人の所に留まったままで、我身と一緒に帰らない由《よし》〈体裁・恰好・ふり〉

にして詠んでいるのだ」。

〔一〇〕明けぬと云ふ本もあり 文意、「第二句の、あかぬ夜ながらの、あけぬは、あけぬ夜ながらと、あけぬに作っている伝本もある」の意で、管見では、むしろ「あけぬ」とある伝本の方が多い。頭注二の歌句の校異で詳述した。

〔一六九〕（八三頁）

一 九月十日余りに、夜更けて、和泉式部が門を敲かせ侍りけるに、聞ゝ付けざりければ、朝に遣ハしける

管見新古今二十六伝本校異。「余りに」が「に」の無い伝本と有る伝本とがある。「余り」が為氏筆本・為相筆本・冷泉家文永本・烏丸光栄所伝本・同書写本・前田家本・亀山院本・小宮本・宗鑑筆本・東大国文学研究室本・鷹司本・公夏筆本・親元筆本・柳瀬本・春日博士蔵二十一代集本の十五本。上記の中、烏丸光栄所伝本と同書写本は「は《あま》か《イ》り」とあって「ばかり」を異本によって「あまり」とミセケチ訂正が行われている。「余りに」が高野山伝来本・正保四年板本〈明暦元年板モ〉・承応三年板本・延宝二年板本〈文化元年補刻本モ〉・正徳三年板本・寛政六年板本・寛政十一年板本・刊年板元不明板本・刊年不明牡丹花在判板本の十一本。「門〈かど〉」が、「もと（為相筆本・春日博士蔵二十一代集本）・と（為氏筆本）」。「侍りけるに」の「に」が「ナシ（為相筆本）・時（烏丸光栄所伝本・同書写本）」〈大坪注。為相筆本ヲ底本トスル岩波新大系・角川ソフィア文庫本ハ、にノ字ヲ付シテアルガ、複製本デハにハ無イ〉。「聞ゝ付けざりければ」が「きゝつけ侍らざりければ（烏丸光栄所伝本〈同書写本ハ侍らガナク異ナツテイナイ〉）」。「朝に」が「あした（鷹司本〈に無シ〉）」。「遣ハしける」が「つかハし侍ける（烏丸光栄所伝本〈同書写本ハつかはしけるデ異同ハナイ〉）」。

この新古今詞書はおそらくは『和泉式部日記』の記事に基づくものと思われるので、日記の長保五年九月のその部分を左に引く。

「九月二十日あまりばかりの有明の月に御目さまして、いみじう久しうもなりにけるかな。あはれ、この月は見るらむかし。人やあるらむ、とおぼせど、例の童ばかりを御供にておはしまして、門をたたかせたまふに、女、目をさまして、よろづ思ひつづけ臥したるほどなりけり。すべてこのごろは、折からにやもの心細く、つねよりもあはれにおぼえて、ながめてぞありける。あやし、たれならむと思ひて、前なる人を起こして問はせむとすれど、とみにも起きず。からうじて起こしても、ここかしこのものにあたり騒ぐほどに、たたきやみぬ。帰りぬるにやあらむ。いぎたなしとおぼされぬるにこそ、もの思はぬさまなれ。おなじ心にまだ寝ざりける人かな、たれならむ、と思ふ。からうじて起きて、人《じイ》もなかりけり。そら耳をこそ聞きおはさうとて、夜のほどろにまどはかさるる。騒がしの殿のおもとたちや、とてまた寝ぬ。女は寝で、やがて明かしつ。いみじう霧りたる空をながめつつ、明かぬなりぬれば、このあかつき起きのほどのことどもを、ものに書きつくるほどにぞ例の御文ある、ただかくぞ。／秋の夜の有明の月の入るまでにやすらひかねて帰りにしかな／いでやげに、いかに口をしきものにおぼしつらむ、と思ふよりも、なほ折ふしは過ぐしたまはずかし。げにあはれなりつる空のけしきを見たまひける、と思ふに、をかしうてこの手習のやうに書きゐたるを、やがて引き結びてたてまつる。〈後略〉（三条西家旧蔵本、小学館『全集』翻刻参考）」。この日記の「九月二十日あまりばかりの有明の月」の文言により、烏丸光栄所伝本のミセケチ訂正の理由や、九月十日頃の有明月が出たとする新古今の詞書並びに歌句の疑問は氷解する。参考、「他本〈大坪云、寛元本・応永本・扶桑拾葉集所収本〉すべて、九月十よ日ばかりの、とあり、新古今集巻十三・恋三、秋のよの、の歌の詞書も、九月十日余に夜ふけて和泉式部が門たゝかせ侍りけるに……、となっている。夜が明けながら空に残る有明の月は、月の出の遅い二十日過ぎでなくてはうちあわない。十よ日、の月では望月近しということになってしまう。三条西本によって、はじめて本文が自然になったところである（至文堂、全講和泉式部日記）」。又、この新古今詞書の関連記事に「貞永二年〈四月十五日改元天福元年トナル〉三月二十日条。〈前略〉典侍〈大坪云、定家ノ女、民部卿典侍ノコト〉往年幼少之時、令参故斎院〈大坪云、式子内親王〉之時、所賜之月次絵二巻〔年来所持也〕、今度進入宮〈後堀河院中宮ノ安喜門院有子？〉、詞同彼御筆也。〈中略〉件絵被十二人之歌〔被分月々〕。正月〔敏行云々〕、二月〔清少納言、斉信卿、参梅壺但無歌〕、三月〔天暦藤壺御製〕、四月〔実方朝臣〕、五月〔紫式部日記、暁景気〕、六月〔業平朝臣、秋風吹告鴈〕、七月〔後冷泉院御製〕、八月〔道信朝臣、虫声〕、九月〔和泉式部、帥宮町門《ママ》〕、十月〔馬内侍、時雨〕、十一月〔宗貞少将、未通女之姿〕、十二月〔四条大納言、北山之景気〕、二巻絵也〈後略〉（明月記）」（大坪云、上記中九月分ハ、和泉式部日記ノ前引記事ニ符合スルト思ワレ、町門ハ、叩門ノ誤読翻刻デハナカロウカ。進入宮ノ宮トハ、後堀河天皇ノ皇后宮利子・中宮安喜門院藤有子・中宮藤長

子・中宮藤遵子ガ一代要記ニ見エルガ特定未考）という明月記の記事も参看すべきである。当歌の他出は『二四代集・二四代和歌集・八代知顕抄』に見えているが、その題詞は「和泉式部につかハしける」。題詞の文意「長保五年九月二十日すぎの頃に、夜が更けてから、和泉式部の邸宅の門戸を従者の童に叩かせましたが、式部は、その叩く音を聞きつけなかった為か、門戸を開けなかったので、やむなく帰宅したが、その早朝に彼女の邸に持たせてやりました歌」。

二　大宰帥敦道親王

管見二十六伝本の中、前田家本は「大宰大貳敦道親王」。他本では「大宰」を「太宰」に作る伝本も多い。烏丸光栄所伝本・同書写本・小宮本・東大国文学研究室本・公夏筆本・春日博士蔵二十一代集本・柳瀬本・亀山院本・高野山伝来本・正保四年板本〈明暦元年板本モ〉・承応三年板本・延宝二年板本〈文化元年補刻本モ〉・正徳三年板本・寛政六年板本・寛政十一年板本・刊年板元不明板本・刊年不明牡丹花在判板本の十九本で、他は「大宰」に作る。「太宰」と「大宰」の相違については一〇〇二番歌頭注二で触れておいた。その要点は官庁としての「だざいふ（大宰府）」関係では「大」の字、天満宮即ち神社の関係では「太宰府天満宮」と「太」の字が使われたのではないか。吉川弘文館『国史大辞典』の用字を参考すれば、そのように思われるし、印鑑もそのようである。ただし、古文書や古書や歌書では両者の混用も多く統一があるとは考えにくい。後考を期待する。発音は両者共「ダザイ」と濁音。敦道親王に、契沖『書入』本に、「冷泉院御子《ママ》」の朱書あり。参考「敦道親王《アツミチノミコ》、任二太宰帥一〈日本紀略・一代要記〉、寛弘四年、禁中曲宴賦レ詩、敦道与二具平親王一預焉、尋授二三品一〈日本紀略・大鏡裏書〉、十月薨、年二十七〈日本紀略・○按一代要記作二十二月薨一〉。敦道美姿薄行、初求二関白道隆女一為レ妃〈栄華物語・大鏡〉、妃性放縦有二文才一、敦道延レ客則褰レ簾観レ之、毎レ会二文人一、妃或隔レ屏擲レ金、或品二評其篇章一、敦道愧而出レ之〈大鏡〉、再娶二大納言藤原済時女一、及下与二和泉式部上姦一、亦出レ之〈栄華物語・大鏡〉（大日本史列伝一）」・「親王者冷泉院第四之皇子。母贈后藤原超子、東三條摂政兼家之女也。三條院養為レ子、敘二三品一、拝二太宰《ママ》帥一。〈勅撰入集歌数省略〉五代之集作者也（二十一代集才子伝）」・「冷泉院の女御超子〈庚申の夜頓滅有レ之。東三條の御女也〉、資子の御母也〈冷泉皇女一宮也〉。一宮三條院・二宮為尊親王・四宮敦道親王、是も皆超子の御腹也（東野州聞書巻五）」・「和泉式部〈雅致女。和泉守道貞妻。敦道親王妾〉（志賀須賀文庫蔵歌僊部類本、女三十六人撰〈女房三十六人歌合トモ称ス〉の第九番の作者名に付けられた勘物）」・「敦道親王。三品太《ママ》宰帥、冷泉帝御子（勅撰作者部類）」・「敦道親王。三品太《ママ》宰帥、母同〈大坪注、超子ノコト〉、寛弘四年十二月薨、年二十七（一代要記丙《ママ》集、冷泉天皇皇子）」・「敦道親王。三品太宰帥、母同〈＝超子〉。紀略、寛弘四年十月二日、三品太《ママ》宰帥敦道親王薨、年二十七（本朝皇胤紹運録。逆算すれば出生は天元四年（九八一）となる）」。

三　秋の夜の有明の月の入までにやすらひかねて帰りにしかな

管見新古今二十六伝本の中、高野山伝来本は第二句が「有明月の」となっていて、「有明の月の」と表記されていないので、字余り句として読むべきか否か不確定。他伝本は異句なし。「やすらひ」の語尾の「ひ」は、反復・継続を示す接尾語で四段活用の動詞を作る〈例、呼ばふ・散らふ〉。ここは、足を停《と》めて佇《たた》ずむ、意で連用形。「かね」は動詞連用形に付いて、それを成し遂げようとしても不可能・困難の意を表わす。「入までに」は連語。本来は両手《まで》という名詞。それに格助詞の「に」が伴なった形で、副詞句となって、下接する語句を形容する。時間・程度等の度合《とあい》が満ちて、至りつく点を強調して示す語である。歌意「秋の長い夜、有明月〈月ハマダ空ニ残ツテイナガラ夜ガ明ケテ了ウノガ有明。ソノ頃ノ月ヲ有明月ト呼ビ陰暦十五日以後、特ニ二十日以後ニイウ〉が西に消え入ってしまう時まで、あなたの邸の門前で、足を停めて佇ずむことも成《な》しかねて、私はためらいながらも家に帰って了《しま》った事ですよ」。歌意参考、「明けもやするとて、秋の夜の長々しきに、有明のいるまで門にたゝずみかねて、猶あけねばあまりやすらひかねて帰りしとなり（標註参考）」。当歌他出は『二四代集・二四代和歌集・八代知顕抄』に歌句の異同はなく、採入されてある。前引、明月記の記事と共に、定家には忘れられぬ歌であったのだろう。ところで、この敦道親王の歌に対する返歌は、和泉式部はしなかったのであろうか。『日記』（三条西家本）には、親王に送った結び文に、式部の返歌「秋のうちはくちはてぬべしことはりのしぐれにたれか袖はからまし」が見られる。『和泉式部集』（正・続）の正集では「うと〳〵しうちくもる物から雨のけしきはかりふるはせんかたなくて」という題詞があり、初句「秋のうちに」、下句「時雨に袖を誰にからまし」と歌形が異なる〈大坪云、歌形ニ関シテハ、以下ニ引ク歌モ異同ガアルノデ、詳シクハ、古典文庫平安文庫叢刊四和泉式部全集ヲ参看シテホシイ〉。この返歌よりも、もっと敦道歌にふさわしく思われる歌があるが、これは敦道親王への返歌である証拠はない。むしろ、異なる時期の歌ではあるが、式部の気持を考える上では、参考にはなる「をとこにわすられてなげき侍りけるころ、霜のふれるあしたに人のもとへつかはしける／和泉式部／けさはしもおもはむ人はとひてましつまなきねやのうへはいかにと（続詞花、恋下、六六四番。〈第三句とひくまし、第四句つれなきねやの、末句うへはいかゝと、ノ歌形モアル〉）」・「題しらず／和泉式部／有明の月見すさびにおきて去にし人の名残を詠めし物を（千載恋五。九〇五番〈コノ歌形モ異同多イ。玄々集・三奏本金葉集等ニモ見エ、式部続集ニモアル、式部集デモ各種伝本間デ異同アリ〉）」。前歌は、正集によれば源頼信に贈った歌と考えられ「今朝こそは、私を想《おも》ってくださる人なら、夫《つま》〈或ハ連レ添ウ人〉のいない閨《ねや》で独り寝する私の淋しさはどれ程であろうと問うて下さるでしょうに」の如き心情の歌。後歌は「有明の月を賞《め》で慰《すさ》びながら、私を問いもせず置き放して帰って行かれた人の、その名残りを、私は月をながめつつ、物思いにふけりつづけた事ですよ」の如き心情の歌。共に敦道親王に対する歌ではなかろうが、『和泉式部日記』のこの件りにも通用しそうな詠作であろう。

四　上句ハ……秋の長きにと也

文意「上三句は、秋の長夜の夜明方の有様を述べようとして措辞しているのである。春夏の短夜でさえも、恋人の家を訪れて門の開かれるのを待つ気分は長く感ずるものであるのに、ましてや秋の長夜であってみれば、ますます長く感ずるものなのだ」の意。

五　下句は……然ても憂かりしとなり

文意「下三句は、女の家の門が、いつ開くのかといらだちながら待っていたのであったが、一向に門の開く気配もなく、その中にだんだんと夜が明けわたってゆくので、心を残しながらも帰って了《しま》った事だよ、それにしても、あなたの態度は私にとっては、無情で、つらくて憂鬱《ゆううつ》に思われた事でしたよ、という意味だ」。

参考、「太宰帥」の訓について、『かな傍注本』に「おふみこともちのかミ」の振仮名がある。現行注釈書では「ダザイのソチアツミチシンワウ」と訓まれている（講談社新註・朝日新聞社全書・小学館全集・新潮社集成等）が『かな傍注本』によれば「オホミコトモチのカミアツミチのミコ」と訓まれる事になろう。『日本書紀』（孝徳紀・大化五年三月、是月ノ条）に「即拝二日向臣《ひむかのおみ》於筑紫大宰《つくしのおほみこともちの》（ママ）帥《かみ》一」とあるが「即《すなは》ち日向臣を筑紫大宰帥に拝《め》す」（岩波旧大系本三一〇頁）と訓読されている。新古今では従来指摘が無いので一応参考として記しておく。参考「もし聞付《ききつけ》て明《あけ》もやするとて、秋のよの長々しきに、有明のいるまで門にたゝずみて、猶あけざればあまりやすらひかねて帰りしと也。作者、敦道親王は冷泉院第四御子、三品太宰（ママ）帥（八代集抄・学習院大学本注釈）」。

〔一一七〇〕（八四頁）

一　道信朝臣

管見新古今二十六伝本では、春日博士蔵二十一代集本が有姓の「藤原道信朝臣」であるが、原本のままか、或は翻刻方針に拠るものか不明。他本はすべて無姓の「道信朝臣」。道信の事略は八〇八番歌頭注三で既述した。追加参考、「道信は恒徳公為光の男、母は伊予の女。寛和二年凝花舎に於て元服し、右中将従四位上に陞任したが、正暦五年七月十一日卒した人〈小右記目録〉で、歌人としての逸話は、今昔物語、俊秘抄、宝物集、井蛙抄等の諸歌書に多い（桂宮本叢書第二巻解題）」。小右記目録は『小記目録』と右字を抜いて呼ばれ、『大日本古記録、小右記十』の「小記目録第二十」と「編年小記目録」とに記載があり「正暦五年七㈪十一㈰、左近中将道信卒事〈同上書一四八・一二五頁上段〉」とある。なお『百人一首一夕話』で尾崎雅嘉はその享年を二十三歳とする。逆算すれば、天禄三年の出生となる。現行注釈書類では「生年未詳」とし、雅嘉説に言及しない書もある。以下『小右記』より、道信記事を抜書しておく。「（永延元年三月廿六日、兼家春日詣試楽）舞人〈九人中ノ一人、侍従道信トアリ〉」・「（永祚元年三月廿日春日行幸試楽）辛丑、参内、春日行幸試楽、舞人八人舞、今二人不参、一舞四位二人、左馬頭正光・右少弁道信〈後略〉」・「（永祚元年十月廿日、弓場始）戊辰、参内、弓場初依御物忌延及今日、依雨出居次将道信入自宣仁門、着膝突、伝喚由〈後略〉」・「（永祚元年十二月廿日、兼家任太政大臣大饗）、〈前略〉五六巡之後召録事、弁・少納言録事左四位少将道信・左近少将宣方、外記・史録事時明・為規等也〈後略〉」・「（正暦四年七月廿七日）……今日相撲召合、但無音楽、依左府（源雅信）出家事者、終主上（一条天皇）出御南方、東宮（居貞親王）参上給、関白候御簾中、内侍臨檻、内大臣先参上、依兼大将、其後公卿参上、出居次将良久不参上、数度催仰、僅左中将道信入自日華門参上、出居侍従不見〈後略〉」・「〈長和元年七月十七日、大江匡衡卒去、廿一日一条帝御苦熱、又、道長沉病之間被悦人〻五人之由、近日所聞、太奇事也ノ記事ガ続イテ〉、齋信、道信是兄弟也、而道信入大入道殿〈藤原兼家〉戸、仍齋信・道信共居左近中将、近有其例〈大坪云、コレハ近衛司兄弟不相並間事ノ例ニ違ウコトヲ述べタモノ〉」。なお、『百人一首一夕話』には「道信孝心深かりし話」として「限りあれば今日ぬぎ捨てつ藤衣果てなきものは涙なりけり」を挙げ、続いて「粟田右大臣の養子となられし話」を挙げ、栄華物語の「見果てぬ夢」の巻を引いて、実資が花山院の女御に通われているの聞いた道信も、その詠歌から、「かの女御に懸想せられたるにやあらん」と紹介している。

三　心にもあらぬ我身の行き帰り道の空にて消ぬべきかな

管見の新古今二十六伝本での校異。初句亀山院本には「こゝろに八」。第四句は為相筆本・為氏筆本・冷泉家文永本は「空」を仮名書にしてあり「そら・そこ」のいずれとも読める感じがする。現行注釈書の翻刻は「そら」と読んである。管見範囲では「そこ」と翻刻した著は見当らない。岩波新大系も角川ソフィア文庫も然りである。ところが出典家集の一伝本たる島原松平文庫〈一三五・一二歌番〉では「みちのそこにて」とあり「こ」の右に「ら集」という校合傍記がある。明かに「そこ」という伝本もあるのである。翻刻で「そら」と断定された理由は私にはわからないが、おそらく「空」と漢字表記の伝本もあるので、そうされたのか、それとも「みちのそら」なら「道の中空〈途中〉」で歌意が通じやすいが「みちのそこ」なら「道の底」で意が通じにくいと考えられたからではなかろうか。併し「道の其處《そこ》」と考えては如何《いかが》。其處彼処《そこかしこ》の其処で、そのあたり、恋人宅への通い路の其の辺、の意と考えれば歌意は十分通ずる。為相筆本・為氏筆本・文永本は、幸いにして複製や影印本があるので助かるが、原典を翻刻にしか頼る他ない多くの研究者は、いくら「原典に忠実な翻刻」と凡例で述べられていても、百パーセント頼る訳には行かず、翻刻者の主観の混入を考える時、九十九パーセントは頼っても一パーセントの疑問は捨てるべきでない。さて、出典家集での歌形も、詞書と同じく伝本により小異がある。『道信朝臣集㊙』では「心にもあらぬわかれのゆきかへりみちのそらにてきえぬつきかな」〈桂宮本叢書翻刻〉。『同㊛』では「心にもあらぬわか身のゆきかへりみちのそらにて《も》きえぬへきかな」〈同上。てノ右ニもヲ傍書〉。『道信集』では「心にもあらぬわか身のゆきかへりみちのそこ《ら集》にてきえぬへきかな」。他出は今の私は未検出。参考としては、契沖『書入本』に、「万十五。いめのこと道の・空に（ママ）てわかれする君」・「夕皃。かゝる道の空にてはふれぬへきにやあらん　引哥

立て行ゐもしらすかくのみそ道の空にてまとふへらなる」とある。契沖は「道の空」説を採り、その用例を示したのであろうか。〈大坪注。万葉集三六九四番長歌末尾ニ……伊《い》米《め》能《の》其《ご》等《と》　美《み》知《ち》能《の》蘇《そ》良《ら》治《ぢ》爾《に》　和《わ》可《か》礼《れ》須《す》流《る》伎《き》美《み》。／　源氏物語夕顔巻、岩波新大系本一三五頁五行目。かゝる道の空にて、はふれぬべきにやあらん〈大坪注、はふるハ、放チ捨テラレテアテモナクサマヨウ意〉。契沖ノ引歌ハ、中院通勝ガ岷江入楚デ指摘済。新編国歌大観第十巻所収、源氏物語古注釈書引用和歌デハ河海抄ニモ出ルガ〈一一五四番〉、玉上琢彌氏編ノ角川書店刊紫明抄ヤ河海抄ニハ見エナイ〉。当歌の他出は未検索。歌意参考「どうせ逢ってくれまい、行くまいと思いながら、身は憑かれたように出かけて行き、果して逢えず心を残して身は帰るさま〈岩波新大系脚注〉」・「心にもあらぬは、行きてもあひ見ねば、心にはゆかんとも思はねど、さすがに見まくほしきには、行きかへりくして、かくて終に中途にて消え果てぬべき事よ、となり〈標註参考〉」。初句の「心にもあらぬ」は「自分の心を制御出来ずに〈朝日『全書』〉」・心とは裏腹の〈岩波新大系〉」の意。又、「消ゆ、に道端の露の連想がある〈岩波新大系〉」とある。この連想を活かすならば第四句は「道の空」よりも「道の其處」を採る方が一層適切ではなかろうか。ただ、契沖『書入』の指摘のように「道の空」の方が歌語としては「其處」よりも雅馴《がじゅん》である事は勿論である。

四　心にもあらぬとハ、嬉しき心にもあらぬ也

文意、「初句の心にもあらぬとは、恋人の女が必ず私に逢ってくれるので、というような嬉しい心で云うているのでもないのだ」。

五　行きても……行かでハあられぬ故なり

文意、「女の家へ出かけて行っても、逢う事ができてこそ、行き甲斐《がい》もあるのだが、始めから女が私に逢わないと分っていながら、自分としては行かねばおられない程、切ないが故に、心にもあらぬと云っているのだ」。

六　逢ハぬと知りながら行くハ、心深き事なり

文意、「女が私には逢わないと、前もって分っておりながら、それでも、出かけてゆくのは、男の恋の心が切なく深い事を意味して

いるのだ」。

七　道の空にてハ……半にての心なり

文意、「道の空にて〈消えぬべき〉とは、女に逢い得ず空しく帰る道の途中で死んで了《しま》いそうだな、の意である。或いは又、女とは逢わぬうちに死んで了いそうだな、の意である。いずれにしても半《なかば》の意で、前者なら、道のなかば、後者なら、恋の成行《なりゆき》のなかば、という意である」。磐斎も「みちのそら」で施注している。「道」を、「通《かよ》い道・道路」と、「物事の課程・道程」との二つの意味にとっての施注である。「道の其処《そこ》」とは考えてはいない。

参考、「心ニモアカ(ママ)ヌ我身ノ行カヘリミチノ空ニテ消ヌベキカナ／心ニ又サラヌトハ、心ノマヽ、ニモ、アラヌ也（新古今注）」・「行かへり〳〵してもせんなし。わが心ニもあらぬ也。道のそらにてきへぬべきハ、げんじ夕がほの巻にていふ（かな傍注本）」・「こゝろにもあらぬとは心のまゝにもあらぬと也（吉田幸一氏旧蔵註・高松宮本註・高松重季本註。大坪云、オソラク新古今注ノ引用デアロウ）」・「本意でもなく、恋しさに行かへると也（私抄）」・「行ても逢みねば心にはゆかんとも思はねど、さすがに見まくほしさには行帰り〳〵して、かく終に道の半《(なかぞら)》天にて消果ぬべき事よと歎心也。切なる心也（八代集抄。学習院大学注釈モ同文ダガ、文末ノ切なる心也ヲ省略シテイル）」。

〔一一七二〕（八四頁）

一　近江更衣にたまはせける

管見新古今二十六伝本、題詞すべて同文。「近江更衣」は、次の一一七二番歌作者の「更衣源周子」である。更衣は天皇の配偶者の格名。皇后が正格。中宮は皇后と同格のものとして並立。次いで女御・更衣があり、女御の位階は二位で、下は五位もあった。更衣は女御より少し低く四位五位程度。『岩波古語辞典』の「官職制度の概観」（五、後宮・院司・家司）に要領よくまとめられてあるので、手許に関連古文献のない場合参考になる。さて、当歌の他出は、『二四代集・二四代和歌集・八代知顕抄』に見えるが、その題詞は「あふミの更衣につかハしける」で、「給はせける」も「遣はしける」も意味上は、かわる所はない。他は『時代不同歌合』（四十五番左、又は、四十二番左〈伝本ニヨリ番ガ異ナッテイル〉）であるが、題詞の異同の検討には役立たない。当歌の題詞に類似するものは、契沖『書入本』に指摘があり、第十代目勅撰の『続後撰』（恋三、八一八番）の歌である。即ち「更衣源清子に給はせける／延喜御製／朝露のなに、おきけん玉くしげあけてのみこそ見まくほしけれ」で、季吟の『続後撰和歌集口実』に「朝露ハ、何にをきけんの枕詞也。玉くしけも、明ての諷詞也。哥の心は、明たりとて何におき別けん、けふに明てこそ恋しく見まほしけれと也」とあり、新古今当歌と同じく、後朝恋を歌ったものであるが、通常は帰る男から残る女へ送られるのであるのに、男帝から局へ下る女へ送られる歌となっている点が、一般の恋歌と異なる（この点は、新潮集成頭注に指摘がある）。

二　延喜御歌

「御歌」は、「ミウタ（朝日新聞社『全書』）オホンウタ（小学館『全書』）」と両様に訓まれている。二十一代の勅撰集では、天皇御作歌を「御製・御歌」の両書式が採られている。『八雲御抄』（作法部）の、「撰集」の「御製《コセイ》書様《ヲ》」に「古今《コン》光孝己上書レ名《右ミキニ》〈大坪注、名ノ傍ニ右トアリ、ミキニ、ノルビ〉。後撰には延喜御製あめのみかとの御製なとかけり。当帝をは御製又今《コンジャウノ》上御製とも。拾遺以後皆延喜御製天暦御製なと也。後拾遺にハ只御製　白川《ノ》御哥《ヲンタ》。新古今にハ御哥とあり。是上皇令《ウシメ》書《カヽ》給御《ノヲンコトハ》詞なれはなるへし（拙蔵板本。レ点・ルビ、ハ拙蔵板本ニ付セラレタ朱書ニヨル。旧所持者ハ、橘真光ト、冊ノ最尾ニ署名アリ）」とある。『勅撰作者部類』の「醍醐天皇」によれば、後撰・拾遺・新勅撰・続後撰・玉葉・続後拾遺・新千載・新拾遺・新後拾遺・新続古今の十代集は「延喜御製」であり、新古今・続古今・の二代集は「延喜御歌」としており、旧国歌大観で照合してみた結果も同様である。なお、八雲御抄の「後撰には延喜御製あめのみかとの御製なとかけり」とは「後撰ニハ延喜帝歌ハ延喜御製ト作者名ガ記サレ、（天智帝歌ハ）あめのみかとの御製〈或ハあめのみかと〉ト作者名ガ記サレテイル」の意であって、延喜帝の御作が「あめのみかとの御製」と書かれている場合があるという意味ではないので注意すべきである。詳しく解説すれば、後撰集秋中の百人一首にも採られた天智歌「秋の田のかりほのいほの……」が、後撰集伝本の定家無年号本A類やB類或は中院本では「あめのみかとの御製」とあり、烏丸切や雲州本では「あめのみかと」とある事を言うのである〈以上ハ、笠間叢書12岸上・杉谷両氏校注後撰和歌集・片桐氏編八雲御抄の研究作法部ヲ参考ニシタ〉。なお、延喜帝と近江更衣との歌の贈答は、後撰秋中の二七七・二七八番があり、中将更衣〈参議伊衡女〉との贈答六四〇・六四一番もあり、長明のみこの母の更衣〈参議菅根女〉への延喜贈歌六五三番があり後撰の延喜歌三首すべて更衣への歌である（他に前引続後撰八二八番歌）。延喜帝の事略は八五二番歌頭注二で既述。なお追加参考、「是者〈大坪注、石見女式ヲサス〉住吉大明神御作也。天安元年正月廿八日授之在五中将。在五中将奉太神宮。太神宮奉送延喜聖帝云々（石見女式奥書）」・「昔延喜御宇、属世之無為、因人之有慶、令撰集万葉集外、古今和歌一千篇」。（新撰和歌序）」・「みかどの御歌〈大坪注、仁徳帝歌ヲサス〉いまはじめてかき出すべきにあらず、延喜・天暦両帝の御集を御覧ずべし（俊頼髄脳）」・「むかし京極の御息所〈褒子ノコト〉と申しける人は時平の大臣の御むすめなり。延喜のみかどに女御をたてまつらむとせられけるに……俄に寛平の法皇〈宇多天皇ノコト〉御幸ありて御車よせければ……これは老法師〈宇多法皇〉賜りぬと仰せられければ、いとすべなくあさましき事にて車に乗りたりける女房たち皆おりにけり（俊頼髄脳）〈大坪注、コノ説話ハ 醍醐天皇御元服即位ノ時、為子内親王〔光孝皇女、母班子女王〕ト穏子〔時平妹、母人康親王女〕ノ両人ガ入内ノ希望ヲモッテイタガ、宇多帝ガ母ノ班子ノ命ニヨリ穏子ノ入内ヲ停メタ〔『九暦』佚文〕事実カラ出タモノトイワレテイル。コノ俊頼髄脳ノ説話ハ古来風体抄・色葉和難集巻四たまは、き・等ニモ所載。〕」・「〈天の河浅瀬白波辿りつつ渡り果てねば明けぞしにける―古今一七七番友則歌―ノ第四句ノ解釈上ノ問題点ニツキ〉又ひがごとをよみたらんうたを、古今に躬恒貫之まさに入れむやは。たとひかの人々こそあやまちて入れけめ、延喜の聖主除かせ給はざらむやは。もし古今のかきあやまりかと思ひてあまたの本を見れは、皆、わたりはてねば、とあり。おろさかしき人のかきたる本にやあらむ、わたりはつれば、とあるはあしきなめり（俊頼髄脳〈大坪注、第四句ヲ わたりはてねど・わたりはつれば、ノ形デナケレバナラヌトスル説ヲ排スル論述〉）」・「延喜御集云、菊宴之時、中務宮〈代明・式明・兼明ノ三親王ノ中ノドナタカデアル〉、庭におりて挿しの花を折りて奉り給ふに、ただには、と仰られければ、野辺に行きて折りつる事は、とて末は無くて奉給へりければ、霜のうちに移らぬ花は哀とや知る、となむ云々（袋草子 連歌骨法）」・「古今証本、陽明門院御本、貫之自筆、是延喜御本相伝也（袋草紙。古今集ノ條。清輔本古今集片仮名本奥書ニ、貫之自筆、延喜御本。伝有陽明門院、後給顕綱入道。転々於公信朝臣許焼失了。トアリ）」・「醍醐天皇〈延喜帝〉。宇多法皇御子、母后内大臣高藤御女〔胤子〕（和歌色葉）」・「承香殿女御。源氏宮御女、延喜帝女御（同上書）」・「大将御息所。和泉左大臣定国女、延喜帝女御〔諱因香子〕（同上書）」・「三条御息所。三条右大臣定方御女、同帝〈延喜〉女御〔諱能子〕（同上書）」・「上総大守四品親王 行明 延喜帝第二御子／同大守四品親王 盛明、同帝第十五御子／前中書王 兼明、同帝第十六御子（同上書）」・「西宮左大臣 源高明、延喜帝御子（同上書）」・「筑前守源道済。伊豆守方国息〔延喜御後〕（同上書）」・「多事をいはむとては、な、の何といふは、七の字をつかふべきなり。延喜御門をば七々《なな》の御門と申すべきにや。その故は、七人の賢人を集め置きて政をたすけ給ひしなり。さればな、のかしこき御門と申すなり（三五記鷺本）」・「理世、撫民体と申すは、有心体の種類にて侍り。異朝堯舜、我国延喜天暦のかしこき御恵みになぞらふる姿なるべし。此、帝は一国の尊主、万人の秀頂也。有心体の歌は、和歌の本意至極とすべき体也。かるが故になぞらへ名付るなるべし（愚見抄）」・「蝉丸之事。延喜の御子に非ず〈大坪注、蝉丸が醍醐皇子トスル説ハ平家物語海道下り、ニ見ユ、否定説ハ兼載雑談ニモアリ〉……卒て後蝉丸と名を付、可秘云々。至後撰名有り／延喜御門、延喜五年は十八歳にてまします。〈実ハ、二十一歳〉さるによって不入御製云々。御製の事不審／六月二日〈大坪注、宝徳四年。常縁五十二歳〉醍醐天皇の御事。委しく考注を法印〈大坪注、堯孝法印〉の所へ持参す。於彼所則又被考。尤私注する所相叶之由被申て、殊の他面白の由有り。光孝天皇の御宇、仁和元年乙巳正月十八日《丙酉イ》醍醐誕生。御即位寛平九丁巳七月十三日なり。御年十三歳なり。延長八年庚寅四十六歳にして崩ず（東野州聞書）」・「空也上人、世以皆為延喜御子〈大坪注、帝王編年記巻十五、醍醐帝ノ末尾、撰集抄巻七〉。全く御子にあらず〈後略〉／穏子と申は基経公の弟の御女〈別伝本ニ、第四の御女トアリ〉也。延喜后〔弘徽殿〕、朱雀・村上の御母也。／重明、延喜第五の御子なり。天暦八年九月十四日薨、四十九歳（東野州聞書）」・「蝉丸を延喜第四皇子といふ説不可用。其の故は延喜の帝は、九歳にて春宮に御立、寛平九年十三にて即位、延喜五年廿一のとし古今は被撰。蝉丸古今の作者なり。いかで其内に二三人の子を持ち給ふべき。又せみ丸はまことの盲目にあらず。歌のこと書に〈大坪注、後撰一〇八九番歌〉、逢坂の関に庵室を結びてゆきかふ人を見てとあり〈注、百人一首ニモ採入サレタ、これやこの歌〉。一切のげんりをはなれたる心をもつて、盲目といへり。蝉丸の伝別にあり（兼載雑談。げんりハ現世利益《げんせりやく》ノ約言カ？）」・「此三首〈大坪注、古今集九八七・九八八・九八九ヲ指ス〉、蝉丸歌也。

蝉丸盲人也ト云説不可用之。蝉丸此世ノ妄想けんりヲ離たる心也〈九八九番歌注〉／延喜帝御乳母ニ御心ヲカケ給テヨマセ給歌ト云リ。思ヒ余リ色ニ出テ無面目由也〈五〇三番歌注〉／歌無義。此延喜帝ノ御製也。恋ニヨセサセ給テ御治世ノ御心尤殊勝ナルヘシ〈七一三番歌注〉／式部卿のみこ―敦慶親王。閑院の五のみこ―延喜ノ御女也。一説光孝ノ御娘〈八五七番題詞注〉／七条中宮―昭宣公女。宇多后、皇太后宮号七条后、延喜聖主継母。延喜七年六月八日崩卅六〈九六八番題詞注〉（古今私秘耸《コキンシヒブン》。該書ハ正宗文庫蔵。兼載説ヲ兼純ガ聞書シタモノ。耸ハ聞ノ異体字〈至文堂『国文学便覧』所載〉。引用ハ、ノートルダム清心女子大学古典叢書刊行会ノ、赤羽淑氏翻刻ニヨル）」・「貫之髄脳といふ書物。これは古今集成就の後、紀貫之一人に、別段におほせつけられてえらばせられたる集にて候へどもいまだえらびはてられざりし間に、みかど〈延喜帝ノコト〉かくれたまひける……後略（歌道非唯抄。貫之髄脳ニ就イテハ北辺髄脳ニモ記述ガアル。現今、一般的ニハ新撰和歌集ト呼バレテイル）」・「たとへば蝉丸は延喜の御門の御子なりといへる説をとりて其さまによみ、猿丸大夫は弓削道鏡の事なりといへるによりて、其おもむきによみたらんには、中々に後世をもまどはすはしともなりぬべければ……（大ぬさ辨）」・「其の後〈万葉撰録ノ後〉、延喜帝も古今の歌を集録せしめ給ひて、続万葉和歌集と号《なづけ》給ひしを、後に古今和歌集としも改め給ひしは、いと可惜《あたら》しきことなり（園の池水）」・「宇多天皇第一子、母贈皇太后藤原胤子〔内大臣高藤女也〕、延長八年九月廿九日崩、年四十六（勅撰和歌作者目録）」・「行明親王。四品、上総大守。醍醐天皇第十二子、実者亭子院二子也。母左大臣藤原時平女、延喜五(年)八(月)廿三(日)為親王（同上書）」・「上野大守親王、盛明親王是也、四品上野大守也。醍醐天皇第十五子、母右大弁源唱女弥、康保四年改為親王、寛和二年五月八日薨（同上書）」・「源重光朝臣、正三位、延喜第三皇子中務卿代明親王一男、母右大臣定方女、正三位致仕、侍従々四位下〔廿九(歳)〕、長徳四年七月十日薨、年七十六（同上書）」・「大将御息所。三条右大臣定方女、延喜朝《(ママ)》更衣、後院女御（同上書）」・「アフミヂ《(ママ)》ノ鏡ノ山ヲタテタレバカネテゾミユルキミガチトセハ〈古今一〇八六番歌〉。コレハ今上ノオホベノ歌云々（古今集序注。今上ハ醍醐帝。オホベトハ、オホムベ、即チ、大嘗《オホニヘ》ノ音便形デ、大嘗祭神事歌ノ意デアル）」・「古今集、延喜御製不奉入、而貫之奉入新撰。／万葉集大同御製〈平城帝ノ御歌〉不奉入。古今撰之不奉入云、延喜御製歟（後拾遺抄注）」・「松の紅葉。或延喜御時、人の国より献小松あり。この松下葉のもみぢしたりけるを御らんじて、御製云、下紅葉するをばしらで松の葉の上の緑を頼みけるかを。是よりして松の紅葉、ことによめると申（後撰集正義）」・「〈後撰集一三八番宮の滝むべも名に負ひて歌ノ注ニ、菅家御記ノ引用アリテ、醍醐上皇ノ鷹狩ノ宴ノ記事アリ、長文ノ故ニ引用ヲ略ス〉（後撰集正義）」・「寛平九年七月廿五日、御位を東宮にゆづり給ふ。春宮于時十三歳。醍醐天皇是也（同上書一三二三番伊勢歌題詞注）」・「醍醐帝、延喜八(年)九(月)十九(日)崩四十六(歳)（新撰和歌集。別称貫之髄脳）」・「小大君。三條院東宮時、女蔵人左近、是也。或書曰、醍醐天皇孫三品式部卿重明親王女、母貞信公女。一条院御時人（佐竹本三十六歌仙勘物）」・「浄蔵貴所。延喜御導師、雲居寺住（高僧三十六人撰勘物）」・「醍醐天皇。諱敦仁。亭子院〈宇多帝ノコト〉御子（勅撰作者部類）」。

三　儚くも明けにける哉朝露の置きての後ぞ消えまさりける

管見二十六伝本では、第二句は前田家本に「あけにけ《てイ》るかな」と、て字の右に「てイ」の朱校合があり、第三句は久曽神氏蔵御室本に「白露の」とあり〈旧岩波大系校異ニヨル〉、他出での『八代知顕抄《しらイ》』も「しらつゆの」である。柳瀬本には「あさ露の」と「あさ」の右に「しらイ」の校合がつく。他の伝本は異歌形はない。他出は『二四代集・二四代和歌集・八代知顕抄』に見え、作者表記は「延喜御製」となっていて「御歌」にしていない。又、『時代不同歌合』（四十二番左歌〈但シ穂久邇文庫本ハ、四十五番左歌〉）に見え、右歌の後法性寺入道前関白太政大臣〈兼実ノコト〉と番えられあり、左延喜歌に歌句異同はないが、右歌兼実歌には伝本により異同がある。穂久邇文庫本は「なからへてかほる心をみるよりもあふに命をかへてましかは」。為家筆本・永享本・時代不同歌合絵本は「なからへてかほる心をみるよりはあふにいのちをかへてましかハ」。書陵部五〇一／六〇九架番本〈新編大観底本〉は「なからへてかはるこころをみるよりはあふにいのちをかへてましやは」。次にこの延喜御歌の表現技巧は、「朝露の」は、次の「おき〈置き・起きノ掛詞〉」を導き出す有意の序で、「白露の」よりも両掛詞との関連では「朝露」の方がよろしかろう。そして「置き」は「露」と縁語を成し、「起き」は「明け」や「朝」と縁語を成し、「露」は「消え」と縁語を成している。「おきての後ぞ消えまさりける」とは、女と逢ったが、儚なくもみる〳〵うちに夜は明けて、早《はや》別れねばならぬ朝露の置く時刻がきて女と別れを惜しんだが、女が帰り去り、自分も起き出してみれば、いよ〳〵別れの辛さが増さつてきて、露も消えまさり、わが命も消えまさる程である、という情と景を表現したものである。歌意参考「誠にはかなくも夜の明けたる事なりしよ。別るゝ時も誠に惜しくて、死にさうな心もちであったが、かく夜の全くあけての後は、その時にもまして恋ひしさに、死にさうな心もちのするよとなり。時の立つまゝに、益〻恋しさの増さる意なり（塩井氏『詳解』）。

四　後朝恋なり。……思ひがまさると也

文意「この歌は後朝恋を詠んだものである。女〈近江更衣〉と逢わずにいた前のわが心よりも、一夜共寝をしてからは、猶一層恋の心が募《つの》り増さる事よと、後朝の別れしてより後の切ない恋心を歌った作である」。参考、「別を悲む心に、明《あけ》ぬほどより思ひ消《(きえ)》しに、明　果て《(あけはて)》おきての、ちハ、猶消増《キエマサ》りしと也（八代集抄）」・「キエマサルトハ、心ギエナリ〈注、魂ガ消エ去ツテ死ヌバカリデアル、ノ意〉（新古今注）」・「起ト置とかねたり〈注、おきての後、ノおきハ、起ト置ノ意ヲ兼ネタ掛詞デアル〉。死ぬるやうニあると也。起ハ於也。置ハお也。おごとき方を用故起ヲ用、奥ノ於ヲかく也。〈注、仮名遣ノ注。奥ノ於、トハいろは歌ノ奥山ノおノ事。『定家卿仮名遣少々』ノ「奥の於」ニ〔於きふし　起居伏〕トアリ、『和字正濫鈔』(巻三)ニ、〔起　おく　万葉十八にをくともかけり〕・〔置　おく　日本紀・万葉・和名。をくと書へからす〕ト見エル。『仮名文字遣』ニハ〔暁をき、おき別の時はお也、暁起〕・〔おきわかれ、暁をきの時はを也、起別〕・〔おきふし起居伏〕トアル。おごとき方ハ、御《お》歌・御《ご》製等の御御《おご》、或は娘や妻の愛称の御御、とき方は説き方、の意か？『人丸秘抄』ニハ〔をく露　てにをはの詞のをの字〕トモ見エル〉（かな傍注本）」。なお『北辺随筆』（百家説林所収。正篇上、九四頁）に「仮名遣」の一条があり、そこに常縁が宗祇に送った消息の中に「を・お・ず・づ」の仮名遣に関する記述が見え、証本も存在した事が伺われるのであるが、当時でさえ、御杖も見得なかった証本であるので、私も未見。紹介するにとゞめて後考をまつ。

五　儚くもとハ、しミ〴〵ともなく、と也

文意「初句の儚くもとは、しみじみと女と、逢ひ又語り合うこともなく〈夜ハ明ケタ〉という事である」。儚なくの意味合いについては、現行注釈書では、夜の明け様の形容とする注が多い。「たちまちの中に明けてしまった（岩波旧大系）・あっけなく開けてしまった（岩波新大系・小学館『全集』・久保田氏『全評釈』・同氏『新潮集成』・同氏『角川文庫』・窪田氏『完本評釈』）」等である。磐斎の如く、逢瀬の状況をも含めての解は、「折角逢ツタモノヲ、ツマラナク一寸デ夜ガ明ケテ終ツタ（遠鏡）・短く一寸の間。逢うた嬉しさに時間が短く感ぜられたのである（石田氏『全註解』）」等である。

六　十分ならぬ契り故……思ふ由なり

この頭書は、前頭注でも述べた如く「儚くも」は逢瀬の状況についてのもの、形容であることを磐斎は強調したい為のもの。単なる夜の明け様の形容ではない事を再説した頭書である。文意「この逢瀬は、十分に満足できない男女の交わりであったが故に、猶一層、死にたいくらいの思いが強くなるという意である。或は又、逢うた事で、女に対する思いが深くなったが故に、いつもは左程に思わなかった夜の明け様も、儚なく明けたように思われるという訳《わけ》である」。

〔二七三〕（八五頁）

二　更衣源周子。左京太《(ママ)》夫《(ママ)》唱女。

「周子」は「しゅうし」の訓み（新潮社『集成』）と、「ちかこ」の訓み（講談社『新註』・朝日『全書』・小学館『全集』）とがある。「左京太《(ママ)》夫唱女」は、「周子」の勘文《かんもん》で、管見二十六伝本には無いが、季吟の八代集抄や無刊記本聞書・宝永八年板本聞書にはあるので、二条家流注釈書での勘文であろう（但し、右京太夫唱女、とあり、作者名も、更衣深周子と誤っている。この誤りは、新古今本文伝本では、正保四年板本〈明暦元年本モ〉や刊年板元不明板本にもあり、江戸期初期の板本の誤りが原因かと考える）。「京・太」は「京・大」の異体字（因みに太の異体字は夳である）。「周《ちか》子」の訓や事略については『大日本史、列伝』に、「更衣源 周子《ミナモトノチカコ》、右大辨唱《トナフ》女也〈公卿補任・皇胤紹運録・帝王編年記〉。為㆓更衣㆒、敍㆓従四位下㆒、〈公卿補任〉、称㆓近江更衣㆒〈源氏系図。○作者部類近江作㆓近衛㆒〉、生㆓時明親王・盛明親王〈一代要記・皇胤紹運録、○按紹運録、系図一説、為㆓藤淑姫生㆓盛明㆒、未㆑知㆓孰是㆒〉・源高明〈公卿補任・皇胤紹運録〉・勤子内親王・郁子内親王・雅子内親王・源兼子㆒、〈皇胤系図〉。承平六年卒〈日本紀略・一代要記〉。」とある。岩波新大系人名索引では「しゆうし」の訓で、没年も久保田氏『全評釈』説を踏襲して、承平五年冬没とするが根拠の明示はない。延喜帝（醍醐帝）の更衣として

『大日本史列伝』は、更衣藤原淑姫《ヨシヒメ》（菅根女）・藤原鮮子《ヨシコ》（伊豫介連永《ツラナカ》女）・藤原桑子《クハコ》（兼輔《カネスケ》女）・源封子（左京大夫舊鑒《モトミ》女）・更衣源貞子《サタコ》満子女王《ミツコノヒメオホキミ》（民部大輔輔相《スケミ》女）・更衣源昇《ノホル》女〈宇多更衣ニ同名ガオリ、姉妹同名ヲ疑ツテイル。作者部類ニ、小八条御息所トスルヲ紹介〉）・更衣藤原氏《フチハラウチ》（参議伊衡《コレヒラ》女。少将御息所ト呼バレタト尊卑分脈ヲ引ク）・源氏《ミナモトウチ》（左兵衛佐敏相《トシスケ》女）が周子の他にいた事を記載している。さて「更衣源周子」は、前歌の延喜御歌の詞書に「近江更衣に賜はせける」とあるので「近江更衣」の事であるが、「近江更衣」については『八雲御抄』（作法部）の作者名の書様を述べている箇所に「御息所」や「更衣」の書様として「近江更衣・中将更衣・大将御息所」の例示がある。片桐洋一氏編『八雲御抄の研究』によれば「いずれも後撰集に、近江更衣〈秋上二七七〉、中将更衣〈恋二。六四〇〉、大将更衣〈春中六一〉とある」と説明されている。後撰二七七番歌は「母の服にて、さとに侍けるに、先帝の御文賜へりける御返事に／近江更衣／さみだれに濡れにし袖にいとゞしく露置き添ふる秋のわびしさ」という詠。六四〇・六一番歌は別人の詠。なお後撰二七七番作者勘文に「近江更衣。源周子。右大弁唱女。生時明并内親王三人」とある。この勘文は、契沖（ママ）『書入本』に「更衣深（ママ）周子（朱）、右大臣唱女。生時明并内親王三人」と小異があるが、示されている。他の二人は後撰勘文には、「中将更衣。参議伊衡女」〈六四〇番〉、「大将御息所。藤能子女御、元更衣三条右大臣女。仁善子弟、三条右大臣女」〈六一番〉とあるので三人は別人なる事明白〈作者勘文のつく後撰集は日本大学総合図書館蔵為相筆本である〉。新古今へは当歌がたゞ一首入集あるのみ。岩波新大系新古今の人名索引には「後拾遺集初出」とあるが、後撰二七七番歌を周子作と認めない記述である。『勅撰作者部類』に「近江更衣。〔後撰〕秋中に、五月雨にぬれにし袖の歌イに近衛更衣とせるは非也。近江更衣他。更衣源周子の條に委し」とある事も無視する立場である。作者部類は「更衣源周子。近江更衣。右大臣（ママ）唱女。〔後撰〕秋中　一。近江更衣。〔新古〕恋三一。〔玉葉〕恋一　一。」とあって、作者部類は、後撰初出とするのである。顕昭の『勅撰和歌作者目録』〈後撰ノ部〉に「近江。一。御息所」とあるのも、岸上・杉谷両氏校注『後撰和歌集』（作者伝）では周子とされている。

三　朝露の置きつる空もおもほえず消返りつる心まどひに

管見新古今二十六伝本の校異。第二句「おきつる空も」は、「をきつるそらも（烏丸光栄所伝本）・をきつる空も（亀山院本・寛政六年板本）・おきつる袖も（為氏筆本）」。第四句「消かへりつる」は、「きえ帰りつる（公夏筆本）」で、この表記は『聞書後抄』の「消返るとは消え入りて又生れ出づるさまを云ふ詞也。それをこの歌には別れて立ち帰る方に寄添へて詠める」とある考え方と同じ思考下でなされたものである。末句の「まどひに」の箇所は、「まよひに（慶祐書写本〈岩波旧大系校異ニヨル〉・東大国文学研究室本・高野山伝来本・公夏筆本）・まど（よ（朱））ひに〈どノ右ニよヲ朱書〉（鷹司本〈岩波旧大系校異ニヨル、武蔵野書院テキスト版ニハコノ校合ノ注記ナシ〉）・ならひに（御室本。右傍ニ、まとひ／まよひイ、ノ校合アリ〈岩波旧大系校異ニヨル〉）・まとひ（なら（朱））に（柳瀬本・寛政十一年板本ハ、右ニ、ならイ、ノ傍書・正保四年板本・明暦元年板本）」となっている。当歌の他出は上記以外の他伝本では歌句異同は無い。『二四代集・二四代和歌集・八代知顕抄』に見え、題詞・歌句・作者名、ともに『増抄』所引と同じである〈但シ、右京太夫唱女、ノ六字勘文ハ無イ〉。次に表現技巧は、朝露・おき〈置・起〉・消え、が縁語で、「おき〈置・起〉」と「かへる〈返る・帰る〉」が掛詞となっている。又、新潮集成や岩波新大系が指摘しているように、典型的で作法通りの贈答歌である。参考、「贈歌の言葉を取って、自分の悲しみのほうがさらに深い、と返した典型的な答歌（『集成』）」・「〈おきての後〉とおっしゃったが、私は起きた時さえ前後不覚で、〈後〉とか〈まさり〉とかの分別もないといい、帝の上をゆく悲しみを歌った作法通りの返し（岩波新大系）」。「前の〈起きての後〉を駁するやうに、〈おきつる空もおもほえず〉と云った才気も見るべきである（尾上氏『評釈』）」。「贈歌の詞を用い、その歎き一つのみをいっているところ、要を得た返しである（完本評釈）」。「更衣を思ふ〈延喜の〉御歌の深きみ心よりも、なほ一層深くわが思ふ心をあらはして、返しまつれるなり。返歌として、よくすなほに詠まれたりといふべし（詳解）」。歌意参考、「きえかへりし思ひに心まどひて、起きかへりし空も我は覚えず、となり。消えかへりは、いたく思ひ消えし心なり（標註参考）」。

四　（古抄に云く）

この五字は、本来ならば「古抄に云く」とするべき所を、磐斎は書き落したのである。そしてこの古抄とは、幽斎の聞書後抄の施注であるが、注の骨子は、既に『新古今注』に述べられた文と、ほぼ同文である。従って好意的に考えれば磐斎はこの新古今注を知っていたので「古抄云」の語を省いたとも考え得るが、磐斎が『新古今注』を果して見得る機会があったか否かは微妙な問題で、私は、ここも磐斎が時々みせる不注意と見ておく。参考「消カヘルトハ、キエイリテ、又イキイヅルヲ、イフ也。ソレヲ、此哥ニハ□□□テ〈空白ノママ。大坪云、オソラク親本ニハ、別レテ、ト書カレテイタト思ウガ、別ノ字体ガ前ノ字体ト酷似スルノデ、書写者ハソノイヅレニスベキカ迷ツテ、熟考後書入レルツモリデ空白ニシテオイタノヲ忘レテ了ツタノデアロウ〉、立カヘルニ、ヨソヘヨメリ（新古今注）」。この「古抄」の残りの部分〈つると云詞二あり……〉は幽斎の施注であろう。参考「つる、二つ有。初（ママ）のつるは、ぬるに通ひたる詞也（後藤重郎博士蔵新古今和歌集抄）」。さて此の『聞書後抄』を所載する諸抄間での校異を示せば、冒頭の「本歌、儚くも……此返哥也」の部分が無いのが、説林後抄・内閣文庫蔵聞書後抄・吉田氏旧蔵註・高松宮本註・重季本註である。続く「消返るとハ……通ひたる言葉也」の部分は、無刊記板本聞書と宝永八年板本聞書は、増抄引用と同文で異同はない。他抄では、「本歌」が「ナシ（内閣文庫蔵増補本聞書・私抄）」、「置きての後ぞ」が、「置て後ぞ（私抄）」。「別れて立ち帰る方」が「別して立かへるかた（吉田氏旧蔵註・高松宮本註・重季本註）」。「つると云ふ詞」が、「つるといふ事は（吉田氏旧蔵註）・つるといふことは（高松宮本註）・つると云ことは（重季本註）」。「前は」が「別は（高松宮本註〈別ヲミセケチ、右ニ前ヲ傍書〉）・前に（吉田氏旧蔵註〈にヲミセケチ、右ニはト傍書〉）」。なお『かな傍注本』は当歌句本文を「朝露のをきてるほどもおもほえずきへかへりつる心まどひに」とするが第二句につき、「て」と「ど」にミセケチ印を左に付し、「つるそら」と右側に傍書するから「てるほど」を「つるそら」に直す意図なのであろう。

五　本哥。儚くも……此の返哥也

この部分は前歌一一七一番歌であるから、別段に書き記す必要もないのであるが、幽斎の聞書後抄は、新古今全歌の注釈書ではなく、抄出歌のみの施注であり、一一七一番歌は省かれていたので、斯様に書き添えているのである。

六　消返るとハ……さまを云ふ詞也

「生出る」と表記してある注もいくつかあって、「うまれいづる」とも訓み得る。それでは、一個体が新しく誕生するの意となるが、「いきいづる」と訓めば、一個体が、一度死亡し、再び生き返る意となり、それは「消え返る」と同義になるであろう。「再生」である。『岩波古語辞典』によれば、「きえいり。……③息が絶える」とあり、「きえかへり。①すっかり消える。②何度も消える」とある。文意「消返るという詞は、一個体が一度は息が絶えて死んだようになったが、再び又、息を吹きかえして生きかえる有様を云う言葉である」。

七　それをこの哥にハ……寄添へて詠めり

は、二つの物を比較してそっくりだとする・たとえる）とみる施注。文意「消え返る〈再生して息を吹きかへす〉の、返るを、この歌では、後朝の別れを交わして後、わが局へ立ち帰る〈立ちハ接頭語デ、元ノ所ニ戻ル意〉の意味の方へ引き寄せて〈方ハ、趣意ノ意〉、詠んでいるのだ」。

八　つると云ふ詞……通ひたる言葉也

『八雲御抄』（正義部）等に述べられている「歌病」の指摘である。文意、「当歌には〈つる〉という手尓乎波が二か所に使われている。はじめの〈おきつる〉は〈おきぬる〉と、意の通じ合う詞である」。この施注に明言はしていないが、前後のどちらかを「ぬる」に変えれば歌病は避け得る、という心も含ませてあるのであろう歟。この施注部分が幽斎のものとすれば、『聞書全集』の「八、哥の病の事」という一章があり「同語病と云は、哥一首の内に同詞の二つ有也」とあって、幽斎も関心は持っていた。参考、「きえかへりは、いたく思ひ消《きえ》し心也。きえかへりし思ひに、心まよひて、起《ヲキ》帰りし空も我は覚えず、と也（八代集抄）」。

九　置きての後ぞ……おぼえぬと也

この磐斎の「増抄云」の施注は、頭注三に引いた現行諸注釈書の当歌鑑賞の濫觴《らんしよう》であろう。文意「延喜帝の贈歌が、その下句で〈おきての後ぞ消えまさりける〉と詠じ給うた歌句に応答した表現で、私（周子）が、一度は消え返るような、つまり息が絶えて了ったような仮死状況に陥入った気持の混乱にくらべますと、帝の〈おきての後ぞ消えまさりける〉の御心は、私の辛さにくらべたら、勝っているとは考えられません、私の方がもっともっと辛い思いで居るのでございますから、とお答えしているのだ」。

〔一一七三〕（八六頁）

一　題しらず

管見新古今伝本すべて「題しらず」である。併し『円融院御集』（書陵部蔵、五〇一／八四五架番。『代々御集』所収。所謂桂宮本）によれば当歌は、三条宮＝二品尊子内親王の歌で、本来は恋歌でなく哀傷歌。『円融院御集』の二一・二二・二三・二四番歌に「おなじ中宮〈＝堀河中宮〉うせさせ給たるに、御とぶらひに、三条のきさいの宮〈＝尊子内親王〉／亀のうへのやまをたづねし人よりも空にこふらん君をしぞおもふ（二一番）」・「おほん返し／たづぬべきかただにもなき別にはこゝろをいづちやらんとぞおもふ（二二番）」・「三条宮あまにならせ給ふときこしめして／家をいで、のりのころもをきる人の露のほだしのなどなかりけむ（二三番）」・「おほんかへし／をきそふる露やいかなるつゆならんきえばきえねとおもふ我身に（二四番）」とあり、二一・二二番歌は、続古今集哀傷の一四七一・一四七二番に採択され、作者は二品尊子内親王・円融院御歌の贈答となっている。この事から二三番は円融院御歌、二四番は三条宮＝二品尊子内親王歌と判明するのである。新古今集では、一一六八番伊勢歌が、四季屏風絵中での、師走に内にも入れてもらえず帰る男性の歌とみる注もあった。女歌か男歌かを迷わせる採歌が既にあり、当歌もそれに類する。当歌の「題しらず」は出典と目される『円融院御集』では、尊子内親王の円融院への「御返し」であった。が新古今では、それを円融院の「寄朝露恋」として取扱われたのである。露の儚さと命の儚さを結びつけられたのである。

二　円融院御哥

この作者書式は、一一七一番歌の「延喜御哥」と同列。即ち「円融院御哥」の書式をとるのは、新古今・続古今の二集。「円融院御製」の書式を採用するのは、拾遺・詞花・新勅撰・続後撰・続拾遺・玉葉・続千載・続後拾遺・新千載・新拾遺・新後拾遺・新続古今の十二集。他勅撰集には円融院の詠作は不採入。管見新古今伝本では、すべて「円融院御哥」の書式。『八重御抄』（巻二作法部、御製書様）によれば「新古今ニハ御哥トアリ。是上皇令書給御詞ナレバナルベシ」とあるので、臣下撰でなく、後鳥羽上皇御下命の故の書式であると見たのである。事略参考、「円融院。諱守平。天暦帝〈＝村上帝〉御子（勅撰作者部類）」・「円融院。村上天皇第五皇子、母皇后藤安子九条右大臣〈＝師輔〉女。天徳三年三月二日寅時誕生、同年十月廿五日為親王、康保四年九月一日為皇太子御年九、安和二年八月十三日受禅、同年九月廿三日即位御年十一、永観二年八月廿七日譲於皇太子〈冷泉院御子〉、寛和元年八月廿九日御出家〈法名金剛法、御年廿七〉、正暦二年二月十二日崩御、御年三十三。同月十九日葬円融寺北原、置納骨於村上山陵、在位十五年、去位七年（『円融院御集』、ナオ御集中ノ「おほん心ちいとをもくおはしましけるに、四条の宮〈＝花山院女御、諟子〉にきこえさせ給ける／今こむといひだにをかでしら露のかりのやどりをわかれぬるかな（六一番）」ハ続拾遺雑下一二八三番ニモ採入サレ、円融院ノ御辞世歌トサレテイル）」・「円融天皇。諱守平。村上第五子。母同冷泉院。治十五年。天徳三年己未三月二日丁未寅時誕生。十月廿五日丁酉為親王。応和元年八月十六日著袴。三。康保三年八月廿日御書始。四年九月一日為皇太弟。九。冷泉皇子。華山三条等雖御座以弟立之。安和二年己巳八月十三日戊子受禅。十一。九月廿三日丁卯即位。於大極殿。天禄元年十月廿六日甲午御禊。二条末。節下大納言皇太子傅兼明卿。十一月十七日乙卯大嘗会。近江、丹波。三年正月三日甲午元服。十四。加冠摂政太政大臣謙徳公。理髪右大臣頼忠。或左大臣兼明公云々。永観二年甲申八月廿七日甲辰譲位於皇太弟。廿六。九月九日丙辰太上天皇尊号。寛和元年八月廿九日依病出家。廿七。戒師寛朝僧正。法名金剛法。九月十九日移御円融寺。同二年三月廿二日向東大寺御受戒。永延二年十月廿九日於天台戒壇廻心受戒。永祚元年三月九日於東寺灌頂。正暦二年二月十二日崩。三十三。於円融寺。十九日庚中葬於当寺北原。式部権大輔菅原輔正朝臣持御骨。置御骨於村上山陵傍。天禄三。元年庚午。三月廿五日改元。依代始也。天延三。元年癸酉。十二月廿日改元。依天変地震也。貞元二。元年丙子。七月十三日改元。依天変地震。或依日蝕云々。又火事地震云々。天元五。元年戊寅四月十九日改元。依明子御慎也。或依天変云々。永観二。元年癸未。二月十六日改元。依旱魃内裡火事也。〔首書〕天禄元四三冷泉院焼亡。《同《イナシ》月廿天台惣持院焼亡》天延三二廿八武徳殿火事。貞元元年五十一内裡焼亡。同六月大地震。八省廊会昌門等頽倒。天元二三廿七石清水行幸始。同年四月《廿《イナシ》三日平野行幸。三年十一月》廿二日内裏焼亡。同《五《イナシ》年》七月九日大風。羅城門及諸門諸司等頽倒。五年十一十七日内裏焼亡（皇年代略記。首書ニヨレバ、円融院ノ治世下ニ災害ノ多カッタ事ハ見逃セナイ事実。ナオ『一代要記』ノ「円融天皇」ニモ事略ノ詳細アリ。皇代記ニモアルガ省略）」・「円融院。〈記事省略。内容ハ皇年代略記ノ要約〉（二十一代集才子伝）」・「円融院、時人雖称仁和帝又不注同記（袋草紙、大坪云、同記トハ皇代記ヲ指スガ、仁和帝ハ光孝天皇デ、清輔ノ錯誤ト思ウ）」・「北野御歌／造るとも又も焼けなむ菅原や棟の板まのあはぬ限りは／是円融院御時内裏焼亡、造営之間新造之裏板ニ虫嚙歌云々（袋草紙）」・「拾遺・詞花、円融院。同帝〈村上〉御子、冷泉院同母御弟（和歌色葉）／後拾・詞花、一条院。円融院御子、母后法興院殿下兼家御女〔詮子〕（同上書）／拾遺、三條大后宮。同関白〈廉義公〉御女〔諱遵子〕、円融院后（同上書）」・「曽根好忠ト云者、人ガラニモアラズ円融院ノ子日《ネノビ》ノ御幸ニ推参サヘシテ、ヲコ〈尾籠〉ノ名ヲアゲタル物ゾカシ。サレドイマハ歌ノカタニハ、ヤンゴトナキ者ニ思ヘリ（長明無名抄）」・「師輔御女〈村上ノ后、安子〉。冷泉・円融御母也（東野州聞書）／円融院。御諡守平、康保四年九月一日太子に立ち給ふ（同上書）／〈兼家の息子と息女六人中の〉詮子も兼家公の御女也。円融院后・一条院母后。号東三条院、麗景殿女御（同上書）／円融院の中宮媓子は兼通の御女也。天元二年六月二日崩御。歳三十三。御門十余御年まし給なり（同上書）／遵子。母代明親王三女也。当関白頼忠一女。天元五年三月十一日為中宮、円融院へ参給ふなり。御子はなし（同上書）」・「拾遺に、いつゝの宮といへるは、円融院第五宮にておはしますをいへり（八雲御抄巻三枝葉部ノ中、異名部ノ親王）／よさの㊮。丹後。万。あまのはしだて有。円融院子日追却《ツイキヤク》後好忠哥多シ（拙蔵板本八雲御抄巻五名所部。円融院子日云々ハ朱書書入ナリ）」・「或物ニハ円融院ヲモ、始ニハ朱雀院トマウシケリトカケリ（古今集注。九一七番歌注）」・「詞云、天禄四年五月廿一日ニ仁和寺ノ帝ノ一品宮ヘワタラセ給テ、乱碁トラセ給ケルマケワザニ〈拾遺集一〇八八番歌詞書〉。仁和寺ノ帝トハ円融院ナリ〈下略〉（拾遺抄注）」・「今上、ムメツボニオハシマシ、トキ、タキヾコラセテタテマツラセ給ケル／ヤマビトノコレルタキヾハキミガタメオホクノトシヲツマムトゾオモフ／カヘシ／トシノカズツマムトスナルオモニ、ハイトドコヅケヲコリモソヘナム／但今上一宮之條不審也。

一宮者朱雀院也。村上者二宮也。随此御詠等在円融院御集〈大坪云、御集の四・五番歌。返歌の歌形は、年数につまんすなるをとき、はいと、こつまを折もつまなん、とある〉一宮之條、猶以不審歟。一宮者冷泉院也。円融院者二宮也。拾遺不知撰者、〈下略〉（後拾遺抄注、大坪云、円融院御集ヲ顕昭モ見テイタ事ヲ知リ得ル）」。なお『大鏡』（巻二）の「六十四代、円融院」には和文脈での長文の事略の記述があるのは周知の事ゆえ、引用は略する。「この帝の東宮に立たせ給ふ程は、いと聞きにく、いみじきことゞも〈所謂安和の変―兼家らの守平親王擁立の策謀並びに西宮左大臣源高明の左遷事件〉こそ侍れな。これは、みな人のしろしめしたる事なれば、事も長し、止め侍りなん（大鏡）」とか、『栄花物語』（月の宴）の「かゝる程に、世の中にいとけしからぬ事をぞいひ出でたるにや。それは源氏の左の大臣〈＝高明〉の、式部卿宮〈＝為平親王〉の御事をおぼして、朝廷《みかど》を傾け奉らんとおぼし構ふといふ事出で来て、世にいと聞きにくくののしる云々（巻一―六〇条）」とか等の、藤原氏と賜姓源氏との確執下での円融受禅であった事も見逃せない。円融院の御性質に関しては『栄花物語』（花山たづぬる中納言）に「帝〈＝円融〉の御心いとうるはしうめでたうおはしませど、雄々しき方やおはしまさざらんとぞ、世の人申し思ひたる……帝の御心強からず、いかにぞやおはしますを見奉らせ給へればなるまし（巻二―二一条）」等と世評とそれに対する兼家の見解が述べられている。次に新古今の当歌が円融院御作ではなく、実は二品尊子内親王の詠である事が指摘されて（久保田氏『全評釈』岩波新大系）ているので、尊子の事略を掲げておく。参考、「尊子内親王。冷泉院第二皇女也。母贈皇太后懐子。藤原伊尹公之女也。安和元年七月朔日ト定。十二月二十七日御禊。入左近衛。円融院天禄元年二月二十九日。被告斎王不改〈＝不改〉之由于賀茂。四月十二日。尊子禊于東河、入紫野院。天延三年四月三日。懐子薨。依是尊子退出本院。是月十八日。賀茂祭。尊子依母喪不供奉。天元三年十月二十日。尊子始参候麗景殿。〈大坪注、麗景殿ハ後宮ノ殿舎ノ一ツ。ココハ円融院ノ後宮ニ参候シタノデアル〉四年正月十日叙二品。寛元元年五月朔日薨。年二十（賀茂斎院記。大坪云、麗景殿ハ後宮ノ殿舎名。尊子ハ後宮ノ一人）」・「〔円融院後宮の一人として〕、二品尊子㊥親王。冷泉第二女、安和初為斎院、天元三年入内、寛和元年五月一日薨（一代要記㊥。円融天皇條）」・「花山院御いもうとの女一宮〈＝宗子〉は、うせ給にき。女二の宮〈＝尊子〉は、冷泉院の御時の斎宮にた、せ給て、円融院の御時の女御にまいりたまへりしほどもなく、内のやけにしかば、火の宮〈大坪注、栄花物語ノ花山たづぬる中納言ニモ見ユ〉と世の人つけたてまつりき。さて二三度まいり給てのちほどもなくうせ給にき。この宮に御覧ぜさせむとて、三宝絵はつくれるなり（大鏡第三巻太政大臣伊尹謙徳公）」・「穴貴ト、吾冷泉院太上天皇ノ二人ニ当リ給フ女ナ御子、春ノ花皃チヲ恥、寒キ松音ヲ譲リ、九重ヘノ宮ニ撰レ入リ給ヘリシカド、五ノ濁ノ世ヲ厭ヒ離給ヘリ。……玉ノスダレ錦ノ帳ハ本ノ御スマヒナガラ、花ノツユ香ノ煙ハ今御忩（イソ）〔恩〕ギニ成ニタリ（三宝絵序）」・「二品、女御尊子内親王事、円融院女御。冷泉院皇女、母贈皇后宮懐子。謙徳公女。康保四年九月四日為親王、安和元年七月一日ト定齋院、天元三年十月廿日入内、寛和元年五月一日薨、年廿（大鏡第三巻裏書〕」。

三　置き添ふる露や如何なる露ならん今ハ消えねと思ふわが身を

管見二十六伝本校異。第四句は、正宗敦夫氏の日本古典全集は「今はきえぬと」、又拙蔵明治三十年新写本「今はさへねと」、とあるが誤りである。正宗氏翻刻底本は正保四年板本であるから誤植であり、新写本は「き」と「さ」の見誤りであろう。第五句は、鷹司本「わが身を……」とし朱で「おもふ」を傍書。これは「わが身をおもふ」のつもりであろう歟。季吟の「八代集抄」の歌句本文では「おもふわか身に《をイ》」とするが、「おもふわか身に」とする新古今伝本は私の見た二十六伝本には無い。ただ頭注一で引用した『円融院御集』の下句は「きえはきえねとおもふ我身に」とあるから、それによったのかも知れないが、それならば第四句も「きえ」の校合も加えておくべきで不徹底である。鴻巣氏『遠鏡』はこの季吟の歌句を採用されている。

当歌の表現技巧は、「おき」に「置・起」の掛詞、「置・露・消」の縁語、「露」に涙の暗喩、「消」の主体は「露・身」の両語、上句の「置き添ふ」と下句の「今は消えね」との対応、等であろう。『完本評釈』は「露」に涙の譬喩以外に、命の譬喩をも含ませ、人の生命は露の如しをふまえつつ、今はその露の如く消え失せようと思っているのに恋する涙の露は、今のわが身にあるまじきものであって、そのあるを疑ったものとみている。歌意参考「置き添って来る露は、どういう露なのであろうか。今は消え失せよと思っているわが身であるものを／「を」は詠嘆／露のごとき命だと覚悟し、今は露のように消え失せよと思っているのに、その身に恋の涙の露の添って来たのを怪しまれた心である。知性的に徹し得たと思っている身に、感性的の惑いの起こって来た歎きである〈下略〉（完本評釈）」。なお、当歌の他出は、未だ検索し得ない。

四　この露ハ涙なるべし

「露」を涙の暗喩と見ての注。露を涙の暗喩と見る歌は多いが早く『蜻蛉日記』（一四七段）に、「置き添ふる露に夜な夜な濡れ来《こ》しは思ひの中に乾く袖かは」なる、源宰相兼忠と聞えし人の御女の歌が見える。この歌意は「ますますしとどに露がおく時節になったこのごろ、来て下さらぬあなたの冷さに、夜ごとますます泣きぬれて暮してきましたが、涙でぬれた袖も、わたくしの〈思ひ〉という火だけではかわきませぬ。来て下さいませぬことには……（柿本奨先生、蜻蛉日記全評釈）」というもので、源兼忠女と尊子内親王とは同時代人とも言うべきで、両歌の表現は影響関係下にあったと考えても誤りではなかろう。

五　消え果てよと……露が置くぞとなり

歌意の施注。文意「今となっては、我身を、死んで消え果てよと、うち捨てて了ったにもかかわらず、なお、まだ相手を恨み顔に、何故に目には涙の露が置くのであろうか、未練がましくも、と詠んでいるのだ」。「捨てたるに」の「に」は、格助詞から転用の接続助詞で、今の場合は逆接条件。「まだ人を」の「まだ」は、未・又、の両様に解し得る。「うち捨て」は後接施注文の「思ひ切りたる」の意である。

六　今ハ、とは……思ひ切りたるにとなり

文意、「第四句の〈今は〉とは、我身にとっては、最早《もはや》、命とか憐憫とか同情とか、そういうものは一切何も要らない事よ、ただただ死んで了ったほうが益《まし》であるよと、思い切っているのだから、の含意を持たせた措辞なのだ」。「益《えき》〈まし〉」とは、その方がよい、その方が益になる、の意の形容動詞、又は名詞。参考「マシ、ス、イタ（増し、す、いた）……（これが増しぢや）または（増した）とも言い、むしろその方がまさる、この方がまさっている、の意（日葡辞書）」。「いましは。いまはと云詞也（匠材集第一）」・「いまし〔今し・乃〕。副詞《シは強めの助詞》……いましは、今となってはもう。〈いましは〔モウダメダ〕とわびにしものをささがにの衣にかかり我をたのむる―古今七七三―（岩波古語辞典）〉」。

七　身を消えね……となり

文意「このわが身は死して消えてしまえと思うので〈命ハ露ノ如ク儚ナイノデ、朝露ノ如ク我ガ命モ朝露ノ如ク蒸発シテシマエト思ウノデ〉その命の露のかわりに、今度は涙の露が、つぎつぎと目に置き添うと詠んでいるのだ」。この頭書は、「露」に「露の如く儚ない命」の意と、涙の露との両意を持たせて解釈せよ、という意図で加えられたものと思われる。上句は涙の暗喩として下句は命の暗喩として鑑賞せよというつもりであろう。この歌「わが身を」の「を」は、本来感動詞で、書紀（神武即位前）に「唯唯」の表記があって、熱田神宮古写本神武紀に「雄雄」の傍訓が付く。それが目的格を示す「を」になったと言われている。『円融院御集』の「わが身に」の「に」は、初句「置き添ふる」に反ってゆく用法で、所謂倒置法。参考、「あまりに思ひ侘ていまは消果よと思ふわが身に、又置そふる露はいかなる事ぞと也。思ひ侘る身の泪のそふる心なるべし。消よといふに付て、置そふる露はいかなると、よませ給へり（八代集抄〈歌句本文ハ、わか身に、トアリ〉・学習院大学本注釈〈消よといふに付て云々ハ省カレタリ〉〉」。

〔一七四〕（八七頁）

二　思ひ出て今ハ消ぬべし終夜置き憂かりつる菊の上の露

管見新古今伝本校異。第二句の「今ハ」が「いまも」とある伝本は、烏丸光栄所伝本〈但シ、書写本ハ、いまは〉・冷泉家文永本。為氏筆本・鷹司本・公夏筆本・書陵部合点本〈岩波旧大系校異ニヨル〉・慶祐書写本〈同上〉・御室本〈同上〉。第四句の「置き憂かりつる」が「おきかへりつる」とある伝本は、東大国文学研究室本・亀山院本。末句の「菊の上の露」が「菊の上露《うハィ》（御室本〈岩波旧大系校異ニヨル〉・菊の上のつゆ）〈上の二、うハィ、ノ校合〉（正保四年板本〈明暦元年板本モ〉・承応三年板本・正徳三年板本・刊年不明牡丹花在判本板本・刊年板元不明板本）」で、板本の中でも延宝二年板本〈文化元年補刻本モ〉・寛政六年板本・寛政十一年板本には「うハ　ィ」の校合はなく「菊の上のつゆ」である。季吟の八代集抄歌句本文では「うはィ」の校合がある。

当歌の出典は『一条摂政御集』で「ながつきばかりに、をんなのもとにおはして、つとめて／おもひいで、けさはけぬべしよもすがらおきかへりつるきくのうへのつゆ／かへし／きくのうへにおきかへりつるつゆよりもたれかけぬべきけさの心地は」とある贈答歌で、この返歌には同じ御集に「はかなくておきあかしつるつゆよりもたれかけぬべきけさのこゝちは」という類歌があり、当新古今歌の参考歌にもなる。『御集』の贈歌の意は、「思い出して今朝は身も消えるほど恋しいのだ。菊の上に置いた露のように夜通し起きていて、帰ってきたこの私は（一条摂政御集注釈）」というもの。他出書は今のところ未だ検索し得ない。本歌は「音にのみきくの白露夜はおきて昼は思ひにあへず消ぬべし〈古今恋一、四七〇番素性法師〉」で、季吟八代集抄の指摘以来、講談社『新註』・朝日新聞社『全書』・岩波旧大系・岩波新大系・小学館『全集』・武蔵野書院校訂テキスト・久保田氏『全評釈』〈新潮集成デハ、念頭に置く、ト参考歌並ニサレタ〉・鴻巣氏『遠鏡』・塩井氏『詳解』・尾上氏『評釈』・石田氏『全註解』・『完本評釈』等現行注釈も季吟説を継承している。当歌の技巧は、「終夜置き憂かりつる」を言う為に倒置している点である。それ故、菊・露は「歌意に関係なし（塩井氏『詳解』）」と思われるが、この語によって素性歌の「きくの白露夜は置き」が喚起され、その素性歌の「置き」が、「起き」との掛詞であり、又「昼は思ひ」の昼が当歌の「今」、「思ひ（火）」の火が当歌では縁語の「消ぬべし」に転換される技巧を生み、「今〈素性歌ノ昼ニ通ズル〉」と「夜もすがら」との対応がなされている事を考えると、当歌の歌意とは関係ないものの、表現技巧上は大きな関係を持つ措辞と思われる。「置き憂かりつる」とは「置きづらかった」という意であるが、菊の花には、白い綿を覆わせて、それに浸みこんだ露で、不老長寿を願って、顔を拭うという慣習が平安期の重陽の節会にはあって、露は、綿に阻まれて、菊の花の上には直接には置きづらかったのであろう。〈大坪云、『俳諧歳時記栞草』ノ「菊の着綿」ニハ、青藍ノ説ガアッテ、後撰集三九四・三九五番ノ伊勢ト雅正トノ贈答歌・『紫式部日記』（第八節。九日菊の綿を）等ノ引用ガアル〉その「置き」は「起き」との掛詞で「起きづらい」意に転換されるが、塩井氏『詳解』は「唯に、別れを思ひての起きづらさなりとも思はれず。思ひ出でて、といひ、よもすがらといへる詞より見れば、相逢ひたれど、終夜心のとけざる事ありて、別れのつらかりし意なる如し」と見たのに対し、石田氏『全註解』は「強いて打とけぬ場合とする必要はなく、相愛した仲で終夜起き出て難く、遂に暁になったとした方が自然である」としている。岩波新大系は「露の〈置きうし〉と〈起きうし〉、即ち安心して起きていられない意を掛ける。やがて夜が明けることの悲しさに心を奪われていたからである」と見る。「菊の綿」への言及は諸注見当らぬが、着綿《きせわた》から考えて、誰かが、男女の相愛の仲を、隔てようとしていたのではなかろうか。さて、縁語としては、「思ひ（思火）・消」・「思・憂」・「露・置・消」があり、対応としては「今↔終夜」が考えられようか。掛詞としては、「思ひ→火出て」となって「消ぬ」に続く措辞と「置き→起き」があり、「火出て→憂かり」の連想も湧く。「菊の上の露」にも素性歌の「聞くの白露」を想起させる効果がある。当歌の歌意参考「終夜心もゆかで憂かりし事を、今も思ひ出て消ぬべしとなり。こは、音にのみ菊の白露よるはおきて昼は思ひにあへずけぬべし、とある本歌によりて、菊の上の露、とよみ、消ぬべし・おきうかりなど、露の縁語とせるなり（標註参考）」・「恋シイ人ニ逢ッテ終夜最早起キヨウ〳〵ト思ヒナガラモ、中々決心シテ起キル事ガ出来ナカツタ悲シイ別レノ事ヲ思ヒ出シテハ、今ハ命モ消エサウニ思ハレル。五の句消ゆる、おきの縁にして直接の意味なし。古今の、音にのみ菊の白露夜はおきて昼は思ひに絶えず消ぬべし。を本歌としたるか（鴻巣氏遠鏡）」。

三　思ひ出てとハ、夜の情の事などを、思ひ

出てなり

「夜の情」とは、男女間の夜の情愛である。『徒然草』（百七十二段）の「若き時は血気内に余り心物に動きて情欲多し。……好む所日々に定まらず、色に耽り情にめで……」の情と思われる。磐斎は『徒然草（磐斎）抄』で、『野槌』も引く論語（季子第十六）の「少之時、血気未定。戒之在色」を引用しているから、情欲、すなわち、男女間の情愛、色情とみているのであろう。磐斎は次の一一七五番清慎公歌の施注でも「一所に寝ては、情ある習ひなればなり」とも述べている。文意「初句の〈思ひ出て〉とは、何を思い出してはと述べているのかと言うと、それは、昨夜からの男女の交情の事等を思い出しては、と言うことなのである」。磐斎は、情愛の事などを思い出してと考えたのだが、『標註参考』は、一晩中、満足することが出来ず、相手の態度がつれなく無情であった事としている。現行諸注は、「相逢ひたれど、終夜心のとけざる事ありて、別れのつらかりし(事)（塩井氏詳解）」・「夜もすがら親しく語らって、起きるのが辛かったこと（尾上氏評釈）」・「一夜をともにした朝の別れ〈ノ悲シサ〉（完本評釈）」・「起きにくかった昨夜の別れのつらさ（石田氏全註解）」の如く、第三・四句の「終夜置き憂かりつる」を「思ひ出て」とみる注が多い。磐斎注の直截《ちよくせつ》簡明に対し、現行注は隔靴掻痒《かくかそうよう》で上品すぎる。平安上層貴族の性行から考えて私は磐斎注の肩を持つ。

四　今も消ぬべしとは、……思ひ出づるさへとなり

伊尹歌は、第二句を「今も」とする伝本も多く頭注二で示した如くであるが、磐斎は増抄引用歌形で「今は」を採りながら、施注では「今も」で注している。「今は」ならば、素性歌の「昼は思ひに」を念頭においての「今朝は」の意であるが、「今も」なら「今にも〈スグニデモ・マモナク〉」の意で、「まつとし聞かば今帰り来む（古今三六五番）」の今と同意になる。文意「第二句の〈今も消ぬべし〉とは、夜通し、我が命は、消え果《はて》て、しまうにちがいなかったのであるが、夜が明けては、今すぐにでも〈死ぬであろう〉、と詠んでいるのだ。昨夜のあなたとの情愛のつれなさを思い出すにつけてさえ、と詠じた歌なのだ」。参考、「音にのみ菊の白露よるはおきてひるは思ひにあへすけぬべし、此本歌は、独ねかねたる心也。よもすがらおきうかりつるとは、二人ねし夜の、心もとけす〈解ケズ・遂ゲズ、ノ両様ニ訓メルガ、私ハ後者ト見ル〉、背《ソム》き〳〵に起なん事を歎きし事を、いまも(ママ)思ひ出て〈季吟抄歌句ハ、今はけぬべし〉、今は(ママ)けぬべし、となるべし。本歌によりて菊の上の露とよみて、消ぬべし・おきうかり、など露の縁語によみ給へり（八代集抄。学習院大学本注釈ハ、素性歌引用部分ヲ省キ、又、背き〳〵に起なん事、ヲ、背き〳〵に起出ん事、トシテ引用）」・「是ハ逢がたき女ニ初て逢しに、終夜心もとけずつれなき事のみいひて、実の契りハなかりし也〈大坪云、磐斎増抄ノ、夜の情、ヲ、実の契り、ニ相当サセタモノト思ウ〉。つれなき詞を聞すて丶、起もやられず、夜明て其詞を思ひ出れば悲しくて命も絶ぬべく思ふと恨みたる心成べし。露ハ日出れば消る物故思出てけぬべしとよめり。本哥〈大坪注、古今四七〇番素性歌〉も其意也（新古今集旧注補遺）」・「別れて後よもすがらおもひいで丶(ママ)、也。上ノ思ひいで丶、のえんニ、下ニ菊の上露と置也。上ノ事ニ似タルモノ置也。新古今ノ風也（かな傍注本。歌句本文モ第五句ハ菊のうハ露ヲ採用）」・「今も(ママ)けぬべしとは、是も又きえかへる心にかよふ詞也〈大坪注、是も又以下ハ、一一七二番源周子歌ノ施注ノ、消かへるとはきえ入て、又生出るさまを云詞也、ヲ受ケテノ文言ナリ。ナオ歌本文ノ歌形ハ、第二句今もけぬべし、ヲ採用セリ〉（吉田氏旧蔵註・高松宮本註・重季本註）」。

五　さし当りてハ……に思ふと也

この頭書は「増抄云」の施注で、言い落した事を補う注である。大意、「女と逢った当初は、逢えたよろこびの為に心が浮き〳〵としていて何事も覚えず浮かれていたが、徐々に時が経つにつれて、相会の目的が心に確《しか》と定まってくると、目的が遂げられず、相手のつれなさがわかるにつれて、死にたいと思う程になった、という歌である」の意。

〔一一七五〕（八八頁）

二　うば玉の夜の衣を立ちながらかへる物とハ今ぞ知りぬる

管見新古今二十六伝本では、初句「うば玉を」が「むはたまの（鷹司本）・むは玉の（柳瀬本・公夏筆本）」とある伝本もある。『岩波古語辞典』では、うばたまのは、ヌバタマノの転で、最初のM音がU音と混同されて、うばたまと表記され、平安時代以後に、ぬばたまがうばたまと表記されるようになった旨の説明がある（うばたまの・むばたまノ項）。当歌の作者の実頼は、『綺語抄(上)』（時節部）で「天徳歌合に、むばたまのよるのゆめだにまさしくばわがおもふ事をと中務がよめる歌を、小野宮左大臣〈大坪注、実頼ナリ〉、判者にて、よるをばぬばたまとこそいへとて、此歌をまけに判ぜられたり。今、万葉集にはむばたまといひて、よるとよみ、うばたまと

てもよるといひ、又ぬばたまとてくろしといへば、わかぬことばにこそあめれ。などかく判ぜられたるにかありけん。又そのときも此證歌をおぼえざりけるにやあらん」と、その見識を、藤原仲実から批判されている。二十六伝本では上記二本以外は、「うは玉の」で、当歌歌形は、その他の異形はなく、二十六本同形。当歌は隠岐では除棄されている。家集の『清慎公集』（続国歌大観所収本）には当歌は含まれておらず、末尾の「入撰集歌」の補遺歌九首にも当歌はない。又、書陵部蔵『清慎公集』（五〇一／四六架番）にも当歌は無い。他出書も今の所は未検出。当歌はその表現技巧上、当然古今集五五四番小町歌の「いとせめてこひしき時はむ《う》はたまの夜の衣をかへしてそき《ぬ》る」が想起されるが、これを本歌として始めて示したのは岩波新大系脚注である。久保田氏『全評釈』は示されず、岩波新大系の後に、角川文庫版で「夜の衣」の語釈で示されているが多分参考歌としてであろう。参考歌としては小町歌の他に『村上御集』（書陵部蔵「代々御集」所収。五〇一／八四五架番）の「さねよりの大臣〈清慎公ノコト〉のむすめまいりて、朝に／むはたまのよるのころもはとをけれと夜ふかき物とおもひしらすや」〈久保田氏『全評釈』指摘〉や、『為信集』（書陵部蔵五〇一／二九八架番）の「〈詞書省略〉／むはたまのよるのころもをいかにせんふなちゆゝしきこひをするかな」も挙げておきたい。表現技巧としては、「うば玉の」が「夜」の枕詞なるは勿論であるが、それを含む上句「うば玉の夜の衣を立ちながら」が下句の「かへる物とは今ぞ知りぬる」を導き出す有意の序となっており、「よる」に「寄る・夜」、「ころも」に「頃も・衣」、「たち」に「立ち・裁ち」、「かへる」に「反る・帰る」の掛詞技巧、「夜」と「今」の対応、「衣」に関わる縁語仕立の「衣・裁ち・反《かへ》る」、等の技巧が認められるのである。歌意参考、「既に衾をかはすべき中ながら、たゞに立ながら帰る事ありとは、今ぞしるとなり。夜の衣は衾の事なり。衣を裁つに立ちながらとそへたり（標註参考）」・「男ト女トガ夜逢ツテモ、心安クユックリト寝ル事ハ出来ナイデ〈以上、枕詞・序〉、一寸立ツテ逢ツタママ、デ、別レテ終フモノダトホント云フ事ハ、私ハ今始メテ知リマシタ。ニツマラナイ事ダナ。一二の句裁ちにかけて序とせり。されど夜相逢ふの意は含まれたり。所謂有心の序なり。たつは立つ裁つにかけたり。衣の縁なり。かへるも同じく衣の縁なり（遠鏡）」。

三　衣の縁にて続けたる歌なり
縁語技巧の説明。鴻巣氏遠鏡〈前引〉参照。

四　人と一床に寝て実無き哥なり
文意、「恋人と同衾しながら、実質的男女の関係が無かった事を詠じた歌である」

五　夜の衣とハ、寝たる由也
「衣」は、平安期以後は、「きぬ・御ぞ」等が散文で多く使われるようになり、「ころも」は雅語や歌語として多く使われる。「衣を返す」は恋しい人を夢に見たい時に裏返して着る俗信。「夜の衣」は「夜、寝間で着る衣服（岩波古語辞典）」で、「あやなくも隔てけるかな夜をかさねさすがになれし夜の衣を（源氏物語葵）」等の用例があるが、ここは『遠鏡』にいう「衾《ふすま》」の意とみて、夜着・夜具を恋人と共にして寝る意と見たい。参考「ヨルノモノ（夜の物）。寝るための着物。婦人語（日葡辞書）」・「フスマ（衾）。夜着、または、上掛け（日葡辞書）」。

六　一床に寝て……情ある習ひなれバなり
文意、「恋人と共に、男女一つの寝床に同衾しながら、気を許し合えずに別れて帰る事があるものとは、今始めて知った事である。一つ所に寝た場合には、情愛を交わし合うのが習慣としてありがちの事であるからで、こんな無情な事があろうとは知らなかった」。この事につき、『完本評釈』は「女には男に会いがたい時がある。月経の際はもとより、髪を洗った直後にはそのことが忌まれていた。信仰上より禁じられる時もある。実相には触れてはいっていないが、そうした範囲のことで、いうに及ばないこととしたためであろう。しかし軽い失望の情が見えて、それがある趣をなしている。実生活に即した歌であると述べられており、行届いた評であると思う。参考、「衣は裁《タツ》といふ縁あれば立ながらとよみ給へり。此歌も、逢夜の心もとけずして〈とげずしてトモ解シ得ル〉、只に帰る歎きをよみ給へるなるべし。花の衣は衾の事也。既《スデ》に衾をかはすべき中ながら、たゞに立ながら帰る事有とは、今ぞしると也。まことに閨中に入ながら、心もゆかで帰るらん心、をしはかられて切なるべし（八代集抄）」・「いかやうに、はやくかへりたるやらん、しらず。人とかたりてハ、さまぐ＼つきせぬ事あり。思へバ立ながら帰りたるやう也（かな傍注本）」。

〔二七六〕（八八頁）

一　夏の夜、女の許に罷りて侍りけるに、人静まる程、夜いたく更けて逢ひて侍りけれバよめる

管見新古今二十六伝本での校異を示す。「夏の夜」が「夏夜（の字ナシ。鷹司本・冷泉家文永本・為氏筆本・烏丸光栄所伝本〈同書写本ハの字アリ〉）」。「女の許に」が「女《のカ》もとへ

（鷹司本。女ノ右下ニのカを墨傍書）・めのもとに（亀山院本）」。「罷りて」が「まかり（て字ナシ。鷹司本・為氏筆本）」。「人静まる程」が「人しづまる程に（に字アリ。鷹司本）」。「夜いたく」が「夜いたう（為氏筆本・親元筆本）・よいたう（小宮本・宗鑑筆本）」。なお鷹司本は語順の前後があり「いたう夜ふけて侍りければ」となっている。「よめる」が「よみける（小宮本・為相筆本・宗鑑筆本・冷泉家文永本・春日博士蔵二十一代集本・親元筆本・為氏筆本・高野山伝来本・前田家本）・よみ侍ける（烏丸光栄所伝本・公夏筆本）・よみ侍ける（柳瀬本。侍ヲ朱デミセケチ）」。「よめる〈増抄引用ト同形ハ〉烏丸光栄書写本・鷹司本・東大国文学研究室本・亀山院本・正保四年板本〈明暦元年板モ〉・寛政六年板本・寛政十一年板本・刊年不明牡丹花在判板本・刊年板元不明板本・延宝二年板本〈文化元年補刻本モ〉・承応三年板本・正徳三年板本）」。文意「〈夜明けの早い〉夏の夜でしたが、恋人の居所に行きました時に、人が寝静まるくらいになるまで待たされまして、夜も大層更けてからようやく女に逢うたのでございますが、はや夜明けも迫っておる時に詠みました歌です」。この詞書は、家集では「人のもとにいきて夏頃、忍びたりけりと聞く人静まる程にいたう更けて、やう〳〵夜中ばかりにいであひたり（続国歌大観所収清正集）」・「人のもとにいきて、なつころしのひたりけることにて、人しつまるほとにいたうふけて、やう〳〵よなかはかりにいてあひたり（西本願寺本三十六人集きよたゝ）」などとある。

二　藤原清正

「清正」は西本願寺本家集に『きよたゝ』、又『公任卿撰歌仙(乙)』（十三番左）の作者表記に「藤原清忠」とあるので「きよただ」と訓む。その作者注記は「堤中納言兼輔男。左小弁、従五位」。事略は、七〇九番歌頭注二と三、一〇六五番歌頭注二で既述。なお、管見二十六伝本では、亀山院本のみが「藤原清正朝臣」とあるが、他本はすべて「藤原清正」である。

三　短夜の残り少なく更行バかねて物憂き暁の空

管見新古今二十六伝本では、第三句が、「ふけゆく《け》は（鷹司本。くノ左ニ朱ミセケチ、右ニけヲ朱書）・ふけ行《ケ》は（柳瀬本。漢字行ノ右下ニ朱デケノ捨テ仮名）・あけゆけば（冷泉家文永本・書陵部合点本〈岩波旧大系校異ニヨル〉）」。末句「ありあけのそら（為氏筆本）」。出典家集の歌句は「短夜の残りすくなく更け行けばかねて物うき暁の道（続国歌大観、清正集）」・「みちかよの、こりすくなくふけゆけはかねてものうきあか月のみち」で、末句は「あかつきのみち」と異句。他出では、『公任卿撰歌仙(乙)』は「みじか夜の残りすくなく更行ばかねて物うき暁のそら」、『三十六歌僊秘談(庚)』も「短夜の残りすくなく更行ばかねて物うきあかつきのそら」で増抄引用新古今歌句と同じである。技巧上は「かねて」に、「暁の時刻を知らせる鐘にて〈カネデ〉物憂き思いをさせる暁の空であることよ」の含意があると『増抄』頭書は指摘している（コレヲ認メテ久保田氏『全評釈』ニ、かねては前もっての意。暁の縁語鐘を響かせる。晨朝の鐘である、ト語釈シテアル）。「鐘」と「兼ね」は掛詞と見る程の結びつきはないが、当時「鐘で」の如き口語的表現がもしあれば、「かねて」との掛詞と見てよかろう。「もの憂き暁の空」から直に連想されるのは「有明のつれなく見えし別れより暁ばかり憂きものはなし（古今六二五番忠岑歌）」であるが、夜・更け・暁という清正歌の縁語仕立を考慮すれば、暁・鐘の縁語が浮かぶから、「かねて」に「鐘」を響かせてあると見られるので磐斎の着眼はさすがと言わざるを得ない。歌意参考、「秋の長夜でさへ逢えば短いのに、ましてや夏の短夜の残りの時間も少なく、それも次第に更けて行くので、暁の別れの時を思ふと、今からつらさに堪へない（尾上氏『評釈』。大坪云、コトワッテオラレナイガ、磐斎増抄ニ拠ラレタト思ウ）」。

四　長き夜にてさへあるに……悲しぶと也

文意、「秋・冬の長夜であってさえも、恋しい人との逢瀬の時間は短かく思うものなのであるのに、ましてや夏の短夜の逢瀬であるから、夜が更けて行くにつれて、暁での恋人との別れのつらさを前もって頭に浮かべると、その暁の別れの時刻が、刻々と近づいてくる事が切なく悲しく思われるのだ、という歌なのだ」。参考「かねて物うきとは、いまだ暁ならねども、やがて別ん時もちかしと思へば、かねて懶《モノウキ》と也（八代集抄）」・「前がきにて聞へたり〈当歌ノ題詞ニヨッテ、歌意モ理解デキル〉（かな傍注本）」。

『かな傍注本』にも述べられているように、歌句の「みじか夜」は題詞の「夏の夜」であるが、「短夜《みじかよ》」は、勅撰集など聖代を寿《ことほ》ぐめでたき集などでは、「短代《みじかよ》」に通ずるので遠慮すべき詞と見られたのだが、清正の父兼輔も「夏夜、深養父が琴ひくを聞きて／みじか夜のふけゆくまゝに高砂の峰の松風ふくかとぞきく（後撰一六七番）」と詠じており、父子二代に亘る事から考えて影響歌とみておく事にしたい。さて、「短夜」については、戸田茂睡の『梨本集』（第二、遠慮すべきといふ詞）に次の如き説がある。「当世を短か世といふやうなれば読むまじきといふ。これも六百番歌合に／短か夜も鳥より後ぞ明けやらぬ老の寝ざめに物思ふ身は〈夏上廿六番左、勝。右ハ夏の夜はたゝく水鶏のひまなさに程なくあくる天の戸なれや、経家〉／と顕昭の読めるを、右の方より、みじか夜、を難ず。顕昭、郭公鳴くや五月のみじか夜の歌〈拾遺・夏　一二五番、読人不知〉を以て陳ず。右の方猶云、腰の五文字はさもありなん、初五文字にみじか夜と言ひ出づるを難ず。顕昭陳に云、後撰集夏部、藤原兼輔の歌〈前引後撰一六七番歌〉。この歌を證歌に出され右の方閉口す。然るに今二條家の本の後撰集には、夏の夜と書きかへたり。それを写して版行にも起し、それにて又抜き書に集めたる故、題林集・明題集にも、夏の夜、とあり〈大坪云、二條家流後撰集・題林集・明題集ノコト未検証〉。本より夏の夜とあるならば顕昭の證歌に出されたらんは自の歌のうへ證歌までの引きそこなひにて、恥辱の上り（ママ）なるべし〈大坪注、上りハ続々群書類従本デハ、うわもり、トアリ〉。仲のわるき寂蓮右の方人なれば、猶以て難ずべきに閉口せしは、後撰集にみじか夜とあること必定なり。和漢朗詠集にもみじか夜と書かれたればみじか夜疑なきを、顕昭の歌を非に言ひおとし、難ぜしことをおぎなはんため、後撰集の歌の五文字を取り替へて書きつけたるは、歌人に不㆓似合㆒きたなき人の心のわざなるべし（歌学大系本による）」。参考、「みじかき事には。タマノヲ、夏ノヨ、春ノヨ（和歌初学抄。喩来物）」。

五　かねてといふに、暁の鐘を持たせたり　文意、「前もって、あらかじめという意の〈かねて〉の語の中に、暁の鐘という含意をもたせてある」。注三の中でこの事は述べた。現行注釈書中では、久保田氏『全註釈』が着目している。

〔二七〕（八九頁）

一　女みこに通ひそめて、朝につかハしける　管見新古今二十六伝本では、鷹司本だけが「朝に」が「朝」で、に文字がない。他伝本題詞はすべて磐斎引用題詞と同文。題詞と歌に関しては『大和物語』（第十二段）が、作者大納言清蔭と題詞中の「女みこ」に関しては（第十一段）が参考になるので前田尊経閣本の本文を引用する。「故源大納言の君〈大坪注、源清蔭〉、忠房のぬしのむすめ東の方を〈注、忠房邸内ノ東ノ対屋ニ居住シタ女性デ出自未詳〉、としごろおもひすみてわたりけるを、亭子院のわか宮〈注、亭子院ハ宇多院デアルガ、コノ話ニ該当スル皇女ハナク、季吟八代抄以来、醍醐帝皇女韶子内親王トスル。勝命本大和物語勘物ニハ、大納言室。非亭子院（ママ）・延喜皇女也。前斎院睍（ママ）子。延喜一（ママ）年賀茂退後、配清蔭卿。トアリ、宝令文庫旧蔵大和物語鈔ノ勘物ニハ、非亭子院女、延喜皇女也。前斎院詔（ママ）子也。延喜（ママ）廿一年退賀茂後大納言清蔭卿室也。トアリ、小汀利得氏蔵為氏筆本勘物ニハ、昭（ママ）子内親王。延喜皇女、母女御源和子、光孝天皇源氏。韶子延喜廿（ママ）年十二月十七日内親王、三廿一年賀茂斎院後配清蔭卿、後配河内守大納言薨、内親王廿三。トアル〉につきたてまつり給ひてのち、はなれたまひて程経にけり。子どもなどありければ、言も絶えず、おなじ所になんすみたまひける〈後略〉（十一段）」。以上の十一段の要旨は、源清蔭は、藤原忠房邸の東の対の屋に住んでいた女性と長年同棲中であったが、醍醐皇女韶子と結婚後も、東の対屋の女性との間に子供もあったので、離別後も言葉も絶やさず、三人は同じ邸の敷地内で住んでいたということであろう。十一段で後略した部分では清蔭と、女性との間で、昔の間柄にからんだうらみつらみの贈答歌がある。続いて十二段には、「おなじおとゞ〈清蔭〉、かの宮〈韶子〉をみたてまつり給ひて、帝のあはせたてまつりたまへりけれど〈大坪注、帝トハ韶子ノ祖父宇多天皇。父ノ醍醐天皇ハ崩御サレテイタノデ、祖父ニヨリ斎院退下後ノ韶子ガ清蔭ニ妻合《めあ》ワサレタノデアルガ、清蔭ハ韶子ヨリ三十四歳年長デアッタ〉、はじめごろしのびてよる〳〵かよひたまひけるころ〈大坪注、清蔭ガ、当初ノ頃ハ、韶子ノ所へ、コッソリ忍ンデ夜々通ッテ行ッタノデアル〉、かへりて／あくといへばしづごころなき春のよのゆめとや君をよるのみはみん」とある。新古今の題詞の内容は、両段を共に考えることで、摑めると思うが、当歌の撰者名注記は定家のみであっていかにも定家好みの、物語的一面を持つ撰進歌である。題詞文意は、「姫皇女《ひめみこ》の許《もと》に通うようになって夜を共に過す間柄となり、その後朝《きぬぎぬ》に贈りました歌」。「女みこ」についての追加参考、「大和物語勘物云、皇女前斎院韶子。延喜廿一年賀茂ヨリ退テ、配《ス》㆓清蔭《ニ》㆒（八代集抄・至文堂刊テキスト藤村作博士頭注）」・「延喜皇女、前斎院韶子、延喜廿一年賀茂より退きて清蔭に配し給へり（標註参考、コノ頭注デハ、ドナタガ配シ給ウタノカ不明確）」・「韶子内親王。醍醐天皇第十三皇女也。母女御利（ママ）子〈大坪注、和子ノ誤記〉。元（ママ）孝之女也〈大坪注、光孝ノ誤記〉。延喜二十一年二月二十五日卜定。時四歳。延喜八年九月廿九日廃之。円融院天元三年正月十八日薨。系譜曰。韶子、配

二大納言清蔭并河内守惟風等一（賀茂斎院記）」・「韶子内親王。賀斎。配二大納言清蔭并河内守惟風等一。母同二常明一／斎院記、韶子内親王。天元三年正月十八日薨（本朝皇胤紹運録。常明親王ハ醍醐帝第五皇子、母ハ和子）」

二　大納言清蔭

管見新古今二十六伝本すべて同じ作者名表記。その事略は、「源清蔭者、陽成院第五《ママ》皇子。母紀氏女也。賜源朝臣姓、列人臣。延喜三年叙従四位上、四年補次侍従、稍進而任大蔵卿。延長三年列八座〈大坪注、定員八人。参議ノ異称〉、兼右金吾〈右衛門府ノ唐名。天子行幸ノ先導役〉。天慶二年任権中納言、天暦元年兼按察使、二年正月叙正三《ママ》位、転大納言。四年七月三日薨、年六十七。後撰集四首、拾遺集二首、新古今集一首、新勅撰集一首（二十一代集才子伝）」・「源清蔭。正二《ママ》大納言。賜源姓。天暦四七三薨。母紀氏。号紀君（本朝皇胤紹運録）」。久保田氏『全評釈』には清蔭は「陽成天皇の第一皇子」とあるが依拠書は示されていない。『公卿補任』（醍醐天皇延長三年）に、「元慶天皇第一皇子」とあるに依拠された歟。元慶は陽成治世下の年号である。陽成帝の御子は、福井三郎氏『国史摘要　宝祚大典』によれば、元良親王（母藤氏、天慶六年薨五四歳）・元平親王（元良同母弟、天徳二年薨）・元長親王（母藤氏、貞元元年薨七十六歳）・元利親王（元長同母弟、康保元年薨）・長子内親王（元利同母妹、延喜二十二年薨）・儼子内親王（長子同母妹、延長八年薨）・源朝臣清蔭（母紀氏、天暦四年薨、六十七歳）・源朝臣清鑑（母伴氏、承平六年薨）・源朝臣清遠（母佐伯氏）の九人で本朝皇胤紹運録と一致している。長幼序・歿年より逆算の生年・性別等より考勘すると、元良親王は西暦八九〇年生。清蔭は西暦八八四年生であるから、清蔭は陽成第一皇子となろう。久保田氏説に従いたい。親王に宣下されず賜姓源氏になった理由は母方が藤氏でなかった故であろうか。『皇代記』には「皇子」に元良・元平・元長・元利を示し、「皇女」に長子・儼子を示し、「賜姓」に清蔭・清鑒・清遠を示してある。森本茂氏『大和物語の考証的研究』（和泉書院刊）の清蔭関連の記事でも出生順には触れられていない。顕昭の『勅撰和歌作者目録』（後撰部）には「源清蔭朝臣」に「陽成院第一源氏、母紀氏」とあり、「元良親王」に「陽成院第一皇子」と識別して表記してある。「第一皇子」は、出生順の唱えではなく皇統継承上の唱えと見る方が適している。この点を考慮すれば、木船重昭氏『後撰和歌集全釈』・岩波新大系片桐洋一氏『後撰和歌集』が元良親王を「陽成天皇第一皇子」とし、清蔭を単に「陽成院御子」とする理由も理解できる。現行諸注釈書ではこの説明が省かれた為、混乱を生ずるおそれもあろう。

三　作者部類に云く。源清蔭。陽成院御子参考、「清蔭。正三位大納言源。陽成院御子。天慶《ママ》四年薨（勅撰作者部類）」・「後撰、大納言源清蔭卿、陽成院御子（和歌色葉）」・「源清蔭《カゲ》朝臣。四。正三位。陽成院第一源氏、母紀氏、天暦四年七月三日薨、年六十七（勅撰和歌作者目録）」。第一源氏とは第一賜姓のことである。

四　あくといへば静心なき春の夜の夢とや君を夜のミや見ん

管見新古今二十六伝本では、烏丸光栄所伝本は末句「われのミはみむ」で、光栄書写本でも「われのみはみむ」で「よる」に改められていない。又、磐斎引用歌形の「よるのミや見ん」は他の伝本すべて「よるのみはみむ」である。唯、九州大学蔵の『旧注補遺』の歌句本文末句は「よるのみや《ハ》みん」となっているので、増抄歌形によりながら校訂したと思われるが、磐斎の引用の誤りのおそれはある。出典は、頭注一で引用しておいた『大和物語』（第十二段）である。「静心」の発音の清濁については、「しづごころ」・「しづこころ」の両様が現行注釈書や辞書類で行われている（新古今九一八番歌頭注三で既述）。香川景樹が「心」を濁音で読むべしと古今集八四番友則歌注〈久方の光のどけき春の日に静心なく花の散るらむ〉で述べたのは、調《しらべ》を重んじた彼であるから、友則歌の場合は「こころ」と清音に吟詠すれば、「しづ」と「こころ」の間で、切れが生じ、この歌の声調上の流麗性が薄れる事からの故であろう歟。友則歌以外の歌にまで及ぼすべきか否か私には判断が出来ない。念の為、『正義』の注全文を示しておく。「しつ心の心は濁りて唱ふへし。あた心のさわかしき反にて、のとけき心をいへる、そのかみ一つの詞也。上なるしつ心なしむ〈大坪注、八二番貫之歌、ことならば咲かずやはあらぬ桜花見る我さへに静心なし、ヲサス〉同し。すむときは調かはりて、自然、心も違へるもの也。吟して知へし」。「すむときは調かはりて」と述べている点から、別の歌文にあっては、清音も認めていた感もするのである。さて出典『大和物語』の歌形は殆んどの伝本は新古今と同形であるが、本多伊平氏『大和物語本文の研究・対校篇』・阿部俊子氏『校本大和物語とその研究』の学恩によれば、二伝本に第三・第五句の相異がみられる。その伝本（天理図書館蔵の御巫氏旧蔵本、及び、鈴鹿三七氏蔵本）が幸運にも高橋正治氏『大和物語の研究・系統別本文篇』に影印で紹介されているのでそれを引いておこう。「あくといへはしつ心なき夏の夜を夢とや君を夜のみは見る（御巫本）」・「あくといへハしつ心なき夏の夜を夢とや君をよるのみハ見る（鈴鹿本）」。『大和物語』の他の他出は、まだ見つけていない。次に当歌の技巧は「明く・夜・夢・見」の縁語。第二句の「静心なき」は第一句を受けつつ第三句にかかってゆく繋《つな》ぎ句。「夢とや」と「見ん」は縁語間での係結。この意味でも増抄引用末句の「や」はおかしい。又、柿本奨先生『大和物語の注釈と研究』で「春の夜の夢」につき「〈後撰七六番寝られぬを・同五一〇番まどろまぬ・同一三八八番春の夜のノ三歌ヲ示シテ斯ク〉の如く、はかないものとして言う。夢だけでもその意は表せようから、春はこの時に因むのであろう」と語釈されているが、夏であっても同様と考えておきたい。当歌の歌意は、初句「あくといへば」については「春の夜はすぐ明けてしまうというから（久保田氏『全評釈』）」の如く、「いへば」を一般的常識を示したとする解と、「すぐ夜が明けます、とか、夜明けになりました、とか知らせて帰りを促す」の如く、「〈侍女ガ〉いへば」とする解（柿本先生上掲書）とがある。そして「あくと」の「あく」に「飽く」をかけるとは考えられないとされたが、磐斎『増抄』では「人を飽くといへばといふ心を持たせたり」と掛詞技巧を認めているのである。そこで、『大和物語』の古注を引用しておく。「よるのみ通へば、しばしばかりの夢とみんといへり。さて、あくとは夜の明るをおもてにて、思ひあかれん事のかたをいふなり。新古今に入たり（真渕、大和物語直解・前田夏蔭ノ『纂註』モ『直解』引用・夏蔭ニハ『錦繍抄』ナル『纂註』ノ略抄本モアルガ、コレモ『直解』ヲ引用スルノミ）」・「上の句ハ、あくるといへば、静なる心もなきとなり。はるの夜は、短きゆへ、あかぬ心を、つよくいはんとてなるべし。夢とやきミをとハ、夢ハ、ねてミる物なれば也。しのび〳〵によるのミまいり給ふ事をあかす思しめす心也。此哥新古今に入（季吟、大和物語抄）」・「あくといへば。明るといへば也。しづ心なきは、静なる心なき也。しづ心なく花のちるらん〈大坪云、古今友則歌〉同意也。夜のみかよひて逢見給へば、たゞ春宵の夢のやうなると也。一二句は、春夜明やすきといふなれば、逢みるうちにも、かねて、短夜のおもはれて、心あはたゞしく静なる心なきと也。新勅十五、あはれ〳〵はかなかりける契哉たゞうたゝねの春の夜の夢〈大坪云、恋五、九八一番二条院讃岐歌。題詞、千五百番歌合に〉（木崎雅興。大和物語虚静抄）」・「あくといへはの哥。比《ころははる》　春なるべし。明るといへはしづかなる心もなく、春の夜の夢のまのミみ奉り、ほいならぬよし也。〈大坪云、ほいトハ本意デ、本懐ノ意〉段のならび、たてよこの心ハ、本段の次の事あるハ竪也。本段の事よりさきありし事を次にあるハ、横也〈大坪云、コノ十二段ガ、十一段ノ横ノ並ビデアリ、十三段ガ十一段ニツヅク竪ノ並ビデアルコトノ注記〉（宝玲文庫旧蔵大和物語鈔）」。古注は「飽く」に掛詞的解釈を持たせる注が多い。歌意参考、「春の夜はゆっくりあきるまで逢うひまもなく、もう夜が明けるというので、おちつきませんが、その春の夜の夢のようにはかなく、夜だけしかあなたに逢えないのでしょうか（小学館全集。大和物語担当高橋正治氏口語訳）」・「〈侍女カラ〉（大坪補）夜が明けたと言われると、落着かなくなります。今後も、春の夜の夢のように、はかない逢瀬なのでしょうか（柿本奨先生、大和物語の注釈と研究）」・「じきに夜が明けるというので、心配で心落着かない春の夜の夢のように、夜の間しかあなたを見ることはできないのでしょうか、〈昼間もお逢いしたいのです〉（今井源衛氏、大和物語評釈）」。

五　あくとハ……といふ心を持たせたり　磐斎の施注は「あく」に「明く・飽く」の掛詞技巧があるとみての、施注である。文意、「あくとは、夜が明けると、貴女が私に飽く、との掛詞による両意を持たせて詠んだ表現だ。春の夜の夢の、夢では、春の夜の短時間だけしか見る事のできないものであるから、春の長い昼間は飛ばして無くしてしまって、夜だけを続けざまにして長くして、その続けた春の夜の長い夢の中で、いつまでも貴女《あなた》を見続けたいと詠んでいるのだ。そんな夜でも、夜が間もなく明けるという頃になれば、心はそわ〳〵となってきて落ち着かず、安静を保ち続ける事ができなくなると歎じた歌なのだ。〈夜が明くといへば〉という掛詞的意味を持たせてある歌なのだ」。参考、「大和物語云、おなしおとゞ彼宮をえ奉給ふて、帝のあはせ奉給へりけれど、初比、忍びてよる〳〵通ひ給ひける比、帰て、あくといへば……、春の夜は短くて逢程もなきに明るといへば、静なる心もなく佗しきと也。常に見たきとの心なるべし（八代集抄。学習院大学本注釈モ歌意部分ノミ引用）」・「夜の明といへバ心さわぎ、春の夜ハみじかし、逢事ハ夢也。ひる見る事ハ不成、よるのミ夢に見んと也（かな傍注本）」・「よるのみやハみんと打かへすてにハを上下に分てよめる也。夜のみやハみん夜ならでもみまほしきと也（旧注補遺。歌句本文は末句ヲ、よるのみやみん、トシテや字の右ニ、ハ字ヲ傍書スル）」・「春の夜は短くて、逢ふ程もなく明くといふ故に、落ちつきたる心もあらず。宛ら夢の如し。斯くて、夜ばかり君に夢の如く逢ふ事かナアーといふ事にて、常に逢ひ見たき意をあましたり。一二三四の句までは、逢ひ見たき意をあましたり。五の句は、逢ふ夜のみに飽かぬ心なり。複雑なる心をいひまはし得たるところを見るべく、また、春の夜の夢とや君をの意匠も、面白しといふべし。唯、夜を重ねたるところ、今一工夫ありたき心地す（塩井氏『詳解』）」・「あくといへば―春の夜は短くて早くあけるというので。〈飽くと言へば〉の意も軽く含んでいる（石田氏『全註解』）」・「猶明くに飽くの意はあるまい（尾上氏『評釈』）」。

〔二七八〕（九〇頁）

一　弥生の比、よもすがら物語りして、帰り侍りける人の、今朝ハいとゞもの思ハしき由、申しつかハしたりけるに

管見した諸伝本では、この前書《まえがき》には小異が目立つ。一番目立った伝本は正徳三年板本で、まず「弥生の比、終夜物語りて帰侍に」とあり、つぎに相当の空白部があって、その後に「おもハしきふミつかハしたりけるに」と付け足してあり、他伝本を見て、書き加えられたかに思われる。他伝本でも相異が多い。「物語りして」が「ものかたりて（前田家本）」、「帰り侍りける」が「かへり侍りにける（小宮本・柳瀬本・前田家本・冷泉家文永本・高野山伝来本・正保四年板本〈明暦元年本モ〉承応三年板本・延宝二年板本〈文化元年本モ〉・寛政六年板本・寛政十一年板本・刊年不明牡丹花在判本・刊年板元不明板本）・帰り侍りけるに（親元筆本）・かへり侍《に》。ける（烏丸光栄所伝本。侍トけるガ連綿書《れんめんがき》サレ右傍上○印ヲ付シに追加ス）」、「今朝ハいとゞ」が「けさい《は》とゞ（柳瀬本。けさトいとゞノ中間ニ朱デはヲ傍書）」、「つかハしたりけるに」が「つかはし《たり》けるに（烏丸光栄所伝本。しトけるノ間ニ○印ヲ付シ右傍ニたりヲ追加）」。

出典家集の『和泉式部続集』には、「三月許、よ一夜物などいひかはしたる人のもとより、いと事ありかほに、けさはいとゞものなむおもはしき、と云たるに／けさはしも歎きもすらんいたつらに春のよ一夜夢をたにみて（榊原家本）」・「弥生の比、よもすから物かたりしてかへり侍し人の、今朝はいと、物おもはしきよし、申つかはしたりしに／今朝はしもなけきもすらんいたつらに春のよ一夜夢をたに見す（未刊稀覯本叢書、和泉式部集）」・「弥生《やよひ》のころ、夜もすから物かたりしてかへり侍し人の、今朝はいと、もの思はしきよし申つかはしたりしに／けさはしも歎きもすらむいたつらに春の夜ひとよ夢にたにみて（静嘉堂文庫蔵、和泉式部集、五二一／一九架番）」。新古今の詞書は、これら家集によって付けられたか、逆に家集の詞書は新古今を参考にしたか、断じ難いのであるが、参考上引用したのである。詞書の文意は「〈某年ノ〉三月の頃、夜通し、何とはなしに語り合いまして、帰られましたお方が、今朝は平常とは変って大層、何故だか自分にもわからぬくらいに物恋しく思われることですという意味の文面を、申してよこされましたので、詠みました歌」。何年の三月の頃か、夜通し語り明かして帰った人物が誰か、わからないが、和泉式部の相手の男性は、通常は、夫の橘道貞、その没後の為尊親王、その薨後は敦道親王〈為尊ノ弟ノ帥宮ト称サレタ方〉、その後は藤原保昌が挙げられる事は多い。この両親王は『大鏡』では「軽々（軽率）」な人物と評されている（大臣列伝ノ太政大臣兼家ノ條）。この式部歌は「春の夜一夜夢をだにみで〈わづかな同衾さえもしないで〉と、ずばりと言ってのけて、美しい目でにらむ嬌艶な情痴、この作者の唇の動くところ、常に妖麗、常に淫蕩である（石田氏『全註解』）」とか、「作者の男女関係のあさましさをさらけ出している歌……〈第一・二句ハ〉男の語を受けて……皮肉に嘲っているのである。〈末句ハ〉要求さえあればこちらは応ずる気でいた……（窪田氏『完本評釈』）」・「思いを遂げることができなかった男を揶揄《やゆ》したものか（新潮集成『和泉式部日記和泉式部集』野村精一氏頭注）」等評されておるが、熟女式部と一途な青年との関係と見るとすれば、誰が相当するか興味がある。当歌の撰者名注記は伝本間に相異があるが、その中でも定家単独の撰進とする伝本もあり、定家好みの妖艶な歌ではあると思う。『和泉式部集』の書写伝本は〈特ニ、既引ノ未刊稀覯本叢書ノ詞書ハ、伝後土御門院宸翰本ノ本文ニヨルモノ〉「詞書・和歌の本文は勅撰集のそれに符号し……後拾遺集から新古今集に至るまでの勅撰集から抜粋したものを主体としており、新古今集以後新勅撰集までの間におそらく成立したのであろう（『私家集大成』解題）」とされている事から、この詞書も、和泉式部のものというより定家のものと考える方がいいように思える（榊原本ノ筆蹟ハ定家ト民部卿局〈定家女？〉ガ上下巻ヲ分担シタラシク、他本モ榊原本ニ依拠スル如シ）。

二　和泉式部

管見二十六伝本すべてこの作者名表記。「いつミしきふ」と仮名表記は寛政十一年板本。その事略は、三七〇・七七五・七八三・八一六番歌で既述。和泉式部の晩年の記録としては『栄花物語』（巻廿九、玉の飾り）がある。式部は寛弘四年帥宮と死別し寛弘六年、彰子中宮に出仕し、翌七年道長〈彰子ノ父〉の家司藤原保昌に再嫁していたが、万寿四年研子皇太后〈道長ノ二女〉が崩御され、その四十九日の法要に保昌の代理で仏の玉飾りを献上詠歌している。「この度の御仏造らせ給御飾の御料には、大和守保昌の朝臣のがり、玉を召しに遣したれば、京の家に奉るべき由いひ上げたれば、参らすとて、和泉添へたり／数ならぬ涙の露を添へてだに玉の飾りをまさんとぞ思ふ（旧岩波大系本栄花物語下、三一四頁）」。これが式部生存を示す最後の記録であろう。

三　今朝ハしも歎きもすらん徒に春の夜一夜夢をだに見で

管見二十六伝本での校異。前田家本は初二句を「けさしも○《や歟》なけきもすらむ」と続けて書き「も」と「な」の中間に朱で「○《や歟》」を左右に傍書するので、初句を「けさしもや」と見做すのであろう。第二句は「歎きやすらん（東大国文学研究室本・大夫阿闍梨本〈岩波旧大系校異ニヨル〉）」。第四句は「春の夜す《春の夜》から《夜イイ》（御室本〈岩波旧大系校異ニヨル〉）・春の夜一《ひとり》よ（柳瀬本。一よノ右ニひとりト朱書）」。末句は「夢も結ばで《をだにみで》（慶祐書写本。をだにみでヲ右傍書〈岩波旧大系校異ニヨル〉）・ゆめにだにみず《て》（鷹司本。ずヲ朱デミセケチ、墨デてヲ傍書シテ墨合点ヲ付ス）」（大坪注、岩波旧大系校異ニヨレバ、ゆめをだに見ず《で》、ト校合シテアリ、ゆめにトシテイナイ。武蔵野書院テキスト板ノ校合ガヨイノカ。旧大系ガヨイノカ。原本未見）。

出典は『和泉式部続集』であろうが、該書は伝本多く、定家筆蹟の伝本もあるようである（頭注一で、その中の三伝本を示しておいた）。初句の「今朝ハしも」は前田家本は異句であるがこの「今朝ハしも」を初句に置く和泉式部の別歌に「けさはしもおもはむ人はとひてましつまなきねやのうへはいかにと（続詞花、恋下、六六四番）」があり、『俊頼髄脳』『袋草子』『毘沙門堂本古今集註』『伊勢物語集注』などの諸書にも引用せられている。新古今当歌の他出は、私は未検索である。縁語は、夜と夢であるが技巧は少ない歌で、三四五一二句と続く倒置法二句切れの歌。参考歌として岩波新大系は「寝られぬを強ひて我が寝る春の夜の夢をうつつになすよしもがな（後撰春中七六番、読人しらず）」を示すが、私は「夢をだに見で」の歌句を含む『和泉式部日記』の為尊親王歌「はかもなき夢をだに見で明かしてはなにをかのちの《マヽ》夜がたりにせん〈大坪注、岩波旧大系ハのちの、講談社学術文庫ハ夏のトアル〉」も参考歌として示したい。歌意参考、「『今朝は格別にお歎きなさるとか。そうありそうな事です。何故なら、昨夜のあのよい春の一夜を、一晩中、夢ほどの契りもなさらず、ただお話ばかりして、お帰りになったのですもの』にくらしいお方よ。罰にたんとお歎き遊ばせといった意（石田氏『全註解』）」。

四　夢をだに見でとハ……寝ぬ由なり

文意「末句の夢をだに見でとは、一晩中、ただお互は、何ということもなく世間的な話を交わし合うだけで、寝るに至らなかった事を述べたものである」。「寝る由」の「寝」が、単なる「就寝」か、同衾の「共寝」か微妙。参考「夢をだに見で―わづかな同衾さえもしないでの意（石田氏『全註解』）」・「春の夜云云。人に逢ふ夢も見ず（尾上氏『評釈』）」・「夢をだに見で。夢をさえ見ないので。〈夢〉は共寝の譬喩（窪田氏『完本評釈』）」・「夢をだに見で。夢ほどのちぎりばかりもしたまはで、情愛なく帰り給ひたればの意なり。唯、物語のみして帰りたるより、戯れていへるなるべし（塩井氏『詳解』）」。

五　しミ〴〵と……程にてなり

文意「深く染《し》み入ってしんみりと語り合う事もなくて、短い春の一夜を明かして了ったので、という意味の歌である」。磐斎の施注は、夢に、同衾の含意が有るのか無いのか、判断し難い注。参考「春の終夜徒に語明して心つよく帰給へば、今朝は後悔の歎きし給ひつらんと也。今朝はしもといふに、夜前はうらめしくたゞにかへりし事よとの心ふくめり。今朝はといふに心を付べし（八代集抄。学習院大学本注釈モ略同文デ、文頭ヲ、徒ニ明して、ト変エ、文尾ハ省略スルノミ）」・「よもすがら語しあとなし事なれば、なげきやすらんとなり。いたづらにと読る、心を付てみべし（神宮文庫本十代抜書。前書ト歌本文ニ小異アリ。弥生のころ夜もすがら物語して帰侍ける人のかたへ、ノ前書ヲ行間ニ細字補入シテ歌句ハ、今朝はしもなげきやすらん徒に春の夜一よ夢にだにみで、トアル）」・「春の夜の短《みぢか》に夢をだにみぬ程に、歎《なげき》ぞすらんと也。あなたよりやう《用有》ありさうにいひたる程に、実事《まめごと》もなかりつるを云《いひ》あらはさんとて云《いふ》也（私抄）」・「今朝ハそなたニもなげかん。春の夜のみぢかきニ、夢ニだにミずと也（かな傍注本。歌末ハ、でト濁音ヲ示セリ）」・「夜もすがらかたりし跡なし事なれば、歎やすらんと也。いたづらにとよめる《ママ》、心をつけてみるべし（吉田幸一氏旧蔵本註。前引シタ神宮文庫本十代抜書ト同文デアルガ、詞書ハ、増抄引用詞書ト同注デアル点ト歌ノ末句ガ、夢をだにみず、デアル点ガ異ル。高松宮本註ト高松重季本註モ歌ノ末句ハ、みずデ詞書ハ増抄ト同文。施注部ハ、ママノ個所ハいたづらにとよめるに　トに字ガ付ク）」。

〔二七九〕（九〇頁）

一　題不知

管見新古今二十六伝本すべて「題しらず」であり異同はないが家集には次の如くになっていて作歌事情は判る。榊原家本『赤染衛門集』には贈答歌として、「けちかうなりてあかつきに、おこと／こくからにしはしとつゝむ物なからしきのはかきのつらきけさ哉」「返し／百羽かきかくなる鴫のてもたゆくいかなるかすをかゝむとすらん」とある〈異本の桂宮本（書陵部蔵、五一一／二二架番）にはこの贈答歌は含まれていない〉。岩波旧大系頭注では「家集には〈か《ママ》くからに暫しとつつむ物ながら鴫の羽がきのつらゆき今朝かな〉とあって男の歌」とする。異初句は群書類従本〈＝校註国歌大系・女人和歌大系〉の本文である。なお作者について、男の歌、とする点に関しては後述する。「けぢかし〈気近し〉」とは「男女間で親しい。やがて結婚する関係になることを表す（大野晋、古典基礎語辞典）」という意で、結婚間近《まぢか》の男女の間柄であることがわかる。男が女に対して、恋を忍ぶ辛さに身悶えする気持を発信しているのが作歌事情である。新古今が作者を赤染衛門としたのは、赤染衛門家集からの採歌のため・本歌〈古今恋五、読人しらず。七六一番。暁の鴫の羽搔き百羽搔き君が来ぬ夜は我ぞ数搔く。伝本ニヨリ四五句ノ逆転モアル。君ハ女ヨリ相手ノ男ヲイウ時ニ使ウガ、ソノ逆ノ場合モアル。顕注密勘ヤ栄雅抄デハ、女ヨリ男ヘノ歌ト見テイル〉に引かれて女の歌と見たのではないか等が考えられるが、男の歌とするならば、赤染衛門の夫となる大江匡衡〈新古今作者二首採入〉の歌と考えられ久保田氏『全評釈』に指摘。作者の誤認に関しては早く、契沖の『書入本』に、「（朱）、けぢかうなりて、をとこ〈家集〉。此集誤《アヤマラ》れし（朱）返し、是《コレ》衛門也。百羽がきかくなる鴫の手もたゆくいかなる数をかゝむとすらん」とあり、家集の詞書を引いて男の歌として、衛門作とするを誤認となし、返歌が衛門歌でその歌を示しているのである。同じく『契沖雑考　第五巻』にも「一、同恋、赤染衛門、心からしばしとつゝむ物からにしぎのはねがきつらきけさかな／これは彼家集、男ノ哥にて、赤染返し御座候。如何」とある（朝日新聞社版『全集』第八巻八四六頁）。この「男」が大江匡衡と考える事の妥当性は、家集詞書の「けぢかうなりて」が、大野晋博士の『古典基礎語辞典』の「気近し」の語義の、新見解によって高められよう。石田氏『全註解』に、「この男は道長ではなかろうかと思われるが猶考うべきである。〈けぢかうなりて〉は親しくなっての意」とある。

二　赤染衛門

管見新古今二十六伝本では、烏丸光栄所伝本が「赤染。《右》衛門」と「右」字を補入すべきを示しているが、光栄書写本では補入していない。他伝本はすべて「赤染衛門」。光栄所伝本の赤染衛門の他歌九二三・一三七九・一四八九・一五七八・一六八五・一七二九・一八一九・一八二〇・一九七三番では、すべて「右」字はなく「赤染衛門」とあるから、この右字補入は深く考えなくてよいと思う。赤染衛門の事略は、九二三番歌の、頭注二で既述。なお『大江匡衡』の事略は、八二四番歌頭注二と三で示した。

三　心からしばしとつゝむ物からに鴫の羽搔きつらき今朝哉

管見伝本での校異は、第二句為相筆本は「しはしとつらん」。第三句烏丸光栄所伝本・同書写本は「なかなれは」とあり、それをミセケチの上、「ものからに」と右傍に訂正して合点を懸ける。家集の榊原本の歌句は「こくからにしはしとつゝむ物なからしきのはかきのつらきけさ哉」と相異する（家集群書類従本は、初句かくからに。家集では、男と赤染衛門との贈答歌形式で示されていて頭注一で既述）。本歌は古今集七六一番歌で頭注一で既述。参考歌は家集の赤染衛門の答歌で頭注一で既述。他出は目下は未検索。「鴫の羽搔き」は、『奥義抄』・『和歌初学抄』・『和歌色葉』・『袖中抄』・『色葉和難抄』・『八雲御抄』・『顕注密勘抄』・『僻案抄』に「榻の端書《はがき》」という異伝と共に解説がなされているので、次に略抄しておく。「（奥義抄）。暁の鴫《しぎ》の羽搔《はねが》き百《も》羽搔《はが》き君が来《こ》ぬ夜《よ》は我《われ》ぞ数搔《かずか》く／鴫は羽搔く事の繁き也。されば百羽搔きとはいふ也。人の来ぬ夜の数を書く繁さなむ、彼《カノ》鴫の百羽搔きの様《ヤウ》なると詠めり。歌論義《ママ》といふ物〈大坪注、散佚書?。歌ノ良否ヤ本意等ヲ問答シ論議スル行事ノ意ニハ文脈上読ミ取レナイ〉には古歌二首を誤りて、書き通はせるなりと書きたり。〈中略〉その歌云／暁の鴫の羽搔き百羽搔き搔き集めても歎く頃かな／暁の榻《しぢ》の端書《はしが》き百夜《ももよ》書き君が来ぬ夜は我ぞ数書く／問云、この榻の端書とは如何なる事ぞ。答云、如二彼歌論議（ママ）一ば、昔あやにくなる女を喚《よ》ばふ男ありけり。志有る由を言ひければ、女、心見むとて、来つゝ物言ひける所に榻を立て、、これが上にしきりて百夜伏したらむ時、言はむ事は聞かむと言ひければ、男、風雨を凌ぎて来るればきつゝ伏せりけり。榻の端に寝る夜の数を書きけるを見れば、九十九夜に成りけり。明日よりは何事もえ否び給はじ等言ひ帰りけるに、親の俄に失せにければ、その夜え行かず成りにけるに、女の詠みて遣れりける歌也。是は或秘蔵の書にいへりと侍れど、慥かに見えたる事無し」・「（和歌初学抄）。しげきことには、シギノハネガキ・クルマノワ・トワタル・フネノカヂ・ツクバ山・シノダノモリ・ナツクサ〈後略〉」・「（和歌色葉）。暁の鴫の羽がき百羽がきかきあつめても歎く頃哉／鴫といふ鳥は暁に羽を搔く事の繁き物なれば百羽がきといふなり」・「（袖中抄）。○しぢのはしがき〔鴫のはねがき〕。暁の榻《しぢ》の端《はし》書百夜書《ももよかき》君が来ぬ夜は我ぞ数書く、顕昭云、榻の端書とは二の義あり。一には人の家の物の具に榻と云物有。人の踏台《ふまへ》にもし、又居《ゐ》る物也〈足場ニモ使イ、居場所ニモスル道具ダ〉……中略……その榻に百夜臥すべき契りしたる事有。それに此歌はよめる也。さて百夜書きとはよむ也。一には鴫《しき》と云鳥は、暁は飛ぶ羽音の異鳥よりも繁く聞ゆれば百羽搔きとは読也。此二の義共に古より云伝たり。歌論義（ママ）云〈略―前引奥義抄ノ話柄〉。又云、暁の鴫の羽搔き百羽搔き君が来ぬ夜は我ぞ数搔く。昔徒《あだ》なる男を恃む女有けり。来ぬ夜の数は多く来る夜の数は少なかりければ、彼来ぬ夜の数を書事なん暁の鴫と云鳥の羽搔くよりも多かると云なるべし……中略……今案云、古今集第十五に此歌有〈歌句引用省〉、去ば鴫の羽搔き百羽搔きに就くべし。それを榻の端書にと言ひ做して、百夜臥す契をも云なす歟。慥なる證もなし。又暁の鴫の羽搔きこそいはれたれ。暁の榻の端書は暁に帰るには書くべければ、鴫よりは事退きてや〈後略〉」・「（色葉和難集）。しぢのはしがき〈省略〉。しぎの羽がき。暁の鴫の羽がき百羽がきかき集めても歎くころかな／祐云〈祐トハ、歌学大系久曽神氏解題デ祐盛＝俊頼の子？トサレテイル〉、鴫と云ふ鳥は暁になれば、ひまもなく羽をかくなり。しげきことにいふを、も、羽がきともよむなり。羽かくとは、はねをた、くなり」・「（八雲御抄）。鴫の羽搔など詠めるは、唯、暁有る事也。寝覚といふ同事也」・「（顕注蜜勘抄）。暁の鴫の羽搔き百羽搔き我ぞ数かく君が来ぬ夜は／鴫の羽搔き百羽搔きとは、鴫と云鳥は、羽搔く事の繁き也。されば百羽搔きとは云也。人の来ぬ夜の数を書く繁さなん、鴫の百羽搔きの様なると詠めり。〈後略、前引奥義抄ト略同文〉」・「（僻案抄）。暁の鴫の羽搔き百羽搔き君が来ぬ夜は我ぞ数書く／此事、和歌論義（ママ）といふ物に、詳しく書きたり。今ひとつの歌、暁の榻の端書き百夜書き君が来ぬ夜は我ぞ数書く／かやうに昔より二つの説ある事は、たゞ二つながら彼も是も、用ゐるべき也とぞ申されし（後略）」。

等々が「鴫の羽搔百羽搔」に関する古い施注であるが、これは恋の辛さ苦しさに、身悶えし、懊悩反輾悶絶する有様の譬喩と、現代注釈書でも見ている。「羽搔き」とは、「羽を叩《たた》く（色葉和難集）」事と古注は説明するが、これを現行注では「鴫の大きな音を立てる羽ばたき（新潮集成）」とか「鴫が嘴で羽をかく（朝日『全書』・完本評釈）」とかの状態と受けとめている。当歌意参考「此頃したしくなりても、猶我心から、しばし人にもしられじとつゝみてあはぬ夜を隔てながら、独寝の暁はあはぬ夜の数かぞへられてつらし、との意なり（標註参考）」・「赤染衛門集に、かく（ママ）からに暫しと包む物ながら鴫のはがきのつらき今朝かな、といふあり。それを訂正したる歌とおぼゆ。詞もいひまはしも、いかに此の訂正の方の品位をあげたるかを味ひて、歌には詞いひまはしの大切なるをさとるべし（塩井氏『詳解』。大坪注、かくからにハ搔《か》くからに。こくからにハ扱《こ》くからに。からにハ、ホンノ……スルダケデ。）」。「物からに」は、接続助詞で、順接・逆接の両用法がある。当歌は逆接で「当然つつみかくす事にきまっているけれども」の意。「今朝かな」の「今朝」は古今集七六一番歌に基づいて「鴫の羽搔き」と縁語関係になろう。即ち「暁」の意で使われたものと思う。愚鈍な私解を示せば「自制の心の故に、わが恋情は他人にはしばらくの間包みかくす事に決めていたのに、思わずその事を忘れて了って、暁には、きまって鴫が百羽搔きするが如くに、自制が外《はず》れて逢えぬ恋の辛さに身悶えして了う、今朝のわが身であることよ」。

四　古抄

この古抄は常縁原撰注ではなく、幽斎の増補注で、聞書後抄の施注を指す。

五　鴫の羽搔きとハ……詞づかひ大事の哥也。

この『聞書後抄』を載せる諸本の校異を言えば、『無刊記本新古今和歌集新鈔』・『宝永八年刊新古今和歌集聞書』・『内閣文庫蔵増補本新古今和歌集聞書』は、増抄引用古抄と同文。『説林後抄』・『内閣文庫蔵聞書後抄』は、「心から」が「忍ぶ故に心から」と傍線部が加わっているが、その他には異同はない。ただ「今朝かな」が『内閣文庫蔵聞書後抄』では「今朝かほ」になっているが、これは誤字であると思われる。同系統の他写本（高松宮本・細川文庫本）は「今朝かな」である故である。文意「鳴は、暁になるときまって羽をバタバタと繁く羽ばたかせる習性を持つ鳥である。その鳴のように、私も、自分の心から、暁になりきらない時刻であるにもかかわらず、恋人の所から我が家に立ち戻って、鳴が羽掻きするように、恋の辛さに身悶えて、懊悩苦悶を繰り返す今朝である事かな、と詠んだ歌である。歌語の選び方、配置の仕方など、詞の使い方が大切で貴重な哥である」。この幽斎施注文言の「鳴の羽掻」に就いては頭注三で触れた。「心から」は、他人からの示唆によるのではなく自分の意志から、の意。「詞づかひ」は、物の言い方、言葉付きの意ではあるが、具体的には詞〈歌ノ三要素ノ心・詞・姿ヲ、詞デ代表サセタ〉の選択、配置場所の扱い方を指す。従って心と姿をも含めての言葉の使い方を言ったものと思う。「大事」は、①重大事件・②一大事〈仏教語デノ出家シテ悟リヲヒラクコト〉・③普通事でなく大変で困難な事・④大切で重要な事、等の義であるが、幽斎施注の文脈では、大切で貴重なという事で④の義であろう。

六　鳴の羽掻きとハ、実もなくて寝ぬ由也　文意「鳴の羽掻き、という第四句は、恋人との実事、即ち契りを結び合う事もなく、寝ないで懊悩し、輾転反側を繰りかえすことの譬喩表現の詞である」。「まこと〈実〉」の「ま」は真、「こと」は事・言。「そらごと〈空事〉」の対義語。

七　君が心に押付けてハ違ふとて……明かしたるとなり　「君が心に押付けてハ違ふとて」は、文意の把握のし難い文言であるが、施注末の「後前の哥を見合わすべし」に注目すると、稍文意のとり方が明らかになる。即ち「君が心」とは、後の一一八〇番歌の第二・三句の「君がうるさがる心に適ふとて」を参考にすれば、「君が心にかなふとて」の意と磐斎は考えているし、前の一一七八番歌も「遇無実恋〈遇ふて実無き恋〉」を詠んだ歌としているから、結局は、「実事を煩さがっているあなたの心に、無理に実事を押付けては、却ってお気持に違《たが》う事になりはしないかと気づかって」という意になるであろう。後接文の大意は「しばらくの間は、わが実事をねがう思いを、周囲に洩さず包み隠しておこうと考えて、暁の時刻まで、独り寝ずに起きたままで明かした事である、と詠んだのである」の意。

八　後前の哥を見合わすべし。　新古今歌の解釈については、その歌の、前後の歌との配列を、よく見合わせて、考えていかなくてはならない、という事で、磐斎の、他の歌でもよく使う持論でもある。例えば二一七番西行歌「きかずともこゝをせにせむ時鳥山田の原の杉の村立」の解釈で、時鳥が鳴いたのか鳴かなかったのかの問題点につき「歌の心は、郭公は鳴かずとも、此処を鳴く所としておくべきとなり。後先を見れば鳴きたる歌共《ども》也。さればこれも鳴きたる様に義を付ずは、不可然事歟。古来の説、皆未だ聞かぬにして義をとれり。恐らくは誤り成べし。撰集の見様、後先の並びを見て義をとる事習ひなり〈後略〉」と注している。磐斎は、撰集のみならず『徒然草』の「家のつくりやうハ」の段に於ても「つれ〴〵草一部〈一部トハ全体ノ意〉ハ、所々にて許り見るべからず、後先を思ひ合すべき也」とのべ、『徒然草（磐斎）抄』の「序」の「第四大略」の第七節に「来意《らいい》の事」という節を特設して、前後関係を関連させながら考察すべき事を述べている。「来意」とは「上の段の心〈該当段ヨリ前ニ述ベラレタ段ノ文意〉の、拠り来るは斯の如く〳〵と、理るを云ふ也」という事で、西尾実氏『つれ〴〵草文学の世界』に考察がある。

参考、「鳴ノ、ハネガキトハ、暁シギト云鳥、羽ヲナラス也。ソレヲ、ハネガキトイフ也（新古今注）」・「心は鳴は人のくるをつぐると云古事在。されば人にあふてわかれがたくてけさまでやすらひてかへるに、わがくる道にて鳴のはをかく事かなしきなり。人にしらるべき心也。心からとは我心からしたひて夜を明してくやしき事也（宗長秘歌抄）」・「もしとはれやせんと、われは人めをつゝみしばしと心をさへ、おもふ人のもとへゆかずして、つゐにはかなく夜の明たる也。行たらんには是ほどつらくはあらじと也。暁の鳴のはねがき百羽がき君がこぬ夜はわれぞかずかく（抄出聞書）」・「人にしられじとあまりはやくかへりて、今朝は数〳〵つらきといふ哥なり。こと葉づかひ大事の哥なり（牧野文庫本聞書）」・「世上ヲつゝしミたり。あかつきふかくかへりたり。われとしあんして〈我ト《（な）》思案シテ〉かへりてからに、つらきけさか・と也（かな傍注本）」・「鳴のはねがきとは、鳴はかならず暁羽をならす物也。それを思ひのあらはなるかたによそへてつらす今朝哉といへる也。又、人にしられじとあまりにはやくかへりて、けさはかず〳〵つらきといふ哥也。ことばつかひ大事也（吉田幸一氏旧蔵註・高松宮本註。重季本註モ略同文）」・

「此哥赤染集にハ、けちかうなりて暁に、と詞書有。此比より気近《ケチカ》くしたしく成て、猶しハし人にもしられじとつゝみて、我心からあはぬ夜を隔《ヘタテ》なから独ねしよの暁ハ、あはぬ夜の数かそへられてつらきとの心なるへし。※暁の鴫の羽かき百羽《モヽハ》かき君か来ぬ夜ハ我そ数かく、この心なるへし。赤染集此哥の返し、も〻羽かきかくなる鴫の手もたゆくいかなるかすをか〻んとすらん、とあり。但、イ本ニ、心からしハしとつゝむの哥を男と有。しからハ此返し赤染にや、不審。只此集にてハ、如《ク》二此集《ノ》一可《レ》用（八代集抄。学習院大学本新古今注釈ハ※印以下ヲ省キ、前半ノミ引用ス）」・「〈鴫のはねがき〉を、諸注〔大坪云、コレハ明治以降ノ注釈書ヲサスト思ワレル〕、多く身もだえの比喩と解するが、原歌の歌形からみても、本歌の〈われぞ数かく〉を暗示したと解した〈抄〉〔大坪云、季吟ノ八代集抄ヲ指ス〕に従いたい。もっとも、身もだえの姿が浮かぶ感もある（小学館『全集』峯村文人氏校注）」。

〔二〇〕（九一頁）

一 忍びたる所より帰りて、朝につかハしける

管見新古今二十六伝本での校異。「忍びたる所」が「しのぶ所（親元筆本）」。「所より帰りて」か、「所帰りて（春日博士蔵二十一代集本。よりノ二字ナシ）」。「朝に」が「あした（鷹司本。にノ一字ナシ）」。「つかハしける」が「つかはける《ママ》（烏丸光栄書写本。しノ一字ヲ欠クガ、至文堂藤村作博士編テキスト汲ノ誤刻カ、光栄書写時ノ脱字カ京本未見ノ故、判定デキズ。原本ハ宮内省図書寮所蔵ノ、烏丸光栄筆隠岐本新古今ト例言ニアリ）」。家集では次の如し。「しのひたる所よりかへりて／わひつゝも君が心にかなふとてけさは《ママ》袂をほしそかねつる《ママ》（九条右大臣集。丹鶴叢書本）」・「よひ《シノ》たるところよりかへり給て／わひつゝもきみかこゝろにかなふとてけさもたもとをほしそわつらふ（九条右丞相集。桂宮本）」・「しのひたる所よりかへりて／わひつゝも君か心にかなふとてけさは《ママ》袂をほしそかねつる《ママ》（師輔集。島原松平文庫本）」。上記家集での詞書は、いずれも「朝につかハしける」の文言が無い。歌句本文の「今朝」で判明するからであろう。又、歌句本文も新古今歌形と異なる所がある。詞書の意は「他人の目につかないように、こっそりと通っている女の宅より帰ってきて、後朝の文を使に持たせてやった歌」というもの。「忍恋」→「後朝恋」→「遇無実恋・寄袂後朝恋」の如くに恋の状況が細別化されてゆく配列上の工夫が見られる。

二 九条入道右大臣

管見二十六伝本では、殆んどがこの作者名表記ではあるが、「九条入道左《ママ》大臣（柳瀬本。抄出聞書モコノ作者名表記）・九条入道左府《ママ》（牧野文庫本聞書ノ作者名表記）」・「九条入道右大臣（宗鑑筆本。入道ノ二字ヲミセケチ）・九条右大臣（東大国文学研究室本・高野山伝来本）」とする伝本もある。作者名表記については、契沖『書入本』に「九条入道右大臣（朱）。入道不審。師輔公歟。九条内大臣良通ニハアラズ」とあり、季吟『八代集抄』には「九条入道右大臣。作者部類ニ師輔公云々」と注記し、学習院大学本『新古今注釈』にも、『抄』に従って「九条入道右大臣。師輔公」としている。師輔は、天徳四年五月二日に病により出家し、二日後の四日に没しているから「入道」の二字が付せられた歟と思われるので、契沖の「不審」は解消せられるのではないか。参考、「天徳四年庚申。右大臣正二位藤師輔。五月四日薨、五十三。先二日出家、依病也。号九条右相府。又号、坊城大臣、在官十三年。生延木八年戊辰（公卿補任）」・「右大臣右近大将正二位、依早世不経摂関職。按察使中宮春宮大夫。頭撿非違使別当。右衛門督。母右大臣源能有公女正五下昭子。天徳四年五月二日出家依病。同月四日薨五十三。号九條殿又号坊城右兼相、贈太政大臣正一位（尊卑分脈。師輔脇書）／九條殿伝。延喜八戊辰生。延長元九五従五下十六。同二年二一侍従。同六年六九右兵佐。同七年正七従五上。同八九、昇殿。同九年三十三右近少将。承平元閏五十一補蔵人頭廿四。同二年正廿七近江介。同年十一十六正五下。同三年正廿二右近中将。同四年正七従四下。同五年二廿三任参議中将如元。同六年正廿九伊与権守。天慶元六廿任中納言即叙従三。同年月日兼左衛門督使別当。同年十二廿七任中宮(十)大夫。同五年三廿九任大納言官司如元。同年四廿九帯劔。同七年四廿四遷春宮大夫。同八年三廿八兼按察使右近大将。同九年正七叙正三位。同年四廿八従二位即位日。天暦元四廿六任右大臣。同年正二大将還宣旨。同九年二七叙正二位（尊卑分脈。師輔伝）」・「九條右大臣。藤原師輔者、貞信公〈注、忠平〉之第三男〈注、石田氏全註解・久保田氏全評釈窪田氏完本評釈ハ、二男トスル。分脈ニヨレバ忠平ノ第二男子師保ハ出家シタノデ斯クサレタ歟〉。母右大臣能有女也。〈履歴ハ、分脈ト重複ノ故省略〉。天徳四年五月二日依病出家、四日薨。春秋五十三。公天性柔順、人皆惜之。号九条右大臣、又号坊城大臣。公年歯不当而易簀、故不居博陸之職。然而其息男女

十《ママ》七人中、摂政関白三人、任太政大臣者五人、一女則入椒房〈大坪注、尊卑分脈ニヨレバ、男十二人、女七人ノ計十九人。椒房ハ皇后御殿ノ意デ、第一女子ノ安子ガ村上帝ノ中宮トナッテイル〉、生冷泉、円融二帝。其貴顕栄耀、前代所未聞也。公所著有新撰年中行事二巻。九暦記是其家乗也。和歌者、後撰以下、数代之撰者採之、遺百世之観矣。〈勅撰入集歌数ハ省略〉(二十一代集才子伝)」・「九條右大臣。正二位師輔公。藤原貞信公男(勅撰作者部類)」・大臣の書様は「古今・後撰・後拾遺已後皆一様、仮名ニハ、其おほいまうちぎみナド也。普通真名ニハ閑院左大臣・西宮前左大臣ナド也。前字、入道字、或加或不加。当時ノハ左大臣・右大臣トナリ。伊周ヲバ師前内大臣云々。拾遺ニハ枇杷大臣ト書。又、右大臣師輔、左大臣道長ナドアリ〈後略〉(八雲御抄、作法部)」・「村上の御時、又道々興させ給ひけるに、歌の事をも殊に崇《あが》め思召しけるに合せて、上《カミ》に左右の大臣にて小野宮の大臣清愼公・九条の大臣師《輔》—、各々此の道に深く至れる人々なる上に、下《ママ》に又大中臣能宣・清原元輔・源順・坂上是則などいふ者どもさへ聞えけるを召して、梨壺に侍らはせ給ひて撰和歌所となづけて、一条摂政伊尹はその時蔵人少将にものしけるを、その所の別当と定め仰せられて、かつは万葉集をも和し、講ぜられ、さらぬ古歌どもをも記し奉らしめ給ひける。さてなん勅ありて後撰集は撰じ奉らしめ給ひける〈下略〉(古来風体抄)」・「後撰・拾遺。九条右大臣。師輔、同二《ママ》男〈大坪云、同トハ貞信公即チ忠平ヲ指シ、前述ノ石田氏・窪田氏・久保田氏ノ師輔ヲ忠平二男トスル注ハコレニ基ヅク説デアロウ〉(和歌色葉。大坪云、ナオ和歌色葉ニ

ハ、冷泉帝ノ母后安子・大斎院選子内親王ノ母・一条摂政謙徳公伊尹・堀河関白殿下忠義公兼《ママ》通・法興院関白入道殿下兼家↓九条右大臣三男トナス・法住寺太政大臣恒徳公為光↓九男トナス・禅林寺大僧正深覺・多武峯少将入道如覺俗名高光ガ師輔ノ子女デアル事ヲ記シ、尊卑分脈ト相マッテ、前引才子伝ノ子女十七人ノ栄光記事ヲ傍証スル)」・「(一)実頼、左大臣号小野宮。(二)師輔、右大臣号九条。三男のさたはなし〈大坪云、三男ガ誰デアルカノ処置ハナイノ意欤、師輔ガ二男デアル説ノ根拠カ〉。(四)師氏、大納言になり給也。(五)師尹、左大臣号小一條。皆忠平の御息也(東野州聞書)」・「九条師輔公の息十《ママ》一人、伊尹〔太政大臣、四十九薨《ママ》、追号謙徳公と申也〕・兼通・兼家・遠景・忠君・遠基・遠慶《ママ》・高光・為光〔一条のおほきおとゞと申。正暦三年六月十六日五十一薨。おくり号恒徳公〕・尋禅・深覺、以上(東野州聞書)」・「師輔御女〔村上の后安子〕、冷泉・円融御母也(東野州聞書)」・「登子、号登花院、尚侍。師輔女也。高明北方也。後には村上蜜通也。皇后安子同胞弟也。天延三年三月廿九日薨(東野州聞書)」・「九条殿。天徳四年五月四日薨、五十三歳(東野州聞書)」・「少将高光、応和元年十二月五日出家す。其ころ月を見てよめる、師輔公の八男なり。斯くばかり経難《へかた》くみゆる世の中に羨やましく澄める月哉(東野州聞書)」・「為光、九條殿九男。室は敦敏女也。此女、花山院の女御たり。弘徽殿の女御と申。《ママ》低子、寛和元年七月十八日卒(東野州聞書)」・「九条右大臣《ママ》。一。号坊城右大臣。貞信公二男、母正五位下源昭子、右大臣贈正二位能有女、天徳四年五月四日薨、五

十三(後撰和歌集目録。大坪注、該目録ニヨレバ、貞信公〈忠平〉三男ハ、枇杷大納言トー号セラレタ師氏デ、四男ハ小一条左大臣師輔、一男ハ一条摂政謙徳公伊尹《コレマサ》。生母ハ四人トモ能有女ノ源昭子)」・「先起トカキテハ、ツトニオク、ト九条右丞相ノ日中行事ニモヨメリ(古今集注)」。以上、師輔が貞信公忠平の第何番目男子なるかは異説交々《こもごも》デ確定は難しい。因《ちな》みに『尊卑分脈』の蔓《つる》線による順位は、実頼・師保・師輔・師氏・師尹・忠君・女子貴子・女子重明親王北方・女子師房室となっている。又、師輔の子女は、伊尹・兼通・兼家・遠量・忠君〈貞信公ノ子トナル〉・遠度・遠基・高光・為光・公季・尋禅・深覚・女子安子・女子登子・女子高明室・女子怤子・女子高明室〈三女ノ後ニ高明後嫁トナル〉・女子繁子・女子重信公室。の十二男子と七女子の十九人。『分脈』に依るべき欤。

三 侘つゝも君が心にかなふとて今朝も袂をほしぞわづろふ

「わづろふ」は「わづらふ」の誤刻。拙蔵明治三十年新写本は「わずらふ」と仮名遣いを誤っている。他の管見二十六伝本では、第四句の「今朝も」を「今朝は《もイ》」と校合を示す御室本もある(岩波旧大系校異ニヨル)。家集伝本の丹鶴叢書本や島原松平文庫本は「けさは」とある(頭注一で示してある)。他の二十五伝本では異形はない。当歌は朝日新聞社『全書』頭注に指摘があるように「藤原良経の希望により切入れた歌」である。が隠岐本では除棄されたもの。良経は、師輔の子孫であり、定家の仕えた主家である。父俊成の

『古来風体抄』には前引したように、師輔が後撰集撰定時期に於て小野宮大臣清慎公と共に梨壺の五人達の後援者として重きをなしていた事情も述べられており、定家は師輔歌の未入を良経に進訴したのであろう。『明月記』（元久二年三月二十四日条）に、「廿四日天晴。……相次参殿下、天徳入道右大臣殿〈大坪注、師輔ナリ。天徳入道ノ二字モ重視スベキ語〉御歌□《（ママ）》、勅撰不見由申之、此事遺恨也、可尋入之由可申也、午時許参所、殿下令申給旨、示付家長了、〈後略〉」とあり、定家が良経に師輔歌の新古今未採入を進訴し、家長まで、この件を伝えた事が判る。撰者名注記も「定家」となっているので、定家が当歌を「尋入」して進上したのであろう。なお、新古今一〇五五番読人しらず歌は『師輔集』に見える歌であるが、それは師輔の歌ではなく、女からの返歌であるから、定家は師輔歌と見なさなかったのであろう。当歌の他出は、『今古和歌宇比麻奈備』（恋之部）に「会無実恋」題の例歌として示されている。磐斎『増抄』も季吟『八代集抄』の施注にも該題が示されているから、貞徳門流の認識と思われる。下句「今朝も袂を干しぞ煩ふ」とは、涙を流し続けて袂の乾く暇《いとま》もない事であるが、その理由は上句に示されているように、恋人の気持を損ぜぬように、実事〈契ヲ結ブ行為〉に至る事もなく別れた結果侘しい涙を流し続ける事によるのである。「今朝も」のもは、以前も今朝も、の意。「今朝は」の句形ならば、以前は左程ではなかったが今朝は、の意で殊に侘しい涙が流れ続ける有様となる。歌意参考、「まれにあひながら猶厭はるゝにより て、君が心をやぶらじとて、詫びつゝも徒らに帰りて、けさも袖をしぼりわづらふとなり。逢無実恋の意なり（標註参考。大坪云、殆ンド季吟抄ノ孫引）」。

四　源氏の薫大将の、宇治の大君との恋を思ひ合ハすべし

『源氏物語』を連想せよとの施注であるが、続く「増抄云」の「遇無実恋成べし」がヒントになって『源氏』のどの個所の話柄かがわかる。「薫大将」は周知ではあるが一応示せば「光源氏の次男。母は女三宮。実は柏木の子／〈作中呼称〉若君・宮の若君・侍従・右近中将・源中将・薫る中将・三位の宰相・宰相中将・右のすけ・源中納言・四位の侍従・源侍従・侍従の君・右の歌頭・中将の君・中納言の君・さかしら人・中納言の朝臣・権大納言・右大将・大将の君・帝の御婿・まめ人・右大将殿・女二宮の御男、等々」。「宇治の大君」は、作中呼称としては見出し難いが、「大君」の呼称として、(A)夕霧の長女、(B)髪黒の次女、(C)八宮の長女、の三人が認められ、この中(C)の八宮とは桐壷帝の第八皇子で、その長女が(C)である。次女は「中君」と呼ばれている。(C)の作中呼称としては、「八宮の姫君・宇治の姫君・昔の人・故姫君・橋姫・故宮の御娘、等々」である。以上と「遇不実恋話柄」とを組み合せて考えると、源氏「総角」の巻の話柄「薫は中君に気持が移ったと見せかけながらも匂宮を中君に逢わせ、大君に迫るが、やはり実事なく朝を迎え和歌を詠み交わす」場面が想起される。その和歌は、「しるべせし我やかへりてまどふべき心もゆかぬ明けぐれの道（薫）／かた〴〵にくらす心を思ひやれ人やりならぬ道にまどはば（大君）」というものである。（以上は、岩波新大系源氏物語索引の学恩の賜物である）。磐斎はこの「総角」の巻の歌も、当歌理解の参考となると考えていたのであろう。なお季吟『年立』の「総角巻　宇治三」や『系図』の「宇治大姫君」、又、薫・大君の贈答歌々意の「（細流抄）薫のうた也。人のしるべをせし身にて、吾身はかへりてまとへる事よと也。明ぐれの道はまよへる方をいへり。（師説↓箕形如庵・松永貞徳）心もゆかぬとはおもふやうにもなき心也。大君のつれなければ也。（花鳥余情）明くれのみちにそわれはまとひぬる思ふ心のゆかぬまに〳〵（能宣）／（細流抄）大君の歌也。中君の事をも思ひ、又わか歎きをも方〳〵にと読り。此物思ひは皆薫の心よりのしわざ也、さやうの所をも思しり給へと也。（師説）人やりならぬとは心からのおもひ也。薫のしわさゆへの事をいへり」等は、この磐斎頭書の参考となる記事であろう。〈以上『湖月抄あけまき四十六』ノ第四十丁オ〉。

五　遇無実恋成べし

「遇ひて実《まこと》無き恋」は、恋人と遇いながら実事が無かった恋ということ。季吟も当歌を同様に考えている。鈴木重胤の『今古和歌うひまなひ』に「大かたにしてまめだちたる事なきなり」とある。うわべだけの、通り一遍の逢瀬であって、実際的な男女関係の無い逢瀬であった恋というのであろう。証歌として、「むすびおくふしみの里の草枕とけでやみぬる恋にもあるかな（千載集恋二。臥しながら無レ実恋。藤原顕仲朝臣）」・「何とこは事有かほにさよ衣うつり香ばかり身にとまるらん（月詣集巻六。会無実恋といへる心をよめる。大江維順朝臣女。重胤ハ、維時女トセリ）」や、新古今一一七八番和泉式部歌ならびに当歌を引用している。新古今以前からあった歌題である。新潮社『集成』で久保田氏は、次の亭子院歌と合せ考えて「袂に寄せる後朝の恋」と考えておられる。

六　詫びつゝも……今朝も袂を濡らすと也　「うるさがる心」とは、「幾度も繰返すと煩わしいと相手が思う、その相手の気持」。「本意《ほい》」はこうしたい、こうありたいと思う、もともとの意向。文意、「心の底では落胆してつらいのであるが、うわべに出さず、恋の相手が煩わしいと思う気持を推し量って、その気持を損わないで、その気持ちに適《かな》うような逢瀬をした結果、自分の本来の意志をも遂げる事なく、無実の恋のままで終り、夜もあっけなく明けて、今朝もまたまた、悲しくて辛い涙を流し続けて、袖をぬらす事であるよ、という歌だ」。参考、「逢無実恋也。まれに逢なから猶いとはるゝによりて、君か心をやふらしとて、侘つゝも徒にかへりて、けさも袖をぬらすと也。けさもといふにたひ〳〵の心あるにや（季吟八代集抄）」・「きみのいふことのはにうちまかせ、夜深く帰り涙をながすなり。今しばしもやすらはん物をと也（抄出聞書）」・「忍びたる所※よりかへりてあしたにつかはしけるとあり。君が心にかなふとは、夜がはや明侍るほどにとくかへれと、君にもよほされてかへりたるを、心にかなふ、と読り（牧野文庫本聞書。※印ヨリ前ハ当歌詞書。※印ヨリ後ガ当歌意ノ施注デ、吉田幸一氏旧蔵註・高松宮本註・重季本註モコレト略同文。〈君か心〉ヲ他人ノ目ヲ憚ッテ、帰リヲ急ガセル心トシテイル）」。「君が心にかなふとては、君がおしのびある程に、其心かなふとて我も忍ふ程に、袂をだにほしあへぬとわびたる也（私抄。君か心ヲ、他人ノ目ヲ忍ブ心ト取ッテ、帰リヲ急ガス心トマデハ見テイナイ）」・「うらミもあれども心ニそむかじと、かんにんして帰たり。されども此方の心ニハかなわぬにより、袂ほしあへぬ也。夜もすがらの事ハいわずしてあり（かな傍注本。君か心ヲ、相手ガ、関係ヲ拒否スル心ト見テイル）」。

〔二八二〕（九二頁）

一　小八條の宮す所につかハしける　「宮す所」は「御息所」と漢字表記され、「みやすんどころ」と音便でも発音された。天皇や東宮の妃の敬称。はじめは女御や皇太后にも使われていたが、次第に更衣の敬称に限られるようになった。「御休《みやす》み所」が原義で、天皇が休息される場所であるが、そこに伺候する女性を指して言うようになったのである。新古今の伝本では「みやす所」と仮名交り表記が多い。詞書の校異は、管見二十六伝本では、烏丸光栄所伝本と同書写本は、「小八條の」を「一條の」とし、又、この詞書全部を、墨書で補書した鷹司本もあるが、他伝本では、すべて『増抄』引用と同文。作者の亭子院とは宇多天皇の事であるが、その家集では次の如くの贈答歌。(A)『寛平御集』（『奈良御集』ノウチ。図書寮蔵五〇六／七五架番）では「小八條にたまはせける／たまくらにかせるたもとのつゆけき（ママ）はあけぬとつくるなみたなりけり―御かへし／ものをのみおもふねさめの枕にはなみたかゝらぬあかつきぞなき」。(B)『亭子院御集』（『代々御集』ノウチ。図書寮蔵五〇一／八四五架番）では「小一条に給はせける／手枕にかせるたもとの露けさ（ママ）（信明哥也）はあけぬとつくるなみた（の）なりけり―返し／ものをのみおもひねさめ・まくらにはなみたかゝらぬあかつきそなき」。(C)『亭子院御集』（図書寮蔵五〇六／七六架番）では「小一条にたまはせける／たまくらにかせるたもとの露けき（ママ）（信明哥云々）はあけぬとつくるなみたなりけり―御返／物をのみおもひねさめのまくらにはなみたかゝらぬあかつきそなき」〈以上(A)(B)(C)三本ハ「桂宮本」ニヨル。答歌ノ信明歌ハ、新古今巻八哀傷八一〇番歌〉。烏丸本詞書の「一条のみやす所」は、この(B)(C)家集の影響かも知れない。本来、八条御息所がするべき答歌が信明がしている不整合については、『私家集大成』（中古一）の橋本不美男氏解題に、宇多帝歌を網羅したものではなく、相当古い時代に天皇歌、もしくは天皇との贈答歌、と信じられていたものを集めて編成された、ある時点における研究本であったと推定できる、とあるのが、妥当であろう。つまり編成者の誤認の故と思われる。さて「小八條の宮す所」とは誰をいうのであるか。家集の信明返歌は新古今八一〇番歌と考え合わせて、亭子院〈宇多帝〉への返歌ではないし、又「御息所」は亭子院の更衣であろう事も推察し得る。現行新古今注釈書では、石田氏『全註解』が「宇多帝の更衣源貞子のこと」と氏名を特定され〈ソレ以前デハ塩井氏『詳解』ガ、『勅撰作者部類』ニヨッテ民部卿源昇の女なりト指摘済ミ〉、尾上氏『評釈』・朝日『全書』・『完本評釈』・小学館『全集』・久保田氏『全評釈』・岩波新大系等々すべて、源昇女の貞子説を継承しているが根拠の明示はない。併し『一代要記』の宇多帝後宮の「女御」の中には、藤温子・藤胤子・橘義子・菅原衍（ママ）子・橘房子の名は見えるが、源貞子の名は見えない。この事は「更衣」の身分の者は載せないという事でもなかろう。淳和帝後宮には一名、醍醐帝後宮には、十三名の更衣が記載されてある。ただ、『平安時代補任及び女人綜覧、人物索引』（本田伊平編、三五一頁、女人年表）には「貞子、源。承平六(年)七(月)一(日)。宇多天皇更衣従五位上・依子内親王の母・民部卿昇女・この日依子内親王薨ず〔一代〕」とあり、『一代要記』

の宇多「皇女」の「依子内親王」に「无品《ムボン》。母更衣。従五位上源 賀子（ママ）民部卿昇一女。承平六年七月一日薨。年四十二。号鬘宮」とあるのが、これに当るのかと思う。名の「賀子」は誤読?。『本朝皇胤紹運録』には「母更衣源貞子。民部卿昇女」とある。この他に『尊卑分脈』（嵯峨源氏）の系図でも「源融↓昇↓女子」と続き、その「女子」には「小八条御息所・後撰作者」の脇書がある。これは、はやく契沖の『書入本』も指摘しているように『後撰集』（恋二。六八二番）には「寛平の帝《みかど》、御髪下《みぐしおろ》させ給うての頃、御帳のめぐりにのみ人はさぶらはせ給うて、近う寄せられざりければ、書きて御帳に結びつけゝる／小八条御息所／たちよらば影ふむ許り近けれど誰か勿来《なこそ》の関をすへけん」の和歌が採歌されている。後撰集の伝本では作者が、「小一条御息所」とある伝本（白川切・堀河具世筆本）もあるので、『亭子院御集』（前記(B)(C)本）や、新古今烏丸本との関わりも推量できよう。この後撰歌が、小八条御息所が、寛平のみかど〈宇多天皇〉の更衣であった事の有力な証拠となるのではないかと思う。

二　亭子院御哥

管見二十六伝本すべて「亭子院御哥」とある。宇多天皇のこと。略伝は、七一一番頭注三。八六九番歌頭注一。九一二番頭注一。一〇一九番頭注一に既述。宇多帝が光孝帝皇子順位の何番目かに関しては、次の参考の「本朝皇胤紹運録」の末文頭書を参考せられたい。追加参考、「亭子院　定省／光孝天皇第二（ママ）皇子。母皇太后（ママ）宮班子〈仲野親王女〉／貞観九年五月廿七日癸卯御誕生、仁和三年八月廿五日丙寅為親王、同廿六日丁卯為皇太子〈御年廿一〉、同廿六日践祚、同年十一月廿七日丙戌即位、寛平九年七月三日丙子譲位於醍醐天皇、昌泰二年十月十四日甲戌出家〈御年卅一、御法名金剛覚〉、承年元年七月十九日崩〈御年、六十五〉、同八月五日火葬葛野郡大内、去位後卅五年、御在位十年。（亭子院御集、前記(C)本末尾付記）」・「宇多天皇〈諱定省《サタミ》。光孝第七子（ママ）。母皇太后班子女王。式部卿贈太政大臣仲野親王女〉。在位十年。／貞観九年丁亥五月五日癸卯誕生。年月日（ママ）加二元服一。元慶八年四月十三日為二源氏一。十八。仁和三年丁未八月廿五日為親王。同(月)廿六日辰一剋立二皇太子一。酉一剋被レ奉二剱璽一受禅。廿一。同十一月十七日丙戌即位。〈大極殿。二十一〉四年戊申十月九日御書始。同廿八日壬辰御禊。〈三條末。節下〔大坪云、天子カラ符節ヲ下賜サレタ人物ノ部下ノコト。又ハ、使者ノ尊称〕大納言右大将良世卿〉。十一月廿二日乙卯大嘗会〈近江・播磨〉。寛平九年丁巳七月三日遜位〈大坪云、譲位ノコト〉。卅一。同日太政天皇尊号。昌泰二年十月十四日出家〈卅三。御戒師権大僧都益信。法諱空理。金剛覚。御灌頂之時改之〉。同十五日於東大寺灌頂。益信瀉瓶。十一月廿四日於同寺受戒。同月廿九日丙辰固辞停太上天皇号〔一本ニ、コノ十五字ノ記述ナシ〕。延喜十年幸二天台増命坊一受二灌頂一之次。御戒壇廻心受戒(戒)壇紫金光現。承平元年辛卯七月十九日崩。〈六十五。於仁和寺〉。号亭子院〈八月五日火葬大内山陵。依遺詔不置国忌山陵〉／仁和尚一。〈四年戊申。為二当今元年一〉。寛平九。〈元年己酉。四月廿七日改元。依二代始一也〉。久安三年六月十八日台記云。法皇談話。及我朝古事。〈法皇好見古記。明我朝旧事〉仰云。後三条院法名。人不知之。不見日記。朕独知之。金剛行。是被レ奉二其子一品内親王一之処分帳所見也。又仰云。我朝天子出家時。法名多是三字。雖レ誤所レ行已久。余奏云。何以知誤乎。仰曰。寛平法皇。名空理。灌頂号金剛覚。〈灌頂之時名レ之〉。則知二僧灌頂号猶男字一。而古賢以為金剛覚。是法名不レ知レ有二空理之御諱一。是故天子(法)諱三字。又有金剛之字。雖二古賢一不レ免二失誤之誡。慎之云々。努力々々。依知此事。朕名空覚也。又仰云。寛平法皇御出家後。御消息多書二長名空理一。若欲二作名一時。以二梵字一書二空理一〈大坪注、新校群書類従翻刻ハ、梵ヲ楚字ニ作ルガ旧群書類従本ニヨレリ〉。更無二作名一。／仁和四(年)八(月)十七(日)夜。武徳殿東松原有レ鬼食人。〈以上十七字、首書〉。此時始二加茂臨時祭一。〈皇年代略記〉」・「第五十九(代)宇多天皇／諱定看〈省歟〉。治十年。母同〈大坪注、出家シタ兄ノ是忠親王ト同母。即チ、女御班子デ仲野親王女〉／貞観九(年)五(月)五(日)降誕。元慶八(年)四(月)十三(日)為源氏。十八(歳)。先之元服。仁和三(年)八(月)廿五(日)為親王。廿六(日)受禅。廿一(歳)。同年十一(月)十七(日)即位。同四年十一(月)廿二(日)大嘗会。寛平九(年)七(月)三(日)遜位。三十一(歳)。同日尊号。昌泰二(年)十(月)十四(日)出家。三十三(歳)。法諱空理。御灌頂之時金剛覚改之。御戒師益信僧都。同(年)十(月)五(日)於東大寺灌頂。十一(月)廿四(日)於同寺受戒。延喜十(年)六(月)廿八(日)幸二天台増命坊一重受二灌頂一。次御戒壇回心受戒。于時紫金光現映。承平元(年)七(月)十九(日)崩。六十五(歳)。号亭子院／按、※以二光孝諸皇子賜レ姓次序一推レ之、帝之兄有二十余人一、而三代実録、御産部類記、為二第七子一者、蓋中宮班子所レ生有二数子一、而帝当二其七一歟、本書及他諸実録、為二第三子一者、除二源氏一数レ之耳〈大坪注※印以下ハ頭書〉（本朝皇胤紹運録）」・「亭子院御製。四〈採入数〉。諱定省。号宇多院。光孝天皇〈号小松）第三《ママ》子。母皇太后班子女王（贈一品太政大臣、二品式部卿中野《ママ》親王女）。承平元年七月十九日崩（勅撰作者目録、後撰集部。僻案抄後撰部作者名宮少将ニ、佐国目録ノ別名ガ見エル）」。

三　手枕にかせる袂の露けさハ明けぬと告ぐる涙也けり

管見新古今二十六伝本の校異。第二句「かせる袂の」が、鷹司本は「けさのたもとの」とあって、「けさの」を朱ミセケチし、「かせる」と傍書訂正。第三句は「つゆけさハ」と「つゆけきハ」とにわかれる。「さ」とあるのは、古活字本〈岩波旧大系校異ニヨル〉・春日博士蔵二十一代集本・高野山伝来本・正保四年板本〈明暦元年板モ〉・承応三年板本・延宝二年板本〈文化元年補刻本モ〉・正徳三年板本・寛政六年板本・寛政十一年板本・刊年不明牡丹花在判本板本・刊年板元不明板本の十三本。「き」とあるのは、為相筆本・為氏筆本・前田家本・亀山院本・小宮本・宗鑑筆本・冷泉家文永本・烏丸光栄所伝本・同書写本・柳瀬本・鷹司本・公夏筆本・東大国文学研究室本の十四本。朝日『全書』の頭注によれば「柳瀬本系統のみ除棄歌、他は非除棄歌」の由である。当歌は、「明けぬと告ぐる涙」が誰の涙であるかにつき、現行注釈書では見解が二分される。(A)「作者（亭子院）の流す涙」と理解したのは、岩波旧大系・塩井氏『詳解』・朝日『全書』・尾上氏『評釈』・鴻巣氏『遠鏡』。(B)「御息所の流す涙」と受取ったのは、石田氏『全註解』・窪田氏『完本評釈』・小学館『全集』・岩波新大系。素直に考えれば、作者が「涙なりけり」と詠じているのであるから作者と受取るのが大筋であろうが、(B)説も、「手枕に貸せる袂」を考慮すれば肯ける。恋人どうしが枕としてお互いの腕を時々交替させて貸し合うのであるから、相手の涙であっても感触し得るからである。又、「明けぬと告ぐる」が誰が誰に告げるのであるかについても、(A)「御息所が亭子院に告げる」、(B)「亭子院が御息所に告げる」の二つが考えられ、素直に考えれば、作者が亭子院であるから(B)ととるのが普通であろう。ただ、交替させる手枕であってみれば(A)であってもおかしくはない。こういう点をとらえて、久保田氏『全註釈』は、「明けぬというのは、具体的には宮中に宿直している滝口などがいった声であると見る。それによって、夜が明けたことを知った御息所も、おそらく、もう明けてしまいましたわといって涙をこぼしたのであろう。そして、それにつれて御門も涙をこぼしたのであろう。それらをすべてひっくるめてこういったので、涙がいずれのものであるかという穿鑿はさほど重要ではないと思う」と述べておられる。順徳院の『禁秘御抄』（上巻）に「問籍ノ事／滝口於二北ノ陣一申レ之。参リ二御湯殿ノ北ニ一、於二殿上一申レ之、有二公事一之時不レ可レ申レ之」・「奏レ時事／上古随ハ二陰陽寮ノ漏剋一奏レ之。近代指計《ハサシハカリ》テ蔵人仰レ之。丑刻以後為ヲ二明日ノ分一ト」とあり、『禁秘抄考註』の解説に引用されている文献〈北山羽林要抄・侍中群要・日中行事・陰陽寮式〉と勘合すれば、前者の宿直申《とのいもうし》は、名謁《なだいめん》と同じく、定刻〈丑寅ノ刻。午前一時～午前五時〉に咳声して職姓名を申すことであり、後者は定刻〈子午・丑未・寅申・卯酉・辰戌・巳亥〉に、撃鼓して時刻を奏すことであるから、夜明けの刻と合う場合もあり、合致しない場合もあるので、傾聴すべき指摘ではあるが、必ずしも宿直申の声や撃鼓の音による、とも云い切れまい。この歌の理解は解釈者の裁量にゆだねるのがいいのではなかろうか。又、久保田氏『全評釈』は「明けぬと告ぐる」の主語を、御息所とする塩井氏『詳解』の「夜が明けたら《ママ》、最早お帰りにならずばと、君の告ぐる故、の意に見るべし」とする語解項の注は誤りとして、「帝王は夜の御殿《みとの》に在り、今帰るべきは御息所の方なのである」とされたが、帝王は夜の御殿《おとど》から日の御座《おまし》に戻られ、御息所は自分の御局に戻られると考えれば済むのではなかろうか。なお、夜明け、或は暁の涙について、頭注一に引用した新古今八一〇番源信明歌がある。家集の信明歌は実は故人を偲ぶ涙〈詞書ヨリ推察デキル故〉であったのに、小八条院に対する亭子院の後朝の別れの涙と混同せられて了って紛れこんだのも、歌意類同が因を為したものとも思えるのである。当歌の解釈例、「昨夜一緒ニ寝タ時ニオマヘノ手枕ニ俺ノ手ヲ借シテヤツタガ、其俺ノ袂ガ濡レタノハ、オマヘガ、夜ガ明ケマシタ御帰リ遊バセト申シタ為ニ、名残惜シサニ俺ガコボシタ涙故ヂヤゾ（遠鏡。第三句露けさは）」・「君が手枕にさせたる我が袂の、露けく濡る、は、夜が明けたり《ママ》最早お帰りにならずばと、君の告げらるるが佗びしさの我が涙の為であるワイ（塩井氏『詳解』ノ意解項。第三句露けさは）」・「そなたの手枕に貸した自分の袂が濡れているのは、もう明けましたと告げて、別れを悲しんだそなたの涙であったわい／夜が明けたと告げた女の薄情さを恨んで流した自分の涙であると抄〈季吟八代集抄ヲサス〉は言っている（石田氏『註解』。第三句露けきは）」・「手枕としてそなたに貸した私の袖が朝露に濡れているのはおかしいと思ったが、それは夜が明けたと告げるそなたの涙であったのだな（岩波新大系。第三句露けきは）」。

四　手枕にかすとは……断りたる哥なり　磐斎のこの増抄の施注は、男女両人が同時にお互に腕を貸しあうとみた注ではなく、男が女に、或いはその反対に女が男に、腕を貸すと見た注である。途中で交代するということは考えていない。一方だけが相手に腕を貸すと考えたもの。手枕は共寝の場合は、一晩中通じて一方だけの腕だけでは、痺れる事もあるから、途中で交替する事もあろう。それ故、男女どちらの腕も交替して貸し合うと見る事もできよう。同時に貸し合うのではないと思う。文意「（共寝する時の）手枕として相手にわが腕を貸すというのは、男が、女の腕を枕のかわりにしたというのであるか、或は男がわが腕を、女の枕がわりに貸したのであろうか。そのいずれの場合だとしても、手枕に置いた涙の露は、後朝《きぬぎぬ》の、この今朝の別れあう頃の涙の露であったのだ、と判断して述べた歌である」。共寝の手枕の歌として「春の夜の夢ばかりなる手枕にかひなく立たむ名こそ惜しけれ（千載雑上九六一番。周防内侍）」は有名。独寝の手枕の歌としては「乾く間も無きひとり寝の手枕にあやめの根をやいとど添ふべき（赤染衛門集）」などがある。「手枕」は「タマクラ（手枕）。枕の役をするように、片方の腕を他人の頭の下においてやること。詩歌語」（『日葡辞書』）。又、『愚秘抄（鷺本）』に、「独寝の手枕とよめるを、或人の呟き侍りしかば、先人の腹立てて、いはれなき難かな、手枕に二あり、人の手枕に我が手枕あれば、又我が手を枕にしてぬる事侍り。あながちに人の手枕とばかり心得ては、無下に道せばくぞ覚え侍る。袖枕も手枕に同じく、人の袖枕我が袖枕あるべし」

とあるのも参考になる。但、この愚見抄本文は群書類従所収本に見えるが、歌学大系本には見えない。『雅言集覧』の「たまくら」の項には引用してあるから、江戸期では信を置いていたのであろう。『能因歌枕』とか『八雲御抄』や『俊頼髄脳』では、「男をば、せこといふ、せなともいふ、いはたねともいふ、たまくらともいふ、いはたまともいふ、たまくらといふ（八雲御抄・俊頼髄脳）」とあるので、平安時代では（能因歌枕）／夫。たまくらと称していたとも男の腕を妻からはたまくらと称していたとも考え得る。磐斎が増抄で、決めかねていた気持がよくわかる。ただ磐斎の持論の「後先《あとさき》の哥を見合すべし（一一七九番施注）」を商量する時、一一八〇番は男の涙、一一八三番も男の涙であるから、ここも男の涙と見ておきたい所で、久保田氏説のごとく「涙がいずれのものであるかという穿鑿はさほど重要ではない」とする訳にもゆかぬように思う。但し『かな傍注本』の施注も参看せられたい。参考、「君が手枕に、我袂をかせる也。明ぬると告たる侘しさの泪の露けきとの心なるべし（八代集抄。第三句ハ露けさ）」・「君が手枕ニ。我袂ヲかせる也。小八条の御息所、民部卿昇ノ女、後撰作者（学習院大学本新古今注釈。歌本文ハ第一句ノミ。以下省ケリ）」・「手枕にかせるたもと、は、袖を枕にしたる儀なり（私抄）」・「露けき泪ハ時を守もの、あけぬとつぐる時の泪にてありたる也（かな傍注本。第三句露けさハ。大坪云、久保田博士ノ前引説ノ根拠ハ、オソラクハ、コノ傍注本施注ニアルト思ウ。傍注ノ大意ハ、第三句ノ露けき（ママ）―引用歌句ハ露けさトアル―泪トハ誰ノ涙トミルカトイエバ、ソレハ時ヲ守ル者即チ、時奏ノ任務ニ当ツテイル者ノ涙デアッテ、告ゲルベキ時刻ガ夜ガ明ケル時刻ト重ナル刻ノタメニ、後朝ノ別レノ辛サガ思イ起コサレテ流シタ泪デアッタノダ。）」。

〔一八三〕（九三頁）

二　藤原惟成　管見二十六伝本では、寛政十一年板本が「ふちハらのこれなり」と平仮名表記するが、他伝本はすべて「藤原惟成」と漢字表記。「惟成」の訓《よ》みは、岩波新大系『袋草紙』所収の原文〈上巻旧東京教育大学本・下巻国会図書館本ト陽明文庫本〉に、「藤雅(ママ)成《モチ》」〈諸集人名不審ノ拾遺(集)。貞享二年板本デハ拾遺抄ノ所ニ、藤惟(ママ)成、トアルガ振仮名ハ無シ。岩波新大系本デハ三六四頁下段〉と「成」に「モチ」の振仮名があるので、朝日『全書』の頭注に「（惟成の）名の読み方は袋草紙に従ふ」とされて「藤原惟成《ふぢはらのこれもち》」と訓まれた。但し、岩波新大系の翻刻の訓は、雅(ママ)成《モチ》〈七三頁〉・惟成《これしげ》の弁〈一二三頁・三一一頁〉となっており「これしげ」と訓んで原文振仮名は活用されていない。寛政十一年板本や標註参考本・大日本史傍訓・新編大観本定家十体は「これなり」。小学館『全集』は「これしげ」。『栄花物語』（花山たづぬる中納言）に「これしげの弁」の仮名書。惟成の略歴は、一〇一〇番歌頭注一・二で既述した。惟成は蔵人・権左中弁の身で世に「五位の摂政」と※呼ばれるほどの花山天皇の側近であった。※印「五位の摂政」は『岩波旧大系大鏡』一四六頁頭注五に「尊卑分脈」とあるが『分脈』には不載。又、岩波新大系『袋草紙』一二三頁脚注一八に踏襲されてあるが出典は示されていない。なお『異名分類抄』（拙蔵板本）には「惟成《コレナリ》弁〇無田《タナキノ》弁。称シテ二惟成弁ヲ一云二無レ田ノ弁《ト》ニ初令レ刈《ラ》ニ禁裏之田并西京朱雀門京中等田《ノヲ》一之故也」ともある。（江談抄第三の十七話が出典）惟成説話としては、花山天皇と共に出家した話（大鏡、花山天皇伊尹伝・古事談巻一・古今著聞集巻十三）、花山天皇即位日に意の如く叙位を行った話（江談抄巻一。第二話）、蔵人頭有国が、瓜三駄進上解文を中文と取り違えた失錯を、上卿に惟成が読み申した話（江談抄巻二。第十四話）、惟成の妻は、彼の清貧の時髪を売るなどして内助をしてよくつくしたが、花山帝即位の時にその妻を離別し、源満仲の娘の聟となったので、旧妻が惟成が乞食になるように貴船に祈った。併し貴船の神は惟成のこれまでの功績を認めて直ちには乞食とはせず、花山院出家と共に惟成も乞食行脚したのだが、旧妻はこの惟成入道に饗斎を設けて面会し、或は哭し或は怨んで往事を談じた話（古事談巻二の九十二話。九十五話。九十六話など）があり興味深い。併し年代的齟齬もあるのであくまで説話としての紹介である。なお付言しておきたいのは、惟成を「五位の摂政」と世に称せられていたとする根拠を、旧岩波大系大鏡頭注（一四六頁頭注五）で『尊卑分脈』にあるとされている事であるが、『新訂増補国史大系五九』（吉川弘文館）では不載と前言したが、『大鏡詳解』（佐藤球著。明治書院）には「左大臣魚名公孫、左少辨雅材子、世号二五位摂政一」とある尊卑分脈の記載（三二〇頁）を紹介されており、又現在では、大鏡注釈で定評のある『大鏡全評釈』（保坂弘司著。学燈社）にも「世に五位の摂政と号した〈上巻五四三頁〉」と出典不記で言及がある。それ故、吉川弘文館版以外の、故実叢書本・板本『諸家大系図』〈共ニ大阪府立図書館蔵〉も当ってみたが矢張り不記載であった。佐藤球氏『大鏡詳解』からの孫引がその原因歟。

三　しばし待てまだ夜ハ深し長月の有明の月ハ人まどふ也

管見新古今二十六伝本では、春日博士蔵二十一代集本が、初句に「まてしはしィ」の一本校合がある。又第二句は鷹司本に「またよはふけ《か》し」と、け字をミセケチしてかを傍書して訂正。鷹司本頭注に「桂宮本家集に見えず」とあるがこれは、書陵部五〇一／五九架番の『惟成弁集』に採録されていない事であり、又、伝坊門局筆切『惟成集』〈私家集大成一・七所収〉にも無い事を示す頭注であろう。『古今和歌六帖』（第五帖）の「人をと、む」題中の一首として作者名不記の「まてといは、またよはふかしなかつきのありあけの月そ人はまとはす」歌が、歌句の酷似から、出典らしき歌と思われる。久保田氏『全評釈』・岩波新大系・桜楓社テキスト版などが出典或いは参考歌と見るのも首肯できる。この歌は、女の立場で作られた歌と見るのは、朝日『全書』・新潮『集成』・久保田氏『全評釈』・小学館『全集』・石田氏『全註解』・窪田氏『完本評釈』・尾上氏『評釈』・（鴻巣氏『遠鏡』）である。岩波新大系は「しばらく起きないで。まだ夜中です。九月の有明の月はよく人がだまされるのです」と歌意を取り、男が女に言っている歌、逆に女が男に言っている歌と両様に見て、男女の立場を鮮明にしない。私は当歌は、男が自分に言って聞かせて後朝の別れを、しぶりためらっている歌とも解し得るので、一概に女の立場での歌とも言い切れないと思う。『完本評釈』は「男が人目をはばかる心と、女のなかばそれを忘れている心とが現れている。この心理は一般性を持ったものである」と述べて、男女どちらかの立場に限定して見るものではないと説き、『全評釈』は「作者に訛伝が存するか」とも見られている。新古今撰者が作者を「藤原惟成」と特定したのは、惟成が花山院出家の際の誠実な彼の行動と関連させて考えると、特定した理由もほのかに分る気がする。さて、尾上氏『評釈』は、万葉巻七「暁跡《アカツキト》　夜烏《ヨガラス》雖鳴《ナケド》　此山上之《コノミネノ》　木末之於者《コズヱノウヘハ》　未静之《イマダシヅケシ》〈あかときと　よがらすなけど　このをかのこぬれのうへは　いまだしづけし〉」（一二六三番。右十七首古歌集出ノ一首）を、歌境の通じた歌として挙げている〈万葉歌訓法ハ新編国歌大観ノモノ〉。この万葉歌は、「後朝の作の意で臨時に分類したのであらう。さうした時の心持は出て居る（土屋文明私注）」と見るがよい。鹿持雅澄の『古義』は「男の別れていなむとするとき、女のよめるなるべし」と見たが〈大坪注。澤瀉博士『注釈』ハ千蔭ノ略解ノ注トシ、引用文モ小異アルノデ誤引デアロウ〉、逆に、武田祐吉博士『全註釈』では「女のもとを出ようとする男の作であらう。名残惜しさが、それと言はないで感じられる」と見ておられ、新古今当歌の私の理解に似た見解を示されている。鴻巣盛廣氏の『全釈』は、「離別の意を詠んだのではなく、暁のすがすがしい敍景である」とせられているのは、詠者が、男女のいずれともきめない岩波新大系に近く、尾上氏『評釈』の詠作時点での詠者周囲の状況と見られる見解に近い。故に参考歌として挙げておく。契沖の『書入本』には「あかつきにおく／有明とらずぞありけるほとときすなくきつる声のまぎれは〈古今和歌六帖㈤。新編大観二七三八番〉」・「恋恋而　相有物乎　月四有者　夜波隠良武　須叟羽蟻待《〈かくす〉》（こひこひてあひたるものをつきしあればよはこもらむしましはありきて）〈万葉巻四。六六七番〉」・「月之

有者　明覧別裳　不知而　寐吾来乎　人見兼鴨（つきしあればあくらむわきもしらずしてねてわがこしをひとみけむかも）〈万葉巻十一。二六六五番〉」の三首が参考歌として挙げられてある。他出書は、『二八要抄』（恋四）・『定家十体』（幽玄様）・『新時代不同歌合』（歌学大系本ハ、九十五番左。新編大観本ハ、三十二番左）・『新百人一首』に、歌句同形で出ている。但、新百人一首（歌学大系本）は、作者名を藤原惟盛と誤り〈続類従本ヤ拙蔵板本デハ惟成ト正シイ〉、定家十体（新編大観本）は、作者名これなりと平仮名、第三句はながづきと濁音表記で『伊京集』の「玄月、ナガヅキ」や『日葡辞書』の「ナガヅキ（長月）」に従っている。当歌は『短歌撰格』に、初句切れ、第二句切れの例歌として採択されている。『完本評釈』に「口語そのままの発想」という如く口頭語で会話或は自分に言い聞かせた文句ともいうべく、意は自明。

四　人の夜深く去ぬるを止むる由なり

文意「相手の恋人が、深夜〈夜半ゴロカラ夜明ケ前マデノ、夜ノ明ケナイ時分〉に帰ってしまうのを、制止する趣旨である」。当歌の原形とおぼしき歌が『古今和歌六帖㈤』にあり、その歌は「人をとゞむ」という歌題群中の一首。誰が誰を引き留めるのかは前述したが、一般的な理解だけで言えば、女が通ってくる男に、後朝の別れに際して言っているもの。当歌の場合は、作者が男性であるから問題視されたのである。

五　夜が明けたる様なれど……惑はす程にと也

文意「空は、夜が明けたように明るいが、それは、まことの夜が明けたのではなく月光による明るさなのだ。有明〈月ガ空ニ残ツテイナガラ夜ガ明ケルコト〉の月の光は、まるで夜が明けたような輝きぶりであって、人に実際の夜明けかと見誤らせる程に光っているのだから、と詠んでいるのだ」。「程に」は、「……ので」という理由をあらわす助詞。長月の有明月が人の判断を誤らせるという歌は、例えば「白露を玉になしたる長月の有明の月夜《つくよ》見れど飽かぬかも（万葉、二二二九番）」などを挙げ得る。

参考、「とく〈疾ク〉起別んとする人をとゞむる歌也。人まどふとは、人をまどはすと也。月清き故にあけぬよを、明たりと人をまどはすなれば、猶しばし待給へと也（八代集抄・学習院大学本注釈）」・「人マドフトハ、月出ケレバ、人マドヒテ、明ヌルカト、思フヲ、マドフトハ、イフ也（新古今注）」・「在明の月は明るもしらぬ物也。それをまどふ物にて候といひて、しばしも抑留したがる心也（九代抄）」・「別恋の哥也。有明の月は、人のまどふものなり。まちとをりやれ〈オ待チ下サイ〉と、わかれをしたふ〈別レヲ愛情スル〉心也。執心也。人まどふとは、明なるをまどふ、おもしろきことばつゞきなり（九代集抄）」・「人まどふとは、在明のあかきを、夜の明ぬるかを思ふをいふなるべし（吉田幸一氏旧蔵註・高松宮本註・高松重季本註。傍線部高松宮本ハ、暁ト漢字デ表記シソレニ、あかきト振仮名スル）」。

〔一八三〕（九三頁）

一　前栽の露置きたるを、などか見ずなりにし、と申しける女に

管見新古今二十六伝本の題詞校異、「などか」が「など（為氏筆本）」、「なりにし」が「なりし（東大国文学研究室本・亀山院本）」。「前栽」を「せんさい」と仮名表記する伝本も多いが、その訓みを「ぜんざい」と濁音に訓むのは『標註参考』や『日本古典全書（正宗敦夫氏）』である。平安時代は「せんさい」と清音〈岩波古語辞典〉であった由。参考「『色葉字類抄』によるとサは清音。『文明本節用集』や『日葡辞書』ではザと濁音。したがって中世になってセンザイとなったとみられる。／平安時代の寝殿造などの前庭や、壺（中庭）などで植物を植えた所。また、その植物。／萩・女郎花・藤袴・われもこう・すすき・菊・山吹・なぜしこなどの草花が中心であるが、梅・桜・松の木やくれ竹なども植えられた。草花はたびたび植え替えられ、秋には虫も放たれるなど、季節ごとの自然の野を邸の中に取り込もうとしたものともみられる（古典基礎語辞典）」・「前栽センサイ（伊呂波字類抄㈩植物。正宗敦夫氏編風聞書房刊）」・「一載《ママ》（大坪注、一ハ前ノ字ヲ示ス符合。振仮名ハ無イ。載《ママ》ハ栽ト相通サセタカ。載《ママ》ノ右側ニ、ザイ。左側ニ、ウエル。下側ニ、園或ハ薗ノ如キ書体デ園也トアル）（文明本節用集研究並びに索引、影印篇。中田祝夫著。風聞書房刊）」・「前栽《ザイ》（大坪注、前ニ振仮名ナシ。栽ニ、ザイ、ト濁音振仮名）（運歩色葉集・中世古辞書四種研究並びに総合索引影印篇。中田祝夫・根上剛士著。風聞書房刊）」・「前栽《センザイ》（大坪注。前ハ清音、栽ハ濁音）（慶長五年本節用集・国尽・薬種いろは抄。小林建二編。清文堂刊）」・「センザイ（前栽）。家の前にある庭、あるいは、花壇のある所（大坪注。前ハ清音、栽ハ濁音）（日葡辞書）」。以上の如く「前栽」のよみ方は、清濁に揺れがあり「ゼンザイ」とすべて濁音読みにしている標註参考や日本古典全書のよみ方も、誤植と決められない。方言では「ゼンサイ（岐阜）・ゼンザイ（飛騨）」の発音が小学館『日本国語大辞典（第一版第

一刷)』に見える。実方家集伝本の詞書では「せさい《前栽》」・「せむさい」と仮名表記である〈「せさい」に「前栽」の漢字表記を傍記〉。次の「などか見ずなりにし」は女が実方に問い掛けた言葉で、これに対する実方の返答が当歌である。「貴方はどうしてこの前栽の草葉に置いた朝露の美しさを、私と共に御覧なさらないで、急いで帰ってしまわれたのでしょうか」という意。『実方朝臣集』〈群書類従〉では「おもひかけたる人の、うちよりまかてたるとのゐ所のまへのせさい《前栽》をみて、露をきたりけるをなとか見給はさりしといへば／をきてみは袖のみぬれていたつらに(ママ)草葉の玉と(ママ)かすやまさらん」。『実方中将集』〈書陵部蔵一五〇／五六〇架番〉では、「おもひかけたりける女の、うちよりまかてけるに、とのゐ所のまへに、せむさいにつゆのをきたりけるを、なと見たまはすなりにしと、いひければ／おきてと《み》は〈注、とヲミセケチ、みヲ右傍書〉そてのみぬれていたつらの(ママ)くさはのたまのかすやまさらむ」とある。他出書では、『二四代集・二四代和歌集・八代知顕抄』は、「題しらず」の詞書で、歌句は新古今と同形。新古今の題詞によれば、「前栽」は、女の邸の前栽であるが、家集の題詞によると、内裏《うち》の宿直所《とのゐどころ》〈大坪云、直廬《ちよくろ》トモイウ。源氏末摘花ニ、内のとのゐところにおはしますに、たいふの命婦まゐれり、トアル。実方ノ相手ノ女モ、或ハ宮仕ノ女デアッタカモ知レナイ〉の前栽となる〈参考、新大系脚注ニ、実方集ノ詞書の示す状況も本集とは違っている、トアル〉。

二　実方朝臣

管見新古今二十六伝本では、春日博士蔵二十一代集本のみが「藤原実方朝臣」であるが、校定方針による姓氏の補入か、底本にはじめから姓氏があったかは不明。実方の事略は、七六〇番頭注二に既述。他伝本すべて無姓。

三　起きて見バ袖のミ濡れていとゞしく草葉の玉の数やまさ覧

管見新古今二十六伝本では歌形の異同はないが、実方の家集では異形歌で、類従本は第三・四句が「いたつらに草葉の玉と」。書陵部一五〇／五六〇架番本は初句に校合、第三句「いたつらの」。「おき」は「起・置」の両漢字の歴史的かな遣い。定家仮名遣いでは「をく　置」、「おきふし　起居伏」と『定家卿仮名遣』(国語学大系所収)に見える。いまは現行書通例に従って「置きて」と「起きて」との掛詞技巧を見ておきたい。歌意は「起き出して、前栽に置いた草葉の露を見ますと、後朝の別れのつらさに流すわが涙の玉露に　袖ばかりが濡れまさるばかりか、その草葉に置く朝露までもが、玉数《たまかず》が多さを増すのではなかろうかと思われて、それで貴女と一緒に見ずに、お別れしたのです」。歌意上よりいえば「いとゞしく」よりも「いたづらに」の方がわかりやすい。「いとゞしく」は、その連用形を副詞的に用いて「そうでなくても……なのに一層」の意。「いたづらに」は「空《むな》しくも」の意。句の改変に何かしら撰者間の「新古今的な巧緻性」が介入している感がする。なお、「露・置き」は縁語。又、塩井氏『詳解』は、「端書の意は、前栽に露おきたる景色の美しきを、なに故に遅くまで起きずして、見ずにしまったる」としているに対し、『完本評釈』は「夜の明けそめないうちに帰ったのを、風景に托して恨んだ」と見る。即ち、(A)遅起きの故・(B)早帰りの為と、逆である。(A)に同じは『遠鏡』。(B)に同じは石田氏『全評釈』・久保田氏『全註解』・岩波新大系・小学館『全集』などがある。題詞と実方歌との関係は、勿論問い掛けに応じた答歌であるが、『詳解』は「実は別るゝ事の惜しくて起き出でがたかりし意を、其の女の詞に対して、我が涙に、草葉の露を重らせては、いとほしくしてと、戯れ答へて、別れを惜しむ我が意をもきかせたるなり。涙に草葉の露のまさることはなし。それを、斯くいひたるところが、面白き詩情となりたるところなり」と論じ、『完本評釈』は「〈題詞ニ〉見ずなりにしと過去形としていっているのと、〈答歌デ〉起きて見ばと未来形にしていっているのとで、女と会って、夜のうちに帰った後での贈答である。歌は返しの形で、女が前栽の露をも見ずに帰ったと恨んだのに対して、恨み返して、もしその露を見たならば、一段と涙がしげくなったろうかといい、夜のうちに帰ったのは、むしろ好意からのことだということを余情としたのである。型のごとき歌である」と批評し、岩波旧大系頭注は「逢えば一層悲しさが増すので尋ねなかったのである〈大坪云、家集ノ詞書ヲ考慮ニ加エテイル〉、の心であろう。それで私は前栽の露を見なかったの意」と注し、岩波新大系脚注は「詞書の示す状況も本集とは違っている。慌しく帰って一緒に眺めなかったのを恨んだもの」と注して、旧大系の短を補っている。旧大系は、内裏の宿直所の前栽で、実方が退出時に、女と遭遇した状況〈家集詞書〉での注。

四　女と寝たるあしたの……言ひたる哥なり

文意、「恋しく思っている女と共寝をした、その翌朝の事を詠んだ歌であろう。作者が何故に起き出《いだ》さなかったかのこまかい事情を言いわけしている歌である」の意。磐斎の立場は前言した、(A)遅起き、の立場。

五　起きたらバ……起きぬとの義なり　文意、「もし起き出したとするならば、後朝の別れの辛さ故に、甚だしく袖が涙に濡れまさるであろうから、起き出さなかったのだ、という意義である」。磐斎注の「起きぬ」の「ぬ」は打消「ず」の連体形。

六　草葉の露が……添ひぬべし、となり　「添ひぬべし」の「ぬ」は、「べし」と共に使われて「強調」。「多分……するに違いない」の意。文意、「草葉の上の露が、わが袖に置く涙の玉露に、置き添い加わって了うにちがいない」の意。別れの辛さの涙が草葉の露でます〳〵増加するというのである。ここの「ぬ」は完了の助動詞。

参考、「わがなげきの露に、又草の露をかんじたらバ、又露まさんと也〈後朝ノ別レデ流ス歎キノ涙ノ露ニ、又他ニ草葉ノ露ノ儚ナサヤ哀レサニ心ヲ動カサレタナラバ、又一層涙ノ露玉モ増スデアロウトイウノダ〉（かな傍注本）」・「二人ふ《(臥)》したる朝のおき《(起)》出がたき心をよめり。おきぬだに別の近きう《(憂)》さの泪に袖ぬるゝに、おきて見《(ミ)》ば草葉の露もそ《(添)》ふほど、いとゞ泪のこぼれんと也（八代集抄・学習院大学本新古今注釈）」。

〔二〇四〕（九四頁）

一　二條院御時、暁帰りなむとする恋、といふ事を　管見新古今二十六伝本題詞校異。「二條院御時」の表記が、柳瀬本は「二條院の御とき」と「の」字を加えている。「暁帰りなむとする恋」の表記を漢文形の「暁欲帰恋」とするのが、宗鑑筆本・東大国文学研究室本。「あか月返《(ママ)》りなんとする恋」とするのが鷹司本。「あか月かへりな《(ママ)》とするこい」とするのが烏丸光栄所伝本で「ん」もしくは「む」の字がない。但し光栄書写本では「あかつきかへりなむとする恋」と「む」字が補われている。なお公夏筆本では「二條院御時、暁帰なんとする恋といふことを人〳〵つかうまつりしに」と文末に傍線部追加がある。

「二條ノ院ノ御時」とは、保元三年八月から永万元年六月五日まで（一一五八～一一六五）の七年間であろうが実質的には後白河院の院政、関白藤原基実の政権下であろう。所謂平治の乱の後の平清盛勃興期に相当する。文意は「二條天皇の御代、暁欲帰恋〈暁帰りなむとする恋〉という歌題で詠みました歌」、或は「二條天皇の御代に、暁欲帰恋という題で、延臣の方々が歌を献上なされました時に、私もその題で詠みました歌」というのであろう。

他出での題は、「題しらず（続詞花和歌集、巻十二、恋中）」・「あか月のわかれを（讃岐集〈書陵部蔵五一一／二一架番〉）」・「後朝恋の心を（二四代集・八代知顕抄）・後朝の《(ママ)》心を（二四代和歌集〈恋ノ字ガナイ〉）」・「後朝歌《(ママ)》（歌仙落書）」・「後朝恋（和歌題林抄）」・「題ヲ示サナイモノ（練玉和歌抄巻八恋下）・（前摂政家歌合、即チ嘉吉三年一条兼良家歌合ノ二〇一番ノ衆議判デ引用）・（吉川泰雄氏蔵七巻本宝物集〈巻三〉）」等がある。

二　二條院讃岐　管見新古今二十六伝本は、すべて同一。宣長の『美濃の家苞』では、「其院讃岐」とするが、この「其院」は題詞の「二條院の御時……」を受けた表現である。『尾張の家苞』では、この書式を「署名の不故実なる事物にて、其院とはあまりなり」と抗議している。讃岐の事略は、一〇八四番頭注二、一一二〇番頭注一と二とで既述した。百人一首九二番「我袖は汐干に見えぬ沖の石の人こそしらねかわくまもなし」の詠により「沖の石の讃岐」の異名があるが、とにかく、袖が涙でぬれる歌により人の記憶にのこる女性で、当歌もその例外ではない。

三　明けぬれどまだ後朝に成やらで人の袖をも濡らしつるかも　管見新古今二十六伝本では歌形はすべて同じで異句はない。当歌の他出は『続詞花和歌集』（巻十二、恋中）では「題しらす／讃岐　頼政女／あけぬれどまだきぬ〳〵になりやらで、人の袖さへぬらしつるかな」となっていて第四句「人の袖さへ」と異形。頭注一で示したように、他出では題詞の異形はあるが、歌句についてはすべて第四句「人の袖をも」であって、続詞花集歌形は採用されておらず、皆新古今の歌形である〈二四代集・二四代和歌集・八代知顕抄・歌仙落書・練玉和歌集・和歌題林抄・前摂政家歌合・宝物集・讃岐集。後引ノ『伊勢の家苞』ハ下句ガ省略サレテイルノデ不明〉。出典は、自撰家集と考えられている〈私家集大成解説ニヨル〉の『讃岐集』（書陵部蔵五一一／二一架番）の「あか月のわかれを／あけぬれどまだきぬ〳〵になりやらで人の袖をも《(ママ)》ぬらしつるかな」と見ておきたい。参考歌としては、契沖『書入』本に、『古今集』（恋三、読人しらず。六三七番）の「題しらず／しのゝめのほがら〳〵とあけゆけはをのかきぬ〳〵なるぞか《わ》な《ひ》しき」が、早く示されていたが久保田氏『全評釈』がこれを継承されて以後岩波新大系も踏襲されている。因みに言えば『抄出聞書』には「〈前略〉源氏わか菜こ、女三宮に柏木逢給し時、人の御涙をさへのごふ袖の露けきとあり。此心也。この説、しかるべし」

とあるが〈大坪注、若菜(下)。岩波新大系源氏物語デハ、三六五頁四行目。52きぬぎぬの別れ〉、この抄出聞書の本説指摘は、当歌の参考本説として、まだどの注釈書にも指摘されていない。次に「きぬ〳〵」の清濁であるが、「きぬぎぬ」と、下を濁音に訓むのが、現代では定着しているようだが、香川景樹はその『古今集正義』で「きぬ〳〵は清てよむへし。濁ては聞えぬ也。己かさま〳〵・己かちり〳〵なとを濁ていへは、今も濁るへくおもふへからす。こは本よりさま〳〵・ちり〳〵と常に濁りていひなれたる語に、己かと云言を冠すなれは、持まへの濁る方、中〳〵なれて聞よき也。きぬなとは一ツの物なれは其類ひに非す。されは衣の多きを衣〳〵と云詞なし。己かきぬ〳〵きるそと云るにて出来たる詞にて、かねて持まへの名なけれは指当れる理りのまゝにきぬゝゝと清まては聞えさる也。たとへは数人裾をか、けんをいはんに、おのかすそ〳〵と濁らるへけんや。又箱なと取わかたんを云んに、おのかはこ〳〵と濁らるへけんや。皆清ていはてはきこえす。是らも、すそすそ、はこ〳〵とはなれていふ事、常になき語なれはなり。能おもふへし〈六三七番歌注。原文ニハスベテ語ニ濁音符ハツケラレテイナイ。句読点ハ私ニ付シタ。ナオ、末句なるそ悲しく、トシ、注ノ中デ、顕注にきるそ悲しきとあるそ正しきなるそと云ては聞えす。こはきると書しを、なると誤ちしなるへし。さてなるそといへは、きぬ〳〵躰言となれるより、一ツの語として後〳〵は別れの名とさへなれるものなり。トアル〉」と述べており、傾聴すべき説であるが、雅言集覧・倭訓栞〈両書トモ活字翻刻版ニヨル〉は濁音見出し、俚言集覧〈活字翻刻版〉は清音見出し、日葡辞書は濁音見出しである。「後朝・衣衣」の語義については、『角川古語大辞典』に、①めいめいの着物。男女共寝のときに互いのきものを脱いで重ねて敷いたり掛けたりするが、それを再び身につけるときに用いる語。②「つまどひ」ののち、女に別れて男が帰ること。また、その朝。③広く、別れ別れになることをいう。④離婚すること。の四義を挙げている。「成《なり》やらで」の「やらで」については、宣長の『玉あられ』に解説があるが〈「哥の部」ノ「やらぬ」〉、それだけでは誤解のおそれもあるので、井上文雄が『伊勢の家苞』で補足した解説を次に挙げよう。「やらぬという詞ハ、しかあれかしと思ふ事の、さもあらぬにいへる事ハ、いふまでもなけれど、一転してハ、花のちりやらぬ、月の入やらぬ、などちらむとしてちらず、入らんとしていらぬやうの、たゆたふ事にもいへり。新古今恋三、二條院讃岐、明ぬれどまだきぬ〳〵になりやらで云ゝ、など例あり。すべて詞に軽重ありて、かろきハ理にそむきたるやうなるも例おほけれバ、ことわりてもてハいひがたしとしるべし」とある。『岩波古語辞典』の「遣り」の説明の「やらずの形で、思い切ってその動作をしおおす。……しきる。」の趣旨を、『伊勢の家苞』は補足しているのである。宣長は単なる打消の「ぬ」と、「やる」に続けての「やらぬ」とを区別せずして、「花のまだちらであるを、ちりやらぬといひ、月のまだいらぬを入やらでなどよむ類多きは、ひがこと也、さては花を早くちれかしと願ひ、月をとく入れかしと願ふ意になるをや」と、「やらぬ」に「たゆたふ事」のあるのを十分に解説していなかったからである。「まだきぬ〴〵になりやらで」とは、夜はすっかり明けきってしまったが、共寝で男女お互いがその衣を重ね合せて、かぶったり〈或ハ敷イタリ〉していたが、その衣々を、各々が自分の衣として再び身につける状況〈モシクハ時刻ニ〉になりきれずためらってしまって、という意で、衣々の状況と、後朝の時刻と、の両方を融合させた表現である。「人の袖」とは、作者が共寝した相手の袖。「濡らしつるかな」は、きぬ〴〵の別れの辛さで流すわが涙によって、相手の袖まで濡らして了った事よ。参考、「夜ハ明ケタケレドモ、マダ共寝ノ床カラ離レル事ガ出来ナイデ、一緒ニ寝テヰルノデ、別レノ悲シサニ流ス涙デ、人ノ衣ノ袖マデ濡ラシタワイ（遠鏡）」・「一首の意は、夜は明たれども、別の惜さに、まだをのがきぬ〴〵にえならずして、人のきるもの、〈大坪云、きるもの、トハ着物《キモノ》ノコト。昭和十年頃マデハ、キルモノ、ト私ノ祖母ナドハ発音シテイタ〉袖さへぬらしたと也。二句は古歌の詞。〈大坪云、二句トハ第二句目ノ、まだきぬ〳〵に、ヲ指ス。正明ハ、まだをのがきぬ〴〵にえならずして、ト述ベタガ、ソレハ古今六三七番歌第三・四句ノ、明けゆけばおのがきぬ〴〵、ヲ意識シテノ措辞デアル事ヲ釈明シタノデアル〉（尾張の家苞）」。

四　夜が明けても……濡らす、となり
文意、「夜が明けても、男女共寝の楽しさ故に別れ得ずして落す涙のために、わが衣の袖のみか、相手の衣の袖までをも、濡らす、というのだ」。

五　いかで人の袖……寝る故也
文意、「どうして相手の袖までをも濡らすのであるかといえば、その理由は、夜寝る時には、相愛の二人の袖を重ねて、寝るのが、共寝する時の慣わしであるからだ」。

六　寝たる時重ねたるを……事にもするなり

文意、「共寝する時に、脱《ぬ》いだ各々の衣を重ね合わせて、かぶったり敷いたり等していたのを、夜が明けて起き上って別れぎわに、その重ね合せていた各自の衣を、別々に引き離して着用する事を、衣々〈きぬぎぬ〉と称するのである。このことから、男女共寝から別れる状況や、時刻になる事にも、後朝〈きぬ〴〵〉と転用して使うのである」。

七 まだ衣々に……濡らすとなり

文意、「まだきぬぎぬ〈衣々・後朝〉の状態或は時刻に至っていないから、別れの辛さに流すわが涙で、自分の袖は勿論、相手の袖をも、濡らす、と詠じているのだ」。次の頭書も参考のこと。

八 明けぬれど、ハ……濡らしたる、と也

この頭書は、上述増抄云の注末「まだ衣々にならぬ故に、人の袖をも濡らすとなり」の補足説明を加えた磐斎の当歌解釈である。夜の明けてしまった時刻と衣々の別れの時の、時間的ずれを補足している。

文意、「初句の、明けぬれど、とは、夜は既に明けてしまって共寝からは別れねばならない時刻になっているが、共寝の余波《なごり》が尽きず、それが惜しいので、共に重ねていた両人の衣を、各自に着替える、所謂きぬぐ〳〵の別れ惜しさにたえきれずぐず〳〵している様を述べているのである。その別れ惜しさに流す涙によって、わが袖は勿論のこと、相手の衣の袖をも、濡らした事だ、と詠んでいるのである」。

参考、「きぬ〴〵とは、二人の衣をかは《交》して、おき別て別々《わかれわかれ》になる事也。暁になれど猶おきかねて、我泪に、彼《かの》なはせし人の袖をもぬらせしと也。暁帰らんとする題の心、奇妙にや（八代集抄）」・「一説には、わかれかぬるわが涙にて、人のそでをもぬらすと也。源氏わか菜にて〈以下既引ニ同ジ故省略〉（抄出聞書）」・「別かねて人の袖をもぬらし侍るとめて、わが涙にて人の袖をぬらし侍るとなり（牧野文庫本聞書・吉田幸一氏旧蔵註・高松宮本註・高松重季本註。大坪云、コノ注ハ必ズシモ、きぬ〳〵の別れノ涙トハ言エヌノデ、抄出聞書ノ一説には云々ノ施注ガ出来タノデハナカロウカ?）」・「帰用意ハすれども〈帰ル心ガマエハ、シテイルノダガ〉、まだかへらずして、人ニもなげきましたる也。かへりなんとする、題ノ心を、もたせたり（かな傍注本）」。

〔二八五〕（九五頁）

一 題不知

管見新古今二十六伝本すべて「題不知」〈表記ハ、題しらす・たいしらすノ本モアルガ、同ジト見做シテ処置シテキタ〉。出典は西行の家集であるが、『山家集〈陽明文庫本〉』（中巻、恋）では題「月」。『山家集〈板本〉』（上巻、恋）では題「月によする恋」。『西行上人集〈李花亭文庫本〉』では「恋哥中に」の中の一首で歌句は第二句「わするゝまじき」と異形。『文明本西行物語』（下）では、題に相当する文が「新院《しんいん》和哥《わか》を御このみありて、中《ちう》ゐん《いん》の右大臣のぶきやうにて、恋《こい》の百首《しゅ》をめされけり。そむきがたきおほせのゆえに、六首うたをよみつらねてまいらせあげゝる」とある。『西行物語絵巻〈久保家本〉』（第九段）では、題相当文が「中の院右大臣うけ給はりにて、恋の百首めされければ、勅定そむきがたきによて《ママ》」の五首の中の一首で歌句は第二句「わすられまじき」と異形。又、『二四代集・二四代和歌集・八代知顕抄』はいずれも「だいしらず」。『二八要抄』（恋三）では「題しらず」で歌句は第二句「忘るゝまじき」・末句「月にとがめて」と異形。当歌の題は、このように採録本によって種々であるが、「月に寄する恋」が比較的良いように思える。新古今では部立が「恋」で、月という詞も、後引古今忠岑歌〈六二五番。恋三〉により重きをなしているから「題不知」とされたのであろう。岩波文庫『定家八代抄』の補注に参考として、『二四代集』の一〇五〇番「帰りつる名残の空をながむればなぐさめ難き有明の月」を挙げ、この一〇五〇番歌の補注には参考として、『古今集』の忠岑歌を示した上で「後朝の別れに、西山に入るべき月がまだ空にあることは、恋の世界では大きな意味を有した」としている〈大坪云、忠岑歌を当歌参考に取り上げたのは、岩波新大系脚注が先行しているが、『定家八代抄』は、一〇五〇番歌も、参考歌に追加していて、有明月と後朝の別との「大きな意味」を強調している点は見落としてはならない。月に別れた人の面影・残影が映ったままで消えないと見る点に大きな意味があるからである〉。

二 面影の忘らるまじき別れかな名残を人の月にとゞめて

管見新古今二十六伝本では、第二句の「忘らるまじき」が鷹司本では「わすらる《れ（朱）》まじき」と、るをれに朱訂してあり〈岩波旧大系校異ニヨル。武蔵野書院刊テキスト版ニハ、コノ事ノ指摘ガナイ〉、武田博士大夫阿闍梨本も「わすられまじき」の句形である〈岩波旧大系校異ニヨル〉。他出書では前頭注で触れたように、李花亭文庫本『西行上人集』が「わするゝまじき」、『西行物語絵巻〈久保家本〉』が「わすられまじき」、『二八要抄』が「面影の忘るゝまじき別かな名残を人の月にとがめて」、と異句形がある。他の新古今伝本・他出書の歌形は、すべて磐斎引用と同歌形である。

「面影」は別れた人の面影で「現実でなく、想像や思い出の中にありありと現れる顔〈面〉や姿〈影〉」を指したり、鏡に写った顔〈当歌デハ月ノ面ニ写ツタ別レタ人ノ顔ヤ姿デ、月ハ鏡ニタトエラレル事ガ多イ。戦前ノ流行歌ニ、月が鏡であったなら、恋しあなたの面影を、夜毎写して見ようもの云々ノ歌詞ガアリ西行当歌ガ連想サレタモノダ〉」の意。

「忘らるまじき」は「忘る」が、四段活用ならば「意識的に忘れようとする」意、下二段活用ならば「記憶が自然に消失する・つとめて記憶を消すようにする・気にかけなくなる・うっかり気づかず過ごす・置き忘れる」の意。「る」は、可能の助動詞で、四段・ナ変・ラ変の動詞未然形に接続する。「まじ」は、打消推量の助動詞で終止形に接続。それ故、品詞分解は、「忘ら〈四段動詞未然形〉る〈可能助動詞終止形〉まじき〈打消推量助動詞連体形〉」となって「別れ〈名詞〉」に連なった語形と見得る。異歌句の「忘られまじき」の場合は「まじき」は終止形接続である故、上接の「わすられ」を未然形とするなら、「わす〈動詞語幹〉られ〈可能助動詞未然形〉」と考えざるを得ず、その「られ」が動詞語幹に接続するという訳となって、文法的説明ができない。「らる」という可能助動詞は、四段・ナ変・ラ変以外の動詞の未然形に接続するので語幹を受けるとは考えられないからである。又もう一つの異句形「わするるまじき」〈李花亭文庫本西行上人集〉の場合は「忘る」〈四段動詞終止形〉る〈可能助動詞終止形〉まじき〈打消推量助動詞連体形〉」となって、文法的にも問題はなく、四段動詞「忘る」にも、意識的に忘れようとするという意があって「忘らるまじき」と意味の上でも同じように解釈できよう。「忘られまじき」〈大夫阿闍梨本・久保家本絵巻・かな傍注本〉の句形だけが、文法上の処理が困難となる。ただ破格の姿も、歌や俳諧では、ままある事で、誤りと断言する事は控えたい。「別れ哉」の別れについては、新古今の配列上から考えると、当歌の前後歌は、「後朝別」であるから、後朝別と見るべきではあるが、詞書では「題不知」となっている事もあり、これを一般的な、友との別れと見る見解も見出される（『筑摩書房古典日本文学全集新古今集』・『完本評釈』・『全註解』など）。下句「名残を人の月にとゞめては」、語順を変えて「月に名残を人のとゞめて」とし、その後に「去り行クヨ」とか「別レシガ。」とか「後々モ思出ス種ヲ残シテ去リ行クヨ、私ハ立チツクシテ見送ルバカリ」等の余情を含ませると、よくわかり、後引『美濃の家苞』のごとき修正〈人ヲ袖ニ直ス〉をしなくてもよい。当歌理解上、今は亡き森重敏先生『西行法師和歌講読』の説を略引する。

「これは完璧で……まことによく詠みました。この歌、いろいろと誤解があるようで……上句はすぐわかるのですが問題は下句です。要約しますと、去っていった人が私の心に残した心惜しさを月影にとゞめて、ということ……私はその人が去った後、名残惜しさに時あたかも出てゐる月（おそらくは有明の月）を眺めてゐる。あの人は、私に月を見て自分を偲べといふやうに去っていった。さなきだに月は人を偲ばせるものなのに、このたびの別れとこの月とによって、ますますあの人の俤は忘れられないものになるに違いない。終生忘れえない、まことに哀切極まりない別れであるよ、……どうして俤が終生忘れえないような別れになったかといひますと、相手が名残惜しさを月影にとゞめるやうな形で別れて行ったからであります。そこがよくわかってをりませんと、誤解になってしまうでせう。例へば窪田氏の『評釈』は、下句を、今別れようとする相手の顔が月光に照らされてゐる、といふ意味に解してをります。確かに別れ際にも月は照ってゐたかもしれませんが、そんなことをいってゐるのではありません。むしろ、人が去っていった後、逢った時の名残を去られた者の方が月に見てゐるのであります。この場合、むろん作者は女といふ設定になります。西行自身の直接の体験を詠んだものではありません。月影に相手（男）の顔をはっきりと重ねつつ、女は立ちつくしゐるのであります。だからこそ上句の感慨があるわけです。北村季吟の八代集抄は「俤を月にとゞめて別れしかば、此俤月見るたびに思ひ出でられんとの心なり」といってをります。これはやや説明不足の憾みもありますが、今いひましたやうな意味に解したものと受けとれます。ただ、正確にいひますと、いはんや「俤をとゞめて別れ」たのでなく、窪田説のやうに、月に照らされた顔の俤をとゞめたわけでもなく、男が去った後の、去られた女がその名残惜しさを月にとゞめたといふのであります。それをあたかも、男の方が自分にさうさせたやうな形にいっている所がまことによくいったものであります……この歌は、どこまでも下句が命であります……この歌を友人との別れの歌だとする説があります。あるいはさうかもしれませんが、それにしてはすこぶる情け濃やかで、艶であり、やはり女の立場で詠んだ恋の歌と見るべきだと思います。……」。以上下句の持つ情意が尽くされた説明であろう。参考のために現行施注の数種を示しておく。「（標註参考）あひし人が月に名残りをとゞめて行きし事なれば、別れて後も月はよな〳〵みる物故、此月の面影は忘らるまじきとなり（飯田永夫）」・「（西行山家集全注解）この女《ひと》のおもかげ〈わかれるときの顔かたち、様子〉はいつまでも、永く忘られそうもない今朝の暁の後朝の別れよ。つきぬ名残〈名残惜しい気持〉を、女は月にとゞめておいて。〈さだめし月を見るたびに思い出すであろう〉（渡部保）」・「（筑摩書房古典日本文学全集新古今集）〈当歌下句ハ〉別れを惜しむ情を人が月影にとどめて帰ってゆく、という意。月を見れば、人の面影が思い浮かぶという当時の一般常識にもとづいた趣向である。人が名残り惜しさを月にとどめて帰ってゆくから、今後月見るたびに、その人の面影の忘れられそうにないこの別離であるから、という歌意であるが、つまり、月下の印象深い別離を詠じたのである。これを恋の歌と見るには、あまりにも淡々としすぎる情懐で、むしろ友人との別離と見る方が、ふさわしくさえ思われる。なお、結句〈とどめて〉と中止形にしたところに、余情余韻が生じてくるのである（小島吉雄）」・「（筑摩書房古典日本文学全集西行集）逢って別れる時に、二人は有明の月に照らされていた。〈この女の面影は、とても永く忘れられそうもない、今暁の別れであるわい。尽きぬ名残を、女は月にとどめておいて〉、淡い月光に照らされ浮かんだ女の面影は、その後も月を見る毎に思い出される。それが〈とどめて〉である。美しい歌だが、題詠でも出来る。第四句〈人〉は言うまでもなく相手の人のことだが、古歌は慣用として恋人でも友人でも〈人〉で片附ける場合が多い（川田順）」・「（厚生閣歴代歌人研究西行法師）、〈別〉は、後影《きぬ〴〵》（ママ）の別と取れる。〈名残〉は、今は別れ難くする心。〈人〉は、女。〈月にとどめて〉は、女がその顔を月光に照らさせて、見送ってゐるのをいったもの。上の〈面影〉の説明である。面影の忘れられまいと思はれる別である。惜しむ名残を、人は、月の光にとどめてゐるよ。相逢っての夜明け、月のある中に男の別れて帰るのを、女は名残を惜しんで、月光の中に出て見送ってゐる、それを男が振返って見ての印象である。〈名残〉は事であるが、男からいふと、女の〈面影〉の中に捉へてゐる表情である。別れて、振返って見た男の眼に映った、その一瞬間の女の顔だけをいって、他は一切余情としてゐるところ、技巧の冴えた、そして細かいものである。〈名残を人の月にとどめて〉は、極めて細かい表情と、夜空の月とが一つに融け合ったもので、感覚ではあるが、深さを持ったものである（窪田空穂）」・「（塩井氏『詳解』）此の月下の別れ、人がなごりを月にとゞめて行き別れたるなれば、別れて後も、月は夜な〳〵見るべければ、其の月には、いつも思ひ出だされて、此の別れの面影は忘れられまいナアーといふ事にて、月夜別れて帰る人を送り出でて、つく〴〵となごり惜しく見送りて、さぞや忘られず忍ばるゝならむと、うちなげきたるさまなるべし（塩井正男）」・「（尾上氏『評釈』）帰って行く男を見送っての女の心である。月に乗じて行ったので、その月に面影がとどまったのである。繊細な描写で、情味がまことに豊かである（尾上八郎）」・「（遠鏡）別レタ人ガ其名残ヲ月ニ止メテ行ツタカラ、其月ヲ見ル度ニ、去ツタ人ノ別ノ時ノ面影ガ忘レルコトノ出来ナイワイ。何時デモ〳〵月サヘ見レバ、今別レタ人ノ俤ガ思ヒ出サレテ悲シイ事ダラウ。美濃わろし。四の句、人のは人だの意なり（鴻巣盛広）」・「（石田氏『全註解』）相手の人が、名残惜しい気持を月にとどめて今別れて行ったのであるが、いつ迄も、この別れる時の様子の忘れられそうもない別れであるわい。〈定めし月を見る度に思い出すであろう〉山家集月の部に出ているが〈大坪云、恋部ノ月題ノ意デアロウ歟〉、必ずしも月の題詠でもなく、又必ずしも恋の歌でもない。寧ろ、草庵に訪ねて来て月下に別れて行った人をでも想像したい（石田吉貞）」・「（窪田氏『完本評釈』）〇面影の、四句の〈人〉の面影でその〈人〉は、女より見た男と思われる。〈大坪云、傍線部ハ前引厚生閣『西行法師』ノ説ノ変更〉……この歌は山家集の月の部にあり〈大坪云、正確ニハ中巻恋部ノ(月)題歌群ノ一首〉、月下に友との別れをした感が、この歌の作意である。〈上句ガ〉感の全部で、〈面影〉は下二句との関係で、月校に照らされている顔である。気の合っている友で、たまたま会い得たが、いつかまた会えるか期しがたいという仲であろう。濃情のあらわれている歌である。〈下句ハ〉上の忘らるまじきの説明であるが、月に対していると、思う人の顔が月中に顕われるというのは詩的常識となっているもので、それを、その際の感に融かし込み、将来のことにいいかえたものである。……別れる際の月下の面影を中心としているので、おのづから印象的な歌となり、恋の歌として見れば見られるものとなっているのである（窪田空穂）」・〈大坪云、『山家集』ハ中巻ガ、(恋)部ト(雑)部ニ、二分サレ、下巻ハ(雑)部ガ続イテイル。上巻ハ(春)(夏)(秋)(冬)ノ四季部。従ツテ(恋)部ノ月題ハ、月に寄する恋、ノ題ガ適当題ト思ワレル。コノ(月)題ノ歌群ガ三十七首続キ、次ニハ、(恋)題ノ歌群ガ五十九首続キ、次ニ(雑)題ガ配サレテアッテ、下巻ハ(雑)部ノミデアル。コノ事カラ新古今当歌ハ、恋歌ノ範疇内ニアルト見ルベキデ、月歌ノ範疇デハナカロウ〉。「（久保田氏『全評釈』）あの人の面影が忘れられそうもない、後朝の別れだなあ、逢ったなごりの気持を月にとどめていて……。〈人〉は恋人。……〈人〉の〈面影〉が月と重なるようにして浮かんでくることを、〈月にとゞめて〉といった。……〈山家集〉の成立事情如何の問題にも関わることだが、草庵の友との別れの歌が〈山家集〉において既に月に寄せる恋歌と誤解されたということは考え難いことである。西行もまた、いくらでも女の立場で歌っているのである。西行ならば同行の友との別れに限ると決めてかかるのは速断に過ぎよう（久保田淳）」・「（小学館『全集』）面影の忘れられそうもない別れであることよ。別れの惜しい余情を、人が月にとどめていて。○月下の別れを惜しむ歌。しんしんと迫る嘆きの感味がある。〈人〉は作者の友人であろう。本集〈新古今ヲサス〉では、〈後朝〉の別れの歌の位置に配され、男を見送る女の心での作とされていたようである（峯村文人）」・「（岩波新大系『新古今』）その面影が忘れようとしても忘れることはできまいと思われる別れよ。尽きない名残をあの人は有明の月に留めて。（田中裕）」・「（岩波旧大系『新古今』）○別れてもその人の面影が忘れられそうもないことよ。別れた人が名残を月にとどめて行ったので。▽月を見る度に別れた人の面影が忍ばれる、の意（久松潜一・山崎敏夫・後藤重郎）」・「（新潮日本古典集成）○あの人の面影を忘れることはとてもできそうもない後朝だなあ。あとに残るなごり惜しい気持を月にとどめたまま、別れてしまって。▽月を見て別れたばかりの恋人の面影を偲んでいる心。男女どちらの立場で歌ったかは不明。両様に解し得る（久保田淳）」・「（新古今集選釈）。折も折とて、この月の光りのもとの別れのあはれさよ。なつかしい面影は、今より後、月にとどまって、月

見るごとに忘られがたいことであらう、の意。面影の忘らるまじきと、別れを形容し、名残を月にとどめてと、その人に負せた言ひざまは、巧妙を極めてゐる。名手の苦心が、語句の間に看取される（佐佐木信綱）」・「（新古今和歌集評解）。相手の人の面影〈様子〉の忘れることができそうもない別れではある。別れ去ったあとの様子を、相手の人が月光に照らし出され印象をそのまま残して置いたので。……〈まじ〉という助動詞は、短歌作品に用いられることは極めて稀で、八代集のうち、数首中に用いられているに過ぎない。助動詞〈む〉の打消推量であるところの〈じ〉は多いが。（谷鼎）」・「（新古今秀歌）。……この〈別れ〉はきぬぎぬの別れ。〈あの人は別れを惜しみながら、その姿を月に残して行ったので、いつまでもあの姿が浮んで忘れられそうもないよ。定めし月を見るたびに思い出すことだろうなあ〉という歌。……題詠なのでしょうか……歌全体が作者の構成で、人物や場面も彼の設定なのですが、無理なく鑑賞される歌となっています。一番鶏で出たのか、二番鶏で出たのかはわかりませんが、まだくっきりと有明けの月の輝いている朝でした。その中を帰る様子が、名残り惜しさを月に刻みつけるようだというのですが、それはとりもなおさず、女の心に刻印された姿なのです（菅原真静）」・「（新古今秀歌）。そのひとの面影がいつまでも忘れられないやうな別れである。今、名残りを月にとどめて、そのひとは帰ってゆくのだ、といふ意。知的な把握をした一・二・三句と、印象的で余韻深い四・五句〈この場合てで止めたことが余情を出す上にたいへん利いてゐる〉とがよく調和して、感覚的でしかも心こまやかな味はひを出してゐる（安田章生）」。

当歌鑑賞の参考歌は、「帰りつる名残の空をがむればなぐさめ難き有明の月（千載集八三七番。摂政前右大臣〈兼実〉）」・「晨朝《ありあけ》のつれなくみえし別よりあか月ばかりうき物はなし（古今集六二五番壬生忠岑）」。兼実歌の「名残りの空」という表現は、金葉集四八〇番公実歌「郭公雲居のよそになりしかば我ぞ名残りの空に泣かれし」が八代集では初見で、他には兼実歌のみの表現。西行歌は、この「名残りの空」という公実歌を、後朝別の象徴的表現に転換して活かした兼実歌を、下句に活用した見事な詠であろう。

三　月前にて別る、体也……となり磐斎の施注は、「後朝別」に限定しての施注とは思われず、友人などとの一般的な別離とも考えられるが、彼の持論の前後の配列歌より見て考える立場から言えば、やはり後朝別として見るべきか。

文意「月光の下での別れの光景の体裁をとっている歌である。別れに際して、お互何の形見も取り交わす事もなくて、もし別れて了まったならば、後には相手の事を亡失して了う事も起りかねないが、さて〳〵忘れられそうにもない別れ方をしても、なか〳〵忘れられそうにもない別れ方ではあるよ。何故かと言えば、これからも光りの色は変わらない月に、お互いの面影を映しとどめて別れてゆくからである〈月の色が変れば忘れてしまうこともあるかも知れないが、月光だけは永遠に不変だからである〉、と詠んだ歌である」。

四　心に忘れても……別れかなとなり文意、「たとえお互が、心では忘れてしまうことが起るとしても、月は永久不変に空に出ているから、月を見るたびに自然と思い出される筈であって、忘れる事は、起り得る筈のない事である。この別れは、そういう別れで

あるなあ、と詠んでいるのだ」。「人」は亡失のおそれある存在であるが「月」はそのおそれのない存在。人間は虚、天然は実、という観念を持っていたのであろう。参考、「〈美濃〉人のといへる詞、いかにぞや聞ゆ。〈尾張〉人のなこりをと打かへしてミるへし。のハがの意。人がなこりを月にとゝめしといふつゝき也、一首ハ、あひし人が、月になこりをとゝめて行し事なれは、別て後も、月ハよな〳〵ミる物故、此わかれの面かけハ忘らるましといふ事なれは、いかにそやともきこえす、〈美濃〉袖のとあらバ、難なく、心も深かるべし、其故は、袖の月といへば、涙にうつれる月なるが、その月をとゞめてといへば、いつまでも涙のかわかぬ意もこもれバ也。〈尾張〉袖のなミたに月のうつる意はへハ、今古我人よミふるしたる故、それをまぬかれてたま〳〵かくいてきたる物を、又例のやうに直されんとにや（美濃・尾張両家苞）」・「面かげハ月ニ残りてあり。月見れバいもが面かげ残たり。月なき時とハちがわんと也（かな傍注本）」・「俤を月にとゞめて別しかば、此俤月見るたびに思ひ出られんとの心なり（八代集抄）」。

〔一二八六〕（九五頁）

一　後朝恋の心を

管見新古今二十六伝本は、すべて同一題詞。たゞ表記の面で「後朝の恋の心を」と、特にの字を加えてある伝本（為相筆本・為氏筆本・鷹司本・烏丸光栄所伝本・同書写本・春日博士蔵二十一代集本・前田家本・延宝二年板本〈文化元年補刻本モ〉）もある。「……の心を」の「心」とは「〈情趣・趣向・気分〉に立って作った歌」というような意味で、題詠に多い手法。「後朝恋」とは、「後朝とは、わかれてのちのあした也。今別る、心は不ㇾ叶別れかへりての心、又はかへる道すがらの躰をもよむ也。あかでわかれし袖のうつりがを、かたみにしのび、道芝のつゆもおつる泪に置増り、又けふのゆふくれにはあひみん物をと頼めども、くるゝをまたで命やたえなんとなげき、今朝の心まどひに逢みしは夢うつゝともわかぬ心など也。詞。かへるあした・道芝の露・わかれこし・くるゝ・待間・玉づさ・朝の床の面影のこるうつりが・またねの夢（初学和歌式）」の如き意である。

二　摂政太政大臣

管見新古今二十六伝本は、すべてこの位署であるが、古註本では、「摂政殿」（無刊記板本聞書・宝永八年板新鈔・内閣文庫蔵増補本聞書・黒田家本聞書・略注）・「摂政」（山崎敏夫氏旧蔵別註・尾張の家苞・美濃の家苞）・「後京極」（後藤重郎氏蔵抄・牧野文庫本聞書）、等省略した作者表記もある。良経の事略は、一番歌・九三六番歌頭注二・一〇八七番歌頭注二、に既述したが、その死が変死であった事につき、『大日本史列伝㈢』は引用したが、他の記事も次に引用しておこう。既引大日本史記事に「一搢紳家蔵書曰」とあるが、その家蔵書なる本がいかなる書か私には未知書であったが先年入手した写本〈筆者不明・多分明治期ノ新写本〉自讃歌・経信卿母集・後京極摂政百番自歌合・相模家集の四本を一冊にまとめた『花の末可幾』なる書が含まれており、解説〈大坪云、解説者モ不明。他ノ一群ノ写本デハ、無姓デ正風ナル名ト花押ガアル〉に「此歌合は後京極摂政良経公のよみ給ひし哥を自百番につかひに（ママ）後鳥羽天皇の建久九年に俊成卿の判をこはれしなり。かく自の哥を合セし歌合ハ西行法師の御裳濯川歌合宮川哥合なとも是にひとし。良経卿は学和漢をかね能書のきこえ高く殊に和哥に長し給ひて家集を月清集といへり。建永元年三月時の帝土御門院良経の亭に行幸ならせ給はんと有けれは、館舎を修理し御駕を待奉られけるに、何者ともしれす良経公の寝所に忍ひ入、天井より槍をさし下し突殺し遁去しかは、帝甚惜ミ悲しませたまひ、詔して其盗賊を索め給へと終に捕へえすといへり。ある説に藤原為長の所為とも、または北条氏の、公の英明を忌ミて人をして是を殺さしむともいへり」とあるが〈北條氏云々ノ文言ハ他ニハ見出サレナイ〉、これなども、一搢紳家蔵書説の系流ではなかろうか。又『尊卑分脈』の「良経公伝」の記事末に「建永元年三月七日薨、頓死、但、於寝所自天井被刺殺云々」とある〈吉川弘文館版第一篇八六頁〉のも、史料としての価値は少しく高く見得よう。『百人一首一夕話』（九一番良経「後京極摂政前太政大臣の話」）も話柄上は同趣旨ではあるが引用しておく。「〈前略〉しかるに建永元年三月当今土御門院、良経の亭へ御幸《みゆき》ならせたまはんと有ければ、良経公門墻《もんしやう》館舎を構へ修理厳重にして、御駕《ぎよが》を待奉れけるに何者ともしれず良経公の寝所に忍び入、天井より槍《ほこ》をさしおろし突殺してにげ去ければ、帝、甚惜みかなしませたまひ、詔《みことのり》して其盗賊をあまねく捜し索《もと》めしめたまへども、終に捕へ得ずといへり。此事を論じたる説あり。日本史《にほんし》の細註にいはく、世に伝ふ、良経一夜《いちや》寝に就《つく》に、天井より槍《ほこ》を降《くだ》してこれを刺せり、何ものゝしわざといふ事をしらず。一搢紳家《いつしんくか》の蔵書に曰く、これハ菅原為長《すがはらのためなが》の所為《しよゐ》也。此事其代《そのよ》にはふつにしれざりしを、良経十一世の孫《まご》関白政基《まさもと》、菅原在数《ありかず》のもとより書籍《しよじやく》を借たまひしに、その書籍の縫際《とぢめ》に後京極殿を殺して志を逞《たくま》しくせしといふ数字ありければ、はじめて為長の所為なる事を知りたまひ、直《たゞち》に在数を召て、これを殺して以て先祖の讐《あた》を報ぜられしといへり。しかれども親長記《ちかながのき》に拠るに明応《みやうおう》五年関白政基、在数を召て其無礼を責、其子尚経《なおつね》と共に謀《はかり》て、手づからこれを殺したまへりとあれば、良経為長の事に相あづからざるべし。蓋《けだし》、良経の暴《にはか》に薨ぜられし事、伝説紛紜《ふんうん》として其たしかなる説を得ず。又相伝へていふ、建仁元年新古今集勅撰の節、菅原為長、其序をかゝるべかりしを、良経公これを押へて作らしめたまはざりしかば、為長憾《うら》みて、人をしてこれを殺さしむといへり云〳〵〈後略〉」。

三　又も来む秋をたのむの雁だにも鳴きてぞ帰る春の曙

管見新古今二十六伝本では、延宝二年板本とそれを補刻〈大坪云、字形等、同一ト言ッテモ過言ナキ程デ、模刻ト言ウニ等シク、版面・行数・一行ノ字数モ、寸分違ウ所ハナイ〉した、文化元年板本は、第四句「明てそ帰る」である。「鳴」と「明」の草体字形の類似から生じた、異句ではなかろうか。他伝本に異同はない。但し『説林前抄』の歌句本文は末句「春の明その」。良経家集の『秋篠月清集』では、天理図書館蔵〈定家本〉が「後朝恋／秋かせにちきりたのむのかりたにもなきてそかへる春のあけほの」・河野記念文化館蔵〈教家本〉が「後朝恋／又もこむ〔秋風にイ〕たのむの雁たにもなきてそかへる春の曙」と、ある。新古今採入の時、初二句が変えられたのであろう。初二句は、季能の『三百六十番歌合』の詠によっての改変であろうか。即ち、その「第一。春。六十八番」に、「左　権大納言〈藤原忠良ヲサス〉　かへるかり雲のいくへをかきわけて行すゑとほくおもひたつらむ　／右　太皇太后宮大夫〈季能卿ヲサス。俊成ハ、入道皇太后宮大夫釈阿覚デ当歌合作者名ハ釈阿〉　またもこん秋をたのむのかりなれどかへるはをしき春のそらかな」がそれである。良経歌には六十八番左右両歌の影響もあるのではないか。磐斎は『増抄』の頭書で『千五百番歌合』（百三十五番右）の「帰り来ん秋をたのむの雁だにも鳴きてぞ春は立ち別るなる」の丹後歌を指摘している。が、より一層影響は強い。契沖は『書入本』で「みよしのゝたのむの鴈も」の初二句のみ引いて注意を促すが、これは『伊勢物語』（第十段）の「昔、男、武蔵の国までまどひありきけり。さて、その国に在る女をよばひけり。父は、こと人にあはせむ、といひけるを、母なん貴《あて》なる人に心つけたりける。父はなおびとにて、母なん藤原なりける。さてなん貴なる人にと思ひける。このむこがねによみてをこせたりける。すむ所なむ入間の郡の三芳野の里なりける　／みよしのゝたのむのかりもひたぶるにきみがゝたにぞよるとなくなる　／　むこがね、返し　／　わが方によるとなくなるみよしのゝたのむのかりをいつかわすれん　／　となむ。人のくにゝても、猶かゝることなんやまざりける」、を指しての事と考えられる。『月清集』の歌句の変更は、読者に、より多くの参考歌を連想させる上で効果的で、「契りたのむ」では、結婚を主眼とする伊勢物語に多く重心がかゝりすぎその影響を受けた他の多くの歌群の存在が薄れるが「秋を頼む」にすれば、それらの存在も顕然化するのではなかろうか。現行注釈書では、参考歌として、伊物十段歌の他に、「春来ればたのむの雁も今はとて帰る雲路に思ひ立つなり（千載、春上、三十六番、俊頼歌）〈小学館『全集』・新潮社『集成』指摘〉」・「今はとてたのむの雁もうちわびぬ朧月夜の曙の空（六百番歌合三十番・新古今春上五八番寂蓮歌）〈新潮社『集成』デハコノ寂蓮歌ノ強イ影響下デノ作トスル〉」・「聞く人ぞ涙は落つる帰る雁鳴きてゆくなる曙の空（新古今春上五九番俊成歌。長秋詠藻）〈久保田氏『全評釈』指摘〉」等が加えられるに至った。『新古今』の採入歌も加えるとならば「時しもあれたのむの雁の別れさへ花ちるころのみ吉野の里」（新古今春下一二一番具親歌）」なども見落せないが、岩波新大系はこれらをすべて切り捨てて〈ト云ウヨリハ当然、参考歌トシテ連想スベキダトシテ〉、一切取上げていないのも一見識か。

次に当歌の他出は、『歌林良材集』・「古今選」・「撰集抄」に、歌句も増抄引用と同一の歌形で見える。「古今選㈢恋」には題「後朝恋」作者「後京極摂政」。「撰集抄」では連歌形式で作者も二名に変えて設定。その広本系の巻七の第二話「経信卿逢フ西山ノ禅僧ニ事」〈当話ハ略本系ニハ見ラレズ〉に「……夜明けて後、いま、さのみあるべきわざならねば、此聖も〈大坪注、聖トハ齢五十バカリナル西山デ禅定スル僧ノコト〉泣く〳〵わかれて、又参らん、など契りて、俊頼の卿〈大坪註、一本ニハ　経信歟、トイウ校合アリ〉とかく　／　なきてぞ帰る春の明ぼののたまひたるに、此僧やがて　／　又もこむ秋をたのむの鴈だにも　／　とつけたるに、ことさらに思ひましてかへりき。その後、尋ねゆかれけるには、見え侍らずとなん……」とある。新古今恋一の一〇七七番の良経歌

「難波人いかなるえにか朽ちはてん逢ふことなみに身をつくしつつ」も、その頭注三で述べたように、広本撰集抄で、連歌形式に変えて説話化されており、同説話の、今一つの連歌も新古今雑下一七〇四番良経歌「舟のうち浪の上にぞ老にける海人のしわざもいとまなの世や」を連歌形式にしたものである。当歌の連歌形式化や良経歌・西行と西住両上人が、新古今を通して撰集抄で何故に説話化されていくのか、興味のある問題であろう。『歌林良材集』での他出は『増抄』や『美濃家苞』での「だに」を通じての当歌解釈の施注に関連するので後で詳述する。

「たのむの雁」は、前引の『伊勢物語』の十段歌が「頼む」を「田面（タノオモ→タノモ→タノム）」の音韻変化に関連させて、田の面に降りている雁の意で詠まれているのであるが、当新古今歌も、今年も春は北に帰ってゆく雁も、秋になれば又此処へ戻って来る事を頼む、その田の面に降りている雁、の心で詠まれたものである。この歌語は、古来、説の有る語で、『伊勢物語童子問』（荷田春満著）の巻四「田の無のかりの事」によくまとめられている。「童子問　闕疑抄〈注、幽斎著〉に、たのむのかりは田面也、と有。或説に、たのむは田の面にあらず。たのむかりといふ事也といへり。いづれがしかるべき説にや〈大坪注、契沖ノ勢語臆断ニハ、たのむのかりは、むともと音かよへば、田面雁なり。憑むの雁と云異説あれど、此贈答二首ともに六帖に雁の哥に入たれば、田面雁、正義なり。ト説イテアル〉。答、たのむのかりの事、古来両説を人々好む所にしたがひて是非を論ずる事少なからず。基俊の説は、鹿狩する人のたのもしの狩とて、かたみによりあひて、狩をしてその日とりたるしゝ(ママ)をある限りむねとおこなひたる人にとらする也。さて後の日かたみことにてたかひにするを、たのしむ(ママ)のかりとは言也といへり。俊頼の説は田の面のかりといへり。すゑに、鳴くなるとよみたれば、かりがねとこそきこえたれ。鹿狩とはおぼえずといへり。此事袖中抄に両説をあげ今案もあり。無名抄綺語抄奥義抄童蒙抄等、同じく二の義を云述て、鹿狩はいはれず。田の面といふをよき義に用ゐたりとかけり。今闕疑抄に田の面也といへるは、俊頼の説にしたがへる也。闕疑抄は和歌の伝、基俊俊成定家と相伝の説なれば、邪説にてもその説にしたがへるに、此田の面のかりの説は、基俊の義にしたがはれざる事いぶかしき事也。袖中抄に、左京兆は〈大坪注、藤原顕輔〉兎角に故事にしたがはず。狩の義をとらせられたる説をあらはせり。彼抄を見て辨ふべし。童子問。先生の賢案はいかゞ。答。基俊の説は證記みえず。たのむといふを、たのもと同じといふ義は、五音相通、哥の例常の事也。真名伊勢物語にも田面雁と書たまへり。猶かりと云古語、君の字の古例につきても義有べし(ママ)。万葉集をしらざる人は、古語も古訓もある事をわきまへざれば、此歌につきて、しいてそのさたにも及ぶべからず〈大坪注、袖中抄ニハ、万葉三五二三番歌、佐可故要氏《さかこえて》阿倍《あべ》乃田能毛尓《のたのもに》　為流多豆乃《ゐるたづの》　等毛思吉伎美波《ともしききみは》安須左倍母我毛《あすさへもがも》　ヲ引イテ、是かりの歌ならねどたづの歌にて、これおなじ心也、ト説ク〉。童子問　しからばたのもとよむべきを、たのむと読あやまりたるか。答　五音通に意有事も有。意なきことも有。意なしとは方言にて、華にたのもといふを、夷にたのむといひきたれるたぐひは五音通しいふに意なし。有意とはたのもなれども、五音通にたのむといひて、頼の義をかぬるたぐひ是也。此歌若《もし》本歌はたのもにても、物語にては、たのむといひかへたるもしるべからざれば、たのむのかりとよむべし。童子又問　此歌、本歌はたのもにて、もとあることいかゞ。答　しからず。此物語の歌にかぎるにあらずや。此歌六帖には、元方のうたにして、かりのうたにのせたり。返歌もおなじく元かたの歌にして六帖にあり。元方贈答の歌を、此物かたりにとりて昔男と書たる歟。昔男は作物語に元方の事を名をかくして作りかへたるか。しかるべからず。六帖にかりの歌の内に入れたば、基俊の狩の説は僻説としるべし（『荷田全集』復刻版所収本文ニヨル）」とある。以上の事から、当歌は「〈頼む〉と〈田の面〉とをかけた」と見る小学館『全集』頭注の説は、基俊説と俊頼説とを混融させた上での説であり、正確には「〈たのむ〉は〈たのも〉の転訛」として、敢て掛詞の意を表に出さない岩波新大系の脚注〈五八番歌〉」の方がよかろう。併し掛詞と見る説も多く（朝日『全書』・新潮『集成』・塩井『詳解』・窪田『完本評釈』・石田『全註解』・鴻巣『遠鏡』・尾上『評釈』など）。「〈たのむ〉は〈田の面《も》〉を転訛させた上での掛詞」の心で述べられたもので、説明の舌足らずであろう。誤っていると考えた訳ではなく、説明が省略されているので『闕疑抄』を持ち出した迄である。次には「雁だにも」の「だに」であるが、「……でさえも」の意をもつ助詞である。それ故余意として「ましてや、私は……するのである」という余情を響かせるのであって、『美濃』は「だにもといへるにて、恋の歌になる也」として、「後朝恋」の余情が生ずる事を指摘している。この指摘は、宣長の創見でなく、早くは、兼良の『歌林良材集』に見え、『抄出聞書』や当該『増抄』にも指摘済みで、詳しくは後述。歌意参考、「復《また》秋ニナツタラ来ルトアテニシテ居ル田ノ面ニヰル雁デモ、別レテ帰ル春ノ曙ノニハ悲シサニ鳴イテ行クモノヲ。マシテ此曙ニ別レテハ何時逢ヘルトモ知レナイ私ハ、別ノツラサハ言フ迄モアリマセヌ。二の句たのむは頼む、田面にかけたり（鴻巣氏『遠鏡』）」・「春の曙に、又来ん秋をたのみて、わかるゝ田面の雁すら、かなしとは啼きてかへる物を。まして、又いつ逢はんと云ふ頼みなき此別は、かなしとなり。たのむは、頼むに田面を兼ねたり（標註参考。大坪云、兼ねたりハ、意味ヲ兼ネ持タセテイルノ心デ、掛けタリ、トハ微妙ニ異ナツタ表現デ、音韻転訛ノ上デノ掛詞ヲ示シテイル）」。

四　千五百番哥合、百三十五番。右、勝。丹後。帰り来ん秋をたのむの雁だにも鳴きてぞ春ハ立ち別るなる

良経歌と丹後歌とは、歌の、心・詞、共に酷似し、姿も、良経歌の体言止めに対し、丹後歌が連体形止め、の他は殆んど変わらない。磐斎の指摘は見事である。両歌を「摸倣作」の概念で捉えるよりも、新古今の当時は、前引、長秋詠藻俊成歌・六百番歌合三十番寂蓮歌・当該良経歌・千五百番歌合丹後歌等の歌境は、伊物十段歌や千載集三十六番俊頼歌等の歌境によって築かれていた、歌人として世に立つ人々の、共通基盤による詠作と見るべきではなかろうか。それ故にこそ岩波新大系などは、敢えて参考歌云々を指摘していないのではないか。さて、この丹後歌は、磐斎は「右、勝」として引用しているが、左哥は、顕昭の「風ふかぬきみが御代とはしりながらこころとなびくあをやぎが花」で、左右共に題「春　二」。判者は「権大納言忠良」。右丹後歌の判詞は「右歌さまよろしきなるべし」で「勝るべし」とか「可為勝」とか「勝負難定歟」など、明言はないが、磐斎は「勝」として引用したのである。

五　古抄

この注は、常縁原撰注（通称、前抄）にある注である。この前抄に施注にない歌のみに施注を増補したのが所謂幽斎の注（通称、後抄）であるが、何故か内閣文庫の『増補本新古今集聞書』（所謂、後抄系統本）にも、この歌の常縁注が混入されている。そして同じ内閣文庫の後抄系の『新古今集聞書後抄』ではこの歌の施注はない。当歌は、本来は、常縁原撰注であり、幽斎の増補注ではない注である。この常縁注を所載する諸書での校異を示す。「雁ハ春帰りて」が「雁の春帰りて（山崎敏夫氏旧蔵新古今集別註〈原本行方不明。昭和十年水甕舎刊、東常縁新古今和歌集聞書ニヨル〉）」。「秋は必ず来る」が「秋は必ずきたる（内閣文庫蔵増補本聞書・黒田家本。〈来るデハ、クル・キタル・ノ両様ニヨメル〉）」。「それも」が「それを（延宝八年板新鈔〈無刊記板本聞書ハ、それもト異同ハナイ〉・それは（私抄）」。「かへるさ」が「帰さ（説林前抄・八代集抄〈大坪注、カヘサハ、かへるさヨリノ転。意味ハ同ジ〉）」。「名残惜しむ」が「名残を惜しむ（略注・黒田家本・大坪本・山崎敏夫氏旧蔵別註）」。「ことはりと」が「理りなりと（山崎敏夫氏旧蔵別註・説林前抄・略注・黒田家本。大坪本）」。「頼ミと云ふ字」が「たのミもいふ字（略注）」。「詠めり」が「コノ三字無シ（八代集抄）」。「用所《ようしょ》によりて〈大坪云、無刊記板本聞書ノ振仮名ニ、ようしよ、トアル〉」が「用所ありて（略注）」。「たぐひなきすがた不可思儀」が「無類姿不可当思儀（山崎敏夫氏旧蔵別註）・無類姿不可思儀（説林前抄）・無類姿不可思議（大坪本）」。「御うた也」が「歌也（説林前抄・略注・黒田本〈三本、御ノ字ナシ〉）」。なおこの施注文末に、説林前抄・略注・大坪本・山崎敏夫氏旧蔵別註には、「題は後朝恋也」の文言が加えられてある。『無刊記板本聞書』の施注本文は、磐斎の引用施注本文と異なる点は無く一致している。

文意、「渡り鳥である雁は、その年の春に北の国へ帰って行き、その秋には、又かならず戻ってくる鳥であるから、つまり一時的に別れても戻ってくる事はわかりきっているから、別れの辛さはそれ程悲しむ事もない筈であるが、それでも春の夜明け方の帰り際には、名残りを惜しむ心からであろうか、悲しげに鳴いて、雁は北へ帰ってゆくものである。ところが、只今、自分が当面している貴女との後朝の別れは、北帰する雁とは異なり、今後再び又、貴女と相逢う事は、あてにして頼みにする由もない事であるから、このように歎き悲しむのも、当然でもっともの事である、という心を詠んだうたである。〈田の面《も》の雁〉という語は、田の面《おも》、つまり田地の上に空から降りている雁という意であるが、〈たのも〉の音が〈たのむ〉の音に通ずる所から、あてにして頼みにするという。〈頼み〉という語の意に通わせて詠んでいるのである。つまり〈田面〉は、詞を使用する個所で、〈田面《たのむ》〉の意にも〈頼み〉の意にも、音の相通という点を利用して、使いわけているのである。こういう詞のつづけ方、即ち「姿」という点では、この歌は、まことに比類なき姿であって、すぐれて霊妙な歌というべく、人智で以って思いはかる事のできない御歌だ、というべきである」。

六　たのむ《田面》のかり、頼《たのみ》と云ふ字の心に詠めり
前引した『伊勢物語童子問』の荷田春満の説が参考になる。マ行音の相通により、語意の変化が生ずる、それを「字の心に詠めり」と見たのである。歌論・歌学の書（奥義抄・俊頼髄脳・袖中抄など）に、俊頼説・基俊説が見える。

七　用所によりて……使ひ侍る也
「たのむのかり（田面の雁）」は『俊頼髄脳』に見える俊頼説で、田の表面に下り居る雁、という意で用いられており、「たのみ（頼み・憑み）」は『奥義抄』にみえる鹿《しし》狩説で、獲物《えもの》の鹿は、その狩で主役を果した者〈大坪云、クジ引デ、アラカジメ、ソノ日ノ獲物ヲ全部取得デキル者〉が取得するが、後の別の狩では、その者を除いた別人が獲物を取得できるのでそれを「憑み（頼み）」にするので、という文脈で使われたとする基俊説、を指しての施注。「頼む」「たのもし（憑母子・憑子・頼子・頼支）」の意で『文明本節用集』に、「憑母子〈右側ニ、タノモシ、ヒダリガニ、タノム・タノウダ・ノ訓ミヲ付ス〉。或作二憑子・頼子・—支一。日本ノ世俗、出二少銭一、取レ鬮《クジ》ヲ、取二多銭一ヲ、謂二之ヲ——一ト、又云二合力一ト」とある。結局この部分は、「田面の雁」（俊頼説）と「頼子の狩」（基俊説）と、の両説のある事を説明しているのである。参考、「このたのむの雁といへることは、よの人おぼつかなき事なり。此頃ある人かやうのこと知りがほにいへる人あり。如何申すとたづねしかば、ひんがし国に鹿がりするに、たのもしのかりとて、かたみによりあひて狩をして、その日とりたる鹿を、あるかぎりむねと行ひたる人に取らすなり〈大坪云、狩ヲスル前ニ、参加者全員ガ互ニ相談ノ上、ソノ狩デノ獲物ハ、誰ガ主トシテ受取ルカヲ、キメテオイタ上デ狩ヲ行ツタノデアル。他ノ者ハ、別日行ウ狩デハ受取レルノデ輪番デ全員ガ受取リ得ル事ニナル〉。さて後の日、かたみごとにて〈互ニ、カワルガワルニ、ノ意〉たがひにするを、たのむのかり〈憑ムノ狩〉とはいふなりとぞ申すめる〈輪番デ、ソノ日ノ合力シテ得タ狩ノ獲物ヲ、輪番ニ当タッテイル人ノ収獲トスル事ヲ、憑ムノ狩トハ、称シテイルノダ、トイウソウダ〉（俊頼髄脳。『一条摂政御集』ノ贈答歌＝雲居にて声聞き難きものならば田面の雁も近く鳴きなむ／言伝の無からましかばめづらしき田面の雁に知られぞあらまし、／田面狩ニ対スル某氏〈基俊ト思ワレル〉説ノ紹介デ、俊頼説デハナイ）」・「されどその心この歌ども〈一条摂政御集ノ贈答歌〉にかなわず。かの伊勢物語の歌〈既引した十段ニ見エル歌ノコト〉は、…中略…鳴くなるとよめる、雁が音とこそ聞えたれ、鹿狩とは聞えず…中略…たのむといへるは、なほ田面《おもて》といへることなめり〈俊頼髄脳。前引憑むの狩説ヲ否定スル俊頼ノ考エデ、前引ニ続ケテ説カレテイル。俊頼ハ、田面の雁、トスル〉」・「このたのむのかりとい ふ事、人〳〵のいへる趣き二様なり。基俊は東国に鹿狩する人の頼母子《たのもし》の狩とて、互《かた》みに寄り合ひて狩をして、その日獲りたる鹿《しし》をある限り、宗《むね》と行ひたる人に取らするなり。後の日、互《かた》み事〈＝多勢協力シテスル仕事〉にて、互にするを憑むの狩とはいふなり、俊頼は田の面《おも》の雁といへり〈俊頼髄脳・大治元年八月、摂政左大臣家歌合、一番旅宿雁ノ判詞「たのむのかりとはたたかりのなと思ひてよみたるにや、是は田面のかりと申す事なり」トイウ、俊頼ニヨル「後日献判詞」モアル〉…中略…、今案に、この両説につきて、無名抄〈俊頼髄脳ノ別名〉・綺語抄・奥義抄・童蒙抄等、同じく二の義〈二ッ目ニアゲタ俊頼説ノコト〉を言ひ述べて、鹿狩は言はれず、田の面と言ふを良き義に用ゐたり。然を故左京兆〈＝顕輔〉の被申しは、憑むの狩と言へば鹿《しし》狩とも言はれたり。鳴くと詠みたるは、かりといふ詞につきて〈狩ハ雁トノ掛詞ニナルト思いついて〉詠まむ、苦しかるまじとありしを、如何と思ふ給へしに、能〳〵思ひ合はすれば、然《さ》もと覚え侍り。田の面と言はむには三吉野のと続くべからず。野に必ずしも田あるべからず。然らば三吉野の里とぞ詠むべき、三吉野のと言ふに鹿狩とは聞えたり。頼むと言ひ、君が方に依ると言ふに、憑《たの》もしの狩とは寄せられたり、憑もしは言葉の多ければ〈音数ガ多クナッテ字余りニナルノデ〉憑むとは言へるなり。実にも、憑むの狩といふ事のあればこそ、三吉野の憑むの狩と詠みけめ。それに狩と言ふ言葉の、雁に通ひたれば、鳴くとは諷《そ》へ詠むなるべし。これを雁金といふ人は鹿狩を捨て、鹿狩といふ人は雁を思ひ放つによりて、心得られぬなり。三吉野の憑むの狩と言ふは鹿狩なり。その狩を雁に寄添《よそ》へて鳴とは詠むなりと心得るに違《たが》ふべからず。古歌は斯様に添へ詠める、常事なり（袖中抄第十一）。たのむのかり。原文ノ理ヲ考エ、私意ニヨッテ漢字ヲ多ク宛テタ）」と思われる。

八　だにもの字にて、恋と知らせたり
「字」とは、ここでは助詞の意で使っている「文字」の時は普通は仮名に対する漢字で使われるが、連歌書等では「文字《もんじ》留《とめ》」の如く体言を漢字表記する意で使われ「体言留」と同意。ここの場合の「字」は

「てには〈助詞・助動詞〉」の意であろうが「語句」〈コレハ体言相当語〉の意味にあてて「字」としたとも言える。「だに」は「……デサヘ、……デスラ」の意を持つ副助詞であるが、後続の文で「マシテヤ……ハ」の意を期待することが多いので係助詞に入れるべきだという意見も有力。「も」は並立〈コノ場合ハ雁モ自分モ〉や類例〈雁ノヨウニ、コノ自分モ〉を表わす係助詞。文意、「だにもという語句〈字・文字〉によって当歌が後朝恋の意を持たせた歌である事を知らせているのだ」。宣長の『美濃の家苞』に「だにもといへるにて、恋の歌になる也」とあるのも、『増抄』を知った上か、文法の知識によってかは断定はできないが、文法の著作の多い宣長の事だから『増抄』を見ていなくても、当然考えつくことであろう。参考、「(美濃)めでたし。だにもといへるにて、恋の歌になる也、たのむは、頼むに田面をかねたり、一首の意は、春の曙に、又来む秋を頼みて別るゝ、田面の鴈すら、かなしとて鳴て帰るものを、まして又いつ逢むといふ頼みなき此わかれは|となり〈尾張ハは|ヲを|トシテ引用〉(尾張)一首の意は秋は又も来るといふたのみのある雁でさへ、曙の別はなきてかへるに、まして又はいつ逢といふ事のしられぬ別は、かなしさやる方もなしと也。ましてより以下は、だにといふもじより出来る意也」。『尾張』は「だにも」という語句を、当歌の余情を引出すための措辞と考えている。『美濃』は右に引続いてさらに「さて此御歌は、すなはち春の曙に別るゝをりしも、帰る鴈の声をきゝてよみたる意に見ば、下句のさまいよ〳〵感情深かるべし」と述べて、「後朝恋」歌にしない立場で、つまり春の帰雁の歌として味わってみても、しみじみとした深い感動があるとしているが『尾張』は、これには反応していない。

『増抄』に先立つ約二百年程前、一条兼良の『歌林良材集』には、「字の面にはみえざれども、てにはによりて恋の歌になる事」という一條があり「新古今後朝恋　又もこむ秋をたのむの雁だにも鳴てぞかへる春の曙　後京極／千五百番　みちのくのあら野のまきの駒だにもとればとられて馴ゆく物を　俊成／(新古)　何ゆゑと思ひも入ぬ夕だにまち出し物を山のはの月　後京／右、だにの詞にて皆恋の歌になれり」とある。『歌林良材集』は、写本の他、寛永二十年版〈増抄出版ヨリ二十年前〉があるので、磐斎にとっては見得る機会があり、おそらくこれによる施注であると思う。兼良引用の二首目の俊成歌は、三首目に引用の良経歌〈新古今。一一九八番歌〉の常縁原撰注〈前抄〉に引用されている。そこにも「だにといふ字ばかりにて恋に成侍り」とあるので、兼良→常縁→磐斎の流れで、『歌林良材集』の上記引用の一条は続いていることは明白であろう。この流れを宣長の『美濃』にまで流したい誘惑に私は耐えている。

九　必ず秋逢ハんと……興じて詠める成べし

磐斎の当歌の解釈である。所々語句が省略されていて、わかりにくい文脈であるが、省略語句を補う事で大略理解できる。文意、「春、(北国へ帰って行く雁でさえ)、秋になれば又必ず逢おうと、(北帰を見送る我々に、別れの辛さを訴えて)鳴き叫んでいる状況であるのに、(人間の私は、ましてや貴女との今朝の後朝の別れの、この辛さは)、この後、いつになったら再会できるかそれがわからない状況であるから、雁よりももっと辛いのだと、(春の曙に)別れ去る雁を眺めて、興趣を感じて詠んだ歌であろう」。

参考、「おもてに恋の詞なし。かりだにも、といふに心こもれり。かならず秋はくる雁なれど、春わかるゝ事をば、かなしびなく也。いはんやわが中、たちわかれていつ逢みん事をもしらぬ也(抄出聞書)」・「後朝恋の心をよめり。帰雁は、又必定秋はこむ、とたのむるなり。それさへ鳴てわかるゝ。まして、われは又こむこともさだめなければ、とわびたる哥也(牧野文庫本聞書)」・「帰る雁は飛行自在の物にて、又こん秋をたのむ也。それさへなごりをおもひて鳴也。われは今朝わかれ、夕さりをもたのまぬ間、かなしきと也(新古今之内哥少々)」・「秋をちぎり、帰雁さへなく也。われハいわんやなかんと也。秋を頼むかりと也(かな傍注本)」・「雁は春かへり侍(ら)れど、必定秋はこんとたのむる也。それさへ鳴て別る。まして我は又こん事もさだめなければと、侘たる哥也(吉田幸一氏旧蔵註・高松宮本註・高松重季本註も略同文〈侍られど、ガ　侍れど、トアル〉)」・「たぐひなき姿、不可思議の御哥也。又逢みん事も頼みなければ、歎くもことはりと也。野州云、雁は春帰秋来物なれ共、それも春の曙の帰るさは名残おしむにや、鳴て帰る也。我只今の別は又逢みん事も頼なければ、歎も断也と云哥也。たのむの雁、たのみと云字の心に読り。用所によりて、たのむともたのみ共つかひ侍る也(後藤重郎氏蔵新古今和歌集抄。大坪云、八代集抄ノ季吟施注ヲ、順序ヲ変エ、重複サセタ部分モアル施注。内容上ハ磐斎引用ノ古抄、スナワチ聞書前抄ト変ワラナイ)」・「春ノ曙ニ、又来年ノ秋ヲ〈後引ノ附箋注デハ、又秋ハ、トアリ〉タノミテ〈ミヲミセケチ、右ニ、ム、トアル。即チ、頼むで、ト訂正〉田面ノ雁スラ〈スラ、ノ右ニ、だに、ト原歌ヲ活用〉悲シイトテ鳴テサ〈サハ、詠嘆デ、原歌ノぞヲ活用〉帰ルハ、私ガノハ又イツアフト言頼モナキ別ナレバマシテ悲シイワイ　家つとに、だにもといへるにて、恋の歌になる也、たのむハ、頼むに田面をかねたり、さて此御歌ハ、すなハち春の曙にわかるゝをりしも、帰る雁の声をきゝてよミ給へる意に見バ、下の句のさまよい〳〵感情深かるべしといへり、結句、首句の上につけて心得べし（新古今集渚の玉）／（付箋）春ノ曙ニ、又秋ハ来《コ》ウトタノムデ別レル田面ノ雁サヘ《たに》アノヤウニマア、悲シイトテ泣テサ帰ルワ云々、抄訳ノ来年ノ秋ハ書損ナルヘシ〈大坪云、コノ付箋ハ、渚の玉ノ著者衣川長秋以外ノ者ノ言デアロウ〉」。

〔二八七〕（九六八頁）

一　女の許に罷りて、心地例ならず侍りければ、帰りてつかハしける

管見新古今二十六伝本では、かなり異同が見られる。まず、異文では、「女のもとよりかへりて、心ちのれいならず侍ければ〈以下ナシ〉（東大国文学研究室本）」・「女のもとより帰て、心ちのれいならず侍けれバ、かへりてつかハしける（亀山院本）」・「女の許にまかりて後、例ならず侍りければ、帰りてつかはしける（高野山伝来本）」。次に「心地例ならず」の個所が、「道《ここちイ》のれいならず（春日博士蔵二十一代集本。〈道ノ右ニ、ここちイ、ヲ傍書〉）」・「心ち《の》れいならず（柳瀬本。〈ちノ右ニ、のヲ朱書〉）」。この個所は伝本によって「の」を有する伝本と、「の」の無い伝本とに分かれる。「こゝちの例ならず」は、為相筆本・為氏筆本・小宮本・宗鑑筆本・冷泉家文永本・烏丸光栄書写本・親元筆本・公夏筆本・前田家本・烏丸光栄所伝本〈心地《の》れい、トのヲ補入〉。「こゝち例ならず〈のガナイ〉」は、鷹司本・正保四年板本〈明暦元年板本モ〉・承応三年板本・延宝二年板本〈文化元年補刻本モ〉・正徳三年板本・寛政六年板本・寛政十一年板本・刊年不明牡丹花在判本板本・刊年板元不明板本。

「罷る」は、行き・来《き》、等の移動の意の、謙譲的表現で、改まった言い方。歌句に「君に告げまし」とある事に関連させれば、作者より上位の人物に対しての表現。文意、「ある女性の許に参上いたしまして、気分が普段と異なって病にかかったようになりましたので、自宅に戻り、改まって、使者に持たせてやりました歌」・「心地例ならず」は、歌句の「露もろともに消えなましかば」とあるのに関連させれば、相当苦しい気分になったようで、帰るのは上位者に対して憚るべきであるのを、強いて帰った様子がよみとれる。さればこそ、使者を遣わして弁明したのであろう。久保田氏『全評釈』は、「恋の冒険の挙句」という表現で、読者の理解をうながしている。この詞書の「女」が誰かはもとより確かめる術はないが、成助の詠んだ恋歌などを通して考えると「つれない女」であったらしい。「つれなき女につかはしける／いかばかり人のつらさを恨みまし憂身のとかと思ひなさすは（詞花、恋上）」・「つらかりける女の故に、よしなきことの聞えければ、かの女に遣しける／かひもなき身をいたつらになす物はうきを忘れぬ心なりけり（玉葉、恋五）」・「春の立ちける日、女の許へ遣しける／春たては空の景色の変るかなつらき心のかからましかは（新拾遺・恋二）」・「年ころつれなかりける女のためて後もまた日かすへにければ／としへぬと歎きし物を今はたた頼めて後の日とそかそふる（万代和歌集）」。成助にとって上位の女でしかも自分に対してつれない女であったから、当歌のような、女女しい歌を詠んだのかも知れない。

二　賀茂成助

管見二十六伝本は、すべてこの署名でるが、寛政十一年板本は、「加茂成助」の表記。かな書の表記は『俊頼髄脳』に「しめのうちにきねの音こそ聞ゆなれ。かものなりすけ／如何なる神のつくにかあるらむ。ゆきしげ」。『難後拾遺抄』に「なりすけ」と後拾遺八〇番歌の所に見えている。因みに上《かみ》鴨神社（賀茂別雷《わけいかづち》神社）の社家は「賀茂」姓、下《しも》鴨神社（賀茂御祖《みおや》神社）の社家は「鴨」姓を用いるのが例であり、「加茂」姓は使われないので寛政十一年板本は誤記と思われる。なお成助は賀茂真渕の遠祖（『全詳解』）で、真渕の『万葉解』の序に「抑、真渕が遠津祖賀茂の成助てふ人の、ちはやぶる其神山にありて、松のつきせぬことの葉を世々につたへ其うまこは、うち日さす大宮につかうまつりて……」とある。

三　作者部類云。神主成真（ママ）男。五位也。『勅撰作者部類』には、「五位。神主賀茂成直（ママ）男。天喜四年十二月九日叙外（ママ）従五位下行幸賞」とある。「成真」と引用する『増抄』の方が正しい。契沖『書入本』にも「神主五位、神主成真子。天喜四年十二月九日、叙□（ママ）従五位下、行幸賞」と「真」字で引用。成真は『賀茂氏系図』（『賀茂氏の歌人群』所収）によれば、「永承二(年)五(月)三(日)、賀茂社神主補任初例也。永承三(年)八(月)二五(日)、夜貴布祢社前ニテ射殺サル」とあり、その子の成助は「後冷泉・後三条・白川。号大池神主。永保二卒四九。永承六(年)二(月)一九(日)補神主。承保三(年)四(月)二三(日)行幸于賀茂社年毎ノ行事トナル」の脇書がある。この記事により

長元七年生、永保二年没、四十九歳とわかる。「平安時代に於て、賀茂大社の神主で歌人を兼ねたのは、賀茂成助が最初で〈中略〉重保が十三代神主に補任した高倉天皇の治承元年までは、単に神主の職だけで歌人の輩出はなく〈後略〉（保坂都著『賀茂氏の歌人群』二四六頁）」のようである。参考、「後拾遺・金葉・詞花・続詞・千載・賀茂神主成助、神主成　実《(ママ)》息（和歌色葉）」、この成実《(ママ)》も成真《(ママ)》の誤記であろう。「五位。〈前略〉賀茂成助、津守国遠ハ五位也。近日社司皆四位なれど無二朝臣一。（八雲御抄巻二）」・「俊頼朝臣大原へムカフトキ、其ノ房スグトテ下馬云々。能因ガ伊勢ガ結松ヲミテ車ヨリオルル躰歟、ヤサシキ事也。賀茂神主成助ト和歌得意之間、其便ニ結二構件房一云々。良暹始行二向成助之許一テ、門ニタチテシカ〴〵ノ物コソマヰリタレト云入タリケルニ、成助ガ読テ出シタリケル。スサノヲノミソモジクサリスル人ハイヅモヂヨリヤスギテキツラム。良暹カヘシセズシテ空帰了。上手モ卒爾ハ無レ術事歟（後拾遺抄）」。

四　誰行きて君に告げまし道芝の露諸ともに消なましかバ

管見二十六伝本に異歌形なし。但し寛政十一年板本〈該本ハ歌句ニ清濁ヲ付シタ、他本トハ異ナル特色ヲ持ツ〉は末句を「きえなまじかハ」と、しを濁音に訓んでいる。

当歌の出典は未詳。他出は「練玉和歌抄」（第八、恋歌下）に、歌句同形で、「かも成助」とある。姓を仮名書にしたのは、賀茂・鴨のいずれかを定めかねての故か?。技巧は、道芝・露・消ゆ、の縁語仕立と、倒置法（三・四・五・一・二句）とが見受けられる。「道芝」は道端に生えている雑草であるが『日葡辞書』には「詩歌語・道路」とある。第一・二句から言外の余意として、二人の仲が秘密で他人に知られていない事を、よみとるべきである。「ましかば……まし」は、所謂反実仮想法で「事実ハ消エテ〈死ンデ〉イナイガ、モシ消エテイタナラバ……スルデアロウカ」の意。「な」は完了助動詞未然形、「ましか」は反実仮想の助動詞「まし」の未然形、「ば」は接続助詞で、未然形に接続しているから順接仮定条件となる。「誰行きて君に告げまし」の「まし」も反実仮想で「（事実は誰も私の死んだ事は告げないが）私の代りにいったい誰が行って私の死を告げるだろうか」の意。歌意は、「事実ハ私ハ死ナナカツタノデアルガ、モシ道端ノ芝草ノ露ガ消エルヨウニ、露ト一緒ニ死ンデイタナラバ、事実ハ誰モ行カナイガ、イツタイ誰ガ行ツテ、私ノ死ヲアナタニ告ゲタデアロウカ、〈他人ニ知ラレテイナイ二人ノ関係ガ、保タレテホットシマシタ〉」（以上、〈大坪私解〉）。

五　露諸共にとハ、露のごとくにとなり

「ごとく」は「しとゝ」にも読める書きぶりである。「しとど」は「しとしと」の約言で、ぐっしょりと濡れる事を言う。併し「露にぐっしょりとぬれて消える」よりも「露が消えるように消え去る」の意の方が、普通の解釈であろう。「露といっしょに、露のごとくに消える」の意と見ておく。

六　人知れぬ恋路なれば……嬉しき由なり

文意、「貴女との仲は、他人の知らない恋の間柄のものだから、私が死んだとしても、誰が私の死を、あなたに知らせに行く者がいるでしょうか、誰もいません。だから、生きていた事の方が、死んで知らせに行く者のいない事の方よりも、これにつけても嬉しい事なのです、という旨を詠んだ歌なのだ」の意。

七　死にても……然も有るまじきと也

文意、「私が、貴女の許から帰る途中で、道端の芝の露の消えるように死んだとしても、せめてその事を貴女に知らせることができれば、よろしいのですけれど、あなたとの仲を知っている者のいない状況であったものですから、そうもいかなかった事でありましょう、という歌なのだ」。

参考、「此《コノ》異例〈詞書ノ心ちれいならず侍りければ帰りて、ヲサス〉によりて、帰さの道芝の露とゝもにきえば、人しれぬ中なれば、誰、君にかくとも告《ツゲ》ん。扨も君にもしられずして死《シナ》ん事よと也（八代集抄）」・「道などにて死たらバ、つげる人もあらじと也（かな傍注本）」。

〔二八〕（九七頁）

一　女の許に、物をだに言はんとて罷りけるに、空しく帰りて、朝に。

管見二十六伝本校異。「女の許に」が「女ものとに（烏丸光栄書写本）」〈大坪云、藤村作博士の至文堂翻刻テキスト本に依ったが、おそらく校正見落しかと思う〉。「罷りける」が「まかれりける（為相筆本・冷泉家文永本・前田家本・亀山院本・小宮本・宗鑑筆本・東大国文学研究室本・烏丸光栄書写本・柳瀬本・春日博士蔵二十一代集本・親元筆本・公夏筆本・高野山伝来本）」・「まか。《れ》りける（烏丸光栄所伝本）」・「まかりける（鷹司本・為氏筆本・正保四年板本〈明暦元年板本モ〉・刊年板元不明牡丹花在判本板本・延宝二年板本〈文化元年補刻本モ〉・寛政六年板本・寛政十一年板本・正徳三年板本・刊年板元不明板本・承応三年板本）」。この朝光歌は『小大君集』に贈答歌の贈歌として見えている。『小大君集』（書陵部五〇一／九二架番）には「女のもとに、ものをたにいはんとてきたりける人、あしたに／《新古》きえかへりあるかなきかの我が身哉うらみてかへるみちしはのつゆ／かへし／あはれとてくさ葉のうへやとはれましみちのそらにてきえなましかは」。『小大君集』（林家旧蔵）では「。《女ノモトニ》もの。《ヲ》たにいはんとてきた。《リケ》る人の、返てあしたに／《新古》きえ《へ》かへりあるにもあらぬ《カナキカノ》我身かなうらみて返《カヘ》るみちしはのつゆ／カヘシ／アハレトモクサハノツユヤトハレマシミチノソラニテキエナマシカハ」となっているが、片仮名部分は別本と校合して補筆したのであろうか。契沖の『書入本』には「左近集〔消かへり〕小大君集　返し　あはれとも草はの露やとはれまし道の空にてきえなまとかは」の注記がある。左近集とは、小大君を「三條院儲囲時女蔵人。称名左近云々（三十六人歌仙伝）」、「三條院東宮時女蔵人左近是也。或云曰醍醐天皇孫三品式部卿重明親王女、母貞信公女。一条院御時人（佐竹本三十六人歌仙絵）」とあるので、契沖は『左近集』と称えたのであろう。「ものをたにいはんとてきたりける人」が朝光。「女」は小大君自身を第三者化しての自称。参考「小大君と朝光とは、朝光の少将時代（天禄元年十月右少将、同四年七月左少将）から関係があった。小大君集には両者の贈答歌が他にもあるが、朝光の名を表に出さず、単に〈男〉とか〈人〉とか呼んでいる場合が多い。この贈答歌も小大君と朝光との間で詠みかわされたものである蓋然性がおおきい。その詠作年時は明らかでないが、歌の内容から、二人の関係が破局をむかえつつあったころのものであろう。女の返歌はきわめて冷淡（竹鼻績氏。小大君集注釈）」。新古今詞書の大意は、「女〈左近。小大君〉の居場所に、せめて言葉だけでもかけたいと思って出かけたのであるが、それも叶《かな》わず空しく帰ってきて、そのあくる早朝に贈った歌」。

二　左大将朝光

管見二十六伝本の中、鷹司本は「右大将朝光」、他本はすべて「左大将朝光」。寛政十一年板本は「左大将ともみつ」と仮名書。「朝光」の訓みについては、「あさみつ」（久保田氏『全評釈』・新潮社『集成』）・「あさてる（朝日新聞社『全書』・小学館『全集』）」・「ともみつ（寛政十一年板本）」を管見。朝光の事略は「朝光・正二位大納言左大将藤原忠義公〈兼通〉男（勅撰作者部類。拾遺デハ大納言・後拾遺デハ左大将・新勅撰デハ按察・続後撰デハ左近大将トカ按察・新千載デハ大納言・新後拾遺デハ左近大将、ト位署）」・「左近大将朝光。藤原朝光者、忠義公之第四子。母従二位昭子、女王三品兵部卿有明親王王女也。応和之初、聴昇殿、尋授従五位下、歴任文武之要官、為蔵人頭、拝八座〈大坪注、参議ノコト。定員八人ノ故ノ称呼〉、兼次将、任納言、兼春宮大夫。貞元二年三月叙従二位、四月転任権大納言、十二月兼左近大将、永観二年叙正二位。寛和年中転正、尋兼按察使。永延三年六月再上表、辞大将・春宮大夫、依病也。長徳元年三月廿日薨于枇杷亭、年三十五。号閑院左大将。卿好和歌、有名声、拾遺以下、数代集中之華言可以観焉〈勅撰採入歌数ハ省略〉（二十一代集才子伝）」・「堀河院中宮花契遐年、上御製、(A)ちとせまでをりて見るべき桜花、(B)朝光をりにことなどとよめるは非レ禁也。おりてと云があしき也（八雲御抄、正義部、歌合子細）〈大坪注、(A)ハ、千載集六一〇番堀川院御製・(B)ハ、新古今一四五一番朝光歌。コノ部分ノ要旨ハ、歌合ノ席デハ、をりトイウ語ハ、皇位ヲ下リルトイウ意ト語呂ガ掛合ウノデ、花ヲ折ルノ場合デモ、下ト折トノ両意ガ通ジ合ウ様ナ時ハ使用ヲ避ケ、折ノ意ノ明白ナ時ダケ非禁トスル、トイウモノ。をりにことハ折りに来《こ》とノ意〉」・「堀河院の中宮の花に契二遐年一云ふ題にて、上御製に〈千年まで折りて見るべき桜花〉と折りての詞があしき也。朝光が〈をりにこ〉とよめるはいみ〈大坪云、忌〉にあらず。禁中などにて、折ると云ふ事は、是をいましむ。清輔朝臣例をひけり。拾遺の歌をもて、〈折りてみるかひもあるかな梅花〉と、源ひろのぶ朝臣の歌、是康保三年の事也。尤いむべし云々。下《（おり）》、折《（をり）》、別の事なれども打聞きたる、おなじ事也。されば折るもいむべきなり（悦目抄）」・「一、享徳元年九月下旬於二常光院一口伝ノ聞書。作者　大伴方見《拾遺ノマサアキラ》〈中略〉・按察使朝光《トモミツ》…〈後略〉（東野州聞書。大坪注、家集作者名ノ訓ミ方ノ口伝記述デ、朝光ヲ新古今寛政十一年板本デともみつト仮名書シテアル理由モ、ココニ見出サレル）」・「三《（ママ）》、朝光。左大将。母兵部卿有明親王の女也。正二位大納言。号二閑院一。長徳元年三月廿八日《（ママ）》卒。三十五《（ママ）》（東野州聞書巻五。兼通ノ子息七人列挙ノ条。久保田氏『全評釈』・石田氏『全註解』・岩波新大系等デハ、長徳元年三月二十日没、享年四十五歳説）」・「頭〈＝蔵人頭ノ略〉・蔵。朝光《アサテル》。左大将。按察使。大納言。正二位。母民部卿有明親王女、従二位能子女王。長徳元(年)三(月)廿(日)薨。号閑院大将（尊卑分脈。能ハ、公卿補任ハ昭ニ作ル。公卿補任ノ天延二年ノ項ノ朝光ノ条ニ、母三品兵部卿有明親王女、従二位昭子女王、トアル）」・「大納言・正二位、同朝光。四十五《（ママ）》。

（長徳元年）三月廿日薨于枇杷第、在官年十九年。五月廿五日薨奏。頭労三ヶ月。参議二年。中納言三年。大将十三年。号閑院大将（公卿補任。正暦六年＝長徳元年ノ項）」・「大納言朝光卿事。忠義公三男。母兵部卿有明親王女、天延二年四月十日任参議年廿四。同三年正月廿六日任権中納言年廿五。貞元二年四月廿四日任権大納言年廿七。同十二月廿日兼左大将。永観二年正月七日叙正二位。永延二年正月廿九日兼按察使。永祚元年六月廿七日辞大将。長徳元年三月廿日薨年四十五（大鏡第三巻裏書50）」・「左大将朝光かよひはべりける女に、あだなること人にいはるなりといひ侍りければ、女のよめる／よみ人しらず／ねぬなはのねぬ名のいたく立ぬれば猶おほさはのいけらじや《もイ》世に／ねぬとよめるは、ねぬにぬるなのたちにけるとよめるか。かくてはねぬなたちにたるといひなされなむか（難後拾遺抄）」。

三　消かへりあるかなきかの我身かな恨みて帰る道芝の露

管見新古今二十六伝本では異歌形なし。他出も管見では未検索。出典は前引『小大君集』であろう。類想歌には「きへかへりなげく心をしらせばやさてもや露のなさけおかぬと（月詣集。民部卿成範）」を挙げ得よう歟。露と消えかへりは縁語関係も手伝って組み合わされ詠まれている（秋萩に置く白露の消え返り人を恋しく思ふ頃かな／詠人しらず。万代集）。朝日新聞社『全書』では「道芝の露の如く消えかへり、と続けて解すべし」と注意している。歌意参考、「物をだにいはでむなしく帰へす恨に、身もきえかへり、あるかなきかの心ちすとなり。道芝の露といひ捨て、消えかへりの縁に用ゐたるなり。きえかへりとは、きえたるがわづかに生きかへりたる心なり（標註参考）」・「ミチシバ（道芝）。詩歌語、道路（日葡辞書）」。技巧としては「かへる」が、動詞連用形の語尾に接着して「すっかり……する」の意の「……かへり」と「帰り」を掛詞に使用し（上句）、下句でも「帰る」と再び使っている所に、詞書の「空しく帰りて、朝に」との関連が見出されるが、同音の重複という点に、難が残る。

四　うらミてかへるハ、物をだに言はで帰る由なり

文意「第四句、恨みて帰るとは、女の居所に行きながら、その女とは言葉も交わさずして、戻って来た、という事で、言葉すら交わしてもらえず帰ってきた我身と、相手の女のつれなさを恨んでの措辞である」。下句について石田氏『全註解』に「怨んで帰る道の道芝の露の如くの意」とある。即ち下句から上句へつづけて理解する歌と見たので、朝日新聞社『全書』と同じ見解である。窪田氏『完本評釈』も「初句〈消えかへり〉に有心の序としてのつながりを持つ」とする。

五　人の許へ行きたるに、心も解けずして帰りての歌なり。

文意「女の居場所までは出かけたが、相手とはうち解けることもできずして帰って来ての歌で後朝《きぬぎぬ》の歌とも言えない悄《しよ》げた歌だ」。

六　消えかへるとハ……生きて無きかの身なり

文意「〈消えかへる〉とは、一旦《たん》絶え入ったが又息をふきもどして蘇生することを言うのだ。それは生きているようでもあり、又生きていないような状態の身体の様子を言うているのだ」。

七　如何となれば……と断りたる体也

文意「どういう訳でそうなのかと言えば、遇う事は勿論のこと、言葉さえも交わさずに私を帰す、相手の女のつれなさに、その女を恨んで帰る、その帰路の道芝の露、その露のように儚なく消える我身であるよ、そのわが身までも恨めしいと、下句で上句の意を補い、筋道を説明した体裁の歌である」。

参考。「きえかへりは、きえたるがわづかに生かへりたる心也。物をだにいはでむなしく帰す恨みに、身もきえかへり、あるかなきかの心ちすると也。※道芝の露といひ捨て、消かへりの縁に用たる也（八代集抄・学習院大学本注釈モ同文デアルガ※印以下ヲ省ク）」・「死するかとすれバ生かへり〳〵、物をもいわで帰也（かな傍注本）」

〔一八九〕（九八頁）

一　三條関白女御、入内の朝につかハしける

管見新古今伝本では、「三条関白」を「二条関白」とする伝本がある。至文堂藤村作博士テキスト頭注に「流布本に〈二條〉とも」と示された流布本がそれで、江戸期板行の承応三年板本と正徳三年板本の二本。他の板本は「三條関白」である。「三條関白女御」とは、季吟八代集の詞書傍書に「東三條兼家公にや、おほとの、女御と栄花物語に有」とあるが〈大坪注。鴻巣氏『遠鏡』ハ、季吟説ヲ継イデ、東三條兼家トスル〉、兼家の子女四人の中で花山院の女御となった女は、公卿補任・大鏡巻四裏書2によっても誰もいない〈大坪注。超子ハ冷泉院女御。綏子ハ麗景殿女御ト号セラレタガ一代要記ニヨレバ一条院尚侍デアル。麗景殿ハ平安内裏ノ十七殿五舎ノ一ツデ、皇后中宮女御ナドノ御在所。残ル一人ノ名ハ不記デ宣旨トアル〉。これに対し『大鏡（巻二、裏書41）』の「廉義公（頼忠）」の子女二人の中の諟子《（シシ）（ていし）》に「花山院女御。母同〈頼忠ノ男、公任ノ母

ノ代明親王女ヲサス〉」とあり、『一代要記〈丁集花山天皇〉』の「後宮」にも「女御無為藤禔《(ママ)》子。太政大臣頼忠四女、母中務卿代明親王三女、永観二年十二月《(ママ)》・日入内、同二十五日為女御」とある。この方が信頼性があるので、現行注釈書では、石田氏『全註解』・窪田氏『完本評釈』・小学館『全集』・久保田氏『全評釈』などすべてこの説である〈但シ、入内ヲ永観二年十月トスル著モアリ〉。参考、「故中務卿代明親王御女のはらに、御女二人・男子一人おはしまして〈大坪注、遵子・諟子、公任ノコト〉、大ひめ君は、円融院の御時の女御にて、天元五年三月十一日に后にたち給、中宮と申き。御年廿六。みこおはせず。四条の宮とぞ申めりし〈以上遵子ノ記述〉。………いまひと、ころの姫君、花山院の御時の女御にて〈諟子ノコト〉、四條宮に、尼にておはしますめり。やがて后〈遵子ヲサス〉女御〈諟子ヲサス〉のひとつばらの男君、たゞいまの按察大納言公任卿と申す〈大鏡第二巻、頼忠。岩波旧大系大鏡九二・九三頁〉」・「六月になりぬれば〈永祚元年六月〉、暑さを歎く程に、三条の太政《おほき》おとゞ〈頼忠〉いみじう悩ませ給ひて、廿六日うせ給ぬ。この殿は、故小野宮の大臣《おとゞ》〈実頼〉の二郎頼忠と聞えつる大臣なり。うせ給ぬるを、あないみじ〈アア大変ナコト〉と、きゝ思ひおぼせどかひなし。中宮〈円融院中宮遵子〉女御殿〈花山院女御諟子〉権中納言〈公任。正確ニハ権中将ノ筈〉やなど、さま〳〵いみじうおぼし歎くべし〈栄花物語巻三、さま〴〵のよろこび。岩波旧大系栄花物語一一七頁・一一八頁〉」。

「入内（じゆだい）」とは、皇后・中宮・女御に予定された女性が、儀式に則《のつと》って、正式に親許（里《さと》）から内裏に入ること。但し、立后などの資格決定の儀式は別に行われ、それに先立って行われた。「入内の朝」とは、入内日の朝ではなく、入内日の翌朝の意で、所謂後朝《きぬぎぬ》である。題詞の大意は「三條関白頼忠の女の禔子が、女御に選定され、花山院の内裏へ輿入れした、その翌朝に、後朝の歌として禔子にさし送った歌」の意。

二　花山院・・

管見新古今二十六伝本のすべて「花山院御歌」である。『増抄』は「御歌」を脱落させている。「華山院御歌」に作っているのは、小宮本・為相筆本・前田家本の三本。他は「花山院」に作る。花山院は政治史では藤原道兼の詐術に嵌掛《かんかい》されて出家した帝として、文芸史では芸術性豊かな歌人として知られる。参考、「花山院、諱師貞。冷泉帝御子〈勅撰作者部類〉」・「花山院。天皇諱《カネ》師貞。冷泉院第一皇子。母贈皇太后藤原懐子、謙徳公〈伊尹ノコト〉女也。安和元年十月廿六日誕生於世尊寺、十二月廿二日為親王、二年八月十三日為儲君〈皇太子ノコト〉。天元五年二月十九日元服春秋十五、永観二年八月廿七日受円融天皇禅、十月十日即位於大極殿。天皇好文能詩、工和歌、叡情多風流矣。登祚之初。大納言藤原為光女入掖庭〈後宮ノコト〉為女御、号弘徽殿女御、愛寵殊絶。女御忽嬰重病逝矣。天皇太甚悲歎、避位之叡志、萠芽于此。于時有一両不臣、而誑於天皇、以棄恩入無為之方。天皇惑甚。寛和二年六月廿二日夜、遂避九五之尊位〈九五トハ易ノ卦デ、君主ノ位ニ当リ、天子ノコトヲイウ〉、偸《(ひそかに)》出鳳闕〈宮門ノコト〉。近臣一両陪従。幸華山寺。路過司天〈天文暦日ノ担当者ノコト〉安倍清明家門。晴明適《(たまたま)》避暑于庭中、仰見驚曰、天象呈異、天皇避位、何其怪哉。顚衣入宮奏事。然而天皇不御、於是群臣始知焉。天皇遂入華山寺、脱冠免《(ママ)》〈冠冕は、天子ノ冠ノコト〉、落飾入道。于時宝算十九。中納言藤原義懐、左中辨藤原惟成同出家、帝之近臣也。在位二年、称華山法皇。往々遊京畿勝地霊域、拝擻《(ママ)》至矣尽矣。及晩齢、道心聊怠緩也。寛弘五年二月八日崩春秋四十一。十七日奉葬於紙屋川上法音寺北。或曰、長徳年中、自令撰拾遺和歌集、大和物語亦法皇製作也云云。其筆華可以評。御製和歌者〈勅撰集採入記事省略〉都六十二首、十四代集載之。又聖作文載于朝野群載文筆部〈二十一代集才子伝〉」・「花山院御事。諱師貞、在位二年。冷泉院第一皇子。母儀贈皇太后宮藤原懐子。謙徳公女。安和元年戊辰十月廿六日丙子誕生、同十二月廿二日為親王、同二年八月十三日立春宮年二。貞元二年三月廿八日御読始年十、侍読権左中弁菅原輔正尚復文章生藤原為時。天元五年二月十九日壬午於南殿元服十五、加冠左大臣雅信公理髪中納言重光卿。永観二年八月廿七日甲辰受禅年十七、同十月十日丙戌即位于大極殿。寛和二年六月廿六日丑刻許密ゝ出禁中向東山花山寺出家左少弁藤原道兼奉従之先之密奉劒璽於春宮翌日招権僧正尋禅剃御頭法名入覚年十九、同廿八日為太上天皇。寛弘五年二月八日寅刻崩年四十一、同十七日奉葬法音寺〈大鏡巻一裏書40〉」・「はかなく寛和二年にもなりぬ……世の中の人いみじく道心起して、尼尼法師になり果てぬとのみ聞ゆ。これをみかど〈花山帝〉聞しめして、はかなき世をおぼし歎かせ給て……おぼし乱るゝ事ども御心のうちにあるべし。……心のどかならぬ御けしきを太政大臣〈頼忠〉おぼし歎き、御叔父の中納言〈義懐〉も人知れずたゞ胸つぶれてのみおぼさるべし。説経を常に花山の厳久阿闍梨を召しつゝ、せさせ給〈大坪注、栄華物語詳解ニヨレバ、花山帝ノ出家ヲソソノカス為ニ兼家ノ委託ヲウケテノ人選ラシイ〉。御心のうちの道心限なくおはします。妻子珍宝及王位といふ事を、御口の端にかけさせ給へるも、惟成《コレシゲ》の弁、いみじうらうたきものにつかはせ給も、中納言〈義懐〉諸共に、この御道心こそうしろめたけれ、出家入道も皆例の事なれど、これはいかにぞやあるを御心ざまの折〳〵出で来るは、こと〴〵ならじ、たゞ冷泉院〈花山帝ノ父〉の御もの、け〈冷泉院ニ憑イテイル元方大納言ノ死霊〉のせさせ給なるべし、など歎き申わたる程に……寛和二年六月廿二日の夜俄に失させ給ぬとのゝしる〈花山院ガ急ニ行方不明ニナラレタト大騒ギニナッタ〉。……太政大臣〈頼忠〉よりはじめ、諸卿殿上人残らず参り集りて、壺〳〵〈殿舎ニ囲マレタ小庭〉をさへ見奉るにいづこにかはおはしまさん。……一天下こぞりて夜のうちに関〳〵固めのゝしる。……山〳〵寺〳〵に手を分かちて求め奉るに……中納言〈義懐〉は守宮神《スクジン》〈宮殿ヤ官庁ヲ護リ災厄ヲ予言スル神。賢所〈三種神器ノ一タル神鏡ヲ奉安スル所。内侍所〉の御前にて伏しまろび給て……山〳〵寺〳〵に手を分かちて求め奉るに、さらにおはしまさず。……夏の夜もはかなく明けて、中納言や惟成の弁など花山〈元慶寺〉に尋ね参りにけり。そこに目もつゞらかなる小法師にて〈既ニ出家ナサレタ花山帝ノ形容〉ついゐさせたまへるものか〈膝ヲツイテカシコマツテイラッシャルデハナイカ〉。あな悲しやいみじやとそこに伏しまろびて中納言〈義懐〉も法師になり給ぬ。惟成《これしげ》の弁もなり給ぬ。……かくて廿三日〈寛和二年六月〉に東宮〈懐仁親王→一条帝〉位につかせ給ぬ。……さても花山院は三界の火宅を出でさせ給て、四衢道〈迷イノ一切ナイ四方ニ通ズル道〉のなかの露地におはしまし、歩ませ給ひつらん御足の裏には千輻輪の文おはしまして……〈後略〉（栄花物語巻二）。花山たづぬる中納言〈元慶寺マデ花山院ヲ探シニ行ッタ義懐〉」・「〈寛和二年〉六月廿二日天皇密以左近少将藤原道綱被奉璽剣於東宮御所、凝花舎俄於東山花山御出家、召権僧正尋禅出家入道、御名入覚、夜半右大臣参内、令固諸門、即右大臣摂政照耀日光無有比、可推量矣（三条西家本栄花物語。巻第二花山たづぬる中納言ノ、寛和二年六月廿二日ノ字句ニ付セラレタ勘物）」・「廿三日庚申、今暁夜丑刻許、天皇密々出清涼殿、忽以縫殿陣有車、左少弁藤原朝臣道兼、與竊出、相共同車、御東山花山寺、出家入道（本朝世紀。寛和二年六月条。ナオ日本紀略・扶桑略記・百錬抄ナドモ参看ノコト。百錬抄ニハ、道兼之謀也ノ語句アリ）」・「花山寺におはしましつきて、御ぐしおろさせ給ひてのちにぞ、粟田殿〈道兼〉は、まかりいでゝ、おとゞ〈兼家〉にもかはらぬすがた今一度見え、かくと案内も申して、かならず参り侍らむ、と申し給ひければ、朕〈花山院ノコト〉をばはかるなりけり、とてこそ、泣かせ給ひけれ、あはれにかなしき事なりな。日頃、かく御弟子にてさぶらはむと、ちぎりすかし申し給ひけむが恐しさよ（大鏡。帝紀、六十五代花山天皇）」・「花山院御製／露の命草の葉にこそかゝれるを月の鼠のあわたゞしきかな／草の根に露の命のかゝる間《ま》を月の鼠の騒ぐなるかな／これは儚き譬にて、経文にある事とぞ承る（俊頼髄脳）」・「拾遺抄　和歌　五百八十六首。花山院勅撰云々（袋草紙上巻）」・「拾遺撰之時、公任卿ちる紅葉ゝをきぬ人ぞなきと云歌をば、花山院紅葉の錦きぬ人ぞなきと直して可入之由有勅定。不可然之由被申ければ如本にてぞ被入けるに、近代之人諸事如此（袋草紙上巻）」・「嶋守遠高云、古今後撰拾遺等ヲ号三代集。拾遺花山院御撰也。而花山院以往大嘗会御調度有三代集御手筥、如何。予云、不知此事。尤有興。件事如何。嶋守答云、秘事也。以往相加万葉集、号三代集。而拾遺出来之後、棄万葉用拾遺云々（袋草紙上巻）」・「花山院御時、中納言義懐外戚、惟成弁近習之臣、各執天下之権。而院竊出内裏、幸花山出家。両人聞出追参上。院已《ステニ》為比丘。惟成本鳥ヲ切。又義懐語云、在外戚、執権御座つるに、更為外人交世間衆、見ぐるしかるべし。早出家。義懐存之由稱て、同出家。依人教訓したればいかゞと世人思けるも始終尊くて過云々。飯室に住て詠歌、みし人もわかれのみする古里に心ながくもきたる春かな。惟成後には賀茂祭日、わさづの〈鹿ノ若角ヲ頭部ニツケタ杖〉もちて一条大路を渡ると云々（袋草紙上巻）」・「このゝち、華山の法皇拾遺集をえらばせたまひて、古今後撰ふたつのしふにのこれる歌をひろへるよしにて、拾遺集と名づけられたるなり。よりて古今後撰拾遺、これを三代集と申なり。しかるを大納言公任卿、この拾遺しふを抄して拾遺抄と名づけてありけるを、よの人これをいますこしもてあそぶほどに、拾遺しふはあいなくすこしおされにけるなるべし〈後略〉（古来風体抄初撰本）」・「拾遺抄十巻。拾遺内五百八十六首。花山或公任（八雲御抄。正義部、抄物等）」・「屏風障子等歌。作者先例不多。近、最勝四天王障子歌人十人不可過之。上東門院入内屏風吉事古例也。于時花山法皇詠給。是不可然事ナレドモ法成寺入道〈忠道ノコト〉平ニ被申之上、院又不可有辞退之体也（八雲御抄、作法部）」・「拾遺。長徳比公任卿撰之歟。抄者花山法皇撰。此事有説々未決。異説、集花山、抄公任云々（八雲御抄、作法部）」・「花山院の御代には拾遺集を撰ぜしむ。後撰のこりをひろへば拾遺抄とはいふなり。たしかの説はなけれども、長能道済が撰といふ。拾遺抄は此集を法皇抄し御せり（和歌色葉）」・「後拾・詞花・続詞・千載・花山院。冷泉院御子、母后一條摂政謙徳公御女〈懐子〉（和歌色葉）」・「後拾、弾正尹親王清仁。冷泉院御子、或云、花山院御子云々（和歌色葉）」・「花山院御時、拾遺集。一部二十巻、一千三百五十一首。撰者異説あり。一説云、花山院みづから撰給云々。〔八雲御抄云、長徳比公任卿撰之歟云々。〕一説、長能・道済《ナリ》撰云々。拾遺十巻抄あり。五百八十六首。花山法皇御修行の時、御おひに入れさせ給はんとて、拾遺集の中を抄せらる云々。又四條大納言公任卿抄云々。後撰のゝち二十年ばかり歟（代集）」・「冷泉相公〈為相《タメスケ》ノコト〉云、公任卿、朝まだき嵐の山のさむければちる紅葉ばをきぬ人ぞなき、といふ歌を、花山院拾遺集に、もみぢの錦きぬ人ぞなき、となほしていれられたるを、公任卿の所存にたがひて、この歌を拾遺抄に、ちる紅葉はをきぬ人ぞなき、とて被入たり。時の人、集をさし置て抄をもてなしけり、仍通俊卿後拾遺も、集にはつかずして抄につきて後拾遺抄と題せり。そのゝちとしひさしく抄を賞翫する事にて侍けるを、京極黄門〈定家ノコト〉、集もまことに殊勝なりとて、抄をさし置て集を翫て、このよしを後鳥羽院へも被申ければ、御所も御同心有けり。そのゝち集をもてなす事になりて侍よし、京極委細被書置云々。公任拾遺抄をえらぶ事も、我歌一首のゆゑに被思立と云々（井蛙抄。歌学大系所収本ニヨル。一一六頁）」・「拾遺集　花山院。年月不詳、長徳比云々。御自撰（東野州聞書。勅撰目録ノ項）」・「花山院へ女御諟子《ママ》参給ふ。当関白頼忠女、母代明親王女。永観二年十二月入内、廿五日為女御（東野州聞書）」・「拾遺集は、何処のかたへの人か書き集めつらむ。殊に万葉を読み誤り、古きよみ人を違へなどせし事数へがたし〈付注〉花山の御撰などいふは甚しきひがことぞ。よく見ば必ずしからぬこと見ゆべし（真淵、にひまなび）」・「拾遺は撰びやうはよろしからず、不審なることも多けれど、時代はなほよくして歌ざまよければ、三代集とて後世まで歌道の眼にすることなり。〈中略〉拾遺は花山院の御自撰なれども歌よければこれも同事なり（あしわけ小舟）」・「拾遺〔中昔　貳百五年〕長徳頃、大納言公任卿撰之。或、華山院法皇御自撰云々（富士谷御杖、哆南辨乃異則〈たなべのいそ〉）」・「花山院のつくらせ給へる大和物語にも、此事〈大坪注、万九、つかの上の木の枝なびけりきくがごとちぬ男にしよるべけらしも、ヲ田辺福麿ノ詠歌トシテ前出サセテアルノデ、コレヲ指スト思ワレルガ、万葉巻九ノ一八〇〇～一八〇六番ノ、田辺福麿之歌集出、ノ歌群ニ、コノ歌ニ相当スル詠ハ見出サレナイ〉みえたり。其物語に云、昔津国にすむ女ありけり。それをよばふ男二人なむありける〈大和物語一四七段ヨリノ引用文ガ続クノデ省略〉（歌林良材集下。第五有由緒歌ノ、免名負処女の奥墎事）」

三　朝朗置きつる霜の消えかへり暮待つ程の袖を見せばや

管見の新古今二十六伝本では、異歌形は無い。出典は未詳であるが、新古今より稍々下っての成立の、二四代集や時代不同歌合にも採られている。『二四代集』では、「題しらず　花山院御製」として歌句同形。『時代不同歌合』（百二十番左歌）では、右、後徳大寺左大臣〈実定〉の「はかなくもこむよをかね《ママ》てちきる哉ふたたひをなしミともならしを」と番われ、歌句同形。〈大坪注、吉田幸一氏、時代不同歌合　古典文庫刊ノ為家本・永享本・歌合絵本ノ写真版ニヨル。実定歌第二句ハこんよをかねて。歌学大系ノ穂久邇文庫本ノ翻刻ハこむ世をかけてトアル〉。これ以外の他出は未検索。当花山院歌の参考歌として、契沖の『書入本』に、後撰集の元良親王と藤原かつみ〈かつみの命婦〉の贈答歌を示している。後撰集巻九、恋一の五一一・五一二番「あひしりて侍りける人の許に、返事見むとてつかはしける。元良のみこ。来《く》や〳〵と待つ夕暮と今はとて帰るあしたと何れ勝れる／かへし。藤原かつみ。夕暮はまつにもかゝる白露のおくる朝や消えははつらむ」である。親王歌の「今はとて帰るあした」は、「今はお別れと言って帰って行く男を見送る朝」の意。命婦歌の「まつにもかゝる白露」は「待つ―松」の掛詞。「待つことばかりが心にかかるが、その松の細い葉にかかっている儚い白露」。「おくる朝」は「白露の置く朝」と「女が起きて男を送る」との掛詞。花山院当歌の表現技巧は、「朝ぼらけ置きつる霜の」が「消えかへり」の有意の序で「霜の」の「の」は「の如くに」の意。「置き・消え」は「霜」の縁語、「朝ぼらけ」と「暮」は対語である。「朝朗」の用字は所謂国字《コクジ》。「新在家《シンザイケ》文字」〈大坪云。連歌デ使ワレテイタ新在家ハ連歌師・能役者ナドガ居住シ

テイタ京都御所　蛤《ハマグリ》御門附近ノ地名。凩《コガラシ》・栬《モミヂ》ノ如キ字〉である。夜がほんのりと明けて、物がほのかに見える頃で、「朝ホロ明ケ」の約言〈ホロはハラ（散）の母音交替形〉と見られている。主に秋と冬の場合に使われ、「あけぼの」が春に多く使われるのに対している。禔子女御の入内は永観二年十月〈十一月トスル記録モアル〉であるからまさに冬季の早朝であった。「消えかへり」の「かへり」は、動詞連用形に付いて、何回も繰返される状で、その結果「すっかり消える」意。歌意参考「此朝帰りて、又行ぬべき暮をまつほどの、袖の涙を見せばや、となり。後朝の歌なり（標註参考）」・「昨夜ノ契リノ別レノ悲シサニ、今朝起キテハ命モ消エサウデ、又逢ヒタサニ日ノ暮レルノヲ何時カ〳〵ト待チ遠(シ)ク思ツテ、涙ニ袖ヲ濡シテヰルガ此袖ヲオマヘニ見セタイモノダ。おきは霜の縁なり。霜といへるより消えかへりとせるなり（遠鏡）」。

四　人と契りての朝の哥なり

後朝《きぬぎぬ》の男の歌とみた施注。文意「この歌は、男が女と契りを結んで朝を迎えた時の、女への贈歌である」。

五　朝朗とハ、別る、時分也

文意「初句の朝ぼらけとハ、後朝の別れの時機を述べた詞である」。前記したように、朝の空が、ほのかに白んで、薄明で周囲が見え初める時刻を云う。「時分《じぶん》」とは連歌俳諧の用語。各務支考の「七妙八体《しちみようはつたい》」の中の八体の一つ。一日中の、時刻的な頃合《ころあい》を言う語で、昼夜・朝暮・時刻に着眼して使う。参考、「朝朗《アサボラケ》。只時分也。ほのかに不レ嫌（産衣《うぶぎぬ》）」。

六　女の許へ泊りに行きて……又暮るれバ行く事なり

所謂「妻問ひ婚」の説明。文意「男が女の家許へ夕方から泊りに行って契りを結び、その翌朝に、一たんわが家に帰ってきて、又、日が暮れると、女の家許に通って行くのである」。

七　古へハ……男の方へハ迎ふる事也

文意「古代においては、男が或る人の娘を恋うた場合には、その娘を、女の親元《もと》に置いたままにして自分の家へは嫁として迎え入れずに、その親元に通って行き、その後に、嫁として男の家に迎え入れて、夫婦となる慣わしであった」。妻問婚から嫁取婚へと習慣が推移して行った過程の説明。

八　夜のミ通ひて……来まじきを知る也

文意「妻問婚の習慣の時代では、男は夜のみ女の許に通うだけで昼間は我家に帰っているのである。男が女の家許へ通い始めた場合は、三日間は毎夜続けてゆくのが慣わしであった。その場合、男女心が合わないのであれば続けて行かないのが習わしで、それによって女の方でも、男が通ひつづけて結婚が成立するか、それとも通いつづけないので結婚が不成立になるのかを知る事になるのである」。

磐斎の施注は歌意の施注ではなく、平安前期の婚姻の習慣の説明である。参考、「後朝の歌也。きえかへり、前の歌〈一一八八番朝光歌〉に同。此朝かへりて、又行ぬべき暮をまつほどの、袖の泪を見せばやと也〈八代集抄。前引シタ標註参考ノ解ト同文。学習院大学本抄ハ、八代集抄ノ詞書ノ傍書ヲ引用スルノミデ、歌ノ施注ハ引用シテイナイ〉」。契沖は頭注三で触れたように、花山院歌に影響した作品として後撰集の元良親王とかつみの命婦との贈答歌を示したのであるが、花山院当歌に影響を受けたと思われる作品に西行歌がある。新勅撰集恋三の八一六番「題しらず／消返り暮待つ袖ぞしをれぬるおきつる人は露ならねども」がそれで、本歌取り歌と言ってもよい位である〈大坪注、第二句ノ、暮待つほど《ほどイ》ぞ、ノ歌形ハ旧国歌大観ノ校異デ示サレタモノ。久保田氏編ノ西行全集ニヨレバ、家集諸本スベテ、袖、ナリ〉。又、「暮待つ程」は、「思ひあまり又と頼めし言の葉や暮待つほどの命ならまし（新続古今恋四、一三三四番。権大僧都賢雅）」・「思ひやるよそまで苦し織女の暮まつ程の今日のこゝろは（続千載雑上、一七三四番。平時夏女）」等、歌人に愛用された表現である。

〔一一九〇〕（九九頁）

一　法性寺入道前関白太政大臣家哥合に

管見新古今二十六伝本では、寛政六年板本のみが、題詞末の「に」字を脱す。他本は同文。

「法性寺入道前関白太政大臣」は藤原忠通のことである。この歌合は大治元年八月某日の催行。各題五番で、都合十番。題は「旅宿雁」と「恋」の二題。歌人は、俊頼・師俊・定信・道経・雅光・国能・時昌・御作〈忠通ノコトデ、殿下ノ称で作者名表示〉・女房二人〈堀河・参河ノ作者名デ表示〉。判者は、歌合には「率爾合之、後日献判詞」とのみ書かれてあって判者不記であるが当歌合の「秋の田のかるほどもなく……」が『夫木和歌抄』（五〇四八番）に採られ「此哥判者俊頼朝臣云、田は秋かへすかなど人人申さる……」の左註があるので、俊頼が判者となって後日判詞を献じたのであろう。他に『類聚歌合第十二目録』（陽明叢書(4)、平安歌合集(下)。一八二頁）に「大臣家下。同家〈内大臣家ノコト〉歌合。大治元年九《八》（ママ）月・日。判者俊頼朝臣。題、旅鴈・恋」とあるので、判者は俊頼と見て間違いはなかろう。

二　藤原道経

管見二十六伝本はすべてこの作者名表記。寛政十一年板本は「ふちハらのミちつね」と仮名表記にしてある。契沖『書入本』に「讃岐守顕経(ママ)子。前和泉守。至寛治七年」の朱筆書入がある。参考、「道経。五位和泉守。近江守藤原有佐男（勅撰作者部類〈大坪注、磐斎ノ増抄ニハ、讃岐守顕綱男、ト引用ス〉）」・『尊卑分脈』によれば「道綱卿孫」流に「道綱→兼経→顕綱→道経」と続き、道経の脇書に「和泉守、従五上、本　家隆。母同家通〈即チ美乃守隆経女〉」とあり、道経の兄に有佐がいる。契沖書入の顕経子とか、勅撰作者部類の有佐男とかは、誤ではなかろうか。参考、「実行卿歌合〈永久四年二月四日〉。判者修理大夫・講師〈家信・道経〉・読師〈俊頼・仲実〉（袋草紙下）」・「内大臣家歌合〈元永二年七月・判者修理大夫〉・或所歌合〈永久四年七月廿一日仲実朝臣判之〉・俊忠朝臣歌合〈長治元年五月廿六日判者俊頼朝臣〉・内大臣家歌合〈元永元年十月二日判者俊頼基俊〉ノ作者トシテ出席（袋草紙下）」・「前泉州道経は、紫のにほへるいもとねずひさに、と読て、ねずひさと云はる（袋草紙下。岩波新大系本デハ二九一頁）」・「安倍清明が式に曰く〈中略〉隆縁が、おほをそどり、といひ、道経が、ねずひさに、といひて、異名につく。もとも恐るべし〈後略〉（八雲御抄第六、用意部）」・「金葉・詞花・続詞・千載・前和泉守入道蓮寂。俗名道経、讃岐守顕綱息（和歌色葉。〈大坪注、詞花集三七〇番歌ニ、〔法師になりてのち左京大夫顕輔が家にて帰雁をよめる／沙弥蓮寂／帰る雁西へゆきせば玉章に思ふことをばかきつけてまし。〕トアル。該歌ニツイテ勅撰作者部類ハ、蓮寂。法師、和泉守道経子。ト記ス。又、尊卑分脈デハ、内麿公孫流ニ、頼資→経光トアッテ、ソノ経光ハ脇書ニ、文永十一㊎四㊊十五㊐出、法蓮寂同日甍六十三、トアリ、別ニ経光ノ履歴ヲ詳記スルガ、詞花集ノ蓮寂トハ時代ガ合ワナイ〉）」・「五条三位入道〈俊成ノコト〉語云、ソノカミ年二十五ナリシ時、基俊ノ弟子ニナラムトテ、イヅミノ前司道経ヲナカダチニテ、彼ノ人ト車ニアヒノリテ、基俊ノ家ニ行ムカヒタル事アリキ。彼人其時八十五(ママ)ナリ〈後略〉（長明無名抄〈大坪云、俊成二十五歳ハ保延四年デ、道経ノ媒介デ基俊ノ許ニ行ツタノハ、保延四年八月十五夜ノコト。基俊ハ、通説ニヨレバ永治二年一月十六日八十三歳没。但シ異伝モアルガ通説ニヨレバ八十五歳ノ対面ハ、不審トイエル〉）」・「住吉神主国冬云、歌読は多く当社御眷属となれり。和泉守道経は、鬼形にて紙筆を持て、とのゐがきのいぬゐの角のだんの上に、西むきに座して人に見えけると申侍たりと云々（井蛙抄巻六雑談）」・「左近のむまばのひをりの日と云は、五月五日也。右近の馬場のひをりの日と云は、五月六日也。俊頼朝臣、法性寺入道関白殿〈忠通ノコト〉にて、五月五日の心を詠てけるに、ながきねも花のたもとにかをるなりけふやまゆみひをりなるらん。然に和泉前司道経其座に侍てのびあがりて、古今の難儀き丶侍ぬと申ければ、俊頼文書つたへて侍り。かうな申しそと許にて、のべやる事も侍らざりけり。六條修理大夫顕季卿はつたへき丶て、道経よく云たり。難儀は難儀にておきたればこそあれ、か丶るおしわざするは、不便事也とこそ申けれ（袖中抄第一。色葉和難集巻九ノひをりの日・古今集注ノ古今四七七番顕昭注、ニモ略同趣意文アリ）」。

三　作者部類に云く。讃岐守顕綱男。三首入る

『勅撰作者部類』には、頭注二で引用した如く「五位和泉守。近江守藤原有佐男」とある。「三首入る」は新古今集への入集歌数。現行書では「道経。藤原有佐子。白河帝ノ頃ノ人（改造文庫頭注）」・「藤原有佐の子。五位。和泉守。白河天皇の頃の人（講談社『新註』）」・「藤原氏。近江守有佐の子にして、五位、和泉守に叙任せらる（塩井氏『詳解』）」・「藤原。讃岐入道顕綱の男。母は美濃守隆経女、作者部類には兄有佐の子とあるけれど、讃岐入道集の奥書に子息道経とあるから顕綱の子。本名家隆。従五位上和泉守。天仁三年に前和泉守とあり、その頃より永久・元永・保安を経て長承三年迄の歌合に多く見ゆ（石田氏『全註解』）」・「藤原有佐の子。五位。白河天皇の頃の人（尾上氏『評釈』）」・「藤原。初名家隆。正四位下顕綱の男、母は美濃守隆経の女、従五位上和泉守、白河朝頃の人。金葉初出（岩波旧大系）」・「北家道綱流。生没年未詳。讃岐守顕綱の男。母は藤原隆経の女。従五位上和泉守〈後略〉（岩波新大系）」・「藤原。没年未詳、白河天皇のころの人。従五位上和泉守。讃岐入道顕綱の子。一説に、近江守藤原有佐の子ともいう。最初家経(ママ)といい、法性寺関白忠通家の歌壇で活躍した（小学館『全集』）」・「藤原。生没未詳、院政中期の人。従五位上和泉守。讃岐入道顕綱の子。もと家経(ママ)。忠通家の歌壇で活躍、金葉初出。（武蔵野書院『校訂』テキスト版）」・「生没・享年等未詳、白河院期の人。顕綱男。金葉初出。（桜楓社テキスト版）」。なお季吟の『八代集抄』は、磐斎『増抄』と同様に「讃岐守顕綱子」と勘物記入するから、師の貞徳の説を継承したのであろう。

四　庭に生ふる夕かげ草の下露や暮を待つ間の涙成らん

管見新古今二十六伝本では、第二句が鷹司本に「ゆふかせ《け》草」とあり、せをけに朱訂。又第四句の「暮を」のを字を、春日博士蔵二十一代集本は脱している。なお、寛政十一年板本は第二句を「夕かけ草〈けハ清音、草ニ濁音符ヲ付ス〉」ので「ゆふかけぐさ」と訓むのであろう。該本は他板本と異なり、各歌に清濁符号を付してある珍しい板本。「ゆふかけ」はおそらく「木綿懸《ゆふかけ》」と考えての事であろう。他伝本はすべて増抄と同歌形である。当歌の出典は『摂政左大臣家歌合』で、「大治元年八月・日《(ママ)》。卒爾合之、後日献判詞」の後日判の催行。題は「旅宿雁」で五番、「恋」五番の、計十番歌合。歌人は、俊頼・師俊・定信・道経・雅光・国能・時昌・御作〈忠通ノコト〉・女房二人〈堀河・三河〉の十人。左方右方の組分けは無い。なお、堀河・三河と称する女流歌人は複数存在するので、その特定の難かしい事が萩谷朴先生の『平安朝歌合大成』の当歌合の「構成内容」に詳しい〈引用ハ長文故省略〉。道経の当歌は、恋題の三番。歌合大成本の本文を引用する。「左持　定信。はかなしやただかりそめの世の中に我恋草のしげりまさるよ／右　道経。庭におふる夕かげ草の夕露や暮をまつまの涙なるらむ／さきの歌、なだらかなり。終ての〈よ〉文字ぞすべら《すくよ》かならずきこゆる。次の歌、〈庭におふる〉といへる五文字置かば、〈薺は〉とぞ謡はまほしきさまなる。下字《上手》かやうの詞は、心を得て去るべしと、先達も申しやうにおぼえ侍る。此の咎ともに深からねば、持とぞ申すべき」〈大坪云、傍線部ハ新編国歌大観ノ本文〉。この判詞は頭注一で触れたように俊頼のものと思われ、その要旨は、左歌は歌の姿がなめらかであるが第五句末のよが滑らかさに欠け硬直している。右歌は庭に生ふると五文字を置けば、催馬楽の「庭に生ふる唐薺《からなづな》はよき菜なり、はれ、宮人の提ぐる袋をおのれ懸けたり」のように「薺〈ナヅナ〉は」と続けて謡いたくなるような措辞であるのに「夕陰草の夕露や」と続けて了うのは、同字打続くが故に、歌病の事などもよく承知して、避けるべき事なのだと先輩歌人も言われていたように思う。が、こういう欠点もそれ程深い欠点ではないので両歌は持〈ぢ、勝負ナシ〉としておくべきだ、という意味合いとなろう。新古今ではこの出典歌の「夕かげ草の夕露や」は「夕かげ草の下露や」に変えて、同字の重出を訂正している。ところで「庭に生ふる」と置きながら「薺」に続けない歌もかなりあり、「よしさらばたのめぬやどの庭におふるまつとなつげそ秋の夕かぜ　親定〈後鳥羽院ノ隠名〉〈水無瀬恋十五首歌合、十一番左〉」・「よしやさはたのめぬ宿の庭におふるまつとなつげそ秋の夕風　女房〈後鳥羽院ノ隠名〉〈若宮撰歌合、三番左〉」・「よしやただたのめぬやどの庭に生ふるまつとな告げそ秋の夕かぜ　女房〈後鳥羽院ノ隠名〉〈水無瀬桜宮十五番歌合、三番左、題秋恋〉」・「にはにおふるあさでかりほししきしのぶあづまをんなをわすれ給ふな〈綺語抄。新編国歌大観三二八番〉」・「しきしのぶ／藤宇合歌云／にはにたつあさでかりほし／しき《布》しのぶ《慕》あづまをんなをわすれ給ふな〈綺語抄、人詞部。歌学大系本八五頁〉」・「夏雑、三百六十首夏歌中／庭におふるあさでがはなをはやしけんむかしの人ぞみねど恋しき　好忠〈夫木抄巻八夏部二〉」・「山家草／庭に生ふる岩もとこすげうちはへてうきよの道やかくしはつらん（宗良親王千首）」等々新古今期の歌も含めて、「なづな」に続けない歌は、かなり目立つのである。特に次の如きは判詞に「庭に生ふる」と「薺」との関連に言及があり注目すべきものであろう。判者は、左衛門督藤原朝臣為広、である。『文亀三年内裏歌合』の三十六番で「左　按察使俊量　あふぐぞよをしへし跡の庭におふる草もその名の道し有る代を／右　左近中将為孝朝臣　しらぬ代のとくを忍ぶ道もあらじあへるを時と君をあふぎて／左歌、例の短智ふと分明ならず侍り。をしへし跡の庭は庭訓の心か。又は鯉趨過庭〈大坪注、論語季氏第十六ガ出典。鯉《り》趨《はし》リテ庭ヲ過グ。鯉ハ孔子ノ男子。鯉ガ庭ヲ走リ過ギルノヲ見タ父孔子ガ、詩ノ勉学ハ済ンダカト問イ、未ダ済ンデイマセント答エタ鯉ニ対シ、詩ヲ学バズバ以テ言ウ無シ、ト諭《さと》シタ故事〉などいへる心を思へるか。草もその名の道しある代をと侍るは、伯鯉が儀〈大坪注、孔子ノ鯉《り》ハ実名、伯鯉《はくぎよ》ハ字《あざな》。伯鯉ハ実名ト字トヲ合体サセタ称デアロウ。伯鯉ガ儀トハ、上述鯉趨過庭ノ故事ヲ指シテ述ベタ語デアロウ〉などに付きては何事とも不聞歟、あるは指佞草《しねいそう》〈大坪注、諸橋大漢和ニ、博物志ノ異草木、晉書束晳伝、王禹偁ノ酬种放徴君詩ノ用例ヲ示シ、堯帝ノ庭ニ生ジタトイウ草ノ名ト説ク。口ガ達者デ媚ビ諂ウ者ガ朝廷ニ入ルト茎ヲ曲ゲテ其ノ人ヲ指ストサレタ草〉、あるは堯帝の蓂莢《めいきやう》〈大坪注。暦草《コヨミグサ》ノ事。堯帝ノ時ニ生ジタメデタイ草デ、月ノ一日カラ十五日マデハ毎日一葉ヲ生ジ、十六日カラ晦日マデハ毎日一葉ヲ落スノデ、コレニヨツテ暦ヲ作ツタト言ワレタ草。

『文華秀麗集』和滋内史《じないし》秋月歌一首ノ中ニ、堯ノ蓂莢満チテ自ラニ暦ヲ諳《そら》ニス、ト見エル〉の事などいへるにやと思ひ給へれど、是等にてもよも侍らじとつらつら思ひ給ふるに、催馬楽曲に、庭におふるからなづなはよき菜なり、と侍る事をばし、とり出でけるにや。庭におふるとばかりにて聞え侍るべきに、草もその名、と引出さるゝは、草の名に付き子細ありげに聞え侍り。もし、からなづ菜はよき菜なり、と侍るを、善き名のかたへ文字をとりなしけるにや、など愚推をやり侍り。大かた歌がらはいひしりて侍れど、くだくだしくや侍らん。右歌、一首のしたて、さもとおぼえ侍るうへ、遭逢斯時など侍るころ〈大坪注、右歌第四句ノ、あへるを時と、ヲ指ス〉、よくことわり聞え侍り。以右可為勝」という歌合と判詞である。判者為広は、上冷泉家の人。一条兼良の庇護の下で、飛鳥井栄雅亡き後、歌壇の中枢に立った人物である。当判詞は、前引俊頼判詞なども踏まえた和漢の学識豊かな判詞と言うよう。

以上出典と「夕かげ草」に関連する事柄について述べたが、次にこの道経歌の先蹤歌・被影響歌・語義に諸説ある「夕かげ草」を含む歌等につき考えたい。参考先蹤歌としては、「吾屋戸之《ワカヤドノ》　暮陰草乃《ユフカゲクサノ》　白露之《シラツユノ》　消蟹本名《ケヌガニモトナ》　所念鴨《オモホユルカモ》（万葉巻四、笠女郎贈大伴宿禰家持歌廿四首中の一。五九四番。古今和歌六帖㈥〈新編国歌大観三五七五番、草部、題したくさ、作者さかの女郎《ママ》〉〉」があり、岩波新大系は「本歌」とする。久保田氏『全評釈』は、道経は万葉歌に親炙している事を誇示したくての使用歟としている。当万葉歌の指摘は、早く塩井氏『詳解』がなされたが、以後尾上氏『評釈』が継承するのみで他著では顧みられなかったが、本歌はともかく先例参考歌とすべきであろう。次は当道経歌の被影響歌としては、久保田氏『全評釈』も指摘されているる『続千載集』（秋上、三七四番）の「建暦二年内裏詩歌合に、水郷ノ秋ノ夕。／後久我太政大臣〈大坪注、源通光〉／みなせ山夕かげ草の下露や秋ゆく鹿のなみだなるらん」であるが、これは道経歌の本歌取であって早く塩井氏『詳解』に指摘された歌である。塩井氏は更に、『万代和歌集』（雑三、三一七二番〈新編国歌大観ノ番号〉）の「松尾社歌合に、山家暮を。／後鳥羽院御製

やまざとのゆふかげぐさのしたつゆをそでにかけつつとふ人ぞなき」も示されている。この後鳥羽院歌は『雅言集覧』に増補されて示されているから塩井氏『詳解』はそれに拠られたのであろう。後鳥羽院歌壇では「夕かげ草の下露」は「涙」の象徴的表現として愛好されて流行していた事が推察できる。この後鳥羽院歌は『雅言集覧』の「ゆうかげぐさ」に増補採録され、笠女郎歌は『倭訓栞』に、出典として万葉巻四を挙げた上、他出を「榾」の一字で示して増補採録されている〈因ミニ『榾葉和歌集』ニコノ歌ハ見エズ、見エルノハ「夏の日のゆふかげぐさの白露にぬれてすずしきたび人のそで　権大僧都経円」デアル。「榾」トハ上田秋成ノ『榾の杣』という万葉注釈書ノコトデ、ソコニハ当歌ヲ示シテ、「夕陰草、水陰草、露多きあたりなるべし。今は命もけぬかとさへ本無おもふと也」ト加注シテアル。右ノ引用ハ、平楽寺書店刊ノ、藤井乙男博士『万葉集榾の杣』（三六九頁）ニ拠ル。『秋成遺文』所収ノ『榾の杣』ハ「序例」ノミデ、本体ノ万葉集ノ施注部分ハ無イノデ要注意。中央公論社刊『上田秋成全集』（第二巻、二九九頁）ニモ上記引用文記載。秋成ノ該書ハ、自筆本シカ伝本ハナイ由デ（中央公論社『全集』第二巻ノ解題四一八頁））今ハ大東急記念文庫蔵。倭訓栞ガ笠女郎歌ノ出典名ヲ万葉以外ニ、榾ノ一字ノミデ記シタコトハ、自筆原本ヲ見タカ、草稿反古紙ヲ見タカデアロウ。或ハ今ハ伝ワラヌ転写本モアッタノカモ知レナイ。ナオ、榾ノ字ノツク万葉集釈関連書ニハ、榾山拾葉（石川清臣《民》）・榾乃嬬手（楫取魚彦）・榾乃落葉（正木千幹）・万葉榾乃撰葉（師岡正胤）・万葉榾清蔭（藤原保之）・榾の陰葉（長野義言―万葉トノ関係不明）・榾能下露・奈良之《ママ》葉（牡丹花肖伯、島原文庫）・榾葉越枝折（宮田景周、万葉トノ関連不明）・榾迺本落葉（大阪市大森文庫）・榾迺若葉（萩の舎隆平）・榾若葉（山岡元信）等ガアルガ、笠女郎歌ノ記載ノ有無ハ未ダ精査シテイナイ〉。「夕かげ草」の語義については、次の頭注で詳述する。さて当歌の歌意は、旧来の注では歌意よりも「夕かげ草」の語意の注だけに終る書が多い。但し近来の注は歌意に及んでいる。参考、「庭に生えて居る夕影草の茂き下露は、君に逢ふ此の夕ぐれを待つ間の我が恋ひ泣く涙であらうといふ事にて、結極《ママ》、夕暮を待ちて恋ひ侘ぶる涙は、夕影草の露の如く茂しといひて、待ち焦る、愛情を訴へたるなり。〈起きて見る〉とでも改めたし」（塩井氏『詳解』）・「万葉の歌の〈夕かげ草〉を出したのは、清新であったであらう。しかし〈ゆふ〉と〈暮〉と重複してゐるのはどうであらうか。全体は流暢優婉である（尾上氏『評釈』）」・「私ハアナタニ逢ヒタイノデ、始終恋シサニ涙ヲ流シテヰルガ、アノ庭ニ生エテ居ル月蔭《ママ》草ノ葉カラ露ノ落チルノハ、夕方ヲ待チカネテ、私ガ落ス涙デアロウ。扨々沢山《さてさてたくさん》ノ涙ダワイ

（鴻巣氏『遠鏡』）」。

五　古抄に云く。夕かげ草とハ、ゆふべの草まで也。草の名にあらず

この「古抄」は、幽斎増補の『新古今聞書後抄』であり、常縁原撰注〈前抄〉ではない。無刊記板本『聞書』・宝永八年『新鈔』・内閣文庫本増補聞書は増抄の引用と同文。内閣文庫本聞書後抄・説林後抄は「夕かげ草」の「草」字を脱する。

文意、「第二句の〈夕かげ草〉とは、夕方の草というのに過ぎない。ある特定の草の名称ではない」。「ゆふべ」は、古くは清音。朝〈アンタ〉の対語。夜を中心とした時間の区分〈ユフベ→ヨヒ→ヨナカ→アカツキ→アシタ〉の最初で、昼を中心とした時間区分の最後の〈ユフ〉とは実際上は同じ時間帯《たい》〈以上、岩波古語辞典による〉。〈ユフベ〉は平安時代では歌語と意識され、〈ユフグレ〉は普通語であった。「まで」は副助詞で、事物の進行の極限に至ったことを示す語であるが、後に限定・確認・強調の意をあらわす詞となった。

「夕かげ草」の語義については、既に頭注四の『文亀三年内裏歌合』の上冷泉為広《かみれいぜいためひろ》判詞中の「指佞草《しねい》」・「蓂莢《めいきやう》」の語義や、又、万葉五九四番笠女郎歌の説明中で触れたが、その他、管見に触れた諸説を、参考上引用しておく。〈因ミニ、指佞草・蓂莢ノ両草ノ名ハ『本草綱目』ノ「草部」中ニハ、ソノ名ヲ見出スコトハデキナカツタ《（ママ）》〉。

「夕カゲ草オフヲ、イヌトハナシ。夕ゞ草也（新古今注）」・「ゆふかげ草とは夕の草まで也。草の名にあらず（神宮文庫本十代抜書・吉田幸一氏旧蔵新古今和歌集註・高松宮本註・高松重季本註・内閣文庫本・書陵部本新古今集抜書・内閣文庫本聞書後抄〈但シゆふかげ草ノ草字ヲ脱ス〉）」・「玄旨云〈玄旨トハ細川幽斎〉、夕かけ草とはゆふへの草迄也。非ス二草ノ名ニ一（季吟八代集抄・学習院大学本新古今注釈）」・「夕かけ草とは、た、晩《（ママ）》けの草まて也。それに名をさすはわろし（烏丸光広新古今私抄）」・「夕の草なり（龍谷大学蔵、詞字注。該本歌本文第四句ハ、暮を朝《（ママ）》まの、トアリ）」・「夕影草は名にはあらず。夕草なり（宗長連歌自註〈宗長が今川氏親ノ被官デアツタ興津藤兵衛尉正信ニ送ツタ連歌自註。桂宮本叢書第十八巻所収。人けにむしのこゑもきこえす／月をみる夕かけ草のみちのへに／月をみる夕影の草村虫の音も人けにと絶ぬる、みるやうにも聞やうにもこそ侍れ、夕影草は名にはあらす、夕の草なり。トアリ、又別ニ、音に鳴きけは鴈やわひしき／旅枕夕影草もうつろひて／鴈も我古郷を出たるや、わひしきと、草の枕にて察したる也、夕影草もうつろひたるおりに、鴈の打なきたる様、時節を思合すへし。トモアルノデ夕影草ハ秋ノ季語デアルコトガ判ル〉）」・「夕陰《カゲ》草。それぞと名をさしたる草ハなし。た、夕陰の草也。／それとなき夕陰草の野を分て、と云句ニ／行〳〵山ハ日暮しの声　宗祇（産《うぶ》衣《ぎぬ》〈連歌式目書〉）」・「ゆふかげぐさ。暮陰草にて、日かけに生るはかなきくさをいふなるへし〈笠女郎歌、省略〉〈倭訓栞。〈増補語林（槿）」・「ゆふかげくさ。夕影草の義、槿也と蔵玉集に見えたり（倭訓栞後編。）」・「夕影草。槿。斎宮花尽異名・名にはたゞ朝の草と聞くならばゆふ影草の何かいふらむ（蔵玉和謌集〈草木異名并月之名〉秋）」・「朝顔〈蔵玉〉しの、め草〈大坪註、蔵玉集ノ雑部ニ、堀川院、しの、め草　槿ト見エル。新校群書類従二四八頁〉／〈莫伝〉夕かけ草。牽牛花《アサガホ》に夕かけ草の名、につかはしからす。但万葉十に、朝かほハあさ露おひてさくといへと夕かけにより咲まさりけれ〈大坪註。二〇一四番歌。莫伝トハ莫伝抄ノ略デ、源俊頼作トイウモ鎌倉末、或ハ室町初期ノ偽書ラシイ。古語深秘抄ニ所収ノ莫伝抄ニハ／夕影草あさかほ／名にはた、朝の花の咲ならは夕かけ草といかていはまし／ト、蔵玉集ノ異伝歌ヲ例示スル〉。是等による歟。されと此哥、牽牛花の夕に咲まさるといふ事有へからす、是ハ槿《ムクゲ》花なとを詠せしにや。白槿《シロムクゲ》なとの夕はえ思ふへし。朗詠に槿アサカホと訓す。同名異物和名鈔にも粗見えたり。芍薬ヌミクスリ。杓杞ヌミクスリ。今俗牽牛花をのみアサカホといひて、槿のアサカホかくれけんもしるへからす（異名分類抄。拙蔵寛政六年板本）」・「夕陰《ゆふかげ》草。蕣《（あさがほ）》ヲ云（龍谷大学蔵、松葉軒東井、譬喩尽並ニ古語名数）〈大坪注、譬喩尽ノ論拠ハ、異名分類抄ガ引用シタ万葉二一〇四番歌ニヨルノデアロウ〉（〈大坪再注、朝顔《アサガホ》ハ①牽牛子《あさがほ》②木槿《むくげ》③桔梗《ききやう》④旋花《ひるがほ》ノ諸説ガアル。澤瀉博士『注釈』二一〇四番歌訓釈欄デ、朝顔ガ①デナク③デアルトサレタノモ二一〇四番歌意ニヨツテデアル。①ハ暮陰《ユフカゲ》ニ咲キマサラナイ故デアル。岩波旧大系万葉集(二)一五三八番歌補注デ二一〇四番歌意ヲ「朝顔は朝露を負って咲くというけれど私は夕影にこそ咲きまさって（あなたをお待ちして）いますものを」ト、トレバ①ヤ②ト見テモ障害ニナラナイトスル。澤瀉博士『注釈』ハ波線部「私は」ノ挿入ハ無理、第（　）部モ「夜の街の女」ノ感ジガアリ、第

三句ト第五句ノ「咲く・咲き」モ同ジ朝顔ノ事ト見ルノガ自然ダ、ト批判サレテイル。岩波新大系万葉集デハ、一五三八・二一〇四番歌ノ朝顔ハ今ノ何ニアタルカハ未詳トシテイル」。江戸期以後では「夕影草は、夕陽(ママ)の草なり。草の名にあらず（標註参考）」・「朝顔の異名なりと、藻塩草に見ゆ〈大坪(草)注、藻塩(草)草ハ書名。巻八ノ草部ニ、夕かけ―夕影―〔一夜草と同草也。暮陰草ともかけり、これも同事也〕・槿部ニ、夕かけ草〔なにはたゝ朝の花のさくならは夕かけ草と何かいふらむ〕トアリ〉…中略〈前引、後鳥羽院山里の夕影草の……万葉五九四番笠女郎歌・続千載三七四番通光歌ナリ〉など見えたり。皆斯く茂き露にかけて用ひたり。此処もそれにて、上の句は、茂き露のさまなり。抄〈八代集抄ヲサス〉には、夕草といふ意にて、草の名にあらずとの説を記されたれど、暫く藻塩草の説に従ふ（塩井氏『詳解』）」・「夕方の物蔭にある草（講談社『新詳』）」・「夕暮れの光の中の草といい、また、夕方、物陰に咲く草ともいう（小学館『全集』）」・「どういう植物かについては古来諸説があるが、ここでは夕暮の草の意に解しておく。つねに露しげく置く場合に用ゐる語（朝日新聞社『全書』）」・「夕陰草は朝顔とも槿とも単に草の意ともいう（岩波旧大系頭注）」・「夕暮の下蔭の草（岩波新大系脚注）」・「夕日に照らされている草（新潮社『集成』）」。

六　夕景草とハ、晩景の事なり、それを草に取りなしたり

「かげ」に「景」の字を宛て「影・蔭・陰」などの字を用いてないのに磐斎の独創である。前頭注に詳述したのも、これが為である。「ゆふかげ」を夕方の景色・景観とす見解は見出されていない。夕陽の光、夕陽の物陰、などが磐斎以外の見解であるが、彼は彼以前の、草の名称ではなく、夕方の草の意、という見解に飽き足らず、それに（秋の夕の景観）という「陰〈目ニ見エヌ暗イ兆候〉」を荷わせて、つまり「取りなし」て、施注したのである。磐斎は言葉に出してはいないが「秋の夕暮」を歌った。新古今の「三夕歌〈三六一番寂蓮歌・三六二番西行歌・三六三番定家歌〉」が多分施注意識にあったであろう。文意は「夕景《かげ》草とは、夕方の、ものわびしく淋《さび》しい景色にも似た草、特に秋のものさびしい景観によって惹《ひ》き起《おこ》される気持の如きものを、庭に生えている草に見立《みたて》て、夕かげ草と表現したのである」。「取りなす」は、転換させて扱《あつか》う事。

七　人・逢(ママ)ハんとゆふべを待つ人の袖の涙と、露を見たる也

「人逢ハんと」は「人に逢ハん」、或は「人と逢ハん」の意であろう。脱字であろう。文意「第三句以下の意味は、恋人に逢おうと、夕暮れになるのを待ち遠しく思っている人の、恋しさに流す涙であると、（夕かげ草の下葉にやどる）露を、見立《た》てたのである」。参考、「下露ハ上ニハ見へず。泪の見へぬやうにするハ、くれを待間の泪の下露と同じやう也（かな傍注本）」。

八　夕かげとあるによりて、暮を待つと思ひ寄せたる作意也

「夕」と「暮」は、同義語あるいは縁語。これを、この道経歌の創作意図と考えた施注。なお一日の時間帯を言う語に、昼を中心とした言い方（朝《アサ》→昼《ヒル》→夕《ユフ》）と夜を中心とした言い方（夕《ユフベ》・夜《ヨル》・宵《ヨヒ》・夜中《ヨナカ》・暁《アカトキ》《アカツキ》・朝《アシタ》）とがあるが、夕《ユフ》と夕《ユフベ》とでは、実際上は重なる時間帯もあるが、ユフベの方がユフよりも遅く時間も短く、又、ユフは夕霧・夕日の如く複合語を持つに対し、ユフベは「朝夕《アシタユフベ》」の他殆んど複合語はない。これはユフベが、ユフとへとの複合語であるが故と思われる〈以上、大野晋『古典基礎語辞典』による〉。「暮」は「夕」にくらべ、時間帯を示すよりも、太陽の昇降を示し明暗感も示すように思う。文意、「上句に〈夕かげ〉という夕を使った語があるので、下句では〈暮を待つ〉という暮を含む詞に思いをよせて応じた詠作意図と思われる」。「思ひ寄す」は、あれこれ引きつけて考える、思い合わせる、の意。連歌では、斯様《かよう》な「付合《つけあい》」を、「相対付」〈連歌秘伝抄ニアリ〉と称しているが、磐斎もこういう事を意識しながら施注したのであろう。述べてはいないが、露と涙も相対付という連歌技法と考えていたように、私は思われてならない。

〔二九二〕（一〇〇頁）

二　小侍従

管見新古今二十六伝本はすべて「小侍従」。他出での作者名は、「小侍従」が、二八要抄・古今選・女房三十六人歌合(乙)・女百人一首・小侍従集。「太皇太后宮小侍従」が、太皇太后宮小侍従集、「大宮小侍従」が、続詞花和歌集・歌仙落書。「近衛太皇太后宮小侍従」が、女三十六人撰(甲)。小侍従の事略は、六七八番頭注二・六九六番歌頭注二に既述したが更に参考文献の記事を追加する。

「紀氏、石清水祠官光清―女子〈脇書ニ〉歌人小侍従。号待宵小侍従是也。又、号八幡小侍従（尊卑分脈）」・「小侍従。太皇太后宮女房待宵（中宮亮重家朝臣家歌合　永万二年。

右方作者ノ注記）」・「小侍従局。二条院女房。歌仙。異本、法眼実元母。異本、歌人。侍宵小侍従是也。又異本、中納言伊実室。異本、当山中谷椿房者、昔小侍従之坊也。号款冬坊云々。此草多前栽植置之故也。墳塔垂井在之云々（石清水祠官系図〈続群書類従巻第百六十九所収。活字翻刻ハ続群書類従第七輯(上)二三七頁〉）」・「光清／堀川。イ鳥羽。崇徳。／廿五代別当。号垂井。師主天台座主僧正仁覚。嘉保元年出家。年十一。同二年正月六日補任上座。十二〈中略〉保延三年九月廿四日入滅。五十四。〈他略ス〉（同上書。二三一〜二三二頁）」・「待宵小侍従。皇太后宮侍女也。高倉帝践祚之日不豫〈帝ノ御病気ヲイウ〉、不レ奉二供御一〈御食事ヲイウ〉。帝頤二侍従一曰、汝詠レ歌則朕受二供御一。侍従即応レ詔曰。君が代はこま（二萬）の里人かきそひ（ママ）ていま（ママ）もそなふるみつきものかな。帝深感為二侍従一。後徳大寺実定常愛二侍従才色一。侍従亦能尺二其情一。嘗一夜期二実定一不レ来。初更已《スデニ》過三更鐘聞。猶未レ見二其人一。侍従愁悶作レ歌曰、まつ宵に深行かねの声きけはあかぬわかれの鳥ハものかは　人称曰二待宵侍従一。治承四年秋八月。実定自二福原一私来二于旧都一。訪二大宮一。〻（宮）不レ勝レ歓。以二所レ把琵琶撥招焉。侍従亦侍二終宵一。絃歌尽レ歓到レ暁辞去。実定路召二所レ従蔵人藤原経尹一曰、侍従臨レ別咽泣不レ言。吾亦傷レ懐。汝回見二彼動静一来。経尹走回曰、ものかはと君がいひけむとりの音のけさしもいか（ママ）にかなしかるらむ。侍従呑レ泣答歌曰、またはこそふけゆくかねもつら（ママ）からめなか（ママ）ぬわかれのとりの音そうき。経尹追二及実定于六田河原一。而告レ之、実定大感賞以二摂津国一庄一。自レ是人呼称二物可波（ものかは）蔵人一（前督故実。七ノ上冊。高倉天皇朝二十二名ノ中）」・「大納言なりける人〈実定ノコト〉小侍従ときこえし哥よみにかよはれけり。ある夜物いひて暁かへられけるに、女の家の門をやりいだされけるが、きと〈急ニサット〉見かへりたりければ、此女〈小侍従〉名残をおもふかとおぼしくて、車よせのすだれにすきて〈透キテ〉、ひとりのこりたりけるが〈徒然草三十二段九月廿日頃ノ月見歩ク段ノ面影ニ通ズル感アリ〉、心にかゝりおぼえてけれは、ともなりける蔵人に〈藤原経尹。屋代本平家ハ蔵人泰実トスル〉、いまだ入やらで見おくりたるが、ふりすてがたきに、何とまれ〈他ノ事ハドウアッテモヨイ〉いひてこ〈私ノ伝言ダケハ言イ伝エテ来イ〉、とのたまひければ、ゆゝしき大事かな〈タイヘンナ任務ダナ〉とおもへども、ほどふべき事ならねば、やがてはしり入ぬ。車よせのえんのきはにかしこまりて、申せと、はさうなくいひ出たれど何といふべきことのはもおぼえぬに、をりしもゆふつけ鳥、こゑ〲に鳴出たりけるに、あかぬ別の、といひける事の、きとおもひいでられければ、物かはと君がいひけむ鳥のねのけさしもなどかかなしかるらん。とばかりいひかけて、やがてはしりつきて、車のしりにのりぬ。家にかへりて、中門におりて後、さても何とかいひたりつる、ととひ給ひければ、かくこそ、と申ければいみじくめでたがられけり。さればこそ、つかひにはからひつれ、とて、感のあまりに、しる所などたびたりけるとなん。此蔵人は内裏の六位などへて、やさしくら人、といはれけるものなりけり。この大納言も、後徳大寺左大臣の御事なり〈今物語。第十話やさし蔵人〉」。「後徳大寺左大臣〈実定〉、小侍従と聞こえし歌よみに通ひ給ひけり。ある夜物がたりしてあかつきかへらる、程に、供なりける蔵人〈経尹〉に、いまだ入りやらで見送りつるがふりすてがたきに、立ちかへりて、何事にてもいひてこ、との給ひければ、ゆゝしき大事かな、と思へども、程ふべき事ならねば、やがて走り入りて、車よせに女の立ちたる前についゐて、申せと候ふ、と左右《トカウ》なくいひいでたりけれど、何といふべしとも覚えぬに、折しも里の鶏の、こゑ〲に鳴き出でたりければ、物かはと君がひけん鳥のねのけさしもなどか悲しかるらん。とばかりいひかけて、やがて走りつきて、車よせにて、かくこそ申して候ひつれ、と申しければいみじうめでられけり」・「さればこそ、使にハはからひつれ〈前掲今物語ノ中ノ語句ナリ〉とて、後には知る所などたびたりけるとなむ〈所領地ヲ賜ハッタ、ヤハリ今物語中ノ語句ナリ〉。上東門院〈彰子中宮〉の伊勢大輔が、墨する程に、けふ九重にといふ歌〈古ノ奈良ノ都ノ八重桜ケフ九重ニ匂ヒヌルカナ、詞花集(春)・玄々集・袋草紙(三)ナドニ見エル〉を案じ出で、一間をいざり出づる間にえもいはぬ末の句を付けたりける〈俊頼髄脳ノ、クチナシニチシホヤチシホ染メテケリ／コハエモイハヌ花ノ色カナ、ノ短連歌ヲサス。前句ハ道信、付句ハ伊勢大輔。続詞花集物名・八雲御抄連歌・今鏡ナドニ見エタリ〉、心のはやさもおとらずこそ覚ゆれ、彼の蔵人〈藤原経尹〉は、内裡の六位などへて、やさし蔵人といはれけり（十訓抄。第一の第十八話）」・「風体あまりて比興を先とせり。青海波といふ舞をみる心地こそすれ。つれ〲しきかたにはみめよき近衛とねりなどや、かいしろ〈垣代—青海波などの舞楽ノ時ニ、垣根ノヨウニ立並ブ舞人ヲイウ〉にたつらむ／〔小侍従歌五首。ソノ中ニ、待宵云々ノ歌ヲ含ム。前書ハ、恋歌、トアリ歌形ハ増抄引用ト同形〕／青海の波のたちゐに袖ふりてその唐人《から》の姿とぞ見る〈小侍従ノ歌風ノ歌ニヨル批評〉（歌仙落書。大宮小侍従五首）」・「待宵小侍従墓。摂津国桜井村。烏丸光広卿集、津の国桜井といふ里の西にかの待宵の小侍従といひし人の古跡あり。〳〵みるからに袖こそぬるれ待宵のかねをうらみし人のあとゝて（類聚名物考巻九十六、地理部四十三、陵墓。活字本、第二巻五百四十五頁上欄）」・「近く女歌よみの上手にては、大輔・小侍従とて、とりどりにいはれ侍りき。大輔は今少しものなど知りて、根強く詠む方はまさり、小侍従《イ侍従》はなやかに目驚くところ詠み据うることのすぐれたりしなり。中にも歌の返しすることは《イの》、誰にもすぐれたりとぞ。本歌にいへることの中に、さもありぬべきところをよく見つめて、これを返す心ばせの、合ふ敵《カタキ》なきぞ、とぞ《イとて》、俊恵法師は申し侍りし（長明無名抄。六五話、大輔・小侍従一双のこと）」・「鳥羽の院の宮は〈皇子・皇女ハ〉、女院二所〈待賢門院璋子ト美福門院得子〉の御腹のほかに、三井寺の六宮〈道恵法親王〉、山の七宮〈覚快法親王〉とておはします。御母石清水の流れ〈石清水八幡宮ノ別当ノ子孫〉となむ聞きたてまつりし。俊頼の撰集に、鹿の歌など入りて侍る光清法印〈金葉集巻四冬二八三番歌／十月十日ごろに鹿のなきけるをきゝてよめる／法印光清／何事にあきはてながらさを鹿の思ひ返して妻をこふらむ／旧国歌大観本ニヨル〉とかいひける別当の娘となむ。小侍従など聞ゆるは、小大進が腹にて、これは前のはらから〈先妻が生ンダ兄弟姉妹〉なるべし（今鏡。慶安三年板本続世継による。ココデノはらからトハ同父異母間デノ兄弟姉妹ノ意デアリ、同腹デハナイ。みこたち第八所載）」・「近き世に、女ありけるを、八幡なる所に宮寺の司なる僧都と聞えし、小侍従とかいふ親にやあらむ〈コノ僧都ハ、石清水八幡二十五代別当ノ光清ヲサス〉（今鏡、打聞第十、敷島の打聞ニ所載）」・「千五百晩歌合ノ千四十四番、冬ニ、判者季経入道蓮経、正治三年初頭完成〳〵左小侍従／おもひやれやそぢのとしのくれなはいかばかりかはものはかなしき／右　忠良卿／としといひてよそぢもちかくおくりきぬさてもむかふるはるはうとくて／左歌まことに八十算〈算ハ年齢ノ意。算賀ハ長寿ノ祝デ四十賀カラ十年単位デ祝ウ慣例。オソラク、ココハ、八十歳代、八十歳余リノ意ト見ルヨリモ、丁度八十歳ト考エルノガヨイノデハナカロウカ。次ニ引ク正治二年院御百首ノ小侍従歌モ同意ト考エタイ〉のくれ、いかばかかはあはれにぞはべるべき。たゞしなにごとをおもへるにか。かみをうけたまはる程は、すゑにいかなることかと、おもふたまふるに、いかばかりかはものはかなしきといへる、こひざめにこそうけたまはれ。右歌、としといひて、とはべるより、よそぢもちかくおくりきぬ、などはべる、よろしきうへに、さてもむかふる春はうとくて、と侍る、左の八十旬よりは右の四十算はまさりてうけたまはる〈判詞ハ季経〉」。〈コノ小侍従歌ハ、正治二年、西暦一二〇〇年ノ歳末詠ト愚考〉・「正治二年院御百首。小侍従ノ秋二十首ノ中〳〵月の比八十の秋をみぬはなしおほえぬものをかゝる光は」。〈コレハ正治二年ノ秋ノ詠ト愚考〉。上記千五百番歌合歌と正治二年院御百首の両歌は、正治二年に小侍従は、丁度八十歳であったと愚考するので逆算して、その生年は、保安二年、西暦一一二一年と考えられる。なお引用は省くが、土肥経平の『春湊浪話』（日本随筆大成第三期第十巻所収）に「小侍従二人〈注、高倉院小侍従ト太皇太后宮小侍従。コノ両人ハ別人説〉」と「待宵小侍従の年齢」〈注、待宵歌ヲ詠ンダノハ五十九歳、千五百晩歌合歌ハ、八十歳ノ詠トミテイル〉という二話が載せられてある。「後白河院の御所いつよりものどかにて、近習の公卿両三人、女房少々候て、雑談ありける時、仰に、身にとりていみじくおもひ出たるしび事、何事かありし、かつは懺悔のため、をの〳〵ありのまゝにかたり申すべし、と仰せられて……小侍従が番にあたりて……小侍従うちわらひて、おほく候よ、それにとりて生涯の忘がたき一ふし候。げに妄執にも成ぬべきに、御前にて懺悔候なば罪かろむべし、とて申けるは、そのかみある所よりむかへにたまはせたる車ありしに……さて行つきて車よせにさしよする程に、みすのうちより、にほひことにて、なへらかになつかしき人出て……立ながらきぬごしにみしといだきて……鳥のねもはや聞ゆればむつごともまだつきやらで……帰りきても、又ねの心もあらばこそ………にほひのうつれるばかりをかたみにて……又わかれにし心のうちいかに申のぶべしともおぼえず……法皇も人々も、まことにたへがたかりけん、このうへは、そのぬしをあらはすべし、と仰られけるを、小侍従うちわらひて、さらば申候はん、おぼえさせをはしまさぬか、君の御位の時……たれがしを御使にてめされて候ひしは、よも御あらがひ候はじ、申候むねたがひてや候や……人々どよみにて、法皇たへかねさせ給て、にげいらせ給にけるとなん（古今著聞集巻八、好色第十一。三二二話後白河院の御所にして小侍従が懺悔物語の事）」・「吾山四話〈大坪注、未見書。吾山ハ江戸中期俳諧師。本名会田秀真《ほつま》、後ニ越谷氏《こしがや》〉に載せたり。越谷法橋吾山。俳諧の連歌の判者。

〈中略〉／待宵の少《（ママ）》侍従。阿波の局八幡光清法印女／待宵にふけゆくかねのこゑ聞けばあかぬ別のとりはものかは／ものかはの蔵人。徳大寺実定公家臣〈大坪注、新拾遺七五四番歌ニヨレバ藤原経尹〉／ものかはと君がいひけん鳥の音のけさしもなどか悲しかるらん／〈後略〉（安斎随筆巻八。因レ歌得レ名）」。

三　待宵に更け行く鐘の声聞けばあかぬ別の鳥ハ物かは

管見新古今二十六伝本による校異を示せば、初句「待宵に」が「待宵の」とあるのが、慶祐書写本・御室本〈以上岩波旧大系校異ニヨル〉春日博士蔵二十一代集本・亀山院本・公夏筆本。「まつよひに《の》」（鷹司本。にヲのト朱傍書シテ後デ削ル）。「待よゐに《のイ》」（柳瀬本。にヲのに訂正シ朱ノ合点ヲ付ス）。なお、「待宵」の用字は後述の語意に関連するので、特に示せば、「宵〈漢字使用〉」が、小宮本・春日博士蔵二十一代集本・承応三年板本・延宝二年板本〈文化元年補刻本モ〉・正徳三年板本・寛政十一年板本。「よひ〈平かな使用〉」が、鷹司本・冷泉家文永本・刊年不明牡丹花在判本板本・東大国文学研究室本・刊年板元不明板本・正保四年板本〈明暦元年板本モ〉・寛政六年板本・烏丸光栄所伝本・同書写本・公夏筆本・為氏筆本・高野山伝来本。「よゐ〈ワ行ノゐヲ使用〉」が、為相筆本・柳瀬本・亀山院本。「夜ゐ」〈漢字トワ行ノゐヲ使用〉」が前田家本。なお宗鑑筆本と親元筆本は「宵《よひ》〈漢字ニよひルビ〉」で底本のままなのか、翻刻者の意によるものなのかわからないので省いた。又、為相筆本を底本にして翻刻してある岩波新大系は「よゐ《（ひ）》」としてあるので、「よひ」の意と見られ、柳瀬本翻刻も「よゐ《（ひ）》」とあるので「よひ」の意と考えられたのであろう。前田家本の「夜ゐ」は「宵」の意か「夜居」の意か考察すべきである。「夜居」の語意は、「夜間、寝ずに詰めていること（小学館、新選古語辞典）／夜の間、定められた場所に詰めていること・宿直（岩波古語辞典）／宮中などに伺候して、終夜起きていること（角川古語大辞典）」で、「宵・よひ」の語意は、「日暮から夜中《よなか》に至る時間帯。古代では夜間を、よひ・よなか・あかとき、と三つに区分して表現している。しかし、その時間帯区分は必ずしも厳密でなく……夜《よる》と同じに用いることもある。万葉集などでは、よひ、の語を表すために、夕・暮・晩・夜・初夜・三更、などの文字を用いている（角川古語大辞典）」である。小侍従は、職掌が侍従であるから、夜間の勤務もあった事は、前引『古今著聞集』の説話からでも推察できるのではなかろうか。「夜居」と共に「宵居」という類似の語もあり、こちらは「宵の間、寝ないで起きていること（角川古語大辞典・岩波古語辞典）」の意で、宵が夜《よ》中《なか》まで含まれる時間帯を示す語であるなら、夜居・宵居は殆んど同じ語意と見てもよく、「ヨヒヰ」と「ヨヒ・ヨヰ」の発声は、歌を詠ずる場合、長短混融して、同じように聞える事も起り得たであろう。従来の注釈では、この問題に触れた注が管見に及ばなかったので書き添えておく事にした。次に第三句「声聞けば」は、為氏筆本では仮名表記で「をときけは」である。第四句「あかぬ別の」は、同じく為氏筆本では「あかぬなこりの」となっている〈因ミニ、岩波旧大系・久保田氏『全評釈』ノ校異デハ、何故カ、コノ第四句校異ハ示サレテイナイ〉。さて、「待宵に」の歌句の場合は、「待宵に↓聞けば」と歌意は脈絡し、「待宵の」の場合は「待宵の↓声」と脈絡するのであるが、いずれにしても第三句「声聞けば」に懸かっていくのであるから、歌意の上では大差なかろう。次に「声《こゑ》」も「音《をと》」も、「音《ね》」の意と見れば、漢字「音」の古訓は、中古では「オト・コヱ」、中世では「ネ」も加わり、近世では「オト・コヱ・ネ」となる由であるから〈角川大字源ニヨル〉これも大差なし。次に「別れ」と「なごり」であるが、「なごり」の語義には「別れたのちに心に残ること・なごり惜しさ〈岩波古語辞典〉」という意があり、所謂「別れのつらさ」の意と見てよいから、これも大差はなかろう。結局。歌意的には、校異上での違いは、あまり影響はないと思うのである。

当歌の先出は、『続詞花和歌集（巻十二恋中、題不知・増抄引用と同歌形）』・『小侍従集（尊経閣文庫蔵。恋部・増抄引用と同歌形）』・『太皇太后宮小侍従集（書陵部五一一／二○架番。題「恋」、初句ハ「待よひの」）』。又他出は、『歌仙落書（初句ハ歌学大系本ハ待宵に新編国歌大観本ハ待宵の）』・『竹園抄（懐紙書事。歌形ハ歌学大系本初句待宵に、新編国歌大観本デハ初句まつよひの）』・『和歌口伝（一、初本とすべき歌／千載名《（ママ）》歌／まつよひのふけ行くかねの音きけばあかぬ別の鳥はものかは／面白く侍るに鳥は物かはといへる、少思ふやうならず）』・『女三十六人撰(甲)（作者名ハ、近衛太皇太后宮小侍従、歌の待宵に、鳥ハ鶏字使用）』・『女房三十六人歌合(乙)』・『練玉和歌抄』・『女百人一首』（上記三本ハ、作者名ハ、小侍従。初句待宵にデアリ増抄引用形ト同形）。『私玉抄（巻五恋。歌句ハ増抄と同形。「依二此歌一待宵の小侍従と云」ヲ付記ス）・『平家物語（覚一本、月見。初句待宵の。第四句かへるあしたの）』・

『平家物語（延慶本、実定卿待宵小侍従合事。覚一本ト同歌形）』・『源平盛衰記（実定上洛。初句待宵の、第四句あかぬ別の）』・『武家尋問条々（近世歌学集成(上)所収。歌句ハ増抄引用形ト同形）』

次に当歌を文飾的に引用する他出書も多く、常に学恩に浴している『典拠検索名歌辞典』に多くの指摘がある。その作品名と新しく私に気づいた作品名とを次に掲出すると、「宴曲」では、「金谷思《きんこくのおもひ》〈大坪注、校註国歌大系第一巻所収、拾果集(上)、六二六頁〉」・「霜〈同所収、補遺ノ部、七一三頁、待つ宵深く（ママ）行く鐘の声〉」・「司晨曲《ししんのきよく》〈同上、七一七頁、飽かぬ余波《なごり》の鳥の音は、待つに深け行く空よりも、猶うき物と恨みしは、勝《げ》に理の遊《すさ》みかな〉」。「謡曲」では、「三井寺〈岩波旧大系謡曲集(下)、三九〇頁下段、待つ宵に更け行く鐘の声聞けば飽かぬ別かれの鳥は物かは、と詠ぜしも〉」。「御伽草子」では、「朝顔の露（ママ）の宮(上)」〈岩波文庫、島津久基編校お伽草子、三〇九頁、古小侍従の詠みし歌に、待宵に更けゆく鐘の声聞けば飽かぬ別れの鳥はものかは、と詠《なが》めしも今の鐘の辛さに思召し合せ焦れ給へば云々。ナオ岩波文庫、市古貞次校注御伽（ママ）草子(上)(下)ニハ、含マレテイナイノデ要注意〉」・「音なし草子〈赤木文庫蔵。室町時代物語大成第三。三一七頁下段。いかなる事の、あるらんとおほつかなくは、思へとも、しはしか程は、待よひの、ふけゆく鐘の、声きくに昔の人のことの葉も、思ひしられて、云々。大坪云。岩波旧大系や小学館全集本ニハ不採。萩野由之氏ノ新編御伽草子ニハアル由〉」『閑吟集』〈岩波旧大系、中世近世歌謡集所収、一五七頁第六九条〉、「まつ宵は（ママ）ふけ行鐘をかなしび、あふ夜は別のとりをうらむ、恋ほどの重荷あらじ、あらくるしや・大坪追加。同一八四頁第二七九条、復《また》よひの、更行鐘の声聞ば、あかぬ別の、とりは物かはと詠ぜしも、恋路のたよりの、をとづれの声と聞く物を〉」。『尤《もつとも》の草紙(上)』〈日本随筆大成第二期六巻所収、二一八頁、卅五まつもの、品。人を待、まつよひに更行かねの声きけばあかぬわかれの鳥は物かは〉・古浄瑠璃『源氏花鳥大全』〈新群書類従第五歌曲、所収。五八五頁歌仙ニ所載。去りながら、こなたにも又逢みての、後のこゝろにくらぶれば、君まさぬ夜のひとりねや、あるは待侘ねもやらで、ふけ行かねの声、きけばむかしはものを思はざりけりとよみしはげにも、ことはりと、思ひしられ候〉。「浄瑠璃」では、「遊君三世相《ゆうくんさんぜそう》〈別名、三世相・夕霧三世相・夕霜追善物語。大近松全集・大日本文庫近松浄瑠璃傑作集上等ニ所収。以上国書総目録ニヨル。『名歌辞典』ニ、第四春姫道行ニ下句ノ引用アルヲ示シテアル〉」・「賢女《けんじよ》の手習《てならい》并《ならびに》新暦《しんごよみ》」〈国書総目録ニヨレバ、日本名著全集近松名作集上・竹本太夫正本ニ活字本アリ。『名歌辞典』ニ、天王寺名所、黄鐘調の鐘の音を聞けば云々、別れの鳥は物かは、ト引用シテアル〉」・「鎌倉三代記〈昭和版帝国文庫第十篇、紀海音・並木宗輔浄瑠璃集、一八三頁。紅匂ふ空燻に、誰待つ宵《やつ》の侍従川、寄せては返る白波のふじが谷とはあれやらん〉」。「歌曲」では、「増補松の落葉〈巻六、卅七あふみ八景〉〈新群書類従第六歌曲所収、二五九頁上段。とうていの秋の月こゝにうつしてみつうみのふくるもしらすながめいるふけゆくかねの音きけばあかぬわかれの鳥は物かわ〉（大坪追加、「落葉集」ノ巻二、廿九近江八景ニモ重出。日本歌謡集成巻六。四三一頁上欄）・（更ニ、「増補絵入松の落葉」巻六中興当流所作、卅七近江八景ニモ重出。日本歌謡集成巻七。二二八頁下欄）」・「隆達節小歌集〈名歌辞典未収、大坪追加〉〈日本歌謡集成巻六近世編所収。一九頁上欄。ふけ行く鐘も別れの鳥も独りぬる夜はさはらぬものを。隆達小歌三百首、同上書三九頁上欄・編笠節唱歌、同上書四七頁下段ニ重出〉」・「新増大成糸のしらべ〈三下りの部、二三、八声の鳥。日本歌謡集成巻八近世編。一九四頁上欄。ものかはと、いひしながらもふけゆくかねに、まつはもしやとたのみもあれど、まことつらひはやこゑの鳥よ へ合　世にはゆるさぬ人めのせきよ、忍びあふよは、かたるとすれどのこる、ことばぞ心なき鳥がねしらぬさともがな〉」・「同上書〈糸のしらべ六七、秋のしぐれ。歌謡集成二〇五頁下欄。しら露のおきてわかれしあけのこゑ　合　とりはものかはことゝはん。大坪注、名歌辞典デハ、地唄秋の時雨、ノ曲名デ掲出〉」・「江戸端唄集〈歌沢節二編、日本歌謡集成巻九近世編。四三四頁下欄。鶏《とり》の声、鐘の音《をと》さへ身にしみて、いとゞさびしき寐やの内、待身はつらき、ひじ（ママ）まくら思はせぶりな時鳥。大坪追加〉」・「笑本板古猫《ゑほんいたこのねこ》〈日本歌謡集成巻十一近世編。四五九頁下欄。鶏《とり》と鐘《かね》とはわたしにや、かたき、かわひおとこの目をさます。大坪追加、小侍従歌ノ心ガ含マレテイル〉」・「粋の懐〈第八篇ノ七うかれよしこの〈同上書。五三七頁上欄。宵は嬉しくきく鐘の音も今はつらさの明のかね。小侍従ノ心ノ逆取リ。大坪追加〉」・「粋の懐〈第九篇ノ二六待宵。五四九頁下欄。月は隈なくてらせども、君待宵ははれやらで、泪にくもる恋の闇、それかとおもふ足おとも、すぎてかすかに余処の軒《のき》、しんきくさゐと畳算《たゝみざん》、無理に合したかんざしの、もつる、胸のみだれがみ、とけてあふ瀬を、松むしの、しのび音になく秋風や　暁ちかき鐘の声。小侍従歌ヲ近世化・大坪追加〉」・「浅野藩御船歌集。大坂御船手歌江戸吟、四十八かつらぎ。〈続日本歌謡集成(巻三)近世編(上)。八五頁下欄。鳥が鳴かうとままよ、夜待ちの殿御と、寝た時の嬉しさはさて、鳥も鐘も厭わぬ、ゐいやよゐい、分かぬ思ひは東雲に、さらば、暇のゐいそりや文、手にはゐいゐいとるまいのう、ゐいゐいなまなかに。小侍従歌ヲ近世化。大坪追加〉」・「狂言」では、「新編狂言歌謡集。〈続日本歌謡集成巻二中世編。二〇〇頁上欄。更け行く鐘、別れの鳥も、独り寝《ね》る夜は、障《さは》らぬものを。大坪追加。大蔵流狂言岩波文庫能狂言(下)三〇四頁ノ花子《はなご》ニ引ク小歌〉」・「同上書二〇二頁上欄。待つ宵は更け行く鐘の音を聞き《(ママ)》、逢ふ夜は別れの鳥を怨《うら》む」、恋《こ》ひ程の重荷あらじ。あら苦《くる》し。大坪追加。〈泉・鳴子〉ノ付注アリ。狂言集成所収ノ鳴子ニハ、上記詞章ハ無イ。古典文庫和泉流狂言集第十六冊ニ所収サレテイル旨、同総目録ニ見エルガ未見。日本庶民文化史料集成第四巻ノ狂言六義(五)、一七三頁上欄ニ見エル〉」・「地唄。夜半の鐘〈ふけ行く鐘の声きけばあかぬ別れのとりは物かは。大坪注、名歌辞典ハ曲名ノミデ出典書ハ掲ゲナイガ、誠文堂刊『俗曲全集二五頁ニ、〈川舟に、のせて逢瀬の浪まくら、共にながる丶土手柳。月の葉ずゐの情となさけ、しばし逢はでも、秋の夜の、一夜待つほど恋しくて、更けゆく鐘の声聴けば、あかぬ別れの、鶏はものかは〉ト詞章ヲ載セタリ」・「箏曲。鐘の音〈大坪注、名歌辞典ハコノ曲名ノミ所載。『山田流箏歌八葉集』ノ曲名ノ中ニ含マレテイルガ、詞章ハ未調査〉」・「和漢文操（巻二、待ッ砧ニ恋）古典俳文学大系（10）蕉門俳論俳文集。五三一頁上段〈月もる閨《ねや》にたばこ吸《すひ》ながら、ふけ行鶏《ゆくとり》も鐘も物かは、哥をもよまず詩をもつくらず、砧《きぬた》の数に指をおれとや〉」・「同上書（巻五、三上ノ弁）同上大系。五八〇頁上段〈されど待《まつ》宵《よひ》のふけ行《ゆく》、くるしさよりも、別れてあふせなき枕の上こそ、詩哥のまことはあらはれぬべけれ。大坪云、待宵云々ニ新古今当歌ヲ付注シテアル〉」・「本朝文選（支考ノ当書名ノ非難ニヨリ風俗文選ト改題サレタ。巻六、飲食色-欲ノ箴）同上大系。四五二頁中段〈色はおもひのまゝ、ならぬを命とはよめり。あはぬをかこち、逢《あふ》夜《よ》の鳥をうらみ、待《まつ》宵《よひ》の鐘に、恋の情を尽《つく》せり〉」・「鶉衣《うづらころも》（煙草説《たばこのせつ》）岩波文庫旧版四四頁。新版ハ(上)冊一五一頁。〈堗《くど》のもえ杭《くひ》をさがしたるは、宰予《さいよ》が昼ねの目ざましにて、行灯《あんどん》に首延《のば》したるは小侍従が待宵《まさよひ》ならむ〉」・「月のゆくへ（巻の二、安徳天皇）校註日本文学大系第十三巻所収。七五頁〈大将もあかずのみおぼいて、かへりみがちなるを、御供なる経尹あはれに心ぐるしう見参らせけるが、立帰り女のうちながめてある処によりて、物かはと君がいひけむことの葉《(ママ)》のけさしもなどか恐しかるらむ。これは大将の通ひ給ふ頃、いつの時にか小侍従、待つ宵にふけゆく鐘の声聞けばあかぬわかれの鳥はものかは、と読みたりけるを、思ひいでてなむ、きこえけるなめる、いみじうも仕うまつりけりとて、大将ことにほめ給へりとぞ。大坪注。経尹《つねただ》ハ新拾遺集作者、勅撰作者部類ニヨレバ、五位デ伊賀守藤原懐経《かねつね》ノ男〉」・「棠《からなし》 大門屋敷《だいもんやしき》（巻四、親の心子しらず）近世日本文学大系(4)所収。四一一頁〈のこる詞もあらし吹く、窓《マド》のあかりにあかぬ別れの、鳥は物かはと、なく〳〵もとの忍びぢへもどしぬ〉」・「本朝酔菩提（稲妻表紙後編本朝酔菩提春之五、地獄信解品第七(後談)）近代日本文学大系（14）所収。六四三頁・或ハ、日本名著全集読本集所収。四四三頁〈有漏路《うろぢ》より、むろにやしなふ早咲《はやざき》の…中略…有無の二つをはなれては、心にかゝる雲もなく、きたらずさらぬきぬぎぬは、あかぬ別の鳥鐘《とりかね》を、うらむることもなか空に、何か残りて罪となる云々。大坪注。鳥鐘ニ、鳥が音《ね》ヲ掛詞〉」・「曽呂利狂歌咄《ばなし》（巻第一。第八条）。有朋堂文庫。醒睡笑・一休咄・曽呂利狂歌咄、合冊本。五六五頁〈〇昔さしも名有る人、多くは貧しく聞えし。小侍従局は誠に貧しくて世に立交はり難く、因幡堂の薬師に祈りて詠みける／南無《なむ》薬《やく》師癒《い》やさせ給へ是やこの貧しきも亦病《またやまひ》ならずや／薬師の御利生にや、徳大寺実定公に思はれ参らせて、裕《ゆたか》になりけるが、待宵に更け行く鐘の声といふ歌詠みて、待宵侍従《(ママ)》といはれしとかや〉」。以上は、新古今当歌の他出状況。

　次に当歌と影響関係のある歌としては、契沖の『書入本』に「新千載恋三。内にて小侍従とよもすがら物語して、朝申つかはしける

後徳大寺左大臣　ならひにきあかぬ別のあかつきもかゝる名残はなかりし物を／返し、小侍従／これそけにたくひはしらぬいにしへのあかぬ別は身をも恨き。共に今の歌をふめるにや〈新千載一四三四・一四三五番〉」の指摘があるが、次に気づいたものを示す。『太皇太后宮小侍従集』に「大炊御門少将〈実定ノ父。公能《きんよし》〉、宮へまいりてたつねさせ給に、あからさまにいてぬと申せは、待かねていつとて、つほねなる硯のふたにかきつけたまひし／いとせめてまつはくるしき物そとはむかしはきみも思ひしりけむ／返し、やかてまいりあひて／なをさりに待とはすとも君はよもふけ行かねのこゑはなけかし」。『南朝（マヽ）五百番歌合』（三百八十七番）に「右。太宰帥親王〈敦康親王〉。まつよひのふけゆくのみか別にもつらさはおなじかねの音かな／〈判歌〉ふけてうき涙の床の山かぜにおなじつらさの鐘ひびくなり」。『覚一本平家物語』（月見）に「物かはの蔵人〈藤原経尹《つねただ》〉。物かはと君がいひけん鳥のねのけさしもなどかかなしかるらむ／待宵小侍従。またばこそふけゆくかねも物ならめあかぬわかれの鳥の音ぞうき」。『師《もろ》兼《かね》千首』に「夜郭公　待つよひの更行かねのうさまでは恨みもあへぬほと、ぎすかな」。『千首部類』（恋部。寄鐘恋）に「まつもうし別もつらし聞度にこゝろつきぬるかねのおとかな　宗良〈拙蔵安永四年九月十六日／観荷堂蔵／出雲寺文次良板本〉」。影響関係歌はまだあると思われるが、後考をまちたい。

当歌の歌意参考、「こよひは来んといふ契約なればとて、待てゐる夜の鐘の声が、段々時がふけてゆけば身にしみてかなしい、とくと打とけもせぬうちに、もはや別を告し鳥の声も悲しうおぼえたが、これにくらべては物の数にもあらずとなり（尾張迺家苞）」・「約束シタ人ノ来ルノヲ、今カ今カト待ツテヰル宵ニ、ダン〳〵ト夜ガ更ケテ行ク鐘ノ音ヲ聞クトキハ、実ニツライモノデソレニ比ベテハ逢ヒハ逢ツテモ未《いまだ》飽キ足リナイウチニ別レヨト鳴ク明方ノ鳥ノ声ノツラサナドハ何デモナイワイ（遠鏡）」・「初夜後夜ときこえゆく悲しさにくらぶれば、あかぬ別の鳥は悲しき物と思ひしかど、そは物の数にもあらずとなり（標註参考）」。末句の「物かは」は、反語表現を示す連語。「モノ」は「取り立てていうほどの存在」の意。それに「カハ」という反語が付いた語。「取り立てていう程の鳥の声であろうか、そうではない」の意。初句の「よひ」は、頭注三の校異で述べたように、為相筆本・柳瀬本・亀山院本が「よゐ」、前田家本が「夜ゐ」となっているから、「宵」とみるよりも「夜居」と見るほうが自然。それに、『古今著聞集』に載る後白川院との説話や『平家物語』にみられる実定との説話を勘合すれば、小侍従が男性〈恋ノ相手方〉を待っている場所は、私宅ではなく勤務先の局と考え得るので「夜居」と見ても歌意は十分通ずると思う〈「夜居」ノ語義ハ既述〉。但し今まではどの注釈書でも取上げられていない。次に「鳥」は、男女の逢瀬の別れ際に鳴く鳥としては、和歌では郭公などもあるが、鐘の音との関連を思えば、鶏と考える方がより適している。古注や現行注でも「初夜・後夜（聞書前抄・標註参考）」とか「初夜・中夜・後夜（新潮集成）」と、時を知らせる鐘の音と解しているから、鳥の音も時を告げる、ニワトリ、と考えるがよいと思う。

四　古抄

この「古抄」は常縁原撰注〈聞書前抄〉の注であるが幽斎増補注〈聞書後抄〉も引用する。この注を載せる諸本間の校異を示すと、「古人も」が「故人も（略注）」、「この夕には（説林前抄）」が「この暮には（略注）・この夕は（説林前抄）」。「まちくらしたる時分」が「くらしぬる時分（後藤重郎氏蔵新古今和歌集抄）・待くらしたる時は（山崎敏夫氏旧蔵新古今集別註）」。「涙を催しかほ」が「涙・もよほし顔（説林前抄）」。「たゝあかつきの別を」が「但暁の別を（黒田家本・山崎氏旧蔵別註・説林前抄・大坪本・内閣文庫蔵増補本聞書・私抄）・たゝし（仮名書）暁のわかれ（仮名書）を（略注）・但暁（マヽ）別を（後藤氏本抄）」。「催す鳥は」が「催鳥（マヽ）は（私抄・後藤氏本抄）」。「………」は増抄の引用の欠落らしく次の語句、即ち「あひミて別るゝみちなれは（略注・黒田家本・大坪本・山崎氏別註・説林前抄・内閣文庫蔵増補本聞書・私抄・後藤氏本抄・無刊記板本聞書・宝永八年板新鈔）」がはいる。また施注末に「此哥より待宵の侍従と云」の文言が後藤氏本抄には加えられている。

五　夕を恋暮と云ふ。古人も憂き時に言ひ慣ハし侍り。

「恋暮」は「恋慕《レンボ》」ではないので要注意。「恋暮」は諸橋大漢和辞典でも採録されていない。常縁原撰注の和製漢語であろうか。ここの文意は、わかり易いようで、わかりにくいが凡そ次のようなものであろう。「夕暮時分のことを、恋しい人を待ちわびる頃という意で恋暮と云うが、昔の人も（恋人がいつまで待っても来ないので）つらく心苦しく思う夕暮時分の事の意として言いならわしてきたのです」。因みに「恋暮」という漢語の意は、「こいしたう。こいこがれる（角川大辞源）」。「古人も……言ひ慣ハし侍り」とあるが、その証例は未検出。

六　もの思ハぬ人もこの夕にハ易くハ過ぎぬ

なり
文意「恋の悩みもなく心配事のない人でも、この恋暮の時分は、ふと物思いにとりつかれて、やすやすと時刻を過ごすことはできないものなのだ」。

七　人を待ち暮らしたる時分……慰む事もあるべし
増抄に引用された「古抄」は脱落個所〈あひミて別る、みちなれば〉があるため、文意が通じ難い。それを補うと文意が通るので、その部分は〔　〕で示しておく。文意「恋人の訪れを待ち続けて、その日を暮らし終える夕方になった頃、日没時に寺々で撞《つき》く晩鐘の音《ね》にも、訳もなく涙を誘い出す顔《かお》付になって、その上又、初夜、後夜と更けてゆくにつれての鐘の音を耳にして、為す術《すべ》もなく、只今の我身よりつらい者はないであろうと思いながら、仮に恋人が訪れ逢い得ていたとしても、ひたすら暁の別れを促す鶏の声には、つらい思いをさせられるであろうと、無理に考え直してみても、それは〔恋人と逢い見る事を得ての話で、その逢って別れてゆく上の事であるから〕わが心も慰められる事もあるであろう。(今の逢えない私の現状とくらべると、そんな別れのつらさは物の数でもない)」。「初夜・後夜」は、「六時《ろくじ》」の一つで、一昼夜を六分した時刻をいう。晨朝・日中・日没・初夜・中夜・後夜、がそれで、仏教での勤行の時刻を知らせる合図の鐘。

八　たゞ契りし事も……と詠める哥なり。
文意「ひたすらに、男女の契りを交わした事でも、無為《むい》に更けてゆく夜にあっては、この上もなく悲しい事の限界なのだ、と詠んだ歌である」。石田氏『全註解』は「悲しき事の限りなり」に、「情熱的な女性歌人に特有な、やゝヒステリックな、叩きつけるような、感情の投出がある」との含意を感じとられているようである。

九　類ひ無く哀れに、あくまで余情ある哥なり
文意、「他の歌に比べる事もない程に、しみじみとした情趣のこもった歌であり、あくまでも言外に漂う情緒の深い歌である」。参考。常縁の原撰注では、この種の批評は比較的多く見られ、常套語の感がしないでもない。「感情ふかく哀さ限なき歌なり(五八番、寂蓮、今はとて)」・「心あくまでふかく感情余情極なき歌なり(一七〇番、伊綱、こぬまでも)」・「余情かきりなき御歌なり(四三三番、後鳥羽院、秋の露や)」・「姿詞長高く感情限りなき御歌(也)・(四七八番、良経、里は荒て)」・「風情幽玄にありかたき御うたなり(六一四番、後鳥羽院、冬の夜の)」・「長高く濃なる躰限なくあはれふかし(七八八番、定家、玉ゆらの)」・「余情かきりなく哀ふかき歌なり(八五六番、紫式部、くれぬ間の)」・「風情かきりなく有心に侍り(一一五五番、西行、あふまでの)」・「姿詞無比類歌なるべし(一二〇六番、定家、かへるさの)」・「いひ残したる所感情あり、心やさしく幽玄なる歌なり(一二六六番、実定、うき人の)」・「風情いたりて有心なる歌なり(一二七六番、通具、今こんと)」・「たくひなくせんかたもなき躰、詞の外に面影立そひてやるかたもなくかなしき歌なり(一三〇九番、式子内親王、今はたた)」・「長高き風情かきりなし(一三一三番、後鳥羽院、里はあれぬ)」。現行注釈書での当歌評は、「〈夜〉の意で〈宵〉というのは伝統的の歌ことば……調べで生きている歌……細く、直線的に張っているので、それが直ちに作者の気分を感じさせ読者をひきつける……(完本評釈)」・「詩想げにと人情をあらはしてめでたし。詞もまたすなほに、且遒勁にいひまはし得て、誠にめでたしといふべし(塩井氏『詳解』)」・「人待つ夜の、乱れ悶える心を抑えつつ、静けさと聖《(きよ)》さの極であるような、深夜の鐘の声を聞くのである。〈ふけゆく鐘の声〉には、刻々の時の進行が、白金の線に似た神経の上に感ぜられ、〈あかぬ別の鳥はものかは〉には、こういう情熱的女性歌人に特有な、ややヒステリックな、叩きつけてやるような、感情の投出がある。味わえば味わうほど滋味のあるという種類の歌ではない……(石田氏『全註解』)」・「〈待つ宵〉に〈あかぬ別れ〉を、〈更けゆく鐘の声〉に夜明けの〈鶏〉の声をあざやかに対応させ、〈待つ宵〉の哀れさを強調した抒情にしている(小学館『全集』)」・「一種の題詠であるという所伝と、現実の恋の場で生まれたものという所伝とがある……大衆受けするのはもとより後者……ということは、後者はそれだけ説話的で……事実は覚一本系の平家物語で語っているようなことが制作動機ではなかったか。……平家物語にいうような、〈まつよひ、かへるあした〉優劣論の答案としては、確かに申し分ない模範答案であろう。……しかし『聞書』のいうような〈あはれ〉〈余情〉があるかどうか。甚だ疑わしい(久保田氏『全評釈』)」。

一〇　この哥の事、平家物語に載せたり
平家物語は伝本多く、翻刻も多い。今、龍谷大学蔵、岩波旧大系に翻刻された伝本の本文を引き、又拙蔵『源平盛衰記』(板元刊年不明片仮名整板本)と『河社《かはやしろ》』とを参考として示す。「(平家物語巻五、月見)待よひの小侍従といふ女房も、此御所〈実定ノ姉、二代后多子ノ近衛河原ノ大宮御所。現在ノ上京区近衛殿北口町ノ辺ニアツタ〉にぞ候ける。こ

の女房を待よひと申ける事は、或時御所にて、まつよひ、かへるあした、いづれかあはれはまされる、と御尋ありければ、待よひの(ママ)ふけゆく鐘の声きけばかへるあした(ママ)の鳥はものかは、とよみたりける によ(ッ)てこそ、待よひとはめ(召)されけれ。大将〈実定〉かの女房よびいだし、昔いまの物語して、さ夜もやう〳〵ふけ行ば、ふるきみやこのあれゆくを、いま様にこそうたはれけれ。〈中略〉さる程に夜もあけければ、大将いとま申て、福原〈清盛ガ遷都シタ地〉へこそかへられけれ。御ともに候蔵人〈新拾遺集七五四番歌ニヨレバ藤原経尹《つねただ》〉をめして、侍従があまりなごりおしげにおもひたるに、なんぢかへ(ッ)てなにともいひてこよ〈オ前ガモウ一度旧都へ立戻ッテ、何ナリト考エテ挨拶シテコイ〉、と仰ければ、蔵人はしりかへ(ッ)て、畏り申せと候〈御主人ノ実定サマガオ詫ビノ挨拶ヲシテ参レ、トノ事デス〉とて、物かはと君がいひけん鳥のねのけさしもなどかかなしかるらむ。女房〈小侍従〉涙をさへて、またばこそふけゆくかねも物ならめあかぬわかれの鳥の音ぞうき。蔵人かへりまい(ッ)てこのよし申たりければ、さればこそなんぢをばつかはしつれ〈多分コノヨウナ返答ガアルト思ツタカラコソ、オ前ヲ遣《や》ツタノダ〉とて、大将おほきに感ぜられけり。それよりしてこそ物かはの蔵人とはいはれけれ」

「(源平盛衰記巻十七、待宵侍従《マツヨヒノシジウ》・付優蔵人《ヤサクラントノ》事)。抑《ソモ〳〵》待宵《マツヨヒノ》小《コ》侍従《シウ》ト云ハ。元《モト》ハ阿波《アハ》ノ局《サボネ》トテ。高倉院《タカクラノイン》ノ御位《クラヒ》ノ時《トキ》。御宮仕《ヲンミヤヅカ》ヒシテ候ケリ。世《ヨ》ニモ貧《マヅシ》キ女房《ばう》ニテ。夏冬《ナツフユ》ノ衣更《コロモカヘ》モ便《タヨリ》ヲ失《ウシナフ》貧人《ヒンニン》ナリ。……中略……待宵《マツヨヒ》ノ侍従《シジウ》ト申ケル事ハ。此徳《トク》大寺《ジ》左《サ》大将《シヤウ》忍《シノビ》テ通《カヨヒ》給ケリ衣々《キヌ》ニ成暁《アカツキ》。又来《コ》ン夜《ヨ》ヲソ契《チギリ》給ケル。侍従《シヨウ》ハ大将《シヤウ》ノコントタノメシ兼言《カネ》ヲ。其夜《ソノヨ》ハ、ル〳〵待居《マチイ》タリ。サラヌダニ深行空《フケユクソラ》ノ独寝《ヒトリネ》ハ。マトロム事モナキ物《モノ》ヲ。タノメシ人ヲ待《マチ》ワヒテ深行鐘《フケユクカネ》ノ音《ネ》ヲ聞《キヽ》イト、心ノ尽《ツキ》ケ《レ》レハ／待宵深行《マツヨヒノフケク》カネノ声聞《コヘキケ》ハ。アカヌ別《レ》ノ鳥ハ物《モノ》カハ／ト読《ヨミ》タリケレハ。誠《マコト》ニ堪《タヘ》スモヨミタリトテ。待宵《マツヨヒ》トハ被《レ》呼《ヨバ》ケリ。大将ハ通夜《ヨモスガラ》御物語《カタリ》アリテ。アカヌ別《ワカレ》ノ衣々《キヌ》ヲ引分帰給《ヒキワケテカヘリタマヒ》ケル明方《アケカタ》ノ空何《ソラナニ》トナク。物哀《モノアハレ》ナリケルニ。侍従《シウ》モ共《トモ》ニ起居《ヲキイ》ツ、殊更《コトサラ》今朝《ケサ》ノ御名残《ヲンナゴリ》。慕《シタヒ》カネタル気色《クシキ》ニテ。遥ニ見送《ヲク》リ奉リ。泣《ナキ》シボレテ見エケレハ。大将《シヤウ》モ帰《カヘ》ル朝《アシタ》ノ習《ナラヒ》トテ。振捨難《フリステカタ》キ名残《ナゴリ》ノ面影《ヲモカゲ》身《ミ》ニソフ心地《チ》シテ。為方《センカタ》ナクソオホサレケル。御伴《ヲントモ》ナリケル蔵人《クラント》ヲ召《メシ》テ。侍従カ今朝《サ》ノ名残《ゴリ》何《イツ》ヨリモ忘難《ワスレガタ》ク覚《ヲボユ》ルニ。立帰《タチカヘリ》テ何《ナニ》トモ云《イ、》テ参《マイレ》ト宣《ノタマ(ヒ)》ケレハ。蔵人優々敷《ユ〳〵シク》大事カナト思ヘ共。時《トキ》ヲ移《ウツ》スヘキナラネハ。聴《ヤカテ》走帰《ハシリカヘツ》テ見ケレハ。侍従ナヲ元ノ所《トコロ》ニ立《タチ》ヤスラヒテ。又寝《ネ》ノ床《トコ》ニモ入サリケリ。蔵人《クランド》取敢《トリアヘ》ヌ事ナレハ。何ト云ヘシトモ覚《ヘ》サリケルニ。明行空《アケユクソラ》ノ鳥《トリ》ノ音《ネ》モ。折《ヲリ》カラ身《ミ》ニ入《シミ》テ聞《キコ》エケレバ。其前ニ跪《ヒザマヅキ》袖掻合《ソデカキアハセ》テ／物《モノ》カハト君カ云《イ、》ケン鳥ノネノ。ケサシモイカニ恋《コヒシ》カルラン／ト仰《ヲホセ》ナリトテ還《カヘ》リケレハ。侍従《ジジウ》ハ／マタハコソ更行鐘《フケユクカネ》モツラカラメ。別《ワカレ》ヲ告《ツグ》ル鳥《トリ》ノネソウキ／ト蔵人帰参《クラントカヘリマイリ》テ角《カク》ト申入ケレハ。大将イミシク感《カン》シテ。サレハコソ汝《ナンヂ》ヲハ遣《ツカ》ハシヌレト宣《ノタマヒ》テ。所領《シヨリヤウ》ナトアマタ給タリケリ。此蔵人《ノクラン》ハ内裏《タイリ》ノ六位《イ》ナト経《ヘ》テ。事ニ触《フレ》テ歌《ウタ》ヨミ優《ユウ》ナリケレハ。時ノ人異名《イミヤウ》ニヤサ蔵人ト云ケルヲ。此歌世《ウタヨ》ニ披露《ヒロウ》ノ後《ノチ》ハ。物《モノ》カハノ蔵人《クラント》トソヨバレケル（拙蔵板本ニヨル。振仮名・。点・清濁音符・送仮名等原本ノママ。三弥井書店中世の文学本デハ第三冊一五九～一六二頁。小異アリ）」

「（河社〈第四巻〉）、○待宵に更ゆくかねの声きけはあかぬ別の鳥はものかは／此歌によりて、小侍従をまつよひとめされけるよし、平家物語にはかけり。それにつけて、後撰に、あひ知て侍ける人のもとに、返事みんとてつかはしける／く(来)や〳〵と待夕くれと今はとて帰る朝といつれまされる／返し　藤原かつみ／ゆうくれはまつにもかゝる白露のおくるあしたや消ははつらん（朝日新聞社刊契沖全集第八巻、随筆及雑著。一〇七、一〇八頁）」

二　是ハ人を待つ哥なり……鐘の声が辛きとなり

文意「当歌は恋しい人を待つ歌である〈大坪云、磐斎ハ例エバ、待恋、ノ題詠歌カ、実情ノ歌カ、ヲ明言シテイナイ〉。こっそり心の中では、恋人と逢い得ても、十分に融け合う逢瀬が遂げられず不満足なままに別れるほどつらいものはないであろうと考えていたが、今夜恋人を待つ身となって時刻を告げる鐘の音を聞けば、恋人がいつ来てくれるか、まだか〳〵と待つ宵に、次第〳〵に更けるにつれて響いてくる時鐘の音ほど辛いものはないと、上句に詠んだ歌である」。

三　扨も限りも無く……恋路の限り無き事をいへり

文意「それにしても、待つ身で鐘の音を聞くということは、限りも無く辛い事であるなア、今まで逢い得て別れる時ほど辛い事はないのであろうと考えていたが、それにも増《まさ》って待つ身の辛さの方が大きいものだと、恋路の階程の限りも無く深い事を、つくづく思い知らされた事を、下句で述べた作である」。

参考、「あかぬ別の鳥は悲しき物と思ひしかど、待夜に更行かねの初夜後夜ときこえゆく悲しさにくらべては、物にもあらずと也。物かはとは、物の数かはといふにおなじ。平家物語に待宵侍従といへる、此歌の故也（八代集抄）」・「あかぬ別の鳥の声きくやう成物にてハなし〈大坪注、今マデ自分ガ理解シテキタヨウナ物デハナイ〉。更行かねハかなしと也。新拾遺、経尹、ものかわと君がいひてしことのはのけさしもなどかかなしかるらん、といひし也。小侍従返し、またバこそ更行かねもつらからめあかぬわかれのとりのねぞうき、と又いふ也。小侍従ハ、八幡ノ田中の先祖也〈大坪注。続群書類従七輯(上)ノ石清水祠官系図、二四一頁上欄ノ「道清」ノ傍記ニ、「卅一代別当。号田中。……建永＝元久三年＝元年正月三日入滅。卅一。……トアリ〉。経尹ハものかわと名をいひて、今徳大寺故家老也（かな傍注本）」・「宣長ノ（美濃の家苞）ハ無注デアルガ正明ノ（尾張の家苞）ハ施注スル。頭注三デ引用済」。

〔二九二〕（二〇一頁）

一　藤原知家

管見新古今二十六伝本、すべてこの作者表記。寛政十一年板本は「藤原ともいえ」と名を平がな表記。参考、「藤原知家。〈朱〉正三位。三位顕家子。有家為レ子。法名蓮性（契沖『書入本』）」・「知家。正三位。正三位藤原顕家男（勅撰作者部類。新古今集ハ五位、新勅撰ハ正三位、以下勅撰入集は、正三位ノママノ位階）」・「正三位知家。藤原知家者、正三位顕家之男、母伊豫守源師家（ママ）女也。叔父有家養為レ子。建久四年十二月叙二従五位下一、内外歴任。承久元年正月叙二従三位一、寛喜元年十月叙二正三位一、暦仁元年八月十七日落髪、依レ病也。時年五十七、法名蓮性。号二大宮三位入道一。六條和歌之一流也。雖レ然、師二学京極黄門一、親炙已有レ年。黄門愛二其器一、殊加二諷諫一、授レ之以二六條之家説一、教誡殆至。而後名声頗彰聞矣。及二黄門帰泉之後一、漸向二背于二條一、宝治歌合陳状等、可二以知一焉。採二択代々撰集一之和歌最夥、頓阿之卅六人之選、抽二其秀藻一矣。〈勅撰採入歌数省略〉（二十一代集才子伝）」・「従三位藤知家。正月廿二日叙。元中宮亮。入道正三位顕家卿男。母院女房新大夫局〈伊與守源師兼女〉／建久四(年)十二(月)九(日)従五下〈女御琮子治承元給〉。同六(年)二(月)二(日)美作守〈入道関白給〉。正治元(年)正五従五上〈簡一〉。建仁三(年)正五正五下〈宜秋門院去年朔日給〉。同十三日中務少輔。元久元(年)三(月)六(日)左兵衛佐。建永二(年)正(月)五(日)従四下。承元四(年)正(月)十四(日)丹波守〈院分〉。建暦元(年)正(月)五(日)従四上〈宜秋門院去年御即位御給〉。同七月―止守。同三(年)四(月)廿六(日)正四下〈法勝寺塔供養。七條院御給。建保六(年)正(月)十三(日)中宮亮（公卿補任。建保七年＝改元承久元年條）／非参議正三位藤知家〈五十七〉八月十七日出家。依病也（公卿補任。嘉禎四年＝改元暦仁）〈大坪注、源承『和歌口伝』ニ、三品禅門〔蓮性即チ知家〕、元久の比より前中納言〔定家〕の門弟に成りて後、道をおこして、先人と兄弟の様に侍りしも真観とおなじ心に成りて、風体をあらためたり。其趣宝治百首にあらはれたり。《仁治以往宝治巳後歌校合之可知》。打聞明玉集をしるして、正嘉二年十一月にかくれにき。〈トアリ没年ヲ知リ得ル〉「従三位知家。風体古風をねがひて寂しきさまなり。故郷の籬あれたるうちに一むら薄ほにいでたるとやいふべかるらむ／君が植ゑし一むらすゝき虫のねのしげきのべともなりにけるかな〈知家歌ノ批評歌〉（続歌仙落書）」・「中殿会。…〈前略〉……建保侍臣中無二音曲人一。仍以二知家為家一召之（八雲御抄巻二、作法部。大坪注、該記事参考―『八雲御抄の研究〔正義部・作法部〕三〇八頁ノ二二項目』ニ、建保六年八月十三日中殿御会の作者に藤原知家と藤原為家の名がある。音曲人とは、袋草紙〔歌学大系本二二頁九行目〕に「可レ然人々同音詠レ之」とある可然人々のことか。順徳院御記承久二年七月三十日条に「今夜御書所作文也。……建暦ニハ実時候之。代々此作文ニ侍臣内必有朗詠。而今度無其人之間。時通籠居前官なれども召出之」トアル―）」・「続後撰たちかへり道をしろしめす御代にあひて、常盤井の太政大臣〈＝実氏〉をはじめたてまつり、衣笠の内大臣〈＝家良〉、信実、知家など道にたへたる人、家の風吹きたえぬ人々多く君も臣も身をあはせ、時をえたりける撰集なれば、さすがに見所も候らむ（夜の鶴）」・「三品禅門〈＝知家〉元久の比より…〈既引ノ故省略〉…正嘉二年十一月にかくれにき。其後真観あづまにまかりて中務卿〈＝宗尊親王〉の御師範にまゐりて、心のまゝに申しおこなふに、人おほく彼風をならへり。都にのぼりて竹園〈＝宗尊親王〉の仰とて、おなじ心なる人々撰者にくはゝる…下略…（和歌口伝）」・「正三位知家卿はことば古きをしたひて、姿いにしへにはぢざるをや。いはゞ陵園妾の春愁秋思そのかぎりを知らず。松門のあかつきの月、柄《ママ》城の秋風、時として身にしみ、心をくだかずといふ事なきが如し(秋風抄序。大坪云、陵園妾《リヨウエンセフ》ハ白居易ノ新楽府《シンガフ》ノ詩ノ題名。「陵園妾、顔色如花命如葉、命如葉薄将奈何、一奉寝宮年月多、年月多、春愁秋思知何限、青糸髪落叢鬢疎、紅玉膚銷繫裙縵、憶昔宮中被妬猜、因讒得罪配陵来、老母啼呼趁車別、中官監送鎖門廻、山宮一閉無開日、未死此身不令出、松門到暁月徘徊、栢城尽日風蕭瑟、松門栢城幽閉深、聞蟬聴燕感光陰、眼看菊蘂重陽涙、手把梨花寒食心、把花掩涙無人見、緑蕪牆遶青苔院、四季徒支粧粉銭、三朝不識君王面、遥想六宮奉至尊、宣徽雪夜浴堂春、雨露之恩不及者、猶聞不啻三千人、三千人、我爾君恩何厚薄、願令輪転直陵園、三歳一来均苦楽」ノ詞章ニ基ク文飾。陵園妾ハ、白氏長慶集㊤藝文印書館印行ノ影印本一〇〇、一〇一頁本文ニヨル)」・「万葉集歌とる事/宝治百首、正三位知家/すぎゝつるさとをはるかになく鳥のかけろのをのゝしのゝめの空・こよひもやさのゝをかべの秋風にさゝ葉かりしきひとりかもねん/是等は当家に中たがひて後、万葉の名所取りてよめる姿也。此ふりの歌、其比よりたぐひいできたり(和歌口伝。当家ト著者源承ハ為家ノ子デアリ、コノ引用本文モ頓阿ノ井蛙抄、〈万葉本歌褒貶〉ニソノママ引用サレテアル事カラ、二条家ヲサスコト勿論デアル。中たがひトハ、知家ガ定家死後真観＝光俊ナド六條藤家ト司心シテ為家ニ対抗シタ事ヲイウ)」・「後嵯峨院御会之時、知家卿好詠二万葉集之詞等一之間、常盤井入道相国〈＝実氏〉被レ申云、如レ是事、建保之頃不レ可レ然之由、其沙汰候幾《キ》。大狼藉候歟。取二万葉之詞一毛《モ》、定家卿、狭野《さぬ》乃《ノ》渡乃《ノ》雪乃《ノ》暮、松帆乃《ノ》浦乃《ノ》暮《ゆふ》菜木《ナギ》ニ《ニ》奈登《ナド》、詠候古曽《コソ》優美尓《ニ》候辺登《ヘド》云々。其時知家無レ所レ及二陳謝一之由、同申レ之。仍及二諍論一云々(延慶両卿訴陳状)」・「明玉集　知家卿撰。(代集。打聞)」・「戸部《こべ》云〈大坪注、戸部ハ藤原為藤〉、大嘗会歌は仁安六條院践祚時、大夫入道詠之〈大夫入道ハ俊成〉。貞応後堀河院御時被レ仰、京極中納言〈＝定家〉堅申二子細一、仁安も非二嘉例一之上、現任公卿など不レ詠。儒者若は諸大夫などの家より出たる輩詠来故《よみきたるゆえ》也。可レ挙二申其仁一之由、西園寺〈＝公経〉内々被レ申之間、家隆知家等可レ為二其仁一歟之申レ之。是皆自二諸大夫家一出たる故也(井蛙抄。雑談。実際上ハ、家隆知家デハナク、悠紀方ハ家衡、主其方ハ頼資、ト、三弥井書店ノ歌論歌学集成井蛙抄ハ施注《ママ》)」・「詠歌制之詞。かれなで鹿の　知家。あらち山色かはりゆく秋風にかれなで鹿の妻をこふらむ(耳底記。大坪云、コノ制詞ハ、志香須賀文庫本『和歌部類』(甲)本、第五制詞ニモ見ラレル。かれなでハ連語。〈下二段動詞離《か》るノ連用形〉＋〈完了助動詞ぬノ未然形〉＋〈打消接続助詞ノで〉。古今六二三番小町歌、見るめなきわが身をうらと知らねばやかれなで海人《あま》の足たゆく来る。新千載二五三番後白河院歌、たちばなの花の宿とふ郭公かれなで今も昔恋ふらん、等ノ用例ガアル。小学館日本国語大辞典ハ採用スルモ、角川古語大辞典ハ不採用。コノ語ハ、雅言集覧ニモ採ラレ、知家歌〈＝新勅撰一三四一番巻十九ノ巻軸歌。初句あさぢ山〉・足たゆく来るてふ海人に言問はん枯れなで残るみるめありやと〈新拾遺一三二〇番経宣歌〉・天の川水枯れ草の幾秋か枯れなで年の一夜まつらん〈続千載三四八番為相歌、第二句水かげ草の〉・つらかりし秋の別につれなくも枯れなで菊の何残るらん〈新後撰四六一番良教歌〉等ノ例歌ヲ多ク挙ゲテアル。特ニ知家歌ノかれなで鹿ノ歌ハ、『新百人一首』ニモ撰バレテイル程デアルカラ、大キナ古語辞典デハ採録シテオイテホシカッタ。意味ハ、離レズニ・遠ノカズニ・絶エナイデ。歌ナドデハ、枯レズニ、〈枯れなで〉ノ意ニ詠ム事ガ多イ。小学館新選古語辞典ハ採用)」・「正三位知家、法名蓮性、六條家の嫡孫なれども、幼少にして父に後れ給ふゆゑ、定家卿を師として歌の道を学び、その器用、人にすぐれて、のち二條家の風を捨てゝ、六条家の風を読めり。これ二條家の風悪しきと思はれてのことか。また六條家の歌の道絶えなんと思ひ悔いて、本を興し給ふことにや。この段の心は知られず。これを二條家にて、定家を師と頼みその恩を忘れて六條家の風にかへらるゝと謗る、これ亦いかゞ。俊成卿は両師〈注、顕季・基俊ヲサス〉の教をさへ改められし先例を思ひ給ふべし(梨本集。著者ノ戸田茂睡ハ、コノ引用文ノ前接文デ、俊成卿、顕季卿を師としてその後基俊に習はれ、両卿の風体優美ならずとて、たしかなる歌を嫌はれて花にうつされたり。ト述べテイルノデ、両師トハ顕季ト基俊デアル)」・「〈建長八年百首歌合ノ〉判者を勤めている入道正三位知家は、北家藤原氏、末茂流に属し、九条と号し、又、大宮三位と呼ばれた。父は正三位左京大夫顕家、母は伊予守源師兼女〈後鳥羽院女房新大夫〉。寿永元年の誕生。寛喜元年十月正三位に叙されたが、暦仁元年八月十七日病により出家し、法名を蓮生といった。正嘉二年十一月、七十七歳で没した(建長八年百首歌合と研究㊦九六頁)」知家は、嘉禎四年八月十七日出家時が五十七歳（公卿補任）であるから逆算して寿永元年出生。又、正嘉二年十一月没（和歌口伝）であるから享年は七十七歳と認定できる。

二　是も又永き別れになりやせん暮を待つべき命ならねば

管見新古今二十六伝本はすべてこれと同一歌形で異形はない。

当歌の出典は未詳。上句の「永き別」とは所謂死別を意味し、下句の「暮を待つべき命」には無常観が感ぜられる。私の個人的な感じでは、切実な恋の感情よりも、哀傷の感情を、先に感じ、併し部類が「恋」であるところから、恋歌として改めて受容すべきかと考えてみた。出典から探ろうにも未詳だから、他出を当ると、『新中古歌撰（別）』（歌学大系所収）の十五番（一首組番）に「左　これも又ながきわかれになりやせむ暮を待つべき命ならねば　正三位知家／右　恋わぶるなみだや空にくもるらん光もかはる閨の月影　西園寺入道前太政大臣〈＝公経〉」とあり、恋歌での番《つが》いである事が判明する。併し又、『新三十六人撰（内題ハ新続歌仙トアリ、歌学大系デハ新続三十六人撰トアル。新編国歌大観所収本文ニヨル。十首組番デアル）』の、十四番に「左　正三位家隆　すまのあまのまどほの衣よや寒き浦風ながら月もたまらず／右　正三位知家　これも又ながきわかれになりやせん暮をまつべき命ならねば」とあって、恋歌による番《つが》いとはなっていない。この知家歌が、恋か哀傷かの問題について参考になるのは『塩井氏詳解』の「意解」欄である。曰く「痛く悲しむとの詞をいはずして、深き悲しみをあらはしたるところ、面白し。死別にるかも知れぬとのこゝろは、哀れにも切なる情といふべし。暮を待つべき命にあらずの意も、人生無常などの意よりにあらずして、一かど新しきところありて、面白し。唯、少し難ずべきは、これもまたといふ詞なり。これもといふ詞は、普通には、他にも同様の事のある時に用ふるものにて、この場合は感歎のもには成り難し。もをやと改め、下のやをもと改めたし〈改良歌形ハ、これやまた長き別れになりもせむ暮を待つべき命ならねば、トナルガ、校異デ述ベタ如ク、当歌ハ珍クシクモ管見スベテノ伝本歌形ガ同一デ、コノ改良歌形ハ無イ〉」。他の現行注釈書では「暮を待つべき命」に「無常観を下敷としていう（久保田氏角川文庫版）」とあるが、ハッキリと無常観という語の使用は従来は使われておらず、一歩進んだ感がする。塩井氏『詳解』の「人生無常などの意よりにあらずして、一かど新しきところありて」〈人生ノ無常観ニ基ヅクモノデナク、ソレヨリモ一際目立ッテスグレタ所ガアル〉の評言を久保田氏は「無常観を下敷として」と、眩暈《げんうん》を払拭した説明をされたのである。

上句の「ながきわかれ」という語を「哀傷」歌で使用した例は「続千載哀傷二〇七〇番平宗宣歌。けふは又永き別をしたひてや秋より後も鹿の鳴くらむ」・「新続古哀傷一六〇三番能清歌。限りとておなじ歎きはくらべても長き別はなほぞかなしき」があり、「恋」歌に使用した例は「新続古今恋四、一三〇一番浄弁歌。逢ふことにかへむといひしままならば長き別と鳥や啼くらむ」・「続後撰恋五、九六一番行念歌。山鳥のはつ尾の鏡かけてのみ長き別れのかげを恋ひつつ」があり、「雑」歌に使用した例は「新後撰雑五、一五三三番定為歌。かけてだに思ひやはせし菖蒲草ながき別の形見なれとは」・「続後撰雑上一〇三八番雅成親王歌。花もまた永きわかれや惜むらむ後の春とも人をたのまで」があるが、この雑歌二首は哀傷に近く恋に遠い。「四季」歌に使用した例は、「後撰秋上二四七番躬恒歌。秋の夜の長き別れを棚機《たなばた》はたてぬきにこそ思ふべらなれ」があるが、これは「長き」を掛詞としただけで、死別の「永別」とは異なるので恋に近く、哀傷に遠い。伝本によっては第二句を「あかぬ別を」とする本もあるのである。結局「ながきわかれ」は、語意は「死別」であるが恋歌に使われることもあるのである。

他方「暮を待つべき命」の使用は、当歌知家歌（新古今一一九二番恋三題しらず・新三十六人撰〈既引〉）の他、「いかにせむ暮を待つべき命だに猶頼まれぬ身を歎きつつ」（新勅撰恋三、八一三番藤原隆祐。(題)懇切恋といふ心をよみ侍りける・題林愚抄恋二。(題)懇切恋・新三十六人撰〈末句、身を頼みつつ〉）・「いかにけさ暮を待つべき命ともいさ白雲のおき別れけん（芳雲集類題。恋部、武者小路実陰。(題)後朝恋」があり、又、「暮を待つべき心地」が「あさがほの花の姿を見つるより暮を待つべき心地こそせね（散木奇歌集秋部、俊頼。(題)百首歌中にあさがほをよめる・堀川百首、俊頼歌(題)槿・題林愚抄秋二。(題)槿）」とあり、更に「くれをまつべき」で終る歌が、「帰りつる心はいけるこゝろかはいかにたへてかくれをまつへき（洞院摂政家百首。中宮大進兼高　(題)後朝恋）」と「朝露のおきてわびしき別れかないかにたへてかくれをまつべき（新和歌集恋上。藤原重継。(題)後朝恋）」と二首ある。俊頼歌以外は、恋の題詠といえる。俊頼歌は「槿花一日栄」の成語もあり無常観が伴う。他の恋歌でも無常観が流れているようである。こう見てくると、私は知家当歌も、無常観の流れる哀傷性の強い恋歌と思われるのである。岩波『新大系』は「後朝に増す恋の趣」と評して無常観に触れず、小学館『全集』は「後朝の別れの悲しみの作」と評し無常観に触れない。両者とも後朝に際して、恋の別れの辛さを強調した作と見ている。久保田氏『全評釈』は「相手に対する限りない愛情の告白」と知家歌の余意を補述し、角川文庫版では「下句、無常感（ママ）を下敷きとしていう」と、「無常」観に言及されたのである。

次にこの知家歌の新古今への撰進者は、後藤重郎博士『新古今和歌集の基礎的研究』や久保田淳博士『全評釈第九巻』の撰者名注記の両研究でも諸本に撰者名の記載は無いとされてある。そこで考えられるのは、知家の先師定家か、後鳥羽院の親採かの可能性であるが、他の撰者よりはその可能性があるのではなかろうか。もしや定家歌集や後鳥羽院御集に、参考歌があるかも知れないと考え、探った結果〈無常トながき別ナドヲ含ムモノヲ暗示《ヒント》ト考エテ〉、「あすはこむ待《ま》ててふ道も人の世のながきわかれにならぬものかは（拾遺愚草㊤、二見浦百首、無常五首ノ中）」・「（題）親愛 自（ママ） 零落　存者仍別離／むさし野の草葉の露も置き留《と》めず過《すぐ》る月日ぞ長き別れ路（拾遺愚草員外雑歌。無常十首ノ中。題ハ白氏文集巻第九、感傷一ノ白髪ノ詩ノ一節。自（ママ）ハ日ニ作ル）」の二首を得た。後鳥羽院御集からは適当な歌は求め得なかった。結論的に云えば、定家の「明日は来む」歌と、俊頼の「あさがほの」歌。それに、重継の「あさつゆの」歌や、兼高「帰りつる」歌も、参考歌となるかと愚考する。

次に当歌の歌意であるが「なりやせん」は係り結びで、ここで切れる三句切歌。「や」は反語ではなく疑問の助詞。歌意参考、「これもまた、此今朝の別の悲しさに、暮までは命あるまじければ、此別がやがて長き別になりやせんとなり（標註参考）」・「この今朝の別れもまた、死別になるであらうか。あまりの切なさに暮まで待つことのできる命ではなさそうだから（講談社『新註』）」。

三　是とハ……死別也

この頭書は、次の増抄云を補うための注。当歌の上句の意味を補充しているのである。文意「〈是も又〉の〈是〉とは生別のこと、即ち後朝の別れの事である。〈永き別れ〉とは、死別、即ち永遠の、又あう事の出来ない別れの事である」。前頭注で、定家の参考歌を掲げたが、知家先師定家にも「これも又」の語を使用した歌が、四首ある。「是も又思ふに違《たが》ふ心かな捨てずは憂きを歎くべきかは（閑居百首、述懐五首ノ中）」・「是も又契りなるらむとばかりに思初《そ》めつる身を惜しむ哉（奉和無動寺法印早率百首。（題）恋ノ中）」・「秋萩の行手の錦これも又幣もとりあへぬ手向にぞ折る（内大臣家百首。（題）行路萩）」・「是も又忘れし物を立ちかへり因幡の山の秋の夕暮（最勝四天王院名所御障子歌。（題）因幡山）」。すべて『拾遺愚草』に所収。

四　生別ハ……成べき、となり

文意、「生きながらの別れ〈当歌ノ場合ハ、後朝ノ男女ノ別レ〉は、又再び、相逢う機会もある筈であるのに、今朝の後朝の別れは、又逢う事のできない死別のように、絶対に逢えない別れとなるのではなかろうか、と詠じているのだ」。「死別とや成べき」の「や……べき」は係り結びであるが、やは反語、べきは、確信の推量。

五　上句を下句にて理りたる体也

文意、「上句〈死別ノ予想〉を下句〈人生ノ無常〉で、理由を説明した様式の歌である」。

六　是も又とハ……有るまじき程に、となり

文意、「初句の〈是も又〉とは、是、即ち今朝の後朝の別れ、即ちこの生別も、永き別れ即ち無常の世のならいとして死別となるかも知れぬであろうという事だ。なぜそうなるかと言えば、この生別は、昼間での事であるから、再び逢う夕方の時刻までには時間があり、夕方逢えるとしても、その間もなく逢える夕方までの時間を過ごす間ですら、無常のこの世であるから、生きながらえていることは有るまじき事で、いつ死んでもおかしくない、と嘆いている歌だ」。参考、「今朝の別も、又長き別とやならん。あまり名残の切なる思ひに、暮て来逢迄《きてあふまで》、ながらへん心ちせねばと也（八代集抄）」・「けさハ別と斗《ばかり》思ひしが、今ハ永き別とならんと也（かな傍注本）」・「これもは、此今朝の別も也、又とは、此別がやがて又ながき別にもなりやせむといふ意なり（美濃の家づと）」・「〈美濃ノ引用〉〇一首の意、暮まで命があらば、こよひあはうけれど、今朝の別の悲しさに命があるまいから、これが長いわかれであらうか、と也（尾張の家づと）」。

〔一九三〕〔一〇一頁〕

二　有明ハ思出あれや横雲の漂はれつる東雲の空

管見新古今二十六伝本の校異。第二句の「思出」の表記は諸伝本では異なるので「おもひいで」とよむのか「おもひで」とよむのかに迷う。「おもひいで」と仮名表記は、為相筆本・烏丸光栄所伝本・鷹司本・亀山院本・前田家本・宗鑑筆本。「おもひで」と仮名表記は、為氏筆本・東大国文学研究室本。「思ひ

いで」が小宮本・親元筆本。「思いて」が冷泉家文永本。「おもひ出」が烏丸光栄書写本・春日博士蔵二十一代集本・柳瀬本・公夏筆本・高野山伝来本。「思ひ出」が江戸期板本（正保四年板本〈明暦元年板本モ〉・刊年板元不明板本・刊年不明文明十八年牡丹花在判板本・承応三年板本・延宝二年板本〈文化元年補刻本モ〉・正徳三年板本・寛政六年板本・寛政十一年板本。『岩波古語辞典』によれば、「おもひで」は、「おもひいで」の約とある。約されない方が重く、約した方が軽い感じがする。「胸の底にあることを、表面に浮き出させる」意である。第二句は亀山院本に「おもひいてあれハ《ゃ》」と、「は」に「や」の傍書。因みに、『かな傍注本』の歌句本文は、「有明の思ひ出のあれやよこ雲のたゞよハれつる篠《ママ》めの空」とある。

当歌は「作者に即して解すれば、出家者の在俗時の恋の回想（新潮社『集成』）と言われ、歌意については「有あけの空にたゞよふ雲のやうに、別れかねてたゞよひし折《ママ》りの事は、有明の月見るたびに思ひ出るとなり。此歌三句より下は、はやく有りし事をいひ、初二句は、そを其後有明の月見る毎に、思ひ出づる意（標註参考）」と言う。出典は未詳であるが、『西行上人集』（異本山家集ト通称）の「追而加書西行上人和歌、次第不同中」に、「恋哥中に」の題で十三《ママ》首採録され、その六首目に「有明はおもひで《ママ》あれやよこ雲のたゞよはれつるしの、めの空」とある。他に『西行物語（文明本・上）』に「〈前略〉同《おなじ》はちすにうまれんために、月の百首をよまんとおもふなり。けちゑん申べきよしおほせられければ、十首のうたをよみてまいらせけり」とあって十首が記され、その九首目に「ありあけはおもひで《ママ》あれやよこ雲のたゞよはれつるしの、べ《ママ》の空」とある。新古今集では「題しらず」中の歌であるが、家集では「恋」、物語では「月」の歌とされたのである。『練玉和歌抄』（巻八恋下）では「有明はおもひであれやよこ雲のたゞよはれつるしの、めのそら」とあって恋歌とみられている。当西行歌に関しては従来説を批判的に見る森重　敏教授の『西行法師和歌講読』が参考になる故略引する。「……〈ありあけ〉〈しののめそら〉とともに、後朝であることを暗示し……〈おもひいで〉は、むろん過去の恋の思ひ出で……〈おもひいであれや〉はやや疑問の意味を含んでをり……疑問とは婉曲であるとともに、すでに過去となった今、心は沈静してをり、回顧しても夢のごとくであって、そのやうな過去のうつともない感じに対応した言ひ方であります。実際〈思ひ出〉はあるのでせうが、それを〈ありや〉〈あるや〉というふうにはっきりとは言はず、〈あれや〉と言ふ。これはかなり感傷的な言ひ方で……、ことにさういふ一・二句の感傷と、三句以下〈よこぐものただよはれつるしののめのそら〉といふ回顧がよくあってゐると思ひます。〈よこぐも〉は……夜の雲が山に沈んで嶺に水平に細くたなびいたものをさし……〈しののめ〉になりますと、おのづから山の上に浮上してゆく、それが〈ただよふ〉といふことです。この歌で一番微妙でややこしいのは、この〈ただよはれつる〉といふ所です。二重の意味を同時に表現しえてをり……現に今〈しののめのそら〉に〈ただよふ〉横雲を見てゐる、その雲のたゞよふさまと、思ひ出の中の後朝において自分の心が〈よこぐもの〉やうに〈ただよふ〉たといふことの、二つです。目の前の横雲のたゞよってゐる光景と、それを見てありありとよみがへってくる若き日の後朝の心境とを、一挙に言ってをるのであります。……眼前の景として、過去の心情の比喩である以上に、ぴったりとそれと一つになって、象徴化してをります。それがまた、上二句と実によく照応してをるのです。……〈つる〉は、……おのづとどうしやうもなく心がただよはれたといふ〈れ〉の字をうけて、〈つる〉と言って……かういふ〈つる〉の使ひ方はいかにも西行的で、他ではなかなか見ることはできません。……何よりもつい今しがたのことであったといふ、近過去の〈つ〉で……単に過去にはっきり限定して言ふ〈――し〉とは違ひます。……例へば〈ありつる〉といふ言ひ方がございますが、〈つい今さっきの、ほんのちょっと前に言った〉といふやうな意味で……あることを言ってをって、場面が変はり別のことを言ってをる時に、前の場面のことを〈ありつる〉と……さういふ意味での過去を〈つ〉は表はすので……かなり近々と過去をよみがへらせてをるわけです。と同時に、それがすでに全く過去のことだとして、静かに思ひ浮かべてゐるといふ意味が、誠に微妙ではありますが、明確に出てをります。あの雲のやうに心がただようたのは、ついこの間のことであったやうな気がする、全く過ぎ去った昔のことだけれども、近々とした所にあるやうに思ける――さういふ過去のふりかへり方です。……窪田空穂氏は……〈居るに居られず、別れもされず〉の心を表はしたものと評せられてをります。……これは〈ただよふ〉の意味を解説したものであって、ただよひたくもないのにただよってしまってゐる〈れ〉の意味、随分前のことなのにありありとよみがへってくる〈つる〉の意味、この二つの大事な所を落とされてをります。岩波古典大系

『新古今集』には、〈起き出て別れるのがためらわれた、気が進まなかった〉と注してをります。これはをかしい。〈ただよふ〉は、ためらふとか積極的にできないとかいふことではありません。前にも行けず、後にも行けず、しかも少し前に行ったり、後に行って《ママ》みたり〈大坪云、戻ってみたり、ト表現スベキ〉する、それが〈ただよふ〉です。……この歌で一番おもしろいと言ふか西行らしい所はどこかと言ひますと、その時ただよはれた自分の心を苦々《にがにが》しくふりかへってゐるといふ点です。……あの時自分が〈ただよはれつる〉といふ状態になったのは、おのれの心の妄執にほかならなかったといふことを苦々しく……痛々しく見つめたゐる姿であります。……〈横雲のただよはれつる〉気色を見てゐると、ある意味で見たくもない自分のその時の心のありやうが見えてくる。さう言ふはうが近いと思ひます。……言はんや有明の月や東雲の空を見るたびになつかしく思ふなどと解する説〈尾張酒家苞・新古今集詳解〉は誤りです。〈下略〉」。因みに他の注釈書の評言を二三掲げれば、「久しく逢はずにのみなりて、悲しくて送れる別後の旦暮にも、有明の月の空には、毎時、其の、別れし折りの有様が思ひ浮ばれて、さすがに、なつかしき思出に慰めらるゝ方もある意なり。石原主は、〈有明の空にたゞよふ雲のやうに、別れかねてたゞよひし折りの事は、有明の月見る度に思ひ出づるとなり〉と説かれたれど、それにては説き足らじ。単に思ひ出づるのみにては、其の想平凡なり。其の風情乏し。悲しき中にも、さすがに思ひ出でて慰めらるゝ意に、見ざるべからず。斯くいはば、別れし折の空に、心の慰めらるゝ思出とは、をかしと難ずる人もあらむか。されど、よく人情を察せられて見よ。別れし其の空に対しては、哀情を動かすも常なるべし。されど、単に、哀情の動くのみにあらじ。また、其の折りの有様や、其の人の面影や、別れの詞や、何にやかを思ひ出して、何となく、心の慰みとなるやうの事もあるものなり。人情慥《たしか》にかゝる場合のものあるをおぼゆ。単に思ひ出づるのみにても、哀情を感ずるのみにても、其の情平凡なり浅薄なり。悲しき中にも、何となう心の慰めらるゝ思出、それが微妙なる人情なり。西行が此の歌は、其の微妙なる情を写し来たれるなり。其処に、此の歌の情面白く、風情限りなく哀れなるものあるなり。微妙なる人情を捉へ来たりて、誠にめでたき抒情詩とこそいふべけれ。（塩井氏『詳解』）」・「名残の惜しかった後朝の別を、後から思ひ出した心である。〈有明〉〈横雲〉〈しののめの空〉と、その時の自然に深く絡ませて、心の方は漠然と〈思ひ出〉といひ、〈ただよはれつる〉といふだけに止どめて、極めて暗示的にしたものである。名残を惜しむといふ気分が、自然景象化されて、生きた、深みのあるものとなってゐる。西行の表現の手腕を一ぱいに出した作である。題詠としても詠み得られるものであるが、味ひが如何にも深刻である。普通の後朝としては、たとひ濃情な西行としても、心の深過ぎる感のあるものである。何等かの事実を背後に持っての歌ではないかとの想像を、おのづからに起させられるものである（窪田空穂『西行法師』）」・「後朝の別れの悲しかったのを、後から思い出して、慰めとする心である。……〈横雲のただよはれつるしののめの空〉は、作者が今眼前に見ている光景で、また、光景の直写とも見られるものである。作者はその光景を見ると、かつての後朝の別れを惜しんだ時の光景が、これと同じなので、その時を思い出して、そして、今漂わされている横雲に、その時の自身の心の状態を感じて、この横雲によって、その心を捉えたのである。さらに、この光景と、その追憶とは一つになって、作者に慰めとなったので、その慰めの心が、初二句なのである。いかにも実際に即した具象である。……心と自然と一つになったものではあるが、本来は心が主になった歌で、結果は、自然の方が主になっている。しかし、その一つになっている上では、本来の余情の多い作といわなくてはならない（完本評釈）」・「(A)遥かなる岩のはざまに／(B)ありあけは思ひ出あれや／この二首は新古今集にのみ伝えられる作品である。〈注、他出モアルコト既述〉。(B)の構成された歌、(A)の独白形式によって場面の設定された歌は、さらにゆとりを持ち得た立場での創作の歌と考えられるものである。(B)の歌には、西行の情熱のこもった二〇代ころの作品の魅力はない。そして新古今的な文芸性を強くもつようになったことが認められる。(A)の歌も創作歌のもつ虚構のおもしろさを見せていて、晩年の歌境を示すものと考えられる（窪田章一郎氏『西行の研究』五六六頁）」・「有明の月に向って、その暁の別れを懐かしむのである。東雲の空にただよふ雲に、逡巡した状態を比したのは、おのづから出来た譬喩である。情熱の多く、且つ細やかな点で、すぐれて居よう（尾上氏『評釈』）」・「詳解には〈思ひ出あれや〉を〈悲しき中にも、さすがに思ひ出でて、心の慰めらるゝ、ものがあるわい〉と述べ、慰められるという点を強調しているが、それでは、却って〈思ひ出あれや〉の与える余情が少なくなるであろう。これは、懐しくも悲しくも、色々の事が混然と思ひ出さるゝ意である。又〈横雲の〉を〈たゞよはれつる〉の序又は譬喩とだけ従来見ているが、横雲の漂う東雲の空の下に、その雲の如くためらいつつ起き別れたとする方が、心の複雑さを求めた当時の歌の解として妥当であろう（石田氏『全註解』。大坪云、コノ石田氏ノ評言ガ、森重先生ノ理解ノ先蹤ノヨウニ思ウガ、森重評言ハソレヲ紹介サレテイナイ）」・「思い出の中の、遠い日の後朝の別れの、辛くてためらわれた姿が、横雲の漂っていた空とともに生きていて、新鮮な哀感がある（小学館『全集』）」・「有明の月を見るときは思い出されることがあることだ、横雲がただよっていた明け方の空の下で、その横雲のように心ただよいつつ、あのひとと別れたことだった、という意。一・二句のやわらかにうねる調べ〈第一句をゆったりと歌い出して、第二句を一字字余りとしている点（大坪云、伝本ニヨッテハ字余りトシナイ）、また、第一句も第二句もa音で終っている点が効果をあげている〉を受けて、第三句以下は景・情融合しての艶に美しい詩句で、名詞止めとなっている。絵画的な美しさのなかで、ゆたかな情感がたゆたっている余情ふかい歌である（安田章生先生『西行』〈弥生選書〉一一〇頁）」・「三句以下は、あの時は、夜明けの雲の空にただよひし如く、わが心も恋の別れで落着かずふらふらしてゐた様子であったが、　の意。〈つる〉と完了助動詞を用ゐたのは追憶の体だから。〈れ〉は自然相（朝日新聞社『全書』）」。

当歌の歌詞〈詞・心・姿ノ三要素ノ一ツトシテノ詞〉についての参考。「有明」→「晦《ツゴモリ》、ありあけといふ（能因歌枕）・暁をば、ありあけといふ（同上書）・廿月《（はつかのつき）》ヨリありあけ（同上書）」。「横雲」→「暁、山に立つ（八雲御抄、枝葉部、雲）」。「しののめ」→「暁をば、たまをしけ、あけぼの、しの、めと云（能因歌枕）・あかつきはなる、程をば、しの、めと云。あけはなる、そらのしの、めにたる也（同上書。角川古語大辞典ニ、古代の原始的住居においては、明り取りに篠竹《しのだけ》を粗く交錯させて編んだ。これを篠目《シノノメ》といひ、明け方に近づくとここから明りがさしてくるので、〈しののめの明く〉という言い方が生じ、その〈しののめ〉が独立的に明け方を意味する名詞に用いられるようになったのであろう、トアル）・あけはなる、ほどをばしの、めといふ（能因歌枕）・暁、しの、めのといふ（俊頼髄脳）・暁。しの、め（奥義抄、物異名ノ中）・暁。シノ、メ　カハタレ時（和歌初学抄）・しの、めとは暁也（和歌色葉㊦。古今集六三七番歌語注）・しののめのほがらほがらと明けゆけばおのがきぬぎぬなるぞかなしき／さるまろ〈古今六三七番歌。作者ハよみ人しらず〉／家経―大坪云、藤原氏。後拾遺以後ノ勅撰作者―は、すべてよるをいふとぞいひける。能因があか月といひけるに、いみじき論にぞしける。能因が注云、あけはなる、ほどのそらの雲の、しの、めに似たる也（綺語抄㊤）・しの、めとは凌晨とぞ書たる（和歌童蒙抄㊁。玄々集六八番長能十首中、若《桑イ》草の妹がきなれし《てなれのイ》歌注）・いなのめは、あかつきをいふ也。しの、め、同じ事也（和歌童蒙抄㊁。あひ見まく秋たらず《たたずイ》ともい《しのイ》なのめのあけはてにけり舟でせんつま《かはイ》〈古今六帖㊀一四六番歌注〉）・しののめの〈古今六三七番歌〉。和云、しの、めとは暁を云なり（色葉和難集㊈。和トハ誰カ未詳）・暁。しの、め、凌晨とかけり。山かずら、暁天雲也。あり明。あけくれ。〈中略〉いなのめともいへり。稲目とかけり、在二六帖一。いなびめいなのめ同事也〈下略〉（八雲御抄、枝葉部、暁ノ項）・夏の夜の〈古今一五六番貫之歌〉。古物《（ふるきもの）》ニ、シノ、メトハ、アカツキヲイフトイヘリ。又万葉ニハ、イナノメトモヨメリ。七夕歌ニ、アヒミラクアキタラズトモイナノメノアケユキニケリフナデセムイモ〈万葉二〇二二番歌〉、稲目トカケリ（古今集注。一五六番歌注）・夏のよのふすかとすれば郭公なく一こゑにあくるしの、め／しの、めとは、あか月を云。万葉には、いなのめともよめり。是又一同。万葉十、あひみらくあきた、《ママ》ねどもいなのめのあけゆきにけりふなでせむいも（顕注密勘抄。古今一五六番貫之歌注）」。

三　有明の月ハ……思出有りと也

「思出」の「出」は、有明月が一時は「横雲」にかくれても、又「出」ることがあるという事と、自分の往時の「思」も「思ひ出」となって再び「出」る、という、「出」が二つの事を承けた措辞である事の説明。文意「有明月は、一時雲に隠れても、又再び雲間に出てくるが、それを見ていて、自分も又往時の事を思い出す、という思出があるというのが初二句の意だ」。

四　その有明の如くに君も思ひ出あれやと也

自分の今の心境と相手の心境とが、合致する事を願う意。あれやのやは、前文では感動助詞のやと見、ここでは疑問助詞として、磐斎は使ったのである。文意「あなたは、今暁の有明月を眺めて、あなたもこの有明月が一時は隠れても再び出てくるように、一時は私の事を忘れていても、再び思ひ出として、思って下さる事がお有りですかと、相手に問うた形が第二句なのだ」。

五　横雲とは、別る、時分の暁也

文意「第三句の〈横雲〉とは、後朝の別れの時分の、暁頃に、ちぎれて離れてゆく雲の意だ」。「横雲」についての歌学書の説は、前頭注既引。参考、「霞立つ末の松山ほの〴〵と浪にはなるる横雲の空（新古今三七番家隆）」・「春の夜の夢の浮橋とだえして嶺に別るる横雲の空（新古今三八番定家）」・「横雲の風に別るる東雲に山飛び越ゆる初鴈の声（新古今五〇一番西行）」。

六 漂よハれつるとハ……君に別れたる也

文意「第四句の〈漂よハれつる〉とは、心が平静を失う、即ち心騒ぎを覚えて、まるで月が急に雲に隠れるように、あなたと別れたしまった事を表現した措辞だ」。「騒がしくて」とは後続の文中に「君に心騒ぎて」とあるのと同じ意である。

七 さても残り多き……との義なりとぞ

文意「それにしても、何と心残りの多い事であった事よ。月は、今後再び見ようと思う機会もあるであろうが、あなたとの再会の機会は、あてにできる保証とてない。という意味だとの事である」。「見んづれども」は、「見んとすれども」→「見んずれども」→「見んづれども」と変化したか、或は「見出づれども」「見んづれども」と返歌したか、それとも「見つれども」を撥音便形にしたものか。一応「文意」の如く解釈しておく。又文末の「とぞ」という表現は、以前に同様の解釈も行われていた事を示す措辞である。磐斎以前の注釈にそのような解のあったことは私はまだ知る事ができない。但し、師の貞徳の説ということは考え得る。併し同門の季吟の八代集抄には見当らない。八代抄には、「横雲はたゞよふ物なれば、たゞよはれといはん枕詞也。帰《かへりわび》侘てたゞよはるゝしのゝめに、有明の、後の思ひ出にもならんけさの気色なる、との心なるべし。別《わかれ》の悲《かなし》き中にも思ひ出有と也」とある。

八 又説。

「また別の或る説」の意。「マタ、セツ」・「マタノセツ」・「ユウセツ」等と訓める。具体的な出典は、まだ見出していない。ここも文末に「と云へり」とあるから、以前にこの説が行われていた事は推量できる。

九 有明ハ……しかも別るゝ時分の月なればなり

文意「〈有明ハ思ひ出あれや〉という初二句は、その中の〈出《いで》〉という字は、有明の月の出る時分に、その女の家から出てゆくという事に、縁のある詞、即ち互いに深い関連のある字であるから、〈思ひ出づ〉という出づのつく言葉を言おうとする、ただそれだけの為に、〈有明ハ〉と初句に据え置いたのである。その上、有明は、女と後朝に別れる時分に出ている月であるからである」。「時分」とは、連歌での、素材区分上の用語。「挙句」なども連歌用語であった。普通には、とき・ころ、を使う。

一〇 君に心騒ぎて……歎きたると云へり

文意「そなた故にわが心は、平静を失なう心騒ぎを覚えて、横雲が千切れて別れゆく時分に、雲と同じようにわが心も、浮き揺れ動いて、はっきりとお別れの挨拶をする事もなく、また後で思い出せることのできる機会を作ることもなくて、別れて了《しま》った事の、心残りの多き事よ、別れるとしても、お互いに思出を持つ別れ方が有ったであろうか、いやなかったのだと歎いている歌であると、云われている」。

参考「あり明の時分はきぬ〳〵なれば、たゞよひかへりやらぬ体也。後迄も思ひ出にならんと也。横雲はたゞの雲にも似ず、漸ゝにたゞよひ消る物なれば、よそへていへり（抄出聞書）」・「古注ハ上と下二ツ分て見たる也（大坪云、上トハ、一二句。下トハ三四五句ヲサス）。むかし〈＝上〉と今〈＝下〉とくらべ見れバ、新注ハ一ツニシテ一時ノ事也。おきわかれ月がかたミ《さカ》と成ておもひいで也。おきわかれたるかなしきハ何ともならねども、月にてかんにんする也。雲ハあともなし。月ハ残りてあれバおもひで也（かな傍注本）」・「おもひ出あれやとは思出なれや也。たゞよはれつるは、心のまよひつるさま也（吉田幸一氏旧蔵本註・高松宮本註・高松重季本註、スベテ同文）」。

〔一一四〕（一〇三頁）

二 大井川堰の水のわくらバに今日ハ頼めし暮にやハあらぬ

管見二十六伝本では「堰〈ゐせき〉」の表記が「いせき」とする伝本（正保四年板本〈明暦元年本モ〉・承応三年板・正徳三年板本・刊年板元不明板本）がある。第四句の「今日ハ」が「けふは《を(朱)》（はヲ朱デをト修正）」となっているのが柳瀬本。為氏筆本は「けふと」とする。結局第四句は「けふはたのめし」「けふをたのめし」「けふとたのめし」の三異形がある。

当歌は新古今では一一九一番小侍従歌の「題しらず」の題が及ぶのであるが、出典と目される『元輔集』では、伝本により題詞に変化があり、歌句本文にも異形があるので次にその主なる伝本本文を掲げる。

「人にかはりて／おほ井かはゐせきの水のわくらはにけふはたのめしくれにやはあらぬ（書陵部蔵五〇一／一二六架番・桂宮本叢書第一巻㈥本二〇九頁）」《の水の》・「ある人につかはし、／大井河いせきまくらにわくらはにけふにたのめしくれにやはあらぬ（正保版㈥歌仙家集・校註国歌大系第十二巻所収本ハ第二句井堰の水のデ校異ハナシ）」・「ひる人につかはす／大井川ゐせきの水のわくらはにけふはさ《ママ》ためしくれにやはあらぬ（桂宮本叢書第一巻私家集一(甲)本一七三頁・書陵部蔵御所本三十六人集〈但、新典社複製ニヨル〉)」。尊経閣文庫本や新校群書類従本『元輔集』には当歌は含まれない。家集の題からは、代作歌か実際の恋による贈歌か、の二つの見方ができよう。

次に当歌の他出を示す。「(題しらず)／清原元輔／歌句同形（二八要抄、恋三）」・「大井河ゐせきの水のわくらばにけふはたのめし暮にぞまたるる（俊成三十六人歌合。三首組番。十四番右歌）」・「大井河ゐぜ《濁点ママ》きの水のわくらばに今日はたのめしくれにやはあらぬ（定家十体有一節様。〈歌学大系本ニヨル〉。新編国歌大観本ハ、作者ヲ基俊ト誤認スル書陵部蔵定家物語ト合綴本ヲ翻刻〉)」・「大井河ゐせきの水のわくらばにけふはたのめしくれにやはあらぬ（歌枕名寄巻二畿内部山城国嵯峨篇大井河）」。『時代不同歌合（百十番左歌）』には「大井かハ井せきの水のわくらハにけふハたのめしくれにやハあらぬ〈清原元輔〉」（為家本）とあるが、（歌仙絵本）は第四句「けふとたのめし」であり、（類従本）は下句「けふは頼めしくれにやあるらむ」と異形である。右歌は「隆信朝臣」の、「たれとしもしらぬわかれのかなしきハまつらかをきをいつるふな人（為家本）」であるがこの右歌も、（永亨本）と（類従本）は第四句「まつらのおきを」である〈コノ右歌ハ新古今離別、八八三番歌デ、守覚法親王ノ御室五十首ノ歌〉。

次に当歌の技巧は、大井河に関連した縁語・掛詞の巧みな使用で、それにより当歌以前の作品と以後の作品とをつないでいるがこの点を見逃せば当歌の持つ意義も薄れるのではなかろうか。具体的に云えば「大堰河《ゐ》―堰埭《ゐせき》↓湧く・篗《わく》〈大坪註、籰ハ俗字〉↓わくらば↓暮・榑《くれ》」という歌の縁語掛詞構成である。「大堰河」は名所《などころ》で後述する。「堰埭」は清音、後述する。「わく」は、湧く・篗《わく》と「わくらば」との掛詞。篗との掛詞と見るのは増抄磐斎説で後述する。「くれ」は日の暮れと榑《くれ》との掛詞。榑《くれ》は、皮のついたままの丸太《まるた》か、縦に割ったままで板状にしていない用材で、筏に組んで大堰川上流から下流に運ばれたもの。当歌が恋人を待ちこがれる気持を詠んでいる事は一読して了解できるが、榑《くれ》に恋人を待つ心を含む歌として「ゆふくれのなかれくるまをまつほとになみたおほゐのかはとこそなれ（蜻蛉日記〈上巻第五段〉）」がある。兼家の歌である。当時の作歌技巧で他にもあるが省略。「くれ〈暮・榑〉」・「なかれ〈泣かれ・流れ〉」・「おほゐ〈大堰・多い〉」が掛詞である。この兼家歌は『大鏡』（第四巻兼家）に「この母君〈大坪注、道綱ノ母、倫寧女《ともやすむすめ》〉極めたる和歌の上手にておはしければ、この殿〈兼家ノコト〉の通はせ給ひける程の事、歌など書き集めて、かげろふの日記と名づけて、世にひろめ給へり」とあるから、作者本人の生存時から世間に広まっていたのであろう。兼家・道綱母・元輔は、同時代人と見てよいから、元輔が兼家歌を知る機会はあったと考えても矛盾しない。次に又この縁語掛詞仕立ての歌として「人、ようさり〈夕さり・ユフサリ、ノ転〉こむとてこざりしを、其の懈《おこた》りをも知らむとて、ようさりは必ずとあるに／待程の過のみ行けば大井川頼むる暮も如何とぞ思ふ（馬内侍集。続国歌大観二三八九五番）」がある。作歌事情もよく似ている。馬内侍歌は、兼家・元輔歌よりもやや後の詠であろう。これら三首はいずれも大井川に関わる縁語掛詞仕立の作品で、元輔歌理解の参考歌となし得る。なお、馬内侍歌は『後拾遺集』（雑二。九〇五番）や『歌枕名寄』（巻二、大井川）にも採入。又表現上の参考としては「わびしらにましらな鳴きそあしひきの山のかひある今日にやはあらぬ」（古今集。俳諧歌一〇六七番）が当歌末句の参考として従来指摘されてきている。

さて当歌の歌意は、「今日のこの夕暮は、稀《まれ》に珍しくも、たまたま逢おうと貴女からの申入れで、私に嬉しくも宛《あて》にさせて下された夕暮ではありませんか、まさにその夕暮ですよね（大坪私解）」というもので、大井川の「井」は勿論「堰埭」の心がこめられてあり、その堰埭から川水が湧くが如く流れ出づる様に作者の激情が詠みとれる。又、「堰《ゐ》埭《せき》」は、中に石をつめて外側から枠《わく》のようにして割竹などで囲った構築物である。「堤《つつみ》」が川の流れに沿ってその両岸に、土石を盛上げる構築物であるのに対し、「堰埭」は、水流を横断して水量をせきとめて貯めさせる構築物である。磐斎『増抄』では五五五番経信歌の頭書で説明してある。『倭名類聚鈔』には「堰埭　唐韻云　堰埭壅水　上音偃　下音徒耐反　又　與代同　以土遏水也　和名井世木」とある。大井川のような水量が多く、流速の早い所では、土砂を詰めたのでは隙間から流れ出て了《しま》うので石を積めるのである。「わく（枠・籰）」は、「川の水勢を穏やかにしたり流の方向を整《ととの》えるために、川の中に設ける物。木で造ったわくの中に石を詰める

（角川古語大辞典）」。「榑（くれ）」は「暮」をかけて使う用例も多く、当元輔歌にもその心が含ませてあり、大井川の川上から流れ下されてくる榑《くれ》が背景にある。「ゆふくれ（夕暮↑夕榑）」は恋人の来訪を宛《あて》にする時分である事から「頼めし」とつながるのである。兼家歌も元輔歌も馬内侍歌も、それが伺え得るので当時の通念であったのであろう。歌意参考「大井川 堰《(ゐせき)》の水のは、わくらはにといはんための序詞なり。わくらはに、湧く意をかけたり。さて、たま〳〵来んと頼めし暮にあらぬか、然るに遅きはいか、と待ち侘ふる意（標註参考）」。

三　大井河。山城也。嵯峨にあり。
現在は、京都観光名所としてあまりにも有名。嵐山渡月橋界隈一帯の景勝地、春夏秋冬通じて趣き深い地域。平成二十五（二〇一三）年秋異常気象による洪水に見舞われた。

四　聖徳大《(ママ)》子の、田の為に掘り給ふ……いへり
新古今五五六番頭書でも、磐斎は「大井川。山城也。東海道ニ別名あり。聖徳太子の掘り給ふ川也」と略〻同じような事を述べているが、五五六番歌頭注五で詳述した如く、事実関係は疑問点も多い。季吟の『苑藝泥赴《つぎねふ》』にも聖徳太子が大井川掘鑿説が見えるので、貞徳門ではこういう認識であったのであろう。

五　されバ、井堰に縁有る事なり
文意「大井川という川の名は、聖徳太子が、田に水を引きこむために、史上初めて掘鑿せしめられたのであるから、水の堰き貯める〈ゐせき〉という語に、縁のあること〈事《こと》・言《こと》〉である」の意。

六　古抄……
この「古抄」は常縁原撰注（新古今聞書前抄）ではなく、幽斎の増補注（聞書後抄）のものであるが、幽斎独自注というより『牧野文庫本聞書』に似た注である。故に『牧野文庫本聞書』を引用しておく「井せきは水をとむる物なり。しからみなとのやうのものなり。わくらはとはまれなることなり。※まれにたのめしくれにはあらぬかといひかけたる哥なり。井せきをもる丶水はまれなるといふ説あり。いが丶。た丶水のわくといふ序なるへし（牧野文庫本聞書）」。この『牧野文庫本聞書』は『説林後抄』・『内閣文庫蔵増補本聞書』・『内閣文庫蔵聞書後抄』・『新古今私抄』等にも小異あるが記載されている。※印より後の部分は、『無刊記板本聞書』・『宝永八年板本新鈔』には省かれている。又、『吉田幸一氏旧蔵新古今和歌集註』・『高松宮本註』・『高松重季本註』にも※印以下は次のような少異文で引用されている。「まれにたのめし暮にはあらぬか、といひかけたる哥也。ゐせきをもる丶水はまれなるといふ心も有と也。水のわくと云秀句なるべし。暮にやはあらぬは、くれにてこそあれと也（吉田氏旧蔵註』・高松宮本註・高松重季本註）」。なほ、更に、この注を所載する諸抄との校異を示しておく。「わくらバ、稀なると云ふ義也」が「わくらは丶稀なるト云義也（内閣文庫本新古今集聞書後抄）」。「いひかけたる哥なり」が「云の《(ママ)》けたる歌也（説林後抄〈大坪云、のハ可《か》ノ草体ノ誤認？。いひのけ＝云ひ退け＝ト見レバ、敢エテ言イ切ツテシマウ、ノ意〉）」。

七　堰埭は水を停むる物なり。柵などの類なり
「堰埭《(ヰセキ)》」は頭注二で既述。『能因歌枕』に「井せきとは、なはしろ水にせきいる丶をいふ」とか「井せきとは、水をせきあげている丶を云」とあり、『日葡辞書』は清音で「イセキ（井関・井磧）。田畑の土を洗い流さないように、川に沿って造った土手や堰堤」とある。「柵」は、「しがらみとは、しばをしきてそれによこざまにからみて水をせくをいふ（能因歌枕）」・「シガラミトハ河ニヰグヒヲウチテ、ソレニ柴ナドヲヨコザマニアミツケテ、水ヲヨドマセテトヾムルナリ。岸ナドノクヅル、ニモ、サヤウニシテ土ヲトヾムルナリ。柵トカケリ（古今集二一七番歌）」・「シガラミトハ、水ヲセクトテ柴ナドヲカラミカクル（後拾遺集注一七五番歌）」・「シガラミ（柵）。川の水を止めたり、土地が崩れないように支えたりするために作る、堰堤に似た杭の列（日葡辞書）」のこと。

八　わくらバ、稀なると云ふ義也
「わくらば」は、「病葉」と表記されて、夏季に、触《むしば》み、又は色づき盛りの過ぎたようになる葉。別に「嫩葉」と表記されて、木の若葉。名詞に使われる。「わくらばに」は副詞に使われて、たまたま。偶然にも。の意。歌学書では「わくらは」を「わくらはに」の意で施注した書が多い。「わくらは、たまさかといふ事也。たまゆらなどいふもおなじ事なり（奥義抄。古今九六二番、行平歌、わくらばにとふ人あらば須磨の浦に藻塩たれつつわぶとこたへよ歌注）」・「わくらは。タマサカ也（和歌初学抄。由緒詞）」・「わくらばとはたまさか也（和歌色葉、類聚百首の三十六条）」・「たまゆらとはわくらばと云　同事《(いふにおなじことなり)》也。わくらばとはたまさかと云也。又云、まれなりとも云（和歌童蒙抄。第七、木部、桜）」・「和云、わくらばとは邂逅にといふことばなり（色葉和難集。〈わ〉ノ部）」・「わく

らは。まれに也／たまゆら。しばし也、公任卿説也。わくらは同事云々。不レ可レ然歟（八雲御抄巻四言語部）」・「わくらはとは、たまさかと云詞也。ふるき物に、たまゆらはしばしと云詞也など書たれど、なにの故にたまさかをわくらはとはいひ、しばしをたまゆらといふぞといふゆゑをばしるさねば、たゞふる歌にまかせて読侍にや（顕注密勘抄。古今九六二番行平歌注）」・「窂　わくらハ　まれなる事　わくらハにとふ人あらハとよめり（詞林三知抄(上)　雑部。ゆまに書房連歌資料集(3)ノ影印ニヨル）」・「は《ママ》くらハ　まれになりたまさかに共（匠材集同上書ニヨル）」。

九　わくらバ、と云はん上二句ハ、序也

磐斎独得の言い廻し〈語順〉で、「上二句は、わくらバ（に）といふ歌詞を引出して言わんが為の序詞である」の意。上二句即ち「大井川堰《ゐせき》の水の」が第三句「わくらばに」を言い出すための序詞と見る見解は、現行注釈書に多く踏襲されている（岩波旧大系・小学館『全集』・遠鏡・尾上『評釈』・石田『全註解』・『完本評釈』・塩井『詳解』〈大坪云、一首の意味に関係なし、ト無心ノ序トミル〉・新潮『集成』〈大坪云、第二句まではわくらばにを起すための有意の序、トスル〉・久保田『全評釈』〈初二句ハわくらばにを起す有心の序、トスル〉・朝日新聞社『全書』）の如くであり、有心序・無心序のいずれかを示さぬ書も多いが、共通する転は「わく」を「湧く」との掛詞と見て、磐斎の如く「枠《わく》」との掛詞と見ない点では一致している。即ち磐斎説の全面的踏襲ではない。少し考えてもわかるように「湧く」は、泉等から水が湧き出す時等に言う語であるが、「堰」の隙間から水が流れ出るのを「湧く」と言うのは、少々おかしい。併しそれを湧く状態に似ると、連想的に考えるのも一理は有ろう。

一〇　井堰とハ……川を堰くを言ふ也

文意「井堰とは、川から田へ水を引き入れるために、川の流れを堰きとめて、そこに流水を貯めるようにした構築物を言うのである」。

一一　それに糸を懸ける様に枠をして、中へ石を入れて、水を堰く柱とするなり

文意、「その構築物に、糸を巻き取る道具の〈籰《わく》〉のような形をしたものに割竹を巻きつけて枠組《わくぐみ》を造り、その枠の中に石を詰め込んで、水の流出を防ぐ仕掛けとして、水を堰きとめる中心的支《ささ》えとするのである」。「柱」は構築物の形状を云うのではなく、中心の支えとして最も力にし頼みとするという構築物の役割をいう意であろう。

一二　さるによりて、ゐせきの水のわく、と続けたり

文意「そういう訳で、〈井堰の水の枠《わく》〔らばに〕〉とつづけたのである」。磐斎は「湧《わく》〔らばに〕」とは考えていない。但し例えば「ゐせきをもる、水はまれなる（内閣文庫蔵増補本聞書・内閣文庫蔵聞書後抄、等）」は、井堰の構築物の枠から水の洩れるのを「湧く」と見ていたように考えることもできる。さて「さるによりて」の「さる」は、掛詞技巧の使用を指摘したものであるが、これが「わくらばに」を導き出す序詞である事は磐斎も認めているものの、それが有心序か無心序かという点にまでは言及していない。ただ歌意の説明に利用していないのでどちらかと言えば無心の序と見ていたのではなかろうか。

一三　下句ハ、今日と……君ハ来ぬぞとなり

文意「下句は、この夕暮れは、恋人と逢える日が今日だと宛《アテ》にして約束を交わしたその夕暮ではないのか、まさにその夕暮であるのに、どういう訳で、恋人は来ないのか、と落胆している歌である」。「暮れにてはなきか」の「か」は反語の序詞と見るべきであろう。これを「暮れにてはなきが」と翻刻する書もあるが、如何なものか。さて磐斎は「くれ」を「暮《くれ》」とのみ解し「榑《くれ》」との掛詞関係は考えていない。併し前述したように、兼家歌・元輔歌・馬内侍歌などその当時の作歌技法を考慮すれば、「榑」に言及しておくべきではなかったかと思われる。

当歌は他の古注も多いので次に示しておく。「ワクラバトハ、タマサカニト、イフ事也（新古今注）」・「水のわくと云秀句也。わくらば、まれにと云心なり。くれにやはあらぬとはくれにてこそあれと也（十代抜書）」・「恋のうたなり。大井河は筏にくれを（榑）つ（ママ）みて〈くみてイ〉くだす河也。さればくれをたのみてまつ所也。わくらばとはまれなる事也。わが人をまちて此暮をたのむ〈頼めしイ〉事を木のくれによそへて云へり。稀逢恋の心也（宗長秘歌抄）」・「序の哥也。一説には、たま〳〵たのめたるくれにをそく人のとふ事を恨る儀也〈大坪云、通常ハ男ガ女ヲ訪《ト》フノデアロウガ、当注ハ作者元輔ノ、女ニ代ツテ詠ンダト見タラシイ〉。又けふはかならずとひこんとたのめしに、水のわきかへるごとく、なにとてかなしきぞとなり。此説を兼載は用給也（抄出聞書）」・「ちぎりハわすられたることと也。いせきの水わくとうけたり。けふとちぎりたるが、たまさかにちぎりたるかわすれたるかと也〈かな傍注本。大坪云、傍線ノかハ、疑問トモ、マタ、かト濁ツテ、契ツタノヲ、ノ意トモ解シ得ル〉」・「玄旨云〈幽斎ノ聞書後抄ヲサス〉堰埭《ヰセキ》は水をとむる物也。し

からみなどの類也。わくらばはまれなるといふ儀也、愚案〈季吟注〉、井せきの水のわくとそへて也。序歌也。まれ〳〵けふこんとたのめし暮にあらぬかは。然るに遅きはいかゞと待侘る心也（八代集抄）」。

〔一一九五〕（一〇四頁）

一　今日と契りける人の、あるかと問ひ《ママ》・侍りければ

管見新古今二十六伝本間の校異。「契りける人の」が「契りける人（柳瀬本。のヲ朱デミセケチ）」。「あるかと」が「あるかと《や（朱）》（柳瀬本。かノ右ニ朱デやト訂正）」。「あるかと問ひ・侍りければ」が「あるかといひて侍けれは（前田本）・あるかとひて侍りけれは（小宮本・為相筆本・為氏筆本・宗鑑本・烏丸光栄所伝本・同書写本・東大国文学研究室本・鷹司本・冷泉家文永本・柳瀬本・公夏筆本・親元筆本・亀山院本・春日博士蔵二十一代集本〈都合十四本〉）」。増抄引用の「あるかと問ひ侍りければ《ママ》」と同じくて字を含まない伝本は、江戸期板本に多い（正保四年板〈明暦元年板モ〉・刊年板元不明板本・承応三年板本・延宝二年板本〈文化元年補刻本モ〉・正徳三年板本・刊年不明文明十八年牡丹花在判板本・寛政六年板本・寛政十一年板本）〈都合十本〉）・この他高野山伝来本も「て」字を含まない。この詞書の文意は「今日の夕暮にお逢いしましょうと約束していた人が、今日は御在宅ですか、と在不在を問うてこられましたので（その御返事の歌）」の如きものであるが、なお「あるか」については、「在宅しいるか」の意味と「健在おられるか」という意味まで含ませたものとする解もある（岩波新大系・新潮社『集成』・久保田氏『全評釈』）が、歌句本文の「かげろふ」の儚ない命や、「ありやあらずや」と絡ませてみると、この解も当然考え得る事である。鴻巣氏『遠鏡』は、「アナタハ私ニ、今日逢フト約束シタ人ガアルカト御尋ネナサルガ」と、詞書の意を考えているが、誤解であろう。「契りける」とは当歌作者以外の人と契ったという意ではなかろう。ところで、この「読人しらず」歌に酷似する歌が『時明集〈扉裏ニ、ときあきら、トアリ〉』（桂宮本叢書私家集㈡ニ翻刻アリ）に所載されている、「おなしこと、けふとちきたりけるひ／ゆふくれに心　かけたるかけろふのありやあらすやとふもあやふ《（なイ）》し」という詠である。その肩付に、「新古読人不知」と示されているが後人による肩付である。

二　よみ人しらず

管見新古今二十六伝本は、すべて「読人しらず」であって、特定作者名は記さず。前頭注に示した後人肩付によれば、時明《ときあきら》の作という事になる、『時明集』の冒頭に「時あきら、さぬきのかみなといひしのちは、ほくし《ほうしイ》右近内侍に」と前書する歌があるので、讃岐守《かみ》在任や藤原北家の褒子〈京極御息所・富小路御息所トモ〉に仕えた右近内侍〈藤原季縄女？〉と交際のあった人物で、こき殿のせき、その他交流のあった人名を知り得る。讃岐国の長官が「さぬきのかみ」の表記とされたと考えると、「令の四等官制における最上の官」の筈であるし、讃岐は上国であるから〈延喜式巻二十二、民部上ニヨル〉、従五位下が、相当官位と見得る。『八雲御抄』（作法部）によれは、五位・六位は、在原棟梁・紀貫之の如くに、氏と名で示す事が示されてある。『袋草紙』（上巻、撰集故実）に「〈前略〉読人不知ト書事、可有儀。一ハ真実不知作者歌、一ハ雖書名字、世以難知其人下賤卑陋之輩、一ハ詞ニ有憚歌等也〈後略〉」と、読人しらずとする三つの場合を挙げているが、この時明歌はそのいづれにも該当しない。撰者が一一九五番当歌を「真実不知」であったとは思えない理由は『八雲御抄』（枝葉部・虫部）に「蜻蜓。夕にのきなど乱飛物《みだれとぶもの》也。夕暮にいのちかけたるとよめり《いへイ》」とあるので、相当の著名歌であったらしいからである。「下賤卑陋」でもない事は官位から推量できるし、歌句上でも特に憚かるべき点も考えられない。定家『明月記』（承元元年三月十九日条に「撰集之時、撰者或引二直古歌一。少々又自詠ヲ称二読人不知一入レ之定例也」）とあるので、この『時明集』の歌を引き直して新古今歌形にして、読人不知歌として入れたのではなかろうか。当歌の呈進者は有家である。石田氏『全註解』に「時明は有家六代の祖だから、詞書を直し、よみ人不知として撰んだものか」とされているが傾聴すべき説である。〈大坪注、「末茂孫」流に「時明―頼任―隆経―顕季―顕輔―重家―有家」ト続ク〉次に時明の事略であるが、『尊卑分脈』には、「時長孫」流に「時長―利仁―叙用―吉信―忠頼―時明」と続く「時明」があり因幡介であった（藤原氏）。次は「末茂孫」流に「末茂―総継―直道―連茂―佐忠―時明」と続く「時明」があり、正五位下・上野介・山城大和守・蔵人であった（藤原氏）。この時明かちは「時明―頼任―隆経―顕季」と続くが「顕季」は六條家の歌人として有名。次は「文徳源氏」流に「文徳天皇―能有―当季―仲舒―時明」と続く「時明」があり、従四位上・左馬権頭であった。この時明の女子が、東三条女房の馬内侍である（「源氏略系」流の文徳源氏による）次は「清和源氏」流に

「畠山」を姓として「畠山義純―時朝」と続く「時朝」があるが、本名を「時明」と言い、田中姓を名乗っているが、この人物は当歌作者としては当然外れる。

ところで『桂宮本叢書』の「時明集」解題で（解題担当は伊地知鐵男・橋本不美男両氏）、「時明は歌人六條修理大夫顕季の曾祖父にあたり、室は忠平の子忠君の女である」とされて以来〈大坪云、尊卑分脈ノ「摂家相続孫」流ニ「鎌足……忠平→忠君→女子」トツヅク、ソノ女子ガ、和泉守㈱時明室、右中弁頼任母デアル〉、この解題者説が通説となっていく（小学館『全集』・桜楓社久保田淳氏編テキスト頭注・石田氏『全註解』・『完本評釈』等）。この「末茂孫」流に基づき時明の事略を詳述されてあるのが、久保田淳氏の桜楓社テキスト版頭注で、「時明は北家藤原末茂流、勘解由長官佐忠の男。山城大和守上野介を歴任、正五位下。生没未詳。六條顕季の曾祖父。勅撰歌人ではない（昭和六十一年三月十日改訂四刷）」と述べられている。が昭和五十二年四月第一刷の『全評釈』では「時明（生没年未詳）は文徳源氏、但馬守従四位下仲舒の男。母は未詳。左馬権頭従四位下に至った。馬内侍《うまのないし》はその女とされるが、実子と見るのは疑問。勅撰集には入集していない。

なお、北家藤原氏末茂《すえもち》流の時明と考えられたことがあるが、誤りである。詳しくは、竹鼻績氏「馬内侍伝の一資料―時明集の作者をめぐって―」（『文学・語学』一三号、昭和三四・九）参照。」とされている。多分桜楓社版テキスト改訂四刷では、『全評釈』でこの末茂流時明が誤りだとした事を失念されて、末茂流説を改訂されなかったのであろう。『全評釈』の文徳源氏流が生きていると見ておく。馬内侍は、「右大臣源能有の曾孫時明の養女。実父は時明の兄致明かという」（明治書院和歌大辞典、今井源衛氏解説）とある。『時明集』は冷泉家時雨亭文庫蔵本が平安時代の書写で、桂宮本叢書の祖本だろうとされている。

三　夕暮に命懸けたる蜉蝣の有りや有らずや問ふも儚し

管見新古今二十六伝本では第四句の異同が目立ち他句は同一で異句はない。第四句が「あるやあらずや」とあるのは柳瀬本で、る字に校者（折口・武田氏）の「（り一本）」という校合が右側に加えられている。又、公夏筆本も「あるやあらずや」と柳瀬本と同句。久曽神氏御室本は「ありやあらずや《とイ》」と、後のや字に「とイ」の校合がある〈岩波旧大系校異ニヨル〉。「ありやあらずや」と仮名書きは、為相筆本・為氏筆本・烏丸光栄所伝本・同書写本・鷹司本・冷泉家文永本・亀山院本・前田家本・小宮本・親元筆本・東大国文学研究室本・宗鑑筆本・春日博士蔵二十一代集本・正保四年板本〈明暦元年板本モ〉・刊年板元不明板本・刊年不明文明十八年牡丹花在判板本・承応三年板本・延宝二年板本〈文化元年補刻本モ〉・正徳三年板本・寛政六年板本・寛政十一年板本。『増抄』の引用本文は「有やあらすや」で、「ありや・あるや」と両様に読み得る表記（翻刻デハ有りやト訓ンダ）。当歌は『時明集』に酷似歌があり、それを撰者の某〈有家、或ハ定家〉が改作して「読人しらず」としたものと一応考えておく。女性による詠のように歌意からは考えられるが、時明という男性の家集にある歌であるから決定し難い。撰者は女歌とみて「読人しらず」にしたとも考え得る。頭注二で触れたように、この歌は『八雲御抄』（枝葉部・虫）に「夕暮にいのちかけたる」と一・二句だけ引用されているが、御抄を撰ばれた順徳院御自身にも「百首御うた、蜻蛉／かげろふは命かけたる夕つゆにたまのをすがくくものいとすぢ」という御作がある（夫木抄一三一一二番）ので、新古今期には相当、歌人に知られていた歌らしい。又、『練玉和歌抄』（巻八、恋下）にも歌句同形（第四句ハ、有やあらずや、ノ用字）で他出している。

さて、「夕暮に命かけたる」は、前歌元輔歌でも述べた如く「夕暮に命かける」とは、「暮」に「榑《くれ》」を掛詞にして、大井川の急流を「榑《くれ》〈丸太ヲ筏ニ組ンダモノ〉」に命を託《たく》して下る意を含む表現であり『蜻蛉日記』（上巻第五段）の「夕くれ（暮・榑）のながれ来る間を待つ程に涙おほい（多い・大堰）の川とこそなれ」以来歌人に使われてきた和歌表現技巧である。「かげろふ」は。契沖書入本に「王哀聖主得賢臣、蟋蟀俟秋唫、蜉蝣出以陰」とあるが、これは「かげろふ」という語義が蟋蟀や蜉蝣のような虫を指す事の注意であろうと思う。つまり、陽炎の義で用いていないのが当歌である、という事の注意であろう。歌学書の解説を列示すれば、「ゑ〈大坪云、胞《(え)》？。（胞衣《えな》）。岩波新大系ハ荏《(え)》ト見ル〉ににたる黒虫、ほのかなる物にたとふ（能因歌枕）」・「夏をば、かげろふといふ（能因歌枕・俊頼髄脳）」・「かげろふといふものはありともなくなしともなく、たしかにもみえぬものなれば、それかあらぬかとたとへむとてかけろふとはおけり〈後略〉（奥義抄(下)、古今集七三一番歌注）」・「ほのかなる事には、イサリビ、ユフヅクヨ、カゲロフ、クモマノホシ、コノマノ月（和歌初学抄。喩来物）」・「かげろふといふ虫はありともなく、なしともなく、たしかにも見えぬものなれば、それかあらぬかとたとへむとて、かげろふとはおけり。この虫はとうばうのちひさきやうなる物の、春の日のうら〳〵とあるに、物のかげなんどのやうにて、ほのめく也〈大坪云、前引契沖書入本ノ、蜉蝣出以陰、ヲ参看スベシ〉（和歌色葉。古今集七三一番歌注）」・「かげろふ　春夏のゆふぐれのそらにあるやうにみゆるちひさきむし也（綺語抄(上)。つれ〴〵のはるひにみゆる（ママ）かげろふのかげみしよりぞ人はこひしき〈大坪注。新後拾遺集一〇〇六番歌、題しらず、読人しらず歌ニ、徒然のはる日に迷ふかげろふの影見しよりぞ人は恋しき〉歌注）」・「蜻蛉／つれ〴〵の春ひにまよふかげろふのかげみしよりぞ人はこひしき／六帖にあり〈大坪注、古今和歌六帖八二七番歌〉。かげろふとは黒きとうぼうの小きやうなるものヽ、春の日のうら〳〵とあるに、ものかげることのやうにてほのめく也。尸子曰く、昔荊在レ王。養由基に命じて蜻蛉いさしむ。王の曰、吾いけながらこれをえんとおもふ。由基弓をひいているに、左のはねをはらひつ。王大によろこぶ（和歌童蒙抄(九)、虫部）」・「かげろふ／かげろふの夕さりくればさつ人のゆづきがたけにかすみたなびく〈大坪注、万葉一八一六番訛訓歌〉／祐云、かげろふとは虫なり。とんばうのちひさきやうなるものヽ、はるの日のうら〳〵とあるにほのめくなり／(古)かげろふのそれかあらぬかはるさめのふるひとみ（ママ）れば袖ぞひぢ（ママ）ぬる〈大坪注、古今集七三一番歌〉／とよめり。あるかなきかとはかすかなる物なり。和云。かげろふのゆふさり〳〵ればとは、かげろふもひぐれがたにある物なればいふにや。又夕べには日影のかたぶくをもかげろふといふにや。／かげろふのいはがきぶちのかくれにはふしてしぬともながなはいはじ〈大坪注、万葉二七〇〇番歌訛訓〉／とよめるは、山のかげを云なり。／つれ〴〵のはるひにまがふかげろふのかげ見しよりぞ人は恋しき〈大坪注、古今六帖八二七番歌〉／是もむしをよめり（色葉和難集巻四、か部）」・「かげろふ是草を云といへるは異説也。ゆきふらめやもかげろふのもゆる春日となりにし物を〈大坪注、新古今二一番歌。初句、いまさらにヲ脱〉と云は、かげろふもゆると云り。虫にはあらず。たとへば、ひかれてもゆると云るなり。是故人説なり（八雲御抄。枝葉部、草）」・「かげろふと云物はありともなく、なしともなく、慥にもみえぬ物なれば、それかあらぬかとたどらんとて、かげろふとはおけり。かげろふは、詩にも歌にもさま〴〵に云て、一すぢならず。遊絲は或有無とも作れり。野馬は遊絲とは同物ともいへり。又蜻蛉をかげろふといへり。又あきつむしとは、とばうを云。とばうをば、せいれいとも云。ちひさくて青色にて、はねをせなかに一所にすゐて、物にゐる虫ともみえたり。或は春夏の木の下にかげろふ虫ともいへり。されどそれは蚊と云虫也〈後略〉（顕注密勘抄。古今七三一番歌注）」。

歌学書における説は、概《おおむ》ね以上の如くではあるが、『八雲御抄の研究』（枝葉部・虫部「八、蜻蛉」）によれば、「歌学書に挙げる〈かげろふ〉の例は全て、陽炎と考えるべきで、虫を意味する用例は未詳。歌題〈かげろふ〉も、古今和歌六帖、新撰和歌六帖では、第一の天象部の最後にあるが、夫木抄では虫の部に〈蜻蛉〉とあり、八雲御抄の時代には、これを虫の一首とすることが一般的になっていたことがわかるが、実作においては、黒い虫と特定すべき和歌の例はない」と断言された上で、「夕にのきなどに乱飛物也（八雲御抄）」に相当する例として「夕暮れののきのかげろふみるままにあはれさだめもなき世なりけり（新撰六帖四九六番家良歌。題かげろふ）」・「あはれなり山おろしふくゆふぐれになきかずまさる軒のかげろふ（新撰六帖五〇〇番光俊歌題かげろふ）」・「つくづくと思ひつづけながめ給ふ夕ぐれ、かげろふのものはかなげにとびちがふを、／ありと見て手にはとられず見ればまたゆくへもしらず消えしかげろふ〈源氏物語蜻蛉巻、巻末ノ薫ノ歌〉／あるかなきかの、と、例の、ひとりごち給ふとかや」を証例に挙げて、「虫と考えるべき例はこの源氏物語の〈とびちがふ〉のみである」とされている。

次に漢籍類では、岩波新大系脚注は「朝生而暮死」（大戴礼・夏小正）を参考に挙げている。『和刻古今事文類従（第二巻後集）』には、「群虫」（詩句）に「蜻蜓立ツ二釣糸一〈杜〉・点スルレ水ニ蜻蜓ハ欵トシテ飛一〈杜〉・風蒲猟猟トシテ弄ス二軽柔ヲ一欲レ立ント蜻蜓不二自由ナラ一池面蜻蜓去テ復《マタ》来ル〈唐詩〉・無数ノ蜻蜓齊シク上下ス〈杜〉」を掲げ、律詩「蜻蜓／韓渥／碧玉ノ眼睛　雲母ノ超。軽クレ於モレ粉蝶痩タリレ於モレ蜂。坐来近払テ二波光ヲ一舞フ。又是慇懃ニ為ニス二蓼叢ノ一」の作を示す。

磐斎『増抄』では、二一番歌で、幽斎の『聞書後抄』の説を「古抄云」として引用し「頭書」でも施注している。最後に、上述諸説を適当にまとめてある『倭訓栞』を引用して総括とする。「かげろふ。中比よりかげろひを転じたる詞也。かげろのもゆる春日などいふは楞伽経にいへる春時ノ燄也。〇雲にかげろふなどいふハ陰する意也。ろふ反るかげると同じ。古事記の歌に夕日のかげる宮と見えたり。祝詞にハ夕日の日隠処とあり〇菅家万葉集に遊糸をよめり。かげろふのそれかあらぬかとよめる是也。詩にも、天外遊糸或ハ有無、と見えたり○かげろふのあるかなきかなどいふハ蜻蜓をいふ。倭名鈔日本紀に見ゆ。童蒙抄に黒きとうばうのちひさきやうなる物といへり。今も蜻蜓の一種極めて細小なる物をいへり。本草にも蜻虹《ママ》ハ言二其状怜《ママ》仃一也と見えたり。水辺の木陰にすみてその飛貌の欸々《アイアイ》と水に点じ閃々と電のごとくなれバ、陽炎に比していへるなり。万葉集に蜻火とも玉蜻とも書てかげろひとよめる也。かげろひの磐垣淵とつゞけたるも此義なるべし。玉蜻ハ蜻蜓が目を、土に埋おけバ青珠となるよし博物志に見えたりとぞ。又燈火の一名蜻蜓眼といへる事、家焉記に見えたり○蜉蝣をいふハ蜻蜓より転じたる也。かげろふの夕べをまたぬハ、文選に、蕣《仍》栄不レ終レ朝、蜉蝣莫レ見レ夕、と見えたり。よてまた今の俗、蜉蝣を朝顔ともいふめり○魍魎をよめるハ一説也、心得がたし○貝にかげろふといふハ紺色也、人の爪の状したり○かげろふの小野ハ、吉野の奥にありといへど、あきつ野をよみそこなひたるものにて、此わたりにハあらず（以上、下段本文）／かげろふ。この事にくさ〴〵のわかち有ども、おほよそ四種なり。まづ蜻蛉、玉蜻、珠蜻、蜻蜓、蝍蛉、烟螌、虹蟌の類ひハ虫にて、俗に云とんぼうにて、あきつ虫とも訓り。虫部に委し。又同じ虫なれども、蜉蝣をも訓り。是ハひを虫にて、夕に軒にうすつく〈大坪云、蹲踞ノ意？〉小虫にて、有か無かといひ、朝に生て暮に死といへる、はかなきたとへによき物なり。又陽炎、野馬、遊糸をも訓り。是ハ春の発陽の気の、曠野などにて見れバ、焔のもゆる如くなる物にて、糸ゆふといふ物是なり。万葉集に香切火ともかりて書れバ、本訓ハかぎろひなるを、言《ママ》便によりてかげろふと云。是ハ又一種也。このみをのけて〈大坪云、以上ノ実《み》↓実意ヲ退ケテ、ノ意？〉一転て只詞とのみなりて〈大坪云、実意カラ一転シテ、実意ヲ含マヌ普通ノ詞トナッテ、ノ意？〉、かろき事のはかなく、有かなきかの意に似て、仮初なる事にとりたる有。是ハ上の三種より出しものにて、三意をふくめり。是をもてよく〳〵思ひ考ふべし。日の陰合を云ハ又是也。金槐集、月影のそれかあらぬかかげろふのほのかに見えて雲隠れにき。後撰集恋、かげろふに見しバかりにや浜千鳥ゆくへもしらぬ恋にまどはん、類名（以上、上段〈増補語林ト称ス〉本文）」。

次に当歌の技巧は、上句は下句の「有りや有らずや」を言い出す為の有意の序（新潮社『集成』）であり、それが「かげろふ・はかなし」の縁語として有効に機能している。勿論「かげろふ」と「夕暮」も縁語とみてよく、当歌は縁語仕立の歌として妙を尽している。

歌意参考「此の逢はむとの夕ぐれに、我が命をまかせて居る蜉蝣の此の身である。君に逢はば我が命はあらむ、逢はずば、我が命は其処に空しくなるべきなり。されば、先づ早く逢ひて、我が命あらしむべきなるに、居るか居らぬかなどと問はるゝは、はかなしといふ事にて、これを命にして待って居るものを、今更にありやと問はるるなどは、人の心も知らずと恨みたるやうの心なり。蜉蝣に我がはかなき身をたとへたるを骨として、〈ゆふぐれに命かけたり〉といひて、もとより切に待つ意をあらはし、〈ありやあらずや問もはかなし〉というて、人の心も知らずと恨みたる意をあらはして、作れるなり。意匠は巧みなるものといふべし（塩井氏『詳解』）」。

四　このかげろふハ、蜉蝣なり

文意「当歌に詠まれているかげろふは、虫の蜉蝣の事で、陽炎・野馬・遊糸等の漢字を宛てるかげろふの事ではない〈大坪注、前引ノ倭訓栞ヲ参看ノコト〉」。

五　朝に生れて夕に死ぬる也

文意「朝の時分に生れ、夕の時分に死ぬ、短かい命の虫である」。儚いものを譬える常套表現。「朝菌《てうきん》は晦朔《くわいさく》を知らず、蟪蛄《けいこ》は春秋を知らず（荘子・逍遙遊）」など、儚さをたとえる語句は多い。

六　命懸けたるとハ、夕に限りたる心なり

文意「第二句の〈命懸けたる〉とは、その生命は夕刻までしか無いと限定されている、という意味（の表現）である」。

七　蜉蝣の如く……問ひ給ふも、儚しと也

文意「あの儚ない命しか持つていない蜉蝣のように、今日この夕暮までしかないと限定されている、私の命である。そうであるのに、あなたが、私に対し在宅しておられるか、おられないか、若しくは健在でおられるか、おられないか、等と、わが儚なさを考えないで、問うてこられるのは、まことにもって、文字の通り夢のように、現実味がなくて頼りないことである事よ、と、恨み歎いた歌である」。

八　今宵問ひ給ハねば……ならぬ由也

文意、「約束を守らず、あなたが今夕私を訪ねて下さらぬ場合は、あなたとお逢いする事は、この現世では、もはや果されぬ事になって了うであろうと、恨み歎いている訳を詠んでいるのである」。

九　君が問ハずバ、……問ふ人も無し、と也

「君が問ハずバ」は、「問ふ人も無し」に懸《かか》る文脈。文意「もしあなたが私を訪ねて下さらぬ場合は、あなたの他に誰が尋ねてくれるであろうか。誰もいない。我が身は、儚ない蜉蝣のように短命だと定められたような身であ

るが、そのわが身を健在で在宅中か、それとも死にそうになって在宅しているか等と、気づかってくれるような人は、あなた以外に誰もいない、と半分は訪問を懇請し、半分は薄情を怨んだ歌なのだ」。

〔一〇〕問ハず ハ……死なんとなり

文意「あなたが私を約束どおり、訪ねて下さらぬその時は、私は今夕は、あの儚ない蜉蝣のように死んで了っているでしょう、と怨み言を述べた歌である」。

参考、「かげろふとはひほむしと云虫也。此むし、むまれたる其日にしぬ虫也。是をわが身にたとふる也（十代抜書・吉田幸一氏旧蔵註・高松宮本註・高松重季本註）」・「蜻蛉の事也（かな傍注本）」・「蜉蝣のやうなる我身にてあるを、有るかなきかと問もはかなし、其問にもきえさうなにと切なる心也（私抄）」・「かけろふは蜉蝣《フユウ》とて、朝に生て夕に死すとて、夕暮までに命をかけたる虫也。あるかなきかに、はかなき虫なれば、ありやあらずやといはん枕詞にをけり。此夕こんといふにかけたる命なれば、来ずはながらふべきならぬを、有やあらずやと問給ふも、はかなき事と也（八代集抄・学習院大学本新古今注釈〈但シ中略文〉）」。

〔一一九六〕（一〇五頁）

〔一〕定家朝臣

管見二十六伝本では、有姓と無姓の位署に分れている。無姓の「定家朝臣」とある伝本は、小宮本・為相筆本・鷹司本・烏丸光栄所伝本・同書写本・柳瀬本・公夏筆本・前田家本・高野山伝来本・正保四年板本〈明暦元年補刻本モ〉・刊年板元不明板本・承応三年板本・延宝二年板本〈文化元年補刻本モ〉・正徳三年板本・寛政六年板本・寛政十一年板本・刊年不明文明十八年牡丹花在判板本の十九本。有姓の「藤原定家朝臣」とある伝本は、冷泉家文永本・為氏筆本・亀山院本・宗鑑筆本・親元筆本・東大国文学研究室本・春日博士蔵二十一代集本〈該本ハ朝日新聞社『全書』翻刻ニヨルガ、原本ノママカ。校定方針ニヨッテカハ、不明〉の七本である。他出書での作者名表記は、「参議定家」が、二四代集・二四代和歌集・八代知顕抄。「民部卿定家」が、続歌仙落書。「権中納言定家」が、新続三十六人撰。「定家朝臣」が、自讃歌。「定家」が、和歌一字抄。なお『自讃歌』の古注では施注者により異る〈頓阿注↓定家朝臣／尭孝注↓定家朝臣／常縁注↓権中納言定家朝臣／孝範注↓定家朝臣（書陵部甲本ハ権中納言定家）／宗祇注↓定家卿／兼載注↓権中納言定家／広島大学蔵某注↓権中納言定家／支子文庫蔵某注↓定家朝臣／東海大学蔵某注↓藤原定家朝臣／太田武夫氏蔵某注↓定家朝臣〉。定家の事略は、九三四・一〇八二・一一一七番歌の頭注で既述。

〔二〕あぢきなくつらき嵐の声も憂しなど夕暮に待ちならひけむ

管見新古今二十六伝本では、第四句が「など夕暮を」とあるのが慶祐書写本で〈岩波旧大系本校異ニヨル〉、他伝本はすべて「など夕暮に」である。もっとも他出書の『新三十六人撰、正元二年』（新編国歌大観ノ静嘉堂文庫本）は慶祐書写本と同じく第四句は「など夕ぐれを」である〈該書ハ、日本歌学大系別巻六デ、『新続《ママ》三十六人撰』ノ書名デ第四句「など夕ぐれを」、群書類従デ『新三十六人撰』ノ書名デ第四句「など夕ぐれに」トナッテイルノデ要注意〉。

当歌は、頭注一で触れたように『拾遺愚草(上)』の「二見浦百首」に見える他、『定家卿百番自歌合』（六十五番、左持、二見）に同歌形で見え、『二四代集・二四代和歌集・八代知顕抄』にも見える。後出では、『自讃歌』。『練玉和歌抄』（巻八、恋下）・『和歌一字抄』にも採録されている。

当歌は、恋仲同士の男女の、女の身に立って定家が詠じた歌と考える現行注釈書が多い。古注ではこの点に触れていない。尾上氏『評釈』・窪田氏『完本評釈』・石田氏『全註解』・小学館『全集』・久保田氏『全評釈』・岩波新大系・新潮社『集成』等が触れているのである。有名な定家の「こぬ人をまつほのうらの夕なぎにやくやもしほの身もこがれ、（百人一首九七番・新勅撰恋三）」の歌境にも似た歌であるが、この百人一首歌は万葉集九三五番長歌に拠ったものと言われており（真淵ノうひまなび・景樹ノ百首異見ナド）、その万葉歌意は男が女を恋慕する内容で後代の如き、男が女の立場で読むという一ひねりしたものではないから、古注が定家の当歌が、女の身になって詠まれたと、敢えて一ひねりした歌と見なかった理由も、考え得る事ではあろう。女の立場での歌という点は、認めるとしても強調する事もなかろう。ただ後世風《ぶり》の歌として鑑賞した点は一歩進んでいる事ではある。歌の三要素の「詞・心・姿」の「心」に「後世風的理解」を加味したのが現行注であるが「詞」に関しては、「あぢきなし」・「つらし」・「うし」の三語についても差異が認められる。そこで、その語意に関する旧来の説を参考に引く。「あぢきなし」とは、『安斎随筆』（巻十四、あぢきなし）に、「文字には無端とも無道とも書きてせんなきと云心、又はかなしく、はかなき事を云ふといふ説あり、皆非なり。無二味意一なり〔氣の字音キ、訓ケなり。あぢきなしとは、あぢけなしなり。訓を用ひて音はとらず〕、あぢけ転じてあぢきと云ふ、たとへば食物の味を味ふるけもなき事の如く、思慮なき事をアヂキナシと云ふなり。事柄を味へざる心なり。今世俗語にあどけなしと云ふに同じ〔ちトとト音相通なり。歌に、咲花に思ひつく身のあぢきなさ身にいたづきのいるもしらずて〈大坪注、古今集仮名序かぞへ歌・拾遺集四〇五番黒主歌〉・味きなくいかに嵐の声しる（ママ）しなど夕ぐれにまち習ひけむ〈大坪云、新古今当歌ノ異伝歌？〉・宿近く梅の花の植（ママ）じあぢきなく待人の香に誤たれけり〈大坪云、古今三四番読人しらず歌〉・人もをし人もうらめしあぢきなく世を思ふ故に物思ふ身は〈大坪云、続後撰一一九九番後鳥羽院歌・百人一首九九番歌〉。いづれも思慮なきとなり。俗にあどけなしと云ふに同じ。如斯《かくのごとき》のことば後人しれがたきを、歌の抄物などに語意を辨へずして、みだりに其の歌の大意に依りて、推量を以て註を作りたる事多し。其の歌を以て直に其の歌の註としたる事有り。さかさまなる事なり。亦俗語に物のかみわけもないと云ふも、食の味をかみわきまふ事なきなり。それより出でたる詞にてあぢきなしと云ふも同じ意なり。あどけなき事なり」。又『雅言集覧』には、宣長・契沖・守部の説の紹介があり、多くの用例が見られる〈但シ、定家ノ当歌ハ採用サレテイナイ〉。「ヤクニモタ、ズセンノナイヤクタイモナイ面白ウモナイ。宣長云、俗言にいらざることむやくのことといへる意也。常磐なる松をばおきてあぢきなくあだなる山の桜をや見ん〈躬恒集一五五八四番〉・ほと、ぎすなく声きけばあぢきなくぬしさだまらぬ恋せらるはた〈素性法師集一五七三七番・古今和歌六帖三五二八一番。大坪云、古今一四三番素性歌ハ、第二句はつ声きけば〉・此女郎花の歌は有忠の朝臣嵯峨野を打過てくらぶ山までもとめありきけんもあぢきなし〈源順集一九〇四三番有忠歌ノ左註ノ詞〉・あぢきなく思ひこそやれ七夕のまれにあふらん夜のしたひも〈信明集二〇〇九二番。大坪云、雅言集覧ニハ、重之集廿六、トアリ〉・人しれずわれ恋しなばあぢきなくいづれのかみになき名おふ（ママ）せん〈伊勢物語八十九段・新続古今一一五七番業平歌〉・無益アヂキナシ〈史記、伍子胥伝〉・母みやす所いとおもおもしく心ふかきさまにものし侍りしをあぢきなきすき心にまかせてさるまじき名をも流しうきものに思ひ置れ侍りにしをなん〈源氏物語澪標、卅六〉・今上姫ヲ院へ参ラセタル御ウラミアリ玉葛ノ子息玉ニ向ヒテ詞、か、る仰事の侍るはなにがしらが身のためもあぢきなくなん侍ると云々〈源氏物語竹川、廿九〉・宿ちかく梅の花うゑじあぢきなくまつ人の香にあやまたれけり〈古今集三四番読人不知歌〉・花の木も今はほりうゑじあぢきなく（ママ）うつろふ色に人ならひけり〈古今集九二番素性歌。大坪云第三句ハ、春たてば。『古今集校本』ニモあぢきなくトスル伝本ナシ〉・あぢきなく花のたよりにとはるれば我さへあだになりぬべらなり〈古今和歌六帖三三七〇〇番躬恒歌〉・なき名たつ身はあぢきなし花もみしことなし草を折てかざさん〈古今和歌六帖三三九一三番元方？〉・あぢきなやいぶきの山のさしも草おのがおもひに身をこがしつつ〈古今和歌六帖三四四三三番〉・さく花に思ひつくみのあぢきなさ身にいたつきのいるもしらずて〈古今集序・拾遺集四〇五番黒主歌〉・あぢきなく何のまがこと今さらにわらはごとする老人にして〈万葉二五八二番。大坪云、雅言集覧ノ訓ハ西本願寺本ノ訓デアル。新編国歌大観デハ、あぢきなくなにのたはことといまさらにわらはごとするおいひとにして、トヨンデイル〉・あぢなく（ママ）など松山に浪こさんことをばさらにおもひはなるる〈伊勢集一八五一二番。大坪云初句ハ味気なく〉・あぢきなくたもとにかゝるもみぢかな錦をきてもゆかず（ママ）とおもふに〈赤染集。榊原本ハ二三八番末句ハゆかしと思にトアリ、書陵部本一五二一番モ末句ハゆかしと思ふにトアリ〉・大宮詞、よからぬ文がきをしてか、ることもいだし給ふそこはとまれかくまれ若き人々の行末のためにとこそあぢきなけれとのたまふ〈宇津保物語、国譲、下ノ廿八〉

●契沖云、センカタナシといはんが如し。日本紀に、無端・無状・無類・無道、みなアヂキナシとよめり。文選古詩には無為と書るをよみ、史記匈奴列伝には毋為とあるをよめり。又史記伍子胥列伝には無益をアヂキナシとよめれば、むやく也といふ心にや。玉造小町壮衰書にも無益を読せたり。独行蹈《アズキナシ》〈詩唐風〉・汝甚無道《アヂキナシ》〈神代紀、上ノ九〉・素戔鳴尊之行也甚無状《アヂキナシ》〈神代紀上ノ十七〉・無情〈遊仙窟〉・ながき世の物思ひになるいとあぢきなき事也〈源氏物語帚木、十二〉ねたう句　心とゞめてとひきけかしとあぢきなくおぼす〈源氏物語帚木、卅八〉・はや出させたまへあぢきなし心うつくしきこそなどをしへ聞ゆれば〈源氏物語末摘、廿四〉補　ふかさ御山ずみにうつろひ給はんほどにこそはわたし奉らめあぢきなくやおぼさるべき〈源氏物語若菜、上ノ卌〉・式部卿のおほ北方つねにうけはしげなることどもをのたまひ出つゝあぢきなき大将の御ことにてさへあやしく恨そねみ給なるを〈源氏物語若菜、上ノ卌二、是は無益の意なり〉・あぢきなく過る月日ぞうらめしきあひ見しほどをへだつとおもへば

〈金葉集五二〇番大中臣輔弘女歌〉・とふ人もなきものゆゑにあぢきなくいはんまもなくをしき秋かな〈陽成院歌合。新編国歌大観歌番号五番右方勝歌〉・中々にもだもあらましをあぢきなくあひ見そめてもわれはこふるか〈万葉二八九九番正述心緒歌。西本願寺本ノ訓。現行訓ハ第三句あづきなく、第五句あれはこふるか〉・あぢきなく又有明やつらからんこれをかぎりのわかれならずば〈新後撰一〇二六番源親長歌〉・あぢきなくいはで心をつくす哉つゝむ人めも人のためかは〈千載集八三〇番源光行歌〉・僧都。あぢきなく心みだれぬ〈源氏物語夢浮橋。九。こは難儀に思ふ也。メイワクに思ふ也〉・あぢきなくいつまでものを思へとてうきにのこれるいのちなるらん〈新後撰八六三番中務卿宗尊親王歌〉・身のうきにひけるあやめのあぢきなく人の袖までねをやかくべき〈続古今二三一番和泉式部歌〉・あぢきなくなぐさめかねつさらしなやかゝらぬ山も月はすむらん〈続古今四一四番後鳥羽院御歌〉・あぢきなくつゝみもはてじたれゆゑと色にはいでぬ袖の涙を〈続拾遺八〇九番藤原則俊歌〉・風あらきすさの入江になみたえてあぢきなきまでぬゝる袖かな〈続拾遺八五三番常盤井入前前太政大臣西園寺藤原実氏歌〉・あぢきなくおもひしらるゝ世のうさも身の数ならばなほやなげかん〈新後撰一四三五番藤原為信歌〉・あぢきなく待よひ過る月影を更ぬになして猶たのむかな〈続千載一三二五番前大僧正実超歌〉・思ひしる人もこそあれあぢきなくつれなきこひに身をやかへてん〈後拾遺六五五番小辨歌〉・たちはきふとぞあぢきなきもじなゝると申せば〈落窪物語。二〉▲無道《アヂキナシ》〈神代紀。守部稜威道別云、此語万葉より三代集までの歌には、悉く無益《ムヤク》の意によみたるを、此紀に、無状・無形・無端等の字を訓て、何れもよからぬ方に用《ツカヘ》るはいかなる事か、古語拾遺に、無為(ノ)を訓るは、文選ノ古詩に、無為守窮賤轗軻長苦(タルコト)辛とある字にて、本(ト)は万葉などによめる意なるを、猶よからぬ方に用(モチヒ)たり。又後拾遺の歌によめるも、無(ムヤクニ)益の意なるを、源氏(ノ)物語によからぬ意に用(ひ)ゐたるは、皆此紀にならひてなるべし。委くは万葉釈に辨へつ〔大坪云、以上ノ守部説ハ、新訂増補橘守部全集第一ノ、稜威道別巻四日本書紀神代上之二、勅素戔嗚尊汝甚無道《ナハイトアヂキナシ》ノ語釈ニ見エル。百三頁〕・あぢきなう。やうやうあめのしたにもあぢきなう人のもてなやみぐさになりて〈源氏物語桐壺、三〉・あぢきなのよや。恋をのみすさの入江にすむ魚のうきぬしづみぬあぢきなの世や〈夫木和歌集巻廿七、魚。一三二六六番家隆歌〉補 あぢきなや。あぢきなやたがためおもふことなれば我身にかへて人をこふらん〈玉葉集一五八〇番前大納言成道歌〉・あぢきなや花に心のあらばこそをしむ思ひのほどもしられめ〈拾玉集二七七八番慈円歌〉・あぢきなやこはいかなりしちぎりにてつらき人しもこひしかるらん〈続古今集一三八七番顕昭歌〉・あぢきなやたれ又身をばおもへとて心にさへもいとひはつらん〈続拾遺一二四〇番寂蓮歌〉・あぢきなし。おろかなる人の目をよろこばしむるたのしみまたあぢきなし〈徒然草、卅八段〉補 あぢきなしなげきなつめそうき事にあひくる身をばすてぬものから〈古今集四五五番兵衛、物名歌〉・あぢきなし我身は(ママ)まさる物やあるとこひせし人をもどきし物を〈後拾遺一七五番好忠歌。〈大坪云、第二句我身に増る〉・あぢきなしたれもはかなき命もてたのめばけふのくれをたのめよ〈新後撰九六二番定家歌〉・真木の戸を風のならすもあぢきなし人しれぬよのやゝふくるほど〈風雅集一〇四九番永福門院歌〉・あぢきなしありへしすべてうき世かな思ふ心に人はかなはず〈玉葉集一五九八番伏見院御製〉」

以上、石川雅望が著し、関豊が修補した『雅言集覧』を省略せず引用したのは、索引類のまだ乏しい当時の努力を偲ぶためであるが、「あぢきなし」が含む語義の、説明し難い暈囲の部分を感得してほしいからである。当定家歌が含まれてはいないのは残念な見残しである。雅言集覧に引く守部の稜威道別に「委くは万葉釈に弁(わきま)へつ」とある「万葉釈」とは、仙覚の『万葉集註釈』のことであるのか、守部の万葉関係の著述〈万葉集緊要・墨縄・窃考・千別・桧嬬手・要解・略解直日ナド〉を指しているのか不明の故もあって、まだ調べていない。『安斎随筆』は「あぢきなし」の意を「詮無き・僂なき」の意を非とし、「思慮なき」意と解している。石川雅望の『雅言集覧』は「益《ヤク》に立たない〈宣長説〉・詮方《せんかた》なし〈契沖説〉・無益《ムヤク》の意〈守部説〉」の各説を紹介したのである。朝日『全書』の頭注には「あぢきなくして」の意で「嵐」にかかるとされているから「思慮分別もなくして吹く嵐」の如くに理解されているのであろう。現行注釈書では、「わけもなく（塩井氏『詳解』）」・「つまらなく（尾上氏『評釈』）」・「意味の広い詞であるが、ここは、面白くなくという意。通って来る人を待つつらさの意でいっている（『完本評釈』）」・「味気無くの義で、面白みの無いこと（石田氏『全註解』）」。「つまらなく。おもしろみがなく（小学館『全集』）」・「自業自得と思いつつ嘆く気持（岩波新大系）」・「面白くない、心楽しまないことをいう形容詞（久保田氏『全評釈』）」の如くである。旧注では「益もなきといふ心也（彰考館蔵拾遺愚草抄出聞書）・ここにては益もなきと云心也（島原松平文庫蔵拾遺愚草抄出聞書）」・「すべてあぢきなくといふは、俗言に、いらざること、無益のことといふ意也。此歌にては、とてもきもせぬ人をまつは、いらざるむやくのことといへる也（美濃の家づと）」・「あぢきなくは、味なくにて、うまくもなき意なるを転じてここはわけもなくといふ意也（尾張の家づと）」・「あぢきなくとは、物をあまたにあつかひて、かしらをふるやうなる心か（自讃歌頓阿注）」・「あぢきなくは無詮也（自讃歌常縁注）」・「あぢきなくつらきとは、兎に角にいはむかたもなく思ひのせめくる夕暮の切《（せつにおぼゆ）》覚なるを云（九州大学蔵自讃歌註）」・「あぢきなくとは、無答《（ママ）》〈益ノ誤？〉、又無状、無便。（東海大学本自讃歌注）」・「あぢきなきと云は、ちとくつろぎある体也（太田氏蔵自讃歌註。大坪云、くつろぎある体トハ、無端《アヂケナシ》・つらし・うき、ガ首枷《くびかし》ヲハメラレテ身ガ自由ニ動カセヌくつろぎのない状態ニ対シテノ対義語）」の如きが旧注での説である。

次に「つらし」は、『和歌童蒙抄㈣』に「わがこゝろつらしとひとのうとめばやそのみあはしのいづときもなき／古歌也。日本紀に将婚と書てみあはしとよめり。又つらしとは悪といふ心也。寂悪不順孝云々」トアル〈大坪云、コノ歌、岩波旧大系古代歌謡集ノ古事記歌謡・日本書紀歌謡・続日本紀歌謡・風土記歌謡・仏足石歌・神楽歌・催馬楽・東遊歌・風俗歌・琴歌譜・古語拾遺・皇太神宮年中行事・年中行事秘抄・本朝世紀・等古歌類ニ見当ラズ〉。用例を多く集め覧《み》られる『雅言集覧』は、語義の解説はなされていないが、「つらし」と「うし」の両語を含む用例が二例あるので引くと「憂ながら数ならぬ身のつらさにもいとはれてこそ思ひしりぬれ〈続国歌大観所収、拾遺愚草員外一四三四七番。題ハ被レ厭レ賤恋。大坪云、冷泉為臣氏編藤原定家全歌集所収ノ拾遺愚草員外ニハ、コノ歌ハ載セラレズ、同ジ題デ、色に出ていひなしほりそ桜戸のあけなからなる春の袂を。三六三三番ガ載セラレテイル〉」・「おほかたのうきみは時もわかねども夕ぐれつらき秋風ぞふく〈続古今集一五九三番後鳥羽院御歌〉」の二首である。その語義は『倭訓栞』に、「神代紀に悪ノ字をよめり。〈大坪云、日本書紀ノドノ部分ノ悪ノ字カハ不明〉されど、さるなくて、とよむべし。万葉集に、うけくつらけくと見えたり〈大坪注。八九七番長歌ノ中ニ、宇計久都良計久。四二一四番長歌ノ中ニ、厭家久都良家久トアル〉。つれなしの義。れなノ反ら也。○うきとつらきと相似て、つらきハ人心の上により、うきハ我心の上に就ていふ詞也。拾遺集に、われやうき人やつらきとちはやぶる神てふかみにとひ見てしがな〈大坪注、八六八番よみ人しらず歌〉。又二ツながら人のうへにも我かたにもつけたる歌も多し。後撰集に、いかでかくひとつこゝ《（ママ）》ろをふたしへにうくもつらくもなして見すらん〈大坪注、五五六番伊勢歌。第二句心一を。ふたしへトハ二重《フタシヘ》デ、かさねがさねに、ノ意。岩波新体系後撰集脚注ハ、憂しハ我ガ身ノ拙サヲ嫌ダト思ウ気持。つらしハ相手ガ自分ニツレナイト怨ム気持、ト見エル〉○問につらさのまさるといふハ続古今集に、ふくかぜも問にはつらさのまさるかななぐさめかぬる秋の山ざと〈大坪注、一六九六番入道前右大臣＝藤原定雅《さだまさ》歌〉」とある。

次に「憂し」であるが、『倭訓栞』（但シ上欄増補語林）に「う　憂也、うき、うし、うけく、うくなどはたらかし用ゆ〈用例略ス〉」とあり（下欄、谷川士清ノ纂）の「うさゆづる〈儲弦《ウサユツル》〉」に「○うし　万葉集に倦をよめり〈大坪注。三二六五番ニ世間乎倦跡思而《ヨノナカヲウシトオモヒテ》トアリ。他ニモ、獣事有哉《ウキコトアレヤ》一五〇一番ヤ、厭事《ウキコト》有哉《アレヤ》一五八八番ナド、獣・厭字ヲ、ウキ、ト訓ンダ例モアル〉。眞名伊勢物語に、佗もよめり〈大坪注、寛永廿年九月刊記ノ、真字伊勢物語第四段、月やあらぬ歌ノアル段デアルガ、ソコニ、名乎佗与思乍《なをうしとまもひつゝ》トアル。該本ハ建部綾足全集⑺ニ写真版デ全容ガ載ル。綾足ノ旧本伊勢物語デハ、奈保憂止思管《ナホウシトオモヒツヽ》トアル〉。さしかきやい〈大坪注、憂さ・憂し・憂か・憂き・憂や・憂い、ノコト〉などにてはたらけり〈以下省略〉」とある。『古典基礎辞典』は、これらを集約して、「語根ウに、物事の状態を客観的に表すク活用形容詞の語尾シが付いた語。ウはウム（倦む）のウと同根。／ウシは一般的に心情を表す言葉とみられているが、本来は状態を表す語で、ある人や事柄に対した際、それが自分の意向どおりに進まないことから陥る困惑や疲労の状態を客観的に示した言葉。さらに、出世や恋愛が思うように進まない際に生じる鬱《（ウツクツ）》屈した感情も表すようになった。／また、自分が優越した立場にいて、相手に憐憫の情を抱き、見ていて重く気にかかる状態にある場合、その気持ちが進んで相手を可愛いと思うに至るのもウシといった〈中略〉類義語ツラシ（辛し）は、自分が依存している人の態度が自分に対して酷であることを痛みとしてとらえ、恨めしく思う状態をいう」と解説している。

さて、当歌で第一に吟味を要する点は、増抄に言うように、あぢきなし・つらし・うし、という、不快感情を表わす三形容詞を重ねて使っている、重言表現であろう。古抄〈後引参看〉でも指摘している。「同義語的な言葉を使い分けた妙味（小学館『全集』）」は留意すべきである。この三語重言については、心敬の説を兼載が抜書した『新古今抜書抄』に、「此哥に、あぢきなくとつらきとうきと、三までかさなりたるは、こと歌に有べからず。此哥にとりての事也」と述べ、又、『自讃歌兼載注』でも、「あぢきなくつらきうしなど、かなしき事をつゞけていへるは、うたの詞にかゝはらず物おもひに忘れてくり事（ママ）〈大坪云、繰り言ノ意デ、同ジ事ヲ繰リカエシテ愚痴ルコト〉をいふ心なるべし。惣別の（ママ）歌に〈大坪云、惣別の歌トハ、アラユル、スベテノ歌、ノ意。の字ノナイ時ハ副詞デ、オヨソ・一体ノ意デ、あるべからずニ懸カル〉かやうの儀あるべからず」と述べて評価していないが、『自讃歌孝範注』では「あぢきなくつらき嵐の声もうし、いづれも同じ心の詞を重てをける、深妙の事にや……」と述べている。「深妙《しんべう》」とは、神妙で称讃に値する事の意であるから、高く評価していると言えよう。

下句の「など夕暮に待ちならひけむ」は、定家の時代では「暮《くれ》」と「榑《くれ》〈皮ノツイタママノ木材・丸太〉」とを掛詞にし、大井河の上流から下流へ榑を筏に組んで流し、無事下流に着くことを頼む事と、女性が男性の訪れを、夕暮に恋待つ事との両意をからませて「くれ〈暮・榑〉を待つ」として作歌する事は常識であった。新古今の一一九四番・一一九五番等にそれがあらわれている。歌意参考「つらき物と定まりたる嵐、其のつらきはあたりまへの事と聞き棄つべき嵐の声までが、わけもなく身にしみてつらく思はるゝ。これも人を待って居るからである。何故に夕ぐれに人を待つ事を、我れは習慣になしたる事ならむ。といふ事にて、人を待ち焦れて、嵐の声も殊につらく、いとど身にしむより、夕ぐれに人を待つくせのなくばと、幼く思ひよりたる意なり（塩井氏『詳解』）」・「待つ人の来ぬ夕暮には、嵐の声までつらくうきに、我は何とてか無益に、かやうに人を待ちならひつる事ぞ、となり（標註参考）」。試解を挙げると「何のわけもなくして、無情に容赦なく吹く嵐の音までもが、倦みあきて厭《いや》に思われるよ。どうして自分は、夕暮になっても訪うてくれない恋人を、毎夕毎夕、待ちつづける習慣がついて了ったのであろうか」。この定家の歌の歌意は、微妙に注釈者により異なり、多岐に亘《わた》っていて整理し難い。その理由は、上句の文脈の把握が、注釈者により異なる為であろう。宣長は「初句は、三の句の次へうつして心得べし（美濃）」といい正明は「一二三とつゞく。三の句の下にうつしてみるに及ばず（尾張）」とこれに駁す。さらに、三重言の語義のいずれを採るかが加わって上句の意が多岐に亘るのである。次に、現行注釈の主要なものを引いておく。

「夕方ハ一タイ何トナク淋シイ嵐ノ音迄モイヤナモノデアル。人ガ恋人ヲ待ツノハ夕方《ゆふがた》ト昔カラキマッテヰルガ只サヘ待ツノハツライモノダノニ何故コンナ淋シイ悲シイ夕方ニ人ヲ待ツ習慣ニシタデアラウゾ（鴻巣氏『遠鏡』）」・「たださへ嵐の音は、おもしろみがなく、つらい思を起させるのであるのに、なぜ自分は、その嵐の吹き渡る夕暮に、わびしい気持でありながら、人を待つくせせをつくったのであらう（尾上氏『評釈』）」・「人を待つは面白くなく、嵐の声もまた、ともに憂い。何ゆえに夕暮という時に、通い来る人を待ちならったのであろう（窪田氏『完本評釈』）」・「〈こうして夕暮に人を待っていると〉、うつうつとして面白くなく、それにつらい嵐の声がするのもいやな気持である。あどうして夕方に、人を待つ習わしになったのであろう（石田氏『全註解』）」・「夕暮はただでも寂しいのに、人を待つ夕暮は興もなく無情に吹く嵐の音もいやだ。どうしてかういふ夕暮に人を待つ習慣にしたのだらうか（講談社『新註』）」・「興《きょう》がなく、薄情に聞こえる嵐の音もいやだ。どうして、夕暮れに人を待つならわしになったのであろうか（小学館『全集』）」・「心はあじきなく、つらく、そして荒い風の音もうくつらく思われる。どうしてわたしは夕暮に人を待つことに慣れたのであろうか（久保田氏『全評釈』）」・「心楽しまず、まるでつれないあの人のような烈しい風の音もつらく、うとましく感じられます。どうしてわたしは夕暮ともなれば人を待つのが心の習いとなってしまったのでしょうか（新潮社『集成』）」・「お話にもならないことで、荒々しい嵐の音まで堪えがたい。人はどうして夕暮に待つ慣わしになったのであろう（岩波新大系）」。手許の現行注は以上のごとくである。文治二年のこの二見浦百首は、定家二十五歳であるが、右に見た如く歌意が多岐にわたり、真意把握に苦悩させられる「達磨歌」と批評される作と考えたい。達磨歌は、禅問答の如き感のする歌の称であるが、当歌は、下句より考えると、主格と思われるのは、人を待ち侘ぶる習慣であり、その習慣を、あぢきなく・つらく・憂し、と思う、つまり上句が、述格となって受けとめているのである。この構造が禅問答の呼吸に似ているのであるが、この呼吸のうけとめ方が、諸注の多岐解釈となってあらわれているのではなかろうか。

四　古抄

この古抄は、幽斎増補の『聞書後抄』で、常縁の原撰注〈聞書前抄〉に施注は無い。季吟の『八代集抄』やそれを転載する学習院大学本抄に「野州〈常縁〉云」として引用しているのは誤りであろう。管見したこの注を所載する伝本間の校異を示せば、「人をまつ事は」（無刊記板本聞書・宝永八年板本聞書・内閣文庫蔵増補本聞書・内閣文庫蔵聞書後抄・説林後抄・私抄。イズレニモ助詞はガツイテイル）」。「歎腸」が「断腸」（無刊記板本聞書・宝永八年板本聞書）・断腸の（内閣文庫蔵増補本聞書・内閣文庫蔵聞書後抄・説林後抄・私抄）」。「晩風催レ恋」が「晩風催置」（内閣文庫蔵増補本聞書）・暁風催恋（私抄）」。

五　嵐ハ夕に吹くものなり

参考、大野晋編『古典基礎語辞典』に、「〈名義抄〉には〈嵐〉にアラシの訓がある。漢字〈嵐〉の本来の意味は〈山の風や空気。山気。やまもや〉であり、〈暁嵐〉は〈明け方のさわやかな山の風〉、〈青嵐〉は〈澄みきった山の空気〉として用いられている。そして〈あらし。山から吹く激しい風。暴風雨〉は日本語特有の意味とする。つまり〈嵐〉は本来暴風雨を指す語ではなかった。アラシについて『万葉集』では、〈荒風〉〈荒足〉〈下風〉〈山下〉〈阿下〉〈冬風〉などと表記しているが、〈み吉野の山の嵐〔下風〕の寒けくにはたや今夜《こよひ》も我が独り寝む—万葉七四番歌—〉のように〈夜吹く寒い風〉を意味するものがほとんどである。『枕草子』には〈風はあらし。三月《やよひ》ばかりの夕暮にゆるく吹きたる雨風—岩波旧大系一九七段・田中重太郎氏編校本枕草子一八五段—〉とあり、『源氏物語』のアラシは、〈四方の嵐〉の形で世間の波風が立つ、非難をこうむることをいい《大坪云、世間ノ非難ノ意ニ解スコトモ定家当歌デハ可能デアルガ、コノ意デ註釈シタ解ハ見当ラナイ》、また〈峰のあらしも籬《まがき》の虫も、心細げにのみ聞きわたさる—総角—〉とあり、他の数例にも、特に暴風の意はない。暴風雨には別に〈野分《のわき》〉の語を用いている……中略……アラシは……はらはらとあちこちから吹く風の意が古く、後に暴風雨へと変化したものと考えられる」とある。この解説は、当歌の「つらき嵐の声も憂し」の釈として、非常に参考になる。

六　昔より人を待つ事、夕べに限るなり

既に触れたように「夕暮《くれ》—夕樽《くれ》」之掛詞を利用した詠は多い。文意、「昔から、恋しい人の訪れを待つ事は、夕暮に限る、とされている」

七　如何なる人の……悲しき限りなり

文意「どのような事情で、どのような人が、夕ぐれになると、恋しい人を待ち慣れるようになったのであろうか、思えば悲しみの極限のように感ずるよ」。「嵐は夕に吹く……限りなり」は当歌の解を示したのであるが、定家の作風の物語的要素を取入れての作と見ているのであろう。

八　歎腸極まる処、只夕の物なるべし

「歎腸」は磐斎の誤写であろう。『古抄〈聞書後抄〉』を所載する他書は、「断腸」に作る。『倭玉篇《わごくへん》』（慶長十五年刊）に、「歎《タン》　ナゲク・ヤク」。「断《ダン》　タツ・コトハル・キル・サタム」。「腸《チヤウ》　ハラワタ・ヲモヒ・ハラ・モノヲヒ」。と音読と意味が書かれているが「ハラワタヲナゲク」では意味をなさない。『運歩色葉集』の「断腸《タンテウ》」、『温故知新書』の「断《ダン》腸《チヤウ》草」・『改正増補多識編』（刊年不明整版本）の「断腸草《タンテウ》」・『易林本節用集』の「断《ダン》腸《チヤウ》」などに従って「断腸」と改めたい。「断腸」は『世説新語』の「黜免《ちゆつめん》」の故事による語。「桓公入レ蜀、至二三峡中一、部伍中有下得二猨子一者上。其母縁レ岸哀号、行百余里不レ去。遂跳上レ船、至便即絶。破二視其腹中一、腸皆寸寸断。公聞レ之、怒、命黜二其人一」（黜免第二十八）文意、「当歌に詠まれている、はらわたを断ち切られる程の、悲しい辛い思いが極限までゆきつく場面は、ただただ夕暮になっても来ぬ人を待つ場合であろう」。

九　晩風催レ恋といふ心なり

『内閣文庫蔵増補本聞書』の「晩風催置」の「置」や、『私抄』の「暁風催恋」の「暁」は、この聞書後抄の文脈から考えて誤写であろう。「晩風」は前引、大野晋氏の「あらし」の語義の解説を参考にすれば「夕暮にあちこちから、はらはらと吹いてくる風」の意で、その風によって恋心がひき起され、かき立てられるという意であろう。「嵐」を暴風雨の意と考えず、世間の非難の意とみれば、世間の非難によって一層恋心が掻き立てられ、それが味気なく辛く憂いと歎く歌となり、従来説とは異った解釈となろう。

一〇　あぢきなく、つらき、うし、と重ねて言へる、よく〳〵吟味すべしとぞ

「……とぞ」という言い方は、他にもそう施注した注のある事を暗示するが、兼載の新古今抜書抄をはじめ自讃歌の孝範注や太田武夫氏蔵の注にそれは見られる〈後引古注参看〉。文意「あぢきなく・つらき・うし・と不快の情を表わす語を、重ねて使っている点を十分念入りに考えた上で、味わうべきだと言われている」の意。

二　あぢきなく……悲しさをいへり

文意「初句の、あぢきなく、は自己の心情、第二句の、つらき、は相手つまり恋人の我に対する心情を指しているのである。第三句の、憂し、は、嵐〈大坪云、コノ嵐ハ、前引ノ大野晋説＝源氏物語ノあらしハ、四方の嵐、ノ形デ世間ノ波風ガ立ツ、非難ヲコウムルコトヲイウ、意ニ解スルノガ最適ト思ウ〉は厭《いや》だという事であって、この三種類の不快心情語を揃えている、悲しみの極みの表現を示しているのだから、その事をよく〱吟味せねばならぬのである」。「嵐ハ憂しと三色揃ひたる悲しさをいへり」は語順を入れ替えて「三色揃ひたる悲しさを嵐ハ憂しといへり」と直すと文意がよく通ずる。

三　斯様なる夕暮に……咎無き者も恨むなり

文意、「どこからともなく寒い風が吹いてくる、この様な夕暮に、昔の人は、どういう訳で恋人を待ち慣れてしまったのであろうか、自分の場合は来もせぬ恋人を待つという咎、つまり欠点があるが、そういう負い目を持たぬ人の立場をも含めて、恨み言を述べているのである」。

参考、現行注が多岐に亘っている事は、すでに述べたが、古注にも当歌施注が多いので引用する。『新古今集』の古い注としては、「此哥に、あぢきなくと、つらきと、うきと、三までかきなりたるは、こと（異）哥に有べからず。此哥にとりての事也。時こそあるに、など夕暮にしも待ことに昔より定《さだめ》けるかと、ことばの首尾はなをざり（等閑）のかなしき事にてはあふまじければ、我待ごとかなしさのふかき心をあらはさんために、かく（如）のごとく三までいひつゞけたる也（兼載、新古今抜書抄）」・「老ヌレバ、同ジ事コソ、イハレケレ（別本、イハレケン）ト、イヘル哥ノコト也〈大坪注。源順集ノ、老ぬれば同じ事こそせられけれ君は千世ませ君はちよませ〔一九〇三七番〕ヲ指スカ〉。恋スル人ノ、心、ホレ〱シク成テ、アヂキナク、ツラキウシト、オナジ事ヲ、クリ事（繰り言）ニ、イヒタル也（新古今注）」・「夕に嵐は吹物也。其声もうし、何とて夕暮にまちならひたるぞと也（九代抄）」・「生得〈注、生レツイタ時カラ〉、夕暮は嵐のふきてかなしき、と也。か〻る時節をまつときに、などさだまりけるぞと也。昔より夕をまつときにさだめたるゆへに、あらしがつらきと也（九代集抄）」・「人をまつ夕ぐれのかなしき事をいひたてんために、上句、つらきうきとかさねていへり。晩風催恋といへる本語あり〈大坪注。本語トハ漢字ノコトヲ本字トイウノデ漢籍ニアル語句ノコトヲイウノデアロウ。諸橋大漢和デハ、書名。明ノ高拱撰トアルガ書名デハ意ガ通ジ難イ。ナオ、晩風催恋ノ四字熟語ハ採録サレズ、晩風ノ二字熟語ハ用例ト共ニ採録アルモ、催恋ハ採録サレテイナイ〉（抄出聞書）」・「寄暁風恋の哥なり。この哥自讃哥にくはしく注せり（牧野文庫本聞書。大坪注、暁風ハ、前引大野晋氏古典基礎語辞典ニ、明け方のさわやかな山の風、ノ意デ夕方ニ吹ク晩風ノ意トハ異ナル）」・「夕時分にあふ事をさだめたるハあぢきなし。たゞの時もあい（ママ）たしと也（かな傍注本）」・「野州（ママ）云、あらしは夕にふく物也。むかしより人を待事は夕にかぎるなり。いかなる人の夕には待習ひけん、悲しき限りと也〈大坪注、以上ハ幽斎ノ聞書後抄ニ見エル〉。師説〈季吟ノ師、貞徳ノ説〉、嵐の音は只にもさひし（憂）くつらき物なるに、其つらき嵐も音そへてうきに、さる夕暮にしも、あぢきなく人待事を、など待ならひけんと也。自讃或抄云〈大坪云、孝範注ニ、心詞の外に面影のうかびそへる哥とは此等の類にや、トアル〉、詞の外に面影そへる歌とは是らの類にや。毘娑（ママ）門堂大納言為兼卿、新古今の中に歌首と勘たる其一也（八代集抄。後藤重郎氏蔵新古今和歌集モ中略シテ出シテアル）」・「新古今　恋三／詞書曰　西行法師人〱に百首哥よませ侍りけるにとあり／或抄曰〈大坪云、聞書後抄〉、あらしは夕に吹くもの也。昔より人をまつことは夕にかぎる也。いかなる人の夕には待ならひけん、かなしきかぎりなり。断腸のきはまる所、唯夕の物なるべし。晩風催恋の心也と云云。此抄より外にさらに義なかるべし。／又或抄云〈大坪云、ココト同文ノ抄ハ未見デアルガ、同内容ノ抄ハ多イ〉、あぢきなくは、こ〻にては益もなきといふ心なり。など夕暮といはんために、おなじ詞をかさねていへり。いかにして悲しき時分の夕ぐれには、まつならひの有ぞと也云々。／あぢきなくは、さま〲書侍れど、無為と書たるがこ〻にはかなひ侍らん。無為はせんかたなき心也。抄〈幽斎ノ聞書後抄ヲサス〉のごとく、断腸のきはまる所唯夕也。人のまちならひて我にまたする時分も夕也。晩風催恋と古人もいはれたれば、さてもせんかたなき事哉とうちなげきたる心なるべし。所詮初の五もじに眼をつくべし。又つらきあらしといひて、声もうし、重盈《ママ》〈チヨウエイ。重なりあふれる〉のやうにきこえ侍れど、つらきとうきと少かはりめあり。つらきは、物にふれてさきよりうからする〈大坪云、何事カニ接触シテ、相手側カラ当方ヲ憂キ思イニサセル〉心有。うきは、心ひとつに〈注、相手側モ当方モ同ジ思イニナッテ〉おもひくるしむ心あり。されば、唯今あらしのふく、端的に折しもあれ〈注、マサニソノ瞬間、ソノ折ニ〉、ひとを待恋てくるしむ夕につらき嵐の声もうしと、わざと重ねてよみたまへられたるなるべし。又さらでだにつらきあらしの声もうしと、きゝてもしかるべからん歟。又一義、つらきあらしを、人の心たとへてきく〈注、ツラキ嵐ノ意ヲ、周囲ノ人ノ非難ノ声ニ譬エテ理解スル〉もおもしろし。此証哥、俊頼哥に、うかりける人をはつせの山おろしよはげしかれとはいのらぬ物を〈注、千載集七〇七番歌〉、かやうにきけば、つらきとうしと、各別にたちてきこえ侍らん歟〈和歌二十一首秘注〉」・「〈美濃の家苞〉初句は、三の句の次へうつして心得べし。一首の意は、まつ人の来ぬ夕暮には、嵐の音まで、つらくうきにつけて、我は何とてあぢきなくかやうに人をまちならひつることぞとなり。〈尾張の家苞〉一首の意は、人をまつ身になれば、わけもなくあらしの声までが、つらくうい。なぜに夕くれとなれば、人をまつくせに我身をした事ぞと也。〈美濃〉つらき嵐といひて、又うしとは、わづらはしきいひざま也。〈尾張〉此難はいはれたり。ふといできてふと撰に入たるを、今にいたるまで何ともおもはで、ふと看過す事也。此病なくばいかにめでたき歌ならんを「大坪云、コノ助詞をハ本来ノ感動詞カラ転ジタモノ、事かなノ意」。〈美濃〉すべてあぢきなくといふは、俗言に、いらざること、無益のことといふ意也。〈尾張〉あぢきなくは、味なくにて、うまくもなき意なるを、転じてこゝはわけもなくといふ意也。わけもなく嵐の声がつらくうきなれば、一二三とつゞく。三の句の下にうつしてみるに及ばず。〈美濃〉此歌にては、とてもきもせぬ人をまつは、いらざるむやくのことゝいへる也。下句を古き抄「大坪云、幽斎ノ聞書後抄ナリ」に、いかなる人の、夕にはまちならひけむといへるは、ひがごとなり「大坪云、〈尾張〉ハ、古き抄云云ノ部分ハ引用モセズ批評モシテイナイ」〈尾張〉此意歌に読情にあらず「大坪云、此意トハ、とてもきもせぬ人をまつは、いらざるむやくのこと、ヲ指スノデアロウ。定家ノ百人一首採入ノ、来ぬ人を待帆の浦の歌モアルノデ、ソレトノ関連モ考エネバナラヌ」〈美濃・尾張家苞〉」。次に『自讃歌』での古い注としては、「あぢきなくとは物をあまたにあつかひてかしらをふるやうなる心か。つらき嵐の声もうしとは重言也。恋の哥などは我思ふすじをいかにもつよくいはんとて、かやうに詞をかさぬる事有也。夕暮はさらぬだに物うき時節成を人をならひてせんかたなきと也〈頓阿注〉」・「同前〈新古今集恋三、ノコト〉、あちきなくは無詮也。意はさらぬだに夕暮には物がなしきに争《イカデ》か待ならひけんと、思ひの切なるまゝにそのかみをさへ恨る也。同心の哥、夕暮はつらき嵐のうつの山思ひを誰に苔《ママ》の下陰《道》〈注、未来記。末句。つたの下道〉。又後京極殿、あたになど咲はじめけんいにしへの春さへつらき山桜哉〈注、続後撰、一二三番歌。〉〈常縁注。聞書前抄ハ無施注〉」・「あぢきなく、つらき嵐の、声もうし、いづれも同じ心の詞を重ねてを《置》ける、深妙の事にや。たとへば、〳〵老ぬればおなじ事こそいはれけれ君は千世ませ〳〵〈コノ踊り字ハ、君は千世ませ、ノ繰り返シ記号。源順集ガ出典〉といへる哥は、老者のほ《惚》れたるまゝに思事とては、君は千世ませ〳〵とくりごとをしたる如くに、恋する人、万事をわきまへずほれ〳〵と成たる心の色をいはんとて、か様にはつゞけられたり。など夕暮とは、さらぬだに嵐のこゑまさり、物がなしきに、人をまつといふ事を、何とて夕暮の習と定つらんといへり。心詞の外に面影のうかびそへる哥とは此等の類にや。為兼卿新古今の三首と勘《かんがへ》たる其一首也。毗沙門堂大納言、定家卿孫《ママ》也〈注、為兼ハ定家ノ曾孫。定家―為家―為教―為兼ト続ク、為教ハ為家カラ京極ノ邸ヲ譲ラレタガ、ソノ地ガ毗沙門堂ニ近カツタノデ、京極家ヲ毗沙門堂家トモ称シタ。毗沙門堂ハ、天台宗ノ寺院デ、寺号ハ出雲寺、山号ハ護法山、院号ハ安国院。行基ノ開山。最澄ガ自作ノ毘沙門天像ヲ草庵ニ安置シタト伝ウ。為兼ハ延慶三年十二月廿八日、五十七歳デ権大納言トナリ、コレガ極官。正二位デアッタ。翌延慶四年十二月廿一日五十八歳デ辞シテイルノデ約一年間ガ権大納言デアル。新古今三首ノ一首ハ出典未考〉（孝範注）」・「これもこゝろは明かなり。つらきあらしも夕暮と云ところを思ひ入ば、心得らるゝにや。ある注に〈大坪云、コノ注不明〉、まつともきたる事なし。しかはあれどもまちならひたるとて、此あらしにもまつとの心なり。もみ《採》てせ《為》んかたなき哥也（宗祇注）」・「西行法師人々に百首哥よませけるに、恋のうたとて読ける。など夕暮に待ならふといふは、昔より夕に人を待ならひたるとも。あぢきなく、つらき、うし、などかなしき事をつゞけいへるは、うたの詞にかゝはらず、物おもひに忘れてくり事をいふ心なるべし。惣別の哥にかやうの儀あるべからず（兼載注）」・「恨待恋／権中納言定家／されば夕暮は大かたさびしき物也。されば物おもふ人の心は、とにもかくにもうき物也ければ、それによりて、かゝるさびしきゆふ暮にかぎらず、と人待事もありもせず、かならずゆう暮にかぎりて人をまつ事に、とうちなげきたり。さて我み《身》のうきまゝに、とがもなきゆふべのけしき、吹風のこへ《声》をうらみてよみ仰《おほせ》たり〈注、仰スハ、……シトゲル・……シコナス、ノ意〉（広島大学本注）」・「絶恋／いまはたえぬれども、とはれし時、待ならひけん心の、いまもかはらずして、かゝるあぢきなきつらき嵐の夕にも、いたづらに待て、ひとり袖をぬらし侍、と云へり（書陵部本注）」・「あぢきなくつらきとは、兎に角にいはむかたもなく、思ひのせめくる夕暮の、切覚なるを云〈大坪云、切覚ハ日葡辞書ニ、折角ノ用字デ、難儀・窮迫ノ意トミテイル、難儀ナドニ悩マサレテ窮迫スルノヲ、折角ニ遭フ、トイウトアル。ココハ窮迫シタ心情ニナルトイウ意トミテオク〉。そのうき《憂》、あまさへ《剰》、あらしさへ吹そひぬれば、さても我はいかなる神などのはかりもあたりて〈注、計画ガ当ツテ〉かくつらき恋ぢにまよひ来ぬらん、今は一向《ひたすら》うき人をも忘はてゝ、今の歎の心をすさま《吟》ばや〈注、遠ザケテ避ケタイモノダ〉と也（九州大学本注）」・「この哥更《さらに》夜をかさねてまてども、くる事もなし。しかはあれども待ならひたるとて、此嵐にもまつとのこゝろなり。せむかたなきなり（支子文庫本注）」・「このうたは、あぢきなくとは、無答《ママ》〈無益ノ誤?〉、又無状、無便。哥のこゝろは、たゞだにも夕暮はかなしきに、まつと云《いふ》ならひありけるやと云へり（東海大学本注）」・「哥心は、無端とつらきとうきと三は各別也〈注、ソレゾレ別義ノ語デアル〉。いかにせんと云《いへ》ば〈注、ドウイウ違イガアルカトイエバ〉、たとへば、くびかし〈首枷〉などをかけられて、少《すこし》もくつ《寛》ろぎのなき体也。あぢきなきと云《いふ》は、ちとくつろぎある体也。つらきとは我からのもの也〈注、相手方カラ受ケル心情デナク、自分カラ感ズル心情デアル〉。うきは又それよりもまさりたる也〈注、憂キハ辛キヨリモ程度ノ強イ心情デアル〉。つらきはうきより前の事也〈注、辛イトイウ心情ハ憂イトイウ心情ニウツル前ノ心情デアル〉。待事ばかりだにうきに、あらしとくれとのかなしき心也〈注、来ヌ人ヲ待ツコトダケデモ憂イモノデアルノニ、マシテ嵐ト夕暮ノ、辛イ悲シイ心情ガ加増サレルトマスマス憂サト悲シサガ強マルノデアル〉（太田武夫氏蔵注）」。

〔二九七〕（一〇六頁）

三　頼めずハ人を待乳の山なりと寝なましものを十六夜の月

管見新古今二十六伝本で歌形の異形はない。末句の「十六夜」は、現行の本では、イサヨヒ・イザヨヒ、の清濁両様の訓みがなされている〈例エバ、朝日新聞社『全書』・新潮社『集成』・改造社文庫ナドハ清音デアルガ他注釈書ハ濁音、板本デモ全歌ニ清濁ヲ付シテイル寛政十一年須原屋板本菅原快晃筆本ハ、いざよひの月、ト濁音ヲ付スニ対シ宣長ノ美濃の家苞ハ、寛政七年風月堂板本デハ清音デアル。寛政年間ノ四年間ノ差デ、清濁ガ分カレテイルノデアル〉。大野晋（編）『古典基礎語辞典』の「いさよ・ふ」の解説によれば、「中世初期から、イザヨフと濁音。〈中略〉陰暦十六日の夜の月が遅くためらいがちに出てくるところから、〈十六夜〉をイサヨヒとよむ」とある。後鳥羽院新古今当歌が中世初期以後のものか、以前の歌と考えるか、読者の歴史認識により清濁がわかれることになろう。当歌出典は、『後鳥羽院御集』で、この御集は非部類本・部類本・増補本等々、諸伝本を、複数系統に分けられている。書陵部蔵桂宮本には見えないが、列聖全集所収本〈皇室文学大系トシテ復刊サレタ〉に「だいしらず」として見える〈復刊本第二輯一〇二頁上段〉。他出は、『新三十六人撰　正元二年』〈注、新編国歌大観デノ称呼。歌学大系本デハ新続三十六人撰ノ称呼。十首組デ番ワレテイル。ソノ一番左十首中ノ九首目〉に歌形同形で採入。『私玉抄』（巻三秋之部「七月」ノ第二十七項「月」）に「十六夜の月にまつちの山付るは」として歌句同形で見え、里村昌琢編『類字名所和歌集』（第五）の待乳山の証歌としても、歌句同形で採用されている。又、中院通茂の『渓雲問答』（一九〇項）に「或人夢想の興行に不レ逢レ恋、らの字をかしらに置きて／蘭菊に狐なくてふ宿なりとねなましものを逢ふ夜半ぞなき／とも、といふべき所に、と、ばかりにては詞たらず。新古今に、後鳥羽院／人を待つ乳の山なりと／此外はみえぬことなりと仰。この句〈大坪注、蘭菊に、ヲサス〉、宿りにも、と御添削なり」として第二・第三句のみが見えている。さて、この後鳥羽院歌と同発想の先行歌としては、『古来風体抄』に採入され、又定家の『二四代集・二四代和歌集・八代知顕抄』にも見える小式部の「たのめずはまたでぬる夜ぞかさねまし誰ゆへかみる有明の月〈注、二四代集デノ歌形。古来風体抄デハ、またでぬる夜もありなまし、トアル〉」を挙げ得よう。類想歌としては他にも、『風葉和歌集』（巻十二、恋二）の「をとこの返事につかはしける／みかはにさける皇后宮中納言／たのめずはさてもねなましなぞや此くるよなよなまたせがほなる」・『物語二百番歌合』（三十七番右歌）の「頭中将たのめわたりつつまでこざりければ／承香殿女御中納言／たのめずはさてもねなましなぞやこのくる夜な夜なまたせがほなる」、がある。この歌は、散佚した『参河爾佐介留《みかはにさける》（物語）』の歌である。当歌が定家の歌の一つの特長である物語的要素の強い歌であると為し得る証左ではなかろうか。当歌の参考歌としては、当歌モチーフを表現した歌詞たる「頼めず・人を待つ・山・寝なまし・いざよふ・月」に着目すれば、先《まず》、思い浮かぶのは『後拾遺集』（恋二、六八〇番）の赤染衛門歌「やすらはで寝なましものをさ更けて傾くまでの月を見しかな」で、「やすらふ─いざよふ」の類義語、それに「なかの関白、少将に侍りける時、はらからなる人に物いひわたり侍りけり。たのめてこざりけるつとめて、女にかはりてよめる」という詞書中の語句を加味すれば赤染衛門歌は参考歌として十分考え得る。この事は尾上氏『評釈』が取上げているのみで現行他注は触れていない。現行他注は赤染衛門歌よりも、新古今雑上読人不知歌の「たのめこし人をまつちの山かぜにさ夜ふけしかば月もいりにき」を挙げており〈久保田氏『全評釈』・岩波新大系〉、小学館『全集』は「本歌」とまでしている。この読人不知歌の詞書は、「能宣朝臣、やまとのくにまつちの山ちかくすみける女のもとに、夜ふけてまかりて、あはざりけるをうらみ侍りければ」とあり、後鳥羽院歌の「まつちの山」の所在については、説が分かれているが〈後述〉、この引用詞書によれば大和所在説に分がある事になろう。ただ後鳥羽院歌の場合は、所在地を云々するよりも、地口的な掛詞「人を待つ↓待乳の山」に技巧的面白味があるので、塩井氏『詳解』に言う如く「歌の実意には関係なし」と考える方がよい〈石田氏『全註解』・鴻巣氏『遠鏡』モ同見解。尾上氏『評釈』モ「中心（月ニ寄セテ人ヲ待ツ女ノ情ヲサス）のみでよかるべきを、懸詞、縁語（山ヤ月ヲサス）をそれに加へられたのは、当時の風の作り物としては面白いが、真実味に欠けるであろう」ト評シテイル〉。当歌の巧妙さは享受者の心にしみ込んでくる有心面よりも、関縁語の連接表現による心象面の面白さにあるのではないか。塩井氏『詳解』は「一首の結構上の洒落」が当歌の生命なりとし、尾上氏『評釈』も「〈待つ〉から〈待乳山〉、〈山〉の関係から〈月〉を出させられた」と説いている。私は更に、初句「頼めず」と末句「いざよひ」の照応も加えたい。なお、「十六夜の月」について、「月」は歌の実意に関係が有るか無いかについて、『遠鏡』は「まつち山、十六夜の月、いざよふ（ぐずつく）の意のみで、月は歌意に関係なしとしている」とし、石田氏『全註解』は、「諸注〈いざよひの月〉をただ歌の意味には別段の関係なし」としているが、併し、自らいざようと、十六夜の月が出ていると、両方の意をもたせたと見るべきである」とする。私は「月」は実意に関係無いが、初句の「たのめず」との照応に於て「十六夜《いざよひ》」だけは関係の有るものとしたい。歌意参考、「今宵来んと頼めずは、人を待つ事は待ちても、思ひ切てねんものを。来るといひたるばかりにて躊躇して寝ずに居たりとなり。躊躇の縁に、いざよひの月とよませ給へるなり（標註参考）」。

四　八雲云く……とよめり　「八雲」は、順徳院の『八雲御抄』の略。その巻五名所部の「山」に、「同　亦打　まつち。馬。郭公。あさもよき。又在東国駿河。又在紀伊国にも真土とかけり。若同山歟《もしおなじやまか》」とある。同は大和を指し、亦打はマツチと訓み、馬は万葉集三一五四番歌、乞吾駒《イデアガコマ》早《ハヤク》去欲亦打山《マツチヤマ》将待《マツラム》妹乎《イモヲ》去而《ユキテ》速見牟《ハヤミム》。を指し、郭公は拾遺集八二〇番歌、こぬひとをまつちの山の時鳥おなじ心にねこそなかるれ。を指し、あさもよきは万葉集五五番歌、朝毛吉《アサモヨイ》木《キ》人乏母《ヒトトモシモ》亦打山《マツチヤマ》行来跡《ユキクト》見良武《ミラム》樹人友師母《キヒトトモシモ》を指し、又在東国駿河は万葉集二九八番歌、亦打《マツチ》山暮越行而《ヤマユフコエユキテ》廬前乃《イホサキノ》角太河原尓《スミダカハラニ》独可毛《ヒトリカモ》将宿《ネム》を指す。この詞書に、田口益人大夫任二上野国司一時至二駿河浄見埼一作歌とあるのに依拠したのである。又在紀伊国は、前引万葉五五番の詞書に、大宝元年辛丑秋九月太上天皇幸二于紀伊国一時歌、とあるのに拠る。真土とかけりは万葉集五四三番歌に、……麻裳吉《アサモヨイ》木道尓《キヂニ》入立《イリタチ》真土山《マツチヤマ》越良武《コユラム》公者《キミハ》……とあり、その詞書に、神亀元年甲子冬十月幸二紀伊国一之時……とあるのに拠る。若同山歟〈モシカシタラ同ジ山ノコトヲ云ッタノデハナカロウカ〉は、『八雲御抄』の上述中の三首〈万葉三一五四番・拾遺八二〇番・万葉五五番〉は、先行書の藤原範兼『五代集歌枕』の「山」の「まつち山　大和国」に引用する六首の中に含まれているが、万葉五五番歌の詞書には考慮を及ぼさず大和国として『五代集歌枕』は採ったのである。『八雲御抄』はこれに対し、万葉詞書にも考慮を及ぼして「同山歟」とされたのであろう。なお『八雲御抄』には「まつち山」の名が二個所に見える。そこには「駿亦打　まつち。ゆふこえていほさきのすみだがはらにといへり」とある。駿は駿河国のことであり、引用した歌は上述の万葉集二九八番歌であろう。『五代集歌枕』では、大和国のまつち山とは別項立で「まつち山　駿河」として、上引の万葉集二九八番歌を挙げているが、この場合は万葉の詞書にも考慮が及ぼされて駿河とされたのであろう。『新古今増抄』の磐斎頭書は、『八雲御抄』の上述両説の、後説の方の引用である。現行の註釈では、大和国説と紀伊国説の両説が主である。大和国説としては『岩波新大系』が『和歌初学抄』の「待つことにそふ」を引いて大和国の歌枕とするが、「大和国宇智郡（武蔵野書院、校訂テキスト版）」・「同上（講談社『新註』）」・「同上（至文堂藤村作氏テキスト版）」・「同上（尾上氏『評釈』）」が大和国説を採る。これに対して紀伊国説は『完本評釈』が「紀伊国〈和歌山県橋本市〉にある名所」とするが、「待乳山紀伊にあり（鴻巣氏『遠鏡』）」・「まつち山万葉には紀伊也。〈大坪注、季吟八代集抄ノ施注〉（正宗氏日本古典全集頭注）」が紀伊国説である。久保田氏『全評釈（一三三六番小町歌の語釈欄）』は、八雲御抄の上引文言を引用して「中世の人々には必ずしも所在は明確ではなかったらしく、八雲御抄では大和国駿河国の二個所に掲げ〈中略〉大和と紀伊の二個所のまつち山は、国境にあることからそれぞれの国のものとされているので、同なじ山を指す。駿河のまつち山といふのは不明だが、或いは武蔵の隈田川のほとりの待乳山の誤伝か。歌枕名寄巻十大和国五では、大和国としている。現在、奈良県五条市と和歌山県橋本市との間に待乳峠がある。しかし作者はただ〈待つ〉から〈待乳山〉といい続けただけで、その所在などは問題でなかったであろう」と述べたおられる。この類の注は「大和と紀伊の境にある山。人を待つ意に懸け用いたのみで、待乳山は歌意に関係はない（石田氏『全註解』）」・「待乳〈真土〉山は歌枕で、紀伊国《きの》と大和国《やまとの》との境にある山（新潮社『集成』）」・「和歌山・奈良両県の県境にある山。真土山《まつち》（小学館『全集』）」がある。「待乳山」の所在について施注しないのは、塩井氏『詳解』・飯田浜野両氏『標註参考』・朝日新聞社『全書』・岩波旧大系で、これも一見識と見るべきであろう。

「まつち山（亦打山・又打山・信土山・真土山・待乳山）」の所在は、名所・歌枕等、地誌類の書に見られるので、上述の大和・紀伊・駿河なども含めて、管見書での所在を記しておく。『大和國地名類字（契沖）』―大和』・『勝地通考目録（契沖）』―大和、亦打山〈宇智〉』・『勝地吐懐編（一巻本・契沖）』―待乳山　紀伊。為二大和国一之由有二一説一。然而万葉第四云、軽路従玉田次畝火見管麻裳吉木道入立真土山とよめり。仍紀伊に載之／新古雑上、たのめこし人をまつちの山風にさよ更しかは月も入にき／此歌詞書云、能宣朝臣、やまとの国まつちの山ちかく住ける女の許に夜ふけてまかりて、あはさりけるを恨み侍りければと有。大和国、治定なり。万葉第四の歌、木道入立を、きちにいりたちと点せるは、然るへからす。きちに入たつと読へし〈大坪注、五四三番長歌、笠金村歌〉。此真土山をこえて、初て紀路に入そむる心なり。孝徳紀に、畿内を定させたまふ勅詔にも、南は紀の国の兄《セ》山を限ると見えたれは、兄山よりこなたは大和なり〈大坪注、書紀、孝徳、大化二年春正月、旧岩波大系本二八〇・二八一頁、凡畿内東自二名墾横河一以来、南自二紀伊兄山一以来、西自二赤石櫛渕一以来、北自二近江狭々波合坂山一以来、為二畿内国一。〉』・『勝地吐懐編巻三（三巻本ま部・契沖）』―待乳山　山城／拾雑下長歌　読人不知　ふるさとに帰りやくるとまつち山まつほと過て〈注、拾遺巻九、五七三番歌〉／続古恋二　新後撰恋三

吾せこをまつちの山の葛かつら玉さかにたにくるよしもかな〈続古〉くるよしもなし〈新後〉／名寄　まつちニ入　大和／右哥、新後撰には、松浦の山とあり。かなの、ちと、らと、似たる故に、新後撰はあやまれり。類字には、続古今恋二と注して、まつちの山のくるよしもなしと載たれは〈大坪注、村田秋男氏編、類字名所和歌集本文篇ニハ続古今恋二　我せこを待ち（ママ）の山の葛かつら玉さかにたにくる由もなし　鎌倉右大臣　五三〇六番トアリ〉、落句は、流布の新後撰に同し〈大坪注、旧国歌大観新後撰恋四ノ一〇五一番、題しらす　鎌倉右大臣　我がせこを松浦の山の葛かづら邂逅にだにくる由もなし〉。続古今恋二、又新後撰恋三と注して、句のかはれるやうをも注すへきに、新後撰を漏せり』・『類字名所補翼鈔（第一　契沖）』―盧原

駿河／万葉三　新頼撰旅　辨基法師　まつち山夕こえゆきて廬崎の角太かはらに獨かもねん〈注、新頼撰ノ全書名ハ未調査〉』・『類字名所補翼鈔（第五　契沖）』―待乳山　紀伊／実は、大和、紀伊、両国に亘る歟。万葉数首』・『類字名所外集（契沖）』／かくはあれとも、大かた、同名異所は、本歌を取てよめるは、本歌によりて国を定むへし。たとへは、宇于、清正のよめる吹飯は、ともに紀国なれは、これを取たるは紀国なり。藤原家基か絵嶋によみ合せたる歌によりて、奚俊法師かよめるは、ともに和泉なり。與謝によみ合せたるは丹後なり。又、同名おほきにより

て、いつれに属すへしともさためかたきもあるへし』・『二十一代集所詠出之名所和歌国分目録(契沖)—大和 亦打山《マツチヤマ》 宇智/駿河 待乳山〈大坪注、コノ目録ハ類字名所外集中ニ含マレル〉』・『名所栞(巻之二 村上忠順)—真土山 駿河菴原郡〈証歌省略〉/待乳山 武蔵豊島郡〈証歌省略〉/待乳山 紀伊都郡〈証歌省略〉』・『松葉名所和歌集(内海宗恵編)—待乳山 下総〈証歌中ニ、玉吟集 月影のさすや庵崎角田河越て待ちの山のかひより 家隆〉/待乳山 紀伊〈証歌中ニ、御集 いかにせんまつちの山の女郎花人もとはねは露にしほれつ 後鳥羽院/又打山 大和、八雲御抄ニ当国下総紀伊ニ有、同名〈証歌中ニ、新古今一五一六番歌アリ〉』・『名所歌枕(能因撰)巻五—紀伊国 待乳山〈証歌中ニ、前述後鳥羽院歌ニ類似ノ小野小町歌 こぬ人をまつちの山のおみなへし秋と契れる人そ有らし《新古今三三六番デハ初句たれをかもトアリ》ヲ含ム〉』・『名所小鏡(拙蔵板本延宝六年寺田嘉平治版、九十五丁裏)—待乳山 下総〈証歌 新千載 誰にかもやとりをとはん待《(まつ)》ち山夕こえゆけはあふ人もなし実宗《(ママ)》《新千載八〇七番、作者前参議定宗》・夫木集 待乳山おろす嵐や寒からん角田かはらに千鳥鳴也 智海法師/待乳山 紀伊一説大和ノよし〈証歌 夫木集 わきもこか衣かたしき待《(まつ)》ち山すそのを早くあゆめ黒駒 安藝《夫木集八五九八番、久安百首郁芳門院安芸》・続古 打わたす駒なづむ也白妙にこほるまつちの山川の水 知家《続古今六三八番 正三位知家歌》』・『名所部類考(拙蔵板本、宝永六年 世外子漫書)山之部第一—大和国名山 待乳山 紀・下総、同名有之/紀伊国名山 待乳山・川〃寄恋名所之部 和歌廿一代集撰之—紀伊 待乳山』・『続松葉集(内海宗恵家集。第二名所部 満《(ま)》部)—下総 待乳山 行末に誰かは我をまつち山草の枕を宿と定めん〈大坪注、該書ハ地誌デハナク、宗恵ノ詠ヲ集メタ家集〉』・『類字名所和歌集(里村昌琢編)—待乳山 河 紀伊/下総有同名為大和国之由一説有/然而万葉第四云、軽路《(かるのみちより》従玉田次《たまだすき》畝火乎《うねびを》見管《みつつ》麻裳吉《あさもよし》木《き》道(尓)《ちに》入立《いりたち》真土山《まつちやま》とよめり。仍紀州に載之〈大坪注。万葉五四三番長歌、契沖ハ、一巻本ノ入立《いりたち》ハ入立《いりたつ》ト訓ムベキト論ズ。証歌トシテ示サレタ九首中ニ新古今勝地吐懐編ニ引用シ、入立ハ入立ト訓ムベキ採入ノ、小野小町三三六番歌・太上天皇一一九七番当歌・読人不知一五一六番歌ノ三首ガ見エル〉〃待乳山 下総/紀州有同名〈証歌トシテ、新勅撰旅五〇一番辨基法師歌ヲ、第二句夕こえくれトシテ示シ、新千載旅八〇七番前参議定宗歌ヲ、定実ノ名デ示ス〉』・『歌枕名寄(万治二年刊本 城北乞食沙弥 消蘊子〈浅井了意・賀茂の南可、ノ両説アリ〉編)—信土山《マツチヤマ》 山河。八雲御抄云、又在東国駿河、又在紀伊国同山歟、真土トカケリ、若同山歟云云、今案云、万葉歌木道《(キヂ)》入立真土山云云、当国交境歟、今暫就新古今詞当国入之。〈大坪云、当国トハ大和国〉。〈注、証歌中ニ、亦打山《(マツチヤマ》暮越行《ユフコエユキ》而《テ》廬前《イホサキ》乃《ノ》角太《スミダ》河原《カハラ》尓《ニ》独可毛《ヒトリカモ》将《ネ》宿《ム。万二九八番)》、ガアリ、角太河原ニツキ、範兼卿類聚、角太河入于駿河国、但当国信土山辺有角太河原、今幸詠合之不可有不審欤、或可為紀伊国分云云、抑先達駿河国入之同名之所歟、源家長歌曰、廬原之角太河原乃磯枕度度雖見《(いほはらやすみだがはらのいそまくらたびたびみれど》不飽浦哉《あかぬうらかな)》、万葉歌曰、廬原乃清見之崎乃見穂乃浦云云、彼浦辺有此河、可詳。ノ注記ガアル〉』。

まだ他にもあるだろうが、「まつち山」の所属国の特定については、契沖の『類字名所外見』(既引)の説は参考にすべきかと思う。当後鳥羽院歌については、所属のことは考えず地口《ちぐち》的掛詞の技巧による表現説に賛成する。

五 君が来んと……寝られずと也

この磐斎施注は「行く心ハ有りながらも」という文言のために、恋人を待つ作者と、来訪する恋人との、主客が混雑して、文意の把握がややこしくなる。私は一応以下の如く理解したい。文脈の統一が乱れている。文意、「あなたとの約束を信じて、きつとあなたは来て下さるだろうと当《あて》にさえしていなかったら、仮にあなたが来て下さらなくても、こちらから行こうとする気持を保ち《も》ながも、それをあきらめて寝てしまうのが道理でしょうが、それをさえしないでなおあなたの御来訪を当《あて》にして待ち続けるが故に、私は寝ることもできず、ぐずぐずとお待ちしているのです」。参考上、当歌の旧注を列挙する。

参考、「マッチ山、大和国ニアリ。イサヨヒノ月トハ、十六日ヲイフ也(新古今注)」・「まつち山、駿河にも、大和にもあり。すみだ川などよみそへては駿河也。人をまつといへる名にたちたる山なりとも、人にためずはうちねん物をと也。いさよひの月、十六日の月なり。雲ま、木のまなどにやすらふをもいふべし(抄出聞書)」・「まつちの山、紀州也。いかに待と云名ありともちぎらずハ、寝んニ 幸《(サイハヒニ)》 待たれバ月を待うけたり。君ゆへニかやうの月を見たると也。いさよふハ徘徊也。やすらわ《(ママ)》でねまし物も同じ事也(かな傍注本、大坪注、コノ施注ハ歌句ノまつち山、月、ノ両語ヲ歌ノ実意ニモ活カシタ注。やすらはでねまし物をハ、後拾遺六八〇番赤染衛門歌。さ夜ふけて傾く迄の月を見しかな、ガ後続歌形〉」・「まつち山、大和に有《(ある)》名所《(などころ)》也。いざよひの月。十六日の月を云也〈吉田氏旧蔵註・高松宮本註・高松重季本註〉」・「まつち山、万葉には紀伊也。歌の心は、こんとたのめずはたとひ下待心《(したまちごころ)》〈ヒソカニ心待チニ待ツ心〉は有とも、ねんものを、今こんとたのめしゆへに月にやすらはる丶とそへて、いさよひの月とよませ給へり。いさよふはやすらふ心也。やすらはてねなまし物を……〈八代集抄。学習院大学本新古今注釈モ、コノ季吟抄ヲ略抄〉」・「〈美濃〉三の句とは、ともの意也。結句は、やすらひてねぬことを、山の縁に、いさよひの月とよませ玉へるなり。〈尾張〉一首の意は、今宵来るとたのみをかけずは、人をまつ事はまちても、おもひ切てねるであらうが、来るといふた計《(ばかり)》で、久しく見合せていたと也。かやうの所に月とよむ事、今人はえせぬ事なり〈美濃・尾張、両家苞〉」。

六　十六夜の月の比といふ義也

文意、「末句は、十六夜の月の頃、という意味である」。「いさよふ」とは、波・月・雲等の自然現象の状況や、心等の人事現象をも対象として、前進が抑制されて停滞することを云うから、磐斎は、初句との照応でかく施註したのであろう。歌の実意にまで及ばぬものの、歌の醸し出す余意を汲んでの施註と見ておきたい。

七　十六夜とハ……義も有るべし

文意、「いざよひとハ、不知《(いさ)》と漢字で表記することもある故に〈大坪註、万葉集デハ、二六四番歌ニ、不知代経浪乃《イサヨフナミノ》、一〇七一番ニ、不知夜歴月乎《イサヨフツキヲ》、等ガアル〉、来るか来ないだろうか知《し》ら不《(ず)》との義も含ませての〈不知の〉意味もあるだろう」。「いさ」は感動詞や副詞として使われる。副詞の場合は「下に〈知らず〉を伴って用いる。この〈知らず〉は、直接イサの下に付く場合もある。さあどうだか〈知らない〉〈古典基礎語辞典〉」・古今集四二番歌、「人はいさ心もしらずふるさとは花ぞ昔の香ににほひける」。宇治拾遺物語〈一〇二、敏行朝臣事　巻八ノ四〉〈旧岩波大系本二四四頁〉「いさ、われはしらず。慥にめして来、と仰を承て、率て参る也」。

〔二九八〕（一〇七頁）

一　水無瀬にて、恋十五首哥合に、夕恋といへる心を

管見二十六伝本による校異は、「水無瀬にて」が「ミなせの〈冷泉家文永本〉」、「恋十五首哥合」が「恋十首歌合〈為氏筆本〉」。これは書写の上で、五を脱した誤写であろう。「夕恋といへる心を」が「夕恋といへる心を〈柳瀬本。〈といへる心ノ五字ノ左ニ朱線ミセケチ〉〉」。他本の詞書に異文はない。「水無瀬にて」は、後鳥羽院の離宮のあった詞無瀬御殿に於て行われたの意で、文永本の詞書もこの意。現在の水無瀬神宮のある所。「恋十五首歌合」は、一一〇一番歌頭注一に詳述した。「夕恋」は、室町期の『明題和歌全集』〈恋部上。一二百四六、夕恋〉に当歌が例歌の一首に加えられているが、題の「夕恋」は江戸期では『歌林雑木抄』〈恋冊。夕恋〉に当歌のみ例歌として採録があり〈拙蔵板本卅八丁表〉、『類題六家集』〈六家ハ、秋篠月清集・拾玉集・長秋詠藻・拾遺愚草・壬二集・山家集〉の第十一冊目巻上に、月清集から歌句同形での採入がある〈拙蔵板本〉。他の和歌手引書類〈初学和歌式・和歌布留能山扶《ふるのやまぶ》美《み》・歌袋《うたぶくろ》・和歌麓之塵《ふもとのちり》・尾崎雅望和歌呉竹集・今古和歌宇比麻奈飛《うひまなび》・千町《ちまち》の抜穂《ぬきほ》・和歌獨習自在〔明治三十二年刊〕〉には「夕恋」の歌題は採録されていない。但し『類題三家和歌集』〈三家トハ本居宣長・春庭・太平ノ三人〉の恋冊に、「夕恋／こぬ人をまつふく風も泪せく袖にしくる、夕くれのそら／庭〈春庭〉」の一首が例歌として収録。又、『和歌言葉の千種』〈恋冊〉には「晩恋」の歌題があり、「夕暮の我袖しらて白露の風まつ野への草におくらん／契沖」・「たのめつ丶いつかハ人をまつ山のかはらぬかけを暮ことに見む／ろあむ〈芦菴〉」の二首が見える。他に、『類題草野集』〈巻八、恋中冊、八丁表〉にも「夕恋」題の豊受大神宮の宮司荒木田光貞の歌「夕くれは雲のはたての空にのミ心のうこく人のおもかけ」が例歌として挙げてある。又『増補和歌題林抄』〈下之二。廿一丁表〉には「夕恋／安嘉門院四条／後拾、せめてわかこ丶ろひとつのなくさめにたのめぬくれも猶やまたまし」の一首が採録されてある。なお、『和歌浜のまさご』〈恋上冊〉には「寄夕恋　并寄暮恋・寄夕恋に心ひとし〈中略〉凡、夕ハ人を待時分なれハ多く待恋をよめり〈下略〉」という詠歌心得も見られる。拙蔵板本『和歌拾題抄』〈巻十一、恋部上。二十九丁裏〉に「夕恋　玉　詠めつ丶またばと思ふ雲の色をたが夕暮と君たのむらん　定家／同〈玉葉集ヲサス〉　恋わびて我と詠むる夕暮もくるれバ人のかたミがほなる　同〈定家〉」・「暮恋〈集付ナシ〉　今ハたゞ待れしあとの夕暮の曇るばかりぞ形見也ける　家隆／〈集付ナシ〉　今来んとたゞなをざりの言のはを待とハなくて夕暮の空　宮内卿／〈集付ナシ〉　身にぞしむ人なき床の夕まぐれ涙

の露をはらふ秋風　俊成《ママ》〈俊成卿ノ卿字脱落？〉」の五首が採録されてあるが、この五首とも『水無瀬恋十五首歌合』中の歌である。これを参考にすれば、題の表記は「夕恋・暮恋」と異なるが、その概念は同一と考えてもよく、出典の『水無瀬恋十五首歌合』では、題は「暮恋」と表記されているのである〈新編国歌大観ノ翻刻ニヨル。玉葉集ノ定家歌一八一四番ノ詞書ノ中デモ、暮恋ノ表記デアル〉。「暮」や「晩」の古訓には、「ユフベ（中古・中世・近世）」がある〈角川大字源ニヨル〉。題詞末尾の「といへる心を」の「心」とは、「外的な表現の語句や、形式に対して、表現しようとする歌の発想、趣向、内容、情趣などを云う〈岩波古語辞典〉」という意味の歌論や和歌集での専門用語《テクニカルターム》である。「夕」は、一日の中でも最もさみしく物の思われる時刻、又、恋の上では男女の相逢の時刻とされており、これを歌に含ませることが「夕恋」の題詠での心得であった。「といへる」は作者自身の実際の体験の有無は関係なしに、たとえ実体験を有せずとも、想定によって可能である詠法の場合の表現。

二　摂政太政大臣

藤原良経の官職名で、官職による作者表現。良経履歴は、磐斎は新古今巻頭一番歌で施註。校注では、九三六・一〇八七・一一八六番哥頭注二などで既述。

三　なに故と思ひもいれぬ夕だに待ち出でし物を山の端の月

管見新古今二十六伝本では、第四句が、春日博士蔵二十一代集本では「立イまち」の傍記があるので「立出でしものを」とあったらしい〈朝日新聞社『全書』頭注ニヨル〉。末句は烏丸光栄所伝本では「山の葉の月」の表記〈但シ、光栄書写本ハ、山の端の月（藤村作博士、至文堂テキスト版ニヨル）〉」。他本は同歌形。当歌の出典は、題詞に見える『水無瀬恋十五首歌合』で建仁二年九月十三夜の催行である。その二十八番題「暮恋」に「左勝　左大臣〈＝良経〉なにゆゑと思ひもいれぬ夕だに待出でしものを山のはの月／右　前大僧正〈＝慈円〉いかにせん待つべしとだに思ひよらでくれゆくかたにうち時雨れつつ／左歌、まちいでしものを山のはの月、と侍るを、右歌、まつべしとだに思ひよらずといひて、暮行くかたにといへるもじつづき、これもいみじく侍れど、左の山のはの月、なほたちまさりて侍るにやとて、まさるになり侍りにしなり〈判者ハ、釈阿、当座付勝負追書判詞〉」とある。又、この良経歌は、十日余を経て、九月二十六日に催行の『若宮撰歌合』では、相方《あいかた》が後鳥羽院に代って番《つが》われている。その七番の「暮恋　左右同」に、「左　女房〈＝後鳥羽院〉いかにせんこぬよあまたの袖の露月をのみ待つ夕暮の空／右勝　左大臣〈＝良経〉何ゆゑと思ひもいれぬ夕べだに待ちいでしものを山のはの月、／左右共、雖　無　指　難《（きしたるなんなしといへとも）》、まちいでしゆふべの山のはの月、さしのぼるべきにや〈判者、女房〉」。さらにそれより三日後の九月廿九日『水無瀬桜宮十五番歌合』でも、判者を釈阿に戻して『若宮撰歌合』と同じ相方〈＝後鳥羽院〉で、番われていて、判詞も略同文である。即ちその七番の題「暮恋」に、「左　暮恋　女房　いかにせむこぬ夜あまたの袖の露に《ママ》月をのみまつ夕暮の空／右　題同　左大臣　何ゆゑとおもひも入れぬ夕べだにまち出でしものを山のはの月／左右とも難なしといへども待出でし夕の山のはの月、さしのぼるべきにや侍らん〈判者　釈阿〉」とある。「若宮」と「桜宮」の両歌合は、残されている記録は、略同文と見られるが、「桜宮」の時点では、「俊成は（九月）十四日帰京しており、成立経緯については問題が残る〈中略〉勅判の若宮撰歌合と……同一だが……評語の相違など俊成が追判・改判した痕跡が認められる〈明治書院和歌大辞典有吉保氏解説〉」とされている。ともあれ、この三度の歌合ではすべて良経歌は「勝」判の優れた歌とされているのである。この歌は、建仁二年より三年前の建久九年『後京極殿御自歌合』の廿六番に「左　秋夕　物思はでかかる露やは袖におくながめてけりな秋の夕暮／右　同　何ゆゑと思ひもわかぬたもとかなむなしき空の秋の夕暮」とある右歌の上句が援《エン》用されてあり、又それは後の『万代和歌集』（巻四秋上、九四五番）にも採歌されてあるので、新古今当歌と共に、声価はあったと思われる。勿論この両歌は、『教家本　式部史生秋篠月清集㊦』にある歌である〈注、定家本デハ天理図書館蔵本ハ、コノ新古今当歌ガ欠落シテイルガ、静嘉堂文庫蔵本デハ、脱落シテイナイカラ、両歌ハ、秋篠月清集ノ祖本ニハアッタモノト私ハ思ウ〉。さて、当歌の他出書は多く、「明題和歌全集」・『歌林雑木抄』・「類題六家集」に出ている事は頭注一で述べたが、他には早く『二八要抄』（恋三）に題詞・作者・歌句、すべて新古今と同形で引かれている。又『私玉抄』（巻五。六家之和歌、月清抄十四首中）に歌形同一で引かれ、採録諸書中でも『歌林良材集』（第二、取㆓本歌本説㆒体）の第十二項「字の面にはみえざれども、ていはによりて恋の歌になる事」の文に、「だに」という副助詞を含む当歌の説明がなされている事は有益であろう〈新古今デハ、一一八六番ト当歌、ソレト、千五百番歌合ノ俊成歌、みちのくのあら野のまきの駒だにもとればとられて馴ゆく物を、ヲ例歌トシテ採用〉。編者の一條兼良は「右〈スナハチ今示シタ三首〉、だにの詞にて皆恋の歌になれり」と述べているが、これが「古抄〈＝常縁原撰注＝聞書前抄〉」に引用されているのである。兼良と常縁は同時代人ではあるが、堂上地下の関係から私は常縁が兼良を引用したと考えおく。

次は参考歌であるが、「今こむといひしばかりに長月の有明の月を待ち出てつるかな（古今恋四、六九一番素性法師歌）」が、尾上氏『評釈』・久保田氏『新潮社集成』・同角川文庫・岩波新体系、に指摘されている。この指摘は磐斎の増抄の指摘をうけてのことであろう。 素性歌が参考になるなら、同じく古今集恋五「今こんといひてわかれしあしたよりおもひくらしのねをのみぞなく（七七一番遍昭歌）」も月は詠みこまれていないが一応挙げておきたい。又、岩波新大系は「あしひきの山より出づる月待つと人にはいひて君をこそ待て（拾遺恋三。七八二番人麿歌）」も引いている。 私は「ながむればこぬ人またるわびつつもこよひの月にあかずかもねん（千五百番歌合。千二百一番女房〈後鳥羽院〉）」も挙げてみたい。 これらは歌境が類似するから、当歌理解に役立つ。次に当歌の技巧としては、「思ひも入れぬ」の「入」と「待ち出でし」の「出」が、対語の妙を成している〈新潮社『集成』・岩波新大系ノ指摘〉。 歌意参考、「何故とさして思ひ込みたる事もなかりし夕でも、自ら月の出づる頃までながめはせしものなるに、まして、此の思ひ込みたる恋の此の頃は、ながめをのみして、山の端の月の出づるを見ぬ夜はなしといふことにて、ましてより以下の意は、夕だにの、だにの詞を以て、余情にきかせたるなり。情景双絶、名吟といふべし（塩井氏『詳解』）」・「何故とさして思ひ入りたる事なかりし夕だに、自然月の出るまでながめはせしものを、いはんや心が思ひ入りたる夕は、月の出るまでながめするはことわりなりとなり（標註参考）」。

四　古抄

この古抄は、東常縁原撰注〈新古今聞書前抄〉の施注で幽斎の増補注〈新古今聞書後抄〉ではない。この施注は、採録する諸抄により小異部分多く、又、磐斎引用と比べて、原《もと》の形が省略や添加と言った大異もあるので、寓目がいずれであったのか甚だ判定し難い。諸書での校異を示す。「恋に成侍り」が「置に成侍り（内閣文庫蔵増補本聞書）・恋に侍り（宝永八年板新鈔。成ノ字ナシ）」。「人を待たぬ」が「人のまたぬ（宝永八年板新鈔）」。「夕にも」が「夕だにも（略注）」。「月をば」が「月ハ（大坪本）」。「況んや必ずと頼むる」が「いはんやとたのむる（山崎敏夫氏旧蔵別註〈水甕社前抄。必《かならず》ノ字ヲ脱ス〉）」。「またる、」が「またる、ことは（黒田家本）・またる、事（略注）・またる、ハ（大坪本・山崎氏旧蔵別註）」。「いひたる哥」が「つけたる歌（略注・黒田家本・大坪本・山崎氏旧蔵別註・内閣文庫蔵増補本聞書・無刊記板本聞書・宝永八年板新鈔・八代集抄引用）」。「一字二字にても」が「一字二字にて（略注・黒田家本・大坪本・山崎氏旧蔵別註〈も字ガナイ〉）」。八代集抄引用は「哥はかやうに……心を顕す書おほし」の部分を省略。「千五百番哥合に」が「千五百番歌合にハ（大坪本）・千五百番歌合〈に、ノ字ガ二ツ〉（三六八年板新鈔）」。「引〈歌ノ引用ヲ示ス肩付ノ字〉」が「ナシ」（略注・黒田家本・大坪本・山崎氏旧蔵別註・説林前抄・内閣文庫蔵増補本聞書・私抄）」・引歌の第四句「とれはとられて」が「とくれはとくれて」（私抄）」。なお磐斎引用古抄には欠けているが、施注末部に「これもだにと云字にていひたてたる哥也」の一文がある（略注・大坪本・説林前抄・山崎氏旧蔵別註。〈略注ハ、いひたてたる、ガいひたる〉）

五　だにといふ字ばかりにて恋に成侍り　一条兼良の『歌林良材集』が既に指摘し、常縁はそれを用いたものと私は思う〈頭注三参照〉。「だに」という副助詞は、平安期になると、「すら」の用法とほぼ同様となり、体言または体言相当格の語を承けて、その承ける語から当然予想される事態に相違する事態が下に起ることを示す助詞となる。当歌に即して言えば「夕」は淋しい時分であり、恋人の待たれる時刻であるが、そういう「思入れ」をしない「夕」の場合ですら、ひたすらに恋人を待つ意味が、余情として出てくるので、それで「恋に成侍」るのである。文意「だにという副助詞だけで、この哥は恋の歌になるのです」。

六　人を待たぬ夕にも……道理をつけたる哥なり　上接文の「だに」によって恋歌になるということを説明した文言。文意、「恋人の来訪を待っていない夕暮であっても、心ある人は月の出の趣きある情趣は持《も》っているので、月の出をば期待するものである。ましてや、恋人の来訪を当《あて》にして頼む自分にとっての夕暮は、恋人の来訪と月の出が待たれることは、理の当然であると、自分の立場に引きつけて、詠んだ歌である」。

七　幽玄に侍り　「夕」が、一日の中でも最《もつと》も寂寥を感じ、恋人を思って、物思いにふける時刻である事、それに恋人を思う哀切なる心情と、山の端に浮かび出る夕月の幽邃《ゆうすい》さ、これらを「幽玄に侍り」と言っているのであろう。常縁の「幽玄」の概念を知る文言である。参考「〈微妙〉〈甚深〉などと注され、仏法の深遠でたやすく窺知できないさまをいう…中略…〈やさしく物柔らか〉〈花麗幽玄〉などに見られる優美・上品の意味が基本となり……最高の美ないし境地として定位され……さらに花やかさの度を強め……縹渺とした表現様態をも併せ継いで……〈花香《はなが》〉のある幽玄となり……やがて花を越えて……〈やさし〉さと〈心の艶〉とを自覚することにより〈冷えやせ〉た美ないし境地に到達する……（明治書院『和歌大辞典』、田中裕先生解説）」・「ユウゲン（ユウゲン）　理解し難く、深遠でわかりにくいこと。文書語（日葡辞書）」。

八　哥ハ斯様に一字二字にても……事多し　文意「歌というものは、この様に、即ち、だにというような一字二字を置くだけで、或心情を表現し得る事が多いのである〈今の場合は恋の心情〉」。この施注は既に触れておいたように、一條兼良の『歌林良材集』の「字の面には見えざれども手尓波によりて恋の歌になる事」という記述が基になっている。其処《そこ》には、下接に述べられた、千五百番歌合の俊成歌〈千二百四十四番右歌〉も例歌として示されているのである。

九　千五百番歌合に、…………慣れゆくものを

常縁原撰注〈聞書前抄〉の諸本の中、略注・説林前抄・山崎敏夫氏旧蔵別註・大坪本には、この俊成歌につづけて「これも、だに、と云字にていひたてたる〈略注ハ、いひたる〉哥也」という一文がある。千五百番歌合の俊成歌は、『長秋詠藻』（千五百番歌合之百首）の「恋十五首」中にも見える。文意は「陸奥の国の、人気《ひとけ》から遠い荒れた野の牧〈＝馬域《ウマキ》。官ノ御牧《みまき》ト、諸国ニ存スル私牧トガアル〉で飼育放牧されている、あの馬ですら、捕獲して人にあやつられると、次第に人に馴致《じゅんち》してゆくものだのになあ（それであるのに、あなたはこうして私と逢いながら何故、私に心を許して下さらないのでしょうか）。〔この歌も、だに、という副助詞によって自分の恋心を相手に力説している歌である〕」。当歌の参考他注を挙げておく。「心は〈コノ歌ノ歌意ハ〉、人をもまた《(待)》ざりしゆふ《(夕)》べさへ、月はくる《(暮)》れば山のは《(端)》にまたるゝもの也。まして、人をまつ比《(ころ)》のゆふべの月の、いで《(出)》かねたるつら《(辛)》き心也。月をよすがに〈手ガカリトシテ〉とふ《(訪)》べき人なり（宗長秘歌抄）」・「恋せで何故とおもひもいれぬ夕だに待遠に有し。今こぬ人をまつに、一段あくがるゝ心也（九代抄）」・「何事の故に月をまつとも思入ぬ夕だに、月を待出しものを。いはんや、思ふ人をまつ夕には、猶、山のはの月をまち出したる也。人はこで、月を待ち出したるが、かなしきと也。月をこひのだうぐ《(道具)》にしたる也（九代集抄）」・「恋の心などしらざりし時だに月は待出し也。まして今は〔たゞ〕人を待につけても、月をこそ待出めと也（新古今集之内哥少々）」・「人をまたぬ時さへ月ハ待ニ、幸待んと也〈恋人ヲ待タナイ時デサエ、月ハ待ツタノデアルガ、好運ニモ折良クチヨウド月モ出タノデ、恋人ヲ待トウ、ト詠ンダ歌デアル〉（かな傍注本）」・「待出しとは、此歌にては、わざと月をまちて出たるにはあらず。物をおもひて、ながめをするほどに、月の出たるをいふ。一首の意は、何故とさして思ひいれたる事もなかりしほどだに、おのづから月の出るまで、ながめはせし物を、まして今は、思ひ入たる恋に、あけくれ《(ナシ)》ながめのみして、月の出るを見ぬ夕暮もなしと也（美濃の家づと、尾張の家苞モ略同文〈あけくれノ語ヲ脱シ、ながめをのみ、トアル所ガ小異〉）」。

一〇　素性哥。今来んと……この哥を思へる成べし

頭注三の参考歌の個所で既に触れた通り、現行注釈書の参考歌指摘の基となる施注。古今恋四の六九一番歌。恋人を待つ心と、月を待つ心と、で相通ずる点を磐斎は指摘したのである。素性歌の「月を待つ心」は、初秋の頃より晩秋の終る長月迄の、それも夕刻より有明月の出る明方近くまでの間で、長期間とする事と考える定家説〈月来《ゲサライ》まつ程に、秋もくれ月さへ在明になりぬとぞ、よみ侍けん〉と、顕昭の一夜説〈なが月の夜のながきに在明の月のいづるまでという両説が『顕注密勘抄』にあり〉、契沖は『余材抄』で、「〈前略〉此歌をひと夜のことにはあらず、秋のはじめ比より長月比までかけて待ける心也といふ説はあれど、たゞ今よひとたのめたるひとよのことにして感情あくまで有べし。今案《(いまあんずるに)》此説げにもいはれて覚ゆ〈下略〉」と述べて、一夜説に賛成している。磐斎の施注も、この一夜説に立っての注であって、古今集の素性哥前後の歌が、一夜の月を詠んでいるから、磐斎の持説「撰集の見様《みやう》、後先《あとさき》の並《なら》びを見《み》義をとる事、習ひなり」に従って、一夜説に拠っている事は明白であろう〈『新古今増抄（一）』ノ「覚え書き」九頁参照〉。片桐洋一氏

訳・注『古今和歌集』（創英社刊）に「〈長月の〉〈長い間〉〈月頃〉の意を含ませて解する説もあるが、恋四のこの部分の配列に合わない。長い秋の夜、朝まで男を待ちつくしたと解して十分である。〈すぐに行くよ〉とおっしゃったばかりに、九月の秋の夜長を、一夜とうとう有明けの月が出るまで待ち明したことでありました」。この素性歌は、『百人一首』にも採られている。岡本保孝『百首要解』にも「此歌を一夜の事にあらずためて月日送りゆく事、とミるハわろし。古今集の歌のついで〈配列ノコト〉にてしらる」とあり、一夜説が有力であった。文意「古今集の素性歌、今来ん言ひしばかりに云々、の歌を思って良経の当歌は詠まれたものであろう」。

〔二九〕（一〇七頁）

二　宮内卿

管見新古今二十六伝本の作者名表記は、すべて「宮内卿」である。宮内卿の事略は、磐斎は、四番歌で述べ、三六五番歌でも触れている。

参考、「後鳥羽院宮内卿。右京大夫源師光女（勅撰作者部類）」・「宮内卿。宮内卿。風体義理を存て心を尽し、ちからを入れてやさしくおもしろきさまなり。賀茂臨時の祭をみるに、冬の夜漸くふけて、霰時々うちみだれたるに、月しろくさえて、山あゐの袖みたらし川にうつるほどをみし心地なむする。〈月さゆるみたらし川にかげ見えて氷にすれる山あゐの袖　＝宮内卿歌ヨリ受ケル印象歌〉（続《しよく》歌仙落書）」・「今ノ御所ニハ俊成卿ノ女トキコユル人、宮内卿、此フタリノ女房昔ニモハヂヌ上手ドモナリ。歌ノヨミヤウコソ事ノ外ニカハリテ侍ケレ。人ノカタリ侍シハ俊成卿ノ女ハ、ハレノ歌ヨマムトテハ、先ヅ日比アケテ、ヨク〳〵モロ〳〵ノ集ドモヲ、クリカヘシ〳〵能々ミテ、思フバカリミハテヌレバ、皆トリオキテ火カスカニトモシテ、人トホクオトナクシテゾ案ゼラレケル。宮内卿ハ、初ヨリ終マデ雙子巻物トリコミテ、切燈台ニ火チカ〴〵ト、モシツ、、カツ〴〵カキツケ〳〵ヨルモヒルモオコタラズナム案ジケル。此人ハアマリ歌ヲフカク案テ、病ニナリテヒトタビハシニハヅレシタリキ。父ノ禅門〈＝師光入道〉、何事モ身ノアルヘノ事ニテコソアレ、カクシモ病ニナルマデハイカニ案給ゾトイサメラレケレドモチヰズ。ツヒニイノチモナクテヤミニシハ、ソノツモリ〈＝歌ニ対スル根気ガ積《ツモ》リニツモッテ疲レハテルコト〉ニヤアリケム（無名抄。俊成卿ノ女、宮内卿、両人歌ノヨミ様カハル事）」・「宮内卿が札〈注、宮内卿ノ人丸ニ対スル批評カ?、但シ後人ノ仮托ノ由〉。歌のひじり〈＝人丸〉といへば、名を聞きてもうかがふ道やたえはてさぶらひなん。さらば何とか申し侍らん。さはあれども、かたはしを申さば、力かぎりなくつよくて、鬼神をもとりひしぐべくして、しかすがにやさしからずはあらす。いとさはやかにきよらなるやうこひねがひ侍らはん（水無瀬の玉藻）」・「寂蓮陪る。歌の上手何れの世にかおほきと問せ給ふ……中略……まづおほやけを申さば、主上〈順徳〉太上〈後鳥羽〉斎院〈式子〉。わたくしざまには摂政〈良経〉、座主〈慈円〉、釈阿〈俊成〉、西行、具親、定家、家隆、雅経、有家、俊成女、宮内卿、如レ此名人皆歌のしなをつくしてしり〈歌ノ各階程ヲスベテ知リ尽シ〉歌のさまをきはめて〈歌ノ風体ヲ究極マデ追及シテ〉、よみ得たる人々なり（同上書）」・「宮内卿陪る。汝歌の道を好む事人にこえたり。よくさとりて歌の事、家隆にまなぶべし。かれは末代の人丸なりとなん仰せ事あり。しばらくありて、又後京極〈＝良経〉参りたまふ。今の世に歌の師範となすべき人やあると問せたまふ。家隆と申、末代の人丸こそ侍れ。君が代とて天こそ給ひつらめと申したまふ。天気御こゝろよくうちゑませ給ひて、宮内卿聞きや。朕と良経とは一般なり〈＝同様ノ見解デアル〉。これを聞きてもなほ家隆をかろしむべしとおほせごとあり（同上書）」・「萱斎院、宜秋門院丹後、二条院讃岐、宮内卿、亡父卿女〈＝俊成女〉などぞ、女歌にはすぐれておぼえ侍る。此人々の思入りてよめらん歌をば、有家、雅経、通具、家隆などもよみぬきがたくや（愚秘抄鵜本）」・「一、古歌を取て我歌を読事／立田川もみぢみだれてながるめりわたらは錦中やたえなん／此歌を取て宮内卿がよめる歌／龍田山あらしや嶺によわるらんわたらぬ水もにしき絶けり／此歌は本歌を取たるとも見えたり。又は本歌にすがりたる歌も如レ此よむ、一すがた也。心をだにも新くよめば、詞は長く取たれども、文字一二、又、てにはのかはりつれば、くるしからずと申也（了俊一子伝。大坪注、古歌ハ古今集二八三番読人しらず歌、宮内卿歌ハ新古今集五三〇番。初句ヲ立田川トスル伝本モアル　当該歌ノ増抄校注参看）」・「一、二條家の風体事、〈前略〉新古今比より古体の歌さのみ不レ見也。末代に成て上代に不レ及歟共申べきを、後鳥羽院、土御門院、順徳院御代に、後京極殿〈＝良経〉、慈鎮和尚、定家、家隆、有家、雅経、小侍従、宮内卿、式子内親王、俊成卿女、丹後、為家卿、光俊、信実、秀能、長明、寂蓮等の歌ざまは、高代をも不レ恥と申めり。此人々の歌、すがた心向には、二條家の歌ざま更に不レ似也。此ごとくの風体よかるべきならんには、何しも心をくだき給て、此人々彼風をたて給けるぞや。げにも今二條家の人々、俊成定家にもまさるよみ口におはして、此道を興給ならば、仰て信べけれども、詠歌共を見るにあさまれ侍る也〈下略〉（了後一子伝）」・「歌も連歌も稽古には、初中後をよく意得分《こころえわき》てけいこすると申也。〈中略〉。其人の地歌〈メダタヌ地味ナ歌〉を多見て作者の心地をば知と申也。返々始中終よき歌よまんと思まじき事にて候。よろしき歌のよまれ候事は、上手に至候てもしぜんの事也と宮内卿も申され候歟。（了後一子伝）」・「一、恋のうたは、女房のうたにしみいりて面白がおほきなり。式子内親王の、いきてよも〈注、新古今一三二九番〉、我のみしりて〈注、新古今一〇三五番〉、などのうたは幽玄のうたどもなり〈注、コノ二首、共ニ定家十体ノ幽玄様ニ採用〉。俊成女の、みしおもかげもちぎりしも〈注、新古今一三九〇番。定家十体ノ幽玄様ノ例歌ニ採用〉、宮内卿が、きくやいかにうはのそらなる〈注、新古今当歌。定家十体ノ面白様ノ例歌ニ採用〉などの、骨體（ママ）〈歌学大系所収本。骨髄《コツズイ》ノ誤植？〉にとほりておもしろき歌は、通具、摂政〈＝良経歌〉などもおもひよりがたくやあらん（徹書記物語）」・「家隆は四十已後始めて作者の名を得たり〈中略〉後京極摂政殿〈良経〉は三十七にて薨じ給ひしが、生得の上手にておはしまして、殊勝のものとてあそばしき。八十九十までおはしまさは、いかに重宝ともあそばされんずらんと申し侍りし。宮内卿は廿年より内になくなりしかば、いつのほどに修行も稽古もあるべきぞなれども名誉ありしは、生得の上手にてあるゆゑなり。生得堪能に至りては初発心の時、便成㆓正覚㆒なれば修行を待つ所にあらず。〈後略〉（清巌茶話）」・「紀貫之は一首を廿日に詠ぜしとなり／宮内卿は血を吐しとなり／公任卿はほの〲の歌は三とせ迄案じ給へるとなり／長能は公任卿に歌を難ぜられて死す、うらめしき（ママ）年にもある哉廿日あまり九日といふに春はくれ（ママ）けり、此歌ヲ難ズ／もろこしの潘岳とやらんは、詩を沈思して三十にて白翁となれるといへり／佛法に最上醍醐味といへるは、いかにもねれるこゝろをいふなるべし（心敬私語）。大坪注、参考依拠文献トシテ、貫之↓されば貫之などは歌ひとつを十日二十日などにこそよみけれ〔俊頼髄脳。歌学大系本二一六頁〕貫之は一首を十日廿日に読けるといへり〔八雲御抄㈥第六よくよく思惟すべき事。歌学大系本別三巻四三九頁〕・宮内卿↓前引無名抄参看。但吐血ノ事ハ見エズ。吐血ノ事ハ後引スル『詞林拾葉』ニ見エル・長能↓心うき（ママ）年にもあるかなはつかあまりこゝぬかといふに春の暮（ママ）れぬる。是は…長能がよめる歌なり。大納言（公任ノコト）うちきゝけるまゝに思ひ敢へず春は三十日やはあると許り申されたるを聞きて、長能そのやうをもきゝはてゞやがて出でにけり。さて又の年病をしてかぎりに成りにけりと聞きて、とぶらひに人をつかはしたりければ、よろこびて承りぬ、たゞし、この病はいんじ年の三月尽の歌講ぜさせ給ひしに、春は三十日やは有ると仰せられしに、心うき事かなと承りしに病に成りて、その後いかにも物のくはれ侍らざりしより、身かくまかりなりてはべるなりとぞ申しける。さて又の日うせにけり。大納言殊の外になげきけりとぞ承りし〔俊頼髄脳。歌学大系本二一三頁〕・長能は歌の難をおひて思㈪じに、死㈫けりなどいへり〔八雲御抄第六。歌学大系本別三巻四四五頁〕・潘岳↓晉十有四年　余春秋三十有二、始見二毛〔文選正文巻之三、賦類、秋興賦并序。二毛トハ、頭白有二色也トイウ事デ頭髪ガ白髪マジリナル事。〕各人ニ関スル依拠文献ハ他ニモアルガ、他ハ省略）」・「さればとて苔の下にも急がれずなき名を埋む習ひなければ／此歌は、宮内卿、後鳥羽院のえいりょにかなひたりし頃、定家に密通の名立ちて勅にそむく。局に引き籠りてよみたりし歌なり。是をえいらんありて、感じ給ひてやがて勅免ありしとなり（兼載雑談。大坪注、宗祇編ノ連歌付合集『竹林抄』巻五、恋連歌上ニ、我はなき名を又歎く比／恋死なんとばかりの世に住み侘びてトイウ付合ガ見エル↓岩波新大系竹林抄七二四番。コノ付合ノ古注ノ一ツニ兼載ノ『竹沓《関》』ナル書ガアリ。ソノ六〇八条恋しなんノ施注ニ、さらはとて苔ノ下ともいと《ソカ》ハれすナキ名ヲうつむならひナケレハ　宮内卿、王ニ覚ノヨキ時、定家ユヘ名ノ立たる時ヨマレシナリ。トアル。ナオ、定家撰ノ小倉百人一首ニハ、宮内卿ハ入レラレテイナイノモ、後鳥羽・定家・宮内卿ノ所謂三角関係ノ噂ガササヤカレテイタカラデハナカロウカ、等、下衆ノ勘繰リモ湧イテクル。『竹沓《関》』ハ、金子金治郎氏ノ『連歌師兼載伝考（新版）』一七二頁ニヨレバ、兼載ノ講義ヲ顕天ナル人物ガ聞書シタモノラシイ）」・「風といふ題に嵐は読むべし。嵐と云ふ題に風とは有るまじきなり。雨といふ題に時雨は読むべし。時雨といふ題に雨とは読むべからず。続古今寄㆑雨恋　後鳥羽院宮内卿　色にいでぬ思のみこそときは山わが身時雨はふるかひもなし（聞書全集〈延宝六年板本〉続古今集恋一。一〇〇六番歌）」・「〈詠歌制之詞〉嵐ぞかすむ　宮内卿　逢坂や梢の花を吹くからに嵐ぞかすむ関の杉むら〈耳底記。新古今春下。題ハ関路花を。一二九番歌〉／わたらぬ水も　宮内卿龍田川（ママ）嵐や峯によわるらむ渡らぬ水も錦たえけり〈同上書。新古今秋下。五三〇番歌〉」・「歌は大かたにてはよめぬものなり。宮内卿などは、歌をあんじ、たび〳〵吐血いたされ候。されば吐血の宮内卿といひしとなり。それゆゑに廿ばかりにて早世かと覚え候。しかれども世にいひつたふる秀逸あまたあり。面目なることなり〈詞林拾葉〈享保元年十一月廿一日条〉。吐血ノ事ハ、前引心敬私語ニ見エルガ、長明無名抄ニハ見エズ〉」・「宮内卿が名歌／うすくこき野べの緑の若草にあとまで見ゆる雪のむら消え／この名歌、珍しき五文字なれば読むこと遠慮せよといへり〈大坪注、主有詞《ぬしある》トカ制詞トカ呼バレテ、幽斎聞書ナドニ挙ゲラレテイル詞ノ中ニハ見エナイ〉。この歌新古今集に入れり〈注、春上七六番歌〉。それを見て言ひ出でたるものなるべし。うすくこきといふ初五文字の歌、定家卿家隆卿の歌にもあり〈注、定家歌ハ、冷泉為臣編定家全歌集ノ拾遺愚草員外、三一二六番・三四五三番。薄く濃き紅葉を宿にこきまぜてをのれとまらぬ山おろしかな／薄く濃き四方の紅葉を吹分けて方も定めぬ木枯らしのあと。家隆歌ハ、薄く濃き紅葉流るゝ飛鳥川変る渕瀬は色に見えけり、続国歌大観壬二集一三〇九六番〉。その外の人の歌にもあり〈注、風雅集雑中一六七六番前右衛門督基顕歌ノ薄く濃き山の色かと見る程に空行く雲の影ぞうつろふ／続後拾雑上一〇三〇番大江宗秀歌ノ薄く濃き色にや分きて染めつらむ時雨も露も同じ消を／新続古今八二六番藤原秀茂歌ノ薄く濃き御法の花の色は皆一つ蓮の身とぞなりぬる。ナドガアル〉。同じ時代の人々なれば何れ先といふことを知らず。然れども宮内卿が歌新古今に入りたるを見て、うすくこきの詞のぬしは宮内卿と思ふは、その外の歌を見ざるゆゑなるべし。定家家隆と今の世まで名高く名人といはるゝ人の、宮内卿が珍しく初めて読み出たる五文字を真似て読まるべき事とは思はれず〈下略〉」〈梨本集第一・初五文字に置くべからずといふ詞〉」・「山初花　ふもとよりさけるを見ればよし野山花のしるべは花にぞありける〈注、神方弁子ノ詠草〉／宮内卿の、見わたせば麓ばかりに咲きそめて花も奥あるみ吉野の山、は姿今めきて実は好むべからざる方に候へども、其上品なるかたは、御詠はるかに及ぶべからず候〈桂園遺文。宮内卿歌ハ続古今春上八八番歌〉」・「新古今新勅撰集のうち、たけ高くまたうるはしく姿をかしきうた／〈ソノ中ノ宮内卿歌〉心あるをじまのあまの袂かな月やどれとはぬれぬものから〈新古今三九九番〉／立田川（ママ）嵐や峯によわるらんわたらぬ水も錦たえけり〈新古今五三〇番〉（翠園応答録）」・「宮内卿。大納言師頼孫、右京大夫源師光女〈女三十六人撰(甲)、作者注記〉」・「具平親王―師房―俊房―師頼―師光―具親〈以上、村上源氏ノ系図デアルガ、師光ニハ六人ノ子女ガアリ、宮内卿ハソノ一人。兄ニ俊信ヤ具親ノ勅撰集歌人ガイル〉（尊卑分脈。村上源氏）」・「花さそふひらの山風吹にけり漕行舟のあとみゆるまで、宮内卿後鳥羽院〈女百人一首。大坪云、女ハ、女歌《オンナウタ》デ所謂歌学用語デハ女房歌《にようぼううた》ト呼バレテイル人ノ詠バカリデアル。兼載雑談ニ伝エラレテイルヨウナ噂ノタメカ定家ノ百人一首ニ宮内卿ハ入レラレテイナイガ、ココニ入レラレテ宮内卿モ浮カバレヨウカ〉」・「本歌二句三句不レ替レ置取体／をふの浦にかた枝さしおほひなる梨のなりもならずもねてかたらはん〈古今。一〇九九番伊勢国歌〉／かた枝さすをふのうらなしはつ秋になりもならずも風ぞ身にしむ　宮内卿〈新古今。一八一番歌〉（歌林良材集）」・「本歌の意に贈答する体／龍田河もみぢみだれてながるめりわたらばにしき中や絶なん／たつた山嵐やみねによわるらんわたらぬ水も錦たえけり（歌林良材集。大坪注、前引ノ了俊一子伝ニモ見エタリ）」・「宮内卿　うすくこき野べの緑のわか草にあとまでみゆる雪のむら消／此歌は、八代集一の歌と申（六花集）」・「詠歌制詞／相坂や梢の花をふくからに嵐ぞかすむせきの杉村／宮内卿（和歌部類）」・「上《かみ》のその道を得給へれば、下もをのづから時を知る習《ならひ》にや。男《おとこ》も女も、この御世にあたりて、よき歌よみ多くきこえ侍し中に、宮内卿の君といひしは、村上の帝の御後に、俊房の左の大臣《おとゞ》ときこえし人の御末《すゑ》なれば、はやうは貴《あて》人なれど、官《つかさ》あさくてうち続き、四位ばかりにて失せにし人の子也。まだいと若き齢《よはひ》にて、そこひもなく深き心ばえをのみ詠みしこそ、いとありがたく侍けれ。この千五百番の歌合の時、院の上《うへ》のたまふやう、こたみは、みな世に許《ゆ》りたる古き道の者どもなり。宮内はまだしかるげけれども、けしうはあらずとみゆめればなん。かまへてまろが面《おもて》起こすばかり、よき歌つかうまつれよ、とおほせらるゝに、面うち赤《あか》めて、涙ぐみてさぶらひけるけしき、限りなき好《す》きのほども、あはれにぞ見えける。さゝその御百首の歌、いづれもとり〴〵なる中に／薄く濃き野辺のみどりの若草に跡まで見ゆる雪の村消え

／草の緑の濃き薄き色にて、去年《こぞ》の古《ふる》雪の遅く疾《と》く消《きえ》けるほどを、おしはかりたる心ばへなど、まだしからん人は、いと思ひよりがたくや。この人、年つもるまであらましかば、げにいかばかり、目に見えぬ鬼《おに》神をも動かしなましに、若くて失せにし、いと、いとをしくあたらしくなん〈増鏡。おどろのした〉」。

三　聞くや如何に上の空なる風だにも松に音するならひ有りとハ

管見新古今二十六伝本での校異。末句は、古活字本に「ならひあり共」〈岩波旧大系校異ニヨル〉。又、柳瀬本は「ならひあるとは」。なお、第四句は、従来から、「音ガスル」の意の「音する」と、「訪づる」が掛詞と見られる、という見解多く、そうだとすると仮名遣いが問題になるので諸本の表記をまとめておく。「をとする」は、冷泉家文永本・烏丸光栄所伝本・為氏筆本・前田家本・柳瀬本・公夏筆本・亀山院本の七本。「おとする」は、為相筆本・宗鑑筆本・鷹司本の三本。「音する」は、小宮本・東大国文学研究室本・烏丸光栄書写本・春日博士蔵二十一代集本・親元筆本・高野山伝来本・正保四年板本〈明暦元年本モ〉・刊年板元不明板本・刊年不明文明十八年牡丹花在判本板本・承応三年板本・延宝二年板本〈文化元年補刻本モ〉・正徳三年板本・寛政六年板本・寛政十一年板本の十六本。参考「をとつれ。音信　音《ヲトツレ》　〈假名文字遣。国語学大系所収本一八頁下段〉」・「をとつれ　音信〈仮名遣近道。同上書七三頁下段〉」。「をとづれ　をとづる、共　音信　消息〈蜆縮涼鼓集《ケンシユクリヤウコシフ》。同上書一五六頁〉」・「おとづ・る〔訪〕。〈おと〉は、音の意。……。〈おと〉に、特に音の意を持たせての用法。〈角川古語大辞典〉」。宮内卿歌の「松に音する」の如き用法は、「ゆふされはかとたのいなはをとつれてあしのまろやに秋風そふく〈金葉集秋。一六四番経信。良経筆本歌形ニヨル。国歌大観デハ一八三番〉」にも見出されるが「音つれ」の仮名遣いである。ついでに第二句の「うはの空」の表記につき言えば、前田家本は「うわのそら」のワ行を遣い、冷泉家文永本は「うハ《わ》のそら」とワ行を傍記する。他の二十四本は「うハ・うは」のどちらかで表記。「そら」を仮名書にするのは、為相筆本・宗鑑筆本・烏丸光栄所伝本・為氏筆本の四本で、「空」の漢字表記は残り二十本。「上の空」の意が、「上空・空中」の意か、「不安・不確実・茫漠」の意かで、表記上の「は」と「わ」の使い分けがあったとも考えられない。『日葡辞書』には、「ウワノソラ（上の空）　例（上の空な事を言ふ）とりとめもなく、軽々しく、根拠もなしに物を言う」・「ウワノソラニ（上の空に）　ざっと軽く、無駄なように、例（上の空に物を聞く）物事をざっと軽く、注意を払わないで聞く」とある。以上当歌歌形については、古活字本・柳瀬本以外の二十四本は、仮名遣いを除いては、異歌形は無い。

さて、当歌出典は、一一九八番良経歌と同じの「水無瀬(殿)恋十五首歌合　建仁二年九月十三夜」であるが、引続いての廿六日「若宮撰歌合」や、廿九日の「桜宮十五番歌合」も出典に準じて差支えはなかろう。九月十三夜歌合は、七十一番寄風恋で「左勝　宮内卿　きくやいかにうはの空なる風だにもまつにおとするならひありとは／右　有家　うちなびく草ばにもろき露のまも涙ほしあへぬ袖の秋風／右の秋風えんにも侍るを、左の心詞、始終なほよろしく侍るにや。まさるべきよしに侍るべし〈釈阿　当座付勝負追書判詞〉」。九月廿六日の「若宮撰歌合」は、十四番寄風恋左右同(題)で「左持　宮内卿　聞くやいかにうはの空なる風だにも松に音する習ありとは／右　定家朝臣　白妙の袖の別に露おちて身にしむ色の秋風ぞ吹く／左右ともにことによろしく侍り。左はまつよもなくて、あけなむずるところを、うはの空によそへ、右は袖のわかれにおける露をかこつ。仍いづれも難定〈判者　女房〔後鳥羽院ノ隠名〕〉」。九月廿九日の「桜宮十五番歌合」は、十四番で「左　寄風恋　宮内卿　聞くやいかにうはの空なるかぜだにも松に音するならひ有りとは／右　題同　定家朝臣　白妙の袖のわかれに露おちて身にしむ色の秋風ぞふく／左右ともによろしく侍り。左は待つ夜むなしく明けなむとすることを、空にうれへ、右は袖の別における露を秋風にかこつによりて、いづれもまされるともさだめがたし〈判者　釈阿〉」。「若宮」と「桜宮」とでは、判詞は大同小異であるが判者が異る。これら三つの歌合の判詞は、後鳥羽院判詞に花をもたせての俊成判歟と考えておきたい。

次に当歌の他出は頗る多く、その中には当歌の理解鑑賞に役立つ文言も多いので、それも含めて示しておく。「歌句同形〈定家十体。面白様〉」・「左　女房宮内卿　歌句同形／右　藻壁門院少将　逢事のたえ間がちなるつらさかとおもひしほどのちぎりだになし〈新続三十六人撰。十首組歌合ノ十二番。〈大坪注。新三十六人撰正元二年、内題新続歌仙ニモ〉」・「左　伊勢〈伊勢守継蔭女、敦慶親王妾。中務が母〉　三輪の山いかにまちみんとしふともたづぬる人もあらじとおもへば／右　宮内卿〈大納言師頼孫、右京大夫源師光女〉　歌句同形〈女三十六人撰(甲)。三首組歌合ノ二番。大坪注。新編国歌大観ハ、女房三十六人歌合内題女三十六人撰ノ書名）」・「左　伊勢　おもひ川絶えずながる、水のあわのうたかた人にあはで消めや／右　宮内卿　歌句同形（女房三十六人歌合（乙）。三首組歌合ノ二番）」・「左　伊勢　夢とても人にかたるなしるといへば手枕ならぬ枕だにせず／右　宮内卿、歌句同形（女房三十六人歌合（丙）。三首組歌合ノ二番。大坪注、続女歌仙（戊）ニモ）」・「歌句同形（自讃歌。宮内卿十首ノ中）」・「歌句同形（練玉和歌抄巻八恋下）」・「歌句同形（新百人一首。後鳥羽院宮内卿）」・「歌句同形（私玉抄巻五恋。新古寄風恋・宮内卿）」・「風体義理を存て心を尽し……〈頭注二デ既引ノ故省略。コノ中ニ、宮内卿歌七首アッテ、ソノ一ツガ聞くやいかに歌ガ歌句同形デ引用サレテイル（続《しよく》歌仙落書）〉」・「宮内卿がきくやいかにうはのそらなるなどの骨髄にとほりておもしろき歌（徹書記物語。頭注二デ既引）」・「きくやいかに□うはの空なる□風だにもまつにおとする□ならひありとは／今いにしへを考るに、うたふこゑは音韵の絶ずして。引ク息の長くつゞくをたふとみ、歌の調べは、句々のよく引つゞけるを、めでたしとせしなるに、初五もじより、先打つけにいひきらん事あるべきともおぼえず。〈中略〉初句よりいひ切て、第二句の七言より第三句の五音にうくる時は、五句の運び皆がら顛倒《サカサマ》になれるをや。されば、此初句絶も、上つ代のうたに、ありとあらゆるものゝ中に、一首も見えたる事なし〈下略〉（短歌撰格）」・「宮内卿は廿年《はたちばかり》斗にて死也。後鳥羽御寵愛也。きくやいかにといふ五もじを置かねて、空より天狗がをしへしと也（尊師聞書。注、心月亭孝賀ノ飛鳥井雅章カラノ聞書）」・「〈前略〉初五文字に君臣初釈の差別あり〈中略〉臣の五文字と云は、詮となりてはたらくゆへに、臣の五文字と云。百官の職掌をつとむることし／新古今　きくやいかにうはの空なる風だにも松におとするならひありとは（竹亭和歌読方条目／五文字の事ノ条。一〇四九番歌頭注五番・頭注十一番・補説ナドヲ参看）」・「初五文字は大切の事也。五句をわかち五体に配すれば、頭也。〈以下、一〇四九番歌頭注十一番ニ既引ノ故ニ省略〉（和歌手綱。古典文庫『長嘯子全集第二巻和文集』ニ所収。二五七頁五文字の事。書陵部鷹司本ノ翻刻デアル）」・「〔きくやいかに〕聞やいかに、にくげある詞なり。聞や君などあらば、女の哥に然るべからんと、ある人申き（新古今和歌集、契沖書入本）」・「聞やいかにうはの空なる風だにもまつにを《ママ》とする習ありとは／此発句を、世にめでたき事にいへど、人をことわりにいひつむるやうにて、女の歌にはことにいかにぞやあるなり。きくや君といはゞ、まさらんやと申人侍り／拾遺集に、しるや君しらずはいかにつらからん我かくばかり思ふこゝろを〈大坪注、拾遺集恋二よみ人しらず、七五四番歌〉此初の句のたぐひなるべし／見ずやいかに雪の下なるおもひだにもゆればもゆるふじの烟を〈注、新続古今集恋一権中納言為重、一〇二六番歌〉、これをうらやみてうつされたるなるべし〈大坪注、為重ハ二条家直系最後ノ歌道師範。南北朝期ノ歌人。契沖ノ文脈カラハ、宮内卿ガ為重ノ歌ヲ羨ヤンデ聞くやいかに歌ヲ詠ンダトモ受取レルガ、ソノ逆デ、為重ガ宮内卿ヲ羨ヤンデ詠ジタノ意デアロウ〉（朝日新聞社版契沖全集第八巻所収『河社』。一二四頁下段）」・「げにや人の親の心は闇にあらねども〈大坪注、人の親の心は闇にあらねども子を思ふ道にまどひぬる哉。後撰集一一〇三番兼輔歌〉、子を思ふ道に迷ふとは、今こそ思ひ白雪の、道行き人に言伝てて、行くへをなにと尋ぬらん。聞くやいかに、上の空なる風だにも、松に音する慣らひあり。真葛が原の露の世に、身を恨みてや明け暮れん（元雅作謡曲「隅田川」。岩波旧大系謡曲集（上）三八七頁）」・「それ恋路に迷ひし人は、〈以下、所謂文尽しノ装飾文ガ連続スル〉……蓬生の宿と書きたる文もあり。思ひの種と書きたる文もあり。珍しき初雁がねのを《ママ》とづれの文もあり。上の空にも、聞くやいかにと書きたる文もあり。さゝがにの、いとはかなき文もあり……〈後略〉（御伽草子「小町草紙」。岩波旧大系御伽草子九二頁）」。

以上他出書の紹介。

当歌の技巧は、初句切、それも三字目で切れ五字目で切れ、意味上からは「聞くや」が「いかに」を承けて強調する倒置法。さらに歌全体からも第五句を初句が承ける倒置で、「聞くや」の強調を更に強めているのである。「聞く」とは、施注によく用いられる「理解する・わかる」の義で歌注等で「歌はよく聞えたり」等と使用される語である。この初句切技巧に関しては毀誉《きよ》両評がある事は既引の如くである〈短歌撰格・河社〉。「聞く」は、音を耳に聞く、のは当然と言えば当然で、その当然を、あなたはどのようにお考えなのですか、と詰め寄って強調している点を見落としてはならないだろう。何を理解し承知しているかと詰問する対象は、当《あて》にする事のできない風でさえも、風向次第で松を訪れて枝を鳴らすという事を、で「松に音する習ひ」を「御承知か」と詰問しているのである。新古今一三一〇番良経歌に「いつも聞く物とや人の思ふらん来ぬ夕暮の松《秋》風の声〈六百番歌合恋六。十七番左歌〉」という歌があり、「聞くや・松・風・声〈音ニ通ズ〉」が宮内卿歌と共通し、題も「寄風恋」。〈新古今デモ六百番歌合デモ「松風」ガ「秋風」トナッテイル伝本モ複数アル上、六百番ノ判詞デモ、「松風・秋風」ノ異同ガアル〉。宮内卿が良経歌の影響を受けている事は否《いな》めない。また『六百番歌合』（恋六。十四番右歌）には「寄風恋」題で「伝《つて》にだに訪はぬ君かな吹く風もまつにはことに音する物を」という類似歌がある〈作者ハ藤原家房〉。風が恋心を悩ますという「習ひ」は、『和漢朗詠集』（巻下、風）に「入松易乱　欲悩明君之魂。入松乱レ易シ、明君ガ魂ヲ悩マサムトス」が参考となりはしないか。次に当歌の縁語技巧は「聞く・風・音」。掛詞技巧は「うは」に「上・嚶〈或イハ(譖)・(噡)〉」、「まつ」に「待・松」、「を(お)とする」に「音する・訪(づ)る」が見られる。ところで「うはのそら」の語釈について説が多い。『角川古語大辞典』では名詞の場合は「上空。大空。和歌では浮気な意、当てにならぬ意をかけることが多い」とし、例としてこの宮内卿歌もあげてある。「なる」を形容動詞の語尾としないのである。「なる」は「上の空にある」の約音とみるのである。一方、形容動詞の時は「①浮いた気持で落ち着かないさま。心が、ある事に注がれていて、他の事がおろそかになること。②根拠のないまま。当てにならないこと。いいかげんだ。無責任だ」の意として、浮気な意は含ませていない。が併し、新古今の現行注釈書では「浮気」を含ませるか、含ませないかで論がわかれているのである。「浮気な意を含ませる」と見るのは、塩井氏『詳解』・鴻巣氏『遠鏡』・朝日新聞社『全書』・岩波旧大系・窪田氏『完本評釈』。「浮気な意を含ませず、単なる気まぐれの意」と見るのは、久保田氏『全評釈』である。他に「落ち着かない心（小学館『全集』）」・「あてにならない意（岩波新大系・新潮社『集成』）」・「浮薄の心（尾上氏『評釈』）」等があるが「浮気の意」は含ませていないように思う。そこで当歌意の参考として、塩井氏・久保田氏解を示しておく。「意解。空を吹く浮気な風でも、まつとさへいへば、訪づるゝなりといふ事は、あなたのお聞き及びになってかどうかといふ事にて、結極、待って居るに訪れざる人の浮薄をなじりたる意なり〈下略〉／語解。うはの空なるとは、今日俗にもいふ言にて、うか〳〵と浮きたる心、うはきな心をいふなり。大空を吹く風なれば、かくうはき心のものに取り立てゝ、さて、人の浮薄なるをとがむる言外の情をひびかするの詞とせり（塩井氏『詳解』。傍線大坪）」・「歌意。あなたはお聞きですか、どうですか。上空を吹く、あてにならない風でさえも、待っていれば、松に吹いてきて松風の音を立てるのが世の常であるということを／語釈。〈前略〉うはの空から浮気を連想するのは、飛躍しすぎるか。茫漠として捉えどころがないことから、あてにならない、頼みにならないというまでで、浮薄な多情さとはいささか異なる（久保田氏『全評釈』。傍線大坪）」。久保田氏『全評釈』は「浮気」に相当するのは「あだなり」で『新後撰集』（春下。一二八番実重歌）の「あだなりやうはの空なる春風に誘はれやすきはなの心は」を引いておられる。この歌には「あだなり」と「うはの空」がふくまれており、「浮薄な多情」と「浮気」との相違考察に参考になるが、前引の『角川古語大辞典』の説明と少し噛み合わない。

四　古抄
この「古抄」は常縁の原撰注ではなく、玄旨幽斎の増補注である。但し、幽斎独自注とは云い南く、先行書である兼載の『新古今抜書』（松平文庫蔵）に依拠した節があるので、次に示しておく。「待心を松によせたるなり。心ある風だに松といふ名をしりて、をとづれぬるに、ましてわが思ふ人、これほどにこゝろつくしてまつを、などとはぬぞ、きくやいかにと、かこちたるなり。ことに第一の句、めう也〈大坪注、妙ナリ〉」（簗瀬本）」・「待心を松によせたる也。心なき風だにも松といふ名をしりて、音信《をとづれ》ぬるに、まして我おもふ人、是程に心を尽してまつを、などかとはぬぞ、きくやいかにとかこちたる也。此哥、とり分、第一句別なる〈大坪注、別ハ妙トノ草体ノ類似カラノ誤写カ〉と先達申侍り（松平文庫本。注、後藤重郎博士蔵本ハ、注末ニ更ニ、おもしろき躰に入たり、ト定家十体ノ面白様ノ一首ナルコトヲ施注シテイル）」。次にこの「古抄」の校異を示す。磐斎引用と同文は無刊記板本聞書のみ。他は「待に松を」が「待を松に（説林後抄・内閣文庫本聞書後抄〈に・をノ助詞ガ逆〉）」。「心を尽し」が「心をつくして（八代集季吟引用・学習院大学本注釈〈コレハ八代集抄ノ引用〉）」。「侍るに……様成べし」が宝永八年刊新古今集新鈔では脱落。「などとはぬ」が「などか思はぬ（説林後抄・内閣文庫本聞書後抄）」。「かこつさま」が「かこちさま（私抄）」。「五文字」が「五文字は（説林後抄・内閣文庫本聞書後抄）」。「置たる」が「こひたる（私抄）」。「五文字といへり」が「五文字也（八代集抄引用）」。

五　待に松を寄する事、哥の慣ひなり
文意「人を待つという時の〈待つ〉に、同音の〈松〉を縁語掛詞として用いる事は、哥を読む場合では、古くから習慣になっている」。「寄《よ》せ」は歌論用語としては、縁《ゆかり》のある歌詞、特に縁語を用いた表現をいうが、ここは、それに加えて同音掛詞の意も響かせた施注であろう。『自讃歌常縁注』には「松を待になして読む、心は明らかなるにや」とあり、『自讃歌宗祇注』にも「待の字を松にかよはしたるなり〈通《かよ》はすトハ発音ヤ文字ノ音《オン》ガ通ジアウコトデ、ソノ語ノ意味ガ変換スルコト〉」とある。

六　心無き風だにも……託つ様成べし
文意、「人の心を有しない、つまり人間の如き情趣を持たない、非情の風でさえも、松↓待という同音語を理解するが故であろうか、松籟《しょうらい》という、松の枝を吹き鳴らす風となって、松の木に吹き訪れてくるものであるのに、人間の情趣を持っている筈《はず》の、わが恋しく思うお方は、私が是程《これほど》までに心を尽して待つ焦《こが》れているにもかかわらず、どうして私を訪ねて下さらぬのか、と風にかこつけて歎いている歌である」。

七　聞くや如何にとある五文字……といへり
「五文字」は「いつもじ」と読み、和歌や俳諧での専門用語《テクニカルターム》としては、初句を云う。参考「五文字《いつ》。いつもじといふべし。ごもじといふ人あり、是はわろし（丈石《じょうせき》斎宗順著、俳諧名目《めいもく》抄〈俳文学大系作法編一所収〉）」・「ぬれてほす山ぢのきくのつゆのまにいつかちとせをわれはへにけん／このうたは、ぬれてほすとおけるいつもじのことにめでたく侍に、又山ぢのきくのつゆのまにといへるもありがたくつゞけて侍によりて、すゑのくもなにとなくひかれて、みないみじくきこえ侍なり（古来風体抄〈歌学大系第二巻三六二頁〉）」。は、「後に置きたる歌なり」は、(A)この五文字は、第二句以下が、先に出来上がって、その後に、苦心の上で、後から作って置いた五文字である。(B)この五文字は、第二句以下の意味を先に理解して、その後につづけて置いて解釈すべき、所謂倒置の作り方として理解すべき歌である。(A)(B)両様に考えられる。「面白き五文字」は、他の歌学書に、「初五文字に君臣初釈の差別あり」（前引、竹亭和歌読方条目・尊師聞書、等参看）、とされるもので、その事を「面白き五文字といへり」と述べているのであろう。右の(A)の解釈は『尊師聞書』では、「きくやいかにといふ五もじを置かねて、空より天狗がをしへしと也」等と説かれている。文意「聞くや如何に、と詠まれた初句五文字は、苦心惨憺《さんたん》の末に、後から置いた五文字である。（この歌の理解では倒置の句法として味わうべき五文字である）」。後引する他の施注も参考してほしい。

八　増抄に云く
以下の各文は磐斎の施注で、彼の当歌解釈についての、考え方・主旨・主張を述べて行った文。

九　聞くや如何にとハ、君に言ひ懸けたる也
「言ひ懸け」とは、言いがかりをつける、因縁をつける、と言う事で、絡みついて相手を詰問する意。「聞く」は、単にこちらの発言を聞くだけでなく、当方の言い分がわかっているのか、承知なさっているのか、という語気。文意「初五文字の、聞くや如何に、とは、相手の恋人たる男性に、つよく言いかがりをつけている表現なのだ」。

一〇　慣ひ有りとハ……と也
文意「第五句の、慣ひ有りとハ、の七文字は、初句に返って、（昔から和歌の上では、第二・第三・第四句で詠まれている内容が慣わしとなっている事を御承知なさっているのか、いないのか如何にと、倒置させて詰問している詠法なのだ）」。

一一　上の空とハ……風だにもと也
文意「第二句の、上の空、とは、有情である人間のように、恋人への思いを抱かぬ非情の風でさえも（恋人がマツと聞けば、音を立ててマツの上空を訪づれ吹いて、その枝を鳴らすものだ、という事を詠じているのだ）」。

一二　まつといふ名なれば……と也
文意、「（高空を吹いている風でさえも、下界の）、待つに音の通ずる松であるから、風音を伴いながら訪づれて、松の枝を鳴らす、というのが（昔からの和歌泳法では）習慣となっているのに、というのが第二・第三・第四・第五句の句意であるのだ」。

一三　この慣ひを知らバ……となり
文意「この和歌詠法上の習慣を、もし貴男《あなた》が知っていらっしゃるならば、貴男《あなた》をお待ちする私の家には、当然訪れて下さる筈の事であるのに（どうして訪ねて下さらないのでしょうか、もしやそのような事を御承知でないのではないでしょうね）と怨じている歌なのだ」。

参考、次に新古今の旧注を列示する。

「無心の風なれど、松といふ名あればをとづるゝ也。況、有情の人倫、心をつくしまつ事をもしらずつれなきよし也。松にをとづるゝ風をば、聞やいかにと、おもふ人をおどろかす也。是も後にをく五文字也。此哥五もじを置《おき》かね、清水観音に祈請をなし、をけると也。名哥なるべし（新古今和歌集抄出聞書。人倫ハ、連歌デ、句材ヲ分類スル時ノ用語）」・

「寄風恋。水無瀬恋十五首歌合の哥なり。是も自讃哥にくはし〔牧野文庫本聞書。是も、トハコノ注ノ直前歌注ガ、定家ノ自讃歌あぢきなくつらき嵐の云々ガアッタ故デアル〕」・「風ハ心無し。待といふにて、おとづる、也。かやうのならひある事をしられぬかと也。此五文字いでざるを、清水へ願立時、さる人門の衆ニいかにきくやといひしを聞て、置たるといひつたへたり〔かな傍注本〕」・「待に松をよする事、哥のならひ也。心なき風だにもまつと云名をしりてをとづれぬるに、わが思ふ人の是ほどに心をつくし侍るをなどとはぬと也。かこつさまなるべし〔吉田幸一氏旧蔵註・高松宮本註・高松重季本註。コノ註ハ、聞書後抄ヲ少シ手直シシタルノミ〕」・「玄旨云、〈聞書後抄ノ引用ノ故、省略〉。自讃或抄云、此御歌合の時講師《ツガ》〔定家朝臣〕五文字をよみあげゝれば、番へる人〔有家朝臣〕覚えず、あ《あツ》、と声を出せると申伝へたり。判詞にも有難きさま也と有。歌義同仍略《うたのぎおなじよりてやくす》〔八代集抄。自讃歌或抄トハ孝範注デアル。ソノ全文ハ後引ヲ参看ノコト〕」。なお『八代集抄』の自讃歌云々を省いた『新古今註釈〈学習院大学本〉』があるが省略。又、『新古今和歌集〈後藤重郎博士蔵本〉』も『八代集抄』を引用するが、その中で「野州云〈大坪云、常縁ノコト〉、此五文字、後に置たる五文字也」と、後引する『自讃歌常縁注』の見解を加味したり、或いは、孝範注を、常縁注と錯覚させるような引用を行っている。即ち「玄旨云、待に松をよする事、哥のならひ也。心なき風だに待と云名を知て音信侍るに、思人のかく迄心を尽して待になどとはぬとかこつさま也。是程迄心を尽して待になどとはぬとかこつさま也。野州云、此五文字、後に置たる五文字也。此哥合の時に、講師定家卿五文字を読上たる時、番《ツガ》へる人〔有家也〕覚えずあと声を出せると申侍。判詞にも難有さま也〔後藤博士蔵抄〕」・「〈美濃〉めでたし、下句詞めでたし・聞やいかにとは、云々の〔大坪注、第二・第三・第四句ヲマトメテ云々ノト示シタ語〕ならひ有といふことをば、聞及び玉へりやといふに其風の音を聞ことをもかねたり、うはの空なるは、俗言にいふと同じ意にて、何の心も情もなき風といふことにて、空をふく縁の詞なり、まつに音するは、松の梢に音するを、人待ところには音づるゝことにとれり、〈尾張〉一首の意は、取しめた事のないうわきな風でも、まつとさへいへばおとづるゝならひ也といふ事は、御聞およびかどうでござると也。〈美濃〉契沖云〔大坪注。『河社《かはやしろ》』ノ説。前引シタ〕、此発句、人をことわりにいひつむるやうにて、女の歌には、殊にいかにぞやある也。〈尾張〉人をことはりにいひつむるやうにても、これを聞てはらだつ人はなし。意のせちなるが明分なれば、いかに〳〵と重ねてもいはまほしき所也。〈美濃〉きくや君といへり、まことにいかには少しいひ過して聞ゆる也、〈尾張〉君としてもきこゆれど常の事也。いかにといひてもよろしきに、いかにとぞいはまし〔大坪注、ココノ一文ノ文意把握シ難イ、いかに君ト置イテモ理解ハデキルガ、ソレデハ普通ノ恋デ、激シイ恋情ヲ表現スルニハ、いかに君聞くやヨリモ君聞くやいかにト倒置サセタ方ガヨリ適切デ、字数上君ヲ省イテ表現シタイ所デアル、ノ如キ意歟?。〕いはましハいはまほしノ意歟?。〔美濃尾張両家苞〕」・「何ノ意モ情モナイ〈うハのそらなるノ口訳〉風サヘモ、松ノ梢ニ音ヅル、ソノ如ク待人ノモトニハ音ヅル習ヒアリトハ聞給フヤ、イカニゾ、時々ハ音ヅレタマヘヨ　家つとに、契沖云、此発句、人をことわりにいひつむるやうにて、女の歌に八殊にいかにぞやある也、きくや君といへり、まことにいかにぞやハ少しいひすごして聞ゆる也といへり。初句、聞や君とすれバ、君は聞給ふやといふ意にていかにといひつむことなくおだやか也。初句、結句の下につけて意得べし〔新古今集渚の玉〕」。

その施注も示す次に、当歌は『自讃歌』の一首であるので、「松には風が妻也〈松ト風トハ、夫妻関係ノ如クニ親シク一対ノモノデ、松ガ夫ナラ風ハ妻デアル〉。うはの空なる風の心もなき物〈風ノ如キ非情ノモノ〉まで、松をば妻とて必《かならず》音づる、をば聞給はずや。さてもつれなくおはします物かなと、その人にさしむきていひたる哥也〔頓阿注〕」・「同集〈新古今ヲサス〉恋三、寄風恋を読り。心は明らかなるにや。此五文字をいなして読。心は明らかなるにや。此五文字をいなりの社へ参りける時、空に物の声在ていひけると也。此人〈宮内卿ヲサス〉堪能なる事を都《みやこのよしか》良香と云し人神も感じ給ひけるにや、気霽風新柳髪梳《きはれてはかぜしんりうのかみをくしけづる》〈和漢朗詠集㊤春十三番〉と云詩を作て、対句を案じけるに、よる物の声在て、氷消浪洗旧苔鬚《こほりきえてはなみきうたいのひげをあらふ》〈同上〉と云句を告《つげ》けると云り。菅丞相〈菅原道真ノコト〉の聞知給へり。奇特と申伝たり。此類成べし〈大坪注。良香説話ハ、『十訓抄』第十ノ㈥話ニアリ。又、『江談抄』第四ノ㈡㈩話ヤ『撰集抄』巻八ノ第三話ニモ見エタリ。『梅城録』〔群書類従神祇部所収〕ニハ、浪洗二苔鬚一知二鬼語一。春生二柳眼一悦二皇情一。才高見レ忌古皆是。貝錦萋兮誰織成、ノ説明ニ、聖廟記云。寛平八年初春。大内記都朝臣良香過二羅城門一。見三陌頭楊柳散二麹塵糸一。得レ句曰。気霽風梳二新柳髪一。沈吟久レ之。空中有レ声。続曰。氷消浪洗二旧苔鬚一。良香私喜曰。奇哉。所レ謂神助也。遽謁二菅公一詫曰。良香得二佳対一。要二公品評一。遂挙二前一聯一。菅公笑曰。上句固卿所レ作。如二下句一乃鬼仙語也。拾以為二吾有一。独不レ媿二於心一乎。良香悚然吐レ実。自レ茲人咸知二菅公通一レ神焉。ナドト見エ。『北野天神御縁起』〔続群書類従第三輯(下)所収〕ニモ、其年春〔寛平八年ヲサス〕。都良香通羅城門在。麹塵乱糸柳。家々垣根毎見。春風禍稍《ヲトズレケレバ》在。気霽風梳新柳髪云在。次句案煩在。羅城門上。大伸《シハガレタル》以声。氷消浪洗旧苔鬚付在。良香身毛竪《ヨダチヲソル丶モ》 迹。流石《サスガ》又喜《ウレシク》。急《キ》菅丞《コソ》相参。良香羅城門似詩詞達候。吾物顔氷解句為被申連。菅丞相打咲給。哀人物抗《ホシゲニヲハスル》 御座殿乎。上句良香詞覚。於下句者。鬼神付者哉。殿賢人不御座。有偏頗人座在。無正為被仰者。良香余心憂耻。自貌火出様被思。自其。菅丞相者神通人被知食在。ト同趣旨ノ記事ガ見エル〉(自讃歌常縁注)」・「是は水無瀬殿《との》 恋十五首の歌合に 寄風恋といへる題也。此哥合の御時講師《かうじ》定家朝臣 五《いつ》もじを読《よみあげ》 上られはべるに、有家朝臣 あ《あッ》と 覚《おぼえ》ず声を出《いだ》せると申《まうしつたへ》 伝たり。判詞にも有がたきさまとあり。心をのべ侍らん事愚筆の及 所《およぶところ》にあらず。しかりといへ 共《とも》大旨《おほむね》は、うはの空なる風程か丶はる方もなき物はなけれ共、松に 必《かならず》 音する習あるを、我《われ》丶つに何とて人は音せざるらんと、かやうにかこちやりたる心にや。誠に詞珍しくぞ侍る(孝範注)」・「待の字を松にかよはしたるなり。つれなき人をかこち 出《いだせ》る也。心思ひ入《入れ》て見侍るべきにこそ。ある注に、寄風恋といふ題なり。松は陰、風は陽、男女のかたらひのこ丶ろありと也(宗祇注。大坪云、ある注ハ、宗祇以前ノ注ノ筈デアルガ未詳)」・「水無瀬にて、恋十五首哥合に、寄風恋/うはの空なる風とは、心なきものだにも、まつといふ文字にひかれて、をとづる丶ならひなるに、人の待心をもしらずして過行をなげく也。五もじおもしろし。人をかこちたる心也。此初五文字、神に祈たるなどかたりつたへたり。たしかなる説にあらず(兼載注。既引、新古今抜書抄モ参看ノコト)」・「寄松《ママ》恋 宮内卿/だい《題》にまかせてゐ《詠》いずべし。されども此歌をめいか《名歌》といへるしさい《仔細》あり。たとへばだいをとりておもひつらねていたり《ママ》〈出し?〉けれども、いつもじ《五文字》なかりければ、そらよりきくやいかにとよば丶りてすぎければ、そのときみ《身》をいだき《抱》て此哥をかんじ《感》たり。しかあればめいか《名歌》と申侍るにや(広島大学本注)」・「寄風恋/上の空なる風の、姿は見え侍らねども、松にはをのづから風のあるならひなれば、心なきかぜも松にはをとづれするならひを、かやうのことをば君はしり侍らでこそあるらめ、いはむや人倫として、た《他》のあだなることを、いまは偽と成《なし》てとはぬよと、ふかくうらみ侍る躰《ていのことば》 言なり(書陵部本注)」・「是はあまりにつれなき人を思ひわびてな《いつ》 問やいかに、こ丶ろなき風さへ松にをとする事はあるぞかしと云《いへり》。松といふ字に待之心もあり。寄風恋とあり。さも《然》や(九州大学文学部蔵注)」・「寄風恋の哥なり、空吹《ふく》風だにも松に音するならひあり。まして我まつ人のをとづれもなきは、との心なり。うはの空なるとは、よぶ《呼》こ丶ろなり(九州大学図書館支《くちなし》子文庫本注)」・「此哥ハ待恋《ママ》之題也。初の五文字もとめ《求》かねて、石山の観音にこもり祈して、七日のあかつき、うら《浦》にあまの舟に、きくやいかにと云をとれり(東海大学本注)」・「此五しゆは別の子細なし(太田武夫氏蔵註。〈此五しゆ、トハ宮内卿ノかたへさす・まとろ迄・たつた川・唐にしき・きくやいかにノ五首〉)」。

〔三〇〇〕(一〇八頁)

二 西行法師

管見二十六伝本、すべて「西行法師」の作者名表記。磐斎は七番歌で、簡短に作者につき付注。校注では、八三一番歌頭注二で既述。追加参考「歌合かへしまゐらせおはしませ。勝負とく付けおはしまして、まゐらせおはしまさせ。これをまたせ給て、未に調へめされ候はず御裳濯宮河に急ぎ披露し候べしと、人も待ちいりて候よし、度々申し遣し候。神の御めぐみ疑おぼしめすべからず候。必らず急ぎてしるしおはしまさんずる事にて候。先づ御神の御使として嬉しと思ひ候はゞ、三返見候はぬ人に三度よみておろ〱聞き候……下略……(贈定家卿文)」・「西行上人二見浦に草庵結びて……硯は石の、わざとにはあらず、もとより水入る丶所くぼみたるを被置たり。和歌の文台は、花がたみ、扇やうの物を用ゐき。和歌のことを談ずとても、其隙には、一生幾ばくならず、来世近きにありといふ文を口ずさみにいはれし、哀に貴くおぼえし。……和歌はうるはしく可詠なり。古今集の風体を本としてよむべし。中にも雑の部を常に可見。

……和歌の風体上人年来相談ぜられしを記しおきたるも少々あり……大かた歌は数寄の源也。心のすきてよむべきなり……抑和歌はさきに云ひつる両首〈大坪注、逢坂の関の清水にかげ見えて今や引くらむ望月の駒　貫之／逢坂の関の岩門ふみならし山立ち出づるきり原の駒　高遠。ノ二首ヲサス〉の沙汰にて心得つべし。貫之歌のやうに、させる詞のよせもなく言ひ流すべし。但し、さればとて詞のよせをよむまじきとにはあらず。よからぬさまに寄りこむは詠むべし。……昔上人云、和歌は常に心すむ故に悪念なくて、後世を思ふもその心をす、むるなりといはれし、此事実なり。……連歌はいかなるべきぞと申しかば、歌は直衣、連歌は水汗〈大坪云、汗ハ干ノ誤植？〉ごときの体なり。……又連歌するに一首の歌によみて秀歌にて有りぬべき句出で来たるを、人にほめられむとて言ひ出すをば尾籠の事にするなり。言ひ出すまじきは一首の歌によむべしと侍りき。…下略…（西行上人談抄）」・「俊頼がのちには釈阿西行也。すがた殊にならぬ体也。……西行はおもしろくて、しかも心も殊に深く、ありがたくいできがたきかたも共にあひかねてみゆ。生得の歌人と覚ゆ。おぼろけの人まねびなどすべき歌にあらず。不可説言語の上手也。……釈阿西行などが最上の秀歌は、詞も優にやさしき上、心殊に深くいはれもあるゆゑに、人の口にある歌勝計すべからず（後鳥羽天皇御口伝）」・「中ごろにもすぎ、古にも及ぶべきみちは歌なり。しかあれば、西行が夢にも、何のわざもおとろへゆくに、たゞ此道ばかり末代にたゆべからずと見えたり、といへり。……又たけを高からむゆゑに、文字をあます事このむ人おほし。是も返す〴〵みぐるしき事なり。是は西行などがいひたきまゝにいひたるを、まねびてあしくとりなすなり。……定家の云く、歌の道のあとなき如くなりしを、西行と申す者がよくよみなして、今にその風あるなり、といへり。西行は誠に此道の権者なり。……崇徳院の末つかたより、やう〳〵又歌の事沙汰ありて、久安に百首歌など有りしより、俊成清輔西行法師などいふもの、此道にたへなるが故に、今は又ひろまれるなり。凡なかごろよりこのかたは、此道にたへたる人もすくなし。たゞ経信、近くは西行があとを学ぶべし。そのやうは別の事にあらず。たゞ詞をかざらずして、ふつ〳〵といひたるがき、よきなり。……数ならぬなどいふことは、西行やうに世をそむきて、数ならぬといふはよし。世にあるもの、、あまりにわびしげなるが、数ならぬとよめるは、いたく数ならぬなり。〈下略〉（八雲御抄）」・「続詞《ママ》。右兵衛尉入道西行。〈始円位〉。俗名〈藤《ママ》〉範清。〈左衛門尉康清息〉（和歌色葉）」・「なげ、とて月やはものをおもはするかこちがほなる我なみだかな（百人秀歌・百人一首）」・「西行申す、優をつくし科にあまるは、諸々の歌の大抵なり。然はあれど、いにしへの絶秀にしかあらざるもあり。作巧をつ、み気高く振舞ふは、捨て難き一の術なり。然はあれど、猶絶秀に其様ならぬ多かり。実有りておもく骨有りて強きは、秀歌の大抵なり。しかりとはいへども、代々の名歌是に異なるものおほし。節長をあつくし深玄をあましぬるは、歌の必ず得べき所なり。しかりといへども猶爰にきはまらざるもま、聞え侍る。凡をはなれ俗をこえて外に逍遙するは、名歌みなしかり。中下の秀歌、是を得ざる、又おほし。神ありて妙に、気ありてはたらくは、極絶の境界なり。上品の秀歌といへども、是を得たるは尤稀なり。さらばみな是に限りて要術ときはめいひがたし。姿の振舞、げに〳〵しく、につかはしく、句がらうるはしく、うるほひをうかべぬるや、上は極絶より下は下品の秀歌に至りて、しからずといふことなし。もししからざるときは、いかなる神骨美言ありといへども、よき歌といふべからず。至れるかな、此事よみかたの要術みな是にきはまれりと申す。天気かぎりなく感じおぼしめして、朕もしかはおぼすと、みことのりおはします〈水無瀬の玉藻〉」・「西行上人陪る。今の世に誰か能歌の師とならんと問せ給ふ。兎に角に、俊成入道にて侍らん。歌の実地をふみて教へぬるには、此者世に有りけるぞ此道のたからならん。……今よりのちたれか歌の師ならんと問せ給ふ。定家こそ能父が心腑をまぎれず伝へて世の燈となるべきものにて侍ると申す……西行陪る。公は〈大坪云、西行ヲサス。公ハ貴公ノ略〉両俊とつがひて〈大坪云、両俊トハ俊頼・俊成ナリ〉、俊頼俊成をほむるなるは、かの両人比びぬべしやと問せ給ふ。俊頼は誠に天性の歌よみにて、げに比ぶ人有るべきもなきを、俊成は至りて此道におもひ入すぎ、りて、稽古八十年其功あくまでたけつれば、かの天性がき、たる妙所こそなけれ。その歌なまみあるふしうせ、いろめきたる気たえて、ふるきうつはもの、きずなきが、おのづから物ふかくあつくしてすてがたきが如し。かく功成名遂げたる名作何ぞ、彼天性にならはでは侍るべき。世中よ道こそ無けれ思ひ入る山の奥にも鹿ぞ啼くなる、又やみん片《ママ》野の御野の桜狩花の雪散る春の曙、などよめるたぐひ、天性の口といへども、かくいろづき光りしづみたるは有りがたくこそと申す。朕もさもこそとおもひつれ、とみことのりあり。西行陪る。俊成も頼政に手を置きしとなん。御房はいかゞ思ふと問せ給ふ。其身此道のものにも侍らず。自然として風骨に堪へ侍りけるが、御会のついでなどに、もろ〳〵の好士よみあぐみたることをば、度々抜群のこと仕りて、かれ独の注のやうに人々もおもひなしける名誉のものなりとぞ……西行陪る。御房は頼政をなんほめぬる。かれが心のほどすぐれたる歌有りやと問せ給ふ。かれは武勇すぐれて先祖の名をけがさざるものにこそ。〈特ニ、当書ノ著作者ガ、後鳥羽院や西行ニ託シテノ、頼政歌評ハ見ラレヌガ故ニ省略〉……西行陪る。当代誰か天下に第一の歌よみならんと問せ給ふ。貧道が心には定家こそ無双第一なる歌よみにて侍らめ。………摂政〈良経ヲサス〉は家隆を末代の人丸なりといふなるが、朕もさこそはおもへ。然らばすなはち定家をば赤人とやいはん、いかゞと問せたまふ。家隆は貧道もさこそおもひ候へ。然はあれど、かれを人丸となし、是を赤人となさば、此ものゝためいさゝか不足の思ひせられて、何となく心にかゝりぬる気情の侍るやらん。所詮家隆は顕多顕能の人丸、定家は一極密多の人丸などゝや申し侍らんと申す。……公は定家を誉めて無双といふ。家隆こそ定家を越えたれと人はいふなるは如何にと問せ給ふ。家隆が事は上代に人丸侍りしやうに、今の世に此者ありとこそ院中の御沙汰にも、又世上にも申し侍るとなん。人丸が事は貧道がはかる間にあらず、此者げにさこそ侍りけん。又貧道がはからざるさかひのみ侍るやらん………みことのり有り。其かみ新古今集撰ぜられしに、公、集(見)みにとてみちのくよりのぼり、あふ坂に至りて登蓮法師にあひて、心無き身にも哀はしられけり鴫立沢の秋の夕暮、此歌集に入らざることを聞きて、その集みるまでもなしとて、又あづまに下りけるとなん。此歌

いか計の秀歌といへる事はしらねども、公かに恐れて、いれをはりぬ。何の心ありてしかいひけるやらんと問せ給ふ。西行申す、此歌は即今の景気をすぐに歌となして一言の為作(マヽ)なし。今の世の歌専ら為作(マヽ)にふけりて、ふかく妙処をもとめで、もつぱら此趣のみより至る事を得たり。かくしもあれば此道ひたすら人作の偽りにのみ成り行きて、天成自然の妙処はすくなかるべし。もし時の好士その天成自然の妙処を学び侍らば、此歌は捨て給ふまじきに、すでに捨られず(マヽ)。さらば人作の偽りのみなる歌見ても何かせんとてまかり下りけるなりと申す………〈慈円・定家・雅経・有家ノ西行歌ノ評価ノ文アルモ割愛〉………其後自讃歌めされけるとき、松がねの岩田のきしの夕すゞみ君があれなと思はるゝかな〈大坪注、コノ歌新古今集ニハ不入。玉葉集一九三一番・夫木抄一三七七四番・歌枕名寄八四六一番ニ採入〉。此歌十首〈注、自讃歌各人ノ撰出数〉の数に入れければ、これをふじのけむりの歌〈風ニナビクフジノ煙ノ空ニ消エテ行方モシラヌ我思ヒカナ〉にかへてはいかに、とおほせごとありければ、いさゝかいなぶけしきもなく、さらばとて引きかへけり。なほその無着の心あらはれけり（水無瀬の玉藻(上)。江戸後期ノ書ラシク筆者モ不明。単ナル創作デハアルガ参考ニナルノデ長文ダガ引用シタ。(中)(下)ニモ参考ニナル記事ハ多イガ割愛）」・「百首の歌をすすめける念佛のつとめにさしあひて、西行よまざりければ、何事もおとろへゆく世のすゑまでも、歌ばかりこそかはらぬ情にてあるよしをなむ、熊野の権現、夢の中にしめし給ひたりけるより、いとゞ歌のみ読みつゝ、そのもち月のきさらぎの比、つひに西のむかへにあつかりにき（野守鏡(上)）」・「心をさきとして、詞をほしきまゝにする時、同事をもよみ、先達のよまぬ詞をもはゞかる所なくよめる事は、入道皇太后宮大夫俊成、京極入道中納言〈＝定家〉、西行、慈鎮和尚などまで殊におほし（為兼卿和歌抄）」・「此の人〈＝西行〉のうたの体を申さば、えもいはずさかんなる花のえだなびくほどなるに、春雨うちそゝぎ、まどのかすみうすくたちわたり侍るに、おとなしやかなる卿相の、けふそくによりかゝりて、ひとりながめたるなどゝや申すべき（桐火桶）」・「西行は此道の権者とおぼえ侍る。されば叡慮もさおぼしめされたりげにて、常は柿本再誕かなとのみ仰下されしにこそ。但、西行が体を学ばんと云ふ事は、非器の輩の叶ふまじき也。まね損ぜば平懐にかたはらいたき事侍りぬべきにこそ（愚秘抄鵜本《もと》）」・「西行は毎度縁行道〈大坪云、経文ヤ念仏ヲ唱エナガラ、仏堂ノ縁ヤ長廊下ナドヲ、グルグル回ル修行ノコト〉して、嘯きてよみ習ひけるが故に、先年仙洞にて老若の勝負の御歌侍りし時、当座にて〈座ニ坐ッタママデ〉、各心をつくしてよみあひしに、御敵方たるによりて、西行はやう(早)のあん(案)なる〈大坪云、西行ハ会ノ早クカラ机ノ前ニ坐ッテ居ルノデ〉、外にいだすな、たてこめてよめや、と勅定ありしは、縁行道の事をきこしめし及びける故にや。されば其時はそれ程におぼゆる秀逸なかりし也（愚秘抄鵜末《すえ》）」・「御製のそばに雲客《うんかく》以下の〈注、雲客ハ月卿《げっけい》即チ三位以上ノ公卿ニ対スル語デ、殿上人ノコト。四位五位ト六位ノ蔵人ヲサス〉輩を不レ可レ入。但、西行などやうの者は此道の堪能也。されば御製のそばにも不レ可レ憚之事歟（愚秘抄鵜末）」・「西行上人の云、歌は、是禅定の修行なりといへり〈大坪注、思イヲ静メ、心ヲ明ラカニシテ

真正ノ理ヲ悟ルタメノ修行〉。げにも心を一処に制せずしては、かつてよまれぬなるべし。散乱の心をやむる事、是に過ぐべからず（三五記鷺末《さぎすえ》）」・「西上人などの事は中々申せばことあさし。当道の明鏡なるべし／よられつる野もせの草のかげろひて涼しくくもる夕立の空。津の国の難波の春は夢なれや芦の枯葉に風わたるなり／是等は凡慮のすこしも立ちよりがたき風骨なり。／吉野山やがて出でじと思ふ身を花ちりなばと人やまつらん。山ざとにうき世いとはん友もがなくやしく過ぎし昔かたらん。今ぞしる思ひ出でよと契りしは忘れんとてのなさけなりけり／此姿はまなぶべし（愚見抄）」・「或人語云、西行自歌を番《つがへ》て〔宮川歌合〕定家少年比、判をこひけり。被レ判之後、西行人のもとに遣ける状に、侍従こそ歌判していたして候へ。是もよからむずるげに候ぞと云々／中納言入道慈鎮和尚に進ける状に、我歌の事を書に、西行法師所レ称二日本第一歌人一と云といへども、亡父歌に比するに十分一に不レ及云々（井蛙抄巻六雑談）」・「徳大寺には歌の間《ま》と云所あり。寝殿の西の角の間也。是後徳大寺左府〈＝実定〉、西行に被二対面一ける所なり（井蛙抄。大坪注。徒然草第十段〈家居のつきづきしくノ段〉ノ後半部〈後徳大寺のおとどの寝殿ノ話〉ヤ、古今著聞集巻第十五ノ宿執第廿三ノ四九四話、西行法師後徳大寺左大臣実定中将公衡等の在所を尋ぬる事、ニモ関連アリ）」・「心源上人語云、文学《ママ》上人は西行をにくまれけり。其故は遁世の身とならば、一すぢに仏道修行外不レ可二他事一。数寄をたて、こゝかしこにうそぶきありく條、にくき法師也。いづくにても見あひたらば、かしらを打わるべきよし、つねのあらましにて有けり。

弟子ども、西行は天下の名人也。もしさる事あらば可レ為二珍事一となげきけるに、或時、高尾法華会に西行参りて、花の陰など詠ありきける、弟子共是かまへて上人にしらせじと思ひて、法華会もはて、坊へ帰りたりけるに、庭に物申候はんと云人あり。上人たそとはれたりければ、西行と申ものにて候。法華会結縁のために参りて候。今は日くれ候。一夜此御庵室に候はんとて参て候といひければ、上人うちにて手ぐすねを引て、思ひつる事叶《かなひ》たる体にて、あかり障子をあけてまち出けり。しばしまもりて、是へ入せ給へとて入て対面して、とし比《ごろ》承及候《うたまはりおよびさふらふ》て見参《けんざん》に入度《いりたく》候つるに、御尋悦入《よろこびいり》候よしなど念比《ねんごろ》に物語りして、非時〈注、僧ハ日中《ジッチウ》カラ後夜《ゴヤ》マデハ食事ヲトツテハナラヌ規定デアツタノデ、モシソノ間ニ食事スルコトガアレバ非時食《ヒジジキ》ト称シタ。ココハ、ソレヲイウ〉など饗応して、次朝又時〈注、斎《トキ》ノコトデ、僧ノ食スベキ正シイ時ノ食事ヲイウ。色葉字類抄ニ、一日一度令レ食也、トアル〉などすゝめて被レ帰けり。弟子達手を拳《こぶし》つるに、無為に帰ぬる事悦思ひて、上人はさしも西行に見あひたらば頭うちわらんなど、御あらまし候しに〈カネテカラ願ッテオラレタノニ〉、殊に心閑《こころしずか》に御物語候つる事。日来《ひごろ》仰にはたがひて候と申ければ、あらいふかひなの〈いまサラ言ウテモ理解シ得ナイ〉法師どもや、あれは文学《もんがく》〈文覚〉にうたれんずる物のつらやうか〈ワタクシ即チ文覚ニ撲《ブ》タレルヨウナ面構《ツラガマエ》ノ人物カ〉文学をこそうたんずる者なれと被レ申けると云々（井蛙抄）」・「或人云、千載集の比、西行在二東国一けるが、勅撰有と聞て上洛しける道にて、登蓮にあひにけり。勅撰の事尋けるに、はや披露して御うたも多く入たると云けり。鴫たつ沢の秋の夕暮と云歌、入たりやととひければ、見えざりしとこたへければ、扨は見て要なしとて、それより又東国へ下りけると云々／或聖、西国よりのぼりけるが〈大坪云、新古今三六二番歌デ、磐斎モ引用スル、古抄即チ、常縁原撰注タル聞書前抄ニヨレバ、或聖ハ、祐賢、西国ハ筑紫ニ相当スル〉、住吉に参て通夜して侍りける夢に、御社の前に僧俗男女貴賤参てあつまりたり。ゆゆしき人も多し。猶人を待るゝ体なり。しばらく有て、黒衣僧一人参たるを、御殿のうちへ召入られて後、けだかき御声にて、心なき身にも哀は知《しら》れけり鴫立沢の秋の夕暮、と云歌を講ぜられけると見侍るよし語けるとなん（井蛙抄）」・「折敷裏にて切物三事《きるものみツのこと》／大夫入道殿〈大坪注。俊成ヲサス〉は、執関の余胤として閑窓に道をまなびたる人也。さやうの事とて可レ被二秘蔵一事にあらず。是は蓮阿と中者、西行に随逐して歌の事を聞たる事とて記たる中に〈大坪注、西行上人談抄ヲサス〉、西行が申たる事共也〈大坪注。歌学大系第二巻二九三頁ニ、さかなをば折敷の裏にてきるなり。その中におもてにてきるもの二つあり。それを裏にてきるは首尾あひかなはず。面にてきるものは生海鼠今一つは何ぞよとていはれず、トアルヲサス〉。それは下北面にて、さやうの事を秘蔵しけん、其謂あり。かれをみたる人かける事にや（井蛙抄。㈶桐火桶抄、第九条）」・「千載集のさきほどに経信卿、基俊、俊頼いできて、此道中興せり。いはんや西行上人、俊成卿、定家卿など和歌の大聖人なり。これによりて新古今の一集、文質合兼て、今古のいひふるさぬ心をよみ出でて、淳（古）の風一変するに似たれども……（耕雲口伝）」・「げにも新しく読み候はむ言をば、たゞ言と申候べきやらむ。それも西行上人、俊頼朝臣などの詠歌を見候へば、始めて詠ぜられたるとおぼしき歌詞のみ候歟………又中古の和歌の体あしくなり行き候けるを、西行上人と云人出来して、此道を興たるとも仰て候へば、此風体を恐るべきとは存候べき……（和歌所へ不審條々）」・「中古以来、基俊・俊頼、堀河院百首の人数達、其後又、後京極殿〈＝良経〉・慈鎮和尚・俊成卿・西行上人・定家・寂蓮などは、殊更珍しき姿、目ざめたる一興のかゝりこそ多くよませ給ひて候へば、今も不レ叶までも、学び候はむ事、子細やは候べきと覚候（和歌所へ不審條々）」・「好忠、西行上人、俊頼。頼政卿などの歌こそ更に難レ及事なれ共、浦山敷存也。たゞ見るまゝ心にうかぶまゝをいひあらはして、しかも言のふしくれず、ちゞけず、可レ聞由いかに雖《かなはずといへども》レ不レ叶このましく存　体《ぞんずるてい》也（了俊一子伝）」・「西行は一期行脚にてうたをよみし〈大坪云。一本ニよみしかばトアリ。読みし、或ハ嘉《よみ》し。一期《いちご》ハ、一生、死ヌ迄、ノ意。西行ハ死ヌマデ廻国修行シテ歌ヲ詠ムコトヲ好《ヨ》シトシタノデ〉、縁行道して案じ、あるは北面の戸をほそめにあげて、月の影を見、定家は南面をとりはらひて、真中にゐて、みなみをはるかに見そらして、衣紋たゞしくして案じ給ひき（徹書記物語）」・「本歌にとる事草子には源氏のことはいふに及ばず、古物語とる也……みな歌をも詞をもとる也。堀河院百首の作者の外のも其時の人のうたをばみなとるべき也。西行は鳥羽院の北面にて有りしかば、堀河院の御時代は沢山に有るべき也。依て西行

の歌をば本歌にとるべき也（清巌茶話）」・「定家卿云、和歌の道、中古にかたよりて侍りしを、円位上人〈＝西行〉といふ人出来《いでき》て、此道を興したり。しかれば彼上人の歌どもをこゝろにしめてよくあぢま《ママ》へば〈あぢまふハ、岩波古語辞典や角川古語大辞典ニモ見エナイ。あぢはふノ意歟〉、おのづから納得の期あるべしと也。師説口決也（冷泉家和歌秘々口伝）」・「定家・家隆を〔さへ〕猶歌作と仰給へり。慈鎮・西行をこそ歌よみと仰られしか（心敬私　語《ささめごと》。耳底記ヤ兼載雑談ニモ〕」・「西行上人は非人と身をなせ共賢き世には其名隠《かくれ》ず。〈大坪云、コノ後文ニモ、句末ヲ、其名を照す、トシテ重出セリ〉……西行上人も歌道は偏に禅定修行の道と耳《のみ》申されしと也（心敬私語）」・「慈鎮和尚へ定家卿の被遣たる状に、御詠亡父卿歌人御入候。定家等、以之外《もつてのほか》歌つくりにて、西行称所天下第一の作、是猶以歌作にてと書たる由、阿州〈大坪云、畠山持純《もちずみ》ノコト〉物語あり。其の後常光院〈大坪云、堯孝法印ノコト〉にて、直《ぢか》に此の事聞き侍るなり。秘々也（東野州聞書巻二。ココト類似文ハ、井蛙抄巻六ノ雑談ニモアリ〉）」・「宝徳三年十月十四日常光院光臨有り……京極中納言詞に、歌の道あらぬさまに成りもて行きつるを、西行上人と云ふ人有つて読み直し侍ると云々（東野州聞書巻三）」・「西行上人三十六番づゝ、つがひて、伊勢両宮にての法楽とす〈内宮へハ御裳濯河歌合、外宮へハ宮河歌合、法楽《ほふらく》ハ、神仏ニ、法施トシテ、歌ヤ連歌ナド芸能ヲ手向クルコト〉。自歌を合するなり。是を俊成

卿、定家卿両人の判の詞をこひけるに、宮川のは定家卿判じ給ふ……西行上人見て或人の方へ状に西行上人云〈前引井蛙抄㈥雑談ノ前半部参看ノコト〉、侍従〈＝定家〉こそ歌の判して候へ。是もよからんずるげに候、と書《かき》けり。よくこそ行末をはみけれと俊成卿のことにつきて被レ申し。俊成卿の判に、ことなくて宜しと三ケ所迄此の歌合を判じ給ふ。六百番、千五百番の判の詞の多きにだにも、重説〈大坪云、二度三度ト褒判ヲ下スコト〉はなきを、纔《わずか》に三十六番の内に同じやうに、事なくて宜しと三ケ所まで判じ給ふは、よく〳〵なくて《ママ》宜しき事〈なくてハ、事なくて、ノ脱字デアロウ〉彼の本意なればこそとおしはかられて有難き由、法印〈大坪云、堯孝法印デアロウ〉くれ〳〵申されし（東野州聞書巻三）」・「祖父〈大坪云。東野州コト常縁ノ祖父ハ、東師氏〉は、西行上人の歌を殊に勝　たる由申して、此の集〈西行ノ家集・或ハ新古今西行歌ヲ指ノデアロウ〉を見ける由承る。亡父〈常縁ノ父ハ、東益之デ素明トモ号シタ〉も或人に歌読み習ふべき由を教へて、本〈＝手本〉にすべき歌とてかけるは、おしなべて花の盛りに成りにけり山のはごとにかゝる白雲〈山家集・千載集・御裳濯集等ニ見エル〉。只此の歌を心にうかべて稽古すべき由申しけるとかや。思ひ出づるまゝ染レ筆畢（東野州聞書巻四。詠歌一体ニモ秀歌トシテ見エル）」・「自讃歌の事。西上人此の人数なり。是尤不審。其の故は、此上人建久元年往生あり〔西上人往生合運ニ、建久九年トアリ〕京極中納言の歌には、建久四年の六百番歌、或は又建久二の三体歌を被二書入一。皆《みなもつて》以上人滅後なり。いかでか自讃歌の可レ為二人数一哉之由尋之所に、答申。上

人於二此道一者平懐《へいぐわい》なり〈平懐トハ、歌ノ作リ方ニ趣向ヲコラサズ、発想ヤ用語ガ平凡ナコト〉。去間毎度自讃の歌あり。是を被二聞置一て今御人数たる歟。昔聞き置くことに侍れども、分明ならざる由被レ申畢。招月庵〈＝正徹〉の申さるゝ処も、大略又一同なり。西上人の歌精撰（ママ）と申さる。此の作者の読みやう近世《ちかきよ》には皆読み失ひて、其の沙汰一向なし。可レ秘、可レ秘と有り（東野州聞書巻四。此の作者の読みやう、トハ西行ノ平懐《へいぐわい》ノ詠歌方法ヲ言ウノデアロウ）」・「西行歌に、松にはふまさきの葛散りにけり外山の秋は風すさぶらむ、此の歌は、深山にて外をおもひやりたる歌なり。見るまゝに山風あらく衣引く〈大坪云。新古今九八九番太上天皇歌、即チ羈旅巻軸歌ノ、見ルマヽニ山風アラクシグルメリ都モイマヤ夜寒ナルラム、ヲ引用セントシテ下句ヲ亡失シテ放置シタカ?・〉（兼載雑談。ナヲ新古今五三八番歌頭注十五ヲ参看。後鳥羽院見るまゝにノ自讃歌兼載注モ参考セラレタイ。九八九番歌補説ニ既引セリ）」・「慈鎮・西行などは歌よみ、其の外の人はうた作りなりと、定家の被レ書たる物にあり／樒《しきみ》つむあかのをしきのふちなくば何に霰の玉たまらまし（兼載雑談。既引心敬私語参看）」・「西行歌に、ねがはくは花の下にて春しなむ其の二月《きさらぎ》の望月《もちづき》の頃。かくて、建久元年二月十六日に死す。日たがふといふ人あり。無二相伝一の事なり。望月のころとあれば、十四日十五日十六日十七日の間をいふなり（兼載雑談。コノ前接文ニ、ついたち頃の夕月夜といふは、七日以前の月をばいつもいふべし。源氏にもみえたり。トイウ文ガアリ、併見スベシ）」・「彷彿千声一度飛。此の詩の心は、一度は一声飛びながら鳴きたるも、断腸の心は千声といへり。此の詩に、西行の、なかず（ママ）ともこゝをせにせむのうたを、後鳥羽院あはせ給へり〈大坪云、新古今二一七番。全句きかずともこゝをせにせん郭公山田の原の杉のむらだち。御裳濯河歌合十五番右勝歌デモアル。彷彿千声一度飛ハ、『三体詩』（巻一、七言絶句）ノ「香山館聴子規」（竇常作）ノ結句。「楚塞余春聴漸稀　断猿今夕譲沾衣　雲埋老樹空山裏　彷彿千声一度飛」。幽斎ノ聞書全集ノ本歌可取様之事ニ、横川の彷彿千声一度飛といふ詩をとりて、彷彿一葉飛是一字をかへて一向格別の物となれり、ト見エテイルガ、如何ナル詩歌合カハ未調査〉。此の歌もたゞの所にて千声鳴きたるよりも　爰《ここ》にてなかぬは感のまさるとなり（兼載雑談）」・「くやしやおそく見つる松島／老いぬればおもひし事のかひもなし　心敬／此の句、西行の命なりけりさやの中山の歌の、詞のつゞけやうに似たると云々（兼載雑談）」・「西上人歌に、みよし野のほきぢづた（ママ）ひとは、ほきは山のがけなり（兼載雑談。山家集デハ、よしの山ほきぢづたひにたづね入て花見しはるはひとむかしかも）」・「貫之の歌に、桜ばな咲きにけらしな足曳の山のかひよりみゆるしら雲、と詠じ給ふを、西行が歌に、おしなべて花の盛に成りけり山の端ごとにかゝるしら雲。また家隆卿の詠に、今日見れば雲もさくらに埋れてかすみかねたるみよし野の山。此三首、かの雲と花との似たる所よりおもひよせたるは、おなじき様なれど、其の風情のおもむく所ははるかにかはりて、ともに新しく侍るなり。これらにてその心〈大坪云、趣向ノ求メ方ト、ソレニヨル風情ノ新古ノ分ケ方ヲサス〉を得給ふべきにや／先《まづ》、貫之のうたは、花待つ比の山のかひより雲のおもしろくかゝりたる見付けて、このごろ見なれぬ雲のかゝれるは、扨は桜の咲きぬるよとおもひ得たる心あり。西行が歌は、春の日ののどかなるころ、いづれの山にも白雲のかゝりたるを興じて、此の雲は皆桜にて有るべしとをどしつけて、おしなべて花の盛に成りぬと詠ぜられたり。初の歌〈貫之歌〉は、山の間《かひ》なる雲を見て花の咲きぬるよとしり、これ〈西行歌〉は山の端などの雲をみておしなべて花の盛としれる心、各別なる趣向なり。又家隆の歌のこゝろは満山花なるをみて、昨日まで花か雲かとまがひしを、今日みればそのまがひし雲さへも桜にうづもれて山は皆白妙にみゆれば、かすみもかゝりかねたると、よしのゝ眺望を詠ぜられたるなり。かゝる作意にみならひて詠じ給はゞ、毎座おもしろき趣向いでき侍らんかし（初学一葉）」・「重句之事。〈前略〉歌林良材に毎句重句のとて、いかゞすべきよ（世）にもあらばや世をすてゝあなう（憂）の世やと更におもはむ。西行のなり。かやうの歌はわざと読むはわろし。たまさかには今もよむべしとなり。此等可二勘弁一。／歌のとまりの事。かな留りに三品有レ之。かへるかな・中のかな・ながすかな、是なり。君が代に相坂山の石清水木がくれたりと思ひけるかな。かしこまる袖に涙のかゝるかな又いつかはと思ふ衣に　西行。足曳の遠山鳥のしだりをのなが〱し日もあかぬ色かな。是等にて勘へ知るべし。かなとまりならねども、すべて歌の詠格〈歌ヲ吟詠スル際ノ格調〉にもなる事なり（聞書全集。前半部ノ重句ノ歌林良材云々ハ、歌林良材集巻上、第一出レ詠歌諸体、第九条一首中毎レ句有二重詞一歌ノ個所ニアリ）」・「歌を読行跡之事。歌をよむに行跡第一肝要なり。黄門庭訓抄に、正しくゐて読み習ふべし。立ちながら案じ、うつぶして読むなど身を自由にして読みつけぬれば、晴の時法式違ひたるやうに覚えて、すべて読まれぬ事に候〈中略〉西行は、詞花金葉にて歌の道、陵夷せる〈次第ニオトロエスタレル、或ハ平坦平凡ニナルコト〉、読みなほす程の作者なれども、少し座さわがしくて一つの難とせり（聞書全集）」・「定家云、家隆は歌よみ、我は歌つくりと云々……〈中略〉……西行が歌よみにてこそありつらん、いづれの集にも歌数おほく入れり。歌あはひに〈歌会等デ、中途デノ休ミ時間ヲイウノデアロウ〉ひょんなやうなる事〈トンデモナイ・奇妙ナ・意外ナ、事〉あれども、とかく歌よみと見えたり（耳底記。既引ノ心敬私語や兼載雑談ニ同様記事アリ）」・「撰集抄は、西行のかゝれたるに書きそへたるものなるべし（耳底記）」・「涼しく曇る。西行。よられつる野もせの草のかげろひて涼しく曇る夕立の空（耳底記。詠歌制之詞）」・「為明（タメアキ タメアキラ）卿は獄火の焔上に、敷島の道をわすれず〈大坪注。太平記巻二ノ僧徒六波羅召捕事付為明詠歌事ニ詳シイ。ソノ歌トハ、思ひきや我が敷島の道ならで浮世の事を問はるべしとは。他ニ北條九代記・近来風躰抄・兼載雑談・百千鳥・歌の大意・大日本史列伝巻百七十八ナドニモ見エタル著明歌。〉、平忠度は戦場に同死す。行尊の大峯をわけ、西行が一鉢の修行にも和歌をたづさへずといふことなし（資慶卿消息）」・「或人の詠草に、本歌は後拾遺作者までをとる事に候。西行の歌は本歌に難ㇾ用候（渓雲問答）」・「千載、おしなべて花の盛りになりにけり山のはごとにかゝるしら雲、西行。内府公云〈＝中院通茂〉、つくろはず、やすらかに、すらりとよみたる歌なり。おどしつけて〈高飛車ニ決メツケテ〉詠まれたる所、貫之の、桜花咲きにけらし（ママ）も〈古今集春上五九番〉の歌より劣れり。中にて云ひ切りて下にてことわる体、此作者〈西行ヲサス〉の風なり。俊成判云、左歌うるはしく長高く見ゆ。こともなくうるはし。勝と申すべからむ〈注、御裳濯河歌合三番左歌ニ対スル俊成判詞。似雲ノ詞林拾葉デハおしなべて花の盛り歌ヲ宮河歌合ノ歌ト誤ツテ述べテイル〉（渓雲問答）」・「定家秀逸をえらばれしにも〈大坪注、定家ノ秀逸選ニハ、Ⓐ近代秀歌遺送本・Ⓑ同自筆本・Ⓒ詠歌大概・Ⓓ秀歌大体・Ⓔ百人秀歌・Ⓕ百人一首・Ⓖ八代集秀逸ナドガアル〉道のべの歌〈道ノベニ清水流ル、柳蔭シベシトテコソ立チトマリツレ　西行〉は入り〈注、上記ノ秀歌選ノ中、Ⓒニ入ル〉、尾花波よるの歌は〈鶉《ウヅラ》鳴ク真野《マノ》ノ入江ノ浜風ニ尾花ナミヨル秋ノ夕暮　俊頼〉いらず〈注、Ⓐニ入レラレ、Ⓑニハ入レラレズ。Ⓒニモ入レラレテイナイ。依ツテ、定家秀逸トハ、詠歌大概ニ付属サレテアル秀歌体大略ヲ指ス可能性ガ高イ〉。西行頓阿は手柄なる人なり。金葉詞花の風を西行よみなほし、玉葉風雅の風を頓阿よみなほされたり（詞林拾葉）」・「古歌同じ見やうのやうなれども、年をふるほどあぢはひいでくるものなり。西行歌、風になびくふじのけぶりの歌〈新古今一六一五番。風になびく富士の煙の空にきえてゆくゑも知らぬわが思哉〉、たゞ恋の歌のやうに思ひしが、とくと案じ見れば恋の歌にあらず、西行述懐の歌なり。出家の身にては殊勝なるうたなり。恋の歌にあらざればこそ新古今に雑に入たり。歌の意は、心といふものはしばらくもとゞまらず、風になびくふじのけぶりのごとし。あるひはよろこび、あるひはうれへうらみかこちすれども、色々とうつりかはり念慮もあとはかなくなるものなれば、ふじのけぶりのそらにきゆるやうなり、と観念せられたる歌なり。秀逸言語同断（ママ）なり。ことにそらといふ字もおもしろし〈後略〉（詞林拾葉）」・「和国は和平の気象第一にかなはねば和歌は詠じがたし……西行などは塵（ママ）俗をはなれ切りたる人なれども、しっぽりとした恋のうたなどよくよめり。是はみな和平より詠じ出せるなり（詞林拾葉）」・「三夕のうちにては寂蓮の歌まさりたるよし、夫よりその心にて見るゆゑにや、すぐれたるやうに存ずるなり。なるほど其の通なれども、おもしろきは三夕のうちにて西行なり。西行も凡人とは思はれず。此の歌〈注、何ごとのおはしますか（ママ）はしらねどもたゞたふとくて（ママ）涙こぼるゝ、ヲサスガ、当歌ハ松屋筆記巻八十五ノ廿六話ニ、宗固随筆ノ西行歌トセルヲ引用。謡曲ノ巴ヤ、風俗文選通釈巻十四ノ南紀デハ行教法師ノ作トスル。江戸期ノ作品デハ西行歌トシテ取扱ウモノガ多イ。尾張の家苞デスラ、とめこかし梅盛なる歌ノ施注デ、コノ歌ヲ西行作トシテ取扱ツテイル。作者存疑歌と見テオクベキ歟〉も此の方式などがおもしろしといふもかへつて恐多し。さだめて奥深きことこそなほ有るべけれ。その証拠は津守国助とかおぼえ候。夢中に西行住吉の御社にまうでて拝せらるゝと、御社壇の御戸ひらき、心なきの歌三べん御となへ有りしと思ふと夢さめしよし。しからば神の御心にも叶ひたる秀逸なれば、凡意の及ぶことにあらず。しかれども三夕の内第一おもしろきは西行、ちからありてたくましく、はたらき有りてあつきことは、定家寂蓮はおもしろき所ちからある所を、わざと一向はなれたる歌なれば、中にもすぐれたるともいふべきか（詞林拾葉）」・「新後撰西行の歌、あくがるゝ心はさても山ざくらちりなむ後ぞ《ママ》身にかへるべき〈春下九一番〉、の歌をとはれ候。当分はよき歌なれど、大体のごとくおもひしが、とくとあんじみれば、一向場所凡骨をはなれたるものなり。惣じて西行より以前も以後も歌上手あれども、西行のやうなる風骨一人も見およばず。西行はおもくいでたる歌なし。皆かろく出たるものなり。丸木立《だて》のきれいなるくずや《屑家》のごとし（詞林拾葉）」・「春の夜の夢の浮橋とだえしての歌と、西行おしなべて花の盛になりにけりの歌を、吟じくらべて見るに、両方ともにいづれととりつき所もなく候へども、両首の内、春の夜の夢のうきはしの方、さつぱりと一首きれいにて、一体面白き様に心うつり候。山のはごとにの歌は、一向何となく大きにて、面白げもちよつときゝてはなきやうにて候へども、沈吟いたし候に、えもいはれず面白きやうに是又存じ候。いかゞ。なるほどその通り也。春の夜の夢の浮橋の方は、先一体何とやらきれいにうつくしくきこゆるなり。西行の歌は、山のはごとにかゝる白雲、たれもちよつときゝてはいひさうなる事なれども、古今人の口になし。どこをどうともいはれずよき歌なればこそ、俊成卿判にも、こともなくよろしと申されたり〈注、おしなべて歌ハ、御裳濯河歌合三番左歌、俊成判詞ハ、こともなくうるはし、かつとや申すべき、トアリ〉（詞林拾葉）」・「山里のそともの岡の高き木にそゞろがましき秋の蟬かな〈注、西行歌。山家集ニ出ル〉／……そゞろと申す字は、坐の字をかき候が、なるほど其通りなり。車を停てそゞろに愛す楓林暮《ママ》とあるも坐の字、たゞうか〳〵といふやうなる心なり〈大坪注、『三体詩』ノ七言絶句ノ杜牧

「山行」ノ転句。停車坐愛楓林晩トアリ。素隠ノ『三体詩抄』ニ、心ガナニトナク、ソゾロニ、コノ紅楓ニ移リタルホドニ、車ヲトドメテ、愛賞シタゾ、……中略……坐ニ愛ストハ故ナクシテ之ヲ愛スル義也、ト述べテアル〉……此の歌の秋の蟬かなの秋の字にて見れば、そゞろがましきも大体はきこえ候へども、一首の意とくとさつぱりとはせぬことあり。頓阿とは時代違ふゆゑか、又年うへの様に聞えたり。それゆゑ頓阿の歌はきゝよし〈大坪云、頓阿ノドノ歌カガ示サレテイナイ。強イテ探セバ、享保三年四月十六日ノ條ニアル、鳴く蟬のこゑより外の夏もなし山風そよぐならの下陰、トイウ草庵集夏部ノ山蟬題ノ歌ガアルガ、余リニモ記載個所ガ離レスギル。ソノ歌ヨリモ同ジ夏部ノ八首後ニアル、なく蟬のは山の末の夕日影のこるもすゞし岡のべの松ノ方ガ、始メニ示シテアル西行トノ比較ノ上デハ、適シテイルヨウニ私ハ思ウ〉。西行の歌はどこやら理のつけがたきことあり。とかくよき歌は理外に出でたることなるゆゑなるべし。そゞろがましき蟬のこゑかなとも有るべきことなれども〈大坪注、流布板本タル六家集本山家集デハ秋の蟬かなトアル〉、ちよつと見れば秋かなと《ママ》出《でた》ものの様にきこゆれども〈大坪云、秋かなデハ文意通ジナイ。秋がふと＝秋が突然ニ、ノ誤読?〉、秋にてそゞろがましきと有ることわりなり。夏の時節ならぬにそゞろがましきとのことなるべし。そともの岡の高き木に、といはれし詞なども、うちきゝ不調法なるやうに・《ママ》きこゆべけれども、此様なる所、西行の詞づかひおもしろきと《ママ》なるべきか〈大坪云、ママ、ノ個所伝本ニヨリ、しろうとぎゝには、ガ入ツテイル。おもしろきと、モ伝本

ニヨリ、おもしろきこと、トアル〉（詞林拾葉。享保四年八月二十日条）」・「一、なに顔／かこちがほ・うらみがほ・ぬるゝがほ・知らずがほ、は苦しからずと書けり。然れば、右四つの外にかほと読むは悪しきといふことか。〈注、近来風体ニ、なにがほ／六百番判云、色がほといへる尤不㆓庶幾㆒。又云、うちとけたる詞也。又文永仙洞歌合に、為家卿ありがほといふ歌を難ぜられず、トアリ。又、井蛙抄巻三ノなにがほニモ述べラレテイル〉右苦しからずといふ四つのかほも、歌によりて悪しかるべし。四つの外のかほも歌によりて善かるべし。順徳院の外にも春はありがほの御製は褒美際限なし〈大坪注。続後撰春下一三五番順徳院御製、花鳥のほかにも春の《はイ》有りがほに霞てかゝる山の端の月。／井蛙抄巻三なにがほノ項ニハコノ順徳院歌ニツキ、鶯花之楼閣、錦繍之山川にあらずとも、朧月之景気、煙霞之幽趣、みどころまさり候歟。トイウ評ガアル〉（梨本集。大坪云、西行ニハ何々顔トイウ歌ガ多イ事ハ従来指摘サレテオリ、梨本集デハ、色がほ・とび顔〈飛顔ニ問顔ノ掛詞〉・とも顔・時知り顔・ぬるゝ顔・別れ顔・●我物顔・形見顔・●かこち顔・たのめ顔・●つげ顔・恨み顔・残る色顔・折知顔・宿顔・まさり顔・●心を付顔・答へ顔・あり顔・あるじ顔・さそひ顔・競《きほ》ひ顔・●聞ず顔・ゆるし顔・●みせ顔・知らず顔・知らせ顔・しるべ顔・●知り顔・忍ぶ顔・催し顔・ヲ例歌ト共ニ挙ゲテアル。●印西行〉」・「千載集の頃の人、この三位〈＝俊成〉をしたひ、世ゆすりて正風をまなびければ、後拾遺より此かた、心のたくみを、したゝかにいひふすることもうせて、花実をぐせんことをねがふ人も多かり

き。円位上人〈＝西行〉などは、ことにむかしを思はれつと見ゆる（哆南辨乃異則《たなべのいそ》。富士谷御杖ノ書ナリ）」・「新古今集に、むねとあげられたる其頃の歌人の中には、俊成三位は既に早き時よりおはしたる人にて、其世に独勝れ給ひ、西行法師は塵に染まぬ心の、おのづから人に異なるにや。此二人には其頃のわろき僻ある歌は見え侍らず。此外なる人は、皆僻ある歌なきはなし（贈稲掛大平書。村田春海ノ書ナリ）」・「僧似雲は……世の人、今西行《いまさいぎょう》などいへれ。……たはぶれに、西行に姿ばかりは似たれども心は雪と墨染めの袖。さればこの上人の墓所定かならざるを歎きて、石山の救世菩薩に祈り、その霊夢によりて河内国弘川寺をもとめ得て悦び、そこにて西行塚と言ひならはして、その由は定かならざりしを、石のしるしをたて、はたその寺にありける肖像をもとめ出して、堂を建立し、自らも山中に菴を結びて住めり。春雨亭といふ〈後略〉（歌林一枝）」・「西行上人の富士の歌に、初句風になびくと有りて六言なり。是アイウオの外にて、古代より斯かる字余りの例絶えてみえざれど、名吟なりとて撰集に入れられたる先達の心しらひ、意をとゞめて窺ふべし。おもふに此の歌、意気高大にて幅広く長高《たけ》し。その上三の句も又文字余りにて一首の姿優長なり〈新古今一六一五番。全歌形ハ、風に靡く富士の煙の空に消えて行方も知らぬ我が思ひ哉〉。かれ打合ふべき初句をもとむれども、絶えてふさはしき語なき故に、ことさらに風になびくとおきたるものにて、無頼《ぶらい》によみ出でたる句にあらず。一首の幅広きに打合せむとて、ふりはへて〈コトサラニ、ワザト〉六言に仕立てたる故なり（稲木抄。伴林光平ノ著）」・「西行の歌に、ふるは

たのそばのたづきにゐる鳩の友よぶこゑのすごきゆふぐれ〈注。陽明文庫本山家集九九七番・板本山家集一〇一二番・異本山家集五五三番・甘露寺本西行集五五〇伴・新古今一六七四番。他ニモ多イ〉。とよめるは、木かと聞えたり。くひぜなどのたてるをいふにや。又仙人のぐそくに、をの・たづきと云物あり。これは別の物なり。そばのたづきをばたよりかと心えむにも、たがはずもやあるべき（色葉和難集巻四、たづき）」・「詞花、西行如レ此（八雲御抄巻二、大坪云《ママ》、如レ此トハ、詞花集三七一番読人不知歌 身を捨つる人はまことに捨つるかは捨てぬ人こそ捨つるなりけれガ、西行法師家集〈異本山家集・西行上人集〉五三四番ニ、世《ママ》をすつる、ト一字変ッテハイルガ、見ラレルコトカラ、西行歌ヲ指スモノトセラレ、位階ノ低イ者ヤ勅勘者ガ勅撰入集デハ実名ガ示サレズ読人不知ノ作者名テ記サレタコトヲ云ウ。千載集デハ勅勘ヲ蒙ッタ平忠度・経盛・経正・行盛ガ読人不知トサレタ）」・「西行が夢にも、何のわざもおとろへゆくに、たゞこの道〈歌道ヲサス〉ばかり、末代にたゆべからずと見えたりといへり〈大坪注、新古今一八四四番西行歌ノ詞書ト歌本文ニ基ヅク記述デアル。詞書中ニ、ゆめになに事もおとろへゆけどこのみちこそよすゑにかはらぬ物はあれなほこの歌よむべしよし云々、トアリ、歌ハ　末の世も此の情のみかはらずとみし夢なくばよそにきかまし、トアル〉（八雲御抄巻六）」・「たけをたかゝらんゆゑに、文字をあます事好む人おほし。これも返々見ぐるしき事也。これは西行などがいひたきまゝにいひたるを、まねびてあしくとりなす也（八雲御抄巻六）」・「定家云、歌の道はあとなきごとくなりしを、西行と申物がよく読なして、今にその風ある也、といへ

り。誠に西行はこの道の権者也〈権者《ごんじゃ》トハ、仏ガ衆生救済ノタメニ、コノ世ニ、仮ノ姿デ現ワレタ者ヲイウ。権化《ごんげ》・権現《ごんげん》・化人《けにん》・化身《けしん》ト同意〉（八雲御抄巻六）」・「俊成清輔西行などいふ物、此道にたへなるがゆゑに、今は又ひろまれる也。凡中比よりこのかたは、此みちにたへたる人もすくなし。たゞ経信、ちかくは西行が跡をまなぶべし。其様は別の事にあらず。たゞ詞をかざらずして、ふつ〳〵といひたるがきゝよき也（八雲御抄巻六。〈ふつ〳〵トハ、物ヲ力強ク切断スル形容〉）」・「かずならずなどいふ事は、西行やうに世をそむきて、数ならぬといへるはよし。世にあるもの、あまりにわびしげなるが、かずならぬとよめるは、いたくかずならぬ也。すこし人がましき人の前のつかさなどにて読みたるはよし〈注、ドウヤラ一人前ラシイ人物ガ、以前ノ官職ノ立場デ言ウ場合ハヨイ〉。時ならぬなどいへるもおなじ事也。これらはせんずる所くるしからぬ事なれど、せめての事〈コレ位ハ心得テオクベキ事〉をいふ也（八雲御抄巻六）」・「〈さや《よ》のなかやま〉／佐夜中山は遠江国にあり……土民是はさよの中山となん申《まうす》と申《まうせ》しかば、其《その》定《ちやう》に〈師仲卿ガ〉よまれたりしを聞て、五條三品入道〈俊成ヲサス〉よまれてのち、人々あまたさよの中山とよまれて侍り。又源三位頼政入道は、父仲正が下総守にて下れりける時に、土民さやの長山と申と云に、西行も其定にて下詞をば長とぞ申ける（顕注密勘抄古今五九四番歌注）」・「西行法師　散位泰《ママ》清子（志香須賀文庫本小倉百人一首作者注記。大坪云、小倉百人一首ノ作者ニツイテハ、天智天皇・柿本人麿・猿丸大夫・中納言家持・文屋康秀・中納言兼

輔・大中臣能宣・赤染衛門ノ各歌作者ハ吟味ヲ要スルトサレテイル）」・「一首中毎レ句有二重詞一歌／いかゞすべき世に《ママ》もあらばや《ママ》世をもすてゝあなうの世やと更に思はん　西行／右、か様の歌は、わざと読れど、たまさかに今よむべき也（歌林良材集。該歌ハ、新古今一八三〇番。歌形ハ、いかゞすべきよにあらばやはよをもすてゝあなうのよやとさらにおもはん、ト小異スル）」・「本歌の意に贈答する体／君がうゑし一村すゝき虫の音のしげき野べとも成にける哉〈古今集八五三番御春有《みはるのあり》助《すけ》〉／しげき野をいく一むらに分なしてさらに昔を忍びかへさん〈新古今一六七六番西行歌〉（歌林良材集）」・「鹿の夢合の事／夜をのこすね覚にきけば哀なり夢野の鹿もかくや鳴らん　西行〈注、山家集ニアリ〉／右、津の国風土記云、むかし一人有て、菟我《とが》に行て野中にやどる。時に二つの鹿有て片はらにふせり。鶏明に至りて、牡鹿牝鹿にかたりていはく、われ今夜の夢にわが背中にすゝき生たり、忽に霜《ママ》ふりてわが身をおほふ。時にすゝき枯たり。是何のしるしならん。牝鹿こたへていはく、汝の出ゆかん時、武士のために射ころされて死らん。即身に塩をぬらるべしと。やどれる人きゝて、心の内に是をあやしむ。いまだ明ぼのに不レ及して、猟人いたりて牡鹿を射てころしつ。時の人諺にいはく、鳴鹿も夢合のまに〳〵。日本紀にも此のことしるせり。仁徳天皇三十八年秋七月晦の夜の事と見えたり。それより菟我野《とがの》をば夢野とも名付けたり〈大坪注、当話ノ原話ハ、摂津風土記逸文ニ見エル。旧岩波大系風土記所収〉（続歌林良材集）」・「からす羽にかける文の事／烏羽にかく玉札《たまづき》のこゝちしてかりなきわたる夕やみの空　西行〈注、山家集・神拾遺集ニ見エル〉（続歌林良材集）」・「郭公不如帰去となく事、付死出の田長／……前略……。亦鶯のす《巣》よりほとゝぎすの生るゝよしは、万葉の歌を以て歌林良材集に注せられ侍り〈大坪注、歌林良材集第五ノ有由緒歌ノ、鶯卵《かひこ》の仲の郭公ニ見エタリ〉。……うぐひすの巣にもかぎらず、いづれの巣にも子をうむにや／鶯のふるすより立ほとぎすあゐよりもこき声の色哉　西行〈注、聞書集・異本山家集・御裳濯河歌合十五番左歌、ナドニ見エル〉（続歌林良材集）」・「筑摩《ちくま》川春《はねゆく》行水はすみにけり消て幾日《いくか》のみねのしら雪〈注、風雅集三六番順徳院〉／筑摩川は信濃にあり。此歌は古歌に／鎌倉の御輿が嵩に雪消てみなのせ川の水まさる也〈注、堀川百首・詞林采葉抄第五・風俗文選巻二ナドニ見エル源顕仲ノ歌〉と云歌をとりて／西行法師が、ふりつみし高根のみ雪とけにけり清瀧川の水のしらなみ〈注、異本山家集・新古今集ナドニ見エタリ〉と読たるがごとくに、此御歌はとらせ給へる也。されば勝劣をも故人とり〳〵に申あへり（六花集）」・「西行　鶯の古巣よりたつ時鳥藍よりもこきこゑのいろかな／是は藍よりいでゝ、藍よりも青しと云心也（六花集。前引続歌林良材集を参看）」・「よられつる野もせの草のかげそ《ママ》ひて涼しく曇夕立の空　西行（和歌部類。詠歌制詞）」・「風わたる芦のかれ葉にとだゆ也難波の春の夢のうきはし／西行が名歌をさながらとりて、夢のうき橋を、芦のかれ葉にかくる事おもしろくあらんとの心、かへりてみぐるしく侍らん。異風のかぎりなるにや（和歌部類。該歌ハ、未来記(冬)ノ歌。未来記ノ各歌ヲ批判シ、難ジタ注デ構成サレテイル）」・「結句を体にて留ながら、四句をさりてはたらきをきかせたる格〈第五句ヲ体言デ止メナガラ、第四句ヲ、上ノ句カラ切リハナシテ歌意ノ活動効果ニ手ゴタエヲ持タセル格調ノ歌トシテ〉／長明　袖にしも月かゝれとは契おかずなみだは知るやうつの山ごえ／西行　年たけてまたこゆべしとおもひきやいのちなりけりさ夜の中山／此格新古今にあまたありて、四句をしるや・なりけりなどいひきり、さて体言をそへて、そのすじをことわれる〈歌ノ脈略ヲ説明スル〉、いみじくをかし。これらはいまもならひよむべし。されど、三句、契おかず・おもひきや、などにてきれたるによりて、すこし、くちをしきこゝちす（歌体緊要考(下)）」・「歌に五字七字の句を、ひともぢ余して、六字八字によむ事ある、これ必《かならず》、なか《中》らに右の阿伊宇於《アイウオ》の音のある句に限れる事也〈細注省略〉。古今集より金葉・詞花集などまでは、此格にはづれたる歌は見えず。自然の事なるゆゑなり。〈細注、万葉以往の歌もよく見れば此格也。千載・新古今の頃よりして、此格のみだれたる歌、をり〳〵見ゆ。西行などことにこれを犯せる歌多し〉（歌体緊要考(下)）」・「〈細注、西行などこれを犯せる哥おほしとあるにつきて、後撰にすらありとて、あまたが中の一を証して、此説を破らむとするも、此彼あンめり。正と変との差別を知らざる人には、事の條理のさとし難き、此一つをもて知らるゝ也。新古今に出たる西行の歌に、をぐら山ふもとの里に木の葉ちりてこずゑにはるゝ月をみるかな、などの三ノ句を唱へ試みても、そのわるかるほどは知らるべきなり。ゆめ〳〵犯すまじき格なるぞとよ〉（歌体緊要考(下)）」。

三　人ハ来で風の気色も更けぬるに哀れに雁の音信て行く

管見新古今二十六伝本では、第二句の「気色も」の部分が「けしきは」とある伝本に、御室本と慶祐書写本があり〈岩波旧大系校異ニヨル〉、柳瀬本でも「けしきも《は》」とも字をは字に朱訂している。第三句「更けぬるに」も御室本は「更ぬるを」となっている〈岩波旧大系校異ニヨル〉。他伝本では歌句の異同はない。当歌は、『御裳濯河歌合』廿七番左歌で、次の如くである。「左。人はこで風のけしきは深《(ママ)》けぬるに哀にかりの音信れて行く／右　勝。物思へどかからぬ人もあるものをあはれなりける身の契かな／左も心ありてをかしくは聞ゆ。右歌猶よろし、勝《(まさる)》と申すべし〈判者、俊成卿〉」（中央大学図書館蔵飛鳥井雅綱筆本。内閣文庫本は、左歌第二句、風のけしきも）。他出は、『定家十体』の「面白様」に「人はこで風のけしきはふけぬるにあはれに雁の音づれてゆく　西行」（橋本進吉博士蔵歌学大系本）・「人はこで風のけしきのふけぬるにあはれにかりのおとづれて行く」（書陵部蔵定家物語ニ合綴本）・「人はとはで風のけしきもふけぬるにあはれに雁の音信てゆく」（図書寮桂宮旧蔵御本ノ貼紙補歌）。『三五記鷺本』（第六面白体ノ中ノ景曲体）に「人はこで風のけしきもふけぬるに哀れに鴈のおとづれてゆく」。『私玉抄』（巻五恋ノ六家之和歌ノ山家抄）に「人はこで風の気色も更ぬるに哀に雁の音信て行」。『文明本　西行物語』にも「人はこで風のけしきもふけぬるにあはれにかりのおとづれてゆく」。更に『正応二年卅番歌合』（九番判詞）に引かれている。即ち「左勝　永福門院内侍　はるばると雲井に遠く鳴く雁の声きく夕ひとり悲しき／右　家親朝臣　聞くからに哀もまさる夕暮をおもひはしるや過ぐる雁がね／右の歌は、人はこで秋の気色もふけぬるに哀にかりの音づれて行く、と西上人のよめる類にや、愁を雁にかこつ体、尤あはれなれど、左の歌は、彼猿丸大夫が、奥山に紅葉ふみ分けなく鹿の声きく時ぞ秋はかなしき、と侍る体をよく取りなされて侍る、奥山の鹿の声に、今の雲井の雁の声も、おとるまじき歌のさまなれば、尤左の勝になん」とあるのがそれである〈大坪云、コノ歌合ハ正応二年ノ催行トアルガ、作者ノ官位カラ正安二年カラ嘉元元年ノ間ノ成立ト云ワレテオリ、判者ハ京極為兼カト推定スル説ガアル。群書類従所収〉。

当歌の技巧は、初句と末句の対照で、待人は来ないで雁が来た〈音信〉と対置の妙がある。待人不来の哀恨と、風に伴われて飛来して哀れを誘う雁の音信《おとづれ》、風音と雁の鳴声《なきごえ》の哀切が、対照を貫いていて技巧は見事。第二句の「風の気色」も院政期から使用が目立ち始め、西行には「秋立つと人は告げねど知られけり深《み》山の裾の風の気色に〈山家集秋、山居初秋〉」もある。「けしき」と「けはひ」は、類義語であるが、「けはひ」が雰囲気で感じられるが、見えたり聞こえたりはせず、「けしき」が、慥かに見え、聞えた時の用語である点に違いがある。「風の気色」は耳に聞こえ、肌に感じるそれである。それを第三句で「更けぬる」と表現したのであるが、具体的に言えば風音が夜更《よふけ》と共に高くなり、肌にも寒く感ぜられるのを言うものである。「音信て行く」は、雁の鳴声が連続して聞こえながら遠ざかる様《さま》である。「風と共に去りぬ」である。雁は素通りはしていないのである。来訪を知らせながら立寄らず去るのであって、そこに哀恨の切なさがにじみ出ているのである。表現の裏面には、漢書蘇武伝の面影がある。

次に、初句の表記であるが、管見二十六伝本では、江戸期の板本の十本・為相筆本・公夏筆本・小宮本・鷹司本・為氏筆本・烏丸光栄所伝本・柳瀬本・東大国文学研究室本・冷泉家文永本・親元筆本・前田家本・亀山院本が「人はこて」。他本「人は来《こ》で」と翻字されているが原態推定が困難。が「人は来《き》て」と訓めば当歌の哀切感が消えるので論外となろう。「来《こ》で」の「で」は、接続助詞で、活用語の未然形を承《う》けて打消の意を表わし下の語句と接続させ、連用形に相当する役割を荷《に》なう。ここでは「来《く》」の未然形の「来《こ》」を承けて下の「更けぬる」に接続する。第四句の「哀れに」は形容動詞「哀れなり」の連用形で「音信て行く」を修飾する。末句の「行く」は、離れ去るという意の動詞と、状態や度合が続いて次第に増大してゆく意を表わす接続語の如き役割が融合した語であろう。当歌意参考、「待つ人は訪れず、吹く風のけは《(ママ)》いも夜の更けたのを知らせる折節《(ママ)》、あわれにも雁が訪れて鳴き過ぎてゆくよ／〈をとづれハ〉音を立てる意と訪れる意とを兼ねる〈岩波新大系〉」。

当歌は、仏門に帰している西行詠であるから、恋部配属歌とは言え、彼自身の恋でなく、いわば女性の身に立っての恋歌とみられるので、石田氏『全註解』・久保田氏『全評釈』・小学館『全集』・尾上氏『評釈』は、その旨の明言がある。『三五記鷺本』ではこの西行歌を「面白体」とし、更に分類した「景曲体」の例として挙げている。「景曲」とは「面《おもて》は見様〈見タトオリニ詠ム、叙景歌、景気歌〉を先として、底に面白体を兼ねたらむ歌を景曲とは申すべきにこそ（愚秘抄）」の意であるが、要は、景色を詠みながら、その中に曲《きよく》〈一捻リシタ面白サ〉を含んだもので、西行当歌は、「風の気色も更けゆく」景の中に、雁の声が待つ人の代りとして「音信て行く」という「曲」が含まれているので、例歌とされているのであって、女の身に立っての詠が、曲の一面でもあるのであろう。

西行のこの名吟には、多くの鑑賞もあるので、それらを次に示しておく。「人を待ちながめての秋の深夜の、愁情限りなき様なり。……一首実に優美に悲哀に余韻限りなく、風情いふばかりなく、誠に愛読おく能はざる歌なりや。此の恋歌中の秀れたる一つに数ふべし（塩井氏『詳解』）」・「技巧を用ひないのに、真実味が含まれて居る。〈風のけしきも更けぬる〉に、夜の更け、風の《ママ》悲しむ状態が含まれて新しい（尾上氏『評釈』。大坪云、風のハ寧《ムシ》ロ風にトアッテホシイ）」・「人が来ない、その上に風のけしきも更け、更にその上に雁が鳴くと三段に強まっているのではなく、人は来ないままで夜が更けたのに、その上に雁が鳴くと二段になっている。しかし、やはり是でもか是でもかといった嫌いは免れない（石田氏『全註解』。大坪云、石田氏ハ、当歌ハ、西行ガ時間経過ニツレテ、段階的ニ感ジタ悲哀トシテ捉エラレタヨウデアルガ、哀雁ガ訪レタ時点デ、一時ニコミ上ゲテキタ悲哀感ヲ詠ジタトモ考エラレルノデハナカロウカ）」・「いはゆる待恋の心である。いつてゐる所は、秋の夜、待つ人の来ないことを、周囲の自然の方《ほう》を主としていつてゐるものである。いつている事は、待つ人が来ないわびしさであるが、心としては単なるわびしさではなく、謂はゆるあはれさである……あはれの重なつてゆく状態をいっているのである。……恋を単なる享楽と見ず、あはれを通しての享楽と見、さうした恋だけが価値あるものと見た、当時の心を余情としたものである……（窪田空穂『西行法師』〈歴代歌人研究叢書〉）」・「これは女の詠ふ歌である。風の様子に夜の更けてゆくを知り、折柄哀れなる声になきゆく雁のおとづれを聞き、来ぬ人の恨めしくはた恋しき情を述べたのである（尾山篤二郎氏『西行法師名歌評釈』）」・「〈あはれに雁のおとづれてゆく〉この語により、已《ステ》に、西行は、覚醒の萌芽に到着したことが、わかる。景物のあはれは、人情冷熱の煩雑を超えて、始めて直感せらる、ものである。彼の眼、漸く景物に向はむとするの徴候がある（尾崎久弥氏『類聚西行上人家集新釈』）」・「更らに心の幽玄なるものを求むれば〈人はこで……〉、三更の秋天、澄んで夜寂々、帰雁の悲鳴、愁腸を破るが如きは、何等の悲調ぞ、況んや柴門、人の叩くなく、独坐孤燈に対するに於てをや……（中龍児氏『詩人西行』〈明治廿九年、民友社〉）」・「待恋は普通は女の境涯のものだが、稀には男が待つ場合もある。読んで字の如き歌で、且ついささか道具立が目につく（筑摩書房古典日本文学全集『実朝集西行集良寛集』。西行集ハ川田順氏担当。川田氏ハ当歌ヲ、男性西行ノ恋歌ト明白ニ考エラレテイテ、評価モ高クナイ）」・「訪ねて来るはずの恋人が来ず、夜も更け、秋風の音も更けた気《ママ》配を感じさせる空を、雁が鳴いてゆくという一つの情景が形象化されている……自然の相が大きく扱われ、恋の歌としてではなくも受け取られる程に、恋人を待つ心が婉曲に、微かに表現されているのである。この歌の場合では、恋人を待つ心理と、秋の夜更けの自然とが融合していて、そのために余情に託された恋愛心理の機微を表現する効果を収めている……晩年の西行の歌境ということができる（窪田章一郎氏『西行の研究』）」・「男の訪れを待つ女の心で詠んだ歌。しばしば、風の音は一瞬人の訪れかと錯覚させ、雁の声は蘇武の故事から恋人の文を連想させるものとして歌われるが、ここではそれらの効果は余情にとどめている（久保田淳氏『新潮日本古典集成〈新古今〉』）」。

四　人は来でといふハ、恨みたる心有り

文意「人は来で、という初句には、恋人が訪ねてくるとされている夕暮れ時分から待ちつづけているのに、なかなか来てくれないという、恋人の態度を怨む、哀怨の気持ちが、含み隠されている」。人を待つのは、一日に就いての事か、連日の事かは、確とわかりにくいが、風の気色や雁の音信《おとづれ》が連日同じように続く事は多分無いと思われるので、一日限りの事と見ておきたい。

五　人が来るや〳〵と……添ふる由也

文意「恋人が、今、来訪するか〳〵と、心と耳を澄まして待っているのだが、その恋人は来訪せず、時々音を立てて訪れる者といっては、秋風の音だけである。風音が、何度も繰り返して、この自分に、さては待つ君が来たかと思わせながら吹き過ぎ去って行く事を、この歌では、更けぬると言っているのだ。秋の深更はただでさえ寂しいものであるのに、ましてや雁の群れが哀切な声をたてながら、一群《ひとむれ》、又一群と、次々とわが家の空の上を訪れては過ぎ去って行くよ、と詠んでいるのだ。待つ君は待てど待てど訪れて来ないので、かえってその雁の鳴く声が、私に悲しさを添え加える事よ、という事情を詠んだ歌なのだ」。「音づる、」とは、音連《つ》るるの意で、いつも相手に手紙を絶やさずにかける事、いつも相手に声を絶やさず出す事が原義で「音信」の用字となった。いつも相手につづけて声をかけ訪《たづ》ねる事から、訪問・訪れとも表記されるようになったものである。「細々」は「再々」とも書かれ、しばしばの意。参考「サイサイ（細々）しばしば。当時の用字としては、再々。の意に、細々、を用いた（日葡辞書）」。当歌の古い施注は管見の範囲では多くはない。「雁さへ来るにと也。雁の鳴にて少《すこし》心なぐさミたり（かな傍注本。歌句ハ末句ヲ鳴つれて行トナッテイル。雁ノ鳴キ声ニヨッテ、哀切感ガ他注ノヨウニ増大セズ、慰サメラレルトスル点ガ当注ノ特色カ）」・「待人は来ずして、ふく風の気色も、夕暮、宵などの物侘しさには猶まさりて、更ぬる夜に、鴈の哀に音づれしに、人はこで鴈は音づれしとて、聊《いささか》、慰めたるに似たれど、悲みは猶添《なほそふ》心也（八代集抄。森重敏《さとし》先生『西行法師和歌講読』ハ、コノ季吟説ニ対シ、これは行過ぎだと思ひます。窪田『評釈』もいふやうに、雁がちょっと来たぐらゐでは慰めにならないでせう。ここで雁が出てゐるのはどういふことかといひますと、要するに中国の故事にいふ、玉章の使ひであります。玉章とは、音信すなはち手紙のことです。漢書の蘇武伝にいふ、蘇武が匈奴に捕らへられた時、雁の足に手紙を付けて届けたといふ話です……〈おとづれて〉は、したがって、雁・人がやって来るといふ意吠と、手紙・音信だ來るといふ意味とが、二重にあるわけです。雁の声を聞いたから慰めになるといふのはをかしい。ここの雁は、待つ人の使ひでさへもないのであります。だからといって、別に腹を立ててゐるのではありません。はじめから使ひを待ってゐたわけではないのですから。しかも、そのただの雁さへ遠ざかってゆくのです。それによって、かへって人の来ないことの悲しみは増すのであり、単に四季の歌のやうな発想で、雁が〈あはれに〉聞かれるだけではないのであります。八代集抄の〈聊慰めたるに似たれど〉といふのは、何か秋の景物として雁を聞くやうな意味に取ってゐるのだらうと思ひますが、さうではありません。ト批判サレテイル。タダ森重先生ハ、前引かな傍注本ノ施注ハ見テオラレナイラシイ）」・「二ノ句より下は、人をまつ夜の哀なるさま也。おもしろし。二三ノ句ことにめでたし。されど上下かけ合たる詞なき故（注、上句ト下句トデ、匹敵シ釣合ツテ照応スル詞ガ無イノデ）、先生は物ともおもはれず（宣長先生ハ、批評意識ノ対象トシテ取上ゲル歌トハオ考エニナラナカッタ）（尾張廼家苞。当歌ハ美濃の家苞ニハ、採リ上ゲラレテイナイ）」。

〔三〇二〕（一〇九頁）

一　八条院高倉

管見新古今二十六伝本は、すべて「八条院高倉」であるが、寛政六年板本では「八条高倉」と院の字を脱刻。八条院高倉の事略は、磐斎は、五四番・五二五番歌で施注。紛らわしい安嘉門院高倉とは時代的には鎌倉期という点では合致するが、親が一致しないので別人。『新時代不同歌合』の右方人〈詞花〜続古今ノ歌人タチ〉に、八条院高倉と安嘉門院高倉の両名が見えることからも別人が明らかである。八条院高倉の事略は、一一四六番の頭注で既述。「八條院」は、鳥羽院皇女暲子内親王である。新古今一二七〇番「曇れかしながむるからにかなしきは月におぼゆる人の面影」が後鳥羽院の叡感を蒙り知遇を得たという。参考「又、八条院に高倉殿と申《まうす》人をはすなり。その人の歌とぞある人のかたり申ける。くもれかしながむるからに悲しきは月におぼゆる人のおもかげ。此歌をきこしめして、それも〈大坪注、ソノ人モ〉歌たてまつりなどつねに侍《はべる》。（源家長日記）」。なお、藤原為氏の女《むすめ》ではあるが、為氏と対立する京極派歌人の一人として活躍する「延政門院新大納言」（玉葉集一二六六番）という女流歌人も「高倉」と称した由。〈『和歌大辞典』井上宗雄氏解説〉『五種歌合・十八番歌合・三十番歌合』などに名が見えている由〈岩佐美代子『京極派歌人の研究』昭和四十九年版四四〇頁・四四九頁〉である。延政門院新大納言を高倉とも称したとすることは、岩佐氏『玉葉和歌集全註釈（別巻作者索引、新大納言）』にも見えるが、その依拠書の明示がない。

二　いかゞ吹く身にしむ色の変るかな頼むる暮の松風の声

管見新古今二十六伝本では、異歌形は無い。当歌の題詞は、一二〇〇番西行歌題詞の「題不知」が及ぶ。当歌は隠岐での除棄歌であるが、武田祐吉博士蔵家長奥書の有る一本と、大島雅太郎氏旧蔵写本とは、非除棄歌との由〈朝日新聞社『全書』頭注〉。増抄・八代集抄・美濃・尾張の両家苞の外に、旧注を見出し難い歌である。出典は未詳であるが、他出は次の如し。『二四代集・二四代和歌集・八代知顕抄』に「恋の哥とてよミ侍ける／いかゞふくみにしむ色のかハるかなたのむる暮の松風のこゑ／八条院高倉」。『新時代不同歌合』（和学講談所本ノ三番・書陵部待需抄本ノ九番）に「右。いかゞふく身に入《し》む色のかはるかなたのむる暮の松風のこゑ」〈左歌ハ拾遺集九六七番、坂上郎女ノ、しほみてば入りぬる磯のくさなれや見らくすくなくこふらくのおほき〉・『新中古歌撰(別)』（十六番左歌）に歌句同形で採取〈右歌ハ、新古今一二二七番小侍従ノ、つらきをも恨みぬ我に習ふなよ憂き身を知らぬ人もこそあれ〉・『新続三十六人撰』（十首組歌合十一番左歌）に歌句同形で採取〈右歌ハ、新古今一一三六番俊成卿女ノ、面影の霞める月ぞ宿りける春や昔の袖の涙に〉・『女房三十六人歌合』（三首組歌合十五番右歌）に第三句異形の「いかゞふく身にしむ色のかはるらん〔マヽ〕たのむる暮の松風のこゑ」で採取〈左歌ハ、後拾遺七〇九番・小倉百人一首五八番大弐三位ノ、有馬山猪名の笹原風吹けばいでそよ人を忘れやはする〉。等々が他出している。

当歌の本歌は、『増抄』や、契沖『新古今書入本』が指摘した、『後拾遺集』（九九二番堀川女御の歌）の「同院〈注、小一条院〉高松《たかまつ》の女御〈注、道長ノ高松殿明子腹ノ女御、尊子トスル説ヤ、道長ノ女寛子〔提子トモ〕トスル説、又、御堂殿御女。母高松上高明公女トスル説ガアル〉にすみうつりたまひて、たえ〴〵になり給てのころ、松風こゝろすごく吹侍けるをきゝて／松風は色《いろ》や緑《みどり》に吹《ふ》きつらん物おもふ人の身にぞしみける」である。「吹く・身にしむ・色・松風」を本歌に合わせ、本歌の「物おもふ人」を「頼むる暮の〈男ヲ待ツ自分〉」に詠みなし、「色や緑に吹きつらん」を「いかゞ吹く」と詠み変えているのである。技巧はこの他にも、「松風」の「松」に「待つ」を掛け、「風」に「色の変る男〈心変リシタ恋人〉」を寄せ、四季通じて緑で紅などに変色しない松に「頼むる」の縁語を用いて一首を仕立ている。「暮」に「榑《くれ》〈皮ノツイタママノ材木〉」の掛詞を認めるか否かは微妙であるが、既に一一九四番元輔歌「大井川堰《ゐせき》の水のわくらばに今日は頼めし暮にやはあらぬ」が、採入配列されていたのであるから、作者はともかくとして撰者の頭には、掛詞と見る意識があったと見ておきたい。

これは当歌の隠岐本での、棄除・非棄除の問題にも関連する。「暮―榑」については一一九四番元輔歌の頭注二を参看してほしい。縁語仕立としては「色・しむ・変る」も縁語である。この「色」は、彩色《さいしき》・音色《ねいろ》の両義が、本歌にも当歌にもこもらせてある。歌の「姿」〈言葉ツヅキ・声調・しらべ〉としては、初句切・三句切・体言止である。当歌意の参考「いったいどのように吹くのでしょうか、あの人が訪れてくるとあてにさせた暮の松風の声は。身にしみる色を伴って吹くと歌われたその色も、紅涙の色、そして悲しい音色に変りました（新潮社『集成』）」・「松風は物思ふ人の身にしむ習ひながら、ことに来むと約束したる夕暮の空にはいかにふくらん、身にしむいろのかはりて覚ゆるとなり（標註参考）〈大坪云、季吟施注トホボ同文〉」。

三　五文字ハ、……不思議なる、となり

文意「いかゞ吹く、と言う初句の意味は、いつも毎日は吹き方を変えずに吹く松風であるのに、今日はどういう訳だろうか、今夕の松風はいつもとは違って、吹く音色《ねいろ》も、わが心への浸み入り方も異なっているのは、とても不思議で、常識では考えられない程、あるべからざる事である、という意味である」。初句表現の暗示の説明頭書。暗に、男の来訪をあてにしながら、待てど来ぬ男に対する不安がこめられてある事の説明。「五文字《いつもじ》」は初句の意。「変らぬ松風」は、常緑の松に吹く風で、風の音色《ねいろ》も、緑葉を吹き抜ける彩色も変らない事をいうが、それが我が心の持ち方で、音色も悲しく、悲歎の紅涙で赤色に感ずる、「変る松風」になる事を「替りたるは不思議なる」と述べたものである。

四　松風の色や緑に吹きつらん物思ふ人の身にぞしみける

前頭注で述べた如く、当歌の本歌となった後拾遺九九二番の堀河女御の歌である。初句は「松風は」である。磐斎の誤引である。末句は伝本によっては「身にぞしみぬる」。『栄花物語』（巻十四浅緑）や『世継物語』（続群書類従三十二輯㊦、一四七頁下段）にも所出。歌意「松風はその色も緑色に吹いたのだろうか。物思う人―私の身もそまるほどに心にしみるよ（岩波新大系後拾遺和歌集）」。

五　同じ松風の、……不審したる作也

文意「夕暮に松に対して吹きつけてくる風は、恋人の来訪を期待する場合と、そうでない場合とでは、同じ松風でありながら、前者と後者とでは大きに替っている事を、疑わしく思って問いただした詠作である」。

六　人を待つ故に、非ぬ物までも辛く覚ゆる由也

文意「恋人を待つという、負《ふ》の立場であるが故に、平素なら思いもよらない物までも、こらえられないぐらいに痛く感ずる趣旨を詠んでいるのである」。「非ぬ物」の「あらぬ」は連体詞で、動詞「あり」に打消の助動詞ズの連体形が付いて連体詞のように用いられる。アルベキデナイの意で、場合に応じて、異様ナ・意外ナ・別ノ・望マシクナイ等々の語が当てられる〈以上、角川古語大辞典〉。当歌参考旧注、「後拾遺〽待つかぜは色やみどりに吹つらん物思ふ人の身にぞしみぬる〔マヽ〕。松風は物おもふ人の身にしむ習ひながら、こ

とにこんとたのむる夕暮のそらにはいかゞふくらん、身にしむいろのかはりて覚ると也。松といふに待つといふ詞自然とこもり侍にや（八代集抄）」・「後拾遺Ⓐ、〽松風は色やみどりに吹つらむ物思ふ人の身にぞしみける〔マヽ〕、といへる歌によりて」、松風Ⓑはもとより物思ふ人の身にしむ物なるが、たのめたる暮には、又常よりもまさりて身にしむとなり」。しむの縁《えん》に色といひて、かはるとは、色の常よりも深くなるなり。いかゞふくとは、いかやうにふくことぞといふ意なり。たのむるⒸは、たのめしとあらまほし」。此歌Ⓓ、初句のくもじと、二の句のむもじと重なりて、詞がらのびやかならず、すべてくすつぬふむゆるのもじ、かやうに重なる時は聞よからず」。（美濃のづと。Ⓐ・Ⓑ・Ⓒ・Ⓓ、ハ」印まで尾張の家苞が引用シテ批評ノ対象トスル。波線部ハ尾張ハ省イテイル。次ニ示ス尾張の家苞デハ、重複ノ故ニ引用ヲ省略シタ）」・「〈Ⓐ省略〉作者の意ハ、此歌とりたりとハおもはれざりけめど、かくさしならべてハ、げに本哥といはんもにげなからず［注。似ツカワシクナイ事モナイ。即チ似合ウト思ウ」〈Ⓑ省略〉けふとふ《訪》べしと約束して、人をまつ夕ぐれの、松風の声ハ、いかに吹かして［ドノヨウニ吹ク故デアロウカ」常とハかハりしと也。〈Ⓒ省略〉たのめしハ過去の事なれバ、しといふべし。又其《その》夕ぐれハ現在只今なれば、たのむるともいふべき也。〈Ⓓ省略〉古今未曾有の難深文刻薄也「大坪云、文意把握シ難イ。深は源ニモヨミ得ル字形。試解ヲ示セバ、宣長先生ノ批評ハ、今迄ニ無カツタ程ノ珍ラシイ批難デ深刻デ文薄トモイウベキ批評ブリデアル、ノ如キ意歟。一首ノ中ノ活用語ノ使用ニ於テ、終止形、連体形ガ重ネテ使ワレル場合ハ、朗詠サレル時ニ、ソコデ声調ガ切レテ、歌ノ流暢ナ響キガ止マルノデ、宣長ハ、詞がらのびやかならず……聞《きき》よからず、ト批難シタノデアロウガ、ソノ批難ガ適切デナイコトヲ正明ハ言ウノデアロウ。例エバ『連歌初心抄（菟玖波迺山口）』デハ、発句は発端なれば、其詞幽玄にして、丈《たけ》高く仕立べし。少き文字数ゆゑ其詞のやすめに切字入《いれ》ていかにもすら〳〵といひつめぬやうにする也、トアリ、詞のやすめ、即チ発声上ノ切《きれ》目《め》ニ切字ヲ入レテ流麗ニ、流レガ詰ツテシマワナイヨウニセヨ、ト説ク。切字ハ、切断ノ義デ、後ニ続カズ言イ切リニナル気持ヲ示ス語デ、終止形、命令形、間投助詞等ガ多イ。宣長ノ批難ハ、必ズシモ適切デナイコトガワカルデアロウ」（尾張の家苞）」。

〔三〇二〕（二一〇頁）

二　頼め置く人も長等の山にだに小夜更けぬれバ松風の声

管見新古今二十六伝本では、鷹司本が第三句「やまだにも」と異句。他伝本に異同なし。当歌は、大島雅太郎氏旧蔵写本〈隠岐削除歌ニノミ朱合点アル本〉のみが非除棄歌（朝日新聞社『全書』頭注ニヨル）。当歌の歌題は一二〇〇番歌の「題不知」が、当歌にまで及ぶ。他出の『歌枕名寄』では「松風」の題。出典は未詳。他出に『新三十六人撰　正元二年』（内題ハ、新続歌仙。歌学大系本デハ新続三十六人撰ノ書名）があり、十首組歌合。その十八番に、「左。鴨長明。たのめおく人もながらの山にだにさ夜更ぬればまつ風のこゑ／右。藤原秀能。下もみぢうつろひゆけば玉ほこの道の山かぜさむくふくらし」とある。又、『練玉和歌抄』（巻八、恋下）・『歌枕名寄』（巻第廿二、東山部、比叡篇、長等山）にも歌句同形で採入されている。

当歌の技巧。掛詞として、「人も無からん〈或ハ、人も無《な》〉」に「長等《ながら》」を掛け、「更けぬれば待《ま》つ」に「松《まつ》風」を掛けている。又、「小夜《さよ》」に「然《さ》よ〈そのように。ツマリ、頼りとする人もいない状況のままに〉」がこめられているとも見得る。なお「だに」によって恋歌の意を活かす技巧が見られる〈後述〉。当歌の「長等の山」や「松風の声」で、作者の住む住居付近の実景をも詠みこんだ歌とみるか、（岩波新大系脚注は、「平中物語七段の長等山の辺、志賀寺に籠る女を連造させる」として実景説に傾いている。〈大坪云、平中物語ノ第七説話ニハ、問ひければ答へける名をさゞ浪の長等の山の山彦もせぬ／さゞ浪の長等の山の山彦は問へど答へず主《ぬし》しなければ、トイウ男女ノ贈答歌ガ見エル〉）とみるか、単なる掛詞技巧にすぎないとみるかで諸注見解を異にする。

「単なる掛詞技巧」とする注は、「結句はまつといひかゝりたる計《バカリ》にて、松風の声は一首に用なし。まつち山にいさよひの月と同じ例也〈大坪注、新古今一一九七番太上天皇歌ノ、たのめずは人をまつちの山なりとねなまし物をいさよひの月、ト同ジク単ナル掛詞技巧トシテノ用例ト同ジ技法歌ダ、ノ意〉（尾張の家苞）」・「ながらの山も松風の声も、皆実景を見てにはあらねど、一首上にひゞかせたり。このひびきあるによって、この歌一層見るべし。／ながらの山は、末の松風の声と併せて、一首の結構上に用ひたる洒落なり（塩井氏『詳解』）」・「〈ながら山〉〈松風の声〉は作り過ぎてゐる（尾上氏『評釈』）」・「ながらの山、松風の声、一首に主たる干係《(ママ)》なし。無し、待つにかけたるのみ（鴻巣氏『遠鏡』）」。これに対し「作者の住む居住附近の実景をも詠みこんだ歌」とする注は、「諸註何れも、長良《(ママ)》の山、松風の声は、一首の意に関係なしとしているが、即ち『頼めおく人のない時でも、夜が更ければ人が待たれるのに、まして……』とだけ・《(ママ)》《(と)》していないが、やはり、長良《(ママ)》の山に松風の声がすると、客観的に一つの景象を描いたものと見る方が、当時の歌の解として当っているであろう。長良《(ママ)》山の付近に居て、その松風の音を聞きつつ人を待っている意である（石田氏『全註解』）」・「尾張と詳解の実景を無視する解には従えない。実景を重んじた歌風に従ってのものである（窪田氏『完本評釈』）」・「世にありわびて、長良山に隠れ住んでいる人が、それでも、夜高く《(ママ)》なる松風の声〈大坪云、深更ニナツテ木高イ枝ヲ鳴ラス松籟、ノ意デアロウ〉を聞いて、人恋しさにさいなまれているといった心〈＝歌意〉の歌である。住んでいる人は女と考えるのが、当時の歌としては自然であろう（久保田氏『全評釈』）」・「平中物語七段の長等山の辺、志賀寺に籠る女を連想させる（岩波新大系）」。以上見解が実景の歌か、表現技巧の歌か、に分かれていて、いずれに従うべきか難しい所であるが、私見は『尾張』の言う後鳥羽院歌の技巧や、当歌に前接する聴覚に訴える諸歌との関連からは、表現技巧歌に惹かれるのである。

当歌意参考、「頼む人なき山にも、夜ふけには松風のおとづれあり。しかるに約したる人の、夜のふくるまでも来《きた》らぬ、となり（標註参考）」・「訪れをあてにさせる人はいないとわかっているこの長等の山でさえ、夜が更けてゆくと、松風の声がさびしく聞えてきます。心の底ではやはり待っている人の訪れと思い違いさせるかのように（新潮集成）」。

三　古抄

この古抄は、東常縁の原撰本〈前抄〉の注であるが、幽斎増補注〈後抄〉本である内閣文庫蔵増補本新古今集聞書にも含まれている。内閣文庫蔵新古今和歌集聞書後抄には含まれていない。左にこの古注の載る諸書との校異を示す。

「人もなからとハ」が「人もなからの山とは（略注・黒田家本・大坪本・説林前抄・水甕社前抄・内閣文庫蔵増補本聞書・私抄）」。「松と云ふ風の吹けバ」が「松と風のふけば（水甕社前抄・大坪本・説林前抄）」。「まして」が「ましてや（略注）」。「頼めたるゆふべハ」が「たのめたる夜更てハ（八代集抄）」。「待たであるべきかハと（八代集抄）」が「またであるべきかと」。「此のだにと云ふ字も」が「このだにもと云字も（略注）」。「前に摂政殿御哥同心也」が「前摂政殿御歌同心なり（私抄）・前の摂政殿の御哥同心なり（略注）・「摂政殿の御哥と同じ心也（説林前抄）・摂政殿の御歌と同心なり（水甕社前抄）・摂政殿の御哥と同心也（大坪本）〈説林前抄・水甕社前抄・大坪本ハ同文デアルガ、表記ガ少異スルノデ念ノ為ニ示ス事ニシタ〉」。磐斎引用と同文であるのは、無刊記板本聞書と宝永八年板本新鈔の二本である。

四　人もながらとハ、……松風の吹くと也

文意「第二句の、人もながらとは、ながらを掛詞として長等《ながら》を連想させる掛詞技巧、つまり尋ねるからとその来訪を私に当《あて》にさせていた恋人の来訪も無いままでという事を、述べるための措辞である。もと〳〵恋人の来訪などを当にする必要も無い長等の山でさえ、夜が更けていけば、松の枝を鳴らす風が吹くものだと、掛詞を使っての表現である」。「ながらの山」は歌枕〈所名〉として、又三井寺の山号としても使われ、又又、志賀山とも呼ばれる。「さざ波や志賀の都は荒れにしを昔ながらの山桜かな〈千載、六六番読人しらず・平家物語巻七忠度都落〉・さざ波や長等の山の峰つづき見せばや人に花の盛を〈千載七五番藤原範綱〉」は歌枕として詠まれて著名。この長明歌も歌枕。

五　松風を待と云ふ字になして詠めり

文意「松風の松《まつ》を、待《まつ》という同音の漢字に見なして詠んでいるのだ」。

六　心なき山にも……託ちたる哥也

文意「他を思いやる心のない山にも、松風と同音の、待つという風が吹くと、それも、なおさら、恋人の訪れを当《あて》にして待っている夕暮は、松風が吹くと、待たずにおかれるものか、待たずにはおれないものだと、なかなか訪れてくれない恋人に対して、言いがかりをつけて怨み責めている歌である」。「託つ」は、本来、松と待は関係ないものであるのに、同音という言いがかりをつけて怨む事を言う。

七　此のだにといふ字も、前に摂政殿御歌同心也

文意、「此の長明歌に使われている〈だに〉という助詞も、前に出た〈一一九八番歌ノ〉摂政太政大臣〈良経〉歌第三句の、〈ゆふべだに〉のだにと同じ用法である。即ち、このだにによって一首の恋の心が暗示付加されることになるのである」。無心非情の山でさ

え、松風〈→待風〉が吹けば、人を待つかのような状況になるのであるから、まし有心有情の人間は、人を待つのは当然なり、という訳で、この「だに」によって当歌が恋の意を持つ事の施注。一条兼良の『歌林良材集』（第二）に「字の面にはみえざれども、てにはによりて、恋の歌になる事」の条に指摘があり、例歌として、「又もこむ〈新古今一一八六番〉」・「みちのくの〈千五百番歌合、一二四四番右〉」・「なに故と〈新古今一一九八番〉」を挙げているが、「聞くやいかに〈新古今一一九九番〉」・「当歌〈一二〇二番〉」もこの例なのである。

参考旧注、「〈美濃〉だにといへるにて、恋の歌となれり。我はましてたのめおきたる人のあれば、まつ心のせつなることを、思ひやれとの意なり。〈尾張〉一首の意ハ、今宵来るべしと約し置たることがなきとても、夜がふけ行ばひとまつ物を、まして今宵とたしかに約束のある事なれば、またれて〳〵て（ママ）ならぬと也。結句ハ、まつといひかゝりたる斗《ばかり》にて、松風の声ハ一首に用なし。まつち山にいさよひの月と同じ例也。〈美濃〉さよふけぬればとは、夜のふくるまで、まつ人の来ぬにつけていへる意なり。〈尾張〉夜のふくるまゝに、人をまつハ、たのめたる事もなき常の事にて、此哥の反《ウラ》也。これはたのめ置てよひよりまつ也。〈美濃〉松風は、例の待意にとれる也。さて松風の声ととぢめたるは、此集のころのさまなれども、これは我《ガ》待《ッ》ことのなぞらへに「クラベテ似テイルヨウニスルタメニ」いへるなれば、松風ぞふく〳〵とあらまほしきなり。声といひては、よその事のなぞらへのやうにきこゆ。〈尾張〉批評ノ言ナシ（美濃、尾張、両家苞）」・「たのめる人もなき山にさへ、松といふ名により、風のをとするなり〈音スル、訪ズル、ヲ響カス歟〉。たのめをきて、とはぬ人を恨る義也（抄出聞書）」・「たのめたる人もなき山にも、松かぜは吹なりといひて、下の心は、わがたのめたる人を恨たる哥なり（牧野文庫本聞書）」・「たのめたる人はなけれども、夜更ればまつと云心なり。ながらの山は近江国なり（十代抜書）」・「人もなき山にさへ也。松風ハふくと待・《を》・《も》たせたり。いわんやわれハたのめおきたれバ也（かな傍注本）」・「たのたる人もなき山にも松風は吹也。といひて、下の心はわがたのめたる人を恨たる哥也〈大坪注、以上牧野文庫本聞書ト同文〉。又たのめたる人はなけれども、夜更ぬれは松と云心までなるべし。ながら山、近江に有也〈大坪注、以上十代抜書ニ略同文〉（吉田幸一氏旧蔵註・高松宮本註・高松重季本註）」・「心なき山にも、まつと云風のふけバ、ましてたのめる夜更てハまたであるべきかハと、音づれ侍らぬ人ヲかこちたる哥也〈聞書前抄・八代集抄ノ略抄出注〉（学習院大学本注釈）」。

八　いかに静かなる空にも……と言ひ掛けたり

文意「どんなに静かで物音を立てない空であっても、夜に入ると風というものは、どこからともなく吹いてくるものだ。それをよく見て判断をして、夕方から夜になりはじめると、〈松吹ク風ヲ〉恋人を待つという習いに、掛詞的に関連づけて、詠んだ歌である。初句と二句は、あてにして頼む人もなき、ながらの山と、なきとながらを掛けことばにしたものである」。

〔一二〇三〕（一一一頁）

二　今来むと頼めし・とを忘れずハ此夕暮の月や待つ覧

管見新古今二十六伝本では、すべてこの歌形。磐斎『増抄』は、第二句「頼めし・とを」と、こ字を脱刻している。又、至文堂の藤村作博士のテキスト版頭注によれば「流布本に〈ちぎりしこ〉とも」とあるが、管見した江戸期板本〈正保四年・明暦元年・承応三年・延宝二年・文化元年・正徳三年・寛政六年・寛政十一年・刊年不明牡丹花在判本・刊年板元不明本〉は、すべて「頼めしことを」で、異本との校合注記もない。ただし、『自讃歌』の歌形は、多くの伝本では「ちぎりしことを」となっており、新古今の付注本でも『私抄』は「たのめし《契りィ》」と右側に「契りィ」を加え、内閣文庫蔵増補本聞書〈「ちきりし」〉や内閣文庫蔵聞書後抄〈「契し」〉でも第二句を「ちぎりしことを」としているから、藤村博士は、これらを「流布本」とされたのだと思う。

当歌の題は、一二〇〇番の「題不知」がここまで及ぶのであるが、他出の『如願法師集』（時雨亭文庫本、中巻）には「哥めし侍しとき夕恋を」の題詞があり、歌句は「いまこんとたのめしことをわすれすはこのゆふくれの月やまつ覧」とある。『二八要抄』（恋三）では「だいしらず」。この他、『定家十体』（幽玄様）・『自讃歌』・『新続三十六人撰〈コノ名称ハ、歌学大系本デノ称。群書類従巻百五十九デハ、新三十六人撰ノ名称〉』にも採録されており、歌形は『自讃歌』は第二句「契しことを」で採録〈九州大学国文学研究室本は、たのめし事を〉され、『定家十体』や『新続三十六人撰』では第二句「たのめしことを」で採録されている。又、西行自讃歌「月見《み》ばと契《ちぎ(り)》て出《いで》し古郷《ふるさと》の人もや今夜《こよひ》袖霑《ぬらす》らん〈新古今九三八番歌〉」の太田武夫氏蔵『自讃歌注』に「秀能が今こむとたのめしことを忘れずは、の心には替たる云々」として部分引用されている。

当歌が「今こんといひし斗《（ばかり）》に長月の有明の月を待出づるかな〈古今集、六九一番素性歌〉」の本歌取である事は早く、自讃歌兼載注が指摘しているが、以来、美濃の家苞・尾張の家苞・塩井氏『詳解』・鴻巣氏『遠鏡』・尾上氏『評釈』・窪田氏『完全評釈』・石田氏『全註解』・朝日『全書』・吉沢義則氏『改造文庫』・講談社『新註』・新潮社『集成』・岩波旧大系・岩波新大系・小学館『全集』・武蔵野書院『校訂』・桜楓社テキスト版・久保田氏『全評釈』などが踏襲として定説となっている。素性歌は、夜明方の有明月にむかって、女が男の不来訪の恨みを述べた心、秀能歌は、宵方のまだ出て来ぬ宵月にむかって、男が述べた心、である。素性歌に似た歌に「今こんといひしばかりを頼みにていく長月をすぐしきぬらん」（建仁元年影供歌合、後鳥羽院）があり、秀能歌を味わう上で参考となる。さて月に対している人が女か、男か、を替えている。これにつき、『季吟抄』は「本歌は今こんといひし人を待也。此歌は我いひをきし心也。用かへて也」と施注するが、九州大学本『旧《さきの》注補遺』は「季注にて先通ず。又思ふに、人より頼めしとも聞ゆ〈大坪云、先方ノ女ガ、我ヲ当ニシテ待ツテイル、トモ考エラレル〉。我を思ふ心よりこんと頼めしならば、とくゆかまほしと思ふべし。然らば暮るを待べければ、月を待らんとよめるともみゆ。前後の哥、皆、我、人を待也。此一首わが頼めし人の待、ともみがたし」、と施注している。恋人の間で交わされた歌が、「さきの人」の立場で詠まれた歌か、そうでないのかは、鑑賞者によりかわる事もあるのが、常の事である限り、決めにくい問題でもあろう。

次に当歌各句で解釈上で問題となるのは、初句の「今」、二句の「頼めし」の対象主格、三句の「忘れずは」の「は」の清濁、第四句「此夕暮の」の代名詞「此」がさす事象、第五句の「や」の用法、である。初句の「今」は、『百人一首』二十一番素性歌〈古今集六九一番歌〉や、十六番行平歌〈古今集離別巻頭三六五番歌〉で、新古今期でも愛用された「今」で、「今来んと言ひしばかりに」・「松としきかば今かへり来む」と使われた語。「今すぐに」の意の副詞。二句の「頼め」は、「頼む」の他動詞形下二段活用、「頼みに思わせる・あてにさせる」の意で、自分に対しての事か、相手に対しての事か、についての議論は、前述『旧注補遺』にある。三句の「忘れずは」は旧来「忘れずば」と濁音に発音されてきたが、近時は「忘れずは」と清音発音。岩波の『古語辞典』の説明によれば、「打消の助動詞ずの下、または形容詞未然形の下には、従来ばが接続するとされて来ているが、万葉集の例などでは〈恋忘れ貝取らずは行かじ（万三七一一）〉、〈慰むる心し無くは天離る夷《ひな》に一日もあるべくもあれや（万四一一三）〉などと、すべて清音はの万葉仮名で書いてある。これによればはは係助詞で、未然形にばがついたとは見えず、連用形にはがついたと見る方がよい」とあり、平家物語でも「其の咎《とが》有るべくわ」とはの転じたわが使われてある事も示されている。清音に訓むべきである。が併し、拙蔵寛政十一年板本〈大坪云、該本ハスベテノ歌ニ清濁ガ付サレテイテ他板本ニナイ特長ヲ持ツ〉には「今こんとたのめしことを忘れずハ此夕暮の月やまつらむ」と江戸期ながら清音書き。〈大坪云、巻第二十ノ大尾ニ、菅原快晃謹而執筆。漢序末ニ、全部執筆菅原快晃謹書ト、執筆責任者モ明記。菅原家ハ、文章博士ノ家柄。快晃ハ尊卑分脈ニハ見エナイ。ハの濁点の脱刻でない限り、この時点でも清音によんだ証左となろう。四句の「此《こ》の」という代名詞の指示するものは、「夕暮になると待つ恋人が訪問してくる」という事を指示する代名詞で、単なる「この日の」の意だけではない。「この夕ぐれ(の)」は、当時の成語的歌語と見るべきで、新古今では「いきてよもあすまで人もつらからじ此夕暮をとはばとへかし（一三三九番式子内親王歌。自讃歌十九番歌）」にも使われている。五句の「月や」のやは、相手に呼びかける間投助詞のように思われ、従って対象は、月と考えられる措辞ではあるが、「古抄」にも注されているように、「月にや待つらん」と見るべきであろう。甚だもって、理解し難い事ではあるが「口伝」とある限り、やはり尊重したい。『完本評釈』はこのところを「我を待つらん」の意と考え「我を待つ」時刻を、夕月の出る時刻と見て、「月や待つらん」としたものという意の説明をしている。「この夕暮の月（の出を）や待つらん」と言うことである。歌意参考「おっつけ行こうといって頼ませたことを忘れなかったならば、この夕暮に出る月を、わが行くころとして、女は待っているであろうか（完本評釈）」・「近き程にまゐらむと我が約束したる事を、忘れずば、此の夕ぐれに、人は我が行く頃と思うて、月の出づるを待ちながめて居るならむといふ事にて、約束はしたれど、俄に障る事ありて、訪ふを得ざるより、忘れずに居るとせば、必ず待ち焦れて居るならむと、思ひやりたる意なり。此の夕ぐれの月や待つらむと思ひやりたる心情、あはれにやさしく、余情限りなくめでたき歌なりや（塩井氏『詳解』）」・「ちかきほどに来らんと約束し置きつれど、障りありてえゆかぬにつきて、今宵などは其人必ず我の来んと下まちて月の出づるを待ちやすらんとなり（標註参考）」。

なお、第三句末の「は」の清濁に関する補説を加えておく。「忘れずは」と清音訓みの著に、標註参考（明治二六年）・至文堂テキスト版（昭和三年）・武蔵野書院テキスト（昭和三九年）・小学館全集（昭和四九年）・桜楓社テキスト（昭和五一年）・講談社全評釈（昭和五二年）・新潮社集成（昭和五四年）・岩波新大系（平成四年）があり、「忘れずば」と濁音訓みの著に、鴻巣氏遠鏡（明治四三年）・岡書院隠岐本（昭和二年）・講談社新註（昭和二五年）・尾上氏評釈（昭和二七年）・岩波旧大系（昭和三三年）・朝日『全書』（昭和三四年）・石田氏全註解（昭和三五年）・完本評釈（昭和三九年）。

古今集六三番業平歌に「けふこすはあすは雪とそふりなまし消すは有とも花とみましや」があり、初句は「ずば（打消シナガラ仮定的条件ノ意ヲ表ワス）」で、第四句は「ずは（前文ヲ打消シテオイテ後文ニ述ベル事柄ヲ選択スル意味ヲ表ワス）」である〈明治書院日本文法大辞典〉。もっとも、両方とも「ずは」とする見解もある（片桐氏古今和歌集全評釈・竹岡氏古今和歌集全評釈〈古注七種集成〉）。

秀能歌は、「忘れずば」と濁訓すれば、「相手がもし忘れずにいたら」となるし、「忘れずは」と清訓すれば、「相手は忘れずにいて」の意となろう。いずれにしても相手は約束を忘れていないことを述べているのである。「忘れずは」の清音訓みは、昭和三十九年以後とは限らず、江戸期・明治期・昭和初期にも行われていたと考えておく方がよいのではなかろうか。

三　古抄に云く

この古抄は、常縁の原撰注〈聞書前抄〉ではなく幽斎による増補注〈聞書後抄〉に見える注であるが、幽斎独自注ではなく、先行の牧野文庫本聞書に見える注に類似しているから、それを参考下敷にしたかと思える。『牧野文庫本聞書』には、「今こんは、又こむといふ詞也。[A]いつのころやがてとはんといひし時になりぬれば、それを君の忘れ給はずば、[B]此夕暮の月にや待らんとなるべし。月やとあるに、にや、ときけばよく心得らるゝ哥なり。かやうの所[C]口伝なり」とある。この注は、吉田幸一氏旧蔵註や高松宮本註や高松重季本註にも採られている〈少異ノ個所ハ、Aが、いつの時。Bガ、無シ。Cガ、なるべし〉。さて、『聞書後抄』伝本間の校異を示せば、「今来むと」が、「今来む・〈とノ字ガ無シ〉（無刊記板本・宝永八年板新鈔・説林後抄・内閣文庫蔵増補本聞書・内閣文庫蔵聞書後抄・私抄）」。「云ふ義」が「云ふ詞」（説林後抄・内閣文庫蔵増補本聞書・内閣文庫蔵聞書後抄・私抄）」。「聽て訪ハん」が「いつの時やがてとはん（説林後抄・内閣文庫蔵聞書後抄）〈ナオ前引、牧野文庫本聞書・高松宮本註・高松重季本註・吉田氏旧蔵註モ参照〉」。「月や待つらん」が「月にや待つらん（無刊記板本聞書・宝永八年板新鈔・説林後抄・内閣文庫蔵増補本聞書・内閣文庫蔵聞書後抄・私抄）」。「月やまつらんは月にや待らんとなるべし」の部分は、説林後抄には脱落。なお、牧野文庫本聞書と幽斎後抄との間では、この個所、趣意は同じながら施注文言に少異あるので前引と比考のこと。牧野文庫本の施注者は不明であるが、近衛稙家や三条西実枝等の説がこの幽斎の当施注部分に浸み出ているのではなかろうか。

四　今来むと、又来むと云ふ義也

文意、「初句の今来むと、又来むとある、今とは、又来むというのと同じく、又すぐに来ましょう、という意味である」。頭注二で触れたように、百人一首素性歌や行平歌でも使用されており、当時の歌人間では馴染深い語であっただろう。参考、「此今コンハ、又コン也（京大図書館本、新古今注）」・「いまこんはやがてこんといふ心也〈後略〉（抄出聞書）」。

五　聽て訪ハんと……となるべし

文意「続けてすぐにでも、お訪ねしましょうとあの人が言っていた時分になってしまいましたが、その言葉を、君、すなわちあの人が、お忘れになっていないのであれば、夕暮の月の出るのを待っておられて、このようにお訪ねが遅いのでありましょう、という意であろう」。下接の施注で「月に待つらん」は「月にや待つらん」の意と施注するが、むしろ「月をや待つらん」とする方がわかりやすいのではないか。それとも「月の出の時刻にや出立せんと待つらん」の意で「月にや」と施注したかであろう。

六　月や待つらんハ……斯様の所、口伝也

文意「末句の、月や待つ覧、という表現は、月が待っているだろうという意に解される措辞であるが、実意は、月にや待つらん、の意としての措辞であるだろう。即ち、に、を挿入してみると、よく理解できる哥である。つまり月の出の頃に出立しようと思って、その月を待っているのであろう、という歌である。こういう所は口伝となっている」。前頭注でも述べたように、「月にや待つらん」としても、理解しにくい措辞で、むしろ「月をや待つらん」とした方がよくわかる。

や」のやは、間投助詞であろうから、これを抜取れば、「月待つ」となる。月と、待つ、との関係を考えると、「月が待つ」・「月は待つ」・「月も待つ」・「月に待つ」・「月を待つ」等々が考えられるが、上句の「忘れずは」との照応を加味する時、一番穏やかとなるのは「月を待つ」ではなかろうか。「待つ」という述格に対する主格は「月」であるから、間投助詞の「や」は、月に対しての助詞。それ故「月を待つ」と見るのが文脈上穏やかである。併し上句の「忘れずは」との照応から言えば主格は「今来んと頼めし人＝相手たる恋人」となり、月が待つのではなく、人が待つことになる。結局「人が月を待つ」ことになり、それを「人が月に待つ」と措辞されても、意が通ずることは通ずるので、「古抄」のごとき施注となったものと思われる。施注末の「斯様の所、口伝也」ということは、上述のような事は、書いて示すより、直接相手に口で伝える方がやり易いから、生じたものと思われ、特に「口伝」という文書があった、と考える事もなかろう。

七　今来んと言ひしが……心なるべし
文意「あのお方は、今朝の後朝の別れ際に、又今宵すぐにでも来ましょう、と言って別れて帰られたが、それにしても夕暮になってもまだ来られない、遅い事であるなア、ひょっとして約束をお忘れになって了っているのかも知れない。もしお忘れになっていないのなら、こんなに遅いのは、月の出るのを待っておられるからで、月も出ていない夕闇の夜道を手さぐりで迷いながら行くよりも、夕月の出るのを待って道がわかりやすい頃に出立しようと思っていらっしゃるからではなかろうか、と相手の身になって思いやっている歌意であろう」。参考古注、「又こんと云事也。我頼め置し事

を君がわすれずば、此夕暮に下待て〈大坪云、心待チニ、ヒソカニ待ッテ〉、月をや待て有らんなど思やりしさま也。月にやと、にの字入てみる哥也。口訣（後藤重郎博士蔵、新古今和歌集抄）」・「季《まつ》註〈大坪云、季吟八代集抄ヲサス〉にて先通ず。又思ふに「さきの」人より頼めしとも聞ゆ〈相手ニ当ニセラレタ、トモ解シウル〉。我を思ふ心よりこんと頼めしならバ〈我ヲ恋シク思ウ気持カラ、我ガ来ルダロウト当ニシテイルナラバ〉、とくゆかましと思ふべし〈早ク行カナケレバナラヌト、我ハ思ワネバナラヌ〉。然らば暮るを待べければ月を待らんとよめるともみゆ〈ソウデアルナラ、相手ハ夕暮ヲ待ッテイル筈ダカラ、ソノ夕暮レノ月ヲ待ッテイルダロウトイウ意ニモトレル〉。前後の哥皆我人ヲ待也〈新古今デハ当歌ノ前後ニ配列サレタ歌ハ、スベテ、我ガ相手ヲ待ッテイル意ノ歌バカリデアル〉。此一首わが頼めしを人の待ともみがたし〈コノ秀能歌ダケガ、自分ガアテニシテ待ツテイルノヲ、相手ガ待ッテイル歌ダト見ルコトハ困難デアル→男ガ女ヲ待ツノデアッテ、女ガ男ヲ待ツ歌ダト見ルコトハ困難ダ〉（旧註補遺）」・「〽今こんといひしばかりに長月の……。本歌は今こんといひし人を待也。此歌は我いひをきし心也。用《もちひ》かへて也。いまこんと我《われ》がたのめをきし事を、君がわすれずば、此夕暮に下待て、月をや待てあるらん、いかゞあるらんなど、思ひやりしさま余情無限にや〈男が、女ノ立場デ詠ンダト考エタモノ〉（八代集抄）」・「いまこんはやがてこんといふ心也。たのめし日にやう〳〵なり侍れば、あなたにも此夕をまちやすらん、又忘れやすらんと、おぼつかなきよしなり〈大坪云、今こんヲ、一日ノコトト考エ

ズ、日数ヲ隔テタ歌トミテイル〉（抄出聞書）」・「こちへこんとあなたへ行と二義あり〈初句ノ心ハ、先方ガ当方へ来ルノ意ト、逆ニ、当方ガ先方へ行ク、トイウ義トノ、両義ガアル〉。こちへなれバ月とともニ来んと也〈こちへノ場合ハ結句ノ意ハ、月ト共ニヤッテ来ル意ニナル〉。あなたへなれバ月にや待らんと也〈あなたへノ場合ハ、月ノ出ヲ待ッテイル意ニナル〉（かな傍注本）」・「〈美濃〉本歌〽今こむといひしばかりに長月の云々〈尾張〉長月の有明の月をまち出つる哉〈美濃〉こゝの歌は、本歌をうちかへして〈尾張〉かくむつかしくいはずとも、本哥ハた、詞ばかりをとれる也〈美濃〉こなたよりたのめおきしことと聞ゆ。〈尾張〉此説よろし。二三一四五とつゞきたり「大坪云、頼メコシ言ヲ忘レズバ今来ムト此ノ夕暮ノ月ヤ待ツラム。トナル」〈美濃〉さるはちかきほどに参らむとたのめおきつれども、さはり有て、えゆかぬにつきて、こよひなどは、其人の必我を月出ば来むとまちて、月の出るをまちやすらむと、おもひやれる也。〈尾張〉以上ミなよろし。〈美濃〉又結句は、〽月まつと人にはいひて云々「大坪云、足引ノ山ヨリ出ヅル月待ツト人ニハ言ヒテ君ヲコソ待テ、拾遺七八二番、題シラズ人磨歌」の意によりて、たゞに我をまちやすらんの意にもあるべし。たのめしを、あなたよりたのめたるにしてハ、下句おだやかならず。〈尾張〉論評ナシ（両家苞。空穂ノ『完本評釈』ニ、今を、ちかきほどにという解、また、さはりありて、えゆかぬにつきてという解は、作意ではなかろうと思われる。余情であるから、いかような解もし得られるものであるが、合理を求め過ぎた解で、艶《えん》を旨とした当時の歌の心ではなかろうと思われる。尾張も、詳解も、一つ

に美濃の解に従っている。大坪モ空穂氏ノ見解ニ、同感スル〉」。

【一二〇三番歌　補説】

この秀能歌は『自讃歌』としても採用されておるので、次にその『自讃歌注』を示しておく。

「〈頓阿注。第二句契しことを〉きぬ〴〵になる人の、誠におもはねども、なぐさめのことばにも又やがてこんなどいへるを、恋る人の、はかなき心にまことゝ思ひ入て、其ことばをわすれずば人も此夕暮の月を待て、月をたよりにとはむとや思ふらん、などいへる心誠にあはれ浅からずや」・「〈常縁注、第二句契りし事を〉同〈＝新古今ヲサス〉恋三に、今こんとは唯今まいらんと云心也。我約束を忘ずば待らんと也」・「〈孝範注、第二句契し事を〉暮行空をたのめたるなるべし。月や待らんとは人は月にとふやうに古来いひならはせばかくよめる也」・「〈宗祇注、第二句契しことを〉此暮の月に、など、契てこむといひし事を忘ずば、月に思立らんとの心也。末の二首他本に有、同注有〈大坪云、末の二首トハ、秀能自讃歌十首ノ中ノ、配列上デ九番目ト十番目ヲ指ス歟ト思ウ。タダソノ配列順ハ、施注者ニヨリ順序ガ相異スル。宗祇注デハ、九番目ガ山里の風すさまじき歌、十番目が今来んと歌〉」・「〈兼載注、第二句契し事を。末句月やすむらんトアリすむヲミセケチまつニ訂正〉此哥本哥に、今こんといひし斗に長月の有明の月を待出づるかなといふ心をとれり。それはあなたよりいまこんと契しゆへに有明までもながめたる心也。是はいまこんといふ人の、もしわすれぬ事ありてとふとも、夕の月よりふけて待ことはあらじといふ心也。本哥を引かへたる哥とぞ〈題詞ヲ、こひの哥とてよみ侍ける、トスル〉」・「〈広島大学蔵某注第二句ちきりし事を〉施注ナシ。〈但シ岐阜市立図書館本ニ、おもてのごとし、トアリ施注スルマデノ事デナイトスル。題詞ハ、寄月恋、トスル〉」・「〈書陵部本某注、王淑英氏自讃歌古注総覧ニハ歌形ハ示サレテイナイガ、第二句ハ、契し事を、デハナイカト推定シテオク。理由ハ題詞ガ、契夕恋、デアルカラ〉いまこむとはゆふさり来り待らむとなり。かく契し人は山のはのほのめくをば待もやす覧と、我も月いでば君がとはんとおもふまゝ、心ならず月のいづるをまつぞとなり」・「九大文学部蔵某注、第二句たのめし事を〉やがてこむと契をきたりしかば、此夕暮の月ゆへに我をや待らん、又またでやあるらむの心也」・「〈九大支子文庫本注、第二句契し事を〉此ゆふ暮にこむといひし事を忘ずばはやおもひたつらんとの心也。一ふしの哥也〈一趣向加ワッテ普通ノ作リ方トハ異ッタ歌ダ〉」・「〈東海大学本某注、第二句契し事を〉此哥ハ、かならずこんと契りたる夕ハ、若《もし》、雨やふりなん風やふきなんとおもふ心得なり。いかにもしづかにあれとまつさまなり」・「〈太田武夫氏本注、第二句契りしことを〉此四しゆは〈大坪云、あし曳の、山里の、もしほやく、今こむとノ四首ヲサス〉、別《べち》説なし〈取リ分ケテイウ説ハ無イ〉」。

【一二〇四】（一一二頁）

二　式子内親王

管見新古今二十六伝本すべて「式子内親王」。「式子」の訓みは「ショクシ・シキシ・ノリイコ・ノリコ」等あり、別に萱《かやの》斎院・大炊御門《おほゐのみかど》斎院・小《こ》斎院の称《となえ》もある。既引の三・六六二・九四七・一〇七四・一一五八番の頭注も参考。「内親王」は音読は「ナイシンノウ」。訓読は「ヒメミコ・ヒメミヤ」。生年は久安五年説（『研究資料』第五四輯。平成一七年一二月。故井上宗雄氏論文）が引かれている。上横手雅敬・兼築信行両氏説の引用。参考として『大日本史』（巻一〇三。列伝一。後白河天皇六皇女）の記事を示す。

「式子内親王《ノリコノヒメミコ》、殷富門院母妹也〈一代要記、皇胤紹運録、斎院記、貴女鈔〉善二和歌一〈斎院記〉、平治元年、為二賀茂斎《いつき》一〈一代要記、歴代皇紀、斎院記〉、準二三宮一〈皇胤紹運録、皇胤系図、貴女鈔〉、嘉応元年、以レ病辞レ職〈皇帝紀鈔、帝王編年記〉、建久八年、坐二藏人橘兼仲《カネチカ》僧観心《クワンシン》事一、当レ擯《しりぞき》二京外一、置而不レ問〈皇帝紀鈔〉、後薙髪、法名承如法《ショウニョホフ》、称二大炊御門斎院《オホヰノミカドノサイヰン》一〈斎院記〉、又高《タカ》倉宮《クラノミヤ》〈皇胤紹運録、貴女鈔〉」。

三　君待つと閨へも入らぬ真木の戸にいたくな更けそ山の端の月

管見新古今二十六伝本では、歌句の異形はない。ただ、烏丸光栄所伝本は、「きみまつね《と》屋へも……」と「と」字を傍に小字で書かれている。又末句も「山の蕖の月」と「葉」字が使われているが、これは烏丸光栄所伝本筆者の書き癖《くせ》と思われる〈一一九八番良経歌・一二六三番読人不知歌等デモ山の蕖デアル〉烏丸光栄書写本では山の端の月。当歌は『萱斎院御集』（書陵部五〇一／三二架番）では、「雖レ入二勅撰一不レ見二家集一歌」の歌群中に見える。出典未詳歌であろう。ただ、他出典はかなり多い。『定家十体』（有一節様）・『女房三十六人歌合（内題、女三十六人撰）』（三首組歌合、一番右）・『自讃歌』・『続王和歌抄』（巻八恋下）・『私玉抄』（巻五恋）・『日野殿三部抄』（第八九条）等で、歌句同形で採入されている。

又、当歌の本歌や参考・影響歌も多く、各注釈書では、それらの歌を本歌か参考歌かのいずれにするかの理由や態度もさまざまで、石原正明の『尾張の家苞』をして言わしむれば、「かばかりの由緒は〈コノ程度ノ、決定ノ根拠ハ〉、歌毎にあるもの也〈ソノ示シタ歌ノ、ドノ歌ニモ見出サレルモノデ、決定的理由トスルニハ不十分デアル〉」という事になりかねない。併し一応従来の提示歌や私に気づいた歌を列示しておく。

(A)君来ずば閨へも入らじ濃紫我が元結に霜は置くとも（古今集六九三番読人不知・題不知）

(B)足引の山より出づる月待つと人には言ひて君をこそ待て（拾遺集七八二番人麿・題不知。原歌万葉三〇〇二番正述心緒。第五句妹待吾乎《いもをこそまて》《いもまつわれを》）

(C)君や来む我や行かんのいざよひに槙の板戸も鎖さず寝にけり（古今集六九〇番読人不知・題不知）

(D)山里の槙の板戸も鎖さざりき頼めし人を待ちし宵より（後撰集五九〇番読人不知・男の来むとて来ざりければ）

(E)君待つと起きたる我もあるものを寝待の月は傾きにけり（古今和歌六帖三四九番安倍虫麿・雑の月）

(F)君待つと閨にし居れば垣間より月は昇りぬ来じとてならし（古今和歌六帖三五〇番、同右）

(G)君待つと山の端出でて山の端に入るまで月を眺めつるかな（詞花集二九七番橘為義朝臣・題不知。二四代集ニモ採入）

(H)出づるより入るまで月を眺むるは物思ふ折のわざにぞありける（後葉集四六六番源頼光・題不知）

(I)君まつと我はおもはぬ槙の戸にいたくも深《ふく》る山のはの目（出典未詳。大坪云、続後撰八〇一番二条院讃岐・恋の歌の中に。ノ君まつとさゝで息らぬ槙の戸に争で更けぬる十六夜の月ノ訛伝歌？）

(J)「造れるさま木深く、いたき所まさりて見所ある住まゐなり……三昧堂近くて、鐘の声、松風に響きあひて物がなしう……むすめ住ませたる方は心ことに磨きて、月入れたる真木の戸口、けしきばかりをし開けたり（源氏明石巻、岩波新大系七六頁。脚注ニ古今ノ(C)歌ニヨル趣向、トアリ。本説ト見テオク）

凡そ右の如き歌が本歌や引歌〈参考歌〉かと思われるが、注釈書によっては、例えば『増抄』の引く「古抄」のように(A)(B)を本歌、(C)を引歌として三首を示す書もあれば、『自讃歌常縁注』のように(A)のみを本歌として示す書もあり、その示し方は注釈書によって区々《まちまち》である。『完本評釈』は(A)(B)(C)を、古抄を引いて紹介はするが、美濃や尾張の論を踏まえて、本歌とは定め難いとし、塩井氏『詳解』も本歌取には全く触れていない。このように、この問題については鑑賞者各自の見識にまたねばならぬが、一応従来の注釈書の取扱いを次に示しておこう。

(A)を示す書。無刊記板本問書〈宝永八年板本新鈔・説林後抄・私抄・八代集抄・内閣文庫蔵増補本聞書・内閣文庫蔵聞書後抄・学習院大学本注釈・吉田幸一氏旧蔵註・高松宮本註・高松重季本註〉・略注〈黒田家本聞書・大坪本聞書・山崎敏夫氏旧蔵新古今集別註（水甕社前抄）・説林前抄〉・抄出聞書・牧野文庫本聞書・かな傍注本・美濃の家苞（(A)ヲ示スガ、本歌にてよめりといへるはかなはず。式子歌ノ、山端の月は入かたの月なれば也。ト否定。『完本評釈』、月ノ時刻ノ違イカラ本歌取デハナイトスルノハ論外ト批判。）・尾張の家苞（美濃説ヲ示シ、かばかりの由緒は歌毎にあるもの也。古歌をとれりと、いふまでもなし。ト否定）・自讃歌尭孝注・同常縁注・同宗祇注・同兼載注・同東海大学本注・契沖新古今集書入本・小田剛式子内親王全歌注釈・岩波旧大系・岩波新大系・小学館『全集』・武蔵野書院テキスト版・桜楓社テキスト版・至文堂テキスト版・久保田氏『全評釈』・新潮社『集成』・朝日新聞社『全書』・講談社『新註』・改造文庫版・正宗敦夫氏『古典全集』・石田氏『全註解』・尾上氏『評釈』・窪田空穂氏『完本評釈』。

(B)を示す書。無刊記板本聞書〈宝永八年板本新鈔・説林後抄・私抄・八代集抄・内閣文庫蔵増補本聞書・内閣文庫蔵聞書後抄・学習院大学本注釈・吉田幸一氏旧蔵本註・高松宮本註・高松重季本註〉・抄出聞書・牧野文庫本聞書・自讃歌兼載注・九州大学文学部本自讃歌注・九州大学支子文庫本自讃歌注・太田武夫氏蔵自讃歌注・美濃の家苞（(B)ヲ示スガ、(B)ハ山ヨリ出ヅル月、式子歌ハ入方ノ月デ時刻ガ違ウカラ、(B)ヲ式子歌ノ本歌トスルハ適シテイナイトスル。窪田氏『完本評釈』ハ、コノ宣長説ヲ、論外のものであるト批判）・正宗敦夫氏『古典全集』・岩波旧大系・武蔵野書院版テキスト・久保田氏『全評釈』・新潮社『集成』・完本評釈（石原正明『尾張の家苞』説ニ賛成シ、(B)ハ示ス事ハシタガ、本歌取トスルハ否定）

(C)を示す書。無刊記板本聞書〈宝永八年板本新鈔〉・略注〈黒田家本聞書・大坪本聞書・水甕社前抄・説林前抄〉・八代集抄・私抄・内閣文庫蔵増補本聞書・かな傍注本・尾上氏『評

釈』。美濃の家苞（Ⓒ歌ヲ示スガ否定）・尾張の家苞（美濃ヲ引用スルガ、かばかりの由緒は歌毎にあるもの也、古歌をとれりといふまでもなし、ト引用ヲ評価セズ）・完本評釈（尾張説ニ賛成シ、本歌取リトハセズ）。

(D)を示す書。小田剛氏『式子内親王全歌注釈』。

(E)(F)(G)(H)を示す書。

従来の諸抄には無く、又尾張の家苞の見識も承知の上で、式子歌の理解に参考になると見て、即ち広義の本歌とみて試みに私的提示。

(I)を示す書。

自讃歌書陵部本注（出典不明歌。類似歌トシテ、君待つと鎖さでやすらふ槙の戸にいかで更けぬる十六夜の月、続後撰八〇一番二條院讃岐歌。ガアルノデ訛伝カモ知レヌ。

(J)を示す書。

窪田氏『完本評釈』・久保田氏『全評釈』。

(J)は「本説」として示されたものと思う。さて、当式子歌の技巧は、右に挙げたような古歌もしくは物語の、詞や歌想を、巧妙に取入れて構成されている点にあり、この作者の持つ天性のしからしめるものであろう。第四句の「いたくな更けそ」の「いた」が第三句の「槙の戸」の「戸板」に掛詞的な響きを持つ点も、歌の姿としての巧妙さであろう。作者は屋内で恋人を待っているのではなく、屋外で待っているように受取れるのも、自然と、かの万葉の「居り明かして君をば待たむぬばたまのわが黒髪に霜は降るとも（八九番）」・「君待つと庭にし居ればうちなびく我が黒髪に霜曾（そ）置きにける（三〇四四番）」や古今のⒶ歌が、脳裡をかすめる為かも知れない。作者の計算外の技巧か、計算済みの技巧かは量《はか》り難い。「真木《まき》」は「槙」の字を宛てる事も多いが、特定樹木の名ではなく、檜《ひのき》・杉《すぎ》・松《まつ》・槙《まき》（特定名トシテノ）等、兼築に適した良材一般を呼ぶ詞。杉や桧の板戸でもよい。作者の住居の高貴さが背後によみとれる。歌意参考「君を待つとて、寝所へも入らずに起きてうちながめ居るを、槙の戸にさす山の端の月よ、あまり更けてくれるなよといふ事にて、夜が更けさうで心細いといふ余情あり。だんだん夜更けてゆくに、なほ人は来たらざるより、此のまゝ明けてはとの心細さより、切情の幼くなりて、月影に更けてくるなとたのみたるり。無心の月影にたのみたる幼き心が、切情の狂してあらはれたるところにて、哀れなる詩想となれる本なり。情哀れに、風情もこもれる歌なりや（塩井氏『詳解』。因ミニ、詳解ハ、本歌引歌ノ類ハ、一切示シテイナイ）」。

四　古抄

この古抄は無刊記板本問書・宝永八年板本新鈔・内閣文庫蔵増補本聞書の施注と一致するから幽斎による増補註であろう。しかし、説林後抄や内閣文庫蔵聞書後抄の施注に比べてみると、「又、真木の戸といふに付けて……鎖ゝず寝にけり」といふ施註末の部分は、前者三本には有るが、後者二本には無い。この無い部分は、幽斎自身が、後者二本に更に加注して、前者三本の施注としたと考えてよかろう。幽斎は前半部も後半部も他の既往注を参考にして、一つにまとめたのではなかろうか。前半部、即ちⒶⒷの二首を本歌として示す部分の既往注には『牧野文庫本聞書』や『抄出聞書』があり、後半部、即ち真木の戸の説明やⒸの引歌を示す既往注には常縁原撰注がある。更に「いたくな」と「板戸」に秀句〈掛詞〉関係がある事を述べる既往注に『新古今注』がある。幽斎はこれらを取りまとめて『聞書後抄』を記したのであろう。これらの既往注を幽斎は、おそらくは、近衛稙家や三条西実枝から授けられたものかと思う。稙家や実枝の説を幽斎が取り用いた事は『宝永八年新鈔』の幽斎奥書に「此集之抄出以右之奥書〈大坪注、幽斎奥書ノ右ニ、常縁ト宗幸ノ奥書ガアル〉本書写之尤／可謂秘蔵而哥数不幾首漏脱多之／仍年来所聞置之義等今加之［於常縁抄・以来（著）（朱）加丸点］／分而為上下雖似有其恐所記非盡意之／僻案是以恵雲院殿［近衛大閤（太）］三光院殿［三条西前／内府］等之御説述卑詞者也旁以禁外見／深可納函底耳／慶長第二季陽下旬　丹山隠士玄旨在判〈（　）ハ無刊記板本ニヨル校合。近衛太閤ハ稙家、三条西前内府ハ実枝、丹山隠士玄旨ハ幽斎〉」とある事から推定できる。

次にこの「古抄〈幽斎増補聞書後抄〉」をもつ諸本間の校異を示す。本文に異形のないのは『無刊記板本問書』で他は少しずつ異なるところがある。「本歌〈肩付〉」が「ナシ（内閣文庫蔵増補本聞書・私抄）」。「同〈肩付〉」が「ナシ（内閣文庫蔵増補本聞書・私抄・八代集抄）」。「此の哥二首を」が「此二首を（内閣文庫蔵増補本聞書）・此二首の（私抄）」・「いたくな更けそ」が「いたくなふきそ（私抄）」。「やすらひて」が「やすらへて（宝永八年板新鈔）」。「つよく更くる」が「つよくな更くる（内閣文庫蔵増補本聞書・私抄）」。「又、真木の戸といふに付けて板といさゝか秀句の心もあるか」の一文を季吟八代集抄は、引月していない〈大坪云、単ナル脱文カ、意図的ナ不引用カハ、興味アル問題〉。「真木の戸と」が「真木の戸を（内閣文庫蔵増補本聞書）」。「引〈君や来む歌ノ肩付〉」が「ナシ（宝永八年板本新鈔・内閣文庫蔵増補本聞書・私抄）」。

次にこの「古抄」の前半部の既往施注書を示しておく。「きみこすはねやへ《(ママ)》もいらしこむらさきの《(ママ)》わかもとゆひに霜はとくとも。あし引の山より出る月待と人にはいひて君をこそまて。此二首の本哥にて読り。月を人まつかこつけにせんと也（牧野文庫本聞書）」・「君こずはねやへもいらじこむらさきわがもとゆひに霜はをくとも。足引の山より出る月まつと人にはいひて君をこそまて。二首の本哥を引合てよめり。月をかこつけにして人をまつ様也。いたくなふけそといひて、又山のはの月といへる、意得がたし。さ夜、ふくるなと也。月は山のはをいづる也（抄出聞書）」・「閨へモイラヌトハ、戸ヲアケテ、ハシ居ヲシテ、マテバ云也。イタクトハ、槙ノ戸ニ、付タル秀句也。月モシバシ、山ノハニアリテ、更行空ヲ、ナミセソトヨム也（新古今注）」。「古抄」の後半部の既往施注書に、常縁原撰注〈略注・黒田家本注・水甕社別註・大坪本等ガアル〉があるが、大坪本の本文で示しておく。「此哥有のまゝきこえ侍り。されども三の句に真木の戸といへる奇特也。つれなくかハる気色もなく待明といふ心を、まきのとゝをかれ侍り。いたくな更そとハ、かく心を尽し待侍るをもしらずかほに月の更行にとよめり。まきのと真木の屋とハ、うつくしき木なとにて作りたるをいへども、哥によりてかはる事侍る也。君やこん我やゆかんのいさよひに真木の板戸もさゝすねにけり。私に云、君コズハ閨へモイラシ濃紫ワカ本結ニ霜ハヲク共（大坪本。略注・黒田家本ハ、私に云ノ歌ナシ。水甕社別註本ハアリ）」。

五　君来ずハ閨へも入らじ濃紫わが元結に霜ハ置くとも

古今集六九三番歌。歌意は、「あなたがいらっしゃらない場合は、寝室へも入りますまい。たとえ私の濃い紫色の元結いに霜は置くとしましても、じっと外で待っていましょう（片桐洋一氏『古今和歌集全評釈』）」。契沖『余材抄』は、顕注密勘を引いて「をとこのもとどりとるもとゆひは、むらさきの糸にてよる也」であるから、この歌は男の歌であるとし、景樹の『正義』は「歌のすがためゝしければ女なるべく見ゆれば」と女の歌とする。作者は「読人不知」であるが、女の歌とみる注が多い。ところで『日野殿三部抄』（八九条「夕すゞみねやへもいらぬ」）に、「左　有家朝臣　夕すゞみ閨へもいらぬうたゝねの夢をのこしてあくるしのゝめ／判云、左夢をのこしてなといへる末句は、いとよろしくきこえ侍る。上の夕すゞみねやへなどよむ事は侍れど、不可庶幾にやと候歟。是もねやへいらぬといふ詞あしきとにはあらず。下句にあはず候也／君こずは閨へもいらじこ紫わがもとゆひに霜はをくとも／又新古今に、式子内親王　君まつと閨へもいらぬ槙の戸にいたくなふけそ山のはの月／など候へば、あしきにはあらずとみえ候。仍よむ事は侍れど不可庶幾と候にや。兎角歌によるべく候也」と、『六百番歌合』（二十七番）の有家歌や俊成判詞を引き、古今歌や新古今歌を引いて「閨へもいらぬ」という表現に対してその使い方は、歌によって斟酌すべき事を説いている。女が閨へも入らず戸外に男をまちつくすような情景の時は、可とされるのであろう。

六　足引の山より出づる月待つと人にハ言ひて君をこそ待て

拾遺集七八二番（題不知・人麿）歌。原歌は万葉三〇〇二番歌。三二七六番長歌末尾。拾遺歌意は「山から出る月を待つと他の人には言って、実は私はあなたを待っているのだ（岩波新大系拾遺和歌集、小町谷氏脚注）」。宵の内から夜更遅くまで自分が起きて恋人を待ち続ける事の言訳《いいわけ》。この言訳は、幼稚な言訳であるが、空穂氏は本哥取説を認めない立場ではあるが、『完本評釈』では、拾遺歌の幼稚性を、式子歌では「内親王のおおらかな一面を思わせる魅力がある歌」のように受容しておられるのは、この拾遺歌を通しての事ではなかろうか。万葉原歌の末句「妹待つ吾」の「を」は詠嘆助詞。「山より出る月を待つと、人には云って、妹を待つ自分であるよ（澤瀉久孝博士『注釋』）」。この歌『柿本集(下)』にも見える。万葉三〇〇二番は「妹待つ吾を」、三二七六番は「君待つ吾を」で、男女が入れ替わっている。民謡的要素の濃厚な掛合い的口誦歌であったのであろう。

七　月を、人待つ託つけに為む、となり

文意「月を、恋人を待つ口実にしよう、と言うのである」。「かこつけ」は、カコチツケの約言。「かこつく」という下二段動詞の連用形が名詞となったもの。「託言《かこと》〈言イ訳〉」（名詞）と同義。参考「カコト、または、カゴト。託《かこつ》けに同じ。申しわけ、（日葡辞書）」。

八　いたくな更けそとハ……空をな見せそとなり

文意「第四句の、いたくな更けそ、とは、自分も閨〈寝所〉にも入らないで、戸外で休らっているが〈グズグズト佇ンデイルガ〉、月もしばらくの間は山の端〈山ノ稜線〉のあたりに、ぐず〳〵して、高くへ昇ることをせず、いたく〈大層ニ、甚ダシク〉夜更《よふけ》を感じさせるような空模様を見せてくれるなよ、という意だ」。「月も」の「も」は、自分もそうだが月もまた、の意。「な……そ」は、照応して懇願的禁止を示す「……してくれるな」の意。

九　真木の戸といふ……秀句の心もあるか

文意「第三句の、真木の戸、といふに関連して、戸は、木の板を用材とする事から、第四句の、いたくな、のいたと、板↓甚《いた》くの同音関係で、少しばかり秀句《しうく》〈掛詞ノ如ク、言イ掛ケ方ノ巧妙ナ句〉の心〈発想・趣向・内容〉も含ませてあるのではなかろうか」。

一〇　真木の戸は美しき木等にて作りたるを云ふ也

「美しき木」とは『歌林良材集』の「良材」の如き意であろう。見事な材木、良質の木で、木目《もくめ》も整い、堅牢で見目《みめ》うるわしい木。「真木」は、特定樹木の名称ではなく、檜・杉・槙などの良材の総称。

一一　君や来む我や行かむの十六夜に真木の板戸も鎖ゝず寝にけり

古今集六九〇番、題不知、読人不知歌。『古今集校本』によれば第二句「我やゆくべき（元永本）」、第三句「やすらひに（本阿弥切）・いさなひに（真田本）」、第四句「まきのいたとを（大江切・基俊本・本阿弥切）」、第五句「ささてねにけり（大江切・基俊本）・ささてねにける（本阿弥切）・さたすねにけり（元永本）」、等歌句に異形が多い。第三句「十六夜に」は古今に続いて配列されている素性の「今来むといひしばかりに長月の有明の月を待ち出でつるかな」の「有明月」を考慮すれば「十六夜の月に」という意味合いが濃厚であり、式子歌の「山の端の月」にもよく通じ合う。「十六夜」は、片桐氏『全評釈』は「イサヨヒ」の清音訓みが本来の訓で「イザヨヒ」は後代の所為と万葉時代の訓を支持する。一方竹岡氏『全評釈』は『高松宮家貞応本』『毘沙門堂注』『訓点抄』が「いざよひ」と濁音訓みになっている事を紹介した上で、清音訓みに従っている。「鎖す」は、単に戸を閉《し》めるだけでなく、錠をおろして戸じまりをする事。香川景樹の『正義』に、「此真木の戸は閨の戸にはあらで門の戸なるべくおぼゆ」とあるが、いかがなものか。「真木」も良材の意とする注が多い中に、片桐氏は「柀　日本紀私記云、末岐、今案又杉一名也。木名也。作柱埋之。能不腐者也」を引用され、木偏《へん》に皮の旁《つくり》の構成から、皮のついた木、というイメージを否定できないとされた上、万葉集で「奥山の真木の板戸〈二五一九・二六一六・三四六七番〉」という歌語としての出発点から、山から伐り出されてあまり加工されていない木と考えられ、実際の真木か否かは、こだわらずに、「恋路の障壁」のイメージで考える方がよいとされているようだが、少しく飛躍が過ぎるのではなかろうか。歌意参考「あなたが来るであろうか。それともこちらから出かけて行こうかと、ためらっている間に、真木の板戸もかぎをしめないで、寝てしまったよ（松田武夫氏『古今和歌集(下)』）」。

一二　君が来ん歟と思ひて……寝たる由・この頭書は、引歌の意を述べたものであろう。前頭注十一を参照してほしい。磐斎も、幽斎の「古抄」説を全面的に受入れて、二首の本歌と、この引歌を是認していたと、この頭書を通じて考え得る。

一三　月に言ひかけたる也……力がなくなるとの義也

文意「この式子歌は、山の端にもう沈もうかと迷っている月にむかって言い掛けた歌である。私は但単《ただたん》に起きているのではない、恋しい方を待つという理由があって、寝所へもはいらずに待ち続けているのであるから、時間は速く過ぎ去って欲しくないのだ、それ故、夜が更けぬようにあれかしと願っているのだ。夜が更けても恋人があらわれないのであれば、だん〳〵に待つ気力も抜けて弱まって了《しま》うのだからという歌意だ」。

一四　いたくなとハ……更くるなとなり

文意「いたくな更けそとは、少しぐらいは更けるとしても、多く強くは更けてはくれるな、という措辞である」。

一五　この山の端ゝ……宵には斯くいふまじき也

文意「この末句の山の端の月とは、西の山の端に沈まんとして、ぐず〳〵している月であろう。宵の、東の山の端から、出ようとしていざよっている時には、このような言い方は、普通、歌ではいわないものである」。歌では、普通の場合は、月は早く出てほしいとする気持で詠まれる。それ故、十六夜月・立待ち月、居まち月、寝まち月、等と詠まれるのである。「秋の夜のながき効《かひ》こそなかりけれ待つに更けぬる有明の月（新古今四二一番）」等は参考になろう。

【一二〇四番歌　補説】

当歌も、施注書が多いので左に掲出しておく。「（新古今注）頭注四で既引」・「（牧野文庫本聞書）頭注四で既引」・「（かな傍注本）万葉(ママ)ニ、君やこんわれやゆかんのいざよひに槙の板戸もさゝず寝にけり。古今ニ、君こず(ママ)ハ閨へもいらじこむらさきわがもとゆいに霜ハ置とも。君まつとハとて也〈注、君ヲマツトテ、ノ意也〉。更(ふけ)てくれなと也」・「（吉田幸一氏旧蔵註・高松宮本註・高松重季本註）

〈牧野文庫本聞書ニ続ケテ〉いたくなふけそとは真木の戸と云に秀句也。月もしばし山の端にやすらひて更る空を、なみせそと也」・「(宮内庁書陵部本新古今集抜書)真木の戸は、うつくしき木などにて作りたるを云也」・「(八代集抄)季吟ハ幽斎ノ施註ヲ野州云トシテ引用シテイル。(学習院大学本新古今注釈)季吟抄ヲ略シテ孫引」。『自讃歌註』では、「(頓阿注)是は打きゝたるまゝ也。但いたくなといへる所此哥の肝要、見所なるにや。忍びたる人などを待には、宵のほどは人めを忍びてとひこむ事かたし。又ふけ過ては、はやとふべからず。いたくなは、さのみなふけそ、ちと深《ふけ》よといへる心ち也。真木の戸はたゞ板にてはぎたる所也〈タダ普通ノ板戸ノコトデアツテ、生《ナマ》木ノ表皮ヲムキ取ツタ板戸デアル〉」・「(堯孝注)待恋。君コズハネヤヘモイラジコ紫ワガモトユイニ霜ハヲクトモ」・「(常縁注)新古今恋三にあり。待恋を読り。本哥、君こずはねやへもいらじ小紫我もとゆひに霜はをくとも。待夜の更るをおしむ心成べし」・「(孝範注)ねやへもいらぬとあり。少よひ更て出ぬる月にや。まつ夜はのいたくもかなしければ、月も心してしばし山のはにやすらひてあれと、あやにくに〈月ヲ憎ラシク思イナガラ〉読給へるなるべし」・「(宗祇注)きみこずはねやへもいらじこむらさき我もとゆひに霜はをくとも。と云哥をとれり。こゝろはおぼつかなきにや〈恋人ノ来訪ヲ待ツ作者ノ心ハ不安ニ満チテイタノデハナカロウカ〉」・「(兼載注)待恋といへる心を。きみこずはねやへもいらじこむらさきわがもとゆひに霜はをくとも。こむらさきの哥を。本哥とせり。又、あし引の山よりいづる月まつと人にはいひて君をこそまて。などいふ歌をもふくめり。山のはにある月のほどは、まぎるゝこともあるに、ふけてはいかゞといへるこゝろ也」・「(広島大学本注)嶺上月、式子内親王。この哥に、まきのとに、とよめるは、いたくといふことばのためなり〈大坪云、板戸ニいたくヲ掛詞ニシヨウトスル為デアル〉。されば、まきのいたとて、まきのとにいたくと、よみつゞけられたり。ことばは〈いたくなトイウ詞ハ〉つよくなふけそといへる心なり。人をまちけるよ、月あまりにふけたらんに、なかしろくして〈室内が月光デ白ク明ルンデ〉しのびがたかるべし。たゞこの月をみねにおきて、ほのかにみん、となる儀なり」・「(書陵部本)君まつと我はおもはぬ槙の戸にいたくも深《ふく》る山のはの月。〈頭注三ノ(I)歌を参看ノコト〉」・「(九州大学文学部本)忍ぶ恋の心なり。かならずこよひこむなど音信たより心も身にそひがたく、あしたより暮行空《くれゆくそら》を待うかれ、いかなるさはりもやあらんと、心をつくすまゝに、とかくさ夜の更《ふけゆく》行ほどになれば、空の色、風のけしき、身にしみ一しほ物わび敷《しく》なるに、あまさへ《剰さへ》月の行末、山のはちかくなり行をみて、いたくな更そ、さやうにては、君や来ざらんとおもひわぶる心也。月を待と云《いふ》は、かごと〈口実〉にてこそ侍らめ、人丸哥に、あしひきの山よりいづる月待と人にはいひて君をこそまて、かやうの心を引あはせ心底におさむべき也」・「(九州大学支子文庫本注)此哥ふるき躰よく〳〵心にそむべし。本哥に、足引の山よりいづる月待と人にはいひて君をこそまて、人丸の《と》哥也。此哥にて、君まつとね屋へもいらぬ・いひかへたるなり。

山のはにいで《ママ》、いさよふ月待と、密勘の六帖にあり〈大坪注、『顕注密勘抄』[『歌学大系別巻五』、二二八頁]の古今集六九〇番歌ノ注ノ一節ニ、六帖云、山のはに出ず《ママ》いさよふ月待と人にはいひて君をこそまて、トアルノヲ指スノデアロウ。古今和歌六帖デハ第五帖ニ、山たか《ママ》みいでずいさよふ月まつと人にはいひて君まつわれを[二九三番歌]、ガアリ、初句ノ異同ガ目立ツ。民謡的掛合歌ト考エレバ、歌句ノ訛伝ハ当然デアロウ〉」・「(東海大学本注)此哥は、君こずはねやへもいらじこむらさきわがもとい《ママ》ひに霜はをくとも。是を本哥とせり。ねやへもいらぬは、月のゐしやくなり〈会釈《エシャク》ハ、相手ノ気持ヲ推量シテ思イヤルコトデ、月ガ恋人ノ逢ウノヲ照シ出サズニ、寝所ヘモ光ヲサシコマズ、忍ビアウノヲ助ケルタメノ会釈ト解シタ施注デアロウ〉。槙の戸はいたくと云字のまくら詞也。こむらさきは、こき紫也」・「(太田武夫氏蔵本注)此うたは人丸の哥〈前記(B)歌ヲサス〉の心を替てよむ也。人丸は月を待といひて下には人をまつ也。是は人を待と云《いひ》たらば、さては月をまつと人の思ふべきに、其月更《ふくる》ならばいかゞと云心なり」。

〔三〇五〕(一一三頁)

三 頼めぬに君来やと待つ宵の間の更けゆかでたゞ明けなましかバ

管見新古今二十六伝本による校異。第三句は、「よひのまに(鷹司本・為氏筆本)・よゐのまハ(亀山院本)」。なお「宵」の仮名表記本の中で「よゐ」は、為相筆本・冷泉家文永本・柳瀬本・前田家本・亀山院本である。為相筆本は「よひ」の語のある歌は、すべて「よゐ」である。西行は北面武士で御所警護の職務上「夜居（よゐ）」せねばならぬ事は常であっただろうから、当歌の場合は「夜居」で理解しても、できぬ訳でないから念の為に表記に言及しておく。「夜居」は「夜居の僧（源氏賢木）」の如くに使われている。但し、為相筆本の「よゐ」を含む歌は「よひ（宵）」の意とする方が良いと思うので、あくまで念の為である。次に末句は、寛政十一年板本（コノ板本ハ、各歌ニ濁点ヲ施シテアル）は、「明なましかは」と濁点を付していない。

当歌は歌句が、他出書でも異同が目立つ歌である。「たのめぬに君くやとまつよひのまのふけふけてただあけなましかば（月詣和歌集）」・「たのめぬに君くやとまつよひのまはふけゆかでたゞ明なまし物を（李花亭文庫本西行上人集、追而加書西行上人和歌次第不同）」・「たのめぬを君くるやとてまつよひのまはふけゆかであけなましかば（文明本西行物語㊦）」・「たのめぬに君こやとまつよひのまはふけゆかでただあけなましかば（久保家本西行物語絵巻）」のごとくである。

次に出典の『御裳濯河歌合』（中央大学図書館本飛鳥井雅綱筆）の「廿五番」を示せば、「左　あやめつつ人しるとてもいかがせむ忍びはつべき涙《いたもと》ならねば／右　勝　たのめぬに君くやとまつよひのまの深けゆかでただ明けなましかば／左　しのびはつべきと《イなど》いへる末の句は《イナシ》いとをかし。初五文字や如何にぞ聞ゆらん／右歌　心猶《イナシ》ふかくやあらん。又右歌《イナシ》まさるとすべし」のごとくである（イの校異は、内閣文庫による）。

初句の「頼めぬに」は、相手が来るといって私に頼みをかけさせているのではない、つまり待つ当てもないのに、の意。動詞「頼む」は、四段活用の場合は、私が相手を頼む、下二段活用の場合は、相手が私を頼む気にさせる、の意。打消の「ぬ〈ずノ連体形〉」は、未然形に接続するので「頼め」は「頼む」（下二段活用）の未然形。「来」は「こ・き・く・くる・くれ・こ」のカ行変格活用、それ故、「こや（久保家本絵巻）」とか「くるや（文明本物語）」の如き訓みも出現するのであるが「や（疑問助詞）」は文末の場合は終止形接続が常であるから「くや」が良い。「くやと（来やと）」の「と」は、引用文の如き準体言を受けるので、「〈君来や〉と」と接続したのである。「宵の間」は、相手の恋人が訪ねてくる時間帯。当歌は作者西行が、女の立場で詠んだものであるが、「夜居」の意と考えると、西行勤番の場へ女が訪れるという当時には起り得ない状景となるが故に、無理な解となる。「更けゆかでたゞ」は、夜が次第に更けて行って、ひょっとして男が来るやもしれないと待ち続ける宵の時間で終ってしまわずに、いっそのこと、一足飛びに直ちに、の意。「明けなましかば」は「ましかば……まし」の用法の省略形で「明けなましかば→よからまし・うれしからまし」の余意を含ませた表現。歌意参考「約し置かぬに、若《もし》はくるやと夜ふくるまでかくてまたんこと苦しかるべきに、早く明けたらばうれしかるべしとの意（標註参考）」。なお、当歌の参考歌としては、「入方はさやか也ける《さやけかりけるイ》月影をうはの空にも待しよは《よひイ》かな（紫式部集、続国歌大観二一八六一番）」がある。

四　君と約束ハせねども……となり

文意「貴男《あなた》と今宵お逢すると約束していた訳《わけ》ではないが、それでも今宵は、もしかして来て下さるのではないかと待っている宵の間の、（何とつらいことか）、だから時刻が徐々に更けるというのではなく、宵から一足とびに直接に、明方まで時刻が経《た》ってしまったならば、どうであろうか。（何故にこの様なあり得ぬ事を考えるかといえば）、夜が更けてゆく間に、もしや来て下さるかもと、いらいらじりじりして待ち続けて苦しく思うが故なのだ、と詠んでいるのだ」。

五　たゞとは、宵バかりにて、となり

文意「四句目の、たゞ、とは、人を待つ夜は、宵の時刻だけでよい（あとの夜明までの時間は不要である）、という意である」。

当歌参考他注。「契は、をかねども、若《もし》はくるやとまつ宵の、更るといふ事なく明たらば、嬉しからん。待に更行《ふけゆく》うさの堪がたきに、との心也（八代集抄）」・「一定《いちぢやう》〈きっと、必ず〉とたのめたる夜は更るもしらぬ也。たのめをかで、もしやと頼む夜は、一時もかなしき間、ふけゆかで明《あけ》よかしとおもふ心也（新古今集之内哥少々）」・「其人とハたのめねども、もしとハるゝ人もあらんかと待よひハ、更行であけてくれよかし。はやくひるになれかし。かば、ハ云残したるてにハ也〈大坪云、明なましかば、ノかばハ下ニ、よからまし、ノ如キ語ヲ云イ残シタ表現デアル〉（かな傍注本）」・「契らぬに待程にとて、夜、ふけたりとも、人のこふずる〈注、人ノ来ムトスル〉にもあらず、たゞよひのまにあけたらば、うれしからふずと也（私抄）」・「〈美濃の家苞〉三の句以下は、更行ことなく、よひの間のまゝにて、早く明たらばといふ意にて、其下へ、うれしからむといふ意をふくめたる格也。うれしからむと思ふゆゑは、たのもせぬ人なれば、とても来ることは有まじきに、来や来やと夜ふくる迄かやうに待んことは、いとくるしかるべきに、早く明たらば、待心のやむべければ、うれしかるべきなり。〈尾張の家苞〉待心のせちなる事みゆ。〈美濃の家苞〉此歌、恋の情にあらず、趣意のよろしからぬ歌なり。〈尾張の家苞〉ふくるを恨むるやうによむも一つの趣也。かくよむも一つの趣なり。いづれを恋の常情《つねのこころ》といはん（美濃・尾張、両家苞）」。

〔三〇六〕（一一四頁）

二　帰るさのものとや人の詠むらん待夜ながらの有明の月

当歌の題詞は、一二〇五番西行の題詞「恋歌とてよめる」が当歌に及ぶ。管見新古今二十六伝本では、異歌形はないが、表記では、初句が、烏丸光栄所伝本は「帰さの」とあるが「かへさの」ではなく「かへるさの」と訓むのであろう。書写本では「帰るさの」とある。又、所伝本は、末句も「在曙の月」と表記されているが書写本では「ありあけの月」である。

当歌の出典は、『拾遺愚草(上)』の「閑居百首、文治三年冬與越中侍従詠之」の「恋十首」中の一首で、歌句同形である。越中侍従とは藤原家隆のことである。他出書は多いが、異歌形は見当らない。次に示す（順不同）。『二八要抄』（恋三）「恋の歌とてよめる／藤原定家朝臣／歌句同形」・『続歌仙落書』「恋のうたとてよみ侍りける／歌句同形」・『長明無名抄』（代々恋中ノ秀哥）「〈前略〉今これらに〈注、後拾遺・金葉・詞花・俊恵哥苑抄（散佚書）ナドノ代表的恋歌ヲサス〉心づきて新古今をみれば、わが心にすぐれたる哥、三首見ゆ。いづれともわきがたし。後の人さだむべし。／かくてさは命やかぎりいたづらにねぬ夜の月のかげをのみ見て〈注、現存新古今ニハ見当ラナイ。作者モ不明。或イハ長明歌カモ知レヌガ鴨長明全集ナドニモ長明作トシテハ不採〉／野辺のつゆ色もなくてやこぼれつる袖よりすぐるおぎのうは風〈注、新古今・恋五・慈円歌〉／帰るさの物とや人のながむらむまつよながらのありあけの月〈注、新古今・恋三・定家歌〉〈後略〉（梅沢記念館旧蔵本無名抄）」・『定家十体』（有心様、四十一首）「歌句同形」・『心敬私語』（幽玄体の歌）「歌句同形／定家卿」・『二四代集・二四代和歌集・八代知顕抄』「だいしらず／歌句同形／参議定家」・『和歌呉竹集（拙蔵板本）』（巻三。か部、かへるさ）「かへるさ。帰る様なり／歌句同形／定家」・清原雄風著『類題和歌怜野集』（下巻恋上）「待空恋／歌句同形／定家」・『古今選(三)』（恋）「恋のうた／定家卿／歌句同形」・『筱舎《ささのや》漫筆』（巻九、詠歌教。歌ものがたり）「歌句同形」・『自讃歌』「歌句同形」・『練玉和歌抄』（巻八、恋下）「歌句同形」・『私玉抄』（巻五恋。六家之和歌。拾遺愚抄）「〈三十首中ノ一首〉帰るさの物とや人の詠覧待夜ながらの有明の月」・『定家卿百番自歌合』（六十五番）「左、持。一見。あぢきなくつらきあらしの声もうしなどゆふぐれに待ちならひけん／右。閑居。かへるさのものとや人のながむらん待つ夜ながらの有明の月〈注。二見ハ二見浦百首、閑居ハ閑居百首ノ略〉」・『翠園応答録』（鈴木重嶺著）。新古今・新勅撰のうち、たけ高くまたうるはしく姿をかしきうた。四十五首ノ一首）「歌句同形」・『新続三十六人撰〈別名、新三十六人撰　正元二年〉』（十番。十首組ノ九首目）「左　今こむと契りしことは夢ながら見しよに丶たる有明の月　堀川大納言通具／右　帰るさのものとや人のながむらむ待夜ながらの有明の月　権中納言定家」・『歌の大意(下)』（長野義言著）「題しらず　壬生忠岑　有りあけのつれなく見えしわかれより暁ばかりうきものはなし〈中略。忠岑歌ノ周到ナル解説部分ニ当ル〉。是を本歌にてよめる歌／続後撰恋五　右近中将忠基　こぬよひもつらからぬかは月かげを暁ばかりなにうらみけん〈注。続後撰九七〇番〉〈中略〉此歌にもあかつきにうらみたるよしにいへるは、つれなく見えしはつらくうらめしく思はれたることなればなり。／またかの歌〈注、忠岑歌ヲサス〉を本歌にて、新古今に、定家卿　帰るさのものとや人のながむらん待つよながらのありあけの月　是にても、門よりいらで立ちかへりし事をしるべし。／又摂政殿〈注、良経〉有明のつれなく見えし月は出でぬ山ほと丶ぎす待つよながらに〈注、新古今二一〇九番歌〉／か丶るに後世人、わかれよりといへるになづみて、こはかならずあひて後の歌ぞと思ふは、いまだいたらぬひが言なり。さてはつれなく見えしといひ、暁ばかりうきものはなしといへる、何の甲斐かある。たとひ逢はずて門よりかへりたりとも、月ゆゑにか丶るうきわかれをするぞといへる、何のさまたげかあらん。かくわかれによそへたればこそ、月のつれなく思はれしさまも、ことに哀なれ。又わかれよりといひてあはぬよしはなくとも、二句と四五句のさまにてあはざりしことは、いちじるきものをや。かのうぐひすのなみだの氷も〈注　雪のうちに春は来にけり鶯の氷れる涙いまやとくらむ　古今集四番二條后歌・鶯の涙のつら丶うちとけて古巣ながらや春をしるらん　新古今三一番惟明親王歌〉情をいはんのたとへぞかし。詞と歌とのけぢめは上巻にいへり」・『尊師聞書』（四七九条）「後朝恋といふは、夜をこめてわかれて其朝の事といひ、又は今朝わかれて翌日の朝ともいふ。皆しらぬ人のいふ事なるべし。すべて恋といふは、夫のかたへ婦のきたりて、かへりたるを恋る也。後朝恋も男のかたへ女の来てかへりたる朝也。恋の歌には此心第一の事なり。伊物〈伊勢物語ノ略抄。勢語トモ略ス〉に業平の斎宮とちぎりて／かきくらす心のやみにまどひにき夢かうつゝかこよひさだめよ／とよみ侍りしは後朝也。又後朝にてもなく男のしのびてかへりてよみ侍りしは、定家卿、／かへるさの物とや人のながむらん待夜ながらの有明の月／といへる、又家隆卿／　水無瀬殿恋十五首　河辺恋　千鳥なく河辺のちはら《茅原》風さえてあはでぞかへる有明の月／といふなど也」・この他に当歌の下句のみを文飾として用いた『なぐさめ草』（群書類従紀行部所収）「しかのみならずある時は、まつ夜ながらのありあけに、鴫の羽がきをかぞふ」もある〈後述ニ関連アリ〉。

次に当歌の技巧は、諸注釈も指摘する「晨明《ありあけ》のつれなくみえし別《わかれ》よりあか月ばかりうき物はなし（古今集恋三、六二五番みぶのたゞみね）」の本歌取技巧である。定家が『近代秀歌』・『詠歌大概』に於て詳しく規定した、所謂「狭義の本歌取」に従えば、この定家自身の歌は、該当していない。たゞ、忠岑歌も定家歌も「有明けの月を眺めての憂き心」という歌の心が共通する点から言えば、「本歌取の歌」と認められると思われる。この忠岑歌の本歌取りとする注に契沖『書入本』・長野義言《よしこと》『歌の大意《おほむね》〈歌の大武根〉』（大坪云、義言ハ主膳トモ称シ、井伊直弼《なほすけ》ニ擢《てき》用サレタ佐幕家、九條尚忠ノ臣島田正辰ト交リ公武ノ間ニ周旋シタガ、文久二年正㕝ガ勤皇浪士ニ殺サレタ時、自分ノ責任デアルト考エ、彦根藩政ニモ加ワル。安政ノ大獄ニ重要ナ役割ヲ演ジタ為ニ、桜田門外ノ変後、時勢一変シテ死罪ニ処セラレタ）・『自讃歌支子文庫注』等が忠岑歌を本歌とみている。又「本歌取」と明言はしていないが、それを匂わす「参考歌」とする注もある。即ち「有明の難面《つれなく》など古今にもよめり（『自讃歌兼載注』）」・磐斎『増抄』も引用する『古抄〈聞書前抄ト、ソノ文末ニ幽斎ノ加筆ノアル、内閣文庫蔵増補新古今集聞書ノ本文〉』（烏丸光広ノ『私抄』モ同文。季吟八代集抄モ引用スル）・『かな傍注本』・『岩波新大系脚注』等が「参考歌」説であろう。

さて、当歌の歌意は、「帰り際《ぎわ》のつれない月よ、とあの人は見入っていることであろうか。自分が一夜待ち明かしたまま、眺めるこのつれない有明けの月を（田中裕先生著『新古今。秀歌250首』画文堂」。「我《ワガ》待つ人は、外《ホカ》の人の許《モト》に通ひて、其《ソノ》帰るさにつれなきものと詠《ナガ》むるならん、わがかやうにまち明かしてみる有明の月をとなり（標註参考）」・「我ハ人ヲ待夜ナガラニ、空シクアケユク有明ノ月ヲ、ヨソノ人ハ思フ人ニ逢《やらむ》フテ帰ルサノナグサミ物ト見ルデカナアラウ、ウラヤマシイコトヂヤ　上下次第して意得べし（九州大学図書館蔵、衣川長秋著新古今集渚の玉）／我ハ人ヲ待夜ナガラニ空シク見テ、アケユク有明ノ月ヲモ、ヨソノ人ハ云々かくてハいかに（同上書、附箋）」。「帰るさ」は、帰る折・帰り道の意で、のちに「かへさ」とも言うようになった。語尾の「さ」は接尾語で、動詞につく時は、……する場合、とか、……する折、などの意を表わす。「人の詠むらん」の「人」は「自分以外の世間一般の人」の意に解する説と「自分が恋しく思って待つ人」という特定の人の意に解する説とがある〈後述〉。「待夜ながらの」の「ながら」は、接尾助詞〈本来ハ、連体助詞ノな卜名詞ノからトノ複合デアル〉で、体言の下について副詞句を作るのが本来の用法である。「恋人を待つ夜さながら〈ノ有様〉のままの」という意。当歌は「さ」とか「ながら」とかの、接尾辞の巧妙な使用が技巧上に活かされている点に、鑑賞上留意すべきであろう。なお当歌の眼目として『岩波新大系』の脚注は、「自分にもあの人にも等しくつれない月であるが、自分は一夜の絶望を、あの人は喜びを味わった果ての月で、この対照が一首の眼目」と説く。なお、朝日『全書』の頭注に「長明無名抄にこの歌をほむ。また正徹物語を見よ」とある指摘も見落とせない。併し『正徹物語』には、当歌も当歌関連記事も私には見出せない。恩師小島先生は、先著『新古今集秀歌抄』で「長明の無名抄には恋歌の上乗ものとして推称し、室町時代の歌人正徹は、源氏物語の俤があると述べてゐる」と説かれ、後著の筑摩書房古典日本文学全集『新古今和歌集』でも、略々《ほぼ》同文同趣旨を示しておられる。但し出典は示されていない。そこで『正徹物語』以外の正徹の著述にあると見て探した結果次の記事を得た。『なぐさめ草』（群書類従、紀行部八）である。『新校群書類従』の解説によれば、「連歌のこと、歌道のこと、源氏物語に関することなどについての意見なり感想などが随処に散見してゐる」とある。源氏物語については、「抑も光源氏の物がたりは、五条の三品入道釈阿、河内守光行等専ら是をもてあそばれけるとかや。此の人々よりふたつの流れになりて、あるは定家卿の青べうし、河内守が本、などいふことになりぬ。たゞ聊か註を存する事の変れるばかりか。むらさき式部がことの葉として、藤氏の長者御堂関白殿〈注、道長〉、筆を加へたまひけるなり。きはめて義ふかく理あさし。物語の詞は、其の時世にいひしれる事を、有りの儘《（まま）》に書きたりしかども、世末になりゆければ、人の詞もしたがひて変り侍るにや、今は人のなべてはしらぬ事のやうになりぬ。されども和歌道は、詞、人のみみにたゝず、心田夫の賎も聞きうる様にとこそ、先達も侍れ。殊更此の物がたりは、心の用ひ、ふかければ、是を心底にうかべばおのづから風骨となりて、詞の外に志みえぬべきかなと、愚意には存ずるばかりなり。〈後略〉」とあり、特に傍線部分に、「源氏物語の俤《おもかげ》がある」と恩師の述べられた心があると私には思われた。定家当歌との関連については更に『なぐさめ草』の後接個所に「〈前略〉返し、身の上に露をばかけきたが方に今宵は松のねを交しけむ〈了俊ノ歌ニ対スル正徹ノ返歌〉。しかのみならず、あるときは、[A]まつ夜ながらのありあけ〈新古今定家当歌ニヨル文飾〉に、[B]鴫の羽がきをかぞふ。[C]みしよの枕のうへに思ひねの夢をたどり、明くるをつぐるかねのこゑに、夕べをしらぬ契りを疑ひ……」とある。Aは新古今一二〇六番、Bは新古今一一七九番、Cは新古今一三〇〇番、というように新古今歌による文飾が目立つ。おそらく朝日『全書』の「正徹物語を見よ」の当歌頭注は、『なぐさめ草』を思誤られた為ではなかろうか。定家の当歌は源氏物語の、どの個所と指摘しなくても「俤」の感得は十分にあると思う。〈例エバ、宿木巻、大空の月だに宿る我が宿に待つ宵過ぎて見えぬきみかな、ノ周辺ノ叙述ニモ当歌ノ俤ガ漂ッテイル〉。以上、朝日『全書』頭注の今は亡き恩師の本旨とは異るかも知れないが、私なりに補足したまで。

次には、当歌は女性の立場で詠まれた歌という解が多くの注釈書に見られる（尾張の家苞・自讃歌孝範注・小学館『全集』・新潮社『集成』・岩波旧大系・朝日『全書』・標註参考・講談社『全評釈』・塩井氏『詳解』・石田氏『全註解』・窪田氏『完本評釈』・尾上氏『評釈』・磐斎増抄中の一説・抄出聞書・牧野文庫聞書の二説中の前説・吉田氏旧蔵註〈高松宮本註・高松重季本註モ〉の二説中の前説、等々）。これは「人の詠むらん」の「人」を、世間一般の人とせずに、特定の人、即ち女が待ち続ける男とした注である。これに対して、『尊師聞書』（四七九条）の説は、甚だ明白に異議を呈する珍しい説であるから次に引いておく。「後朝恋といふは、夜をこめてわかれて其朝の事といひ、又は今朝わかれて翌日の朝ともいふ、皆しらぬ人のいふ事なるべし。すべて恋といふは夫のかたへ婦のきたりてかへりたるを恋る也。後朝恋も男のかたへ女の来てかへりたる朝也。恋の歌には此心第一の事なり。伊物に業平の斎宮とちぎりて／かきくらす心のやみにまどひにき夢かうつゝかこよひさだめよ／とよみ侍りしは後朝也〈大坪注、伊勢物語六十九段。狩ノ使トナッテ伊勢国へ下ッタ男ガ、斎宮ノ館ニ宿ッテ斎宮ト逢ッタ時ノ話柄デ、女ノ方カラ男ノ寝所へ出ムイテイル。女カラ男ヘノ歌ハ君や来し我や行きけむおもほえず夢かうつゝか寝てか寤めてか、ソレニ対スル返歌デアル〉。又後朝にてもなく男のしのびてかへりてよみ侍りしは、定家卿／かへるさの物とや人のながむらん待夜ながらの有明の月／といへる。又家隆卿／水無瀬殿恋十五首、河辺恋、千鳥なく河辺のちはら《（茅原）》風さえてあはでぞかへる有明の月／といふなど也」という説である。この説では、後朝《きぬぎぬ》（衣衣）という語の語義が問題となるので、次を引いておく。

「後朝。〈つまどひ〉ののち、女に別れて男が帰ること。また、その朝（角川古語大辞典）」・「後朝。男女が共寝をするとき、重ねてかけて寝た衣を、朝になってそれぞれが身にまとい別れること。しののめのほがらほがらと明けゆけばおのがきぬぎぬになるぞ悲しき〈古今、恋三、六三七番〉と詠まれながら実際の用例となると、和歌にも物語にも思のほか乏しい。〈中略〉源氏物語でも用例はわずかに一例にすぎない。〈中略〉［風の音もいと荒ましく霜深き暁に、おのがきぬぎぬも冷やかになりたる心地して〈大坪注、浮舟ノ巻。岩波旧大系デハ、二二六頁。浮舟歌、涙をも程なき袖にせきかねていかに別をとゞむべき身ぞ、ニ接続スル個所〉」とあるのがそれで、〈後略〉（王朝語辞典）」。即ち「後朝」は、男女共寝した翌朝の別れではあるが、どちらがどちらへ通ってきて共寝するのか、異見があるのである。が『尊師聞書』の場合は、男の旅程中での、しかも女の住む館での、相会であり、男の常住地域内の事ではないので、この点は留意しておくべき歟と思う。

三　古抄に云く

この「古抄」は、所謂常縁原撰注〈前抄〉と呼ばれる注であるが、「鴨長明云々」の施注末の一節だけは多くの原撰注伝本にない。但し、黒田家本と、内閣文庫蔵増補本聞書には、後に加筆した形で細字二行で書かれており、無刊記板本聞書や宝永八年板本聞書では、加筆二行細字書ではなく、加筆の形は消えて了っている。黒田家本と大坪本は施注文は合致する事が多い本であるが、大坪本にはこの加筆部分は無い。磐斎は、無刊記板本に拠った歟と思われるが、その無刊記板本の加筆部分はおそらくは、牧野文庫本聞書の伝本に拠るのではなかろうか。牧野文庫本聞書は次の如くである。「我はひとり、よひより有明の空まで、待ちあかし侍るを、人はしらで思ふ所よりかへりて、此有明をながむるか、とやみんとなり。又、人はみなきぬ〴〵をして、かなしさに有明の月をながむらん、我はひとり待あかし侍るとなり。鴨長明新古今三首の名歌といひし哥なり（牧野文庫本聞書）」。なお、契沖の『書入本』にも「本〈注、本哥ノ意〉、有明のつれなく見えし別より。長明無名抄に、新古今集によき哥三首見ゆ、といへる中の一首也」と指摘がある。『増抄』引用の「古抄」の校異を次に示すが、大筋は一致するものの細部の異同はかなり多い。「暁バかり憂きものハなし」という忠岑歌の下句は磐斎が補った部分で、この下句を省略した伝本は、略注・黒田家本・大坪本・説林前抄・内閣文庫蔵増補本聞書・水甕社前抄〈山崎敏夫氏旧蔵新古今集別註ノ活字翻刻書〉・無刊記板本聞書・宝永八年板新抄・私抄である。「と云ふ」が「ナシ（私抄）」、「吟ぜられ侍しと也」が「吟ぜられて侍しと也（説林前抄）」、「無上の哥」が「無上の心（私抄）」、「起き出で等して」が「起などして（説林前抄）・おき出るとして（水甕社前抄）」、「面白き月に」が「おもしろき月も（略注）・面白き月（私抄）」、「打ち語り」が「打語る（説林前抄）」、「待つ夜空しく」が「待夜むなしくて（略注・内閣文庫蔵増補本聞書）」、「切に」が「ナシ（水甕社前抄）」、「哀れなる」が「哀なり（水甕社前抄・説林前抄・黒田家本・大坪本）」、「待つ夜ながらの有明の月」が「ナシ（略注・大坪本・水甕社前抄・説林前抄）」、「無比類」が「無類の（略注）」、「鴨長明、新古今三首の名哥、と言ひしその一の哥なり」が「ナシ（大坪本・水甕社前抄・略注・説林前抄）」、黒田家本はこの部分を有するが「その一の」が「是ひとつの」と異なり、細字二行書にされている。

四 有明のつれなく見えし別れより暁バかり憂きものハなし

古今集巻十三、恋三、六二五番壬生忠岑歌。「別れより」は、大江切には「あしたより」の歌句。古今和歌六帖㊀三六二番の「有明」㊄三〇三四番の「くれどあはず」を始めとして小倉百人一首、その他の歌書類に多く他出する名歌。参考「これは、女のもとより帰るに、われはあけぬとて出るに、ありあけの月はあくるもしらず難面みえしなり。そのときより暁はうくおぼゆとよめり。たゞ女に別しより暁はうき心也。／つれなく見え、此心にこそ侍らめ。此詞つゞきは、をよばず、ゐんに、おかしくもよみて侍かな。これほどの歌、ひとつよみ出たらん、此世の思出に侍べし（顕注密勘抄。／印マデハ顕昭註、／印以下ハ定家註。古今栄雅抄モ引用シテオリ、更ニ、一禅御説〈一条兼良ノコト〉トシテ、後鳥羽院より定家・家隆両人のもとへ、八代集の中に面白き歌は、とりわけいづれぞと勅問ありしかば、有明のつれなくの歌を両人より同心に申されしと也。何やらんに記録したるを御覧有しと也。又定家卿古今集秀歌十首の其一なり、ト注シテイル。定家ガイカニ深く執心シテイタカガワカル。又、顕昭モ定家モ、忠岑歌ヲ、逢ひし恋トシテ理解シ、逢はぬ恋、モシクハ、逢へぬ恋ノ歌トハ理解シテイナイ点ニ留意スベキ）」・「〈前略―顕注密勘ノ紹介〉顕昭の説しかるべしと定家卿も思ひ給へり。然れども此歌はあはずして明たる歌どもの中にはさまれて侍り。六帖にも、来れどあはずといふ題の所にこの歌を出せり。つれなく見えしの心は、顕註のごとく、月の皃《（カホ）》の明るもしらぬ心にして、それにあはずしてかへす人のつれなき体を相兼てよめる歌なるべし。万葉集第十三云。百不足《モモタラズ》 山田道《ヤマダノミチ》乎《ヲ》 浪雲乃《ナミタモノ》 愛《ウツクシ》妻《ツマ》跡《ト》不語《カタラハデ》 別之来者《ワカレシクレバ》 速《ハヤ》川之《カハノ》 往文不知《ユクヘモシラズ》 衣袂笑《コロモデノ》 返《カヘル》裳不知《モシラズ》 云々。あはねど別る丶事は有るなり（古今和歌余材抄。契沖ハ、逢へぬ恋ノ歌トシテ理解シテイル）」・「宗祇云、つれなくみえしとハ、あはずしてかへす人の心也〈傍書、師説逢はずして人のつれなくミえし事をいはんとて有明を枕詞のやうにをける五文字と也。枕詞ながら暁の景気余情也〉。有明ハ久しくのこれる物なれハ、つれなくとうけたり。惣《ソウ》の心ハ、夜もすがら心をくだき、もしやとしゐてたのむに、人ハつれなけれバ、ちからなく立《タチ》わかれてゆくに、有明の月ほのかにて心ぼそき晩《アカツキ》のさま也。小書云、あかつきばかりハ、暁ほど、といふ心なり。師説云、顕註云、其時より暁ハうくおぼゆとよめりと有、此つれなくみえしわかれより此かた暁ほどうき物ハなしと、あかつきごとに思ふ心をふくめしうたい也。此哥百人一首にてハ、逢無レ実《（アフテジツナキ）》実恋の心といへり。又ハ不レ逢帰《（アハズシテカヘル）》恋の哥也。永正にも此集ハ部立《ブダテ》を本に用ひ候間、不逢恋の心とみえたりと云〻。十吟祇註、飛鳥井抄、古抄、永正一華。同義是相伝之義也（教端抄。永正ハ、永正記〈『古今伝受聞書 泰昭』〉ノ事カ？。文末ノ諸書ハ室町期ノ古今集注釈書ラシイ。）」。

五 深く執心せられて……無上の哥成べし　文意「定家はこの忠岑の歌に、深く執着せられ心から離れずして、常に咏吟せられていたということである」。この忠岑歌は、前頭注に示した、古今栄雅抄に、兼良の説として引用している文言にも見えるように定家は後鳥羽院の勅問に秀歌として答申しているし「定家卿古今集秀歌十首」の一首にも挙げている。更に定家の撰著である『近代秀歌』・『詠歌大概』・『百人秀歌』・『百人一首』・『定家十体』にも撰んでいるのである。定家が「執心し、無上の歌」と考えていた事の証左であろう。

六　暁バかり憂きものハなし……打ち語り等すべし

文意「忠岑の歌に、後朝《きぬぎぬ》の暁ほど、つらくて心くるしい頃合《ころあい》はないと詠まれているが、相逢を遂げて、他目《はため》を忍びながら帰る男などを、有明の月が空に残っている時分に女も共に起き出して、美しい有明月の下に男を送り出しながら、名残りを惜しんで語りあうというような事などもあるであろう」。

七　それをさへ……心を籠めて詠めり

文意「男女相会のよろこびを遂げた上に、後朝の別れでも美しき有明月の下で、相語り合う幸せの一時《ひととき》を持てた事をさえも、辛く憂きものであると私が思う理由は何故かと言うと、この私の今の立場とひきくらべるが故であって、私の場合は、恋人を待っていた夜が、恋人は来てくれずにむなしく明けてゆき、空にむなしく残っているのは有明の月だけであり恋人ではない、それは実《まこと》に悲しく哀れな事ではないかという意味をこめて詠んだからなのである」。

八　待つ夜ながらの……無比類哥なるべし

文意「待つ夜ながらの有明の月、即ち、私が恋人を夜通し待ちつづけながら、相会は成らず、有明の月だけが私と同様空にむなしくそのままに残って淋しく照っている、という下句は、殊に姿〈言葉ノ続ケ方、ラ行音ヲ続ケタ、滑ラカナ口調＝統一ノトレタ下句全体ノ形〉や、詞〈歌ノ用語〉は、他にくらべる歌がない程、絶妙至極な歌というべきであろう」。

九　鴨長明、新古今三首の名哥、と言ひしその一の哥なり

前引〈頭注二〉した『長明無名抄』参看。そこでは他出例として引用したが、ここは「名歌」として取扱われた個所なので、『無名抄』の「代ゝ恋中ノ秀哥」の全文を引用しておく。貴重本刊行会『鴨長明全集』の翻刻に拠る。「俊恵語云、故左京大夫顕輔語云、後拾遺の恋の哥の中には、／ゆふぐれはまたれし物を今はたゞゆくらむかたをおもひこそやれ〈大坪注、当歌ハ詞花集恋下旧大観二六九番相模歌。詞書、大江公資にわすられてよめる。後拾遺云々トハ俊恵ノ記憶チガイ、或ハ後拾遺ノ頃ノ意、トイウ説アリ〉／これをおもて哥とおもへり。金葉集には、／まちし夜のふけしをなにゝなげきけんおもひたえてもすぐ《ママ》しける身を〈注、二度本金葉集恋上新大観四〇二番白河女御越後歌。岩波新大系金葉集デハ、すごしけるトアリ。詞書、かたらひける人のかれ〳〵になりてうらめしかりければ、つかはしける。初度本・三奏本ニハ当歌見エズ。末句ハ、あられける身を、トアル和歌口伝・真名本曽我物語ガ指摘サレテイル〉／これをすぐれたる恋とせり。わがゑらべる詞花集には／わすらるゝ人めばかりをなげきにてこひしきことのなからましかば〈注、詞花集恋下旧大観二七〇番巻軸歌。題しらず・読人しらず。後葉集ニモ見ユ〉／この哥をかのたぐひにせんとなんおもひ給ふる。いとかれらにもおとらず、けしうはあらずこそ侍といはれけり。しかあるを、俊恵が哥苑抄〈散佚書トサレテイル〉の中には、／ひと夜とてよがれしとこのさむしろにやがてもちりのつもりぬるかな〈注、千載集恋四、旧大観八七八番讃岐歌、詞書恋の歌とてよめる。続詞花集・歌仙落書ニモ見ユ〉／これをなむ、おもて哥とおもひ給ふる、いかゞ侍らんとぞ。今これらに心づきて新古今をみれば、わが心にすぐれたる哥、三首見ゆ。いづれともわきがたし。後の人さだむべし。／かくてさは命やかぎりいたづらにねぬ夜の月のかげをのみ見て／野辺のつゆ色もなくてやこぼれつる袖よりすぐるおぎのうはかぜ／かへるさの物とや人のながむらむまつよながらのありあけの月／俊恵云、顕輔卿の哥に、／あふと見てうつゝのかひはなけれどもはかなき夢ぞいのちなりける〈注、金葉集恋上旧大観三七七番藤原顕輔朝臣歌。詞書顕季卿の家にて人々恋の歌よみけるによめる。家集デハ題ハ、恋〉／この哥を、俊頼朝臣感じていはく、これはむくの葉みがきして、はなあぶらひける御哥也。よの人ならば、うつゝのかひはなけれどもはかなきゆめぞうれしかりけるとぞよまゝし。たがかくはよまんとぞほめられける〈大坪注、『袋草紙(上)』ニモ、故将作《しょうさく》（顕季《あきすえ》ノコト）の許にて左京《さきょう》（顕輔《あきすけ》ノコト）の詠める歌に云はく、逢ふとみてうつゝのかひはなけれどもはかなき夢ぞいのちなりける。俊頼、当座に感歎して云はく、人は、うつつに、とこそよまん、のの字、油瑩《あぶらみがき》の上に鼻あぶらひく所なり、とて深くこれを感ずと云々。ト見エテイル。岩波新大系本九三頁。油瑩の上云々ハ完璧ニ仕上ゲルコトノ譬エ」。

一〇　つく〳〵と月を……辛かるまじきと也

磐斎は二説を挙げている。この施注は、文脈上所々に省略があるが、それは通読すれば自然と文意は通ずるような注し方で、主語述語

関係などを考慮しない、普段の話し方をそのままに施している趣きを感ずる。
文意「力《ちから》無くじっとしたまま、つくねんと物思いにふけりながら、月を（眺めていたが）、夜明け方に到るまで、待つ恋人はあらわれず、ぼんやり沈みこみながら夜を明かしたのだが、それにしてもこの空に残る有明月を、他《ほか》の誰が後朝《きぬぎぬ》の帰り道での月だとして眺めているのであろうか。それも、その人にはさりげない事ではないであろうが〈少シハ気ガカリナ事デアルデアロウガ〉、恋人を待ちつづけて、それがならず、打ちひしがれて月を見る自分にくらべれば、それほど辛くはない事であろう、という歌意である」。この解は「ものとや人の」「人」を、特定の人と見ず、「大方世間の恋をする人〈後接文中ノ語〉」と見た解で一般の人の意に解したものである。
二 一説に、帰るさとハ……斯く言へるなるべしとなり
「一説に」は文末の「となり」に掛かる。その中間部分が一説の内容。文意「初句の〈帰るさ〉とは、一般の、この世で恋をする人が、後朝の帰り道で有明月を見るであろうと解するよりも、今夜あなた様が来て下さらなかったのは、あなた様が私の所へ来ずに、別のどこかさんの所へ行き、今頃帰られているからであろう、もし私の所へおいでならば、今の時刻には私と後朝の別れをしている時刻であるのにと、相手が来ないが故に、さては別の誰かさんの所へ行かれたのであろうと推察するが故に、このように言ったのであろうと、解しているのである」。「物とや人の」の「人」を自分の恋人と特定しての解である。一般には、男の方が女の所に通う慣習であるから、女の立場での解と見た方が常識的であろう。
三 古歌に、夕暮ハ待たれしものを今ハたゞ行くらん方を思ひこそやれ
古歌は、詞花集恋下二六六番相模歌で、当歌頭注九で既引『無名抄』の前半部に見えている。磐斎も『無名抄』を見ての施注であろう。歌意は「夕暮れは〈以前ダッタラ〉あなたの訪れが待たれたものでしたのに、忘れられた今はもう、あなたの通って行く〈女ノ家ノ〉方を思い遣《や》るばかりですよ（和泉書院、『詞花和歌集』松野陽一氏校註）」。顕昭の『詞花集注』（相模歌注）に「是ハ大江公資ニワスラレテ相模ガヨメル歌也。公資大外記所望者也。僉議時、諸卿皆定可㆓拝任㆒之由、而小野宮右大臣〈注、小右記ナル日記アリ、実資《さねすけ》ノコト〉云、懐㆓抱相模㆒案㆓秀歌㆒之間、公事闕如歟。萬人解㆑頤。依㆓此詞㆒不㆑任云々。是主計頭師安之物語也。詞華集撰之時、参㆓故顕輔卿之許㆒語㆓此事㆒。然者一道者可㆓用意㆒事也。而師安巳為㆓大外記㆒。於㆑今者雖㆑入㆓撰集㆒何為㆓其妨㆒乎云々」と見える。『百人一首一夕話』（相模の話）に「その夫公資も歌の上手にて夫婦至りて睦まじかりしが、或時夫の公資かねて望みたりし大外記の官の事を願ひ申されしに、諸卿僉議ありて公資大外記の拝任よろしかるべき由定められけり。時に小野宮右大臣実資公意見を申し立てられけるは、公資は妻の相模を抱きて秀歌を案ぜん程に、役儀を欠くべき者なりと嘲られければ、一座の人々も密かに笑はれけり。これの一言によりて公資かねて望みし大外記の事空しくなりたり。この小野宮実資は実頼公の孫にして、学問に博く詩歌をもよくし給ひ、小右記《せういうき》といふ記録をも作られたる程の人なりしかど、性質かどかどしき所おはして、人を譏り損ひ給ふ事共ありけり」と解説せられてわかり易い。因みに、師安は中原氏。「コノ斎宮ノ物語という書名の名付親とも。「コノ斎宮ノコトヲ、ムネトカクユヱニ伊勢物語トナヅクルトハ、大外記師安ガ顕輔卿之許ニ来テ申侍シ、此定也。其上伊勢物語一本モテ来テ申侍キ。小式部内侍ガ書写也。普通ノ本ニハ、春日野ノ若紫ノ摺衣トイフ歌ヲコソ、ハジメニハカキテハベルニ、此ハ證本ニテ、此君ヤコシ我ヤユキケムノ歌ヲハジメニカケル、伊勢物語トナヅクルユヱトゾ申侍シ（古今集注。六四五番六四六番注）」とある。
三 斯くの如く……と思ふべき事成べし
文意「（恋人が待テドモ来ナイヨウナ場合ノ恋ノ歌ハ）この詞花相模歌のように詠むのが、歌の上での慣習なのである。だから、恋人が自分の所へ通って来ないのは、別の恋人の所に通うが故であろうと、考えるべき事なのであろう」。

〔一一〇六番歌　補説〕
当歌は、新古今の旧注や自讃歌での施注も多いので以下に示しておく。新古今の旧注では、
「いづかたへおもふ人の行て帰るさの時ならんと也。此集、恋の哥一《(ママ)》首ありと鴨長明いひし、その一首也（抄出聞書。大坪云、無名抄ノ簗瀬一雄氏蔵本ニハ、二首トアル由。同氏ノ無名抄全講二五〇頁ニヨル、多クノ伝デハ三首）」・「施注省略〈頭注三既引〉（牧野文庫本聞書）」・「定家一生の内、古今の有明のつれなくほどの哥よミて死たきと願也。古今にてハかなしき事ニよミたれども、又あふて帰ニ見る事もあるべし。さほどあふて帰らバかなしき事斗《(バカリ)》にてもあらじ。われハたゞ待夜ながら見てかなしきと也。此哥逢て別のやうニ見れども、さやうニあらず。本哥をは

なれ、われハ待夜ながら二月見れバかなしきと也（かな傍注本）」・「我はひとりよひより在明の空まで待あかし侍るを、人はしらで、おもふ所より帰て此在明を詠るかとやみんと也。又人ハ皆衣々《きぬぎぬ》をしてかなしさに在明の月をながむらん、我はひとり待あかし侍ると也。鴨長明新古今三首の名哥といひし一の哥也（吉田幸一氏旧蔵註・高松宮本註・高松重季本註。牧野文庫本聞書ト略同文）」・「宗祇自讃歌注〈略、後引参照〉。師説、〈貞徳説〉待夜ながらとは、暮より待て更ても待出ず、終に其人は来ずして明たる心也。扨も有明の月の物悲しさは、別て帰るさの物とばかりや人のおもふらん、わが待夜ながらの悲しさ、せんかたなき月をとの心なるへし。野州云、有明のつれなく見えしと云忠峯が歌を深く執心せられて、常に吟ぜられし其心よりよみ出給へりとぞ。鴨長明新古今三首の名歌といひし、其一の歌也。〔中略註〕自讃哥或抄の義一説有、只不如師説《ただ、しのせつに、しかず》（八代集抄）」・「上略、さても有明ノ月の物がなしさハ、別て、かへるさの物とばかりや、人の思ふらん。わが待夜ながらの悲しさ、せんかたなき月をとの心なるべし（学習院大学新古今注釈。八代集抄所引ノ師説ノ一節デアル）」・「宗祇云、姿有がたきさまにぞ。待夜ながらなど云詞、比類なき物也。暮より待て、更《ふけ》ても其人は来らずして明たる心也。有明の月は帰るさの物と斗《ばかり》人の思覧《おもふらん》。待夜ながらの悲しさ、せん方なき月をとの心成べし。忠峰が有明の哥を深く執心せられし其心より読出給へりとぞ、長明、新古今三首の名哥と云其一也（後藤重郎博士蔵、抄。八代集抄ノ孫引注）」・「施注省略〈頭注二デ既引〉（新古今集渚の玉）」・「〈美濃〉めでたし。我はまつ夜ながらに、むなしく明ゆく此有明の月をよその人は、〈尾張〉我まつ人をさして人といへり。大かた世上の人をいふにあらず。〈美濃〉思ふ人に逢て、かへるさのものとや見るらむと、うらやみたる也。〈尾張〉我おもふ人が、われをばとはで、外の人のもとにかよひて、其帰るさにつれなき物と詠るやらん、わがかやうにまちあかしてミる有明の月をと也。〈美濃〉或抄に、有明の月のかなしさは、別れてかへるさの物とばかりや、人の思ふらん、といへるは、二三の句の詞にかなはず（美濃尾張両家苞。或抄トハ八代集抄ニ引ク師説ヲサス。林重義ノ『家苞くらべ』ニハ、尾張ノ説ヲ「情深し」トシテ美濃説ヨリ良シトスル）」。自讃歌注には、「是は我身のかなしきまゝ余所の哀迄とりあつめて歎たる心也。在明の月のかたぶくまで人を待て、あるひは戸ぼそ〈開キ戸ノ枢《クルル》ヲ受ケル穴、転ジテ扉ノコト〉などにたゝずみて、はや今比《いまごろ》、よその人はきぬ〴〵に成とてや、此月のかたぶくを歎くらん、我は待夜ながら今までありけるよ、などいへる心哀にや（頓阿注）」・「同集〈新古今ヲサス〉恋三に、乍来不逢恋《きながらあはざるこひ》を読り。心は他人あひて帰さの物とやみるらん、我はあはざれば待夜ながらの物とこそみれと読り。忠峰が哥に、つれなくみえし別よりとよめる面《おも》かげ成べし（常縁注。来乍不逢恋トハ、男ガ女ノ家マデ来ナガラ逢エナイ恋ノ意。）常縁原撰注ニハ、我はまつ夜空しく明け行く月なれば、トアルノモ、男ハ女ノ家ニ来ナガラモ女ニ逢エズ、ソノ夜モ空シク明ケテ行ク有明ノ月ナレバ、ノ意ニ解シ得ル。ソウ解スレバ当歌ハ男ノ立場デノ歌トナル）」・「人はこなたかなた《此方彼方》、かよへば帰るさの物とや詠らん。我方は空ため《ママ》〈そらだのめトスル伝本モアル〉にて、いつも待夜ながらこそ有明の月をばみれ、此哀をばそなたにはしらじと也（孝範注）」・「心はあきらかなり。すがたありがたき様にこそ。待夜ながらなど云詞、無比類物也（宗祇注）」・「恋の歌とてよめる。有明の難面《つれなく》など古今にもよめり。有明を別《わかれ》にかこつ〈託《カコツ》ケテ口実《コウジツ》ニスル〉ならひなれば、いかなる人の、別にながむらん、我は、よひよりあかつきまで、むなしく待あかしたるよ、とよめる哥也（兼載注）」・「待空恋《まちてむなしきこひ》／同〈＝権中納言定家〉／これにきこへたれとも〈他伝本ニ、題にて聞え侍れ共、トアル〉、すこしことばのとりどころあり。あり明の月はあか《暁》月でる物也。又人のわかるゝ事もあか月なりければ、それによりてふる《かへる》さとの物とや人のながむらんとよまれたり。我はよいよりあくるまでまちへ《待得》ざりければ、あふ事なくてわかれをしらず、よそのわかれのあか月を、おもひかけたる也。かやうによみて我ひとり明したる心をよめる也。さてこそまちてむ《空》なしき恋とは、きこへけれ（広島大学本注）」・「待恋／此暁の月をば帰さの名残の月と見侍物もあらめ、身にはまだ待宵ながらのあり明の月と侍《はべる》也（書陵部本注）」・「よのつねは、在明をばかへるさにこそ、あはれともつらしともながむれ、我はあふ事なくて、待よひよりあかつきの空までも、ひとりながめあかす事、いかにともおもひわけがたし。待夜ながらと云より、帰るさの物と云?《ハゞ》、いつはりのおもひむねにだきて云出んや。能《よく》見るにあぢはひてミたまふべくや（九大文学部蔵注）」・「此上句一年中案ぜられたるにや。本哥、古今、有明のつれなく見えしの哥なれバせめて恋しき人の家をも見てかへれバ《（ママ）》あり、これハ待夜ながらにてむなしくあかしたる躰《（ママ）》・（九州大学支子文庫本注）」・「この哥ハわれハ人を待てあり明の出るころまでむなしくなりけるに、よそ人ハかへるさこそながむらんとなり（東海大学本注）」・「此哥ハ別の心なし（太田武夫氏本注。別の心、トハ、わかれの心、トヨマズ、べちの心トヨムノデアロウ。別儀ナシ、別段ノ義ナシ、ノ意ト見テオク）」。

〔三〇七〕（二一五頁）

三　君来むといひし夜毎に過ぎぬれバ頼まぬもの、恋ひつゝぞ寝る

管見新古今二十六伝本では、第二句の「いひし夜毎に」が、烏丸光栄所伝本は「いひし夜ごとの」となっている。光栄書写本は「いひし夜ごとに」であり他の伝本もすべて「いひし夜ごとに」である。第三句の「過ぎぬれば」は「過ぎぬれ《ツイ》ば」、右側に「つイ」の校合がある伝本（正保四年板本・明暦元年板本・刊年不明文明十八年牡丹花在判板本・寛政十一年板本）がある。第五句の「恋ひつゝぞぬる」は、八代集抄も「こひつゝそぬる」であるが、新古今二十六本のすべてが「恋ひつゝぞふる」である（為氏筆本・為相筆本・冷泉家文永本・亀山院本・小宮本・宗鑑筆本・鷹司本・公夏筆本・親元筆本・東大国文学研究室本・柳瀬本・春日博士蔵二十一代集本・高野山伝来本・正保四年板本〈明暦元年板本モ〉・承応三年板本・延宝二年板本〈文化元年補刻本モ〉・正徳三年板本・寛政六年板本・寛政十一年板本・刊年不明文明十八年牡丹花在判板本・刊年板元不明板本）。なお『俊頼髄脳』には末句「恋ひつつぞをる」として引用。『伊勢物語』では「ふる」とある伝本が多く、『定家十体』や『三五記鷺本』でも「ふる」。

当歌は前述の如く『伊勢物語』（第二十三段。所謂筒井筒《つつゐづつ》ノ段）が出典で、磐斎も、「増抄云」で指摘しているが、『新古今増抄』より稍後れて出版された『伊勢物語（磐斎）抄』では、この歌を含む個所が欠落していて施注されていない。磐斎は、伊勢物語施注において、幽斎の『闕疑抄』を主軸に据えているので、今『闕疑抄』の伊物本文で、引用する。「むかし田舎わたらひしける人の子とも、井のもとに出てあそひけるを……〈中略〉……さりけれハかの女、やまとの方をみやりて、（闕疑抄）初こそ心にくゝもつくりけれ、心にくきさまにつくりしなり。手つからいひかひとりて、手つから取事は有へからす。ほとら《（ママ）》をはからふを云と一説《せち》あれとも、それハ猶優《ゆう》ならす、唯其まゝにて見るへし。是ハ此物語の誹諧《はいかい》の躰也。さそ有つらんとミ侍るへし。けこのうつはもの、家子《けこ》と書り　／　君かあたりミつゝをゝらん伊駒《いこま》山雲なかくしそ雨はふるとも　（闕疑抄）心ハ明也。伊駒は高山《かうさん》也。大和河内の堺《さかい》の山也。能因《のういん》哥に、わたのへや大江の岸《きし》に宿《やど》りして雲ゐにミゆる生《い》駒《こま》山かな　／　といひて見わたすに、からうして、やまと人こんといへり。よろこひてまつに、たひ〳〵すきぬれは　（闕疑抄）やまと人、業平也　／　君こんといひし夜ことに《（ママ）》過ぬれハたのまぬものゝ、こひつゝそぬる　（闕疑抄）古今にハ恋つゝそふると有。是は有のまゝの哥也。君こむと度〻《たび〳〵》過し侍れは、たのますハ有なから又さすかに待て、恋つゝぬると也　／　といひけれと、おとこすます成にけり　（闕疑抄）此段を紀《き》の有常《ありつね》が女の事といふハ、貞女《ていぢよ》の所を顕《あらわ》さん為也」（拙蔵承応二年板本）」。ただ伊勢物語の板本には「君こんといひし夜毎に過ぬれバたのまぬものゝ、こひつゝそふる《（ママ）》」と「ふる」になっている拙蔵板本もある（よみくせ入）伊勢物語。下巻ノ識語ニ、于時長録第二暦仲陽初三ノ年次ガアリ、万屋作右衛門、トイウ板元ガ記サレテイルガ、よみくせハ細川玄旨御説也トアッテ、後人ノよみくせが長録二年ニ判ル筈ガナイ。ガ出板年次ハ江戸期ト思ウノデ、奇怪デアルガ一応示シタ次第。ナオ定家ノ天福二年書写本モ、ふる、デアル）。

当歌の他出は、『俊頼髄脳』に見える。即ち、「歌をよむに古き歌によみにせつれば悪きを、いまの歌よみましつればあしからずとぞ承る／きみこむといひし夜ごとに《（ママ）》すぎぬればまたれぬもののこひつつぞをる／たのめつつこぬよあまたになりぬればまたじと思ふぞまつにまされる」とある。「こひつつぞをる」は、伊勢物語の塗籠本〈伝民部卿局筆〉の歌句に見えるが、真名本では「ふる」もある。古歌の「たのめつつ」は、『拾遺集』（恋三巻軸八四八番人麿歌）で、和漢朗詠集（下・恋）・深窓秘抄（恋）・和歌体十種（写思体）・三十六人撰・古来風体抄等多くの書にも引用されている著名歌で、当然当歌の参考歌となし得る歌である。この他、『三五記鷺本』（第五、事可然体。写古体）に末句「恋ひつつぞふる」。『定家十体』（事可然様）に末句「こひつつぞふる」。『二四代集・八代知顕抄』に末句「恋つつそふる」・『二四代和

歌集』に末句「恋つ、そぬる」と見えている。

当歌は『俊頼髄脳』が指摘したように、古歌に似せて詠むのは良くないが、似せて詠んでも、古歌以上に、歌の心が、深まり勝っているのは悪くないと評せられている歌である。歌意は、「幾度か君は来たらむといはるれど、毎夜空しく過ぐる故に、今は君が心は頼みにはならじと思ふけれども、なほ思ひ絶えかねて、毎夜恋ひては〳〵独り寝るといふ事にて、一首の意明かなり（塩井氏『詳解』）」。類想歌としては、「今は来じと思ふ物からわすれつ、待たる、事のまだもやまぬか（古今、恋五、七七四番。題しらず、読人しらず）」がある。

『伊勢物語』の古注での、当歌施注部分を以下に引用する。「（伊勢物語愚見抄）たかやすの女のよめる也。此二首〈大坪注、君があたり歌トきみこんと歌トノ二首〉は万葉の歌也。いこま山は、河内と大和のさかひにある山なり〈大坪注、万葉の歌トハ、万葉三〇三二番、君があたり見つつも居らむ生駒山雲たなびき雨は降るとも。万葉二八七〇番、わが背子が来むと語りし夜は過ぎぬしゑやさらさらしこり来めやも。ヲ指ス歟。しゑや云々ハ、ママヨ！モウ間違ッテモ来ハシナイダロウ、ノ意〉」・「（伊勢物語肖聞抄＝片桐洋一氏伊勢物語の研究資料篇ノ翻刻ニヨル）君があたり見つゝを、覧、是、万葉歌也。我心にかなへば古歌を詠じいふ事、常の事也。哀ふかきさまにや。次に、たのまぬ物のと云哥も、古歌也。心は明也。不及注也。〈書陵部本ハ、君こむといひし。是は同女のかたへ業平契てたびたびへし比、ふるき歌を又詠ぜりといへり。心はまことに哀也。トアリ〉」・「（伊勢物語宗長聞書〈京大蔵原題宗祇註〉）君があたり見つゝ。古哥なり、我心の時にあたれば也。哥の心は明也。やまと人、業平なり。大和にゐてかよふ事なれば、如此と云々。君こんといひし夜ごとに。此哥も古哥也。心は明也」・「（伊勢物語闕疑抄）頭注三デ既引」・「（十巻本伊勢物語註）君かアタリノ哥ハ万葉ノ哥ヲ詠スル也。是ハ業平ノ大和ニ有ケレハ、伊駒山ノ方ヲミツ、ヲ、ラント云也。君コントノ哥モ万葉ノ哥ヲ詠スル也」・「（増纂伊勢物語抄）十巻本伊勢物語註ト同文」・「（伊勢物語奥秘書）〈大坪注。第五句こひつ、そぬる〉心ハこむと云夜の度ゝ過ぬれハ憑《タノマ》すなからさのミ恋つ、ぬると云心なり」・「（伊勢物語髄脳）〈伊勢物語ニ万葉集歌十八首入テ〉君かあたりみつ、もおらん伊駒山雲なかくしそ雨ハふる共　良女／君こむといひ(ママ)し夜毎に過ぬれは頼ぬ物の恋ひつ、そふる□□□(小大夫カ)丸」。「（伊勢物語山口記）是ハ同し女の方へ業平契りて度ゝ過し比、ふるき哥を又詠せりといへり。心ハ誠にあはれなり」・「（伊勢物語忍摺抄）〈大坪注、第五句、こひつ、そぬる〉此哥も古哥也。心ハ明なるへし」・「（伊勢物語宗印談）君こんといひし夜ことにすきぬれハたのまぬもの、恋つ、そぬる／とハ、夜ことに中將こさりけれは、いつはりとおもへとなをまたる、を云にや。たのまぬ物のとハ、もの、ハふたつにわけて、吟美すへし。いつはりとおもへとももしや誠ともふとそ。とハいひけれと男すますなりけりとハ、すますは離別と書てよむにや」・「（伊勢物語秘用抄）君こんといひし夜ことに過ぬれハたのまぬ物の恋つ、そふ《ぬイ》る／たかやすの女のよめる也。此二首〈注、君かあたり歌ト当歌ノ二首〉ハ万葉の哥也。伊駒山《いこまやま》は河内と大和とのさかひにある山也」・「（伊勢物語拾穂抄）〈大坪云、拾穂抄初度本―徹心斎文庫本―ニハ当歌ノ施注ハナク、磐斎抄ノ態度ニ似テイル。流布本ニハ〉玄〈大坪云、玄旨幽斎の闕疑抄ヲサス〉。君こんといひてたびたび過し(ママ)た(侍)れば頼まずハ有ながら、又さすがに恋つ、ぬると也。私〈私案ノ意〉。常の伊勢物語にハ恋つ、そぬるとあり。天福本ニハ古今のごとくふると有也。此二首〈君があたり歌ト当歌トヲサス〉ハ万葉のうた也」・「（伊勢物語兼如注）君こんと哥。是又古哥也〈大坪云、古哥トハ、君かあたり歌の注ニ、万葉の哥也。古哥詠吟つねの事也、トアリ〉。心明也」・「（紹巴本伊勢物語付注）君こむといひてたび〳〵すぐし侍れハたのますハありなから又さすかに待て恋つ、ぬる也古今にハふるとありけれハあまりにありのま、なり」・「（伊勢物語集注）〈大坪云、歌句本文、第五句ニ恋つ、そふ《ぬイ》る、ノ校合アリ〉。新古今十三恋題不知よミ人不知云ゝ。下句恋つ、ぞふると入たり。業平の来給はぬハ頼るけれ共さすか忘れず待て恋ると也／惟清抄云、是も万葉の哥也」・「（勢語臆断）新古・恋三・読人不知、君こんといひし夜ことにすきぬれはたのまぬものゝ、恋つゝそぬる《ふるマナ》／たのまぬものゝ、といへる、の、もしおもしろし。古今集にも此のもじ見えたり。うつせみのよの人ことのしげゝればわすれぬもの、かれぬへらなり〈大坪注、古今集七一六番題しらず、よみ人しらず。歌句本文校合ノ、ふるマナ、ノマナハ真名本、即チ塗籠本ノコト〉」・「（伊勢物語古意）君こむといひし夜ごとに過ぬればたのまぬもの、恋つ、ぞふる／来んと聞えつるに、こぬ夜の多く過ぬれば、今はさるおとづれのあれと思ひたのまれぬものから、猶も恋したひつつ月日の経ゆくとなり〇もの、てふは、物ながらを約《ツヅ》めたる言なり。古今集に、うつせみの世の人ごとのしげゝればわすれぬもの、かれぬべらなりと云に同じ。◯恋つつぞふるを今本は、ぬる、と有はあやまれり」・「（〈稿本〉よしやあしや）君こんといひし夜ことに過ぬれはたのまぬもの、恋つゝそふる／たのまぬもの、といふのもしおもしろ、古今集に、うつせみのよの人ことのしげゝれは忘れぬもの、かれぬへらなり」・「（伊勢物語童子問）君こんといひし夜ことに過ぬれは頼まぬもの、こひつゝそぬる／問。抄〈大坪云、闕疑抄ヲサス〉に、古今集には恋つゝそふると有。是はあまりのまゝ（ママ）なる歌也。君来むと度々過し侍れ［衍］は、たのますは有なから、又さすかに侍（ママ）て恋つゝぬると也、とあり。此説いか、［侍］。／答。古今といへるは非也。此歌新古今恋三に入て、読人不知と有。第五句こひつゝそぬる・こひつゝそふるの異は、此物語伝写の誤りなるへし。ぬるといひては理もたかひ、新古今にふると直して入られたるにてはあるへからす。本《モト》ふるなるをあやまりて、此物語にぬるとかけるなるへし。その證拠には、真名には、不特魂廼恋乍社歴と有を見て知る也〈大坪注。建部綾足全集所収ノ、綾足講真字伊勢物語ノ写真版ニヨレバ、君将来与云志《きみこんといひし》毎《よごとに》レ夜過寝礼者《すきぬれハ》不特《たのまぬ》魂廼《もの》恋乍《こひつゝ》社歴《そふる》トアリ、又同全集収拾ノ、旧本伊勢物語の活字翻刻ニヨレバ、君来牟止云《キミコムトイヒ》之毎夜尓《シヨゴトニ》過奴礼婆《スギヌレバ》不頼鬼乃《タノマヌモノノ》恋管《コヒツヽ》序歴《ソフル》トアル。続群書類従ノ活字翻刻ハ、不特ヲ不恃ニ作ル。コノ方ガヨイ〉」・「（伊勢物語審註）〈第五句ハ、恋つゝぞぬる〉こん〳〵といひつゝ、来ぬなれば、たのまれはせぬものを、

もしやくと、やはり、こひしながらに寝るとのこと葉なり。此薄情の人を、わすれもやらぬは、井筒の女にも、あまり劣りたり共聞えず。勢語通に、それには思ひかゆべきもなきは、もとよりの事也と、はじめの女を、切に見たるは、知られぬ所に贔負の付たるとみゆ」・「（伊勢物語直解）君こむといひし夜ことに。此心明也。恋つゝそふるとも有。此儀よし。つゝといへるよりふるとあれは、すてられてこのかた程へたる心有」・「（伊勢物語諸註参解）君こむと云々。卒句〈大坪云、末句ノ意デアロウ〉ぬるとあるは誤りなるへし。古今集、うつせみの世の人ことのしげゝれはわすれぬとの（ママ）、かれぬへらなり。闕疑抄に云、此段を紀有常か女の事といふは、云こ（ママ）といへり〈大坪云、云こハ、云々《ウンヌン》ノ誤読デアロウ〉。惣して業平一生の事と見たる誤りより、有常をさへ取出てかゝる妄説あり」・「（伊勢物語新釈）〈第五句ハ、恋つゝぞをる〉たのまぬもの、は、たのみにはならじと思ひながらも、心にかゝりて、こひつゝぞをるといふ意なり。／◯をる、塗本にしたがふ〈大坪注、真字本ニハ、歴《フル》トアリ〉。ふる、とあるはおだやかならず。ぬる、とあるはかたよれり」・「（伊勢物語箋）たのまぬもの、。此のもじ一格也。古今集にも、うつせみのよの人ごとのしげゝればわすれぬもの、かれぬべらなり、とよめる類ひ也」・「伊勢物語愚案抄）〈後陽成天皇親撰、列聖全集ニヨル〉一、君こむといひし夜ごとに、過ぎぬればたのまぬ物のこひつつぞふる。肖〈肖柏聞書〉。古歌也。心は明也。不及注と云云。愚〈後成恩寺兼良説〉。万葉の歌也といへり。私云〈大坪注、私云とは周仁今案也、ト奥書ニ見ユ。周仁《ひとかた》トハ、後陽成院の御名〉。万葉勘

に不見不審也。或抄〈奥書ニ、数個所持の抄出也。此内逍遙院土佐の一条へ作進の抄もあるなり、トアリ〉。つつといへるより、ふるとあれば、すてられて此方ほどへたる心あるなり〈↓前引伊勢物語直解―三条西実隆説―ヲ参看〉。愚案の一説にいはく、たのまぬ物の恋ひつつぞふるとは、憑まぬものの如くに、恋ひつつぞふるといふ心なり。定家歌の、やくや藻塩の身もこがれつつといふ、てにをはと同意也」・「（勢語通）〈明治四十四年刊ノ、懐徳堂遺書所収本ニヨル。著者ハ、五井純禎。内題ハ、伊勢ものがたり　外の巻上　通第三　トアリ。〉万葉十二、新古今恋五、君があたり見つゝををらんいこま山雲なかくしう（ママ）（そ）雨はふるとも。／万葉十二、君があたり見つゝもをらんいこま山雲なかくしそ雨はふるとも／。といひて見いだすに、からうじてやまと人こんといへり。よろこびてまつに、たび〳〵過ぬれば、／からうじて、これにふたつの解あるべし。女の、あるひはうらみ、あるひはしたひ、種々に心をくるしむるをもいふべし、又この詞を、男のかたにかけて、往てあはんとおもへど、なにかさはる事のあれば、それをしのぎて、何とぞして、いかんといひやりたるとも見るべし。然らば、からうじてを、常のごとく見ずして、からくとき、今人のいふ、何とぞしてといふごときか。これは、女の心を慰めんためばかりにいひやりたるなり。／新古今恋三、読人不知、題不知。君こんといひし夜ごとに過ぬればたのまぬもの、恋つゝぞぬる。／たのまぬもの、といふ詞づかひ、めづらし、君がこんこと、極（き）めてたのみはせぬもの、、されど恋しからぬにてはなし也。今の人の言づかひにも、さうはせぬもの、といひすて、、又何

〳〵といふことあり。そのこゝろなり。古今恋五（ママ）に　空蝉のよの人ごとのしげゝればわすれぬ（四）もの、かれぬべらなり　とあり〈古今歌意参考。世ノ中ノ人ノアリモシナイ言葉ガアレコレ多イモノダカラ、アナタヲ忘レテイルワケデハナイガ、足ガ遠ノキソウデアルヨ（片桐氏全評釈）〉。こゝとおなじ物のにて、をとこすまずなりにけり。／といひけれど、をとこすまずなりにけり。／この女いかにおもふとも、井づゝの女におもひかふべくもなきは、もとよりのことなり。愚案ずるに、此故事、大和物語には、むかし、やまとの国かつらぎの郡にすむ、男女ありけり、と書出して、井筒の段はなくて、其外はこの物がたりよりはくはしくしるせり。されど、高安とはいはず。をはりにこの男は、おほきみなりに（ママ）けりといへり〈大坪注　大和物語百四十九段（衍）〉。やまと物語はいづれも、その人の姓名をあらはせるに、この故事にいたりては、男女とばかりいへり。しかれば、中将〈在中将業平ヲサス〉と有つねのむすめ〈紀有常ノ女〉と、打つけていふは、さだかならぬ事にこそ。もとより中将の、おほきみとなりたるといふ事もなし。そのうへこの一段のはじめに、ゐなかわたらひしける人の子どもとかけり。有常のゐなかわたらひはありこそせめ、阿保親王〈大坪注、平城天皇の皇子デ業平ノ父〉のゐなかわたらひし給ふべきやうなし。かた〴〵うたがはしきこと共なり」。

四　夜毎ゝ（と）といふハ、……捨てぬなり

文意「第二句の、夜毎と詠じているのは、一晩などという一回限りの意ではなく、毎晩毎夜という意で、相逢う約束を交《かわ》したその夜は、いつの夜もいつの夜もという意であり、その約束の夜は、恋人が訪ねて来ないので、最早《もはや》、宛《あて》にして頼まない、という事である。だが、いくら宛にして待ちはしないと言うものの、きっぱりと思い切って、あまい考え方を捨てきれない、という意で述べられているのである」。「ふっと」は、現代では、プッツリ、の如く発音し、連続する物を、断《た》ち切る意で使う言葉である。参考「フット（ふっと）。副詞。根もとからばっさりと切るさま、または、きっぱりと返答するさま。（日葡辞書）」。

五　伊勢物語にも入り……哀れなり

文意「伊勢物語〈ノ第二十三段〉にも入れられている歌であり、あなたが来るかと〈約束ヲシタ〉夜毎に待っていましたのに、来なくて、空《むな》しくいつもその夜は過ぎ去って了《しま》ったものですから、今では来る筈もないと承知はしていますが、それでも若しや来るかも知れないと、恋い慕いながら寝ることになる、という意味である。思い切ろうと努めながら、きっぱりと思ひ切れない有様が、（まさにその通りであると思わざる得ない）まことに哀れの切なる歌である」。の意、『定家十体』などに「事可然様」として取上げられた歌。頭注三で前言した如く、磐斎の『伊勢物語抄』では、当歌の有る部分は無く、施注もない。当歌の、新古今の古注を掲げておく。「いせ物語。高安の女の、男こず成てよめる歌也。幾夜もこずして過ぬれば、今は頼ぬ物の、猶恋つゝ獨ぬると也（八代集抄）」・「いせ物語ニくわしく、ひたと過行《すぎゆく》〈大坪云、ひたとハ、副詞デひたすらに、いちずに、跡形《あとかた》もなくすっかり、ただただ、ノ意〉、いつわりのミにて過《すぐる》也。頼《たのみ》ハせねども、もし又、とハる、事もあらんと、日をふる也（かな傍注本）」。

〔三〇八〕（一一六頁）

二　衣手に山颪吹きて寒き夜を君来まさずハ独りかも寝む

管見新古今二十六伝本での校異。初句「衣手に」が「ころもてや（鷹司本）」。第二句「山颪吹きて」が「やまをろしふき〈てナシ〉（為氏筆本）」。他本では異句形は無い。

当歌は万葉集や古今和歌六帖その他にも見出されるが、訓法が分れており、現行注釈書では出典を古今和歌六帖に拠るものとする理解が多い。『万葉集』では巻十三の三二八二番がそれに当るが、三二八〇番・三二八一番の両歌の反歌として採録されており、新古今当歌の第二句と第四句との関係上、万葉の長歌両首も参考になると思うので次に掲げる。

「（三二八〇番）。妾背児者《ワカセコハ》　雖待来不益《マテドキマサズ》　天原《アマノハラ》　振左気見者《フリサケミレバ》　黒玉之《ヌバタマノ》　夜毛深去来《ヨモフケニケリ》　左夜深而《サヨフケテ》　荒風乃吹者《アラシノフケバ》　立留《タタドマリ》　待吾袖尓《マツワガソデニ》　零雪者《フルユキハ》　凍渡奴《コホリワタリヌ》　今更《イマサラニ》　公来座哉《キミキマサメヤ》　左奈《サナ》葛《カヅラ》　後毛相得《ノチモアハムト》　名草武類《ナグサムル》　心乎持而《ココロヲモチテ》　三《ミ》袖持《ソデモチ》　床打払《トコウチハラヒ》　卯管庭《ウツツニハ》　君尓波不相《キミニハアハズ》　夢谷《ユメニダニ》　相跡所見社《アフトミユコソ》　天之足夜于《アマノアシヤニ》〈訓法ハ西本願寺本万葉集ニヨル。番号ハ旧国家大観ノモノ〉」・「（三二八一番）。或本歌曰／吾背子者《ワガセコハ》　待跡不来《マテドキマサズ》　鴈音毛《カリガネモ》　動而寒《トヨミテサムシ》　烏玉乃《ヌバタマノ》　宵文深去来《ヨモフケニケリ》　左夜深跡《サヨフケト》　阿下乃吹者《アラシノフケバ》　立待尓《タチマツニ》　吾衣袖尓《ワガコロモデニ》　置霜文《オクシモモ》　氷丹左叡渡《ヒニサエワタリ》　落雪母《フルユキモ》　凍渡奴《コホリワタリヌ》　今更《イマサラニ》　君来目八《キミキマサメヤ》　左奈葛《サナカヅラ》　後《ノチ》文将会常《モアハムト》　大舟乃《オホブネノ》　思憑跡《オモヒタノメド》　現庭《ウツツニハ》　君者《キミニハ》

不相《アハズ》　夢谷《ユメニダニ》　相所見欲《アフトミマホシ》　天之足夜尓《アマノアシヤニ》〈西本願寺本ノ訓ニヨル〉」・「（三二八二番）。反歌／衣袖丹《コロモデニ》　山下吹而《ヤマオロシフキテ》　寒夜乎《サムキヨヲ》　君不来者《キミキマサズハ》　独鴨寐《ヒトリカモネム》〈西本願寺本ノ訓ニヨル〉」。反歌の「山下吹而」は、或本歌の「阿下乃吹者」に対応する表現であるから「山下」で「あらし」と訓むのであろう。『倭名抄』に「嵐　和名阿良之《あらし》　山下出風也」とある〈岩波文庫、『万葉集㈣』七一頁下段参照。万葉集の現行の訓では「あらし」と訓まれているので、「やまおろし」とよんでいる六帖に、新古今は拠ったとされるのであるが、「やまおろし」という訓法は、古今和歌六帖に限らなくても、万葉集や和歌童蒙抄〈後引〉や文明十六年十二月歌合六十七番左歌判詞〈後引〉などでも「やまおろし」と訓まれているから、六帖にこだわらなくてもよかろうと思う。『古今和歌六帖』〈第一帖。天部、山おろし〉に「衣手に山おろし吹てさむきよを君きまさね（ママ）はひとりかもねん」と見え、『和歌童蒙抄』〈第一。天部。颪〉に「衣手に山おろし吹て寒き夜をきみきまさず（ママ）はひとりかもねむ／同〈万葉ヲサス〉十三にあり。山おろしとよみて颪（ママ）といはねどかく読り〈颪ハ嵐ノ誤記？〉」とある〈歌句ハ歌学大系翻刻ニヨル〉。新編国歌大観は尊径閣本により「ころもでにやまおろしふきてさむきよをきみし（ママ）まさずはひとりかもねむ」の歌形で示されておる。『柿本人麿集』〈書陵部蔵、五〇一／二九五架番〉の中巻、恋部に「ころも手の（ママ）山おろしふきてさむきよを君きまさすはひとりかねゝ（ママ）む〈五五二番歌〉」と見え、『和歌初学抄』〈歌学大系本一七六頁〉の「古歌詞」の「万葉集」の「十」に「ころもでに山颪ふきてさゆ（ママ）るよを」の上句のみ見え、『万葉一葉抄』〈第一天象上、颪〉に「衣袖手《コロモテ》〈静嘉堂文庫・お茶の水図書館本〉に山おろし吹てさむき夜を君きまさすは独かもねん〈渋谷虎雄博士、古文献所収万葉和歌集成室町前期、所収ノ翻刻五三二頁ニヨル〉」と見え、『万葉抄出』〈前山久吉氏蔵、伝定家筆。校本万葉集㈩ノ活字翻刻三八七頁ニヨル〉に「三二八二。抄出〈注、書名〉。衣手にやまおろしふきてさむき夜をきみきまさすはひとりかもねむ」と見え、『万葉（宗祇）抄』〈万葉学叢刊中世編ノ活字翻刻二七五頁ニヨル〉に「衣手に山おろし吹て寒き夜を君きまさすはひとりかもねん」と見えている。但し、高松宮家本と東洋文庫本には、この歌は見えない。さらに『〈文明十六年十二月〉歌合』の六十七番左歌判詞中に、引用がある。「左勝　権大納言義―（ママ）〈義尚ヲサス〉わがおもふいもせの山の秋かぜにはだ寒きよを独かもねん／右　左衛門少尉平貞頼　なべて世の人にしられじこのままに恋はしぬとも君こふるとは／詞のつづきやさしくきこえ侍り。殊なる事なし。左歌、衣手に山おろし明け（ママ）てさむき夜を君きまさずはひとりかもねん、と侍る古歌に、いさゝかおも影かよへるかなとおもひ侍れど、これほどの事は、ふるくもさたにおよばぬ事も侍るにや。歌の姿ことに古き風体にてよろしく侍り。右歌およびがたし〈判者ハ、大納言入道栄雅。新編国家大観ニヨル〉」。なお『二八要抄』（恋三）に「題しらす　人まろ／衣手に山おろし吹て寒き夜を君きまさすは独かもねん」と引用され、契沖『書入本』にも「万十三、作者未詳」として出典の指摘がある。

当歌の歌意は、季吟の『八代集抄』に「心は明なるべし」とあるように、説明する要もないが原歌が万葉でもあり、その方面での注を引いておく。「代匠記に、腰句長歌ニ依ニ六帖ノ点ニキミキマサネハトヨメル殊ニ叶ヘル歟、とあるが、全注釈に、五句に対しては、なほきまさずバ（ママ）であらう、とある。但、大成本文にズハと訓んで、君はおいでにならないで、と訳し、古典大系本でも従はれてゐるが、それは、恋ひつゝあらずは（二・八六）などの、ずは、と同じと見たのであるが、この、ずは、は、さねずは（二・九四）、命死なずは（四・五〇四）などと同じもので、後世、ずば、といふのと同じである。今更に君来まさめや、と思ふけれども、君がいらっしゃらないので、と言はずに、君がいらっしゃらなかったならば、と万一を期待する言葉が恋する人の心である」。以上は澤瀉久孝博士の『万葉集注釈』の三二八二番歌の「訓釈」である〈原文ハ旧漢字。表記法モ「」ハ外シタ。「全註釈」ハ武田祐吉博士ノ増訂万葉集全註釈、「大成」ハ万葉集大成、古典大系ハ岩波ノ旧大系、数字ハ巻・旧国歌大観番号、ヲ指ス〉。万葉での歌訓と訳文は、「コロモデニヤマアラシフキテサムキヨヲキミキマサズハ（ママ）ヒトリカモネム。着物に嵐が吹いて寒い晩を、君がおいでにならないなら、ひとりで寐ましょうか（武田全註釈）」。「コロモデニアラシノフキテサムキヨヲキミキマサズハ（ママ）ヒトリカモネム。着物の袖に嵐の吹いて寒い夜を、君がいらっしゃらなかったら、ひとりで寝る事であらうかナア（澤瀉注釈）」である。〈澤瀉注釈ハ、武田全註釈ノ、ズハ、ヲ、ズバ、ト引用シテアル〉。「ずハ」を「～ないので〈確定条件〉」と見ずに「～ないならば〈仮定条件〉」と見るのである。武田釈は確定、澤瀉釈は仮定とされたものと思う。万葉では解が斯くわかれているが新古今でも解はわかれ、確定の「来まさずして（朝日『全書』頭注）」と仮定の「いらっしゃらないのならば（久保田『全評釈』）」と解はわかれている。岩波新大系脚注は「原歌〈万葉ヲサスノデアロウ。六帖デハナイト思ウ〉では仮定の条件となろう」と注意を促している。「ずハ」については、新古今一二〇三番頭注二で、説明をした。

三　山辺にたゞさへ……訪へかし、となり

磐斎の講釈口調さながらの文で、省略が多い。「山辺に〈おいては〉、たゞさへ〈夜分は〉寒くあるべきに、〈その上に〉颪まで〈吹き〉ふぶきて寒き〈故に〉、二人寝て〈さへ〉も〈寒く〉あるべきに、これが〈我たゞ〉独り寝らるゝものか。〈どうか〉君が訪へかし、となり」の如き意であろう。文意、「山のほとりでは、ただでさえ夜分は寒さが当然きびしいのであるのに、なお山から強い風が吹きふぶいてきて一層寒いから、貴男と二人で暖め合いながら寝てさえも寒くて叶《かな》わないが、これがわたしひとりで寝られましょうか、どうか貴男よ。訪ねてきて下されよ」。「あるべきに」の「べき」は、当然必然の意を強める助動詞。「訪へかし」の「かし」も、強調の終助詞。「吹ふきて」は「ふぶきて」と濁音であるが、平安時代では「ふふき」と清音。「霔、フフク（色葉字類抄）」・「噴、フフク（名義抄）」。新古今の古注での施注は少ないが、「ひとり寝られまじきと也（かな傍注本）」・「君のましまさずは、此寒夜に独ねうずるかと也。きまさずは衣の縁の詞也（九代抄。大坪云、ねうずるハ、ねられうとする、ノ約言。きまさずは衣の縁トハ、衣ト着増《キマ》すトが縁語ノ意デ、コノ指摘ハ鋭イ独得ノモノデアル）」・「あし引の山鳥の尾のしだりおのなが〱しよをひとりかもねん、引哥也。心は、この哥と一也。君のおりやらずは〈大坪云、君来まさずはノ施注語。アナタガイラシテ下サラナイナラ、ノ意〉、ひとりねられうずるものかな〈ヒトリデ寝ルコトガデキルデアロウ事カナ〉となり。あしひきの哥には、あひたるともさだかにみえずとなり〈大坪云、あし引のノ歌トクラベテ考エルト、あし引のノ方ハ、相会ガ以前ニモ有ツタ事ガ窺エルダケデ確カナコトハ不明デアル〉。此哥など、ことに大かう也〈衣手にノ歌ハ、以前ノ相会ノ事ハ、窺ウコトサエデキナイ、ノ意歟。大かうハ大綱デ、大事ナ部分トイウ意ト取レバ、以前デノ相会ノ有無ハ、衣手ノ歌ニトッテハ特ニ大事ナ事柄デアル、トイウ意歟〉。をして不可測量《はかるべからざるなり》也〈推量スルコトサエモ出来ナイ〉（九代集抄）」。

四　足引の山鳥の雄のしだり尾の長々し夜を独りかもねむ、と似たる哥也

「足引の……」歌は、万葉集巻十一の寄物陳思歌。著名歌中の超著名歌。「（二八〇三番）、念友《オモヘドモ》　念毛金津《オモヒモカネツ》　足檜之《アシヒキノ》　山鳥尾之《ヤマドリノヲノ》　永此夜乎《ナガキコノヨヲ》／（或本歌云）、足日木乃《アシヒキノ》　山鳥《ヤマドリ》之尾乃《ノヲノ》　四垂尾乃《シダリヲノ》　長永夜乎《ナガナガシヨヲ》　一鴨将宿《ヒトリカモネム》〈西本願寺本ノ訓ニヨル〉」の或本歌である。この歌は、古今和歌六帖㈡〈下句ハ、なが〱し夜を我が独りぬる〉・拾遺集〈四句｜なが〱し夜を〉・柿本集㈦・和漢朗詠集（巻上）・時代不同歌合〈二番左〉・小倉百人一首・秀歌大略・二八要抄（恋三）・その他歌書歌学書等々にも引かれ、磐斎がいずれより引用したかは決し難いが、拾遺集あたりが妥当かと思う。「山鳥の雄の」という磐斎の表記は、貞徳同門の季吟の『百人一首拾穂抄』に、「山鳥の尾のしだり尾のといはれたるを、山鳥の雄のしたり尾と云べき也と古人申けるとかや。峯をへだてゝ、夜は雌雄《メオ》ふす鳥也。されば独ぬる心にもよせて読るなるべし云々。師説〈大坪云、貞徳ノ説〉是はむかしより申ならハせる説ながら宗祇玄旨も取給ハず」と、貞徳説を紹介してあるから、磐斎もこの「雄」表記を採用したものと思う。歌の趣意は「山鳥の習として、雌雄ひるは一所に居れども、よるはおの〱行《ゆき》わかれて谷をへだてゝぬ《ママ》る物なり。それによせて秋の夜の長き比《ころ》は、夜寒もそひていよ〱独寝の苦しきに、山鳥にもあらぬ身の、独其鳥のごとくにかねん〈如クニカ、寝ム。〉と侘たる心也。上句は序のやうにして比《ひ》なり（契沖、百人一首改観抄。長流ノ三奥抄モ略同文デアルガ、ぬる物ガゐる物、かねんガ、かもねん、トアル。朝日新聞社刊ノ契沖全集翻刻ニヨル）」。

五　山風吹きてと理りたる……勝れるにや

文意「足引の山鳥歌と、衣手に歌とは、独り寝の侘しさを言う点では類似した歌であるが、勝劣を考える上では、山からの風が吹き下してきてと、侘しさの理由を、理屈で説明するよりも長く〱感ずる夜長をと、心の情に訴えて詠嘆するほうが、歌として勝っているのではなかろうか」。

六　足引の哥ハ……勝劣を知るべき也

文意「両歌とも人丸の歌とされる歌ではあるが、足引の歌は、古くから人の口にものぼっている著名歌である（が、衣手に、の方は、それ程の著名歌ではない）。このような歌の、勝劣を決めるには、声に出して詠吟して、そ

の勝劣を決めるべきである」。磐斎は、頭による知的理解よりも、心による情的理解を、重く見ているように私には思われる。同じ作者の歌であっても朗詠の快い歌を重く見るもので、公任の『九品和歌』の「上品上」の、ほのぼのとあかしの浦の・春たつといふばかりにや、の声調が私にはよみがえってくる。

〔一三〇九〕（一一七頁）

　　左大将朝光　久しう音信侍らで、旅なる所に来会ひて、枕の無ければ、草を結びてしたるに

管見新古今二十六伝本での詞書校異は、「久しう」が「ひさしく」（小宮本・鷹司本）。「来会ひて」が「あひて」（公夏筆本）。「無ければ」が「な。《かり》けれは」（烏丸光栄所伝本〈なトけノ間ニかりヲ挿入スル記号アリ〉）〈烏丸光栄書写本ハ、なければ、トアリ〉。なお、亀山院所伝本は「左大将」を「右大将」とする。新古今一〇〇四番歌の詞書にも「左大将朝光」という詞が使われているが、ここでは亀山院本は「左大将朝光」と書写しているので、当歌の「右大将」は誤写であろう。他伝本での詞書には、異文はない。「朝光」は「アサテル」（朝日『全書』・小学館『全集』・講談社『新註』）」と、「アサミツ」（塩井氏『詳解』・尾上氏『評釈』・久保田氏『全評釈』の両訓が現行注釈書に見られ、石田氏『全註解』には「あさてる（あさみつ・ともみつ）」が示されている。大日本雄弁会の『大日本史』（昭和三年、義公生誕三百年記念会発行、角書ニ、頭書傍訓トアル）によれば、「〈貞元二年十二月九日〉権大納言藤原朝光《トモミツ》兼二左近衛大将〈出典書名省略〉」（巻三十六、本紀二）と、「トモミツ」と傍訓が付されている。「侯爵徳川家蔵版」の書物であり、信がおける〈傍訓ハ旧彰考館デ多年修史事業ニ携《たずさ》ワレタ、清水正健翁ニヨルモノ〉。朝光の訓と、事略については新古今一一八八番歌頭注二で説明を加えてあるが、叙上の記述を追補しておく。私見としては「トモミツ」の訓を支持したい。『尊卑分脈』（吉川弘文館版デハ、第一篇五二頁）の傍訓は「アサテル」である。なお、追加参考「左近大将朝光。藤原朝光者、忠義公之第四子。母従二位昭子、女王三品兵部卿有明親王女也。応和之初、聴昇殿、尋《ついで》授従五位下、歴任文武之要官、為蔵人頭、拝八座〈大坪注。参議ノ異称、定員八人ノ故ニ斯ク言ウ〉、兼次将、任納言、兼春宮大夫。貞元二年三月叙従二位、四月転任権大納言、十二月兼左近大将、永観二年叙正二位。寛和年中転正、尋兼按察使。永延三年六月再上表、辞大将・春宮大夫、依病也。長徳元年三月廿日薨于枇杷亭、年三十五。号閑院左大将。卿好和歌、有名声、拾遺以下、数代集中之華言可以観焉〈勅撰入集歌数省略〉（二十一代集才子云）」。次にこの詞書の文意であるが、これは『馬内侍集』と見比べると理解し易い。家集では当歌の前接歌と合せると、語彙《ごゐ》の共通部があり納得し易いので一括して示す。「Ⓐ右大将ひさしくをともしたまはて／あふことのなきさなれはや都とりかきりてあともたえてとひこぬ//Ⓑなとかそれよりもと、あれは、返し／とはぬまは袖くちぬへし数ならぬ身よりあまれる涙こほれて（秋風・後撰）//Ⓒその夜、たひなるところにきあひて、枕もなけれは草をむすひてしたれは／逢事はこれやかきりのたひならん草のまくらもしも枯にけり（新古）（三手文庫蔵　辰二六五／二六九架番）」とあるのがそれで、当歌の詞書は、Ⓐ・Ⓒの両歌の詞書を一つにまとめてある事は歴然。又当歌ハ新古今撰者五人が揃っての撰進歌でもあるので、斯様な詞書のまとめ方も異存は無かったと考え得る。「たびなる所」の理解も、久保田氏『全評釈』の「鑑賞」欄の説が妥当で、渚《なぎさ》・都鳥・その夜などの語から、水辺に近い場所、又、夜具などの設備も十分でない、祈願のために籠る寺などが想像できる。新古今九二三番赤染衛門歌詞書の「初瀬に詣でて、夜泊りたる所に、草を結びて、枕にせよとて、人のたびて侍りければ」等は傍証としてふさわしい。現行注釈書では、「密会の場所（岩波新大系）・祈願のために籠った山寺のような所（小学館『全集』）・外出先の仮の場所（新潮『集成』）」と施注がある。石山寺や長谷寺などは、川の近くの参籠所と見てよかろう。「音信《おとづれ》侍らで」は、手紙などの音信が無くてとか、相手の訪問がなくて、とかの意であろう。「来合ふ」は、「来て一緒になる、来合わせる（岩波古語辞典）」であるが、お互いに示し合わせておいた上で、なのか、「たまたま来て出合わす〈コノ場合ハ、来合はせ、ト表現スベキカト思ウ〉」なのか、前文に「久しう音信侍らで」とあるから、両人示し合せての上の事ではあるまい。曖昧さは残るが、これも家集での事と理解できようか。詞書は、撰者が家集によって作ったものであり、馬内侍による三首を参考にすれば、両人示し合せての上のものではない。文意「左大将朝光が、馬内侍に、長期にわたって便りもせず訪問もしなかったが、〈ふとしたことから朝光の方から〉、以前二人がこっそりと、住居を離れた近辺の場所で、来合せて一夜を共に過し得る場所を示しあわせて、落ち合ったが、そこは〈寝具は勿論、枕なども無い所であったから〉旅の草枕よろしく、草をひき結んで枕の

代りにしたので、馬内侍の詠んだ歌」。参考「旅。平常の住居を離れて、一時他所へ行くこと。古くは必ずしも遠方へ行くことをいわず、住居・自宅を一時的に離れることをすべてタビという。本来の住居・本拠地とする場所に対して、位置が定まらず、物質的に不足が多く、生活が不自由な暮らしのこと、またそのような期間。一時的な滞在。仮の暮らし。したがって不如意、不足のニュアンスで用いられることが多い。枕詞としては〈草枕〉を冠する。〈後略〉（古典基礎語辞典）」。朝光左大将であった期間は、貞元二年十二月から永延三年六月までの約十年間。

二　馬内侍

磐斎は、八〇六番歌で作者部類を引いて施注。当該歌頭注の二・三でも既述。追加参考「馬内侍。文徳御子近衛右大臣能有公曾孫、正四位左馬権頭源時明女（女三十六人撰(甲)ノ七番左作者馬内侍ノ勘物）」。「馬」は父源時明が左馬権頭の職であったから付けられた歟。「内侍」は内侍司《ないしのつかさ》の女官の総称。内侍《ないしのかみ》二人・典侍《ないしのすけ》四人・掌侍《ないしのじょう》四人。専ら掌侍だけをさす場合が多い。『尊卑分脈』に、「文徳天皇→能有→当季→仲舒→時明〈従四上・左馬権頭〉→女子〈東三条女房・馬内侍・哥人〉」と見えている。

三　逢事ハこれや限りの旅ならん草の枕も霜枯れにけり

管見新古今二十六伝本では、為氏筆本が下句を「草のまくらも。かれ《しも》にけり」となっていて、その本行の、も、か、の間に〇印があり、右傍に、しも、が加えられている。他本と見くらべて、消された、も、を活かし、傍書の、しも、を加えると「草のまくらもしもかれにけり」となるから、異句形とならない。他の二十五本に異形はない。

出典は、前引した『馬内侍集』。他出は、『二八要抄』（恋四）に「左大将朝光ひさしうをとつれ侍らて旅なる所に行《（ママ）》あひて枕のなか《（ママ）》りけれは草をむすひてしたるに／馬内侍／あふことは誰《（ママ）》〈大坪云、維《コレ》ノ誤写？〉や限りの旅ならん草の枕も霜かれにけり」・『時代不同歌合』（百四十四番）に、「左　馬内侍　あふことはこれやかぎりの旅ならん草のまくらも霜がれにけり／右　権中納言師時　おひかぜに八重のしほぢをこぐ舟のほのかにだにもあひみてしがな（書陵部蔵五〇一・六〇九架番）」〈大坪云、馬内侍ノ当歌ハ、新古今五人ノ撰者スベテガ撰進シ、後鳥羽院モ隠岐デノコノ歌合ニ採用サレタノデアリ、新古今ノ撰進ニ携ワッタ者全員が選ンダ点デ注目スベキ歌デアル。ナオ、時代不同歌合ノ伝本デハ、為家本・歌仙絵本モ歌形ハ同歌形。タダ、永享二年古写本ハ、馬内侍歌ノ初句ガ、逢事もト異形ニナッテイル〉・『女三十六人撰(甲)』（七番）〈大坪注、左ハ馬内侍、右ハ嘉陽門院越前。各三首ヅツデ番《つが》ワレテイル〉に「左　馬内侍〈勘物ハ前引シタ故省略〉　あふことはこれやかぎりの旅ならん草のまくらの《（ママ）》霜がれにけり〈三首組ノ二番目〉／右　嘉陽門院越前〈勘物無記載〉　おもふ事なきだにやすくそむく世にあはれすてゝもをしからぬ身を〈三首組ノ三番目。二番目ハ、なつびきの手びきのいとのとしへてもたえぬおもひにむすぼゝれつゝ、デアルガ他伝本デノ相対歌ハ、おもふ事歌ノ故ニ恣意デ変更〉」・『女房三十六人歌合(内)』（七番）に「左　馬内侍　あふ事はこれや限りの旅ならむ草の枕も霜がれにけり〈三首組ノ三番目〉／右　嘉陽門院越前　思ふ事なきだにやすくそむくよに哀捨てもをしからぬ身を〈三首組ノ三番目〉」・『続女歌仙(戊)』（七番〈当書ハ、一首組〉）に「左　馬内侍　逢事はこれやかぎりのたびならむ草の枕も霜がれにけり／右　嘉陽門院越前　おもふことなきだにやすくそむく世にあはれすてゝもをしからぬ身を」。

次に当歌の技巧。磐斎も施注に触れているように「限りのたび」に、旅と度との掛詞。「霜かれ」に、枯《かれ》と離《かれ》、とが掛けられ、旅・草の枕、が縁語となっている。「限りの度《たび》」は、最後の機会という意と、死の床・臨終という両意があり、「枯れ」に、生物のひからびて死ぬ意、「離れ」に、間柄が切れて心が離《はな》れる意、の両意が絡《から》み合わされて、馬内侍の心情の哀切さを訴える気持が、如実に詠みこまれてある。歌意参考「あなたに逢うことは、これは最後である旅であろうよ。している草の枕もまた、仲の離れることを示して、霜枯れしていることよ（完本評釈）・あなたとお逢いすることは、これが最後の回となるのでしょう。二人でする草の枕も、霜枯れてしまいました。二人の間も離《か》れ離《が》れになってしまいました（河出書房版日本国民文学全集古典名歌集〈新古今和歌集〉。窪田空穂訳）」。当歌は、前言したように、「限りの度〈＝臨終〉」とか「霜枯れ〈＝枯死〉」の如き、死の影相を背後に負わせた歌である。現行注釈書では、触れられていないこの点を、何故述べたかと言えば、契沖の『書入本』に、「新後拾秋上　大蔵卿有家　たえ〳〵に見ゆる野中の忘れ・《（ママ）》よかれかちにや月もすむらん」という指摘があるからであった。新後拾遺三六八番のこの歌も恋人から忘れ去られて息も絶々のわが身を、水に比し、訪問も途絶えがちの男を、月に見立てた歌で歌境が、馬内侍歌に似ている事から、契沖も有家歌の背後に、女の恋故の悶死の影相を見たからではなかろうかと思った故である。有家歌も当歌に影響を受けた歌と考えておきたい。恋歌を秋歌にしての採入ではあるが、新後拾遺撰者の考えがそう見たのであって、恋歌と見ることも十分可能であろう。

四　旅ハ、度と旅とを掛けたり……瑞相にやとなり

「瑞相」は、めでたい相貌、の意と不思議な前兆、という意とがあり、『源平盛衰記』（巻九）に「理や鬼門ノ方ノ災害ナリ。是不祥ノ瑞相ナルベシ〈三弥井書店版源平盛衰記(二)七五頁〉」・「是ハ一定昨日来リタシ甘糟ガ、敵ニ討レテ念仏申テ往生スル瑞相ト覚タリ〈堂衆軍。三弥井書店版源平盛衰記(二)七八頁〉」・「サシモ止事《やんごと》ナキ霊寺霊場ノ多亡失給ハ、王法ノ末ニ臨、天下ノ隠《おだし》カルマジキ瑞相ニヤ〈善光寺焼失。同上書八六頁〉」等の用例は、後者の「不思議な前兆」と見るべき「瑞相」である。『方丈記』の「世ノ乱ル、瑞相トカキケルモシルク、日ヲヘツ、世中ウキタチテ〈大福光寺本。岩波文庫新訂版七六・七七頁〉」等は、多くの人の記憶に残るところであろう。施注文意「〈限りのたび〉の、たび、は回数などをいう度《たび》と、定住地を離れる旅《たび》、とを掛詞としたものである。又、末句の〈霜かれ〉の、かれ、は、人が別離する間柄《あいだがら》になる事をも、離《か》る丶、という事であるから、男女関係が断《き》れて、離《か》れ〳〵になる有様を、草が霜にうたれて枯れる様子に、関連づけて、霜かれと表現したのである。下の句の草枕の草が霜枯れているという表現は、私とあなたとの間柄も、離《か》れ〴〵になりきってしまう、前兆ゆえではなかろうかという意味で、詠まれているのだ」。参考、「限りの度といふに旅をそへて、草の枕も霜枯たれば、あふ事もかれ果て、此たびや限ならんと也。内々かれ〴〵なる心をふくめて也（八代集抄）」・「草ノ枕モ霜枯タレバ、逢事もかれハて、此度やかぎりならんと也（学習院大学本新古今注釈。八代集抄ノ前後ヲ省イタ引用）」・「かりやどなどして居たる也。かれたる草など枕としたる也。只今が、おさめにてあらん、のちハ、もはやしなん〈最早死ナン〉とおもふ心也（かな傍注本）」。

〔三〇〕（二一七頁）

一　天暦御時、間遠にあれや、と侍りけれバ

管見新古今二十六伝本の詞書は、亀山院本以外の伝本の詞書は、すべてこの文言。亀山院本は「天暦の御時まとをにあれやとおほせけれハ」と稍異文になっている。天暦は、西暦九四七年から九五七年（和暦一六〇七年から一六一七年）まで十年間の年号。村上天皇治世の前半期に当る。後半期十年間の年号は、天徳・応和・康保で、次帝の冷泉天皇からは安和。「天暦御時」とは村上帝治世前半期の意で、治世者と治世年間を含め合せての称《となえ》。「間遠にあれや」は、村上帝が徽子女王に、お懸けになったお言葉であるが、背後に古今集七五八番読人不知歌「須磨《すま》の蜑《あま》の塩焼《しほやき》衣筬《をさ》を粗《あら》み間遠《まどほ》にあれや君が来《き》まさぬ〈須磨ノ漁師ガ着テイル塩ヲ焼ク時ノ着物ハ、筬ガ粗イノデ織糸ノ縦糸ト横糸トノ間ガカナリ離レテイルガ、私達ノ間モ、コレト同ジク離レテイルカラダロウカ、アナタガオイデニナラナイノハ〉」の意が含まれた言葉である。こういう和歌を背後に含ませての贈答法を「そへこと」と言うが「そへ」とは、擬《なぞら》へることである。参考「そへこと〔諷言〈色葉字類抄〉・譏警〈板本遊仙窟〉〕」・「正面から言いにくい内容を、比喩・縁語・物名または著名な和歌の一、二句など、技巧を使って遠まわしに言い表わすこと（岩波古語辞典）」。「間遠《まどほ》」は、時間的・空間的・心情的に、両者の間柄が空《あ》いていて緻密でないこと。詞書文意「天暦の御時に、村上帝が女御の私に対して、この頃お互《たがい》はすこし疎遠になっていますね、と仰せになりましたので、その御返事に」の意。家集の『斎宮集』（ママ）（正保版本歌仙家集）での詞書は「後に、うちよりまとをにあれやときこえさせ給へる御かへりに」とある〈書陵部蔵五〇一／一六二架番ヤ、西本願寺本三十六人集ニハ、当歌ハ見エナイ。又武蔵野書院テキスト本頭注ニハ、後に、ノ二字ナク、うちよりが、うへより、トナッテ引用サレテアルガ依拠本ハ示サレテイナイ〉。御所本〈注、新典社、書陵部本複製ニヨル〉『斎宮集』には「のちにうへよりまとをにあれやときこえさせたまへる御返に」とあるに拠られたらしい。歌句は『新古、なれゆくハうき世なれはやすまのあまのしほやきころもまとをなるらん」とある。又、当歌の他出書には、詞書に相当する文言はない。

二　女御　徽［ママ］子女王

磐斎は三二五番歌で作者部類を引いて施注。徽子女王の事略は、七七八番歌頭注二で既述。

三　馴れ行くハ浮世なればや須磨の蜑の塩焼衣間遠成らん

管見新古今二十六伝本では異歌形はない。『増抄』板本では、第四句の「あま」は、海の草体と土の草体とを一字に合体した字形。

見馴れない字形であるが「海士」とみて「あま」と訓むことにする。初句を「馴行ば」と翻刻するのは「なれゆけば」と訓み違うから、「は」は清音にするがよく、他出でも「なれゆけば」とする本はない。前引の『斎宮集』の歌句は「新古　なれゆくはうき世なれはやすまの海士の塩やき衣まとを成らん」。他出は、『八代集秀逸』に「勅《ママ》　なれゆくはうき世なればやすまの海士《ママ》のしほやきごろもまどほなるらむ　斎宮女御」・『時代不同歌合』（八十三《ママ》番）に「左　斎宮《ママ》女御　なれ行くはうき身なればやすまのあまのしほやき衣まどほなるらむ／右　式子内親王　ちたびうつきぬたの音にゆめさめて物おもふ袖に月《ママ》ぞくだくる（書陵部蔵五〇一／六〇九架番本）」・「左　斎宮女御　狎ゆくはうき世なればやすまの海士のしほ焼ごろもまどほなるらん／右　式子内親王　千度うつきぬたの音に夢さめて物思ふ袖に露《ママ》ぞくだくる（穂久邇文庫本）」・「左　なれ行ハうきよなれハやすまのあまのしほやき衣まとをなるらん／右　ちたひうつきぬたのおとにゆめさめてものおもふそてにつゆ《ママ》そくたくる（為家本）」・「左　なれゆくハうき世なれはやすまのあまのしほやき衣まとをなるらん／右　ちたひうつきぬたの音に夢さめて物おもふ袖に露《ママ》そくたくる（永享二年古写本）」・「左　なれゆくハうき世なれはやすまのあまのしほやき衣まとを成らん／右　千たひうつ砧のをとに夢さめてもの思ふ袖に露《ママ》そくたくる（歌仙絵本）」。

『源氏物語（朝顔巻）』（岩波新大系源氏物語㈡二六〇頁〈本文大島本〉）に「あやしく御けしきのかはれるべきころかな。つみもなしや。[A]しほやきごろものあまりめなれ、みたてなくおぼさるゝにやと、とだえをくを、またいかゞなどきこえ給へば、[B]なれゆくこそ、げにうきことおほかりけれとばかりにて……」とあるのは約半世紀程前の、村上帝と徽子女御とのこの贈答歌を、紫式部が意識して書き綴った文章と見て、ほぼ誤りはないと思われる。四辻善成の『河海抄』（巻九、第十五　槿《あさがほ》）にも、A部の施注に「伊行尺、須磨のあまの塩やき衣なれゆけはうとくのみこそ成まさりけれ」とあり、B部の施注に「なれ行はうき世なれはやすまのあまの塩やき衣まとをなるらん」と当歌を示している。伊行尺とは、源氏物語の最初の注釈書で、何度か改稿して書き加えられた書で『源氏（物語）釈』をさす。河海抄の引用はその一本たる前田家本〈源氏物語大成㈦研究資料篇所収〉に見られ「すまの浦《ママ》のしほやき衣なれ行はうきたの《ママ》みこそなりまさりけれ」と引用歌句は異るのであるが、引用はされている。藤原伊行は、行成六世の孫で、能書家としても著名な家系の人。さて、『河海抄』や『源氏釈』の引用歌の出典は未詳ではあるが、歌意上では、前引の古今集七五八番歌〈村上帝が、諷言《そへこそ》トサレタ歌〉「すまのあまのしほやき衣筬《をさ》を粗《あら》み間遠にあれや君が来まさぬ」と略々《ほぼ》同じと見なし得る。それ故に、源氏物語の前引部分は、村上・徽子の贈答の被影響文言であると言い得る〈即チ他出ト見テモヨイノデハナカロウカ〉。又、この古今七五八番歌と徽子女王歌とは、兼良公の『歌林良林集』（第三虚字言葉、五十六目まどほ）にも取上げられている。即ち「まどほ。間遠也。まぢかきは、間近也。／〈中略〉／古　須磨の海士のしほ焼衣をさをあらみま遠にあれや君がきまさぬ／新古　なれゆくはうき世なればやすまの海士のしほやき衣ま遠なるらむ」とあるのが、それで、「すまの海士〈又ハすまの浦〉・しほやき衣・まどほ」の詞や、それらの組合せによって生じる心、また姿の歌は勅撰集に多く見出される。つまり影響を受けた歌や参考歌はかなり多いが省略に従う。他出書の中では、『俊成三十六人歌合』も欠かせない。この歌合の伝本は、左右の歌数が複数で、相手歌人が、俊成女と大中臣頼基となっている伝本もあり、斎宮女御の対番歌を定めるのが困難であるから、煩瑣ではあるが、そのまゝに引用しておく。『俊成三十六人歌合』（書陵部蔵丗六人哥合一五〇・三一七架番本。十番）には「左　女御徽子女王　袖にさへ秋のゆふべはしられけりきえしあさぢが露をかけつつ・なれゆくはうき世なればやすまのあまのしほやき衣まどほなるらむ・ぬる夢にうつつのうさもわすられておもひなぐさむ程ぞはかなき・〈日本歌学大系所収、古三十六人歌合㈹十番ニハ、琴のねにみねの松かぜかよふらしいづれの緒よりしらべそめけむ、ノ一首ガ付加サレテイル〉／右　大中臣頼基朝臣　一ふしに千世をこめたる杖なればつくともつきじ君がよはひは・なく雁はゆくかかへるかおぼつかなはるのみやにて秋のよなれば・子日する野べに小松をひきつれてかへる山ぢにうぐひすぞ《ママ》なく」。『女三十六人撰甲』（志香須賀文庫蔵《の（歌学大系本）》、四番）には「〔左〕《補記》」斎宮女御〔徽子女王《細字》〕　袖にさへ秋のゆふべはしられけりきえし浅ぢが露をかけつゝ・なれゆくは浮世なればや須磨のあまのしほやきごろもまどほなるらん・ことのねに岑の松風よかふらしいづれのをよりしらべそめけむ／〔右〕〈補記〉俊成卿女〔三位侍従具定母〕〈細字〉　おもかげのかすめる月ぞやどりける春やむかしの袖のなみだに・夢かとよ見しおもかげも契りしもわすれずながらうつゝならねば・葛の葉のうらみにかへる夢の世をわすれがたみの野辺の秋かぜ」。『女房三十六人歌合㊂』（内閣文庫蔵四番）には「左　斎宮女御　袖にさへ秋の夕べはしられけり消えし浅茅が露をかけつゝ・なれゆくも（ママ）浮世なればや須磨の海士の塩やき衣まどほなるらん・ぬる夢にうつゝのうさも忘られて思ひなぐさむ程ぞはかなき／右　俊成卿女　梅の花あかぬ色かも昔にておなじかたみの春のよの月・露はらふね覚は秋の昔にて見はてぬ夢に残るおもかげ・夢かとよ見しおもかげも契りしもわすれずながらうつゝならねば」。『女房三十六人歌合(丙)』（志賀須賀文庫蔵「群玉叢」本。四番）には、「左　斎宮女御　袖にさへ秋の夕はしられけりきえし浅ぢが露をかけつゝ・ぬる夢に現のうさも忘られて思ひなぐさむ程ぞはかなき・馴ゆくは浮世なればや須磨のあまの塩焼衣まどほなるらむ／右　皇太后宮大夫俊成女　下もえに思ひ消なむ煙だに跡なき雲のはてぞ悲しき・夢かとよ見し面影も契りしも忘れずながら現ならねば・面影のかすめる月ぞやどりける春やむかしの袖のなみだに」。『続女歌仙(戊)』（寛文元年板本、四番）に、「左　なれゆくはうき身なればやすまの海士のしほやき衣まどほ成らん　斎宮女御／右　おも影のかすめる月そやどりける春やむかしの袖のなみだに」〈該本ハ、左右一首番〉。さて、次に、先に『源氏物語』（朝顔巻）に、徽子女王歌に拠るであろう文言を示したが、『宇津保物語』（梅の花笠）の「春宮より柳に御文つけて、右近少将を御使にて、しば〳〵も聞えまほしけれど、馴る、はとかいふなるうちにも、此頃ま井《ゐ》り給フべきやうに〔か〕ありしかばなむ。……〈岩波旧大系宇津保物語(一)、二九四頁〉」の傍線部も徽子女王歌に拠るという指摘がある〈典拠検索名歌辞典〉。この辞典は頗る学恩の多い名著ではあるが、岩波旧大系の頭註〈河野多麻氏校註〉には「見てもまた又も見まくのほしければなるるを人は厭ふべらなり〈古今集七五二番読人しらず〉」を典拠歌として示され、徽子女王歌は拠られていない。片桐洋一氏『全評釈』はこの古今歌の他出は「未詳」で片づけられている。それ故紹介だけして後考をまつ。『名歌辞典』には、当歌の他出として『古今和歌六帖(五)』の「塩やき衣」を示されているが、新古今当歌の同巣歌ばかりながら、非常に参考になる。「伊勢のあまのしほやきころもをさをあらみまとをにあれやいまたきなれす《ぬイ》／しかのあまのしほやきころもなれゆけとこひてふものはわすれかねつも／いせのあまのしほやき衣なれてこそ人のこひしきこともしらるれ《かなイ るなイ》／なれゆけは《くイ》うけめよる《うきよなれはやイ》〳〵すまのあまのしほたれころもまとをなるらん〈徽子女王歌ノ訛伝歌〉／いせのうみしほやくあまのふち衣なるとはみとあか《はイ》ぬきみ哉／つらゆき・いせのあまのしほやきぎぬのなれなばか一日も君をわすれて思はん」等がそれで、「衣の穢《な》る〈糊気《のりけ》が抜《な》ケテヨレヨレニナル・着古《ふる》ス〉」に「男女の馴《な》る〈打チ解ケテ慣レ親シム〉」の掛詞、蜑の着る塩焼衣の織目《おりめ》の粗《あら》さ、等々共通語句の理解に役立つ歌であるからである。当歌は、題詞に見られる「間遠にあれや」と言う「諷言《そへこと》」に応じての返歌で、掛詞（馴れ・穢《な》れ）や縁語（穢れ・衣・蜑・塩焼・間遠）を織り混ぜた技巧を用いた技巧歌であり、又「なれ〈穢れ・褻れ〉」は憂き事とする上句や、「間遠」の諷言を下句で使用して応答する機略の敏捷性と才気に、作者の非凡を認めざるを得ない作である。馴れ親しむ事は、飽きられるもと、という世の習いが、さらりと述べられている。歌意は「間遠であるなァとの仰せでございますが、あまり昵懇になり過ぎるのは、飽き捨てられる因《もと》になるのが憂き世の習いでありますから、あの須磨の塩焼き人の衣の織目のように、上様とのかかわりも、疎遠にしているのでございます。飽きられて淋しくなるのは私の方ですから」。

四　馴る、、間遠、衣の縁にて続けたり　文意「この歌は、馴る、、間遠、という、（塩焼）衣に関係のある語によって続けてある歌である」。「縁」は、歌学用語では、意味や用法上で、互いに深い関係のある言葉のことで、縁語と称せられるもの。衣は常時に着馴れると、糊気などが落ち、又、垢や汗でよれよれに穢《な》れるから、馴れ・穢《な》れ、で深い関係があることになり、間遠も粗末な衣は、縦糸と横糸の織目の間隔が離れているから、衣と関係のある言葉となる。

五　世の習ひにて……間遠なるかといへり　文意「世間一般の習慣として、親密になって馴れ親しみかたが進んでゆくと、ついつい人としての嗜みが忘れられて、細心の注意もうすれ、つつしみも失いがちになるもので、結果的に、互《たがい》に、うとましく感ぜられるようになるのが常であるから、それが厭《いや》だという訳《わけ》で、あらかじめ前もって、馴れの深くならない時から、間遠な交わり方をしているのでしょう、と述べているのだ」。「疎《うと》し」は、身《(ム)》外《(ト)》シ、の転語か。対象に関して、わが身が外にある状態。「疎《うと》まし」も「疎《うと》し」と同根。「疎くなる習ひ」は、対象をわが身の外に置きたく思う気持が習慣となる」という意。

六　塩焼きが着る衣ハ……間遠なるとなり　文意「海水を煮詰《につ》めて塩を製す作業人が着用する、所謂塩焼き衣（シオヤキキヌ・シオヤキゴロモ）は、織目の隙間《すきま》が緻密《ちみつ》でないので〈間遠スナワチ空間的間隔ガ広イノデ〉、それを時間的な感覚があきすぎる意の、間遠に重ねて、間遠なるらん、と詠んでいるのである」。万葉集に「須麻乃海人之《スマノアマノ》　塩焼衣乃《シホヤキキヌノ》　藤服《フヂコロモ》　間遠之有者《マドホニシアレバ》　未着穢《イマダキナレズ》（四一三番）」・「志賀乃白水郎之《シカノアマノ》　塩焼衣《シホヤキコロモ》　雖穢《ナルトイヘド》　恋云物者《コヒテフモノハ》　忘金津毛《ワスレカネツモ》（二六二二番）」とある。「須磨の海士の塩焼衣」は、「間遠」を呼び出す、有心の序であろうし、万葉四一三番歌は、当歌の本歌とも言えようか。万葉歌は、大網公人主宴吟歌で譬喩歌群中にある。詞書の村上帝の「間遠にあれや」の「諷言」は、古今歌によると従来見られてはいるが、それもさりながら、この万葉歌も、それと等しく見る事は独断すぎるであろうか。参考。他の旧註を示すと、「まとをにあれや〈大坪云、詞書中ノ言〉。〽すまの蜑の塩やき衣おさをあらみま遠にしあれや君がきまさぬ、といふ歌の心成へし。なれゆくはうき世〈歌ヲサス〉。あまり馴行はあく〈飽ク〉習のうき世なればにや、逢事の間遠なるらんと也。蜑の衣はあらければ、きぬ目〈衣目〉間遠なるをそへて〈擬《サツ》ラエテ・言寄《コトヨ》セテ〉也。馴衣《なれころも》などいへば、馴ゆくといふも衣の縁語也（八代集抄）」。「あまり馴ゆくハ、あく習ノうき世ナレバやト也（学習院大学本、新古今注釈。季吟抄ノ抄出）」。「うい世とうけたり〈大坪注、男女ノ仲ハ馴レガ嵩《コウ》ジテヒドクナルト、却ッテ憂クッライ間柄《アイダガラ》トナル、トハうき事あり。もはやあきニなされて〈モウ第二句ハ承ケテイルノデアル〉。なれ行バ後疾《ト》クニ、満足ノ度ガ過ギテ嫌気《イヤキ》ガササレテ〉、間どおになり行也（かな傍注本）」。「此哥、すまのあまのまどをのころもとは、あら〳〵とおりたる衣也。いとと糸のあわひのとをき也。されば、この哥、人の我になれ行事のうきゆへに、あふ事のまどをになるかと也。中にて序をゝ《(置)》きたる哥也〈大坪云、第三・四句ガ間遠ノ有心ノ序ニアタルコトノ説明〉。しかも海辺の恋の心なるべし。海士は世をわたる事の〈蜑人ハ生計ヲ立テテユク事ガ〉うき物なれば〈辛イモノデアルカラ〉、うき世のえむに〈憂キ世ノ縁ニ〉すまのあまといへり。つゞけやうおもしろき也〈歌語ノ続ケ方ニ、趣向ガ疑ラサレテ楽シイ歌ダ〉（宗長秘歌抄。大坪云、宗長ハ、海辺の恋の心なるべし、ト注意ヲ促シテイルガ、新古今一一一七番ノ定家ノ、海辺恋といふ事をよめる／すまの蜑の袖に吹きこす塩風のなるとはすれどてにもたまらず、ハコノ徽子女王歌ノ本歌取トモ考エテモヨカロウ）」。

以上新古今一二一一番徽子女王歌の当歌は、現行注釈書では、詞書中の「間遠にあれや」の村上帝のお言葉は、古今集七五八番読人不知歌を諷言としたものとする見解であったが、これは万葉集四一三番と見ることも可能ではないか、又、女王歌は新古今一一一七番定家歌の本歌、或は影響歌と見ることも出来るのではないか、という二点を、私見としてつけ加えてみた。

（三二）（一一八頁）

一　あひ見て後、逢ひ難き女に　公夏筆本のみが管見新古今二十六伝本では、逢ひ難き女に」とあるが他の二十五本はすべて「あひみてのち」である（為相筆本・為氏筆本・冷泉家文永本・前田家本・烏丸光栄所伝本・同書写本・鷹司本・東大国文学研究室本・小宮本・宗鑑筆本・柳瀬本・春日博士蔵二十一代集本・亀山院本・高野山伝来本・親元筆本。正保四年板本〈明暦元年板本モ〉・承応三年板本・延宝二年板本〈文化元年補刻本モ〉・正徳三年板本・寛政六年板本・寛政十一年板本・刊年不明牡丹花在判本・刊年板元不明本）。又、亀山院本は「逢ひ難き女に」の表記が「あひて後あひかたきめに」と、「女（漢字）」が「め（平仮名字形）」になっているので、「ヲンナ」とよむべきか「メ」とよむべきか明白にできない。もし「め」と読むならば、平安時代以前のよみ方となろう。稍低い扱いにしたよみ方となる。但し、出典の『是則集』の詞書には「をむな」と仮名書した伝本もある。家集の詞書と歌句を示しておく。歌仙家集本は「逢ひて《ママ》の後あひ難き女《ママ》に／霧深き秋の野中の忘水たえまがちなる頃にもある哉」・「書陵部蔵五一〇・一二架番本〈新典社複製御所本ニヨル〉は「あひてのちあひかたき女《ママ》に／新古　きりふかき秋のゝなかのわすれ水たえまかちなるころにも有かな」・西本願寺本是則集《これのりがしふ》は「あひての《ママ》、ちあひがたきをむなに《ママ》／きりふかきあきのゝかぜに《ママ》わすれみづたえまがちなるころにもあるかな」。西本願寺本三十六人集の是則集は、稍異形が目立つので「女」の訓み方にも、これを決定打とは出来ないであろう。又、「あひみて後」も「逢見《あひ》て後」と解するか「相見《あひ》て後」と解するか、いずれにしても「あひてのち」とはニュアンス〈色・音・調子・意味感情等ノコマヤカナル特色〉が異なると思う。『岩波古語辞典』は「あひみ「相見」」の見出《みだし》で「互いに見る・顔を合わせる」と「男と女が逢《（ママ）》う・契りを結ぶ」の両意を示し、相見・逢見を「相見」でまとめてある。題詞の文意は、公夏筆本題詞と増抄題詞が同文であるので、公夏筆本に拠られている久保田博士『全評釈』の「題意」を引用させて頂く。「一度逢い見た後、逢いにくい状態の女に（詠み送った歌）」。新古今配列での前歌は「間遠《まどほ》」が、歌の眼《がん》であるが、当歌詞の「逢ひ難い」主因が、その残像として当歌に及んでいると考えると、空間的にも時間的にも社会的にも、是則と「女《め》」との関係が、「間遠」で、「女《め》」は、鄙の野中の忘水の如き女性であった事になるのではなかろうか。九九七・一〇六九番の是則歌も「みてあはざる恋」の趣きであった。

二　坂上是則

管見新古今二十六伝本、すべてこの作者名表記で、寛政十一年板本は「さかのうへのこれのり」と仮名表記。是則の事略は、九九七番歌頭注二で既述。

三　霧深き秋の野中の忘れ水絶え間がち成ころにも有かな

管見新古今二十六伝本での歌形はすべてこの通り。出典は『是則集』〈前頭注ニデ示シタ〉。西本願寺本のみは第二句が「あきの丶かぜに」と異形。他出は、『古三十六歌僊秘談』（志香須賀文庫本）に「第廿九　左　坂上是則」五首中の一首に「霧深き秋の野中の忘水たえ間がちなる頃にも有哉」として見える。「忘れ水」は、溜り水か流れ水か両説。「草の間や木の葉等にあって人に知られてゐない流水（朝日新聞『全書』）」・「人に忘れられたまま、野中にとぎれとぎれに流れている小流れをいう（久保田氏『全評釈』六二八番歌、語釈）」。・「人に忘れられてしまった溜り水（久保田氏『全評釈』一二一一番歌、歌意）」。「忘れ水」は、六二八番歌頭注四で歌学書に見える各註を引いて詳述したので参看されたい。追加するとすれば、鴻巣氏『遠鏡』に「忘れ水、大和摂津などにあり」とされていることを挙げたい。

契沖の『書入』に、出典を「家集」とし、又、「後拾、恋三、大和宣旨。はる〲と野中に見ゆる忘水たえま〲をなけく比哉」を挙げてあるが多分、是則歌が先出歌と考えての事であろう。正宗敦夫氏編纂日本古典全集新古今の頭註に、「拾遺《（ママ）》、はるばると野中に見ゆる忘水絶間〲を歎く比哉ニヨル」とされているのも、当歌との影響関係を考えられての事だと思われるが詠作時の前後に言及はない。後拾遺七三五番のこの大和宣旨歌は、中納言定頼との仲が間遠になったのを歎いた歌で、後拾遺現行注釈書側からも指摘がある（藤本一恵氏『全釈』岩波新大系後拾遺・和泉書院川村晃生氏校注後拾遺）。生存期順で言えば両人ともに、生没年未詳であるが同時代人である。川村氏頭註には「（大和宣旨歌ハ）是則集に拠る」とされ、是則歌を先出と考えられている。新古今注釈書側からは、塩井氏『詳解』が「後拾遺集恋歌、はる〲と野中に見ゆる忘れ水絶えま〲を歎く頃かな／詞花集恋歌、範綱、住吉の浅沢小野の忘れ水絶え〲ならで逢ふよしもがな／金葉集恋歌、うとましや木の下蔭の忘れ水いくらの人の影を見つらむ」を挙げられているが、これは是則・大和宣旨の両歌の影響関係を言われているのではなく、「忘れ水」の「語解」のための参考に挙げられているのである。ただ前述『遠鏡』の忘れ水が大和摂津などにあるという説の論拠を知る上での参考になる点が有益であるに過ぎず、新古今側からの言及は、正宗氏以外には、私は未見である。『遠鏡』の「忘れ水、大和摂津などにあり」という説明は、地名とも受取れるので石田氏『全註解』は「地名ではない」と駄目押《だめおし》をされている。

当歌の技巧は、上句が下句の有心の序となっている点であり、眼前の景を序にして、つれづれを歎き託《かこ》つ作意に、作者の面影が窺われて、怨恋が幽玄に詠出されている点は見事である。歌意「霧が濃く立ちこめている秋の野、その中を木や草に覆われて見え隠れしながら、細々と流れて人には知られない忘れ水、その流れのようにあなたと逢える機会も絶え間がちで、今にも忘れさられて逢えなくなってしまいそうな今日この頃であるなァ」。

四　忘れ水（の如く）と、字を入れて見るべし

増抄板本原文は（　）の記号は勿論無く「わすれ水のことくと字を入れてミるへし」である。「字」は、「文字」・「仮名に対して漢字」の意。磐斎は「の如く」を「省略された字」と考えているらしいから、（　）を付けて示したまで。歌全体から言えば「の〈格助詞。……ノヨウニ、ノ意ヲ持ツ〉」一字だけの方が字余りが目立たず、良いと思うが、磐斎は、分り易き施注での啓蒙主義の故に、このように施注したものと思う。又、「秋の野中の忘れ水の」では、「の」が耳に立ち過ぎる。

五　忘れ水とハ……斯く言へり　文意「忘れ水とは、少量で流れる（又は少量しか貯まっていない）水の事であって、ともすれば水量が絶えがちになる水の事であるから、その水の存在していた場所をさえも忘れてしまう水場《みずば》の事なのだ。又、霧は発生すると物と物との間の見通しをも妨げて見え難くするものだから、霧深き秋の野中の忘れ水〈ノゴトク〉絶え間がち、とこのように表現したのである」。

六　絶え間がちとハ、絶えぬる方が勝る由也　文意「絶え間勝ちとは、絶えていない合間《あいま》と、絶えてしまっている合間とを比べて、後者の方が前者にくらべて勝《まさ》っているという趣旨である」。

参考旧注、「序歌也。忘水、大和又津の国などの名所也。我を忘れしにやとの心をそへて、忘水は絶々なる物なるを枕詞に上句にをけり。後拾遺、はる〴〵と野中に見ゆる忘水絶間〳〵を歎く比哉、とも読り（八代集抄・学習院大学本注釈〈傍線部ヲ欠ク〉）」・「忘水トハ、人ノクミ絶タル水ヲ、イフ也（新古今注）」・「忘水ハ、人汲絶《ひとくみたえ》し水也。汲ぬにより、水もすくなく成物《なるもの》也〈大坪云、溜リ水ト見ル理解デ、流水トシテノ理解デハナカロウ〉。あわぬニより如《かくのごとく》　此云〈恋人ト逢ワヌノデ忘水ト表現〉たへまがち、がちと云ハ其方がかつ也〈磐斎施注ニモ同様ナ施注〉。此方まくる義也。くもりがちと云も、はれのまけたる義也（かな傍注本）」・「忘水とは人の汲絶たる水なるべし（吉田幸一氏旧蔵註・高松重季本註・高松宮本註〈傍線部ヲ、くみたるト誤写〉。新古今注ト同趣旨なり）」・「此忘水ハ名所とも聞えず。名所ならぬハ雨水などのたまりたるをいふ。日をふれば皆枯る、也也。霧ハ地よりのぼる故忘水などハかる、也〈霧ハ、地上ノ水分ガ蒸発シテ空ニ昇ルモノダカラ、地上ノ溜リ水ノ忘水モ、水ガ涸レテシマウノデアル〉。秋ハ水気のよく乾く時也。故に絶まがちとよめるなるべし（新古今集旧注補遺）」。

〔三三〕（一一九頁）

一　三條院、みこの宮と申しける時、久しく問はせ給はざりければ　管見新古今二十六伝本での校異。「三條院」を鷹司本「二條院」。「久しく」を「久しう」とする伝本に、烏丸光栄所伝本・同書写本・亀山院本・東大国文学研究室本。江戸期板本では、承応三年板本・正徳三年板本・延宝二年板本・寛政十一年板本（文化元年補刻本モ）・正徳三年板本・寛政十一年板本。（大坪云、講談社『新註』・正宗敦夫『日本古典全集』ハ正保四年板本ヲ底本トスルガ、正保四年板本ヤ正保版木《ハンギ》ヲ使ツタト思ワレル明暦元年八尾勘兵衛板ハ、ひさしく、デアルノニ、新註モ全集モ共ニ、久しう、ト翻刻シテアルノハ不審）。他の十九本は、「ひさしく」で、季吟の『八代集抄』も「ひさしく」である。旧国歌大観（昭和二十六年版）は「久しう」と翻刻〈江戸期ノ流布本ヲ底本トスルガ、何年板カ不明〉。

新古今よりも先行する歌集で、当歌は『玄玄集』（一〇四六〜一〇五二年頃成立）・『三奏本金葉集』（一一二六〜一一二七年頃成立）・『続詞花集』（一一六五年頃成立）に先出している。久保田氏『全評釈』は先行一番の『玄玄集』に、小学館『全集』は『続詞花』・『玄玄集』に、岩波新大系は三本を示す。各本の詞書は「後（ママ）三條院、東宮と申しけるとき、久しくとはせ給はざりければ（玄玄集、志香須賀文庫本）・二條院、東宮と申しける時、ひさしくとはせ給はざりけれは（玄玄集（ママ）、彰考館文庫本）」。「三條院、宮のみことましける時、久《ひさ》しくとはせたまはりざりければ、中さすとおぼしめして、女房のもとへつかはしける（三奏本金葉集〈岩波文庫三奏本金葉和歌集・岩波新大系金葉集所収三奏本本文。第七、恋六十七首ニヨル〉）」。「三條院、みこの宮（ママ）と申しける時、久しくおほせ（ママ）ごとなかりければ（続詞花集、巻十三恋下）」と、三本ともに異文であり、出典を定めるにためらう。ただ、岩波文庫『三奏本金葉和歌集』の松田武夫氏の識語中の、金葉集は八代集を截然と前後に切半し、後半の千載新古今の如き秀れた歌集を生ぜしめる契機となった集という説明を可とする場合は、金葉集出典説を採りたいとも思うのである。

「みこ〈御子〉」は天皇の子で男女共にいう。即ち親王・内親王の意。「みこのみや」の場合は、東宮・春宮、と表記し、皇太子の意。三條院を東宮と申したのは、季吟の『八代集抄』に「寛和二年七月十六日立春宮」の注記があり、現行注釈書でも、東宮時代を「寛和二年〈九八六〉七月十六日から寛弘八年〈一〇一一〉六月十二日まで（久保田氏『全評釈』）」とする。朝日『全書』・小学館『全集』・石田氏『全註解』・窪田氏『完本評釈』・講談社『新註』等にも季吟注が継承されている。三條院の十一歳から三十六歳までの約二十五年間である。三條院の「心にもあらでうき世にながらへば恋しかるべき夜半の月哉」歌ハ百人一首にも採られ、御目の煩《わずら》いにより帝位をさらせ給うた事等を、季吟は『百人一首拾穂抄』で、御抄〈幽斎抄〉や大鏡等の記録を紹介して施注している。三條院の受禅も、寛弘八年六月十三日（拾穂抄説）、寛弘八年即位（うひまなび説）、等と見えている。「久しく問はせ給はざりければ」の原因は不明というより他はないが、安法法師女に対する「秋風→飽き風」よりも、御体調のすぐれさせ給わぬ事であったのかも知れない。尾崎雅嘉の『百人一首一夕話』の「三条院の話」では、立春宮の月日を「寛平(ママ)二年七月十六日」と誤ってはいるが、御目の煩いは「帝〈三条院〉は御位を下りさせ給ひて後御目を煩はせ給ひけるが……」と、御眼病は春宮時代としていないが、三条院は受禅以後、御悩・再度の禁裏炎上、等々不祥事が起こり、必ずしも御多幸な生涯ではなかった様子が述べられてあり参考にはなる。詞書の大意は「三条院が、まだ東宮、即ち皇太子と申しあげて帝位にお即《つ》きなさっていなかった時代、どういう訳か、久しい期間にわたって、私にお言葉をかけて下さらなかったので（詠んで、お側までお贈《おく》りいたしました歌）」。なお、鷹司本は「三條院」を「二條院」に、玄玄集志香須賀文庫本は「後三條院」に誤っている。

二　安法々師女

管見新古今二十六伝本は、すべて「安法々師女」となっているが、『玄玄集』は、伝本によって「安(ママ)法々師が娟一首（志香須賀文庫本）・安法女一首（彰考館文庫本）」とある。『三奏本金葉集』・『続詞花集』は「安法法(々)師女」である。「安法法師」に「内蔵(ママ)頭源遍趁子（勅撰作者部類）」とある。が「安法法師女」は勅撰作者部類には「新古、恋三、二〈首〉」とあるのみで、出自は無記。石田氏『全註解』の「作者小伝」に「安法《あんぽう》。俗名源趁《したがう》。天元頃に至る。内匠《たくみ》頭源遍趁の子。母神祇伯大中臣安則女。中古三十六歌仙。安法法師集がある」とあり、久保田氏『全評釈』はこれの祖述。岩波新大系の「人名索引」は「内匠(ママ)頭適(ママ)の男」と父の名を異にする。参考、「拾遺・後拾、安法。俗名邇(ママ)、内匠頭適六男、河原院大納言源昇孫（和歌色葉。六、名誉歌仙者ノ入道三十六人）」・「安法々師。大納言源昇卿孫。内匠頭子(ママ)（続歌仙三十六人伝、作者注記）」・「安法々師。左大臣融公曾孫、大納言昇卿孫、俗名源趁（僧歌仙三十六人撰。作者注記）」・「安法《ヤスノリ》（かな傍注本ノ作者名ニ振仮名）」。なお「安法々師女・安法々師が妹」に関する歌書類での記録は未見。『尊卑分脈』（嵯峨源氏）には、「嵯峨天皇―源融〈脇書ハ省略〉―昇〈脇書省略〉―適〈蔵氏。従五下・内蔵・母(名無記)〉―済〈陸奥掾・母(名無記)〉―官〈前田家ハ宮ニ作ル。母(名無記)〉―趁〈歌人・母神祇伯大中臣安則女・出家安法。頭書ニ、趁、按中古歌仙三十六人伝適子、トアリ〉……(ママ)女子〈新古作者〉」とある。即ち「安法々師女」は、名は記されず、母も無記で、趁すなわち安法の女子であった事と、『中古歌仙三十六人伝』では安法は「適の子」とされている事が判るだけである〈大坪注、岩波新大系ハ、コレニ従ツタ説。又ハ和歌色葉ニ拠ツタ説デアル〉。

三　世の常の秋風ならバ荻の葉にそよとバかりの音ハしてまし

管見新古今二十六伝本では、第四句が為氏筆本は「そよとはかりハ」になっている。又、『八代集抄』は第三句を「荻の葉の」という特異歌句にしているが、管見二十六伝本では、この形は無い。ただし、他の古註の歌句本文では『かな傍注本』も「荻のはの」である。

当歌を採る先行歌集は、先述した『玄玄集』・『三奏本金葉集』・『続詞花集』があり、歌句の異同はない。

当歌の本歌、或は参考歌、として契沖『書入本』に、「後恋四　中務　本　秋風の吹につけてもとはぬかなをきのはならは音はしてまし／後拾遺雑二　源道済　いつしかと待しかひなく秋風にそよとはかりも萩(ママ)の音せぬ」が指摘されている。前者は、後撰集八四七番歌で「平かねきがやう〳〵かれがたになりければつかはしける」の詞書がある。後者は後拾遺集九五〇番歌で「秋をまてと言ひたる女に遣しける」の詞書がある。現行注釈書では、前者が、小学館『全集』・久保田氏『全評釈』・岩波新大系・新潮社『集成』に、後者が、小学館『全集』・久保田氏『全評釈』・新潮社『集成』に踏襲されている。

当歌の技巧は、鴻巣氏『遠鏡』に「秋風・荻の葉・音はしてまし、皆縁につゞけしのみ」と縁語を指摘し、塩井氏『詳解』に、第三句の「荻の葉の」〈塩井氏ハ第三句ヲ、荻の葉の　ノ特異句ヲ歌本文ニ採用〉は、「そよとの序なり。上の暗喩秋風の縁によりて、秋風に荻の葉の音は、常にいふ事なれば、そよとをいひ出だす序に用ひたるにて、一首の意に関係なし」とされている。「秋風―飽き風」の掛詞で、三条院の心を暗喩し、「音」に「訪《おと》づれ」が掛けられており、「荻の葉」にわが身〈安法法師の女〉を暗喩し、「世の常」に「男女の仲」を暗喩するという技巧がよみとれるのである。『詳解』は「秋風の暗喩を骨として、すべて其の縁にて作りたり」と総括している。当歌の歌意参考「世の普通の秋風でございますならば、荻の葉にそよそよというくらいの音はたてもすることでございましょうに。――なみなみのお飽き心でございますならば、わたしにすこしぐらいのお訪れはなさりもすることでございましょうに（小学館『全集』）」。当歌の妙味は、発想は後撰の中務歌や後拾遺の道済歌が契機であろうが、反実仮想法で訴えかけて迫力を持たせ（小学館『全集』・『完本評釈』）ている点にあろう。ただ当歌は安法女の自己中心的な面が強く感ぜられ、ひょっとしたら三条院不訪の原因が、御体調などにあったかも知れないという配慮の面が感ぜられないのが心残りではある。

四　古抄に云く

この「古抄」は、常縁原撰本〈新古今聞書前抄〉を指し、数種の伝本があるが、その施注の校異を示す前に、作者と歌句の校異を示しておく。「（説林前抄）よの常の炑風ならは萩《ママ》の葉にそよと斗の音はしてまし　安法ゝ師母《ママ》」・「（大坪本）よのつねの秋風ならハ荻の葉にそよと斗のをとハしてまし　安法ゝ師母《ママ》」・「山崎敏夫氏旧蔵新古今集別註〈水甕社前抄―翻刻本〉）よのつねの秋風ならは荻のはにそよと斗のをとはしてまし　安法々師母《ママ》」・「（宝永八年村井喜太郎板新古今和歌集新鈔）尋《ママ》常の秋風ならハ荻のはにそよとハかりの音ハしてまし〈大坪云、尋常ハ、よのつね、ト読ム。万葉集一四四七番歌・易林本節用集(上)四十三丁裏〉　安法ゝ師女」。作者を「安法ゝ師母」とするのは、石田氏『全註解』の「作者小伝」や『尊卑分脈』の「趁〈安法々師ノ俗名〉」の脇書に「母神祇伯大中臣安則女」とある事に関連しての事であろうか。「安則」も「安法」も「ヤスノリ」と訓み得る〈法則ナル熟語モアル〉。

古抄〈常縁原撰本・聞書前抄〉の伝本間の校異は、「申ける時」が「申侍る時（略注）」。「わが身を荻にして」が「我身を萩にして（説林前抄〈大坪注、説林前抄ハ第三句モ萩の葉ニト誤写、後文ノ荻トアルベキ所モ萩ト誤写スル〉）」。「秋風を人にして」が「秋風を人に（略注。して ノ二字ナシ）」。「よみ習ハしたり」が「よみならはし侍り（略注・黒田家本・大坪本・水甕社前抄・説林前抄・内閣文庫蔵増補本聞書・私抄）」。「そとの心あり」が「そとの心もあり（略注・黒田家本・水甕社前抄・説林前抄・内閣文庫蔵増補本聞書・私抄）」。「大方の秋風ならば」が「大かたの秋ならば（私抄。風字ヲ欠脱）」。「強く激しく吹く秋風ハ」が「つよくはけしく吹風は（私抄。秋字ヲ欠脱）」。「荻をも吹き敷きて」が「萩のをも吹敷て（説林前抄。荻ヲ萩ニ誤写シ、の字の左ニミセケチヲ施ス）」。「音信《おとづれ》もあらじ」が「音もあらし（私抄。信字ヲ欠脱）」。なお『増抄』に引用の「古抄」と文言がすべて一致している本に、刊年不明新古今和歌集聞書板本・宝永八年村井喜太郎板本新古今和歌集新鈔がある。また、全文引用でない本に季吟の八代集抄や、八代集抄から更に略抄した学習院大学本新古今注釈がある。季吟抄は「野州云〈注、東常縁ノコト〉、そよとハそと〈少シ、チョットの意〉の心也。大かたの秋風ならはそとの音つれもあるへし。つよくはけしく吹秋風ハ荻をもふきしきて中〳〵音もせぬ物也。其ことくわれにはけしくむかふほとに音つれもあらしといふ哥也」と引用。学習院大学本は「野州云、そよとハ、そとの心也。つよくはげしく吹秋風ハ、荻をも吹しきて、中〳〵音もせぬ也。略。」と引用。

五　わが身を……言ひ立てたる哥也

文意「自身〈安法々師ノ女〉を、荻に見立て、秋風を恋人相手のお方〈三條院〉に見立て、（所謂、暗喩法を使って）強く自分の気持を主張した歌である」。

六　秋風とは……多くよみ習ハしたり

文意「二句目の秋風という詞を使った表現は、古くから、相手が自分に飽きた事例の表現方法・表現手段として詠み習わされてきたものであって、秋に飽きが掛けられた習慣的表現である」。例えば、古今集七八七番友則歌に「秋風は身をわけてしも吹かなくに人の心のそらになるらむ」等と詠まれている。万葉の頃は、秋風は身にしみて寒いというようにと詠まれる事多く、飽きとの関連は少ないようであるが、平安期では多くなる。参考「歌の世界では、秋風が好んでうたわれるが、それは秋風の身に沁む寒さが季節の変化を実感させるとともに、恋人を肌恋しく思う感情をよびおこすからである。〽今よりは秋風寒く吹きなむをいかにか独り長き夜を寝む〈万葉・三・大伴家持・四六二〉〽秋吹くはいかなる色の風なれば身にしむばかり人の恋しき〈和泉式部集〉。平安時代以降、秋風の「あき」には「飽き」の意が重ねられてくる。〽秋風の吹き裏返す葛の葉のうらみてもなほ恨めしきかな〈古今・恋五・平貞文・八二三〉（『王朝語辞典』〈風ノ項〉・多田一臣氏解説）」。

七　そよとバかりの……音信の心なり

文意「下句は、サヤサヤ、ソヨソヨと葉と葉がこすれあって立てる音程度の訪《おと》づれ〈音《オト》ニ訪《オト》ヲ響カセテアル〉はして下さったものであろうに（それもないのはつらいものです）という意である」。

「訪《おとづ》れ」は「音連《おとつ》れ」で「相手に声を絶やさずにかける」が原義。「音信の心」とはこの原義を活かした心（意味）なのだ、ということ。「ソヨ」は「サヤ」の母音交替形で、擬声語。「してまし」は「し〈動詞すノ連用形〉て〈助詞つノ未然形〉まし〈助詞ましノ終止形〉」で、「…シタモノダロウニ」の意。

八　又、そよとハ、そとの心あり

文意、「〈そよと〉には擬声語の他に又、〈そと〉の意味〈スコシ・チョット・シズカニ・ソット・コッソリ等〉の意味もある」。「そよ」は擬声語でこれで一語で分解できないが「そと」は「そ―と」と分ければ分けられるが、その「そ」は擬態語で、状態・身振をそれらしく表現する時に使い、意味は言葉で表わし難く、受取る側の想像に委ねられる語であろう。常縁は後接部分で「中〳〵音もせぬものなり」と述べているから「シズカニソーット」の如き想像を働かしながら施注したかと思われる。久保田氏『全評釈』は、この常縁想像部分を「〈大形の〉以下は詞書とも合わず、従えない」とされている。詞書では「問はせ給はざりければ」とあるから、「訪れ」が無かった意であって、常縁施注も「中〳〵音もせぬ」であるから、矛盾はないとも思うが、どうであろうか。

九　大方の秋風ならば……音もせぬものなり

文意「（特別な強さの吹き方でなく）世間一般の普通の吹き方の秋風であったら、荻の葉ずれの音も、静かでソオッと音をたてる程度ノ音連《おとづ》れで、その訪れを感ずる事もあるだろう。（しかし世間並みでなくて）強く激しく吹きまくる秋風は（直立して生える性質を持つ）荻の茎などを吹き倒して地面に敷いたようにしてしまうものだから（葉と葉がこすれ合う事もなく）かえって音もしないものである」。普通の吹き方の秋風では少しばかり葉ずれの音はするが、激しく荻を薙ぎ倒すばかりに吹く、秋風の場合は、却って葉ずれの音もしないと常縁は想像したのである。強風に薙ぎ伏せられて、葉ずれの音を立てられないと見たのである。

一〇　その如く、人の我に……と言ふ歌也

文意、「その秋風のように、相手の人（自分が待ち望んでいる相手―三条院）が、自分〈安法々師女〉の気持に対して、当りの激しい対応をなさるばかりに、音連れ、つまり訪れもないのであろう、と言う歌なのである」。ここの文は「人の、我に、激しく向ふ程に」と区切り右の如く文意をとったが、「人の、我には、異しく向ふ程に」とも区切り得る。この場合は、「人が、我には、普通とは異なる対応ぶりをなさるが故に」の意となろう。前に触れた『全評釈』の考え方は、強風に吹かれる荻の状況や「―にはけしくむかふ」の区切り方が古注に有り勝ちの稍〻曖昧な表現であるが故に、もたらしたのかも知れない。その上「なかなか」を、中程・中途半端《はんぱ》の意ととるか、「むしろ・かえって」の意ととるかで、解釈の仕様が変わるのである。「中途半端な音は立てない」なら、ともかく音は立っているし、「却って音はたてない」なら、音が立っていない事になるから、詞書との関連が微妙に変ってくるのである。

一一　秋風が吹き初むる頃ハ……習ひ也

文意「秋風が吹き始める頃は（何に向って吹き始めるかと言えば）最初は荻に対してであって、荻が、秋風の訪れはじめる端緒《いとぐち》である事が（和歌集等での）習慣となっている」。参考、「葦辺なる荻の葉さやぎ秋風の吹き来るなへに雁鳴き渡る（万葉、二一三四番作者未詳）」・「荻の葉にそよぐおとこそ秋風の人に知らるゝはじめなりけれ（拾遺、一三九番紀貫之）」・「いとどしく物思ふやどの荻の葉に秋とつげつる風のわびしさ（後撰、二二〇番読人不知）」・「をぎの葉もちぎりありてや秋風のおとづれそむるつまとなりけむ（新古、三〇五番俊成）」・「夕されば籬の荻を吹く風の目に見ぬ秋を知る涙かな（続古今、三〇四番土御門天皇）」・「いつも聞く風をば聞けど荻の葉のそよぐおとにぞ秋は来にける（貫之集㊃）」・「吹く風のしるくもあるかな荻の葉のそよぐなかにぞ秋は来にける（貫之集㊃）」。

一二　秋更けぬれば……昔の事になる也

文意「秋の季節が更けて深くなると、吹く風も強く大風となって（秋風はそよろと荻の葉に、先ず訪れるものだという事は）、過古のものになるのである」。「昔の事」とは、この場合は一年での以前の出来事、近い過去の出来事の意。

一三　それに寄せて……初秋の訪れハなき、となり

文意「秋の風が季節が深まれば、そよと吹く初秋の吹き様から、激しい吹き様に変ってゆく様態に関連づけて、相手の恋人の、自分に対する気持ちも、秋ならぬ飽きに変って、飽き心も深くなり、秋深まれば風も激しくなってゆく事から、人の気持も飽き心が深まって行くと見えて、初秋のまだ飽き心ない状況の時のような訪れも、なくなって了うのだ、と詠んでいるのだ」。磐斎は「世の常の秋風」を初秋のそよろ〳〵と吹く風と見ているようで、その吹き方も激しくないと見て、飽き風も弱い物と考え、秋が更けるにつれ風も野分の如く激しくなり、飽き方も強まる、と考えているようである。従って初秋、換言すれば世の常の秋風の時は、恋人の訪れも少しはあったとしているようで、詞書の「久しく問

はせ給はざ」る期間も長くて三ヶ月以内と見ていたのではないかと思われる。年を亘《わた》る期間と見ていたとは思えない。『古典基礎辞典』では、「未通女等が袖布留山の瑞垣の久しき時ゆ思ひきわれは（万葉五〇一）」・「時世へてひさしくなりにければ（伊勢八二）」の用例を示して「時間が長く経過している感じ」の意とみているが、示された用例から受ける感じでは、月単位の久しさよりも、年月単位の久しさの印象を私は受ける。

参考、他の古註の施注を示す。「野州云〈前引シタ故省略〉愚案〈季吟説〉中務集〽秋風の吹につけてもとはぬ哉荻の葉ならば音はしてまし、是を本歌にて、いたく秋風吹中なれば、そともをとづれなきと、うらめる心なるべし（八代集抄）」・「ヨノツネトハ、ナヲザリトイフ心也（新古今注。大坪注、なほざり〈等閑〉トハ、深ク意ニ介シナイサマ、イイカゲン・カリソメ・本気デナイ、等ノ意。吉田氏旧蔵本註・高松宮本註・高松重季本註ハ末尾ヲ、心にや、トスルガ、同註ト見テオク）」・「荻をわが身ニなし、あなたを秋風にして也。風少吹ときニハ、そよ〳〵とおとづれもあるもの也。秋風つよくふけば、ふきたおしておとずれなどハなき物也。世のつねの秋風ならバ、おとづれもあるべけれども、つよく秋ニなされたるニよりと也（かな傍注本）」。

〔三三〕（一二〇頁）

二　中納言家持

管見新古今二十六伝本は、すべて「中納言家持」の位署。「位署」とは、「公文書に官位・姓名・を記すこと。また、その書式。官と位が相当する場合は、〈中納言従三位某〉のように官・位・姓名の順、官と位が相当しない場合は、位・官・姓名の順に書いた。また、位が高く官が低いときは、〈正二位行大納言某〉のように、間に〈行《ぎょう》〉の字を加え、逆の場合は〈従四位上守治部卿某〉のように、間に〈守《しゅ》〉の字を加えた（『大辞泉』）」という事であり、この新古今の位署も、この形式であろう。家持の事略は、一〇二五番歌頭注一で既述したが、書陵部本の『家持集』の末尾にも事略が載っているので追加する。「中納言家持。大納言大伴旅人男〈右大臣長徳曾孫、大納言安麿孫〉・天平□（一字分空白）年任内舎人●十七年正月従五下●十八年三月宮内少輔〇六月越中守●廿一年四月従五上●天平勝宝六年兵部少輔●十一月為山陰道使●天平宝字二季六月因幡守●六年正月□（一字分空白）部大輔●八年正月薩摩守●神護景雲元年八月大宰大弐●四年六月民部大大輔●九月左中弁中務大甫●宝亀元年十月正五下●三年二月式部権大輔●五年三月相模守●九月左京大夫●六年十一月左衛門督●七年三月伊勢守●八年正月従四上●九年正月正四位下●十一年二月参議●九年右大弁●天応元年四月春宮大夫●五年四月左大弁〈大夫如元〉●十一月十三日従三位●延暦閏正月坐氷上川継及事先移京外●四月有詔宥罪後参議春宮大夫●同二年以本官出為陸奥出羽按察使鎮守府将軍在任不幾●七月十九日任中納言〈大夫如元〉●三年二月任持節征夷将軍●四月八月薨後廿余日其屍未葬大伴継人竹良等致中納言藤左継事発覚下獄掠騎之事連家持是避除名／永仁二正廿八日書了／資経」。磐斎は二十番歌で、祖父〈安麿〉と父〈旅人〉を紹介しているだけである。

三　足曳の山の陰草結び置きて恋やわたらん逢ふよしをなミ

管見新古今二十六伝本による校異。第二句の「山の陰草」は、鷹司本に「山か《の》せ草《け》を」とある。〈山ノ右下側ニのを朱書、せノ右側ニけヲ墨書シ、をを朱デミセケチスル。即チ山のかけ草ノ校異ヲ示ス〉。末句は「逢ふよしもなみ（春日博士蔵二十一代集本）・あふよしを《むィ》なみ（久曽神博士御室本〈岩波旧大系校異ニヨル〉）」。

当歌の出典は『家持集』。家持集は歌仙家集本では「足引の山のかげ草結び置て恋や渡らむ逢ふ由もなみ〈続国歌大観本・因ミニ、家集ノよしもノ異同ヲ指摘スルハ、改造文庫吉沢義則博士校註・藤村作博士至文堂テキスト版頭註・小島吉雄先生朝日『全書』頭註ガアルガ、続国歌大観本ノミヲ見ラレタノデハナカロウカ〉」。『やかもち（西本願寺本三十六人集）』では「あしひきのやまのかけくさむ（ママ）すひおきてこひ・わたらんあふよしをなみ」・『家持集（書陵部蔵三十六人集五一〇／一二架番）』も「新古　あしひきの山のかけ（ママ）草むすひをきてこひやわたらんあふよしをなみ」である〈因ミニ、新校群書類従・国歌大系モ、よしを、デアル〉。現行注釈書では、出典として家集の指摘はあっても校異の指摘はなされていない。契沖『書込』は、朱で家集を指摘し、更に朱で「万ノ哥ニアラス、拾遺恋一、人丸　奥山のいはかきぬまのみこもりに下句同」と類句歌を指摘している。契沖のこの指摘は、当歌が民謡的要素を持つことの指摘ではなかろうか。参考、「青山之《アオヤマノ》　石垣沼間乃《イハカキヌマノ》　水隠爾《ミゴモリニ》　恋哉将度《コヒヤワタラム》　相縁乎無《アフヨシヲナミ》（万葉集巻十一寄物陳思二七〇七番。改造文庫頭註指摘）」・「奥山の岩がき沼のみごもりに恋や渡らむ逢ふよしをなみ（拾遺巻十一、恋二。六六一番、題しらず　人麿歌。久保田氏『全評釈』指摘）」。当歌の他出は、『二四代集・二四代和歌集・八代知顕抄』に「だいしらず／足引の山のかけ草むすひ置て恋やわたらん逢よしをなミ／中納言家持（二四代集）〈三書ノ用字ハ異ル〉」として見える。なお、上句の「足引の山のかげ野は猶さえていつの雪間にわかなつままし（宗尊親王百五十番歌合。七番右藤原基隆）」の如きに、情を景に変えて影響している。なお当歌は隠岐での除棄歌（『隠岐本新古今和歌集』・朝日『全書』）。

さて、第三句の「結び置」は、上古以来呪術的な意味が籠められた語で、不変の約束を願う心がある。長寿・男女の仲等を神を通じて願い契るので、草や枝などを結ぶ事が多い。松の枝等はよく知られている。第四句の「恋やわたらん」の「わたる」は時間的にも空間的にも広がり続く意を持つ語。又、「山のかげ草」は「山蔭にある草」と釈く書（『完本評釈』・石田氏『全註解』等）が多いが、「山蔭」とは「山があるので陽のあたらないところ（岩波古語辞典）」の意。「かげ草」とは「物陰に生えた草（角川古語大辞典）」の意。「山かげのくさ」でなく「山のかげくさ」と表現されてある故に、「山に生えている物陰のくさ」の意ととるべきではなかろうか。いずれにしても、上句は、男女密会場所の譬喩表現であろう。上句には譬喩と呪術が裏にあると愚考する。密会場所や相手の女性の事を他に知られずに、お互いの間柄を契り合って神に祈り呪《まじな》う意図が有ったものと思う。歌意は、「山《やま》裾《すそ》を周囲に長く、曳く、山の、其処《そこ》の岩や大樹の蔭に、目立たずひっそりの生えている蔭草。その草を引き結んで、契り合い行末を神にも祈り呪《まじ》ない交わしたその目立たぬ所にひっそりとくらす女に、今後も私は恋いつづけて、生きてこれからも相逢う手段《てだて》もないままに、生きてゆく事になるのであろうか」、の如きものであろう。

四　陰草。太山の……結バんとなり

文意「陰草とは、木の生い繁った奥深い山の、その物蔭にひっそり人に知られずに生えている草である。その蔭草のように、人に知られず、男女の契りを、密かに忍び結ぼう、と詠んだ歌である」の意。「太山」は、『節用集』〈天理図書館蔵枳園本〉（下巻、美《み》ノ天地）に「深山《ミヤマ》、又作太山」とあり、『書言字考節用集（増補合類大節用集）』（享保二年板。巻二乾坤門下）にも、「太山《ミヤマ》、〈日本紀〉」とあり、「ミヤマ」と訓む、外山・端山に対しての詞で、奥山の義。御陵などは御山《みやま》で義が異なる。女との密会場所として磐斎も考えたようである。

五　古抄

この「古抄」は幽斎が増加した「聞書後抄」の施注であるが、幽斎の独自注ではなく、『新古今注』に拠ったものである。新古今注は、京大図書館本の奥書によれば、冷泉家から借覧して、環翠軒清原宣賢が享禄年間に書写した著である。そこには「山ノカゲ草結ビヲキテトハ、心ノ人シレズムスボヽルヽニタトヘタリ。恋ヤワタラントハ、イツマデモ恋ヤセントカナシミタル也。アフヨシヲナミトハ、逢事ナクテ也」とある。

幽斎の「聞書後抄」伝本間の校異を次に示す。「山の陰草」が「山のかせ草（宝永八年新鈔。せハ勢ノ変体仮名）」。「恋に心の」が「置に心の（内閣文庫蔵増補本聞書）」。「むすぼゝるゝ」が「むすほるゝ（私抄）」。「何事迄恋ひむ」が「いつまで置らん（私抄）」。「悲しび」が「かなしみ（説林後抄・内閣文庫蔵聞書後抄・私抄・吉田氏旧蔵註・高松宮本註・高松重季本註）」。無刊記板本聞書は異句は無い。

六　山の陰草……むすぼゝるゝをいふにや

文意「上句（足曳の）山の陰草結び置きてとは、他人に知られることもなく、自分だけで、恋のために心が鬱屈した状態になって苦しい事を云うのではなかろうか」。「にや」はこういう場合は殆んど「なり」に近い用法である。「草を結び置く」は、男女が互に、神を介して約束し合い、呪《まじな》い祈る事の譬喩表現。

七　恋やわたらんとハ……様なるべし

文意「恋やわたらんとは、（末句を含めて言えば）、お互いに（共寝のために）逢う術《すべ》もなく離れ〳〵の状況のまゝ、いつまでこれをつづける事になるのであろうかと、悲しんでいる有様を云うのであろう」。「なるべし」もこういう場合は「なり」に近い用法で、「にや」・「なるべし」は断定を避けながら決定の意を表現する用法であろう。「や」も「べし」も、躊躇《ためらい》ながら断定したい気持を表す語である。上接続の「に・なる〈断定ノ助動詞なりノ連用形ト連体形〉」に軽く副えられた語。

八　契りを、山の陰の草の如く結びて、と也

文意「女との契り〈夫婦契約〉を、山の物陰に生えている草のように、他に目立たぬように、密かに結んで、の意である」。

九　草結ぶハ……無き由也。

文意「第二・三句の、草結び置きてとは、密会を約してある場所へ行くために、道の目印として草を結ぶのであり、その密会場所は、山の陰の隠れた所にあって他人は知らない所であることを云うための手段の措辞である。

つまり末句で逢う手立《てだて》も無いのでと、言おうとする為である。人に知られぬようにするには、相手に逢う事も無い、という事を理由づけるための措辞なのである」。当歌の、他の古注書を次に示す。「山のかけ草は、山陰に人しれず生たる草也。みそかなる所に人を契置て、逢事自由ならぬを歎く心にや（八代集抄・学習院大学本新古今注釈）」・「人しらぬ草也。人しれず恋すれバ、心むすぼゝれあふよしなし。いつまでこひわたらんと也（かな傍注本）」。

〔三二四〕（一二一頁）

二　東路に刈るてふ萱の乱れつゝ、東の間もなく恋や渡らむ

管見新古今二十六伝本では、異形歌はない。出典は未詳。他出も契沖雑考の他には管見では見出せていない。契沖『書入本』には、「能宣集　苅萱　本　東路をわかる、かやのみ（朱）たれつ、たかためとかはふきてなひかん後拾恋三　あつまやのかやか下にし乱るればいさや（ママ）月日のゆくもしられず」という指摘がある。『能宣集』は歌仙家集の〈続国歌大観デハ一六九七三番〉の歌をさし、後拾遺は七二八番歌で第四句の「いさ《さ》や《ま》」が「いまや」と旧国歌大観は翻刻する。左と万の変体仮名の類似が因であろう。康資王母の歌である。岩波新大系後拾遺脚注に、「東《あづま》と萱を取り合せた作には、東路に刈る萱のよこほ路になさけをかい刈る萱の……（風俗歌・東路）。新古今〈当歌引用〉などがある」と注されてあるのは、より早く出版された岩波新大系脚注の影響であろうか、両者の偶然の一致であろうか。〈岩波新大系新古今デハ風俗譜東道トスル。なお後拾遺歌は、初句が「あつま路の」、「いさや」が「いまや」とある伝本もある事は、藤本一恵氏『後拾遺和歌集全釈』の「異同」欄に指摘がある。右引用の「風俗《ふぞく》歌《うた》」（東路）の全容は「安川末知仁　加留加也乃　与己保知仁　奈佐介乎　加伊加留加也乃　見祢牟波也　己止毛也須良仁　加留加也乃　志佐也　加伊加加也乃（東路に　刈る萱の　よこほ路に　なさけを　かい刈る萱の　見ねむばや　事も安らに　刈る萱の　しさや　かい刈る萱の）」というもので旧岩波大系『古代歌謡集』（四三九頁）に載る。「風俗譜（東道）」の全容は「アヅマヂニ、カルカヤノ、ヨコヲホチニ、ナサケオ、カイカルカヤノ、ミヤスラニ、カルカヤノ、シサヤ、カイカルカヤノ」というもので『日本歌謡集成』（巻二、中古編）に載る。歌句に異同がある。契沖は、能宣歌や康資王母歌を本歌と見なしているが、この両歌は果して延喜御哥より古いか否か決定し難く参考歌と見ておいた方がよいのではなかろうか。『契沖雑考（第五巻）』〈朝日新聞社刊契沖全集第八巻。八四六頁〉に、延喜御哥と能宣集の前記引用歌を並べて引いて「延喜御製に、東路にかるてふ萱とあるは、ゆゑあらんと、年来おほつかなけれとも、いまた其よしを知らず。能宣哥を見出て、東路いと、おくゆかし」と述べて、東路と刈る萱の関係の不審解明の糸口を能宣歌に見出した事を述べ、更にその事の奥をもっと知りたいと述べている。今では更に風俗歌で奥行きも深くなり、久保田氏『全評釈』は、更に、「刈る萱」と「東の間」を鍵語として、万葉集から、参考歌を拾い出されている。即ち、「大名児《オホナコヲ》　彼方野辺尓《ヲチカタノヘニ》　苅草乃《カルカヤノ》　東之間毛《ツカノアヒダモ》　吾忘目八《ワレワスレメヤ》（万葉一一〇番。日並皇子歌）」・「紅之《クレナヰノ》　浅葉乃野良尓《アサハノノラニ》　苅草《カルカヤ》乃《ノ》　東之間毛《ツカノアヒダモ》　吾忘渚菜《ワレワスレスナ》（万葉二七六三番　作者未詳寄物陳思歌《ワスラスナ》）」である。「刈るかやの束の間も」は当時の人に言い慣《なら》わされていた慣用句〈成句〉の感がする。「刈るかやの乱れ」も、「三吉野之《ミヨシノノ》　蜻乃小野尓《カゲロフノヲノニ》　刈草《カルクサ》之《ノ》　念乱而《オモヒミダシテ》　宿夜四曽多《ヌルヨシソオホキ》〈みよしのの あきづのをのにかるかやのおもひみだれてぬるよしぞおほき〉（万葉三〇六五番。作者未詳寄物陳思歌）」があり、延喜御哥は、どうも古歌の調子《しらべ》を感ぜさせる歌で、ゆったりとした古調が、類似句の有無など物ともしない、おおらかな帝王風《ぶり》の歌だと思わせる『完本評釈』〉のであろう。

当歌の技巧は、「東路に刈るてふ萱の」が次の「乱れ」を導き出す有意の序で「萱の」の「の」は「……のごとく」の意の助詞で〈塩井氏『詳解』〉「萱の乱れ」を「心の乱れ」に転じた表現。更に「乱れつゝ」と続けた上句全体が、「東の間もなく……」を導く有心の序となり複合型の有心序である。「東路《あづまぢ》」は、都《あづま》〈大和・京都〉から東国へ行く道筋で、東国は、(A)万葉集以前は碓日《うすひ》峠と足柄山とから東の地域で関東・東北地方の総称。〈「古は相模国足柄岳より東《ひんがし》の諸県、すべて吾姫《あづま》の国といふ—常陸風土記—。」(B)信濃・遠江国より東の国々〈万葉巻十四の東歌《あづまうた》〉(C)近江国逢坂山より東の国々〈伊勢国モ含ム。古今集巻二十ノ東歌〉。以上『岩波古語辞典』によった。「萱《かや》は、屋根を葺く草。スキ・スゲ・チガヤなど、イネ科草本の総称。万葉では「草」をカヤと訓《よ》んでいる。「かや」は刈ると乱れやすいので「乱れ」と

は縁語。刈る時手で束《つか》ねて刈るから、「刈る」の縁語となり、手で握る時の拳《こぶし》の親指から子指までの長さが「束《つか》」で、親指は拳の内側で見えないから、外側から見える残り四本の長さが束《つか》の長さで約二寸五分〈六糎《センチ》強〉。「束の間」は時間的に短かい間《あいだ》をいう。長さ〈空間〉を時間に転じての用法で「萱」とは縁語となる。複雑な技巧をすら〳〵と目立たぬように使い、か音とつ音を反復させて耳に軽快な感じを持たせた点は見事である。「乱れつつ」の「つつ」も「束《つか》ねつつ」を自然に思わせる措辞となっていて、それが「束の間に」へ無理なく続いていく、歌句の続け方〈姿〉も、技巧を感じさせない技巧であると思う。技巧を意識して詠み出せるものではなかろう。歌意参考「東国の道のほとりで刈るという萱が乱れに乱れるように思い乱れては、その萱の乱れをつかねるではないが、つかのま━わずかのひま《ママ》もなく恋いつづけることであろうか（岩波新大系）」。新大系の「ひま」は、時間・空間を兼ねたものであろう。原義は、物の割れ目〈空間〉であるが、転じて時間的・心理的な割れ目をもいうようになる。（参看、『古典基礎語辞典』）。なお、「つか」を「塚《つか》」と見、萱などは塚等の上に生える事も多く、その間隔も短かく密なので、空間的な短かさの意として「塚の間」と考え、その「塚」を「束」に寄せて（つまり音の共通を意にまで通《かよ》わせて）、施注した書〈後引の新古今注〉もあるのである。

三　束の間也……生えるもの也

文意「第四句の〈つかの間も〉とは、束《つか》の間の意で、〈塚《つか》の間〉の事ではない。手で一つかみした拳《こぶし》の外側四本の指の空間的長さを束《つか》とし、その空間の短かさを譬えた表現で、その短かさを更に時間的な短かさに転じているのである。（万葉集五〇二番歌には、〈夏野《ナツノ》去《ユク》、小牡鹿之角乃《ヲシカノツノノ》　束間毛《ツカノマモ》　妹之心乎《イモガココロヲ》　忘《ワスレ》而念哉《テオモヘヤ》〉という人麿歌があるがこれは）、束の間が、夏野を行く雄鹿の角の、生え伸び方の短かいのに譬えられているのである。夏は、雄鹿が秋に角を落してから後も、その伸び方も、短かくしか伸びないからである」。磐斎のこの「頭書」は、「束の間」を空間的な短かさでとらえた施注。次の「古抄」では「束の間」を時間的短かさの意で把握され更に「増抄」の「束の間」の説明が、時間的短かさなのか、空間的短かさなのか〈「手一束の間」ガ、手デ一束《ツカ》ミ或ハ一束《タバ》ネスル時間ヲサスノカ、一束ノ空間ヲサスノカガ、曖昧ノ故ニ〉不鮮明であるから、それを明らかにするために加えられた「頭書」なのであろう。

四　古抄

この「古抄」は、常縁原撰注になく、幽斎による「聞書後抄」に見える注であるが、幽斎独自注とは見られない。先行書の『十代抜書』に酷似の施注がある故である。それで、まず『十代抜書《ぬきがき》』の施注文言を示し、その後に「聞書後抄」を収載する伝本間の校異を示す。『十代抜書』（神宮文庫蔵。内題ハ、十代集抄出。新古今歌ハ九十六首抄出、宗祇ノ著ト宗養奥書ニアル）には「つかのまとは時のまと云心也。かるてふかやのみだれつゝつかのまもなき、とはつかねぬ心なり」とある。幽斎の「聞書後抄」ではこの文末が「つかぬるまもなきこゝろなり」となっているが、どちらも「束《つか》ねる時間もない程の短かい時という意味である」という事で、『十代抄出』の「つかねぬ心」の「ぬ」は、完了助動詞ではなく打消の助動詞と見るべきである。「つかねぬ心なり」とある注には、吉田幸一氏旧蔵註・高松宮本註・高松重季本註があり、これら諸注は「束の間もなき」を時間的余裕もないという意で把握し、空間的余裕と見ていない。さて校異であるが、『増抄』引用本文と全同の書に、無刊記板本聞書・宝永八年板新鈔・八代集抄引用文・学習院大学本注釈・内閣文庫蔵増補本聞書・書陵部蔵抜書がある〈内閣・書陵部ノ両本ハ、かやニ草ノ字ヲ使用。コノ用字ハ、吉田氏旧蔵註・高松宮本註・高松重季本註ニモ使ワレル。原《もと》ハ万葉集一一〇番歌、苅草《カルカヤ》ノ用字法〉。他伝本では、「時の間もなく」が「時のま・・（もなくノ三字ナシ。説林後抄・十代抜書・吉田氏旧蔵註・高松宮本註・高松重季本註）」。「云ふ也」が「云心（説林後抄）・云心也（十代抜書）」。「刈るてふ萱〈かや〉」の「かや」の用字に「草〈かや〉」を当てたのが「内閣文庫蔵増補本聞書・宮内庁書陵部本新古今集抜書・私抄」であるが異文ではない。「束ぬる間もなき心なり」が「つかぬる間もナキ也（内閣文庫蔵増補本聞書後抄）・つかねぬ心なり（十代抜書・吉田幸一氏旧蔵註・高松宮本註・高松重季本註）」。

五　束の間とハ、時の間もなく、と云ふ也

文意「第四句の〈束の間もなく〉とは、刈取っている乱れた萱を、束《つか》ねる時間的余裕もなく、という意味である」。「間《ま》」とは、連続して存在する物と物との間に当然存在する間隔《かんかく》。空間的には空隙《くうげき》（すきま）、時間的には、連続して生起するものの途絶《とだ》え。ここでは、引きつづき行われている刈萱作業の、一瞬の途絶時間もない程の状況を束の間もなくと表現したと考えての注。

六　刈るてふ萱の……間もなき心なり

文意「第二・三・四句は、刈り取りつつある乱れた萱草を、束《つか》ねて束《たば》にする、短かい時間さえもないくらい、という意味である」。

七　序哥也

文意「この歌は、上句と下句を導き出すための有心の序で、序の技巧を使った歌である」。「序哥」というのは「序詞の技巧を用いた歌」の意であろう。

八　つかのまとハ、……一束の間といふ義也

文意「つかのまとは、束の間のことである。その束とは、短少の間《あいだ》の事をいうのである。その短少の間というのは、手で物を拳握《けんあく》したニギリコブシの四本の指を合わせた程度の長さ、つまり一束《たば》《つか》〈ヒトタバネ・ヒトツカネ〉の空間的長さという意味である」。磐斎はここまでで、束を空間的長さの意味で説明したのである。

九　休まず恋に責めらるゝ由なり

文意「一瞬たりとも途絶《とだ》えなく、恋のつらさに心が責めたてられ、苦しめられつづけるのだ、というのが、末句の、恋や渡らん、の由〈趣意〉である」。磐斎はここで「束の間」の意味を空間的意味から時間的意味へ転換し、幽斎の説（古抄）をも採用したのである。もともと「束の間《あひだ》《ま》」には、空間と時間の両面で、短少の義の表現として使われてきた感がある。「夏野ゆくを鹿の角の束の間《ま》も（万葉五〇二番）」も鹿の角の短少（空間）を時間の短少に転じた詠であり、「大名児（を）彼方の野辺に苅草《かるかや》の束《つがね》の間《あひだ》も（万葉一一〇番）」も拳一束の短少（空間的短少）を時間的短少に転じた詠であろう。「角の|」・「苅萱の|」ののは、「の如く」で、これが転換を示す助詞として使われている。延喜御哥も「かやの」のの|は「乱れつつ」に直接かかるが、それは間接には「束の間もなく」にかかることは万葉一一〇番をみれば納得のゆく事である。

参考、「若詠時時《もしときをよむときは》、つかのまと云（喜撰倭歌作式。凡詠ㇾ物神世異名在ㇾ此。和歌之人何不ㇾ知ㇾ此。如ㇾ先可ㇾ云也ノ条々）」・「時をば、しまのね・つかのまといふ。時のまとも（能因歌枕）」・「つかのまとは、ときなり。如何はするほどをいふ〈大坪注、時ノ程度ノ甚ダシク短カイ時間ヲイウ〉（能因歌枕）」・「時、つかのまといふ（俊頼髄脳）」・「時、つかのま（奥義抄。物異名ノ條）」・「つかのま。トキノマ也（和歌初学抄。由緒詞）」・「時。ツカノマ（和歌初学抄。物名）」・「つかのまは時也（和歌色葉。時具）」・「なつのゆくをじかのつの、つかのまもいもがこゝろをわすれておもふ(ママ)や　人丸／おほなごがをちかたのべにかるくさのつかのあひだもわれわすれめや／くれなゐのあさばのはらにかるかやのつかのまも我がわすられぬなり（綺語抄(上)。時節部）」・「つかのま。みじかしといふ（綺語抄(中)。人詞部）」・「一、つかの間。なつのゆくをじかのつの、つかのまもいもが心をわすれておもへ(ママ)や／和云、つかのまとは時のまといふなり。ほどなくみじかき事なり。夏野のしかの角もみじかきものなり（色葉和難集巻五。津《つ》ノ部）」・「つかのま　たとへば草かりてつかぬるほど、いへり。時のまなり（八雲御抄巻四　言語部）」。和歌初学抄や八雲御抄に「つかのま」を「トキノマ也」とある「時の間」とは、「一時《いっとき》の間の意。ごく短い時間、ほんのちょっとの間（岩波古語辞典）」の意である。

参考として、他の古註も示しておこう。「ツカノマモナクトハ、カヤハ、ツカ〈大坪注、塚《つか》〉ナドニオフ(生)レバ、ヨセ(寄)ラレタル也〈束ト塚トノ同音類推デ関係付ケラレタノデアル〉。時ノマモナクトイフ詞也〈一時《ヒトトキ》＝一瞬《しゅんかん》間ノ空隙《くうげき》モ無クトイウ意味ノ言葉デアル〉（新古今注。著者未詳デアルガ、新古今聞書後抄ヲ書イタ細川幽斎ノ外祖父ニ当ル清原宣賢《のぶかた》ガ、上冷泉家カラ借得シタ本ヲ自ラ書写シタトノ旨ガ、京大図書館本ノ奥書ニ見エル）」・「みちのくのまの、かや原とをけれどおも影にしてみゆといふ物を〈大坪注。新千載一二三六番笠女郎歌。題詞中納言家持に贈りける歌の(刈)中に。原歌ハ万葉集三九六番歌〉。草などかりてはつか(束)ぬる物也。わが恋のみだれはつかぬる物もなく、かなしき儀也。つかのま、卒度の間の事也（抄出聞書）」・「少も隙なくこひわたらんと也。乱ぬれバつかぬる物也。つかぬる間もなく也。一束の少々間の事也。おつじかのつの、つかの間も同じ（かな傍注本）」・「玄旨云〈古抄ト同文〉。師説。序歌也。少の隙もなく恋や渡んといはんとての上句也（八代集抄。師説ハ貞徳説デアロウカ）」。

〔三三五〕（一二二頁）

一　権中納言敦忠

管見新古今二十六伝本では、寛政十一年板本のみ「権中納言あつたゝ」と名を仮名書。他本はすべて「権中納言敦忠」である。敦忠の事略は木船重昭氏『敦忠集注釈』（昭和六十一年十二月、大学堂書店刊）の解説が、優れ

ているが紙面上引用を省く。是非参看されたい。参考、「敦忠。従三位中納言。本院藤原左大臣〈時平〉男。天慶二年参議左中将、五年権中納言、六年薨二《ママ》十八〈勅撰作者部類〉」・「権中納言敦忠。藤原敦忠者、本院贈太政大臣時平之三男。母従五位上筑前守在原棟梁之女也。或云、棟梁女、初為大納言国経室、身敦忠之後、有故嫁本院大臣、而生之、故実国経之子也。延喜廿一年正月、於殿上加元服、即叙従五位下、二月昇殿。所其履歴、侍従・左兵衛・右衛門・両府佐・左近少将等也。承平四年為蔵人頭、任左近権中将、天慶二年正月叙従四位上、八月任参議、次将如故。五年三月叙従三《ママ》位、拝権中納言、六年三月七日薨、年卅八。号本院中納言、又称土御門。卿雅巧和歌、太甚有声誉。卅六人歌仙、雄倉《ママ》百人俊才也。又精於糸竹、其能絶倫、在当時太被推重矣。或云、卿下世後、三品博雅、唯有管絃声矣。〈勅撰採入歌数省略〉〈二十一代集才子伝〉」・「権中納言従三位藤原朝臣敦忠。左大臣時平公男。母左衛門佐在原棟梁女。〈或《イ》云、母同保忠云々。母本康親王女廉子也。〉延喜十七年丁丑二月十五日昇殿。年十二。廿一年辛巳叙従五位下。十六。於殿上加元服。童名卜平君。廿二年二月十七日昇殿。廿三年正月任侍従。延長六年正月七日叙従五位上。六月任左兵衛佐。八年九月廿二日昇殿。十二月任右衛門佐。九年三月任左近衛少将。承平二年十一月十六日叙正五位下。中宮御給。四年正月七日叙従四位下。同月十二日昇殿。二月任権中将。五年三月八日補蔵人頭。六年正月兼播磨守。天慶二年正月七日叙従四位上。八月任参議。中将如故。同十月廿六日昇殿。四年十二月兼近江権守。五年三月廿九日叙従三位。任権中納言。年卅七。六年癸卯三月七日薨。年三十八。号本院中納言。又号枇杷。〈三十六人歌仙伝〉」・「従四位上藤敦忠三十四、左近中将／左大臣時平三男。母筑前《左衛門》守《佐》従五位上在原棟梁女。／延木廿一正廿五従五位下。二月七日昇殿。同廿三正十二侍従。延長六年正七従五位上。同六月九日左兵衛佐。同八九廿二昇殿　践祚初。同十二年十七日右《左》衛門佐。同九三十三左近権少将。承平二正廿七兼伊與権介。同十一月十六日正五下停中宮御給。加階。同三正十二近江権介。同四正七従四下。同十二日蔵人頭。十二月廿一日左近権中将。同六正廿九兼播磨守。天慶二正七従四上。八月廿七日任三木。左近権中将播磨守如元〈公卿補任、天慶二年〉」・「権中納言従三位同敦忠。三月七日卒。三十八。号枇杷中納言。又土御門。又本院。頭五年。三木中将四年。中納言二年。〈公卿補任。天慶六年〉」・「鎌足—不比等—房前—真楯—内麿—冬嗣—良房—基経—時平—敦忠—助信—相如↓…〈尊卑分脈〈敦忠ノ脇書云。蔵頭・従三位・権中納言・母同保忠［保忠母ハ本康親王女廉子］或在原棟梁女・天慶六三七薨卅八・号本院又号枇杷〉［敦忠室ハ藤原仲平女子明子・藤原玄上女子ナリ］」・「その〈＝時平〉一男八條大将保忠卿〈中略〉御弟の敦忠の中納言もうせ給にき。和歌の上手、管絃の道にもすぐれ給へりき、よにかくれたまひてのち、御あそびあるおり、博雅三位の、さはる事ありてまいらざるときは、今日の御あそびとゞまりぬ、とたび〳〵めされてまいるをみて、ふるき人〳〵は、よのすゑこそあはれなれ。敦忠中納言のいますかりしおりは、か、る道に、この三位〈＝博雅〉、おほやけをはじめたてまつりて、よの大事におもひはべるべきものとこそ思はざりしか、とぞのたまひける〈大鏡。旧岩波大系本七七頁〉」・「今ハ昔、小野宮ノ大キ大臣《藤原実頼》、左大臣ニテ御座ケル時、〈中略〉、土御門ノ権中納言《藤原敦忠》ノ参ラレ給フ也ト申ケレバ〈中略〉大臣《実頼》、此ノ花ノ庭ニ散タル様ハ何《イカ》ガ見給フト有ケレバ〈中略〉、トノモリノトモノミヤツコ心アラバコノ春バカリアサギヨメスナ［拾遺集雑春一〇五五番デハ、題詞、延喜御時、南殿に散り積みて侍ける花を見て。作者源公忠朝臣。トナツテイル］ト。大臣、此レヲ聞給テ、極《イミジ》ク讃メ給〈中略〉。此ノ権《敦忠》中納言ハ本院ノ大臣《藤原時平》ノ、在原ノ北方《在原棟梁女》ノ腹ニ生セ給ヘル子也。年ハ四十許ニテ、形《カタチ》・有様、美麗ニナム有ケル。人柄モ吉カリケレバ、世ノ思《オボ》ヘモ花ヤカニナム、名ヲバ敦忠トゾ云ケル。□□《欠字》ニ通ケレバ、亦□□《欠字》ノ中納言トモ云ケリ。和歌ヲ読ム事、人ニ勝《スグレ》タリケルニ、此《カカ》ル歌ヲ読出タレバ、極《イミジ》ク被讃《ホメラレ》ケリトナム語リ伝ヘタルトヤ〈今昔物語集巻二十四。敦忠中納言、南殿桜読和歌語第卅二〉」・「今は昔。国綱《ママ》〈大坪云、今昔物語集巻廿二第八話ニヨク似タ説話アリ。ソコデハ国経大納言トアル〉の大納言と申人おはしけり。其妻にて在原の中納言といふ人のむすめ〈在原棟梁女ノコト〉なん、えもいはずかた《余》ちきよげにうつくしうて、大納言は歳六十よ〈今昔デハ年八十ニ及デ、トアリ〉、北の方はわづかに廿ばかりにてぞおはしける。いみじう色めきたる人にて、おひたる人にぐしたるを、心ゆかぬ事にぞおもひたりける。大納言の御をいにて左大臣〈＝時平〉おはしける。

本院〈拾介抄ノ諸名所部ニヨレバ、中御門北堀川東一町、左大臣時平家、依二新制一勅勘之時、籠二居此家一トアル〉にぞ住給ける。歳廿七ばかりにて、形ち有さま目出度いみじき人にてぞおはしける。このおぢの大納言〈＝国経〉の北方のめでたきよしを聞給て、ゆかしとおぼしわたりけるに、其比すき物の兵衛佐〈＝平中ヲサス〉、みこのまご〈茂世王ノ孫〉名はいやしうもあらざりけり。あざなへいちう（平中）とぞいひける。其比の人のむすめ、宮仕人みぬなんなかりけり。此大納言の妻をも、此兵衛佐忍びて見るといふ事を聞給て、誠やいかできかむとおぼしけるに、冬の月あかゝりける夜、此兵衛佐まいりたりけるに、なにとなき世の物語し給ほどに夜も更にけり。……こゝろ見給ふ女の中に、めでたきはたれかあると問給へば、へいちう申けるは、おまへにて申はいみじうかたはらいたき事なれど……藤大納言の北のかた〈＝国経ノ北方、即チ棟梁女〉こそ、よににず誠目出度人におはすれと申に……心のうちに、いかでこの人をみむとおぼす心ふかく成まさりにければ……三日か間まいらんとの給ける……北の方〈棟梁女〉はとこ（ママ）〈時平大臣〉の……人にすぐれ給へるを見給ひて、我身のすくせ〈宿世〉心うくおぼゆ。……歳おひふるくさき人〈国経〉にぐ（具）したる、事にふれて侘しくおぼゆ。……帰り給なむとする程に、……におとゞ〈時平〉、大納言〈国経〉に申給ふ、かゝるえひ〈酔〉のつゐでにしれ（痴）事申は、びんなき（便無）事にてさぶらへどかくけうゑん（饗宴）のためにまいりたるを、誠にうれしとおぼさば……引出物をこそ給らめとの給へば、……おきな〈国経〉のもとにはかゝる物こそさぶらへ、是を引出物にまいらすとて、屏風をした（押）ゝみ（畳）て、すだれよりをしいれて、北の方の袖を取て引よせて、これにさぶらふと申給へば、誠にまいりたるかひありて、いまこそうれしく侍とて、おとゞよりてひかへて給ぬれば、大納言たちのきて、こと殿原をいまはいで給ね、おとゞ※はよもと見にいで給はじ〈大坪云、岩波旧大系今昔四二四二頁ノ頭注ヲ参考スレバ、※印ハ、ちっとやそっとでは、ノ意〉との給へば（ハ）上達部め（目）をくば（配）せひぢ（肘）つきて、あるひはいで給ぬ、あるひはたちかくれて、いかなる事ぞ見はてんとおぼす人もあり。おとゞ今は誠にいみじく酔たり、車よせよ、ずち（術）なしとの給時に、御車庭に引出したるを、人々さとりてさしよせつ。大納言よりて御車のすだれもたげ給ふ。おとゞ北の方をかきいだきて車に打のせて、やがてつゞきて乗給ぬ。大納言ずちなくてや、をんなども我なわすれそとなんいひかけ給ひける。さて車やり出させて出給ぬ。大納言うちに入て装束ときてふし給ぬ。いみじくえひにければ、めくるめき心ちあしくて、暁かたにや、やう〳〵醒て……物にくるひにけるにこそ、酔の心とはいひながらかゝるわざする人やあるとおこ（烏滸）にたえがたく、かた〳〵おもへどもとり返すべきやうもなし〈後略〉（世継物語。『群書一覧』ニヨレバ、一名宇治大納言物語、或ハ小世継《こよつぎ》ト号ストアリ。本文ハ続群書類従三二輯下所載ニヨツテ引用。岩波旧大系今昔四ノ頭注ヲ参考ニシテ注ヲ加エタ）」・「時平公の濫行の事は或時時平公の方にて人々物語りするついでに、今の世に美人の聞こえあるは誰ならんと申されければ、平貞文我が心に思ふ人故にやありけん、今の世の美人と申すは殿の御伯父大納言国経卿の北の方の由承はり候といふを、時平公聞き留めてその後かの伯父国経卿の許へ方違へに参るべき由申し遣されければ、国経喜びて様々の設けなどして待ち居られけり。さてその夜になりて時平参られければ、種々饗応の上管絃の遊びあり。酒たけなはになりたるに、国経より琴を引出物にとて時平に取らせられけるに、時平今宵の饗応には北の方の見参に入り侍《はんべ》らんと申されければ、国経いと安き事に候とて北の方を呼び出されたり。この国経卿は年老いて北の方はいたう若かりければ、平生夫を厭ふ心ありけるとかや。さて時平かの北の方を見らるゝに、貞文が申せしにも勝りて麗はしき顔かたちなりければ、国経に向ひて今宵の引出物には北の方を賜はらんと申されけるに、国経はいたく酒に酔はれたる折なりければ、ともかくもとて酔ひ臥して居られたる間に、時平かの北の方を車に抱き寄せて乗せて帰られぬ。しばらくありて国経酔さめければ北の方を尋ねらるゝに、先程時平公へ進ぜられたる由人々申すを聞きて、身もだえして後悔せられけれど甲斐なかりけり。この北の方は業平の孫にて在原棟梁《むねやな》の女《むすめ》なりしが、時平公の家に参られて子を生れたり、これすなはち中納言敦忠なり（百人一首一夕話。菅家の話）」・「敦忠は本院左大臣時平公の三男にして、母は筑前守在原棟梁の女なり。棟梁の女初めは時平公の伯父たる大納言国経卿の妻なりしに、この敦忠を懐姙のうち時平公国経卿の館に行き、酒気に事よせてその妻を奪ひ帰られし事菅家の条にくはしくいへり。さてその後時平公の北の方となりて、敦忠を生れし故まことは国経卿の胤《たね》なり。しかれども時平公の子とせられし故、延喜十七年二月に十二歳にて昇殿せられ、同二十一年正月殿上にて元服せられた

り。この敦忠卿は和歌をよくするのみならず、管絃の道に達せられたり。天慶六年三月七日三十八歳にて卒せられし後、禁中にて管絃の御遊ある時博雅三位障りありて参られざる時は、その日の御遊を止めらるゝ由を古き人々は聞きて、今は世も末になりて管絃の妙手もなき事にて、敦忠中納言世におはせし時管絃の道に於いて、博雅三位がかやうに重んぜらるゝ事はなかりしにとて呟かれしとぞ。また敦忠卿を世に本院中納言とも、枇杷中納言とも称せり。この卿の山荘西坂本にありし事、拾遺集に見えたり〈注、拾遺集四四五番伊勢歌詞書ニ、権中納言敦忠が西坂本の山庄の滝の岩に書きつけ侍る・同集一二七九番一条摂政伊尹《これまさ》《これたゞ》歌詞書ニ、中納言敦忠まかり隠れて後、比叡の西坂本に侍ける山里に人〳〵まかりて花見侍けるに、トアリ。西坂本ハ修学院ノアタリ。京都市左京区〉。また今昔物語に敦忠卿の事を挙げたる一条ありて曰く〈注。今昔物語巻二四ハ敦忠中納言南殿桜読和歌語第卅二ノ引用。敦忠ノ歌ハ、殿守の供のみやつこ心あらばこの春ばかり朝ぎよめすな〉この権中納言は本院大臣〈＝時平〉の在原の北の方〈棟梁女〉に生せ給へる子なり。年はよそぢばかりにて形ありさま美麗にて人柄もよかりければ、世の覚えも花やかにて名を敦忠とぞいひける。また本院中納言ともいひけり。歌を詠む事の人にすぐれたりけるに、かゝる歌〈殿守の供のみやつこ歌ヲサス〉を詠み出でたればいみじく世に賞められにけりといへり。この一条は、敦忠卿と経通卿との事を一つに混じて、語り伝へたるものなるべし。殿守の歌のぬしは、土御門権中納言経通卿なり〈大坪云。殿守の……歌ハ、拾遺集一〇五五番デハ、源公忠朝臣。和漢朗詠集(上)落下一三二番デハ作者不記。古来風体抄(下)デハ公忠。俊成三十六人歌合デハ公忠。新時代不同歌合(上)十六番左デハ公忠。俊頼髄脳デハ作者名不記。奥義抄デハ作者名不記。袖中抄(九)作ともみやつこデハ作者名不記。和歌色葉(下)難歌会釈者ノ拾遺抄十三ともの宮つこデハ作者名不記。悦目抄ノ歌ヲ眼耳鼻舌身意にあてるノ鼻ニ、作者名不記。和歌口伝抄デハ公忠。心敬私語デハ公忠。宝物集(一)デハ「此歌、世継并に宇治大納言隆国の物語には、小野宮殿実頼、陣の座におはしけるに、南殿の花面白く散けるを見給ひて、只今土御門中納言のまいられよかし、とたはぶれ給ひけるを、敦忠公参り給へりければ、いまだ居も定り給はぬに、あの花はみ給ふか、をそし、との給ひければ、かく読給へり。拾遺金葉両集には、源公忠とあり。亦公忠が集あり」とあって、敦忠・公忠ノドチラカヲ決定シテイナイ。公忠が集ありハ、集にありノに|ノ脱字デアロウ。歌仙家集本公忠集ニハ所載アリ。和漢文操(七)箒伝ノ註ニ、朗詠に、ト出典名ヲ示シタ上デ、作者名不記〉〈百人一首一夕話ノ中納言敦忠の話。尾崎雅嘉ノ経通詠説ノ論拠ハ未調査)」・「〈前略〉。実に時平公以下、同意〈注、時平ノ菅原道真ヲ左遷配流スルトイウ考エニ同意〉の光卿〈＝源光。延喜十三年狩猟中ニ怪死〉・定国卿〈＝藤原定国〉・菅根朝臣〈藤原菅根。漢学者。延喜元年道真左遷ニ反対ノ宇多上皇ノ意志ヲ醍醐天皇ニ奏上シナカッタ人物〉、その末たえて聞えず。時平卿は延喜九年四月九日〈注、日本紀略デハ四月四日〉年三十九にして薨ず。御娘の女御〈＝藤原褒子。宇多帝ノ女御〉、その御孫東宮〈＝醍醐天皇ノ孫、保明親王ノ子、母ハ時平女デアッタ慶頼王。延長元年立太子〉も失せ給ふ。一男八条右大将保忠卿〈時平ノ第一子トサレタ〉は承平六年十（ママ）月十四日、四十六（ママ）にて失せ給ひにき〈日本紀略デハ七月十四日没。年四十七〉。三男本院中納言敦忠卿天慶六年三月七日、四十八（ママ）にてかくれ給ふ〈享年ハ三十八歳〉。……中略……たゞしかの家の人〈＝時平一族〉なれども、仏道に入れる公達はことなかりけり〈大鏡ノ時平伝ニ記載ノ心誉僧都・扶公僧都ナド〉。時平はすべておごれる人にておはしけるにや。御をぢの国経の大納言の室は、在原棟梁の女なりけるを、たばかりて、わが北の方にし給ひけり。敦忠卿の母なり。国経、歎き給ひけれども、世の聞えにはばかりて、力及ばざりけり。思ひ出づるときはの山のいはつつじいはねばこそあれ恋しきものを。この歌、国経卿、そのころよみ給ひけるとぞ。古今集に読人しらずに入りけり〈注、古今集恋一、四九五番〉。兵衛佐貞文〈＝通称ハ平中〉の妻、本院侍従〈注、上接文ノ古今集入集ヨリノ文脈カラ考エルト棟梁女ラシイガ、上接文脈カラ断絶シタ一文ノ冒頭ト考エルト、時平邸即チ本院ニ仕エテイタ侍従トイウ女。本院侍従ハ、朱雀帝皇后藤原慶子、村上帝皇后安子ヤ村上帝女御徽子女王ニ仕エタ女官、ガ考エ得ルガ、時代ガ時平歿後ノ女性トナリ合ワナイ〉をもさまたげられけり。貞文、消息をだにかよはさずなりにければ、かの女の若君の〈棟梁女ノ子ナラ、敦忠ヤ藤原滋幹ガアル〉歳五つばかりなるが、本院の西の対に遊びける、腕に、母に見せ奉れ、とて書きつけけり。昔せしわがかねごとのかなしきはいかに契りし名残なるらむ／返し、うつつにてたれ契りけむさだめなき夢路とまどふわれはわれかは、〈注。後撰集七一〇・七一一番。題詞・歌句ニモ見エ、大和物語一二四段、今昔物語集二二―八話、谷崎潤一郎ノ少将滋幹の母、等関連内容〉(十訓抄巻六の第二四話)」。

「遅くとも終(ママ)に咲ぬる梅花〈下句ハ、誰が植置し種にかあるらむ〉と云歌は貞信公歌と云々。〈大和物語一二〇段、大鏡仲平伝、新古今一四四二番モ共ニ貞信公作。但シ初句ハ共ニ、遅《おそ》く疾《と》く〉。而公忠辯集云、〈以下引用本文ニ近イノハ定家自筆本系ノ本文トイウ〉枇杷大臣〈＝仲平〉左大臣ニ成給へる年〈承平七年正月左大臣、右大臣就任ハ承平三年二月十三日。上記ノ大和・大鏡・新古今三本ハ大臣トアルノミデ左右ヲ示サズ〉春、御慶ニおほきおとゞ〈＝貞信公藤原忠平。仲平ノ弟〉おはしましたれば、御あるじ〈あるじまうけノ事〉こよなくつかうまつりて御土器あまたゝびに成ける程に、権中納言敦忠君〈仲平・忠平ノ甥ニ当ル〉御前の、梅花をかざして、／おそくともつ(ママ)ひに咲きぬる梅花たが植おきし種にかあるらむ／おほきおとゞ◎〈＝貞信公忠平〉／折てみるかひもあるかな梅花二たび春にあふこゝちして／※つかうまつる／色も香もことしの春は梅花二たび匂ふこゝちこそすれ／如レ此敦忠卿歌欤。〈大坪云※印ノつかうまつるハ歌学大系翻刻デハ、◎印ニ接続サセテ、おほきおとゞつかうまつる、トシテアルガ、袋草子原文デハソコニハナク、※印ノ位置ニアル。依ツテ訂正シタ。※つかうまつるノ意味ハ、わたし即チ公忠ガ詠ミ申シ上ゲタ歌ハ、ノ意。如レ此敦忠卿歌欤トハ、コノヨウナ次第デ遅くともノ歌ハ貞信公ノ歌デハナク敦忠卿ノ歌デハナイカ、ノ意デ、大和・大鏡・新古ノ貞信公作歌トハ異ル見解ヲ示スモノデアル。ナオ、折てみる歌ハ続後撰一〇三〇番ニ採入、貞信公＝忠平歌。色も香も歌ハ、玉葉集七九番ニ採入、源公忠歌、歌仙家集公忠集ニモ見エル〉（袋草子(上)）」・「古今集の後、後撰集の撰ばるゝことは、延喜五年より後、朱雀院の御時をこそはへだてたれば、わづかに四十余年などや程へて侍りけむ。されど時の大臣よりはじめて、大中納言よりしもざま、大納言にて西宮左大臣高明公、師氏大納言、朝忠の中納言、敦忠中納言など、ことに歌人おほかりけるうへに、古今集に歌いれる人々の、其後よめる歌もおほく、女も、伊勢・中務・承香殿の大輔などいひても、すべて歌よみおほかりける故に、君も詩歌の道ふかくおましまして、勅撰もかさねて有りけるなるべし（古来風体抄〈再撰本〉）」・「後撰・拾遺。本院中納言藤原敦忠卿。本院左大臣〈＝時平〉御息、母左衛門佐棟梁女（和歌色葉。名誉歌仙者）」・「拾遺・あひ見ての後の心にくらぶれば昔は物を(も)思はざりけり　藤原敦忠（古今和歌六帖(五)・三十六歌仙八番・三十六人撰・落窪物語(一)・百人秀歌・小倉百人一首・謡曲定家・尤の草子(上)・二八要抄・松の葉(二)丗五浮寝・松の落葉（主巻）・うらみのすけ(下)・うすゆき物語(下)・浄瑠璃東山殿追善能(四)・鳩翁道話（貳の下）・春色梅児誉美（十一）・梅若丸一代記(一)・難波江(七)・古今選(三)・箏曲浮寝―以上典拠検索名歌辞典モ参考―）」・「未練の人、歌をばいかほども案じてよむべきか〈中略〉三十六人作者集も百首に及びたるはすくなし。花山僧正・斎宮女御〈＝村上帝女御、徽子女王〉・本院中納言〈＝敦忠〉・公忠弁などの集、歌わづかに侍るにや〈後略〉（愚問賢注・和歌講談モ略同文）」・「歌の字三十一字にあまる事……ことさらよしなき時はあますべからざるか……敦忠中納言、けふそへにくれざらめやはとおもへどもたへぬはひとの心なりけり〈後撰恋四。八八一番〉。これは、くれざらめやと、にても心はきこえ候はん。春た俊成卿、こぞもさてくれにきと思へば、これつといふよりやがてものぞ悲しきと候。これも、くれぬとおもへば、と申ぬべき様にも候へども、気味〈＝物事ノ味ワイ。趣《おもむき》〉ふかく候歟。不レ到二佳境一者難二是非一候歟（愚問賢注。和歌講談モ略同文）」・「兵衛。／人しれずたのめし事はかしはぎのもりやしにけん世にちり(ママ)にけり／拾遺抄第九に有。〈注、拾遺和歌集デハ、巻十九、一二二二番右近歌。末句、世にふりにけり。詞書ニ、中納言敦忠、兵衛佐に侍ける時に、忍びて言ひちぎりて侍けることの世に聞え侍にければ、トアリ。拾遺抄デハ四五一番左近少将季縄が女歌。末句よにみちにけり。題詞ハ、中納言敦忠が兵衛佐にて侍りける時にしのびていひはべりけることのよにきこえて侍りければ。マタ第二句ガちぎりしことは、トアル伝本モアル由。季縄女ト右近ハ同人物〉。右近少将季縄がむすめの歌也。中納言敦忠兵衛佐に侍りける時に、しのびていひちぎりける事の、世に聞えはべりければ遺しける。兵衛をかしはぎとい(ママ)ふ也（和歌童蒙抄(四)）」・「藤原敦忠朝臣。九〈後撰採入歌数？(ママ)〉。従三位、号本院中納言。贈太政大臣時平一男、母左衛門佐在原棟梁女、天慶六年三月七日薨、年卅八（勅撰和歌作者目録。〈後撰集目録〉）」・「此集〈＝後撰集〉の作者おほつふね〈後撰集六二五番歌〉。清輔朝臣は、おほつ少将とかきたり。家本には、おほつふね也。敦忠中納言の姨《をば》、中納言をさなくて、よびつけられたりける名といふも、むげにうちとけたり〈ムヤミニ気ヲ許シスギタ呼ビ方ダ〉。名なくば、棟梁がむすめともかくべきに、勅撰作者に、かくてのせられたれば、よくさだまりにける名ときこゆ。大納言本にも、おほつふねとあり（僻案抄。後撰ノ部。歌学書ナドデハ、他ニ、国経妻・国経室・時平室・敦忠母・在原北方・国等ト称サレテイル。後撰集正義〈別名、後撰集秘抄〉モ略同文ナリ〉」・「権中納言敦忠。本院左府時平男、号青石中納言（志香須賀文庫本、公任卿撰歌仙、ノ作者注記。歌句ハ、いかにしてかくおもふてふことをだに人づてならで君に語らむ。コレハ後撰集九六二番歌。万物部類倭歌抄ノ後撰集部ニモ見エル。敦忠ガ青石中納言ト号シタ事ヲ知ル資料）」・「権中納言従三位藤原敦忠。左大臣時平三男。母、左衛門佐在原棟梁女。延喜御時人也。号本院中納言／あひ見てののちのこゝろにくらぶればむかしはものをおもはざりけり（佐竹本三十六歌仙）」。

二　結び置きし袂だに見ぬ花薄かるともかれじ君しとかずハ

管見新古今二十六伝本では末句で異同が二つに分れている歌である。校異を示す。初句は、慶祐書写本だけが「むすび置」の表記。結び置く・結び置きしのいずれにも読めそうな表記〈岩波旧大系校異ニヨル〉。第二句は、同じ慶祐書写本に「袂たになき」〈岩波旧大系校異ニヨル〉。第四句は「かるともかなし」になっている本が、古活字本〈岩波旧大系校異ニヨル〉・刊年不明文明十八年牡丹花在判板本・延宝二年板本〈文化元年補刻本モ〉・正徳三年板本・承応三年板本・正保四年板本〈明暦元年板本モ〉・寛政十一年板本・刊年板元不明板本の十本。因みに季吟八代集抄本文は、江戸期出板ではあるが「かれし」である。他の十六本は「かれし」。第五句の「君し」は為氏筆本は「人し」。なお「君しとかずハ」の「か」の書体であるが「可」の草体か、「ハ」なのか、甚だ見極め難く、判読者の主観で読まれている事もあるであろう。為相筆本や旧国歌大観本は「とかすハ」と翻刻されている。増抄歌句本文も、か・ハの判定は微妙であるが一応「か」とした。「とハずば」と読んであるのは、久曽神氏御室本〈岩波旧大系校異ニヨル〉・古活字本〈岩波旧大系校異ニヨル〉・吉沢義則博士旧蔵鎌倉期書写本〈朝日『全書』頭注ニヨル〉・近藤盛行署名本〈朝日『全書』頭注ニヨル〉刊年板元不明板本・前田家本・正保四年板本〈明暦元年板本モ〉・承応三年板本・延宝二年板本〈文化元年補刻本モ〉・正徳三年板本・寛政十一年板本・刊年不明文明十八年牡丹花在判板本がある。「とかずは」と読んであるのは、為氏筆本・為相筆本・宗鑑筆本・東大国文学研究室本・鷹司本・小宮本・親元筆本・春日博士蔵二十一代集本・柳瀬本・公夏筆本・冷泉家文永本・烏丸光栄所伝本・同書写本・亀山院本・高野山伝来本・寛政六年板本の十六本。因みに季吟八代集抄歌句本文は「むすひをきし袂たにみぬ花すゝきかるともかれし君しとかすは」である。増抄翻刻もこれに従っておいた。因みに言えば、第四句の「かれし」と「かなし」の異同の原因は、「礼」と「那」の草体の類似にあるのではないかと思う。

さて当歌も、一二一三番の「題しらず」の題詞が及んでいる歌である。出典は敦忠の家集であるが、正保版本歌仙家集の『敦忠集』には見えず、契沖も『書入本』で「家集なし〈家集ニ当歌ハナイ〉」と朱書している。が、西本願寺本三十六人集の『あつたゝ』や、御所本『敦忠集』には見える。それは宮《みや》〈斎宮雅子内親王〉との贈答歌群中の歌である。示せば、「秋ころ／わすれじとむすびしのべのはなす、きほのかにもみでかれぞしぬべき〈雅子斎宮〉／かへし（ママ）／むすびおきしたもとだにみぬになすゝきかゝるともかれじ君だとかずは〈敦忠〉（西本願寺本）」・「あきのころありしを（ママ）のちにかく／わすれじとむすびしのべのはなすゝきほのかにも見でかれぞしぬべき／かへし／むすびをきしたものとにみち《しミ》ぬ花すゝきかるともかれじきみしとかずは（御所本）」。新古今撰者の見た『敦忠集』の書体も訓む人の主観のため、歌句の異同が生じたのであろうか。新古今撰者たちの見た敦忠家集の伝本は右の両本とは別本であったかも知れない。

当歌の技巧は、末句を「とかじ」で考えれば「結び・解く」が縁語。「袂」が結び手の袂と考えると、「袂・手」も縁語であり「袂」は左右に振れ動くことから「袂・薄」も縁語となる。「かる」に、「枯《か》る。離《か》る」の掛詞。「花薄」は、穂の出た薄である。その「ほ〈穂〉」から「ほのか」を導き出す枕詞となり「よそにてもありにし物を花薄ほのかに見てぞ人は恋しき（拾遺七三二番よみ人しらず）」の如く歌われ、僅かに逢って愛情を交わしあった余情の籠った語として恋歌に使われるようになる。当歌でも、その余情が「花薄」にこめられている。

三　君が、わが庭の……枯るまじきと也

文意「あなた〈相手ノ男性。＝敦忠〉が、わが庭〈男性ヲ迎エタ女性＝斎宮〉の穂に出た薄を、今回来訪したことの証拠にもし、又次回来訪する時の目印にもしようとして、結びおかれたので、私は、次回の来訪の時のあなたの袂を見るまでは、たとい花薄が枯れたとしても、私の気持ちは決して枯れず（あなたに離れず）に、お待ちしていますよ、たといあなたが結んだ印を解かれたとしても（私の気持は枯れて離れるようなことはありません）」。この如く文意をとると、この歌は女性〈斎宮〉の歌となり、敦忠歌ではなくなる。出典家集の贈答では、この歌は敦忠歌であるのに、それが相手の女性作に変わって了うのである。この点を久保田博士『全評釈』は、「〈増抄〉の注は、われが、君の庭のすゝきを、又こんしるしに結び置きたる程に」と書き改められねばならない。しかし、そこで困るのは、袂だに見ぬ、の句である。自らの袂であったら、こういうことはいえない。ゆえにこれは、君の袂をみずば、と解する他はない。結局、大層非論理的な表現ではあるが、われ結びおきし花すゝき……ソレハ君ノ袂ヲ連想サセルノダガ、われ、君の袂だに見ぬ――枯るとも離れじ、君、その花すゝきを解かずは、という意を畳みこんだ歌ではないかと考える」と述べておられる。確かにそうだと私も思うが、この非論理的表現になやんだ人も他にいたのである。それは、為氏である。為氏筆本は「君しとかずハ」を「人しとかすは」と歌句を改変して了っている。管見した他伝本にない歌句である。ここの「人」は相手の「恋人」ではなく、第三者的「人」で「誰かが解かなかったならば」ということで、それを「し」という強調の助詞で「どこかの誰かさんがネ」と、あてこすった表現で、どちらとでも受取れる表現に変えているのである。

参考「袂だに見ぬとは、花薄を結びをきし君が、其後見えこぬ心也。此むすびをきし君が、又来てとかずば、花薄枯ともえ枯まじき、必枯ずして此君待付よ、との心なるべし。我待心を花薄にいひはげまして、よせい（寄言）へるうたとぞ。薄を結ぶ事大和物語忠岑歌に有（季吟八代集抄。大和物語百二十五段ニ、わがやどのひとむらすゝきうら若みむすび時にはまだしかりけり、トアル歌。学習院大学本注釈モコノ季吟抄ノ略抄）」・「花薄を結び置し君が其後こぬ也。君がきて結び置し薄をとかずは、枯共えかれまじき間、此君を待つけよとの心成べし。我待心を薄に云はげまして寄せいへる也。薄を結事、大和物語忠峰哥に有（後藤重郎博士蔵、抄。八代集抄ト略同文）」・「むすんだるたもとをもみぬすゝきは、かるともかれじ也。薄をむすんで契たる事のあるが也（私抄・末句、君しとはずは）」・「吾ニむすぶ人なし。薄を吾にして也。吾ニちぎりよる人なし。苅るとも、枯るともよしやと、死ぬるともよしや、かれ〳〵ニ成し君がとはずバ、かれはてんとまゝ也。かれし君がこずバ、枯ともよしやと也。（かな傍注本。歌句本文ハ、結びをきしたもとだにミぬ花すゝきかるともかな《れ》《ミ》し君しとハずハ　デ古活字本歌形ヲ示シタ上デ、ミセケチ修正）」・「むすびをきし袂だにみぬとは、今は契も絶たる事を云にや。花すゝきとは思ひのしげきをいへり。されば、かるともかれじと云也（吉田幸一氏旧蔵註・高松宮本註・高松重季本註。末句ハ、君しとはずは）」・「ムスビヲキシ、タモトモ、今ハミヌ也。是ハ契ノ事也。花薄トハ、我思ヒノシゲキヲイヘリ。サレバカルトモカレジトハ、ナクナル事ハアラジ、君ガトフ事ノ、ナクバト也（新古今注。歌句本文ハ、ムスビヲキシ袂ダニミヌ花ス、キ刈《ママ》トモカレジ君シトケ《ママ》ズハ）」。

現行注釈書での歌意参考。

「お結びおきになった、そのあなたの袂をさえも見たことのない花薄ですけれど、たとい、刈っても枯れないでしょう。あなたがお解きにならなければ―愛を誓って下さいましたけれど、そのあなたのお袂さえも拝見できないわたくしですけれど、たとい、京を離れましょうとも、わたくしの心は、決して、あなたから離れはいたしません。あなたがお約束をおたがえにならなければ（木船重昭氏『敦忠集注釈』。〈新古今和歌集がこの歌を敦忠歌とするのは、その撰者の作者誤認である〉ヲ注記アリ）」・「結び置きし人が、又来てとかずは、花薄枯るともえ枯れじとなり。薄を結ぶこと大和物語忠峰の歌にあり（標註参考。季吟八代集抄ノ受売）」・「オマヘハ花薄ヲ結《上の句》ンデ置イタバカリデ、其後ハ少シモ来テ下サラナイガ、此花薄ハアナタガ《下の句》復《また》御出デニナツテ御解キナサラナケレバ、決シテ枯レルヿ《こと》デハアリマセヌ。貴男ハ一度逢ツタバカリデ、其後一向御尋ネ下サラナイガ、私ハ御目ニカヽラナイ以上ハ死ンデモ死ニマセヌ。待ツテ居リマス。薄を結ぶこと大和物語忠岑歌にあり（鴻巣氏遠鏡）」・「花薄を結び置きしまゝに、其後一寸《ちよつと》でも君は見に来ぬが、君がまた来て其の結びを解かるゝにあらずば、花薄は決して枯れずに君を待たむといふ事にて、花薄によせて、一度逢ひたるまゝに訪はざる人の許に、君の見え給ふまでは、死ぬとも死なじと思ふと、待つ意をいひやりしものならむ。かるともかれじは、死ぬとも死なじの意をきかせたるべし。熱烈人を動かす（塩井氏『詳解』。上記意解中ノ一寸でもノ意ハ、袂だにノ詞ニテ見ルナリ、ト語解欄デ注記）」・「あなたが結んで置いたままで、その後姿も見せてくれないので、この花薄は、非常に悲しがって、あなたが来て解いてくれねば、枯れるにも枯れることができますまい――固く約束したまま一向来てくれませんので私は死にそうですが、しかし、あなたに一度お逢いしなければ死ぬにも死なれません。敦忠集に無い（石田氏『全註解』。歌仙家集ノ敦忠集ニハ見エナイガ、西本願寺本・御所本ニハ見エル。石田氏説ハ契沖ノ書入ニ従ワレタラシイ。袂ハ尾花ヲ譬エルニ使ウ語デ、即チ花薄ノ縁語ト注記サレ。大和物語十七段ノ秋風になびく尾花はむかしよりたもとに似てぞこひしかりける〈作者、継父《ままちち》の少将〉ヲ引カレテイル。コノ大和物語歌ハ季吟抄ノ言ウ忠岑歌デハナイシ、薄ヲ結ブ歌デモナイコトハ勿論デアル）」・「また逢おうと約束して、その固めに君が結んで置いたままで、袂さえも見せない花すすきよ。枯れようとも枯れられない。君が約束どおり、逢いに来て解かなければ（『完本評釈』。女ニ訴エタ歌トスル。花薄ハ男ノ庭園ノモノ。女ハ男ノ家ニ逢イニ来ル関係ダッタ。等ノ注記アリ）」・「花すすきは穂を出しているのに、以前そのすすきを結んでおいたあなたの袂すら見ぇませんん。たとえすすきは枯れ、あなたは離れても、わたしの心は枯れませんよ、あなたがやって来て、結んだすすきを解いてくれなければ……。（久保田氏『全評釈』）」・「結んでおいた人は来て解いて下さるどころか、袂さえその後見ない花すすきです。離れようにも離れることはできますまい。袂の主のあなたがお解きにならない限りは。約束は大丈夫です。〈離れぞしぬべき〉などと弱気なことをおっしゃってどうして訪ねて来て下さらないのです（岩波新大系脚注。〈　〉ノ句ハ、敦忠集ニ見エル贈歌ノ末句。贈答歌ハ頭注ニデ紹介）」。

〔三六〕（一二二頁）

一　百首哥の中に

管見新古今二十六伝本は「百首歌・中に」とありの字はないが、現行の翻刻本でも「百首歌の中に」との字を入れたものもあり〈宗鑑筆本小学館『全集』・公夏筆本久保田氏『全評釈』・親元筆本新潮社『集成』〉、すべて同題詞として取扱って問題はなかろう。さて、この「百首歌」は重之家集（御所本）に「百首の哥」とあり、その百首とは「重之、帯刀にて侍りしとき、春宮に哥めしけれハ」とあって、春・夏・秋・冬が各二十首あて、恋・雑が各十首あて、の計百首が並べてあり、当歌はその冬の四番目にある。この百首を指すと思われる。「春宮」とは、冷泉院の東宮時代、天暦四年七月二十三日より康保四年五月二十五日までで、『拾遺集』巻一の、春部に「冷泉院東宮におはしましける時、歌奉れと仰せられければ／吉野山峰の白雪いつ消えて今朝は霞の立かはるらん（四番歌）」とあるが、この歌も重之家集の百首の歌の春二十首の最初に配置された歌である。冷泉院は、村上天皇の東宮であり、その時は憲平親王と申上げていた。因みに言えば、百首歌のはじまりは、この重之百首とも、或は曽丹の百首とも言われているが、〈和歌現在書目録序ニ、百首歌者、帯刀長、献素懐於春宮之闕《ケツ》。乙侍従、致丹於東国之杜。是其始也トアル〉時代順では、曽丹の好忠百首が古い。又、西本願寺本三十六人集の『しけゆき』には、「たちはきのをさみなもとの重之、卌日のひをたまはりて、うた百よみてたてまつらん、ときはた（ママ）はん、とおほせられければ、たてまつる。春廿、秋廿、冬廿、恋十、うらみ十」とあって、その冬の六番目に「しものうへにけさふるゆきのさむけれは人をかさねてつらしとそおもふ」とある。御所本の第四句は「かさねて人を」であるが、西本願寺本は「人をかさねて」と語順は逆。新古今歌形は御所本に同じ。ただ公夏筆本だけは「かさねて君を」と異形であるが語順は同形。「たちはき（帯刀）」とは、春宮坊の舎人監《とねりのつかさ》の役人で、刀を帯《お》びて皇太子に侍し、警衛する役で、帯刀舎人、授刀舎人とも

いう。「をさ（長）」は、帯刀先生《せんじやう》とも言って帯刀の筆頭者のこと。重之が帯刀長であったのは、「康保四年十月任二右近将監一〈前坊帯刀長〉。同月任二左近将監一〈兄能正朝臣依レ為二右少将一也〉（三十六人歌仙伝）」により康保四年十月以後で年号不明二年正月には相模権介に転じているから、年号が安和ならば、一年くらいの期間、天禄ならば三年間ぐらいであっただろう。所謂「安和の変」の前後の頃であった。

当歌は『続詞花和歌集』（巻十二、恋中、五八四番）に見え、題詞としては「題しらす」が及ぶ歌として取扱われている。

二　源重之

管見新古今二十六伝本では、亀山院本が「源重光」と誤写している。之も光も字体が似ているので誤ったのであろうが、源重光という人物も勅撰歌人で、後撰以下に三首入集。重之の生存期とは重なっている。他伝本はすべて源重之である。重之の略歴は、播斎は『増抄』二八番歌で述べているが、六四四番・八六五番の校注でも既述。追加参考。「重之が死にたる蜘蛛の、けざま〈仰け様〉にふしたるに風のふきければ、いきたるやうにはたらきけるを見てよめる歌／さゝがにのくものはたての騒ぐかな風こそくもの命なりけれ／是をみれば、蜘蛛の手をもくもでといはむにとがなし（俊頼髄脳・顕秘抄）」・「雪ふればあしげ〈悪し気―葦毛〉にみゆるいこま山〈生駒山〉重之／いつなつかけ〈夏陰―夏鹿毛〉にならむとすらむ　かうぶんた〈下郎名〉／是はためまさ〈未詳人名〉が河内の守にて侍りける時、雪のふりたりけるあしたに、つれ〴〵なりければ、かみの障子をたてこめて、郎党どもをよびあつめて酒など飲みけるに、源の重之がものへまかるついでにま

うで来たりければ、よろこび騒ぎて饗じける。おの〳〵ゑひて障子を押しあけてながめやるに、雪に埋れたる山の見えければ、あれはいづれの山ぞと問はれければ、あれこそ高名のいこまの山よと、ためまさがいひけるを、きゝてかく申したりけるを。たび〳〵詠じて、つけむとしけるに如何にもえつけざりけるけしきをみて、かくしあるきけるあやしのさぶらひのつけたり。げにけしきのみえでそらしはぶき高やかにして、人よりけにゐでゝ、けしきしければ、重之みて、かうぶんたこそつけゞに侍れといひければ、ためまさかたはらいたくみぐるしき事なりと、おしこめていはせざりければ、引入りてやみにけり。なほためまさ、えつけで程すぎにければ、侘《わ》びて、然《さ》ば申せ、如何につけたるぞと問ひければ、しばし気色して〈ワガ気持ヲ顔ニアラワシテ〉いはざりければ、重之しきりにせめければいひたりけるに、ためまさしたなきしてあさみけり〈忍ビ泣キナガラ自分ヲ情ケナイト思ッタ〉。重之聞きけるまゝに立ちて舞ひければ、えたへで、きぬゝぎてかづけてける。まことにさむげなりけるに、きぬくれて、のけばりて〈仰ケ張ッテ寒サヲ退ケツツ〉出で来たりける気色いみじかりけりとぞ。（俊頼髄脳）」・「重之歌に云、たけくまのはなは〈塙〉にたてるまつだにもわがごとひとりありとやはきく／武隈《たけくま》の塙《はなは》とて、山のさしいでたる所のあるなり、とぞ、近くみたる人ハ申《まう》しゝ。この松、野火にやけにければ、源満仲が任に又植《う》う。其後又うせたるを、橘道貞が任に植《う》う。其後、孝義伐《き》りて橋に造《つく》り、のち絶《た》えにけり。うたてかりける人なり。無《な》くとも詠《よ》むべし（奥義抄㊥。後撰歌

ノ四十五）」・「六帖　和歌〈中略〉貫之女子所為之故号二紀家六帖一。兼盛・重之等が歌載レ之（袋草子㊤）」・「和歌ハ有レ興事也。無二止事一人及帝王ニも達レ事其道也。所望中文、若名籍にも副レ之先蹤也。源重之、小一條大将済時、奉二名籍一とて副歌／陸奥にあだちがまゆみ引くかとて君にわが身をまかせつるかな（袋草子㊤）」・「平兼盛駿河守之時、彼国之女、夫伊豆国に妻をまうけて不レ来之由訴ける中文に書付／よこばしる清見が関に関すゑていづてふ事はながくとゞめよ／于レ時、重之陸奥より上洛之間、此所に宿、女ニかはりて和レ之／関すゑぬ空に心の通ひなば身をとゞめてもかひやなからむ（袋草子㊤）」・「重之歌云／やかずとも草はもえなむ春日の、只春の日にまかせたらなむ／是在二忠見集一。御屏風歌也。Ⓐ随無二重之集一。Ⓑ而如二十五番一用二重之歌一、如何（袋草子㊤）。大坪云、(A)西本願寺本・御所本ニハ採入サレ、他系ニハ見エナイ。(B)公任撰、前十五番歌合ノ十三番ニハ重之歌トシテ見エル。西本願寺本忠見集ニハ、〈御屏風に〉かすがの、ところどころやく。ノ詞書アリ。）」・「金葉。初ハ入二三代集作者一。中度流布定後始入二源重之一。有二連歌一。三ヶ度撰改、以二第二度本一流布。多ハ近世人。但六帖歌并道済相模等入レ之。（八雲御抄作法部、子細）」・「すべて歌人の様、人みな心々好み〴〵にて、何れをさきと定むる事かたし、…〈中略〉…古今以往は万葉集作者おほけれど、家持・人丸・赤人などを棟梁とせり……このほかも古今のころの作者、かれらが風を学びけるにや、みな其こつにたへたり。しかるをその後、次第におとろふるやうに代々の集に見えたり。梨壷の五人めでたしといへども、かの古今の四人の撰者に及ぶべからず。能宣・元輔は為二重代一之上、尤可レ

然歌人なり。順又重代にあらずといへども、此道稽古の者なり。茂材・時文はたゞ父が子といふばかりなり。そのゝち兼盛・重之・好忠など昔のあとをつぎてことなる歌よみなり。かのともがらが後は、たゞ公任卿一人、天下無雙、万人是におもむく〈下略〉（八雲御抄㈥。用意部）」・「重之が、くもの死たるをみてよめる歌／さゝがにのいとのはたてのさわぐかな風こそくもの命なりけれ／さゝがにはくもの名也。一にはたゝ（雲）かひの庭なんどに立つるはたのやうなるくもの、夕暮にたつを、とよはた雲とも、雲の旗手ともいふ也〈下略〉（和歌色葉。大坪云、前引ノ俊頼髄脳ト同内容）」・「重之歌に／武隈やはなはにたてる松だにもわがごとひとりありとやはきく／たけくまのまつは、はなはとて、とほ山さし出たる所にある也。この松野火にやけにければ、源満正（マヽ）が任に又うゝ。その後又うせたるを、橘道貞が任にうゝ。その後孝義がきりて橋に作りて後ながく失せにけり。なさけなき心ばせ末代までに名をながしとゞめり（和歌色葉。前引ノ奥義抄ト同内容ナレド、満仲ガ満正、ト異ナル。後引ノ袖中抄第十六参照）」・「されば事にふれて其嬉しく悲しき事の心を辨へしるを、ものゝあはれを知るといふなり。其の事の心をしらぬ時は、嬉しき事もなく悲しき事もなければ心に思ふ事なし。思ふ事なくては歌は出て来ぬなり。頭註、源重之集、あはれをば知らじと思へど虫の音に心よわくもなりぬべきかな（石上私淑言）」・「夏かり　なつかりをする、をいふ。／なつかりのたまえのあしをふみしだきむれゐるとりのたつそらぞなき／或人云、此歌は帯刀先《せん》生《じやう》〈＝長官ノコト〉源重之が歌なり。たまえとは越前国にある所也。そのくにゝてかりし

てたまえのほとりにおりゐて、さけなどたうべて、その時によみたりけるにやあらん。むれゐるとりのたつそらぞなきとは、そのこゝろなり。わかるゝをはむらどりといふは、その心なりとぞありける〈綺語抄㊥〉」・「更衣。仁明天応承和三年紀朝臣乙魚授㆓従四位下㆒。柏原天皇〈大坪注、カシハハラ天皇ハ、桓武天皇ノ別号〉更衣也。委見㆓日本紀㆒。更衣彼時ヨリ始レリト見エタリ／花の色に染したもとのをしけれど衣かへうきけふにもある哉／拾遺抄第二にあり〈拾遺集夏部八一番重之歌トシテ採入〉。冷泉院東宮におはしましける時、百首歌奉りけるに、帯刀長源重之がよめる也〈後略〉〈和歌童蒙抄㈡〉」・「重之が死たる蜘の、のけざまにふしたるに風の吹ければ、生たる様に手のはたらきけるをみてよめる／さゝがにのくものはたてのさはぐかな風こそくものいのちなりけれ／是をみれば、虫の手をもくもでといはんにとがなし、奥義抄云、くもの手をくものはたてとは云也。絹布おる様なれば、よそへて云也。くもでと云に付て空のくもによそへて、あまつ空なる人ニふる身はと詠り〈注、上句。夕さればくものはたてに物ぞおもふ。古今四八四番、初句、夕暮は〉。くものはたてに物思とは、くものい、〈蜘蛛ノ網《い》・蜘蛛ノ巣〉は、とかくかきたれば、ひとすぢならず、とかくなむ思ふと云心也。くもでに物を思《(おもふこころ)》比かなと云歌も、此心にてこそ。今案云、とよはた雲と、くものはたてと別事也。古語曰、とよはた雲とは、海の雲の古語也。瑞応図云、豊旗雲者瑞雲也。帝徳至時出現雲也。雲勢者似㆑旗也云々。又たとひ旗手と云共、雲にて有べし、あまつそらによめる故也。蜘蛹の手を機おるによせていかゞは。又一重に雲にはよすべき。あまりに任意なる義也。但、重之が歌を

蜘蛛のしにたるをみて詠たれば、虫とは読きりたる、さらばくもと云虫の機《(はたて)》手《む》にて雲の旗手にはよすべからず。Ⓐ重之が集を見れば、くものて一《(ひとつ)》おちたるが、二三日までうごくを読るとて、第三の句は、うごくかな、風をいのちにたのむなるべし、と有。是は古今の雲のはたてと云歌を、くもと云詞同ければ、蜘によみなしたるなるべし〈下略〉〈袖中抄㈠〉。(A)ノ重之が集ハ、続国歌大観一九九一九番ニ、又この君、あした《(足高)》か蜘蛛のて一つ落たるが、二三日までをごくを／笹蟹の蜘のはたてのをごく哉風を命に思ふなるべし。ト翻刻サレテアル）・（顕秘抄ニモ出タリ）」・「なつかりの玉江のあしをふみしだきむれゐる鳥の立そらぞなき／顕昭云、なつかりとは蘆を夏刈るを云也。秋も冬も苅にむかへて云也。此歌は源重之が百首の歌也。同百首の歌云、／なつかりのをぎのふるえもかれにけりむれゐし鳥のそらにや有らん／此歌にて思あはするに夏蘆を苅たる跡に鳥はむれゐると読り。是は夏荻を苅りたるふるえのかれにたれば、今は秋に成て夏むれゐし鳥は、今はそらに有らんと詠り。そらに有らんとは、むれゐし江をたちぬらんと云也。あしの歌は〈前《サキ》ニ示シタ歌ノコト〉、夏に読り。荻歌は〈後ノ重之百首ノ歌ノコト〉秋に詠り。鴈は胡国へ帰る物にて北へ行かとみゆるに、此国の北国、越中越後などに留りて、夏は、はね落などして葦荻の中にも有と申せば、其心にて此歌二首を読りと心得られたり。玉江とは越中にあれば其心も叶たり〈中略〉。又此重之が百首は、冷泉院の春宮の御時、重之帯刀の長にて侍けるに、百日がいとま給て奥州に下向して毎㆑日に歌一首を詠て奉れる百首と申せば、北国にてだにもよまず。まして越前の玉江の

狩あるべからず〈後略〉〈袖中抄第十四。なつかりのたま江のあしノ条〉」・「又重之歌云、／武くまのはなはにたてる松だにもわがごとひとりありとやはきく／たけくまのはなはとて、山のさし出たる所の有也〈中略〉私云、満正とこそふるき物に書きたるを、満仲とかけるは可㆑就㆓何説㆒乎。又共《(またともに)》陸奥国司歟。満正は満仲が弟也。〈後略〉〈袖中抄第十六。たけくまの松ノ条・袖中抄ノ初稿タル顕秘抄ニモ出タリ〉」・「たけくまの松。〈趣意ハ奥義抄・和歌色葉・袖中抄ト殆ンド同文ノ故ニ引用省略〉〈色葉和難抄㈣〉」・「くものはたて／古。夕さ《(ママ)》れば雲のはたてに物ぞおもふあまつ空なる人こふるみ《(ママ)》は／祐云、是に二の説あり。一にはくもといふむしのいかきたるをいふなり。蜘を雲にそへてあまつそらとはいふなり。はたてとは、くも〈蜘〉のい〈網〉は、とかくみだれたれば、おもひにそへたり。くもでに物をおもふなどいふ心なり。重之が蜘のしにたるをみてよめる／さゝがにのいとのはたてのさはぐかな風こそくものいのちなりけれ／一には、いくさのはたのやうなるくもの、ゆふぐれにたつを、くものはたてともいひ、とよはたぐもともいふなり。古歌に／あまのはら春はことにも見ゆるかなくものはたてにいろまさりけり／わたつ海のとよはた雲にいり日さしこよひの月よすみあかくこそ〈色葉和難集㈥〉」・「みちのくのあだちが原の黒塚に鬼籠れりと聞くはまことか／清云、みちのくに、なとりの郡に、黒塚といふ所に、重之がいもうと共《(ともに)》、ありときゝてつかはしける平兼盛が歌なり。あだちの原とは、よもぎのおほく生ひたるをいふなり。又所の名なり。鬼こもれりとは人にみえぬ事をば、鬼などのやうにといふにや。女はよく〳〵か

くれて人にみゆまじき物にてあるなり。また無二覚束一ことをば、鬼ごもれりといふにや（色葉和難集(八)。兼盛ト重之トノ交友資料）」・「源重之の話。清和天皇の皇子貞元《さだもと》親王の孫にして、従五位上侍従兼信《かねのぶ》の子にてありけれと、兼信の兄の参議兼忠《かねたゞ》の子となりて、康保四年より次第に昇進せられ、長保二年陸奥《むつの》国にて身まかりたるよし大系図《おほけいず》拾芥抄《しふがいせう》等《とう》にミゆ。家集《いへのしふ》に重之帯刀《しげゆきたてわき》にて侍《はんべ》りし時、春宮《とうぐう》に歌めしけれはとて、百首の歌あり。其百首の中に、年老《としおい》たるよしの歌処《ところ》ゝにあれは、此帯刀の功労によりて、陸奥の任にて下《くだ》りしにや。又奥州の任の歌に、実方《さねかた》朝臣のもとにむつの国へ行《ゆく》に、いつしか浜名の橋をわたらんとて来《きた》るに、はやう焼《やけ》にけれはとて、歌あり。しかれは陸奥《むつ》の椽《じやう》・目《さくわん》の中の人なるへし。拾遺集兼盛《かねもり》の歌に／ミちのくのあたちか原の黒《くろ》つかに鬼こもれりときくハまことか／とよミて、此歌の事書《ことがき》に、みちのくに名取《なとり》の郡黒塚《こほりくろつか》といふ所に、重之かいもうとあまたありと聞ていひつかはしける、とあり。これハ女をわさと鬼といひなして、重之のもとにいもうとたちのあまたこもりてあるよしを聞て、ゆかしくおほゆる心をたはふれていひやりたる也。いせものかたり長岡《ながをか》の條《でう》にも女《をんな》とものむれ来《きた》るを、かりにも鬼のすだくなりけりとよめり。此兼盛の歌によりて謡曲の安達原《あだちがはら》ハ作りたるものにて、まことの鬼の事にあやなせる也（百人一首一夕語）」・「重之筑紫へ行ケル路ニ、山崎河ヲ過ケルニ、此河ヲバ竜田河ト云コトヲ聞テ詠云、シラナミノタツタノ河ヲ云々。私云、山崎河ハ、円明寺ノ辺也。山代ノ国也。此河ヲ竜田川ト号スルコトハ、重之ガ集ニミエタリ〈大坪云、歌仙家集本ニ、山崎河を立田川と云ふを筑紫へ行くとて／白波の立田の河を出しより後悔しきは船路なりけり―一九八八二番歌―〉（古今集注二九四番ちはやぶる神代もきかぬ歌ノ傍注）」・「源重之歌／たけくまのはなはにたてる松だにもわがごとひとりありとやはきく／はなはとは、山のがけなどのさし出たる所を云とぞ、ちかく下向したる人は語ける。抑此松、野火にやけにければ、源満仲任の時に又植にけり。其後又うせたりけるに、橘道貞当州任之時又尋に、萬歳跡、新十八公乎。其後孝善下向之時、剪て橋つくりて後、ながくうせにたり。なさけなき心ばせ、松名ともにくちせず（後撰集正義）」・「源重之。貞固（ママ）親王孫、参議兼忠男。相模権守、従五位（公任卿撰歌仙(乙)、勘物）」・「従五位下左馬助源朝臣重之。宰相兼忠三男（佐竹本三十六歌仙(丙)勘物）」・「黒塚の鬼の事は、平兼盛在国の時、みめよき妹をあまたもちたりけるを聞て、源重之よみてつかはしける歌なり（六花集。百人一首一夕話ナドト比ベレバ、妹ヲ多ク持ツテイタノハ重之デアル。兼盛ガ重之ニヨミテツカハシケル歌ノ意ナリ）」・「みちのくのあだちの原の黒塚に鬼こもれりと聞は誠か／此哥は平の兼盛在国の時みめよき妹をあまたもちたりけるをきゝて源の重之のよみてつかはしけるうたなり（彰考館本六花集注〈古典文庫三二八。一三二頁〉。コレモ兼盛ガ妹ヲ多ク持ツテイタトスルノデオカシイ。拾遺集五五九番ニハ、陸奥国名取の郡黒塚といふ所に重之がいもうとあまたありと聞きて言ひ遣はしける、兼盛。トシテ、該歌ガアルノデアル）」。

三　霜の上に今朝降る雪の寒ければ重ねて人をつらしとぞ思ふ

管見新古今二十六伝本では、公夏筆本が第四句を「重ねて君を」と異形となっているが、他伝本では、すべて『増抄』と同歌形である。当歌の出典は『重之集』であるが、重之集では第四句が「人を重ねて（西本願寺本）」「かさねて人を（御所本）」と語順は逆。他に出典と目すべきに『続詞花集』の「題しらず／源重之／霜のうへにけさふる雪のさむければかさねて人をつらしとぞおもふ（五八四番）」（天理図書館本）がある。第四句の語順は、霜の上に雪を重ねるという点で「重ねて人を」の方が滑らかであり、その「重ねて」に相手の恋人を「重ねてつらし」と思うと続けると当歌の姿も、板に水を流すように自然なものとなると思う。霜・雪・人の三者とも「つらし」と思うのである。岩波新大系は「霜の上に降る初雪の朝ごほり解けずも物を思ふころかな」（拾遺集冬二二九番・恋三、の八四六番の二所に重出。定文が家の歌合の読人しらず歌）を参考歌として示している。さて、当歌は、隠岐本では除棄された記号のつく歌である。霜・雪・恋人の冷淡、と温かみの無いものを結んで仕立てた点に技巧は感ぜられるが、深々とした「有心」の薄い点では、あまり評価されなかったのではないか。後鳥羽院には「心ある」歌とは見られなかったのであろう。当歌の中心語〈生命〉は「重ねて」であるが（塩井氏『詳解』）、霜の上に雪を重ねるに、秋から冬への季節の移り、その数か月の久しい間も自分を訪ねてくれない恋人の冷淡さ（八代集抄）、それらを「つらしとぞ思ふ」の「ぞ」で強調している所は巧妙である。第一・二句を素直によめば、夜に霜の下りている上に、重ねて朝には雪が降って、の意と思われるが、季吟のように霜は秋より、雪は冬になってから、降るのであるからその秋から冬への久しい間、と考えるのは飛躍しすぎて無理な考え方ではなかろうか。歌意参考、「霜が降って《（ママ）》いる上に〈大坪云、降《ふ》ってハ、降《お》りて、ト表現スル方ガヨイト思ウ〉、今朝雪が降ってひどく寒いので、それにつけても又新しく、つらい上にも又つらいあの人の事が思われる〈石田氏『全註解』〉」・「霜のおりた上には、更に雪が降りつもって、今朝はいよいよ寒いと思ふにつけても、久しく見えない人を一層つらいと思ふ〈尾上氏『評釈』〉」。語彙参考、「つらし／相手の仕打ちや自分の置かれた状況にかろうじて耐えながら、非情だ、冷たいと感じるさま。自分の外に存するものが原因で感じるその場その場の反射的感覚の一。類義語〈憂《う》し〉は、思うにまかせぬ事態に耐えるのに疲れて、気持がふさぐ意。／①相手が非情だ、薄情だ、無理解だと感じている。②自分の置かれた状況が酷で耐え難い（古典基礎語辞典）」。

四 雪の寒き時ハ……言はん為なり

この頭書は、第四句が、第一・二・三の上句と第五の末句とを連繋《れんけい》させる、当歌にとって生命とも言うべき「重ねて人を」の重要性を認識させようとする磐斎の啓蒙精神の顕現である。文意「雪が降って寒い時節は、衣の上に衣を重ねて着て寒さを防ぐものであるが、重ねて一段と冷淡に思うという事を、述べる意図の下に遣われているのである」。参考、「霜ノ上ニ、フル雪トハ、カサネテト、イハントテ也（新古今注）」・「霜の上の雪といふは、あまりいた〳〵しきことをいへり。たゞ、かさねてといはん了簡〈＝思慮判断〉なるべし（牧野文庫本聞書・吉田幸一氏旧蔵註・高松宮本註・高松重季本註）」・「かさねて、をいわん為也。つれなき人がとハねバ、かさね〴〵人をつよくうらむる也（かな傍注本）」。

五 霜が寒きに……恨も重なりたるとなり

歌意を説明した文。文意「霜が降りて寒い上に〈上に、ハ、……ニ加エテ、ノ意ト、霜ノ上ニ、ノ意ノ両意アリ〉、その霜の降りている上に雪がさらに降り積って、一層寒さが増ってゆくように、あなたが訪ねて下さらないので辛い思いをしている上に、あなたの冷淡さを怨む気持がさらにつみ重なっていくことよ、と詠んでいるのである」。参考、「霜は秋よりをき《（置）》、雪は冬に成て降也。人のとはで、秋暮れ冬来りて、霜の上にけさ雪の寒きにつけて、秋も霜につらく、今も雪につらしと思ふ、との心也。かさねては霜に雪のふりかさねし縁也（八代集抄・学習院大学本注釈モ※印ニ、ノ心也ト続ケテ以下略シタ略抄文〉」・「さむき時分、取分《（とりわけ）》人のつらき心也（私抄）」・「物のいた〳〵しきをば、雪上《（ゆきのうへ）》の霜といふ事あり。そのごとくつらき事のかさなるよしなり。雪中に人をこふる心にはなし（抄出聞書）」。雪上の霜とは、〈雪上《せつじよう》に霜《しも》を加《くわ》う〉という成語があって旺文社ノ『成語林』に、「物がたくさんある上に、さらに同じような物を重ねることのたとえ。わざわいや無用なことの重なるたとえにも、よいものが亘なるたとえにもいう。出典 景徳伝灯録」

(八) 類 屋上屋を架す。雪《ゆき》の上に霜《しも》」と見えている。他にも『角川古語大辞典』に、『碧巌録』の「雪上加霜」が挙げられ、〈大坪注、岩波文庫本碧巌録上巻ノ巻第一第四則、七八・八七・八八・八九頁〉、用例としては『鴉鷺物語㈠』や『艶道通鑑㈣』が引用されている。これに関しては『岩波ことわざ辞典』には「『句双紙』〈大坪注。『岩波新大系五二』ノ句番号二七一番。コノ付録出典一覧ニハ、コノ語ノ他出ガ多ク示サレテアル〉などに収載されているが、用例は江戸以降になる」とあるが、併し『新古今抄出聞書』の奥書に、弘治三年〈西暦一五五七年〉とあるので室町末期にも用例は見出されるのである。又、『定本禅林句集索引』（禅文化研究所）の三七頁に「雪ノ上ニ加フレ霜」と見えている。碧岩第四則頌、大明高僧七ノ九丁」と見えている。

〔三二七〕（一二三頁）

二 安法々師女

前頭註で触れたように、当歌は能因法師の作と考えるべきと思うが、新古今で作者を別人として取扱っている。その故かどうかはわからぬが作者を「安法々師」とする本（烏丸光栄所伝本・同書写本・鷹司本）があり、鷹司本の作者勘物には「三首。俗名超《（ママ）》、内匠頭源為男《（ママ）》、大納言昇孫《（ママ）》。母神祇伯大中臣安則女」と傍記されている。他に「安法々師母《女イ》（慶祐書写本〈大夫阿闍梨本〉）」・「安法々師《女イ》（御室本〈岩波旧大系校異ニヨル〉）」とする伝本〈岩波旧大系校異ニヨル〉）」・「安法々師《女イ》（御室本〈岩波旧大系校異ニヨル〉）」とする伝本がある。「安法々師女」とする伝本は、為氏筆本・為相筆本・冷泉家文永本・亀山院本・前田家本・小宮本・宗鑑筆本・公夏筆本・柳瀬本・東大国文学研究室本・春日博士蔵二十一代集本・親元筆本・高野山伝来本・正保四年板本〈明暦元年板本モ〉・承応三年板本・延宝二年板本〈文化元年補刻本モ〉・正徳三年板本・寛政六年板本・寛政十一年板本・刊年板元不明板本・刊年不明牡丹花在判板本、である。

能因家集題詞の「かはらの院」と作者名の「安法々師」とを結びつける接点は、安法々師が河原院に居住していた点にある。『今昔物語集』（巻十五の三十三話）に、「今ハ昔、源ノ憩ト云フ人有ケリ……憩ガ兄ニ安法ト云フ僧有リ、川原ノ院ニ住セリ」と見え、『安法々師集』（新校群書類従所収）に「おほくのとしに、かのはらの山のすまひ〈彼ノ河原院デノ仏道修行ノタメノ居住〉心ぼそき折ふし（冒頭部ノ序）」とか「かんきみの、このかはらの院にこむとちぎりていませざりけるにいひやる／松もおい岩をも苔のむすぶまで命くらべに問はぬ君かな」などでそれを確認し得る。河原院は、左大臣源融《とほる》の邸宅で、陸奥塩釜浦を模して海水を運び塩を焼かせたりしてその庭園は豪華を極めた。融の死後は宇多法皇御所〈六条院トイウ〉となったり、融の子の仁康が釈迦の丈六像を安置し寺ともなったりして古典文学によく登場する。融の死後は、惠慶《ゑぎやう》・安法らの王孫により風流韻事が営まれた。『今昔』の憩《いこふ》は、『日本往生極楽記』（新校群書類従所収）に、「源憩者、内匠頭適第七男也。自二少年時一、志在二仏法一。敏給レ読レ書。行年廿有余、臥レ病廿余日、遂厭二世間一、出家入道。平生偏念二弥陀一、病弥念レ之。相二語、兄僧安保一云。西方得レ聞レ有二音楽一不《いなや》。答曰不レ聞レ之。又曰。有二一孔雀一。翔二（否）舞我前一。毛羽光麗、手結二定印一。念仏而絶矣」とある。因みに、融の系譜を『尊卑分脈』により示しておく。「嵯峨天皇―源融―昇―適―憩―官―趁（出家安法）……女子（新古今作者）」（尊卑分脈ニヨレバ安保ハ憩ノ兄ニ相当セズ孫トナル）。なお、当歌が新古今採入歌である事は、桂宮本『能因法師集』の肩付に「新古」とあるから早くから気付かれていたが、一般人の目には届かなかっただけで、久保田氏『全評釈』の「〈完本評釈〉の頃には、この歌が能因の代作であることは気付かれていない〈〇点大坪〉」という御指摘は如何であろうか。窪田氏『完本評釈』は昭和三十九年初版発行、養徳社『桂宮本叢書第三巻』（能因法師集所収）は昭和二十七年発行であるから、窪田氏が気付かれなかっただけで、他の研究者の中には気付いていた人がおられた可能性はあるだろう。ただ、現行書での指摘は久保田氏『全評釈』が最初かと思う。新古今撰者は「かはらの院にて〈わが〉むすめにかはりて／安法々師／ひとりふす……」と考えての採入ではなかったか。烏丸本や鷹司本の採入法がそれに当る。作者表記に異同が目立つのも「むすめにかはりて」の語の故ではなかろうか。もし作者名を「能因法師」として採入すると、能因に女《むすめ》がいた事になり、『続詞花集』（巻九、哀傷）の四二七番「能因身まかりにけるに、女《め》のもとへいひつかはしける／藤原兼房朝臣／ありしよはしばしも見ではなかりしをあはれとばかりいひてやみぬる」を傍証となし得る。併し「河原の院にて」との釣合が悪い。「女に代りて」を「〈安法々師の〉女に代りて」と考えて、能因が代作したと考えると、代作の理由が安法女が河原院に居住していたからという理由以外には他に理由を考えにくい。安法女の孤閨をかこつ」の故の代作としても強い理由とはし難いのではないか。そんな訳で「能因法師」を作者に当てる事もためらわれたのではないか。「かはらの院」と「かはりて」の両語を活かすには「安法々師」とするのが無難ではなかろうか。新古今集撰者は、このような種々の問題を考えた末に、結局は題詞を「題しらず」として、これらの問題を止揚し「女に代りて」の実質も止揚した上で、作者名を「安法々師女」としたものであろう。私には、撰者間では、当歌が、能因家集の歌である事はわかっていたが、問題点を止揚してこの様な形で採入したのではないかと思われるのである。

三　独り臥す荒れたる宿の床の上にあはれ幾夜の寝覚しつらん

管見の新古今二十六伝本では、第四句中の「幾夜の」が、「幾夜か《の イ》（御室本〈岩波旧大系校異ニヨル〉）」・「いくよか（為氏筆本）」。第五句中の「しつらん」が「しぬらん（亀山院本）・しつらひ（高野山伝来本。〈改造文庫翻刻ニヨル。しつらむト表記サレテイタガ、むトひノ字形類似ノタメニ翻刻者ガ誤読シタトモ考エ得ル〉）」。他伝本では歌形に異同はない。

桂宮本『能因法師集』の歌句は、初句「ひとりすむ《ふす》」で「ふす」は校合傍記。末句「ねさめ《しつ》なるらん」で「しつ」は校合傍記。榊原家本『能因集』の歌句は末句「ねさめなるら《しつイ》ん」で「しつ」は傍記。他出はあまり見かけず、会員制の昭和二十七年出版の『麗花集』（巻七、恋上）に「だいしらず／あすかむす《ママ》め／一人ふすあれたるやどのとこのうらにあはれいくよのねざめなるらむ」〈古典文庫平安稀覯撰集所収〉とある。〈「藤田家蔵香紙切」トイウ註ガアリ、又、上句ハ、栗山「善四郎氏藤八幡切」デ「ひとりふすあれたるやどのとこのうへに」デアル〉。

技巧は「臥・宿・床・」・「夜・寝覚」等縁語で仕立てた、手なれた技巧歌。れそでありながら独り寝の淋しさをしみじみと感じさせる歌で、「淡路島かよふ千鳥の鳴く声にいく夜ねざめぬ須磨の関守／源兼昌（金葉集冬・百人一首）」等の歌境にも影響を与えた歌と言えよう。塩井氏『詳解』では、「荒れたる宿」に、古今集遍昭歌「わが宿は道もなきまで荒れにけりつれなき人を待とせし間に」を重ねあわせられている。又、第四句の「あはれ」も、百人一首にも採用された基俊歌「あはれ今年の秋もいぬめり〈下句〉」の声調に引きつがれてゆく感動詞で、当歌は何気なくみえながら、深い淋しさが詠まれた歌と私は思う。歌意参考「通って来る人も無く、たゞひとり寝ているこの荒れた家の床の上に、あもうこれで幾晩、夜中に眼をさまして歎いたことであろう（石田氏『全註解』）」・「つれなきを待つ程に年を経て、宿も荒れたるが、独り寝の夜床に、マァー幾夜、斯くねざめてはねざめては、もの思ひして来た事であらうといふ事にて、一夜ねざめの床につく〴〵とつれなさを思ひやりての嘆息なるべし（塩井氏『詳解』）」。

四　年月独寝したる事を……独寝にて果つるとなり

文意「長い年月にわたって、訪れてくる人もなく、共寝せずに独寝に暮してきたことを思い出して、わが身を、我自身で、情をかけて同情している歌である。いつの日にかきっと思う人が訪うてくれるであろうと頼みにし、あてにもしていたのだが、遂にそれも成らず、独寝の状況のままで、一生も果てるのであろうと、歎いている歌である」。磐斎は、長年に亘る独寝を歎く歌として理解している。

参考、「如　此《かくのごとく》ならバ、いくよか寝覚《ねざめ》しつらんとなげく也（かな傍注本。長年ニ亘ル独寝トハ、理解シテイナイ）」・「このあはれは心のなき哀なり〈当歌ノあはれハ、哀切ノ意味ハ無クああト嘆息スルあはれダ〉詞にかやうによめる哀あり〈感動詞ノ、ああ、トイウ場合ノ、あはれデ、先ニ触レタ　あはれ今年の秋もいぬめり、ノ場合ノ如キ措辞ヲ述ベテイルト思ウ〉（吉田氏旧蔵本註・高松宮本註・高松重季本註）」・「あれたる宿といふに、人のとはで年へたる心をこめたり。かく独ねにのみ年をへて、哀いくよねざめし、物思ふらんと歎く心なるべし（八代集抄。学習院大学本注釈ハ前半ノミヲ示ス。コレハ長年ニワタル独寝ト理解シタ注）」。

現行注釈書では、石田氏『全註解』が「〈あはれ幾夜のねざめしつらん〉というのは、幾年もの間寝覚したというのではなくて、この最近、ひきつづいて幾晩また寝ざめしたことかという意である」と断られており、他書も（久保田氏『全評釈』・窪田氏『完本評釈』小学館『全集』・岩波新大系・尾上氏『評釈』・鴻巣氏『遠鏡』）、石田氏程の明言はなされていないが、立場は、非長年説とみてよいと思う。ただ塩井氏『詳解』は長年説であって、前引部に続けて「つれなしともうらめしともいはずして、唯、幾夜かく、ねざめ〳〵て物思ひし来たる事ならむとのみ歎きて、其他は自から余情にこめたるところが、誠に思ひやらるゝ、風情のこもるを得て、面白きなり。やさしく哀れに、心細さは見えたる歌といふべし」と鑑賞されている。

〔三八〕（一一三頁）

一　源重之

管見二十六伝本では、有姓と無姓の作者名表記に分かれている。「源重之」の有姓伝本は、烏丸光栄所伝本〈源重之ノ右傍ニ朱デ、両本无姓ト肩書アリ〉・烏丸光栄書写本〈源ノ右傍ニ、両本無之、トアリ〉・為氏筆本・亀山院本・冷泉家文永本・宗鑑筆本・東大国文学研究室本・春日博士蔵二十一代集本・親元筆本・正保四年板本〈明暦元年本モ〉・刊年板元不明板本・刊年不明牡丹花在判板本・承応三年板本・延宝二年板本〈文化元年補刻本モ〉・正徳三年板本・寛政六年板本・寛政十一年板本〈表記ハ、ミなもとのしげゆき、ト仮名書き〉の十九本。「重之」の無姓伝本は、為相筆本・前田家本・小宮本・鷹司本・公夏筆本・柳瀬本・高野山伝来本の七本。源重之の事略は、磐斎は二八番歌で述べ、校注者は、六四四番頭注一・八六五番頭注二・一二一六番頭注二、で既述。

二　山城の淀の若薦刈り木て袖濡れるとハ託たざら南

当歌には前歌の題詞「題不知」が及ぶ。管見新古今二十六伝本での校異は、第二句の「刈りに木て」が、東大国文学研究室本では「かりしきて」とある。「刈り敷きて」の意であろうか。第四句「袖ぬれぬとハ」が、鷹司本では「袖ぬれよとは」になっている。末句「託たざら南」が、為氏筆本では「かことたさらなん」とあるが、と字は、「託言《かこと》」〈口実・言イガカリ〉の語が脳裡にひらめいての衍字《えんじ》〈文章中ニ誤ッテハイッテイル余計ナ文字〉ではなかろうか。当歌は、隠岐本除棄の記号のある伝本（為相筆本・柳瀬本等）があるので除棄歌であろう。「若薦」の訓は、「わかごも」と濁音に訓むのが現行書などに多い（武蔵野書院テキスト・小学館『全集』・岩波旧大系・久保田氏『全評釈』・新潮社『集成』・岡書院『隠岐本新古今集』・朝日『全書』・講談社『新註』）。江戸期では寛政十一年板本が濁音である。清音に訓むのは岩波新大系である。「若草・若竹・若楓」等は清音、「若鳥・若葉」は濁音で（『大辞泉』ニヨル）、清濁の基準がどこにあるのか曖昧で私も何となく習慣的に訓んでいる。『角川古語辞典』では見出し語は「わかごも」であるが、説明の引用和歌は清音を使ってある。『日葡辞書』には、この語は無い。参考「わかこもは、みじかきこも也。よりてかりにだに人のこぬと云也。此わかこも、すむべしと云儀いかゞ侍らん。きゝよろしからず（両度聞書）」・「わかこも〈清音記号〉（寂恵）」・「延喜式掃部式云稺蔣食薦〈ワカコモノスコモ〉一枚……〈中略〉……新古今重之、山しろのよとのわかこもかりにきて袖ぬれぬとはかこたさらなん、此歌も仮とつゝけたる事今とおなし〈余材抄〉」。当歌は「山しろのよとのわかこもかりにたにこぬ人たのむ我そはかなき（古今七五九番。題しらす歌群中のよみ人しらす歌）」を本歌とする説（岩波旧大系・岩波新大系・小学館『全集』・武蔵野書院『校訂』）があるが、石田氏『全註解』は、本歌とまでは考えず、「〈古今七五九番歌の〉言葉をとったものか」とされている。それで参考歌と考える説（桜楓社テキスト版・新潮社『集成』・久保田氏『全評釈』）や類歌と見る説（朝日『全書』）も出されている。いずれにせよ、この古今歌の上句が、当歌の「刈りに木て」を導き出すための有意の序である事にかわりはあるまい。この古今歌は、歌学書では次の如く注目されている。「古今、山城の淀の若薦かりにだにこぬ人たのむ我ぞはかなき／淀のわたり・淀河・淀野・皆山城国、同所也。（井蛙抄巻四。同名名所〈山城の淀ト大和吉野の六田淀〉」・「歌には曲《（きよく）》〈面白味ノ意。篇序第曲流ノ曲→三五記〉を二所にはいはじとて、おほく序《（じよ）》の言葉〈アル詞ヲ導キ出スタメニ、前置《まえお》キスル語句〉・休めたる言葉〈歌ノ主題ニハ直接関係ノナイ言葉→八雲御抄(六)〉を置くもの也。……〈中略〉……序歌少々／……山城の淀の若薦かりにだに来ぬ人頼む我ぞ儚き……（心敬私語(本)巻、岩波旧大系連歌論集一五七・一五八頁）」・「ヤマシロノヨトノトイフハ、イマモヘルミツノミマキナリ。サレハサカミカウタニモ、ミツノミマキノマコモクサトヨメリ。ソレヲカリニタニトアカラサマナルニヨセテ、コヌヒトヲマツハカナシトヨメルナリ（藤原教長、古今集註）」・「教長卿云、ヤマシロノヨドノ、トハ、イマモハベルミツノミマキナリ。サレバ相模ガ歌ニモ、ミツノミマキノマコモグサトヨメリ。今案ニ、ヨドガハヨリ北ヲバ淀トイヒ、南ヲバミツト云也。ヨドノワタリノホドハ、河ハ西ヘナガレタルナリ。ミツノニモ、ヨドノニモ、マコモアヤメヲバ、トモニヨメリ。河ヲコソヘダテタレドモ、同渡ナレバ、イヅレモトホカラズ。サレドヨドノハ、ミツノミマキナリトアレバ、クハシク申シワケ注申也（古今集註）」・「〈古今七五九番歌、末句、我ぞかな《（ママ）》しき〉。山城の淀のとは、山城に淀と云所あり。こも、あやめなど彼所におほくよみならはしたり。わかごものわかき時はからねば、かりにだにこもをからぬを、かりそめにも人こずとよせたり。美豆の御牧と云も、淀の河むかひにあれば同事也。相模歌に、五月雨はみつのみまきのまこも草かりほか人もあらじとぞ思（顕注密勘抄）」等々歌学書では、山城の淀の場所や、刈と仮との掛詞、刈に来ないのは若薦が成熟のしていない時に刈っても役立たぬ故、等々の説明がなされている。

当歌の出典は、重之家集であろうが歌句に相異が目立ちすぎる。家集伝本によるものか、撰者による改変か、今は不明。「やましろのよとのこくさ《（ママ）》をかりにきてそてぬれぬとハうらむへしや《（ママ）》ハ（御所本三十六人集ノ重之集ノ百首の哥ノ夏廿首ノ第五首目。）実際ニハ夏廿首トシナガラ廿三首アル。新典社複製本ニヨル）」・「山の《（ママ）》しろのよどのこぐさをかりにきてそでぬれぬ・は《（と）》うらみ《（ママ）》ざらなん（西本願寺本三十六人集ノ重之集ノ百首歌ノ夏廿ノ第五番目。久曽神氏西本願寺本三十六人集精成ニヨル）」〈大坪云、両本ヲクラベルト歌句ノ相異ガ目立チ、配列ノ前後モ目立チ、廿三首ト廿首トイウ歌数ノ差異ガアル。御所本ノ、かやり火ハやとにのミこそふすへけれつらき人にハたえそしにけりイ、／夏草もしげき思ひニきえぬとか人のこゝろの秋になるとて／ノ二首ハ西本願寺本ニ無イ、又、御所本ノなつかりのはきのふるえももえにけりむれゐしとりもそこ《（ママ）》にやあるらん／なつかりのたまえのあしをふみしたきむれゐるとりのたつそらそなき／ノ二首ヲ西本願寺本デハ、なつかりのをぎのふるえももえにけりうもれし《むれゐ》とりはそらにやあるらん、ニマトメテ、一首トシテ示シテイル〉。このように重之集は伝本によって歌句の相異や歌句の改変が見られるのであるから、当一二一八番歌も、伝本による相異か撰者による改変によるものか、その可能性が考えられる。隠岐で除かれているのも、その理由は斯様な事も関係しているのかも知れない。上句「山城の淀の若薦→刈りに木《（き）》て」を使っている後代歌もあるがこれは重之歌の被影響歌と考えるよりも、古今七五九番よみ人しらず歌の被影響歌と考える方が当っていよう。「やましろのよどのみこものかりのよにあはれこころのみだれずもがな

〈新撰和歌六帖㈥こも。衣笠内大臣〈＝家《いへ》良《よし》〉〉」・「やましろのよどの《(野)》のあやめ露分けてかるてふ人も袖にかくらし（前摂政家歌合嘉吉三年二月十日。六五番左歌）」等がそれである。朝日『全書』で「類歌」とされているのも宜《うべ》なる哉《かな》である。これらは序歌としての技巧であるが、他に、若薦《こも》―刈《かり》―濡《ぬれ》の縁語技巧、刈―仮の掛詞技巧があり、薦は編んで蓆《むしろ》のようにする事もあるので、薦《こも》―仮《かりに》―着《きて》と考えるとこれも縁語技巧となり得る〈万葉二五三八番歌に、ひとり寝《ね》と薦朽ちめやも綾席緒になるまでに君をし待たむ〉かもしれない。どうもこの重之歌は、民謡的な匂いがし、独創的な香りはしない。「袖ぬれぬ」の、ぬは、完了の助動詞で「袖が濡れて了《しま》った」の意、「託たざら南《なむ》」は「託たずあらなむ」の約音《やくおん》。「なむ」は、未然形に接続する時は、他に対してあつらえ望む終助詞で「〜てほしい」の意で「託たずにあってほしい↓託《かこ》つけて嘆き恨まずにあってほしい↓ぐちをこぼさないで下さい」。歌意参考「山城の淀の若薦を刈りにではないが、ほんのかりそめにやってきて、〈あなたを恋する涙で、袖が濡れた〉などとぐちをこぼさないで（久保田氏『全評釈』）」・「山城の淀の若菰を刈りに来るそれではなく、かりそめに私のところへ来て、逢いたい涙で袖が濡れたと、かこつけての歎きはしないでもらいたい（窪田氏『完本評釈』）」。女の立場で詠まれた歌で、実意も無いくせに有るが如き風はとるな、と責めている感じが伝わってくるがその伝わり方が民謡的である。

三　上二句ハ、「かりに」といはん為なり

文意、「〈山城の淀の若薦〉という第一・第二の二句は、第三句目の〈刈りに〉という言葉を言わんが為に置かれた措辞である」。磐斎は、序詞である事を意識してこう説明している。「かり」が刈り・仮《かり》の掛詞である事も、後接文言で「仮初に」という語を用いているから意識していた事は勿論である。

四　託つも再〳〵来て……に非ず、となり

文意「託《かこ》つ〈恨ミ歎キ愚痴ヲコボス事〉も何度も何度も訪ねてきて後に口にするべき言葉であるのに、ほんの一回、かりそめに訪ねてきたぐらいでは、口にするべき言葉ではないのだ、と抗議して詠んでいるのだ」。

参考、「序歌(ママ)・菰かるには袖ぬるゝ事をそへて也〈菰刈ル、ニハ、水ニ袖ガ濡レルコトモ、当然伴ツテイルコトヲ含マセテ表現シテイルノダ〉。かくかり初に来ながら、久しくあはで袖ぬれしなどは、かこち給ひそ。真実ならばゆるりとおはしてこそあらめ、との心なるべし（季吟八代集抄。学習院大学本注釈モ同文デアルガ、ママ、ノ個所、序歌也(ママ)、ト補ウ）」・「かり初に人に逢て後、・恋しき我心を、かくなありそと、いさむる心也〈仮初ニ、相手ノ恋人ニ逢ッタ後モ、ナオモソノ恋人ヲ恋シク思ウ自分ノ心ヲ、コノヨウデアッテハナラヌ、トオサエトメテ諌メテイル内容ノ歌ダ〉（吉田幸一氏旧蔵本註。高松宮本註・高松重季本註モ同文デアルガ、(ママ)・ニ、猶《なほ》、ノ一字ガアル）」。この吉田氏旧蔵本註は「なん」を、禁止の終助詞の「な」のように考え「かこたずなありそ」と見て「託たずにおれよ」の意としたのではなかろうか、どうも理解し難い。

〔三九〕（二二四頁）

一　懸けて思ふ人もなけれど夕されバ面影絶えぬ玉かづらかな

当歌にも前歌の題の「題不知」が及ぶ。管見新古今二十六伝本の異同を示すと、第二句の「人もなけれど」が「人もなければ《もイ》（御室本〈岩波旧大系校異ニヨル〉）・人しなければ（鷹司本〈しノ右傍ニもイノ朱書。句末ハば〉）・人しなけれど（為氏筆本）」。第三句「夕されバ」が「夕くれは（東大国文学研究室本・亀山院本）」。この第三句の「夕されは」は現行諸書ではすべて「夕されば」と訓んでいるが私見では「夕ざれば」とも訓めると思う。「夕ざれ」は、「夕曝れ〈名詞〉」で「日光ノ当ルママニ蕭條トシタ夕暮」の義。東大国文学研究室本や亀山院本が「夕ぐれ」とするのに合致しよう。因みに『日葡辞書』を参考して考えれば「ユウグレ（夕暮）　夜になるころ、夜の初めごろ」とあって濁音であり、「夕曝れ」も、「ユゥザレ（夕ざれ）　詩歌語」とあって濁音。「夕曝れ」は「夕暮れ」の詩歌語とされていることがわかる。ここに注目すべきは『寛政十一年板本』で、その当歌表記は「つらゆき／かけて思ふ人もなけれど夕ざれバ面影たえぬ玉かづらかな」となっている。〈さトつニ、○印ガツイテイル〉該本は江戸期の板本が濁音符が付けられていないのが通常であるのに対して、「○」「〻」の符号が付せられてある。これにつき倩《つらつら》考えるに「夕ざれバ」は「夕されバ」と「夕ざれハ」の二通のよみ方、「玉かづら」は、「玉かつら」と「玉かづら」の二通のよみ方があることを示しているのではないかと思うのである。「玉かつら」は、新古今集では、当歌にしか出てこない語であって、現代では濁音よみが大かたの訓みであるが、近代からの現行書でも、至文堂の藤村作博士のテキスト版・改造文庫の吉沢義則博士の訓み・六合館の標註参考の訓み、等は清音

「玉かつら」である。「かつら」は、「桂・楓」で落葉喬木、「かづら」は、「葛・蔓」で蔓草。つまり木は清音、草は濁音、の区別があったのに、混交されていたのであろう。寛政十一年板本の奥書には特に「全部執筆菅原快晃謹製」と責任者の氏名が記されてある。「夕されば」は、万葉一三八番長歌の「明来者《あけくれば》……夕去者《ゆうされば》……」や、一五一一番「暮去者《ゆふされば》小倉《おぐら》乃山《のやま》爾《に》鳴鹿者《なくしかば》今夜波《こよひは》不鳴《なかず》寐宿《いねに》家良思母《けらしも》」等によって訓も定着化し、意味も「夕暮になると」と定着化して以来万葉以外の諸集でも、変化はない著名な歌句になって了っている。これは尊重しなければならぬ現実ではある。併し乍ら一方では、「夕曝《ゆふざ》れは」と考える説も発生していたようであるが、顧慮されることは殆んど無かった。新古今の寛政十一年板本では、これが顧慮されているようである。「夕されは」の歌句を有する新古今歌の、寛政十一年板本の表記を次に示すと、秋上三〇四番歌は「ゆふさ（ママ）れバ（ママ）荻の葉むけを吹かぜにことぞともなく涙おちけり」とある。これはその前歌に「夕暮ハ荻ふくかぜのをとまさる今ハたいかにね覚せられん」と比べると、濁音符はつけられていないのであるが「ゆふざれハ」であろうかと思われるし或は「夕方になれば」の意ともとれる。秋上三三八番歌は「夕されバ玉ちる野辺の女郎花枕さため（ママ）ぬ秋かせ（ママ）ぞふく」とあるが、これは万葉以来の定着の訓と意で十分理解できる。冬六四三番歌は「夕ざれバ汐かせ（ママ）こしてミちのくの野田の玉川千どりなく也」とあるが、これは、当歌の場合と全く同じ符号のつけ方で「夕ざれは」・「夕されバ」のいずれにも訓める事を示したものと思う。

さらに雑上一五六二番歌は「雲か丶る遠山ばたの秋ざれハ思ひやるだにかなしき物を」という類似歌句が示されてあるが、この「秋ざれハ」は、「夕ざれは」等の語構成と同様で「万物蕭條トシタ荒涼タル秋ノ夕暮ハ」の意である。詳しくは、拙著『風雅和歌集論考』（昭五四、桜楓社）所収「歌一首私解」に述べたので御笑覧ねがいたい。当時はこの寛政十一年板本の事など全く知らなかったが今補う次第である。「夕去れば」と訓む時は「遠山はたの」よりも「遠山はたに」とあったほうが、文脈的にも歌意的にもよく通ずると私は思う。

さて、当歌出典は、契沖の『書入』に「家、六　玉かつら、葛部」と指摘がある。「家」は「家集」の意で家集伝本の中の、正保板本歌仙家集の『貫之集㊤』に「おなし八年〈＝天慶八年〉二月うちの御屏風のれう廿首」とあり、その中に「おとこなきいへ／かけて思ふ人もなけれと夕されは面かけた（ママ）えぬ玉かつらかな」とある。又、御所本三十六人集『貫之集㊥』に「同八年〈天慶八年〉うちの仰にて屏風歌」とあり、その中に「やもめの家／かけておもふ人もなけれと夕されはおもかけたち《ら》ぬたまかつらかな〈注ちハらニモヨメル字形〉」とある。なお、西本願寺本三十六人集『貫之集』・天理図書館蔵『貫之集』・伝行成筆自撰本切［貫之集］には当歌は見えない。小学館『全集』頭注に、「家集に第二句〈人はなけれど〉」とあるが、これは『旧続国歌大観本の貫之集によられたらしい。『校注国歌大系』や『私家集大成』では「人もなけれど」とある。契沖『書入』の「六玉かつら　葛部」は『古今和歌六帖㈥』を指しそこには「たまかつら　つらゆき／かけておもふ人もなけれと夕されはおもかけたえぬ玉かつらかな」と見える。なお契沖の古今和歌六帖の「書入」には、「以玉（ママ）蔓為玉（ママ）葛不審」とある。「以玉葛為玉鬘」なら「不審」でなくなると思うから貫之歌は後者の見方で考えればよいのではなかろうか。それには『伊勢物語』（二十一段）が参考になり、或は本歌ともなろうか。「人はいさ思ひやらん玉かづらおもかげにのみいとゞ見えつゝ」

（拙訳　アノ方《カタ》ハ、サアドウダカワカラナイケレド、ヒョットシタラ、私ノコトヲ心底《シンソコ》カラ思ツテイテ下サルノカシラ。ソレハ、現《ウツツ》ニハ姿ヲオ見セニナラナイモノノ、夢ニハ幻ノヨウナ姿ダケナガラ一入《ヒトシオ》、アリアリト、シキリニ私ノ前ニ現ワレテ下サレノダカラ……。〈相手ガコチラヲ思ツテイル時ハ、夢ニ現ワレルコトガヨクアルトイウ事デスカラネ〉。二十一段、女ノ立場デノ歌トミテオク）」。「玉かづら」は前にも述べた如く、葛（蔓《つる》草）類で作って頭に懸ける飾り。伊物では、それを相手の面影に見立てた歌。岩波新大系では、「かづら」を、貫之集の屏風歌としての配列は、十、十一月頃に当るので、玉鬘は、十一月の新嘗祭に祭官が冠に懸けた「ひかげのかづら」に寄せるか、とし、「ひかげのかづら」を「かげ」ともいうので、「面影」の縁語としている。「懸けて」は「絶えぬ」の対語であり、又、「なけれ」の否定表現と呼応して「かりそめにも～無い」の意となる。「かけて」は副詞で、多く否定文では、「仮初にも」、「ほんの少しでも」の意となり、又、当歌では「（心に）懸けて」と、「懸く」に「て〈助詞〉」を接続した「動詞↓て」との、掛詞的用法を使ったとしている。この指摘は『岩波新大系』が最初ではなかろうか。参考「かげ〈蘿〉。ヒカゲノカズラの古名（岩波古語辞典）」。なお、この他にも例えば、「夕されば」「面影」「思ふ」等の語句に目をつけると、万葉集六〇二番「暮去物念益　見之人乃　言問為形　面景為而〈夕ざれば《夕されば》物思ひまさる見し人の言《こと》問ふ姿面影にして〉笠女郎歌」が見つかったが、これも参考にはなると思う。

当歌の技巧は、「懸けて―玉鬘」が縁語。「面影―玉鬘〈ヒカゲカヅラ。カゲ〉で縁語。又、「玉鬘」は長く伸びるので「絶え」とも縁語。「懸け―絶え」は対語などでかなり複雑ではあるが「表現斉整」という批評もある（小学館『全集』）。

当歌の歌意は「私には仮初にも私を恋しく思うお方もないけれども、蕭條とした夕方には、玉鬘で冠を飾ったお方の面影が、絶えず目の前に幻影として浮かぶことであるよ。ひょっとしたら、そのお方は私を思っていて下さるのかも知れない〈女ノ立場トシテ解シテミタ〉」。

参考、現行注釈書での解を示す。「人は心にかけて我れを思はねど、我れは常に心にかけて其の人の恋ひしく、夕になれば、其の人の美しき姿が、目の前にちらつきて離れぬワイ（塩井氏『詳解』）」・「人ニ思ハレルト其人ノ姿ガ目ニ見エルト云フヿ《こと》ダガ、私ノヿヲ心ニカケテクレル人ハナイケレドモ、夕方ニナルト恋シイ人ノ美シイ姿ガ、目ノ前ニ見エテ離レナイワイ。かけて、たえぬ、は玉蔓の縁なり（鴻巣氏『遠鏡』）」・「心にかけても自分を思うてくれる人もないが、物を思はせる夕暮になると、何となく美しい人の面影が絶えず浮んで来て、心が乱れる（尾上氏『評釈』）」・「我を心にかけて思っている人もないけれども、夕方になると、その面影が絶えず目に見えている、玉かずらをしている人よ（窪田氏『完本評釈』）」・「（人に思われるとその人の面影が見えるというが）、私の事を心にかけて思ってくれる人も無いのだけれど、夕方になると、あの人の姿が、絶えず目の前にちらついて離れないよ（石田氏『全註解』）」・「かりそめにも思ってくれる人などないが、夕方になるとあの方の顔かたちがいつも浮かぶ、その頭にかけた美しい玉鬘よ（『岩波新大系』）」・「あの人はわたしのことを心に懸けて思ってはくれませんが、夕方になると恋しいその面影がたえずちらついて離れません（久保田氏『新潮社集成』）」・「心にかけて思ってくれる人もないのだけれど、夕方になると、わたしの思う人の姿が絶えず面影となって浮かぶ玉かずらであることよ（峯村文人氏、小学館『全集』）」。男性貫之の歌ではあるが、家集では、屏風歌であるから屏風に描かれた画中の人物（女性）の立場に立って、貫之が詠んだ歌と見て理解すべきであろう。ただ新古今の題詞は、家集のごとく、「男なき家」・「やもめの家」のごときではなく、「題しらず」としているから、男性としての歌、女性の立場での歌、と考え方が異なってくるのも仕方がないことである。

三　懸けてとハ……面影に立つと也

文意「〈懸けて〉とは、心に懸けて、の省略した言い方で、歌意は、我を、心中で目標として想《おも》ってくれる人はいないけれども、夕暮になると、当方の私には、その人の姿が面影となって目に浮かんでくる、という歌である」。

四　懸けてといふ詞、玉鬘の縁なり

文意「〈懸けて〉という初句の詞は、末句の〈玉かづら〉という詞の縁語として使われているのである。〈即ち、玉かづらという詞は、蔓草《つるくさ》類の総称であり、玉は美称の接頭詞として、冠《かん》せられたもの。日陰《ひかげ》の葛《かづら》―古名蘿《かげ》―を頭に懸けて垂らして髪飾りとしたから縁語と言うのである」。

参考「人は我をかけても思はねど、我は思ふ故に、女の玉かづらせし俤《おもかげ》の、夕には絶ずたつ、と也。かけて・絶ぬ、玉かづらの縁也。〈人はいさ思ひやすらん玉かつら……〈伊勢物語二十一段ノ歌、前引シタ〉（八代集抄・学習院大学本注釈モ前半ヲ引用）」・「カケテモ今ハ、人ノオモハヌ也。此玉カヅラハ、女ノカクル、カヅラヲヨメリ（新古今注）」・「玉かづらハ男の冠ニも女のかミニもかくる物なれども、女ハかざわぬくろかミもそのまゝ玉かづらと云也。則、玉かづらおんなの事也。其人と別ていふにてもなけれども、夕ニなれバ思人の面かげ見へてこひしきと也。人をさだめず、夕ニなれバこひしき也（かな傍注本）」・「かけて思とは、そつとも〈注、副詞、少シモ、チットモ〉おもふ人のなき由也。玉かづらの縁語也（吉田幸一氏旧蔵本註・高松宮本註・高松重季本註）」。

〔三三〇〕（一二四頁）

一　宮づかへしける女を語らひ侍りけるに、やむごとなき男の入り立ちて言ふけしきを見て恨みけるを、女、諍ひけれバ詠み侍りける。

管見新古今二十六伝本での校異。「宮づかへし侍ける（東大国文学研究室本）・宮づかひし侍りける（鷹司本）」。「男」が、「をのこ（宗鑑筆本）・をとこ（烏丸光栄所伝本・高野山伝来本・親元筆本・前田家本）・おとこ（東大国文学研究室本・公夏筆本・為氏筆本・亀山院本・正保四年板本〈明暦元年板本モ〉・刊年板元不明板本・寛政六年板本・刊年不明牡丹花在判板本)」。前田家本は「を《お》とこ」と「を」の右傍に「お」と小字で傍記。因《ちな》みに「をとこ（おとこ）」は、上代は結婚期に達している若い男性、平安以後は、「女（をんな）」に対して、男性一般を言い、「をのこ」は、「女《め》の子《こ》」に対しての語で、平安時代以後は、軍卒《ぐんそつ》・侍臣・下男など尊敬の対象とならない男性を指して言い、結婚相手の男性の意には用いられない由（岩波古語辞典による）。新古今伝本での書き分けは、必ずしもこの区別に従っての事とは思われず、仮名づかいの慣習によるものであろう。題詞末の「詠み侍りける」の文言の無い伝本は、為氏筆本・鷹司本・東大国文学研究室本・亀山院本である。

当歌を載せる先行文献としては『大和物語〈付載説話〉』と『平中物語』とがあるが、大和物語には、この題詞に当る文言はなく、平中物語には、この題詞と関連させ得る文言がある。即ち『平中物語〈静嘉堂文庫蔵、冷泉為相卿筆〉』（第三四話）、「又、このおとこしのひたるものから　はやむまとおもはぬ人の　まとおもひに思ひてすんそ　ありけるこのおとこのすみけるあいたに　こよなうまさりたる人なとに　ものきこゆる気色みえけり　それを　この、さいたてすみける男もいりてありける宮なりければ　気色にうたかひつゝ、　この女をうらみいひけり〈中略〉〈男〉あふさかとわかたのみくるせきのなを人もる山といまはかうるか／かへし／〈女〉あふさかはせきといふことにたかけれはきみもるやまと人をいさめよ／とて　いみしうあらかひたりけれは　又　男　／いつはりをたゝすのもりのゆふたすきかけてちかへよわれをおもはゝ／〈下略〉」といふ文言である。平中物語は天下の孤本で、一本のみ伝来する由だが、校合本の無いため、難解である。現行注釈書も数種あるが、その中で私には理解しやすかった、小学館『全集』本の、清水好子氏の口訳を次に示す。「また、この男が、人目をしのびながら、逸品《いっぴん》だとも思わぬ女だが、いちずに思って、夜々、通《かよ》ってゆく女があった。この男と結婚生活をつづけているおなじ時期に、くらべものにならぬ高貴な方《かた》などに、恋文のお返事《へんじ》を差し上げているらしいようすが見えた。それを、この、もとから夫婦《めおと》であった男も、出入りを許されている宮家だったので、ようすがおかしいと思いながら、たびたび女に恨み言《うらごと》をいうのだった。〈中略〉〈男〉（あなたは、わたくしを、逢坂、と呼んでくださった。だから、二人の仲はその名のとおり、いつも逢うのだ、そして、だれもよせつけない夫婦なのだと信じて通ってくるのを、いまは他人が守る、守る山《もるやま》と変えてしまったのですか）／返し／〈女〉（逢坂は、逢うということより、人を堰《せ》き止《と》める関所で有名なのですから、これからは、あなたが守っている守山《もりやま》、と名を改めて、他の男のくるのをお止《と》めなさいよ）／といって、ひどいけんまくでいい返してくるので、もう一度、男は、／（いつわりをただす、糺《ただす》の森の神かけて、二心《ふたごころ》ないと誓ってください。ほんとうにわたくしを、思ってくださるならば）／〈下略〉」。『平中物語』（第三十四話）の、以上の文言は、『新古今集』では、撰者によって、当歌の題詞の如くに要約改変せられたものであろう。『大和物語』では、このような文言はないので、出典としては『平中物語』を採りたい。さて『大和物語』では、北村季吟の『大和物語（拾穂）鈔』の付載説話の中に見える。付載説話の冒頭部に「またあるほんに、よのつねのほかなりしことくは、れり〈中略〉たくへるほんを見侍らねば、あらためきこえんよしもなし。さすがにすてかたき事ともなれは、ことにひだりにかきつらね侍る」と付載理由の説明がある。「あるほん」がどの様な本かの記述はないが、書陵部蔵の桂宮本には付載説話がある。「ことにひだりに」は「異に左に」で「大和物語の説話とは別に、左記する」の意であろうか。その文言は「此おとこに、女のいへりける／いつはりをたゝすのもりのゆふたすきかけてをちかへ我をおもはゝ、（季吟拾穂抄ニヨル）」というもの。詞書の文意は、「宮中に仕えていた女を、（定文が）相契って睦まじくしていたのだが、その女に、第一流たる高貴な男性が、（その女の局に）入りこんで親しく交際している様子を、ちらっと見て、（定文が）恨んで不満な気持を言うたのだが、（女は反省どころか）あれこれ文句をつけてきたので、詠んだ歌」。

二　平　定文

管見二十六伝本の中、「平　貞文」とする本は柳瀬本・親元筆本・宗鑑筆本・東大国文学研究室本の四本で、他は「平　定文」である。「定文・貞文」は「さだぶみ」と訓んでいるのが、朝日新聞社『全書』・講談社『新註』。「さだふん」と訓んでいるのは、久保田氏『全評釈』・小学館『全集』である。「ふみ」は、「文の字音Fun《ふん》にi《い》がついた、ふにの転という（岩波古語辞典）。「斎《いみ》部」が「斎《いん》部」、「神田《かみた》」が「神田《かんだ》」、「富田《とみた》」が「富《とん》田《た》」・「神戸《かみべ》」が「神戸《かんべ》」等々、よく似た転訛はかなりある。

定文（貞文トモ）の事略参考。「貞文。イ定文。五位左兵衛佐。左少将平好風男。平仲也（勅撰作者部類）」・「桓武天皇━仲野親王━茂(従)世━好風━貞文〈脇書ニ、左兵佐イ五上。哥人。号平中。延長元(ママ)九廿七卒。母・(無記)〉━安快（尊卑分脈　桓武平氏）」・「藤成〈魚名公五男〉━豊沢━村雄━秀郷〈大織冠八代、鎮守府将軍〉━千常━文脩━文行〈佐藤氏祖〉━公光〈母兵衛佐定文女。上東門院宣旨〉━公清〈佐藤氏〉━季清━康清━義清〈西行法師〉（尊卑分脈。藤成流）」・「平定文。刑部卿茂世王孫。右近中将好風男。好色人。世号二平中一云云。寛平九年五月廿五日任二右兵衛少尉一。延喜六年正月七日叙二従五位下一。十年正月十三日任二参河介一。十三年正月廿八日任二侍従一。十七年五月任二左馬助一。十九年正月廿八日任二左兵衛佐一。延長六(ママ)年卒（中古歌仙三十六人伝。尊卑分脈デハ延長元(ママ)年没）」・「自二此事一起三十六人撰出《しゆつたい》来欤。件撰有二不審一。所レ謂、深養父・元方・千里・定文等不レ入レ之。此人々豈劣二頼基・仲文・元真等之類一乎。（袋草子㊤）」・「平貞文が家のうたあはせに／壬生忠岑／春たつといふばかりにやみよしの丶やまもかすみてけさはみゆらん〈拾遺・春〉（古来風体抄初撰本）」・「大納言国経卿の家に侍りける女を、忍びて行くすゑまでちぎる事侍りけるを、にはかに贈太政大臣の家にわたり侍りにければ、せうそこをだにかよはさずなりにければ、この女の子の、とし五ばかりなるが、本院の西の対にあそびける、かひなにかきて、臣にみせたてまつれとてかきつけ侍りける。平貞文／むかしせし我かねごとのかなしきはいかに契りし名残なるらむ／返し　よみ人しらず／うつ丶にて誰ちぎりけむさだめなきゆめ路にまどふ我はわれかは（古来風体抄再撰本）」・「古今・後撰・拾遺。左兵衛佐平貞文。左近衛中将好風息、三子中故号二平中一。〈大坪云、文意ハ好風ノ三人ノ男子ノ中ノ二番目ガ貞文ナノデ、平氏ノ息三人中ノ真中ノ男子ノ意デ、平中ト号スルノダト解セルガ、尊卑分脈デハ、好風ノ男ハ貞文一人ノミ〉（和歌色葉。名誉歌仙者）」・「平定文　八首〈秋三首・雑一首・誹諧一首・恋三首〉。右近衛権中将従四位上好風一男。刑部卿正四位下茂世王孫。茂世王者一品式部卿仲野親王一男。桓武天皇四世也。寛平三年十二月任二内舎人《うどねり》一。五年二月十六日任二右馬《うま》権少　允《しようじよう》一。九年五月廿五日任二右兵衛《うひようえ》少　尉《じよう》一。延喜六年正月七日叙二従五位下一。〈外衛〉十年正月十三日任二参河　介《みかはのすけ》一。十三年正月廿八日任二侍従一。十七年五月廿日任二右馬助《うまのすけ》一。十九年正月廿八日任二左兵衛佐一。廿二年正月七日叙二従五位上一。延長元年六月廿二日兼《かヌ》二参河権　介《ごんのすけ》一。九月廿七日　卒《しゆつス》。（古今和歌集目録。新校群書類従所収）」・「平定文《フン》　八　于時右兵衛佐、後従五位上参河介、号平仲云々。右中将、従四位上刑部卿茂世孫、右近中将好風男、桓武流也（勅撰和歌作者目録〈古今集〉）」・「平定文　七　右兵衛佐兼参河権守(ママ)　従五位上。桓武天皇第二皇子民部卿一品中野親王曾孫、右近中将従四位上好風一男、号平仲(ママ)公是也（勅撰和歌作者目録〈後撰集〉）」・「平貞文《サダフウ》〈注、振仮名ハ、サダフウトアル〉　二（勅撰和歌作者目録〈拾遺集〉）」（以上ノ三集ハ、日本歌学大系別巻四所収）・「オモヒ出ルトキハノヤマノイハツ丶ジイハネバコソアレコヒシキモノヲ／或人云、是ハ平仲ガ歌也。此歌ヲ本躰ニテ、オモヒイヅルトキハノ山トハツゞケタルトイヘリ。私云、此両歌〈大坪云、他ノ一首ハ、古今一四八番歌思ひ出づる常磐の山の郭公からくれなゐのふり出てぞ鳴く〉不審オホシ。先此歌平仲ガ詠ト云事モタシカナラズ。平仲歌ナラバ、何古今無二作者一乎。本院左大臣ノ在原ノ北方ヲトリテ令レ乗レ車シ夜、平仲以二此歌一カノ北方ノキヌニムスビツケタルヨシ、或書ニカキタレド、別ノ以二古歌一結付ニモヤアラム。又此両歌、前後難レ知欤。又或人云、昔相思タル女、時ノ一人ニトラレテコヒシトオモヘド、無二甲斐一テ年ヲフルニ、彼ヲトコ大納言ニ成テアルジスルニ、此ヲトコ参ジテ、彼女ノウミタル若君ノ、イツツムツバカリナルヲヨビテ、ユビノサキヲクヒキリテ、チゴノカヒナニカキテ、母ニミセ給ヘトイヒケル歌也トイヘリ〈大坪云、前引、古来風体抄再撰本ヤ後撰集七一一番歌・宝物集巻二―岩波新大系八三頁・十訓抄巻中―岩波文庫一七一頁ニ見エル〉而考二後撰一云、大納言国経朝臣ノ家ニハベリケルコロ、此女ニハカニ贈太政大臣〈＝時平ノコト〉ノ家ニムカヘラレニケレバ、セウソコヲダニエカヨハシハベラザリケルニ、カノ女ノヲノコゞノヨツイツ丶バカリナル、本院ノ西ノタイニアソビアリクヲヨビヨセテ、コレハ、ニミセヨトテ、カヒナニカキツケハベリケル／定文／ムカシセシワガ、ネゴトノカナシキハイカニチギリシナゴリナルラム／返シ／ウツ丶ニテタレチギリケムサダメナキユメヂニマドフワレハワレカハ／今案ニ、彼女者国経卿ノ妻、在原北方也。贈太政大臣ニムカヘラレテ、本院ニスムトキ如レ此読カヨハシタル也。然者カラクレナヰノ歌ヲ書トイヘルハ僻事欤。指ヲクヒキリテ書ト云事モオビタ丶シ〈＝度ガ過ギテ、大ゲサデアル〉。又イハツヽジノ歌ヲバ、トラル、トキ、キヌニムスビツケ、カラクレナヰノ歌ヲバ、後ニチゴノテニカクト云事モ難二信受一歟。両歌共ニ古今無二作者一、件両ヌシモ為二平仲之詠一乎。（古今集注）」・「ナリヒラ（ママ）ノ朝臣／カキクラスコヽロノヤミニマドヒニキユメウツヽトハコヨヒ（ママ）サダメヨ〈古今集六四六番〉／教長卿云、古今ノ恋歌ノナカニハ、コレヲ規模ノコトトスルナリ〈古今恋歌ではこの歌を模範歌の如くに扱うのだ〉。後撰ニ、定文ガ、ワガ、ネゴトノヨメル〈＝昔せし我がかね言の悲しきはいかに契りし名残なるらむ。七一一番〉、コレナム両集ノ恋歌ノマナコ〈＝中心・大事ナ所〉ナリケル（古今集注）」・「大納言公任朝臣、ミソヂアマリムツノウタ人ヲヌキイデ、カレガタヘナルウタ、モヽチアマリイソヂヲ、カキイダシ〈中略〉六人十首、三十人三首之條不審歟。又此中、頼基・元真、少二秀歌一歟。深養父・康秀・千里・元方・貞文等多二秀歌類一之由、先達等疑レ之歟（後拾遺注）」・「左　顕昭／あれぬればなはたつ駒をいかにしてつなぎとむらむ述べの初草〈六百番歌合、春上、十九番〉／右方申云、左歌、詞花集、俊恵歌云、まこも草つのぐみわたる沢辺にはつながぬ駒もはなれざりけり。其心同上に、なはたつ、をふし（節）にしたり。それもみゝにたつ様也／判云、左歌は、俊恵法師が歌に相似之由、右方申云々。か様の心はさらでもつねの事也。但、平貞文歌に、拾遺、たゞにはよらで春駒のつなびきするぞなはたつときく〈拾遺、一一八五番。初句、引寄せば〉と詠ぜるは、女によせて名はたつといへるなり。これは偏に、縄を断つといへる、尤凡なるにや〈本当ニ、凡俗ナ掛詞的表現デハナカロウカ〉／顕昭陳申云、考二万葉集一云／むまやなるなはたつ駒のおくるなべいもがいひしをおきてかなしも／此歌を思ひて貞文は女によせて、名はたつと詠ぜるなるべし。たとひ万葉の歌をしらずとも風情自然に相叶歟。然者万葉集の本歌を思ひて読とて、女によせてなはたつとはいはずとも、只縄を断駒とよめらむ、失《しつ》歟。何ぞおさへて尤凡也と可レ被《さだめらるべきか》レ定哉。万葉詞、何そ可レ取（ママ）乎〈大坪云、取ハ凡ノ誤ナラム。万葉ノ詞ガドウシテ凡俗デアロウヤ、ソンナコトハナイ、ノ意〉。後略（六百番陳状）」・「ありはてぬ命まつまの程ばかりうきことしげくおもはずも哉　さだふん（新撰和歌集三三五番。元禄八年橘屋庄三郎板。作者名かながき）」・「平貞文。左兵衛佐、従五位下、刑部卿茂世王孫、左近中将好風男（続歌仙三十六人撰ノありはてぬ命まつまの歌ノ作者勘文）」・「さだふん（練玉和歌抄第十雑歌(下)ノありはてぬ歌ノ作者名。かながきデアル。三首後ノ、うき世には門させりとも見えなくになどか我身のいでがたにする歌ハ、定文ト漢字書）」・「われ船のしづみぬる身のかなしきはなぎさによするなみだにもなき（ママ）／平中納言（新撰朗詠集。歌学大系別巻七所収本ニハ平中納言とあり、新編国歌大観本ニハ、平中納言ト翻刻スル。歌学大系ハ穂久邇文庫本、新編大観本ハ梅沢記念館旧蔵本ガ底本。陽明文庫本〈陽明叢書(七)写真ニヨル〉ハ、平中納言ト読メル。末句ハなみだにぞなき。新校群書類従本ハ　平中納言［イ四條大納言］トアリ、末句ハ浪だにもなしトシ、傍線部ニぞなきノ校合ガアル）」。

三　偽を糺の森の夕だすき懸けつゝ誓へ我を思はゞ

管見の新古今二十六伝本の校異。第二句「糺の森の」は「たゝすの宮の〈慶祐書写本〈岩波旧大系校異ニヨル〉・たゝすのかみの（鷹司本・かみヲ朱デミセケチ。もりイヲ傍書）。第三句「夕だすき」の夕は木綿《ゆふ》の宛《あて》字であるが『増抄』の他に柳瀬本も「夕たすき」と宛字表記。第四句「かけつゝちかへ」は、「か《け》つゝちかへ〈烏丸光栄所伝本〈かつノ中間ニ黒点アリ。黒点右ニけ字ヲ傍記〉・烏丸光栄書写本ノ表記ハ、かけつゝ、契ヘトスル）」。

出典は『平中物語』（三十四段）であろうが、その第四句は「かけてちかへよ」と異形。『大和物語』は、季吟の『鈔』の付載説話に見え、第四句は「かけてをちかへ」とある。共に頭注一で記した。桂宮本大和物語・大和物語直解・享和三年刊本大和物語・大和物語錦繡抄（一七四段）・大和物語纂註（一八二段）・冠註大和物語、などにも所載がある。

他出は、「新古十三／平貞文／いつはりをたゞすの杜のゆふだすきかけつゝちかへわれをおもはば（歌枕名寄。巻一畿内部一、山城国一、賀茂篇、多田須杜《もり》）」。「偽をただすの森」の参考歌としては、「慈鎮和尚／名にしおへばうきよの人のいつはりをたゞすの宮にまかせてぞ見る（夫木抄。巻三十四雑十六。たゞすの宮。山城。建保三年内大臣家百首。賀茂）」がある。「ただす（糺す）」は、理非を究明し、罪過の有無を取り調べるの意と、京都下鴨神社の御祖《みおや》の神の坐す糺《ただす》の森を掛けた表現である事は知られていて源氏物語（須磨）・枕草子（三巻本、一八四段宮にはじめて）・平家物語（巻一御輿振）・太平記（巻十五建武二年正月十六日合戦事↓河合《タダス》の森《モリ》）等多くの古書に名が見える。『師兼千首』には「賀茂祭／偽をたゞすの宮の神ならばけふのみあれに君しのぶらし」と見え、「みあれ」は、御出現の意で、祭神の出現の縁となる物品の意から転じて、奉幣の意となる。契沖の『書入体』に『古今和歌六帖㈣』二一八九番の「ちはやぶるただすのかみのまへ（東）にしてそらなきしつるほと、ぎすかな／とう三条の右大臣」歌を参考として示している。これは、神に懸けて誓う言葉は「誓言《ちかごと》」であるが似た語に「神言」があり、『万葉集四二四三番』に「住吉に斎《すみのえいつ》く祝《はふり》が神言と行くとも来《く》とも船は早やけむ」とあり、『仲哀紀』九年、兼永本訓に「神言を用ずて早く崩りましぬ」ともあり、神の御託宣として巫覡《ふげき》の口を借りて発せられる言葉が神言で、偽りのない点では共通する語である。磐斎は『増抄』で「神言」という語を使っているのも、この心であろう。「誓言《ちかごと》」「神言《かみこと》」は、前者は人から神に対して、後者は神から人に対して、発する詞として使われるが、共に、偽言でないという共通点から同列に見られるようになったのであろう。以上契沖の書入れから、磐斎の用字法を愚考した。

当歌の技巧は、「ただす」の掛詞〈紏明ト地名〉。「掛けつつ」に、神に誓いをかけると、木綿襷をかけるの両意を含ませ、そのために末句の据え方を、正置〈我を思はゞ→懸けつゝ誓へ〉から倒置〈懸けつゝ誓へ→我を思はゞ〉にして「誓へ」に強調感も持たせた技巧は巧妙である。このために、初句から「ゆふだすき」までは、「懸け」を導き出すための絶妙な有意の序となっている。〈季吟は「ゆふだすき」だけを枕詞としている。〉

四 偽か、真言か、知れ難き程に、真言ならバ、神言を立てよとなり

文意「貴女《あなた》の言葉は、虚偽の言葉か、それともうそを混《ま》じえぬ真実の言葉か、私には知り難いので、本心からの言葉であるなら、この偽りを紏明する下鴨の神に誓って、誓言《ちかごと》〈＝神言〉を立てて発言して下さい」。「神言」については前頭注で愚見を既述。

五 真偽を正と、取り成したり

文意「地名の〈紏の森〉を、真か偽かを正《ただ》す〈紏明スル〉と掛詞にして、意味ヲ転じて取り持ったのである」。参考「トリナシ、ス、イタ（取り成し、す、いた）良いように話す、あるいは、弁明する、または、仲介する（日葡辞書）」。「取り成し」は、連俳用語としては、前句《まえく》の場面を、付句《つけく》で転換する場合の用語である。

六 懸けつゝハ、言葉に神かけてとなり

文意「第四句の〈懸けつゝ〉は、神を祭る時に必ず懸ける、木綿《ゆふ》で作った襷《たすき》を肩に掛ける意に、神に対して誓う言葉に、しっかりと固定して懸ける意にも及ばせて、述べているのである」。

七 我を思ハずバ、是非なし、思ハゞ、その印神かけて誓へ、となり

文意、「貴女が私を愛《いと》しく思わないのであればやむを得ない。愛しく思うのであれば、その証拠として、神明に誓いをかけて必ず、誓言をして下され、というのである」。下句の解である。

当歌の他の古注は、「偽紏すと、そへてなり〈地名ノ紏《タダス》ニ、偽ヲ紏スト掛詞ニシテ、諷《ソ》エ擬《ナゾラ》エテアルノダ〉。ゆふだすきは、懸つゝといはん枕詞也。誠に我を思はゞ、紏の神をかけて誓《チカ》へと也（八代集抄）」・「偽を紏ストソへて也。公―案、アキラムル心ナリ〈細字デノ傍書。公―トハ、三条西公条《きんえだ》デハナカロウカ。公条ハ、称名院仍覚《じょうかく》トモ言ハレ、室町期後奈良天皇時代ニ、古今・伊勢・源氏等ノ注釈ニ活躍。三条西家学ヲ樹立。アキラムル、トハ紏明スル意デアロウ〉（学習院大学本新古今注釈）」・「タゞスノ森トハ、タゞスノ明神ノ、マシマス杜《もり》也。ユフダスキトハ、ミコナドノ、カクルカケヲビ也。サレバ、カケツ、ト、ヨメリ。チカフトハ、誓也（新古今注）」・「たゞすは下賀茂明神也。ゆふだすきとは神子などのかくるかけ帯也。たすきはちかふ物也。其を誓事によそへてよめり（吉田幸一氏旧蔵本註・高松宮本註・高松重季本註）」。

〔三三〕（一一五頁）

一 人につかハしける

管見二十六伝本の詞書すべて「人につかはしける」。当歌の出典は岩波新大系で『言葉和歌集』であると指摘されるまでは不明であったが、昭和六十一年に岩坪健氏により冷泉家時雨亭文庫に、下巻のみ所蔵されている事が報告され、散佚書と思われていた該書の一端が日の目を見たのである。今では新編国歌大観にも平仮名表記で翻刻されているが、原本写真版が時雨亭叢書に収められ、〈原本ハ、片仮名表記〉、その解説（注２）に「かなり無理をして判読した箇所が少なくない。『言葉和歌集』を利用する際には、かならず本書の影印を参照されたい」と周到な注意があるから、それに従う。「ツレナカリケル人ニタマハセケル／鳥羽院御製（ママ）／イカハカリウレシカラマシモロ、モニ／コヒラル、ミモクルシカリせ（ママ）ハ」。「ツレナカリケル人」とあり、『増抄』にも「片思恋の義なり」とある

から、当歌は、鳥羽院の「片思」歌である。新古今詞書の意も言葉集の詞書の意と同じく「〈鳥羽院ニ対シテ〉いかなる反応もなく無情な女に、使者に持たせて、思い切って行かせた歌」というものであろう。

二　鳥羽院御哥

管見新古今二十六伝本も「鳥羽院御哥」であるが、『言葉集』では「御製」。新古今では、崇徳院御歌（七一番）・後白河院御歌（一四六番）・延喜御歌（一六三番）・天暦御歌（一六四番）・持統天皇御歌（一七五番）・白河院御歌（一八〇番）・円融院御歌（三八一番）・花山院御歌（四九〇番）・高倉院御歌（五二四番）・仁徳天皇御歌（七〇七番）・後三条院御歌（八七七番）・元明天皇御歌（八九六番）・亭子院御歌（一〇一九番）・近衛院御歌（一〇九〇番）・鳥羽院御歌（一二二一番）・朱雀院御歌（一二四八番）・後朱雀院御歌（一二五〇番）・光孝天皇御歌（一三四九番）・三条院御歌（一四九八番）・冷泉院御歌（一五七八番）・後冷泉院御歌（一六〇五番）・天智天皇御歌（一六八七番）と至尊歌には「御歌」が作者御名の下につけられている。「太上天皇〈後鳥羽院〉」のみは御親撰の意を示すために、これがつけられていない。小宮本の奥書の「新古今被直筆」に「秋下／御製／さびしさはみ山の秋のあさぐもり／可被切入」と見えるから、後鳥羽院歌〈四九二番〉は「御製」で、臣下の撰者は「御歌」と「御製」の使い分け意識は有していたのであろう。

鳥羽院は、第七十四代天皇。諱《いみな》は宗仁、法名は空覚。参考、「鳥羽院。諱宗仁。堀川帝御子（勅撰作者部類。金葉デハ新院御製、千載集デハ鳥羽院御製　ノ作者名表記ヲ注ス〈大坪補。新古今デハ鳥羽院御歌・続千載デハ鳥羽院御製・続後拾遺デハ鳥羽院御製。ツマリ新古今ノミガ御歌デアル。ナオ、作者部類デハ、詞花集ニハ鳥羽院歌ガ無イコトニシテアリ、二十一代集才子伝デハ、詞花集ニ三首採入トシテアル〉）」。（大坪云、詞花集には、新院御製として、鳥羽院皇子の崇徳院が七首あり〈作者表記ハ、新院御製〉、その伝本により採入歌数が異なる。才子伝は、その崇徳院歌を鳥羽院歌と混考したのではなかろうか）。「鳥羽院。天皇諱宗仁、堀河院第一皇子。母贈皇太后藤原苡子、権大納言〈贈太政大臣〉実季女也。康和五年正月十六日、誕生于右〈或左〉少弁藤原顕隆五条宅。六月九日親王宣旨、八月十七日立為東宮。嘉祥(ママ)二年七月十九日践祚、十一〈或二〉月一日即位於大極殿〈春秋五(ママ)〉。天永四年正月一日元服。天皇及長、容止閑麗、好糸竹善笛、其堪能不劣父天皇。保安四年正月廿八日譲位於第一皇子〈崇徳天皇〉、二月二日太上天皇尊号。永治元年三月十日於鳥羽殿、出家落飾、法諱空覚。康治元年五月五日受戒於東大寺、保元元年七月二日崩。五十四。奉葬鳥羽安楽寿院新御塔、擬山陵。金葉集〈一首〉・詞花集〈二首〉・千載集〈二首〉・新古今集〈二首〉・新後拾遺集〈一首〉・続千載集〈二首〉・続後拾遺集〈一首〉（二十一代集才子伝）」・「第七十四代。第四十一世。鳥羽院。〈中略〉天下を治め給ふ事十六年。太子にゆづりて尊号あり。白河院の世をしらせ給ひしかば、新院とて所々の御幸にもおなじ御車にてありき。雪見の御幸の日、御鳥帽子直衣にふかぐつをめし、御馬にて本院の御車のさきにまし〳〵ける。世に、めづらかなる事なればこぞりて見奉りき。〈中略〉院中のふるきためしには、白河鳥羽の二代を申侍なり。五十四歳おまし〳〵き（神皇正統記）」・「本歌にとる事〈中略〉西行は鳥羽院の北面にて有りしかば、堀河院の御時代は沢山に有るべき也。依て西行の歌をば本歌にとるべき也（清巌茶話）」・「あらし山の花は、鳥羽院のころうゑたる花なり（兼載雑談）」・「金葉者依二白川院之仰一、讃岐院御宇之初、大治二年撰上。何依二鳥羽院十六年之御在位一乎。詞花集者、讃岐院遜譲之後、天養元年六月二日、依二院宣一故六条三品左京兆被レ撰レ之。而今被レ勘云、在位十八年之間奉レ勅漸々撰レ之。院号之後、天養元年六月二日奏覧之条、以外僻事也、彼院宣参議教長卿之奉也。彼時慥所レ見也（万葉集時代難事）」・「第七十四、鳥羽院。諱宗仁。治十六年。母贈皇太后苡子。実季卿女／康和五正十六降誕。同年六九為二親王一。同年八十七立太子。嘉承(ママ)二七十九践祚〈五。今度无(無)譲国儀。太上天皇詔可為宣命主之由被仰之〉。同年十二一即位。天仁元十一廿一大嘗会。天永四正一元服。〈十一〉。保安四正二十八譲位。同年二二尊号。保延七三十出家。〈三十九〉。法諱空覚。康治元五五於二東大寺一受戒。保元元七二崩。〈五十四〉。葬二鳥羽安楽寿院新御塔一（本朝皇胤紹運録）」。〈一代要記・皇年代紀等ノ他資料、省略〉

三　いかばかり嬉しからまし諸友に恋ひらる、身も苦しかりせば

管見新古今二十六伝本による校異。第三句（もろともに）の表記は伝本により、「諸共に」も多いが、「諸友に（延宝二年板本・文化元年補刻本・正徳三年板本・承応三年板本・刊年板元不明板本）・もろ共に（正保四年板本・明暦元年板本）」もあり、『増抄』の特異表記ではない。現行辞書（岩波古語辞典・角川古語大辞典ナド）は「諸共」の漢字を宛ててある。観智院本類聚名義抄（風間書房影印本）の「佛下本、五四」には「掠（旅）」に「タビトモヨコタフモロトモニス」

とあって、「旅」の字が、旅・友・横・諸共、などの義に考えていたらしく、漢字の訓読の難かしさに驚いた経験が私にはある。『節用集』では、「枳園本㊦、百五十三丁オ」〈天理図書館善本叢書影印〉に「諸共《モロトモ》　師《モロ》友《トモ》」とあり、「易林本㊦、四十八ウ」に「師《モロ》友《トモ》」とある。広島大学蔵『増刊節用集』〈武蔵野書院影印。増刊節用集の研究所収〉の「も部、言語」にも「師友《モロトモ》」と見える。以上から「諸友」の表記も、認めてよかろうと愚考する。次に第四句「恋ひらる丶身も」は、「こひらる丶身よ（大夫阿闍梨本《のイ》〈岩波旧大系校異ニヨル〉）・こひらる丶身も（御室本。もノ右ニのィ校合〈岩波旧大系校異ニヨル〉）」。第五句「くるしかりせは」は「くるしかりせは《けり》（柳瀬本。せはノ右ニけりノ朱書）」。柳瀬本のけりの朱傍記は後鳥羽院宸翰本に依る修正である由だから所謂隠岐本の歌形であるが、これにより院の当歌御理解を推察できる。

さて当歌は、久保田氏『全評釈』に「単純なようであって、その実わかりにくい歌である」と述べられているように、訳出し難い歌であるが、先ず、拙訳を述べ、次に現行諸注釈書の解を記しておく。「貴女《あなた》に恋せられる私の身も苦しかったならば、貴女の恋の強さが私にも感ぜられて、どれ程にか嬉しい事であろうに、併しそれを私は感じないものだから、貴女はあまり私を恋してはおられないのでしょう。私だけの片思いの苦しさなのでしょうね（三・四・五・一・二句ノ順。倒置法。拙解）」・「どれ程にか嬉しい事でありましょうに。貴女ともろともに、お互いに恋し恋せられて心も身も、苦しい思いをしましたよ、という間柄《あいだがら》であったとしたら。（隠岐後鳥羽院御理解の推察。大坪注。後鳥羽院ハ、歌末ヲせばトセズ、けりトサレテイル）」・「私ハオマヘノヿ《こと》ヲ恋ヒ慕ッテ、苦シイ思ヒヲシテヰルガ、私バカリデナク、私ト一緒ニ私ニ恋ヒラレテヰルオマヘモ恋故ニ苦シイ思ヒヲスルナラバ、ドンナニ私ハ嬉シイヿ《こと》デアラウ。私バカリ苦ンデオマヘハ平気デヰルカラツマラナイ（鴻巣氏『遠鏡』）」・「お互に恋せずに居られぬものなるが、同じ恋に共に苦しむのならば、苦しき恋も、どれほど嬉しい事であらうのにといふ事にて、君の我れを思はぬ故に、同じ恋に共に苦しむ事も出来ずして、我れは片恋の悲しいといふ情をあまし給へり（塩井氏『詳解』）」・「君も自分も同じ恋の切なさに苦しむ身であるならば、自分に取っては、どれほどうれしい事であらうに、自分ばかりが、これ程苦しんでゐるのは、まことにつらい（尾上氏『評釈』）」・「〈わしはそなたを思うて、逢いたい逢いたいと苦しい思いをしているが〉、もしも恋というものが、恋いる方ばかりでなく、恋いられる方も苦しいものであってくれたら、〈そなたと一緒に苦しむことが出来るので〉、どんなに嬉しいことであろうぞ（石田氏『全註解』、続ケテ石田氏ハ、詳解には〈お互いに……嬉しい事であろうのに〉としているが、即ち、どうせお互いに恋をするならば、二人が同一の恋をしたいとしているが、この御歌の意はそうではなく、恋というものが、一方で恋いると、恋いられた方も、その意思の如何に関わらず必ず苦しいというものであったら、共に苦しむことが出来て嬉しかろうにというのである。ト詳解ヲ批判サレテイル）」・「どのようにうれしいことであろう。どちらも同じように、恋いられる方も苦しいものであったら（窪田氏『完本評釈』）」・「いったいどれほどうれしいだろう、もしもわたしに恋されている側のそなたも、わたしと一緒に、苦しかったならば……（久保田氏『全評釈』）」・「いったいどんなに嬉《うれ》しいことでしょう。あなたを恋しているわたしだけでなく、恋されているあなたもこの恋の苦しみをともに分ち合うならば「相手が自分の苦しい恋心を一向に解しないので、それをともに味わわせたいという心理を歌う」（新潮『集成』）」・「どんなにうれしいことであろう。もしも私ともども恋いられるあなたも苦しむのであれば「せめて思いを共にしたいという発想。これよりも自虐的な趣向が一一四三番俊成うき身をばわれだに厭ふ厭へたゞそをだにおなじ心と思はん」（岩波新大系）」・「どれほどうれしいことであろうに。互いに、思い慕われる人の身のほうも苦しいとしたならば（小学館『全集』）」。

四　恋ひらる丶身　恋ひらる丶、前の身といふ義也

文意、「第四句の、恋ひらる丶身、とは、貴女自身（＝鳥羽院の恋する相手の女性）という意味である。我（＝鳥羽院）に恋せられる以前の貴女自身という意味である」。磐斎の言はんとする所は、現在の貴女、つまり鳥羽院が片思いの気持を抱いているにもかかわらず、院に対して反応を示さない相手、という事を言いたいのである。

五　片思恋の義なり

文意「当歌全体の内容（＝心）は、要するに、鳥羽院の片思いを相手に訴えている意義なのである」。

六　あまり恋路の切なるによりて……つれなくハあらじとなり

文意「私（＝鳥羽院）の恋情が、程度を超えてあまりにも胸にこみ上げてきて溢《あふ》れそうな

ので、この激しい恋心を、貴女の心にも、私と同様に持たせたいものである。私の恋心が、是程激しいものだと、貴女が知ったならば、このように無反応で無情な態度ではいられないだろう、という内容の歌である」。磐斎の説である。

七　或説に、この苦しさを君にもさせたし、我バかりハ口惜しといへり

文意「或人の説に、自分が今味わされている恋の苦しさを、相手にも味わさせたい、私ひとりだけが、この苦しさを味わされているのは、まことに不本意で耐え難い」。「或説」が何人の説で、どんな書に載っているのかは、未詳であるが、磐斎の説との相異は「我バかりは口惜し」という点で、磐斎説が、恋の苦しみを共有したいというのに対し、或説は、恋の苦しさを相手に味わさせるだけでなく、相手を苦しめたいと、している点である。

八　恋の本意にあらぬ説なるべし

文意「或る人の説は、恋の本意〈恋している時の、その本人が持っている、もともとの意志〉に反する説であろう」。恋の本意は、たとえ自分がいかにつらくても、相手の恋人には、そんなつらい目はさせたくない、というのが恋の本意なのである。「本意《ほんい》」は、普通の文で使われる場合は「もともとの意向」の意であるが、和歌・連歌・誹諧等では、詩歌に詠む題材の根本的な性質・情趣・在り方をいう語として用いられている。紹巴の『至宝抄』（岩波文庫「連歌論集(下)所収）には「歌道に本意と申事候」として、時節の本意や四季・恋・旅の題材の本意が委曲を尽くして説かれていて参考になる。

九　つれなきにも、猶良かれと思ふが、恋の心也

文意「恋の相手が、自分に対して無反応で、無情であっても、こちらは恨んだりはせず、その恋の相手に対し、よかれかし〈良クアッテクレ、ウマクイッテホシイ〉と思うのが、恋の心、つまり恋の本意なのである」。

当歌の参考古注、「此方斗《ばかり》ニテ恋て、あなたニ何ともおもわず。あなたニもこひたらバ、身ニくるしきをしらんずれども、一方斗にてくるしきと也〈大坪注。コチラノ私ダケガ、アナタヲ恋イ慕ウダケデ、ソチラノアナタハ、私ノコトナド何トモ思ッテハイナイ。アナタモ私ト同様ニ、私ヲ恋イ慕ッテクレタナラバ、身ノ苦シサヲ理解シテクレルノダロウガ、ソレガナイタメ、私ノ一方ダケガデ苦シム事ニナルノダ〉（かな傍注本）」・「恋らる、身もくるしくは、難面心《つれなきこころ》も、よはくならんと也〈大坪注。私ニ恋セラレテイルアナタノ身モ、恋ノ苦シサヲ味ワワレタラ、無情ナアナタノ心モ、弱クナッテ、少シハ私ニ同情モシテクレルダロウニ〉（吉田氏旧蔵註・高松宮本註・高松重季本註）」・「恋ラル、身モクルシクハ、ツレナキ心モヨハクナラント也（新古今注〈大坪云、吉田氏旧蔵本註ノ新古今集古注集成ノ翻刻ハ、句読ノ打チ方ガ誤ッテオリ、意味ガツカミ難イ〉）」・「我に恋らる、身も、我と諸共に恋路を思ひ知て苦しくば、かく難面くはあらじ(ママ)なれば、いかに嬉しからんと也。一説、我恋の苦しきと共に、恋らる、君も苦しくば、嬉しからんと也。君に苦しかれと思ふは、恋の本意にたがふに似たれど、我が切なる余りの心とぞ（季吟八代集抄。大坪云、塩井氏『詳解』ニ、「皆誤れり。畢竟恋ひらる、身といふ詞の意味を取りかねたるが故の謬見なり」とし、「恋ひらる、身も」の語解に「恋せずには居られぬ身もといふ事なり。人には恋なき能はず。それで、自分も君を恋ひて居るが、君も必ず恋はあらむといふ意にていへるなり」と説明〉）」・季吟八代抄は、学習院大学本『新古今注釈』にも踏襲されているが「恋の本意にたがふに似たれど」の部分が「本意ならねど」に変えられている。が意味上は同じなので引用省略。『季吟抄』の「あらじ(ママ)なれば」は、「あらじ。(然《しか》)なれば」の（　）部の省略形と見ておく。

〔三三〕（一一六頁）

二　入道前関白太政太(ママ)臣

「太(ママ)臣」は「大臣」と他の二十六伝本はする。東大国文学研究室本は「前《さきの》」の字を脱する。「入道前関白太政大臣」とは、藤原兼《かね》実《ざね》で、その事略は九七一番歌頭注二で既述。九條家の始祖で、その日記の『玉葉《ぎよくよう》（玉海トモ）』は、定家の『明月記』と共に、新古今期を知る好資料。後法性寺入道前関白太政大臣とか月輪《つきのわ》関白とも称せられた。

三　我バかり辛きを忍人や有と今世にあらバ思ひ合はせよ

管見新古今二十六伝本による校異。第三句「人や有と」が、「人あると（為氏筆本）」である。ここは反語法と見るべきで、や字の誤脱であろう。「ある」と連体形になっているから、それが推察できる。でなければ「あり」とあるべき所だからである。末句は、「思ひあはせん（慶祐書写本〈岩波旧大系校異ニヨル〉）」・「思ひあはせむ（春日博士蔵二十一代集本。むニ、イよノ校合ヲ付ス〈朝日『全書』頭注ニヨル〉）」の句形もある。なお、為氏筆本は「思あらせよ」ともよめるが、〈ら・はノ、他部分ノ筆遣イト比較シテモ迷ウ〉、他伝本に「あらせよ」とある句形が管見

では見出せないので「あはせよ」に従う。

初句の「ばかり」は、程度〈私ホドニ・私グライ〉とか限定〈私ダケ〉とかを表わす副助詞であるが、「古抄」の程度を示す副詞と見るに従う。直前の鳥羽院歌の「いかばかり」が意識下にある配列であろう。「忍ぶ人や有」は、反語で、「いるだろうか、いやいない」の意。「今」は、「あらば……合はせよ」にかかる文脈で、「この先また」の意〈岩波新大系脚注〉。新大系は「今日よりはいま来む年の昨日をぞいつしかとのみ待ちわたるべき（古今一八三番壬生忠岑歌〈拙解〉今日カラハ、コレカラ先ニ又巡ッテクル年、即チ来年ノ七月七日ヲ、何日《イツ》ニナッタラ来ルノカ来ルノカト待チ続ケネバナラナイノデショウ。忠岑歌ノ題ハ、八日の日よめる）を、証歌の一例に挙げている。この「今」は副詞。石田氏『全註解』は「すぐいま。〈思ひあはせよ〉にかかるとされていた。「今世にあらば」に関しては、窪田氏『完本評釈』の「評又」に古注の比較論評がある。

当歌の出典は未詳であるが、他出は『二八要抄』（恋部、六）に、「片思の心を／入道前関白太政大臣／我はかりつらきを忍ふ人やあると今世にあらは思ひあはせん」と採録。

本歌としては契沖『書入本』には「古今。本、えそしらぬ今心見よ命あらは人やわするゝ我やとはぬと」あって、古今三七七番読人不知歌を本歌とみている。この古今三七七番歌は「オマヘハワタシヲイツマデモ忘レハセヌトオツシヤルケレドモ　四ワシハドウモソレハサ　エガテンセヌ　末デワシガ忘レルカ　五オマヘガ忘レテトウテ下サレヌカハ　命ガアツテイキテ居タナラ　オッツケ《今》知レウホドニタメシテ《こころみよ》ゴラウジョ　ワシハオマヘヲイツマデモワスレハスマイガ　オマヘハ追付ワタシヲバ御忘レナサルデアラウワサ（宣長『遠鏡』）」という意。用語・形姿・発想から見て広義の「本歌」として認め得ようが、現行注釈書では、久保田博士が「参考歌」とされている（『全評釈』・桜楓社テキスト頭注・新潮社『集成』）。参考歌として更に挙げ得る歌に、兼実当歌の上句の着想の因《たね》となったと思われる歌に、『伊勢物語』（二十七段）の「我許物思《わればかりものおもふ》 人は又もあらじとおもへば水のしたにも有けり（三条西家旧蔵本）」がある。「字余り」の甚だしい歌として、又、心詞姿の上からも「詠むまじき（といふ詞）」と考えられていた歌らしく、戸田茂睡の『梨本集』（第三之上）の「おもへば水の」の条に取上げられた歌である。たった一度の夜の通いだけで、男に見捨てられた女が、盥の水に映った自分の容姿を見て詠んだ歌で、「私ほどもの思いする者はほかにいないだろうと思っていたところが、水の下にもいたことだった（森本茂氏『伊勢物語全釈』〈大学堂書店〉）」という意。この伊勢物語歌の指摘は、管見の範囲では、久保田博士の『全評釈』でなされ（他に、新潮『集成』）、岩波新大系に踏襲されている。

この伊勢物語歌の上句「我ばかりつらきを忍ぶ人やある」は、伊物が昔から堂上で愛読されつづけてきた作品の故、当然注目された事と思われる。武者小路実陰が口述し、似雲が筆記した、『詞林拾葉』に「作者はおほえねども、忍恋の歌に／われはかりうき名なればと忍ふとも心かよはぬひとやもらさん／と云歌あり。女房の歌なり（〈享保二年三月〉十五日条）」という記録があるが、「我ばかり」が、程度の意でなく限定の意ではあるが、用いられてあり、前引『梨本集』でも「伊勢物語のこの歌の外、この詞、読みたる歌を見ず。……案ずるに、これは伊勢物語講釈の時、斯様の詞今よむべからずと言ひたるを、書きつけたるものなるべし」と記されている。「この詞」とは「と思へば水の」を指すのであろうが、伊勢物語講釈では、伊勢物語の「我ばかり」歌が注視されていた事は、認め得よう。「わればかり長柄の橋は朽にけり難波の事もふる、悲しさ（後拾遺一〇七四番赤染衛門歌）」・「我ばかり泪はあらじきりぎりす同じ寝覚に音をば鳴くとも（新千載一七六七番為氏歌）」・「我ばかりゆふべはもろき泪かはきけば尾上の小男鹿の声（藤葉和歌集巻三秋。権中納言公雄歌）」。これらの歌も、参考歌・影響歌などと考え得るのではなかろうか。ただ参考・影響歌が当歌以前の作と限定するのか、以後の作でも理解上に有益か否かで見解は当然変わるとは思う。

当歌意は「この私ほどに、片恋の辛き思いを、じっと耐え忍んでいる人が、他《ほか》にまたといようか、いないと思う。が、私が焦《こが》れ死《じに》して、あなただけが、この現世に生きておられ、他の誰《だれ》かさんから思われることがあったならば、私のこの思いぶりと、その誰かさんの思いぶりとをくらべあわせて、どちらが激しいかを知ってほしいものです（大坪私解）」。「我程つらきを堪へて人を思ふものはよもあらじ。今我恋死にたる跡に、君が世にあらば、思ひ合せよとなり（標註参考）」。久保田氏『全評釈』は「片思いに堪えかねて死ぬ者がつれない恋人にいい残した言葉という設定の歌……上句から考えて、やはり男の立場での歌……いささか捨て科白のような感じの歌」とされ、『小学館全集』は「他の人にも心を動かす相手の不誠実を恨む思いを主調とした、手きびしい訴え」とされ、塩井氏『詳解』は「恨みいかりたる意を、婉曲に発表したるなり」とされ、『完本評釈』は「思いの苦しさに、命が絶えようとしている際、相手に、恋はかな《(叶)》わずとも、せめてわが真心だけでも知ってくれというので……一方では……命が堪えられなくにった……他方では、あなたはすぐに他の男と比較する機会があろうがこの心をこめ……深刻な恨みを淡く言い遂げ得た歌」とし、尾上氏『評釈』は「自分の死んだ跡、自分ほど忍耐力のあるものがあるかないか思ひ合はせよと、相手に投げつけた語気は甚だ強い。相手はこれを受ければ驚きかへったであらう。題詠とは思へない」とする。諸注は、女の立場で詠んだとみる解釈が、断定的言及はないが読みとられ、久保田氏の如き「男の立場」での詠とする解釈は少ないようである。

四　今又、世に類があらバ思ひ合はせよ、有るまじき、となり

此の「頭書」は、「増抄（に云はく）」で、下の句の意を、十分に述べていないのを補って加えたもの。「や有と」が反語法である事を指摘して、倒置法で解釈すべきを促しているのである。文意「私が思《おも》い死《じに》した後も、この世に私のように片思いの辛さを耐え忍ぶ人〈即ち類〉があったならば、その人の辛さを耐える度合《どあい》〈程度〉と私の度合とを、くらべ思いあわせて下さい、ある筈もないでしょう、と下句で訴えかけているのだ」。

五　古抄

この古抄とは、幽斎の「聞書後抄」をさすが、幽斎の後抄は、独創ではなく、おそらく『新古今注（京大本）』に基づいたものであろうから、それを含めて考えた方がよいと思う。左に示す。「我バカリトハ、我ホド、イフ事。我ホド、ツラキヲコラヘテ、思フ人ハ、ヨモアラジ。今マデハ、シラネドモ、此世ニモアラバ、我心ザシヲバ、思ヒアハセヨト也。此シノブハ堪忍也」。幽斎の『聞書後抄』を引用している諸本での校異を示す。全く同文は、『無刊記板本新古今和歌集聞書』・『宝永八年村井喜太郎板、新古今和歌集新鈔』・『内閣文庫蔵増補本聞書』・『新古今私抄』。次に小異を有する引用書との校異を示す。『八代集抄』は文頭に「玄旨〈＝幽斎〉云」としてこの注が「新古今注」の引用ではない事を明らかにしてから幽斎注を示す。「我ばかりは」が「我ばかりとは（吉田幸一氏旧蔵本註・高松宮本註・高松重季本註）」。「つらきをたへて」が「つらきを堪忍して（説林後抄・内閣文庫蔵聞書後抄）・つらきをこらへて（吉田幸一氏旧蔵本註・高松宮本註・高松重季本註）」。「このよにもあらバ」が「このよに亦も（八代集抄引用）」。「わがこゝろざしを」が「脱落（八代集抄引用）・わがこゝろざしをば（高松宮本註・高松重季本註）」。

六　我ばかりハ、我ほど、云詞也

「ばかり」という副助詞は、推量（〈袖つくばかり〉ハ、単ニ袖ガ漬《ツ》ク程ニ、トイウダケデナク、袖ガ漬クカ漬カヌカト推測サレルクライニト、推量モコメラレテイタ）・限定・程度を表わす用法があるが、その中の程度を表わす用法である事を述べたもの。文意「我ばかりとは、私ほどに、私くらい、という意味を表わしている言葉である」。

七　我程辛きを耐へて……思ひ合はせよ、となり

文意「この私ほどに、片思いの辛い苦しみを、堪《こら》え忍《しの》んで、恋しい人を思いつづけている人間は、他《ほか》にいようか、よもやいないであろう。もしあなたが、（苦しみに耐え得ずして私が死んだ後に）、この現世に平気な顔で生きておられたならば、私のこの一途《いちず》な思いの、他人とはちがっていた事を、思い出してくらべて下されよ、というのが当歌の意味だ」。「古抄」のこの注は、「此の世にもあらバ」の部分は、上文からの文脈で考えれば、主格は「我」になるが、下文の「わが志を思ひ合はせよ」との整合性を考えれば、主格は、「相手」と考えざるを得ない。この「古抄」は、この当りの文脈が乱れている。先行注たる前引『京大本新古今注』では、（今マデハシラネドモ」という句文がこの部分にあり、それを参考にすると、上述の如き「文意」となろう。「今マデハシラネドモ」とは、焦れ死《じに》するかも知れない今になって、これ迄は自分でもわからなかった貴方《あなた》が、私などには無関心だったと、いう事をはじめて知り得て、という如き意味であろう。参考、「わればかりはわれほど也。君のつらきことをも恨ずして堪忍する人、世にはあらじと也（抄出聞書）」・「わればかり(と)は我ほど、云詞也。我ほどつらきをこらへておもふ人はよもあらじ。今までは絶てしらねども、此世にもあらば我心ざしをば思あはせよと也。このしのぶは堪忍也（吉田幸一氏旧蔵本註・高松宮本註・高松重季本註）」・「其方ほどつらき人なし。此方ほどかんにんして忍ぶ人あるまじ。又今世にあるか、たづねて見よ。あるまじきほどに思ひあわせよと也（かな傍注本。大坪云、当注ハ、自分ノ一途ナ思イト、相手ノ無関心ノ思イトヲ、比較セヨトイウ注）」・「我《(わが)》如き人又世に有やと心を付てみて、もし今もあらば、我ニ思ひくらべて見給へ。よもあらじの心を含めり（新古今集旧注補遺。大

坪云、比較スル対象ハ、自分ト、自分以外ノアナタノ恋人）」・「玄旨云〈省略〉。愚案〈季吟ノ注〉、人はつらきに我は堪忍して猶思ふ所、題の片思也（季吟八代集抄）」。

八　この忍ぶハ、堪忍也。

「しのぶ」は、偲ぶ〈賞美スル・遠イ人ヤ故人ヲ思慕スル〉の義と、忍び〈コラエル〉の義との両義があるので「この歌での〈しのぶ〉は堪忍、〈コラエシノブ・カンニン〉の義である」と注しているのである。

九　辛けれども……堪へる者ハ有るまじきなり

文意「あなたの無情無関心な仕打《しうち》は、私にはとても悲しく辛いことなのですが、かと言って逆恨《さかうら》みして復讐《ふくしゅう》することなく、じっとこらえている私のような者は決していないと思うのです。世間の人は、すべて私のような人ばかりと、もし思われたら、思わぬ失敗をなさる事でしょう。世間には、逆恨みして害を加えるような事もしないで、ただ耐え忍んでいる私如き人間はある筈はないと思います」。参考「アタヲホオズル（仇を報ずる）。（日葡辞書）」。「フカク（不覚）。前もって準備してなかったための名折れや不名誉や失敗（日葡辞書）」。

一〇　其処にても我事を……給はんと也

「其処《そこ》」は「其処許《そこもと》」とも言うが、文脈の中では、一度出てきた相手を指す場合が多い。二人称の代名詞に、主として懇意な間柄で使う。「其処許《そこもと》」は同輩以下に使う。ここは、「其処《そこ》」の方が、当っている使い方である。

宣長の『美濃の家苞』には施注はないが、正明の『尾張の家苞』には、「一首の意ハ、をれほど人のつれないにこらへて(も)のかあるかないか、今わか恋しにて後、人にこひられん時に、おもひあはせよと也。四句今我こひ死たる跡に、君か世にあらハ也」とある。

〔三三〕（一二七頁）

一　摂政大(ママ)(太)政大臣百首哥合に、契恋の心を

管見新古今二十六伝本校異。この題詞は、鷹司本のみが「摂政太政大臣家・・哥合に、契恋・心を」とあり、「百首」と「の」が脱落している。「摂政太政大臣」は、良経で、その許《もと》で、結番された『六百番歌合』の歌。当歌合は、建久五年〈伝本ニヨッテハ建久四年〉に、左右十二名、各人が春秋十五首、夏冬十首、恋五十首計百首。総計千二百首を詠出し、俊成が加判して、結番した歌合。当慈円歌は「恋二」十一番右歌で、題は「契恋」であるが、この題は「左大将家百首歌合」〈＝六百番歌合トイウ称呼ハ、後ニ呼バレタモノ〉で初めて出題されたもの。以前は、「契久恋」・「夢中契恋」等の似た歌題はあった。なお、この歌合では「慈円」ではなく「信定」という作者名〈コノ歌合冒頭の作者デハ〔従五位下源朝臣信定・大僧正慈円〕トアル。信定ハ村上源氏ノ実在人物デ九條家ノ家人ノゴトキ存在デアッタノデ、慈円ハソノ名ヲ借リタラシイ。慈円ハ九条良経ノ叔父ニ当ル〉。「契ル恋」は、江戸期の作歌手引書類には、あまり記されていないが、有賀長伯《あるがちょうはく》の『初学和歌式』には、「契とハ契約の心也。いつ比あハんと約束する也。哥によむにハ、かならずと人ハちぎりぬれど、かハるよの中ならひなれバ、契約もたがひやせんとおぼつかなきよしをいひ、又人の言糞のいつハりにてもあれ、我ハまことにたのむとも、又いくたびか契約もたがひぬれど、猶さりともと、又ゝ頼む心など也。／詞。たゝ頼む、たのめをく、契りをく」」（拙蔵板本。巻四、恋。下冊六丁表）とある。又、「契恋／新古今／同〈慈円〉／たゝたのめたとへハ人の偽を重てこそハまたもうらみめ／たゝたのめといひ、たとへハ人の偽をなといふあたりに、契心あり。契とハ、いつの比あハんなど約束すると也」（拙蔵板本。巻一、題をまハすと云事。上冊十丁裏）と証歌を挙げて説明している。題詞の「契恋の心」の「心」は、前歌題詞の「片思の心」の「心」と同様で、「趣意」の意で、具体的には『初学和歌式』に説明してあるような事なのである。題の大意は「現時の摂政太政大臣九条良経公の家で結番編輯が催行された百番の歌合で、契る恋の題の趣意で詠みました歌」というような意。新古今集では『六百番歌合』という名称は使われていない。これより数年後の『千五百番歌合〈仙洞百首歌合〉』は、後鳥羽院主催結番のためか、この名称が使われている。

二　前大僧正慈円

管見新古今二十六伝本の当歌作者名表記は、すべてこれに同じ。『六百番歌合』では信定という名を借りている（頭注一ヲ参看）。磐斎は『増抄』春上三三番歌で事略を述べている。「校注」では、冬五八〇番頭注一。哀傷八三二番頭注一で既述。慈円は、吉水大僧正・大僧正御房・座主の御房・慈鎮大僧正・慈鎮和尚、など、和歌文学史上でよばれている。なお『拾玉集』から、桑門時貞・学生安成・我立杣・南海漁人・北山樵客・金剛仏子・老僧・艮山老僧・西峰老僧・流転比丘・神主康業・能季加法師丸・信光・南山隠士・老病僧・北山隠士・禅林朽木などの「借名」も窺知できる。初めの法名は、道快であった。「続群書類従」所収の『天台座主記』〈該書ハ㊣群書類従所収ノ同名書ヨリモ詳細〉によれば、●建久三年に第六十二代権僧正慈円

（青蓮院）治山四年、●建仁元年第六十五代前権僧正慈円（青蓮院）治山二年、●建暦二年第六十九代前大僧正慈円治山一年、●建暦三年前大僧正慈円（諡慈鎮）治山一年八ケ月（御年五十九．四ケ度還補之初例也）と見え、詳細な事略が記されている（引用ハ長クナル故省略）。追加参考「慈鎮和尚（勅撰入集歌数省略）。法諱道快。後改慈円。法性寺摂政関白忠通公息。知足院摂政関白忠実公孫。母家女房加賀。従五位上仲光女。久寿二四十五誕生。覚快法親王入室資。全玄大僧正灌頂資。号吉水和尚。一身阿闍梨。法性寺座主。極楽寺并法興院別当。天台座主三《ママ》箇度。建久三十一廿九〈初度〉。建仁元二十八〈第二度〉。建暦二正十六〈第三度〉。法性寺執印座主四箇度。楞厳三昧院撿挍。法務。平等院撿挍。四十七歳。常住院別当。大僧正。不経僧正直任之初例。四天王寺別当。牛車。嘉禄元九廿五入滅。年七十一。嘉禎三三八賜諡慈鎮。依前大僧正良快奏也。滅後十三年也。勅使少納言藤長成。登山於無動寺大乗院読勅書。（青蓮院門跡系譜）」。

三　たゞ頼めたとへバ人の偽を重ねてこそハ又もうらみめ

管見新古今二十六伝本では、末句の「又」に、「身をィ」の校合傍書があるので、「身をもうらみめ」の異形もあることを示す久曽神昇氏御室本がある〈岩波旧大系校異ハ「又も《身をイ》—又も」トシテ示シテアルガ「も」ハ表記シナイ方がワカリヤスイ〉。「うらみめ」を「恨め」と表記してあるのが、承応三年板本・延宝二年板本〈文化元年補刻本モ〉・正徳三年板本・寛政十一年板本である。「恨め」なら、「ウラミメ・ウラマメ」の両様に訓める〈「め」ハ「む」ノ已然形デ動詞未然形ヲ受ケル。「うらむ」ハ、近世以降ハ四段活用ニナルガ、ソレ以前ハ上二段活用デアッタ。「恨め」ノ表記ハ、ソノ活用型変化期ノ板本デアルカラ「うらめ」「うらまめ」ノドチラニモ訓メル表記トナッタノデアロウカ。新古今当時ノ訓ヲ正確ニ示スニハ、「恨みめ」トスベキデアッタ〉。なお当歌は柳瀬本に隠岐棄除印が付く

当歌の出典は、題詞の「摂政太政大臣家百首歌合」、つまり後称『六百番歌合』とあわせ考えて『慈鎮和尚自歌合』より、『六百番歌合』とする方がよい。次にこの二書を示しておく。

「左／定家／あぢきなしたれもはかなきいのちもてたのめば今日のくれをたのめよ／右勝／信定／ただたのめたとへばひとのいつはりをかさねてこそはまたもうらみめ／左右互無殊事申す　判云　たのめばけふのといへるも、さもあることには侍れど、たとへば人のいつはりをといへるすがた、なほふかくきこえ侍り。右為勝。（六百番歌合。恋上、祈恋。十一番）」・「恋の歌中に　左　勝　うちかへし思ふ心になぐさめてこひにやどかる我が涙かな／契恋　右　ただたのめたとへば人のいつはりをかさねてこそはまたも恨みめ／左右の恋、ともに心ふかくきこえ侍るを、猶左、恋に宿かるらん末句、めづらしくも侍るにや。まさるべくや侍らん。（慈鎮和尚自歌合。〈聖真子十五番〉、十番）」他に『拾玉集』（第二。一六二二番）「契恋、勝、定家卿／たたたのめたとへば人のいつはりをかさねてこそは又もうらみめ」。

他出は、『桐火桶』（慈円歌三首の一。歌句同形）・『兼載雑談』に「たゞたのめたとへば人のいつはりをかさねてこそは又もうらみめ恋／下もえにおもひきえなむ煙だにあとなき雲のはてぞかなしき　俊成女／これらを恋の本と被レ申き」〈大坪云、二声とたゝかぬさきに戸を明けて、トイウ基佐ノ連歌句ヲ、兼載ハ、恋の本意無念なり、トシテ、慈円・俊成女歌ヲ、恋ノ本意ノ手本句トシテ示シテイル。後述ノ古抄、即チ幽斎ノ新古今聞書後抄ニ関連スル〉『連歌教訓』に歌句同形で見ゆ。〈岩波文庫、『連歌論集㊦』所収二七三頁〉・『新続三十六人撰〈正元二年新三十六人撰〉』（九番左慈円歌十首ノ中）に歌句同形で見える・『練玉和歌抄（巻八恋下）』に歌句同形・『短歌撰格㊤』に「ただたのめ」たとへば人の□いつはりを　かさねてこそは□又もうらみめ／……初句よりいひ切て、第二句の七言より第三句の五言のうくる時は、五句の運《ギレ》び皆が顚倒《サカサマ》になれるをや。されば此初句絶も、上つ代のうたにありとあらゆるもの丶中に、一首も見えたる事なし……新古今にいたりて、はじめて上にいふまじき語を、上にすゑていひ切る事起りて、其歌数三百余首に及びたり。そも〳〵彼ノ集のうたの心の、巧《タクミ》にして花々しかるは、さるものから、今句格にとりては、かくしも古へに背けたりつるを、むかしよりかゝるすぢを、さたする人もあらず……（橘守部）」・『清水宗川聞書』に「一、たとへ□《ママ》きぼあるとも、たとへの詞むつかしきなり〈大坪私解。語ノ使イ方ニ規模＝効果ガアルトシテモ、第二句ノたとへトイフ語ハ、理解ガ困難ナ使イ方デアル〉せんざく〈穿鑿—微細ニワタッテノ吟味〉のありたる《ママ》事《き?》なり。慈鎮の歌に／たゞたのめたとへば人のいつはりをかさねて社はまたもうらみめ／此たとへはよきと也」・『閑田耕筆』（巻之四。事部二十八条ある僧の詩集に云々）に「慈鎮和尚の拾玉集にいはく、恋の歌よめることこそ、まことに浮世を離れぬ

ためしには、皆思ひ馴たることにて侍めれど《(ママ)》、是によせてこそは、厭離《エンリ》の心を教《(ママ)》へ、欣求《ゴング》の心をも顕さんとて、も、歌にかぞへたして、いそぢにつがひ侍りぬ。など見え〈大坪注、拾玉集五七三二番ノ後ニ書カレテイル文言。脱句脱字アリ。新編国歌大観所収本〉、およそ詠給ふ恋歌あまたなり。西行上人又同じ。一言芳談に、たのめたゞたとへば人の偽を重ねてこそはまたもうらみめ、といふ新古今の恋歌にて、他力念仏の意を会したる人も有。〈大坪注。一言芳談―岩波旧大系仮名法語集所収。一九一頁―二、敬仏房云、念仏の法門は、歌一首にて心得たるよし。僧都御房〔＝明遍僧都〕に申なり。仰云、さぞ。たゞたのめたとへば人の偽をかさねてこそは又もうらみめ……下略……トアリ〉」。次に当歌の歌意であるが、引用した他出書に述べられている諸点に、留意することは重要であろう。第二句の「たとへば」・他力念仏の意を汲め・恋の本意・初句切れ倒置技法などを考慮して解すべきであろう。当歌は久保田氏『全評釈』に言われているように、「題詠の歌だから、どういう立場で詠まれているのかはっきりせず、取りようによって解が反対になる、面白いケース」の歌であるから、熟慮が大切である。

初句の「たゞ頼め」とは、誰〈対象者〉を信頼せよというのか。自身を信頼せよというのか、相手を信頼せというのか。自他を超越した者を頼めというのか。自他を超越し「神仏」を頼むとしても「他力念仏（閑田耕筆・一言芳談）」には相違ないので、他を頼むことになる。この語は新古今巻二一の「釈教歌」巻頭の「なほ頼めしめぢが原のさせも草わが世の中にあらんかぎりは」の「なほ頼め」と類似発想の語句で、『沙石集』（巻五(本)《もと》、第十二話和歌ノ道フカキ理アル事）にも出ており、そこでは「タゞタノメシメヂガハラノサセモグサ我《われ》世《の》中ニアランカギリハ」と初句が「たゞたのめ」となっているので、殆んど同じ語句と認められていた事がわかる。なお『袋草子㊤』（希代の歌）には『新古今(釈教)』と同じく、作者を「清水(寺)観音」としているから、頼まれるのは仏である。現行諸注釈書の解釈を次に示して、頼まれる対象者が、自か他か神仏かを推察していただきたい。「アナタハイロ〳〵ト私ノヿ《コト》ヲ疑ヒ恨ミナサルガ、最早斯ウシテ深イ約束ヲシタカラニハ、唯一向《タダヒタスラ》ニ私ヲ信用シナサイ。若シ此上ニ私ガ偽リヲシタト云フヿガ幾度モアツタナラ、又其時ニ御恨ミナサイ。私ハ決シテ偽ナドハ申シマセヌゾ。自から心に言ふ意ととける抄〈大坪云、八代集抄ガ引用スル幽斎説ノコト。季吟ノ説ハ愚案トシテ別見解〉の説は非常なる誤なり。尾張人〈大坪云石原正明ヲサス〉の解わろし（鴻巣氏『遠鏡』）」・「とやかくと疑ひて恨み給ふが、最早、其の疑はやめて、たゞ一向に我れに信頼せられよ。我れには更に偽なし。若し此の後、仮りに偽を重ぬる事ありとせむ。其の時にこそまた恨みたまへ。今日の疑は、最早やめたまへ。我れには更に偽なしといふ事にて、人のとやかくと疑ひて恨みたるを、我れに偽はなし、信頼せられよと契ひたる意なり（塩井氏『詳解』）」・「君は少しの事にも恨むが、恨むことはやめて、ひたすら自分を頼み給へ。自分には偽は全然ない。たとへてみれば、仮りに偽を重ねる事があるとしよう。その時こそは、君はまた恨んでも差支ない。／初句の〈頼め〉は、自分を頼めと男が女に云ふか、女が男を頼めと心に命ずるか、やや曖昧であるが、恐らく、前者であらう。さうすると、次の〈人〉は、男自分の事となる。仮初にもその人が偽を重ねれば恨め。実は重ねないから、恨むには当らないの意となって来る。紆余曲折してゐるが、これがこの歌の生命であらうから、難ずべきではなからう。が、猶明快清爽に如くことはあるまい（尾上氏『評釈』）」・「（あなたはとや角と私を怨みますが）、ただ私の言葉を信じて下さい。もし、今後再び私が偽りをしたならば、その時にこそ又怨んでもよいでしょう。が私は決して偽りは致しません／今のことも偽りではないが、仮に偽りだとしたいならば何としてもよい。併し今後は決して偽りは言わないから信じてくれ。もし万一にも、私が再び偽りをしたなら、その時は又どんなに恨《(ママ)》んでもよいという意である（石田氏『全註解』）。怨・恨ノ使イ分ケハ無イト思ウ。参考。怨ハ、人ヲうらむ。恨ハ、心ニ残リ、ウラミノキワメテ深イコト。人ニ対シテヨリモ自分ニ対シテノコトバ〈角川新字源。同訓異義〉）」・「ひたすらに私を信頼しなさい。仮りに私が、こうした偽りをかさねる事があったならば、その時こそは、またも、恨みなさい／夫婦関係の仲でのいさかいの歌……世故に通じた、女の本性を知りつくしている男が、世間見ずの妻に論している心で……作者慈円に興味を感じさせる歌である（窪田氏『完本評釈』）」・「とやかく人を恨み給はず只一向《ひたすら》に我《わが》いふ事をたのみ給へ。我身《わがみ》に偽はなきなり、たとへば此うへ我《われ》偽を重ねし事あらば、其時こそ又も恨み給はめとなり（標註参考）」・「ひたすらに我が心をあてにせよ。もしひょっと、人が偽りを重ねた時に初めて、改めて恨め（岩波旧大系頭注各句繋合）」・「いちずに信頼して下さい。つまりこういう私があなたを裏切って偽りを重ねたその時にこそ改めて恨むがよいと思います（岩波新大系脚注）」・「ひたすらわたしを信頼しなさい。仮に、わたしが偽りをくり返したならば、あらためて、また、恨んでもいいであろう（小学館『全集』）」・「わが心よ、ひたすら信じることにしましょう。たとえ偽りであっても、その約束を。あの人が偽りを重ねた時にこそ改めて恨むことにして。／女の立場でわれとわが心に言い聞かせた歌（新潮『集成』）」・「わが心よ、ひたすらあてにせよ、たとえあの人が偽りであっても。その偽りを重ねた時にこそ、あの人の不実さをまた恨もう。今はこの恨めしい気持を抑えて……。（久保田氏『全評釈』）」。以上の如く、当歌は、現行注釈書でも、男の立場で詠まれている歌とする解釈や、女の立場で詠まれている歌と考える解釈が、錯綜しているが、それを超越した「神仏」から、俗人の男女に対して教導する立場での解釈は見当らない。併し斯様な見方も江戸期にはあったらしいことは『閑田耕筆』からは窺えるのではないか。当歌理解の参考歌としては、「たのめつつあはてとしふるいつはりにこりぬ心を人はしらなむ（古今集恋二。六一四番躬恒歌）」・「いつはりと思ものから今更にたかまことをか我はたのまむ（古今集恋四。七一三番読人しらず歌）」。

四　古抄・・・この古抄は、幽斎による「聞書後抄」であるが内容上は、幽斎による独自注ではなく『牧野文庫本聞書』や『新古今注』の説を、つなぎ合わせたような注である（後引参照）。さて、この注を所載する伝本間の校異を示すと、「恋の歌の詠ミ様の手本といふ歌なり」は、頭注三に引いた『兼載雑談』に拠るものと思われるが、内閣文庫蔵増補本新古今聞書には「・・哥(ママ)のよみやうの手本と云哥也」で「恋の」が欠落し、歌一般の詠様手本と誤解されかねない。「我心をわれと責めていへるなり」は「我心を忘(ママ)とせめていへる也（私抄）・我心をわれとせめたる也（吉田幸一氏旧蔵本註・高松宮本註・高松重季本註）」。「心ハよく聞こえ侍り」は、八代集抄引用では欠けておる。「此のたとへハ」が、「このたとへばは（説林後抄・八代集抄引用・吉田氏旧蔵本註・高松宮本註・高松重季本註・内閣文庫蔵増補本聞書・内閣文庫蔵聞書後抄）」となっており「第二ノたとへばトイウ語は」という意に解せるから、「は」の付いている方がわかりやすい。『私抄』では「このことは」となっており、「この詞」の意で「この事は」の意でなかろう。「世俗に例へバ何と有るとも斯く有るとも」が、「世俗に假令(ママ)は何と有ともか(ママ)とも有とも（八代集抄引用）・世俗にたとへは何とあることもかくある事も（私抄）」。「と云ふが如し」が「な(ママ)といふかことし。詞まで也。心なし（吉田氏旧蔵本註・高松宮本註・高松重季本註）・な(ママ)どいふがごとし（私抄・説林後抄）」。

五　恋の歌の詠ミ様の手本といふ哥なり既述したように『兼載雑談』に見え、紹巴の『連歌教訓』にも次の如くに述べられている。「一、恋の連歌などは取分、やさし(き)心遣ひ肝要なり。難面はやがて思ひ絶えんといふ、又人に思はれたる体などは恋の本意にあらず。近代の連歌に／そなたもおもふ程はみえけり／ふたこゝろとた、かぬさきに戸を明て〈大坪云、兼載雑談ニヨレバ、桜井基佐《もとすけ》ノ句トイウ〉／是、恋の本意なし。／身にうきふしを猶ぞしたへる／つれなきはわれもといはん中ならで／遥にかへるみちやうからん／尋るも〈尋ぬ共ィ〉かならずあはん夜半ならで／如此にあらまほしき也。古歌に、／たゞ頼めたとへば人の偽を重てこそは又もうらみめ（連歌教訓。岩波文庫連歌論集(下)一七三頁）」とあって、恋の本意が、恋人と逢えず悶々と苦しみうらむ状況にある事こそが、恋の本意であると説かれている。文意は「当歌は恋歌の詠み方の手本だと、古来からいわれている歌である」の意。

六　たゞ頼めとハ……心はよく聞こえ侍り文意「第一句の〈たゞ頼め〉即ち、ただひたすらに信頼して当《あて》にせよという語は、自身の心を自分からすすんで苛《さいな》みなやませて言いきかせている言葉である。その心情は十分に理会されます」。誰を頼めと述べているのか、自分か、相手の恋人か、又、自他を超越した絶対者か、或は恋の成行《なりゆき》をか、判然としないが、後接文の「何とあるとも斯く有るとも」という文言を考えあわせると、絶対者〈神仏〉や、事の成り行き〈趨勢《すうせい》〉を、頼めという解釈も可能となるように思われる。

七　此の譬ハ当歌には、何を何に譬喩しているのかが、述べられていない故に、「このたとえばは」の意で、提題の助語のはを落した表記であると私は思う。校異で示したような「此たとへばは」とある伝本に従うべきである。

○世俗に例へバ……と云ふが如し「世俗」は「セゾク」と訓み、世の中の風習を云うが、世の中・世間《せけん》、の意や、世の俗人・世間の人の意にも多く用いられる語。文意「世間の人が習慣的に使っている言葉に譬えて言えば、〈何と有とも斯く有とも〉というような言葉と同じで、よしんばそうであったとしても、という意味である」。参考「たとハゞ。此ことハ、タトハゞ・タトヒ・タトフ・タトヘバ、上四段にハタラクベシ。タトハゞとは、借(ママ)に設る言にて、算法に假如有三米何石二云々、云如く也。タトヒとは俗喩の言をタトヘと云ふ。是体の言を用ゐ云ハ非也。タトヒと云べし。〔源氏は、き、〕世のたとひにてむつれ侍らずと申す。然るを〔源氏わかな〕いにしへの世のたとへにもとあり。是書写の誤なるべし。○又縦也。是も俗にタトへと云。亦タトヒと云べし。縦ハよしの義、譬ハ諭暁の義にて、各別の異なれども、倭語にて言の本ハ同したるべし。其説は〔一言芳談〕たゞ頼めタトへば人の偽りをかさねてこそはまたもうらみめ　是にて譬喩と縦令とハ各別なれども、倭語のタトヒといふ言の本は、タトは手疾《タト》の義、又手疾とハ、俗に云る手一字をして事を暁《さとら》す事、ヒは詞也。因てタトハン・タトヒ・タトフ・タトへ計《ばかり》バと活用する言なるべし。故にタトへと言ンにハ、下知の辞になる也。言の下にヨ文字を添へたると同し意なれとも、ヨ文字を添ふるハ重言なり。姑らく愚案を記して後考を俟つ（太田全斎編村田了阿補『俚言集覧』。見出語〈たとハゞ〉項）」。岩波新大系脚注にたとへばは、散文的用語と注記している。

八　たゞとハ……ひらに頼めと也

文意「初句の〈たゞ〉という副詞は、世間一般の道理、即ち筋道立《だ》てた理法、を抜き払って、ただただひたすらに相手を信頼せよという意である」。増抄説は、相手を信頼せよ、相手をたよりきれ、という意だと思われる。参考「コトワリ〈理〉。道理をもって説くこと、または、道理。（日葡辞書）」。「ヒラニ（平に）。副詞。恐れ入って、または、ひたすら。例。ヒラニタノム〈平に頼む〉切にお願いする（日葡辞書）」。ひらにとは、ひたすら、全面的に、というあらゆる疑念や道理を取り払っている心情を、根底とした表現である。

九　たとへバハ、假令なり。

頭注七に引用した『俚言集覧』に説かれているように、「たとへ（譬へ）」・「たとひ（譬ひ）」は、譬喩《けいゆ》・假令《けりよう》の両義にわかれており、慈円歌の「たとへバ」は、假令の意の表現で、たといそうだとしても・よしんばそうであったとしても、の意であるということの説明。

一〇　偽があるとも……頼ミあるべし

文意「相手に、よしんば偽りがあるとしても、それを不満に思って恨むような事をせず、ただひたすらに相手を信頼しつづけるように処すべきである」。

二　重ねて再〳〵あらバ、恨ミても苦しからず

文意「相手の偽りが、度重ねて幾度もあったならば、その時は、相手を恨んでも、さしさわりはなかろう」。

三　心軽く……いふは心浅し

文意「相手の偽りが、ただの一度ぐらいの場合などでは、十分に思慮もせず軽薄に、恨み言をいうのは、思慮分別が浅く、情が薄いと思われる」。「心軽く」は、「いふ(ママ)」に懸かる。

三　恨をも言はで頼むが、懇切也。

「懇切也《こんせつなり》」は、「こひ《こい》、切也《せちなり》」、とも訓み得るような筆跡である。「懇切也」は、漢語、形容動詞終止形。人に接する態度が親切で丁寧であるさま、と『角川古語大辞典』にあり、『日葡辞書』にも「コンセツ（懇切）。ネンゴロニセッナリ（懇に切なり）、愛情と手厚い待遇と。コンセツヲツクス（懇切を尽す）、深い愛情のこもった手厚いもてなしをする」とある。「恋、切也」も、恋の思念が、胸に迫ってくる、というように理解され、いずれを取っても、相手に対す恋の思いの痛切である、ことが読みとれる表現であろう。文意「相手の偽りが度重なっても恨みごと一つ言わず、ひたすらに相手を信頼する態度が、親切丁寧《ていねい》で、恋の思いが痛切であることが恋の本情であろう」。

四　良きならバ頼まむとハ、大抵の事なり

文意「相手の態度が、良好であった場合なら、その時は相手を信頼しよう。（相手が偽りを重ねるような場合は信頼しない）、というような相互の在り方は、通り一遍、普遍の恋で懇切な恋ではなく、恋の本情とはいえない態度である」。

五　たとへバとは……一旦ハ言はぬが深き心となり

文脈の辿りにくい記述であるが、〈たとへバ〉は「言はぬが深き心となり」に続くので、その中間文言は挿入句として考えれば、やや文意が通ずる。文意「相手に対して恨み言もないような場合には、相手を信頼するのが良いのであるが、よしんば仮に相手に対して恨み言のあるような場合であっても、一旦は〈しばらくの期間は〉恨み言を言わないでおくのが、深い配慮というものである」。磐斎の解釈は、「恋の本意・本情」を基礎に据えた解釈というべきであろう。中世の連歌でも、「本情」「本意」を基礎として、臨むべき事が説かれる事が多い。

参考、この慈円歌に対する古い註を次に示しておく。「玄旨〈幽斎〉云、〈省略〉。愚案

〈季吟説〉たとへば人に偽有ともまづ只頼めと我にせめていひて、よし偽とても一旦は先頼て、彌《いよいよ》偽かさならばこそ又うらみもすべし、我いとをしく思ふ人をたとひ偽有とも、かろ〳〵しくとがめ恨べきにあらず、となるべし（八代集抄）」・「此タトヘバトハ、世俗ニ、タトヘバ、ナニトアリトモ、カトアリトモ、ナドイフガゴトシ。タヾ詞也〈普通ニ使ワレテイル普段ノ詞〉。心ナシ（新古今注）」・「君の偽をばわれもしれど、只たのめとなり。偽事をかさねて恨の数にもせんとなり。深く契約せし中なれば、おほかたの事にて儀絶せじの心なり（抄出聞書）」・「契恋をよめり。・《恋の》哥のよみやうの手本といふ哥なり。たゞたのめとは、わが心をわれとせめたるなり。心はよく聞え侍り（牧野文庫本聞書）」・「人の偽を一度二度にては恨《うら》るまじと也。道理をかさねかさねてこそ恨みめと也（新古今集之内哥少々）」・「うらみありとも、かんにんしていたるがよし。むさと〈思慮モナクムヤミニ〉恨れバ、これほどの事を恨かといひて、いよ〳〵中絶物也〈男女ノ仲ガ絶エルモノデアル〉。先このたびハうらみずニいるがよしと也（かな傍注本）」・「恋の哥のよみやうの手本と云哥也（宮内庁書陵部本新古今集抜書）」・「初句只たのめとある、つよき五文字也。只といふ詞、唯・只ノ二字不借余縁とて打成《つなる》一偏になり行たる詞也〈唯・只ノ二ツノ字ハ、或詞ノ持ツ本質的意義ノミヲ強メテ、自余ノ関連スル意義ヲ借用スルコトナク、ソレヲノミ強調スル時ニ打チ使ウ字デ、本質的意義ニ偏《かたよ》リユク時ノ詞デアル〉。是にも本哥あり。／〽偽りのなき世なりせばいかばかり人の言の葉うれしからまし〈古今集七一二番よみ人しらず〉〽偽りと思ふ物から今更にたがまことをか我は頼まん〈古今集七一三番よみ人しらず〉／地盤偽りの世なりけりとたて、〈コノ世ハ、物事ノ基台ガ、偽リニ満チタ世界デアルト見立テテ〉、あひな頼みに〈根拠ノナイ筋チガイノタノミニ〉仮令世の習の偽りにもあらばあれ〈ヨシンバ、世ノ習ガ偽リニ満チタ世界デアッテモ、ソレハソレトシテ〉不定世界なれば〈所詮、コノ世ハ不安定デアルカラ〉、偽りの内にまことのあるまじき物にあらず、されば偽りのかさなり〳〵てのうへに、又もうらみ〳〵こそせめ、先《まづ》、ひたすらにたのみ見て、まことに逢事のあれかし、あるまじき物に非《あら》ズ、とつよくいひたる心也。禅法〈禅宗ノ教法〉などには、うたがひつめざれば〈トコトン、疑ツタ末デナケレバ〉発得はならぬ〈物事ノ本質ヲ把握シ会得《えとく》スルコトハデキナイ〉とも教、又疑諦虚化をきらひ捨ル事あり〈或イハ又、本質ヲ疑イソノ追求ヲ諦メ、本質ヲ虚《むな》シクスル態度ヲ、嫌イ捨テルベキダトスル教エモアル〉。此哥疑妄をわきまへしりて〈コノ慈円歌ハ、世間ノ偽言妄言ヲ弁知シテ〉疑妄をたすけたる心意味ふかし〈偽言妄言デサエモソレヲ活用シテ自身ノ向上ニ役立タセルトイウ内容ヲ持タセテイル点ニ、意味ノ深イモノガアル〉。此うへ自業自得すべし〈ナオソノ上ニ、自身ノ行為ヲ自身ニ受ケトメテ修業ニハゲムベキダ〉（新古今七十二首秘歌口訣。大坪云、コノ口訣ニハ仏教的専門熟語ガ多ク、拙解ハ誤リモ多イト思ウノデ、御教導ヲ乞ウ）」・「たゞたのめは、とやかくと疑はず、たゞひたすらに我ガいふことをたのめと、契る人にいふ也。たとへばといふは、いまだ其事のなきに、もしもしか〳〵の事あらむに、といふ時につかふ言也。此のつかひざま、此ころの物には、ただの文にもをり〳〵見えたり。此歌にては、いまだ偽を重ねはせざるに、もし此後いつはりのかさなる事あらば、其時にこそといふ意也。人は、こゝにては、我をいふ。かなたのうへよりいへば、我は人なり。結局は、又とは、上のかさねてといふにかけ合たり。然れば此歌は、人の恨むるにつきていへる意にて、今までの事は、ともかくもあれ、今より後は、たゞ我を頼み玉へ、此うへ我ガ偽リの重なりたらむにこそ、又も恨み玉はめといへるなり。或抄に、たとへばを、たとへば人に偽有とも、まづたゞたのめと注したるは、かなはず。（新古今集美濃の家づと）」・「〈前略→美濃説ヲ引用。但シ或抄云々ノ部分ハ引カズ〉たとへは、俗語にも常いふ、假令《タトヘハ》とかきて、漢文よミにハつねの事也。尾張あたりの俗語には、字音に假令《ケリヤウ》ともいふなり。人は誰となく人也。たとへに事を設ていふなれば、さす人ハなし。ミの家つとの説も、たかはねと迂也。一首の意ハ、よくいさゝかの事にもうらミ給ふが、それをやめて、ひたすらたのミ給へ、我に偽はなき也。假令人か偽ごとを重ねし事ある時あらバ、又も恨ミ給へと也。又とは今恨むるに対して、後に恨むる時あるを又といふなり（尾張の家づと）」。

〔三四〕（一一八頁）

二　左衛門督家通

管見新古今二十六伝本の中、寛政六年板本のみは「左衛門督家道」と「通」を「道」と表記。「督《かみ》」は衛門府の長官。「令《りやう》」の官制は四等官制で、長官・次官・判官・主典で役所により用字が異なっている。衛門府では、督・佐・尉・志の用字であった。

三　作者部類

『勅撰作者部類』には「家通。従二位中納言。大納言藤原実通男。千載、恋二、二。左衛門督・新古、恋三、一、雑上、一」とある。新古今集での採入数を示したもの。家通は、千載集にも二首採入されているが、磐斎の他作者の記載から推して、ここは新古今を指すのである。家通の略譜は、「藤原家通者。坊門大納言宗通之孫、大納言重通之男。母大納言師頼女也。久安元年十一月叙爵、歴任為二頭中将一。仁安元年六月任二参議一、三年八月叙二従三位一、承安二年十月正三品、治承三年十一月兼二右兵衛督一、寿永元年三月遷二左兵衛督一、十二月叙二従二位一、二年正月任二権中納言一、十二月遷二右衛門督一、三年九月為二大理一〈大坪注、大理トハ検非違使別当ノ唐名。家通ハ本官ガ右衛門督デアリ、検非違使別当ヲ兼任シタノデアル〉十二月叙二正二位一。文治三年十一月朔早旦、辞職。依二病痾急逼一也。同夜遂以捐レ舘、年四十五。千載・新古今両集、各載二二首之詞藻一。角金記、是其家乗也。〈大坪注。家乗トハ家ノ記録デ、日記ヤ系譜ナドヲイウ。家通ハ今鏡ノ藤波の㈹第五ノ花の山ノ師実の四郎君五郎君ニ、忠基の中納言と申し、筑紫の帥になり給へりしかとよ。神楽の笛でよく吹き給ひけるとうけたまはりし。その御子に六角の宰相家通と申すなるは、重通の按察の大納言の養ひ申し給ひけるとぞ聞え給ふ。トアルノデ、角金記トイウ日乗ガ残ッタノデアロウ。ナホ、角金記ノ名称ハ、新人物往来社ノ別冊歴史読本、日本歴史古記録総覧㊤デハ、家通卿記ノ名デ見エテイルガ—三八五頁—、角金記トイウ名称ニハ気付カレテイナイ〉」（二十一代集オニ伝）」・「正四以下藤家通、二十四、六月六日任、元蔵人頭右中将止之。本基重。正二位大納言重通卿男。母師頼卿女、実忠基卿二男。久安元十一十八従五下。仁平四正廿三従五上〈皇嘉門院仁平二年御給〉。久寿三正廿七左兵衛佐〈重通卿辞左衛門督申〉。保元々九十七左㈱少将。十四。同二正廿四備前介。十月廿二正五下〈造宮賞。上卿重通譲〉。同四正七従四下〈府労。十七〉。永暦元二廿八右中将。十八。同八月廿七従四上〈重通卿賀茂行幸行事〉。同二正廿三備前介〈兼〉。応保三正五〈大嘗会。美福門院御給〉。長寛二正廿一蔵人頭。廿三。永万元六廿五更新帝頭。廿四。〈公卿補任。六条院、永万二年条。永万二年八月廿七日改元。仁安元年トナル〉」・「（尊卑分脈＝吉川弘文館版第一篇二三六頁）。右大臣俊家五男権大納言宗通卿息男五人内。〈一男・二男・三男、八省略〉。四男大納言成通卿　号高倉　子孫有之　但今世無之。五男大納言重通卿息権中納言家通卿流　号六角。子孫相続、今号高倉／権中納言家通息四人内、一男員外不及註見系図。三男左中将敦道。子孫相続。号高倉」・「頼宗—俊家—宗通〈号坊門〉—重通〈高倉〉—家通〈従二・権中納言〉—敦道—氏通—茂通—有通—広通（尊卑分脈、頼宗公孫）」・「左衛門督重通卿曰、辞二左衛門督一、其替任二左府〈頼長〉子息一人一、其替近衛司師光拝任、其替侍従養子家通拝任者《ステヘリ》（台記、久安六年七月十六日条。重通ガ養子ノ家通ヲ　引立テントシタコトガワカル。但シ鳥羽法皇ノ許可ハナカッタ）」。

四　辛しとハ思ふ物からふし柴の暫しもこりぬ心なりけり

管見新古今二十六伝本では歌句の異同はない。当歌は、『続詞花和歌集』（巻十三恋下）に採入されている。「女をうらみ侍りて、いまはまうでこじ、など申して侍りけるが、なほわすれがたくおぼえければつかはしける／藤原家通朝臣／つらしとはおもふものからふしばのしばしもこりぬ心なになり（ママ）（新編国歌大観本）」である。第五句は、新校群書類従本や校注国歌大系本でも「心なになり」となっている（いずれも活字翻刻本ニヨル）。陽明叢書『中古和歌集』には写真版で、続詞花集が納められているので、次に示しておく、「女をうらみ侍ていまはまうてこしなと申て侍けるかなを忘難くおほえけれハつかはしける／藤原家通朝臣／つらしとハおもふ物からふし柴のしハしもこりぬ心なになり」であるが「なになり」の部分の「に」は「り」と書きかけて「に（尓）」に変更した感がするし、末尾の「なり」も「な」の書体は、「介」を「奈」にかえた感があり「り」は「里」である。

「辛しとは思ふ物から」という表現は、慣用成句とでもいうべき表現で、平安期は勿論その後もかなり使用されている。たとえば、『万代和歌集』（巻十二・恋四）に「遇不逢恋を／脩明門院大弐／つらしとはおもふものからありあけのうかりしつきぞかたみなりける」とあり、『続後撰集』（恋五）にも、そのまま採入している。又『拾遺集』（巻十五・恋五）に「題しらず／読人しらず／つらしとは思ふ物から恋しきはわれに叶はぬ心なりけり」、『頓阿百首Ⓑ』（書陵部幽斎本ノ写本、日野資矩筆本）に「つらしとはおもふものからこひしきやなぐさめがたき心なるらむ」等々がそれである。特に当歌に影響を与えているのは、契沖も『書入本』で指摘している、待賢門院加賀の「かねてよりおもひしこ（契沖ハ、かるト引用）るばかりなるなげきせんとは」という歌で、『千載集』（恋三。七九八番歌）。『今鏡』（みこたち第八ノ伏し柴）に第二句を「おもひしものを」の句形で見えており、「伏柴の加賀」という異名まで出来た歌。『古今著聞集』(第五、待賢門院の女房加賀伏柴の秀歌を詠む事)に第二句を「おもひしことよ」の句形で見え「さて、かひぐ〱しく千載集に入にけり。世の人ふししばの加賀とぞいひける。能因が振舞に似たりけるにや〈大坪云、能因ノ都をばかすみと共に発ちしかど秋風ぞ吹く白河の関ノ説話即チ実際ハ旅ヲセズ縁側デ旅ヲシタヨウナ日ヤケ姿ニナッテ、歌ヲ発表シタトイウ話〉」と綴られている。『十訓抄』や『今物語』にも見え著名説話であった。『今鏡』ではこの歌の作者を「土御門の前の斎院のもとに、中将の御とかいひけるものとかや」と記して、加賀とは書かれていない。同一人物か否かはわからぬが加賀の母は『勅撰作者部類』に「母、斎院新肥前」とする。当家通歌も、当時の成句的慣用語句と伏柴の加賀説話とが、影響して作られた歌と一応理解しておきたい。伏柴・暫《しば》し・樵《こ》る・懲《こ》る、というような同音による連想が、家通歌の生命線と思うが、こういう発想は、東常縁の『聞書前抄』(原撰注)に、山田法師の「賎の男の朝な夕《(ママ)》《(朝)》なに伐り積め《(ママ)》《(む)》るしばしの程も有りがたの世や(新古今一八三七番第二句あさな〳〵)」を引いて説かれており、新古今時代の歌人にも共感を得ていたものであろう。

当歌の技巧は、「ふし柴の」が同音の「しばし」と重ねられ、柴を樵るの意に掛けて「懲り」を導き出す序の役目を負わせてある点。又伏柴とは「河の淀みに伐《き》り漬《つ》けて魚《いを》を取る(和歌童蒙抄)」柴のことを言い、「柴ナラネド、タヾ木ヲモ水ニツクルナリ(拾遺抄注)」ともあるように、只の木でもよいが、「しばし」を導くためには「柴」と考える方が適当。「ふししば」の「ふし」も「伏」の漢字を宛てるが、元来は「ふし」も柴の意の古語で「ふししば」は同語を重ねたものである(石田氏『全註釈』)。柴の古語が「ふし」であった事は、『古事記』に「於㆓青柴垣㆒打成而隠也。訓㆑柴云㆓布斯《フシ》㆒」(上巻、葦原中国平定ノ八重事代主神)とあり、西郷信綱氏『古事記注釈(二)』には、平田篤胤の『古史伝』の「今世にも漁猟《スナドリ》をするに、海にまれ河にまれ、織《クヒ》を樹《(うえまは)》周して垣となし、一方に口を開け、其の水底に青柴を漬て、彼の垣の開たる処より、魚等の入りて、柴の中に潜まるを伺ひて、其の開たる処を塞ぎ、柴を引揚げて魚を捕るわざあり。此を布斯都気《フシツク》と云」という一文を引用してある。柴の古語がふしであった事がよくわかる。初句の「つらし」は古典の基礎語彙で、相手を非情、薄情、無理解だと思う感情で、自分の外側の存在が原因で感じる情意のこと。類義語に「憂し」がある。当歌の歌意は、「貴女《あなた》の仕打ちを辛いとは思いますものの、ふししばではないが、同音を踏む語の、しばしの間でさえも、その仕打に、柴を樵るの樵るではないが、同音の懲ること もなく、猶《なお》貴女を恋い慕っているわが心でありますなあ」の如きものであろう。

五　しばしとハ、少しの間も、懲りて辛しとは得思はず、やがて恋しく成となり　磐斎のこの「頭書」は、「増抄(に曰く)」で述べた注を補う為のものであろう。「しばし」は、当歌の下句全体を簡略化し代表させた語。「やがて」は、時間的間隔の少ない事を表わす副詞で、間《ま》もなく・すぐに、の意。頭書の文意は「しばし云々の下句の意は、少しの間でさえ、相手の仕打に懲りて辛いと思うことができず、すぐ又、相手が恋しくてたまらなくなる、という意である」。

六　古抄・・・・　この古抄は、常縁原撰注のものである。原撰注を引く諸書の校異を示せば、「待賢門院加賀哥に(略注)・待賢門院(説林前抄)」。かねてより歌の右肩の「引」歌記号の無いのが、略注・黒田家本・大坪架蔵本・水甕前抄・説林前抄・私抄。「思ひしことよ」が「おもひし事ハ(略注)・思ひしことぞ(大坪本・水甕前抄・説林前抄)」。「こるばかり」が「こりばかり(内閣文庫蔵増補本聞書)」。「なげきせんとは」が「ナシ(略注)・思ひ《なげき》(大坪本、思ひノ右ニなけきヲ傍書)」。「かさねて」が「ナシ(無刊記板本・水甕前抄・説林前抄)・かねて(大坪本・水甕前抄・宝永八年板新鈔)」。「ふししばとはふし〱に」が「ふししば・はふし〱に(私抄。とヲ脱ス)」。「ふし〱になると」が「ふし《も》〱になりてと(略注)」。「云心も」が「なり(黒田家本。なりヲミセケチニシテもヲ傍書)」。「こもり侍り」が「こもれり(私抄)」。「山田法師の哥に」が「山田法師哥に(略注)」。しつのおの歌の右肩の「引」歌記号の無いのが、略注・黒田家本・大坪本・水甕前抄・説林前抄・私抄。「朝な夕なに」が「ナシ(略注。略注ハ、しつかおの朝□□□こりつめるしハしの程も有かたの世や、ノ欠陥歌形)・朝な〱に(黒田家本・大坪本・無刊記板本・宝永八年板新鈔・水甕前抄・説林前抄・内閣文庫蔵増補本聞書・私抄)」。この他にも、八代集抄等は省略した引用をするが後述する。

七　待賢門院加賀哥に、……歎きせんとハ　頭注四でも触れておいたが、加賀の「かねてより」歌は、加賀の異名「伏柴の加賀」を生み出した歌で、その説話は、今物語・今鏡・

十訓抄・古今著聞集・安斎随筆、等多くの書に見える（典拠検索名歌辞典ニ所載書ヲ列示）。いずれも、内容上は同類で文章も類似する。『今物語』（三弥井書店、中世の文学）で引用しておく。「待賢門院の女房加賀といふ哥よみあり。／かねてよりおもひし事ぞ（ママ）ふし柴のこるばかりなるなげきせむとは／といふ哥を、としごろよみて持たりけるを、おなじくは、さりぬべき人にいひむつびて、わすられたらんによみたらば、集などに入たらむも、いうなるべし、とおもひて、いかゞありけむ、花園の左のおとゞ〈＝源有仁〉に申そめてけり。そのゝち、おもひのごとくやありけん、この歌をまいらせたりければ、大臣殿も、いみじくあはれにおぼしけり。かひ〴〵しく千載（ママ）集に入にけり。世の人、ふし柴の加賀とこそいひける（第二二話）」。「かねてより」歌の作者は、『今鏡』では、土御門前斎院禎子女房中将の御とする。状況的には、どちらも有り得るが、千載集作者名から、加賀としておく。歌意は「前もって思っていたことですよ。山賤が柴を切って投げ捨てるように、あなたに冷めたく扱われて懲り懲りするほどの歎きをすることになるでしょうとは（和泉古典叢書、千載和歌集、上條彰次氏頭注。大坪云、樵《こ》るト懲る、歎きト投げ木ヲ掛詞トスル技巧歌）」。

八　ふししバとハ、暫しも懲りぬと重ねて言はむ為也

文意「第三句の〈ふししば〉とは、第四句の〈しばしも〉の暫しを掛詞で言おうがための措辞で、ちょっとの間も懲りないでという意の、暫しと重ねて言うための技巧的表現である」。なお「ふし」は「しば」の古語で「ふししば」は「しばしば→柴々→屢《しば》ゝ」となり、幾度も〳〵懲りないわが心よ、の意も含まれている事になる。『聞書前抄』の伝本によっては「重《かさ》ねて」が「兼《か》ねて」となっている（無刊記板本・宝永八年新鈔）もあるので、柴に屢々の意も兼ね合わせて、言おうとしている、の意とも解せられる。「重ねて」も「兼ねて」も結果的には同じであろう。

九　ふししばとハ節〳〵になると云ふ心も籠り侍り。

柴の古名の「ふし」に「柴」をつけて「ふししば」となるが、古名を繰り返すと「ふしぶし」になる。その「ふしぶし」には、「気が合わずしっくりしないさま・不和な間柄」という意があるので、相手としっくりしない間柄になっても、なお懲りずにという意味あいも、この表現には籠っているのだ、というのである。参考、「間柄がぎくしゃくして滑かでないさま。しっくりいかないさま。不和（角川古語大辞典。ふしぶし）」。

一〇　山田法師哥に……暫しといはん為なり

「山田法師」は、後撰集初出歌人で、以後の集に九首入集。家系や生没年未詳。『十訓抄』に「山田法師は非人にして」（第一〇―第五〇話）とある。『山田法師集』（計三七首）があり、自然の景物を素材として、人生や修業を詠じた作が多い。「賤の男の」歌は、新古今雑下に入集。「年ごろ修業の心ありけるを、捨てがたき事侍りて過ぎけるに、親などなくなりて、心やすく思ひ立ちけるころ、障子に書き付け侍ける」という題詞があり、少しは事略はわかる。歌意は「身分の卑しい樵夫《きこり》が毎朝〳〵伐り集めて薪に使う柴ではないが、その柴と音の重なる、暫《しば》しの間も辛くて存在し難い、この世間ではあるなあ」というもの。「この山田法師歌の〈しばしの程も〉という表現も〈柴〉を〈暫し〉との掛詞にして言おうとするための技巧である」というのが末尾の文意。

この「古抄（聞書前抄）」を部分省略して引く書に、「ふししば」を常縁見解とは異にする季吟抄がある。「野州〈＝常縁〉云、待賢門院加賀歌に〳〵かねてより思ひし事よふし柴のこる斗なる歎せんとは。ふし柴とはしばしもこりぬと兼て（ママ）いはんため也。愚案〈＝季吟説〉五倍子柴《ふししば》也。しばしもつらきに、こりず思ふと也（八代集抄。学習院大学本新古今注釈。大坪云、五倍子トハ、ふすノコト。ぶすトモイウ。附子・付子ト漢字デ書クガ毒物デ、鳥兜《とりかぶと》ノ根ヲ干シテ作ル）」・「ふし柴、五倍子柴にハあらず。ふしも柴也。日本紀ニ柴をふしとよめり。ふし原も柴原也。さゝ竹といふ類也（新古今集旧注補遺）」。

なお『古抄〈常縁原撰注〉』と異なる古注書には次の如きものがある。「フシ柴トハ、フシノ木ヲ、柴ニ、カリタルヲイフ也。冬、魚ヲアツメテ、ト（補）ラントテ、水ニツ（漬）クルヲバ、フシヅ（漬）クルトイフ也（新古今注。大坪云、フシノ木、トハ、日本書紀神代下ニ、柴、此をば府璽《ふし》といふ、トアリ、類聚名義抄ニ、枲、フシ・フシキ。トアル→風間書房影印本、二二〇ページ、佛中一〇四・岩波古語辞典ニヨル）」・「心は色ゝにうき事のみつもるは恋のみち也。さりとも我が心しばしはこりこそせめとおもへど、つゐにこりぬ心をうらみたる事也。ふし柴とはかねつくるふしの事也〈大坪云、かねハ鉄漿、ふしハ枲。鉄漿ハ、歯ヲ黒ク染メルおはぐろ。古鉄ヲ米《こめ》ノトギ汁ニ漬ケテ作ル液。ソノ液ヲ五倍子《ふし》ノ粉末ト合ワセテ歯ニ塗ルノガおはぐろ〉。めづらしき詞

也。又柴はこり（樵）をく物なれば柴のえむ（縁）にこり（懲）ぬと云へり（宗長秘歌抄）」・「つらしとハおもへども、又こひしく成ほどにこりぬ也。ふし柴ハかねにつくるふし也。（かな傍注本）」・「ふし柴とはふしの木を柴にかりたるを云也。冬、魚をあつめてとらむとて、水につくるをばふしづけと云也（吉田幸一氏旧蔵本註・高松宮本註・高松重季本註。前引新古今注ト殆ンド同文。ふしづけハ、倭名類聚鈔〈巻十五〉ニ、罧、爾雅云罧〈蘇蔭反、字亦作槮〉謂之〈字廉反、又音岑、和名布之都介〉郭璞曰、積柴於水中魚得寒入其裏因以簿圍捕取之。トアル。ふししばト同ジヨウナモノ）」。

二　増抄・・・。辛き事を……懲りぬが恋の深き故なり

「しらね（ママ）ハ」は、「しらぬハ」を彫り誤ったものであろう。文意「恋する事の辛さを、知らずに恋する事は、間違った事であるとも言うべきであるが、恋とは辛いことであるとは十分に知っていながら、相手の無情に懲りることなく、なおも相手を恋いつづける心が、恋心というものなのだ。何度辛くあしらわれても懲りないのが、恋の深さというもので、懲りないのは恋心の深いためである」。

〔三五〕（一三〇頁）

二　読人しらず

管見伝本すべて「読人しらず」。実名が示されていない。『袋草子』（上巻、撰集の故実）に「読人知らずと書く事、儀有るべし。一は真実作者を知らざる歌。一は名字を書くといへども、世もってその人を知り難き下賤卑陋の輩。一は詞に憚り有る歌等なり」とあるが、当歌に対しての返歌（次ノ一二二六番歌）の作者は「久我内大臣」で、新古今ではその返歌一首だけの入集。雅通は源通親の父で宿癖〈永年治ラナイ病〉の人。こういう事から、詞に憚りある故に「読人しらず」とされたのではないか。その詞とは「浅茅が露と消えなましかバ」ではなかろうか。この事に関して私は述べたい事がある。それは寛政十一年板本の当歌表記に就いてであるが、該本は新古今各歌に清濁記号を施した特異な板本であるが、濁点が字の右肩に打たれている場合が通例であるのに、当歌に就いては「消えなましかバ」と、し字の右傍に０印が打たれて、歌意上では清音であるが、勅撰歌である事を考えると、心掛けとしては濁音として扱うほうがよいという事を示してあるのである。「まじ」は「ましじ」を約《つづ》めた形で「べし」を否定する「べからず」の意を持つ語となる。当歌の撰者記号は、有家か定家で、伝本により異なっているが有家とする伝本の方が多い。

三　おこたりてとハ、病良くなる由也

参考「オコとタルから成る語。オコはオコナフ（行ふ）のオコに同じで、物事が一定の形式や調子で継続する進行（ママ）の意。タルは〈垂る〉で、弛緩して先端が下がる意。オコタルは、一定の調子で進行し、その状態で継続していた物事が、途中で勢いを失う、あるいは進行が止まる意。中古の和文脈では、長期にわたる病気がよくなることに用いられる例がきわめて多く、それ以外の用例は少ない。（角川『古典基礎語辞典』）」。古典語のオコタルは自動詞のラ行四段活用。現代語のオコタルは「……を怠る」と使われて古典語の自動詞的用法はなく、なまける・油断する・いいかげんにする、の意。「勉強を怠る」とは言うが「勉強が怠る」とは言わない。磐斎の頭書は「患ふ事が怠りて」と自動詞用法である事を啓蒙してのものでもあろう。

四　頼め来し言の葉バかりとゞめ置きて浅茅が露と消えなしかバ

管見新古今二十六伝本では、「頼め来し」が「たのめをきし《こしイ》（久曽神氏蔵御室本〈岩波旧大系校異ニヨル〉）・たのめをきし（亀山院本）」となっている。末句高野山伝来本は「きなましかは」。他の諸伝本に異同無し。

当歌の出典は未詳である。岩波新大系は「たのめこし事（ママ）のは今は返してむ我身ふるればをき所なし（古今集恋四。七三六番典侍藤原因香《よるか》の朝臣）」を本歌とする。因香歌の類想歌としては、「たのめおくことの葉だにもなき物をなに、か、れる露の命ぞ（和歌部類。金葉恋上四四八番、皇后宮女別当歌・新続六歌仙）」・「たのめこし人はつれなく秋風はけふよりふきぬ我が身かなしな（古今六帖㈠。友則？歌）」・「たのめこしことのはいまはかへしてんわが身ふるればおき所なし（古今六帖㈤。二四代集因香朝臣・前引古今七三六番）」・「たのめこしことの葉いまは返してむほど（ママ）なき身にはおきどころなし（俊頼髄脳）」・「たのめこし人の心はあきふけてよもぎがそまにうづらなくなり（夫木抄巻十四秋㈤、後鳥羽院御製）」・「たのめこし人の心はかはれども我やわする、山のはの月（新後撰恋五　安嘉門院甲斐歌）」・「頼置し言の葉さへに霜枯て我身空《むなし》き秋の暮哉（ママ）（私玉抄。続千載恋㈣、一四三〇番光明峰寺入道前摂政左大臣〈道家〉歌。末句秋の夕暮）」。等多くあり、よし本歌ならずとも、影響歌である事は確《たし》かとしてよかろう。当歌の技巧は、言の葉・浅茅・置《おき》・露・消《きえ》、と縁語仕立《じたて》とした点。意識したか否かは措《さしお》くとしても、平安期諸歌人の類想する歌語と思考を巧みに応用

している点であろう。それに、恋の本意（例えば、紹巴『至宝抄』に説かれている）の「あはれ」さで相手に訴える手腕・技法は見逃すことはできない。歌意参考「深く約束せし言の葉ばかりをとゞめて、身は浅茅が露と消えなましかば、我も悲しかるべし君も哀と思召さんを、病癒えてよみかへりてうれし。との意（標註参考）」・「私ハ御約束ヲ致シタキリデ、病気ニカ、リマシタガ、幸ヒ癒リマシタカラ宜ウ御座イマスケレドモ、若シ御約束ノ言葉ダケヲ残シテ置イテ、浅茅ニ宿ル露ノヤウニ命ガ消エテシマヒマシタナラバ、怎麼《(ドンナ)》《(そも)》デシタラウ。マア死ナイデヨイヿ《コト》ヲシマシタ。（鴻巣氏『遠鏡』）」・「あなたと約束し来れる言葉だけを、世にとゞめて、若し此の身此度の病に、浅茅が露とはかなく消えて死んでしまったならば、いかに悲しかりけむと思ひますといふ事にて、其の情心細げに哀れに思ひやらるる歌なりといふべし（塩井氏『詳解』）」・「固く約束した言葉だけをこの世に留めおいて、浅茅が原の露のように消えてしまいましたならば（永くあなたの思い出の種にもなりましたでしょうに、なまじいに恢復しましたので、又つらい物思いをしなければなりませぬ）。／諸註、すべて〈浅茅ガ露と消えたならば、どんなに悲しかったであろう〉と解して居るが、それでは、当時の恋歌としては余りにも単純に過ぎ、又次の返歌ともぴったりしない（石田氏『全註解』）」・「あなたがお約束くださってあてにさせてこられたお言葉という葉だけをあとに残して置いて、わびしいわが家の浅茅の露のように、はかなく死んでしまいましたならばよかったことでございましょうに。／生きて薄情さに悩む結果になる恐れを、浅茅の露に託し、優雅に哀感深く表白している（小学館『全集』）」・

「〈釈〉……略……〈評〉死生のあいだをたどって来た若い女の歎きともいえず、訴えともいえず、いわば、挨拶としての歌である。しみじみとした歌で、露の縁語の多いのも、なかば自然のものと思われる（完本評釈）」・「あなたがわたしにあてにさせて来た愛情の言葉だけをこの世にとゞめおいて、もしもわたしが浅茅に置く露のように消えてしまったならば〈どうでしょう、きっとあわれと思ってくださったでしょうね〉（久保田氏『全評釈』）」。末句の「消えなましかば」の「ましか」は、「ましかば……まし」の形で、反実仮想を表わす助動詞であるが、仮想に当たるべき所を「言いさし」にしてあるから、そこを受容者がどう受取るかで歌意が変るのであろう。

五　浅茅とハ、荒れたる所にあるものなり。人の訪ハで程経る由也。訪ハぬ間に消えたらバといはん為也

この頭書は「増抄(云)」の施注の詞《ことば》たらずを補うもの。文意「この歌の第四句の〈浅茅〉とは、一面に生《は》えた丈《たけ》の低い茅萱《ちかや》の事で荒れた土地に多く生える草である。和歌や物語等では、人にも訪問されないままに期間が過ぎ去る状況を表現するのに使わる詞《ことば》で、ここも約束を交《か》わして頼りとしていた人の訪問が長く途絶えている事を象徴する趣旨である。もし相手の人が訪問せぬ間に、自分が、浅茅に置いた露のように消えて死んでしまったら、という事を述べんが為に使われた詞である」。人物は、「読人しらず」そのものの人物（女）か、或は当歌を贈《おく》った相手の人物（久我内大臣＝源通親の父）か、次の返し歌と併せ考えても、両様に考えられるのである。それ故に、浅茅が露の如く消え去るという言葉は、相手の死という不吉《ふきつ》な、言わば「詞に憚り有る歌（袋草子）」と考えられるので、「読人しらず」とされたのかと思う。

六　言葉バかり残し置きて……言葉の如くあらせ給へと、也

文意「貴男《あなた》との約束の言葉だけを、この世に残して置いて、その約束の本意《ほい》〈もともとの意志〉を完遂せずして、私（或いは貴男）がもし浅茅が露の如く死んで了《しま》ったならば、どうしましょうか。幸いにも私の方は、病患《やまいわずらい》は快復しました事ですから、貴男はどうか約束の言葉のように私方《がた》を御訪ね下さいませ」。私が思うに、相手も病《やまい》がちであったのであろうが、二人の愛は、病という障害をも超える仲であったのではなかろうか。「よくなりたればこそあれ」とは「さもあらばあれ」という放任用法で、「さも」が「よくなりたれば」に相当する。「さもあらばあれ、私の方は病が回復したのですから、あなたは是非とも」の如き意で、下文に続くのである。

参考「此世にふかく契置《(ちぎりおき)》し言の葉ばかりをとゞめて、身は浅茅が露と消なましかば、我も悲しかるべし、君も哀れと思召《(おぼしめさ)》んを、病いへてよみがへりて嬉しき、との心なるべし（八代集抄）」・「消ナマシカバ、我モ悲シカルベシ。君モ哀ト思召ンヲ、病イヘテ嬉しきトノ心ナルベシ（学習院大学本注釈。八代集抄ノ前文ヲ略シタ施注）」・「煩門《(ママ)》尋もなけれバ恨也〈大坪注〉。煩悶の尋ねもなければ恨む也ノ意デアロウ。私ガ病気デ悶《もだ》エ苦シンデイルノニ、尋ネノ詞モ無イコトヲ恨ンデイルノデ

アル、ノ意〉。露とはて《果》たらバ、つい《遂》ニ問《とひ》もせまじ。よく成《なり》て尋をうらむる義也〈大坪注。私ガ露ノ消エルヨウニ死ンデシマッタナラバ、アナタハ遂ニ死ノ弔問ニモ来テ下サラナイダロウ。女ガ病ノ回復後ニ、男ノ病気見舞モ無カッタ事ヲ恨ム意ヲ詠ンダ歌ダ〉（かな傍注本）」・「〈歌句は第四句を、アサヂガ宿ニ、とある〉 キエナマシカ(バ)トハ、消タラバ、ウレシカランズルヲト、イフ也（京大本、新古今注）」・「〈歌句の、第四句は、浅茅が露と、で変わらない〉 きえなましかばとはきえたらば嬉しからんずるをと云心也（吉田幸一氏旧蔵本註・高松宮本註・高松重季本註。嬉しからんずるを、トハ、嬉しからんとするを、の約音形）」。

〔三三六〕（一三一頁）

二　久我内太臣

「太」は「大」の誤。管見二十六本「久我内大臣」。久我内大臣は、源雅通《まさみち》。参考「源雅通者、権大納言顕通之第二(ママ)子。母権大納言能俊女也。叔父右大臣雅定、養レ公為二家督一。大治四年正月叙爵、長承三年除二兵部権大輔一、遷二任近衛次将一、為二蔵人頭一、拝二八座一、〈大坪注。参議ノ異称。定員八名ノ故ニ八座トイウ〉兼二拾遺一、〈拾遺ハ、侍従ノ唐名。参議ト兼任モアル〉遷二兼武衛一、〈武衛ハ、兵衛府ノ唐名〉、為二奨学院別当一。〈別当ハ、長官ノコト〉任二納言一、転二兼左武衛一、尋《ついで》為二金吾・使別当一。〈金吾ハ衛門府ノ唐名。使別当ハ、検非違使庁ノ長官〉、永暦元年三月勅授二帯剱一、八月転二大納言一、叙二正二位一、為二淳和院別当一。仁安三年八月任二内相府一、〈内相府ハ、内大臣ノコト〉兼二右近大将一。承安四年辞二幕府一、〈幕府ハ、近衛府ノ唐名〉多年宿病、自二去嘉応元年一籠居、安元元年二月廿七日、遂以薨二於久我別荘一、時年五十八。称二後久我内大臣一。千載以下五代集之作者也〈千載六首、新古一、続拾遺一、玉葉一、風雅一〉（二十一代集才子伝）」・「土御門内大臣。源通親者、後久我内大臣雅通之長男。母美福門院女房、典薬助藤原行兼女也〈後略〉（二十一代集才子伝。前歌ノ読人しらずニ相当スベキ女性ノ一人？）」・「正四位下源雅通。三十三。（久安六年）正月廿九日任〈中略〉。故正二位行権大納言顕通卿一男(ママ)。母故権大納言兼治部卿能俊卿女〈叔父内大臣為子〉。大治四年正七叙位〈無品祐子内親王給〉。長承三四二兵部権大輔。保延二十二十九昇殿〈十九〉。同四正五従五上〈大輔労〉。同十月十七日正五下〈雅定卿石清水加茂行幸行事賞〉。同六四三左少将〈廿三〉。同七正廿九近江権介。同十二月七新帝昇殿。同廿七日皇后宮権亮。康治元正五従四下〈府〉。二月―従四上〈皇后宮入内賞〉。同四月七日還昇。即聴禁色。十一月十四日正四下〈悠紀〉。天養元正廿四転権中将。久安二正廿二近江権介。同五六―服解〈母〉。八月廿三日止権亮〈依院号也〉。今年正廿九見任。久安三正十九蔵人頭。（公卿補任。久安六年）」・「内大臣正二位源雅通。五十八―二月廿七日於久我別庄薨〈多年宿病。自嘉応元籠居〉（公卿補任、承安五年）」・「村上天皇―具平親王―師房―顕房―雅実―雅定―雅通（母能信卿女・承安五二廿七薨、五十八才、号㊄久我内大臣〈後字不審〉）―通親（母八条院女房〈典薬助長信女、或藤行兼女云〻〉）（尊卑分脈、村上源氏。前歌読人しらずハ、長信女・行兼女・ソレト雅通ノ女子タル人ノ母家保卿女、ナドモ推考シ得ル歟）」・「千載。土御門大納言源通親卿。久我内大臣雅通御息（和歌色葉）」・「中院入道前内大臣云々。／誰人哉。雅定公ならば中院入道右大臣と申す。雅通公ならば久我内大臣と申す。通親公ならば、土御門内大臣と申す。今の名更にこそ覚え侍らね、いかに。もし通成公ならば、それをば土御門とぞ申す、如何（歌苑連署事書。該書ハ玉葉集ニ対スル批難書。日本歌学大系(4)・歌論歌学集成(10)ニ活字翻刻、冷泉家時雨亭叢書(40)ニ写真版アリ）」。

三　哀にも誰かハ露を思はまし消残るべき我身ならねば

管見新古今二十六伝本での校異。初句、冷泉家文永本「あハれにも」と衍字のミセケチがある。鷹司本は「あはれとも」。第三句は「露も思はまし」と「露を思はまし」との二系に別れている。「も」の場合は「露」が副詞の「つゆ思ふまじ」を浮ばせる表現であるが「思ははし」と未然形を受けた句形になっているので、「露を思はまし」の形が生じたのであろう。「を」の場合は副詞でなくなり、前歌の「浅茅が露」を受けた天象の露が前面に強く出て来る。「露も思はまし」とある伝本は、小宮本・宗鑑筆本・為氏筆本・為相筆本・東大国文学研究室本・冷泉家文永本・烏丸光栄所伝本・同書写本・柳瀬本・亀山院本・前田家本・親元筆本・公夏筆本の十四本。「露を思はまし」とある伝本は、鷹司本・高野山伝来本・正保四年板本〈明暦元年板本モ〉・承応三年板本・延宝二年板本〈文化元年板本モ〉・正徳三年板本・寛政六年板本・寛政十一年板本・刊年板元不明板本・牡丹花在判刊年不明板本の十二本。鷹司本の「あはれともたれかは露をおもはましきえのこるべきわが身ならねば」の歌形が、歌意が明瞭で理解しやすい。「まじ」と打消形をとるべき所をそうしていないのは「たれかは」の「か」が反語の係助詞であるから打消の意が生ずる故である。末句の「我身《命イ》ならねば」（我身ニ、命ィ、ノ右傍書〈岩波旧大系校異ニヨル〉）。

技巧としては、「露」に「つゆ（副詞）」を掛け、縁語の「消え」を配し、その対語の「残」を重ねてある。「誰」と「我」も対語と見られる。又、上句と下句が倒置となっていて「哀」を引き立てる技法。歌意参考「其方の露ときえば、我も共に死ぬべければ、誰残りゐて哀れとも思はんとなり。深く約束せし中なれば、ともにこそきえめとなり（標註参考）」・「此の露は女の上の事にはあらず。我が上の事なり。我が死をといふなり／君なくして独りは生きむ心なきをいへるなり／あなたが死ぬやうの事あらば、私も、後には生きては居《おら》ぬ心、あはれに思うてくれるあなたの無くしての我が死は、更に悲しというて、君の死なむは君よりも更に我れ悲し。君の癒えたるは、君よりも更に我が悦びぞと、我が心の更に深きよしを述べたるなり（塩井氏『詳解』）」・「〈下ノ句ノ前ニ〉あなたといふ露の消えた後に、を補って心得るがよい（石田氏『全註解』）」

四　我も消べければ……非ずと也

文意、「この私も〈宿病の故に〉死んでしまう筈であるから、〈あなたの死後に私だけが〉生き残って〈あなたの死を〉哀れで悲しいと思うことが、とてもできる筈はない、と上句で述べているのだ」。

五　誰かハと者《は》、……誰かハと也

文意、「第二句の、誰かハ、とは、この自分も露のごとく消えて死んでしまう筈であるから、あなた以外の誰が、この私の死を悼んでくれるであろうか、あなたの外に誰もいない、という意である」。

参考、「そなたに露ときえ給はゞ、我もともに死ぬべければ、誰のこりゐて哀とも思ひ侍らんと也。深く頼めし中なればともにこそきえめ、と也（八代集抄）」・「わが身も友《ママ》きへはてんほど、たれかあとにて思わんと也〈大坪注。私自身モアナタト共ニ死ンデ消エ果テルノデアルカラ、誰ガ我々二人ノ死ヲ哀レダトハ思ッテクレルデアロウカ、左様ノ人ハ誰モイナイ〉（かな傍注本）」・「露モト云ハ、イサ、カモト、イフ也（新古今注）」・「露もおもはましは、いさゝかも思はじ也（吉田幸一氏旧蔵本註・高松宮本註・高松重季本註）」。

〔三三七〕（一三二一頁）

三　辛きをも恨ぬわれに倣ふなよ憂き身を知らぬ人もこそあれ

管見新古今二十六本校異。初句は為氏筆本に「つらき《さ》をも」とあって、「つらき|」を「つらさ|」と書写者〈為氏?〉の考えを示している。他本に異同はない。「ならふ」は、「馴る」に継続助詞の「ふ」のついた語彙〈朝日『全書』〉と見る説、「習ふ」と考える説などあるが、原義は、一つの物事に繰り返しよく接する意。繰り返しによって習慣になる・見習ふ等がその語義である。

当歌は多くの歌書に見える。『正治二年院御百首』（続群書類従所収。所謂、院初度百首）の小侍従百首〈実数九十九首〉の恋十首の中に「つらきをもうらみぬ我にならふなよ憂身をしらぬ人も社あれ」とあり出典であろう。この歌形と同形で当歌を採録する書に、『新中古歌撰(別)』（十六番）・『女三十六人撰(甲)』（三首対番デ九番目。作者名ハ近衛太皇太后宮小侍従。新編国歌大観ハ『女房三十六人歌合』〈内題女三十六人撰ノ書名〉・『女房三十六人歌合(乙)』（三首対番）・『女房三十六人歌合(丙)』（三首対番）・『女歌仙(丁)』（九番）・『三百六十番歌合。正治二年』（四十三番）に「左。われならぬ人ぞといひてこころみむさてつれなくはみをもうみじ　祐盛／右。つらきをもうらみぬ我にならふなようきみをしらぬ人もこそあれ　小侍従」・『時代不同歌合』（百五番右。左は道綱卿母）「為家本・歌仙絵本・永享本・平戸藩本、すべて歌句同形で、つらきをもうらみぬわれにならふなようき身をしらぬひともこそあれ」・『小侍従集』（古典文庫一三三所収）の「入撰集此集不見歌」の中に〈大坪云、小侍従集ニハ見エナイガ、他ノ撰集ニ見エル歌ノ意デ、森本元子氏分類ノ丙類本。ソノ三手文庫本デハ、つらきをも恨《ママ》ぬわれにならふなようき身をしらぬ人もこそあれ、同ジ丙類本ノ新校群書類従翻刻デハ、つらきをも恨《ママ》まぬ我にならふなよ憂身をしらぬ人もこそあれ〉」・『練玉和歌抄』（巻八・恋下）・『和歌一字抄』（憂とつらき裏書）に「あぢきなくつらき嵐の声もうしなど夕暮に待ならひけむ　定家／つらきをもうらみぬ吾にならふなようき身をしらぬ人もこそあれ　小侍従」・『歌林良材集』（巻一、一首中、同てには有レ二歌　新古今巳後）「新古　つらきをも恨ぬわれにならふなようき身をしらぬ人もこそあれ／右、ぬもじ二あり」・『延慶本　平家物語』（第二中、卅一実定卿待宵の小侍従に合事）に「つらきをもうらみぬ我に習なようき身をしらぬ人もこそあれ」・『可笑記』（巻四―四三話〈徳川文芸類聚(2)教訓小説、所収ニヨル〉）に「むかし、さる人の云るは、いにしへの辧のめのと、云女房のよめる歌に／つらきをも恨ぬ我にならふなよ浮身を知ぬ人もこそあれ／まことに諸人のをしへにもとなるべき歌ならんかし」〕、と見える。

当歌の参考歌としては、右に引用した『和歌一字抄』の定家歌や、「つらきをもいはねのもりのしたにおふる草の袂ぞ露けかりける／おほとものらう女（古今和歌六帖㈡もり）」・「つらさをばうらみながらもこひわびぬおもふににたるこゝろならねば／衣笠前内大臣」（万代和歌集）・「堀川院御時艶書合に、花園左大臣家小大進／つらさをばおもひいれじとしのべども身をしるあめのところせきかな（万代和歌集）」などを挙げ得る。久保田氏『全評釈』は「つれなき女につかはしける　賀茂成助／いかばかり人のつらさをうらみ《なげかイ》ましうき身のとがと《にイ》おもひなさずは（詞花・恋上一九八番）」を示され、岩波新大系も踏襲。新潮『集成』では「忘らるる身をば思はず誓ひてし人の命の惜しくもあるかな（拾遺集恋四。八七〇番右近歌）が連想されるとされ、塩井正男氏は、この小侍従歌を読んで、その家集を俄に一読せられた由である」。「語が浅くて意が深い。味はふべき歌である（尾上氏『評釈』）」とされた如く、種々の参考歌のあるのも宜《うべ》なる哉であろう。

歌意参考、「我こそ憂き身の咎と思ひなして、君がつらきをもうらみね。其恨みざるに習ひ、よき事と思ひて人にもつらくあたり給ふなよ。人は我が如くには憂き身の咎となしても、思ひなだめぬ事もあらんに。となり（標註参考）」。

四　人にハ我如くに……思ハぬ義なり

この頭書は、増抄(云)の注末の「恋の本意」が当歌にどのように詠みこまれているかを補説的に説明した頭書。文意「あなたの他の恋人、つまり女性に対しては、私に対するように薄情な態度で接しなさらないで下さいよと上の句で述べているのは、私がいくら辛く当られてもあなたを恨まず、あれこれとあなたが不運であれとは思ったりはしません、という恋の本意を詠んだことを示すものである」。

五　我にハ如何ばかり……君の為を思ふ也

文意「私に対しては、どれ程薄情に当られても、私は決してあなたに対して、仇せん〈怨《あた》＝怨ヲ抱イテ報復シヨウ〉とも思わず、ますますあなたの為を思って幸せを祈ります」

六　それに倣ひて……堪忍せぬもあるべき程にとなり

文意「私のあなた対する態度にあなたは慣れてしまわれて、他の誰もが、私と同じような態度をとるものだとは、思ひ慣れてしまってはなりませぬぞ。この広い世間では、他人を恨んで自身までも死ぬことがあるのもわからず、相手に報復心を持つ者も存在する事ですらので。つまり私の如く堪え忍ばない人もいるものですからね。と愛《いと》しい相手に訴えている歌である」。

七　実に恋の本意にてあるべきとぞ

文意「この恋の心こそ、まことに恋の本意であるべき内容である」。これを補足説明しているのが頭書であるが、「恋の本意」については、一二二一番歌の増抄(云)に引用の「或説」に「恋の本意にあらぬ説」が挙げられている。一二二二番歌も当歌と同じく、「恋の本意」を詠じた歌であろう。

参考、「人のつらきをも、うき身のとがに思ひなして、我はうらみ侍らずとて、恨ぬ我にならひて、人にもかくつらくし給ふな、人にはうき身のとがともしらで、堪忍せであたをなし、うけへ（ママ）〈大坪注、祈誓ひノ訛言？人ノ不幸ヲ祈ル、うけひのろひノ意カ〉など、御ため悪くする事もあるべきほどにと也〈大坪注。御為《ため》＝ソノ人・ソノ事ニトツテ役立ツ事、利益ニナルコトノ意〉（八代集抄）」・「我ハウキ身ノ程ヲシリテウラミヌナリ（新古今注）」・「女房の哥なれど、おとこに成てよめり。身のほどをもしらず、うらみん人もあらんと也（抄出聞書）」・「つらきをもわれこそ数ならぬとてうらみね、うき身をしらでうらみん人も有べし、恨ぬわれにならひ給ふなと也（新古今之内哥少々）」・「わ[れ]ハ、よくかんにんするもの也。よその人ニかやうニいたされバ、存外うらみんなれバ、此方ハわが身をしりてうらみぬと、いけんをする也（かな傍注本）」・「我はうき身のほどをしりてうらみぬよし也（吉田幸一氏旧蔵本註・高松宮本註・高松重季本註・前引ノ新古今注ノ踏襲）」・「うき身ノトガト知《シラ》でアダ〈濁点ママ〉ヲナシ、うけひナドスル人もアルベキ程ニト也（学習院大学本注釈。八代集抄ノ踏襲）」・「我こそ、わがうき身のとがに思ひなして、君がつらきをも恨みね〈ねハ、打消助動詞ずノ已然形、我こそノこその結ビ〉。その恨みざるにならひて、よきことと思ひて、人につらくあたり給ふなよ、人は我ごとくには、おもひなだめぬこともあらむにとなり、うき身をしらぬとは、我はうき身なればといふことをわきまへぬをいふ〈美濃家づと〉」・「我こそわが身のとがに思ひなして、君がつらきをもうらみね。そのうらみざるにならひて、よき事とおもひて人につらくあたり給ふなよ、人は我ごとくにはおもひなだめぬ事もあらんにと也〈以上宣長説〉○かくの如し〈正明モ宣長説肯定〉。うき身をしらぬは我はうき身なれば〈宣長説〉○人のつらきがことはり也といふ事を也〈正明ノ宣長説ノ解説〉。といふ事をわきまへぬをいふ〈宣長説〉○かくいふがみづからのうらみなり〈正明ノ宣長説ノ解説〉（石原正明、尾張の家苞）」」。

〔三三八〕（一三三頁）

二　何か厭ふよもながらへじ然のみやハ憂きに耐えたる命成べき

管見新古今二十六伝本では、第四句の「憂きにたえたる」の仮名づかいに異同がある。その異同は「絶え」・「耐へ」の語義を意識してのことか、或いは古典によくみられる仮名づかいの通用でのことか、識別が難《むつかし》いので、次にありのままで示しておく。

「たえたる」は、武田祐吉博士大夫阿闍梨本・古活字本・「たえ《へイ》たる（久曽神氏御室本）」・「たえ《へ》たる（鷹司本。えヲ朱デミセケチ、へヲ右傍ニ朱デ訂正）」〈以上岩波旧大系校異ニヨル〉・烏丸光栄所伝本・為氏筆本・正保四年板本〈明暦元年板本モ〉・承応三年板本・正徳三年板本・寛政十一年板本・延宝二年板本〈文化元年補刻本モ〉・「絶たる（刊年不明文化十八年牡丹花在判板本・寛政六年板本）」。

「たへたる」は、小宮本・為相筆本・宗鑑筆本・冷泉家文永本・烏丸光栄書写本・公夏筆本・親元筆本・柳瀬本・亀山院本・春日博士本・二十一代集本・高野山伝来本・刊年板元不明板本・前田家本・「たへ《え》たる（東大国文学研究室本。へニえヲ右傍記）」。なお『新古今略注』は初句「何かおもふ」。

初句の「何か厭ふ」は、係り結び用法で、初句切れ。この解釈は、「㋑なんでわが命を厭ふのか、厭ふ必要がない。㋺なぜあなたは私を厭ふのか。両説がある（朝日『全書』）」とわかれている。久保田氏『全評釈』は諸説をまとめて「〈厭ふ〉の主語は〈我〉、目的語は〈我が命〉と考える。この句の解釈は、⑴主語を〈我〉とする説、⑵主語を〈君〉〔恋人・相手〕とする説とに、大きく分れる。⑴は〈聞書〉（常縁原撰注）〈美濃〉（宣長）〈大系〉（岩波旧大系）〈全註解〉（石田氏）〈完本評釈〉（窪田氏）など、⑵は〈増抄〉（磐斎）〈八代集抄（季吟）所引師説（貞徳）〉〈尾張〉（石原正明）〈詳解〉（塩井氏）〈遠鏡〉（鴻巣氏）〈評釈〉（尾上）〈評釈（空穂氏）〔完本評釈の前身〕〉〈全集〉（小学館）」とされ、空穂氏は前身書で「相手を詰るがやうな詞は、時代の思はせられるもの〈大坪云、即チ恋ノ本情ヲ表ワスモノ〉である」と述べたのに対し、〈完本評釈〉では「独語の歌である」というとされ、⑵から⑴へと考えを変えたことになるとされた。この点では久保田氏も、講談社『全評釈』では⑵説であったが、新潮社『集成』では⑴説に変えておられる。この殷富門院大輔歌の主語は今でも説が分かれているのである。石田氏『全註解』は「〈何か厭ふ〉を相手に言う詞とすると甚だ品が下がる」とされ、即ち恋の本情に悖《もと》るものとされている。岩波新大系は「どうしてお避けになるのです。まさか生き長らえもしますまいに。今までこらえて来ましたが、そういつまでも苦しさに堪えていられる命でしょうか」と解釈され、当歌の主語は、初句では相手、第二句以下は自分と、巧妙に主語の転換をなされている。久保田氏『全評釈』に「愛されないことに基づく自己嫌悪を歌った歌は、〈うき身をば我だにいとふいとへたゞそをだにおなじ心と思はん〉〔恋二・一一四三、俊成〕などがある」とあるのに、ヒントを得られたのかも知れない。次に第三句の「然のみやは」の「や」と末句の「命なるべき」の「べき」とは、係り結びである。そして「然のみやは」は「よもながらへじ」とは倒置関係であると共に「憂きに耐えたる命成べき」にも懸かる措辞である。『全評釈』は「よもながらへじ」で「句はここでも切れる」とされるが、倒置法とみれば、切れるが、切れながら続くと見るべきかと愚考する。こういう点に当歌の技巧の巧緻性がある。更に第四句の「うきにたえたる／うきにたへたる」も前述のように「絶《たえ》」と「耐《たへ》」の両表記が伝本間で見られる事を考えると、まことに「此哥、落着かぬ様に聞えたる歌なり（常縁原撰注）」の指摘が頷《うなず》けるのであって、『八代集抄』が「両説好む所に随ふ可き歟」と、自己の判断を抛げ出すのも、成程と思うのである。前引岩波新大系の訳出の苦心も思いやられるのであるが主語の変換の点が少しく心に引っかかる。

当歌は家集の『殷富門院大輔集〈書陵部本・三手文庫本〉』の両系統本には見出せない。他出では、『女房三十六人歌合（内題。女三十六人撰）』（三首組番、十三番右。左ハ伊勢大輔）に第四句「うきにたへたる」〈新編国歌大観所収〉・『女三十六人撰（甲）』（歌学大系本。新編国歌大観本ニ全ク同ジ）・『女房三十六人歌合（乙）』（歌学大系所収。三首組番。十三番右。第四句「うきに堪たる」）・『女房三十六人歌合（丙）』（歌学大系所収。三首組番。十三番右。第四句「うきにたへたる」）・『女歌仙（丁）』（歌学大系所収。二首組番。十三番右。第四句「うきにたへたる」）。以上左方はすべて「伊勢大輔」。『二八要抄』（恋六。題不知。第四句「うきに絶たる」）・『練玉和歌抄』（巻七恋上。第四句「うきにたへたる」）。

参考歌としては、『源氏雲隠巻』（古典文庫（五二四））に所収されている『雲がくれ六帖（愛知県立大学図書館本）』に「なにかいとふなにをかなけくかりの世はあるにまかせてあるそありよき〔すもり〕」とある歌は、この大輔歌に影響を受けた歌ではなかろうか。

歌意参考「何を、わが命をそのように厭わしいと思うことがあろうか。早く死んでしまいたいなどと厭わなくても、まさか生きてはいられないであろうよ。あの人の憂くつらい仕打ちにそうわたしの命が堪えてばかりいられるというのであろうか（久保田氏『全評釈』）」・「どうしてそうお嫌いになるのですか、とても生き永らえることはできないわたしですのに。命はそれほどつらさに堪えていられるものでしょうか。／自ラヘ呼ビ掛ケタト解スル説モアル（久保田氏『新潮集成』）」・「何かいとふは、つれなき人の何かは我を厭ふぞいとはれずとてよもながらへては居るまじ、さう〳〵は命がえ堪へまじものを、となり（標註参考）」。

三　厭ふとハ、……程にとなり

この頭書は、次に磐斎が引用する「古抄」の主語と、自説の「増抄」の主語が、異なった見解になっているのと、更に「古抄」が「此哥、落着かぬ様に聞えたり〈主語が、我《われ》カ君《きみ》カノ決着ガツカナイヨウニ理解サレル〉」とあるので、その主語を明確にするための、啓蒙的注記である。文意「初句の〈厭ふ〉とは、相手の男が、自分を嫌って避けている態度を、言った詞である。あなたは私をそんなに嫌がらないで下さい。私はやがて間もなく死んでしまう事でしょうから、と言っている詞である」。

四　古抄

この「古抄」は常縁原撰注（新古今集聞書前抄）で、幽斎増補注（聞書後抄）ではない。当歌を所収する諸注間の校異を示す。「此哥落着かぬ様に聞え侍り」が、「此哥前つかぬやうに聞えたる哥なり（略注）・此歌落つるやうにきこえたり（私抄）・此哥落つかぬやうにきこえたる哥なり（黒田家本・大坪本・水甕社前抄〈山崎敏夫氏旧蔵新古今集別註ヲ略称〉・説林前抄）・此哥落つかぬやうにきこえたり（内閣文庫蔵増補本聞書）」。「何か厭ふとハ、命の事也」が「何かいとふとハ空白の事也（大坪本。空白部右傍ニ細字デ、此所本ニ如此更ニ考ヨ、ノ書込アリ）」。「故も無き命」が「ゆへなき命〈も字ガナイ〉（略注・水甕社前抄・説林前抄・内閣文庫蔵増補本聞書・私抄）」。「命あれバこそ」が「命のあればこそ〈の字ガアル〉（略注・黒田家本・大坪本・水甕社前抄・無刊記板本・宝永八年新鈔・説林前抄・私抄）」。「耐へまじき命」が「たえまじき命（説林前抄）・絶ましき命（私抄）・たつまじき命（内閣文庫蔵増補本聞書）」となっている。なお、内閣文庫蔵聞書は、脱文があるので要注意。それは「此哥落つかぬ……ゆへなき命をか脱文と思ふ心をさても……」の部分で「こちていのち(の)あればこそ人も絶はてよ」が脱落しているのである。なお該本は、歌句本文も初句を「なにか思《いと》ふ」と、「思」字の左にミセケチ訂正がある。

五　此哥、落着かぬ様に聞え侍り

文意「この大輔歌は、〈厭う〉の主語が、作者自身であるのか、それとも相手の恋人であるのか、が決着できないように詠まれている」。「落着く」とは、しかるべく落着する・決着がつく、の意で『日葡辞書』の「ヲチツク」項の「心が落ちついた」の条に「今まで不審であった事について納得がいき、決着がつく」とある。前記、頭注の三及び二を参看のこと。

六　何か厭ふとハ……といふ歌なり

文意「初句の〈何か厭ふ〉とは、自分の命を何の故に厭うのか、という意味で、厭う目的語は末句のわが〈命〉である。自分が恋慕する相手の人が、自分に対して無情であり、それが不満でうらめしいので、一流の風情・雅趣もないわが命を言いがかりにして、生きていて命があればこそ、相手も私に無情につらく当るのだ、それならば、わが命よ、いっそ絶えて消えてしまえと、つい考えてしまうそのわが心を、それにしても、何とつまらなくとりとめもない事を考える自分であることかな、わが命を厭わずとも、到底辛くて憂き事には耐える事ができぬ自分の命である、と自分から厭わずとも、命のながらえる事はないと歌った歌である」。参考、「故も無き」の「故」は、「もともとは物事の起こる根本的、本質的な深い理由・原因・わけ」の意を示すが、平安女流文学では「人物については、一流の血筋、相当な身分、事物については正しい由緒の意」を表わし、また、それらの人や物事に見られる「一流の風情・雅趣や、一流の趣味・嗜好などについても言い、二流であるヨシ（由）と区別した」。以上角川の『古典基礎辞典』による。

七　君に、厭ひ給ひそ……死ぬべき程に、と也

「君に」は、「君に対して申上げるが」の意。「厭ひ給ひそ」は、「な厭ひ給ひそ」の意。「君に対してな厭ひ給ひそ」の言葉足らずの表現とみる。文意「恋人に対して、私をそんなに嫌うてお避けなさりますな。私は、あなたのつれなく無情な事を、そのようにばかり歎いて、堪え忍ぶ事のできる生命力の持ち主でもありません。可能な限りのぎりぎりまで、辛さ憂さを我慢《がまん》して生きながらえようと思いますが、とても生きながらえる事はできる筈もない事でしょうから、あなたは私をお厭いなさらずとも、私は、まもなく死ぬにちがいないのですからね、と訴えているのだ」。

参考「野州《(常縁)》云。何かいとふとは我《(ママ)》命の事也。思ふ人のつれなくうらめしけれは、故もなき命をかこちて、命があれはこそ人もつらけれ、絶果てよと思ふ心を、扨も我《(ママ)》ははかなき事を思ふ物哉、いとはすともうき事にはは堪ましき命を、といふ歌也。愚案《(季吟)》。此説は我命を何かはいとふと也。師説《(貞徳)》は、難面《(つれな)》き人に何かは我をいとひ給ふそ、たとひいとひ給はすともよもなからへ侍らし。大かたのつらさにこそ堪忍ふへけれ、さのみ難面くうきに堪たる命なるへきかは、との心也。両説可随所好歟（八代集抄・学習院大学本注釈モ八代集抄ヲ略抄スル）」・「さのみ、ないとひ給そ、となり。わが命もさのみうき事には堪忍せじと也。なにかいとふといへるを、わが身をあきはてたることに、我心をいさむるよしにいへる説あり（抄出聞書）」・「〈歌句本文初句ハ、なにか思《いと》ふ→思ヲミセケチ、右傍ニいと。。ヲ書込〉／命あれバつらし。又よくおもひかへせバ、何事ニいとふことぞ。如此にてあらバ、死《しな》んものを、長いきせんかとおもひ□、何かとおもひたり。やがて死ん命を、いとふたる事かなとも、くやみたり（かな傍注本）」・「（美濃）めでたし、人のつれなきまゝに、死なばやと思ふにつきて、又思ひかへして、さやうに何かは我身をいとはむ、（尾張）みづからおもふ事ならば、初句何かいとはんといふべきなり（美濃）かばかり人のうきには、堪て長くはえあるまじき我命なれば、いとはずとても、よもながらへはせじ物をと也（尾張）初句の説あたらず。二ノ句以下は事もなし（美濃）或抄に、初句を、何かは我をいとひ給ふと、つれなき人にいふ意なり、（尾張）此説のごとし。（美濃）と注せるはたがへり、さては命といへることとつたなし（尾張）命といはでは死《しにぬ》る事とたしかにきこえざる故、かくいへる也。命といひたらんに何かつたなき（美濃）我身などこそあるべけれ（尾張）さては死《しぬ》る事ときこえず（美濃）命といひては、我命を人のいとふ意になるをや（尾張）さはあらず。一首の意は、何故その様に我をいとはるゝぞ、さのみいとひ給はずとも、よもながらへてはおるまじ。しばしの程こそ、つらいのをくらべてもみたれ、そう〳〵は命がえこらへまいからと也。恋死《こひしに》にしな《(死)》んと云々（美濃尾張両家苞。大坪云。〜線部ノ或抄トハ八代集抄引ノ師説、即チ貞徳説ヲサス）」・「人ガアイソモナイユヱ、イツソ死タイト思ヘド、又思ヒカヘシテ、左様ニ何シニ我身ヲイトフカイ、ソノヤウニイトフコトデハナイハ。コレホド《さのみ》人ガアイソモナウスルニハ、我命ガ長カラウカ長ウハアルマイハ。我カライトハヒデモ、ヨモヤナガウハアルマイハ。初句のかハ、かはのかなり。〔附箋〕人ガアイソモナイユヱ、イツソ死タイト思ヘド、又思ヒカヘシテ、何シニワシガ身ヲイトハウカイ、ソノヤウニイトハウコトデハナイワ。コレホド《さのみ》人ガアイソモナウツラウスルニ、イキコタヘテ長ウハエアルマイワシガ命ナレバ、我カライトハナイデモ、トテモナガラヘテハヨモヤアルワイワ。たへは堪の意なるへし、訳に其意ありてよけんか（衣川長秋新古今集渚の玉。九大図書館本）」。

〔三九〕（一二三頁）

二　作者部類……。藤頼輔。大納言忠教男。三首入る。

頼輔は、新古今集には、一三二・一二二九・一七七五番で採入されているが、磐斎は当歌で略歴を施注した。『勅撰作者部類』には「従三位。大納言藤原忠教男」とあり、新古今には春下・恋三・雑下に各一首ずつの採入数を挙げてある。参考「刑部卿頼輔。藤原頼輔〈初名親忠〉者、権大納言忠教之第四男《(ママ)》。母加茂神主成継之女也。天治二年正月叙位歴任。嘉応二年十二月任㆓刑部卿㆒、寿永三年四月叙㆓従三位㆒、二年正月兼㆓周防権守㆒。文治元年六月譲㆓任刑部卿於男頼経㆒、二年薙髪、時七十一歳。蹴鞠堪能、難波・飛鳥井両家之祖也。〈勅撰採入歌数八省略〉（二十一代集才子伝）」・「右三十一字之風情、漸雖満華詞《滞》、百余首之露点尤可誂草聖也、然而齢満七旬、位昇三品、是偏神恩之至也、更非人力之及欤、固《因イ》茲深為謝神徳《社イ》、曾無顧人嘲専終自書之切《日イ》、不交他筆之跡、今以六義進納之《重イ》、結縁将為二世満願之良固《恩イ》而已／寿永元年六月廿八日／従三位行刑部卿藤原朝臣頼輔（頼輔集）〈裏白ニ、写本云、以季経入道自筆本、書写校合了＝桂宮本叢書〉」・「師実—忠教〈師実第四男デアル〉—頼輔〈忠教第七男デアル〉／難波・飛鳥井祖。本名親忠。藤家蹴鞠祖、本朝蹴鞠一道之長。山城豊後守、皇太后宮亮、刑部卿。従三位。母賀茂神主成継女。文治二(年)二(月)、(三)(日)出家。同年四(月)五(日)卒〈頭書、卒当作薨〉／頼輔卿伝。保安三(年)正(月)六(日)〈公卿補任ニハ、天治二年正(月)五(日)トスル〉従五下。大治二年正(月)廿八(日)〈中右記係十九、補任与此同ト頭書アリ〉山城守。保延二(年)正(月)五(日)従五上。久寸《(寿)》三正六正五下。永暦元正廿一豊後守。応保元十一九大宮小二《(大宰少弐)》。仁安元十一十四従四下。同年十二一皇太后亮。同年〈補任デハ仁安三年〉八四従四上。嘉応二(年)十二(月)廿(日)刑部卿（尊卑分脈）」・「治承三年

三月五日、御方違のために、院御所七条殿（七条院藤殖子御所）に行幸ありて、次日御壺にて御鞠ありけり。内大臣（平重盛）以下、主上（高倉帝）簾中にわたらせをはしましけり。法皇（後白河院）御付衣〈裾長仕立ノ法衣〉にて蹴させをはしましけるに、公卿おりざりけるは〈蹴鞠ノ庭ニ下リナカツタノハ〉御気色にて〈高倉帝ノ意向デ〉ありけるにや。刑部卿頼輔朝臣、赤帷をぞきたりける。備後・駿河などいふ法師鞠足〈僧ノ蹴鞠巧者〉もめされたりけるとかや。めづらしかりける事なりけり（古今著聞集。巻十一の四一三話）」・「従三位藤頼輔〈七十一〉。四月十三日叙。刑部卿如元〈歳七十一。越上﨟五人源俊光・藤季経・同泰通・同雅隆・同信経〉。／故正二（ママ）位行権大納言兼民部卿中宮大夫忠教入道四男。母賀茂神主成継女。／天治二年正月五日叙従五位下〈氏爵〉。大治二年正月廿八（十九カ）日任山城守〈本名親忠〉。保延二年正月五日叙従五位上〈治国賞〉。久寿三年正月六日叙正五位下〈新院当年御給〉。永暦元年正月廿一日任豊後守〈任中〉。永万二年二月一日辞豊後守。以男頼経任壹岐守〈国務。猶豊後国也〉。仁安元年十一月十四日叙従四位下〈大嘗会叙位次。前待賢門院御給〉。同年十二月二日任皇后（皇太后）宮亮。同三年三月十三日止亮。即補別当。同年八月四日叙従四位上。嘉応二年十二月卅日任刑部卿。承安元年十二月八日叙正四位下〈除目下名次。臨時〉。今年四月十三日叙従三位〈公卿補任寿永元年↓養和二年五月廿七日改元〉／非参議従三位藤頼輔〈七十五〉。周防権守。二月日出家〈自去年病悩〉。四月五日卒（公卿補任文治二年）」。

三八　恋ひ死なむ命ハ猶も惜しきかな数ならぬにハよらぬ歎きを〈増抄磐斎掲出歌形〉

三八　恋ひ死なむ命ハ猶も惜しきかなおなじよにあるかひはなけれど

管見新古今二十六伝本に、磐斎掲出歌形は無くすべては下句「おなじよにあるかひはなけれど」である。前田家本は「なけれハ《と》」と末句に少異あって、ハにとの小字傍書がある。当歌の出典は、『頼輔集〈内題、刑部卿頼輔集〉』で、その「恋」部に「参議経盛卿歌合に／こひしなんいのちはなをもおしきかなおなしよにあるかひはなけれと」とある。『桂宮本叢書㈤』に所収され、解題によれば、百三十一首（内贈答他人歌十二首）を、春夏秋冬恋雑に自撰部類した家集とある。頼輔が某社〈賀茂社？〉に自撰奉納したもので、その事情は巻末自跋に記されている（巻末自跋は頭注二で既引）。他出は、『仁安二年八月　太皇太后宮亮経盛歌合』（恋。十番）に「左小侍従　たのめしをまちし程なる暮毎におもひ佗ぬるわが心かな／右勝　頼輔　こひしなむ別は猶もおしき哉おなじ世にあるかひはなけれど／これは、右勝にこそは。いとおかしく侍る。こはたれがよみたるにか侍るらむ。こゝろにくゝおもひたまふるものかな」とある。判者は清輔。第二句の「別は」が新古今では「命は」に変えられている。清輔は判で「こはたれがよみたるにか」と作者に疑念？を持つ態度で「こゝろにくし〈①ハッキリシナイ②奥ユカシイ③怪シイ等、意味ハ多様〉」と評している。次に『言葉和歌集㊦』（巻十一恋上）に「（成契久恋）題／頼輔朝臣／コヒシナムワカレハナヲモオシキカナオナシヨニアルカヒハナケレト」〈時雨亭叢書平安中世私撰集・新編国歌大観〉。次に『治承三十六人歌合（三手文庫・神宮文庫蔵）』（「未刊中世歌合集㊤」、古典文庫（一四〇）所収）の五番左に「恋／こひしなん別は猶も惜き哉おなじ世にあるかひはなけれど」とある。左歌は、頼輔朝臣で十首中の八首目。右歌は、沙弥寂念〈為業〉の十首。次に『月詣和歌集』（巻四・四月付恋上）に「経盛卿歌合、恋を／刑部卿頼輔／恋ひしなん命はなほもをしきかなおなじ世にあるかひはなけれど」。次に『宝物集』（巻一。岩波新大系（四〇）所収）に「刑部卿頼輔　恋しなん寿（いのち）は猶も惜きかな同じ世に住（すむ）かひはなく共（とも）」と見え「誠に誰も命は惜き物なれば、命こそ宝にてあれ」とある。人世何が宝かと論ずる場面で、隠れ蓑・打出の小槌・金・玉・子・命と次々に宝論を持出して、巻二の仏法が宝、へと論が進む、その中の命の所に挙げられた十首の一つ。脚注に「死ぬほどつらい恋なのだが、命はやはり惜しいよ。たといどんな山奥でもあの人と同じ世に住むかいはないとしても。（かひニ甲斐《かひ》ト峡《かひ》ヲ懸ケタ解釈デ新古今注釈書ニハ見ラレヌ解）」とある。

参考歌としては、契沖の『書入』に、次の歌があげてある。「ひえの山に歌合し侍りける社（こそ）によめる。心覚法師／恋すれば憂身さへ惜まるれ同じよにだに住まむと思へば（詞花集、恋上、二二三番）」・「題しらず。前中納言定家／惜しからぬ命も今は存らへて同じ世をだに別れずもがな（玉葉集、恋五、一七七三番）」・「恋の歌の中に。侍従能清／いける身のかひは無けれど恋死なば同世をだに猶や別れむ（続拾遺集、恋二、八八八番）」。この契沖『書入』本の歌は、発想や語彙に共通性があり、参考となる。他にも、『頓阿五十首』の「恋」に「不会恋／恋ひしなむ命ぞ更にをしからぬうき身はひとのいとふのみかは」・『白河殿七百首』に「寄日恋／恋ひしなむ命はけふもたのまぬをあすの春日と何なげ

くらん　侍従中納言〈為氏〉（白河殿七百首ハ、禅林寺殿七百首トモ称ス）」・『外宮北御門歌合〈元亨元年〉』（三十一番、不逢恋）に「左持　行俊／こひしなん命より猶なき跡にをしかるべきは憂名《うきな》なりけり／右　雅藤／甲斐なしや後の世とだにあふ事を契らぬ中にすてん命は／左右歌よろしく侍り。勝劣不弁」。この歌合の左右歌も、頼輔歌が参考になる。「恋死なむ」は多くの歌に使われている常套句であって枚挙に遑《いとま》がないので一応これで打切る。

さて、当歌の解釈や技巧についてであるが、磐斎は、下句の目移りによる誤説〈下句ハ、次ノ西行歌ノモノ〉に気付かず、〈磐斎ノ旅中ノ故カ、手許ニ資料ナド、持合セテイナカツタノデアロウ歟〉、磐斎引用歌形で、次の頭書や増抄云の施注に及んだらしい。それ故、磐斎引用歌形を離れて、本来の新古今歌形で以下を述べる。当歌は一・四・五・二・三の順で歌意を探るのがわかり易い。初句切れ倒置法の技巧とみる。「かひ」は、甲斐〈効果〉と峡〈山裾ト山裾トガ交ワル地勢・地域〉と張合《はりあい》を掛詞とした表現。私解を示せば「いっそのこと恋死をしてしまおう。恋人と同じ山峡に生きる張合は、今ではもう無いけれども、それでも命だけは、まだ惜しいなあ。できることなら恋人と一緒に生きていたいけれど」。一途《いちづ》な純愛の歌であろう。塩井氏『詳解』に「死ぬるをましと思へど、なほ命が惜しいといへるところが、人情の誠よりの未練にて、哀れなるところなり」と言い、石田氏『全註解』は、初句切れと見ずに「恋ひ死なん命」と第二句に続けて、「今にも恋い死にをするであろうこの命」と見る。参考古註。「逢ばこそ世にあるかひならめ。

難面《つれな》く片思にて同じ世に有《ある》かひはなければ、死《しに》たるがましならめども、猶恋死《しな》《ジニ》ん命はおしき、かくうき人故は猶かひなき死なけばと也（八代集抄）」・「生《いき》てかいハなけれども、されども首尾もせで〈男女相会ノ結果ヲ成就サセズニ〉死《しな》ん事ハかなしき也（かな傍注本）」・「カヒハナクトモ、セメテ、オナジ世ニ、アラバヤト、イフ也（新古今注。吉田氏旧蔵本註・高松宮本註・高松重季本註ハ文末ガ、あらばと也、デ略同文デアル）」。

四　猶もとハ、数ならぬ人にてなきよりも数ならぬ、が惜しき也、と也

この磐斎頭書は、磐斎の錯覚歌形に基く施注であろう。文意「第二第三句の〈命は猶も惜しきかな〉とは、物の数でもない取るに足りない人よりも、更に劣る人である自分の命が、惜しいなあ、という意である」。「猶もとハ、数ならぬ人よりも猶数ならぬわが命が惜しき也となり」の意と思う。文脈の乱れが理解を阻んでいる。

五　数ならぬ者ハ……命が惜しきなり

文意「取るにも足らぬ人間は、恋の成就もままならぬというのなら、一度死んでみて、取るに足る人との差を、いっその事、なくしてしまえばよい筈であるが〈＝ひまをあけぬべきに〉、もともと恋は身分の隔てに関わらない情愛であるから、一度死んで、取るに足る身分に生れかわったとしても同じことで、命が惜しい事に変りはない」。「ひまをあく」とは、「空間的な隙間《すきま》を空《あ》ける」の意。「ぬべき」は、完了助動詞「ぬ」に当然助動詞「べし」が付いた形で強い確信の意をあらわす。「身分の高下の隙を取払ってしまうべき筈であるのに」の意となる。参考、「過去の借銭を済《な》してひまをあくると思はば（驢鞍橋㊥）」・「明レ隙〈ヒマヲアクル〉（枳園本節用集㊦言語）」・「明レ隙〈ヒマヲアケ〉（易林本節用集㊦言辞）」・「日間をあくる（俚言集覧）」。

六　存らへてだにあらバ、恋の叶ふ事もあらんと思ふ、と頼む故なり。

文意「死のう等と思わずに、生きながらえておりさえすれば、いつかは恋の叶う事もあるだろうと思う、とその事を当《あて》にして、頼むからである」。

七　あふな〳〵思ひハすべしなぞへなく高き卑しき苦しかりけり

この「増抄云」の一節は、「あふな〳〵」・「なぞへなく」等、難解語句多く、又迂闊に読めば、磐斎の施注文言の一部分と誤ってしまうが、実は『伊勢物語』の九十三段中の和歌である。「むかし、おとこ、身はいやしくて、いとになき人を思かけたりけり。すこしたのみぬべきさまにやありけん、ふして思ひ、おきておもひ、思わひてよめる。／あふな〳〵思ひはすへしなそへなくたかきいやしきくるしかりけり／むかしもかゝることは、世のことはりにやありけん（天福本系、三条西家旧蔵本）」が全文で、男女の恋は、身分の高下に無関係な人間本来の感情であるという「増抄云」の施注を、補強するために、証歌として引用したのである。九十三段の注釈は、季吟以前の「古注」〈知顕抄・肖聞抄・惟清抄・闕疑抄・拾穂抄〉や以後の「新注」〈勢語臆断・童子問・古意・よしやあしや・伊勢物語新釈〉等多く、明治以降にも多くの名著があり、それ等の引用は膨大な紙面を要するので、今は岩波旧大系の簡潔な頭注を利用させていただく。●「身はいやしくて↓身分は下賤で、しかも／になき人↓比類ないほど高い身分の女を。〈になし〉は〈似なし〉で〈似るものがない〉の意であろう。〈二無

し〉の説は疑わしい／たのみぬべきさまにやありけん→頼りになりそうな様子だったのであろうか／思わびて→思い悩んで／あふな〳〵ノ歌→古今六帖五、第三句〈なのめなく〉。大坪補、六帖㊄、三一一四番。題ハになきおもひ、全歌形ハ、あふなあふなおもひはすべしなのめなくたかきいやしきくるしかりけり〔新編国歌大観〕・六帖㊄、三三九六〇番。題ハになき思ひ、全歌形ハ、おふ(ママ)な〳〵思はすべしなぞ(ママ)へ無く高き卑き苦かり晁(けり)〔旧続国歌大観〕〉恋は分相応にすべきものだ。私のように身分の高下を考えずに貴い人を賤しい者が恋するのは苦しいことだ。〈なぞへなく〉は〈それによそえて考えて見ることなく―貴賤の身分の相違も考えずに〉の意か。〈高い者・低い者がそれぞれに身分違いの恋をするのは〉の意とも説く。〔補注〕〈あふな〳〵〉は真名本に〈随分〉とあり、〈身分相応に〉の意と考えられる。〈危《あぶ》な〳〵〉と説く説もある。思うに、〈あふな〳〵〉は〈合《あ》ひな〳〵〉の音便で、〈朝な〳〵・夜な〳〵〉などと同じ構造の語で、〈合ふ毎に・合うたび毎に〉などの意から、〈身分相応に〉の意となったのではなかろうか／むかしもかゝることとは、世のことはりにやありけむ→（今もそうだが）昔もこのようなこと（身分の違う恋の苦しさ）は世間一般の道理だったのだろうか」

因みに磐斎の『伊勢物語抄（内題ハ、伊勢物語新抄）』を引く。「おなじやうの人にてさへ恋ハかなひがたきに、いやしき人のこひなれバ、かなひがたきよしをいはん為也。無二亦無三唯有一不二也。一といはん為也。になき素法といふ経文の格《カク》也。すこしたのミぬべきとハあふ事がなりさうにある躰也。ふして物もひおきて思ひハ、よるひるの義にあらず、おきたりねたり、身をもだゆる躰也。何としたらんものぞと、あふべきやうをあんずる也／あぶ(原本濁点)な〳〵思ひハすべ(ママ)しなぞ(ママ)へなく(原本清音)／あ　ふ　なたかきいやしきくるしかりけり／あ　ふ　な〳〵、にこる(ママ)とにごら(ママ)ぬと也。天福の本にはにごりて声をさせり。されどもすミてよミきたれるよし、闕疑にあり。念比なる義なり。真名本にハ、悲《カナシ》〳〵とかけり。かなし〳〵といふ心なり。ねん比といふも苦といふ字をよませたれば、悲の義もあり、たかきいやしきも、同じくくるしき物なるほどにとも、になきもおなし(ママ)く、恋ハおなじくるしさなれば、ねんごろにおもひ給へとなり／むかしもかゝることとは、世のことはりにやありけん／作者の詞也。又ハ自記《ジキ》にしてハ、なりひらの身のうへの事を、むかしの人にしてかける故に、かく書也。よのことはりとハ、世間にハなくてかなハぬ事と也。世といふもハ、陰陽和合《インヤウワガウ》して、い(ママ)てきたる事なれバ、なくてかなハぬ事と也（清濁原本ノママ）」。

〔一三〇〕（二三四頁）

二　西行哥ハ、すら〳〵と……吟味すべし　文意、「西行の歌は、素直でとどこおりなく、順調円滑に詠まれているから、わかり易く理解しやすい。そうであるから、歌の内容に奥行があり味わいも深い。十分調べあげて鑑賞すべきである」。「すら〳〵」は「すらり〳〵」と殆んど同意であろう。『耳底記（巻之一）』に「昔は、百首の歌に地歌というて七八十首ほどもすらり〳〵と二日三日によみて、のこる二三十首の歌を、一首を十日にも廿日にもよめり（慶長三年九月十一日の三十條）」とある。「吟味」は、「詩歌を吟じ、その心を味わうこと」・「物事をよく調べ、十分検討した上で、是非を選別する事」の意。磐斎の西行歌に対する評言として記憶すべき言葉である。

三　哀れとて人の心の情あれな数ならぬにハ依らぬ歎きを　管見新古今二十六伝本では、春日博士蔵二十一代集本が第三句を「なさけあれは《イな》」とし、は字に「イな」の校合がある。為氏筆本は、末句「よらぬなさけは」と「さ・は」字にミセケチを示した上で「は」字を「きを」に改めている。即ち「よらぬなげきを」とするのである。他伝本に異形はない。

当歌の出典は、『山家集』である。陽明文庫本『山家集㊦』（雑部の恋百十首）に「あはれとて人の心のなさけあれな数ならぬにはよらぬなけきを」とある。『松屋本書入六家集本㊦』（雑・恋百十首）は、末句「よら《ら》(ママ)ぬなさけ《思ひ》を」と流布板本に書入がある。『西行上人集（李花亭文庫蔵）』（雑・恋歌中に）は「あはれとて人の心の情あれや数ならぬにはよらぬなげきを」と第三句が異形。『西行物語（文明本㊦）』には「しのぶの郡、衣川、いづれをわきてながめあくべしともおぼえずしてすぐる程に、ひらいづみにて、すき物、恋の百首をよみけるが、あながちによみてたべとすゝめければ〈大坪注、六首ノ中ノ四番目ニ〉、あはれとて人のこゝろのなさけあれなかずならぬにはよらぬなげきを」とある。又、『西行物語絵巻（久保家本）』（下巻・第一段詞書）には、「〈前略〉ある時、秀衡かたりけるは、たま〳〵幸に此国へくだり給へり。恋の百首をすゝめ申事侍り。よみて給はりなんやといひけれども、とかくいなみてよまざりけるが、千里の浜草《ハマクサ》の枕にて見たりし夢《ユメ》のことなんど思出ゝ、少ゝつらね侍りけり〈大坪云、歌六首ノ中ノ四番目ニ〉あはれとて人の心のなさけあれなかずならぬにはよらぬなげきを」とある。〈なお、新古今の当歌につづく一二三一番歌も、文明本西行物語・久保家本絵巻、の、この六首中の二番目にある歌である。新古今の配列を参考にしたもの歟〉。

次に当歌の参考歌として「いかにせむ数ならぬ身にしたがはで包む袖より落つる涙を（金葉・別離（ママ）、読人しらず（ママ）／詞書、あるまじき人を思ひかけてよめる）」を小学館『全集』は、あげている。『全集』が金葉集の何本によられたかは知る由もないが、この歌は『八代集抄』の詞書・作者・歌本文とは一致するが、八代集の部立は「恋上」である。岩波新大系も「恋上・三八四番」にあり、詞書・作者に変りはないが末句は「あまる涙を」。同大系所収の三奏本では、「あるまじき人を思ひかけてつかはしける／読人不知／いかにせん数ならぬ身にしたがはでつゝむ袖より落つる涙を」とある。歌意は「どうしたらよいのだろうか、ものの数にも入らない我が身に従わず、包み隠す袖からあまってこぼれる涙を」とあり「あるまじき人（高貴な人）への恋であるため」とする。正宗敦夫先生の遺稿では「一首の意は、物の数のうちではないツマラヌ身であるから、恋ふるとも甲斐無き事は分ってゐる。そこで、しのばんとするが、涙はわが心に従はないで落つる、其をどんなにする事も出来ない、と涙が身に従はないと詠んだのだ趣である（金葉和歌集講義。平沢五郎氏整理作成）」となっている。参考歌としてもよいと思うが、現行注釈書は触れていない。

当歌は第三句字余りであるが磐斎頭書の「すら〳〵と……深き心あり」の言葉通り、それが耳に逆らわず、特に「あれな」の「な」に哀願の深き心が滲《にじ》み出ている。字余りは西行歌の一つの特色であろう。この「な」を感動助詞とみる石田氏『全註解』（情アレヨ）もあるが、多くは『完本評釈』の如く願望助詞と見ており従いたい。末句の「歎きを」の「を」も、詠嘆助詞（完本評釈）や、逆接助詞（……のに）とみる説（全註解・詳解）がある。森重敏先生は、「〈なげきを〉の〈を〉には二つの意味があります。一つは〈……であるものを〉と終止する意味、今一つは〈なげきをあはれとて〉と直接上に戻っていく意味です。この場合両義があると見るべきで、上に戻るだけと解するのはいけません。一義だけ取れといはれれば、むしろ〈であるものを〉と読み下す方を取るべきでせう。こちらが主であって、従として上の句に戻っていく意味が出てくる、さういふ言い方だと思ひます（西行法師和歌講読）」と分析されている。さらに上接部分の「かずならぬなげきを」について、逆から言えば、数ならぬ身分による歎きならば、自分はそれに該当する身であるから、あなたを恋慕することもなく思い切れるが、今の歎きの原因は身分の高下に無関係な恋の歎きであるから、思い切れない歎きなのである。という意味も述べられた。さて当歌の上句「哀れとて人の心の情あれな」の理解に参考となる西行歌は、哀悼と恋慕の違いはあるが「哀とも心に思ふほどばかりいはれぬべくは問ひもこそせめ（新古今八三八番）」という歌と一方的恋慕〈恨恋〉の「あはれとて問ふ人のなどなかるらんもの思ふ宿の荻の上風（新古今一三〇七番）」という歌があり、西行の発想回路とその口付《つき》とが相俟《あいま》って当歌上句の理解に役立つのではないかと思う。

次に、『完本評釈』は、当歌は題詠歌でなく、実感表現歌だと説かれ、森重先生も「直接相手に向かっていってゐる言葉ではありません。恋歌ですから相手にやるという前提であるとしても、少くとも下句はぢかに相手にいふのではなく、まづは傍白〈完本評釈デノ、独語形式ノ控エ目ナ小声ノ呟キ、ノ意ニ相当〉の趣きであります」と同感を示されている。これに対し、久保田氏『全評釈』は、「〈数ならぬ〉といういい方が、常に社会制度上の身分・地位の低く卑しいことを意味するとは考えられない（傍線、大坪）……この時代には〈恥レ賤恋《イヤシキヲハヅルコヒ》〉というようなテーマもありえた。そして、これは創作的要素の多い〈恋百十首〉の中の一首である。が、創作歌という隠れ蓑に隠れつつ、真情を吐露したという見方が事実に近いのではないであろうか」とされて、実情歌に見せかけながらの題詠歌であるとされている。私が当歌理解の参考歌として前引の金葉集歌〈部立ハ誤デハアルガ小学館『全集』指摘ノ歌〉「いかにせん数ならぬ身にしたがはでつゝむ袖より落つる涙は／読人不知／あるまじき人を思ひかけてつかはしける（金葉三奏本・恋上）」も、「あるまじき人〈高貴ナル人〉」に対して恋をして遣わした「読人不知〈袋草子(上)ノ三通りノウチノ、名字を書くと雖も世以て其の人を知り難き下賤卑陋之輩、ニ相当スルト愚考スル〉」の歌と私は考えるのであるが、当西行歌と作歌事情が似るが故に参考歌としたのである。この点、久保田氏の御見解とは相違することとなろう。

当歌拙解「噫《ああ》、可哀相《かわいそう》で不憫《ふびん》なことよ、と、わが恋する御方《おかた》が、恋のなさけを理解できる心の持主であっていただきたいなあ、恋の歎きというものは、身分の高貴卑賤に従《したが》わないものだからなあ」。思い切るにも思い切れない心情が読む者の心に伝わってくる。この私を「あはれ」と思《おぼ》し召して、「情け」をかけて賜われかし、の「歎き」が、ひしひしと伝わってくる歌である。

四　数ならぬ者をバ……情あれかし、と也

文意「人の数にも入《はい》らない卑賤の者をば、不憫で可哀相であると思いやらないのが、憂世の慣習であるからこそ、あのお方も私に対してこのようなつれない態度をなさるのだ。しかし、恋というものは身分の貴賤にかかわらぬ、思慮分別のできない本能であって自身ではどうすることもできないものだから、噫《あ》せめて、あのお方の心に思いやりの情け心があってほしい、と訴えている歌である」。「ならばこそあれ」は「ならばこそ（斯く）あれ」で、（斯く）は、「哀れと思はぬ」ことである。所謂、放任用法で、「こそ」で強調された句〈哀れと思はぬ〉の述格は、具体的な意味をその文脈に委《ゆだ》ねる用法である。ここの文脈では、述部は「人の心に情なし」の如きものになり、それが「斯く」の内容であろう。

五　心の情とハ、上部ならず底から、と也

文意「第二句の〈人の心の情あれな〉の、心の情とは、外見的表面的皮相的にわかる、思いやる気持ではなく心の真底《しんそこ》から滲《にじ》み出る思いやる愛情を、〈心の情〉と表現しているのである」。

六　下句ハ……を理りたり

文意「〈数ならぬにハ依らぬ歎きを〉という下の句は、上の句の〈人の心の情あれな〉の含む意義を筋道をつけて説明したのである」。

参考「恋は、数ならぬ身にもよらぬ歎きなるを、哀とて、情あれと也。人は、憐みあるへき物なれば、人の心の情あれな、とよめるなるべし（八代集抄。学習院大学新古今注釈ハ季吟抄ノ前半部ノミ引用）」・「貴人、賤しき、ニよらぬおもひなれば也（かな傍注本）」・「情あれなは、情あれ、といふ也（吉田幸一氏旧蔵本註・高松宮本註・高松重季本註）」・「一首の意。恋をするには身のほどの有て、我身の数ならぬば、高き人はおもはぬ物ならばよけれど、それにはよらで、物おもひをしてなげくを、ア、ハヤこの人も、それほどにおもふか、とて情をかけてくれよ、と也（尾張の家苞。美濃ノ家苞ハ当歌ニ施注シテイナイ）」。

〔三三〕（一三五頁）

一　身を知れバ人の咎とも思ハぬに恨顔にも濡るゝ袖かな

管見新古今二十六伝本では第二句に相異がある。

「人の咎ともとあるのは、為氏筆本・古活字本〈岩波旧大系校異ニヨル〉・烏丸光栄書写本・正保四年板本〈明暦元年板本モ〉・承応三年板本・延宝二年板本〈文化元年補刻本モ〉・正徳三年板本・寛政六年板本・寛政十一年板本・刊年板元不明板本・刊年不明牡丹花在判板本」。

「人の咎とは」とあるのは、為相筆本・烏丸光栄所伝本・前田家本・亀山院本・小宮本・宗鑑筆本・公夏筆本・親元筆本・高野山伝来本・春日博士蔵二十一代集本・東大国文学研究室本・柳瀬本、である。

又、鷹司本は「人のとかとは」とし「は」の右傍に「も」と朱書し、冷泉家文永本は「人のとかとも」と書いて「も」字の上に、濃い墨色で「は」と書いて、下のもは殆んど読めぬようにしてある。

次に末句の「かな」についてであるが、延宝二年板本は「ぬる、袖哉」とあるが、その哉字は殆んど字体が欠けて明確でない。この延宝二年板本を補刻したのが「文化紀元秋九月補刻」本であるが両本とも「哉」字は完全に無くなっている。が両本とも「ぬる、袖哉」とするのが適切であろう。出典の西行の家集（含、歌合・物語）でも、この相異があるので、久保田淳氏編『西行全集』の翻刻に拠って次に示しておく。

Ⓐ「身をしれば人のとがともおもはぬに恨がほにもぬる、そでかな」とあるのは、『西行集伝甘露寺伊長筆本・(恋)』・『山家心中集伝為相本(恋)』。Ⓑ「身をしれば人のとがとは思はぬに恨がほにもぬる、袖かな」とあるのは、『山家集松屋本書入六家集本板本・上巻(恋)』・『西行上人集李花亭文庫本』・『西行物語絵巻久保家本』。Ⓒ「身をしれば人のとがにはおもはぬにうらみがほにもぬる、袖かな」とあるのは、『山家集陽明文庫本・中巻(恋)』・『山家心中集伝自筆本・こひ』・『山家心中集内閣文庫本・(恋)』・『続三十六番歌合〈宮河の哥合ともいふべし〉宮内庁書陵部本・卅四番左歌』・『文明本西行物語下巻』。

右の如く、当歌第二句は伝本により相違する。たとえば同じ『宮河歌合』でも他伝本の、中央大学図書館蔵、伝飛鳥井雅綱筆本では、第二句「人のとがとも」となっていて書陵部本とは異なる。愚考するに、西行歌のように人口に膾炙《かいしゃ》する歌は助詞や助動詞などは特に流動しやすいと思われ、決定的歌形の治定は困難であろう。

次に、当歌の他出であるが、中村薫編著『典拠検索名歌辞典』の御学恩を蒙《こうむ》りながら示す。『二八要抄』（恋八・題不知）に「身をしれば人のとがとは(ママ)思はねど(ママ)恨みがほにもぬるゝ袖哉」・『練玉和歌抄』(ママ)（巻八・恋下）に「身をしれば人のとがとも(ママ)思はぬに恨みがほにもぬるゝ袖かな　俊成(ママ)」・謡曲（古曲）『恋松原』に「ツレサシ謡、我からと知らば恨みのあらぬ世を、地謡、人のとがのみ思はれて、かこち顔なる涙の袖、はれぬ思ひの雲霧に……と西行歌の歌詞を引用〈大坪云、校註日本文学大系第廿一巻謡曲㊦古典拾遺ニ所収。他ノ謡曲詞章集デハ見出シ難イ〉・心学『目《め》の前《まへ》〈目のあたりトモイウ〉』（巻下・迷ひの辻(ママ)〈大坪云、名歌辞典ニハ、以上ノ記述ノミ〉）」。これは誤りで、実はこの次の話「逆地獄《さかさまぢごく》」に「身を知れば人の咎にも(ママ)思はぬに恨みがほにもぬるゝ袖かな。心ひとつの向けやうにて、さまざまと身を苦しむる……」とあるのが正しい〈「目の前」ハ、国民文庫道話集ニ所収。著者ハ虚白斎。天明七年二巻本〉・大田南畝『一話一言』（巻廿一〈原巻デハ巻三十〉の駒掛堂の記事）「風はげしければ、舟中へかけ浪するを見て心ある人のよめる、身をしれば人のとがとも(ママ)思はぬにうらみがほにもぬるゝ袖かな／覃〈南畝ノ本名〉按、是今の駒形(ママ)堂なるべし」。以上当歌の他出。

次に参考歌を挙げれば、新潮社『集成』に「歎けとて月やは物を思はするかこち顔なるわが涙かな（千載集恋五。九二六番円位法師歌）」が示されているが、宣長が美濃の家苞で指摘ずみ。円位は西行のことであるが、西行歌には「何々顔」という表現が多く、類想回路による詞であろう。類想歌の観点よりすれば「身を知ればあはれとぞおもふ照る日うすきいはかげ山にさける卯の花。皇太后宮大夫（夫木抄第二十、雑二。いはかげ山。国未勘）」があり、又、『外宮北御門歌合、元亨元年』（五十番）に「左持／延良／ことわりをおもひしらずは数ならぬ身を忘れてや猶うらみまし／右／秀長／身をしれば人の心のつらさをもうらむるまでのことのはぞなき」がある。更に時代が下っても、『日野殿三部抄』に「一、負恋／雪玉集／身をしるになしてやみよと人はいさくらへくるしき心たかさを／人のつれなさにまくる(負)心と聞え候」と見える歌もあり類想歌と考え得る。ところで当歌の第二句は「咎とは」・「咎とも」・「咎には」と伝本により相異することは前述したが、森重先生はこの相異には何等言及されず「一つだけ細かいことを言ひますと、第二句〈人の咎とも〉の「も」の字です。これは、上句の理性的な表面の心のこととしては、不要です。絶対にさう思はないのなら、〈人の咎とは思はぬ〉といってもいい所だからです。それを〈咎とも〉といふと、曖昧な感じになります。なぜそんな言ひ方をしたいかといひますと、下句の上句に矛盾したあり方に関係があります。つまり、或る意味で〈人の咎〉とも思ってゐるといふことが下句で暗々裡にいはれてをり、さういふ不可解な自分の心のありやうを後半でいふための寛《くつろ》げとして、必要な〈も〉であったわけです。非常に用意のある〈も〉の字だといへるでせう」と述べられている。傾聴すべき論ではあるが、諸伝本を見ておられない立論と思う。ただ、同書で「うき身しる心にもにぬ泪かな恨みむよしもおもにぬものを（西行上人集）」という類想歌を挙げておられるのは流石《さすが》に見事な指摘。

「濡るゝ、袖」に詞として表現はされていない心の涙が含まれる当時の常套手段を使いながらも西行らしい実際・実情が感得される素直な歌である。塩井氏『詳解』は、「わが身の数ならぬを知って居れば、我が恋の成らぬは、人の無情のとが故とは思はぬものを、さても人の無情を恨みがほにこぼるゝ、わが涙よといふ事にて、さてもわからぬ心ぞとの情をあましたり。理屈は知れり、されど理屈を以て抑へきらるゝほどの恋情にあらねば、自から涙のこぼるゝを、わざと悟りがほにいうて、却ってさとられぬ未練を訴へたるところが、詩となれるところなり」と意解し、恨み顔を悟り顔にかへて評されている点は全く脱帽。歌意参考「身の数ならぬをしれば、〈大坪云、知ッテイルノデ。ノ意デ、知ルト、ノ意デハナイ〉人の無情をとがと思はぬものを、猶恨みがほに泪は落つるとなり（標註参考。〈大坪云、殆ンド季吟八代集抄ト同文〉）」、拙解「数ならぬわが身であることを自覚しているので、恋人の罪とも思わないのではあるが、つい〳〵世をうらむかわりにつれない恋人を恨むような顔付《つき》になって涙があふれ、それを拭う袖も濡れることであるよ」。西行の恨むのは、恋人よりも、社会の制度の方であったと思う。恋歌の本情から言えば、恋人を恨むのは本情ではなかろう。が「制度」に従わねばならなかった恋人のあり方が「人の咎」と西行は思うのであろう。『増抄』では「世を恨むる事もなきに」とある。「恋のかなえられないのが、身分によるので、人の罪ではないと思う知的思念の底から、人への恨みに似た感情の動く心理の機微をとらえて、人間を見る作者の目の深さをうかがわせる（小学館『全集』）」の批評は良き参考。

当歌までは、一二二七番の「題しらず」が及ぶが、自己の純愛を詠嘆する心で一貫させた配列といえよう。

二　わが涙に言ひ掛けたるなり
「涙」の語は歌句に使っていない。併し、それは「濡る、袖」の語によって察知するのが、和歌では常識である。自分に、わが心の底を打ち明けている歌だ、と磐斎は説くのである。

三　如何なれバ……なきにとなり
文意「何故自分の心底を自身に言い聞かせているのかと言えば、それは、世の習い、世の制度は一個人の力ではどうすることもできない現実に当面すれば、殊に高貴な身分の女性に対しては、動かし難いものであるが故に、人や世を恨むが如き顔になってしまい、その流す涙で袖をば濡らすのであるぞ。卑賤な身分の故に、実らぬ恋という自身の現実を自覚して、所詮はわが自身の社会的地位がそうさせるのだと悟ったが故に、恋うる人を恨む事も、世の制度・習いを恨むことも、しないのがよいのだ、と詠嘆した歌なのである」。

参考、「身の数ならぬをしれば、人の難面きをとがと思はぬ物を、猶恨みがほに泪落るは如何と也（八代集抄）」・「わが身をしれバ人をも恨ず。わが泪と問答したる義也（かな傍注本。〈大坪云、磐斎増抄ト骨子ハ共通。かな傍注本ハ磐斎抄ノ要約カ？。磐斎ガかな傍注本ヲ敷衍《ふえん》シタトハ考エ難イ〉）」・「かこちがほなるわが涙かなといへる歌と、同じさまなり（美濃の家づと。かこち顔歌ハ千載集九二六番円位歌。円位ハ西行デアル）」・「下句の似たるをいはるれど、歌の主意は上句にある故、清く別義也〈大坪云、清く、トハ下句ニヨッテ汚サレルコトナク、ノ意〉。一首の意ハ、我を人がいとへど、それハ我身の数ならぬ故の事としれば、人のとがとはおもえ《ママ》ず人うらミハせぬを、袖の涙は、わけもしらず人うらミがほにぬる、となり（尾張の家苞。おもえずヲ活字翻刻デハおもはず、トスルノモアル。正明ニヨレバ、千載歌ノ類歌トハシナイノデアル。現行注釈書デモ、千載歌ヲ類歌トシナイ書ガ殆ド）」。なお、当西行歌は隠岐本では残されなかった歌らしい。その事は為氏筆本の各歌の右肩に「掛点（引墨）」がつけられていない事から推察できる。残された歌は引墨がある。（平成二十七年六月五日第九五刷発行の岩波文庫新訂新古今和歌集も為氏筆本を底本とし、一二三二番歌の下部に〈（サ）〉とあり、残された歌に付された〈○〉印がない。〈サ〉は定家撰出符号）。併し、岩波旧大系本〈活字翻刻〉・柳瀬本〈岡書院刊活字翻刻〉によれば、この西行歌は隠岐で残された右肩に掛点のある歌として示されているので残された歌と考えざるを得ない。さらに天理善本叢書本〈写真版〉では掛点がないので残されなかった歌ということになる。いずれに拠るべきか、判断ができない。

〔一三三〕（一三五頁）

二　皇太后宮太《ママ》夫俊成
管見二十六伝本では、鷹司本のみ「俊成」。他は「皇太后宮大夫俊成」である。俊成は、『公卿補任』によると、永万二年〈八月改元仁安元年〉に「従三位藤顕広五十三㈹。八月廿七日叙。／権中納言従三位俊忠卿三男。母伊与守敦家女／……久安元十一㈪廿三㈰従五上（皇后宮御給）……」とあり、仁安二年に「顕広五十四㈹。正月廿八日正三位（行幸院。院司）。十二月廿四日改顕広為俊成」／仁安三年に「俊成五十六。右京大夫」／承安二年に「俊成五十九。皇后宮大夫。右京大夫。備前権守。二月十日改皇后宮大夫為皇太后宮大夫（宮転）」／承安三年に「俊成六十。皇太后宮大夫。右京大夫。備前権守」／承安四年に、承安三年と同記事。年齢も六十とあるが六十一の誤記であろう／承安五年に「非参議　俊成六十二。右京大夫。皇太后宮大夫。十二月八日止右京大夫。以男定家申任侍従」／安元二年に「正三位　俊成六十三。皇太后宮大夫。九月廿八日依病出家〈法名釈阿〉。元久元年十一月卅日薨〈九十一才〉」／とある。職員令第二の「中宮職」は、聖武天皇の藤原光明子立后以後は、令外官として皇后宮職が併置され、平安初期以後は皇太后宮職・太皇太后宮職も時に応じて置かれるに至った〈以上、岩波日本思想体系律令の補注を参考〉。前引した『歌仙落書』の、皇太后宮権《ママ》大夫俊成、という官職名は、公卿補任承安三年の、俊成の官職であった、皇太后宮大夫・右京大夫・備前権守・を混合した呼称であろうか。斯様な官職名の他出は私は未調査である。俊成が勤仕《きんし》した皇后・皇太后とは、建春門院（平滋子。後白河后。高倉母〈女院小伝〉）である（福井久蔵『藤原俊成』）後徳大寺実定からその地位を譲られた。実定の母は俊成の妹であった関係かららしい。又福井久蔵博士『藤原俊成』〈厚生閣・昭和十五年〉には、「加賀局〈大坪注、美福門院加賀〉は正夫人のやうに見える」とされており。久松潜一博士も、当歌の「後の世とだにたのめおけ」に関して「俊成とはこの世で結ばれたのである（前掲平安鎌倉私家集）」と念押しをされている。俊成経歴は、五・一五・七九五・一〇七八番に既述。

三　よしさらバ後の世とだに契《ママ》置け辛さに絶えぬ身ともこそなれ
管見新古今二十六伝本との校異。「後の世は、柳瀬本では「後世《とイ》」と表記。「後のよとだに」は、「後の世をだに（久曽神氏御室本

〈岩波旧大系校異ニヨル〉。をヲミセケチニシテとト校合)」。『増抄』のみの表記で、「契」は「チギリ」と訓読するのが普通であるが、磐斎は意味も勘合して「タノメ」と読ませる気があったのかもしれない。因みに李吟は、八代集抄で歌本文では「頼めをけ」としながら、施注では、「後世にあはんとだに契をけと也」と注し、当歌の定家母の返歌でも「さばかりの契にて」と「ちぎる」を使っている。「たのめおけ」の句形伝本は、為氏筆本・為相筆本・公夏筆本・小宮本・鷹司本・烏丸光栄所伝本・同書写本・柳瀬本・高野山伝来本・東大国文学研究室本・春日博士蔵二十一代集本・宗鑑筆本・冷泉家文永本・親元筆本・前田家本・正保四年板本〈明暦元年本モ〉・承応三年板本・延宝二年板本〈文化元年補刻本モ〉・正徳三年板本・寛政六年板本・寛政十一年板本・刊年不明牡丹花在判本板本・刊年板元不明板本・亀山院本の二十六本。次に「つらさに絶えぬ」は、「つらきにたえぬ（鷹司本〈岩波旧大系校異ニヨル〉。つらさヲつらきトシ、たえぬノえヲヘト朱校正。武蔵野書院テキスト版デハコノ校異ヲ記載シナイ）。因みに●「たえぬ（絶ぬ）」とする伝本は、大夫阿闍梨本〈岩波旧大系校異ニヨル〉・古活字本〈岩波旧大系校異ニヨル〉・為氏筆本・正保四年板本〈明暦元年板本モ〉・承応三年板本〈文化元年補刻本モ〉・延宝二年板本・正徳三年板本・寛政六年板本・寛政十一年板本・刊年不明牡丹花在判本板本・〔明治三十年写本〕。●「たへぬ（堪ぬ）」とする伝本は、小宮本・為相筆本・宗鑑筆本・東大国文学研究室本・春日博士蔵二十一代集本・高野山伝来本・公夏筆本・親元筆本・柳瀬本・烏丸光栄所伝本・同書写本・前田家本・冷泉家文永本・亀山院本・刊年板元不明板本。なお、岩波旧大系校異によれば、久曽神昇氏御室本は「つらさにたへ《えイ》ぬ」（へニえヲ校合）とある。「絶えぬ」なら、絶命の身。「堪へぬ」なら、堪え忍び得ない身、の意となろう。「よしさらバ」の「よし」は、副詞で、「他人の判断や行動を許容・容認し、また、自己の決意・断念を表現する語。下に、逆接仮定条件を表わす〈とも〉を伴うことが少なくない（岩波古語辞典）」の意がこめられる。当歌では「よしさらば……身ともこそなれ」と呼応している。「ままよ・かまいはしない。それはともかく」とか「たとい……でも（かまわない）」の意である。「さらば」は「然《さ》あらば」で「そのようであるならば」の意。「然《さ》（そのようで）」とは、相手の女の、「つれなくのみ見えける（長秋詠藻詞書）」の応接態度を指す。塩井氏『詳解』は、「此の世にて逢ふを得ざるならば、詮方なし、さうしておかうといふ心にていへるなり」とし、「此の世にて逢ふを得ざるならば」と訳す。当歌の出典は、俊成の家集『長秋詠藻（中）』の「恋歌」である。即ち「つれなくのみゝえける女につかはしける／よしさらばのちの世とだにたのめをけつらさにたへぬ身ともこそあれ／返し／たのめをかむたゞさばかりをちぎりにてうき世中のゆめになしてよ（俊成自撰定家書写本。書陵部蔵。岩波旧大系平安鎌倉私家集所収）」がそれである。他出は、『二八要抄』（恋六）に「女につかはしける／よしさらは後の世とたに頼めをけつらさに絶ぬ身とそ社《（ママ）》なれ〈そノ右ニ、も（新古）ノ傍記アリ〉」。『歌仙落書』（皇太后宮権《（ママ）》大夫俊成卿十五首）に「女のつれなかりけるにつかはしける」として三首の中に「よしさらば後の世とだに頼めおけつらさにたへぬ身ともこそなれ」。『和歌口伝』（初本とすべき歌）に「女につかはしける〈新編大観本ニハコノ詞書ナシ。歌学大系本ニヨル〉／よしさらば後の世とだにたのめおけつらさにたへぬ身ともこそなれ／俊成卿」。『練玉和歌抄』（巻八・恋下）に「新古、よしさらば後の世とだにたのめおけつらさにたへぬ身ともこそなれ　俊成」。『二四代集』（巻十三・恋三）に「女につかハしける／よしさらハ後の世とたにたのミ《（ママ）》をけつらさにたへぬミともこそなれ／皇太后宮大夫俊成」。〈『二四代和歌集』・『八代知顕抄』デハ、第三句は「たのめおけ」・「たのめをけ」デアル〉。当歌歌意参考「ままよそんなら、後の世とだけでも逢えることをたのみにしておいてくれ。つらさに堪えられないで死んでゆく身となるおそれがあるから（岩波旧大系平安鎌倉私家集。久松潜一博士頭注。絶えト堪ヘトガ絶妙ニ活カサレテアル）」・「仕方がありません。それならせめて後の世でとでも約束して下さい。あなたの冷い仕打ちに堪えきれず死ぬ身になるといけませんから。その時の慰めに（岩波新大系脚注。第三句ガ、磐斎増抄歌句ノ「契おけ」ヲ活カシテイル）」・「よし〳〵此世にて叶はずは、後の世に逢はんと契りおけ。我は君がつらさにえ堪へず死ぬる事もあるべければ、となり（標註参考）」。当歌批評に「〈上句ノ〉この今世・後世ということは、仏教の信仰の深い時代で、ことに俊成は深かった人であるから、実感であったろうと思われる。同時にこれはいわゆるあわれの深い心で、我も人もともに涙の伴うものであったろう（『完本評釈』）」という見方に対し、「これも一種の口説の歌と見れば見られるであろう。〈つらさにたへぬ身ともこそなれ〉とは、男の女に対する甘えにも似た感情もあるのではないか。死んでしまうかもしれないといって、相手の母性本能に訴え、慰藉されたいという気持である。そういう気持を全く考えず、上句により信仰心の深さをい い、あわれさのみをいうのは十分ではないと思う（『全評釈』）」という見方もでているが、後者は前者に対する、対抗意識の少し強すぎる評言ではなかろうか。私には、「男の女に対する甘え」の気持はあまり感じられない。

四　よしさらバとハ……斯く、と也

文意「初句の、よしさらバ、とは、自分が思っているようにならないのなら、それはそれとしてかまわない。それならば、このようにして……」の意である。前頭注で既述。なお、『和歌八重垣』（拙蔵明和五年板本）に「よしや。よしやさもあらばあれ也。読方、此詞ハ物をふて、〈モノヲ切断シテ〉いふ詞也。たとへバかくあれかしと思へども、さハならぬ程にぜひもなし、よしやさもあらバあれといふ心に用る也。たゞよしといはんバかりには不ㇾ叶」「よしさらバ。よしさうであらバ也。〈中略〉以上のよしいづれもよしやのいきをひに同じ」。とある。（同書第五巻。二十丁ウ・二十一丁オ）。

五　この世に打ち解けぬ……後世を頼むバかりなれバ、となり

文意「我々二人が生きている現世で、心底《しんそこ》気を許して愛し合うことができないのであれば、それはそれとしてかまわない。せめて死後の世で結ばれるように約束しておいておくれ。私は、この辛さに堪えきれぬようになって、間もなく死んでしまうような身となるかも知れませんので、もしそうなればその時は、私はこの世に何の希望もありませぬ、ただただ、あの世において二人が結ばれることを頼むだけですから、と相手に訴えているのだ」。

六　だにといふにて……となり

文意「〈後の世とだに〉と〈だに〉をつけ加えることによって、実際は、今の世で結ばれる事が望みであるのだけれども、それが実現しないのであるなら、せめてあの世において結ばれたい、という気持ちを訴えているのだ」。「だに」は、副助詞として扱うが、係助詞に入れるべきだという意見が有力。その意味は「……だけでも」の意であるが、否定の語と呼応する場合は、「せめて……だけでもと願う、それも……ない」の意。更に「だに」は、「〈後の世〉までも」の意に転じて解されるようになるが、当歌ではそこまでは考えないでよいと思う。

参考「つらさには堪ず死ぬべくもあるを、よしさあらば後世にあはんとだに契をけと也。よしさらば、とは、よし〳〵此世に逢まじきならば、と也（八代集抄・学習院大学本注釈）」・「たえ《(ママ)》ぬは堪忍せぬ也（私抄〈仮名遣ガ歴史的かなづかひトハ異ルガ当時ハ区別セズ〉〉」・「たへ《(ママ)》ぬハ絶《(ママ)》もおわ《(をは)》んぬ也〈おわんぬハ、畢《をはん》ぬ、ト書リ。完了助動ぬノ古称〉。死也〈死絶ノ意〉。つらさにしぬる也。甚《(ママ)》〈甚モ堪ノ意ガアル〉も同じ〈絶えト堪ヘノ区別ナキ注〉。かんにん不成《(ならず)》して、し《(死)》なんと也。ふぬのぬ也〈打消助動詞ずノ連体形ノぬヲ不《(ふ)》ぬノぬト称シタ。ぬノ古イ文法用語〉（かな傍注本）」●「〇ソナタハ《ガ》アイソモナイ《つらき》ニ、エコタヘズ《たへぬ》シテ死ルデサ《身ともこそ》アラウケレ《なれ》バ、エイハ《よし》ソムナラバ《さらば》、〔大坪注、ソムナラ→そんなら→それならば〕此世ニテアイソモナウスルトモセメテ来世デ逢フトナリトモ契リオケヨ／上下句を次第して意得《こころう》べし／●此訳モ死《しぬ》ルデサアロウケレバ、コソの訳しざま上にいへるが如し、いかゞ〔大坪注。死ヌルデサ・エイハの傍線サ・ハは間投助動と見ておく〕（新古今集渚の玉。和洋女子大刊『和洋国文研究』長谷川政次氏翻刻ニヨル。原本九大附属図書館蔵。原著者ハ衣川長秋）」●「（美濃の家苞）めでたし、我は、君がつらさにえ堪ずて、死ぬることもあるべければ、よしや此世にてはつれなくとも、さらば後の世に逢んとだに、契りおけとなり。（尾張の家苞）すでにあひたる女の、事のさはりありてあひがたげにしたるを、うらみたる歌也（両家苞）」。この両家苞からヒントを得て、江戸期の類題集などでは、当歌にどんな題がつけられているかを調査をしたが「契後世恋　よしさらば後の世とだに頼めおけつらさに堪ぬ身共こそなれ（類題和歌怜野集。清原雄風）」というのが一首示されている他は、まだ探し得ていない。当歌は、新古今撰者五人のすべてが、撰進歌として撰んだ歌のようであるが、そのわりにしては、思いのほかに他出が少ないようである。

〔三三三〕（一三六八頁）

二　藤原定家朝臣母

管見伝本では、「定家朝臣母」として、藤原の氏姓を冠《かぶ》せない伝本もある。烏丸光栄所伝本・同書写本・公夏筆本がそれである。鷹司本は、「定家朝臣」の下《した》に「母」を朱書している。古活字本は「定家朝臣」〈岩波旧大系校異ニヨル〉。「藤原定家朝臣母」とするのは、為氏筆本・為相筆本・前田家本・冷泉家文永本・亀山院本・小宮本・宗鑑筆本・東大国文学研究室本・春日博士蔵二十一代集本・

柳瀬本・親元筆本・高野山伝来本・刊年板元不明板本・刊年不明牡丹花在判本・正保四年板本〈明暦元年板本モ〉・承応三年板本・正徳三年板本・寛政六年板本・寛政十一年板本・延宝二年板本〈文化元年補刻本モ〉の二十二本。他出書では「定家卿母（和歌口伝・女百人一首）」・「参議定家母（二四代集・二四代和歌集・八代知顕抄）」とする本もある。長秋詠藻では、定家は未だ生まれてないから、詠者名は勿論書かれていない〈岩波旧大系平安鎌倉和歌集頭注ニハ、新古今集には藤原定家朝臣母とあるから、俊成とはこの世で結ばれたのである。その人の返し歌である。ト解説〉。

定家母については、石田吉貞博士『藤原定家の研究』（昭和三十二年三月。文雅堂書店刊）にまとめてある。それを略引させていただくと、「定家母の閲歴は極めて明瞭でない。〈尊卑分脈〉〈大系図〉には〈若狭守親忠女、美福門院女房加賀〉とあるだけ……〈御子左系図〉〈諸家系図纂〉には〈少年ノ時、美福門院皇后宮ノ御時加賀、老年、賜ハル八條院庁ノ下文ヲ之時、号ス五条局ト〉とある。これによると、若い時には父親忠が御乳父としてお仕へした美福門院（鳥羽天皇の皇后、近衛天皇の御母）に仕へて加賀とよばれ、後には、美福門院の御女でいらせられる八條院にお仕へして五條局とよばれたもののやうである。……而して彼女が老後五條局とよばれたのは、俊成の家が五條にあって五條三位とよばれたのによったのではないかと思はれ……彼女は俊成の妻となって後も八条院に仕へてゐたのであらうと思はれる。年齢は不明であるが、康治元年（俊成二十九歳）に隆信を生んでゐるから、仮にその時を約二十歳と見れば、俊成より約十歳ほどの年少となる。すると定家を生んだのは三十九歳の頃となり、末子承明門院中納言を生んだのが四十一歳ほどとなって、ほぼ妥当のやうである。そこで仮にさうきめて考へると、出生は天治元年であり、その死は七十歳の時といふことになる。彼女は初め大原三寂の一人藤原為隆（寂照）の妻となって康治元年にその子隆信を生んだ。ところが為隆は翌康治二年に出家してしまひ、彼女は俊成の妻となったのである。俊成の妻となったのがいつであるかは不明であるが、俊成との間にはじめて八條院三條がてきたのが、為隆出家後五年の久安四年であるから、その間であることだけは確実である」とある。なお、俊成と定家母との贈答歌に関して「俊成との間にかなり熱烈な恋愛があった……俊成には既に為忠女、即ち為隆の姉妹の一人が妻となってゐて、覚長・快雲・覚禅・後白河院京極等の子女があったのであるから、為隆とは義兄弟の間であり、また為隆の父で俊成の舅である為忠は、俊成の和歌の師でもあったと思われるから、その為隆の妻を自分の妻とするには、よほど激しい恋愛でもあったであらうことが想像され、定家母は周囲の人々への義理からも、中々応じ難かったであらうことが想像される」と述べられている。年齢は未詳。歿年は建久四年二月十三日歿（石田氏「藤原定家母没年考〈水甕昭和八年二月号〉」。定家三十二歳〉。

参考「母のおもひに侍りける秋、野分し侍りけるに、もとすみ侍りける所にまかりて／玉ゆらの露も涙もとゞまらずなき人こふる宿の秋かぜ（続歌仙落書。民部卿定家）」・「俊成の家は五條室町にてありし也。定家卿母におくれて後に、俊成の許へ行きて見侍りしかば、秋風吹あらしていつしか俊成も心ぼそき有さまに見え侍りし程に、定家の二條京極の家より、父のもとへ／玉ゆらの露もなみだもとゞまらずなき人こふる宿の秋かぜ／とよみてつかはされし。哀れさも、かなしさも、いふかぎりなく、もみにもうだる歌ざま也。たまゆらはしばしといふこと也。末に秋風を置きたるまであはれに身にしむに、なき人こふるとあるもかなしう聞えたる也。俊成の返歌に／秋になり風の涼しくかはるにもなみだの露ぞしのにちりける／とすげなげによめるが、何ともえ心得ぬなり。定家は母の事なれば、哀にもかなしうも身をもみてよめるはことわりなり。俊成は我が女房の事なり。我が身老体なればあぢきなし、かなしなど云ひては似合ねば、たゞ行く秋になり、風のすゞしくと、何となげにいへるが、何とも覚えず殊勝也（正徹。清巌茶話）」・「魚名―鷲取―藤嗣―貞直―春茂―弘頼―親明―親賢―親信―親忠〈若狭摂津安木(ママ)筑後権守。美福門院御乳父。御乳父トハ御守役ノ傅《ふ》ノ意？〉―女子〈俊成卿室。定家御母〉（尊卑分脈。魚名公孫）」。なお、待賢門院加賀は所謂「ふし柴の加賀」で「かねてより思ひしことよふし柴のこるばかりなる歎きせんとは」よりの異名。定家母は、美福門院加賀と呼ばれた人で、ふし柴の加賀とは別人。又「安木」は安来節《やすきぶし》の安来で因幡《いなば》権守のことか？。

三　頼め置かむたゞ然バかりを契にて憂き世の中の夢になしてよ

管見新古今二十六本での校異。初句、亀山院本は「たのめをかぬ」と表記。ぬは普通には打消助動詞〈古イ文法用語、不《ふ》ぬ〉として使われるのであるが、亀山院本では、んの心算《つもり》でぬが使われていることが極々《ごくごく》稀にあり、こもその点では不審である。久曽神氏御室本は「たのめをきし《かん》」（きしノ右ニかんイト傍書〉と一本によるミセケチ・校合がある〈岩波旧大系校異ニヨル〉。末句は、為氏筆本は「ゆめになしてん」とする。他本は歌句の異同はない。

出典は、『長秋詠藻』で「返し／たのめをかむたゞさばかりを契《ちぎり》にてうき世中の夢《ゆめ》になしてよ」（前歌ト同ジク岩波旧大系、平安鎌倉私家集ニヨル）。

他出は、『二八要抄』（恋六）に「返事（マヽ）／頼めおかんた、さはかりを契にてうき世の中を夢になしてよ／藤原定家朝臣母」（続群書類従翻刻ニヨル）・『和歌口伝』（初本とすべき歌）に「返し／たのめおかむたゞさばかりをちぎりにてうき世の中の夢になしてよ／定家卿母」・『二四代集・二四代和歌集・八代知顕抄』に「返し／たのめをかんた、さはかりを契りにて浮世中の夢になしてよ／参議定家母」・『練玉和歌抄』（巻八・恋下）に「返し／新古　たのめおかんたゞさばかりを契りにてうき世中の夢になしてよ／定家朝臣母」・『女百人一首』に「新古恋／頼めおかむ唯さばかりを契にてうき世の中を（マヽ）夢になしてよ／定家卿母」・『矩歌撰格(上)』に、「たのめおかん』たゞさばかりを□ちぎりにて　うき世の中の□夢になしてよ」「〈前略〉うたは五言にていひ起して、七言にてうけぬべき定例にて、此二句づゝのつゞきは既にいひつるがごとくなるを、かくしも初句よりいひ切て、第二句の七言より第三句の五言にてうくる時は、五句の運び皆がら顚倒《サカサマ》になれるをや。されば、此初句絶《ぎれ》も、上つ代のうたにありとあらゆるもの、中に、一首も見えたる事なし〈後略〉」。

当歌の技巧は『短歌撰格』の橘守部の説の如く新古今期特有の、強い初句切《ぎれ》によって、我が意志を強く相手に示し、その意志の運びは「憂き世の夢になし」「たゞさばかりを契にすることを」「たのめく」と歌句の順序を顚倒させながら相手に伝えてゆく、という表現技巧を用いた点であろう。作者個人の技法というのではなく、当代歌人が共通的に用いた技法であったと言える。

当歌意参考、「仰《おほせ》の如く後の世を契りおかんほどに、唯それればかりを此の世の縁にして、今までの事は夢に思ひなして恨み給ふな、となり（標註参考。ホトンド美濃の家苞ノ施注ノ踏襲）」・「後の世で逢うことをたのみとしましょう。ただそれだけをこの世での縁として、つらい世の中で見た夢として思いあきらめて下さい（平安鎌倉私家集久松潜一博士頭注）」

四　たゞさバかりとハ、後の世と契るを契にしてとなり

この頭書は、第二句の「さばかり」の「然《さ》」が何を指《さ》しているかの説明。文意「第二句〈たださばかり〉とは、ただそれだけを、という事で、俊成贈歌の〈後の世とだに契《たのめ》置け〉という言葉だけを、頼みにして、という事である」の意。「増抄に云く」の施注の中でも繰返し説明されている。

五　後の世とたのめ置かんと也。たゞさバかりとハ、後の世と契るバかりを、と也。

文意「あなたと結ばれるのは、私どもの死後の世界での事であると、それを頼りにして置きましょうというのが初句の意味だ。第二句の〈たださばかりを〉とは、二人が結ばれるのは、来世での事であると、約束しあうことだけが今世での頼りと思って、という事なのだ」の意。

六　この世にて逢う事ハなるまじき程に、と也

文意、「現世に於て、お互いが相逢うて結ばれるという事は、叶う事ではあるまいからだ、と詠嘆しているのだ」の意。

七　何事も憂き世の夢……契り置くべき程に、となり

文意「すべての事は、この憂き現世での夢の出来事である、としておいて下さいませ。現世で結ばれなかった事に、恨みを残して下さいますな、と下句で述懐しているのだ。死後の世で結ばれる事は、この現世で約束して置けますからね、と返歌しているのである」。置くべき、のべきは、可能の助動詞とみて解釈してみた。

参考「さばかりは、それ斗《ばかり》也。此世に逢《あふ》事はかなふまじければ、望《のぞみ》のごとく頼めをかん。其《その》後世斗《ばかり》を契にして、万事を浮世の夢となし給へ、恨を残すな、と也（八代集抄。学習院大学本注釈〈用字ハ異ナルガ同文也〉）」・「さはかりは、それはかり也。契をかんた、其《それはかり》斗を契にて、うき世の中の夢にない（ママ）てお退《の》けあれ、後の世まではあまりふかき事にて候ぞ、と也（私抄）」・「たがいの、かりそめの此世斗《このよばかり》と、おもひ置《おき》、ことばにていひかわす斗《ばかり》を、此世のちぎりとおもひゐられよ、と也（かな傍注本）」・「めでたし、然らば後の世を契りおくべきほどに、たゞそればかりを、此世にての縁にはして、今迄逢見し事は、夢に思ひなして、今逢がたきことを恨み玉ふなとなり、契は、俗にいふ縁の意也、さてたゞ世の事をもうき世といひて、うきといふにはさのみ意なきも、つねのことなるを、此歌のうき世は、うきといふことはたらきたり、此歌によりてみれば、思ひ

ながら、逢事のなりがたかりし中と聞えてあはれ也（美濃の家苞。尾張の家苞も同文であるが、傍線部は省かれている）」・「○左様ナラバ契《たのめおかん》オキマシヤウホドニ、トムト《たゞ》ソレバカリ《さばかり》ヲ此世ニテノ縁ニシテ《うきよ中の契りにて》、今マデ逢見タコトヲバ夢ニ思ヒナシテ今逢レヌコトヲ必御恨ミ下サルナヨ　家つとに、契ハ俗にいふ縁の意也、さてたゞよの事をもうき世といひて、うきといふにハさの(み)意なきも常の事なるを、此歌のうきハ、うきといふことはたらきたり、此歌によりて見れバ、思ひながら逢事のなりがたかりし中と聞えてあハれ也といへり、一二四三五と句を次第して意得べし、／〈附箋〉左様ナラバ契《たのみおかん》オキマシヤウホドニ、一向《たゞ》ニ来世デ逢フト言バカリヲ《さバかりを》■(虫損)逢タイト思フニモアハレヌウキ此世ニテノ縁ニシテ、今マデ逢見タコトヲバ夢ニ思ヒナシテ必ス御恨ミ下サルナヨ（新古今集渚の玉。衣川長秋。九大附属図書館蔵。和洋国文研究ノ長谷川政次郎氏翻刻ニヨル）」。

さて、この、俊成と美福門院加賀〈定家母〉との贈答恋歌に就いて、久保田氏は、新潮社『集成』頭註で、『源氏物語』（若紫の巻）の、光源氏と藤壺とが贈答する「見ても又逢ふ夜まれなる夢のうちにやがてまぎるゝわが身ともがな（光源氏）／とむせかへり給ふさまもさすがにいみじければ／世語りに人や伝へんたぐひなくうき身を覚めぬ夢になしても（藤壺）／おぼし乱れたるさまもいとことはりに、かたじけなし」の一節を取上げて、この一節を定家母は「念頭に置いて、来世での結婚は約束するから今生での契りは一切なかったこととしてあきらめてほしいと訴えた、云々」と述べられている。藤壺答歌の「うき身」を、定家母は「憂き世」に替へ「夢になしてよ」

と同じ歌語を用いて末句としている点などを考えると、念頭に置いていると見て差支えなかろう。又、定家母の経歴を述べられた前引石田吉貞博士の解説をも合せ考えれば「単なる恋の駆引きではなく、現実的な障害に直面しての贈答歌と考えられる」のである。

校注者紹介

氏　名　大坪利絹（おおつぼ　としきぬ）。

略　歴　一九二六年（大正十五年）大阪市天王寺区で生まれる。
大阪大学大学院文学研究科国文学専攻博士課程単位修得退学。

専　門　中世国文学。

現　在　神戸親和女子大学名誉教授。

著　述　『風雅和歌集論考』（一九七九年　桜楓社）・『二四代集全』一九九〇年　非売品）・『百人一首拾穂抄』（一九九五年　和泉書院）・『百人一首うひまなび』（一九九八年　和泉書院）・『百首異見・百首要解』（一九九九年　和泉書院）など。
「百人一首注」・「百人一首秘訣」・「明汗稿徒然草奥義抄」・「徒然要岬」「徒然草摘議」等翻刻紹介。その他。辞典類の項目執筆。

住　所　大阪市東住吉区今林四―一五―一四。

新古今増抄㈦　中世の文学　四十回配本

定価は函に表示してあります。

平成二十九年十一月二十二日　初版第一刷発行

校注者　大　坪　利　絹

発行者　吉　田　栄　治

製版所　ぷりんてぃあ第二

〒一〇八―〇〇七三
東京都港区三田三―二―三十九

発行所　株式会社　三　弥　井　書　店

電　話　東京(〇三)三四五二―八〇六九
振替口座　〇〇一九〇―八―二一一二五番

ISBN978-4-8382-1042-8　C3391　印刷・エーヴィスシステムズ